谷长春／主编

满族口头遗产传统说部丛书

飞啸三巧传奇（下）

清朝嘉庆年间，三等侍卫穆哈连受皇命治理北疆，成为“罗刹”和北疆邪恶势力的眼中钉，被他们所杀害。为前赴后继，皇上的武师林云鹤、林彤鹤把祖传的飞啸剑传给穆哈连之女巧珍、巧兰、巧云，于是演绎出“飞啸三巧”惊天动地、可歌可泣的传奇故事。

富育光／讲述　荆文礼／记录整理

吉林人民出版社

咱们还说图泰，审完了潘天豹和刘佩以后，图泰稍稍停了一下，他想的比较细，就向在座的各位讲了自己的所有的想法。这时他又把卡布泰叫进来，让他也听听他的想法。图泰说："从咱们审问这两个贼来看，第一，我们已得到了非常重要的线索，看来杜察朗大玛发来这里还有些秘密的活动，我们现在还不清楚。第二件事，马龙很嚣张，现在他的窝巢在什么地方，我们还不清楚。第三点，二丹丹有些线索，她现在还活着，而且杜察朗大玛发又要使计谋，用自己的女儿，拢住马龙，他们要干一件非常卑鄙的事情。第四点，现在我倒想了一件事，也就是刘佩最后讲那句话，看起来，他是诚心的，他还真想赎罪，保全自己的狗命。他不说了吗？让咱们很好地问一下都木琴妈妈。从我们昨天在婆婆离妈妈那里了解的情况看，獾子部都木琴他们这些年干些勾当，和马龙的关系，和俄罗斯牧师的关系都不寻常。我现在初步判定，都木琴这块儿有很多的事情我们还没弄清楚，包括部落里秘密的事情还不清楚，所以我想先不审她。我倒想，乌伦巴图鲁，咱们是不是再到獾子部那儿去一趟，从里到外，调查一下他们的情况。因为前次我们去了，他们已经受到了很大的震动，何况，他们的头领已经在我们手里了，那里已有我们的兵丁在秘密监视着，咱们就趁热打铁，赶紧去人，到那儿彻底搜查一下，先到都木琴的家，任何东西都要查一遍，力争掌握更多的线索和情况，也可以访问一些人，然后回来再审问都木琴。为什么俄罗斯的牧师到她那儿去，特别是刘佩又讲，她住的地方不跟他们在一起，连刘佩都不告诉，为什么这么诡秘？这里究竟是什么原因？有那么些部落，为什么光到她那儿去购买宴席的土产？另外，潘天豹他们为啥跟她的关系这么近？我倒有个问号，穆哈连大哥被暗害，与都木琴那个部落有没有关系？他们是否也参与了？这些问题，我现在脑子里是越想越多。"

大伙都静静地听着图泰讲的话，心里不断地琢磨着事儿。图泰说到这儿以后，又跟三丹丹说："三丹丹，三格格，我们对你的印象很好，我们从来没把你和二丹丹跟你的家里人一样看待。在没来之前，我的兄弟就是这样说的，你都知道，也感谢你对我们的帮助。虽然你这次来受他们的挑唆，也可能杀了一些无辜的人，因为你年轻，幼稚，容易上当，这些事情我们能够理解，也能够宽恕你。知道你现在心里挺难受，这些账，三丹丹哪，都要算在马龙和你阿玛杜察朗的身上，是他们干的坏事。现在你都听到了吧，是你阿玛杜察朗大玛发要把二丹丹改嫁出去的，拿自己的姑娘做交易，你说这事能想到吗？”

这样一说呀，三丹丹的眼泪马上就淌下来了，低着头呜呜地哭。这几天她到处找她二姐，问了好多人，都说不知道。问马龙，马龙说，肯定是让大清朝的卡布泰他们给害了，或让他们给出卖了，你要找他们算账去。包括刘佩他们，也是这样说呀，为啥一口一个不知道，再不就推到朝廷的官员身上，都是穆哈连一伙人干的，你说这些人多坏吧。她心里越来越恨阿玛，也恨马龙。她现在感到眼睛亮了，认识到自己过去确实上当了。图泰看她难受的样子就说：“丹丹呀，你不要哭，我们希望你更坚强起来，和三巧姑娘在一起，咱们想办法把你二姐找到，把她从火坑里救出来。丹丹，我问你，你现在能不能把你所知道的獾子部的情况告诉我，好不好，先不要哭了。”

巧珍走过去，用手帕给三丹丹擦擦眼泪。三丹丹这时也越来越明白事了，因为是非摆在这儿，所以，她的心完全转向图泰和三巧、乌伦这边。她想了想就说：“我到獾子部时，他们都照顾我，让我住漂亮的屋子，是我一个人住着，别的情况我就不知道了。不过刘佩说的也有道理，我们各住各的屋，分好些等级。我现在反倒觉得獾子部都木琴这个老太太呀，是挺阴险的女人。我到那听说过，她要杀她妹妹，她妹妹叫都木伦妈妈，也挺有威望。都木琴几次想杀她，下头部落有人保护她，就没杀成。现在她妹妹没有权，在这个部落边上给她一个地方，她在那看马群呢。你们想办法找到都木伦，就能得到些线索和情况，其他的细事我也说不清楚。”

图泰听了点点头，心里有数了，就说：“好吧，为弄清獾子部的情况，咱们再去几个人，到那儿彻底地搜查一下，把獾子部的情况弄清楚，特别是把都木琴家里和周围一些情况摸清。从三丹丹和刘佩他们介绍的情况来看，这个地方肯定不简单，马龙他们，说来就来，说走就走，他们都住在什么地方，俄罗斯那些牧师又都住在什么地方，他们是不是牧师，这些个真要深入查一查。把这儿查清以后，下一步，咱们再集中审都木琴。我看这么办吧，咱们兵分两路，请三丹丹也参加，我们信着你，愿意不愿意跟我们在一起？”三丹丹说：“我愿意，我愿意跟你们在一起。”图泰说：“请你跟着谁呢，跟着乌伦巴图鲁，他是你的二姐夫，认不认识？”三丹丹笑了：“我咋不认识？”“你对这个二姐夫怎么看？”“我挺喜欢的，我很尊重二姐夫。”“那就好，咱们就这么分工吧，乌伦巴图鲁和三丹丹，你们两个继续审问潘天豹和刘佩，从中摸出更多的线索，占有的情况越多越好。准备下一步，我们调查完都木琴的情况后，咱们来个两路合兵，再审都木琴妈妈。这一路就由卡布泰领着三巧和文强，你们几个去就行。到獾子部先找都木伦，就是都木琴的妹妹，跟她深入了解情况。为让都木伦能够讲些情况，你们在部落里头，先找一些对都木琴有意见、有看法，受过都木琴迫害的人，那就是都木伦妈妈身边的人。让他们帮助你们把情况了解清楚以后，再搜查獾子部，找出他们的秘密据点。卡布泰呀，你这个担子挺重，需要用武力就用武力来解决，记住没有?”卡布泰说：“记住了。”图泰又说：“但是，不要乱杀无辜，有些人不是他们部落的人，如果发现了，把他们捆绑回来，不要轻易杀人，尽量少杀人。”这事定下来以后，就开始兵分两路执行军务。

乌伦带着三丹丹到了醉八仙刘佩那个屋子，刘佩的精神还挺好，对图泰、乌伦这些人的情绪变过来了，有点感激之情吧。因为对他很特殊，不像对别人那样，五花大绑，这给他一个很大的面子，他也表示要戴罪立功。另外，他们又审查潘天豹，这方面放下不说了。

单说，卡布泰领着三巧和文强，说走就走了，饭都没顾得吃啊，骑着马就奔山崖那个松树的方向去了，就是去獾子部。在家里头的人，那就是富凌阿和图泰他们两个人，专门地审问都木琴，磨她。图泰的意思，让富凌阿天天审她，不让她歇着，找都木琴的破绽，抓住一些矛盾，然后深入攻她。

卡布泰带着三巧、文强很快到了獾子部。她们找到都木琴的妹妹都木伦妈妈，她的岁数也就是三十多岁，是个很精明的女人。卡布泰见到她以后，就请她把自己的活先放下，介绍了自己是大清的官员，有事要找她查问。都木伦马上把活安排给下头的佣人，自己就过来了，也非常爽快，没等卡布泰问，就先说了：“哈番大人，你是不是为我姐姐的事情来的，她不是已让你们抓走了吗，我什么情况都不知道，你们知道，这个部落的事情不由我管，我是一个普通的牧民。”卡布泰说：“我们知道，你受了不少委屈，部落里有很多人，对你的为人很钦佩，而且不少人对你姐姐飞扬跋扈，欺负你的情况也都告诉我们了。都木伦你要老老实实地把情况告诉我们，配合我们，不要替你姐姐隐瞒，她没做什么好事，这你是知道的，也是你反对的。她已经把獾子部的名声丢尽了，到各部落去抢这个，抢那个，欺压各部落。各部落的人都痛恨她，对她真是咬牙切齿。你也曾经跟你姐姐争论过，彼此也红过脸。现在我们要把这个部落的主事权交给你。你要知道，我们是朝廷派来的，有权治理各个地方，扶正压邪，所以，我们这次是特意请你来了，都木伦你听清没有?”都木伦犹豫地说：“我不想干了，我没有人，这些人都是我姐姐的人，我跟他们说不到一块，真不想干了，你还是另找别人吧。”卡布泰说：“这些个你就不用管了，我们会有安排的，现在，能不能把你姐姐的情况给我们介绍一下。”

都木伦这个女人还挺好，她不满意她姐姐的一些做法。一看清朝的官员，完全支持她，而且说话也挺直爽，就领着卡布泰，先到了都木琴的家里。就是挂着大旗的院子，那天就在这块制服了都木琴，杀了几个暴民的地方。都木伦领着卡布泰他们把都木琴住的房前房后整个翻了一遍。都木伦特意领他到了后山，后山离前头房子不远，中间有个小道儿，两边都是小木障子，一直夹到后山，很有意思，障子外头铺着石道儿，随着山势上去，到了一个洞口。这是天然的洞口，往洞里头走，是经过修饰，用泥抹了，还有灯光。这是都木琴囚奴隶的地方，谁要是不服，就把他押在这里。这里是个大牢房，有女牢、男牢，一进去里头阴森森的，臭味都扑鼻子，有的就死在里头，死的正经不少。都木伦说：“这是我姐姐干的伤天害理的事情。里头有不少各个部落的人，被他们抓来，如果降了他们就没事，不降就囚在这里头，什么时候回心转意，再放出来，要不然就腐烂这里。”

卡布泰他们把牢里押着的六七百人都放出来了。有的骨瘦如柴，有的圈的时间很长，出来时眼睛都看不着东西，因为老在里头呆着，漆黑的，一到外头阳光一闪，眼睛都看不清了，像瞎子一样地摸着。那个样子真吓人哪，一个一个就像骷髅一样。他们听说是朝廷的人救他们来了，都冲天跪下磕头。自己也看不到周围的人，大哭大叫，有的出来就喊，我要回我的家去，我不知我的儿女、妻子怎么样了，我要回去。卡布泰他们把这六七百人全给放出来了。

都木伦妈妈又领他们去一个地方，这个地方就在都木琴住的正房的正厅，搁后门一拐进去，有一个地道，搁地道下去，又上来，就到了另一个屋。这个屋是个秘密的屋，所说他们住的人分了好几等，这是最高的那等，多数都是住着男的，俄罗斯来的牧师全都住在这块儿。一到这屋，就感到很特殊，里头有好几个屋，布置得相当漂亮，卧室陈设可能都是从中原买来的，有的窗帘和地毯、墙上挂的壁画呀，都是俄罗斯的，还有留声机，就是唱歌的，这在当时都是非常新鲜的东西。再往里去，还有好些个屋。卡布泰就问："这是什么屋?"都木伦脸就红了："你们自己看吧，我让你自己看吧，我都说不出口。"她这么一说，三巧和文强也挺好奇，都往里看，一个小屋一个小屋的，屋子旁边有张床，地下还有个特殊的木头。每个屋基本都是这样，里头有放吃的地方，还可以在屋里大小便，有专人侍候。

在这个屋里，床上摆的都是绸缎子，可能都是搁俄罗斯那边进来的，特别漂亮。这个床很特殊，旁边有一个卧床，底下铺的挺暄腾。床上头有四个角，每个角上都挂着皮套。床是半斜形的，可以斜躺着，有靠背，下腿那块，有两块木板，雕刻着好看的花纹。都是都木琴妈妈身边的佣人躺在那，来几个男的陪着。都木伦站在那说，我看着就恶心。卡布泰进去一看，这是什么床，原来听佣人一讲，把他呕吐够呛。怎么呢，是强奸女人用的，如果这个女人长的好看，就把她推进来，答应了，两人就在床上睡在一起。如果不答应，外头人帮助把她身上衣服扒光，压到斜卧的床上，用马扣子一扣，再把她身子往上一弯，整个用皮套套住，下头两条腿一拽，正好套上，上身仰着，任人摆布，任人玩耍。经过几个俄国人轮奸以后才放了她。他们一看，连续有十几个这样的床，这时卡布泰全明白了。小文强和三巧不知怎么回事，这是什么床，没看到过，文强就问，叔叔这是干什么用的？卡布泰瞪着眼睛，还问什么，恶心人。他这一说，三巧也不再问了。

他们又往里走，就听到有哭声，屋子里头还圈着三十多个妇女呢，都是年轻的姑娘，都被糟蹋过了。她们被圈在里头，随时用哪个就提哪个。据都木伦妈妈说，这些女的都是从各个部落抢来的，肯定也有獐子部的。时间长了，赏出去，就把她们留下做谁的妻子。如果不好，就杀掉了。卡布泰问："来这住的，都是什么人呢?"都木伦说："什么人都有，前些日子马龙就在这住过，主要是给罗刹来的牧师住的。你们不已经带走两个牧师吗?"卡布泰就说："是啊，那是牧师吗?"都木伦把嘴一撇："屁吧，什么牧师，根本不是牧师，他们打着牧师的旗号，不知是干什么的。他们从来不做牧师的事情，到这来，主要为了推销俄罗斯的户口，有愿意入俄罗斯籍的，他们就给登记上，而且还给你银子，于是你就是他们的人了，他们来这儿就是做这个事的。为了方便，他们都穿着东正教的衣服。"这一说，把俄罗斯人打着宗教的旗号干坏事，完全弄清楚了。

卡布泰通过这个屋，把都木琴这个女人干的坏事，完全暴露无遗。她已经背叛了自己的国家，也害了自己的部落，她勾结罗刹干些伤天害理的事情，这个罪过回去我一定告诉图泰大哥。就这样，他让那些女人，都穿好衣裳，并向都木伦妈妈借来马匹和车辆，让这些女人上车，把她们带走。另外，那七百多人让他们都回到自个儿部落去，还让都木伦想办法，借给他们车和马，将来的花销，由我们负责。这个部落的事情，就由你都木伦管起来。都木伦说："那不行啊，我姐姐回来了怎么办?""这事你不用管，我们自有办法。"你别看卡布泰这个人粗鲁，但心很细，也挺会办事。他跟都木伦妈妈说："你暂时把部落里的事管起来吧，等过两天，我们再告诉你信。现在你姐没在家，你们这儿得有个管事人，你就干吧，有啥差错由我们承担。"都木伦妈妈只好答应下来。

都木伦这个女人挺能干，在部落里有威信。她姐姐飞扬跋扈，顺我者昌，逆我者亡，只不过部落里的人不敢说而已，但心里都愿意都木伦当这个头儿。所以，卡布泰让她挑头，部落里没人反对，这是顺理成章的事。现在卡布泰为什么这么讲呢，回去得向大哥禀报，自己不能随便做主。他想，这块没有头儿不行，鸟无头儿不飞呀，到什么时候都得有个头儿呀，不能乱在一块儿。这中间要有人挑拨，可就坏了。所以都木伦就按照卡布泰说的，暂时做部落的头领。这一讲，部落里的人都非常高兴，这以后再说。

卡布泰借了三辆大车，让受害的女人都坐在车上。他和三巧、文强骑着马走了。他们很快地回到了潘家寨。卡布泰把这事情前前后后，向图泰大人作了禀报。图泰挺满意，觉得卡布泰作的很好。图泰把这些受害的女人，安排到屋里以后，一个一个地审问，记下来，哪个部落的，叫什么名字，什么时候来的，糟蹋你们的都是什么人等等。问来问去，多数都是俄国人，说这块有俄国的据点，是都木琴安排的。这样就把都木琴的罪状越来越弄清楚了。她勾结俄国人，干了很多坏事。

另外，经过几天的审查，特别是图泰和富凌阿，个别审问都木琴，对她软硬兼施，把她折腾苦了。她不能不说，因为再隐瞒不行啊，她糊弄这块儿，又糊弄那块儿，越糊弄破绽越多，这样很多事情都查出来了。过去有些事情不清楚，以为穆哈连之死可能都是杜察朗他们干的。现在看清楚了，这个黑手不单单是杜察朗这边。杜察朗主要是窃取渔人之利，和京师某些大人勾结，贪占贡品。穆哈连之死，现在看来，最大的凶手还不是北噶珊，据都木琴交待，很多的事情都在她那儿办的。她那个地下密室，有很多俄国官员来过，他们表面上都是东正教的传教士，实际上不少都是军官啊，都搁圣彼得堡俄国沙皇那儿来的。他们早就认为大清派来的三品侍卫穆哈连是他们的眼中钉，是他们最大的障碍。是他们借潘家兄弟之手，把穆哈连杀害的，然后把罪名推到潘氏兄弟身上。内幕越来越清楚了，这个最危险的豺狼，就在都木琴这块儿。据这些女人交待，凡是强奸她们的都是大鼻子、黄眼睛、黄头发的俄罗斯人。他们很多的爪牙，都到獾子部这块儿来，接受他们秘密的安排，然后分头行动。其中不仅包括潘天豹、潘天虎，还有刘佩这些人。现在看清了，他们都是俄国的奸细，背叛了大清。这些事情弄清楚了，话就不多说了。

当天晚上，图泰亲自把这个情况写了一个奏折，让乌伦巴图鲁赶紧派人送给黑龙江将军，让他们知道这件事情。另外，抓到的两个牧师柳果罗夫、罗吉采夫，他们表面上打着传教士的旗号，实际上干着奸细的勾当。图泰在晚上突审柳果罗夫和罗吉采夫，他们仍然装着自己是东正教的牧师，这个时候，让富凌阿带着两个兵丁突然把他们的衣裳扒下来，一看他们里头穿的都是花花衣裳，黑袍外头是十字架，里头有的挂着女人的耳环。后来一了解才知道，他们凡是祸害一个中国女人，就拿下她一个耳环做记号。这还不算，他们有的身上文身，画着各样淫荡的男女交媾的事情，简直就是个流氓。另外他们里边穿的衣裳是军官服。图泰一个一个地揭发，他们无言以对，不得不在他们的口供上签了字。图泰把这些事全部呈报给黑龙江将军，让他们知道这件事情，命他们送回京师理藩院和军机处、内务府。同时，图泰把自己的奏折交给英大人和赛大人，让他们转给当今的皇上道光谕阅。

这个事情确实进展很快，没用五天的时间，他们就得到了赫赫战功，把几个问题都弄清楚了。后来很快和黑龙江将军的打牲乌拉总管共同商量，就把罗吉采夫、柳果罗夫这些人，强行地驱逐出境。这是他们得到朝廷的圣意，不要把他们带到京师，咱们仗义地驱逐他们。开始他们提出抗议，说这是他们的领土，这是我们的自由之地。这些都让图泰驳得体无完肤，这是我们大清的土地，是在康乾时就定下来的，非常清楚，是我们的地方，你们为什么到这强占，而且为非作歹。如果你们再挑衅，我们就把你们引渡到京师，到那时，两国交涉，你就不好办了。他们也怕把事情闹大，临来之前，沙皇那边告诉他们搞秘密调查，不让他们兴师动众，这样就被动了。他们只好灰溜溜地、悄声地走了。

我们又重新把他们霸占四十多年的獾子部，夺了回来，又插上了黄龙旗。都木琴这个人背叛了大清国，勾结国外奸细，为非作歹，鱼肉乡里，她的罪行列了十多条呀，犯有死罪。这块呢，就由部落选举，大家一致同意，由都木伦妈妈承继这个女罕王的位置。乌伦巴图鲁和卡布泰还有富凌阿他们一块帮助治理，清除了很多的流氓匪患。这里还来一些逃难的汉人，他们都是在关内被判刑后偷着跑过来的，也有从黑龙江、吉林一带被判刑的人偷着跑过来的，各地由各地方押回去，清除了这块很多的垃圾。这样一做，这些部落人都高兴了。獾子部又回到四十多年前的獾子部了，就是都木琴和都木伦的妈妈那个时代。她大女儿一接替就坏了，特别是罗刹一插手，这事越来越糟，这块成为罗刹进攻和腐蚀大清国土的一个重要基地。现在呢，把它重新收回来，这是图泰来了以后，最突出的成绩。

为了进一步弄清北疆的神秘事情，这仅仅是开始，何况，现在二丹丹、麻元他们究竟在什么地方还不清楚。另外，又新发现杜察朗的秘密，马龙要娶亲和这都有什么关系？还有，他们要开庆祝会，这些都没有解决。图泰征得朝廷的旨意，就把都木琴关押了起来，将下黑龙江将军衙门的大监狱，用木头的囚车押走，准备秋决。后来经过研究，暂时关押她，可能还有些问题，需进一步审判。这是她应得的下场，这件事在北疆震动最大。她在北疆是很有名望的大部落首领，她特别嚣张，不少的部落听到她的名字都胆战心惊，到时候就主动进贡去，不给朝廷进贡也得给她进贡，她就像土皇上一样。这回把她一抓起来，给两方面打击最大：一个是对下头为非作歹和勾结外籍，鱼肉乡里的部落头领，是一个大的震动；另一个沉重打击了俄罗斯侵犯的势力，驱走他们的人，抓住他们的把柄，把他们据点的首领关进了牢房，并决定秋决。什么叫秋决呢，就是到秋天斩首。当地群众相传，看起来朝廷真下狠心了，不是穆哈连那个时候，还好说话，穆哈连不是让他们给害了吗？过去有的人认为，朝廷不敢派人来，没想到，比穆哈连那时候还厉害，简直是说干就干，真了不得，可不能小看啊，可得谨慎些，收敛一些，震动了当地这些人。

这样一来，潘家寨巡查使行在的名声呼啦一下就起来了，没有不知道的。你想，在那个边远的地方，尽管地广交通不便，但是这事情传的相当快呀，一传十，十传百，马上附近一带都知道了。对图泰他们都刮目相看。心好的人，都去向图泰他们介绍情况，主动提供线索。那些为非作歹的人，都吓得心惊胆战，不知哪一天脑袋就没了，都怕重蹈都木琴的覆辙。另外，图泰又把带来的银两，自己省下的一部分，拨给了都木伦妈妈。因为她那块拯救了七百多人，各地来的人刚从牢房里出来，冬天有的没有衣服穿，给他们买点皮张，能过个冬。图泰他们自己宁可喝粥，把钱省下来，给他们。另外，又对搁密室里救出的姑娘们做了安排，愿意回家就回家，愿意回部落就回部落，还给她们银两。有的无家可归的，就让都木伦收下，做她部落的人，在她部落里生活，将来找个可心的人过日子，这些都一一地安排明白了。

单说，他们现在惦着的，就是如何找到二丹丹，这是最要紧的事。这一段时间，虽然知道二丹丹还活着，但是二丹丹和麻元究竟在什么地方？不知道。他们知道马龙还在活动，但是只听辘轳把响，不知井在什么地方。所以，他们下一步的目标，就是要找到马龙，找到二丹丹。这也是三丹丹的迫切心情，也是乌伦巴图鲁日夜思念的事。说起来呀，也真是个难事，你想，潘家寨这块儿，北海这块儿，是千里之遥啊。往北走不远，就是北海了，这块儿的面积相当大，群山叠障，层峦起伏，可以说是林海松涛，溪流瀑布，道路相当难行。如果想到一个地方去，必须问的十分清楚，而且必须找个向导，可能是领到哪个山沟，哪个拐角，才能找到哪个小部落。要不然，就是明告诉你那个山后的部落，你走起来两天三天，甚至五天七天也是它。林中人自个儿有自个儿的道，原来的道都不是人走的路，都是鸟兽通过的路，小动物、大动物，它们走的路。人在这个基础上一踩，踩出来的路，那时候猎人，根本不修路，也用不着修路。到了大冬天，都是用马爬犁、狗爬犁、鹿爬犁。夏天，有时骑马，有时骑鹿，自个儿怎么走都行啊。因为山里的道都熟了，但外边去的人不行。不用说别的，就是对面的一个山，看到那个山了，俗话说，望山跑死马啊。路不好走啊，有时候，好不容易看到了山，走啊走啊，可能走了两三天，又爬山又下崖的，到山上一看，可能是三五家或者两三家，再找没房子了，都是这样的。没有大的部落，非常小，这就给他们查找线索造成了很大的困难。何况，这地方人少，要查水耗子麻元、一声雷牛老怪、二丹丹他们在哪块儿呢，马龙要办的喜事，他的洞房设在什么地方？这些事确实是难上加难哪，说白了，那就是大海捞针，谈何容易呀。

晚上，图泰一个人，就是睡不着。头一段，忙乎一阵，觉得还有成绩，现在又回到原来的事，还是找人，找二丹丹、找麻元和牛老怪。怎么找，这又具体了，又回来了。前些日子审了那么些人，都不知道线索，看来并不是他们没告诉，或者是没有交待，而是敌人和我们周旋，这些不轨之人，弄的太神秘了。他们不是等闲之辈，狡猾得很，让你一时丈二和尚摸不着头脑，让你不知道怎么下手。所以图泰真是茶饭不思，可以说是食不甘味，寝不安席呀。他是钦命的巡查使，何况大家都在看着他啊，怎么办？就找不出一个办法来。他们都是武林中的高手，晚上觉又睡不着。唉，别想了，出去练练功吧，要不坐也坐不住，睡也睡不着，多愁的慌。这时图泰就把自己的包裹打开，拿出夜行衣，穿好。他喜欢夜间行动，武林中的人都是这样。夜间出去，静观世界的情况，静观周围的风吹草动，往往会发现隐藏的疑点，发现很多的目标。一般正派的武林高手，也是夜里行动。这不容易引起别人的注意，别人都在酣睡的时候，他们借机行动。

图泰这次出来，使命重大，头绪很多，此时思虑寻找二丹丹的事，不知怎么办好，心里有事，睡不着觉，到外头练练刀，打打拳，这样自己的心情能得到平静。他想不能惊动各屋，好多的弟兄刚睡着。他起来没敢点灯，在炕上坐了一会儿，又把衣裳穿好，带好了夜行用的兵器，还有短刀和攀登用的绳索。这些都是武林中的人经常带的东西，不管到哪，都随时带着，已成习惯了。

攀登用的绳索很有用，到了城墙底下，房檐底下，要爬上去，探探什么，他往往把绳子一甩，上头的小钩就钩住了，然后自己爬上去。或者用这些绳子捆敌人。另外，绳子还是抛射时用的武器，这是他师傅传下来的，一种独有的抛射器，就是随便抛出一个石头子。这石头子是他在野外的砂石堆中挑出来的，石头都一般大，形状是扁圆形的，飞的方向挺直，速度相当快。他单有一个小皮兜，里头装了不少这样的小石头子，这个石头有名，一般叫流星槊，就是流星石吧。他一甩，石头走的非常快，细看的人能看到一道白光，刷一下子过去了，光线不长，但是有白光。这是他练甩功，手一甩，那小石子可以说像一根针一样，一下子就能把骨头打穿。就是往木头上打，往往木头上出现很深一个坑，有时把那个小石头切进一半去，那石头像枪似的直接刺进去，相当有劲，而且甩的很准，指哪打哪。

图泰想，我不能从门出去，从门出去大家容易看见了，会影响他们睡觉。对呀，我从窗户出去。他轻轻地推推窗户，窗户关的很紧。他拿出匕首，慢慢撬几下，窗户开了。开了以后，他像猫一样，刷，蹦了出去，然后又把窗户关上。这个时候，前书已介绍过，我还要说一下，这是大清国道光皇帝继任后的九个多月，也就是旧历十月以后，我才讲过，这正是小雪快到的时候。因为嘉庆皇帝去世不久，图泰身上还带着孝呢，他的帽子外头还有一道白箍。他到了外头，一阵寒风吹来，觉得挺凉。他过了道，就钻进了林子。

林子里还挺暖和，这是北国特有一种自然现象，林子外头已经黄叶了，里头小叶还是碧绿的。有些小虫子、小动物怕冷，都藏在里头。有些凶猛的猛禽，比如说鹰，有时也钻进林子里头，一有声，它就叫唤。鹰一跑，吓得小虫子就跑。图泰这时看着天上也是明亮亮的，因为有月亮。他继续往前走着，往林子里走不远，耳朵一听，呀，里头有声音。他立刻站住了，谁在林子里头？这时候，嗖嗖地小莱塔搁树林里头跑过来，就是三巧的那个小猎狗。莱塔，你怎么在这儿呢？这时莱塔见着图泰摇着尾巴，到跟前围着转。他明白了，原来三姐妹也没睡，图泰往林子里头一瞅，看到正在晃动着的身影。噢，她们在里头练功呢。

三巧见图泰来了，马上迎上去说："叔叔你怎么不睡一会儿？"图泰看到她们非常高兴啊，这三个小丫头，都这么晚了，还在刻苦地练功，就笑着说："噢，你们不也没睡吗？睡不着啊，孩子。"这时图泰把自己衣裳紧了紧，把自个儿的腰刀一拔，然后又说："你们三个，来跟我走几趟路吧，可真走啊，可不兴偷懒。"三巧一听高兴极了，还没跟图泰叔叔比试一下，特别是巧云，好出个风头，就说："好啊。"这样，图泰站好了丁字架式，摆好了他的手势，刀就对上了。三个小丫头像真打一样，各亮自己的招数，三个人成品字形，对着中间站着的图泰。图泰说："动手吧。"这时候，一跺脚一纵身，她们三个的招式就开始了，图泰跟她们打到了一块。整个树林这块儿转啊，越转越快，越转越快，刀剑亮到一起了，真是刀光剑影，互相厮杀。他们虚中有实，实中有虚呀。三个人，走在外边，图泰拿着刀在里头。三巧非常佩服，一看叔叔的刀法真熟呀，怎么往里顺剑也顺不进去，到处是刀，好像有一千把刀，一万把刀，把他给缠到里头一样。

图泰是头一次跟林家的剑法比试。过去云、彤二老在京师的时候，也没露过这个林家剑。我前书已说过，林家的剑法只单传给她们三姐妹。在京师云、彤二老练的是刀，练的是棍、棒，剑只是一般的剑术。

所以图泰这次跟三巧互相走的路子，自己觉得挺新鲜，没看过这个剑法。这个剑法使他想到，这简直是一只神剑，它和纵横腾跃连到一起。剑一般是静中有动比较多，就像文强的剑法，但三巧的剑法是动中带动，越动越动，动中动，而且非常紧，以动为主，动中求胜，动中置敌于死地，所以林家剑特别活。如果是跟这个剑对打，你稍微不注意，就会被伤着，就会有闪失。必须耳朵要勤，头要勤，眼睛要明，身体行动必须柔软、非常快，想到就动。

图泰也显露自己身上的绝技，他看究竟云、彤二老的剑法奇到什么地方，厉害到哪。就这样，图泰把自己整个的刀法全练出来了。他的刀是神刀，也特别厉害，是清柱峰老师傅传下来的。他的刀是刀生刀，再生刀，是刀刀刀，都是刀，全身像有万把刀一样，由百把变千把，千把变万把，一把刀能变出这些刀，速度多快呀，整个身上全是刀围着。刀不单围着护着自己，而且刀还要进攻，要杀出去，所以，这个刀速度相当快。人的身体转动，像神速一样呀。他们的刀、剑有个共同特点，都是动中求胜，图泰的刀也是动的，这是凑在一起了。要知道，这么动，外边只听着刷刷刷响，不是很大的声音，什么声呢，就是人的运动和刀光剑影的风声，这太快了。刀一动弹就生风，在树林里头，像刮风一样。小莱塔在外头，连蹦带叫唤，意思是说“别打了，别打了。”他们这四个人一转，整个林子里头就起了风，一起风树干转圈上的树叶都摇动。

就在这时，图泰就听到远处树林里还有声音，他说：“好了，就到此为止，停下。”三巧她们还在动，他一说停下时，图泰脚一蹬，噌一下腾起来了，等三巧一找，他已经站到很高的树上了。这眼睛得多尖啊，他站的树上，必须能站得住人哪，你说打得这么激烈，三个剑在逼着他，那么紧，他还要显示自己的武术，还不能输给人家，耳朵还要听到外边的动静，眼睛一扫还要看到树上哪能站住人，功夫就在这儿，就得有这方面的造诣才行。三巧一看叔叔上去了，当他说停一停的时候，人家都走了。图泰呀，很满意，他心里想，哎呀，这三个小姑娘够厉害的，确实名不虚传。连我这样练武的人，要是不小心呀，都容易输在姑娘的剑下。他心里头暗暗地想，真是后起之秀，国家的栋梁，国家有幸啊！

他从树上跳下来，就跟三巧说：“好吧，你们练吧，我去看看那块儿有人。”三巧说：“乌伦叔叔在那块儿。”他心想，我以为他们都在睡觉呢，结果都在刻苦练功，都没有睡呀，心情都跟我一样，一个一个都十分急躁，都在想事情。这些人一心为国家，没有偷懒的心情。

图泰告别了三巧，就按照声音的方向，往林子里头走。他钻过了好几棵树干中间的空隙，离着很远处，就看出来了，在一个大树干上坐着一个人。他一看那人的背影，正是乌伦巴图鲁。人紧贴着树，脚、胳膊和腿根本看不着，要稍微注意，从晃影中可以看到是人的轮廓。这是树上的隐避法，瞒不过图泰的眼睛。图泰悄悄地到了树的跟前，一跺脚，噌，就蹿上去了，坐在乌伦的身边。他悄声地说："好兄弟，你也没睡呀，是不是还牵挂着丹丹哪?"乌伦，干脆没有出声。图泰从他两眼可以看出，他的心情相当沉重，怀念自己的妻子，二丹丹。谁遇到这事都是一样哪，彼此彼此呀。所以乌伦当时的心情，他会理解。图泰又说了："好兄弟，我们一定帮你找回二丹丹。"

说起来，他们小夫妻呀，乌伦和二丹丹的结合，这主意是图泰给出的，是图泰给撮合成的，我前书已经说过。图泰逼着乌伦来北疆，就着办事，把婚事办了。奇格勒善大玛发知道二丹丹的情况，他让自己的儿子雷福和常义帮着给说合的，图泰也非常同意，觉得从哪个角度说，都是好事。这三个丹丹，不但在北噶珊，就是在北海一带都是出名的美女呀，而且都会武功。他就跟乌伦说："乌伦哪，好弟弟，你听大哥的话，这门亲事你就办了，难找这样的人哪，从哪方面讲，都特别合适呀。大哥这样说，是提出建议，你借上北边巡查之机，你去看看，合适你就把这事办了。"

乌伦巴图鲁挺敬重图泰大哥，他们之间真是亲如手足啊。图泰在乌伦的眼里，在他们平辈中间，是最尊敬的人。他真听他的话，来这结了婚，没住几天，他就赶紧回京师述职。这次他回来，干脆没有见到自己的爱妻，这些日子就是这事情闹的他心慌意乱，心焦的很。更使他心情不安的是，马龙这小子要插进一脚，也不知道二丹丹现在身上怎么样，受没受害，受没受欺，他心里头总是惦记着。另外，他又恨马龙，又恨杜察朗，他认为这些人简直是向我挑衅，这是对我的藐视，要抓住马龙，他想千刀万剐。

图泰的心情跟他一样，只是不愿说而已。图泰为什么不说，觉得越说越使乌伦难受。图泰当时听到这个事，把肺都要气炸了。好啊，你个马龙，你这纯属糟踏我们弟兄，纯粹是向我挑衅。什么要娶她，美女有的是，这个淫贼你祸害了多少人，为什么把二丹丹抢去？就因为二丹丹跟我们朝廷有关系。这像一把刀子扎向我的心窝。二丹丹已经嫁给了巡查使的副将，大清朝的三品侍卫乌伦巴图鲁。这是夺妻之恨，马龙为什么这么干，他不知道吗？杜察朗不知道吗？他们这么干，醉翁之意不在酒，他想要霸占二丹丹是小事，实质上就是向我朝廷宣战哪，太猖狂了。图泰能没有火吗？乌伦是他的兄弟，而且他们这样做不单单是对着乌伦，更主要的是对我图泰。图泰为啥晚上睡不着觉，就因为听到这个事以后，他着急，一个绝不能让马龙祸害了二丹丹。第二，必须马上抓住这个凶手，把马龙置于死地，使他的阴谋不能得逞。更主要的是伸张正义，在这儿如果制服不了马龙，那只能说你图泰巡查使这帮人是窝囊废，是一帮饭桶。你来这还能站住脚吗，还有什么脸面吗，你来这儿当什么官，兄弟的妻子都让人家夺去，人家耍戏你，这不大煞你的威风吗？你的威信，在北海一带还能起来吗？趁早走吧，赶快滚球子吧。

图泰的心情是这样，乌伦难道不是这样吗？乌伦睡不着觉，也是这样，只是互相之间都心疼对方，不愿说而已，他们都心领神会。所以，乌伦在这暗自发火，早就坐在这块儿，手把树干弄得咔咔地响，树皮都刷刷直掉，恨不得马上把马龙抓住。他现在觉得无力回天，怎么就找不着二丹丹在什么地方呢？图泰给他的任务，让他跟三丹丹一起再审刘佩和潘天豹，把他们也真折腾够呛。最后他们跪在地上，痛哭流涕地说："乌伦大人哪，我一点没有撒谎，我都到这个份儿上了，你们对我这么好，这么优待我，真是感激不尽啊。我对天发誓，丝毫没有隐瞒，我要知道在什么地方，我能领路，但是我真不知道他们把她藏匿在什么地方了。"三丹丹也哀求地说："你告诉我，二姐在什么地方，你以前的事，如果有什么杀人的罪过，我一定跟图泰大人说，饶你一死，行不行。你告诉我，我二姐在什么地方，我二姐在遭罪呢。"哎呀，把刘佩折腾的实在没法办了，就说不知道。后来乌伦巴图鲁一看，刘佩也就这个能水，挤不出什么东西来，可能也真不知道。又审问潘天豹多少次，潘天豹是个胆小鬼，表面上看，挺张扬，好像有多大能耐似的，实质上更完蛋。他们纯粹是一帮乌合之众，没什么能耐。他们只不过是马龙的打手而已，是被马龙利用的。乌伦就跟三丹丹说："看起来，咱们也只能这样了，还得另找别人，他们俩的路都给堵死了，或许真不知道。"三丹丹也说："看来，我二姐的事还得找别人了。"

乌伦把这个情况报告给图泰大哥，图泰叹了一口气，也是一筹莫展，只能安慰乌伦："乌伦哪，你不要着急，咱们肯定能找出办法来，天无绝人之路。好兄弟，你心情一定要好，可不能为这事闹出什么病来，咱们还有很多事情要做，你千万要保重身体呀，好弟弟，咱们准有用武之日。”乌伦就说：“大哥你说的对，可这时间挺紧哪，天天这么挺下去，啥时是个头啊，光说找人就是找不着，我的二丹丹一旦出了事怎么办?”说完，眼泪就淌出来了。图泰说：“好兄弟，你别哭了，我现在就想办法，你没看我正想法吗，咱们一定会找到路子的。”白天时好说歹说，总算把乌伦安慰一顿。

这不晚上吗，他们都没睡，乌伦坐在树上，正在难受呢。图泰去了，知道乌伦现在的心情，找不着办法，心急如焚，一肚子火。乌伦一声不出，只是眼睛看着前边，眼泪在眼圈里转着。图泰在月亮底下都看着了，也非常同情他，心疼他。俩人坐在那块儿，都不讲话，各想自己的心腹事呀。俩人看看天，看看地，看看树林，又互相看看，都相对无言呀，心领神会。这时图泰就想办法把自己的感情转过去，想转移一下视线，把自己好兄弟的心情给扭转一下。他紧贴着乌伦坐在那块儿，手搂着乌伦说：“哎呀，好兄弟，看，你这地方选的好呀。”他说话的声音非常小，是窃窃私语，这是夜行人的规矩，大声说，我来这呢，那就糟了。图泰讲的话，只有乌伦能听到。“这是个好地方，你确实选了一个好地方。”

这块儿是在一个山的高处，这片林子是个斜坡林。他们虽然在里头练功，把地踩的都挺平，但从整个来看，斜坡上全都长着古树，真是古树参天哪。这块儿稍微高一些，乌伦在里头选这个最高处，三巧她们在前头，他在后头。这个地方挺避风，扭过头往后看，后头正背依着一个陡峭的山峰，是一层黝黑的山，当然山上也有山林子，一片峭壁山崖，是一个绵延无边的山。山的对面，就是这片林海，林海前头就是一条道儿，道儿那边就是潘家寨住的地方。因为道是随着山坡下去的，延伸到很远的地方。远、近的景致，都纳入他们的眼底。坐在树上头以逸待劳，自己既能隐蔽，又能看到很多的地方。往前看是林海和潘家寨，往右瞅，那是东边，面积很大，左边面积也很大，所以这块儿是一望无际呀。直接往远瞅，也就是过了潘家寨，再往前瞅，那块儿还是平原，莽莽林海，无边无际，最远处的地方是黑蓝蓝的天，那就是北海。如果从东口出去，就可以进到东海，进到太平洋去了。左面也是一片林海，茫茫无际啊，可以听到一些寒鸦的嘎嘎叫声。再往远处听，可以听到山泉的泉水声，这块儿的河流是交错纵横。虽然现在河已经封冻了，两岸冰很厚，但是河流中间没有冻，水流湍急，哗哗地流着。搁山顶的树上往下看，是林海，河流在林海中蜿蜒流着，有的是横着行，在林海里看不着，有的是纵着行的，可以微微地从林莽中间看到一条白带子，这是冰带，中间有水。在月光下，这块的夜景多么美呀，多么壮阔呀。这一片大自然壮美的景象，是我们大清甜美的土地，肥沃的土地。就在这块土地上，含有多少眼泪，多少征杀，而且罗刹的刀剑已经逼进了。

此时，图泰的心情非常难受，就好像有多少罗刹的刀剜他的心一样。他这次来，就想治理这个地方。想到这里，自己的心情真是激动不已，心潮澎湃啊。他又顺着道往左右瞅，还看见不少鹿道儿。所说的鹿道儿，不一定都是鹿走的，就是马和鸟兽走的羊肠小道儿，这都是打牲人，有时候进去打猎，赶着鹿驼子，赶着狗群、狗爬犁，逐年的趟、踩，踩出人间交通的生命线。从树上往下一看，挺有意思，像盘肠子一样，一条条盘在一起，然后扯向四面八方。这些林间小道，在林海里头，忽隐忽现，伸向远处，这些路都是通往北海的路。潘家寨在北海这块是咽喉之地，车可以通库页岛，通到奇集湖，通到黑龙江江口。顺这些小路往里走，像蜘蛛网似的，通向格尔必其河，额尔古纳河。再往前走，就是尼布楚，现在已被罗刹霸占去了。他们就这么不讲理啊，霸占以后，自个儿就钉上桩子，而且不少的移民就迁过来住，如果你一去，他的军队就过来了，就说侵犯他的领土。你论理，他蛮不讲理，说杀就杀，嚣张得很。图泰往下看，就在这个林海里头，也有不少大清建的哨卡，让人家给排除了。现在往北海的道儿上，不少的哨卡都成了俄罗斯的哨卡，都受俄罗斯的管辖。清朝在自己的土地上不能行使自己的政令，你说奇怪不奇怪。就在眼皮底下的獾子部，要不是他们重新给夺回来，不过半年，很可能变成罗刹一个新的据点。再过几天，潘家寨也给夺过去。这时图泰跟默默无语的乌伦说："乌伦哪，你真行啊，这个地方你选的好啊，你看，咱们就像一只猫头鹰一样，在树上一蹲，下头哪怕有个小耗子，也躲不过咱们的眼睛哪，真是个好地方。好弟弟，你选的挺好，将来咱们一定派兵丁来，就作为一暗哨点，监视周围的形势。"

此时，他们两个都在树上坐着呢，屋里头卡布泰还在打着呼噜，睡得正甜。小雷福、常义和富凌阿他们也都睡呢。乌伦和图泰他们就盯着这山，盯住远处山中的小道儿，尽量向远处观察动向。图泰又说一句："乌伦，你不要心急，我现在想办法，要不明天，现在已经到这半夜了，那就是今天早晨，咱们吃完了早饭，再审讯一下娄宝和齐宝，从他们口里再找找蛛丝马迹。”乌伦照样没有出声。

就在他俩静静地，相对无语，凝视山前这一片无边的林海，心潮起伏的时候，忽然都觉得背后山顶上传来一种动静，一种不大的声音。武林中的人，耳朵最好使，也最尖，一些特殊的声音，都能敏感地捕捉到。你想山那么大，刮着风，林海中什么声音没有？他俩在这些声音中捕捉到一种特殊的声音，好像有人的动静。这风正从他俩背后山那块儿刮来，那就是南风从山后吹过来的，把那个特殊的声音吹进他们的耳朵，他们马上就注意了，这声音是从背后的山崖上飘过来的。他们随着声音都不约而同地回过头往后看。后面呢，方才我已经说了，都是陡峭的山峰，在夜色中看不清楚，黑茫茫的一片，深处是浩瀚的林海。山林都隐避在黑暗之中，分辨不清，就像黑乎乎的大山在后头靠着似的。他们注意到这个声音，是在这些群峰之中，最高处有一片葱翠的松树，他们觉得这个特殊的声音，就是从最高处那个松树密林中传出来的。这时，他们的眼睛也非常尖，就在夜色茫茫之中，他们抬头发现，自己坐的地方还不算最高，图泰原以为是最高的地方，回头才发现，最高的地方，原来就是那个山崖。他们看见山头上有一片葱翠的松树，那块儿是这个山最高的地方，声音就是从那儿传出来的。往上看，这真是天梯呀，一层比一层高。

就在这时候，忽然从那片林子中间，在月光下，如果仔细看，似乎有一个人影在林中晃动，看不太清楚。但你注意看，随那声音细看的话，有个人影。那个人似乎也蹲在树上，因为他跟树贴得很近，他稍微一动，在树干旁边就露出来，不细看，根本看不出来。就这个时候，随着山风往这边一吹，就听到一位老人的声音，听的很真切。声音是风给刮过来的，人看不清楚，声音随着风，嗖嗖地刮，清晰地传过来了。一听，那个声音正从密林里出来的，声音说：“图泰啊，好孙儿，我给你发去流星槊，快，你要注意接到。万事难，人更坚，早早去，看麻丹。”一个老头儿的声音，就这几句话，随声音一过，嗖，就觉得从远处打过来一个东西，在月光下一照，只见一个亮光，从山上那个高崖处飞过来了。

这种特技，只有图泰知道，他是从清柱峰，自己的老恩师那儿学过这种特殊的技能，就是接、收这种流星槊的技能。刚才我讲了，图泰身上也带着流星槊，这是他们师徒共有的流星带，也叫小飞石。别看石头小，暴发力强，这是往外甩的技能。还一个接的技能，也不简单，飞石抛过后，要有接的能耐。打人时甩它，为的是进攻，自己人之间，都是用它来传报信息。这是个密窍，只有自己的门派才能得到这个技术，别人不会。打过来，躲不过去，一石头，不知被打成什么样呢。自己人那就证明会打、会接，你听到声音以后，石头很快就飞过来了。因为小石头飞的快，磨擦出火花，出现点光亮，都能看到。练时间长了，就能心领神会，听到声音一过来，手随着声音马上就张开，这样就能接住。但是声音掐早、掐晚都不行，掐晚了就过去了，掐早了，你闭上手，小石头正好打中你的手，掉在地上，所以，必须掌握分寸。这个石头抛出以后，还有远近之分，有的是远一些，有的是近一些。近一些声音一般不容易听到，全仗眼睛来看，抓住它。要远一些，就能听到声音，到你跟前是什么声音，经常体会才能掌握这个技术。

这些都是图泰跟自己的恩师学来的，他没想到，在北海这块儿，还真用上了这个技术。他认为这块儿呀，没人会，他知道恩师也不会交给马龙，马龙后来变心了，跟他师父的师弟八宝禅师、黑头僧在一起，干了不少坏事。所以图泰想，这是谁呢？难道是师父来了？这时他赶紧接这个流星槊。他看到光一闪过，随着声音，手一掐，正好把这个石头掐住了。要知道这有多远哪，他心里非常佩服，这是个老人，从后头高山那块儿，抛到这块儿，这个力量多大呀。而且他抓在手中，小石头还热呼呼的。图泰呀，多少年，没有接着这个东西了，他师傅过去给他打过，没想到在北疆这块儿，怎么能接到自己师傅传下的流星槊呢，觉得太离奇了，太不可思议了。他激动万分，他左思右想，这是谁呢？

在夜里头，最忌大声说话，不能喊，哎，你是谁啊？能喊吗？不能，那一下子让周围的敌人和心怀叵测的人知道了你的位置，这样就不能隐蔽了。所以不能喊话，容易暴露自己，不利于安全。他这时心里想，这是谁呢？他叫我孙儿，这就证明他比我清柱峰的恩师还要高一辈的人哪。这个声音不熟，没听过，也没听恩师讲过，他还有什么师父。这是世上哪一位高人，而且，他这个抛星术跟师父一模一样啊，他肯定是师父的师父了，这是没问题的。自己觉得太失礼了，这老师父什么时候到这儿来的，一点不知道。他怎么没在中原，也没在山西，也没在京师，怎么到北疆来了呢？这一大堆问题没法解释。

图泰这时，忙从树上纵下来，接到这个流星槊。他想赶紧去拜见这位祖师爷。他走出密林，过了一条道儿，还注意那个山上，在月光下一闪，那个影子没有了。当他快走到跟前时，那里已无影无踪了。他知道这位祖师爷，现在不愿意露出自己的身形，已经隐入另一片密林，悄悄地走了。这说明他现在还不让我去拜见他。图泰马上跪下，向着那个高处的方向，磕了三个头：“老师祖在上，弟子给您叩头，咱们后会有期了。”图泰默祝老恩师一切顺利，万事平安。

图泰接到这个莫名其妙的流星槊小石头，赶忙用暗号招呼树上的乌伦下来。两个人匆匆往回走。他们没告诉三巧，她们也许回去睡觉了。这个流星槊呀，可能有密报，这是他的同宗之间互相传递信息的一个绝好的办法。图泰和乌伦回到屋里以后，用火磷咔咔打出火星，把獾油灯点着，屋里刷的一下就亮堂了。图泰搁手里把流星槊摆开，张开手一看，这小白玉石头是鹅卵型，跟他抛的石头差不多少，都是小白石头，石头中间钻了一个小孔，有一个小条，是桦树皮的。桦树皮非常薄，用水一泡，能泡出好多层，拿棒槌一捶，过去在山里头，这就是纸张，用它写字，相当好。还可用火在上边烙出字，用它传报消息，或者用火烧出一个符号、图样来，用它代表一个意思，过去就这么传。

图泰和乌伦两个人非常好奇，慢慢把桦树皮抽了出来，怕拽碎了，把石头放在茶几上，然后把小白条捻开，在灯下一看，那字写得非常小。写的是：雕窝砬子九拐七阶洞。就这几个字，别的什么也没有。你想那么小的小石头子中间塞着一小块桦树皮，所以字不能写的太多，这就够挤的了，密密麻麻的。怎么写的？他用刀划的，完了用颜色往上一抹，出来的印。过去写字都是这么写法，先拿刀或针划些坑，然后把野草野花香料的颜色往上一抹，就能出字，有时转圈用火烧了一下，这样更容易看出中间的小字。图泰他们看这字挺生疏，不知这个人是谁，声音又听不出来是谁，难道是假的？这是什么意思呢？雕窝砬子九拐七阶洞，没听过这个地方呀？是冒名？乌伦巴图鲁就问：“大哥，你认识这个人吗？能不能，这里头有什么事，要引咱们上钩啊？”

图泰想了想，就说：“好兄弟，不能这么看，不会的。因为打流星槊，只有我的师父会，他叫我孙儿，那可能是我师父的长辈，只有我的祖师爷、师父才有这个特技，我还没听谁有这个能耐。这就证明他不是坏人。第二，我早想到了，马龙没学过这个技术。因为这个，我曾回去一次，见到我的恩师，恩师就把马龙的情况告诉我，他知道马龙变坏以后，就把马龙撵走了。后来马龙就到黑头僧那去了，这个技术马龙肯定不会。这就证明，不是歹人所为，是我们的人，还是帮助咱们的。”乌伦说：“对呀，再想想，他说的话，是啊，话中有话。”图泰和乌伦又仔细想，对呀，当时往外打流星槊的时候，不说几句话吗，他们又分析那几句话。图泰呀，好孙儿，我给你发去了流星槊，快注意接呀，这是头一句话。另外是，万事难，人更坚，早早去，看麻丹。看麻丹，麻丹是什么？

突然，图泰使劲把大腿一拍，就说："麻丹，就是麻元、二丹丹，这肯定是告诉咱们，麻元、二丹丹所在的地方，哎呀，想没想，早早去，看麻丹，这麻丹在哪呢？麻丹肯定就在雕窝砬子九拐七阶洞，这不是哪个世外高人，是我的祖师爷帮助咱们来了，他从南边特意到北边来，帮我来了。"他们越想越激动，乌伦通过图泰这么一解释，真是如获至宝啊，愁了这些天，茶饭不思，惦记的就是二丹丹和麻元他们。现在世外的老神仙来告诉信了，他们就在雕窝砬子九拐七阶洞，咱们现在只要找到雕窝砬子九拐七阶洞，那肯定能找到麻元和二丹丹，这事情就好办了。

这时，他们都精神了，趁热打铁，赶紧商量。图泰马上让乌伦叫起卡布泰和小文强，还有雷福、常义、富凌阿，又把三巧她们招呼起来，赶紧议事。大家很快凑在一起，图泰向大家讲了这个好消息，世外的高人，打过来流星槊，告诉咱们，麻元和二丹丹现在所在的地方。三巧一听就到图泰跟前看小桦树皮上的小字，觉得挺熟。三巧就跟图泰说："图泰叔叔，这个字我觉得挺熟，我们在林子里搭窝棚的时候，忽然来了一位疯老人，他也给我们留下一些字，是在牛皮上写的，那个字非常像这个字，但这个字太小，看不大清楚，那个字大，是他写的，来救咱们了。"图泰也许想不明白，乌伦更想不出来。图泰说："各位，不管怎么的，这说明有世外高人，在暗处帮助咱们。咱们应当抓紧时间，按照世外高人的指点，赶紧去救二丹丹、麻元他们。容我们大功告成，再答谢我的祖师，我的老恩师吧。现在不管怎么说，给我们送来了希望，送来了曙光。麻元、二丹丹他们现在是有下落了，咱们迅速行动，救人要紧。"

大家都非常兴奋，认为现在赶紧找到雕窝砬子。图泰就问富凌阿："你听没听说雕窝砬子这个地方。"富凌阿说："雕窝砬子这块太多了，因为在北海这块儿，雕特别多呀，一个鹰一个雕都来这块儿。每棵树上都有雕，你不常看到吗，哪个山上有雕，就在悬崖峭壁上絮自己的窝，在那孵蛋，所以，每个山都有雕窝砬子呀。不过现在好办，他提到拐，九拐，这是北疆土人常说的话，几拐，是指山道儿来说的。这山都不好走，也没有道儿，这道儿都是猎人根据野兽走的路开出的道儿，走到一定的时候，怕方向错了，因为路太多，一走错了路，方向就错了，容易憋死在里头，饿死在里头，干脆出不来呀，如果转不好，一年也出不来。为防备迷失方向，更快地到自己所要去的地方，所以在一些主要的岔路口的地方，在树上和石头上都刻些符号，这些符号，当地土话叫拐，就是到这儿必须拐，拐道儿，不能直着走，直着走就错了。一看到拐，就知道往东拐，往西拐，也可能往上爬山，也可能往下走。这个拐弯暗号，这儿的土话叫拐，七拐、二十拐、三十拐都有，不过指的地方，都有自己的记号，当地的猎人、土民都懂得这个拐，现在要找九拐在什么地方，就能打听到。图泰大人，我看，现在还得挖刘佩。”

大家顿时豁然开朗，这就好办了，有了这个，什么问题都好解决了，这回我们要达到目的，可能是易如反掌啊。这时大家都很兴奋，七嘴八舌出了许多主意。这些主意归拢到两条，第一条就是，原来三巧、卡布泰他们曾经掌握的线索，说书人曾向各位阿哥讲过的，就是娄宝和齐宝现在掐在三巧的手上，三巧逼迫他们，拿出一个令牌，这令牌分上令牌、下令牌，凭这两个令牌就可以在所有的洞口，潘家寨这块儿的十个库任意行走。特别是六库，因为娄宝、齐宝主要在庞掌醢的密库里，非常起作用。如果光拿下牌，可能刚到门口，里头进不去。这上令牌，牌面上有个令字，这个牌厉害，见到它没有不放行的。三巧不掐着一个令牌吗？大家说，趁着机会，还是请三巧去潘家寨十库中的第六库，找娄宝、齐宝先打听清楚。他们肯定知道杜察朗现在就住在潘家寨，不知藏在什么地方。马龙要娶新妻，那就是二丹丹，二丹丹的阿玛肯定在场。这事必须经过二丹丹的阿玛，也就是经过杜察朗大玛发，他们之间很可能有什么勾搭连环的事情，互相作了什么交易，这是可想而知的。所以说，还得找杜察朗大玛发，这是一条路，不一定先问九拐在什么地方。先拿令牌到六库去，通过娄宝、齐宝问清根由。他们现在不敢放肆，已知三巧的厉害，前几个人死在三巧的剑下时，他们都吓坏了。而且他们都知道，三巧是当今天下无敌手，是云鹤、彤鹤二老的高徒，谁敢惹呀。就是马大刀、马总管也得拼一拼，其他人谁敢碰三巧。到六库打听杜察朗大玛发现在住的地点，知道他住的地方，也就知道他们办喜事的地方。杜察朗肯定出席，这场戏没有他演不成。这样，我们就可以顺利地找到马龙一伙的窝巢，顺着摸吧，反正都在一个洞。

大家说对，找到娄宝就找到杜察朗，找到杜察朗就能找到马龙一伙。看马龙还往哪逃去。马龙既然要办喜事，顺着这条路，咱们就能找到二丹丹，这样像一串糖胡芦似的，一个串一个，先找娄宝、齐宝，接着是杜察朗，最后就是马龙一伙。这样就是一箭多雕呀，这个事是当务之急。大家越商量，越觉得不能舍近求远，先把这事办了，谁去办呢？卡布泰说了："除三巧姑娘莫属，由她们去办。"三巧说："我们一定办好这件事儿，请各位叔叔放心，我们遵命。"完了大姐巧珍又说一句："请三丹丹跟我们一起去，我们欢迎她。"

三丹丹这时在旁边坐着，听起来心里亮堂，开始没敢说，她有这个意思。但又一想人家能不能要我呀，人家是不是看得起我？是不是还怀疑我，她怕这个。去找她姐姐，又能看到恨人的阿玛，当然她愿意去了。娄宝和齐宝是她手下的人，又能听她的。三丹丹这次来只见到了马龙，还真没到那个库去。我没说吗，三丹丹这次来的很匆忙，她是受额莫柳米娜之命来的，是背着她阿玛杜察朗来的。杜察朗不让她来，说这地方非常乱，可能有兵马之乱。另外他也知道三格格的脾气不好，跟人家打起来，要受了伤就糟了。所以告诉柳米娜，你把三丹丹看住，不能让她到处走，我去几天就回来。

柳米娜不听他的，因为，杜察朗很多秘密柳米娜根本不知道，他俩原来挺有感情，后来一看，杜察朗拿她作发泄的工具，现在不像过去那么亲了，她也知道，这男人身边不定有多少女人。她现在不惦记这个事，因为她家有一个总的牧师，我都讲了，叫希敏尔基，这个人既有文化，又有计谋，杜察朗和柳米娜的结合，就是他给介绍的。他是从圣彼得堡把柳米娜领来的。希敏尔基就是圣彼得堡的人。他跟人说话文质彬彬，平易近人，见人总是三分笑，大伙都愿意接近他。他在北噶珊人缘还挺好，北疆的各个牧民，都认为他是好人，认为他是心肠最好的人。

希敏尔基大牧师的岁数还不算太大，刚近五十，他的脸上留着络腮胡子，往上卷着，俄国人好这样留着。除了嘴上留着两绺往上勾着的胡子以外，两鬓也留起了长胡子，显得特别精神，非常英俊。可不要把罗刹人都看得青面獠牙，不是的，那一个个都各有各的特点，希敏尔基很有心眼，很有策略。杜察朗知道，柳米娜也知道，在北疆，在大清的土地上，很多的事情，看来，有很多的牧师在蹦跶，很多的军犬也在蹦跶。希敏尔基因为深得沙皇的器重，曾经接见过他，并且授予他双鹰头的勋章。他没有功能得到勋章吗？他在大清国的土地上，受到很多牧民的尊敬，跟谁都是谈笑风生，也从来没听到他讲过大清国的坏话，就这样一个人，柳米娜实际上得听他的。

柳米娜曾经火了好几次，回去就哭，希敏尔基说：不要哭，到了另一个国家来，是人家的夫人，要有一种涵养，要让人看出大俄罗斯人的品德来。他就这么教育柳米娜。因为柳米娜小的时候妈妈领她到东正教堂过生日，她的名字就是希敏尔基给起的。这些年，她是在希敏尔基跟前长大的，从一个漂亮的小丫头长成一个漂亮的欧洲女郎，后来又把她嫁给了大清国的杜察朗，这些安排和她走的这条路，都是希敏尔基给她一笔一笔写成的，所以她挺尊敬希敏尔基。

柳米娜秘密把自己的三丹丹派来了。到这儿之后，马龙向她煽动，说了不少图泰的坏话，把三丹丹气坏了。她想图泰这些人太不像话了，两面三刀，当面是人，背后是鬼。她拿出单刀，帮助马龙杀了不少下边部落的头人，她也干了一些坏事。最近图泰跟她唠了许多事情，她的心情特别难受，总想要见见自己的阿玛，见见马龙，更要把自己的二姐找回来。她到这边一看，根本不向马龙他们说的，这纯粹是谣言，她早就想告诉她额莫，就说，大清国的官员没有一个不对我二姐好的，人家是真心惦记着，真是要救她。包括我的二姐夫乌伦巴图鲁，那真是深深爱着我的姐姐，常看到他暗暗的落泪。她在北噶珊这边，就没看到一个露出真心的人。到图泰这边，她感到人和人之间互相赤诚，互相真挚地爱，互相真正的关心。这一切她都感受到了，这里有一种无形的热力烘烤着她，一个人怎能不受到感染呢，不受到触动呢？所以，三巧一提出请三丹丹参加，她就打心里高兴，欣然地站起来，跟图大人说："图大人，谢谢你对我的信任，我愿意去。"说着，又流出感激的热泪。图泰也很高兴，就说："好，那你就作准备，你们早点动身。"于是，她们回到自己的屋，准备行囊和武器。

再说，定下第二个行动计划，也是马上就办的事，到他们刚刚交下的新朋友，野人部去，就是獐子部去。因为所有林海里的情况、地点、方向，他们都了如指掌。要想找雕窝砬子九拐七阶洞，婆婆离妈妈肯定会鼎力相助。再一个能帮忙的是獾子部的都木伦妈妈。她是新选出来的女罕王，她也很感激朝廷。图泰怕有什么反复，为稳定这个部落，支持都木伦，就派小文强去，是大清国打牲事务的派驻人员，帮助都木伦解决一些事情，帮助都木伦准备好对朝廷的贡物。这时候，三巧中的巧兰就愿意跟文强在一起，主动提出，跟文强哥哥一块去帮助都木伦妈妈，文强还挺抹不开，但心里愿意，图泰也就同意了。卡布泰到獐子部去，管理打牲户籍和秩序上的事情，访查罗刹秘密来的人。他们各自明确了要办的事情后，就立刻分头行动。

现在咱们再说各自进行的情况。先说三巧和三丹丹，她们带好了自己必用的兵器和随时需要换用的行装。为什么还要带些随时换用的行装呢？因为她们所去的地方，就是我前书所说的，潘家寨著名的十库，都是杜察朗和京师有关人士秘密建起储备财富的仓库。这里有他们自己的兵马，有自己的护卫，还有当地的土民，给他看库。另外，各种土特产品晒、晾、制剂、炮制这些活，就像小加工厂一样，一排一排的，这些个非常诡秘。各个库其他人根本接触不上。一个个都在密林深处，都在悬崖峭壁之中，搭些半土窑式的小作坊，有的就利用山的洞子，外头用各样的木头和石头堆积着，隐蔽起来，不到跟前不容易看出来。外头都悄声地站着武士。可以这样讲，这些地方就是杜察朗，还有庞掌醢这些人的家底子。他们需要什么东西，就在这里选一些，运到北噶珊，然后再分发到各地，换回银两和财宝。这个地方就成为杜察朗和他前辈人生财的地方，搜刮当地民财的地方，是吸血虫啊。本来大清早有规定，各地无权随便收购一些贡物，那时叫贡宝。他们借朝廷之手，为个人收敛财宝。当然，这里包括一些地方官员，受他们的贿赂，被拉过去了，就蒙骗了盛京将军和黑龙江将军，更蒙骗了我们大清历代的王朝。这种腐朽现象，可以讲，从圣祖爷的时候，就是康熙的晚年已经暴露出来，一天比一天严重。三巧她们到那去，是到人家藏财宝的地方去，你自己不注意安全，不注意隐蔽，根本接触不上。就因为这个，三巧和三丹丹，她们见机行事，要带武器，带自己必备的行囊，随机应变。说时迟，那时快，她们很快就接近潘家寨东山一带的十库。

东山，有好些个山坑，不远一个不远一个。这块儿有十库，她们去的地方是十库中的六库。这个六库，是娄宝和齐宝常住的地方。杜察朗建了六库以后，专门赏给帮助他上通下达，做了很多事情的庞掌醢，庞大人。这是他的私库，当然也有杜察朗的东西，但大部分都是庞掌醢的东西。这些情况，只有杜察朗知道，内部的账对外谁也不讲。六库主要藏的物资，原来是以海禽为主，都是北海海产的珍宝，海中的各样动物，各样的鱼虾，包括海狮、海象、海豹，海象牙，海里主要的矿石，海盐，海中的植物，海菜、海参等等。

除了海中动植物以外，就是禽类，主要以猛禽为主，那就是鹰和雕。鹰有十几种，除了海东青以外，有海鹰、水鹰、隼鹰，大大小小各种形状的鹰。再就是雕，北海的雕非常出名啊，有的雕是秃雕，就是头上不长毛。雕长大了以后，头上的毛就脱下来了，光秃秃的，把脖子突出起来，一个雕比人还高。北海的大海雕，最重的都百十多斤，半天才把膀子扇动起来，像滑翔一样，顺着坡往前跑，把膀子一打，叭叭，越跑越快。这样随着坡下去，才能飞起来，马上都起不来，太沉了。飞行的力量，飞行的长度，相当远。这个大雕啊，可以捕鹿、捕獐子，甚至他们都能和豹子打仗。在地上跑的大蟒，也挺粗，这个雕，刷的下去，把蟒的脖子掐住，一只雕下去掐住身子，再一只掐住尾巴，三个大雕就把大蟒抬走，相当凶猛。这些飞禽，它的羽毛特别值钱。各样的扇子，各种建筑墙壁的装饰都用雕的羽毛来镶嵌，从老远一看很美。六库原来是以海禽类为主，后来，变成庞掌醢个人专用库以后，他也充实了其他的东西，如各种皮张和各种名贵的药材等等。

六库挺大，里头专有住人的地方，有歇息的地方，还有娱乐的地方。在当时的生活条件下，你都想不到，那么荒凉的北海，寒冷的北海，这库里却是春意融融，里面还养着美女，有很好的卧室，有很多的奴才侍候。外边寒冷得要命，进了洞以后，就进了另一个如意的梦境，供他们大肆挥霍享乐。很多的建筑都是从中原一带请来的工匠作的，所以里头建的如仙境一般。闲言少叙，咱们介绍一下就行了。就像庞掌醢常说的，啥时候到我的库里来，会让你有得陇忘蜀的感觉，就那么美。

三巧和三丹丹，她们快接近了六库。她们到了一个小山包，前头是一片松林，往前再有四十多里，过了这个山，就是立陡石崖的北海海湾。在海湾旁边修一条路，都是雇当地的奴才，当地的猎民，用石头铺的一条小路。因为运货呀，把海边的东西运过来，没路不行，但这条路不太宽。在当时，能修出一条石路来，也可以讲，在大清朝的时候，可能都是首屈一指的。不少京师来的人，到杜察朗这地方来，请他们骑着马，坐着轿车，让他们来观光，都大有感慨地说："有生以来没看到大清国还有这么美的地方。"人们都认为北方是荒漠之地，虽然这块是我们大清皇帝的龙兴之地，但是有多少人来过呢。一个不让你来，来了谁也不到这么远来。所以根本想象不到，就在这个地方，还真有北国的世外桃源。

三巧和三丹丹，她们到了一个小山包，是一片桦树林，这片桦树长得不太粗，很有意思，一色刷白的白桦林。三巧几次和娄宝接触，都是在这片白桦林。她们在白桦林隐蔽起来，巧云就说了："二位姐姐"，就是巧珍加上丹丹，她们不应当是四个人，我前面已经说了，巧兰，现在跟着小文强到獾子部去了。来这边的，实质上就是巧珍和巧云和三丹丹。所以巧云就说："二位姐姐，你们来这等着，不要动，不要出声。我自己去，如果没有特殊情况，我就把娄宝或者是齐宝带过来，咱们在这了解情况。如果发生什么意外，我向你们发暗号，你们听到暗号，就去帮我，就这么定了。"巧珍和丹丹就说："是了，好妹妹，你多加小心。"

巧云把剑圈到腰上，外头穿着一个女人的彩服，挺漂亮，像一个牧民家挺美的小姐。她在树林里还悄悄地擦了擦粉，把眼眉描了描。她虽然不如三丹丹那样美，但是很像闺中少女。三巧久经风雨，是一个女侠的打扮，她们气质不一样，三丹丹显得非常苗条、秀气。巧云和巧珍她们就显得英俊而又秀丽，有种刚柔之美。巧云这时穿着小花鞋，按照北方一个牧民家少女的打扮，自己翩翩地走过去了，扭扭捏捏走的非常慢。巧珍捂着嘴直笑，没想到，我的小妹妹挺能装，你看装的多像，要不细看，还真像是农家的小妞妞，出来逛海边附近的风光，在外头信步游玩。她们看着巧云慢慢地走，不一会儿，就拐到了一个山上，因为这块是个高坡，能看得清楚。巧云穿着浅绿色的衣服，镶的花绦子，非常好看。巧云头上梳的小抓髻，转圈还扎些小花，和当地农家的小花妞妞没有两样。

走不远，前头就出来两个兵，挡住了巧云。看着好像说什么话似的，你是哪来的，找谁来了，不让她往前走。只见巧云羞羞答答的，手指头顶手指头，在胸脯前扭来扭去，娇里娇气的样子。她跟这两个守门官说：我是来找谁找谁的，其中有一个守门官就说了，让她把手伸出来，意思说，你有啥证明没有。巧云这时搁兜里掏出一个东西给他们看。这两个官一看，大吃一惊，不是一般的东西，是个令牌。这两个兵丁想，此人不是非凡人物，有令牌，肯定这个女孩的父亲是杜察朗家的，或者是哪个大人物家的到这来了，可能来这游山玩水的，谁敢得罪呀，都吓坏了。马上施礼，让她等着。见一个兵丁就跑进去了，不大一会儿，就出来一个官员，穿着打扮都是清朝官员的样子，因为北噶珊杜察朗也是受官封的，有时也可以穿官员的衣裳。出来这个官员，见了巧云以后，说了几句话，巧云就把他领过来，这个人在后头跟着。可能那个官员没有看出是谁，他知道有令牌，肯定是有来历的，令牌不能轻易得到。何况这个官员知道底细，那肯定没问题，他不是娄宝就是齐宝。因为丹丹一眼就看出来，她很熟呀，她自己家的佣人还不知道吗。从那人走路的样子像齐宝，巧珍也知道，因为已见他好几次了，知道要找的人找到了。

到跟前那个官员一看，在树林里站着的，有三巧中的大巧巧珍，这边站着的是自己主子的三格格。他见了慌忙上前，叩头下拜，先给三格格下拜："哎呀，三格格你怎么来这儿？我们现在正在找您那，您的身体可好？"完了，他站起来，又跪下来，刚要给巧珍下拜，回头一看，才引她来的正是巧云，没想到，她打扮成牧民家花里胡哨的小女孩，现在才看清楚。他马上又给三巧两位小英雄下拜，他最怕她们，他就是被三巧抓住的齐宝。这时齐宝就说："禀报三位姐姐，我的娄宝哥哥呀，让大人给叫走了（指玛发），有事出去了，现在就我自个儿在家里，所以，我来了，不知你们为啥事而来？"

这时丹丹先问他："齐宝，你告诉我，我姐姐在什么地方，我阿玛现在是不是在洞里头？也就是在没在库里头？"齐宝说："没有，老玛发额真没在这里，他前两天已经走了，和马龙一块走的，他们到什么地方去，我不知道。"巧云说："你为什么不知道呢？"齐宝就说："实不相瞒，现在这里发生点事，不知道为什么马总管还有咱们的老玛发，突然地把庞掌醢，庞大人抓起来了，现在就圈到这里。命令娄宝我们哥两个，不要干别的，就领着那块的库兵们把守，绝对不让他跑了。说他是什么朝廷的钦犯，这事就大了，原来庞大人，那是这块的红人呀，怎么突然就变了呢？我们不知道，谁敢问哪，到现在也不知是怎么回事。抓的这一天，我们都在场，吃着饭的时候，突然马龙就命令一个人上去就把他绑住了。庞大人大骂呀，就说，你抓了我，你就不得好死，你们早晚都要被朝廷一网打尽。就这个情况，我没敢向各位姐姐们隐瞒哪，这两天我都没敢出去。三格格，你这两天在什么地方？家里又捎信来，柳妈妈也捎来信，让我们好好照顾格格。我们没法出去呀，也没得到老玛发的命令，不敢动。不知道你在哪里，也不敢把你的情况向老玛发讲，也不知道你这次来，老玛发知道不知道？上次我们吃过这个亏，柳妈妈的事都由她自己办，她跟我们大玛发不多说，我们要说多了吧，就容易引起大玛发和柳妈妈之间的不和，我们作小的敢吗。所以说，请格格原谅，你来的挺好，你怎么办？就住在我们这儿，别走了，柳妈妈怕你出事。"

这时巧珍就说了："丹丹的事，就不用你惦记着了，她跟我们在一起，是最安全的，这一点你放心。"齐宝说："当然，当然，我们肯定放心。不过，这个事我们怎么向柳妈妈回禀呢？"三丹丹说："你就说，请柳妈妈放心，丹丹一切挺好，别的就不用说了。我的事，你也不用告诉我的阿玛杜察朗大人，不要告诉他。今天陪着我的两个姐姐来，主要是想了解点情况，齐宝你不能有一点隐瞒，要把情况如实地向我的两个姐姐介绍清楚。"

这时巧云又问他："齐宝，你现在知道不知道，他们为什么要抓庞掌醢？"齐宝说："禀姐姐，我真的不知道，一点也不知道，但是让我们看的非常紧。"巧珍就问："他圈在啥地方？都谁在看着？"齐宝就说："由我们看着，每天晚上加岗，都由我俩定。"巧珍说："如果我们要劫狱，怎么办？"齐宝一听吓坏了，马上扑通就跪下了："哎呀，请姐姐们饶命呀，现在把庞掌醢交给我们了，如果你们把他劫走了，我们就没命了，这事怎办好呢？能不能想点别的办法呢？"

这确实是一个大难题，由他们负责，要劫走了，娄宝、齐宝那肯定是同谋人。丹丹就说："两个姐姐这么办，把这情况带回去，跟图大人说一说，看怎么办更妥帖一些。"说完丹丹又转过身跟齐宝说，今天晚上我们要找你联系的时候，你在不在？齐宝马上说："肯定在，我的哥哥娄宝也在，他回来以后，我就告诉他。"丹丹又说："这些大事，齐宝你可不能撒谎。"齐宝说："小的哪敢，我们的命已经交给三巧，三位小英雄了，我们绝没有撒谎。请你放心，我说的都是实话，你让我怎么办，就怎么办。"

巧珍说："这么办吧，我们一会儿就回去，把这个情况向图大人禀报。齐宝请你告诉娄宝，现在可不是前几天的时候了，现在朝廷已经派了巡查使，图泰图大人来了，他是受皇命而来的，他是带着圣旨来查办一些违法之事。所以你一定认清这一点，识事务者为俊杰呀，千万不要再为非作歹了。我们回去向大人禀报，然后，可能今天晚上，不能太晚，你听着外边有夜猫子叫声的时候，叫三声，你们必须出来，谁都行，我给你们传达大人的具体安排，好不好？听清没听清？"旁边的巧云也说："齐宝，你听没听清？"

齐宝战战兢兢地说："完全听清了，姐姐说的听清了，三声猫头鹰叫，我们必须出来，我不出来，娄宝出来，娄宝不出来，我出来。我们一定老老实实地按照这事来办，请三位姐姐放心。"这事就这么决定了。

三丹丹怕不把握，又一次嘱咐，你可不能放松这事，你就是再忙，听到猫头鹰的叫声，也得出来，你要不出来，你可负不起这个责任，记住没记住。齐宝说："三格格，你放心，我记住了，我不能在这多呆，赶紧回去。"巧珍和巧云互相一商量，让他赶紧回去吧，就告诉他："好吧，咱们晚上再见。"就这样，齐宝匆匆忙忙转个弯，看到周围没有什么人，也没有护兵，自己悄悄回去了。

她们三姐妹，就是巧珍、巧云和三丹丹，看看周围没有监视的人，就悄声地离开了小白桦林，回到了图泰大人的身边，把这里的情况跟图泰叔叔禀报了。

再说，卡布泰、文强和巧兰，他们三个人也分别回来了，向图泰介绍了情况。大家把九拐七阶是什么意思，在哪块儿，完全弄明白了。所说的雕窝砬子九拐七阶，这是北疆的一个重要的大山。雕窝砬子，在这块都叫"带米拉子"，就是雕山，这是满语。这个山非常出名，是外兴安岭以外的一条著名的大山。它在牛满江的上游和亨滚河上游之间，隔断了这两条江，山势重叠，陡峭险峻，是外兴安岭这一带比较高的山，巍峨雄壮。所以，这个山就成了鹰和雕的故乡，猎民们把这个山叫鹰山、雕山。山的下头有泉水，一部分水往东流，流进了亨滚河，又奔向了黑龙江的出海口。一部分的水，从山上的山泉下来，注入牛满江，这是牛满江的上游，一直往南流，流进了黑龙江。因为这块动物和鸟兽相当多，长期以来，是北方各民族生活的摇篮，是宝库。这里住着索伦人、鄂伦春人、达斡尔人，还有费雅喀人、满洲人，就是满族和他们祖先女真人，来这儿住的也不少，还有其他零散的北方的小民族。这个山非常富饶，林木丛生，古树参天。搁山上往北看，前头不远，可以看到绿茫茫的、蓝汪汪的，在白云之下的海洋，那是北海，这是北海的南岸。往东看，也就是往天边看，可以看到库页岛那块的白云，景色秀丽迷人。这片锦绣江山，是大清北疆美丽的沃土，很多人到这儿来没有不惊叹的。这里的气候还很好，虽然是北国的天气，但是有海洋性的气候，所以这是鸟类栖息之地。正因为如此，引来了不少蟒禽动物。而且，这里熊最多，因为树高、树多，熊最爱爬树。不单有熊，还有豹，有山狸子，有猞猁，还有小松鼠，各样的花鼠、飞鼠，就有七八种之多。这块的猫头鹰，就有六七种。这么富饶的地方，各个部落都愿意在这儿生活。很多的部落，都是按照鸟兽飞禽的名字，为自己的部落命名。

这块就叫九拐七阶的名字，前面说书人已经讲了，这个拐，是指部落之间为开发某些地方的一些记号。最早的时候，这块部落并不多，只是有些猎人到这儿来，住一两家，临时住一住。当时都是小帐篷，打猎用的，满语叫“塔旦包”。这些小帐篷，住着几个人，打完猎把帐篷一拔就走了。时间长了，就形成了部落。九拐这个地方，面积相当大，而且山上有一个很大的平地，这块逐渐形成了一个比较大的部落，九拐是这块最大的部落。这个九拐现在的名字，就是代敏部，安巴代敏部。安巴代敏，满语是指大的雕，这个部落的号就是雕部，以雕命名的部落，用雕作自己祖先的图腾。所以，部落大旗上，画着大雕。部落外头的柱子，有三搂多粗，就是三个人手搭着手抱着，有这么粗。他们把它锯开以后，埋在自己部落的前头，用这两个大柱子作为自己部落的象征。这两个大柱子刻的是人脑袋，鹰身子，这样一个鹰，就是安巴代敏。他们祖先是从鹰蛋生出来的，生出来的是人脑袋，鹰身子，后来毛去掉了，就变成光身的人，最早是鹰身子，他们就这么形成自己的创世神话。现在这个部落首领的名字叫达萨布，大家都叫他达萨布罕，就是达萨布王的意思。

整个九拐是一个很高的大山，山上有九个山包把整个山围着，转来转去的。每个山围着的地方都有山尖，路一拐又一个山包。每个山包的地方，都是密林，是凡一拐的地方，过去都做些标记，原来打猎时是一两个人住着，时间长了，就形成了部落。这山上的九个包，就有九个拐，形成了九个小的部落。这些部落中最大的部落，就是第九个拐，它是最后一个拐。它不是按一、二、三、四、五、六、七、八、九那么排的。这个部落认为他们祖先就是鹰，所以，用鹰和鸟有关的名字起自己部落的名字。九拐部落总罕就是达萨布罕，他们部落就叫安巴代敏部。

第八拐叫若罗部，这是达萨布罕的第二个弟弟，叫色勒春罕，是钢铁坚强的意思，是若罗罕。若罗就是狗头鹰，他的旗帜是狗雕，他认为狗头鹰是他的祖先。

第七拐，也是他的弟弟，叫花达部。花达是满语，和索伦语差不多，就是花豹的意思。花豹是鹰的一种，身上有白花，叫花豹，也是非常雄猛的鹰，脑袋是秃顶的，不长毛，嘴特别长，很有劲，能把骨头叼碎，爪子也挺有劲，把小鹿都能叼起来。七拐是花豹部。

第六拐也是他一个弟弟，这些弟弟不一定是亲弟弟，因为在北方少数民族，一个父亲有几个母亲，他们之间都是兄弟相称。达萨布有好几个母亲，生了好多弟弟。六拐也是他的弟弟，叫依苏卡部。依苏卡就是白雕、白鹰，这雕很大，浑身是白羽毛。这个部首领名字叫拉拉，人们叫他拉拉罕，是白雕部的首领。

第五拐，山头那块儿，也是他的一个弟弟，叫喝都恨。喝都恨，就是一种雄猛的雕，在雕里头有一种叫斓尾雕，它能跟老虎打仗，能拦住老虎的去路。它特别凶狠，爪子一下来，能把老虎的眼珠子拽出来，老虎都怕它。在北海那一带，相当凶猛，各种动物一听到它的声音，都赶紧藏起来。这个喝都恨，专和猛兽斗，不吃小动物，掐死猛兽以后，先掐眼睛，把眼睛掐出来，然后开始叼肉、掐肉吃。把肉吃枯了，野兽就慢慢瘫倒了，就这么凶猛。

第四拐，第四个山头，叫雅苏卡部，雅苏卡是一种青雕，部落长的名字叫巴莱，她是达萨布罕的妻子，第一个媳妇，她是这个部落的部落长，这个部落叫青雕部。

达萨布罕的第二个妻子是在第三拐山头那块儿，是松昆罗部。他第二个妻子名叫托精，是托精罕。松昆罗是海东青，也是鹰的一种。

第三个妻子，就在第二个山头那块儿，叫母勒母部。他的第三个妻子名叫西保，也是罕中的一个女王，母勒母就是海鹞，常在海浪里头飞翔，它不是海鸥，是一种鹰，叫海鹞子，在海上捕各种动物，爪一抓就把鱼抓起来，专吃海里的动物和海上的飞鸟。这种鹰，特别凶猛，这是他第三个妻子掌握的第二个拐。

还有头拐，就是第一个山包，这是达萨布罕的大女儿，他大妻子生的女儿，由她掌握这个部落。这个部落叫依玛卡，依玛卡是鱼虎子，就是专吃河里鱼的一种鹰，他的大女儿叫蒙都罕。

这九个拐部落的头，不是达萨布罕的弟弟就是他妻子，再一个是他大女儿，都是他一个家族，把整个山都包了，由他一家人管着。

除了拐以外，还有七阶。阶也是满语，阶是指榛柴棵子，就是说，山头上的部落由这些阶来管。九拐山下有山沟，每个沟都有沟岔呀，每个沟岔都生了不少榛子树，一片一片的榛子树。榛子树在女真语和满语中都一样，叫加毛，毛就是树，加毛就是榛子树，叫惯了，就是阶。每一片榛子树都有一个小部落。部落的人口不一样，有多有少，每个部落都由达萨布罕的儿孙们管，所以这个地方都让他们全家给占了，都是他一个家族的。

这个七阶都叫什么名字？我们介绍一下。

头阶，就是这个大山下坡的地方，是第一片榛柴棵子的地方，叫达苏胡噶珊。噶珊就是屯子，达苏胡也是鸟雕，像鸟那么大的雕，相当厉害，是由嘎岱作噶珊达，嘎岱就是达萨布的小儿子，做这个屯子的屯长。

第二个榛柴棵子，叫脖勒噶珊，脖勒是鱼狗子，是抓鱼吃的鹰。头拐是鱼虎子，都是小鹰，飞起来非常轻，速度相当快，体积特别小。专抓小鱼吃的鹰，叫脖勒噶珊，这个噶珊的屯长叫蒙岱，蒙岱是达萨布罕的第二个儿子。

第三阶，就是西勒门噶珊，是雀鹰，这个部落的名字叫西勒门。西勒门就是雀鹰，也是以鸟命名，这个屯长是锁库噶珊达，锁库是达萨布罕的第三个儿子。

第四个榛柴棵子，叫酸噶珊，酸是鸬鹚，鸬鹚是一种鸟，专抓鱼吃的，也是用鸟命名，这个噶珊的屯长叫白齐，白齐是达萨布罕第四个小儿子。

第五个榛柴棵子是布勒恨噶珊，布勒恨是仙鹤，用仙鹤命名的，是达萨布罕的二女儿做部落长。

第六个榛柴棵子，就是山下边的榛柴棵子，这儿由他最小的儿子做屯长，叫嘎鲁噶珊，是由天鹅命名的。

第七阶就是第七片榛柴棵子，是他第三个小女儿，还是以鸟命名的，叫夹昆噶珊，夹昆就是鹰，鹰噶珊。

整个山看起来，都让达萨布罕家族占领了。这个山绵延最长，山上山下都是他的家族，这就是雕窝砬子九拐七阶。这回经过调查才明白了，所说的九拐七阶，只要找到了达萨布罕，就掌握了这个家族的情况。另外，更使人高兴的是，这个老人已经七十六岁了，有人讲已经八十多岁了，因为北方少数民族对岁数记的不那么准，他自己总是说七十多岁，看他的年纪，可能比他自己说的岁数还要大，因为他的儿女岁数都相当大了，连他的儿子头发都斑白了。他完全是白发白胡子，眉毛都是白的，满面红光。他的胡须从耳朵下边到下巴颏整个一片，胡子快长到他肚子了，就这么长的大胡子。头上箍着一个铜箍，铜箍上头还有一个鸟，象征着他们的祖先就是鸟人。这个鸟是用银子打成的，这个箍子箍着头发，头发很厚、很密、很白，真是白发苍苍。达萨布罕是索伦人，他有三个夫人，还有一个小夫人。他儿女相当多，有的是管着大的山头，有的是管着榛柴棵子，整个大山都由他家族儿孙管着。

达萨布罕的父亲叫玛布泰，在乾隆朝就很出名。玛布泰的父亲叫特恶，也是很有名的。他们在康熙朝曾经打过罗刹。据他们家族讲，他们在明朝时，曾经受过皇封。他们是辽东都府下头著名的大家族，他们家有明代的印鉴，曾在北方的疆土上做过贡献，是这么个家族。现在达萨布罕家族的力量相当强，除了管理这个山以外，这一带所有的动物，也就是他们捕猎的猎区，都是他们管辖范围。另外，他们这块离北海很近，也就百八十里，有的地方是二百来里，有的地方是一百多里。在北海的南岸，一直到西海岸一带，整个海湾、岛屿基本上都是达萨布罕的势力范围。所以，他们涉及的面很大。此外，他们有不少捕鱼的海船，专捕海鲸、海象、海豹，他们仓库里的海象牙堆的像山似的，非常富有。

正因为如此，杜察朗大玛发早就注意到，想办法贿赂他，来巴结这个家族。有时用软硬兼施的办法，打着大清朝的旗号，庞掌醢逼着他们交贡品，交海贡，交鱼贡，交皮贡，不交就想各种办法给他们施加压力。长期以来，使达萨布罕对朝廷不满，以为清朝这么坏，还赶不上明朝，明朝时不这样。清朝怎么这样呢，因此产生很多的隔阂。这是杜察朗大玛发和清朝的官员所造成的。但是，达萨布罕这个人很正直，他一心爱国，罗刹几次来找他，他都以理拒绝。他想，我们祖上是受明朝皇封的，我有明朝的官印，我有明朝恩赏的奖品。另外，我们在康熙朝的时候，曾经参加打罗刹的战役。我们是这个地方的主人，我们不能轻易忘了这一点。

特别是经过卡布泰和文强的了解，他们知道，獐子部婆婆离妈妈是达萨布罕的儿子乌来的妻子，是达萨布罕的儿媳妇。就连獾子部的那两个女罕王，都木琴妈妈和她妹妹都木伦妈妈，也都是达萨布罕的儿媳妇。看起来，达萨布罕在这一带威望挺高。

图泰他们掌握了这些线索，真是大吃一惊，原来北疆这块还有这些望族和名人。对各部落之间的关系，过去疏忽了，不知这些复杂的内幕。这次一摸，好像一个蜘蛛网似的，摆在了自己的眼前。图泰马上把大家召集到一起，咱们赶紧商议一下，现在摆在我们面前的事情，真是非常的复杂啊，我们应该从哪下手呢？

说书人告诉阿哥们，让他们商量去吧，他们确实需要商量一下，我现在要把书再一转，咱们还得讲讲另一派人，他们在干什么，咱们不能老照顾图泰这些人，我现在要讲讲杜察朗和马龙他们，书要扭到这方来。

杜察朗现在也是心急火燎，他在北噶珊干了不少坏事，知道自己做了很多恶，从骨子里头得罪了云、彤二老。翔鹤和穆哈连的夫人丫丫，都是他给祸害的，那也是云、彤二老的胞弟、胞妹呀，这些罪责，杜察朗是难逃法网的。所以他知道自己现在是黑脸人，已经做到底了，没法再躲了，扮成红脸，他们也不相信，早晚是个事儿。现在穆哈连的三个女儿，已经出世了，是现在的世外高人。当今的武林高手，谁能超过皇上的师傅云、彤二老，恐怕没有一个。他认为马龙，马教头也不是他的个儿。何况在京师，像图泰这样人，乌伦巴图鲁这样人，真是英雄如林哪，将才辈出。可惜他这边没几个人，他也真替穆彰阿担忧，怎么不多网络和招揽天下的武士呢。一提起这事儿，他现在真害怕。

杜察朗现在最恼火，最恨的是乌伦巴图鲁，还有自己不争气的二格格，二丹丹。怎么这么混呀，既或阿玛我错了，我把你错嫁给西噶珊去了，你看不上奇格勒善的小儿子也可以，你跟阿玛我好好说呀。我这人做啥事都非常任性，不愿意让人提反对意见，阿玛我虽然独断专行，但你是我的格格，跟我说，你硬要回来，我还能杀了你，还能不要你这个格格，这不可能呀。你们三个都是我的宝贝格格呀，你怎么这么糊涂，怎么背叛了自己的阿玛，背叛了北噶珊，这就等于背叛了自己的祖宗，怎么认敌为友，嫁给乌伦巴图鲁呢。乌伦是什么人？乌伦是英和那边的人，本来就跟我的亲家穆彰阿不和，他们虽然身份不同，英和是先朝中的老臣，穆大人是后起之秀，年岁虽然比较轻，但也是名人，也是朝中大臣呀。你怎么和乌伦私定终身，这本身就是抗拒和违背了咱们家族的族法，把自己随便嫁过去了，这给咱们多丢脸呀，让阿玛我真是无地自容啊。他一想起这事儿，就恨得咬牙切齿。

杜察朗对自己的夫人俄罗斯的美女柳米娜也非常生气。你呀，没做好事呀，你就是护犊子，把孩子都惯坏了。但是，柳米娜后头，有俄国的强大势力，他不敢惹。柳米娜又美，他打心里喜欢，在这些夫人中没有一个能超过柳米娜姿色的，他不忍心动柳米娜。所以他现在把希望就寄托在穆彰阿身边的人，总武师、总管家马龙的身上，他盼着马龙早点来，整治这个破碎的山河。这边真是风雨飘摇，山雨欲来风满楼呀。我呀，现在有点支撑不住了，马龙你怎么不快点来。马龙是我的保护伞，别人靠不住了，现在矮子里拔大个儿也好，就得把他看做英雄了，他现在是顶梁柱呀。他要来了，就能支撑这个局面。另外，他又怕得罪了穆彰阿大人，所以马龙来了以后，他就连着大摆酒宴。他知道马龙好色，而且也知道，现在马龙已经是穆彰阿大人的乘龙快婿，他把琪娜格格从龙福春的手里头夺过去了，现在正式嫁给他了。马龙到这儿来，杜察朗从两个方面对待他。一个天天摩挲他，赏给他银两，赏给他金锭，让他吃好的，喝好的，用金银财宝，来笼络马龙。另一个就是选美女，让马龙晚上总有美女侍候着，一天一换，一天从七八个美女中选，选定以后陪着他。马龙到这儿来，天天过着温暖柔香的好日子。

这样马龙还不满意，就说："杜玛发，杜大人，我现在心情特别郁闷，就不想在这多呆了，过两天我就回京师去。"这是吓唬杜察朗，因为这次是穆彰阿让他来的，他必须来。杜察朗真怕他走，你可别走，你是我身边重要的武士，你要走了，图泰他们真要来了，一个个都是武林高手，我的脑袋就掉了。再说，三巧也不答应，肯定要替她阿玛报仇。他非常害怕，让马龙守着他，马龙就用这话吓唬他。杜察朗大玛发偷着向马龙身边的一个人了解，马大人现在有什么心事，我能做到，尽力让马大人高兴，我一定侍候好马大人，他是京师来的呀。这亲随就把杜察朗的想法告诉马龙，马龙就把自个儿心思透过去了，马龙要什么？马龙想让你把三格格给他，他要做你的乘龙快婿。他到这儿来，你没把你亲爱的格格赏给他，他就要一个两合水的美女。什么叫两合水？就是指着杜察朗和欧洲的美女柳米娜两人结合以后生的姑娘。

马龙更厉害，癞蛤蟆想吃天鹅肉，把要货的单子，直接开到三丹丹的身上。只要我成为你的女婿，才能帮助你。这可把杜察朗大玛发吓坏了，也急坏了，真是左右为难。他怎么能把自己的宝贝丫头给这样一个流氓呢？他知道马龙祸害了不少女人，他能舍得吗？把自己的小格格，他心中惟一的一个心肝给马龙，这是不可能的事。但是，他又不能得罪马龙，一得罪，鸡飞蛋打，就全完。现在还得靠着他呢，这个顶梁柱就是马龙。这事把他难住了，又怕柳米娜知道，她知道又哭又闹。也不能让三格格知道，三丹丹火气挺大，就得跟马龙干起来。她根本瞧不起他，马龙的身份，马龙的情况，她完全知道。这可怎么办？想来想去，还是娄宝、齐宝帮助出了主意。

娄宝对杜察朗说："你想办法让三格格离开这儿，让她找个地方出去玩玩去，别让她在跟前，在他跟前，还真没准，大玛发，我的大人，他什么事干不出来呀？"正巧柳米娜也希望自己的姑娘出去找找她的二格格。就这样，柳米娜让三丹丹找她二姐。杜察朗睁一眼闭一眼也就同意了。所以，三丹丹走，不是跟马龙一块走的，她先走出去的。具体事，杜察朗也没跟柳米娜说。三丹丹躲出去了，躲了一天，躲了两天，马龙的事没解决也不行啊。杜察朗他最后想出了办法，找到了对策。我的三个女儿长的都一个模样，互相还真不太好分。这样办吧，他挺自信地、自言自语说。

有一天，他把马龙单独拉来喝酒，吃饭，两人喝到醉醺醺的时候，杜察朗就说了："马总管，我挺喜欢你，也敬重你，你是世界上第一个大英雄，咱们的穆大人真是有眼力，看中了你，我也钦佩你。你想的事我都知道，我跟你说句实话。"马龙这时也喝得醉醺醺的，说话舌头都不好使了。杜察朗又说："我跟你讲，我愿意把我的姑娘嫁给你，你是我的爱婿，我真想把我的家产和这块的家业都交给你马龙，我对你比对我儿子都器重。我告诉你一句实话吧，我的大姑娘，现在是穆大人的儿媳妇，我的三姑娘，疯疯癫癫，那是个疯丫头，天天不是哭就是闹，再不就知道玩，什么也不会，你跟她凑在一起，就得天天受她的气，天天受她的折腾。"

马龙虽然说要三丹丹，但是他也知道，三丹丹根本不可能，从年岁上，从资历上，那三丹丹眼眶多高，可能就想当皇后，除了皇上谁也看不上。马龙只是酒后随便说说而已，还没把这事真正挂在心上。这事反倒使杜察朗千分之千的尽心。马龙听他一说，就没在乎，行，我知道，我只是这么说一说。他喝得醉醺醺的，一边说着一边晃动着脑袋。杜察朗又说了："我倒有个想法，不知你敢干不敢干，你是不是大英雄？你要是大英雄，你就帮助我，你帮助了我，我把什么都给你。"马龙就说了："我不是英雄？我现在就是大清国的第一个大英雄，谁敢说我不是大英雄？你说吧，什么事情？"

杜察朗一看马龙口气挺大，就说："现在我的二格格，是世上的美女。你不看见我的大格格，也看到我的三格格了吗，我的二格格跟她们长的一模一样，这是阿布卡恩都里①给我生下的三个美女。可恨的是，我的二格格，让乌伦巴图鲁给抢去了，你说他们多恶吧！敢抢我的美女。我现在没有这个能耐，我身边没有力量。马大帅，马师傅，马总管，你要有能耐，你就从乌伦巴图鲁手里把我二格格救出来，能不能？你要救出来，我就把我的二格格许给你，明媒正娶，做你的小夫人也

① 阿布卡恩都里：指天上的女神。

行。你已经有大夫人了，我知道，是我亲家穆大人的格格，让我的格格做她的妹妹，我不挑这个身份，就是做你的二房我也答应。我打心里就恨乌伦，他们太坏了，霸占了我的格格，我于心不忍哪，我不心甘情愿哪，你能帮这个忙不？你要真能够把她抢回来，有那么一天，他们要来闹的时候，你能顶住顶不住？”马龙说：“听说二格格不已经在你们这边吗，还用抢什么？”杜察朗就说：“是啊，是在我们这边，藏着呢？可是乌伦巴图鲁和图泰他们到处找她，早晚有一天，要有一场血战啊。”

马龙喝着酒，从来是目空一切，天下属他第一。他善于吹嘘，吹起来都没有边，他得啥讲啥，信口雌黄，说完了，放个屁就忘了，他就是这么一个人。听杜察朗这么捧他，自己又喝点酒，借着酒兴，就答应下来：“大玛发，你要真把二丹丹给我，我就要了她。至于她跟小琪娜两个人谁做我的大夫人，那是我定的事，穆大人也管不了。如果二丹丹对我真好，我就封她为正夫人，这事我说了算。你要真给了我，我肯定按你说的办。至于乌伦巴图鲁他们，你放心，那都是我的刀下菜呀，我根本没把他们看在眼里。不用说别人，就说跟我同时学艺的图泰，有什么能耐？不怕。至于三巧，那是毛丫头，不值得一提。我是打遍天下无敌手。你要说真话，是不是当真的，你是不是在耍我，杜察朗。”他大声地叫。

杜察朗大玛发，这时候看他喝醉了，就说：“啥事，你就说吧，马大帅。”马龙闭着眼睛，半天才说一句：“你说的话准不准，你说话算数不算数，二丹丹是不是真正嫁给我，你敢办这个喜事不？你敢办不敢办？你不能说了就拉倒，你得敲锣打鼓，给我戴花，把二丹丹请出来。你要敢办这个喜事儿，明媒正娶，我马龙就会帮你这个忙。我一定让二丹丹过好日子。你放心，乌伦巴图鲁和图泰他们，谁也不敢欺负你。你说的是真的吗，要说准了，怎么回事？”

杜察朗虽然喝着酒，头脑还挺清楚，就说：“马大帅、马总管，我说的都是真事，你如果同意这事，你一定明媒正娶，我一定说服二丹丹嫁给你。咱们就办这个喜事，尽快办，我敢办，不知道你现在怎么想的。”

马龙，这时又喝一盅，可能也挺清醒，就说：“你说话算数不算数，用不用咱们签个字？”杜察朗笑了：“马大帅、马总管，这不用签字，我说话算数，我是北方的如意侠呀，我是杜氏家族的大玛发、总穆昆，我还能说话不算数吗，我从来没干过那个事，说完了放个屁就不认账，不是的，我说话算数。不过马大帅我跟你说一个事，以防万一，现在乌伦巴图鲁和图泰呀，正在找二格格，包括我的三格格，还有我的内人柳米娜，都在找二格格。我的意思，咱们先悄悄进行，选个僻静的地方，在那儿把喜事办成，生米煮成熟饭了，二丹丹也就没办法了。然后咱们再办下一步的事情。”马龙说：“好吧，我完全同意。”就这样，杜察朗大玛发和马龙就这么定了，把二丹丹明媒正娶嫁给马龙，是做正夫人还是做侧夫人，由马龙将来再定。

这事是在北噶珊定下来的，定完了以后，杜察朗大玛发又问他一件事：“马龙啊，你现在是我的女婿了，有些事就不要瞒着我了，有什么情况你要如实告诉我。”马龙说：“那当然，那当然。”说着两人就呼呼大睡。他们两个在客厅里头抱到一块，和衣而睡，不少人侍候着。

第二天早晨，他们在地上吐的哪都是，他俩也都醒过来了。马龙这事还记得，一听杜察朗大玛发要把二格格给他，他心中怎么想呀，得一个是一个，他不在乎，我能得到了二格格也行，这是名门之家呀，何况又是两合水的美女，又让我占有，我马龙多了不起呀！等杜察朗醒过来之后，他又盯问一句：“杜大人，昨天晚上咱们酒中说的事儿，是实事儿还是虚事儿？你现在怎么看。”杜察朗大玛发说：“讲的都是实事儿，何为虚事儿，没有变。”马龙说：“你说的要明媒正娶，我做你的乘龙快婿，这事儿是真事吗？”杜察朗说：“小点声，别让周围的佣人听到，都是实事儿，没有变。”

就这样，马龙这次从京师来，从心里头占了上风。他最大的收获，就是把杜察朗抓到自己手里，而且把杜察朗得意的二格格，二丹丹许配给他，敲锣打鼓送给他，多好的事呀！马龙刚在京师当一回新姑爷，做了穆彰阿的乘龙快婿，没想到，仅仅几个月，在北疆又洞房花烛夜，他能不高兴吗？他特别高兴。这样，他对杜察朗更亲了，杜察朗对他也没有隐瞒的了，两个人越说越近。马龙就把穆大人关于要惩治庞掌醢的事告诉了杜察朗。杜察朗一听，大吃一惊。庞掌醢那是个红人，我从来以为他是穆彰阿的心腹呀，现在穆大人要铲除自己的心腹，要制裁异己，穆大人是怎么回事呢？庞掌醢怎么得罪了穆大人？他心里画魂儿。

这时马龙悄悄告诉杜察朗：庞掌醢在京师有自己的门脸儿，皇上给写的字。他来这边，是用钱疏通好了穆彰阿，所以穆彰阿就非常信任他。现在穆彰阿从道光皇帝登上大宝以后，他一摸情况，原来嘉庆时期的老臣，像赛冲阿、英和、戴均元他们并没有闲着，他们乘着道光皇帝登基以后，想干一番事业的机会，天天到道光皇帝身边讲这讲那，他们这样做无非想抓一个使穆彰阿这些人非常害怕的事情。他们派人到北疆去，查一些贪赃枉法的事情，而且要重新整治北疆。过去北疆是一本糊涂账，现在赛冲阿、英和他们，想把糊涂账一笔一笔弄清楚，责任在谁，禀报给皇上，然后要制裁朝廷的不法之人。这样弄下去，穆彰阿肯定就害怕了，把水掏干之后，我们这些事不就露出来了吗。穆彰阿大人想乘图泰没去之前赶紧把我派到北疆，把他在北疆的代理人，像庞掌醢、秦典薄等身边的人，先把他们抓起来，然后说他们是贪赃枉法之人。他们的事我们不知道，我们和他们不一样，有些事他是瞒着朝廷，也瞒着我们的，把罪加在他们头上。把他们抓住以后，让他们签字画押，等朝廷来查的时候，说是他们干的事。这样穆大人他们还有功，为铲除朝廷的祸害，做了件好事，这不是一举两得的事情吗？所以，他这次来的重要任务之一，就是想办法秘密抓住庞掌醢。

马龙这次来的第二件事，是针对图泰他们势力而来的。要制服图泰他们，巩固自己的势力，使朝廷去的人占不住脚，维护他们多年在北疆惨淡经营的军事呀和各方面的关系呀，使自己永远成为这块总头领，要人有人，要物有物，要财有财，让朝廷不知道底细。现在最恨的是赛冲阿这些人，就刨这个根，意思想要把这个线弄清楚，顺着线抓出京师里幕后的支持者，穆彰阿怕露这个馅。所以，马龙这次来身兼要职，让他帮助解决这些事情。这次马龙是以世外高人的身份出现，不以朝廷命官的职务出面，安排的都非常细呀！

但是，哪有不透风的墙，庞掌醢的儿子在京师，也听到信了，便告诉了他阿玛。庞掌醢知道穆大人派马龙来，要整他，早晚要成为他们之间斗争的牺牲品，把他卖出去。他为了对付这个事，表面上要去北疆潘家寨查户口，以这个名义，实际上他是安排一些事。另外他也常嚷嚷，如果有人敢整我，我就把北疆的仓库全烧了，然后把罪证公布出来，因为我知道这些账，这些年是我经营的，我不但要烧了仓库，还要把账目交给朝廷，让朝廷知道：谁是罪犯，谁是朝廷最大的罪犯。他这么嚷嚷，杜察朗也非常害怕呀，因为潘家寨的十库里头，他就占了七八个，当然这里还有穆彰阿的财富，但主要还是杜察朗大玛发的。所以，他为什么盼着马龙来，原因就在这里。他也知道庞掌醢相当厉害，可是他身边没有人保护他。庞掌醢真要那么干，真要破斧沉舟，往上一告，不但朝廷中的穆彰阿露馅了，他也露馅了，那就全完了，真是祸灭九族啊，后果不堪设想呀！

庞掌醢到了潘家寨，娄宝和齐宝把这个消息告诉了杜察朗。杜察朗就赶紧命令娄宝、齐宝以查账和催账为名，和了解库存情况为名，秘密地来到潘家寨。这时候，庞掌醢早已经来了。娄宝、齐宝赶到以后，庞信当时还挺麻痹，觉得自己很聪明，不会有什么事儿。有一天晚上他就吃了娄宝、齐宝给送来的夜宵，另外还有白酒。哪知道这酒是蒙汗酒，喝完以后，他就不能动弹了，被五花大绑绑起来，不久马龙就赶到了。等庞掌醢醒来以后，全都完了。

马龙当面宣布他的罪行，说是穆大人亲口的圣谕，并念了一封信，指责他各方面的罪行，如何贪赃枉法等等。不管庞掌醢怎么大骂，也无济于事了。娄宝把他嘴一塞，眼睛一蒙，一顿暴打，就昏了过去。他像瘫痪一样，被押到六库最里头的水牢。水牢里头有水，也有干的地方，但地方非常小，不能动弹，转圈都是深水。外头是铁栅栏，有三层，你有多大的武功也搬不动，何况，一层铁障栏比一层粗，把他圈到里头了。你出不去，就得烂死你，臭死你。天天有专人给他送饭。

把庞掌醢抓起来，这是马龙亲自安排的。马龙又把杜察朗的口谕告诉娄宝、齐宝，就说，你们两位别的事都不干了，专门住在六库，主要是监视庞掌醢，随时发现问题随时报告给杜察朗。别的事不用你们管，你们也不用跟随杜大人，这个事非常重要，涉及到朝廷的命案。所以，娄宝和齐宝好多日子以来就困在了六库。马龙安排完这事以后，就去水牢看庞掌醢。庞掌醢每天早上晚上都大声地骂，他骂一声马龙，就被护兵用针扎他一下。有时候，进去两个人，把他身上割下一块肉，让他疼，让他骂不出声来，就这样折磨他。甚至割下肉以后，浇开水，浇盐水，他身上很多地方的肉都烂了，直爬蛆，臭味从老远就闻到了。庞掌醢恨不得一死，但死不了，身上全绑着呢。马龙说："你再闹，把你两只手都切下来，再闹的厉害，把你两只脚切下来。"庞掌醢也是明白人，好汉不吃眼前亏，想办法，到一定时候传报给京师的儿子，叫儿子想办法救他。

单说马龙办完了这件大事以后，他先出去看望自己的师父，八宝禅师黑头僧。因为他来了以后，就听说禅师受了伤，是让三巧给打伤的。他这次来，好不容易打听到，八宝禅师黑头僧是在离潘家寨一百多里地以外，叫蛇坑窝集的密林中的一小地堡里，偷偷藏着养伤呢。不管怎么说，他与八宝禅师的关系挺近，自个儿就到了蛇坑窝集，找到了这个暗地堡。这时候黑头僧伤势早好了，主要脚那块受点剑伤，他的伤口已愈合了，也准备要出来。

马龙拜见了师父，黑头僧人说：“马龙，这三个小丫头可不能小看，不是好惹的。我非常感激，她们挺有礼貌，让我三剑，才留下我这条老命。马龙，我看你也不是她们的对手。她们一个上来，你还能应付，要是三个都上来，恐怕你应付不了。云鹤、彤鹤的林家剑好厉害呀。现在看来，咱们想要赢她们，得想办法，另谋诡计呀。在没请出白剑海，白老剑客之前，你一定要谨慎行事，慌忙不乱。听说图泰他们已经来了，处处要多加小心。”马龙说：“咱们还得想办法，把白老剑客请出来，请他出山。”黑头僧人说：“谈何容易，白老剑客跟她们没有利害关系，他能帮这个忙吗？跟咱们之间也没有太近的关系。”

这时说书人不能不介绍一下白剑海，白老剑客。前几回书里头，简单提到了白老剑客，他也是著名的世外高人。他和当朝嘉庆爷没处好关系，他对朝廷有看法，一气之下就走了。白老剑客有正义感，仗义执言，善于帮助人，不干坏事，从来没看到他靠武术抢男霸女。别人干坏事，他疾恶如仇，所以在武林中间，他威望很高。他这次来北疆，主要是采北边的药材，为炼丹而来。也是为了躲避现在社会上尔虞我诈，勾心斗角的坏风气。另外他觉得朝廷糊涂，是非不明，他对嘉庆爷不管正事，心里头有想法，所以他就离开了京师。说起来，白剑海，他也是乾嘉年间著名的上三宗的高人。

什么是上三宗呢？这是北派分出来的，清代的北派，到雍正朝以后，逐渐形成了一派的力量。这派的老祖宗在长江以北，京师一带的高人和北疆一带的名人，他们合到一起形成一个派别。他们的理念就是安心守道，不与社会的各种势力沆瀣一气。他们的观点，满洲入主中原是大势所趋的事，中原的各个部落和民族，谁都可以成为国家之主，不是什么坏事，咱们也不要总是抱着故名，就是不要老抱着这个天下是老朱家的，是明朝的天下，其他任何姓氏，任何部族驾驭天朝，执掌朝纲，就认为大逆不道，不要这么看，这是兄弟之争。基于这种想法，他们认为明朝没了，出了个清朝，只要他办好事，他心里想的还是治国安天下就行了。这样他们心里头就平衡一些，不至于被这些事情勾心斗角，斗得社会不宁，反倒给黎民带来祸害。这是这派人的主要观点，白剑海就是这一派。在这派里头，基本上是三部分人。一部分就是明末的武林高手，他们觉得社会已经到了这个程度，咱们不能再包打天下，不一定再扯起大明的旗帜，不要做这事了。这部分人就安心学道，修身养性，传宗后代，把自己绝身的武术，和各方面的路法，对人生的看法，有的写成书，有的建了不少的塾堂，向社会传授。还有清朝的一些著名的老剑客，他们都有下代的传人，这部分人都是上宗。他们的年岁比较高了，至少都是七八十岁的人。有的岁数不好算了，有的是晚明的人，你想岁数多大了。再一派，属于中宗，就是云鹤、彤鹤这部分人，他们上有师傅，下有徒弟，承先启后，也不属于遗老，像黑头僧人也属于这一宗。所说的下宗，像图泰、穆哈连、马龙这部分人，他们都有师承关系。现在的白剑海就是三宗中的上宗的高人，是老一代，按他的辈分来讲，他高于云、彤二老之上，师傅都是很高的高人。还有我们书中常讲的，现在非常神秘，到现在面目还没出现，而且他做了不少事情，像疯道人，还有给图泰秘密打出流星槊的，这些人都没有出面，他们很可能都是上宗人。所以马龙就跟他师父讲了这些事。

黑头僧人就说了："有些老师父还没出世呢，将来怎么发展，真不好讲，靠你们这些人，不行啊，咱们打不过人家，将来还不知出现什么闪失，前途未卜啊。"马龙说："师父，这些我都想了，咱们采取借刀杀人的办法。"黑头僧说："怎么叫借刀杀人，此话怎讲?"马龙说："我说的借刀杀人，就是用别人的力量，来制服咱们心中的仇敌，也就是借别人之手，来平息这些对咱们不满的势力。师傅，这个招不是我出的，这是住在杜察朗家的俄罗斯的大牧师，希敏尔基大牧师给出的。这个招真挺好，他动员咱们，把当地的野人用起来，让他们跟大清作对，跟图泰作对。图泰他们是大清的官员，能够大开杀戒吗？他敢杀这些黎民老百姓吗？敢杀北疆各部落的人吗？不敢杀，杀一点可能，杀多了不众叛亲离吗？谁还跟着大清朝。咱们要多讲他们的坏话，多扬他们的恶处，煽起当地野人的复仇之火。只要他们起来了，就势不可挡，咱们就坐山观虎斗，享渔人之利吧。这些日子我们准备，还要到獾子部去，到九拐七阶去，像达萨布罕大家族，在整个北方很有影响，我们在那儿重新建立自己秘密的基地，不能再用北噶珊、潘家寨了，这些地方就让给他们。这样咱们就躲过了图泰这些人的视线和注意力，让他们盯着十库，把力量都投入到那儿。我说句实话，师父，现在十库是空的，没什么东西了，好多东西我们都转移了，十库现在就是一个空蛋壳。我们悄悄地到别的地方办事，把当地野人的火点起来，让他们跟当今的朝廷斗。这一招真好，图泰他们现在还没发觉这个事，现在还原封不动在潘家寨呢。我们又采取一招，让娄宝、齐宝、刘佩、潘天虎、潘天豹留在当地，图泰光知道这些，光盯着他们，还以为北噶珊和潘家寨是杜察朗的主要据点。其实，师父，咱们已经变了，据点早已转移了。另外我们现在按照穆彰阿的密告，已经把庞信庞掌醢抓起来，把一切的罪，往他身上一推。咱们这些人仍然是朝廷的清官，这样就把穆大人开脱出去，让这个黑锅背到庞信的身上。”马龙说着感到很得意呀，就哈哈大笑起来。

黑头僧听了，直摇头，就说：“马龙啊，马龙，你还是个小孩子，事情想的那么简单，不一定就那么容易吧，阿弥陀佛。”马龙跟他师父在一起，把心里的话全都掏出来了，让他师父黑头僧人心中有数，使他心情安稳，意思是说我们不怕，我们有力量对付图泰他们。但是，黑头僧人不像以前那么硬气了，通过和三巧这一仗以后，他有些回心转意，可能要退下来，马龙直给他打气。过去黑头僧人是让马龙给挑拨起来的，虽然也干了一些坏事，但他跟朝廷没有势不两立的事情。黑头僧人就说：“我还要在这儿呆一段时间，身体还没完全恢复，你走吧。”这样马龙就离开了蛇坑窝集中的一个小地堡，离开了八宝禅师黑头僧。

他到哪去了呢，他这次来，还是要找三丹丹，他这个人，没有女的活不了，到哪就找女的。他知道三丹丹不爱他，但他又舍不得三丹丹。马龙到了潘家寨以后，就问娄宝、齐宝：“三格格哪去了？”娄宝、齐宝说不知道，其实娄宝、齐宝也不能告诉他。他没法办，自个儿到处打听，他问六库的人，有人说，三格格好像到獾子部去了。他听到信之后，马上就赶到獾子部。

三丹丹和獾子部有什么关系呢？这还得从他的父辈说起。杜察朗和他的父亲，也就是三丹丹的祖父跟潘家寨的关系，最早是跟当地的野人、猎人建立的关系。因为他们要收购皮张，收购各样土特产品，必须直接到各个部落去，所以他们和北海一带各个部落的关系非常密切。三丹丹小的时候，就随她阿玛杜察朗常来獾子部这些地方，到这儿来打猎。那时，这儿风光相当美，离海又挺近，玩什么都有意思。特别是童年时期，她常和猎人，男的女的交朋友。北方的少数民族，不分男女，情在一起，唱在一起，跳在一起，晚上在篝火旁啃着各种的手把肉，生活很有意思。所以三丹丹到现在还怀念小时候在獾子部欢快的生活。

獾子部和北噶珊的关系，可以说已有几代了。杜察朗的祖父，过去讲过，就是潭洞大玛发，那时他主事的时候，就跟貛子部有过亲密的联系。潭洞大玛发和当时貛子部的女罕王，就是都木琴妈妈的母亲关系很好。她当时很漂亮、很年轻，而且善于骑马。北方民族剽悍，夏天时袒露着大乳房，围着一张兽皮子，有时裤子都不穿，赤着脚，在草地上走，一点不嫌疼。头上插着野花，飘着长发，特别好看。她的箭法也相当厉害。当时这个貛子部的女罕王叫朵尼玛，潭洞当时年纪比她大十多岁，这个野人的少女，像一朵花一样，把他真爱透了。有一天他们到野外去放马、打猎。他们就席地喝着酒，然后就睡着了。躺在草地上，这时潭洞发现，在世上还有这么美的女人。因为北方在天热的时候，女人在阴部就围着一张皮子，上身赤身裸体，挂着不少野猪牙和各种配饰，奶头子鼓鼓着，脚丫上头套着皮子，睡得那么好看。身边没别人，只有他们两个。他越看越好看，越看就越想亲，干脆就把她腰部那个皮子拽开，俩人就搂到一起，亲到一起。朵尼玛从此就有了这个野男人。两个人虽然没有成婚，但从那天开始，她就天天盼潭洞来。潭洞一来他们就在野外睡到一起。冬天他们回到了貛子部的洞，他们在那儿建立自己的帐篷，就住在一起。其实，当时貛子部女罕王朵尼玛，身边已有好几个男的。在貛子部有个风俗，女罕成王以后，她可以选好几个男的，今天这个，明天那个，有几个男的晚上轮流陪着，但她都没有感到比潭洞大玛发好。她感到最亲热、最幸福、最美满的还是跟潭洞大玛发在一起。潭洞因为有收购皮张和海边土产的任务，常到她那儿去。一到那儿去，这个部落的女王就陪着他。所以，潭洞每到貛子部，朵尼玛准在他身边。潭洞一来就给她带来无限的欢乐。同时，潭洞还经常把自己心爱的小孙子杜察朗带来玩。

杜察朗从十四五岁，到十六七岁这几年，常跟他爷爷潭洞大玛发来貛子部。朵尼玛当时已经有好几个孩子，她的大女儿就是现在的都木琴妈妈。那时候都木琴长的也像她额莫那样美。杜察朗来了以后，就跟她在一起，骑个马呀，上湖里摸摸鱼呀，到海边去采各种扇贝、珊瑚等等。一来二去，两个小孩就亲热起来，他追她，她追他，互相追逐着。时间一长，也成了好朋友。特别是，他的爷爷潭洞，常把朵尼玛妈妈带到野外去交媾。这个潭洞，有时带自己的小孙子，朵尼玛带着自己的小丫头。这样四个人就一起出去，潭洞和朵尼玛时常搂抱在一起，恩恩爱爱的。孩子也不小了，都看在眼里。时间长了，都木琴和杜察朗就学会了，他们也滚在一起。他们会滚，咱们为啥不会呢。他们会扒衣裳，咱们也会扒呀。这两个孩子就学大人，在野外互相扒光衣裳，就像公牛母牛一样，公牛往母牛身上趴不是吗，他们是小子往姑娘身上趴，后来他俩就结合到一起了。像他的爷爷，她的妈妈一样，两人密不可分了。可惜呀，后来杜察朗的父亲布革温考虑到他们家族的名望，就在附近一个最大部落的女子中选了个美人，给杜察朗成了亲，这就是杜察朗的大妻。这样就没和獾子部的女罕王都木琴成婚，这个事成了他们终身的遗憾。

都木琴后来当了女罕王以后，继承她额莫，心中还是记恨和想着杜察朗。后来她一气之下，就把达萨布罕的大儿子嘎塔给要过来，她看嘎塔挺好看，长的有点像杜察朗，就做了自己的丈夫。即便是这样，都木琴对杜察朗并没死心。她多次去北噶珊，找过杜察朗。杜察朗有时秘密到潘家寨之后，还到獾子部来，见都木琴妈妈，两人还经常睡在一起，他们之间就是这么密切的关系。所以，杜察朗来的时候，有时把自个儿的小女儿带来，都木琴深深地爱着杜察朗，爱屋及乌嘛。所以对他的孩子也就非常喜欢，特别是喜欢三丹丹。

都木琴生个女孩叫阿安。提起阿安也挺有意思。达萨布罕的大儿子嘎塔跟都木琴结婚还没到六个月呢，都木琴就生下个女孩。嘎塔明知这个女孩不是自己的孩子，但是，他又怕都木琴。都木琴这个人相当厉害，好杀人，杀人不见血，也很勇猛，好打仗。摔跤的时候，三四个小伙子上来，都摔不倒她，她往那一站，长的特别魁悟，手也真狠，敢下手。所以人们都怕她，嘎塔也不敢惹都木琴，只好睁一只眼闭一只眼吧。实际上，这个阿安就是杜察朗和都木琴秘密结合的私生子。老实的嘎塔，就这样默认下来。

阿安长的很俊，而且很像三丹丹，这才怪呢，就是眼睛的眼毛不那么弯弯，不像洋娃娃。眼睛也挺大，但没有丹丹的大，长的也挺白。杜察朗也真喜欢阿安，因为他知道这是自己的孩子。他常向三丹丹灌输，你跟小妹妹的关系要好，要处处照顾她。阿安比丹丹的岁数小，像小妹妹一样。三丹丹到獾子部来，有很多朋友，除了有都木琴妈妈以外，她有自己可爱的小妹妹阿安。她们住在一起，俩人感情挺好，到一起真是亲亲热热的。都木琴也挺喜欢三丹丹，所以，丹丹到这儿，尽是吃好的，喝好的，侍候的相当好。正因为这样，三丹丹愿意跟都木琴在一起。她也帮助都木琴做了不少坏事。三丹丹总爱穿着一个白天鹅绒的披肩大衣，这个衣裳是都木琴妈妈用银子给她买的。

马龙知道三丹丹在獾子部，就像苍蝇一样叮了过来，也到了獾子部。表面上帮着獾子部，帮都木琴忙这个忙那个，帮他扩大部落的影响，到处征伐其他部落。比如说，打獐子部，马龙出了不少力，有时候也拉着三丹丹去。马龙想方设法亲近三丹丹，包括阿安，常带着她们出去。都木琴也知道马龙，不怀好心，所以，总是让三丹丹跟阿安在一起。马龙到哪抢掠部落的事，三丹丹都知道。甚至马龙把这些坏事都栽到图泰的身上，三丹丹也看出来了。她曾经说过马龙："你哪能这么做呢，这多卑鄙。"马龙根本不听她的，马龙对三丹丹贼心不死，想办法贴近她。三丹丹一见马龙就心烦，满嘴的大黄牙，没到跟前就一股臭味。

有一次，马龙偷着在草棵里把三丹丹抱住了，三丹丹大声一叫，小阿安就跑过来了。马龙一只手搂着三丹丹，一只手搂着小阿安就说："你们两个我都要。"就在他们大声哭叫的时候，都木琴妈妈听到了，赶紧过来，就大骂马龙："你这个不知耻的货，你怎么这么做呢？"马龙当时也觉得不得劲。三丹丹一气之下，伸手就打了马龙一个嘴巴子，阿安就挠了马龙，马龙的右脸留下了三道血印子。马龙觉得不体面，就这样离开了獾子部。

说书人把马龙这个丑事就交待到这儿。我还要把各位阿哥引到我前书说的图泰兄弟们身上。图泰他们哥儿个摸清了达萨布罕的情况，就分别到獾子部和獐子部了解情况，那些部落的人就说：你们找别人，我们可能不认识，要说达萨布罕、九拐七阶，我们还不知道吗？那是我们女罕王老公公的地方。在北疆这块儿，无人不知，无人不晓，一提到达萨布罕老爷爷，都说他是德高望重的人。可以讲，在北疆到处都有他的亲属。就这样，图泰他们知道了很多过去不知道的事情，他们进一步证实了九拐七阶，才是北疆很有影响、很有地位的一个索伦人的望族居住之地呀，他们家族生存和生产的地方，是绵延在一座大山山脉之中。可见达萨布罕和九拐七阶在北疆中真是具有举足轻重的位置，这可不能小瞧，以前我们没考虑到这事，真疏忽了。过去，我们对九拐七阶的情况和线索是注意不够的。

在北疆这一带，潘家寨还不算最有影响的地方，最有影响的地方是九拐七阶，何况这九拐七阶，是达萨布罕所控制、占据的地方，和北噶珊杜察朗大玛发，和朝廷的庞掌醢、庞信他们，还有马龙等人的关系，都很密切，这应当引起我们足够的注意和重视。现在还不清楚，他们已发展到什么程度，需要很好地摸清楚。眼下需要迅速弄清楚的，九拐七阶和北噶珊杜察朗大玛发是什么关系？和潘家寨又是什么关系，和周围不少的部落是什么关系？特别是和正在不断向东扩张的俄罗斯人有没有秘密的关系？我们也不能不想到，这个九拐七阶，和穆哈连殉职有什么联系？当时穆大人被害，暗地里他们处于什么地位？起到什么作用？到现在杀害穆哈连的幕后凶手在哪里？还没弄清楚，只是朦胧地提出应该找谁偿这个命？这一点我们还没有足够的证据。九拐七阶各个部落的首领，他们本人的历史情况，本人的面目都怎么样？跟大清朝的关系都怎么样？这一系列问题都摆到了图泰的眼前，他们觉得必须马上行动，不能忽视，绝不能马虎，对这些问题的解决，很可能有助于揭开北疆的奥秘。

图泰把他的看法和心里想到的事，就跟众兄弟们说了。同时他果断地作了决定，第一条，我们现在趁马龙要在九拐七阶办喜事的机会，集中力量，突如其来地打开六库，抢出庞信庞掌醢。看来，他是双方都在注意的人物，这是咱们朝廷重要的命犯，绝不能让杜察朗和马龙把他抓在手里，或者给弄死，使我们查无罪证，使我们丢了重要的线索，重要的犯人。要丢了他，北疆很多问题都难以解决，可以说，庞掌醢是北疆一切事件的知情人。显然，他们抓住庞掌醢，其目的就是杀人灭口，把一切的罪责都推到他身上，使朝廷认不清北疆的真实面目，抓不到真正的凶手和罪魁，这一点绝不能让他们得逞。我们一定想出一个万全之策，抓紧时间，把庞掌醢抢回来。

图泰刚讲到这儿，把卡布泰高兴坏了，就站起来说："大哥，你说的真对，咱们现在就去抓庞掌醢。"图泰说："你别着急呀，我话没说完呢，你先坐下。"

这时卡布泰就坐下了，图泰又接着说："除了这件大事之外，还得集中所有的力量，各位英雄的能耐，拿下九拐七阶，这是咱们前头的一个硬骨头，得去啃他。我看，咱们得夜探九拐七阶，俗话讲的好，不入虎穴焉得虎子。我认为杜察朗他们来这已经经营多年了，整个的鹰山，可以说，都是杜察朗的人，达萨布罕已经让他迷糊住了。他的欺骗和谣言，我们暂时无法解释。达萨布罕和他的儿子们，肯定站在马龙和杜察朗一边，和咱们朝廷作对，这一点，咱们必须看清楚。为此，这是比抓庞掌醢还重要的事情，我们必须先作到这两点，一个就是对獾子部的所有情况，都要严密地封锁住，就是都木琴被抓的情况，一定不能透露出去。我们今天必须到都木伦那去，跟她讲清楚，让她配合咱们，先把她姐夫嘎塔抓住，不能让他跑回九拐，告诉他阿玛达萨布罕，那样事情就复杂了，麻烦了。第二点，咱们还要想办法争取都木琴妈妈，她虽然罪恶累累，是一个叛国的罪人，现在我们要争取她，如果她真能站在朝廷一边，能明白事实真相，能够对咱们提出的问题作出好的解答，认清当前的事理，认清她当时所处的严重地位，我们就可以上奏朝廷，可以给她减缓罪行，可以免她一死。她要好了，可以照样在北疆做她的部落之王。如果她不这样做，那我们就严厉地惩治她。现在我认为都木琴这个人挺顽固，她和达萨布罕的关系那是公公和儿媳妇的关系，她和杜察朗之间的关系，那是情人之间的关系。这些都说明，她轻易不会帮助我们，这点我们要作好准备。我们要把全部的攻心力量用在她身上，这个事更重要。”

图泰刚说完，乌伦巴图鲁马上说：“大哥，我看你讲的非常重要。这样吧，我现在就带着卡布泰、文强、富凌阿，去獾子部见都木伦妈妈，让她配合作好这件事。她虽然现在当了部落的首领，她对她姐姐还是比较尊重的，我相信她姐姐要是回心转意的话，都木伦也是高兴的。我们现在就去做这件事情。”图泰说：“好。”他们连饭都没吃，马上行动。乌伦巴图鲁、卡布泰、文强、富凌阿他们四个骑马飞奔獾子部。

剩下的三巧，三丹丹，还有图泰，他们就去找都木琴。都木琴被押在小客栈后山山崖的小仓库，这个仓库是放随时用的零散东西，现在图泰他们借过来，卡布泰又收拾一下，就变成临时关押犯人的地方。外头是木障子，旁边有兵丁守卫着。他们对都木琴照顾的挺好，想办法对她攻心。都木琴见他们进去，一声不出，一肚子气，一肚子火，眼睛里闪着光。图泰让两个兵丁把她脚上带的大铁链子打开，又把她双手扣着的木夹打开。图泰让她坐好，然后三巧、三丹丹都围着她坐下。图泰就说了：“都木琴，我们今天来，跟你好好谈谈，你要知道，朝廷对下头各族的人都是非常疼爱的。你前一段做了许多错事，这些你很清楚。我们经过这几天的调查，你确确实实犯了许多大罪，按照大清的律条，应该是处死你。现在我们给你一个机会，你能把有些情况讲清楚，而且帮助朝廷做些事情，能够将功折罪，朝廷还照样扶持你做獾子部的首领。这些事情全靠你自己，这路看你怎么走，听明白没有?”

都木琴仍然是一声不吭，屋里非常沉寂，好像谁要揍她似的，喘气的声音都能听出来，就这么静。大家都憋着气，都木琴就是一声不吭。看来，她现在满肚子都是火，都是仇恨。这表明，她还没有丝毫悔改之意。三巧中的巧云就说了："都木琴，你难道要当哑巴吗？你要当哑巴也好，我这有刀，可以割断你的气嗓头，让你流臭水，知道不知道？"图泰轻轻用手一摆，意思告诉丫头你别着急，别着急。图泰就瞅瞅三丹丹，三丹丹也会意。图泰又向坐着一声不出，鼓着气的都木琴说："现在坐在你对面的几个人，你可能认识，这是三格格，三丹丹，你一定认识。这三个姑娘，你也许听说过，这就是赫赫有名的三巧，三位小英雄。你可能知道她们的威力，潘天虎、潘天豹的胳膊是咋掉的，潘天虎、潘天豹不是你的朋友吗？潘天豹前些日子还到你这块来过。另外，马龙的师父，著名的八宝禅师黑头僧，当着那么些人的面，被三个小丫头打的落花流水，身上受了伤，逃跑了。到现在还不知隐藏在什么地方，他是马龙和杜察朗重要的靠山。老师父，怎么样，也被打败了。另外狠命鬼仇彦，长枪将鲍龙，都是怎么丧命的，他们完全是败在三巧的剑下。谁敢和朝廷作对，我们就这样制服他。徐蟒怎么样，刘佩怎么样？现在不都在我们手中。三巧的师傅就是当今皇上的师傅，三巧就是穆哈连大人之女。穆哈连大人是怎么被害的，你不知道吗？我们清楚，这里也有你欠的一笔账，这笔账我们现在不算，就看你的态度。"

这些话确实打动了都木琴妈妈的心，这时看她身子动弹，好像心里头有什么想法似的，使她比以前有些惊动，从她的气色，从她的表情中能看出来。然后，图泰就说了："我们现在等待你，你不说，也可以，请你再考虑一下，我们先出去。你在屋里考虑，等一会儿我再跟你说。"图泰把外头的护卫召唤进来，这里有常义，有雷福，他们在里头看守着。图泰告诉雷福和常义，现在不用给都木琴妈妈戴手铐了，让她好好休息。另外，向他们使个眼色，让他们在外边一定严密把守好，雷福和常义心领神会。

图泰、三巧还有三丹丹他们出去了，屋里就空了，就剩都木琴妈妈一个人，而且雷福还向她献了茶，请都木琴用，把门关好。雷福和常义他们叫来好些兵丁，看的非常严。这个屋子还修了几个瞭望的洞口，就是风眼，里边眼小，外边眼大，随时监视里边的犯人在干什么。雷福他们遵照图泰大人的话，秘密地监视着。

图泰领着三巧和三丹丹出去以后，他们到了另一个屋，就是前边办公的屋。他们在客厅里坐好以后，图泰就跟三丹丹说："三丹丹，你跟都木琴的关系很近，她像你的长辈一样，这些情况我们都知道。”三巧也看着三丹丹，希望她能帮助开导都木琴。三丹丹也明白这个意思，一听图大人完全知道她们的关系，三丹丹就说：“图大人，你说我能做什么呢？她就是这样的性体，非常好强，好胜，自己说啥是啥。我现在在想，可能她还惦记着她的部落，能不能把她家人接来，包括把小阿安也接来，她知道咱们怎么对待她们，使她感动。另外，是不是让我的二婶都木伦妈妈也来，让都木伦妈妈直接对她说，这个部落的首领将来还由她姐姐来做，使她看出朝廷确实还信着她，这样对她可能有好处。”图泰对她说：“丹丹你说的挺好，我们就按你说的办。”话声刚落，图泰马上出去找常义，让常义赶紧带几个人去把这个信告诉乌伦大人，让他赶紧把这些人带来，就是都木琴的丈夫嘎塔，都木琴的心爱女儿阿安，另外，把都木伦妈妈和婆婆离妈妈也请来，越快越好。常义接到师傅的命令以后，飞马赶到獾子部。

乌伦、卡布泰和文强很快陪着这几个人回来了，见了图泰大家都非常高兴。图泰对都木伦说：“请你跟你姐姐说一说，咱们朝廷对你的家族是怎么个态度，你自己跟她唠唠，让她相信咱们朝廷。”

都木伦很快地进了都木琴的牢房。那个牢房挺宽敞，我没说嘛，是小客栈作仓房用的，放很多东西，还挺好，地垫的挺高，一点都不湿，阳光还挺充足的。都木琴突然看到嘎塔，看到自己的小女儿阿安，又看到自己的妹妹，大吃一惊。她心里想，这肯定是朝廷和图泰他们想的什么花招，来拉拢我，她开始没出声，只是把小阿安拉到自己的身边，她现在挺恨她的妹妹，意思是你把我弄下去了，你现在当上女罕王了，全靠朝廷帮助你。都木伦什么也没说，也没跟她姐姐计较这些，过来拉着她姐姐的手说：“姐姐你不要生气，我只是代理几天，帮助你做点事情，朝廷来的人没说你一句坏话，要不信，你问我的姐夫嘎塔，还有我的小外甥女阿安，现在咱们的部落怎么样？”

这时候嘎塔就说了：“都木琴哪，你不要那么硬气了，现在看来，朝廷这些人对我们还真不错啊，咱们不能跟朝廷闹对立呀，这些日子，朝廷拨给咱们银两，而且埋葬了当时被误伤的兄弟。”

都木伦说：“这些银子都在我那放着呢，等你回去，我就交给你，这是给那些穷苦的和那些受伤害的抚养，你也是受害的，所以这些银两都给你预备了。”阿安也说：“额莫，马总管是什么人，你不是不知道，他多坏呀。”阿安这一说，正点到都木琴的痛处。是啊，马龙是什么人，我最清楚，他造了不少谣言，自己干完了坏事，都推到朝廷图泰大人身上，真够卑鄙的了。他到各个部落去，连抢带抓，抓了不少女人，把这账都算到獾子部的身上，现在我也背了一身黑锅呀。所以，觉得阿安说的也对。嘎塔，这个人还挺正直，话虽然不多，但是对他夫人触动挺大。这几天，都木琴没在部落里，她以为部落可能翻了天，不知变成什么样。结果大家还在等她呢，对她还是那么尊敬，这是她没想到的。特别是听到自己丈夫、姑娘和妹妹一介绍，反倒觉得自己有很多事情对不起朝廷，是自己想的太多了，是呀，是自己错了。

都木琴情绪一变，好像比以前精神多了。他们正在唠的时候，图泰领着三丹丹进来，三丹丹就跟都木琴说："都木琴妈妈，我是很尊敬你的。我到这来，跟他们并不熟悉，但他们这些人非常好，所以我就看出谁好谁坏来了。我没有欺骗你，额莫，你呀，还是别跟那些坏人在一起，包括我的阿玛，他可坏了。他把我二姐，不知藏到什么地方？听说，他要把我二姐嫁给马龙。"这一说，使都木琴大吃一惊，都木琴就问："什么？我怎么不知道这事呢？"三丹丹就说了："这已经是公开的事情了，马龙在这儿没告诉你吗？"都木琴说："哪有，他哪句话是实话呀，他没跟我讲。实质上，那天你知道，是咱们把他打走的呀。走了以后，到现在我也不知道他的信儿呀，这个人太坏了。"

这就是前书我讲的，那天马龙要向阿安和三丹丹施暴，让三丹丹打他一个嘴巴子，阿安又挠了他，这是刚过不几天的事情呀。都木琴惟独不知道杜察朗要把自己的二女儿嫁给他，这事使都木琴看不起杜察朗，为了保全自己，就拿女儿作交易，多么可耻。她越想越觉得糊涂，我怎么跟这些人站在一块儿。另外，她又想，为什么自己的公公达萨布罕能跟他们在一起？想到这儿，她就跟图泰说："我可以帮助你们见见我的公公，我的公公还是个正直的人，他能分清是非，他从来不跟俄罗斯人好，他说他是索伦人，是大清的子民。这点他是很清楚的，可能这些年，受杜察朗的影响，有些变化。但我相信，我们索伦人的心是红的，都是正直的，这一点我保证能作到，我愿意领你们去。"

这时都木伦妈妈也说："图大人，我也跟姐姐一块领你们去，我也认为我的公公，是懂得事理的人，只要把道理讲清了，他会服从的，谁对他好他就向着谁。我们可以领你们去见我们的公公达萨布罕。至于杜察朗大玛发和马龙他们还要干什么坏事，那我们就管不了。你们要小心他们，那可是个狼，他们不会轻易就服你们的。"

听说庞掌醢被马龙他们抓起来了，都木琴很吃惊。庞掌醢跟都木琴的关系非常近。在北方，少数民族男女之间的事情很随便，都木琴跟庞掌醢要说有什么关系的话，完全是可能的。有时都木琴去找杜察朗，找不着了，庞掌醢就把她留下，他们两人就住在一块儿。她对庞掌醢也挺佩服，觉得他能干，又有武功，这人的很多计谋都胜人一筹。杜察朗能够有今天，他那北噶珊越办越红火，人缘这么好，而且这些人都拥护他，这里头不能不说有庞掌醢的功劳。杜察朗就曾经个别跟都木琴夸奖过他，感谢过他，这她都知道。所以庞掌醢与都木琴和杜察朗他们之间互相穿了一条连裆裤，谁也离不开谁。都木琴没想到，庞掌醢被杜察朗和马龙他们抓去了。这个事，马龙一字没透呀，她一点不知道。她心里马上就想到，为什么抓庞掌醢，他知道庞掌醢掌握他们的短处。庞掌醢知道北噶珊的一切，也包括杜察朗的一切，那很清楚，抓庞掌醢就是杀人灭口，那纯粹是推完磨杀驴吃，她觉得他们干的真够歹毒的了。自己现在还跟着他们，可不能再糊涂了，可不能跟他们走了。不知什么时候，他们也可能把我卖出去了，也可能把我的部落糟蹋了。这次我让图泰他们抓住，不能不想到，这和马龙、杜察朗他们干的坏事，把我牵连进去有很大关系。我不能再继续下去，成为朝廷的罪人，最后让他们逍遥法外。这些事她能不想吗！

图泰跟她说："都木琴妈妈，你好好想想，很多事情我们都知道，现在希望你自己认清楚。不然，你到什么时候都得上当，而且我们说什么，你也不一定相信。如果你自己认识到了，就知道应该怎么走，哪些是对的，哪些是错了，你现在应该是猛醒的时候了，要当机立断。我认为，你是很有魄力的一个女罕王，你应当说通你的公公达萨布罕。我想达萨布罕，现在还蒙在鼓里头。"图泰这一席话，对都木琴来说非常爱听。

都木琴这个人，说起来是很有主见的，说做就做，嘁哩喀嚓，干啥都有魄力。她也真够狠的了，只要知道你是坏人，是她的仇人，要是被她得到手里，绝不轻饶。所以，大家都说她是一个老母狼。在她手下，伤过多少人，死过多少人，真是无计其数啊。但是，有时候，她又像一个美女一样，能够迷住你。她长的好看，又能唱又能跳，骑马各方面都行，她曾经招多少人爱。她这个人就是爱翻脸，要一翻脸，就是她爱的人也可以把他吃掉，她就是这样一个人。达萨布罕还就喜欢这样的女人。所以，在他不少的儿媳里头，他最器重、最佩服的就是都木琴。

都木琴过去跟杜察朗从小时候就有那一腿，他们联络来联络去，联系了很多年，直到都成了大人，各自都成了婚。杜察朗有了自己妻子，她也有了自己的丈夫。就是这样，她跟杜察朗也没有断过，而且她跟庞掌醢也没有断过，她就是这么一个人，一点不在乎。就说她跟杜察朗好那个时候，杜察朗的父亲布革温，给他找个门当户对，能抬高他们北噶珊地位，比獾子部更大的女罕王，这就是杜察朗的大妻子，她的孩子叫文文，嫁给盛京的彼得氏。这个事使都木琴特别气愤，打击最大。她想，你能找，我也能找，她挑来挑去，就选了九拐七阶达萨布罕的儿子嘎塔，他比较忠厚，长的也挺好，又是个出名的猎手。嘎塔，这个人像个树桩子一样，彪形大汉，她就选中他了。

都木琴想好了以后，自个儿骑上快马，直接就到了九拐，见了达萨布罕。达萨布罕问她："你做什么来了?"开始还没瞧起她，都木琴说："我是找丈夫来了。""什么？找你的丈夫?""我就看中你的大儿子了，我要嫁给他，让他做我的男人。"达萨布罕一听就笑了，从来没看过自己来要丈夫的，哪有这样的事情。这时，都木琴说："你要让嘎塔嫁给我的时候，他要什么彩礼，你说吧。"她给颠倒过来说，达萨布罕一看这女人，真不一般，就说："你有什么能耐吧，别的什么财富我都不要，我们家的财富多了。我知道你獾子部也是一个挺富有的地方，但只是我们九牛中的一毛，哪能跟我这块儿比，这个大山都是我的子孙，你能跟我比吗？你比不了。不用说别的，我的孩子捅你一下，你都受不了。"

这一说，可把都木琴气坏了，她跟达萨布罕说："你说吧，让谁出来，跟我比一比，那更好，我还真觉得没意思，骨头都发痒了。"达萨布罕让老二，老三都出来。结果出来一个，让都木琴给摔倒一个。后来嘎塔出来了，嘎塔比他哥几个都胖，不是肥肉多，而是肌肉多，那胳膊往回一窝，都是肉疙瘩，筋疙瘩，非常有劲，把野牛都搬倒了，你说他能没劲吗，就这样的小伙子。达萨布罕说："嘎塔你跟她比一比，你要摔不过她，我就真按都木琴说的，把你嫁给他。"老实忠厚的嘎塔，就按阿玛的话，大摇大摆地走过来了，身上还围着衣裳。都木琴说，你把衣裳脱了，光着膀子。嘎塔脱了上衣，把腰带扎的挺紧，光着脚丫。都木琴越看越爱看。他身上那个胖，那个肌肉，都嘟噜着。都木琴说，你过来吧。

嘎塔开始没怎么重视，知道她是獾子部的女罕王，没想到她摔跤这么厉害，把自己几个弟兄都摔倒了。他很不在乎地过来了，觉得自己曾摔过野牛，你一个女流之辈就更不在话下了。达萨布罕还说："都木琴，你小心点，嘎塔跟野牛打过仗，别让他摔扁了。"

这时两个人就过去了，他往这边走，她往那边走。都木琴挺灵巧，她知道，要跟他摔跤，肯定摔不过他。都木琴来个技巧，她到跟前，嘎塔就想拽住她，双手一掐她的腰，就把她扔出去。都木琴非常尖，等他要一掐她腰的时候，都木琴从后头，跳到他身上去，两只手紧紧地把他的眼睛抠住了。然后把他两个胳肢窝使劲往里一拼。都木琴这一招，可把嘎塔治住了，他什么劲也使不上了。这是北方女真人摔跤的一种摔法，叫后背跤。这个跤法是豹子形的，豹子在捕野兽时，它搁后头上，跳你身上，搁后头掐断你脖子的动脉。这一招最厉害，最灵活，周围人都看出来了，这都木琴可了不得，把嘎塔掐地直叫唤，在地上趴着不能动，不敢动。他不动，都木琴掐他还轻一点，他一动，都木琴就使劲抠他眼珠子，再动就把眼珠子抠出来了。嘎塔只好认输，就这样，都木琴获胜。这时，达萨布罕爽快地答应他们成婚，就那么简单。她什么都没要，就把嘎塔领回去了。

这还不算，她又把达萨布罕的三儿子迈柱给要来了，给她自己的妹妹都木伦，也要来一个丈夫。从此这姊妹俩都有了丈夫。

这个都木琴，气不公的是，新迁来一个獐子部。獐子部的女罕王婆婆离，很能干，还会经营，带着自己部落人，男男女女，开荒种地，自己建些帐篷和地窨子，他们干的很红火。他们离獾子部不远，这些都木琴就看不上，总想把他们撵走，把他们吃掉，但总也吃不掉。獾子部和獐子部在比试的时候，獐子部打的猎比獾子部多。你别看獾子部人多，就是不齐心，獐子部虽然人少，但非常抱团。这样都木琴就想制服婆婆离。婆婆离这个女人也非常要强，你越压我，我越不怕你。婆婆离也好摔跤，你跟我摔，我就跟你摔。她们两个女罕王在一起摔跤，告诉谁也不能动，两个部落人都围着观看。这两个女的，有时谁也摔不过谁，不分胜负。后来婆婆离听说，她们都搁达萨布罕那儿要男的，因为达萨布罕是这块大的望族，整个北疆没有比他的部落再大的了。另外，达萨布罕是一个德高望重，年岁相当高的人，谁要搁他那儿要个丈夫，都觉得光彩。所以，婆婆离也按照都木琴的办法去要。

你能搁达萨布罕那要一个丈夫，我也得要一个，我也有这个能耐。她从来不服气，他们之间就这么叫着劲儿，互相比。达萨布罕开始，没瞧得起獐子部，觉得獐子部是刚搁外地来的，只有百十来口人，是一个小部落。就他的七阶中，每一个榛柴棵子部，都比他大的多，他根本瞧不起，所以就把婆婆离轰走了。婆婆离不在乎，心不死，又继续来。达萨布罕又把她轰走，就这样连轰婆婆离十次。婆婆离照来，就磨他，跟达萨布罕说："你别瞧不起我们部落小，觉得你达萨布罕的威望高，你明白，山不在高，看这个山上是不是富饶；你别看小河水流的细，但能流千里、万里路。你别看我们部落小，我们部落的人，各个都可以跟你达萨布罕的人比。就拿我来说，可以超过獾子部的女罕王都木琴。"

都木琴听到这些还不怎么生气，她对那些窝囊废，从来是看不起的。像婆婆离这样的女人，真能干，她非常佩服。他们两个部落像仇家似的，打来打去，越打越互相了解。达萨布罕，就是不愿意把自己的儿子，嫁给像獐子部这样小部落的女罕王当丈夫。人和人之间的关系就这么奇怪，本来都木琴和婆婆离两人都有仇，互相谁都不服气谁，但是都木琴却帮助婆婆离劝她老公公。都木琴跑到老公公达萨布罕那去，就跟公公说："你应该把儿子给她，你要知道，看一个人，别看他部落的大小，要看他有没有志气，有志不在年高。我挺佩服婆婆离，你应该跟她建立友谊的关系，我建议你跟獐子部这些人联络好感情，将来婆婆离肯定是你的帮手，这也扩充了九拐七阶的势力范围。"达萨布罕一听，觉得儿媳妇说的也挺对，就欣然接受。他很佩服这个儿媳妇，你别看她跟自己的对手丝毫都不让，但是，她有远见，自己那几个儿子都赶不上人家。于是，就把自己的二儿子乌来，作了婆婆离的女婿。

这两个女强人，她们常常厮打在一起，有时是斗拳，有时是拿棒子，甚至有时候两边的人都打散了，就剩下她们两个，她撕她的头发，她掐她的胸，两个人滚在一起。婆婆离就说："除非你把我辗死了，你把我的山，把我的水抠出去，除此以外，你撵不走我婆婆离和我部落的人。"都木琴恨的咬牙切齿，想方设法要赶走婆婆离，她还真赶不走。但是打一打，人和人，部落与部落的关系越打还越亲。在北方很多的原始部落，都是这样，为了生存互相竞争。但是，很多的坏事就出现在外界的挑拨上，把很多单纯的事情变得复杂起来。这块儿为什么越来越复杂，而且矛盾长期不能解决，就因为有杜察朗、庞掌醢和马龙这些人在里边穷搅和。北方民族单纯，纯朴，如果没有外界的挑拨，他们亲如手足。他们之间好的时候，可以把自己身上的肉割下来给对方。成为仇人的时候，互相瞪着眼睛。所以，他们说，人是打着活，越打越活，越打越亲，越打越长能耐。他们之间就是这样的关系。

图泰领着朝廷这些人，把这些情况一讲，婆婆离更感激朝廷图泰和卡布泰这些人。另外，都木琴经过大家苦口婆心地劝说，特别是自己的妹妹、姑娘和丈夫介绍的情况，她明白了，这些事情真不怨朝廷的人，现在一比就比出来了，很多事情还都怨马龙、杜察朗、庞掌醘，是他们干的坏事。这些事情让他们挑拨的像乱麻似的，搅在一起了。她现在脑袋也清醒了，眼睛也亮了，是非才稍微弄清楚一些。

这时候，都木琴和婆婆离真像亲姊妹一样，抱在一起，搂在一起。在北海又出现新的三姊妹，原来有三巧，现在又有了都木琴、都木伦和婆婆离，还有大丹丹、二丹丹、三丹丹，也是三姊妹，这都是在北海出现传奇的事情。这三个老姊妹拥抱在一起，她们都眼含热泪，心情激动不已，这是多少年来没有的事情。都木琴和都木伦虽然是亲姊妹，一娘所生，但是她们性格却不一样。都木伦比较老实能干，都木琴这个人，非常专断、泼辣、厉害，像虎狼似的。她跟她妹妹，也互相争风吃醋，她两个常打在一起。婆婆离那是另一个部落的人，没想到，在图泰面前，她们互相搂抱在一起，潘家寨索伦人的三姊妹，出现一种团结和睦的新景象，这真是个喜事呀。

婆婆离就把图泰、乌伦、卡布泰、三巧请到了自己的部落，另外也把都木伦请到了部落。她又特别跟图泰请求，能不能让都木琴也去，因为都木琴现在是被囚在牢房里。图泰说：“可以。”然后又跟都木琴说：“现在我们完全相信你，你过去虽然有罪，但我们看你今后的表现，现在就放了你，让你回到自己的部落里去，我相信，你会重新走你的路的，也会把獾子部变成像獐子部那样，知道什么是正义，什么是邪恶，不干坏事的一个大清国北疆的好子民。”

都木琴听了图泰的话以后，真是感激不尽，马上跪下磕头。这时都木伦也跟她姐姐一块跪下磕头，感谢朝廷。都木伦就说：“我非常感谢图大人，你救了我们的部落，我们离不开我的姐姐，我虽然有拼劲，也能干，但没有我姐姐能耐，从来就佩服她，如果没有坏人挑拨，我们的部落将来会像旭日东升那样，红红火火。我感谢图大人，感谢乌伦大人，感谢众位大人。”说着她跪在地上痛哭，她们姊妹俩，头一次这样拥抱在一起。

三丹丹看到这个场面万分高兴，也跪下来，给图泰大人磕头，替都木琴妈妈感谢宽恕她。婆婆离感谢图泰大人宽宏大量，不记前恶。

闲话少说，大家高高兴兴、说说笑笑地都到婆婆离獐子部去了。都木琴和都木伦以前没来过獐子部，他们过去认为这是仇敌的地方，从来没去过。这回婆婆离骑着马，给她们两人每人一匹马，后头是图泰、乌伦、三巧这些人，一块都给请去了。因为婆婆离已经有话，獐子部的男男女女都出来迎接贵客，用北方的礼节，用鼓乐迎接朝廷来的人，还有都木琴和都木伦，他们身边最大部落的两个女罕王。他们马上举行了一个隆重又简单的坛盟大会，杀了三只山鸡，又杀了一只獐子，一只獾子，把三只山鸡和獐子、獾子的血放在酒里头，都木伦、都木琴和婆婆离三个人跪下向天宣誓，而且把酒洒给天，洒给地，然后自己喝了。这叫同心酒，结盟酒，从此这两个部落永远像姊妹一样，再也不互相仇杀了。

这时候，鼓声一响，举行萨满祭祀。都木琴本身就是萨满，北方部落里很多的女罕王都是萨满。都木琴拿起抓鼓，不断地击打着鼓，自己进行祝福，向天神，向所有的主神，进行叩拜。婆婆离也是獐子部的萨满，他们互相跳呀，唱啊，共同击鼓驱邪。他们认为，前一段为什么这么仇杀，就因为听了邪人的话，受了邪恶的蛊惑，我们喝了这个血酒，把主神请下来，就要驱赶邪恶，头脑永远聪慧。

晚上他们又点起篝火，图泰和三巧她们都参加这个难忘的部落盛会。都木琴妈妈又让獾子部的人来獐子部参加这个盛会。两个部落的人在一起又杀牲，又喝酒，玩个通宵。可以这么讲，这是婆婆离和都木琴、都木伦她们有生以来，从未见过这样的盛事。大家在一起，唱起了古老的友谊歌，这是女真人的古歌，也是索伦人都会唱的古歌。这个歌的名字叫“咱们都是额莫的孩子”，歌词原来是女真语，翻译过来大意就是：

咱们都吃一个大袋式的奶包包，
咱们都是睡在一个火炕上的土娃娃，
咱们都是一个额莫的孩子，
为啥要分心呢，
为啥要厮斗呢，
为了明天的好日子，
还要同饮一河水，
共用千把弓。

声音铿锵深沉，动心。两个部落的男男女女，抱在一起，跳啊、唱啊，互相哭叫着，紧紧地搂抱着。唱啊、跳啊，就这样，在篝火边，心心相印，从深夜一直跳到了黎明。

第二天的清晨，獾子部的人用鲜花搭成一个彩轿，大家把都木琴妈妈抬到轿上，都木伦和部落的很多人围着，连敲小山鼓，欢跳着把自己的部落长迎回獾子部。婆婆离妈妈和獐子部的人，在后边送啊、送啊，一直送到獾子部。

这个举动使图泰和大伙都非常感动，两个部落的人感情这么真挚，这是他们没有想到的。正像有的部落人讲的，现在把豺狼赶走了，我们要重新整治河山，整治自己的家园。都木琴现在是含着眼泪，重新回到了自己的部落。就这样，仅一天一宿的工夫，就使獾子部、獐子部焕然一新，两个仇杀的部落，像亲姊妹一样，心都紧紧连到了一起。都木琴的事很圆满地办好了，比原来预想的要好得多，大家都分外高兴。

下一步应该做的第一个计划，就是抢回庞掌醢。为了更隐蔽、更顺利地办好这件事，使马龙和杜察朗他们一点也觉察不到蛛丝马迹，图泰动了一番脑筋，他决定把巡查使行在驻所这个大牌子撤下来。然后他秘密地带着人住到了獐子部和獾子部。两个地方分着住，这块儿住两天，那块儿住两天，使人发现不了。他们就跟当地的土民和野人们生活在一起。他们白天穿着猎装，跟这些人一块出去打猎呀，一块干部落的活呀，就住在这些部落人的家，像当地的土民一样，脸抹的黢黑，三巧也是这个打扮，三丹丹头一次跟他们过起这个特殊的很有意思的生活。晚上他们常常穿上夜行服，出去夜探和了解情况。

后来，图泰和乌伦又想，咱们老这么来回走也不行，潘家寨这块儿，还得有人照看。因为牌子挂上了，不少的土人要到这儿告状，要介绍些情况。到这儿找不着人，时间长了，也容易露馅，也容易让坏人探到消息。所以，还得装着没动静，表面上让别人看不出来。他们决定让愣头青卡布泰留守。他们没来之前，这个地方是卡布泰开辟的，还让他来管这件事。

图泰就对卡布泰说："现在我跟乌伦悄悄在外边接着办咱们的事，过些天咱们准备到九拐七阶去，现在还有些事没办完，你也知道，庞掌醢的事咱们还没办呢？"卡布泰说："是啊，这样吧，大哥，我去吧。"

图泰就笑了，并对他说："这个你做不了，我们给你找个差使，你现在就代表我，代表大哥，做这个巡查使。你以巡查使的身份出现，你就老老实实的，在潘家寨呆着。遇到什么事你替我办，大事你可以找我，小事你就办。让外人看这块儿不是没有大人，咱们牌子还挂着呢，如果别人问到，图泰上哪去了，就说他身体不好，偶感风寒，别的就不用多说了，你就全权办了。让他们感到咱们没注意别的地方，仍然都在潘家寨。"卡布泰说："好吧，让我看家不是吗，好，我一定好好看家。"图泰说："你要看好家，不能松懈，一定要尽心，可不能粗心大意。"卡布泰说："大哥，你放心，这事儿我一定能办好。"

图泰命富凌阿也跟卡布泰在一起，你们就留守在潘家寨。图泰又说："另外，雷福、常义也都跟着你们，作为你两边的护卫和身边的助手，有些兵丁仍然来这儿，照样不变。你们还有一个任务，就是兼顾察看潘天虎的动静，潘天豹咱们还押着呢，我看把他放出去，让他回家养伤。你们要看住了，偷着秘密地监视他，看他还有什么活动没有。"卡布泰一一接受，这样，这个小客栈中的牌子照样挂着，让外人一看，好像图泰仍然在小客栈办公，实质上是名存实虚。

图泰安排好以后，就悄悄地和乌伦巴图鲁、三巧、三丹丹、文强离开了潘家寨，他们到什么地方去了？这是说书人的秘密，不能跟你们讲。外边的人，现在一点也不知晓，不少人还照样到这儿来找图大人，来告状，办什么公事，献贡品，卡布泰和富凌阿、常义、雷福他们一一接待，整天没早没晚地干，累的满身大汗，都不能好好安稳睡觉。

单说图泰，他自个儿悄悄地领着乌伦和三巧他们，先到了獐子部。图泰他们选了獐子部这块儿，真是一个良策。这是一个好地点，这块离潘家寨的十库非常近，上了山梁，再下山梁，过了一片松树林，就可以到十库的地方。山梁的这边，又是一片密林，穿过几个羊肠小道，跳下山崖是一片小平地，这就是獐子部部落所在的地方。如果站在山梁上，监视十库的动向，就可以发现各样的情况。这是一，二呢？十库除了有杜察朗派的库兵把守以外，每个库还用人看着，雇人做些零碎的事情，有打扫的，有晾晒的，还有天天运水和搬运东西的等等，他要用很多的人。这些人从哪来的呢？潘家寨的人比较少，不能雇，再说他也不愿意雇跟前的人，怕他们知道底细。所以，他找的人都是周围附近土著的野民，这些人都比较老实，便于管理。他们选的多半是后山獐子部的人，甚至也有雇他们做库兵的。这就为他们了解六库的情况，找到了很多的眼线，很多的知情人。所以，他们住在獐子部，可以通过这些被雇去做库兵的人，了解十库中各库的情况，这是难得的卧底的人。大伙特别满意，都说选的好。图泰根据这两个可靠的条件，就驻扎在獐子部。

图泰跟乌伦制定一个密令，利用一天的晚上，图泰跟三巧趁着夜深人静的时候，秘密地过了山梁，到了六库。到那就找到了獐子部被雇的库兵，了解娄宝和齐宝还在六库。他们便藏在后山梁的密林里头，让库兵回到六库，告诉娄宝和齐宝，让他在今天寅时到原来接头的那个白桦林等着，有事找他们。

娄宝和齐宝知道以后，把库里的事情安排好，就找个事由，躲出六库的差使，让别人替他看管监牢的事情，由娄宝出来。他在寅时的时候，赶到了白桦林，正好三巧她们在那儿等着他呢。娄宝就问："三位姑娘有什么事情吗?"三巧就告诉娄宝，现在大人已经决定，我们很快就动手，你跟齐宝，借一个机会赶紧躲开这儿。你们躲开以后，我们好动手，使他们抓不住你俩的把柄。你们走前，让别人看管库和监狱这事儿。你得告诉我们，还有什么需要我们注意和防备的事情，就为这事来的。

娄宝细想了一下，就跟三巧说："姑娘来的正好，过两天，杜察朗大玛发为了备办酒席，要请些乐工，让我们兄弟俩回去一趟。杜察朗让我们早去早回，把北噶珊的事办完了，把乐工领来就行，其他事就不用我们管。这块儿有人等着，把他们带过去。让我们星夜兼程把这事办明白了，不要耽搁，回来还要照样监守六库的事儿，这个时机正好。"三巧问："哪天?"娄宝说："可能就是后天，或大后天这两天，最后的时间没定，估计，可能在小雪那两天吧。"三巧就问："那么咱们怎么联系呢，怎么知道你准确的日子? 另一方面你走后谁管六库，有多少兵丁看守，还有些什么注意的事儿，都要告诉我们，咱们怎么联系?"

娄宝想了想，就说："格格，这么办，你看我身上穿的獐皮大袍子，就这个皮子，就这个颜色，我剪下两条，做那天的记号，条子挂在桦树的树杈上，你们看到两个条子，就说明这个事情是两天后进行，要是三个条子，就是三天后进行，按照条子记天数。另外，我条子上还要夹着一个小桦皮，做简单的记号，你们看到以后，分析符号，就能了解兵丁情况，那上面画些小人，你们注意看就行了。格格，你们看这么办行不行?"三巧三姊妹觉得这么办也挺稳妥，就说："可行。"她们把这事定下来，就让娄宝回去了。

三巧回去后把这事情告诉图泰。第二天，三巧按时到了小白桦树林，发现了一个带毛的獐皮的条子，那个条子正是从娄宝身上穿的獐皮袍子上撕下来的。这个獐皮条子就是娄宝和齐宝秘密和三巧定的暗号，刚才我已经说了。这个暗号，告诉三巧，我们已经按你们的安排离开这里了。三巧又一看，獐皮条子后头有个缝，夹着一个小桦皮，上头也留些暗号。

三巧把这些暗号悄悄拿回来了，交给图泰。就说："图泰叔叔，我们把这个取回来了。"图泰把这个暗号拿在手上，三巧把她们和娄宝定的暗号的内容讲了一遍，一个条子，那就是说，一天之内就得把事情办完。也就是说，在明天夜里之前是有效的，过了明天晚上，咱们就不能动手了。另外，又把桦皮薄膜拿出来一看，上头有一个小洞，洞的紧里头画一个小圆圈，圆圈外头站着一圈人。这告诉，咱们要找的东西，就在那块儿，外边有几个人把守，在拿东西的时候，把周围那几个人抓住，或者杀了，就可以得到这个东西。这些暗号，图泰完全明白了。

图泰把乌伦，卡布泰，三巧，文强还有三丹丹召唤过来，马上商量怎么干。图泰说："现在是万事俱备，今天咱们就开始行动。卡布泰、文强，你们去獾子部找都木琴、都木伦，把这件事跟他们说清楚，而且让他们出十个人就行，要精明强干的人，多带几件衣裳，因为咱们也要换衣裳。另外，乌伦和三巧你们去獐子部找婆婆离妈妈，让他们也出十个到十五个精明强干的人，也要穿上猎民的衣裳，他们的头最好都罩上一个皮子，就是作一个面具似的东西，外头看不着。在北方带着这样的面具，罩在脸上，只留两个眼睛，下头绑在脖子上，上面连着帽子，鼻子嘴那块都有窟隆，便于呼吸、说话，只是看不清是谁，有的脸上画着各种道子，随便画什么颜色都行，有的画成野兽的样子，也可以。"

一切事情安排妥当以后，时间就定在夜子时。图泰和乌伦两个人以吹牛角号为号。獾子部的人早点来，秘密地藏在獐子部，只要听到号角一响，我们就行动。图泰说："这个行动是这样安排的，以三巧为主战，都要听三巧的，巧珍到六库，巧兰到四库，巧云到五库。你们到那就敲他们的门，砸门的时候，里头有内线，就能听到。他们把门打开，你们就负责保护，这个门不许外人进去。关键是六库，六库是巧珍，你要领十几个壮汉，把住这个门，谁也不让出来。出来的人，只要看到他的胳膊上有一个兽的骨头，就是绑着嘎拉哈骨头，那就是咱们的人，或者是貜子部的人，或者是獐子部的人。这些嘎拉哈分给每个人，每个嘎拉哈，都染上了红色，绑在自己的胳膊上。没有嘎拉哈的见一个杀一个，或者把他们烧死在洞里头。文强你领三个人，冲到紧里头去。文强你的责任就是冲到前头，把里头的看守，水牢的库兵全都杀掉，一个也不要留。卡布泰你的任务，别的都不要管，文强杀了库兵以后，由貜子部一个咱们的内线，他把牢房的锁已经打开，你就用一个皮兜子把庞掌醢套上。因为庞掌醢你认识，过去你曾经跟穆大人一起审问过他，你是不是认识他?”

卡布泰充满信心地说：“我认识，他变什么模样我都认识。”图泰说：“那就对了，到那你一定认准，别抓错了人，到监狱水牢里，把庞掌醢抓过来，你不要让他认出你，你先用皮兜子套在他脑袋上，然后，把他背出来。”卡布泰一听，直龇牙：“哎呀！给我这个任务，还得背他呀。”图泰说：“不要多说了，你的任务记清没有?”卡布泰说：“记清了，我就是背他不是吗?”“对，你什么都不要管，你背上就往外走。乌伦巴图鲁护着卡布泰，他背出来后，你在后头跟着，前头有人挡着，你就杀前头的人，后头有人追，你就杀后头的，一定让卡布泰平平安安地把庞掌醢给我背回来。”

任务分配的非常细致，图泰又接着说：“富凌阿、雷福、常义你们三个的任务，把这三个库给我点着，领着貜子部和獐子部的人把火点着，特别是富凌阿要记住，要在六库点火，你一定看到卡布泰大哥，把咱们要的那个命犯背走了以后，乌伦在后头护卫他，你看到牢房里头没有别人以后，就把火点起来，记住没有?”富凌阿说：“记住了。”图泰接着说：“雷福和常义，你们进去以后，因为这是辅助的两个库，把主要东西一定给我抢出来，帮助两个部落的人把东西抢干净以后，你负责点火，一定把这两个库都给我点着，记住没有?”雷福和常义就说：“师傅，我记住了。”

图泰又叫过来三巧、文强，还有三丹丹，图泰说：“文强你进到六库，完成你的任务以后，你看到乌伦和卡布泰两位叔叔，他们把那个命犯带走以后，你就完事了，跟他们一块出来。出来以后，你也跟三巧在一起，记住没有?”“记住了。”“三丹丹就跟三巧在一起，三巧啊，你们几个的任务非常重要，虽然你们把的是门，没到里头去，如果九拐七阶有人来呼应的时候，你们就杀退所有的贼人，让他们不能靠前。你们不要露出自己的面目，最好脸都遮盖一下，不让他们认出来。这样，他们就分辨不出来，是哪来的一伙强盗，让他随便猜去吧，他爱往哪猜就往哪猜，你们记住没记住？”三巧、文强和三丹丹说：“我们都记住了。”“好，你们一定记住。你们的任务，如果有人敢反抗，有人敢来帮助，或来帮助扑火，你们就把这些人杀退，赶走他，但不要去撵，把他们赶走了就行。记住没有？”“记住了。”“这就好。”

把一切工作安排完以后，这时貜子部的都木伦、獐子部的婆婆离妈妈来了。图泰又对她们说：“你们两位来的正好。明天带着你们的人按时到场，千万不要耽误了时间。只要听到牛角号一响，你们必须往这儿来。你们到了以后，把所有的东西，能抢多少就抢多少。这些东西都是他们抢你们的。多年来他们压榨下头各族的部落，把你们很多的贡物，除了给朝廷一少部分以外，其余都进了他们的私囊，现在是物归原主。本官代表朝廷向你们讲，这些物品应该归还你们，知道不知道？”

婆婆离妈妈和都木伦一听，非常高兴。图大人想的多细呀。图泰又接着说：“你们愿意多带人也行，把这几个库的东西都抢走，要不然火都烧掉，也可惜。如果时间够的话，把七库也给抢了。七库主要是海象牙什么的，也挺珍贵，把七库和所有的海产物、药材什么的都抢了。你们把这些东西都拿回去，我们不要。”婆婆离妈妈，都木伦妈妈，千恩万谢，说我们一定按大人的意见办。就这样，他们一直商量的挺晚。图泰说：“现在各自回去，要准备好，明天就行动，风雪不误，下多大的雪，哪怕是下刀子，我们也按时行动，棒打不变。”就这样，图泰一一做了详细安排。

话要简说，第二天，牛角号一响，就按这个计划雷厉风行，很快就把这几个库的门砸开了。因为那几个库都有内线。另外，图泰安排的非常细致，所以，进展相当快。说起来，这十个库，杜察朗他们建设已有年头了，可以说，从杜察朗的爷爷潭洞的时候，就有这个库，已经营多年，没想到毁于一旦。这些天，杜察朗光顾和马龙打赌，因为马龙问他，你真能把你的二格格给我吗？杜察朗为了拉拢马龙，一再向他表白，我说话算数。

杜察朗来了以后，干脆就坐阵在九拐，他们已经把重心转移到九拐，觉得九拐那块儿山势险恶，而且是大的望族部落，整个山都是一个姓的人，都是达萨布罕的儿孙。他想，只要把达萨布罕给摩挲好、恭敬好，下头就不能乱套。潘家寨这块儿太乱了，这些年到这儿来的人也不少，越来越觉得显眼。他现在把庞掌醢押在了六库，他认为戒备森严，再说有他的心腹娄宝和齐宝看着，不会出事儿。他万万没想到，有人去砸库和烧库。因为这些年，他觉得这儿挺稳，谁敢惹他们，当地潘氏兄弟也相当厉害，潘天虎，潘天豹都是他的人。对周围的部落他也想了，只有獐子部婆婆离跟他们不怎么近呀，但是，她也是达萨布罕的儿媳妇，婆婆离的男的还是达萨布罕的儿子，所以，他一想也没事儿。何况貛子部更是他的人，都木琴是他的老情人，他把这想的一片安稳。他又想，现在把穆哈连这个刺头铲除了，图泰刚来，他忙着了解情况，现在还不能发挥作用。他低估了图泰的能耐，也没想到好人有好报，有很多人暗里相助。他认为图泰不能有这么大的举动，所以，根本想不到这些，更想不到还会遇到些麻烦。

马龙在都木琴那，因为调戏三丹丹和阿安，过的挺不愉快，自个儿就讪讪地走了。他只想现在要入洞房了，我得忙乎我的事儿去。潘家寨的几个库他都没去看，骑着马带着几个人就走了，直奔九拐去了，就这么个情况。图泰就利用他们麻痹的短暂的机会，以迅雷不及掩耳之势，就把这个事解决了。

这个事出来以后，我们还要细说一下娄宝和齐宝。因为杜察朗大玛发要办喜事儿，让娄宝和齐宝去请乐工，就是回北噶珊请奏乐的人。这些人都非常出名，都是搁中原请来的，吹拉弹唱，笙乐鼓号什么都行。他让娄宝和齐宝把这些乐工接来。杜察朗想，娄宝他们就去一天，回来照样看着，库里不会出问题。但是杜察朗心里没有底，他跟马龙说："马总管，现在我让娄宝和齐宝两个总管到北噶珊去接乐工，他们不去不行啊，他们是我们北噶珊的总管，他们去能安排明白，而且很快就回来。就这一天，六库能不能出事?"马龙很自信地说："不会出事，不会出事。"

后来马龙又一想，我从京师带来几个人，让他帮助娄宝看一天库就行了，不会出事。他让谁去呢？让一条鞭邵小侠去。他曾经在少林寺呆了好多年，使一条金鞭，有万夫不当之勇。马龙就跟邵小侠说："小侠兄弟，你帮我个忙，你先到潘家寨那几个库，帮助看着，现在没有人了，我不放心。"一条鞭邵小侠说："我不熟悉那块儿。"马龙说："不要紧，我再给你请两位"，马龙又让达萨布罕找两个人帮助看库。达萨布罕就让四拐的山主巴荼罕，是他的妻子，领两个人去帮助收拾收拾那个洞，一两天就回来。巴荼罕把她的两个孩子，一个是儿子敏安，还一个小姑娘，叫来歌，他们是六阶、七阶的头目，他们三口人跟着一条鞭邵小侠到这儿守着。他们到这儿不太熟，根本没住在六库。杜察朗和马龙没细讲，怕他们传出去，杜察朗和马龙尽量保守秘密。庞掌醢的事不要让更多的人知道，因为这是一个诡计，所以，他们没跟邵小侠讲，也没告诉四拐的首领，达萨布罕的妻子巴茶罕。

巴茶罕不知怎么回事，所以，他们到那一看，七库比较好，就住在七库。后来一看，七库那块人已住满了，而且还挺脏，他们就搬到了八库。八库就在山上，他们排法，不是按一二三四的顺序排的，他是随着山势排的，有的在山上，有的在山底下，随便排的。比较近的是四、五、六库，六库在中间，这三个库是并排挨着。七库是在四库的旁边，八库是在六库的上头，山的上头。这几个库，有的距离比较近，有的相当远，库号安排的也不规整。邵小侠和巴茶罕到了八库，邵小侠一看八库也住满了，跟他们又不熟，就到九库住。九库是在八库的上头，这块非常静，也没啥事呀，认为杜察朗和马龙他们太多疑了，所以他们很麻痹。邵小侠住在九库，巴茶罕他们娘三个住在八洞，就是第八库，现在所说发事的地点，在下头，是四库、六库、五库，旁边有个七库，就是七、四、六、五库。

那天夜里，点起火的，是七、四、六、五库，正是山下这几个洞，呼啦全都着起来，浓烟滚滚，有些人干脆没跑出来。他们这些人装车的装车，抬的抬，邵小侠他们都不知道。因为八库和九库外头有很厚的大门，就像跟外头隔绝一样，里头的人根本听不到声音，就是外边放炮，在洞里头也不容易听到。火已着起来了，东西已抬的不少了，三巧他们几个在外边把守，啥事没有，雷福和常义包括富凌阿，把整个洞点着了，东西都抬的差不多了。

单说，这个邵小侠，睡觉有夜游的习惯，就是到外边去溜达，有时还打打拳。他在少林寺时就这样，睡一觉后，到外边打打拳，使身体解解乏，然后回来又接着睡。这天夜里他睡着了，里头不少兵丁都关上门也睡觉了。大门一关，就跟外边隔绝了，里头有吃的，有喝的，也有茅房厕所。这天邵小侠半夜醒了，从他的屋出来，在洞里转来转去，有灯光，兵丁就问："老爷你要干什么?"邵小侠就说："你把门开开，我想出去转转去。"这些兵丁一听，老爷要出去，那是上头派来的，像将军一样，是他们的总管，就得听啊，马上拿来钥匙，咔吧，把锁头打开，把门开开，邵小侠就出去了。

邵小侠睡的蒙蒙眬眬的，他出了洞，在外边走了几步，一闻，有烟味。后来烟越来越大，他往山下一看，挺热闹，人喊马叫，车上堆着东西，有的马驮着东西。这是怎么回事？自己不知道。他从来没在这儿把过门，也没在这儿守过库，他还以为是搬家的。库里有什么事，怎么这么热闹，怎么还有烟呢？洞里一烧，烟都冒出来了，但是，不乱，所以他迷糊劲儿还没解开，如果是真要打起来，互相争抢的事，他也容易知道。因为图泰安排的特别细，里应外合，是有计划地进行，只是烧着了，车一个一个往外走呢，很多事都快办完了。

邵小侠顺着山崖把着树往下瞅。这个山是台阶形的，上头是一层一层的，在平整的地方就掏了个洞。另外，各洞互相之间也没有联系，所说的八洞、九洞，离六洞还挺远，所以他搁九洞往下看，中间隔着八洞，他感到烟还不大。那天没有月光，就觉得车和马在走，他真没太注意。他看一看，也没看出什么特殊的，他认为不能有啥事。后来，他突然又想到临来时，马龙说，一定要看好这个库，库已经锁死了，没有任何人可以动库里的东西，你们看住就行。马龙的话，突然在他耳边一闪，对呀，没有任何人可以动库里的东西，怎么有人动呢？这肯定有原因。这时他慌忙地往库里跑，他把库门砸开，兵丁一看是邵将军，让他到库里歇息。他说，你们赶紧出来，下头有马，又有烟。兵丁出来一看，慌忙地跑回来说："老爷，不好了，下边出事了。"

这时邵小侠就把自己的鞭拿出来，并命令库里的人赶紧出来支援。有的脱了衣服睡觉的，急忙现穿衣裳，有的忙点灯，简直乱套了。然后他搁九库那块儿，一纵身跳下去，就跳到八库的门前。他下到八库，梆梆敲门，好不容易把门敲开。这敲门的声，三巧就听到了，可能周围的敌人知道情况了。三巧忙让周围的人赶紧告诉图大人，赶紧办，敌人已发觉了。这时图泰在底下让雷福传告，赶紧撤退，赶紧走。

说实在的，乌伦和卡布泰已经走了，现在有些部落人在搬东西呢，从火里抢东西。图泰就告诉大家赶紧走，由三巧和文强断后。图泰就拉着三丹丹的手说："丹丹你跟我走。"他们先撤退了。不少人都出去了，剩下没有几个人了，现在惟有七洞还有人，他们是后打开的。三巧告诉他们，赶紧走，敌人来了，不能拿了，现在赶紧走吧。这时四库、六库、五库烧的都落架了，火都快灭了。

单说，山上的八库，邵小侠好不容易打开库，就喊，不好了，巴茶罕呀，不好了，请快出来吧，敌人来了，在下头掠夺我们的库来了。巴茶罕倒没怎么睡觉，她到新的地方就睡不着觉，刚稍微迷糊一会儿，还穿着衣服，听到有人喊他们，她马上就把两个孩子敏安和来歌招呼起来。敏安和来歌倒睡的挺实，可能是吃过夜宵，喝完酒吧，刚睡着。不大一会儿，就听到外边喊，是一条鞭邵小侠在喊他们，他们马上穿上衣裳，兄妹俩跟着母亲就出去了。

这时邵小侠说："赶紧下去，现在有敌人，歹人在底下掠夺财产。"巴茶罕一听，马上就跟着下去。这北边的人好使单棒，巴茶罕使的像金箍棒似的大铁棒，敏安和来歌使的是刀，就跟她妈下来了。邵小侠在前头，因为他们想从八洞跳下来，但八洞前头是个方山，山下有个立陡的石砬子，根本跳不下来，他们只能绕着走。所以，邵小侠在前头，巴茶罕领着敏安和来歌在后头，他们往东跑下来，就是搁七库山坡下来，跑到一库那再绕过来。等他们绕过来时，七库的人已经跑没了，火还着着。他们到那就喊，贼人休跑。这个邵小侠在前头，根本没看到什么人，还喊贼人休跑。到这儿一看，也没有人呀，前头有车，他就往前撵去。

这时文强和巧兰从树上蹿下来，看到邵小侠了，他俩的任务就是跟住邵小侠。邵小侠在前头跑，追在七库拉东西的那个车。文强和巧兰在后头跟过去了。文强使的是静剑，巧兰使的是飞啸剑，在后头一要，嗖嗖直响。邵小侠听到剑声，回头一看，这两人都不认识。因为他们都戴着面具，穿着皮子衣裳，像妖精一样。在夜里，也没分出是男是女，脸上青面獠牙，把邵小侠吓的一惊。文强看邵小侠追来早就过去了，文强还真没使剑，因为图泰有话，只要有来者，悄悄奉陪，不要出声。邵小侠喊，来者是谁，这两个人干脆当哑巴，不答话，只是在外边转悠。就这时，文强从后头用右手照他脖梗子一点，这一点，邵小侠觉得脖子不得劲儿，怎么不听话呀？像矮了一截。他不知人家点的是穴，不能打，赶紧走。他一看是两个妖怪，个儿不怎么高，身上穿着皮子衣裳，脸面看不出来，还不说话，两个腿往前蹦。他们特意装的，两个腿并在一起跳。这时邵小侠吓的赶紧钻到林子里噌噌就跑了。他一跑，巧兰和文强也没去追，邵小侠已经跑很远了。

再说，巴茶罕领着敏安和来歌到了七库，这时一看，已经没人了，他们也没看到文强在后头追，娘仨想到四库、六库看看究竟是怎么回事。她正往前走时，在树上一个人，噌噌就蹿下来了，双脚骑在巴茶罕的身上，巴茶罕急忙喊："哎呀，妈呀！"吧嗒一下子，把铁棍子扔了，就摔在地上。这时上头拿着剑的人青面獠牙，身上穿着翻毛皮子，黑羊毛，脸上也看不出是谁。因为这个人正好骑在她脖颈子上，把她一压，她来个狗抢屎，抬头一看，吓坏了，剑正指着她呢。哎呀！是个妖怪，没想到我也见到妖怪了。

骑在她脖子上的是谁呢？是巧云。巧云一看她什么武功都不会，干脆就下来了。巴茶罕爬起来，拎着自己的棒子，连孩子都不顾了，就噌噌跑了。

单讲敏安和来歌两个正往前走呢，巧珍戴着面具过来，向他俩手腕上各点了一下，这一点劲儿挺大，手腕一麻，吧嗒一声，他俩就把手里的刀扔了。这时巧珍就往后退，敏安和来歌一看她妈跑了，自己手还麻呢，刀也不要了，干脆也跟着跑了。他们几个拼命往前跑，等他们人影埋没在林海里看不着时，巧珍吹了一声口哨，她们姐三个和文强就回去了。

邵小侠和巴茶罕领着两个孩子回去以后，马龙就听到信儿了，来这儿看他们。这时，巴茶罕像疯子一样，胆战心惊，吓的话也不会说了，磕磕巴巴地问敏安和来歌怎么回事，这两个人也没说清，就说："根本没看到人，就觉得身上一麻挺难受，刀就没了。"巴茶罕也说："是一个魔鬼，是个妖精，你们那地方不好，出妖怪。"她一惊一乍的，连着几天重病不起。邵小侠脖子被点一穴以后，头抬不起来，走道总是低着头往前走，一抬就疼。找了很多郎中治，干脆治不好。马龙向他们了解究竟是怎么回事，杜察朗也问是怎么回来的。邵小侠支吾了半天，也没说清楚。

邵小侠这人非常自负，他知道，肯定遇到什么世外高人了，不知给他点的什么穴。但是他不敢说，要说出来，怕丢了自己的名声。啊，什么一条鞭，你纯粹是任嘛不懂。所以就欺骗地说："我当时喝了酒，出去的晚，什么都没看着，等我知道以后，就叫巴茶罕。"他没敢说是最早看见的，把这事尽量化小了，就说很多事自己不知道。到库里以后，护兵招待，自个儿喝醉了，就倒下了，等我出去时已经晚了。他怕马龙他们挑他的理，担心责任大，容易丢自己的名声，所以，他不敢说出真实情况。另外一个原因，邵小侠也是挺正直的人，过去的侠客都讲义气，做啥事情要讲究良心。他本来对马龙也是有看法的，但是，他又不想得罪他，所以他知道这里头有很多乌七八糟的事情，我趁早躲一躲，少插这个手。如果要讲认真，他也能够跟三巧她们比试一招的，所以这些事情是相当复杂的。回来以后，他就装着什么也不知道。

杜察朗和马龙，问来问去，就这几句话，多了也不说。马龙一看真是没办法，急的直跺脚，这可怎么办？可把杜察朗、马龙气坏了，要是庞掌醢没有死，落在图泰他们手里，就全完了，那真是踩扁的饺子，全露馅了。这不仅惹恼了朝廷的穆大人，杜察朗他们也全完了。所以杜察朗非常害怕，他的家业在这儿，自己往哪跑呀。不但自己的脑袋要搬家，家业没了，这是背叛朝廷的大事，要祸灭九族啊。他知道，马龙好办，那是脚底下抹油，可以溜呀，走遍天下，藏起来。他往哪去呀，他越想越害怕，真是满头大汗，就哀求马龙，叫马大人，甚至叫马爷爷，求他帮这个忙，你这个喜事我一定帮你办成，你亲自到潘家寨走一趟，你去看看，是不是真的让贼人给烧了。另外，再看看有没有庞掌醢的尸首，咱们心里头得托个底，现在什么情况都不知道，这哪行呢。你放心，你回来我一定给你办这个喜事，好爷爷，你赶紧走一趟吧。

马龙对这事也特别重视，因为他是受穆大人之命来的，而且穆彰阿向他面授机宜，必须铲除庞掌醢。马龙当时一百个答应，一千个答应，就说："大人你放心，这事就包在我身上。"他是很有把握来的，结果出现这个乱子，他知道自己丢了面子，这可怎么办呢？如果这事真是按杜察朗讲的，庞掌醢已经落到图泰之手，他也没有活路了。穆彰阿能答应吗，跑？往哪跑？早晚也是死路一条。所以，他也着急。

马龙这个人，各位先生、阿哥，说书人不能不说几句，不要小瞧他呀！马龙是非常厉害的人，那可不是个简单的人物，不是的。要知道，他和图泰都是一个师父，只不过他比图泰晚学了几年。这个人学坏了，品德不好，艺高人胆大，这一点你不能不服，他的武功不次于图泰，而且有些技法，图泰还没他那么钻研。因为他在外边经常打家劫舍呀，抢男掠女，他学一些歪门邪道，他的特殊技艺还真不少。不要认为图泰这边想的这么周到，事情办的这么稳妥，马龙不会想到，其实马龙早就想到了。他想，我一到这边来，很可能潘家寨就要出事的。图泰已经到了，他早就知道了，图泰不会趁这个机会劫狱抢庞掌醢吗？因为他们已经发现这边的破绽，曾经抓过庞掌醢，那是穆哈连在世的时候。他们现在也在抓庞掌醢，跟咱们一样。这些个马龙都知道。

马龙最大的毛病，也是他失误的地方，就是好色。他让女人给迷住了，他一遇到女人，就迈不动步，就像一个耗子似的，在洞里想的周到，一到外边就麻爪了。他一见到女人，说什么洞房花烛夜，这些想法就全抛到脑外。这次出事不就是这个原因吗？他在獾子部惹出事，让人打了一个嘴巴子，没脸跑了。他着急，赶紧去杜察朗那，跟他的二格格成婚哪。你不到潘家寨好好检查一下，有什么露洞，然后你再到九拐去不行吗？他没这么做，而是越门而过，把事情都忘了。据说，他现在开始自恨，但是后悔晚矣。所以杜察朗一说，自个儿也想一想，也真得去一趟，不去不行啊。看起来，还得自己动脑、动脚，自己亲自去办。于是他带着小亲随，两人骑着马，嗒嗒就走了。临走前还嘱咐杜察朗，你这边喜事照样准备，我很快就回来。

马龙从出事，到赶到潘家寨，不到六个时辰。这回潘家寨十库那是一片狼藉。原来好几个非常好看的门面，现在烧的到处是黑洞，碎木头扔的哪都是，七库、六库、五库还有四库，都成一片黑窟窿，库门都烧焦了。这回倒好，没人敢来。一库、二库没有烧，小官员和库兵一看马大人来了，赶紧出来迎接，就跪下，痛哭流涕地说："我们不知这事儿。"马龙根本不听这些。他直奔了六库，他进到里头一看，有的木头还在冒着烟。洞里有一个水牢，是囚禁庞掌醢的地方。他到那一看，已看不出原来的模样，全都面目皆非，很多立柱木头都烧倒了，有的木头倒在水牢里。水牢里还漂些个破布，乱七八糟，什么东西都有。马龙一查，确实有十一个尸首，都烧焦了，什么都看不清。你说怪不怪，看哪个尸首也看不出来是不是庞掌醢，都那个样，都那么长，都那么黑，干脆分辨不出来。马龙问了好些人，都特别糊涂。就这样，他命人把尸首埋了，不要往外传出去。

然后，马龙悄悄地到了獾子部，他已知道一切情况。图泰想瞒着，那能瞒得住吗，什么人没有，早就讲出去了。他到那儿以后，先去看獾子部的女罕王都木琴。都木琴这时躺在炕上，有不少人侍候，耳朵被割掉了。马龙先向女主人施礼，问候。都木琴也恨马龙，很多事情都是他勾引出来的，最后把罪都贴在她身上。这次她从图泰那知道不少马龙干的坏事，所以，她不愿答理他，就简单说一句："我身体不好，不想多说话。"让旁边的人，包括她的妹妹都木伦，把他撵走了。马龙讪不搭地就出去了。

马龙出去以后，又个别了解情况，问来问去，都说我们女罕王不知道这事。这他相信，可能和獾子部没关系。但是也有些人，向他买好，想讨几个赏银。马龙就挑那些好财，爱小的人，搁兜里掏出两个银元宝，给了他们。他们见钱眼开，就说，有一天，部落里真出去十多个人，夜里走的，不知干啥去的，是偷着走的。马龙心里想，那天夜里，正好是出事那天夜里。这可能是事先安排好的。这证明，庞掌醢没有死，很可能让图泰他们抓去了。他着急，因为很快要办喜了，他心里就惦着那个事儿。于是就匆匆地回到了九拐。

他见到杜察朗就说："大玛发，现在看来，大事不好呀。"杜察朗一听吓坏了，马龙就把这事说了，这事很可能是图泰他们干的。现在具体证据还没找到，不过，有很多的蛛丝马迹，我可以想到，这事做的这么周道，这么安全，而且一点没露出迹象，组织这么些人，干的又这么快，除非图泰，别人谁也没有这个智慧，没有这个能耐。现在，很可能庞掌醢就押在图泰那儿。

杜察朗一听就吓傻了，立刻扑通一声就给马龙跪下了："哎呀，马大人，你赶紧想办法，我北噶珊的家业给你一半，你放心，你能不能想办法，把庞掌醢给我抓回来？"马龙就笑了："大人哪，你说哪儿的话，这可能吗？他们既然要抓庞掌醢，他们就有办法保护住庞掌醢。何况大人你也知道，他们有几个能人哪，那不是我一个人能对付得了的，必须请出几个世外高人，一块跟他们比试。凭咱们这几个人能行吗？他那块强将如云哪。"这事可怎么办呢？杜察朗急的满屋里转，就是想不出办法来。马龙说："先这么办吧，我自有办法，也只能这么办了。"杜察朗想，一切就听天由命吧。只能靠马总管，马大师来安排，没有别的办法了。就这样，他们秘密的想出一些办法。

咱们再说图泰他们。图泰他们顺利地抢走了庞掌醢，把一个大活人抢走，一点没受着伤。同时还破坏了杜察朗他们的几个库，抢走不少东西，而且把这些东西都分给了獾子部和獐子部，就像天上掉馅饼一样，把这两个部落都高兴坏了。图泰也会说："这原来就是你们的东西，是杜察朗盘剥去的，你们应该拿回去，物归原主。"谁不感激朝廷的图大人哪，真是青天大老爷，帮我们办了好事。这事办的顺利、周到、实在，几方面都过得去，达到了原来的目的，大家都非常满意。而且没有受伤的，你说多欢喜吧。

图泰完成这事以后，回来的当天晚上，他们就决定夜审庞掌醢。这个事不能拖，拖了夜长梦多，容易出事。马龙他们也不是好惹的，他们丢了人，肯定要找人，他们肯定想到这事别人干不出来。因为这个地方他们已经营几代了，都是杜察朗他们的人。何况，潘氏兄弟是这块儿的坐地虎啊，谁敢惹，所以他们认为当地人谁也不敢干。肯定要想到图泰，想到咱们。咱们心中一定要有数，不能麻痹，不能疏忽大意。图泰就跟大伙说：“咱们要夜审庞掌醢，抓紧办，早点把庞掌醢嘴撬开，让他把有些事情抖搂清楚，这对咱们是有利的，事不能拖。再一点，一定对庞掌醢要好一些，使他看出咱们关心他，让他明白利害关系，不要抱着一种侥幸的心里。为了这个，图泰作了决定，就说：“咱们必须分工来作，审庞掌醢由我来管这件事，另外，富凌阿也得参加，因为你是黑龙江将军派来的，以后要跟黑龙江将军衙门通气。”富凌阿说：“喳，就按大人说的事情办。”图泰又说：“卡布泰你负责提审庞掌醢，雷福和常义，你们就帮助卡布泰，来回保护庞掌醢，再拨十几个兵丁保护这个秩序。乌伦你带他们几个，日夜地坚守好这个牢狱。”

这个牢狱太简单了，我过去说过，这是小客栈老掌柜放皮张和零碎东西和土特产的地方，他用木条子随便一夹，上头用泥一抹，就建成了这样一个屋子，里头虽然宽敞，但潮湿，阴暗。卡布泰这几天给弄了两个风眼，但是，这屋太不结实了，猪一拱都能拱出窟窿来。所以图泰就说：“乌伦，我看把人这么分一下，巧珍和巧云你们姊妹俩算一班，乌伦你就带着三丹丹，你俩算一班，巧兰和文强你们算一班。你们六个互相串换着，看怎么好，你们自己商量。每两人半天一班，一定要看好这个牢房，不能让马龙派人破坏或者抢走了庞掌醢。乌伦，你看怎么样？”乌伦说：“大哥，这样安排很好。”三巧和三丹丹还有文强都说好，就这样，外边监视和守卫就由他们六个人，两人一伙互相串换着。另外，这三伙又各拨给十个兵勇，帮助和协助他们站岗、放哨，发现有什么可疑的事情，就报告给每班的执行官。

图泰说：“这些天，大家要辛苦一下，一定把眼睛睁大了，可不能麻痹啊。好在这几天挺顺当，前些天在这个地方关着潘天豹、刘佩和都木琴的时候，当时我就捏一把汗啊，好在没有出事。庞掌醢可不是一般的人哪，现在两头都在抢他，他是重要的案犯，是重要的知情人。咱们费很大的劲，已把他秘密地抓到手，必须想方设法，从他嘴里榨出东西来。一定把他保护好。保护他，就是保护我们所得到的胜利果实，撬开他的嘴，就会弄清楚北海、北疆这块所有的症结问题，各位一定要明白这个道理。”大家说，大人你放心，我们一定按大人说的去做。有的说，叔叔请放心，我们宁可觉都不睡了，也要保护好。图泰说：“不睡觉可不行，一定把觉睡好，你们互相串一下。”就这么定了，第一拨是乌伦和三丹丹。

乌伦和三丹丹接受命令以后，各自备上兵器，带着兵勇就出去了。乌伦让三丹丹在监狱转圈游动着监视，不要走远了，你就在暗处盯住这个小监狱，不能让坏人接近。乌伦非常细，又把这十个兵勇一个一个地都安排的相当远，有的在大道的道口，有的是在进山的道口，特别是从北噶珊方向来的路，在密林深处隐藏着，都有人监视着，就这样戒备森严。

文强和巧兰、巧珍和巧云都觉得乌伦叔叔的做法好，轮到咱们班也这样安排。图泰就说：“你们一定把这事办好，以防万一，可不能松懈。我和卡布泰是机动的，我办完了审案的事情后，也跟你们一块出去监视，咱们共同守卫这个小监狱。”大家听了都非常高兴。图泰又接着说：“现在，咱们就审庞掌醢，乌伦和三丹丹就不参加了，他们现在正在外边站岗、监视。三巧和文强你们都进来，一块听听对庞掌醢的审判。”三巧和文强一块进来了。

这个屋就是他们租小客栈的一间房子，是图泰住的屋。他们把屋子收拾一下，床还是那个床，又摆了一张桌子，两边站着人，旁边还有个小桌子，那是富凌阿作临时的文书。除了三巧和文强紧挨着图泰坐以外，卡布泰、雷福各站在两边，下头是兵丁，也站在两边，显得挺威风，是一个公堂的样子。图泰说：“卡布泰、雷福、常义，你们到监狱把庞掌醢提来。”卡布泰说：“喳。”领着雷福和常义出去以后，就到了监狱。

不大一会儿，他们三个就把庞掌醢提审来。庞掌醢这时候，简直像被他们抬着似的，这些天在监狱里折腾的瘦了不少。庞掌醢脑袋上还套着一个皮口袋，口袋挺大，不让他分出方向和地点。怕他憋的慌，嘴那块豁个口，好不容易把他弄到手，可别把他憋死了，能喘气就行。卡布泰和雷福轻轻地把他放到图大人桌子前头。他们没敢使劲拽他，这是个宝贝呀。庞掌醢还挺懂事，到那儿就跪下了。图泰命令卡布泰把他头上的这个罩摘下来，卡布泰过来把他头上那个皮口袋拽了下来。这时候，庞掌醢才看到周围的光明，已经蒙了一天多了，口袋始终戴在脑袋上。吃饭从嘴的豁口那儿往里进。头上的罩一摘，他才看到，这是个陌生的地方。不过他是朝廷的官员，懂得旁边站着的都穿着朝服，兵丁都穿着罩服。他认识卡布泰呀，这才看出来，卡大人也在旁边，再看桌案后端坐着一位大人，身穿朝服，头戴亮顶子，一看是二品，是京官，和他想的一样。

庞掌醢非常聪明，在监狱抓他时，突然给他罩上个口袋。他就想，能救我的人就是抓我的人。刀枪一响，火一着，浓烟呛人，而且杀了不少人。马上进来一个人，把他头一罩呀，就背跑了。他就想，现在谁能来救我呢？他正盼着，这事就实现了。现在，最好是穆哈连那伙的人来，听说，图泰大人他们来了，肯定能救出我，因为我掌握不少秘密的东西。图泰他们不会轻易放过，他想，他儿子在京师不顶事，鞭长莫及，一切希望就寄托在图泰身上。果不然，把他抓来，又喂他东西吃，对他这么好，就是不跟他说话。因为没有图泰的命令，这些人谁也不能跟他说话。他不知自己在什么地方，蒙在鼓里，现在把头罩一拿下去，脸上往下滴答汗珠，他心里念阿弥陀佛，老天有眼，救了我，真是九死一生啊。

他正想着，图泰就说："庞掌醢，知不知道，你现在是在哪里？"庞掌醢马上磕头。说书人要说一下，这次囚庞掌醢，非常严，头上罩着他，他虽然会武术，但跑不出去。卡布泰简单地把他两个臂一拢，没五花大绑，对他还真是另眼看待。他马上就跪下磕头："大人在上，罪臣知道。"他为啥叫罪臣呢，因为他一看是京官来了，图泰的大名他知道，图泰是赛大人身边的人，现在是朝廷的命官，他是钦命呀。庞掌醢知道这个事，信儿早就过来了，能不知道吗，就是没见着。这时，他慌忙地说："罪臣庞掌醢给大人磕头，大人是青天大老爷，非常感谢天恩啊，大人把我从虎牢里救出来，我是万死不辞，只要大人问我什么，我会如实的讲来，哪怕我死了，也心甘情愿，我一定把事情的原原本本都讲出来。"

图泰说："你知道我是谁不？"庞掌醢说："大人，不要问了，我知道，小的我早就听说了，您就是钦命巡查使图大人。罪臣再给您磕头了，您是奉天恩来的，罪臣向皇上磕头，吾皇万岁，万万岁。"图泰又跟他说："庞掌醢，你知道你有罪吗？"庞掌醢说："罪臣有罪，罪臣的罪是罄竹难书，我已经犯了几次罪了。上次就有罪，穆大人审问我，后来我逃跑了。这次让朝廷抓来，我会把我所有的罪行毫不隐瞒地讲出来，我知道北疆的情况，我还知道朝中的情况，我是受朝中一些人指使来的（他没敢说谁）。很多事情，我跟杜察朗一起合谋，有些事情是我做的，有些事情是我奉令而为。有些事情还不是我做的，这十个库其中杜察朗赏给我的六库，是我的，其他几个库仍然是杜察朗和朝中一些人的。他们为这个要杀我，我都知道，还要感谢图大人，你们救了我。”图泰说：“你知罪就好，我们救了你，不是因为你做的事情比他的罪过小，我们这次把你救出来，就是奉皇帝的谕旨，弄清楚北疆的情况。这些年来你们把北疆祸害的可乱了。另外，更可恶的，你们竟敢杀害朝廷的命官。”

庞掌醢马上跪下磕头说：“图大人，图大人，这个事可不是我干的，我这一点不敢隐瞒。穆大人的死，我们还蒙在鼓里，这些细事，请图大人明察呀，小的可不敢杀害穆大人。我也想了，包括杜察朗，他虽然非常坏，他纵有十个脑袋，坏透顶，我想他也不敢干。因为我们曾经在一起秘密的合谋过，确实想给穆大人制造难题，包括对他夫人的伤害，这是杜察朗干的，我没有挡，当时我也没想挡，完全和他站在一起，这都是实在事。穆大人死了以后，杜察朗曾经跟我说过，他听到这事还觉得挺吃惊。这件事，我到现在还不清楚，请图大人明察暗访，这个凶手究竟是谁，小的不敢撒谎。如果我现在还敢隐瞒罪行，还敢帮助杜察朗推托罪行，就是千刀万剐，我也心甘情愿。但是，这个事我真有点冤枉。”庞掌醢说着，泪如雨下。

图泰见他有认罪的表现，语气又缓和地说：“先不要说，这件事的账，早晚要弄清楚。我先告诉你，我们把你从马龙和杜察朗的虎口里救出来，现在应该认识到，谁在害你，谁把自个儿的罪行加在你身上，俗话说，推完磨就杀驴，你也知道。现在尝到这个苦头了，所以说，你不能再替马龙和杜察朗开脱罪行，他们现在要杀你呀，知道不?”庞掌醢说：“完全知道，完全知道，小的还上他们的当呢，我太麻痹了。”图泰说：“你应该认清，朝廷，包括皇上，还考虑了你从进士继任以后，皇恩浩荡，对你是倍加重用，这一点你是知道的。皇上到现在还看你能不能改过自新，如果，你真正是皇上的好臣子，要想弃恶从善，就从现在起，把全部北边的情况和所有的问题，都一五一十的，一点也不落地向朝廷禀报，记住没有?”

庞掌醢马上又跪下说：“罪臣完全听清楚了，一定照办，请大人放心。”图泰说：“今天我就审问你到这儿，我给你笔和纸，你抓紧时间，把这些问题写清楚。有什么事你可以找卡布泰大人，他会帮助你，吃的住的我们给你安排好了，你一定感到朝廷对你的关怀，对你的爱护。”庞掌醢痛哭流涕地说：“罪该万死呀，我完全让金银财宝迷住了心呀，我现在一定按大人的话，把所有的问题，所有的事，原原本本地向皇上写好我的罪折。”就是有罪的折子，向皇上禀报的。图泰就命卡布泰预备好纸墨，把庞信带下去，让他到他那个监狱里，老实地写他的罪折子。这就是第一次审庞掌醢。以后又连续三天进行审问。

庞掌醢在这个简陋的小监狱里头，点着獾油灯，自己坐在那块儿，挥笔疾书，就写他从京师怎么来的，他和京师的穆大人怎么认识的，把事情的前前后后，都写出来。他一个字一个字地写，写了那么厚的一摞子。他就讲，到这儿来，他和杜察朗都定了什么秘密。当然，这些罪行对他来说，对北海的了解来说，他交待的也就是十之四五，还有很多没写出来呢。庞掌醢也真豁出来了，我就是这样如实地把事情写出来，让朝廷、让皇上看一看，定我死罪就死罪吧，这样，觉得心里还平衡一些。但是不能光让我一个人做垫背的，使他们逍遥法外，不能。他在这种情绪下，就和盘托出了，爱咋的就咋的吧。图泰和乌伦他们看了这个罪折，确实知道了很多事情。但是，很多事情，和穆哈连大哥之死关系不大。

单说这天夜里，图泰晚上睡不着觉，因为，这几天，他们深夜和白天都在监视小监狱。三巧啊、文强、三丹丹、乌伦轮流在小监狱转圈，走来走去，认真地监视着。有时他们找个隐蔽的地方藏着，因为图泰有话，一定小心外贼突然袭来，而且，很多的道儿，都有兵丁把守，暗暗地监视着，看有没有形迹可疑的人接近图大人住的地方，各个路口都把守的特别严。

就这天晚上，图泰和乌伦还没睡，悄悄在谈着庞掌醢罪折上的事。突然，武林之人，耳朵非常好使，就觉得房上有动静，好像有个石头落在地上，砸了一下，声音不大，像是房上的草在刷啦动弹，这声音马上使图泰警觉，他轻轻拍一下乌伦。这几天他们都是合衣而卧，时刻警惕着。巧珍和巧云这时也在屋里，监视外边的是文强和巧兰，不知道他们现在隐蔽在什么地方。图泰听到声音以后，马上到三巧的窗户轻轻拍了几下，这是信号。然后，图泰他们都穿着夜行衣，都噌噌出去了。

图泰和乌伦出去，就看对个的房檐上有个黑影闪过去了。图泰知道现在有歹人来了，马上命令三巧在后边包抄过去，因为他往北边跑了，让三巧她们堵住。图泰和乌伦在后边追，这样就形成前后夹击之势，就想把这个黑贼擒住。他们互相没有说话，图泰画一个圆圈，意思马上包抄。图泰随着一个包抄，自己就跳进去，乌伦也进去了。巧珍、巧云和三丹丹他们都出来了，噌噌几个箭步上了房，就形成北边围攻之势。三巧多伶俐，她们轻功相当好，三丹丹也不示弱，她们在房上走，就如同飞一样，他们几个人形成了相辅相成的关系。三丹丹这回看几个人都使剑，她也使剑。这五剑相合，真不容易凑在一起，把北边就堵住了。

单说黑贼噌噌往前跑，一看有人已发现他了，他想躲开，又看北边左右有好几个黑影逼过来了，他走不出去。这个黑贼看起来对这边的情况相当熟悉，他不愿意碰上这些黑影，又往南走一走，正好跟图泰打个照面。图泰使一把刀，马龙也使刀，他们师父传的一样，都是清柱峰的金钢刀。这个黑贼的影一过来，图泰不是没看清，而是他身上穿着夜行衣，头上蒙一块黑纱布，把脸包的挺紧，不过看走道的样子，图泰马上就想道，肯定是马龙，不是第二个人。

图泰就说："马龙来的正好，不要跑，看刀。"图泰蹿过去，就向马龙砍上一刀。马龙没话说，用刀一搪，图泰看他用刀背砍过来，顺手就把刀收回来了。那是金钢刀呀，钢相当硬，他们互相都知道，一砍，就把刀砍坏了，即使刀不折，刀刃也崩个大豁子。图泰一看他用刀背一砍就把刀收回来，从下头来个猛虎掏心，从底下过去，想刺他。马龙非常快，没说话，这时他跳到一边，图泰的刀一刺，正从马龙的身后过去，马龙反手来个回旋刀，刷的一下子，来个圆圈，砍过来。意思你一刺，身子必须往前探，他从右侧跳过去，用他的右手往回一反，来个环刀，正好要扫到图泰的腰。图泰早有防备，他知道马龙肯定是这一刀，图泰再刺的时候，是虚的，不是实的，只是点一下，然后刀就收回来，腿站好后，头往后仰。马龙的刀就从他胸脯过去，等刀过去的时候，图泰利用这个机会，也给他来个环形刀，往里钩过来，这一钩容易钩住马龙的双腿，那是金钢刀，要碰到马龙的腿，骨头马上就得碎了，相当厉害。图泰使的是实招，你往哪跑呀，干脆就地杀了你这个淫贼得了，给我师父争个脸，我要为我本门宗清除这个败类。这是图泰的想法，师弟你给我师父丢脸了。另外，也铲除朝廷的一个祸害，图泰用的劲挺大，刷的一下，刀非常快。

马龙早有准备，不要小瞧他，他也是武林中的强人。这些年，他确确实实，从清柱峰跟他师父学完以后，又跟八宝禅师黑头僧学，黑头僧的黑掌相当厉害。那天他跟三巧比试，认为她们是个孩子，我这么大的一个老僧，让人家笑话。要是云、彤二老在，他们同辈人相比还行，你跟一个小毛孩子比算什么能耐呢？所以，他没使他的绝掌。单说马龙看图泰把刀躲过去了，马龙的刀就回来，他看到图泰正要使环形刀，刷的就钩过来了，他知道这刀可了不得，钩住我就不用活了，腿马上就被切下去。图泰往后一仰的时候，马龙霍地一下子已经起空了，双腿点到自己的臀部，结果图泰一钩就是空的。马龙往上一跳，然后得往下坠落，图泰没防备这一招，等图泰觉得钩空的时候，一看他跳起来了，他又防备马龙的劈刀，他怕马龙从上往下劈他，人压刀的力量相当于千斤呀，刀一下来，就把人劈成两半呀。图泰知道他这一招，这也是他们的钢刀法，他防了这一招，没注意八宝禅师还教马龙另一手，就是飞掌法，用他的飞掌打人，这也挺厉害。马龙跳上去以后，心里就想到了，我跳上去不能用刀劈法，这个图泰知道，这是咱们自己的家法，我再换一个。他跳起来，脚跟顶着臂部，这时他马上把刀转给了左手，右手五指伸开，他的掌随着身子往下落的时候，用掌把你脑袋砸碎了。

这时候，图泰怕刀劈呀，把身子马上蹿出去，你刀和指头下来对准我头不是吗，他往右蹿，一蹿出，刀就砍到房脊上。图泰防备这个刀，别劈下来，一劈我就不用活了。他一蹿，马龙挺快呀，把刀一收，脚一蹬，人腾空了，身子一探，左脚往上一抬，侧身一蹬，手掌“啪”的就下来了，那是千斤之力呀，正打在图泰的夜行靴上。把靴子震裂了，后头的木靴跟崩跑了，全仗着穿靴子，打偏了，正好打在靴跟那块儿。如果打正的话，图泰左腿的脚腕骨头就拍碎了。图泰顿时觉得自己脚跟发木，马龙一看打在他脚跟上，就想随脚一踢，来个扫堂腿，踢到图泰的后腚上。马龙当时想，你他妈别走了，我把你腿打断这块儿，干脆把你撂下得了。马龙的心非常狠。

就在这个时候，三巧赶到，来的非常快呀。马龙光想着把图泰按倒这块儿，他妈的，你来盯我，我这次就收拾你。你把庞掌醢给我抢走了，真胆大呀！什么师哥呀？我不怕你。马龙下了狠茬子，就忘了人家有好几个人了，当时都知道，有好几个黑影都盯着自己。他跟图泰一打，就把整个仇恨和报复心理都往图泰身上使。这时巧云赶来，马龙觉得不好，不敢踢了，干脆来个就地十八滚，从房上滚到地上，剑下逃命，没让巧云刺上。马龙跑了，把图大人救了。

图泰觉得身上有点麻，这时巧珍、文强，还有乌伦都赶到。大伙都关心图泰叔叔怎样，乌伦问大哥怎样。图泰自个儿站起来，还不觉得怎样，就说没事，你们赶紧抓贼去。巧珍、巧云和文强立刻去撵马龙。马龙一看后头有这么多黑影跟着，干脆跑了，跑的无影无踪。因为北边是一片林海，林海茫茫，进去以后，世外高人在树上噌噌地走，不用说一两个人追，就是十几个人也不容易抓住。人进到林海里就像小蚊子似的，上哪找去，一声也不出，藏哪都不知道。乌伦说："咱们还是回去吧，看看图大哥吧。"这样，乌伦就领着大伙回来了。

这时，图泰从房上跳下来，走一走，有点瘸。马龙打他一掌时，最初还没觉得疼，就是有点麻，不得劲。大家把他搀扶到小客栈。家里的富凌阿、雷福、常义和卡布泰按兵不动，保护小监狱和这个部落。卡布泰看到大伙搀着图泰一瘸一拐地走过来，就说："大哥怎么了?"图泰说："不要紧。"图泰进屋坐好以后，乌伦马上把他的靴子扒下来，袜子也扒下来，一看，脚跟那块儿有点红。图泰说："不要紧。"这时三巧过来，把临来时师傅给她们带来的红伤药拿来，巧兰忙着斟水，巧珍拿来两丸药说："图泰叔叔，赶紧把这药吃了，这是爷爷给我们的。"图泰也知道林家药是有用的，早在京师时候就知道。图泰把两丸药一块送进肚子里，然后就说："看没看着，马龙根本不会善罢干休，现在他真下茬子了，刚才施展那几手我就看出来了，马龙要置我于死地，看来，这场恶战是避免不了，而且是有我无他，有他无我，现在咱们千万要重视。"

富凌阿听了图泰大人的一番话，琢磨半天，然后说："我看，把庞掌醢圈在这个临时的小牢房不可靠，这个地方临街又不坚固，容易出事呀。这事还真得当回事儿。"图泰一听这话正中下怀，他也感到这块儿不合适。头几天这个小牢房圈过潘天豹、刘佩和都木琴他们三个，好在那时没出什么事。现在，咱们圈的这个人不是一般寻常人哪，这可是朝廷的要犯。何况马龙他们挖空心思地想把他抢回去，这真是个问题。图泰说："你说的很对呀，但是，上哪找合适的地方呢？我想了很长时间，要不把他转移到獐子部去？在那找个地方，可能更好些。"

乌伦和文强、卡布泰他们又有一个想法，就说："这也不太合适，如果把他迁到獐子部，容易张扬出去，这样目标就更大了。"图泰说："也只能这么考虑，我看还是把他迁走，在哪儿找个地方，这事必须马上办。"大家想来想去，实在找不到适当的地方，图泰就说："三巧，文强你们千万要守住，不要动，带着些兵丁，严密地看管好，不要出任何闪失。我和乌伦、卡布泰，到婆婆离妈妈那块找个地方。"这样，他们就到了獐子部。

他们到了獐子部，见到了婆婆离妈妈，图泰把事情的原尾一说，她满口答应，就说："图大人，你看哪块儿行，我们就帮你在哪块儿建一个。"图泰说："要建不赶趟，就地选个地方吧。"婆婆离妈妈，那是百分之百地欢迎这个事儿。因为啥呢，图泰、乌伦对她太好了，她感激他们，恨不得让他们都搬到我这儿来才好，婆婆离妈妈就是这样热心的人。她跟图泰和乌伦说："要按你们说的，我倒想个地方。"图泰问在哪里？婆婆离说："我领你们看看，看这块儿行不行？"就这样，图泰和乌伦、卡布泰跟着婆婆离妈妈到了部落的东边。

獐子部这块儿各位阿哥都知道，说书人讲过，紧挨着潘家寨，在潘家寨南山的一个山梁处，和潘家寨的十库最近。从这个山梁的南边往东拐，是一片密林，这个山下头就是獐子部。这个山像胳膊肘子山似的，獐子部正在这个南坡和东北坡的下头，有河水、山涧水，哗哗的淌，后面依着山。婆婆离妈妈，领他们到了部落的边上。

他们一看，山下有一排新建的房子，这房子很有意思，一半在山里，一半在山外，也像库房似的，这一带都是这样。山下头都是石砬子，砬子里头有洞穴，把洞穴一堵，就变成一个小屋。有的屋宽敞一些，有的小些。这块正好在山崖下，有一排房子盖的都挺好，都是用木头夹的障子，而且障子都挺高。到了跟前，乌伦才看清，马上说："大哥，你看，这是兽圈呀。"

图泰和卡布泰也看清了，原来，这是獐子部抓到一些活牲，进行饲养的地方。抓到了活狍子就把它圈到这块饲养着，还有活熊、虎、豹什么的。北方的猎业就是这样，打死了野兽，剥了皮，把肉和骨头剔下来，用骨头做药用，肉就晒成干，有的肠子、肚子做茶用，山珍野味的茶。比如说，炒熊肝、炒豹胆，吃完了大补，对健胃、健眼睛都有好处。豹胆是珍贵的药材，都说人吃了熊心豹胆，增加人的胆量，有这个营养价值，所以，相当贵。北方女真各部落都养些活兽，特预备很多的窖，上边搭着草和席子，把野兽一撵，它就跳进去，掉到坑里，用木棒一压，就能抓活的。虎、豹、獾子，都是用这种办法抓活的。因为中原王朝和有些个药房，大的店铺，人家不要死的，都要活的。我要吃熊掌，我要那个熊的熊掌，不是你随便拿一个熊掌就行了。有的要治病，我单要虎崽子，要它的肺子，它的心，就把这个虎崽子买去。虎骨各地方治病的功效都不一样呀。

图泰、乌伦和卡布泰真是大开眼界呀，这些个豹、老虎，在那里头，大嘴一嚎，真吓人。豹子跳跃、蹿腾的架势非常有气魄。熊在里边打着架，真像到野生动物园一样。图泰这时候又看了看四面的环境，觉得这个地方真不错，南北都是山，正好在山窝子地方，周围秘密一挡，还很隐蔽。如果不传出去，这块儿确实要比潘家寨那块儿好得多。他看这些洞，外头用粗木头一顶门板，很坚固，而且，洞里的地方还挺大。如果再加上窗户，有的栏杆再重新修理一下，把木头再换粗一些，阳光还能透进去。有的洞是洞中有洞，有的洞室就接连三个。这些洞穴真是天然造成，非常难找。他们跟婆婆离妈妈商量，就说："婆婆离妈妈，这么办吧，我们就要你最北边的这个，其他就不用动了，这里头还有貂，怎么办?"婆婆离妈妈说："没事，我们把貂搬出来，帮助你收拾打扫一下，你看行不行?你要收拾哪块儿就给你收拾哪块儿，我给你拿木料，很快就能收拾完，大人你放心吧。"

图泰就要紧靠北边一个大洞，外边还有个院，围着高墙，进到院里，洞口挨着山砬子，外头都用粗木柱子把山洞填上了，里头留着门，很严实。上头还留些空隙，可以进阳光。洞穴里头，有三个洞，左右有两个小洞，里头有一个大洞，特别理想。把左右的小洞做看守人住的屋，用兵丁把守，山紧里头那个大洞，就做牢房。这样谁也钻不进去，门口有两个洞把着呢，很安全。事就这么定了，婆婆离妈妈还有卡布泰他们，大家动手，没用半天的工夫，嘁哩喀喳，就把这个洞重新修了一下，修的相当好。图泰就跟婆婆离妈妈说："这事就你知我知，不要对你们部落里讲，我们就等于暂时来这儿办公务。"婆婆离妈妈说："你放心，我不跟别人讲。"

这个洞穴修好了以后，在深夜的时候，卡布泰他们又把庞掌醢用皮兜子往脑袋上一套，外边罩个白布单子，让他躺在小车上，不要动，动的话小心你的命。庞掌醢知道，他们肯定给我找个地方，他们也知道这个地方不行。他很听话，乖乖地躺在两轮车上。夜深人静的时候，乌伦、卡布泰、富凌阿，还有雷福、常义他们押车和护卫，把庞掌醢从这个临时的小牢房，搬到獐子部新建的牢房。

三巧和文强他们就在外头活动，护卫着，无论白天和晚上他们都巡逻。图泰办公的地方，有时也搬到婆婆离妈妈那块儿。獐子部聚义厅旁边有个暖阁，就给图大人他们用。这样钦命巡查使这个行在驻所，差不多都搬到了獐子部，不过牌子还仍然挂在潘家寨。平时卡布泰派他身边的人，或者是雷福，或者是常义在那临时坐一坐，应付着，遇到些急事过来向大人禀报，这些事安排的都挺顺当。这两个白天没啥事，夜里也平安无事。

单讲有一天，都木琴妈妈来了。都木琴这些天心情还挺好，自从图泰帮忙以后，她跟婆婆离妈妈的关系由打变得非常亲热。按年岁来说，婆婆离妈妈岁数大，白发苍苍，都木琴虽然现在已是五十多岁的人，还仍有风韵。这些日子，由于耳朵被削下一个，她觉得自己很难看，不愿意出来。巧珍给她抹了几次药后，刀口马上就缝上，现在完全愈合了。这块呢，有个大耳朵眼，挺不好看的，她自己老戴着一个像耳包似的皮帽子。这帽子是貂尾做的，做的相当好看，一罩上就看不出来了。因为天已经很冷，她就戴着帽子，平时也不摘，要把帽子摘掉时，里头还有两个花鼠皮的小耳包，两个耳朵一扣，什么也看不出来。小耳包下头带两个小铃铛，一走道，哗啦、哗啦直响。

今天都木琴妈妈到獐子部来，想看一看老姐姐。她一到獐子部就跟婆婆离妈妈问寒问暖，两人唠的挺投机。婆婆离妈妈这个人是有口无心的人，她从来是大咧咧，要打就打，像个男的似的。本来图泰跟她讲了，这块的事儿，你知我知，不要向外人讲。婆婆离这个人怎么想的，她和都木琴已经都跟图泰大人好了，都像亲姊妹一样，还有什么事瞒着呢，她就没在乎，问啥说啥。婆婆离就信口告诉她："现在我挺忙的。"都木琴妈妈就问："你忙什么呢?""哎呀，现在我这儿可热闹了，图大人他们都搬过来了，我这几天全帮他们，你想，他们把谁抓来了?"都木琴就问："姐姐，他们把谁抓来了?"婆婆离真能卖关子："哎呀，这事不让说呀，没想到，他们真有能耐呀。"都木琴说："你看，你不说又说，倒底是谁呢?咱们姊妹俩，还瞒着我。"婆婆离就说了："他们把庞掌醯——庞信抓来了，现在就在我这儿押着呢。"都木琴说："押在什么地方呢?"婆婆离说："图大人他们在我兽圈这块儿，建一个牢房，他在牢房里押着呢?"

咱们讲过，都木琴跟庞掌醯——庞信也有深厚的感情，他们过去相识几年了，而且互相地爱着，这是她又一个情人。都木琴认识庞掌醯，还是杜察朗大玛发给介绍的，没想到这一介绍，使杜察朗大玛发吃了醋，非常后悔。庞掌醯这个人会来事儿，能顺情说好话。都木琴又管一个大的部落，人也挺能干，马上功，箭上功都相当好。这些方面都使庞掌醯特别喜欢，也很佩服她。另外，都木琴长的也美，她有一种野人的美，你看她身上披一件简单的衣裳，夏天时两个大奶子鼓起来，非常美。下头围着一个皮子，往那一站，庞掌醢心都醉了，他觉得在世上从没看过这样野人的美。一来二去，两人就有了暖昧的关系，两人常常睡在一起。庞掌醢到獾子部来，经常不回去，一来就呆好多天。后来杜察朗常来看都木琴就看见庞掌醢在这儿。就在这个事情上，杜察朗和庞信还有点小矛盾。但是杜察朗考虑还得用庞信，他是个官，他是穆大人派来的，碍着这个情面，心里特别膈应。

都木琴对他俩都喜欢，没看出她对谁亲对谁疏，都挺好。在共同利益面前，他们三个在表面上，谁也没跟谁打破头。杜察朗和庞信庞掌醢，他们的共同利益更大，也不愿意在这件事情上撕破了脸，都抱着互相忍让，睁一眼闭一眼的态度。你要去我不去，反正互相都躲着，这样他们之间的关系就维持下来了。都木琴对他俩都有深厚的感情，认为他俩都有魄力，都挺好。这次一听说，庞掌醢被押到这儿，她还挺高兴。前些日子她听图泰讲过，马龙和杜察朗把庞掌醢给圈起来了。她知道，马龙他们真歹毒，这是杀人灭口。她出于某一种爱的感觉，替庞掌醢鸣不平。这次，听婆婆离妈妈一讲，图大人把庞掌醢救出来了，她还暗中念阿弥陀佛，这是好事儿，替庞掌醢高兴。也背后笑骂杜察朗，怎么样，你不坏吗？你能治过图泰吗？图泰给抢过来了，抢的对，抢的好。

都木琴跟婆婆离说：“咱们去看看还不行吗？”婆婆离说：“哎呀，他们不让看呀。”都木琴说：“我现在也没啥呀，已经完全随你们了，我去看看我的老朋友还不行吗？”北方人就这么心直，她爱就爱到底，恨就恨到底，非常坦荡。她心里喜爱庞掌醢，所以就拉着婆婆离的手说：“走，咱们去看看，不让看，咱们再回来。”婆婆离也知道，都木琴与庞掌醢有那一腿的关系，都木琴想看去，婆婆离完全明白。婆婆离能把这事告诉她，也不单纯是大咧咧地，啥事都说，也因为她知道都木琴和庞掌醢有那种感情，知道她在偷偷地关心他。这次把庞掌醢救过来，圈到这块儿，她想，让都木琴听着，她也会高兴的。她们都是这种肤浅的感情，没想到更多的复杂的事。婆婆离一看都木琴拉着她去，去就去吧，都是自己人，图大人也不会生她气的。

她们两个说走就走，就到那个兽圈旁边的监牢去。还没等到跟前，就让文强和三巧给挡住了。因为他们是受大人的命，任何人不能随便接近。她们虽然没拿武器，但都让站在那块了。文强他们一看两个部落的首领来了，不知怎么回事，马上迎过去。文强挺客气，问两位额莫是找图大人吗，图大人现在没在，他可能到哪儿去了。婆婆离说：“我们进去看看。”文强说：“那哪行，这块不让来，不能来呀。”巧云嘴快，就说：“这块不行，这块不能来，我们是受大人之命，没有大人的允许，任何人不能前进一步，你们也一样。”婆婆离说：“连我也挡，把我也挡住？”三巧就说了：“当然了，我们是受命来这儿值班，如果让额莫你进去了，大人要怪罪我们怎么办呢。”都木琴也说：“那我进去行不行呢。”巧兰和巧珍也说：“当然也不行，额莫你等一会儿，等我们大人回来再说吧。”

他们就这样说来说去的时候，三丹丹从屋里出来，一看是两位额莫来了，她特别尊敬的是都木琴妈妈，因为有她阿玛杜察朗这一层关系，所以三丹丹马上下拜施礼：“妈妈来了，妈妈怎么到这儿来了。”都木琴说了：“我想来看看，走一走，我听说庞大人现在在这儿，我想见见你庞叔呀。”三丹丹心里想，见见也行，就跟三巧她们说：“好妹妹，让她进去看看，我妈妈现在一心向着咱们，她不会做坏事的，婆婆离妈妈那不用说了。”文强说：“丹丹妹妹，这事咱不敢做主呀，现在是我们在这值班呢，怎么办？”三巧说：“不行啊，先等一会儿再进去吧。”丹丹说：“我说还不行吗，给你们打保票，出了事责任在我，图大人要怪罪就怪罪我。”

他们这么吵吵来吵吵去，声音挺尖的，让卡布泰听到了。卡布泰从屋里出来，一看是两位额莫来了，一听互相僵持这个事儿，就不假思索地说：“让她们进来吧。”他想的很单纯，别在外边吵吵，在外头一吵吵，很多人都听到了。另外他又想，婆婆离妈妈跟咱们像一家人一样，都木琴妈妈现在也随过来了，她们进去看看，不会有啥坏事，何况这个牢房挺坚固，都木琴不会出啥事，所以，他就答应了。卡布泰答应了，三巧和文强就不说什么了，因为这个狱的总管是卡布泰，他们得听卡布泰叔叔的。

这样，她们就进去了。进到里屋，让到那个狱房里头坐好，卡布泰就问：“你们到这儿来干什么？”婆婆离妈妈就说：“都木琴妹妹，过去认识庞大人，他们挺熟，她想看一看，不会有事的，人家都知道这事，不让看不好。”卡布泰一想，也没什么，看就看吧。就这样，都木琴跟婆婆离两个人往洞里去。兵丁都分开了，因为有卡布泰大人的话，兵丁就不管了。她们姐妹俩就往里走，后头有卡布泰跟着。三巧和文强没进来，他们仍在外边值班。都木琴在前边走，婆婆离在后边跟着，有时她俩还手拉手往里走。

到紧里头，都木琴一看，木栏里头，有一个狍子皮垫子和木凳子，还有一块木板，木板上铺着狍子皮，鹿皮，皮子上还放一个棉被，旁边缸子里有水，随时喝的。庞掌醢就坐在椅子上，低着头，头发已经挺长了，胡子拉碴的，没有上绑。都木琴没出声，到跟前仔细看一看，庞掌醢这时把头一抬，就跟都木琴碰了个眼神。他俩互相看了看，庞掌醢也没说话，见那么些人，你能说什么，不能讲。都木琴看他瘦多了，颧骨也高起来了，头发那么长也没理，胡子也没铰一铰，鼻子毛都伸出那么长，身上衣衫褴褛，脊梁就那么露着，黢黑的，还有泥，看地上还有些草，发湿、发凉。她心想，你怎么不披上衣裳呢？这里多凉啊！都木琴心疼的，就不忍心再看了。她拉着婆婆离妈妈："走吧，咱们走吧。"庞掌醢一声都没吭，就坐在那儿。

都木琴回到了婆婆离妈妈的家。那天晚上都木琴没走，心情挺不好，就在婆婆离那儿住下了。婆婆离给她做点稀的，喝的鹿肉粥，吃的烤肉干，一宿就过去了。

第二天，天刚亮，獾子部都木伦妈妈派人来，让都木琴妈妈早点回去，说部落里头有事儿。吃完早饭，都木琴离开了婆婆离，离开了獐子部就回去了。

后来，卡布泰把这件事禀报给图泰。图泰为之一惊，马上就说："谁让你领她去看的，这不传出去了吗！"卡布泰就把当时的事一摆，图泰说："这还是你的责任，你就不应该让她们进去呀，我不说过吗，谁也不让看。咱们为了保密，不让任何人知道。"卡布泰直摇脑袋，哎呀，这，这，这可咋办呀？乌伦说："大哥呀，你别说了，卡布泰已经这样做了，你说什么也没用了，现在我们应该增加防范措施。另外，这事还不能指责都木琴，现在刚好一些，我们多加防范就是了，这事也只能这样了。"

这天，图泰和乌伦巴图鲁，正在屋里议事，雷福进来传报，就说，外地来了一个采购皮货的小贩，他在潘家寨到处找乌伦巴图鲁，要求见乌伦巴图鲁。我们不敢告诉这个地方，所以，让他在潘家寨那儿等着呢，我特意跑来禀报二位大人，你们看怎么办好？图泰觉得挺奇怪，这是谁呢？乌伦巴图鲁说："找我的人，没有谁呀，那我去看看吧。"图泰说："这样吧，雷福呀，你把他领到这儿来。"这样雷福骑马又回到潘家寨，很快就把那个收购皮货的小伙子领来了。

这个人进来以后，见了图泰和乌伦，慌忙就跪下了，给二位大人磕头，小的给乌伦师傅叩头，问安了。他这一说，乌伦听这声音就笑了：“哎呀，”他马上把他拉起来，就说：“好兄弟，你来的正好，我们现在就盼你来呢，你就到了。”说完转过头，对图泰说：“大哥，这就是我给你说的小力士猛哥。”图泰因为早就听乌伦介绍过，在京师就知道他。所以，一听是他，乐坏了，也过去拉着猛哥的手，问寒问暖，连声说“坐下，坐下。”又让雷福赶紧献上茶来。

这时小力士猛哥就说了：“我随着马龙从京师来了以后，就很想知道大人的情况。我很想念你们，后来听说你们已经到这边来了，我是后赶来的。这次，我有公务到这边来，特意转道来看你们。”乌伦让他坐好以后就说：“猛哥呀，你把了解的情况说一说，告诉我们，你现在作什么呢，在哪块儿？”猛哥说：“我现在就在马龙那块儿呀，这回是马龙让我来的，他有一件事情，信不着别人，特意让我来，仔细地调查探访一下。”图泰问：“让你探访什么事，是不是关于獾子部的事？”

小力士猛哥一听就笑了，然后对他们说：“对，正是，他们关心的就是獾子部的情况，就这个事儿。上次马龙悄声夜探过一次，后来，不知怎么就跑回去了，什么也没说，细情大概没查到什么。他有点怀疑，认为你们已经把獾子部和獐子部给笼络过去了，他怕露馅，但是，又没敢过来人。现在马龙正在筹办喜事，没有过来。让我化装出来，他认为我还是可靠的。因为我过去是龙大人身边的人，对我挺相信呢，让我来摸一下獾子部的情况，他就想知道，都木琴现在是不是真正降了你们，獾子部这些人，还是不是杜察朗的人，我就为这事来的。”图泰说：“你来的正好，这个时候，我们正想让你把这话带过去呢，我们也怕他们有些疑心。”

小力士猛哥，我在前书已向各位阿哥介绍了，他是索伦人，他就是这个獾子部的人，他回到自个儿家乡来了。说起来，小猛哥的身世，还挺有戏剧性。他是都木琴妈妈生的，至于他的爹是谁，始终没有弄清楚。在北方少数民族，以女性为单位，很多男的找不着主，不知道谁是爹，多数是这样。小猛哥生下来后，就找不着自己的爹，小时候也不懂得。都木琴生了他以后，曾跟杜察朗讲，你要收下，这是你的儿子呀。杜察朗就不承认，这哪是我的儿子？因为杜察朗始终想，你不光跟我在一起呀，庞掌醢也跟你在一起，不知是哪个狗揍的呢，他是这样一种情绪，干脆不认。这把都木琴气坏了，都木琴一度跟杜察朗断了关系，就一身投靠了庞掌醢那边。当然，都木琴也知道杜察朗有势力，所以，她也没法办，又经不起杜察朗的温存，使她后来又跟他好了。

但是，这样做，小猛哥的事情，就没法办了不是吗。这个时候，偏巧杜察朗介绍京师的龙福春，就是穆彰阿的姑爷，常到这边采购土药和皮张。来的时候，杜察朗就把他介绍给獾子部的都木琴妈妈。龙福春这个人咱们介绍过，他是非常花花的人，后来变了，他跟很多女的都有关系，到这儿来，从京师出来的，离开自己的琪娜那么远，呆个十天半月的就闲不住了。由杜察朗大人一介绍，认识这个野人美女都木琴以后，没几天就跟都木琴勾搭上了，两人也有这个关系。他俩在恩爱中间，都木琴就求他一件事，你帮我个忙，我有个孩子，你呀把他收下，让他跟你去吧，到京师学点艺，将来能有个出息。龙福春因为跟都木琴有那一腿，他慷慨应允，行，给我一个义子，我要，我可以把他带到京师，我能够养他，这些你放心，你的儿子就是我的儿子。就这样，龙福春把小力士猛哥带到京师，收为自己的义子。后来龙福春把美丽的俏俏嫁给了他，前书都讲了。这个龙福春后来死了，因为他要调戏小力士猛哥的妻子俏俏，把猛哥气坏了，还是乌伦救了他。这样，猛哥跟乌伦关系非常好，小猛哥就想跟乌伦巴图鲁在一起。乌伦说："你先不要过来，你还在那边，帮助我们做点事，随时把那边情况介绍给我们，你慢慢再过来。"让小猛哥在马龙那边呆着，表面上是他的人，实际上你帮助我乌伦办事，身在曹营心在汉。这次北上，小猛哥没跟乌伦来，他是听从马龙的安排，马龙什么时候来，他就什么时候来。马龙让他化装成一个商贩，到底下详细了解图泰来了以后这块儿的变化，獾子部可靠不可靠，现在獾子部那个女首领，都木琴妈妈被图泰拉没拉过去。

没想到，小猛哥来了，图泰和乌伦非常高兴。有些事儿，可通过小猛哥来做，让他把话递给马龙，这戏演的会更周全。图泰就跟小猛哥详细地说："猛哥啊，有件事我们得先向你道歉，你的额莫耳朵受了伤，这是当时我们的弟兄，因为她太凶了，她说啥也不听我们的话，所以受了伤。"猛哥说："图大人，你不要这么说，额莫做的坏事，我都知道。这事儿，你们不解释我也明白。"图泰说："那就好，你回去，还接着说服你额莫，让她相信朝廷，千万别跟这些坏人混到一起，你看这些人多坏呀。他们完全是为了一己之利，用你就让你活着，不用你就杀掉你，千万小心。如果跟马龙在一起，早晚都是他们的刀下鬼。"

图泰和乌伦留下小猛哥，设宴款待，酒席中间，图泰拿出了三百两银子，给小猛哥。猛哥坚决不收，图泰说："你留下，一个你回去得孝敬额莫，得买点东西，给你额莫补养。另一面，你自己生活也用，现在朝廷比较穷，孩子留下吧，这是我跟乌伦的心意。"猛哥非常感激。

酒宴后，在送别猛哥的时候，图泰又说："回去见到你额莫都木琴妈妈，还要多劝劝她，化解她心灵的郁火，解解她思想上的疙瘩。让她一定认识到，前一段出现这个事，是她咎由自取，下次可不能这么干了。以后遇到什么事，多和朝廷的图泰和乌伦商量，这是一。第二，你把这个东西带上，这个包是我们早预备好的。你额莫曾经说过，后来让我们把她圈了一段时间。当时她一讲，使我们想起一件事。她说，每年獾子部都向马大人献一包豹鞭，还有牵牛血，这些个补阴补阳的药，是马大人送给京师上司的补品，年年如此。马大人要不在，他们也捎到京师。今年因为出了这个事儿，这个豹鞭就没有及时准备。这玩艺得晒，到春天晒干了以后，才能成药，要不然容易腐烂。我们从獐子部那边，给你额莫弄来的，让你额莫按时作为晋献给马大人的礼物，这样马龙就能相信獾子部，明白没有。"小猛哥说："我明白了。"

这个小包是用一个皮单子包着，外边用皮条子系的挺紧，图泰把它交给小猛哥。猛哥把它挂在马鞍的鞍桥旁边。在临行前，图泰说："对，我还有件事，你回去以后，见到马龙，别的不要说，他要问到，现在下头情况怎么样，你就讲，你额莫都木琴妈妈，还有你的姨娘都木伦妈妈，心没有变，她们现在一心还跟着杜察朗大玛发，跟着马大师。因为獾子部受到很大的伤害，特别是你的额莫都木琴妈妈失去一个耳朵，她现在咬牙切齿，她怎能变心呢。你把你在下头所见所闻，编造一些就可以，一定要得到他的信任。好啦，孩子，你上马吧。"小猛哥拜别了两位大人，飞马就走了。

猛哥在獾子部，与自己的额莫都木琴和姨娘都木伦在一起住了几天以后，就匆匆回到了九拐，见到了马龙。他把自己所见所闻，绘声绘色地学给了他的师傅马龙。马龙也挺喜欢这个孩子，长的好看，又挺机灵。虽然他是从龙福春那接过来的，但他还信着他。人就怪了，谁听他的话，他就相信谁，所以说，小猛哥讲的话，他就非常信，他越听越高兴。这时，小猛哥，拿出一个包给师傅了："这是我额莫给你的，"马龙接过包，打开一看，可把他高兴坏了："哈，哈，我感谢你额莫，感谢你额莫呀，我以为你额莫现在变了。前一段獾子部出了事，图泰他们去了，又杀了人，伤了你的额莫，我想这回泡汤了，不能有这个了。没想到，你额莫心里还向着咱们呢，跟咱们一条心啊。”

这包里是什么呢，各位阿哥，说书人还向你们说一下，这包里的东西就是壮阳物，豹鞭十七对，还有牵鸟血、牵鸟蛋、牵鸟肉，这些都是晒干的药品，北药中重要的药品。这药有年头了，从唐宋以来，在中原就非常火爆，征不到的宝贵的壮阳药。过去的鞭，都说是鹿鞭威力大，因为啥？豹鞭不好弄呀，就放在鹿的身上，鹿鞭当然也是好药之一，但最壮阳的药还是豹鞭，是春天的豹，秋天的豹。因为发情的时候，阳物膨胀的最粗，这时专有采阳的药工，等它往母豹身上趴的时候，母豹身上有个夹子、笼子，专让公豹看到母豹，嗅到母豹阴部的味，马上阳物就膨胀的时候，这个像手钳似的夹子，一去喀吧一下，把阳物和睾丸就夹下来。当时又长又硬，夹下来以后，马上就晾晒起来。经过晾晒，能有一拃多长，是黑红色，非常粗。它分上中下三等，过去用银子来买，最好的壮阳药就是豹鞭。必须是成年豹，小豹还不行，所以，非常值钱，很难弄到。

牵鸟是北方一种群居鸟，它繁殖能力相当强，一天就能生出一窝。小公鸟，就是雄鸟天天踩蛋，母鸟天天被踩。过去北方有句土话：牵鸟蛋天天不落，天天老这么踩着。公鸟踩在母鸟的身上，表示他们非常淫荡。下完这个蛋，接着就下那个蛋，公鸟踩来踩去，母鸟总是有下不完的蛋。所以，把这种鸟作为重生育的药材。女人吃牵鸟的肉和血，它的骨头非常软，用醋一拿，全部吃下去，就可以壮阴，增加生育的能力。男的就吃牵鸟的公鸟，也是全身都吃，肠子拿出去，用小锅焖，骨头也能焖酥，全吃进去，可以壮阳。这是过去北方重要的壮阳药，八大壮阳药的头两样，就是豹鞭和牵鸟肉，这是古代都特别出名的，就出在北疆。马龙是听穆彰阿讲的，穆彰阿是从朝廷听说的，年年弄这个，这已成他一个差使了。马龙的胆也大，就把这件事包下来了。他原想今年要泡汤了，没想到都木琴给弄来了，他能不高兴吗。这使他更加相信獾子部没有变，都木琴妈妈还是他的人，这话就不多说了。

再说，都木琴妈妈，自从送走了自己的儿子小猛哥，心里就一直挂念着他。她听说儿子已经有了媳妇，叫俏俏，长的挺好看，她很满意。这次母子相见，悲欢离合，真是别有一番滋味。她过去心疼儿子找不到父亲，现在愁的是儿子还跟着马龙。她对马龙是恨透了，他纯粹是淫贼呀，没有正经的，早晚是朝廷的罪人。她在马龙身上，已经吃过这个苦头了。这次母子在闲谈的时候，她拐弯抹角，不敢跟儿子直说，总是劝道："你能不能再找个差使，不跟着马大人行不行哪？不要再跟马大人在一起了，京师有那些朝廷的官员，做他们的卫士，哪怕做家员，看家的也行啊。人们不是常说吗，近墨者黑，这个不行啊，将来你会学坏的。"

猛哥不在乎，就跟他额莫说："额莫，你不用管，我已经长大了，明白事了。额莫，你管管自己就行了。你小心马龙这些人，别跟他们混在一起了，我惦记你。你不用惦着我，我好办。"她额莫说："唉，你这么小，我惦记的就是你。我倒没事，我在下头，是个部落长，干啥都好办。我现在认得图泰，我给你介绍介绍图大人。"猛哥心里挺高兴，看额莫是有些变化。但是，他又不能直说，就拐弯抹角地跟他额莫说："不行，我不敢见图泰，我要找他，马师傅不得杀了我。"

儿子来家呆这两天，都木琴心里忐忐忑忑，也没把儿子说服。儿子走后，自个儿又惦记着庞掌醢，过去总是有交情的。虽然庞掌醢被圈到图泰这边，在婆婆离那个洞里头，但也觉得那里头非常阴凉，看他啥也没穿，遭的那个罪，自己心里非常难受，晚上做梦都梦到庞掌醢。她这人心还真好，也挺赤诚。

单说这天，都木琴家来了一个客人，侍女们领进来，一看这个人，她认识，是杜察朗大玛发家的管家朱尔钦。杜察朗来的时候，有时候带着娄宝和齐宝，近几年多半带着朱尔钦。朱尔钦是西噶珊奇格勒善大玛发的七儿子，这父子俩各奔东西，各走一路。朱尔钦不听家里人劝阻，跟定了杜察朗，这次他来，就是杜察朗偷着派来的，为了探探信，摸摸路子，看一看都木琴变没变。另外，杜察朗也表示一下对老情人都木琴的关心爱护，听说她受了委屈，受了伤，又被割掉了一个耳朵，这次特意让朱尔钦给她拿来些银两和大补的药，这些药都是杜察朗大玛发从京师专门买回来的，特意派朱尔钦给都木琴送来。朱尔钦就说了："老玛发现在有事，太忙了，他不能亲自来看你，特意派我来向你慰问，把银子给你送来，请你好好静养。"他向都木琴转达了杜察朗大玛发的意思。

接着呢，朱尔钦又跟都木琴说："你看，图泰他们多坏呀，多狠吧，把你耳朵给割掉了，一个人五官非常重要，伤了你的五官，等于杀了你这个人一样，这个深仇大恨一定要报呀，一定要认清谁是你的亲人。你看，杜察朗大玛发多关心你呀，你可千万不要上图泰的当，不要受他们挑唆。我们有个事想让你帮忙。”都木琴就问：“啥事？”朱尔钦就说：“杜察朗大玛发他们有个失误，就是庞信庞掌醢让图泰给抢过来了。据说你知道把他押在什么地方，你能不能想点办法，把庞掌醢给我杀了，这是大玛发的意思。你杀了以后，将来准有你好处，他让你帮这个忙，你一定帮啊。现在大玛发找不着别人，只有你合适。你到图泰那边去，他们不会注意。这事办成以后，杜察朗大玛发必有重谢，你要什么有什么。”

朱尔钦就把杜察朗秘密的想法告诉了她。都木琴一听，啊，真坏呀，让我杀他，我心里还惦记着庞掌醢呢。都木琴又一想，哎呀，我现在怎么办呢？在这十字路口，怎么走呢？她想了半天，后来咬咬牙，不能，我都木琴不能这么办。但又一想，我还不能当面得罪了杜察朗大玛发。她慢慢地冷静下心情，就跟朱尔钦说：“你回去，好好向大玛发说，我现在确实没这个能耐，一个我已经让他们把耳朵割掉一个，他们对我特别提防。另外，说实在的，大玛发知道，我的脾气相当暴，我现在对图泰他们恨的咬牙切齿，就想报这个仇，我不单要杀庞掌醢，我还要杀图泰和乌伦这些人。我现在正在找机会，但这机会相当难找呀。这事，找我不合适，我也是受他们监视呀，我现在不敢动弹，虽然他们不到獾子部来，但杜大人知道，图泰身边有好些个能人呀，那三巧谁能惹得起呀，她已经杀了多少人，哪天都有人伤在她手下，败在她手下。另外还有乌伦，有文强，有卡布泰，那些武将都相当能耐，他身边保卫的非常严，谁都不能到跟前去。谁能到跟前去，杜大人应该知道呀，我家里头没有会武术的人，我就使一个铁棒子，不会打呀，哪是人家的个。我连那些兵丁都惹不起呀，不行。杜大人的想法，太简单了，这可不是简单的事，我办不了。我是能办就办，不能办就不能办，这事我真办不了。办不了，我不是影响了你们吗？”

朱尔钦一听，都木琴说的不是没有道理，虽然她有些推托，但是讲的也是实在事，她确确实实没有办法呀。她能跟图泰他们比吗，身边没有一个会武功的，像马龙马大帅这样的人，恐怕一个人都不一定能制服图泰他们，还能把庞掌醢杀掉吗。何况獾子部下头，都是打猎的，没有一个能人，这是不可能的事情。他一想，杜察朗大玛发也欠考虑，这事太疏心了。

不过，朱尔钦临来的时候，这事已经跟杜察朗大玛发商量过了，他们采取两个办法，头一计不行，他马上就想到跟杜察朗大玛发定的第二计："哎呀，"朱尔钦又说："额莫，你说的也对，这话也是实在话，回去我向杜察朗大玛发如实说，杜察朗大玛发也会理解的。这样吧，我就走了，走前呢，我们有一个宝贝物件，这是杜大人从九拐那块儿弄来的，是镶金鹰羽小坎肩，完全是用红色的鹰毛拼成的，而且有香鲸的香味，海里香鲸的香味，都是用甘油泡的，穿起来又暖和又清香，还特别美观。杜察朗大玛发说他挺想你，让我给你。天要阴，要冷的时候，你把它穿到身上，暖暖身子。现在天已经越来越冷了，杜大人说，你穿上它，就如同见到了杜大人一样。"说着，朱尔钦就从皮囊里头拿出一个包，这个包用丝绵缝成，里头用白绢包着，怕埋汰，怕跑了香味，所以包的相当好。朱尔钦拿着包接着说："杜察朗大玛发让我交给你，作个纪念，望额莫保重身体，等有时间的时候，杜察朗大人再来看你，请您安心歇息。"朱尔钦马上把包交给都木琴妈妈。都木琴并没接，他就放在都木琴妈妈的前头，然后跪地叩头下拜，就离开了都木琴妈妈。出去后，朱尔钦骑着马往九拐奔去。

朱尔钦走了以后，都木琴妈妈看一看这个东西，一拿起来，马上闻到一股香味，确实挺香。她心里也知道，虽然挺恨杜察朗大玛发，但也是有感情的，人和人之间就是这样。她又恨他，又爱他，她一看这东西，真挺珍贵，轻轻地把白绢掀开，里头放的笔挺整齐。这些鹰羽的羽毛，都是用鹰胸前一色的红色小羽毛，拼成的小坎肩，非常好看。坎肩中间还镶嵌些珠子，肩膀两边也都是用冬珠拼成的，真是价值连城呀。

在北方用鸟羽做衣裳和编的衣裳，贴的衣裳，都很常见，不是什么奇特的东西。家家一般都有这样的衣裳。它之所以好，讨人喜欢，主要在做工上，对羽毛的编排上，活做的细不细，精巧不精巧，这个互相有高低，它的价值和受人喜爱的程度就不一样。做工细，而且特别精巧，不单暖和也美观。都木琴一翻上头的白丝布就看到这衣裳做的真不错，大小和自个儿挺合身。可穿到里头，也可以穿在外头。天冷的时候，春秋季节男女都能穿。都木琴还挺高兴，留就留下吧，杜察朗给我的衣裳，自己还真试一试，就放下了。

后来，她总惦记着监狱的庞掌醢。她就想，哎呀，老庞信受苦了，在洞里头挺阴凉，他身上没衣裳，怪可怜的。我倒好办，什么衣裳都能穿，这个还是给庞信吧。她想，我啥时候到獐子部，给他送去，让庞信穿吧。我们过去是老朋友，互相表表心意，也算我的一片心吧。都木琴把这件衣裳包好，就带到了獐子部。

婆婆离妈妈，一见都木琴来了，乐呵呵地出来迎接。现在她俩真像老姊妹似的，几天见不着，心里还惦记着。过去互相瞪眼睛打仗，现在是不来就想。老姐妹凑在一起，有很多话都愿意在一起唠。这都是图泰他们的功劳。

婆婆离妈妈除了自己治理部落的事情以外，她现在主要忙养兽的事。因为冬天最关心的是兽圈，怎么让野兽安全过冬。养活兽，有很多的讲究，北方各个部落都有养兽的把式，他们专有这方面的经验。野兽各个习性不同，它们吃的也不一样，春夏秋冬都不相同。另外，特别是怀孕的和要到发情的时候，都各有各的安排，各有各的准备，兽把式必须懂得这个。这些人还得认真能干，他们都是部落里选出来的猎人，看这个兽圈。婆婆离妈妈特别勤快，她经常去看一看，因为把野兽捕到圈里，将来卖出去，价钱都相当贵。况且抓野兽也不易，弄不好就伤了人，所以常常是拼死和野兽争，最后把野兽降服了，抓进圈。但有的时候，这些看野兽的人，贪懒，好睡觉，马虎，特别有些年轻人，婆婆离妈妈不放心，他们常常在夜里出去闲扯，挺晚才回来，她怕这些人耽误事情，经常来查看。獐子部是一个活跃的部落，也是挺富有的部落。有几个洞是专门做皮张和各种兽干、兽肉和药材的，单有些人管这些活牲，活动物，所以她总是天天跟着忙来忙去。

都木琴妈妈来了以后，她俩唠了一会儿，婆婆离妈妈说，我得赶紧走，到兽圈看看，这天一天比一天冷了，兽窝必须弄好，弄不好容易出事。在兽窝、兽圈里最容易出事的就是野兽炸圈。啥叫炸圈呢，就是野兽打起来，闹起来，把圈给冲开了，这叫炸圈。这是一个部落养野兽最危险的事，也是最大的损失。它不但容易伤人，而且常常是野兽全跑了，几年的心血全废了。你想，这个圈的野兽互相嚎叫，互相打起来，其他圈的野兽就惊慌啊，也跟着一块叫，跟着一块蹿蹬，往木桩子上撞，撞的直出血。野兽的脾气特别暴，这个洞出事，那个洞也跟着闹，互相像支援似的。小野兽吓的不知怎么办好，拼命跑，钻到哪儿藏起来，有时撞开笼子就往外跑，这损失多大呀！所以就怕炸圈。这个事都木琴妈妈也知道，她们獾子部也是这样，也养过兽。都木琴妈妈一听也对，她就跟婆婆离妈妈一块去。因为她也想到那去，好给老情人庞掌醘送衣裳，向老朋友表表心，她夹着包就跟去了。

到兽圈那儿，图泰也不那么太管了，好像都非常熟了，没有隔阂了。所以，卡布泰见她们来了，就让进屋里。因为圈里头没地方呆，牢房的外屋收拾的相当好，里屋囚禁庞信，婆婆离妈妈来了，就到这个屋歇息。她经常来检查圈里的情况，看看兽把式活干的好不好，勤快不勤快，还有什么漏洞没有，赶紧告诉他们，所以，婆婆离妈妈常到这屋来。她们两个老姊妹，就进了卡布泰那个屋，一边歇息，一边吃茶。

就在这个时候，你说巧不巧，啥事都有个寸劲。单说豹圈，原来有四个豹，在这呆的时间长了，有的呆三个多月，有的四个多月，还有一个豹怀崽了，其他那三个豹都是小豹。就前两天，他们打牲的人，在野外用网套住一个非常凶猛的公豹。这个豹是金钱豹，毛相当好看，特别精神，个头很大，那粗尾巴，啪、啪一打，直带风哪，嚎声一叫，就像山的回声似的，震的好远。把它抓来之后，单给辟出一个洞，也夹上木栏杆，让它自己在这个圈。这个圈就显得小点，所以不能把这些豹都放在一起，在一起就打架。婆婆离妈妈来也是为这个事儿，刚抓来一个新豹子，怕出事儿。

新抓来的豹子，它哪受过这个气，人家是满山遍野到处走，任我逍遥。这回它被圈起来，非常窝火，它脾气特别大，上来下去地蹿。这一闹，几个兽圈都不得安生。它晚上叫，早晨叫，大发脾气。这一闹不要紧，旁边的四个小豹子吓坏了，公豹子从来是豹子之长，豹的纪律性挺强，谁最大，谁最厉害，就服从谁，豹子就是这个野性。圈里来一个体魄更壮的，岁数比它大的，比它更厉害的，都得服它，不管是公的还是母的，谁最硬就服谁。

这个公豹子一叫，四个小豹子吓的就不敢闹了，过去上蹿下跳，这回老实了。它们四个的爪把木头抓的非常紧，新来的豹子一叫，四个小豹子呼啦赶紧跑，有的身上撞的都是伤。突然，这个野豹子一下子把杆子冲开了，就进到四个豹子的圈里，四个小豹子吓坏了，噼哩啪啦闹起来，如同翻天一样。其他洞的老虎、熊啊都帮助叫，整个兽圈就像冲开似的。部落的人陆续往这儿跑，因为怕出事。若把圈一冲开，谁敢抓呀？这几年的心血就毁之一旦呀！他们过去有一个防范办法，一个洞口支几个活网，在外头把网绳一收，就能抓住。现在豹闹的非常厉害，又冲又跳，他们没法往下掉网。人一过去，这些兽就冲，把网就冲开了，所以抓不着。这时候赶紧吹牛角号，牛角号一吹，就是有紧急事情，部落里的人都跑来了，想法制服这个豹子，用网把它套住。

单说，监狱里头听到外边闹的挺厉害，婆婆离妈妈赶紧跑出来了。

卡布泰也跟着跑出来，他一看部落出这个事儿，大家都非常着急，他就像自己事一样，能不去帮忙吗？卡布泰先跑出来，其他那两个护兵也都出去了。就在这个时候，都木琴想趁机会把衣服交给庞掌醢，然后，好帮助婆婆离妈妈把野兽制服。她也有办法，这是猎人常遇到的事情。当时护兵都出去了，没人管，她赶紧进到洞里去。她到牢的跟前，慌慌张张地跟庞掌醢说："庞信哪，我看你身上挺凉，给你捎件衣裳，你穿上吧，来这儿好好的，老老实实地交待，该写啥就写啥，图泰大人对你挺好，别的我不多说了，以后咱们再唠，现在外头出事了，我得赶紧走。"说着，她赶紧把衣服包扔给了庞信，然后就慌忙地出去了。

都木琴出来以后，就帮助婆婆离指挥制服这个公豹子。她挺有经验，就跟一个兽把式说："你别怕它们叫唤，因为圈的都挺好，你先把小豹子一个一个地抓住，大豹子不好抓，体力那么强，十个小伙子也抓不住它，得用网套。野兽就是这样，自己有独占权，你这个窝得给我，其他都滚蛋。你不走，我就掐死你。小豹子原来在这个圈住着，一看公豹子来了，吓的到处躲，好抓。"婆婆离妈妈一听都木琴妈妈说的挺对，就说："对，赶紧用里头的那个网，一个一个地套住小豹子，单独用小木笼子装上。"他们用网一个一个地把小豹子套住，这样就剩下公豹子了，它慢慢就能安静下来，没有跟它争地盘的了，地方也宽敞了，气就慢慢消了。它一不叫唤，其他笼子里的野兽也都不出声了，不大一会儿就静下来了。

兽圈这一闹啊，可把獐子部闹翻天了，部落里的人都吓坏了，弄不好，豹子一急，就能扒墙、上树，从墙上跳出去，所以说最凶的是豹子。这回大伙好不容易才把它制服了。这时卡布泰他们都回来了，都木琴妈妈和婆婆离妈妈也回来了。都木琴妈妈刚歇息一会儿就说："我得回去了。"婆婆离妈妈一直送都木琴妈妈到很远的地方才回来。

单说，庞掌醢接过都木琴妈妈给他的东西，他不知什么玩艺，让他穿上，他挺高兴，心里热呼呼地。哎呀，到什么时候还是朋友亲，你还惦记着我。给我送件衣裳，心里挺感激。说实在的，都木琴真没有坏心。庞掌醢打开包，一看这衣裳是羽毛的，做的挺精巧，手工活做的挺漂亮，自个儿想，屋里挺冷，穿就穿上吧。这是都木琴给我的呀，也表示她的心意，他们之间感情非常深。他把衣服拿出来，用手把羽毛理一理，就穿在身上，外头把破衣裳套上，觉得挺暖和。

就在这天晚上，出了一件大事。那几个看监狱的小哨，晚上没看庞掌醢起来解手，就看他蒙着被子睡觉。今天挺怪呀，可能是累了呗。到天快亮的时候，他好吃早饭，图泰早就说过，按他的习惯办事，他什么时候吃饭，你们尽量满足他。卡布泰，也告诉小哨，只要庞信要办啥，咱们尽量帮助他办，让他有时间写东西。给他预备一个小桌子，笔墨都有，还有獾油灯，捻子挺大，挺亮，一宿一宿的点着。平时经常是夜里自己起来写一会儿，然后再去睡觉。今天值班小哨到现在也没看他起来写，尿也没撒。另外，这时候他该吃早饭了，平时他早晨吃两个馒头，喝点茶水，精神，精神，然后接着写，天天是这样，写他的罪状。今天啥也没作，看庞信还在那儿睡觉，怎么回事，是不是受凉了？可别出啥事呀。小哨就把牢门打开，进到里头看看。值班每班是两个人，一个在外头站着，一个到里头把被子掀开，招呼他："庞信赶紧起来，到时候了，怎么了?"庞信不说话，又喊一声还是不说话。小哨就推了一下，一推不动弹，哎呀，真奇怪。这时候才看出来，在獾油灯的灯光下，看他脸发紫，嘴角铁青，闭着眼睛，肯定有病了。慌忙出来告诉卡布泰。

卡布泰还睡觉呢，一听这事儿，赶紧起来，披上衣裳就去了。一看庞信已经死了，身子都挺了，嘴角，眼睛都是青的。卡布泰知道这是中毒而死，不是一般的小病，是暴病。赶紧禀报图泰大人。

这时图泰在婆婆离的一个小暖阁里，正好乌伦也在那儿。外头有三巧和文强他们还在值班呢。图泰一听大吃一惊，跟乌伦马上跑过来了。图泰看他的脸色，摸摸脉，干脆没有了，知道已经死了。"怎么死的?""不知道怎么死的?"图泰叫卡布泰把衣裳解开。大家一看，里头多了一件平时没看到的羽毛坎肩。别的没啥变化，床转圈和原来一样，又检查一下吃的东西。卡布泰说："这是他原来吃的东西，今天早晨到夜里还没吃。"图泰立刻让身边的富凌阿飞马到西噶珊去，那块儿有咱们的仵作，请他们来检查这件事情。

富凌阿接到命令后飞马去接仵作。仵作就是专管牢狱诉讼的事情，和案件中间出现各样的症状，由他来作尸体检验。仵作接到命令就慌忙地赶来了。仵作来到以后，马上进行检查，他仔细检查完了，禀报图泰图大人，是中毒而死。什么毒？仵作说："就是这个坎肩引起的，这个坎肩是用北海的香鲸草炮制的，北海的香鲸是长在海岸边上的一种野草，长的不怎么高，但花非常香，它的根有毒，有大毒。这个坎肩上的羽毛，就是用香鲸草炮制出来的，它渗入到羽毛中间去，只要谁穿上它，碰到它，或用手一摸，在吃东西的时候，随时把毒带进嘴里，咽到肚子以后，马上中毒。香鲸草的根是不治的一种毒药。”图泰说：“哎呀，没想到，我们受到这么大的损失。”他们仔细查这坎肩是怎么来的，查来查去，又查到了婆婆离领着都木琴来的事，又弄到都木琴的身上了。

就在这个时候，外边哭着有人进来，是谁呢？是獾子部的都木伦妈妈，领着她的侄女阿安，哭着进来，还戴着孝。见到图大人就说：“图大人可不好了，我姐姐中毒而死。”都木伦把情况详细地一讲，她的姐姐回去还挺好，晚上时就死了。图泰问阿安，究竟怎么回事？阿安说：“前两天，北噶珊有个叫朱尔钦的人来见我额莫，他是马龙派来的。他给我额莫送来一件衣裳。我额莫挺喜欢，她没让我摸这件衣裳。我额莫心里惦着庞掌醢，过去他们是老朋友，觉得他没有衣裳穿，挺冷的。我额莫讲过，什么时候到獐子部去，把这件衣裳给你庞叔叔送去，作个纪念吧。没想到，她从獐子部回来后，晚上就死了。”图泰问：“尸首呢？埋没埋？”都木伦说：“没有，现在我们正风葬，全部落得祭奠，然后才能火化。”图泰说：“正好，现在有仵作在这儿，让他去检查你姐姐的死因，然后再说。”

仵作受图泰之命，到獾子部去了半天。飞马赶回立刻告诉图泰：“图大人，都木琴死的症状和庞掌醢死的症状完全一样，也是受香鲸草毒死的。”富凌阿把这些情况，一一地详细地作了记录。仵作又亲自把检查的情况写在纸上，并画了押。然后，图泰命令把庞掌醢火化，因为这有大毒，野兽吃了都得死，就在后山一个地方，给烧了，然后用土埋上。都木琴妈妈的尸体也是这么作的。从此獾子部就由都木伦妈妈做首领，执掌这个部落。

为了弄清这件事情，乌伦悄悄地让马龙身边的小力士猛哥了解情况。不久，猛哥就传回信来说，这件衣裳是马龙、杜察朗他们秘密安排的，他们特意用香鲸的草药炮制的，这个坎肩做好以后，让杜察朗的亲信，朱尔钦管家亲自送来。如果都木琴能直接杀了庞掌醢，他们将来会给都木琴更多的奖赏。都木琴没干，他们就用了这个计策，表面上是杜察朗大玛发思念旧情，表示对都木琴的慰问，送给这件衣服，作为纪念。都木琴没舍得穿，她惦记的是庞掌醢，哪知这个衣裳完全渗透了香鲸草的毒。图泰知道这事以后真是又气又恨，杜察朗、马龙他们又害死了两条人命。他们又详细地审查庞掌醢的罪情折子，他把到北疆以来的所见所闻和杜察朗的事情写的非常细，可惜的是，这些和京师一些大人的关系，还没来得及写。图泰说：“现在这个谜还没完全揭开，真是老天没长眼，没等把穆彰阿这些人的事揭开，马龙他们就把庞掌醢毒死了。”

图泰这两天火更大了，心情非常焦急。这事不能埋怨任何人，要埋怨的话，就是恨自己太幼稚，自己的脑袋赶不上杜察朗这些人毒，比不上他们狠。卡布泰心里也很难受，几次跪在图泰的面前，哭着说：“大哥啊，你罚我吧，你把我关到监狱吧。”图泰就说：“好兄弟，你起来吧，这事有你的责任，更有我的责任。我还是麻痹，咱们跟这些狼斗的时候，心太慈善了。”乌伦气的咬牙切齿，三巧在旁边就觉得有力气没使出来。雷福和常义，这两天干脆坐不住了，他们跪在图泰的面前，就说：“师傅，我请您答应我们去九拐，要亲自把我七弟这个败类抓来，他太坏了。”图泰说：“起来，起来，你们去能解决什么事呢？你们俩能抓住朱尔钦吗？你们的心是好的，但这事还得从长计议。”

就这时，外边有人来报，图泰问：“谁来了？”刘佩来了，就是醉八仙刘佩呀。上次把他抓住，押在监狱里头。图泰想的远，留了一手，跟卡布泰说：“咱们要给刘佩网开一面，在狱里头不要捆他。另外，吃啥干啥要给他优待。后来把他提前放出来了。刘佩也会表现自己，在图泰面前大人长大人短的，表示一定要立功赎罪。图泰也看出来，刘佩这个人是怕死鬼，胆小，他根本不像滚地龙徐蟒、狠命鬼仇彦、长枪将鲍龙那些人，他们都死在三巧的剑下。他的命保住了，他会看风使舵，到关键时候就溜了，所以几次他都没受到制裁。这次在獾子部把他抓住了，刘佩总表白自己，我没啥事，这次来是马大人让我给办酒宴礼品的，别的事我不知道，我也没参与。图泰当时就想，咱们将计就计，这个人将来可能有用，这样便于我们和马龙直接挂上勾。所以，很早就让刘佩出来了。图泰跟他说：“你还要备办宴席所用的各种备品，朝廷信着你，你如果敢跟我们藏尖，或者是要什么心眼，你小心，我们早晚还能抓着你，刘佩你信不信？”

刘佩跪地磕头，像捣蒜似的说：“大人你放心，我知道你们的能耐，大人手下任何一个小将我都抵不过，我一定按大人的话办，大人说让我办啥吧？”图泰说：“你现在出去还要好好备办宴席的东西，马龙让你买什么，杜察朗让你预备什么，你都想办法预备齐了。若预备不全，你就找都木伦，让她帮忙，一定备齐，备的更好，你就办好这个事就行了。”刘佩感谢图大人不杀之恩，乐呵呵地走了。

刘佩这些日子就办这个事儿，现在他办完了，事弄明白了，就来见图泰图大人。图泰心想，来的好，正是我需要刘佩的时候。刘佩进来就磕头，然后说：“大人，我要赶紧回去了，这两天马大人，啊，不，不，马龙可能要办婚事了，这我都预备齐了。不少东西都是都木伦妈妈帮助安排的，一切备办齐全，而且备办的非常好，都是上等的料。我现在来请示大人，还有什么事情没有，我按理不该走。”图泰就说了：“好吧，你就按我说的，走吧。”刘佩高兴地说：“这回让我自个儿悄声走，还是有人跟着？”

这时图泰就说：“你不能一个人走。”刘佩忙问：“还有谁？”图泰说：“你把我这两个徒弟带去，他们跟着你。别人问你，你就说，是你雇用的，让他们帮你拿东西，背东西。把他们一块领进去，至于他们到里头干什么，你就不用管了，他们需要找人的时候，再个别找你，你一定帮忙，你在尽可能的情况下，一定帮助他们。”刘佩就跪下磕头：“谨遵大人之命，不过，图大人，小的还要说几句，往九拐去，这路相当艰难，很不好走呀。我可以骑马，可雇的人就不能骑马呀，马龙能看出来。”

这时，小清风雷福、千里雁常义马上说：“我们都能走，我们不用骑马，我们什么道都能走，我们哥俩脚底板子特别厉害，我外号叫小清风，他叫千里雁，我们走的相当快，你骑马，拉不下我们俩，你放心吧。”刘佩说：“你们还背东西，不能光这么走啊！”雷福说：“没关系，我们背东西也不能让你拉下就是了。”常义也这么说。刘佩就向他们介绍这个道怎么不好走。图泰就问：“这个道怎么不好走呢？”刘佩说：“我们不能走原来那个鹿道，那个道绕弯，我们必须走近路省时间，但是，这个道是非常险的。要按原来绕弯的道走的话，可能要走三天多，这条路走好了，我们一天就能到。”图泰一听：“哎呀，这条路真省时间。”

刘佩介绍，这条路险在什么地方呢，要过三个关，一个就是老牛杠，这是个摩天岭，是外兴安岭的一个大高山。我们必须搁山梁上走，山梁上相当陡，马不能走，鹿都走不了，必须绕着走。要绕过山梁，得过好几个盘山道才能穿过去，要直着走，就得爬山。我因为熟悉路，骑的马是小马，它是这边特有的小马，专能走山路，我得在前边牵着它走。这块叫老牛杠是什么意思呢？牛能爬山，这是实在事儿，马不能爬山，就连牛到这儿都打怵，你牵着它，它直往后退，吓的瞪着眼睛直叫。因为坡太陡了，有的拉着车去，车能把牛拽下去，车和牛翻几个跟头，像球似的骨碌下去，摔死了。所以，牛都非常害怕，为什么叫老牛杠，牛在这儿走的时候，人在前头牵着，后头有两个拿杠子拼命打老牛，老牛不能往后退，往后退打得更疼，所以它拼着命往前走，这样才能过这个岗。老牛杠，就是打着牛上这个山坡，只有这一个道，别的都是石砬子，不能过。

再一个要过摩天岭。这个岭更险，上边的道特别窄，是一个菱形的道，马车、牛车都不能上。到那去，必须背东西走，人只能徒步走。到了山梁上，山风相当厉害，如果迎风站着，弄不好就把你吹到山涧下面去。上山时，人要猫着腰，两只手摸着石砬子，一点一点往前走。道是石头道，溜圆的，没地方蹬，没地方踹，溜滑的，一滑下去两边都是万丈深渊，就是这样的道。过去以后，到那边山就好走了，路越来越宽，就中间有这么一条道，外号叫狗通天，为什么叫狗通天呢？就是狗驮着东西，小狗矮呀，道也非常窄，狗走那个路就好走，一个狗连一个狗慢慢地过去，所以，叫狗通天。上头是一片白云，下头是万丈深渊，还要过这样一条岭。

最后，到九拐的前头还有个地方，山势不高，也是一个摩天岭。是稍微小的摩天岭，这个岭的特点是一片石头，都是大石摞小石头，石头上长些小松树，有的干脆不长树。搁这儿走的时候，往往前头被石头挡住，得从石头洞里头钻，搁这个洞爬过去了，再钻那个洞，像蛇在洞里钻来钻去，才钻出洞来。所以，这块外号叫蛇钻洞。拿东西就麻烦了，背着东西到洞口，因为洞非常矮，自己拖着东西，抱着东西往里爬，有的地方是推着东西往里爬，爬了一个多时辰，有时爬两个时辰才能过去，把你累得满头大汗，精疲力竭，好不容易才过这个洞。全是在石头里钻来钻去，没有可以支撑的力量，不能挺腰，腿还直不开，你说难不难？

刘佩又说：这三个地方，太难走了，不少人都过不去呀。大人，我不知道雷大人和常大人能不能过。雷福和常义说：“你不要说了，不要啰嗦这个事儿。只要你能过，我们就能过，你不能过，我们也能过，你只要把我们带过去就行，带过去，有些事就不用你刘佩管了。”刘佩说：“既然二位大人同意，这个事我谨遵图大人之命，带你们去了。”

临行前，图泰和乌伦又单独和雷福、常义讲了不少。图泰说："好徒弟，我们现在就等你们了，这次你们哥俩去呀，一定要事事留心，处处小心，把事还必须办妥了。到那儿要多了解情况，特别是要找一找麻元和牛老怪，现在一直不知他们的情况，大家都很惦记着。雷福呀，你平时好毛草，这次千万要细心，很多事情都等着你们呢。"乌伦也说："好兄弟，你们俩到那儿去，一定想办法扎下根，跟当地的人建立联系，然后随时把情况告诉我们，我们很快就要转移过去了，就等你们的信了。"雷福和常义就说："请师傅们放心，我们一定办好这件事，请敬听佳音吧。"

这样，小清风雷福和千里雁常义，告别了师傅图泰和乌伦，装扮成刘佩的雇工，背着刘佩给马龙举办婚宴用的东西，就上路了。说起来他们也够辛苦的，每人背着不少东西，因为走山道，不能用马车拉，再说，山路崎岖，又下了雪，道非常滑，他们的困难就可想而知了。刘佩呀，像个首领的样子，骑着小马连打带喊，呼呼啦啦地就奔山道走去。

说到这儿，现在说书人向各位阿哥再转过话题，大家都非常关心麻元和牛老怪，好长时间没提他们了。他们随着师傅到了北噶珊以后，师傅给他们单独的任务，让他们摸清二丹丹的情况。这两个人都非常精明，他们从分手到现在，可以讲，已经有三个多月没跟大家见面了，音信皆无。图泰他们想，是不是出啥事了，麻元、牛老怪是不是还活着呢？大家天天叨咕，图泰惦记着自己的徒弟。从那天晚上，流星槊里提到，要去看麻丹，这才使图泰稍微有点放心，知道他徒弟还活着。确实他们还活着，而且活的相当好。人就是这样，只要有了信念，他就会致力于自己的事业，他会很好地闯荡江湖，开拓自己的生存之路。

麻元和牛老怪就是这样。他们两个先到了北噶珊的后山，想摸摸情况。麻元就说："走，跟我从后山爬上去，不说能从后山进去吗？后山有道。"牛老怪说："麻元你小心点，咱们不知道情况，师傅让咱们了解二丹丹，二丹丹不一定来这儿。"麻元说："你跟我走吧，不入虎穴，焉得虎子。咱们到这儿来，找一两个人问清楚，上哪找去，我想，还得到二丹丹的家乡跟前去找。"牛老怪一想还得听他的，小麻元这个人挺机灵，你别看他长的瘦小，真像个小麻元的样，水性也好，潜水时间还长，游的也快，所以叫水耗子。牛老怪这个人有个特点，说话声音非常粗，是个大力士，所以叫牛老怪。他们两个体格挺有意思，一个是粗的，一个是细的，一个是高的，一个是矮的，这两个人凑到一起了。

他俩在后山上爬呀爬呀，突然，从后山出来几个人，就听里头有说话声："咱们这次往北去，各位弟兄要小心，杜大人让咱们去，主要是过潘家寨，路还很长呢，你们千万要小心，咱们这次去任务非常清楚，就是找二丹丹，把二格格弄到手，然后就回来，禀报杜大人。"麻元一听，哎呀，这真是佛爷保佑呀，咱们找二丹丹，他们也找二丹丹，这不正好吗。他悄声地跟牛老怪说："老牛啊，咱们不出声，跟他们走，现在咱们这回有领头狗了。"是啊，他们就像有了领头狗一样，这几个人在前头走，他们就在草棵里跟着走，在老远就跟着走。他们是搁潘家寨的旁边过去的，不是搁窑里直接过去的。要从窑里直接过去，就能碰到图泰他们，这时候图泰正在潘家寨。他俩是跟着人家走的，绕过潘家寨往大山里走的，实际上就是去九拐。他们走的道，就是现在刘佩领着雷福和常义要走的山道，这个道不好走，但非常快，省时间，就是特别艰险。

他们连着跟了两天多，还没被发现。但时间一长，他俩没吃的，怎么办，就偷着吃他们的东西。这些人吃完了，把东西一放，就睡觉了。他俩悄声起来，水耗子有三只手的能耐，他善于偷窃。过去干这事的时候，只要见面，搁你身边一过，你的东西就没了，自己还不知道呢，东西已经到他手了，他就这么能耐。何况这回吃的东西都摆到那儿，也不用去偷，只要晚上他们睡觉，他悄声就可以拿走。那些人还不知怎么回事，咱们的东西怎么不够吃呢，谁拿去了呢？他们之间还干仗："他妈的，是不是你偷着吃的？""不是啊，我不是跟你们一起睡觉的吗，我没动弹呀。""那怎么狍子腿让谁啃了好几口呢？"那个说："肉块怎么没了呢？"实际上就是麻元给偷走了，时间一长，他们领头的就留心了，究竟咱们这里头谁干的，这么缺德，你吃就公开吃吧，还偷着拿走了。所以人家就注意了。

那天已经过了潘家寨，快过狗通天了。到狗通天那块儿，要过山道，麻元就听他们说，这个道可不好走，狗都难过呀，山那么高，风一吹就能把人吹到山底下，那是万丈深渊啊。人要摔到山底下，就被摔成烂泥。麻元还逗牛老怪："老牛啊，这回你可要到家了。"牛老怪问怎么回事呀："这回快到狗通天了，听说相当难走，你这么胖，道难过，你能过吗？""唉，别说了，你能过，我就能过。""这个道不好走，你可千万小心，要蹲着走，慢慢爬过去。如果站的太高，挺起身，山风就能把你吹下去。”“我知道了，知道了。”小麻元想，咱俩得吃饱，吃足了，这个道不好过呀，我得多偷点东西。就这样，晚上睡觉的时候，还没过狗通天呢，那几个人，都有刀和武器，麻元和牛老怪没带武器，他们是秘密化装出来的，所以兵器都没带着。

夜里，小麻元偷着学狼叫唤，他嚎声一叫，很多狼都在叫，把这些人吓坏了，狼群来了，他们那几个人就毛了，赶紧往一块抱团，把草都蒙在身上。小麻元叫唤一回，过了一个时辰，他们这些人都跑到林子里藏着，正好把那些东西扔下了。麻元一想，这就好办了，我到那去把东西拿走，你们也不赶趟。他们还真有人留心，偷着瞅呢，怕狼再来。过了一个时辰以后，小麻元爬着过去，他挑哪个包东西多，就拿哪个包，还闻一闻。这边人一看，哎呀，有贼，有贼，大家呼啦跑过来了。麻元刚要跑，已不赶趟了，他们五六个人，两边一包抄，小麻元插翅也难逃。这些人都有武艺，小麻元虽然也会点武艺，但打不过人家，只好被擒。小麻元被抓住了，牛老怪不答应，你们干什么抓我兄弟。牛老怪气的大声喊：“你们把他放了，他是我兄弟，快放了。”

杜察朗的人一个一个都非常野蛮，真是狗仗人势。他们说：“你们欺负人，都欺负到我们头上了，你不知道我们是杜察朗的人吗?”直接把杜察朗的名字报出来了。牛老怪说：“管你们是什么察朗的，你们敢上来吗?”这些人一窝峰似的上来，牛老怪就跟着打起来，打了几下，让人家一棒子正好打在他耳朵跟那块儿，把牛老怪抓住了。这样，他俩都被抓住了，怎么审都审不出来，问啥，一口不承认是朝廷的官员。“你们是不是穆哈连的人?”“我不认识。”“是不是图泰的人?”“不认识。”“你叫什么名字?”“我叫牛一，他叫牛二。”“谁叫牛一?”麻元说：“我叫牛一，他叫牛二。”“你们干什么的?”“我们是逃难的，没有吃的，我们看你们有吃的，就跟着你们。”“家里人呢?”“家里人逃散了，不知都上哪去了，我们早没有家了，流浪到这边。”一听他的口音，真不是这块的人，一看他们确实像逃难的样，身上都刮破了，皮衣裳也都碎了，搜他们全身，什么也没搜出来，就以为他们是真事呢。那个头领说：“别放，把他们抓住，多两个人，将来就是咱们的奴才。”就这样，把麻元他们抓到九拐去了。

杜察朗见到这些人以后，这些人就问：“这两个人怎么办?”杜察朗说：咱们不要，把他们押到九拐，给达萨布罕。达萨布罕也不愿要，这人非常正派，他想，北噶珊也不是不缺人，怎么给我呢？不知这两个人是干什么的，是不是给我按眼线？所以，杜察朗给了以后，达萨布罕表面上谢谢，暗地里就命令手下人，把麻元和牛老怪塞到自己的监狱里去，关一晚上再说。若没事儿，放出来做咱们的奴才，如果他们不愿意就杀掉他。达萨布罕监狱里的人，都是达萨布罕的奴才。被抓进去以后，天天也不给吃的，有不少人都饿死了。牢里的人，常拉出去干活，不管你饿的怎么难受，都得拼命干，如果你干的不好，可能就地杀死，或者扔到海里。因为他很多的活，都是在海上，就是在北海。达萨布罕单有这样一个船队，他们在海上捕鱼，采珠子，采珊瑚贝壳。这些活反倒救了水耗子。水耗子会水，潜水能力非常强，特别是在海里头，更是如此。水耗子麻元，见到了海，如鱼得水。他为了能出海，豁出自己，疼的那个样，饿的一点劲儿都没有，还拼命干活。他在水里搬运，相当快，就引起达萨布罕下头好多船达的喜欢，都愿意用他。他记性又好，遇着什么风浪，他都能辨别出来。跟他一起的牛老怪，有麻元这么活跃的人物，在船达跟前，都挺吃香。所以麻元老说，他是我的哥哥，我的好朋友，你对他得好点。你对他要好，我就帮你好好干。就这样，麻元和牛老怪两个人，越来越吃香，反倒引起大家的注意，不少船达都争着抢着要他们。

单说有这么一天，达萨布罕亲自带着几个儿子，到海上去巡查捕鲸的事儿。他几个夫人和孩子，都要坐船看捕鲸去，达萨布罕就领着去了。达萨布罕临出海的时候就对船达说："你给我找几个好水手，把这船给我好好开，别出事。"这个船队的船达，就是船头，想来想去，就选了好些个精明的水手，看好达萨布罕的船，特别又搁监狱里头把水耗子麻元、一声雷牛老怪给叫出来了。由麻元亲自做这个船的副船达。那时船都是帆船，全仗着风，八面来风，这风非常重要，看风使舵，不是有那个说法吗。

这天，早晨还风平浪静，达萨布罕兴高采烈，带着几个夫人和孩子坐在船上，看着他的船在北海里捕鲸鱼。大鲸鱼在海里喷出的水柱相当高，有三个鲸鱼，其中两个大的带一个崽，浪掀的挺高，不大一会儿就看出来了，大鱼的尾巴掀的那么高，小崽就围着它。船不能太靠近了，也是用射箭的办法捕鲸鱼。等鲸到跟前时，把箭射过去，一下扎在鱼的身上，船就随着鲸鱼走，鱼一边游一边放血，鱼越走越冷，身上就越没劲，等血淌没了，它就慢慢死了。这些小船一直跟着它，啥时候它晕过去了，没劲了，漂在海面上，然后下去人把它捆好，再把它拉回来。有时一条大鲸鱼，十几条船才能带回来。那鱼特别大，在海边就地划开、剥皮、卸骨头架，卸肉，有时一条鲸鱼三四天才能全部卸完。鱼头也相当大呀，有时常在鱼的肚子里头还得到一些被吞进的鱼，有的甚至能看到被吞进去的人。

单讲，这天风平浪静，达萨布罕非常高兴。这北海气候变化万千，常常是挺好的天，忽然阴云密布，一片炸雷响起，下起瓢泼似的大雨。随着气候的变化，海风一刮，海浪就起来了，无风三尺浪，一有风浪就更大了。特别是在北海，它是漩涡形的，像个盆似的，浪一起来，相当大。忽然，大风刮起，黑云上来了，牛角号马上响起来，小船赶紧往回开，躲开这个浪，躲开这个巨风。达萨布罕的船，赶紧往回逃。这时浪越来越大，不少的船已经卷到海里去了，大家就想救达萨布罕的船，很多的船都拥到达萨布罕那个船的附近，救主人要紧。可是很不巧，这个船要翻，达萨布罕站的挺高，着急呀，因为这是他的财产。他不顾自己的生命，就命令周围的船，赶紧回来，不用管我的船；赶紧往海岸划，能到海边哪个岛子躲一躲也行。这时一个大浪，就把达萨布罕打到海里去，大家都以为达萨布罕完了，打进海里去了。

这时水耗子像箭似的钻进海里，到海里就把达萨布罕抱起来，让达萨布罕搂着他的脖子，把他背到自己的身后，他一只手拽着达萨布罕的胳膊，一只手划水。他跟达萨布罕说："你不要怕，闭着眼睛，浪来了，不要喘气，有我你就死不了。"达萨布罕吓坏了，这回算完了。浪呼啦一起，他俩忽悠沉到海里去，一会呼啦又上来。水耗子告诉他，你沉到海里的时候，就憋住气，尽量别喘气，从浪里一出来时，你赶紧喘气，千万记住。达萨布罕开始不会，喝了好几口海水，又咸又凉。后来他慢慢明白了，随着浪起来，他们在浪尖时，赶紧喘气。浪下去，身子沉到海里时，也就是浪往身上一压时，赶紧憋着气，尽量憋住。这样，他们在海里漂了一会儿，水耗子麻元终于划上了岸。全仗着水耗子把达萨布罕给救上来了。

把达萨布罕救上来以后，水耗子又跳到海里把他两个夫人也救上来了。孩子们都会水，好在夫人没死，这是大功一件啊。可把达萨布罕高兴坏了，原来，他以为必死无疑了，在海里谁能救呀？他那么胖，那么壮，大高个子，小麻元个儿瘦小，能救他吗？上岸以后，达萨布罕累够呛哪，躺在岸上半天起不来，很多人把他抬进自己的屋。部落里的人都来看他，他醒过来，就说："谁背我来着，把那个人请过来吧。"他还以为是他的哪个船达，哪个船员，哪个手下的奴才呢。

不大一会儿，小麻元进来，这时达萨布罕下身已经穿好了衣裳，上身还光着脊梁，露着大肚子，肚子上还有些毛，他用大手巾压在脖子上，别人给他按摩，给他揉身子。他一看进来的人，挺吃惊，一个小孩呀，又瘦又小，他以为叫错了，忙问旁边的人，我让你请的是救我的那个人，谁救了我？两个船达和儿子们都跪下了，禀告罕王：就是他救了您，是他背的。这时候达萨布罕大吃一惊，连忙说："请您过来，过来。"

真是好人有好报呀！小麻元从此就一步登天了。达萨布罕问这个孩子是怎么回事，你是哪来的？小麻元说："我是流浪汉，被他们给抓来了，到这儿，让罕王给圈到监狱里。"达萨布罕这才明白，原来他俩就是被圈的那个，一问，你有阿玛额莫没有？"没有啦！""你还有什么亲人。""什么亲人都没有了。"达萨布罕收他为自己的义子。打这以后，小麻元就领着一个船，做一个大船的船达。他在达萨布罕跟前，特别有威望，那是救命之恩哪。达萨布罕说："没有你，我和我夫人就全没了。人没了，这些财产有什么用啊？是你给了我家人的生命，你要什么都不为过呀。"麻元说："我什么都不要，我就在罕王你跟前，帮助你做事就行了。"就这样，小麻元和牛老怪在达萨布罕面前成了红人，管海上的作业。

单讲这一天，达萨布罕身边的一个侍卫来告诉麻元，说："请王爷去接一个人，他是搁潘家寨那边来的，是给杜察朗、杜大人送货来的，要过海，到海那边一个河湾子里。现在水还没完全冻，只有你能想办法过去，还得带着狗车去，有的地方要坐一会儿船，有的地方就用狗拉车走。"麻元接受了这个任务，把牛老怪叫来，他俩领着下头一些人，赶着狗车就出发了。

什么叫狗车，因为北方雪大，实际就是狗爬犁，做的大一些。这个车在水上走就是船，在冰上走就是爬犁。由狗拉着，也有用鹿拉的，因为道非常窄，鹿拉着不好走，就用狗，有二三十条狗来拉。每个狗脖子上有个箍，这个箍是皮子做的，把箍的下头往狗身上一搭，皮子底下的环一拧，套着狗脖子，小狗使劲一拉，就能拉动爬犁。那么大的爬犁，小狗都能拉动，北方的狗有劲，都有半人高，前边有头狗领着。头狗什么都明白，你一吆喝，只要喊出声来，它就知道要干什么，其他狗都听头狗的。狗汪汪叫着，像互相呼应一样，连跑带叫唤，很热闹。北边这个时候，小雪过了，天已经冷了，江河山林密布的地方，窝风的地方，河水两边冻了一层，底下水流照样挺深。艄口的地方，因为风刮的厉害，就结冻了，只是有很小很窄的急流，船过不去，人可以在冰上走。这船不是人划的船，实际就是大狗爬犁，像船形状的狗爬犁，都不少装东西。

麻元和牛老怪赶紧去执行任务，到西流河接货。他们很早就到了，在那等了没有一个时辰，就看一队人马过来了。一个人骑着马，还有几匹马驮着东西，还有几个人背着东西的，这证明，都是骑马人雇的。麻元一看，哎呀，真苦，那几个人背着东西，大雪天，头发上都是霜呀，身上冒的汗，衣裳都冻的一块一块的，僵硬的。不大一会儿，这队人马就到了跟前，那个骑马的正是刘佩。这时他就说："行了，到这儿了，到这儿了，把东西放下吧。"麻元迎上前去，问那个骑马人，你们是不是到九拐去的，是大人吗？刘佩说："是我，是我。"刘佩下了马，麻元说："赶紧装上吧，赶紧走，别耽误时间，把东西装上。"

此时麻元穿的是水獭的衣裳，非常漂亮。牛老怪穿的是紫貂皮，戴个大皮帽子，把脸一蒙，光露着眼睛，根本看不出来。他们互相谁也没想到，是他们自己的师兄弟。

跟着刘佩来的有四个人，三匹马驮着这些东西，其中一匹马由刘佩骑着，另外四个人里头，一个是小清风雷福，一个是千里雁常义，还有那两个呢，都是刘佩雇的索伦人。刘佩只雇他们到西流河。到那儿以后，刘佩把银子给他们，两人骑着马就回去了。这样的话，就剩下三个人和东西了，一个是刘佩得回去交差，那两个人是雷福和常义，是主动要求跟着去的，因为有任务呀，刘佩还得把他俩带去。

刘佩马上就跟九拐来的头领麻元说："两位大人哪，我还带两个弟兄，跟着我一块去。"麻元就说："不行，你一个人去就行了，这狗爬犁已经装这些东西，够沉的了，不行。"刘佩就说好话："哎呀，请大人不要这样，这两位也是我们的人哪，我一个人办不成事，他们得跟着去，他们都是马大人的人哪（他打着马龙的旗号）。我们必须一块向马大人回禀这件事。"麻元一听说是马龙的人，他立刻用眼睛地扫扫这两个人，因为那时风雪在刮着，从这两个人的身上也看不出什么，眉毛上都是霜雪，冻的直哆嗦，头还低着。麻元一看也挺可怜的，就说："行了，走吧，快上来吧。"就这样，雷福和常义他俩也上了船。

麻元在前头，带着他身边的两个人，赶头一个爬犁。牛老怪赶第二个爬犁，让刘佩和带来的这两个人坐第二个爬犁。牛老怪旁边还有两个人，也是他们带来的，这两个人随时换着赶爬犁。他们大声一喊，小狗就把船拉走了。每个船都有十几个狗拉着，每个船专有一人把舵，这样船走的相当稳。船在江心走，小狗紧踩着江边，有时踩在冰上，有时踩在石岸上，走的挺快，一溜烟飞奔而去。

单说，小清风雷福，他们是背着坐的，他跟常义两人头冲后头，正好靠着牛老怪。后头是牛老怪赶这个爬犁。他们为啥紧靠着牛老怪呢，因为牛老怪穿的是紫貂皮的大衣，暖和呀。这时候，雷福越想越觉得这个人说话的声音咋这么熟呢，他是谁呢？他不敢想，不知是谁？就觉得声音非常熟。他们走了一会儿，前头赶爬犁这个人，慢慢就问："刘大人，你们是不是搁潘家寨来的？"一说潘家寨，雷福马上就一惊，这时刘佩支支吾吾地说："不，不，不，我们是搁潘家寨旁边绕过去的，没搁那儿走。"前头赶爬犁人又问："听说潘家寨有朝廷的人？"刘佩马上说："那，那，我们不知道，我们没搁那过。"

赶前头爬犁的是水耗子麻元，那是机灵鬼，眼睛特别尖，当时刘佩一直跟他说好话，让他两个弟兄上爬犁，他就犯寻思。这两个人背东西，在远处过来，他一打眼就觉得非常像自己两个师哥呀。因为他们之间很熟悉，一举一动哪能看不出来呢。当时因为忙于催促他们赶紧上爬犁，下着雪，挺冷，就没细看。他现在赶着爬犁往前走着，越想越觉着这两个人挺奇怪，心里就犯寻思，会不会是我的两个师哥呀，他们怎么落在马龙的手里，让马龙来支配他们呢？如果真是落到马龙的手里，今天我的两个师哥，你们算有好运了，我马上把这个刘佩制服，麻元是这么想的。所以，鞭子一摇，嗅，呀，这一喊，头狗就明白了，接着汪、汪叫两声就停住了。前爬犁一停，后爬犁也就停了。水耗子跟身边的人说，你让刘大人坐我的车，你赶这个船，我过去。那个身边的随从就喳了一声，赶紧过去，就到了刘佩跟前说："刘大人，我们王爷让你坐前头那个爬犁去。"刘佩赶紧上前头的爬犁去坐。

小麻元上了后头那个爬犁。前头赶爬犁人一吆喝，小狗一叫唤，爬犁就跑了。小麻元专挤在这两个人的中间，坐下了。因为他穿的是水獭的大衣呀，水獭衣裳是不沾雪的，雪到他身上一落，滑呀，沾不住。他把大衣脱下来："哎，你们俩跟我一块儿盖上大衣。"他说话特别让这两个人听听，如果是自己的师哥，就能听出来。这时候，常义就听出来了，马上就抱住了："哎呀，我的师弟呀，麻元呀，我算找到你了。"这边雷福也过去抱住，前头赶爬犁的牛老怪一听正是自己的师哥，忙把赶车的小鞭子给了身边的那个人，自己也过来。这四个人紧紧地搂到一起，压到了一起，互相抱头痛哭啊。几个月没见到了，真没想到在这个雪爬犁上，师兄弟喜相逢。麻元淌着眼泪哭着问："师哥，你们怎么落得这个熊样呢？怎么闹的，怎么给人家干活了，怎么回事，咱们的师傅和各位大人，他们都好吧？"

这时，小清风雷福坐了起来，擦了擦眼泪，一只手抱着牛老怪，一只手紧搂着小麻元，就把他们从分别以后，怎么跟师傅到了潘家寨，一件事一件事地都讲给了两个想念的师弟。又告诉小麻元和牛老怪，这次来是奉师傅之命，我们下一步就要到九拐。他把师傅的安排和想法详细地跟小麻元和牛老怪讲了。另外，小麻元和牛老怪又把他们两个怎么到这来的，小麻元现在摇身一变，成为达萨布罕身边的义子，这些事也都告诉了两个师兄。雷福和常义一听真高兴啊，紧紧地握着小麻元和牛老怪的手说："好啊，好啊，你们干的真好呀，师傅要听了更会高兴的。下一步就好办了，有你们铺路，那真是康庄大道啊。"他们又向麻元和牛老怪介绍了刘佩的情况。

这时小麻元才知道，刘佩现在已经降了朝廷，是咱们的力量。雷福说："你们两个知道这些事情也不一定跟刘佩细讲，就说咱们互相认得就行了，细事不要讲了。现在有几件事，麻元呀你还得接着办。"麻元就问："师哥你说吧，我回去怎么做？"雷福说："麻元呀，过两天师傅就来了，你想办法，让师傅和达萨布罕见面。你把一些事情的道理向达萨布罕揭开，现在达萨布罕还蒙在鼓里，他让杜察朗大玛发给迷住了，马龙他们现在就借着达萨布罕的名义干坏事。达萨布罕的历史我们都知道，他是正直的好人，现在需要好好地劝说他。"小麻元问："怎么跟他说呢？"

雷福想了想，接着说："你回去以后就说，你有好几个弟弟，还有妹妹，他们都是些穷人，逃难过来的，你就这样介绍。达萨布罕的心眼挺好，因为他很喜欢你，你的话他会听的。然后你就向他介绍，我还有个师傅，让他知道，你的师傅叫图泰，师傅很想见他。你想什么办法，用什么话跟达萨布罕讲，让他能容纳下咱们的妹妹三巧她们，还有乌伦巴图鲁。现在你知不知道二丹丹的情况？"小麻元说："我知道，现在我们都查清了，她就在达萨布罕的后帐，达萨布罕在保护着她。那天，杜察朗的意思要在九拐给马龙办喜事，东道主是达萨布罕，所以，证婚人还让达萨布罕出面。”雷福说：“这好，过两天三丹丹也会过来，你要想办法，让她偷着见到二丹丹。她们姐妹见了面，等师傅来了，咱们再想办法，把马龙他们制服了。”

这么定了以后，他们这两个爬犁很快就赶回了九拐。刘佩把自己带的东西交给了马龙，马龙一看婚宴用的东西，都弄齐了，特别高兴。因为刘佩很会说话，编的还挺圆全，也没有一点漏洞，马龙挺相信他。杜察朗大玛发他们俩一看，所备办宴席上用的各种土产，各样的肉，都是上等货，很称赞刘佩会办事。实际上办这些货都是图泰找婆婆离办的。刘佩在马龙跟前，受到了重视，让他好好地歇息几天。

再说，小清风雷福对九拐的情况通过水耗子麻元和牛老怪的介绍，已了如指掌，二丹丹的情况也都清楚了。麻元这边事情都安排好了，就盼师傅来，好开始下一步的行动。所以，他就告诉自己的弟弟常义，让他赶紧回去送信。常义脚上功夫，那是没比的，非常厉害。他从来不骑马，也不坐车，就愿意用两个脚底板子走路，走起路来，谁也走不过他。一天走一百多里路，对他来说是很容易的事情。这不是吹，他就有这个能耐，为什么叫千里雁呢？这千里雁是他师傅图泰给起的，就是说，鸿雁捎书，千里之事，只要交给我的徒弟，马上就可以传到，他师傅都佩服他。他从小是在山里长大的，什么地方都能走，就是爬山越岭过河，也挡不住他，走起路来真像飞一样。哥哥告诉他赶紧走，他吃完饭，自己背些干粮，预备走路饿了时吃，渴了就吃口雪。把暗器和兵器带好，一旦遇到坏人和野兽的时候用。他哥哥雷福特别嘱咐他，你见到师傅以后，要说明这个事，让他们快点来。我们在离九拐十多里路的地方，那块有个山，在老远都看的非常清楚，叫白银山，都是白石砬子山，石头就像水晶一样。到那以后，就能看到挂着的蓝旗子。看到旗帜以后，你顺着旗帜走，有个山道，就是毛毛道，往里走，就会看见一片房子，我们在那等你。那就是达萨布罕赏给水耗子麻元的一个非常漂亮的房子。

达萨布罕一连多少日子，心里烦闷不乐，总是郁郁沉沉的，就是让杜察朗大玛发给折腾的。俗话讲，民怕匪、更怕官。杜察朗大玛发虽然不是朝廷的命官，朝廷从来也没用过他，但是他非常有威望，善于笼络各地的官员，这就成了他的一个资本。他总是打着朝廷的旗号，带着朝廷各个衙门的官员，到各个部落去，招摇撞骗，搜刮民财，真像蚂蟥吸血一样，叮着你不放，不吸饱了那是不撒口的。他这回到九拐七阶来，就带着光禄寺的理藩院的，还有盛京、黑龙江、吉林将军衙门的各个官员，到哪儿都打着这些人的旗号，就说："我是奉官府之命，"下头各个部落哪懂得这个。特别是在北疆，天高皇帝远的地方，平时没有官员到这地方来。可以讲，从圣祖康熙以后，就很少有官员去北疆，打牲衙门有这个任务，打牲总管应该去巡边，但是去的很少，一般是到几个点上收购些东西，就拉倒。下头很多的地方和部落根本没有去过，不像这次穆哈连和图泰他们，一个地方一个地方地走，过去从来没这么走过。所以说，这是几十年没有过的事。

到下头去比较多的还真是杜察朗大玛发，他去，是为一己之利去的。他是为了盘剥榨取各地方的财富，窃为己有去的。何况他身边带着一些武士，说打就打，说抓就抓，下头各个部落都害怕，不知道后头有什么官员给他撑腰，谁敢惹呀？马龙呢，是从京师来的，他更了不起，更能招摇撞骗，只要跟他们意见不一致的，说杀就杀，说砍就砍。

这一次，杜察朗大玛发就把这个宝押到了九拐这块儿。他考虑，现在潘家寨已经住上了朝廷的官员，图泰就在那儿住，况且潘氏兄弟已经受了害，那几个库又遭到破坏，他想转移个地方，到哪去呢？他就看中了九拐，这儿离北海特别近，整个山都是达萨布罕的部落。杜察朗到那儿以后，就递给达萨布罕一个单子，表面上这都是进贡，是朝廷要的，实际上是给马龙要的。这个单子要的非常吓人哪，单子上写着，海象牙十根，海豹皮二十张，活白鹰十只，千斤重的海鲸三尾，还要活的，鲸鱼三大条，头胎豹五只，雪狐皮五十件，灰鼠皮三百件，鱼翅一百斤，豹鞭五十根等等。达萨布罕就说，现在不好弄，目前已经到了冬天，入冬时不能到海上打鱼，何况过几天就变成了冻海。杜察朗大玛发让他们必须弄到，甚至威胁地说：要弄不到，朝廷来人，要治罪的。杜察朗用这个来吓唬达萨布罕。而且还说：马龙总管已经来了，他是受朝廷之命来的。可把达萨布罕急坏了，这些个东西上哪掏弄呢，怎么把这些土贡交上去呢？

这还不算，马龙这次来还带来京师的狐朋狗友，还得给他们准备礼品。这就是说，他带来的朋友不能白来呀，他们是为保护你们来的，你们就得送礼品。都谁来了呢？我过去稍微介绍过：就是曾经帮过他忙的一条鞭邵小侠，这是少林派的；还有小金龙金宝常，他使的是一杆毒缨枪，相当厉害，谁要被扎上立刻死掉；再一个大刀鬼索贺春；邵小侠的师父少林高僧一空长老；还有辽东千山洞府北海真人，震北海刘辰刘清宇；白音观西寺住持一字眉，羽化仙翁陈道长等等。这些人吃这儿，住这儿，而且还要从这里拿走些东西。上你达萨布罕这儿来，人家说看中这儿了，是看得起你，这样北疆的好东西你就得往外拿。这又是一副担子，也压到达萨布罕肩上。

另外，马龙要办喜事，举办大婚，礼品也必须备办。他除了让刘佩到外头张罗些土产以外，让达萨布罕这儿也给预备些特产哪，在你这儿办喜事，你能空手吗？他要的东西，都是特别珍贵的，一个海象牙，一个天鹅绒，一个北海的云山虎，都是非常出名的。北海的云山虎有各样形态，有一人多高呀，非常好看。把云山虎挂在客厅里头，金碧辉煌，就像进入云山世界一样。再一个是北海的玛瑙，各样的石头，叫海脆石。北海的海脆石，从唐以来，就是进贡的宝物。马龙说，这几件东西你也得给我预备。你想想，达萨布罕能不着急吗，他必须预备好。这些人像土匪一样，都会武功，谁敢惹呀？你预备不齐，侍候不好，等着遭殃吧。达萨布罕全仗着心胸开阔，没有病倒。杜察朗天天来催他，天天来要，达萨布罕整天愁眉苦脸呀。

杜察朗为啥着急呢，他怕夜长梦多，过些日子如果图泰他们来了，就露馅了，全砸了，他害怕呀。他跟马龙赶紧想办法，一个把喜事办完，把东西弄到手后，赶紧走。他们占的地方是北冰山，事先已经跟达萨布罕讲好，这个山我们先用一下。山中有个非常出名的世外高人叫白剑海，白剑老神仙，他的七十寿辰就在那儿过。那时候，达萨布罕，罕王爷，你还要预备些东西，给白剑老神仙办七十大寿。达萨布罕一听就吓呆了，这还没完没了呢，你们就盯住我了。你看他能不上火，不发愁吗？把他逼的没法办，一下子就病倒下了。很多人都来侍候他，包括几个儿子、夫人都来了，谁跟他说话，他也不愿意搭理，总是发脾气。他最喜欢的人就是麻元，因为他会说话、会办事。麻元会察言观色，顺情说话，达萨布罕就愿意跟他说话。有时候达萨布罕不高兴，或老头儿心情不好，吃不下饭，他的大夫人、二夫人赶紧命人去请他的义子小麻元。麻元封为小王爷，像贝勒一样。所以，现在的麻元不简单，在九拐七阶这个鹰雕山上，他比达萨布罕其他几个儿子包括夫人都有影响。几个夫人一看罕王爷心情不好，就赶紧去请水耗子麻元。麻元听说老寨主部落长有病，身体不适，请他快去看看，他把活安排好就去了。

这个时候，麻元也正想去见达萨布罕，因为他的两个师哥来了，而且知道了师傅已在潘家寨建立了关系。他的二师兄已经回去，过两天就回来了。所以，他心里想，怎么办呢？我把事情怎么跟达萨布罕讲呢？他正在想这个事儿，没想到达萨布罕的两个妻子来请他，这是多好的机会呀，他心里别提多高兴了。他把其他的事放下以后，又偷偷地告诉了他的师哥雷福，然后自己就到达萨布罕那儿。他像孩子一样，到达萨布罕跟前又亲又搂的。这个老头儿特别怪，你别看他儿女那么多，就喜欢起他来了。因为小麻元既聪明，又会说话，办事也真有能耐，水性还那么好，救了他，所以，他越看越爱看，他说啥事，这老头儿都爱听。

达萨布罕一看麻元来了，一脸愁云马上就散了，忙把他拉到自个儿身边。麻元到他跟前，摸摸他的头，又摸摸他身上，帮他揉揉胳膊、手，就说："部落长，我的好阿玛，您怎么的了，心情不好了，没什么，有啥事跟麻元我说，我能帮您解愁。"这短短几句话，让达萨布罕哈哈大笑，就说："唉，说实在的，我的心事孩子你也解决不了。"麻元问："怎么的了？"达萨布罕说："唉，现在你看看，我桌子上的这个单子。"

麻元就把桌子上的单子拿起来一看，是谁要的单子呢？三个人，一个是杜察朗，就是刚才念的那个单子。再一个是马龙，马总管，马大帅，给来访的众英雄要备办的礼物。第三个单子，马大帅婚宴所需要的彩礼。为什么管他要呢？因为杜察朗大玛发说了，让他做证婚人，是在你九拐办的喜事，是借你一方宝地，作为证婚人，你得拿出你们当地特殊的礼物来。

达萨布罕让麻元看这三个单子，然后就跟麻元说："孩子，你看怎么办吧，咱们现在上哪弄这些东西去，弄不来就得罪他们，这些人咱们可得罪不起呀，一个一个都这么厉害，说杀就杀，说抢就抢，谁敢惹呀。他们都有后台，人家都是朝廷来的官员，咱们能跟当朝闹对立吗？"

麻元看完就把这三个单子往旁边一扔，根本没在乎。达萨布罕自己慌忙起身捡起来，就说："孩子你可不能这么胡闹，咱们惹不起，你还得帮我想办法，怎么能把这事办妥了，要的东西到什么地方弄去，太愁人了。"

麻元就跟老人说："阿玛，我跟您说一句贴心话，过去没跟您老人家讲过，怕您生气。"达萨布罕就说："孩子，咱们都这么熟了，你看我对你好不好？你能看出来，你超过我好几个儿子呀，有话你就说，阿玛不会生气的。"麻元就说了："阿玛，以前我有些事没有完全、如实地禀报您，现在时机成熟了，我不怕了，阿玛您也不要怕了。我给您请来了能够制服这些妖魔的神仙，他可是了不起的人哪。我跟您老说句实话，我就是这个神仙的徒弟。”

达萨布罕一听哈哈大笑：“孩子，你为了糊弄我，安慰我，你也不要说这些不着边的话呀，咱们还得唠点实事儿吧。”麻元说：“真的，我没糊弄你。”达萨布罕说：“你是谁？你师傅是谁？”麻元说：“现在我还不能说，我得请求您一件事。”达萨布罕忙问：“什么事，你说吧。”麻元小声地说：“您能不能，明天跟我一块到您赏给我的房子去，那块儿安静，偏僻，不至于引起一些人的猜疑。这不能不小心，一举一动都在杜察朗和马龙的亲信，包括您的几个儿子的眼里。所以，我不能不防。”达萨布罕一想小麻元说的也对，就应允了。麻元又说：“今天有点事还没办，我得出去把船的事好好安排一下。明天早晨咱们以打猎为名，因为您是闲不住的人，这个别人不能猜疑，咱们打猎去，您就会真相大白。”

就这么定了，晚上麻元就在达萨布罕住的地方，吃了饭，然后请夫人侍候达萨布罕早点安歇，就说：“有些事我要安排一下，对重要的地方我还要去巡查，完了我再回来。”夫人说：“好吧，你去吧。”麻元就这么走了。实际麻元不是巡查，他是悄悄地回到了自己的住地，安排达萨布罕与师傅见面的事情。

说时迟，那时快，常义领着图泰他们已经到了，牛老怪和雷福他们把一些事情都向师傅禀报了。图泰听了非常高兴呀，没想到，小麻元和牛老怪把事情办的这么周全，这真是老天相助呀。我天天想你们，不知出了什么大事，结果你们一步登天，反倒把九拐七阶掐在你们手里。达萨布罕老人成了你们的知己，图泰和乌伦能不高兴吗，都在等候小麻元回来。

他们正唠着高兴的时候，小麻元进来了。雷福说：“麻元，师傅都来了。”小麻元兴致勃勃地说：“师傅，师傅，弟子给师傅磕头了。”说着就梆梆磕了几个头，图泰一边扶起麻元，一边说：“好了，麻元起来吧。”麻元又给乌伦大人磕头，接着，图泰给其他几位介绍，三巧、文强都认识了。麻元问，怎么没看到卡大人呢？图泰说：“他现在潘家寨留守，没有来。”大家很长时间没见面了，心情特别激动。这时图泰让大家都坐下，把情况好好商量商量。他对麻元说：“现在达萨布罕有什么想法，杜察朗和马龙都有什么动向，你们两个把这些情况好好地向大家介绍一下。”牛老怪说了：“麻元，我已经简单地向图大人他们说了，详细情况还是你说说吧。”

麻元有一种久别重逢的感情，他看了看大家，深情地说：“师傅，我跟牛老怪早就想找到你们，因为这边情况已经摸清了，我们现在正愁呢，和你们联系不上。你们什么时候到潘家寨去的？我们就惦记这个事儿。没想到我们在船上见到我师哥了，知道师傅的情况。师傅，九拐七阶确实没在杜察朗之手，他们现在就是水上的浮萍，树上的冬青，随时都可以打掉。达萨布罕对杜察朗和马龙很不满，这是真事儿呀。对杜察朗他们横征暴敛，无耻地盘剥，老人家早就恨透了。他们就仗着马龙的武功，以为这边没有人能跟他们较量，所以达萨布罕敢怒不敢言。师傅，我昨天已跟达萨布罕说了，阿玛，您放心，现在有人来制服他们，他是神仙，明天我就请您见见他。达萨布罕答应了，明天我就领他来见您。师傅，您就公开对他讲，他是很正直的人，他的情况您也知道一些，我就不多说了。现在，真是春风化雨，一切就等师傅安排了。师傅，您不是让我们来调查二丹丹的情况吗，后来我们通过达萨布罕的口知道了二丹丹的下落。我们怕二丹丹再落入虎口，就想了个招儿，让达萨布罕把她接到他家，现在二丹丹就住在达萨布罕大夫人那儿，大夫人对她挺好。”

麻元这么一说，坐在旁边的三丹丹可高兴了，马上就插话说：“麻元哥哥，我真感谢你呀。”麻元说：“不必感谢，这都是师傅让我这么做的。”图泰说：“丹丹，你先等等，再听听麻元说说详细情况。这回你不用愁了吧，你姐姐已经找到了，明天你就能看到你姐姐了。”三丹丹知道了二姐的下落，真是喜出望外。

图泰又问麻元一件事：“麻元，依你看，杜察朗他们现在在想什么？你估计他们下一步还想干些什么？”麻元说：“师傅，我正想跟您说这个事呢，他们把九拐七阶这个大山，作为过路的客栈，没把力量都放在这儿，他们也知道，达萨布罕这个人是隔着一层肚皮，没跟他们心心相印。因为达萨布罕这个老头儿特别倔，根本看不起他们，不愿跟他们说话。杜察朗觉得不好制服这个老头儿，就想很多办法。他们现在跟达萨布罕下头几个人都非常好，都是老关系。这个关系，现在不能不引起我们注意。杜察朗主要跟达萨布罕的几个儿子、儿媳妇关系挺密切，咱们应该警惕。一个是六拐，叫苏卡部，他有一个儿子拉拉罕，这个儿子很坏，过去跟杜察朗关系密切。还一个五拐，叫喝都恨，也挺厉害，这个部落的首领叫哈图罕，挺凶狠的，杀人不眨眼。再一个就是达萨布罕的小媳妇，才娶过来不久，这是杜察朗在北噶珊给找的，长的挺漂亮，她现在负责二拐。她叫西保罕，这个部落的名字翻译汉文是海药部，也是非常凶猛的，力量比较强。还有一个是达萨布罕的大女儿，负责头拐，是九拐中最小的部落，这个姑娘叫蒙都罕，他们是鱼骨子部。就这四个人跟杜察朗的关系比较密切，达萨布罕的大女儿常去杜察朗那里，跟他们学过武术，这几个人武术比较强。还有一件事，达萨布罕的小媳妇跟杜察朗的关系不清楚，这一点达萨布罕可能一点也不知道。另外，他的大女儿，跟杜察朗的关系挺密切。杜察朗来这儿主要不是靠达萨布罕，只不过是借他的名字。这几个人都是杜察朗的心腹，其所占领的地方不在这儿，而是北海边与北海相连的一个非常出名的北冰山。这个山相当高，在山尖上往南瞅，可以看到很远很远的地方。往北瞅，看北海特别清楚，天晴的时候海里的礁石和船都能看到。往东瞅，可以看到东海。这个山上长年有积雪，再往东有火山口，常冒烟，山势险峻。那有匪巢，都是些反清的力量，偷着到北疆来的。过去咱们不知道，在北冰山的下头有一个洞，叫明化洞。这是一个道士给起的名字，是明朝的道士把这个洞开发出来的，开发的相当好，也叫香精洞。当地人叫毒连洞，因为那个洞常冒出白烟，那烟味发臭，有硫磺，它和东边的火山互相串连，那个味臭气熏天，闻时间长了，头发晕，所以当地人叫毒连洞。过去来些老道，他们为的采药、熬丹，就占了这个洞。这个洞有个洞主，最出名，他就是大刀鬼索鹤春，他有个师哥就是震北海刘清宇。刘清宇后来在千山洞府，又叫北海真人，震北海就是他，他是云吾道士。长期管这个洞的就是索鹤春。他俩的师傅叫老黑鲨陈长道。在嘉庆初年，陈长道就死了。陈长道临死之前收下了两个徒弟。陈长道的师傅也非常出名，是明末的一个后裔，叫张密清，表面看来他跟清朝的关系非常密切，暗里他起的是张灭清，消灭清朝的灭。他死了以后，陈长道接他，陈死了就是索鹤春管这个窝巢。在这个洞里互相见面，都用黑话。这个洞很奇怪，有小蝙蝠，长的非常小。这蝙蝠是有毒的，人要吃了他的肉就得死。什么野兽都不敢动它，它长一身黑毛，眼睛非常亮，像两个明星似的。蝙蝠的粪可以制药，所以，很多的道士来这做晕迷的药，都用它，这就是著名的香精洞。这个洞除了蝙蝠粪以外，北海边上还有一种草叫香精草，用这两种东西泡上，熬什么东西一摸就死。”

这时乌伦就说："哎呀，这就是说，那个羽毛坎肩是他们做的。"图泰说："可能就是他们，杜察朗大玛发跟他们的关系这么密切，肯定就是这回事了。"

小麻元说："能做那个东西，肯定就是他们干的，索鹤春大刀鬼就专做那种药。现在他们这儿是个据点，很多的窝巢，很多的兵马都在这儿集中。如果不把这儿除掉，北疆就不得安宁。"图泰说："好，这些事都知道了，下一步赶紧想办法制服他们。"麻元说："他们办完了喜事以后，肯定都到那儿去。因为他们还有一件事，在岛上有个白剑海，白老剑客，白剑老神仙。这个人非常耿直，有些情况我还不太清楚。他好像跟云、彤二老还有什么矛盾似的，至今还耿耿于怀。有些情况，我不知道该讲不该讲，我说了三巧不要生气，我没有其他坏心。他们到处讲，白剑老神仙的剑术高于云、彤二老，高于林家剑，就连林家的武功都要受白剑老神仙来管治，他能识破林家剑，这事说的对不对我不知道。杜察朗大玛发和马龙他们想办法极力拉他，过几天就是他七十大寿。"图泰说："他住在哪块儿?"麻元说："他住在北海一个什么岛，他们现在就仗着白剑老神仙这些人，想和云、彤二老和他们带的徒弟，包括您，决一死战。他们以为最后胜利是他们的，他们现在是野心勃勃呀。"

图泰听了麻元的介绍，深有感触地说："这个北疆的事，确实是难于上青天，步步难呀，真得要小心呀。不过咱们既然来了，无论如何，先要按照麻元介绍的，把达萨布罕争取过来。"

第二天，麻元把他的义父达萨布罕，单独领到他的新房子。老人一到，图泰他们就拥上去，外头站着一排，把达萨布罕闹惊了，就跟麻元说："哎呀，怎么来这么多贵客呀。"麻元说："请进，请进，我给您介绍。"老头儿兴致勃勃地跟着进去，因为他非常相信麻元，丝毫没有顾虑，就大大方方地进到屋里。

屋里头乌伦早就摆好了，大厅里一边摆一个凳子，请达萨布罕坐上座，图泰坐下座，两边的凳子坐着乌伦、三巧、文强，麻元站着，让他大师哥雷福，二师哥常义坐着。然后麻元让下头人一喊，老寨主来了，下头人都知道，马上上茶。

达萨布罕特别精神，一看这些人穿的衣服，心想这才是清朝的官员来了。他让献茶，这时他的佣人跪着上茶，先给图泰、乌伦献茶，然后他说："各位贵宾来了，喝我们的茶，这茶你要知道，这才是好茶，有人参，还有鱼子，另外，还有海中的香精草。”一说香精草，大家都瞪眼睛。老人一看哈哈大笑：“你们以为香精都有毒呀，香精草才怪呢，他的根有毒，叶上没毒，它的花特别好看，咱们用它的花瓣中的花蕊，吃了以后会返老还童，能使鹤发变童颜哪，喝吧，没事儿。”老人非常爽快，心地就这么好。

图泰没想到，达萨布罕是这么一个落落大方的部落长。这个山都是他们家族的，乌伦等都很羡慕。原来没见面之前，大家都忐忐忑忑的，不知他长的什么三头六臂呢，跟杜察朗这些人站到一块了。这回他们一看才知道，达萨布罕不是这样人，你看他满面红光，头发刷白刷白的，嘴上的胡子蓬着很高呀，下巴全都是胡子。达萨布罕不知自个儿多大岁数，说七十是他，说八十也是他。心情特别豁达，是个闲不住的人，非常勤快。他体魄魁梧，两个人并在一起也没他粗，大脸盘子，双眼皮，满脸皱纹，真是慈眉善目。

这时，麻元就说了：“阿玛，我现在向您老介绍。”达萨布罕很有意思，就说：“麻元，别介绍了，我愿意让他们每人都说一说，我们北边山里人，都是索伦族。我们世世代代在山里，很少见到外边的人。我这个人，一见你们把官服一穿，我就知道了，这是朝廷来的人。我现在也在接待朝廷的人（他把杜察朗也当做朝廷的人），不知道各位都是怎么个身份，你们别笑话我们山里人不懂事呀，我从小长这么大，没进过京城，我到最远的地方，你们别笑话，就到过北噶珊，连黑龙江都没去过。”说完自己哈哈大笑，大伙也跟着笑。你看这个老头儿多爽快呀。接着他又说：“我一辈子走不远，但是，北海这地方，你要说哪个海，哪个海滩，哪个岛，有多大，都有什么东西，包括海底有什么东西，我都知道。再一个老毛子到这儿来，太多了，把咱们地方都占没了，我现在不敢惹他们，包括咱们朝廷来的，诸位大人别生气，现在你们跟他们滚到一起了。我也不知道现在咱们的皇上是什么意思，听说老皇上走了，现在新皇上也不管这儿的事，我们成了没娘的孩子。”图泰说：“是呀，是呀。”

达萨布罕接着说：“我记得我们的祖上，在大明朝的时候，是嘉靖皇爷，还是万历皇爷，还是崇祯的时候，年年都来人哪，我们家里还有明朝送给的一个诰封哪。我们祖上就是北海托落部，那个围所是我们祖上管的。另外，东边齐集湖那儿有个齐集布，那个围所也是我们祖上的围所。后来到了大清的时候，我们就随了清朝。康熙爷的时候，我们祖上还跟八旗兵一块打过罗刹。我活了一辈子，都不知自己的岁数，不过在我的有生之年，就没看到你们清朝官员来过。在我晚年的时候，杜察朗说他是受过皇封的，别人都不知道，是他自己这么说的。我们得向他交贡，他说都交给朝廷。这几天又来催要，我们正愁没法办。我的义子小麻元挺好，帮我想办法。昨天，他说来了老神仙，是他的师傅，能帮助我化险为夷。我这个人挺侃快，有什么说什么，你们究竟是干什么的，报报号，好不好？我们当地人就是这样，心直口快，不对的你们就骂我们，我虽然是一个部落长，不在乎，骂就骂吧。我要亲耳听听，好不好，各位，你们谁是头，不用麻元介绍，我要直接听。”

图泰、乌伦、文强马上站起来，从内心里都佩服老人那种爽朗、大方、侃快的性格，真是心如明镜，坦坦荡荡，让人肃然起敬啊。老人说完了，自己喝了两口茶。老人上身穿的是豹皮爪子拼成的上衣，头上戴的是狍头帽子。这个帽子就是用小狍子脑袋作的，连狍子的眼睛都看得清楚。下身穿着皮裤，这时他把衣裳扣解开，旁边有个绣花的香荷包，可能是哪个妻子绣的，非常好看，是用七种颜色绣的大烟荷包。他把自个儿的大烟袋拿过来，插到烟荷包里，装了一袋烟，然后用手指按按，自己叼到嘴上。大烟袋很好看，铜锅子挺大，烟袋杆呢，是当地的水冬瓜的木头旋成的，外头刻一个彭龙花。烟袋锅是金黄色的，上边刻着小龙。他把火镰拿出来两块，自己噌噌打着了火，把身边的火炉点着。达萨布罕的一举一动，把图泰、乌伦这些人都看傻了，直瞪着眼睛看。

这时麻元赶紧过来说：“阿玛，我给您点。”老人干脆不让：“哎，不用，不用，我自己点。”说着就把大烟袋锅子落到火炉上，按一下，然后用嘴吧嗒、吧嗒地吸，一会就把烟吸着了。就这些动作，这个姿态，三巧她们头一次看到，在北边也没看到过。在北疆一个老人穿着这样猎人的服装，很平常，要不问他，你根本不知道他是这个望族的大部落长，不但那么平易近人，而且非常活泼，真让人感到和蔼可亲，一点看不出来，他是个大玛发呀，大部落长的架子。

这时图泰站起来，在老人面前，深深施礼，打了个千，就说：“晚辈图泰，给老玛发施礼了。我受钦命，为查办北疆事务的巡查使，一行来自京师。今有幸带着我的众弟兄，拜见您老，承蒙您老的关照，我们要在您老这儿住些天，要打搅您老了。”说完，图泰给老人下拜。

达萨布罕一听他们来自京师，是皇上派到北疆来的，老人家乐得合不上嘴，连忙把图泰扶了起来：“好啊，不要这样，快请坐，请坐。”这时图泰又接着说："这些人，我给您老一个一个介绍。我身边这位，就是乌伦巴图鲁，您可能听过他的名字，是当今朝廷的大臣英和大人身边的三品护卫，这回受钦命陪我一起巡查北疆来的。那三位丫头，就是赫赫有名的穆哈连大人的三个爱女，大家都叫她们三巧，穆巧珍、穆巧兰、穆巧云，她们三姊妹，承袭她父亲北疆巡查事业。皇帝对穆大人遇难在北疆十分惋惜，为体恤他的功勋，授予他的三个爱女五品侍卫衔，她们都是有功的。坐在旁边这个小义士，叫文强，他的父亲也在朝中为官。那边四位，雷福、常义，还有您认识的麻元和牛老怪，都是晚辈，我的徒弟。特别要感谢老玛发，您关照麻元和牛老怪，这么爱护他，给您添了不少麻烦。他们是受朝廷之命，到北疆巡查公案来的。麻元他们一再说，您老对他无微不至的关怀和照顾，在这里，我们向您再一次表示由衷的谢意。"图泰又说："还有一位将军，叫富凌阿，是章京，我的一个高官。他是代表黑龙江将军爱辉副都统衙门，帮助我处理北方的公案。他的祖上就是黑龙江将军萨布素大人，刚才您也提到了，他是抗俄英雄。"

图泰一介绍，使达萨布罕分外高兴，他从心里更加敬重这些人。他立刻站起来，激动地说："感谢当今皇上把你们派来，现在这边非常需要你们呀，我们也盼着你们来。前两天麻元告诉我，有个神仙要来，有些事让他帮忙就行了。现在看来，这个神仙就是皇上派来的人。"说着哈哈大笑，然后又高声地说："欢迎，欢迎，今天我要摆宴，迎接你们。"图泰就说："老玛发不用摆宴，我们既然到了，是代表朝廷来的，我们就公开地把行在驻所的牌子挂出去，我们是为执行公务来的，不是秘密来的，我们要执行朝廷所有的权力。到那时，希望老玛发多多支持我们，多多帮助我们，就表示万分感谢了。"达萨布罕说："没事，只要你找我，我会全力去作，我是部落长，现在朝廷来人了，我们做臣子的，理当如此。"老人非常明白事理。图泰说："老玛发，现在我有一件事，请您帮忙。"图泰命三巧到后屋，把三丹丹请出来。

为什么三丹丹刚才没坐在那呢？因为从清代的朝廷礼节讲，这些人都是巡查使带来的官员，三丹丹不属官员内的，她是跟随来的。何况，她因为是杜察朗的女儿，是受害者，心向着三巧和图大人。把她带来，为的是找她二姐，破这个案子。他们跟达萨布罕谈完公事之后，就谈一件私事。所以说，按照程序，把三丹丹从后屋请出来。这时就见三巧与三丹丹手拉着手出来了。

三丹丹先叩拜达萨布罕："三格格、三丹丹，给老人请安。"达萨布罕开怀大笑："哎呀，三格格，三格格，知道你呀，你是杜察朗大玛发的宝贝丫头呀。你的阿玛天天叨念你呀，就不知你上哪去了。"三丹丹没说什么，起来就坐在三巧一边。图泰说："她是受额莫之命，找她二姐来了。二丹丹，老玛发您已经知道她。"

老人点点头，很爽快地说："是，我知道，她不是乌伦巴图鲁的夫人吗?"老人说完看看大家，然后挺坚定地说："这些个，麻元已经跟我讲了，正因为如此，我现在保护着二丹丹。我曾想到，如果你们不来，我就豁出去了，我甚至跟我的几个弟弟闹崩了，也不交出去。他们这事干的多荒唐呀，简直是卑鄙无耻。他们到别的地方办行，在我这儿办就不行，因为这个事我跟杜察朗闹翻了脸。我说，你的姑娘愿意嫁给谁我管不着，那是你们家的事。但是，你到我这儿来，要办这个事，只要我活着一天，我就不答应。你不能给我们的鹰山丢脸，这成啥事呀，别人不骂我们吗，我不能丢这个脸。我们不干这种伤天害理的事情。你们这次来的好，图大人、乌大人，你们就把二丹丹接走。我不怕杜察朗，我这人从来就不怕，他若跟我要人，我就说，我已经交给我应交给的人了。"

乌伦巴图鲁马上站起来说："老玛发，我们感谢您呀，我和二丹丹再次给您叩头致谢了。"乌伦跪下给磕了个头。老玛发说："起来，起来，这事就这么办吧。"然后又跟图泰说："图大人哪，你们就把二丹丹接过来。"老人说完，停了一会儿，又说："这样吧，我领着麻元去，或者三巧吧，再不三丹丹你们一块去，保护着她。现在马龙他们也盯着这件事，你们多去几个人也好，尽量不让他们知道。"老人说着说着就往外走，大伙热情地簇拥着老人，把他送到大门外。图泰又一次深深施礼，送走了老人。

达萨布罕走后，按照他的安排，麻元领着三巧和三丹丹去接二丹丹。图泰把乌伦留下了，对他说："乌伦，你不用去，等她回来，你照样可以见到她。"这一说，乌伦的脸挺不得劲，乌伦说："大哥你说哪去了，有什么事，你尽管吩咐。"图泰就把乌伦领到了屋里，身边有他几个徒弟，还有文强都坐下了。图泰说："还有一件事，咱们已经到这儿来了，就把行在的牌子正式挂出去。我看就借麻元现在住的房子，把外头的蓝旗摘掉，换上黄龙旗，就把牌子挂在柱子那块儿，咱们好执行公务。"大家说："对。"他们就着手安排这个事儿。

不大一会儿，他们真把二丹丹接回来了。二丹丹是坐在一个小轿车里，别人看不出来。在九拐，各个拐的夫人都坐小轿车，所以，分不出来是谁。因为都是达萨布罕的子孙，各支都有自己的人，谁也不能查，何况有麻元跟着。三巧在远处跟着，三丹丹和姐姐坐在轿车里，是由一匹马拉着。

轿车很快就到了，麻元他们把二丹丹领进了屋。二丹丹先给图大人叩头，她没见过图大人，见了图大人就痛哭流涕，感谢图大人救我之恩。然后一眼就看到乌伦，马上站起来，不管那么些人，就把乌伦搂到怀里，呜呜痛哭。这个时候，大家又同情又惋惜。不少人就悄悄出去，图泰也进到了后屋。这屋里就剩下乌伦和二丹丹两个人，他们多少日子没见面了，两人的感情就像烈火一样。乌伦因为有事，回京师述职，怕她孤单，让她跟着三巧在一起，免得寂寞，忘了愁闷，没想到惹出这件事。现在一切愁云皆过，夫妻团聚，这个心情，说书人讲到这儿，让你们自己去领会吧。

再讲图泰，命令他的四个徒弟，把原来在潘家寨挂的那个牌子挂上，因为这个牌子随着大人一起走，这说明现在朝廷对北疆的治理越来越北进了。原来在三噶那块儿，那是穆哈连的时候，后来卡布泰又进了一步，到了潘家寨。现在接着北上，又进了一步，到了鹰山这块儿，就是九拐，现在把牌子挂在九拐这块儿。这块离五里河北海不远了，快到清朝北部的边疆了，治理北疆的事务越来越顺利。他们哥四个选个地方，由麻元来指挥，因为他最熟呀，挂上牌子，而且打出了大清的黄龙旗。这个地方从康熙二十年以来，过了雍正、乾隆、嘉庆，到了道光，四朝才第一次挂上黄龙旗。这里不少人，都是头一次看到大清的黄龙旗，有的牧民和部落人骑着马，有的扶老携幼来看黄龙旗。都不明白呀，你说都糊涂到什么程度了，可悲不可悲吧。俄国人来也行，大清国的人来也行，反正今天你来要点贡，明天他来也要点贡。这个旗帜挂出来了，真是扬眉吐气的事情。

突然，外边人来禀报图大人，说，富凌阿已经带着护军赶来了，他们连夜从潘家寨赶来。图泰出门迎接，富凌阿赶忙过来给大人叩拜。图泰说："现在由乌伦巴图鲁安排，马上布置流动哨，护军来了，壮了威风，所有的道都卡住。"然后图泰就命令，现在敲锣。这叫开班锣，这块衙门设立了，锣就得响起来。当时专有几个人巡街，这回九拐热闹起来了，一边敲锣一边喊，巡查使今天开始办理公务了，图大人来了，哐，哐哐，敲起来。图泰又命令，现在开始站班。另外，图泰又让他四个徒弟到处告诉，凡是大清朝的一些官员，必须到巡查使衙门的驻所来点卯，报到，这也是清代必有的礼仪。这是钦命呀，等于皇帝来了一样，你是大清的官员，不管是谁必须来，你不来，吏部就以法处置。接着就喊，各部的官员速到巡查使的衙门点卯，不得有误。

不大一会儿，图泰就升堂了。他穿上二品官服，戴上二品的顶戴，旁边的乌伦也穿上三品侍卫服，周围的人都穿上官服。这时三巧也穿上五品侍卫服，富凌阿也穿上章京的衣服，雷福、麻元他们也都穿上清朝的巡服，所有护军都站好。

刚刚升堂，雷福就来报："报大人，九拐达萨布罕大玛发来拜见大人。"这是小麻元告诉的，达萨布罕不懂得这些。小麻元说，阿玛，升堂时，你得去拜见，别忘这个礼节。达萨布罕就说："我知道，我知道了。"刚一升堂，锣响了，第一个进来的就是达萨布罕。他还带来两个弟弟和几个儿子，一块进来，进来先报号。由雷福先讲的："达萨布罕来叩见大人。"达萨布罕就跪下磕头，图泰说："请老玛发一旁落座。"这样，单给他让个地方，达萨布罕坐在一边，后头两个弟弟和几个儿子站在一边。

紧接着来报号的都是官员，有秦典薄，光禄寺常驻在北噶珊的秦典薄来叩拜大人。另外内务府广储寺总管七库副郎中、员外郎五品满洲佐领塔齐布叩拜大人。盛京内务府总管北海事务、中堂副主事五品满洲副参领那齐亚叩拜大人。黑龙江、吉林、盛京三将军衙门府驻北噶珊官员和人等，都一一报号叩拜大人。

图泰一个一个地问，你们到此何干？这时都跪下磕头："我们是应杜察朗大玛发之约到这儿来的。"图泰又问："有何公事？"这些人谁也答不出来。图泰说："尔等身为国家的命官，本来事务这么繁忙，下来应办些事情，办点有正义的事情。杜察朗是何许人也，能调动你们这些人，住在他的地方，借他的地方办国家公务之事，尔等知罪不知罪？本官此来奉皇命巡查诸事，尔等速到富凌阿章京处，把自己到这儿来的所作所为，一一录册，容吏部检查。"

这些人听了以后喳，喳，喳，自己赶紧坐在那，然后拿起笔一一写上，叫什么名字，来这儿都做了些什么事。他们不敢不写呀，他们知道图大人也来了些人，你胡说能行吗，只能原原本本地写，没事只写无事，这是美词。写完以后，图泰说：“等我公事办完以后，我要一一到各大人处了解实情，尔等做好准备，我是受钦命而来，巡查各方面的事务，如有违背，或谎报实情，本官有权摘掉顶戴，报吏部发落。从现在开始，你们各自回去，不要在九拐这儿吃人家的拿人家的，这样不觉得有愧朝廷吗?”这些人听了都灰溜溜的，就一一地喳，喳，叩拜退出。实际就把他们轰走了。

然后，图泰命令富凌阿，带着兵勇，由小清风雷福、水耗子麻元、一声雷牛老怪、千里雁常义做护卫，查以下几件事。富凌阿跪下，这是在堂上，得有堂威。“一，你们下去以后，把九拐七阶的人口和各自的旗所，各个部落的财产一一登记。第二，各个部落所在的居址地址，都记载清楚。第三，很好地查问各个部落的打牲和给朝廷贡物交纳的情况，有多少年没交了，都交给哪了，这个账要弄清楚。每个部落一年要交什么贡物，都哪些类，多少数字要摸清楚。要查一查，各个部落每年交没交，交够没交够，还有哪些欠的，要查清楚。第四点，要勘察舆界，各个敖包[1]巡查情况，年头对不对，有没有落下的。另外，把有些边界图详细画一下。第五件事，捉拿杀人犯朱尔钦。第六件事，详细地考察俄人在这儿建的据点，我们根据大清的律条，凡是俄罗斯建立的，把人遣返走，把据点重新拆毁。”这六条，富凌阿喳，喳，喳，接受下来。然后他们就办这事去了。

这时乌伦从外面进来，到图泰的耳边悄悄地说：“大哥，现在小力士猛哥已到。他说：刘佩那天喝醉了酒，走露了风声，所以，马龙和杜察朗早就知道咱们已到了，他们带一些人逃到了北冰山。另外，把三个俄国牧师也带走了。”图泰听了，点了点头。这个，图泰事先早就考虑到，咱们来这些人，兴师动众，马龙他们能不知道吗，何况这块儿也有马龙的人，眼线也够多的了，肯定要说出去。图泰一想，这也好，咱们采取欲擒故纵的办法，让他们都集中到一块儿。这儿水耗子麻元已经把据点建立起来了，达萨布罕这个人挺好，别伤了这个据点，让这个据点免遭杀戮。他们走就走吧，让他们集中在一起，咱们再一网打尽，这正中下怀。

[1] 敖包：做路标和界标的石堆。每年在边境巡逻的兵丁在敖包上刻个字，某年某日到此巡逻，证明已经来了，便于以后检查。

图泰正想这件事时，哪知道外头不少人闹腾起来了。文强急匆匆地跑来报告："图大人，不好了，外头来了不少人，把咱们给围上了，就是达萨布罕的几个弟弟，有六拐白雕部的拉拉罕，有五拐的喝都根部的哈图罕，还有二拐达萨布罕的小妻子，海鹞部的头领，叫西保罕，他们都是杜察朗给找来的。还有达萨布罕的大姑娘，头拐的首领蒙都罕，他们都带着兵丁，拿着武器，把咱们围上了。他们耀武扬威地大骂，甚至指着名，叫图泰给我滚出来。拉拉罕还骂他哥哥达萨布罕，你背叛了你的祖宗和土地，把这些人给招进来了。有的还向他大哥兴师问罪，把达萨布罕气的破口大骂，'你们这些人一点不知好歹，他们是朝廷派来的，你们敢这么闹，真是目无王法，你们还要不要脑袋了，回去，都给我回去。'这些人谁听他的，说实在的，他们的靠山就是马龙和杜察朗，何况，他那个小媳妇现在跟马龙也有一腿，曾经让老头儿堵住过，对他们都有看法。拉拉罕最坏，常跟他哥哥干起来。这个人野性，脑袋简单，容易受别人挑拨。他现在被马龙摩挲得溜溜转，马龙常通过拉拉罕威胁达萨布罕。达萨布罕跟杜察朗干仗，都是这些人挑拨的。老头儿气的都活不下去了，全仗着他的大妻劝说，老玛发你别管了，让他们管吧。老头儿不干，他说：'把权交给他们，都给祖宗丢脸。'"

他们这一来闹腾，惊动了达萨布罕，他怎么劝说也不行，这几个人根本不听他的。老人气的没办法，只好急匆匆地跑来找图泰。图泰已知道这些事，就把达萨布罕老人搀扶到一边，请老玛发不要生气，保护身体要紧，这事我自有办法，你不怪罪我们就很感激了。

这时图泰领着乌伦、文强、三巧，各执兵器都出来了。外头有很多护兵站在两排，都各自抱着腰刀，往那一站，非常威武。这几个家伙，有的骑着马，手里拿着兵器，耀武扬威的样子，旁边围着有百十号人。图泰知道，这肯定是马龙和杜察朗他们暗地较劲，煽动起来的。图泰想，不管是谁煽动来的，他们本身就是欺负达萨布罕，是达萨布罕家族中的败类，他们都是杜察朗的人，不把他们震住，九拐七阶就不能安稳。不拿出点厉害，他们是不怕的。只有这样做，杀鸡给猴看，让他们回去告诉马龙他们，我图泰不是好惹的，朝廷来的人不是软弱可欺，而且让他们受点教训，再敢这样飞扬跋扈，就没有好下场。

图泰看了看周围的人，然后大声对他们说："尔等不请自来，本官是受朝廷之命来的，捉拿所有的犯人，你们都是大清的子民，要尊重我，如果谁敢搅闹公堂，我们要以法处置。"

拉拉罕干脆从马上蹦下来，拿着棒子就冲过来。前头护卫挡住，三巧、文强马上冲上去。拉拉罕就说："图泰，你这王八羔子，我们不认为你是我们的命官，我们不要你，你给我滚出去，不许你到我们这儿来。"

乌伦马上说："拉拉罕，不许你胡说，这是大清的土地，我们是大清的命官，不但土地要管，你，我们也有权惩治，你小心点，不要动。"

拉拉罕没管这一套，还在吵吵。他跳过去，把铁棒子呜呜一抡，就奔旗杆去了，想把旗帜削倒了。这棒使的劲挺大，非常凶猛，野蛮。他棒子一举，图泰早就预备好了。手里夹着流星石："休动，"他手一甩，流星石像箭似的射过去了。这个石头挺厉害，一下子把拉拉罕的手腕子钻个窟窿。

说书人说的是不是悬哪？不是，这是图泰内功的力量，就像箭似的，嗖的一声过去了。这时候，拉拉罕刚抡得有劲儿，不知怎么的，就觉得手不好使了，那时还没觉得疼呢，棒子就掉下去了，完了还喊："给我上，给我上，先砍他的旗帜，这是什么旗帜？乱七八糟的，这是我们九拐的地盘，不许你插这个破旗。"他嘴不好，文强过去了："你再敢骂。"文强的手往上一端他的下巴，手尖一挑，他下巴的关节掉下来了，"哎呀"，"哎呀，"疼的满地打滚。

这时候二拐年轻的女将，就是达萨布罕的小媳妇，她从杜察朗那学了点武术，会几手。虽然不怎么能耐，可她不听那套，觉得后头有杜察朗这些人撑腰，自己也不知道天高地厚了，就大摇大摆地过来了。"啊，你敢欺负我弟弟。"三巧中的巧兰一看她上来，也走过来了。这个小媳妇使的磋刀，她看见打石头的是图泰，她蹿过去，举刀就劈图泰。胆真大呀，巧兰一看她把刀举过来，她的剑刷的一下子就下来了。这回小媳妇倒好，剑一下来，把她两个胳膊腕子全旋掉了，当时一痛就昏倒了。其他人看到这个情况，都吓坏了，撒腿就跑。

图泰说："全都给我抓住。"五拐喝都恨部的哈图罕，还不知怎么的，让文强一点穴，就站在那块了。还有大女儿鱼虎子部蒙都罕，一看不好，刚要往回跑，文强又给她点一个瘫穴，立刻也瘫到那了。就这样，四个头领狼狈滚到了一起。这时，满地是血，他们都疼昏过去了。达萨布罕一看也慌了。图泰说："把他们都给我押下去。"三巧过去，巧珍拿着药，给小媳妇抹了止血药，她疼的直叫唤，两个兵丁给她包好。因为血淌的太多了，巧珍她们即使把林家的药抹上，那也不能挽救她的生命，只能止住疼，当时啊的一声，血没了还能活吗？不一会儿，她就没气了。

达萨布罕老头儿为之一惊，他们夫妻之间有隔阂是人家的事情，你杀了人家的人，老头儿也不愿意呀，总觉得打狗得看主人。图泰这个人干啥事也挺坚决，但有时没有乌伦想的周到。巧兰、巧云她们，都是孩子呀，想不到复杂的事情，人家都是一般的猎民，没抓到人家的罪证，随便杀人，这事将来就留下了祸乱。达萨布罕当时脸子就撂下来了，气的不出声。

再说躺在地上的拉拉罕，还在地上滚呢，因为下巴给打掉了，不能说话，直啊啊地叫。旁边的助手忙问，罕王你怎么样？他手腕那被打一个窟窿，正好打在血管上，淌着鲜血，越动血流的越快，不一会儿就麻木了。达萨布罕过去一看，手都凉了，告诉人赶紧给扎上。达萨布罕的脾气也上来了："扎上，扎上，"他们自己的土郎中给扎上。他也没顾图泰让不让，就说："给我抬走，给我抬走，赶紧送到我的后屋，让郎中调理治病。"他又到小媳妇跟前摸一摸，看一看，她身上都凉了。

这时候，图泰命令把这些闹事的人抓住。达萨布罕不干了，怒气冲冲地说："都给我放了。"图泰一看，老玛发来气了，跟刚才的情绪判若两人。老头儿不让了，这边就僵起来了。图泰一看，形势不对头，马上说："放了吧，放了吧。"这才把他的大女儿蒙都罕和五拐的哈图罕给放了。达萨布罕连瞅都没瞅，就说："走。"这样就把图泰和乌伦给晒起来了。当时文强挺窝火，就说："叔叔，应当把这些人全抓住，是他自个儿跳出来的。"乌伦说："别动，谁让你去的。"图泰当时特别被动，麻元跑过去，要看他的义父。图泰说："麻元，干啥去，你。"麻元一听师傅叫他，溜溜地回来了。就这样，打了一阵子，不欢而散。

图泰、乌伦他们一伙人被晒起来了，没人管了，他们只好讪讪地回到自己的屋。晚上，部落里什么吃的东西也不给拿来，全仗着麻元周围认识些人，这个弄点粮，那个弄点肉干，这就是他们晚上吃的饭。他们没想到，出了这个事儿，呼啦一下降到这么冰冷的地步，没人理了。图泰心里还没想清怎么回事，是我错了，究竟错在哪？他们茶饭不思，晚上各个心里都不安。图泰冷静下来，和乌伦他们反省今天下午出的事儿。

富凌阿这个人，在下边始终跟各个部落在一起，知道怎么处理下头的事。图泰没具体处理过，对下头各部落间的事怎么对待，怎么应酬，他没有经验。再说事情非常急，也不容和富凌阿他们商量。这个事一出来，大家的心情立刻就冷下来了，怎么办？现在给晒在这块儿，虽然你是朝廷的命官，但人家都是黎民百姓，你不能把每个人都抓起来？要抓案犯，谁是案犯还不清楚，挺好的一盘棋，现在给走成这个样。

富凌阿挺爽快，对这事他有他的看法，就直截了当地对图泰说："图大人，这个事情我是有想法的，我认为图大人你有错，今天的责任都在你。"这一说，图泰面目马上变色了，两眼盯着他。富凌阿接着说："我是受黑龙江将军衙门派来的，我是代表黑龙江将军衙门爱辉副都统来的，你不明白尊重人家，你到人家一方之地，如果到你图泰家去的时候，你家里出事，我们能跟你孩子算这个账吗？我们得跟你算账。这就是土话所讲，打狗还得看主人。达萨布罕跟咱们是一条心的，对你多尊重，对咱们多好啊，应当给老头儿一个面子呀。这事我现在说，好像是装好人似的，但是，咱们为了反省这事儿，为了将来作的更好，朝廷给咱们的差使，咱们还没办呢，刚开张呀。马龙他们借机会就跑了，咱们还有很多事情需要去办。这事要处理好，若处理不好，咱们下步棋就不好走了。"

富凌阿的话是对的。但图泰在赛大人手下，而且又是总管家，从来没听到人家当这些人面说他，他脸一红，觉得挺不得劲，你咋这么说呢。可他又一想，我现在重任在肩，人家说的话，是为我好。好在图泰没有发脾气，越想这事说的对，就说："富凌阿你说吧，你说的完全对，各位有什么想法，都可以告诉我图泰，为的是把朝廷给咱们的大任完成，我作为巡查使是有责任的。富大人哪，你说的对，我图泰谢谢你。"图泰这个态度还是很好的，富凌阿又接着说："这件事，我倒想，很可能是马龙和杜察朗他们挑唆的，如果真要算这个账的话，哪怕拉拉罕再坏，再嚣张，咱们抓贼，还得抓真正的贼首。"

富凌阿看了看大伙的情绪，又缓了缓口气跟图泰说："大人，你冷静想一想，他们敢当着朝廷命官的面大声的闹，肯定背后有支持的。挑拨这件事的罪魁，肯定就是马龙和杜察朗。这一点，大人你也会想到，我们一时不冷静，就跟他们厮杀起来，谁高兴呢？杜察朗和马龙高兴。他们要置咱们死地，让咱们没处吃没处穿，跟下头人联不到一起。这样，他们就可以逍遥法外了，这是挺明显的道理。"

富凌阿这一说，大家真是顿开茅塞。开始包括文强，还有图泰的四个徒弟和三巧他们，都非常生气，他是二品钦命的大臣，你敢这样放肆。有的握着拳头准备跟富凌阿干一场，觉得这样才能对得起图泰大人似的。但是富凌阿心平气和的一讲，讲的对呀，还是底下人明白这事儿。三巧挺聪明，文强也是机灵人，他们四个小徒弟也都是这样。何况麻元心里更有火，觉得师傅作的不对，你们怎么不给我义父面子呢，我义父对咱们多好啊。麻元早就明白这个理。

图泰这时也冷静下来了，就说，你们在这儿等我，我负荆请罪。我现在就去拜望达萨布罕。他刚要站起来走，富凌阿又说了："图大人，你现在不能去，他正在火头上，你去说什么？你怎么讲，你说你不对，事已经出了，人的情绪要变过来，弯得慢慢来转，你现在去也不行。"图泰越听越觉得自己笨："哎呀，这做的啥事儿，还说卡布泰像个李逵似的，脑袋不转弯，我也变成这样人了。"乌伦就说："大哥，咱们还得坐下来，有些事真得商量一下，不知道下一步还出什么事呢。"

乌伦这一说，大家更紧张起来了。图泰马上说："你说的好，这两天我倒琢磨一件事，二丹丹和三丹丹他们现在已经见面了。原来我就想这件事情，卡布泰把二丹丹领来以后，二丹丹是在咱们手丢的，这件事咱说不清，所以我始终当回事。现在把二丹丹找到了，这个包袱咱们该放下了。她们不能老跟着咱们，咱们干什么也不方便，还得处处照顾她们。另外，杜察朗和马龙他们，居心叵测，不知将来还干什么事呢。一旦二丹丹、三丹丹有个三长两短，那咱们可更说不清楚了。他们跟咱们要人、打官司，就不好办了，啥事他们都能干出来。所以，不能让她们留在九拐，她们姊妹两个也愿意回去看额莫，不如早点把她们护送回去，交给柳米娜，这件事咱们算落体了。"

富凌阿很赞成地说："图大人，你这事想的非常对呀，我早就想跟大人说这事，宜早不宜迟。"乌伦也说："对呀，这个事应该这样办。"图泰说："乌伦，我考虑，还是你替我去一次。我早就想见见云、彤二老，离开多天了，咱们还有很多事呀，要多请云、彤两位老师傅帮助。正好，你回去，把二丹丹、三丹丹带回去，二丹丹怎么住，是在北噶珊还是在西噶珊，那是你们夫妻商量的事。然后你去看看云、彤二老，把咱们的情况，向二老禀报一下，问二老还有些什么想法，我们多多向老人请教，可能更好一些。他们身体怎么样，我也挺惦记着。"他们这样谈来谈去，已经谈的很晚了，大家精神都挺饱满，谁也不觉得困。图泰怕大家困，就让一声雷牛老怪出去把井水掏几碗，给大家喝喝，提提神，这也真够苦的了。

接着图泰又跟富凌阿说："富凌阿，有个事你得抓紧办，现在九拐已经在咱们手里头，达萨布罕这边，我明天慢慢去说服他。老人是个好人，我跟他说清楚，相信会说通他的，他也会理解的。我有错，跟他承认下来，老人会谅解的。这块打牲的人口，这些年始终是一本糊涂账。你带着护兵、随从，去摸清楚了。这块到底有多少部落，有多少人口，都有些什么财产弄清了。另外，这块各部落给朝廷进贡的情况，咱们也应该有个详细调查，应当有个账。过去有没有账咱们也不清楚。年年进贡的情况，催贡的情况，咱们都应该了解一下。这一带的外来人口也要弄清楚。另外，就是黑龙江将军衙门每年来这儿巡查，每年都要到敖包那去，立块石头。本来咱们这次也有巡查的内容，检查一下是不是年年来，有没有落下的，石头上刻没刻字，这些个都应该一一地详细地作个调查，而且应该有个笔录，必要的图，特别是和罗刹之间的疆界图，边界的走向图，咱们应该画下来。再一个，要把朱尔钦这个杀人犯抓住，我估计朱尔钦现在已经逃跑了，现在他隐藏在什么地方还不知道。他杀人，咱们已经知道了，他用那个毒坎肩毒死了两条人命，先把他抓住，将来也是处理马龙和杜察朗的重要罪证。还有一件事，就是详细地调查和了解一下，罗刹在这块秘密建立的据点，什么柳巴啊，俄罗斯特科啦。下一步咱们在处理别的事情的同时，必须把俄罗斯建的据点一一拆毁掉。你的助手不够，过几天，卡布泰安排完潘家寨的事情，很快就过来，他会帮助你的。"他们这样谈着，不知不觉已到夜深的时候了。

突然兵丁跑来报告，九拐着火了，外头火光冲天，人马四处逃跑。图泰、乌伦、富凌阿、麻元、牛老怪、常义、文强、三巧他们，马上都跑出去。到外头一看啊，达萨布罕住的地方和树林子，都着起大火，火光把半边天都照红了。到处哭叫声，乱成一片。图泰让大家赶紧去救火。二丹丹、三丹丹也住在达萨布罕那，救人要紧。图泰这时什么都不顾了，就往浓烟里跑啊，浓烟滚滚，呛的人都喘不过气来。九拐这儿落叶松最多，他们盖的棚子，甚至房顶上盖的瓦，都是松木片的瓦，一个压一个，从远处看，特别整齐好看。另外，有的地方还有不少用苇子搭的帐篷，下头围着皮张，一旦着火，着了这个，就烧那个，那真是火连火，没法救呀。这时正好是冬天，西北风一吹，非常干燥，上头的火星满天飞呀，像火球似的到处滚。火球飞来，呼啦就着，一着就是一大片呀。就听哭声，逃跑声，牲畜的叫声，和野兽的嚎声混在一起，真吓人哪。

人们都拼命去救火，你泼水，他扑火，折腾了半宿，总算把火扑灭了，可是损失惨重。达萨布罕被火烧成重伤，昏迷不醒。二丹丹、三丹丹全仗常义、麻元、牛老怪知道他们住那个屋，冲进去，把她们抱出来，她们已被烟熏过去了，好在身上没有伤，衣服烧了几个窟窿，这还是万幸。达萨布罕的大妻也被烧伤，也是麻元他们背出来的。牛、马、羊的损失就不用说了，不少的家奴都被烧死了，真是惨不忍睹，太惨了。小文强由于救人，火烧着他身上，后来是富凌阿把他抱出来，小文强也受点伤，被烟呛的昏迷过去了，很长时间才苏醒过来。

这个灾难总算躲过去了，图泰眼睛盯盯地到处瞅，火从哪来的呢？后来一了解才知道，是马龙逃跑时放的。让贼人钻了空子，图泰真是悔恨不及呀。如果在拉拉罕一伙人来围的时候，他不跟他们争论，由达萨布罕把他们好好劝回去，他会跟达萨布罕商量下一步的行动，肯定想到要抓马龙和杜察朗他们。正因为闹了这个纠葛，达萨布罕带人就走了，也没有防备，可能心里也非常有气。图泰这帮人呢，就因为惹出这个乱子，他们互相在反省，讨论这个事儿，就把机会错过去了。马龙他们就抓住这个空子，把火给点着了，让你们内部狗咬狗去吧，你达萨布罕信不着我们，就跟着图泰遭罪去吧，他们是火上浇油啊。这件事情，使图泰越来越追悔莫及呀。

就在这个时候，麻元跑过来对图泰说："师傅，达萨布罕的府前，有几棵千年的老榆树。他们建部落的时候，把这个老树就留下来了，作为他们的神树，每次祭祀就在这里举行。北方的少数民族各个部落都有自己的神树，他的神树有意思，是并排的三棵，四五个人伸出胳膊才能抱住，又粗又高。这树就在他们前门，像大旗杆似的，是他们九拐部落全族的神树。我们发现，就在那棵老榆树上插着匕首，还插一个桦皮盒。我们把它拿下来了，桦皮盒里头包着一块板板羊皮，就是熟好的光板羊皮，上头写着字，我们赶紧拿来了。师傅，我看上头好像有你的名字似的。"

图泰接过来，在獾油灯下一看，他怒发冲冠，脸色刷白，简直要气昏过去了。乌伦巴图鲁赶紧过来："大哥，怎么了，别生气，别生气，怎么回事？"图泰就把那个东西给乌伦："你看，你看，这些人真是强盗呀，狼心狗肺，恨不得我一剑刺死他。"图泰当时心里头就觉一阵恶心，好悬没吐出来。乌伦打开这个桦皮盒，里头确实有一块羊皮，上头写着字。乌伦一看，字写的还挺潇洒，挺清楚，上写：

师兄图巡查大人，钧鉴

同朝为官，各忠其主。弟素敬兄忠诚之志，然官途岖险，勿竭网而求之，兄好自为之。夫父母官者，爱民也，燃此巨火，黎民凄凄，安不痛哉。兄与弟均为朝梁，不可自鸣而相煎也。偕此敬慰。

马龙谨拜。

图泰真是气坏了，这是挑衅，又是恐吓。这信谁看了谁不气炸了肺呀。马龙写的什么意思呢？师哥呀，你作为巡查大人，我向你致礼了。咱们同朝为官（他认为他也是官，是穆彰阿身边派来的），各忠其主，你是为了赛冲阿或者是英和，我是为了穆彰阿。弟就是指马龙自己，素来挺敬佩你忠诚之志，然而，为官的道路那是崎岖危险，勿竭网而求之，不要这样，想要抓住我，你自己好自为之吧。他又一转话题，夫父母官，你作为一个父母官，应该爱百姓，给你点这么一场大火，百姓被烧的这么凄惨，你不感到痛心吗，你不失职吗？兄弟你我呀，咱们都是朝廷的栋梁，你不要自鸣得意，相煎何太急。这是用曹植的诗，兄弟互相相煎。特此我恭敬的安慰你，向你慰问，马龙向你谨拜。

马龙非常嚣张，而且趾高气扬，自己根本不认为自己是流寇，或者是失败者，而是认为，他和图泰是同朝为官，各为其主。他反过来，给图泰狠狠地说了一顿，图泰窝老火了，强盗反倒有理，倒打一耙。把图泰气的，坐坐不住，站站不住，皱着眉头，背着手，走来走去。

乌伦看图泰也怪可怜的，就过来对他说："大哥，你别生气，别生气，我跟你说一句心里话。有些事，咱们不能不细想一下。你这人，性格非常耿直，有的时候，行不通，你还得想点主意。大哥，我这不是吓唬你，咱们细想想，马龙他背后不是没有人呀，那有个穆彰阿呀，现在是朝廷的命官，而且官一天比一天做的大。咱不知他后台是谁，反正是这么硬气。户部、理藩院、工部来的，没有人不介绍的。俗话讲，一朝天子一朝臣哪。大行皇帝走了，这新皇帝刚登基，要笼络些新人，现在是新人辈出的时候，赛老、英老这些人年岁都老了，特别是赛大人，恐怕他的前途未卜。咱们是跟着人家的，应该小心点，别让那些歹人给算计了。"

图泰听了乌伦这番话，冷静多了，他对乌伦说："好兄弟，我不同意这个看法。我从来就没怕过，我没为斗米折过腰，大丈夫做事要彪炳天下，忠功于世，我就是这样做的。我觉得这件事我应该做，就是刀压在脖子上我也做到底，哪怕再苦我也把他做完，何惧官途。我对官宦这个事情，从来是没怎么理会，我没想在朝里将来混个一官半职，我始终在赛大人家里做总管，实际就是家奴一样，我还愿意这样，不愿意受别人管。我既然受皇上和大人之命做这件事，行者在朝，不行我就走呗，我也跟师父清柱峰的一样，云游四海去，没什么。让我受谁的气，让黑暗势力得逞，这我办不到。现在咱们到这儿来，看到这些不平的事，山河的破碎，我心里能好受吗？既然承担在咱们身上，咱们不管，能对得起谁呢？对不起朝廷，也对不起咱们自己的心哪。"乌伦知道图泰就是这个脾气，你用多少匹马也拉不动他，他定下来的事，肯定能做到底。这时候，就别跟他争了。

图泰和乌伦巴图鲁听说达萨布罕在火中受伤了，现在还昏迷不醒，他们就匆匆赶去。刚到门口，就听到里头哭声和吵吵嚷嚷的声音，他的几个夫人和孩子跑来跑去，正在忙乎。有的倒水，有的换药，有的给老人头上擦着汗。这时拉拉罕看图泰和乌伦巴图鲁来了，就横眉立目地闯出来，指着图泰就大骂："你给我滚出去，你是我们的贼人，很多祸都是你们给招来的，原来我们这儿很好，什么事都没有，你们是灾星，给我滚。"

图泰和乌伦巴图鲁耐心地压着火，憋着气，还是好好的哀求地说："让我们进去看看达萨布罕。"无论他们怎么恳求，拉拉罕堵在门口就是不让进去，弄的图泰也真没法，只想扭头尴尬地走吧，以后再说。谁想，屋里的达萨布罕在昏迷中听到了外边的吵闹声，好像也知道图泰等人来了，他就忙叫身边的大福晋：告诉他，不许没礼貌，请图大人他们进屋来。老人这么一说，拉拉罕不敢出声了，就站在一边。

这时候达萨布罕醒了过来，老人由于惊吓和烟呛，火烤，受点伤。年岁大了，绊倒了摔在地上，其实没有太大的事。他知道，当时在火里头，一栽跟头的时候，有个人把他抱起来。他睁眼一看，抱他的人正是图泰。图泰从大火里把他抱出来。当时，在救火的时候，图泰忙命水耗子麻元、文强、富凌阿把二丹丹、三丹丹给我抢出来，宁肯咱们被烧死，也不让二丹丹、三丹丹出了事。所以，他们这些人都去救二丹丹、三丹丹去了。他和乌伦拼命地抢救达萨布罕。那时候，孩子们和拉拉罕在外头喊："老玛发没出来，没出来。"他们光在外头喊，不到火里头去救。

图泰一见此情心里很不高兴，他知道，达萨布罕好几个弟弟跟他不一条心哪，恨不得把他烧死才好。图泰知道他们安的什么心，不管这一套，就冲进去了。那时火苗都出来了，因为是木房呀，烟呛的慌，乌伦看图泰冲进去了，也跟着冲进去。图泰先把达萨布罕从浓烟里头抱出来。当时图泰和乌伦的衣服都被烧了，让火炭崩的，脖子和手上都起了泡。这些个达萨布罕都知道，很感激。另外，他的大妻也是乌伦和图泰给背出来的。如果，乌伦和图泰不去救的话，那不知是什么悲惨的情景，达萨布罕和他的大妻也可能早就与世长辞了。

这些事情，达萨布罕怎么不感激呢？人家为救我们，是拼出命来的。所以，等图泰进来看他时，达萨布罕搁皮被里把手伸出来，一把抓住了图泰的手，含着眼泪说："我两次的命，都是你们给的。头一次是你的徒弟，麻元给的。这一次，是你给的，感谢你们哪，感谢呀。"说着老泪纵横。由这件事他想到昨天可能对图大人太失礼了，越来越感到，这些天，谁近谁疏，谁好谁坏，他都清楚了。他想到，这把火肯定是马龙他们干的，然后嫁祸在图泰身上。甚至他们想烧死我，这样拉拉罕他们都高兴了，马龙是一箭射几个人哪。真是老天保佑，又给了我这条命，他们的阴谋没有得逞啊。这些想法促使达萨布罕又变回原来的感情。他就是这样一个人，非常直率，好就好，不好就不好。他现在跟图泰这些人更亲了，甚至比他的子女还亲。他又慢慢地说："图大人，我领你们找他去，找马龙算账去。我知道他们在哪，我让他们赔我的家业，赔我的奴才。也给你们恢复名声。"

图泰听达萨布罕这么一讲，眼圈都红了，眼泪扑簌簌地往下掉，觉得老人能够理解我们的心，真受感动啊。于是图泰恭恭敬敬地安慰老人说："请老玛发您不要说，您现在需要静心歇息，等你好了以后，我们还有好多事要办，我就不打搅你们了。"就这样，图泰和乌伦辞别了达萨布罕老人，达萨布罕的大妻一直把他们送出老远、老远。

图泰和乌伦现在心里还着急，小文强、富凌阿为了救二丹丹、三丹丹，在火里拼命往外背她们，听说都受了伤。他们急忙往回走，到住地一看，富凌阿还没啥，就是衣裳烧坏了几个地方，脸上有两个地方刮破了，没什么大事。小文强由三巧侍候着，巧兰正在给文强后背上抹林家的止痛膏呢，往他身上轻轻一上，他们互相说说笑笑，亲亲热热地，图泰看了也挺高兴。

就在这时，小麻元来了，禀报图泰大人：卡布泰大人回来了。图泰一听说卡布泰从潘家寨回来了，知道那边的事已经全部办完，他和乌伦马上出外迎接。这时就看卡布泰领着不少兵勇进到院里。图泰就让小麻元赶紧把兵勇的东西放好，给他们安排食宿，一定要照顾的周到。图泰到了卡布泰跟前，卡布泰很兴奋地跟图泰说："大哥你好，我按照你的指令，潘家寨那边事已安排妥当，你委托都木伦妈妈主管潘家寨打牲总理事务代办的事，她已欣然接受。现在已开始办事了，其他一切都很好。就是前两天，都木伦的丈夫麦柱，因为天花症病逝，我们为这事耽误了两天，已经送了葬。都木伦妈妈现在跟他的姐夫嘎塔已经成了亲，这在北方少数民族里是很普通的习俗，妹夫去世了，由他的哥哥可以代替，他们之间的感情也挺好。"

卡布泰介绍完以后，从自己行囊里很郑重地拿出一个木夹来。图泰一看木夹就知道，这木夹就是远地方互相传递文书和信函用的，它是用两个木片把东西夹好，外头缠上丝绳，挂在马背上，外头都写上，发往几百里外，发往千里外，都是这些话，按这个送到目的地，专有这个传递人。这个木夹就是清代长途飞报的急函。图泰接过这个木夹，仔细一看，字迹非常熟悉，正是赛大人的亲笔字，是写给他的，他很高兴，就跟卡布泰说："卡布泰呀，你走的很累了，路途这么远，好好歇歇吧，我进去看一看这信。"他和乌伦一块进了屋。

图泰把木夹的丝绳打开，把里头工工整整的信函拿出来，信函的封皮上写着，这是我与英大人共同商议写给你的，看后你要焚毁。图泰一看就知道了，这个信是写给他和乌伦两个人的，他俩一看信，非常恼火心焦啊。信写的不多，大意是这样的：

当今朝中变化甚大，各部尚书像走马灯似的，变来变去。余与英大人，年已老迈。少壮力量穆彰阿等人已渐揽朝权，有寿康宫皇太后的支持，已入主大内，为内务府大臣，主管刑部、理藩院、光禄寺等，近期受钦命察看漕运之事，官运亨通。余老友松筠将军被贬，老臣着急呀。戴大人已去管建陵寝诸事，朝中与己无关。余因年老，已不在内务府任大臣，大学士仅为虚名耳。前日因陕西有事，派吾去陕西巡查，朝事不管。英大人已不在军机处，仅为户部行走。穆彰阿、昌晋公等，上书朝廷，言尔从二品之衔，不符身份，且近闻汝等，滥杀无辜，近日有旨。望尔做好准备，余言不叙。

赛冲阿午辰上浣。

就这么一封信，这真是晴天霹雳，对他们两个是沉重的打击呀。这就像冷水浇头，心彻底凉了，怎么办呢？图泰本来是满腔热忱，想干一番事业，都带着夫人来的。乌伦巴图鲁也是受命到了北疆，决心好好干一场。他们都有抱负，一心想为国效劳。但是，这回主子都走了，没有支持的了。他心里想，做什么事咋这么难呢，你刚要办点事，就成为众矢之的，很多人就背后整你。现在看的很清楚，马龙他们是天天往回传些流言飞语，诽谤他们。你看看，朝廷知道这么快吧，而且也不等他们分辩，就要做裁定了，赛大人已经讲了，近日有旨，快要下旨意，就要免职了，这还有什么干头呢？他们想到这儿，你说多寒心吧！

他们两个半天相对无言，有什么可说的，走不走？放下，还是回去？扔下了，能对得起这块受压榨的各族兄弟吗？而且更令人不放心的是，北部的边疆，现在如果不进行治理，将来这个黄龙旗在这儿还能插得住吗？他们一想到这些，就有一种特殊的责任感。图泰就跟乌伦说："不管怎么的，我就豁出来了，我就不走了，宁肯把我罢了官，我也要和当地的达萨布罕、都木伦他们在一起了。我要陪着云、彤二老看这块的江山，有什么变化，我要把我一腔热血贡献给北疆。"乌伦说："我跟你一样。"两人紧紧搂到了一起，眼泪刷刷地淌，他们成了没娘的孩呀，心里多么难受吧。他们仰天长叹，当今的皇上啊皇上（指道光旻宁），你怎么这样偏听偏信呢？

说书人不能不向阿哥们说几句，赛冲阿和英和写来这封信，可以想到，他也是万般无奈，一旦能解决，他怎能向他们讲这些话呢。看起来他也没有办法了，只好让他们做这个准备。事实也正是这样，马龙他们经常和大内穆彰阿有联系。这穆彰阿是个很了不得的人物呀，非常机灵、聪明。这个人能见人下菜碟，最会阿谀奉承，他跟皇后关系相当好。特别是当今的皇太后，就是嘉庆帝的皇后，钮祜禄氏，礼部尚书恭阿拉之女，她在道光登大宝的时候，刚四十多岁，很年轻，长的非常好看，又很机灵。她深得嘉庆帝的喜爱，嘉庆没当皇帝的时候，就娶了她，当时被册封为福晋。嘉庆当了皇帝以后，马上就封为贵妃。嘉庆帝有个孝淑皇后，是喜塔腊氏，她死了以后，就把钮祜禄氏由贵妃升为皇贵妃，又升为皇后，那是步步登天哪。钮祜禄氏不但得到嘉庆帝的喜欢，还得到乾隆帝的喜欢。乾隆认为他这个儿媳妇不但长的好，还有修养，满汉皆通，诗词歌赋都会，就这么聪明。所以，乾隆帝当太上皇的时候，就让自己儿子嘉庆皇帝把她由贵妃升为皇贵妃，最后又册封为皇后。到了嘉庆二十五年的时候，嘉庆帝在承德病死了，道光旻宁马上继位，这主要靠的是钮祜禄氏。她极力推荐，就说旻宁这个人很有才华，为人很好，由他来继承皇统。为此，道光旻宁非常感激她，虽然她不是自己的亲生额莫，但比亲生额莫都崇敬，让她居住在寿康宫，而且在不久之前，又把她封为恭慈皇太后。道光在理朝、治理朝廷中间，很多事情，都要亲自请示钮祜禄氏皇太后。所以，朝廷众臣都知道，不打通寿康宫，很多的事情就不能办。道光旻宁也没这个权。穆彰阿就知道这一点，通过和皇后的关系，跟皇太后非常近。

皇太后有自己的喜好，不但诗词歌赋全都会，而且还喜爱民间艺术，这是她一大长处，其中她最喜欢北边的海象牙。她宫殿里头的摆设都是各样的工艺品，有金的、银的，和用玉制作的各种器皿和装饰品，还有用海象牙雕刻的各种生活艺术品，都十分精美。穆彰阿在理藩院的时候，就曾经请过英吉利的匠人，刻过一个海象牙的大帆船。刻的颇为精巧，上头有男有女，有一百多个人，各种形态，栩栩如生，非常壮观。太后看到这个大帆船高兴的都合不拢嘴。另外，太后还从他手得到了用天鹅绒一点一点贴成的衣裳，镶嵌着很多东珠和翠珠，都是北疆的奇宝，可以说价值连城。

这些个怎能不讨皇太后的喜欢呢？所以说，穆彰阿跟皇太后的关系很不一般。穆彰阿在禀奏时，总是有很多话，好像很难说似的，让皇太后感到他弄的这些东西特别不易。等皇太后细问的时候，他才讲了一些，说现在熊掌和鲸须，鲸鱼的肝，治眼睛，相当好，这些东西难弄到手呀。皇太后就问，为什么赶不上过去呢？唉，那都是赛冲阿他们干的，老抓这件事，他们管着呢。私下他就讲了，赛冲阿委任了他一个管家，让他成为从二品，到北边去行使职权，杀人惹祸，干了很多乱事。

皇太后听了穆彰阿说的这些事非常生气，就问道光旻宁，有没有这事？旻宁一想："是呀，有这个事。"太后就说了："怎么能这么做呢？不能扰乱了朝廷的品阶秩序。"另外皇太后多次讲这事，她的心也是好的，但是有时说偏了，她总是告诉道光，不能遵循旧步，你应当有所作为，应当有新的建树，你光靠些老臣不行，那还不是大行皇帝在世的做法，那怎能承前启后呢？你要启用新臣新贤，这样才能开拓和承继祖先的道路，祖先之光，实践你道光的信念。她一再强调，不要用更多的老臣，老臣的思想太旧了，跟你不一定都是一心的。你把他身边的人给提了二品，这真是岂有此理。你身为皇帝，我为了你，扶植你，都是费了心思的，你可一定要掌握好皇权。我看赛冲阿这些老臣，咱们要尊敬他，但现在不一定还让他作什么内大臣，叫他到外地走一走，管管别的事吧。

皇太后这些话，就使赛冲阿这样的人，在道光当了皇帝以后，其作用一天不如一天了。后来，仅作为老臣，虽受到了敬重，但权一点都没有了。英和后来也被罢军机大臣的官，只保留了户部尚书这样的职务。戴均元也是如此，大学士起不到什么作用。早在嘉庆皇爷的时候，他就是大学士，后来也没什么实权了。道光用的人，多数是新人，像后来起用的那清安、那彦成这些人都和穆彰阿的年岁差不多，他们互相能说到一块，与老臣的关系都疏远了。穆彰阿和那清安、那彦成他们之间的关系都非常好。那清安做左都御使，后来升为大学士，就极力推荐穆彰阿，他们成了一种势力。在这个背景下，道光帝想干些事情，总是受到左右，何况从他做了皇帝以后，国内的事情相当多，所以，无暇来照顾。另外，朝臣经常吹些邪风，这是最气人、最可恨的事情。

图泰想到这儿，反倒更清楚了，好像明白了很多道理似的，他就跟乌伦说："别听这一套，咱们干咱们的，我和你的性格都一样，就那么刚强，什么精神都是憋出来的。咱们为什么不在京师享福，跑到这个冰天雪地的地方，没吃的没住的，这么冷，来这儿遭这个罪，不就是有点抱负，为了尽忠报国，想干一番事业，对得起咱们的朝廷吗？人活着就应该给国家干点事，不能这么白来一场。"乌伦说："大哥你说的对，你说到我心窝里去了。"

图泰这时心情好多了，身上充满了一股劲头。他又接着说："乌伦你好好想想，赛大人、英大人为什么在这个节骨眼来信，我想这很明白呀，他让咱们抓紧时机，多办些好事，趁他们还没把皇上的圣旨讨到手之前，咱们就把北边的事办了，这样咱们也对得起死去的穆哈连大哥。咱们想想，皇上原来已有个钦命巡查使，我是受皇命，当巡查使，这是奉命而行，我们要不做，就是抗旨呀。所以，我们要尽职尽责，在新的圣旨没来之前，抢时间，尽量把这块的事情弄清楚。那天在九拐捅的事怨我们。这几个月以来，我们扎扎实实干了些事，已经把北噶珊治理了，建立了打牲衙门，部落人口也弄清楚了。现在咱们又进了一步，到潘家寨这块儿，建立了自己的户卡，我们对部落的事情都查清了。现在就差一步，一定赶到北海，到咱们的国境上去，绝不能功亏一篑呀。所以抓紧就有主动权，一定抢在马龙的前边去。咱们不能被他们牵着鼻子走，那就中了马龙的诡计。我们决不能让小人挑大梁，也不能让罗刹得逞。赛大人和英大人的信，就是不让咱们松懈呀。"

这时，乌伦也振起了精神，很有信心地说："大哥，你说的对呀，一定要抢在马龙和杜察朗的前头，把他们的罪证抓到手，这样，他们就没有喘息的机会了。他们现在恨不得把水搅混，千方百计拖住我们。他们杀了都木琴知情人，杀了庞掌醢知情人，又想通过皇上拖住我们的腿，让咱们得不到一点罪证，休想。我们一定为皇上争光，如果我们做不到这一点，就证明皇上发的钦命巡查使的圣旨错了。我们要是把这事办明白了，就证明赛大人和英和大人向皇上禀奏的事是对的，皇上下的旨意也是对的。道光皇上和赛大人、英大人都会理直气壮。"想到这儿，他们反倒精神百倍，也就更加体谅了道光皇帝。

现在他们要做的事情太多了，特别是这些年，对北疆的事情，不光道光皇帝不知道，就是前朝的几个老皇帝，乾隆帝、嘉庆帝也不知道。这是多少年，几代皇上，对北疆的情况都不清楚的。咱们不抓紧把这些事情搞清楚，就对不起朝廷，就会遭到子孙的唾骂呀。北边的疆土就这么糊里糊涂的没了，将来会把账算到图泰、乌伦的身上。所以，咱们一定为赛大人、英大人争气呀。他俩说着这些话时，含着眼泪，抱在一起，两个人的心，怦，怦，怦地跳在一起。这时他们想到了，马龙挺毒辣，他们害死了穆哈连，又害死了都木琴，害死了庞掌醢，很清楚，他们下一步下手的目标，肯定是达萨布罕。他们想到这儿，真是不寒而栗呀。乌伦巴图鲁马上说："咱们赶紧提防，及早动手，不能让马龙对他们下毒手，要保护住达萨布罕。达萨布罕这个老人，爱咱们大清国，对罗刹有切齿的仇恨，这是难得的老人。他说要领咱们到北边抓这些贼去，咱们要利用这个机会接近他，更主要的是暗地保护他。"

他们这么唠着，天色已晚了，外边又刮起了西北风，呜呜直叫。门一开，小麻元进来了，麻元见了图泰就说："师傅，我告诉你一件事。"图泰一看他惊慌的样子，忙问："怎么了？""师傅，我看大事不好，达萨布罕那儿去了几个人。”“你怎么知道的?”麻元说：“我想看看老爷子，好几天没见了，挺想的。我一去，就让我大娘给挡住了（指达萨布罕的大媳妇，对小麻元都挺好，因为他救了他们的命，老太太对麻元就像对待亲儿子一样），她告诉我，孩子别进去了，现在老爷子刚睡着，刚才有几个人搅和他，闹腾一阵子就走了。我问是谁？大娘说：‘唉，还有谁，他兄弟拉拉罕，还领两个人。’我问都是谁？大娘说：‘我看那个人好像是朱尔钦?’”图泰反问一声：“朱尔钦?”“是呀，是朱尔钦。我又细打听我大娘，她说：他们出去了，到前窑子去了。前窑子就是达萨布罕秘密的地窖，他有前窑子，后窑子，左窑子，右窑子，都是他们挖的半地下的地窖。前窑子现在已经让马龙和杜察朗他们占去了，这前窑子一般人不让去。”

图泰沉思片刻，又接着问麻元：“你还听到什么情况?”麻元说：“别的没听到什么，大娘对细情也不知道，我就听说，很可能老瓦头来了。”“老瓦头是谁呢?”“唉，我到这儿才听说的，他是俄罗斯人，他跟咱们大清关系挺近，在杜察朗那儿呆好多年了。这人挺好，我还看见过，他穿咱们清朝的衣裳，走道好拄个拐杖。这个人还会说满洲话，达斡尔话、鄂伦春、索伦话他也会说，待人还挺好，所以，大家对他印象都不错。他们都管他叫瓦力佳尼亚，人们听不惯，就管他叫老瓦头。说老瓦头来了，他知道不少事呀，上至天文地理，下至人畜植物，什么都知道，他还能给人看病。”

图泰听了这些没头没尾的情况，不知怎么回事，就问：“你还听到什么?”麻元说：“我就听到这些，赶紧告诉师傅。他们不让我去，大娘也不知道怎么回事，我觉得挺奇怪，就赶紧跑来。”图泰听了非常重视，为什么这时候，出现这几个人，老瓦头是谁？特别是朱尔钦的出现，更引起他的注意。现在就抓朱尔钦，他是杀人犯呀，都木琴和庞掌醢这两个知情人，不就是被他送的那个有毒的小坎肩害死的吗？现在必须抓他，他是重要案犯，也是破获马龙和杜察朗的重要罪证。一听朱尔钦在这儿，图泰立刻万分注意：“乌伦，咱们现在不能等，马上行动。”乌伦说：“好。”图泰就让小麻元，赶紧把三巧和卡布泰请来，另外你去看看富凌阿和小文强，他俩身体要好了，也让他们赶紧过来。话音刚落，小麻元腾腾就走了。

小麻元从来就是这么急，一会儿工夫，就把这些人召集来了。最后，小麻元把他师哥师弟也都请来了。这小屋马上就坐满了人，非常热闹。大家都憋着劲呢，觉得图泰大哥、叔叔找我们，肯定有要事。这两天大家都憋透了，不知怎么办才好，一听马龙跑了，心里都特别着急。所以，大家都盼着哪，各个磨拳擦掌，都想大干一场。

图泰一看大家精神饱满，心情格外高兴。用手轻轻向大家招呼一下，然后说："别出声，别出声，现在告诉大家两件事，一个，我们得到了消息，朱尔钦现在就在达萨布罕这儿。"

这时小清风雷福和千里雁常义，霍地站起来："是吗？我们抓去。"图泰说："先坐下，现在听我说，一切听我讲完，自有安排，不要乱吵吵。"两人听师傅一说，虽然不出声，但心里想，七弟呀，真不像话，你早晚是刀下鬼呀，真给我们丢脸。

图泰又接着说："现在有几件事，第一件事，由乌伦巴图鲁陪送二丹丹、三丹丹他们启程回北噶，当然走之前，我跟乌伦去看看二丹丹，我还有些事向她打听一下。第二件事，抓杀人犯朱尔钦，这是我们早就定下来的事情。现在已经知道了，他现在就在达萨布罕前窑子藏着呢。这么安排，三巧。"三巧说："叔叔你说吧，我们做什么？""你们三个在达萨布罕院外各站一方，不能让任何人逃出达萨布罕的院，特别要盯住他的前窑子，过去是马龙控制的地方。"

这时小文强站起来说："叔叔，我也去。""你身体行吗？""行，我啥事没有。""那好吧，你就跟三巧一块去，你一定堵住贼人，不能让他们跑了。"小文强说："行。"图泰说："卡布泰，你领着兵勇包围达萨布罕的院子，不允许任何人跑了，也不允许任何人进来，你现在就去，听清没听清？""听清了。"卡布泰站起来，准备马上行动。

图泰又跟富凌阿说："富凌阿，现在你的事也很重要，如果你身体能行的话，我拨给你几个兵丁，做你的助手，凡是抓住的罪犯都交给你，你审问他们的罪行，作好笔录，让他们签名画押，要想办法把他们的罪证弄到手。另外，要看好这个后屋，暂时作监狱，把朱尔钦给我看管好，过几天咱们再把他遣送到黑龙江将军衙门去。富凌阿，你看行不？"富凌阿说："大人，你说的好，完全明白。"图泰又跟卡布泰说："拨过几个兵丁给富凌阿。"

这些事安排完以后，小麻元说："师傅，我们哥几个干什么？""你们哥几个就跟我去。"图泰和乌伦带着麻元他们去看达萨布罕。达萨布罕现在的精神挺好，身体恢复的很不错。他一看图大人来了，赶紧让坐、倒茶。图泰说："老玛发，我跟你说一件事，你别生气，别着急。""哎呀，有啥事，你尽管吩咐。"图泰说："我听到一个信，你还不知道呢，有人正在算计你。"达萨布罕心里明白，就说："怕啥？我这么大岁数了，能把我算计到哪去。"图泰说："不是，这不是你一个人的事，因为这涉及到咱们的江山社稷，你这地方非常重要，是要地啊，是咱们国家的边疆之地，你在这儿占着一寸土地，就是咱们国家的国民之地，好多人现在都瞪着眼睛看着你这块土地。"然后图泰又告诉老人，杀人犯朱尔钦就在这儿。朱尔钦是杀你儿媳妇都木琴和庞掌醢那个人，他用有毒的小坎肩毒死的。

达萨布罕老人根本不知道这事，听了特别惊讶。他过去认为朱尔钦是个好人，常跟杜察朗到这儿来，为人挺老实呀。图泰就说："唉，老人家，你的心太好了，知人知面不知心哪。"达萨布罕光知道自己的儿媳妇死了，听马龙他们讲，是图泰他们给害的，这件事他心里还在画魂儿。他知道，肯定不是图泰他们干的，但是他现在心情挺乱，也理不出头绪来，心想，慢慢再说吧。他知道儿媳妇也不怎么好，跟好些男人有关系。另外，这个媳妇从来是要尖，他想可能是得罪人太多，遭人暗害的。今天一听，原来杀儿媳妇的这个贼人，就在自己院子里，他恨得咬牙切齿，马上对图泰说："抓住他，把这个人千刀万剐，我也不解恨。"图泰得到了老人的允许，就说："老人家，你先在屋里坐着，我们现在就去抓他。"

图泰领着乌伦巴图鲁、麻元他们就出去了。因为麻元知道这个地方，不用别人领着。他们告诉屋里人谁也不要动，小心伤着你们，家人、佣人谁也不让出来，外头都让卡布泰领着兵丁围上了。图泰领着乌伦、小麻元，还有雷福、常义、牛老怪火速往前窑子跑去。

这几个前窑子都有墙围子，有大门，进哪个窑子都要进一个院。把门的不让进去，都拿着刀在那儿站着，挺凶狠，都穿着九拐七阶的衣裳，也看不出是马龙的人还是九拐的人，一个个都像土匪似的。图泰他们一来，把门的就说："干什么的?"小麻元说："朝廷图泰大人来了，赶紧开门。"把门的知道，外边那么多兵围着，一听是图泰、图大人，都害怕呀，上次手腕子让人家削下去了，他们力量那么强。"不要动，把刀扔下。"这几个人挺老实，乖乖地把刀扔下了。

他们进了院，里头是并排四个地窑子，外头看不出什么。北方的地窑子都是木头的，把地挖了很深的坑，地下是用木头一个摞一个，摞成围墙。地底上也是用木头铺的，像地板似的，挺坚固，地面呈斜坡形的。房盖朝阳面的上头，有草帘子，可以避风，窗户上糊的毛头纸，点着獾油灯，显得很亮。屋里有炉子，转圈围着炕，相当暖和，热气腾腾的。这已有几千年的历史了，北方人就这样生活。这地窖子这么好，有人问湿不湿？潮不潮？也不湿，也不潮。夏天把房盖一揭开，阳光进去，把潮湿都晒干了。北方人非常聪明，住这种屋子特别舒适。

他们在门口抓一个把门的，牛老怪问哪个屋里有人，把门的说第三个屋子有人。他们到第三个屋子，卡布泰走过来就喊，里头有没有人？朱尔钦滚出来，小心点，再要顽抗，要你脑袋。好些人也跟着喊，包括他两个哥哥也喊："朱尔钦，我是你哥哥，快出来吧，出来饶你一死，图大人在这儿呢。"

里头干脆没有声音，可把图泰气坏了，给我撬开。图泰有经验，卡布泰也有经验，他俩从门的一侧过来，因为是地窖子，门在一侧，是斜坡形的，人进去往下走，得下两个台阶，才能进到屋里。卡布泰挺懂得，不能正面对着门，如果暗箭一射，正好射着。卡布泰用刀撬撬，看门划棍没划，又喊两声："朱尔钦滚出来"，还是没有动静。

图泰啪啪踹了两脚，把门踹掉了。突然里头蹿出两个人，一个拿着刀，是朱尔钦，那个人不认识。这两个人真不怕死，可能朱尔钦也想到了，抓是死，不抓也是死，出来就单刀对单刀，跟卡布泰对打起来。卡布泰不是这两人的对手，把卡布泰的刀打飞了。图泰就过来了，他一刀把那个人的刀削去一半。那个人刀没了，马上就往房子上跑。外头站着的正是巧珍，他刚要跳障子的时候，巧珍用手往他脖子一点，就把那小子抓住了。

再说，朱尔钦拿刀就过来了，跟牛老怪打到一块去了，常义拿刀过来就说："朱尔钦你还敢跟我们打呀?"朱尔钦一看他大哥、二哥都来了，还打啥呀。上次卡布泰把他救了，后来，考虑他是奇格勒善的儿子，想争取他，就把他放了。是狗改不了吃屎，还继续干坏事。这时雷福说："把刀放下，不想活了，你这个败类，跪下。"朱尔钦一看，自己的哥，咋打也打不过，他还不知道外头有三巧这些人，自己把刀放下，扑通就跪下了。常义和雷福过去把他绑起来，把雷福气坏了，啪啪打了他两个嘴巴："真给咱们家丢脸，怎么出你这个败类?"

图泰说："别打了，拉回去。"就这样，让兵丁拉回去，交给富凌阿，马上审讯他。那边文强和巧珍他们，把那个小子也抓住了，反背着手，交给兵丁。后来把几个屋都搜查了，搜出一些大烟膏子和炸药，还有匕首、枪、刀什么的。另外，在第四个屋里，还搜出了三个女的，哭的像泪人一样。原来她们是被抢来的，多次遭到这几个坏人的轮奸，今天跟这个人过夜，明天跟那个人过夜，她们一个个披散着头发，瘦的像烟鬼一样。这三个女人一见图泰大人，都痛哭流涕。

这时达萨布罕坐不住了，也出来，由他大媳妇搀扶着："哎呀，这是造孽呀，"老人一看抢来三个女的，还有大烟膏，炸药，匕首，这变成贼窝了，把老头儿气坏了，他根本不知道，表面上马龙和杜察朗他们都是冠冕堂皇的人物，哪知道背地里都是男盗女娼，领着一伙土匪，在自己家里干坏事。"我真是瞎眼了，对不起阿布卡恩都里呀。"扑通跪在地上，又哭又喊："对不起阿布卡恩都里呀，对不起天哪。"图泰赶紧过来把老人扶起："老人家，不要这样，现在事情已经真相大白，你老都知道了，现在咱们已把贼人抓住，这就好了。今天下午我就请你老听听审判。"

图泰真是马不停蹄，下午吃完饭，马上就审朱尔钦，还有那个小子。把达萨布罕请来，也让他听听，大家在屋里都坐好了。这时富凌阿已经初审了两三次了，都作好了笔录，并让图泰看了。图泰这次重点问一问，主要是让达萨布罕老人听听，使他认清事情真相，让他认识他身边都是些什么人。

图泰坐好了就说："卡布泰，先把朱尔钦给我带上来。"卡布泰领着两个兵丁，从后屋暂时的小监狱，把朱尔钦拉出来，让他坐在前头凳子上，两边一边一个护兵拿着鬼头刀，怕他站起来，不让他动，有三个人看着他。现在什么也没给他戴，手也没绑。图泰说："朱尔钦，刚才富大人已经问了你，你已交待了一些事情。现在把你承认的事情和你知道的事情一一说出来。如果你敢蒙骗本官，或者是在这儿撒谎，你会受到加重处置。现在我看在你们家族的面上，特别是德高望重的奇格勒善大玛发，你给他丢了脸。如果你真是奇格勒善家族的人，就应该有勇气把你的罪行和所知道的事情一一说出来，听没听到?"朱尔钦慌忙跪下："大人，我有罪，我都说，绝对不敢有一点隐瞒。""说吧。""让我先说什么呢?""你想到什么就先说什么，你知道哪有罪？自个儿干的事还不知道吗?"

朱尔钦先交待了那天怎么去獾子洞，谁让他去的，谁给他那个香鲸鱼皮小坎肩。达萨布罕听着，这样的小坎肩，他也穿过，在北边的人都穿过这种衣裳。朱尔钦就说："给我衣裳的人，就是索鹤春师傅。""什么师傅？""就是北冰山索鹤春给的，是他做的。""为啥让你去？""因为我是杜察朗身边的管家，我认识都木琴，所以让我去。""谁让做的这衣裳，你知道不知道？""我知道，听杜察朗说，让做衣裳并加毒这事，是老瓦力佳尼亚让弄的。""什么老瓦力佳尼亚？""是一个俄国的老头儿，他原来在杜察朗家，我们都叫老瓦头，是老瓦头出的招，他说：'要想把这人除掉，只有这个办法好！'""这个人现在在哪呢？""他昨天还来了呢，后来走了。""干什么来了？""他来，来……""你怎么不说，来干什么？""他让谷窑拿来些炸药。""拿炸药干什么？""要在九拐这儿，准备点儿把火，炸了九拐，要炸达萨布罕。""再说一遍。""要炸达萨布罕。"达萨布罕大吃一惊，就问："谷窑在哪呢？""谷窑也让你们抓住了。"

这时，图泰就让朱尔钦下去，又把那个小子带上来。这个小子一进来，达萨布罕就认识："他妈的，真混蛋，你要炸死我？"这个小子进来一看，老玛发在这儿，马上就跪下，痛哭流涕，头磕的咣咣直响："老玛发，老玛发，这是我阿玛让我干的。"图泰说："你别吵吵，你叫什么名字？""我叫谷窑。""你是谁家的人？""是六拐拉拉罕的干儿子。""你从哪来？""我是从北冰山来的，从马龙那块来的，我昨天跟义父一块过来的。我们的差使是在老玛发这儿把炸药点着，具体事我不清楚，这是义父告诉的，他昨天夜里就回去了，让我办完事以后，赶紧跟朱尔钦一起走。今天早晨我把炸药在房子里安排好后，正想点着捻子就走，没想到你们来了，就没办成这件事。"

非常简单，两件事都听明白了。因为富凌阿已经作了初审，这两件事主要让达萨布罕听听。另外，又把朱尔钦提出来，问朱尔钦："你老实交待，穆哈连大人怎么死的，知道不知道？""小的没参与这事，小的知道，是潘家寨的潘天虎、潘天豹兄弟干的。""他们是受谁指使干的，你真的不知道吗？""我听说，他们都是老瓦头的徒弟。"图泰一听明白了，马上命令把朱尔钦带下去，审判就进行到这儿。图泰送走了达萨布罕，让他回家注意自己的安全，由三巧和文强好好保护老人。

图泰决定带着富凌阿、卡布泰还有他四个徒弟，匆忙去潘家寨，重新提审潘天虎、潘天豹。当时卡布泰就说："大哥，今天这么晚了，咱们去潘家寨，什么时候才能到啊？"图泰说："连夜行动，不能拖。"卡布泰就喳的一声，把兵勇组织起来，急匆匆奔潘家寨去。

到潘家寨已经是半夜时分，他们直接到潘家大院。卡布泰啪啪敲门，潘天虎、潘天豹两人正在家里，听说图大人来了，可把他们吓坏了。他们两个和夫人花溜红、花溜翠赶紧出来迎接。潘天虎以为他弟弟又惹祸了，他弟弟前些日子刚回来。他跟弟弟说，和朝廷闹对立的事情，以后咱们可不能参加，你就不听话。这次听说朝廷人马到了，他以为又出事了。就问弟弟："天豹呀，你有什么事，是不是还瞒着大哥呀？"天豹说："没有呀，我是他们放回来的呀，我现在什么也没敢干哪。"就这样，他们两个和夫人刚一出门就见到了卡布泰，像老鼠见猫一样，吓的骨头都酥了，扑通就跪在地上："卡大人哪，小的老老实实，什么也没敢干哪。"卡布泰说："你赶紧请大人进屋再说。"

图泰下了马就进了屋，卡布泰向他们介绍，潘天豹见过图泰，知道图大人，潘天虎没见过。这时卡布泰说："潘天虎、潘天豹过来，这就是图大人，这是富凌阿大人。"他们慌忙跪在地上磕头，花溜花、花溜翠两人回到后屋，由佣人过来献上茶。潘天虎跪在地上说："图大人，我们小的谨遵朝廷之命，我们奉公守法，再没干什么坏事，不知大人远道赶来，有何事，请尽管讲，只要小的知道，我一是一，二是二，全部跟朝廷讲，不作任何隐瞒哪。我很感谢，上次你们把我弟弟放回来，这是对我们的关怀呀。"图泰就说了："现在有几件事，你们给我从实说来，不许有任何隐瞒。穆哈连是怎么死的，你俩必须如实招来。"

潘天虎，最怕问这事，因为杀朝廷命官的事怎么推也推不掉，自己算沾上了，非常害怕。潘天虎整天坐卧不安，心想，早晚得把自己命搭上去。他们一看图大人又为这事来了，反正是这样了，咬着牙，如实说吧，不说也不行。潘天虎就如实把情况交待了，他说："那天，杜察朗派他身边两个亲信娄宝和齐宝来了，让我们到六库去，我不知怎么回事，我们就去了。没想到，杜察朗在六库坐着呢。见我们以后，让我们不要害怕，说他来看看大家，招待我们吃的饭。吃完饭以后杜察朗说，我让你们认识一个人，你们见见，他是我们的老朋友，叫老瓦头，他俄文的名字叫瓦力佳尼亚。现在有件事他要跟咱们谈谈，他要见见你们兄弟，知道你们兄弟俩是很有影响的人，特别是在潘家寨，也是很有威望的。如果这事你们能办成，将来会有重赏的。就为这个，具体事，他跟你们讲。我问杜大人，你参加不参加？杜察朗说我就不参加了。当天杜察朗由别人陪同回北噶珊去了。我们就认识了这个穿中国长袍的俄国老头儿，个不怎么高，白头发，有时戴着墨镜，有时不戴，会说满洲话，人还挺随和的。后来还到我家来过，在我家住了几天。我们之间关系挺好，他会看个病，还懂得中国药材。据讲，他在北噶珊呆了很长时间了，跟中国人交了很多朋友。我觉得这个人挺好，没有架子，一来二去我们就很熟了，又常在一起喝酒，一起玩。”

讲到这儿，潘天虎咽一口唾沫，看了看图泰，然后又接着说：“有一天，我们在一起喝酒吃饭的时候，他说，将来我把你们领到莫斯科、圣彼得堡去玩，那个地方你们没见过，有很多你们没见过的风光，你们大清没有我们那儿吃的好，穿的好，没有我们那儿富。我们俩想占便宜，觉得人家比我们好，跟着他有靠山，我们拜他为师，他就收我们为徒弟。这样我们之间就越来越近。他说，将来你们可以有两个国籍，还可以入罗刹籍，我领你们见见我们的沙皇，他比中国人厉害。我们后来就成了莫逆之交。这老头儿有时在北噶珊住，有时在潘家寨住。有一天，他告诉我们，现在中国有一个官，领兵要来，你们想办法抓住他。我说我不敢，他说，不要紧，有我们呢，跟谁也别说，就你知我知，谁也不知道。他告诉我这个人的名字，叫穆哈连，还告诉我们长的什么样。穆哈连那天从东噶珊来潘家寨，他让我们堵住他，把他领进独龙山的独龙洞，困住他，其他事不用我们管，让我们把他领进去就行。他们来几个领进几个，然后你们就可以回家了。后来我们知道，他们把穆哈连杀了。就为这事，卡布泰和三巧姑奶奶，要讨还血债，把我的胳膊砍掉了，我们罪大恶极呀，就这些事，其他事都不知道。”

图泰问，后来这个老瓦头还来没来？潘天虎说，以后就没见过他，这事出了以后，他就没来过。“以后你们没见过？”“没见过，不知他在什么地方。”“以前呢？”“根本不认识，就那次认识，我们交了朋友。他在我们这儿一共呆了四十多天，后来那事办完了，就不知他上哪去了。我现在跟大人如实说了，穆大人的死，我们也有罪呀。”图泰问：“你干完这事以后，他们给你们什么好处了？”

潘天虎呜呜了半天，也没敢说出来。图泰接着问：“你说，他给你们什么好处了？”潘天虎说：“他们确实给我们好处了，可没敢动，给我们两千两银子。”“银子在哪呢？”“我们没敢花，都在地窖里放着呢。”“拿出来我看看。”他马上叫夫人把银子拿来，花溜红问什么银子？潘天虎说：“就是皮口袋装着那个，赶紧拿出来。”花溜红出去不大一会儿，拿出一个皮口袋。图泰倒出来，银子原封未动，上头银票还封着呢，确确实实是两千两，一百两一个小砣，正是二十个小砣，不少啊。图泰又问：“还给你们什么东西了？”“没有。”“潘天豹除你哥说的以外，你还有什么事情要交待的没有？”“大人，没有，我哥都说了，要有隐瞒，怎么处置我们都行。”

图泰一看，事情也就这样了，就忙命富凌阿把他俩讲的事，如实地记录下来，画押签名。富凌阿按照大清的律条，把他俩讲的什么时间，什么地点，怎么个过程，一个一个地又给他们细念一遍。他俩都承认下来，然后让他们画押。而且把他们交的两千两银子作为赃物收缴。图泰又说：“潘天虎、潘天豹，你们在家要老老实实，不许动，朝廷随传随到。你们还有什么事情向朝廷讲的没有？”“没有了。”“你俩再好好想想，有了，就随时向富凌阿大人讲，他是黑龙江将军衙门下属爱辉副都统派来的，他是专管这事的。”“喳、喳、喳。”“好，我们现在就走了。”潘天虎、潘天豹咣咣磕了几个头。整个审问一个半时辰，把问题弄清楚以后，他们又连夜赶回九拐。

下一步，就想找娄宝和齐宝对证一下，可是娄宝和齐宝现在已经到了北冰山。图泰就说：“咱们准备兵发北冰山。”达萨布罕就说：“图大人，我领你们去。”图泰说：“你老这么大岁数了，别去了。”“不行，这条路相当苦呀，我不领你们去，谁也领不了啊，有的要领你们去也不是真心哪。一旦把你们领到死路上去，那就糟了。我领你们去，道还近，一切事情我都能顺利地帮你解决。我身体行，别看我这么大岁数，我对北边的风雪最亲了，风雪能冻别人，冻不着我。”老人非常乐观呀，就这样，决定让达萨布罕作为这次去北冰山的带路人。

图泰对达萨布罕的热心帮助真是感激不尽呀，问老人：“我们需要做什么准备呢？”老人说：“正经要做些准备呢。你们去几个人呢？”图泰算了一下，他们几个，乌伦马上也回来了，还有一些兵丁二十多人，又把兵丁精选一下，算上达萨布罕能有二十来人吧。达萨布罕说：“现在我帮你们预备点东西。北边的风雪大，这么冷的时候，衣裳得换哪，现在得预备衣裳，预备貂皮大衣，狐狸皮大衣，豹子皮衣裳。另外，豹子皮带披肩的帽子，豹子皮的手闷子，豹子腿的靴子，每人得预备一套。每人还预备一个大皮囊，什么皮囊？就是用大熊皮或者是豹子皮做的雪被子。到那去，半夜时可钻进去，风雪天冻不死，每人得预备一个。另外，预备一个滑雪板，也叫雪上飞呀，没它不行，大雪天没个走，还不掉到雪里去。有了它，就走的快。整个大地是一片雪，雪挺深呀，有的几丈深。如果用脚走，一旦沉到雪里去，会憋死在里头呀。还有狗爬犁，鹿爬犁，马爬犁，这个我预备，由我负责。另外，还得预备几个大叉子，铁钩子和绳子什么的。”

图泰一听，这么麻烦，不必带这些东西，就跟老人说：“哎呀，我们不是去打猎呀。”老人说：“不行，不行，这个必须得带着，没事儿，我带两个人，在后头用马驮着，必须得带着，不带不行。你们穿的衣裳，由我全部负责，咱们可以借嘛，就在我们九拐七阶来借嘛，能弄就弄，弄不着我跟我孩子和弟兄们借，必须有这个，没有这个就冻死半道，还能干事吗？这些个你必须听我的。”图泰知道，在北疆冰天雪地，越走越冷，要想办这样的事情，没有一个热心的向导是不行的。今天有达萨布罕老玛发领着我们，这真是朝廷的福气，国家的福气呀。图泰只好恭恭敬敬地听着老玛发的话。图泰说：“老人家，咱们得抓紧时间，不能拖时间太长，以防事情出现偏差。”达萨布罕说：“我明白，明白，我一定抓紧帮你准备，尽快把这事情办完。”

老人把自己的夫人，两个小女儿，还有七阶的小儿子都动员起来了，让他们借了不少貂皮大衣，狐狸皮大衣，豹子壳的帽子，还有靴子和各样的手闷子，带披肩的帽子等等。卡布泰往身上一穿，干脆都认不得了。三巧也是头一次穿这样的衣裳，一个一个穿的都挺肥胖。三巧说：“穿这个也不能打仗呀。”大家很快就做好了准备。

达萨布罕自己预备的更全，他给每人预备了火石，打火用的火石，每人分一个火龙，分了两块火石。他说，别丢了，一旦咱们用火，就得用火石打。每人还给了一个小皮囊，一双骨筷子，还有一把刀子，剔肉用的刀子，一个叉子，预备可齐全了。这些个都挎在自己屁股后头，用带子系着。另外，每人还带了一个小铃铛，这是互相呼应用的，不然，你掉在雪里，就不知道你掉哪了。一旦你掉下去，铃铛一响，就知道你在哪呢，没有它不行啊。另外，还带了大滑板和两个扶手用的大杖子。老头儿自己还带了两个三股大叉子，是叉鱼和叉野兽用的。带了绳子，挂在马鞍两边。还带了冰糖、旱烟。两个马驮的是酒，就是他们九拐自己酿的酒，酒的度数挺高呀！图泰一看就笑了，怎么还带着酒呢？老人笑了，到那个时候，我要不给你都不行呀，大冷天，没酒能行吗。就这样，大家乐乐呵呵地做好了准备。

第三天，兵发北冰山。达萨布罕真是山里通，北海通。老人家对这里的道最熟了，他能在密林雪海里头找到平道、近道，不让你爬高山，少钻些陡峭的山峰和林莽。他能看出哪块雪深，哪块雪薄，哪块可以走路。在茫茫的大雪里头，往往能看到陆地，真不容易呀。有时候他领你走高山上的山梁，这是在雪中走路最好的地方。山顶上，山梁上，就叫老龙岗，是在脊梁骨上走，道非常窄。但是雪很少，两边有树林，只要是抱着树林走中间的小窄道，特别好走，不容易滑倒。当然你千万要小心，因为道挺窄，是山尖上的脊梁骨，雪在两边堆着，如果你不小心，以为旁边都是道的时候，那一踩就是万丈深渊呀。

老人又告诉，跟着我走，按我的脚印走，大伙都踩着老人的脚印走。山风吹的呜呜直响，野兽嚎叫声都震耳朵。树林的林涛声，真吓人哪，大风一吹，卷着大雪，像烟炮打的似的，满山白茫茫的，看不到远处。达萨布罕告诉大伙，要小心黑风，在山梁上走路，风一刮，能把你吹到山下去。所以，他老告诉三巧小丫头，你们一个一个要拉着手啊，千万不能马虎，不能走着道睡觉，不能互相说话，一定要看着脚底下走。老人这么领着，忽而在山上，忽而在山下，走的相当快呀。

到了江边上，老人让大伙歇歇。冰那么厚，雪那么大，往往河流都冻死了。但老人有什么能耐呢，他看看冰，就知道那块冰底下藏着鱼，他就能听出鱼的动静，你说神不神。他用叉子点一点，然后用叉子一叉，他就喊“帮我拿着”，大伙一看，叉上一条二三十斤重的大鱼。把冰块一拿开，他叉到鱼背上，鱼的头和尾噼里啪啦乱蹦。老人拿来棒子，在鱼脑袋上打了几下，鱼就昏过去。又拿来火石，在树林里头拢起篝火，他把鱼皮一剥，把鱼胆拿出来，往嘴里头一吃，吃的满嘴通红。他说，鱼胆最好吃了，吃了以后，这眼睛就是千里眼呀。鱼的生肝，鱼肠子，他都敢吃。剩下肉切成块，烤着吃，大家都尝着吃鲜鱼。吃完以后，有人要喝雪水。他说：“别喝，凉。”他把水倒在锅里，把锅放在篝火上烧。不一会水就开了，大伙喝了开水，身上暖烘烘的。

就这样，他领大伙走啊走啊，在山峰上走，在雪地上走，爬大山，穿林海，一点也不觉得累。老人一边走着一边唱索伦人的山歌，歌声和风声糅合在一起，很雄壮。

单说，就在这个时候，三个小姑娘，光顾乐了。突然呼啦啦一下，就滚进万丈深渊。这时正刮着烟炮的雪，对面看不到人。后头有人喊：“不好了，三巧掉到悬崖底下去了。”图泰赶紧跑过来，小文强也跑过来。大伙一看，底下深渊这么深，雪又这么大，不知她们三个是死还是活，后果不堪设想呀。大伙都吓坏了，赶忙脱下自己的衣裳，就要跳下去救三巧。小文强一看图泰要跳，他也要往下跳。他们刚要跳，老人就把他们拉住了："小心，不要命了！"这时图泰说："这可怎么办？"大伙都哭着喊三巧，寻思这回三巧可能命丧黄泉了，被埋在雪中，一点声音都听不着，怎么喊，下头干脆没有声。风雪一刮，呜、呜直响，都是这个声音。

大家都急坏了，卡布泰、水耗子麻元都不知怎么办好，特别是图泰痛哭流涕，事情还没办呢，三巧她们又掉下山崖，这可怎么办呢？达萨布罕老人告诉大伙，别着急，现在赶紧想办法。说实在的，这时候也只能听老人的了。老人说："谁也不许动，都听我的。"达萨布罕走到悬崖边上，往下看，什么也看不着。他又到另一个地方，那边雪也大，也没法看。这时他到另一片有槐树的地方。这棵古槐树长的挺奇特，非常粗，根子长在山脊上，树干却往山涧里长，这样就横着长下去了。老头儿赶紧脱掉自己的大皮衣裳，漏出里头的衬衣，怕听不到声音，干脆把帽子也摘掉了，露出白花花的头发。满身都是雪，眉毛上也粘着雪，两个大耳环哗啦哗啦直响。他从背囊里拿出两个铁鞋子，就是一个木板底下垫些铁钉子，这个套在脚上就不滑，他一只脚套一个。套完以后，他就爬上这个大槐树。图泰他们都害怕呀，老人掉下去怎么办？"你们不要管我，都老实呆着。"他就慢慢往上爬，爬到这个老槐树上，往下看了看，然后就下来了。他说："有办法了，有办法了。"大家不知他有什么办法，正在措手不及的时候，他说："不要怕，不要怕。"说着，他从一个马背上拿下了事先预备的绳子，临来时大伙不知道拿绳子作什么用，这回才知道。他把粗绳子的一头绑在老槐树上，缠了两圈，然后又拽一拽，觉得挺结实。绳子这头绑一个皮兜子，专为这个用的，人把两个腿伸进皮兜子里，上头还有两个带子，正好系在自己腰上，系的相当紧。他就告诉："你们把我放下去。"大伙这才明白，绳子是干这个用的。

老人在皮兜子上坐好，让大伙把他放下去。大家真没想到，风这么大，这么寒冷，他连衣服都没穿，真为他捏一把汗。都说，哎呀，老人家你能行吗？他手闷子都没戴，光着手，抱着绳子。大伙也忘了冷了，把帽子也摘下去了，大衣也脱了，因为穿着不得劲。他们把绳子一点一点往下放，老人蹬着山崖上的雪，拽着绳子下去了。这个绳子还挺有意思，挂了不少铃铛。老人说：“我下去以后，铃铛一响，你们就往上拽。铃铛没响，说明我半道还有什么事，你们听清没有？”好了，大伙慢慢往下放绳子。图泰和大伙都着急呀，不知三个小丫头怎么样了。

这时候，就听绳子上铃铛响了，他们赶紧往上拽。不大一会儿，把老人拽上来了，老人身上都是雪，已看不出眼睛和眉毛了，拽上一个雪人，还抱着一个雪人。大伙赶紧把那个皮兜子割开，卡布泰他们抱着小姑娘，小姑娘这时连冻带吓，一声没出呀。大伙把她身上的雪弹一弹，然后把她装进狍子皮的大口袋里。这回才看清，上来的正是三巧中的巧云，还闭着眼睛。老人告诉，赶紧再把他放下去，大伙又慢慢地把老人放下去。

又不大一会儿，铃铛再一次响了，大伙赶紧往上拽绳子，老人又把巧兰、巧珍抱上来了，她们冻的嘴都不会说话了。小麻元和卡布泰赶紧把另一个皮囊打开，大家一起又把冻僵的老人抱进皮囊里头。老人冻的直哆嗦。这时老人就说，你们赶紧把酒给我拿来。小麻元知道酒就在马背上的葫芦里装着，这是他自己装的烈性酒，不是一般的酒，都是泡的药酒。这酒是用好些动物的肝和五脏，还有植物泡的，酒是红色的。老人一喊，麻元赶紧到马背上解下来一个小葫芦，老人拿过来咕咚，咕咚，一连喝了好几口。然后倒一个小木碗里头，把衣裳脱了。这大冷天哪，老头儿一点不在乎，告诉图泰，你们赶紧给我擦，给我搓吧。他身上都冻僵了，哆嗦的上牙打下牙呀。这时，过来好几个人，拿酒往他身上搓，他身上原来冻成白色，搓搓，时间长了，渐渐变成红色的了。老人说：“行啦，把衣裳给我穿上吧。”那么冷的天，老人光着身子，真像活神仙一样。穿好了衣裳以后，自个儿要站起来。图泰说：“老人家，你在里头再歇歇吧。”“歇啥？还有事呢，扶我起来。”大伙把他从皮囊里扶起来，老人站一站，半天都不会走道了，身子晃晃，然后说：“好了。”

达萨布罕老人从皮囊里出来以后，又到自己的皮囊跟前，拿出来几个小药丸，这是他自己配的药。这药，说书人要说一句玄话，这都是生死仙丹。可以这么讲，活神仙用药，别人都不会做，都是老人自己在山里采各种花、各种草，各种兽类的五脏配的。这个药是起死回生丹，老人拿来好几丸，让小麻元给皮囊里的三个姑娘吃了。

说实在的，这三个小姑娘吓的，在皮囊里头呜呜直哭。老人过去，先到巧云跟前，摸摸她的脸，摸摸她的身上，就说：“行了，挺好，没事了，来，你把这两丸药吃进去。”说着，老人把药放进她嘴里去了。巧云吃完了，巧兰、巧珍，每人也吃了两丸药。然后老人又拿出不少，让每人吃上一丸。图泰吃这药，就觉得从里往外发热，这是赶寒气的，要不然会作病的。说着老人自己就往嘴里扔了两丸，咔吧，咔吧就吃。老人这种乐观精神使大家很受感动和鼓舞，似乎都忘了冷，好像头一次过这样的生活，从来没见过，这真神了。

三巧在皮囊里吃完了药，就不哭了，也不闹了，自个儿扑通都起来，嘿嘿直笑。好像刚才那事如同做梦一样，把大家高兴坏了。真是不敢想呀，突然出了这个事，掉进山崖里头。原以为没救了，可是硬让老人给救上来了。大伙精神立刻好起来了，真是破涕为笑。图泰这个高兴的，把三个小丫头搁皮囊里头抱了出来。图泰说：“你们好好感谢老爷爷，是老爷爷给你们的命。”这三个小丫头过来就搂着达萨布罕说：“老爷爷，谢谢你，救了我们的命。”“行了，别说了，找个地方，让你们吃点好东西，咱们今天哪，得过一个好生活，我给你们找一找。”图泰就问：“什么好生活，吃什么？”老人说：“跟我走吧。”大伙兴冲冲地跟着老人走。

现在是下山梁，已经快到北冰山了。老人说：“现在咱们再走八十里地，前头就到北冰山了。”下了坡，这块就是一马平川，是一片雪呀！两边，是林海雪原，一望无边哪。大风刮的雪，嗖，嗖，嗖，直响。老人又说：“现在都给我穿上雪滑子。”就是滑雪板，大家早就预备好了。每人都穿上，绑好。老人说：“得绑紧了，绑不紧就掉了。另外，滑的时候，别着急，不会滑，慢慢滑。摔了跟头也不要紧，一定站稳，眼睛往前看，身子站直，两只手把两个杆的时候，共同使劲，别一只手重，一只手轻，要两只手同时使一样劲往后推，身子往前，这样就一步一步往前推着走。”这么一讲，大伙就学会了，滑的渐渐快了。马在后头跟着跑，几匹马还驮着东西呢。

这时老人转圈看，就说：“停，停，停，都在树林里给我等一等。”大伙就在树林里等着。老头儿一看，山梁那块有一个大粗树，是个大枯树，有树窟窿，是个老槐树，至少有二百年了，黑粗黑粗的，也挺高，上头折了，可能是雷劈的。树干上头，都是白霜，他就告诉大伙：“你们看没看着，看看。”特别逗三巧：“三巧啊，你看这个树好看吗？爷爷从树里头给你们拿点东西，大伙都想吃点东西。”这时他把小麻元招呼过来：“麻元你跟我来。”卡布泰听到了，爱凑热闹：“我也跟你去，行不行?”雪挺深，他们把雪板脱了，雪都没腰深呀。老人走的时候，拿着两个冰镩，还拿着一个叉子，另外，身上挎着大刀，也是他平时防身的武器。“你们拿着绳子，还往回拖东西呢。”大伙不知怎么回事，就跟他往前走。

这是一片雪海呀，挺不好走。走一走踩出一个道，就到了山坡上。老人一看，这个枯树上头有霜，就知道这里头有熊瞎子睡觉呢。因为它呼吸，挂了不少霜。老人到树跟前一看，底下真有树窟窿，知道熊瞎子钻进去，在里头蹲着，头冲上，屁股冲下，在那睡觉呢。老人先把住洞口那块，告诉大伙：“你们不兴跑，悄声地，不兴动，现在注意，我让你们打，你们就打，拿冰镩镩哪，不要怕，它现在是在洞里呆着睡觉呢，它出来慢，得慢慢往外爬。我拿冰镩一镩，它上来时，你们就打，一定把它打死了。”大伙一听都非常高兴，他们走了一天半了，还没吃着鲜肉，竟吃肉干了，该换换新鲜口味了。

老人用火石啪啪一打，火石打着了，出了火星，把枯树底下的干草点着了，烟往上走，熊瞎烤屁股了，烟熏它，它开始叫唤，往上爬。老人拿一个冰镩，牛老怪也拿一个。老人说：“现在往树上扎，越扎越深，一会就扎透了。再往里扎，就觉得扎个东西，那就扎到熊瞎子身上了。”他们按照老人说的办法扎，把熊瞎子扎的直叫唤。不大一会儿，就把熊瞎子扎死了，血开始淌出来了。老人说：赶紧把树破开，不能让它淌血，血咱们还得喝呢。他们把熊瞎子的脖子剁开，血淌了半盆。他们用绳子把熊瞎子绑上，几个人拖呀，像拖爬犁似的，把熊瞎子给拖回来了。在篝火边，老人先把熊瞎子血，用自个儿带来的骨头筷子搅和，然后倒上酒。这回倒的是清酒，不是他配的药酒，而是白酒。搅和好以后，每人都喝上一盅，这是常胜酒呀，熊血酒，能治各种病。大伙一听，每人都喝点，开始三巧她们不敢喝，老人一动员，也都喝点，有的喝了不少。熊血酒一点不腥，有一股清香味。然后就把熊肉割成一块一块的，烤熊肉，烤熊掌，烤熊头吃。还剥了一张很大的熊皮，老人把熊皮挂在马背上。大伙正吃着高兴的时候，达萨布罕老人回过头，指着前边的山说：看没看到，那就是北冰山。

大家往前一看，北疆北海这块儿，群山绵延，一片苍茫。在白雪之间，山势陡峭，各有各的特色。这个山在这群山里头，好像突起一个很尖的衣服一样，溜尖的，像个牛角，而且山尖挂着很多白雪。从北往南斜坡下来，就像搁北边下来很多垄沟一样，一个垄沟一个垄沟的。垄沟里头，就是山谷，山谷里长些苍翠松柏。垄的脊梁，都是白花花的雪，所以看起来就像很多的路似的，一条条往天上钻。搁远处看，离他们这块很近。眼前这边是山的南坡，山势险峻，立陡石崖。这个山也有个山涧，山涧中有很多的洞。老人讲，相传在明朝成化年间，这块曾经有过一次大的地震，震后出现山的断裂。在乾隆朝的时候，又发生一次大的地震，这些断带的地方，出现了很多的山洞，有的山洞还冒出白烟，有一股臭味，臭鸡蛋味，是一种硫磺，就是这样一个地方。

随着季节的变化，这块的山长出各样的奇花异草。最突出的，很多北方的野民，来这儿采一种非常小的香精草，它的果是红色的，吃起来有一种酸味，还有香甜的感觉，吃了使人醉。它的花相当香，叶有点清香的甜味，它的根特别苦，如果吃多了，就会中毒，使你疯疯癫癫。不少来北方采药的，专采香精花的根。

另外，这块有各式各样的动物。因为这儿山势奇特，它挡住了西北风，这里有空隙，气候得到了一个饱和的状态，寒风进不来，所以在林子里头还有苍翠的树，这是北极这块很少见到的。山上是冰雪连天，山涧里头却是绿树成荫。这样就招徕不少远来的猎人常常在这歇息、安身。这块捕鱼也非常近，拐过了那个山，就是北海，各种动物多，鱼虾也多。这块儿，既是天然的猎场，又是最佳的渔场，而且还能采各种药材。这儿就是这么好的地方。

从明代以来，可以讲，这块代代有人迹出现，一点不显得荒凉。女真人和后来的满洲人，就把这个山叫做阿莫显恩都里山，就是北边的神山。多少民族，见到这个山都叩拜，认为它与心相通，是天梯。正因为如此，它引起不少土匪的注意，因为打猎的人来的多，在这住的渔民也相当多，一些部落就在这儿捕猎生存，土匪就常常到这儿来抢掠。这块离中原王朝远，离俄罗斯的地方不太远，所以他们可以到处跑。如果中原的兵马撵的时候，他们就越过海跑到罗刹那边去，有时候罗刹也过这边抢掠。

现在有些匪徒都聚集这块儿，马龙他们就在这儿，因为这块儿是一个最僻静的地方。前书跟大家讲了，这块有个洞主，就是大刀鬼索鹤春。他带了几个徒弟，其中有两个大徒弟，一个是追命李，一个是断魂王。他有个师哥，就是震北海刘清宇，他以云游为主，主要是大刀鬼索鹤春守这个洞。他的师傅是孙道常，叫老黑鲨，现在已经死了。老黑鲨的师傅，我过去讲过，叫张露清，是明朝的人物，明灭亡以后跑到这边来的。他本来的名字叫张灭清，对清朝不满，要灭清，后来他轻易地不这么写，把灭字改成露字，叫张露清。这块儿至少来说，从乾隆朝初期，就有几代人在这儿生活。再往前推，嘉靖皇帝时就有人在这儿住，明代的边疆，离这儿不远，也就百里之外，还建了好几个卫所。这次马龙他们逃到这块儿，一个是想给白剑海拜寿，这是幌子。更主要的，他们想把财富的基地建在这个地方。这个地方都是九拐势力范围，而且达萨布罕的弟弟拉拉罕在这儿有几个猎场和渔场。拉拉罕跟杜察朗大玛发和马龙的关系很近，所以，马龙和杜察朗跑到这儿来。图泰为追踪这件事情，现在必须占领这个北冰山，抓住匪徒和马龙这些人，才能把北疆的问题彻底弄清楚。

单说，索鹤春那天从九拐跑出来，回到了北冰山。我讲过，北冰山是从北到南，这样一条山，有五里地长。搁山上最高处一直到下头，也有五里地。这个山有三个点，一个是索鹤春在南山这块儿的洞，由索鹤春和他的徒弟把着。在山的最高处的下头，也就快到海边那块儿，有个冰山洞，现在被马龙他们占着。从下头过了海有一个岛子，叫龟岛。在这个龟岛上，现在是白剑海，白剑老神仙在那炼丹和采药呢。马龙他们先到了索鹤春这个地方，这块儿是北冰山的山门。马龙逃到这儿以后，先跟索鹤春说：“鹤春，你能不能把住这个山，他们可能先到你这个山。你一旦把不住，赶紧告诉我，我好派几个人帮助你。”索鹤春很有把握，因为他觉着这个山相当陡，何况又是冰天雪地，图泰他们不敢来。道这么难走，他能找到吗？第二，山洞都是立陡石崖的，有很多弯钻进了山洞，不熟悉情况的人，进不去，出不来，没个找。另外，山洞有两个毒洞，是毒烟洞，里头有硫磺，弄不好，就掉进万丈深渊，爬都爬不出来。山洞非常险恶，他根本找不到我住在哪个洞。马龙说：“你要小心，他们有云、彤二老的徒弟，三巧的剑法了不得，那是林家剑。”索鹤春就说：“不要紧，你放心，你就包给我吧！”马龙想派人来，索鹤春不干，他不让别人插手。马龙没办法，只好回冰山洞去了。

索鹤春万万没想到，图泰他们已经到了洞的下边。他们是达萨布罕老玛发亲自领来的。说起来，拉拉罕占这个地方，是谁先看中的呢？是他哥哥达萨布罕。他从二十几岁就在这块儿山前山后打猎，他对这个山最熟了，到海里捕鱼，他也最熟悉。所以，他到这儿来，就像到家一样。这些山洞，他就是闭着眼睛也能摸到。这一点他们麻痹了，索鹤春以为，这回大火一烧，可能把老头儿烧迷糊了，就是没烧死，也得扒一层皮。他哪知道，老头儿亲自把图泰他们带来了。老人对图泰说："就是这个并排的三个洞，这三个洞正好在南边，是平行的三个洞，上头高点，右侧这个洞稍微矮点，都立陡石崖的，不好上。人们都不知怎么上去，这难不倒我，你们跟我来。"

达萨布罕悄声地把他们领到右侧那个洞。到右侧一看，山涧里确实有一个沟，是天然形成的。从山沟进去，不远的地方，就有些树，这树都非常粗，一棵连一棵，搁山下往上长，是围着山往上长的。好多人都是抱着这棵树，登着那棵树爬到山上去的。老人说："你看这树，树皮都挺亮啊。"大伙一看就明白了，啊，抱着树上去的。下头已踩出个小道，虽然现在有雪给遮上了，但是，这个小道，仍然看的挺清楚。另外有的地方，树和树离的远一些，老人说："怎么办呢？我给你们弄。"老头儿又拿出一个锁链子，他特意带来的，锁链子都带钩。老人为帮助他们想的多周到啊，图泰真是感激不尽呀。老人把锁链子拿出来，好几个人帮助抬。锁链子不粗，但挺长，牛老怪、雷福、卡布泰和所有的人都帮助拿。他搁山下，把树的当间儿都用锁链子连上。锁链每边都有钩，钩子挂在树上，然后拖着锁链走，再挂在另一个树的树枝上，这样锁链子一直拽到半山腰上了，老人说："上山不要着急，要标着锁链子走，锁链子也不是拽着，是帮助你们领路的。"有锁链子引导他们，爬的非常快呀。

上去以后，他们把洞边刨开一个沟，从沟里可以钻到洞里去。这样他们就进了第一个洞。到了第一个洞以后，图泰说："老玛发，我们几个进去，其他人就不进去了，在外头守住。""对，都进也进不去，没那么大地方。另外，还有那么多东西得守着。"图泰说："老玛发，现在进去的人，我一个，还有三巧，文强，就这几个人，别人不进去了，在外头等着。"老玛发说："你也不行，这个洞，特别窄小，最好身形细小的人比较方便，到里边麻溜地就把事办明白了。他们还不知道呢，你们已进去了，就等于进锅里头抓东西一样，探囊取物，非常容易。"图泰一想，就这么办吧，就让三巧和小文强进去，他们身体瘦小。图泰就跟老玛发说："老玛发，请你给讲一讲，进这三个洞里头怎么走，有什么防备没有，哪个洞能住着人，哪个洞有毒烟，怎么小心。"老玛发详详细细地讲给他们，还告诉他们怎么往里走。

原来，这三个洞在外头看，好像互不相通。所以，有的不知道，钻进里头就找不着了。而且，里头不是一个道，有的道往里头一钻，钻到毒洞里去了，有的洞一钻，底下是山涧。洞里还有洞，洞里还有山涧，就这么奇特。从山涧一下子滑下去，那是万丈深渊呀。现在都不知道里边有什么东西，有多深，没有进去过，一片漆黑。另外，因为有毒烟味，人们也特别害怕，洞里头非常瘆人。老人就告诉他们，怎么走，搁哪拐，一定总是往左靠，别往右靠，这样到什么时候都比较平安，往右靠越走越险，这是一条规律。拐到第二个洞的时候，就会看到，洞的上头挂着两个松树枝，挺粗的松树枝，不知道的人不知怎么回事，那就是正人洞。到那儿以后，见到了两个松树枝，你就不用往左拐了，这松树枝是钉到石头后面，两个松树枝还带松树叶，这时你就往下头去。下头是个偏坡，到底下以后，你就可以抓贼了。图泰问："那里头能有多少人?"老玛发说："没有几个人，打不起来，因为它非常矮。你们下去的时候，两个人在前头，两个人在后头，互相保护进去，只要进到里头，不要出声，里头肯定点着獾油火把，见到火把，那就是有人的地方。""有没有什么暗器?""不会，这块没有那个能耐人。"老人讲清以后，三巧和文强就要动身，图泰说："你们四个互相照应，小心谨慎，去吧!"

巧云和巧兰走在前头，巧珍和文强在后头。巧云和巧兰是前锋，巧珍和文强是后卫，就这样悄悄下去了。周围的人都在外头等着，他们很快下到里头去。一进到里头，他们都感到很凉，等下到底层以后，哎呀，感到比外头还暖和，因为洞里头不透风。走到里头，没想到文强把洞壁上的石头碰掉了，这声音非常大。索鹤春大吃一惊，外头有响声，就知道来人了，马上蹿出来。他使的鬼头刀，外号叫大刀鬼，前边跳出他的两个徒弟，追命李和断魂王。旁边用树枝和木桩子挡着，里头出现好多间壁的小屋。现在三巧和文强，站在台阶上，还没完全下到底，他们对洞里看的非常清楚。

索鹤春怒气冲冲地说："大胆，你们敢到我的洞里来!"三巧说："我们是奉朝廷旨意而来，索鹤春，赶紧受降。我们是三巧和文强，捉拿你们来了。"这时候，巧云先蹿下去，接着巧兰也下去了。她俩一下去，文强和巧珍也下去，整个他们四支剑就并到一起。四支剑在洞的中间对着。索鹤春真没想到，觉得挺奇怪的，他们真敢进来，怎么进来的，他正寻思这事儿。这时他两个徒弟不让了，就跟师傅说："看我的。"追命李和断魂王，两个胆挺大，拿着砍刀，学着师傅的招数，开始就砍起来。他们两个对着砍，正好这边是巧珍和巧云，那边是巧兰和文强，四支剑对着，他们是两个人对一个人。这两个小子，不知道天高地厚，一看来的年岁都不大，都是小孩子，看我们怎么收拾你们，这两把刀就上来了。刀一砍，这三支剑是飞啸剑，剑光一闪，嗖这一响，就没命了。追命李的刀刚要砍过来，这边巧云和巧珍的剑刷一下子，悠一响，追命李还不知怎么回事呢，整个的腰被砍断了，还没打一个回合，就倒在那块儿了。那边那个断魂王，没管那一套，他也砍过来，也没有一个回合，让巧兰的飞啸剑，整个搁腰一直斜着削下去了。

索鹤春这时吓坏了，他两个徒弟，立刻变成了四块，躺在洞里头。他着急了，自己拿起大刀就要砍，大声喊道："你们不仗义，几个人一块上的，这算什么能耐？敢不敢一个人跟我一个人比？"巧珍就说："好吧，妹妹们，你们退下，我跟他来。"文强要上，巧珍就说："文强哥哥，你退下去，我跟他比比。"就这样，在洞里头，索鹤春跟巧珍两人比上了。索鹤春以为，你们那么些人欺负一个人，好虎架不住一群狼，一个人上来我还怕你呀。我这刀也够厉害的，大鬼头刀一使，多少人都害怕呀，都知道我叫大刀鬼，我还真没输给过谁，你个小丫头片子，毛孩子，有什么了不起的，听马龙瞎吹呼。这样就跟巧珍打起来，巧珍刚打两个回合，巧云就说了："姐呀，你先出去，我现在过过瘾。"巧珍一看自个儿妹妹要来，她往后一退，来个虚招，就退出去了。

这时，索鹤春精神有点溜号，一听，他妈的，这个孩子，还要过过瘾，跟我过什么瘾，刚一说，他刀举起，想往下砍小丫头。哪知小丫头的剑更快，她跳起来时，飞啸剑一响，巧云使用轻巧的办法，剑是搁下头往上挑，他的刀是从上往下砍。这样正好把他右膀子给端下来了。随着剑的力量，一个膀子掉下来，刀就拿不住了，这时一个胳膊一个刀就飞到洞的上头，然后"啪"就掉在地上。索鹤春开始还没觉得疼，就觉刷一下子不得劲，什么东西没了，身上轻巧了，回头一看，膀子没了，他立刻扑通倒在地上。这时候他刚知道疼，巧珍拿药过来了，知道他肯定要受伤的。因为来之前，图泰叔叔有话，要留个活口，将来跟他要罪证，所以，就没杀他。巧珍在他受伤那块儿，给他上了些药，手一按，他疼的，哎呀，哎呀直叫，比剑砍的都疼。剑砍的时候，速度快，没疼，他这一疼，马上就昏过去了。等他醒过来时，一看，四支剑正对着他鼻子呢。"哎呀，饶命。"这时文强让巧云先上去，赶紧告诉图泰叔叔，巧云噌噌就上去了。

不一会儿，巧云把图泰还有达萨布罕这些人领进来。他们一看，这时间太快了，达萨布罕在外头一袋烟还没抽完，里头事已经办完了。进来以后，图泰跟大家搜查，这洞里确实就他们三个人，两死一生。这时，索鹤春被他们扶起来，坐在那块儿，伤口已经抹了止血止痛的药，脸冒着汗，汗珠子像黄豆粒那么大，吧嗒吧嗒往下掉。图泰说："这块儿还有谁，你要老实交待。"索鹤春说："在旁边的洞里头，往里头走，是马龙他们放的东西，还有被他们抢来的人。"

按索鹤春交待，他们沿着洞往里头走，里头确实有个洞。这个洞挺大，洞底下还有个洞，洞里头有一铺热炕，还烧着火，看起来，洞可能跟外头连着，因为这烟能出去。洞挺热，到里头一看，他们大吃一惊。洞里圈了一帮孩子，从三岁到十六岁孩子，有七八十口，一大帮人。另外，旁边的洞里头，都是些女的，能有百八十号人，有几个老年妇女，看来有四十多岁，有的妇女也就是二十多岁，正是青春年华。后来经过了解才知道，这些无辜的妇女，都是他们从附近的部落抢来的，这块成为土匪的妓院啦，供他们随便用。那些孩子，都是他们生的，你说这孩子生了多少吧。看起来，这个洞确确实实已有些年头了，可能至少有二三十年了，孩子都生这么多。后来经过索鹤春交待，和这些妇女哭诉，才知道，他们抢来的妇女还往外卖。附近的俄国人来这儿就买过不少妇女，有的孩子也卖出去了。这块儿，就有一些说法：像谚语似的，没爹的孩子一大帮，没主的媳妇遍山洼，多少良家女人啊，被匪徒任意糟蹋。另外，在山的后面，有个沟，他们叫银沟，名倒挺好听，其实就是尸骨沟。有的老人有病了，就干脆扔到那块儿，孩子生病也扔到那块儿，活活饿死。所以说，山涧到处是尸骨，图泰他们一看那，真是触目惊心。

不一会儿，天就越来越擦黑了，大伙只能在索鹤春这个小洞里头，挤着过夜了。图泰就让一帮人忙着做饭，再让兵丁们清扫大厅里头的血和尸首，赶紧打扫干净，把尸体扔到洞外去。又将索鹤春捆绑后放到孩子旁边的一个小窝洞里头，让他在里头憋着，外头由兵丁轮班看守。图泰这时候，赶紧把富凌阿召唤过来，说："富凌阿，现在你的活最多了，这些孩子和女人，都登记上。明天你跟达萨布罕老人商量一下，回去弄个马车，把这些孩子接走，先放在潘家寨，以后你还得把他们送到将军衙门那儿，得安排呀，不能老让他们在这儿呆着，给他们一个安生之路呀。"富凌阿也都答应下来。现在他就到孩子那儿一个一个地登记，看看孩子有什么病没有，都是哪来的。让几个兵丁忙着，一直忙到后半夜。

前头那三个山洞子，原来洞主索鹤春自个儿住一个屋，他两个徒弟各住一个屋。现在大的屋，就是索鹤春住那个屋，由图泰、达萨布罕和卡布泰住，将来乌伦他们还来呢，得做个准备。那个屋就给三巧她们住，还有一个屋就跟麻元说了，你们哥几个委屈吧，都挤在那个屋吧。富凌阿他们带着兵丁已经到孩子那块儿去住，屋子太小。图泰到索鹤春的屋子一看，布置的还挺好，别看是个洞，那屋子陈设很讲究。正堂上有三清太上老君的像，两边挂着各种的纸幛，还摆着香案，供桌上还放着各种道经的书籍。看起来，这个洞时间很长了，很可能就是从明代张露清时传下来的，已经有几代了，而且旁边确有张露清的绘像。这个屋不大，因为有这些神像摆着，还有坐禅的地方，所以，他们只能在两边找些个木板子和木头，在地上搭上铺，铺上皮子，在行囊上睡觉。

就在这时候，忽然外面传来一阵笑声，图泰一听是乌伦巴图鲁的声音，他赶紧出来迎接。使他大吃一惊的是，云、彤二老冒着大风雪也跟乌伦巴图鲁一块儿来了，这他没有想到。三巧听说以后，从自个儿屋挤着跑出来，把云、彤二老紧紧抱住了，忙给两位师爷磕头。然后，她们这个亲哪，怎么亲也亲不够。云、彤二老摸着三巧的头，亲切地说："哎呀，长高了，又长高了。"

图泰忙着给两位师傅磕头，卡布泰等也过来叩头。大家都没想到啊，这么冷的天，这么难走的路，都没挡住二老呀。图泰马上说："本来呀，我们想让乌伦巴图鲁回去，把一些情况跟二老禀报一下，请二老给指点指点就行了。这么冷天，您老来了，我们真是过意不去呀。"

云、彤二老说："这说哪的话，我们老哥俩也挺想你们的，天天掐指头算。一听说，你们已经兵发北冰山，真得祝贺你们，进展很快呀。北冰山可不同一般的山哪，这是咱们北边最远的国门。我一想，这是咱们最后一仗，事也比较多，很多事情都要集中这里头。何况，我后来听你们说，白剑海我的白师叔，也在这里。多年来，我们老哥俩到处打听，都没打听着。白剑海老师叔，那是我父亲严昌的好友，又是他的好师弟。他们老哥俩在京师的时候，就常在一起切磋武艺，谈论人生，非常要好。这次听说，我师叔来北冰山，实在没有想到啊，我怎能不来看望他老人家呢，不来，我就失礼了。孩子，有些事我不能不来呀，过去在京师，还是高宗，就是太上皇乾隆帝在比武的时候，我跟我们的师叔在一块，本来我师叔的武艺高强，乾隆帝很满意，没想到，后来嘉庆爷就看中我们哥俩了。因为我师叔个性强，这样，就没把他留在京师，老头儿一气之下，就云游去了，从此我就不知他的下落。这次来我还得解释这件事，把疙瘩解开，这对你们有好处，否则他来这儿，对你们解决北冰山可就更难了。”图泰一听，二老想的多周到啊，是为他们来的，实际上就为解决北冰山来的。图泰感激的心情真是难以言表。

图泰忙把二老搀进了洞府里，让他们坐好，又命兵丁赶紧打来热的洗脚水，让老人好好洗洗脚，解解乏。达萨布罕听说云、彤二老来了，赶紧上前。云、彤二老的名字他是听图泰讲的，特别是麻元多次讲过，他师傅的师傅，还是皇上的师傅。达萨布罕非常敬佩云、彤二老，没想到今天也来了。他马上过来，按照索伦人的礼节，跪地磕头，就说：“老师傅，我见到你非常高兴哪，咱们投缘，欢迎你来呀。你冒着大雪天，能到这儿来，我们很感激呀。”云、彤二老说了：“这说哪去了。您能来，帮这么大忙，特别是我听说你救了三巧，真正冒死救三巧的是你啊。我们哥俩给老玛发你，我们的老大哥叩谢了，感谢你的救命之恩。”哥俩忙着给达萨布罕叩拜，达萨布罕马上给搀起来。

达萨布罕高兴的不知怎么好了，便召唤小麻元和牛老怪，让雷福和常义帮忙，山下有他晒鱼的一个噶珊，是老玛发自己的一个小渔村，那儿住的人都是他的儿孙和奴才，到那儿亲自取来鲸鱼肉，还有咸贝、大海参、咸鱼籽等海鲜，在洞里头，老人亲手做了北方特有的海鲜宴，又拿来了自己的迷勒酒，就是米酒泡的药酒，来款待云、彤二老。

大家正在兴高采烈，边唱边舞的欢乐之中，突然听到洞门口有动静，大家立刻停下来，目光都注意洞口。三巧和文强，马上隐蔽在洞的两侧。他们想到，肯定外头有敌人来了，这时候就见蹿进两个人，没等三巧他们动手，一个大力士进来就把这两个人咔嚓按倒那块儿。这时三巧一看，原来是猛哥把那两个贼按倒了。大家急忙过去，把那两个贼人捆好，押进洞内。原来猛哥是受马龙之命，跟六拐的拉拉罕，还有拉拉罕的一个亲随，他们来察看索鹤春的情况。因为这么长时间，不知索鹤春怎么回事，也没听他禀报什么事，他们着急。另外，也不知道他们看没看到图泰的踪影。拉拉罕来了，小猛哥就借这个机会一块来了。

猛哥就把马龙那边的情况，详细地告诉了图泰和乌伦巴图鲁。原来，马龙那边，又从俄罗斯请来十位大力士，都是哥萨克的拳击手。这些人，擅长摔跤，而且，非常凶狠，他们都是瓦力佳尼亚老头儿邀请来的。他们来的目的，就是帮助马龙围剿清兵的。猛哥还说："马龙他们作了充分的准备，现在他们都住在北冰山的下坡，就是海滨半岛下边一个北冰洞府，都在那块儿。"

猛哥又详细讲了一个情况，使大家非常震惊。俄罗斯那个老瓦头，不是一般的俄国人，他来中国的时间比较长，现在看来，他是整个俄国行动的总指挥。他的面目越来越清楚了，很多的事情，都是由他亲自做的准备，亲自指挥的。他在北海这块儿，组织了哥萨克的骑兵，还有治安队，大约有三千多人，都在西边驻守待命。意思是，如果马龙他们失败了，这些兵就会冲过来。另外，他们在北冰山这块儿，又预备了十几桶洋油，都是从美国进口的油，不知道作什么用的。现在整个在北冰洞府外头，摆的都是汽油。看样子，一旦他们的阴谋不能得逞，就要把这些油点着了，企图把这块儿烧的片瓦无存。从我这两天了解的情况看，北边出的不少事情，都是这个老瓦头策划的，比如杀穆大人，杀庞掌醢，特别是他紧紧拉拢杜察朗，占据着潘家寨这些事，还有北噶珊不少的事情，都和这个老瓦头有关系。这个老瓦头不是一般人，图大人，你们千万要小心，要注意。

说到这儿，图泰又问杜察朗的情况，猛哥说：杜察朗也完全变了，他现在称自己的祖先，不是满洲人的血统，是达斡尔人的血统，是达斡尔人的后裔。他说他的祖先原来就住在这块儿，后来南下，随了努尔哈赤。现在他已经恢复了自己的达斡尔籍，不久前，就来北冰山这儿，请了萨满跳神，烧香祭祖了。他打算把柳米娜接到这块儿，柳米娜因为丢了二丹丹、三丹丹，对杜察朗非常恼火，哭着喊着不来。为这个事，老瓦头前些日子又去北噶珊，见了柳米娜，逼她必须过来。看来，如果他们要失败的话，他会把柳米娜带走的。但是，柳米娜没听他的话，藏起来了，他们没抓着，现在柳米娜还在北噶珊。所以，老瓦头非常有气，最近，他经常放风，一来吓唬杜察朗，二来让杜察朗传出信来，是给咱们大清朝听的，他老讲，如果是对我们俄罗斯不利的话，我就想办法，不用一会儿的工夫，我就让你们北噶珊，变成灰烬。这个话不能不想到，北噶珊的不少建筑，瓦力佳尼亚都非常清楚，房子的结构，房子的联系，都在他心里。而且杜察朗这些年，也请了不少俄罗斯人住在北噶，他那儿成了俄罗斯在大清国的重要驿站。所以他们全都掌握了杜察朗的底细。杜察朗现在特别害怕老瓦头。就是这个情况，咱们必须想办法抓住瓦力佳尼亚。另外，得揭开他的真实面目，他现在还迷惑不少人，认为他是一个很慈祥的老头儿。马龙是个唯利是图的小人，喜好美女，好淫，是个可耻之徒，所以，老瓦头并没有重视他。

这些都是猛哥，在近期秘密调查所得到的情况，马上回来告诉图泰和乌伦，非常有价值。图泰趁云、彤二老在这儿，他也没有隐瞒达萨布罕老人，请他也听，把事情都向他们说了。云、彤二老就讲："现在看来，咱们先怎么办呢？先要治家，先把自己管理好，内部如果要不和，咱们就更不好办了。现在必须先打通我师叔白剑老神仙的思路，马龙他们现在肯定也在抓白剑海。白剑海如果不清楚的时候，他肯定会帮助他，因为马龙他们很会说，容易把老头儿迷惑住，那样对咱们就太不利了。现在必须想办法，把白剑海争取过来，这样就会削弱了杜察朗和马龙的力量。另外，图泰呀，我告诉你一个底，跟着马龙的那些人，我听乌伦介绍了，我认为，有些人可能就因为穆彰阿在京城有影响，通过他的名声请来的。到这儿来，这些人也不一定就跟他一条心。他们到北边想云游一下，看看风光，溜达，溜达，不一定来了就是对咱们大清朝有什么气，或者就跟杜察朗一个鼻孔出气。比如说，一空长老，我知道这个人，他是德高望重的老人，他从来都是仗义行侠的人。他来这儿，我相信，不会站在他们一边的。他带来的徒弟，肯定得听他师父的话。再如，白云观的住持一字眉，羽化仙翁陈道长，我知道这个人，这在京师也是很出名的，仙风道骨，那是一位高人。他肯定对他们的做法，有自己的评价。这些人，你们尽管放心，现在你们想办法，孤立的是杜察朗、马龙。马龙这个人特别嚣张，现在正在制造各种事端，你们要小心，要警惕。至于说到和罗刹的关系，我倒想提醒你们几句：依我们这两个年迈的愚人之见，当今的皇上，刚临朝不久，恐怕还不愿意与罗刹把关系弄的那么剑拔弩张啊，还是免生重大的事端为好。何况，咱们这块儿离京城那么远，出了事情，上奏都来不及，鞭长莫及啊，兵来都不赶趟。所以说，尽量把事端化小，还是设法把他们驱走为宜。"

老人这一席话，使他们顿开茅塞，知道不少事情。觉得二老来，真是帮了大忙了。二老把征服北冰山的整个方略，都给规定出来了。你别看人家是远离朝廷，静僻山野之人，但是看问题看的多准哪，多深哪。这是图泰着急的事，真要跟罗刹打起来，上朝廷禀报都不来及，何况朝廷也不希望跟俄罗斯弄僵了。图泰从内心深处真是感激二老的肺腑之言。

就在这时候，忽然听到洞里头好像有人说话，或者是喊话。洞里头是圈音的，大伙挺奇怪，就听有这话："云鹤、彤鹤你们来了，怎么也不到我这儿来呢，把我忘了不成？"这声音嗡嗡的，在山洞里头特别洪亮。大家都听到了，不光二老听到了，达萨布罕也听到了，图泰、三巧他们都听到了。奇怪了，这山洞里头哪还有人呢，这声音是搁哪传来的呢？云、彤二老急忙走出来，图泰和三巧也都从每人的洞屋里出来，到处找。哪块儿还藏着人呢？这是谁在说话呢？这口气咋这么大呢，看洞的上头都是石头，也没个地方。这时候，又听到洞里头有人说："云鹤、彤鹤，你们仰头看，那里的天上有星光。"这个时候，大家突然注意到，在这个洞的右上头，有个通天的口子，是一个裂纹的地方，挺深，往上看有点亮光，是一个大豁口。

他们赶紧把达萨布罕请来，问问这个洞的详细情况。达萨布罕就说："对，这个西山角上有个洞天，大家都叫洞上洞。从这块儿上去，如果是有个长梯子能爬上去，一看里头有个洞，搁洞往上又有个洞。"据达萨布罕讲，这是乾隆年间大地震时出现的，所以当地土人都说，这是山笑，笑出来的裂缝。达萨布罕又告诉云、彤二老，你别看这个裂缝，多少人，都下不来，搁上头也不敢往下下，因为，山裂的缝是石缝，有的地方宽，有的地方窄，谁敢往里头钻，也不知里头什么样，又没有光，都非常害怕。在洞里的人也不敢搁这儿往上钻，也不知道这个裂缝的上头是宽还是窄。有人用木棒子探过，是曲曲弯弯的，探不了。达萨布罕又说："过去这块儿有不少谣传，说这是神仙相助的，所以很少有人敢到这块儿来。我们祖祖辈辈的打鱼人，经常在洞里碰到个亮光，但是，人一到，光就没有了。今天哪，能听到这声音，云、彤二老啊，咱们是有神气啊，神仙来了。"

按照达萨布罕的分析，这位老神仙的功底太深了，在山的石缝里头，能够钻来钻去，那可不是凡人能做出来的。在洞里听着这么清楚的声音，证明这个人已经到了离洞口上面的洞不太远了，只是没下来，估计他能看到下面的人。为什么他能认识云鹤、彤鹤呢？那证明，这个神人，他的眼睛已经看到了。根据图泰这些武艺高强的人来分析，一般的功夫根本达不到，既或是有特殊的软功，就是人体可以变得柔软，这也是中华气功的传统武功。由于气的运行，人体像蛇一样，由粗变细，或者由细变粗，这是气运的武功，这个功底没有百八十年的高深造诣，是根本做不到的。在那么细小的夹缝里，不憋死才怪呢，何况，那是石头啊。大家都不敢想，断裂的石头，都有些尖尖的角，那是肉体，怎么能像蛇和蚯蚓一样向前蠕动，还得穿衣裳，什么皮衣裳不给磨碎呀。这个老神仙的功夫真是高深，说起来，都令人肃然起敬。

这时候，图泰让兵丁把索鹤春叫来，就审问："索鹤春你听没听到过，这个洞里有人说话?"索鹤春说："禀大人，我们听过，不单我听到，我们师爷、我的师傅都听过。都知道我们的山上住着一位神仙。以前我们好信到山上去过。后来在一个石砬子边上，也看到有个裂缝。这裂缝很深，当时我算计，这个裂缝很可能就是我住的洞的上头的裂缝。从裂缝来看，有的地方，人可以钻进去，但是，那是弯弯曲曲的，我们试一试，就不敢往下探了。因为里头都非常深，而且石头有的带着棱角，真吓人。后来，我师傅在世时就说：望各徒儿一定要好生的供奉。我们逢年过节都烧香磕头，祈祷这位山中的活神仙，保佑我们。"图泰问这些情况，云、彤二老都听到了。

云、彤二老有高深的武艺，他一听就知道，肯定是世外高人，同时，他就想到了，能有这个能耐的人，在世上，很可能就是他。老人没说出名字，就对图泰说："图泰，你赶紧把香案供果拿来，咱们师徒来这儿供奉，跟这位神仙禀报。"云、彤二老也知道，如果这位老神仙不露真面目的时候，谁也见不着，这样的缝子谁敢钻进去呀，云、彤二老也没这个能耐呀。所以，他这么一说，大家都很虔诚的，包括三巧她们，就到洞府中间，把原来供三清教主和太上老君的好些供果和香案都拿来，摆到了大厅，正对着头顶上的那个大裂缝。

云、彤二老把香点着了，香呼呼着着，因为上头有裂缝能透风，所以烟是往上走的，直接进了这个山洞顶的缝上。这时候，云、彤二老自己跪下，而且让图泰、乌伦、三巧、文强、卡布泰和所有身边的人，都跟着跪下。云鹤仰着头，大声地说："弟子云鹤、彤鹤率领众位弟子，在此虔诚地叩拜了。不知师父是何位大德神仙，敬望能赐见尊容，弟子祈祝万福长安，我们在这儿叩头了。"

半天哪，又从头顶的裂缝中嗡嗡地传出声音，这声音非常清楚："云鹤、彤鹤，我的徒弟，我是谁，你们不一定能知道，不过，我要提晋昌庙，你还不知道吗?"晋昌庙是林家的家庙，晋昌，是彤鹤、云鹤和翔鹤的父亲严昌的叔白爷爷，是严昌的父亲林陈给他的祖上建的庙。乾隆年间，彤鹤和云鹤还是小孩的时候，他们祖父给建的九世宗亲庙。在明朝初年，按他的祖先，排列建的庙。当时建庙的时候，突然来了一位长老，给他们画了家谱，他们问这位长老多大岁数，他说我不知道岁数。他把他们林家家谱的名字和每辈写的都非常清楚。而且还给晋昌的父亲画了像，也就是云鹤、彤鹤、翔鹤、丫丫，他们祖先的像都画出来了，因为他的爷爷是非常出名的，为大清朝作了许多有功的事情。这个老神仙，就起名晋昌庙，是晋昌的九世家庙。所以，他一提起晋昌庙，云、彤二老马上想起，慌忙跪下，痛哭流涕。

云鹤和彤鹤说："哎呀，我们不知道，原来是仙翁道士，我们儿孙们现在叩首。"这时候听着，远处一阵笑声。二老叩完头，就听洞上头说："孩子，我要走了，我云深不知处，你们好自为之，多福多寿。"说完，呜，呜一阵风，这声音就搁洞的空隙中间没了。真是神奇了，说走就走了。这是神仙，老神仙呀！

这时三巧中的巧云就到云鹤老爷爷跟前说："老爷爷师傅，您才说的是怎么回事，这老爷爷是谁呀，晋昌庙是谁呀?"云鹤老人就把晋昌庙的事告诉他们。他说："这位老神仙是我们祖上的恩人，我们老林家的宗谱，能代代传下来，全仗着这位神仙，帮忙留下的。这位老神仙，尽帮助我们做好事了。我祖父那辈，我们本来逢年过节都供着一个牌位。后来我们到了京师，再后来又到这儿来，就忘了。没想到老神仙现在就来这块儿，他帮助咱们林氏子孙。"这一说，三巧就说了："师傅爷爷，我们碰着一位疯老人，他热情帮助我们，我们很多杀敌的事，都是他告诉的。"图泰也说："前两天，我们也碰着一位能够打流星槊的人，他也告诉我们。"云鹤二老说，他就是这位神仙，他暗地帮助你们，你们可不要忘了。现在应该跪下，向老神仙磕头。这时候图泰、乌伦、三巧又跪下，又焚香磕头。

不大一会儿，他们又听洞里头传来声音："云鹤、彤鹤，我要留给你们几句话：你们好自为之，我告诉你们，你们听着，佛云：'相识不相见，身空心相钟。不见也罢，余本乃寿翁，南北无定踪，烟云终生梦，功高有帝恩'。"半天，就觉得一阵风声，呜，呜的响，随着风声，老人就走了。这几句话，大家寻思半天不明白什么意思，烟云终生梦，功高有帝恩。图泰他们琢磨半天，也不好破解。大家都忙乎，也就没在意。

第二天，云、彤二老，在图泰、三巧、乌伦、卡布泰、文强等人陪同下，由达萨布罕亲自准备一条大帆船，去白龟岛。海边的帆船，过去很大呀，那是九帆，或者是八帆、七帆。要九个帆，全都打开，船一走就像飞了似的，能捕大鲸鱼。这回达萨布罕兴致勃勃的，一定请二老坐坐他们北海的大帆船。三巧、图泰和乌伦都没坐过呀。这船非常漂亮，里头有舱，有住的地方，还有好多人在船上干活。海鸥在船边飞来飞去，在头上嘎嘎直叫，就像跟着主人要吃的一样，也好像向这些远来的客人问候似的。二老的心情格外的好呀，特别是小麻元擅长掌这条大船的舵，船，不大一会儿就开到了白龟岛。

白龟岛是北海南海岸不远的一个小岛，岛子的形状很像一个大海龟，趴在那块儿，头冲东，所以人们都管它叫白龟岛。这个岛上，长不少树木，花草。原来这儿只是一些渔民上岛歇息，或者打完鱼上岛晒鱼干，晒些药材什么的。最近这两年，常来一些内地的游人，特别是僧道比较多，他们来这儿采北方的药，因为这儿的药性最强。

白剑海老神仙，就是搁京师历经千辛万苦过来的。到这儿来，他跟马龙不是一个绺子，他来这儿想选个地方炼丹，就看中了这个岛子。当地的渔民，就是达萨布罕下头的人，一看这个老人挺好，背个匣子，带自个儿简单的皮囊，没什么东西，就同意了。这老头儿不让别人帮忙，自己进山砍木头，砍些个荆条什么的，自己又弄很多的石片，抹上泥，又埋上些树桩子，盖起了规模不大的两间房，自己住一间，再一间放药材。自己住那间屋子，也是平常练功，坐禅的地方，就这么简单。老人吃些清淡的东西，修身养性。这里空气好，又非常清静，他特别喜欢。所以来了以后，就不愿意走了，有不少人知道他是世外高人，都找上门来，他都不屑一顾。

白剑海白老神仙，是北派三宗的传人之一。说书人以前讲过，他是上三宗，为啥云、彤二老要拜访他？林家剑和白家剑，实际上是一个剑派。林家剑，他是动功剑，动中带静，以动为主，动中求胜。这个动剑的最早传人和这个师主是人家白家人，他们造的剑非常出名。白家在唐代的时候，拣了一个孩子，就是林氏家族的孤儿，由白家人养活。这个孩子很孝顺，老人双目失明了，他长大以后也没扔了老太太，照样养着。老太太哑巴了，他仍然耐心地侍候她，老太太拉屎、撒尿，他都给擦干净，使老人非常感动，她就把白家做剑的方子，交给他了，这就是后来说的林家剑。他们最早是搁白家传来的，这样，白家剑照样有人传。后来，白家也知道，林家跟咱们是一个剑法，所以，白家和林家没有什么矛盾。林家对白家特别尊敬，白家对林家也非常敬重，互相之间相亲相爱，他们就是这个关系。正因为如此，白剑海和云、彤二老都知道祖上这个剑法的来龙去脉，而且云、彤二老继承了这个剑法。老白家传到老林家，现在老林家自己没往下传，传到了云、彤二老这块，就传给他妹夫穆哈连的三个女儿。林家的剑法又传给了穆家，就是这个传承关系。所以说，云、彤二老一听白剑海老神仙来了，他们能不来看望他吗？

他们上了白龟岛，见到了老神仙，云、彤二老首先三跪九叩，因为白剑海是师祖呀，就得行大礼。他们叩拜完了，就命令三巧叩拜。为啥把三巧放在前头，三巧是传白家剑的，是林家剑的传人。三巧叩拜后，是图泰、乌伦、卡布泰给师爷叩拜，文强是更小的一辈，他是孙子辈，重孙辈向师祖爷叩拜。按照大礼一个一个给师祖叩拜。拜完以后，云、彤二老才讲："晚辈弟子，不知道先叔在此，确实我们不知道。最近有幸得知先叔在此，不胜荣幸。我们能见到先叔，这是终身之喜。晚辈来迟了，敬祈恕罪。我们共睹仙翁，真是鹤寿丰年，福寿无疆。"说完，马上献上他请达萨布罕帮忙弄来的千年的山参，还有海中的灵芝，还弄到了百岁的大神龟，这都是熬药用的。

白剑老仙翁见到他们，心情激动，精神格外的好。这里不能不再说一句，白剑老神仙，虽然辈分高，但岁数不算太大，比云鹤、彤鹤也就大几岁。他们都是嘉庆初年时，在京师凑到一起的。乾隆爷做了太上皇，他的儿子嘉庆登上大宝的时候，还共同观看了他们的剑术比武。白家剑和林家剑，深得嘉庆爷的赞许。嘉庆爷特别喜欢白剑老神仙的剑法，觉得他的武功已经到了炉火纯青的程度。乾隆的武功虽然很好，但他还没看过这么好的剑法，真是刚柔相济，已到了挑不出任何一点毛病的地步，真是天花乱坠，无以复加。这样就把白剑老神仙留在了大内，让他教自己的皇子和众侍卫的武功。图泰和穆哈连，当时都是侍卫，他们是小字辈的，那时曾见过白剑老神仙。

白剑海老神仙这个人性情耿直，做啥事都有自己的个性，自己想干啥就干啥，不愿让别人管着。太上皇驾崩时，皇上圣旨下来，不让出去。白剑海想，我就出去。这样，嘉庆就不太喜欢他，喜欢云、彤二老了。白剑海觉得我们都是白家剑，我的辈还比他高，你光看中他，看不中我，一气之下就走了。云、彤二老当时过意不去，感到很不得劲，那是皇上定的，自个儿没有说话的权力。过去他们曾有这样一个纠葛关系。所以，云、彤二老这次亲自来，也是为了缓和缓和这个关系。白剑海老神仙也感到这事不能怨两个晚辈，这是皇上定的事情。不过他总觉得不得劲，为什么我的剑，就赶不上林家剑呢。所以，说书人必须讲清，原因就在这里。

云、彤二老怕白剑海老神仙挑礼呀，他要挑礼就不好办了，啊，你教三巧的剑，我就跟你比试比试，那老头儿多厉害，真要把三巧弄个三长两短的，悔之晚矣。二老怕这个，所以赶紧来了。让白剑海老神仙看着已往的面子上，别跟三巧她们过不去。他们怕马龙一挑，一拉，容易把老神仙拉过去，事情就微妙在这里。

云、彤二老这一恭恭敬敬拜见，特别是领着自己的徒儿来拜见，白剑海老仙翁也觉得挽回了面子，他肯定不会受马龙和杜察朗的挑唆。所以，白剑海老神仙简单说了几句："我知图泰等为国事而来，马龙等亦来叩拜，吾皆拒之。我以惯于闲散加之采药繁忙为由，不与之为伍。所讲七十之寿，非我之愿，寿高何计寿年，清心淡泊笑百年哪。"马龙他们老造这个舆论，白剑海老神仙的剑法和云、彤他们的剑法是一样的。要想打败云、彤二老的话，谁能破这个剑，白剑海老神仙能破。所以他们一门地抓白剑海老神仙，赶紧想办法给白剑海老神仙过七十大寿，想通过这个办法，把白剑海老神仙拉过来。把他拉过来，三巧要是来了，白剑海老神仙就能破她的剑法。没想到云、彤二老这一来，白剑海老神仙满肚子的怨气都消了。

临走的时候，云、彤二老非常敬重地请求白剑海老仙翁给指点指点，就说："图泰带着我的徒儿，三巧她们来了，要平定北冰山，求教老仙翁给出出方策。"这是客气话，就是帮助给出个主意。白老神仙就说："你们相信，我呀，不会助纣为虐（这是第一句，我不会帮助杜察朗和马龙）。尔等亦应谨慎，虎狼缚之，其凶可知也。"你们也应该谨慎，因为，你们要抓的虎和狼，它们能答应吗？其凶可知，够厉害的了。所以，你们要小心，他们会拼命跟你们干的。白老神仙的话已经说到家了，这就是所说的，困兽犹斗呀。说完了白老神仙又仔细地看了图泰一眼，然后就叮嘱图泰说："三巧英威可嘉，国之幸也。尔勿躁，冲阵也。"什么意思呢？说三巧呀，我很喜欢，她们这几个小英雄，又非常威武，她们冲锋陷阵，肯定立功的，这是咱们大清国之幸啊。而图泰你呀，可不能到阵前急躁，到阵前就冲，你要记住。这话完全带有预言性的。说完，白剑海老神仙送别了云、彤二老和众徒弟。当晚他们就返回了北冰山南坡，在索鹤春那个洞府过了夜。

云、彤二老在路上的时候，好容易得个机会，向图泰转告了他夫人林氏的思夫之情，又告诉他，林氏住在我那挺好，你不用惦记着。她嘱咐你，要寒暖自珍。次晨，就第二天早晨，云、彤二老由达萨布罕陪同，他们坐着马车返回九拐。图泰、三巧、乌伦他们送出了一程又一程。图泰又叮嘱达萨布罕老玛发："我很感谢老玛发呀，到了九拐以后，你千万想办法，把二老送到东噶珊去。"达萨布罕慷慨应允："图大人你放心吧。"他们就这样依依相别呀。

再说图泰，二老这一来呀，又见到了白剑海老神仙，真像老虎生了翅膀，包括乌伦、三巧他们，各个都精神振奋，信心百倍呀。他们心中有底了，说干就干，马上开拔，直奔北冰山的北坡，北冰洞。到那时已是早晨，没想到，今天的天气特别好，真是艳阳高照。虽然是初雪的天气，这时候，在海边上，也不觉得冷，大海仍然碧波荡漾。他们到了海边，按照大清朝的规矩，巡查使过街，要敲着锣，打着鼓，所有的兵勇在前头开路，很有派头。

卡布泰率领众兵勇先过去，把北冰洞这个大院围个水泄不通。然后就报号，就是报哪地方来的？我们是朝廷什么部门的，是奉旨来的，干什么来的，得讲这些事。凡是大清国子民必须出来，一个一个得叩见大人，稍有违抗，那就可抓，可杀，就是这样。这是朝廷来的，到北边来，要说一句土话，扫北也可以，治乱也可以。这次实质上就是为惩治邪恶来的，是抓钦犯来的。

卡布泰率兵勇呼啦围上以后，紧接着，三巧、文强、乌伦，还有雷福、麻元、牛老怪、常义，各执自己的刀剑，就立在图泰的两边。图泰有自己巡查使的令旗，令旗上是个图字。大家都站好以后，卡布泰就命令，所有北冰洞里的人都迅速出来。这时，洞的人都不能不出来，谁敢不出来，杜察朗、马龙、猛哥、刘佩、娄宝、齐宝、八宝禅师黑头僧、一条鞭邵小侠、邵小侠的恩师一空长老、千山洞府北海真人、震北海刘辰刘清宇、白云观西寺住持一字眉、羽化仙翁陈道长和小金龙（一杆毒银枪）一个个地站在那块儿，还都挺威风的样子。

图泰看了看马龙这些人以后，就命令卡布泰率领雷福、麻元、牛老怪、常义进到屋里头，给我搜查一遍，有没有隐藏的人。他们进去以后，不大一会儿出来了，跪地禀报："禀报大人，我们已经察看了，屋里头没有隐藏人等。"图泰就说："现在我命令黑龙江将军衙门署下富凌阿章京，宣读钦命谕旨。富凌阿过来，宣读谕旨：

钦命北疆巡查使图泰，奉旨巡查北疆，清理北疆防务，舆地安危，缉拿不轨之徒，并录记当地的人口、防务、差役、行事等，一应诸项，尔等必须详实禀述，不准隐瞒谎骗，违者就地从处。钦此。

大清国道光二年十一月吉日。

图泰今天没穿官服，二品顶戴也没戴。为什么呢？他知道肯定会有一场恶战，因此不能穿袍服，戴那个顶子，那能打仗吗？今天他穿的全都是武将、武士打扮的衣服，身上系的非常紧，还系着腰带。马龙他们看的非常清楚，知道来者不善哪。马龙他们也是这个打扮，他知道，今天肯定是你死我活一仗。富凌阿宣读完了，图泰接着讲："命令尔等速到富凌阿大人处，报号画押，不可违误。"这时候，兵丁已经搭起了棚子。皮棚子都随时带着，棚子一搭上，上头罩个皮罩子，里头放上桌子，而且有暖炉子，准备的挺齐。在北方，这个活动，都带着小暖炉，暖炉里头有火炭，因为随时记东西冻手。这些事我就不讲了。

单讲富凌阿宣读完了，就坐在棚子里，等着来人报号。图泰又接着讲："本官，业经各省衙门的折子、文秘禀报，我们已知白云观西寺的住持一字眉、羽化仙翁陈道长，老仙师，还有少林寺的一空长老和他的弟子邵小侠等，他们已有出关的文档，我们已经阅过，现在可免再报号画押。"这两位老仙师过来，马上给图大人跪下磕头，谢大人。图泰说："站到一边。"

其他人一看，就毛了，因为啥呢？说书人还得向阿哥多说几句。清代的时候，管理也挺严哪，特别是出关，辽东以外，是大清皇帝的龙兴之地，不能随便来，来的话得有腰牌，前书已经讲过。都通过什么办法来办呢？有的借着朋友的关系，或者用赎买的各种办法来弄到腰牌，有了腰牌才能出关。到关外就由当地的打牲衙门管理，你住在这块儿必须有证。达萨布罕他们就是这块儿人，打牲衙门就管，人家有那个证，外边来的人都干什么来的，都得到打牲衙门那登记。都画什么押呢？非常细呀，比如说，问你，叫什么名字，一笔一笔写上。外号是什么，是干什么的，为什么到这块儿来，从什么地方来的，都到过什么地方，来这儿都作了什么？哪些个行省衙门放行的，有什么凭证，有什么印记，一样一样都得拿出来。你说你来这做买卖的，做什么买卖，跟谁做，问的很细，必须一笔一笔写清楚。你不写清楚，随便来，你是流寇，还是盗贼呀。龙兴之地不是随便乱跑的地方，何况，这又是边关重地，是北疆，是大清国的国门。所以说，巡查使来查这些事，人家问你什么，你都得说清楚。不过从乾隆以后，松散的厉害，有不少人就钻了这个空子。现在道光爷就要堵住这个漏洞，派钦差特使到北疆来，巡查这些事情。特别是边关一带，不是谁都可以来的，也不能随便跟罗刹打交道。一些部落的土民，连大清的黄龙旗都不认识，这样下去，国不为国，家不为家，多可怕呀。图泰他们现在做的事，就是亡羊补牢的事。图泰这么作，实质上就逼着马龙他们亮相。

这时，站在马龙身边的八宝禅师黑头僧站不住了。这些天来，黑头僧见北疆矛盾重重，觉都睡不着。从上次和三巧一战以后，他对三巧挺佩服，特别是这些人把穆哈连暗害了，他挺有看法。原来在京师的时候，他对龙福春和穆彰阿那些乌七八糟的事，就不愿意听。马龙逼他一定到北边来，他想到北边云游一下也好。到这儿一看，边疆的事情作的对呀，人家兢兢业业，为守国家的疆土，抛家舍业的，还把人家给杀了。孩子那么小，由老林家给养着，你看多出息呀，她们的剑法多好呀。所以说，黑头僧，不管咋的还挺正义，当时没怎么和三巧打呀。我前书已讲了，后来三巧又让了他，他非常感激。他想到一个地方歇息，养养伤，然后就回到内地去，自个儿悄声回去。哪知道，让马龙又给套住了，说啥也不放。马龙拉着他，想让他做他一个好帮手，就这么又把他拉到了北冰山。

黑头僧曾经跟马龙说："不行，不能这么干，马龙，这样你就没有大的前程了，你还想不想活呀，怎么能跟朝廷作对呢。"马龙说："不要紧，我靠的是穆大人。"黑头僧说："不管靠的是谁，看你做的事正不正，你做的不正，你靠谁都不行，早晚得完了。"马龙就是不听。所以，这回八宝禅师一看，图泰很讲理呀，对那些到这边来，有证据，有印信，而且没做不轨之事的人，像一字眉陈道长，一空长老他们，人家都放行了，你看多客气。咱们到这儿来，跟朝廷要野蛮，这么做不行。他想过来，就喊一声："图大人，我有不对的地方。"他下一步要说啥呢？请朝廷给我治罪，我现在要报号画押，我错了，将来你们怎么处置都行。

哪知他刚想走过来，身边的马龙，早就提防这个。"师父，你怎么要变心哪?”一把就把他脖领子拽住，好悬，把黑头僧拽一个趔趄。图泰生气了：“马龙，胆大包天，在本大人面前你敢放肆!”这一说，三巧和文强、乌伦马上亮出剑，就过来了，干什么，要对付公堂，这是朝廷，你太放肆了。马龙干脆不管这一套，刷刷也把刀拿出来了，摆出要干仗的架势。图泰说：“马龙，大胆，你知道自己的罪，难道还不束手就缚吗?”

就在这时，站在马龙身后的毒银枪小金龙，大喝一声，跳了出来。他这次来，是马龙把他挑起来的。他过去曾经在山西闹过事，被当时都统衙门抓过，后来，跑出来了，是马龙救了他。那时候马龙在穆彰阿府里，想办法把他给赎回来。所以，小金龙很感激马龙，对马龙是言听计从，就跟着他来了。他一看马龙生气了，自己就抢先跳出来，破口大骂，而且非常狂妄，谁敢碰碰我的毒银枪，谁敢来，干脆就叫号了。

三巧中的大巧马上跳出来说：“我穆巧珍，来制服你这个小破枪，你太放肆了，来吧。”巧珍嗖一声就蹿过去，整个的院里头，就听到飞啸剑声。看不着人，转圈都是剑，亮光一闪，就把小金龙围上了。小金龙这时看不到人，光看到亮光。他拿着长枪，是一杆银枪，缨穗也是白的，耍的挺花柳，像海中蛟龙一样，也挺麻溜。两人滚到一起，打到一起了。一个使长枪，一个使剑，看起来，他俩的速度都挺快。打一会儿，巧珍想我不能跟他这么干，赶紧制服他，这小子太嚣张了。这时，巧珍霍地跳起来，来个旋天剑，就是身体腾空，然后身子一悠，平行画一个圈。她把剑往下画，大圈画小圈，越画越小。小金龙呢，拿枪在下边乱捅达呢。没想到，人家跳起来，在他头顶上，来一个大旋转，就把他脑袋削下来了。像削萝卜似的，先把耳朵削没了，接着是脸蛋没了，嗖，嗖，脑袋全没了，咕噜，咕噜，滚出多远哪。剑相当厉害，把整个脑袋削掉了，脸上的肉也削没了，光剩个骨头棒子。顿时在场的人都吓呆了。

可是也有不怕死的，千山洞府北海真人震北海刘辰刘清宇也跳出来。他知道，自己的师弟被困了，他的窝巢和师爷、师傅修炼的地方，已经被他们占去了，所以，他恼羞成怒，就大摇大摆地跳出来。他使的是八百斤重的青龙偃月刀，是关公，关老爷使的。他进来就把刀耍起来，人家没上，他先耍，让大伙看看，显示一下自己的功夫。他正耍着呢，巧兰就耐不住劲了，跳出来，飞啸剑一响，寒光烁烁，大声说：“你个妖道，我现在也削你这头来了。”巧兰这一喊，就过来了。他的刀甩起来了，占的面积大呀，呜呜呜直响，对手真不容易到跟前。他把刀甩圆了，快把场子占满了，不少人直往后退。巧兰的剑进不去，只好在地下滚。他的刀只能平行的来回耍，因为海边有很多带棱的石头，刀往下甩就容易碰到石头块，所以刀不敢太往下砍，一砍就崩，那就完了。他的刀砍一砍，赶紧抬一抬，真不方便，他不知这个情况。巧兰就抓住这个时机，他的刀不敢往下削，只能往上砍，巧兰就等他的刀刚一抬的时候，来个滚躺剑，刷，刷，滚到他脚底下。他刚过去，刀往回一甩，身子还没过来，巧兰已到他屁股后头，飞啸剑，悠悠过去，剑搁他后腰整个旋下来，他上身抱着刀，悠，跑了，光剩下身。大家正看的起劲的时候，突然，他上身没了，光剩一个血墩子，直冒血，扑通一声倒下了。

说起来，很快呀，也就两个眨眼的工夫，刘清宇就完了。巧兰站在中间大喊："如意侠杜察朗，罪恶滔天，我今天要你的狗命，你害死我的阿玛穆哈连，你害死我的母亲丫丫，你害死我的叔爷林翔鹤，我要报这个血仇，取你人头来了。"巧云也蹿出来："二姐你出去，我来取杜察朗的人头，他死期已到。"可把杜察朗吓坏了，杜察朗这时，心突突直跳，他当时就盼老瓦头来。瓦力佳尼亚曾告诉他，你不要怕，他们真要来攻你的时候，我们都来帮助你。这会儿，瓦力佳尼亚怎么还没来，他盼着俄国人赶紧来。巧兰和巧云一声喊，他吓的赶紧往椅子里头钻，他们堆几个椅子，平时在那儿跳舞，俄国人来玩的挺多。

这时，马龙一看，要来对付杜察朗，他不让了，举刀就过来："来呀"，就要砍巧云的剑。马龙心慌了，他把刀一甩，刀尖，啪一下子正好碰在石砬子上，等他一看，自个儿大砍刀的刀尖没了。马龙就用这个没有刀尖的破砍刀，跟巧云打到一起了。这时巧兰、巧珍也过来了，他们三姊妹对打马龙。

图泰见三巧跟马龙打起来了，就大喊："所有的反叛人等，凡是愿意投降朝廷的，朝廷可以免去极刑，现在你们放下屠刀，到富凌阿大人这儿来。"这一喊，娄宝、齐宝，还有刘佩这些人，恨不得早点让图泰发话，自己保命要紧，就急忙跑过来，把刀扑通一扔，就跪在富凌阿那边儿。八宝禅师黑头僧，也不愿跟着他们，也抱着自个儿的大禅杖过来，把禅杖往地下一扔，就跪下了。富凌阿领着兵丁，简单地把他们捆一下。

这时，图泰本打算上去，直接跟马龙打在一起，想把三巧解脱出来，自己去收拾这个罪大恶极的马龙。他恨透了，清除这个恶徒，为师父清理门户。就在这时，突然，旁边的炸药响了，俄国人弄好些炸药，而且还弄些小炸弹，做的非常先进，用铁皮子包着，炸药一响，铁皮子一崩，崩死很多人。

就在这紧急关头，跳出二十多个野蛮的哥萨克人，有的拿枪，有的干脆拿着炸药，有的拿着火把，拿着大棒子，一起冲过来了。图泰一看，不好，他们穿这身衣裳是要点火呀。图泰已注意到，事前小猛哥讲了，他早就看到了，这是美孚油，一点起来，这些人全死在这块儿。他又一想，云、彤二老讲的，不能造成和俄罗斯的正面冲突，避免引起大的事端，因为朝廷没有准备。图泰一看这个形势，马上把乌伦召唤过来，急忙地说："乌伦，你带着三巧做先锋，赶紧冲出去，不要在这里恋战，这块交给我。"乌伦说："不行，大哥我不能把你扔到这儿，不行。"图泰说："一定听我的，你忘了，云、彤二老是怎么嘱咐我们的，现在，罗刹已经上来了。"乌伦一看，也只能这么办，就喊一声："三巧。"三巧一听有人喊，不知怎么回事，噌噌噌就跳出去。

马龙正打得有点招法，没想到，这三个小丫头蹦出去。他刚一愣，图泰上来了，图泰就跟马龙打到一起了。这真是，仇人相见，分外眼红。本来是，在京师那天夜里，图泰跟马龙就曾经碰着过，后来，搁京师又打到这儿。他过来以后，就没找着马龙，现在总算把马龙找到了。图泰一见马龙，肺都气炸了，他边打边说："马龙，我现在奉师父之命，亲自来拿你，你死期已到，把脑袋给我。"马龙说："休想，我今天要你的脑袋呢。"两人乒乓地打起来。

这时候，图泰有点求胜心切，担心罗刹把火点着。正担心的时候，罗刹真把汽油点着了，轰隆一响，油桶就着起来了。图泰一惊，马龙的刀就过来了，刷的一下，搁他后背捅了一个很深的口子，图泰憋住气，没倒下去。马龙以为图泰完了，他正看大火的时候，图泰咬着牙，举刀冲过来，狠狠地给马龙几刀，把马龙给攮到那块了。马龙死的时候，眼睛还睁着。图泰一看马龙死了，解了心头之恨。这时，他回头看看，不知三巧他们走没走出去。

就在图泰和马龙两人厮杀到一起，滚一起，在血泊中挣扎的时候，让远处的卡布泰看见了。卡布泰是乌伦硬拉着他，按大哥的命令，赶紧护送其他人撤退。可是图泰走不了，他心里惦记着。卡布泰看到图泰的影子，干脆就喊："乌伦那，你赶紧带他们走。"他把手一抬，一边跑一边喊："大哥啊，大哥啊，我来救你，我来救你。"也拿着大刀，冲过来，跳进了当时正呼呼燃烧的火焰中去。卡布泰拿着刀乱剁，那是在大火中，是一片火海啊。图泰、卡布泰还有被剁成肉泥的马龙，就这么葬送在烈火之中。

单讲，小文强在后头，也不顾一切地跑回来，救图泰叔叔。他搁京师来的时候，父亲就跟他说，你就跟着图泰叔叔，好好跟他学，好好学他怎么做人，学本事，将来为国做出贡献。图泰现在正受着烈焰的煎熬，还身负重伤，小文强，心如刀割，一看卡布泰叔叔冲过去了，自己也拼着命，拿着宝剑，也冲过去。他想，我一定杀死所有的刁贼，跟我的叔叔，图大人死就死在一起吧，他抱着死的想法就冲过来了。小文强冲的时候，因为跑的太快了，他忘了地上都是石头，这块是山崖底下，满地都是石头，而且还淌着油，道又非常滑，一个跟头就被绊倒了，立刻就把他埋到火焰里。他还没跑到那去，火已冲到他身上了。

这时，被后头的小猛哥看见了，赶紧过来追他。小猛哥想，好兄弟，你这纯粹是送死呀。小猛哥在火苗中，把昏迷中的文强抱出来，文强碰的满脸是血，一声不能出，身上还呼呼着着火。小猛哥身上也着起了火，浑身都是火苗。他俩像两盆火似的，小猛哥抱着文强跑了出来。

乌伦见势不好，也冲过来了，大家用身上的布和包袱皮子啪、啪地打，把他们身上的火扑灭了，总算救了文强和小猛哥，俩人身上都受到了严重的烧伤。乌伦一看，现在形势特别紧张，他命令，三巧和富凌阿带着所有的俘虏，赶紧下山，不要在这个是非之地，早点走出去。这时三巧就过来了："乌伦叔叔，你相信我们，我们会替图泰叔叔报仇的。"她们三个噌噌就走，也没顾跟乌伦说一句话。乌伦感到形势紧迫，时间不赶趟儿了，我不能把这些人都葬送在火海里，那就违背了图泰大哥临终的命令。所以，他赶紧带着这些人下山去了。

单说三巧，眼睛都红了，你想，现在图泰叔叔已经没了，卡布泰叔叔也没了，小文强和小猛哥又被烧伤，也躺在那儿昏过去了。她们的怒火就冲上来了。这个时候，瓦力佳尼亚老头儿，领着罗刹鬼大喊大叫地往上冲。这帮人没有一个是牧师的打扮，全都穿着武士的衣裳，而且不少人就穿着中国人的衣裳，跟中国人没什么区别，你要不细看他的眼睛和鼻子，都分不清，就认为是打猎的武士。罗吉采夫、柳果罗夫冲过来了，三巧她们都见过。说书人已经讲过，那是在獾子洞，他们去抓都木琴妈妈的时候，这两个人都在那儿，而且他们正在花天酒地的享乐，三巧把他们围住了，后来把他们遣返回国。这回一看，罗吉采夫和柳果罗夫已经换了样，他们说的中国话："这是我们俄罗斯的地方。"三巧说："胡说，这是我们大清国土地，你敢随便来。"罗吉采夫说："唉嘿，我不单要到这儿，我们还要往前走，你们挡不住，黑龙江、松花江那都是我们的地方。"三巧一听，恨的咬牙切齿，都亮出了自己的剑，就向他们冲过去。罗吉采夫大喊："我告诉你三巧，我们会中国武艺，我现在不用我们罗刹的拳术，就能对付你。他叫柳果罗夫，我们学过二十年的中国武功，你们三个小毛丫头，敢跟我们碰。"罗吉采夫也使一对铁杵，就是铁棒子，不太长，非常粗，柳果罗夫使的金箍棒，外国大力士都爱使这个，觉得解渴，有劲。铁棒子耍起来，一般人是不敢上前的。

三巧明白，跟这些人不能硬碰硬，自己使的是宝剑，那是飞啸剑哪，又细又软，跟他硬碰能行吗，就得巧取，不能跟他的武器互相打来打去。三巧这时互相使了一个暗号，就蹿出来，嗖一声，就没了。罗吉采夫和柳果罗夫，拿着棒子和铁杵，还到处找呢，找了半天也没找到三巧，他们不知三巧到哪去了。三巧纵到树上去了，院子转圈都是树，没有声，悄悄纵上去了。

瓦力佳尼亚老头儿，是他们的主子，站到这块儿，指挥他俩给我打，赶紧把三巧杀了，咱们就是胜利。因为三巧的名声，在罗刹人里头，早就挂号了，他们把三巧的身世和她们的名声早就传到了圣彼得堡，亚历山大沙皇都知道，让他们一定想办法除掉这三女。所以他早就制定了一个巧妙的计划，并进行了部署，先让马龙和中国人打起来，让他们之间先争，争到最后，我们再出面，用火烧，而且用火一个地方一个地方地烧，一定干干净净地消灭掉。

罗吉采夫和柳果罗夫是这么个打算的。他俩转圈一看，见不到人，就慌了，到处找，他们往上看。俄国人个高，不那么灵巧。三巧那动若猿猴呀，身轻敏捷。他们刚想往树上瞅的时候，三巧已经纵身而下，剑一指，头冲下，像鹰似的，两个脚一并，嗖就下来了。她们姐仨同时下来的，快就快到这儿。这两个罗刹鬼刚想往上看的时候，三巧就冲下来，这剑一下来，就变成了旋空剑，刚才巧兰曾经使过。三巧她们是一个手并着自个儿的腿，双腿并的非常紧，头冲下，右手握着剑，把剑伸到头之前，变成一个直线形，就下来了，风挡不住，像针似的，速度相当快。等你刚反应过来，说实在的，已经不赶趟儿了。所以，罗吉采夫、柳果罗夫，还不知道怎么回事的时候，自己觉得身上一凉，也就完了，两人扑通就倒下了。

这时候，一些哥萨克兵就往上冲，那些人哪是三巧的对手。老瓦头一看不好，先跑了。三巧想，其他人不重要，图泰叔叔和乌伦叔叔，早就有话，一定要抓住这个罪魁祸首。过去不知道，认为他是一个好老头儿，没想到，很多事情都出自他的手，他是个刽子手。更可恨的，三巧阿玛穆哈连大人，就是死在老瓦头的计谋之中，他是主要祸首。她们要为自己的阿玛报仇，就得跟他算这个血债。可是罗刹兵马把她们挡住了，她们三支剑刷刷一开，罗刹兵一个个都逃了，光留下马。这时瓦力佳尼亚噌噌地跑，他也会武功，噌，就蹿上了一棵老槐树。但是，他不知道，三巧从小是云、彤二老教的技术，能蹿山崖，多高的山崖儿蹿就上去了。她们在山尖上走，在树梢上走，犹入无人之境，如履平地。她们三个，一看地下没有，就知道这个老头儿准上树了。按老头儿走的方向，她们一算，肯定在前边这两棵树上。她们三个就包围这两棵树，噌噌也上树了。她们三个一看，中间那棵树有个黑影，他在上边抱着树呢，屁股撅在外头，藏在那块儿，这纯粹像个野鸡被抓一样，脑袋钻到雪里头，屁股露在外头。三巧捂着嘴，悄声地，没臊出声来。他妈的，你这个老头儿，光知道藏脑袋，不知道藏屁股。巧云嗖的一声，就纵过去，她是搁这个树蹿到那个树，剑从瓦力佳尼亚肚子里豁进去的，连尸体带巧云的剑就冲下来，巧云等他冲下来，摔在地上时，自个儿把剑一收。这倒好，这个剑搁他后屁股沟子扎进去，可能也扎到了心窝，搁心窝子到脊梁骨，刷又一回来，把整个肚子来一个椭圆型的大开膛，把肠子掏到山涧里去。这鲜红的血有好几丈长，这是个大山涧哪，一片白雪，这条红线伸出很远哪，就看这个尸首呼啦，呼啦，滚进了山涧。巧云说："好啊，让咱们大清国的各个野兽们，去尝尝鲜吧。"就这样，三巧她们一路厮杀，犹入无人之境。按照图泰叔叔在临行前跟她们说的，一定打到罗刹河。罗刹河就是乌第河的河源那块儿，到那块儿就不过去了。因为圣祖爷已经画线了，乌第河以内，是咱们的地方。三巧明白，到那块儿，咯噔就站住了。三巧血染征衣，胜利凯旋。她们往北看，还有不少的俄罗斯的残兵败将，骑着马，正往远处逃呢。往南边看，大清国土在白雪皑皑之中，恢复了原来的生气，阳光灿烂，充满了生机。三个姊妹满怀胜利的喜悦而归。

这时候，嗒嗒嗒，马蹄声响，乌伦叔叔赶过来了。他手摇动着大刀，直喊："三巧。"后头跟着的是麻元、雷福、牛老怪，还有常义他们，牵着马都过来了。乌伦说："孩子，赶紧上马，现在咱们赶紧回去收拾战场，去找咱们大哥的尸体。另外，咱们办完以后，还得赶回去，赶到北噶珊，我们已接到达萨布罕的信儿，现在罗刹从西部又派来人马，准备要火烧北噶珊，形势紧急呀，咱们得马上赶回去。云、彤二老可能要遭殃，这些个本书在下回分解。

从此，飞啸三巧英名震，巾帼佳话传朝廷。道光皇帝特旨三巧入京晋见，健锐营校阅，后宫寿康苑献武，御殿皇太后看孙媳，要知三巧到京后的喜讯，请听说书人下章向各位阿哥们一一地讲述。

现在说书人，开讲第四章。
各位玛发、阿哥：
我说书人拿起了
紫铜色盘龙小口弦琴，
金光闪闪，巧小玲珑，
热泪津津哪。
用我这一腔的赤诚，
用我百灵的唇舌，
轻轻吹弹起，
雄浑的“乌勒本。”
讲不完、唱不尽的“乌勒本”啊，
世世代代，子子孙孙，
高歌我们可爱的故乡。
故乡哪，北疆，
北疆哪，宝藏。
这是大雕雄鹰一个月都飞不到头的层山密莽。
冬冬夏夏，涧谷里，
冰雪常卧翠荫。
这里是我们祖先开垦的漠北，
每一个点点花蕊，
每一片片绿叶，
每一坯坯沃土，
每一粒粒晶石，
都镌刻着先民的钟情啊。
拓荒的呐喊，
生命的印痕。
婴儿的初啼，
生存的搏拼。

一桩桩里，
一声声里，
讴歌着前进，
讴歌着胜利。
这是豪迈的足迹，
这是我们历史的印痕。
为这片土，
为这片林。
爷爷告诉我，
奶奶告诉我，
阿玛、额莫也告诉我，
要凭着生命爱它，
要凭着赤诚去护它，
要肯于献出我的忠骨英魂哪。

我说书人，
拿起红铜色的小口弦琴，
热泪满襟，激情奔放，
我要唱起“乌勒本”哪，
祭奠我们那些不平凡的朋友，
我的北冰山。
那是浓烟烧焦的北冰山，
那是热血沸腾的北冰山。
千朵万朵小冰凌花，在雪中绽放着，
画着图泰、卡布泰大人英魂的风筝，
在空中飘荡。
这是满洲人传统的古俗啊，
风筝代表着一颗颗敬仰的心，
飞向蓝天，
去告慰英灵。
这是达萨布罕老人从九拐，
带来子孙们的祭品，
这是乌伦、三巧、雷福四兄弟的一片赤情。

奇格勒善老玛发啊，
代表云、彤二老，
来到北疆，也放飞了三个龙旗风筝，
向图泰和卡布泰表示他们的思念之情，
象征大清的河山，
不容豺狼来染指。
这是举行虔诚的祭奠，
各个热血沸腾。
杀的鹿献上去，
杀的牛献上去，
杀的岩羊献上去，
杀的天鹅献上去。
牲血洒向海洋，雪野，群山，密林，
敬献群山，热血抛洒高原。
祭奠啊，请让
图泰、卡布泰英魂有知，
你们永远永远常在，
像北海风雪一样
永远激荡在世间。
呼啸的风雪，就是你们哪，
在阔步巡守着大清北国的沃垠。

乌伦、三巧、文强、富凌阿、雷福、麻元、老牛怪、常义、猛哥，各个痛哭不止。他们边打扫征杀的疆场，边整理着烧焦的石块和土地。罗刹狠心狼哪，他用汽油烧焦的坚石都熔化了，尸骨和土质、石头化到了一起，真是敌我难分哪。大家身披着板板皮，这里没有布匹呀，就把皮张披在自个儿身上，头上扎上小白花，表示自己的悼念之情。乌伦领着三巧、文强和雷福四兄弟，收拾战场，但是，在一片焦土里，人骨土质和石头凝结在一起，没法分辨出来，哪个是图泰的尸骨，哪个是卡布泰的尸骨。他们捧着土，痛哭着，呼喊着："大哥，你在哪里?"最后他们只好在北海的海滨旁，把这些岩石和尸骨，焦块，一块块地堆积到一起，用沙土和白雪堆起一个大的坟墓，上面撒满冰凌花。后来这里就出现一个有名的大土包。据后人讲，在光绪年间，有的猎人还看到这个土包上，已经长出了茁壮的松林。

图泰是一位年轻的英雄，他生于乾隆四十七年秋天，属虎，比穆哈连小四岁，满洲依兰哈喇图佳氏，自幼丧父，是赛府的家奴。年仅十四岁，就投入到吉林都统赛冲阿麾下，西丹兵，甚为勇敢。曾随赛冲阿大人，南征北战，到过四川、湖北、广州、陕西，在四川平寇中立过功。他始终跟随着赛冲阿，在马队中忠勇无畏，由赛冲阿把他选送到京师，推荐为侍卫，武功大进。后来又在赛冲阿府中做了总管，深得赛冲阿的喜爱和信任。正当年轻有为的时候，受道光皇上的钦命和赛冲阿、英和大人的委托，带着自己的夫人毅然来北疆巡查，殉难时年仅三十有八。此时赛冲阿还在陕西。

卡布泰生于乾隆四十八年，癸卯年，比图泰小一岁，他是黑龙江莫尔根当地的人氏，姓莫尔根氏，从小投军便随穆哈连，为护丁，后来升为搏十库，佐领，骁骑校，为人耿直，忠义英勇，力能伏虎，为世人所崇敬，终年三十有七岁。

乌伦和大家作了两个灵牌，就代表了图泰大人和卡布泰大人，把灵牌放在坟墓上，大家跪下磕头。祭奠完毕，乌伦说："咱们要走了，一块去看一看白剑老神仙，向老人告别。另外，也得跟老人把情况讲一下。这是个是非之地，请老人早一点离开为好。"这样，他们到了达萨布罕下边一个鱼网小噶珊，借来小帆船，乘船去白龟岛，一心想见白剑老神仙。

这天虽然风平浪静，但是天气寒冷，海边的水已开始封冻。他们把船在冰上往前推走一步，然后帆船开出去。麻元在这块渔民的帮助下，帆船很快就到了白龟岛。可是，他们一上岛就大失所望。老人的门已经锁着，不知去向。这时候，他们看到门的一侧立着一块木板子，是新破出的木头，还白刷刷的，再一看，那木板上用火炭烧出一首五言绝句。大家过去一看，上面写着：

尔来吾已去，圣师奏凯门，
万里清妖氛，采药悼英魂。

大家看了以后，心情万分感慨，而且感到那么苍凉。一看老人家什么事情都知道了，大家含着眼泪，细细玩味这首诗的意思。这首五言绝句是说，你们来了，我也走了。圣师凯旋门，圣师是皇师，皇家的兵，是指图泰和乌伦他们，你们来这儿是为国家而来，是为边疆而来的，是皇上派来的兵。你们现在已经得到胜利了，已完成你们神圣的使命，你们就要奏凯回京师去了，这我都知道。万里清妖氛，从京师到这儿，是万里之遥，清除了这块儿的妖氛，是指外敌的入侵和一些不轨之徒，在北疆破坏的事情，叫人感到非常心疼。现在你们把这些妖气清除了，这一片疆土更清澈，使大清的疆土又恢复了原来的样子。采药悼英魂，我老头儿现在采药去了，你们不要惦着我，但我心里头还是痛悼那些英魂，像图泰、卡布泰，还有好多的英雄，我心里头挂念这些人。老人的话，说的真是语重心长。大家擦着眼泪，又重新登上了小帆船，离开了白龟岛。

他们马上就要南下了，离开这片曾经征战的土地，离开图泰大人和卡布泰殉难的地方。这时候，乌伦、三巧、文强、富凌阿、雷福、麻元、牛老怪、常义、猛哥各个痛哭不止，谁都舍不得离开。图泰大哥你在哪呢？卡布泰大哥你在哪呢？现在他们谁也走不出去，但是，又不能不走，很多的事情，还在等着他们。只能是含恨泪别，告别北冰山的北冰洞。这时，麻元他们，选了匹最好的白马，马上驮着图泰、图大人的官服和他的顶戴，还有官印，司书文书，这些就是图泰仅存的东西。他的刀，他穿的衣裳和他随身那些东西都已经烧没了。那天全仗这些官服没有穿，所以保留下来，都驮在马背上。图大人的灵牌也驮在马的身上。又选了另一匹银白色的马，上头放着卡布泰的灵牌。这灵牌是用木头做的，底下带个座，上头一个小牌，写着满文字，把它绑在马鞍子上。这两匹马就由雷福、麻元、牛老怪、常义四个人护送。

当他们走到了北冰山的南坡，又到了索鹤春住的洞时，大家都下了马。这时，又想起了图泰大哥，怎么领他们到这块儿来，怎么进的洞，图泰的音容笑貌仍在眼前。他们拿起祭奠两位英灵的灵牌，跪下磕了头。他们把洞里所有的东西全都焚烧干净，省得流寇在这儿住，把洞口用石头堵上了。乌伦洒了酒，痛哭地说："图泰大哥、卡布泰大哥，咱们走吧，咱们要上南边去了，现在还有很多事情要办，大哥，请你们上马。"大家哭声，呜咽声和松涛声混在一起，真是天、地、人都悲痛啊。三巧哭的简直都不能动了，乌伦劝她们三姊妹不要哭了，可是，劝劝，自己也哭起来了。文强被烧后，身体不怎么好，好在上了林家的药，特别是巧兰殷勤的护理，伤口几天就起了嘎渣儿，脸没怎么受伤。小猛哥伤比他轻，也好了，他们俩也都骑上了马。这时，大家不停地擦着热泪，乌伦劝这个，又劝那个，好不容易才把大家集在一起。他们依依不舍地上了马，离开了北冰山。他们日夜兼程，往南走。

还要讲一下，这次走，他们是几伙人，第一伙是乌伦他们几个，只是缺了图泰和卡布泰，有两个灵牌，在队伍的前头。第二伙人马，是一字眉长老、陈道长，一空长老和他的徒弟邵小侠，他们也骑着马，这一伙人也回来了。另外，还有娄宝、齐宝、刘佩、八宝禅师，图泰对他们都很好，三巧对他们也挺好，因为他们也帮了不少忙，特别是娄宝、齐宝，所以，对他们特别宽宏大量。这些人也挺受感动，一看图大人，从京师远道而来，为了治理北疆，把自个儿的命都留在这儿了。人没回来呀，可他的音容笑貌仍在耳边，他们心里能没有感触吗，一个人怎么活下去，是苟延残喘地活下去，还是堂堂正正地为国献身，做一个英雄，他们能不想到这些吗？刘佩更是暗自佩服。这些人，每人也都骑着马。还有一伙人呢，那就是所抓的人，比如说，索鹤春哪，还有拉拉罕哪，和曾经在这里捣乱做坏事的人，就像拉拉罕的亲随等等。还有一帮人，是他们救出来的那些孩子，最小的刚五岁呀，咿咿直哭，穿的非常破。还有那些被救出来的女人，连孩子算上，足有三百来口人呀。全仗着达萨布罕帮忙，从他们部落借的车，也有从雅库特人那儿借的车。车里头坐一些孩子，上头都有搭的棚子。这车，说实在的有十六七辆，一路上浩浩荡荡。这些人由富凌阿照顾，他管着地方的事啊，还有众兵勇在后头压阵。

闲话少说，大家催马扬鞭，很快就到了九拐，到了达萨布罕老人住的地方。达萨布罕老人，领着自己的儿女和他大妻，一块儿出来迎接。见到乌伦，还有三巧，把他们让下了马。他们拉着手，达萨布罕老泪纵横，自己非常难受啊，就说：“我跟你们一路去的，回来呀，我又接你们。心里头很悲痛，图大人哪，就这样，把自己的英魂扔到了北疆，他是为咱们大清北疆，大清国门，献出了自己的生命，他要永远在那儿站岗啊。卡布泰大人，也是个好人哪，也留在那儿了。请放心，你们回去吧，我会随时到那儿去祭扫的，逢年过节，到那儿烧几张纸，我们磕个头，去看看图大人和卡大人。你们放心吧，这块儿，就交给我们吧。以前，我们不知道这个事，从我小时候，说句心里话，也没看咱们清朝的官员来过呀，有时候兵马一来，到那堆个石头，弄个敖包就走了，也不到我们屋里坐一坐。这次，图大人你们来了，我懂得了，守国门的事情，人人有份呀。我是这块儿的一个首领，这事你们放心，你们不给我这个任命，我也要做到底。”乌伦真是感激万分，富凌阿说：“哎呀，有您老这样忠于大清的人，这是我们国家之幸啊，非常感激了。”

他们坐下来，边吃着饭，乌伦就把这次管辖的范围，和富凌阿一起画了图，让老人看，并告诉老人：“您老这次要额外地负担，管辖的范围还挺大呢。往北边就到了海边，五底河一带，这块儿也是你们打猎捕鱼的地方，原来你们已有人，现在那个地方就由你们管了，包括那个毒烟洞、北冰洞，还有白龟岛那块儿，这是北边的地方。南边，你们要管到潘家寨南边的独龙山的独龙口。这一片地方，足有二百来里方圆的地方，面积挺大呢。黑龙江将军衙门，打牲总管衙门来这设立打牲总代办处，在这建立的哨卡，掌管北疆最北的事情，都交给你达萨布罕了。我们随时发给你印信，我们还随时接济你们银两，帮助你备办一些用品和马具什么的。你要随时了解情况，人口户籍的登记，也都是你们的事了。以前朝廷这方面做的不够，这次朝廷向这块儿各族部落的首领道歉，弥补过去这方面的损失。希望你们把各族的人口，都管起来，过些日子咱们把其他散居的部落都集中到一块儿。”

富凌阿把打牲衙门总代办的事向老人讲了，同时把拉拉罕和他的亲随也带过来。乌伦向老人说：“我们把拉拉罕也交给你了，我们相信他，相信他能够悔改。”拉拉罕现在非常惭愧，在他哥哥面前，低着头，觉得对不起自己哥哥，哥哥对他这么好，可在暗中还跟哥哥较量，想跟他哥哥争当头领，与哥哥争权。这次他被抓住以后，朝廷这么信着他，也没关他，也没押他，还让他骑着马，待他这么好，一路关心哪。他原以为，这次肯定把他带到将军衙门，不知是死还是活呢。没想到，这次乌伦把他放了，他能不感激吗？他扑通跪下了，就说：“乌大人哪，大哥，我对不起你，给你丢脸了。乌大人请你放心，我拉拉罕，以后再做对不起咱朝廷的事，我自己就把这个胳膊砍掉。”乌伦好言劝他，拉拉罕痛哭流涕。

事情安排好以后，他们连夜起程，浩浩荡荡的队伍，继续南下。他们很快就到了潘家寨，到小客栈那块儿，他们又下了马。客栈老主人领着人在外头跪着迎接，而且还供着图大人和卡大人的灵牌，供着香果。看起来，他们已经知道了，这块儿不少人都来这儿上供，来这儿迎接。他们简单寒暄几句，跟老掌柜含泪告别，继续南行。

到独龙山那块儿，他们又站下了。因为已经有探子来告，穆大人在松树上天葬的棺椁，早已被烧了。三巧下马叩拜，痛哭流涕。乌伦也下马，给穆大人叩拜。可惜，穆大人的棺椁没法带回去了，这块儿全让俄国来的匪徒，还有被他收买的一些雅库特不明是非的人，一把火给烧了，也是一片灰土。来这儿，三巧捧了独龙山的一块石头，把石头立起来，上头非常像个小灵牌，她们就把这块石头拿回去，因为她阿玛穆哈连，是在这个洞里被害的。当时，卡布泰他们想的简单，就在树上供起来，没想到，敌人是非常阴险的，连供的棺材，他也给你毁坏，焚烧掉了。原来想，在胜利凯旋回来的时候，把棺椁带回东噶去，现在没能做到，后悔也来不及了，只好带着一块独龙山的石头，当做穆大人的一个灵牌，由三巧亲自捧着，继续南归。

他们昼行夜息，很快回到了北噶珊，因为他们惦记的是北噶珊。此时的北噶珊，今非昔比，一片萧条。三噶咱们讲了，是个品字形的山，北噶珊挤在中间，建筑非常宏伟。那边是东噶珊，是个高山，西噶珊也是高的，三个高山各有其主，西噶珊是达斡尔族的领地，东噶珊是云、彤二老林家的门户，北噶珊那是杜察朗他们大家族所在的地方，来这儿已经有几代了。从明代正德以来，一直到清朝的嘉庆，越来越繁华，要搁正德算起，这块已有三百多年，如果搁嘉靖算起，也有二百八九十年，历史悠久，很出名呀。说实在的，这块最属北噶珊活跃，来的人最多，京城的人有，各个将军衙门的人也有，而且是各样土特产品的集散地，来人必须经过山下这块儿，买卖人也相当多。可是，这次他们回来就不一样了。说书人已经提到，瓦力佳尼亚这个老头儿，可以说，他是罗刹打入大清朝内部的一个主谋者，一个奸细呀，很多事情，都是他策划的，表面对人相当好，像一个慈善的老者，后来才知道，很多事情都掐在他的手里，他是一个左右乾坤的人物。他早就按照俄罗斯亚历山大沙皇的命令，到一定的时候，先铲除这个眼中钉，要破坏北噶珊。因为从明朝以来，这个地方是最有影响的中国的一个象征。北噶珊像火一样呀，只要瓦力佳尼亚一传那个密报，这块儿的人马上就动手，把所有的洞口，所有的山，所有的建筑化为灰烬，这是他们计划之中的事。他们知道，虽然杀了穆哈连，现在大清又派来个图泰。图泰来了，也像对待穆哈连那样，如法炮制，杀掉他。他们一旦得手的时候，就动手，把北噶珊和大清朝在这块儿所有的据点，用火一烧，让你寸瓦不存。所以他们信心十足地，北上，东进，南下，占领这片土地。他们什么招都使尽了，只要能占领这片土地就行。他们把柳米娜派过来，给你做媳妇也行，给你生孩子也行，只要把杜察朗这些人笼络住，这块就由他和他底下的人秘密管辖。柳米娜非常喜欢自己的孩子，特别是二丹丹丢了，日夜茶饭不思。瓦力佳尼亚就说："丢就丢了，到时候，你给我回俄罗斯去。"所以，柳米娜偷着哭了好几次，她知道到一定时候，这块可能片瓦无存了。柳米娜想赶紧把二丹丹找回来，然后再说下一步的事。

这回二丹丹和三丹丹都回来了。二丹丹不愿住在她阿玛的北噶珊，就愿意到西噶珊去住。她跟她额莫说："奇格勒善那边好，我到他那儿住。"柳米娜怕老瓦头追她，就同意了。一天晚上，她们娘仨悄悄地跑到了西噶珊。多亏她们娘仨跑出去了，第二天早晨一看，北噶珊火光冲天，寨里头哭声、喊声不断。那北噶珊住着几百号人，包括佣人、奴婢啥的，都死在里头。有不少人跑出去了，但没地方跑，就往山涧里跳，都摔死了。也有个别的被他们抓回来，又扔到火海里，真惨哪！火连着了两天半，一直到完全落架为止。这还不算，他们露出风声，说柳米娜跟奇格勒善是一伙的，也要烧他们。奇格勒善大玛发想，你们还是走吧，别在这儿呆着了。这块是是非之地，有罗刹人在这块儿，他们也很危险。奇格勒善把这个想法告诉了云、彤二老，云、彤二老也是这么说。

再说，东噶珊和西噶珊离黑龙江挺远，运东西不方便，山上粮、米、面都没有，老吃山里的东西能行吗？盐、米以及烧柴、火石镰等用的东西，搁哪来，过去有北噶珊，这块儿买卖交换比较活跃。这回北噶珊没了，时间一长，说实在的，在这两个山住的人，就不好办了，运东西也是个麻烦事，口粮能存多长时间？云、彤二老现在也着急，就等乌伦他们回来，把这事安排一下，然后必须得离开。

云、彤二老和奇格勒善他们正在焦急等待的时候，乌伦和三巧他们跑来，向两方面的老人叩拜。他们和二丹丹、三丹丹团聚一起，大家又高兴，又难过。云、彤二老，把现在的情况一讲，俄罗斯现在是步步紧逼，相当嚣张，而且，下了毒手，咱们不能坐以待毙，得想办法，就跟乌伦说："你们怎么办，赶紧回朝廷禀奏，这朝廷是怎么安排的？"二老非常着急呀，乌伦说："请老人不必着急，我们现在先安排好这边的事情，然后很快就向朝廷上奏，我想朝廷会有安排的。"

乌伦首先安慰老人家，稳定稳定情绪，接着又说："富凌阿大人，过些日子就回黑龙江将军衙门，把这里的情况，禀报以后，就会知道一些信儿。另外，我们在北冰山和九拐、潘家寨，都建立了打牲衙门的代办处，这样朝廷就有了下头的抓手，建了些哨卡，整个北疆不像过去了，茫茫一片，没人管。现在不同了，下头都有我们自己的人，比以前好多了。我们请云、彤二老和奇格勒善老玛发帮这个忙，特别是奇格勒善老玛发，您是达斡尔族人，山下也有你们的人，这块儿还得请您承担这个重任，就是西噶珊这块儿，我们还要设一个打牲衙门的代办处，由您来管。您过去就承担过这个使命，已经有多年了，只是杜察朗从中作梗，总是破坏，您老忍让。现在，您就不用管杜察朗了，他已经被我们铲除，请您老就仗义执言，把这块儿管起来，朝廷非常感谢您呀。”奇格勒善说：“既然这样，那你就放心吧，这是我的家，我不怕，我走到哪里，这块儿都是我的家呀。罗刹来了，也不怕，我就跟他打。”乌伦说：“不会的，他不敢那么做。”

在东噶珊，他们重新设了灵堂。把穆哈连、图泰、卡布泰的灵牌，供奉上。说书人，还要沉痛地讲一句，三巧偷偷哭着告诉云、彤二老一件事，二老听了也掉了泪。就是在北进北冰山的时候，当时烈火着起来，图泰他们受伤的时候，说书人感到过意不去，因为当时，我没有说。他们带去的小莱塔，见图泰受了伤，就冲上去了，嘶咬罗刹人，小莱塔让罗刹的烟火和马，给践踏而死。小莱塔的尸体，也跟图大人、卡布泰大人一起化成了灰烬。所以，他们这次回来，除了有穆哈连的灵堂以外，又有图泰和卡布泰的。另外，三巧又在北冰山，拿来一块小石头，也供到那块儿，她们说：“这就是我们的小莱塔。”二老眼含热泪，他们共同供奉捍卫北疆的英雄。乌伦他们心里非常难受，望着自己亲如手足的图泰、卡布泰的灵堂，他们为国捐躯，皇上要知道，肯定会嘉奖的。另外，又想到小莱塔，这是个义犬哪，也为国尽忠了。乌伦他们焦急的等待，已派人三千里飞报黑龙江将军，把图泰他们光荣殉国的事情，呈报给朝廷，让道光皇爷知道这件事情。那就涉及到下一步，这些人的安排。他们现在一直等待着，深信朝廷知道这些事迹，一定会非常高兴的。

说书人向阿哥们先说到这里，我们要一转话题，把各位再带到京师，带到朝廷那边去。因为我再讲朝廷的时候，不是现在的时候，而是图泰他们刚离开京师，去北边不久的时候。话又反过来说。图泰他们去北疆，那是赛冲阿大人、英和大人极力举荐，道光皇爷心情又好，刷，刷，刷，龙笔一挥就按两位老大人的意思，写了赐命，北疆巡查使图泰，从二品，到那办什么事儿，要一体周知，图泰这么带着人走的。现在这个事儿，离过去已有三四个月了。可以再告诉各位，图泰走了以后，京师这边，就没闲着。有人说好话，认为老大人办了一件好事儿。这是为国争光的事情哪，是为儿孙担忧的事情。不少人就说，赛大人好，英大人好，你们竟做好事儿了，真是佛爷心肠。你们都要退了，还为咱大清国想的这么远，多少年来朝廷没管北边的事了，现在罗刹越闹越凶，他的脚已经插到咱们门坎上了，他的刀就悬在咱们头顶上，不能不管。这回皇上派去人，做的对，做的好。这是这边人这么说的。

但是也有说坏话的，把这事尽量往坏处讲。单有一些人，好扯老婆舌子，背后到皇帝跟前，到皇太后跟前，就吧吧，尽说脏话，真是居心叵测。他们说："那是赛冲阿和英和大人，哗众取宠，他是耸人听闻，尽说些个吓人的话，没那个事儿。他是培养自己的力量，那是他们的爪牙。"有人说这个，甚至还有人讲："图泰那个人，是谁府里的总管。因为给他家做好事了，就抬举他。图泰现在是从二品，够什么二品，他还是个毛孩子。"这些人在皇帝耳朵跟前吹风，道光不听吧，就到皇太后跟前说去。说的最多的，就是穆彰阿、那清安这些人，就是后来的年轻人，他们瞧不起老掉牙的人。有时候，皇太后就听他的，因为这些年轻人会办事，能投其所好，脑袋特别活。这些老家伙一个个脑袋都非常僵化，啥事都老八板，就转不过这个弯。人家不是这样的，能看风使舵呀。皇太后想要啥，她刚一想，还没等说呢，就给你送来了。你不是爱北方的珍品吗，我马上给你弄来。过去说书人没说过吗，像海象牙、海狮牙，都给你弄来。他请英吉利的匠人，雕刻大船，船上有上百个形态各异的人，有跳舞的，有唱歌的，有老的，也有少的，有女的，也有男的，刻的那么逼真，可把皇太后乐坏了，这真是天下奇珍，便送去了，讨好啊，让皇太后高兴啊。皇太后就跟道光说了："你别老用老臣，老臣我们要敬重他，但你不能像大行皇帝，你皇阿玛在世时那么做呀，你要开拓，要按原来那么做，还叫什么青出于蓝胜于蓝。所以，让那些老臣离的远点吧，让他们到别的地方溜达溜达去。"后来不是把赛冲阿弄走了吗，英和也不当军机大臣了。军机大臣有兵权，那多厉害，让他光管管户口、人口这些事情，管国家命脉的是工部尚书。

穆彰阿也起来了，他到处讲这个事，每次见到皇太后，只要太后一高兴就说："太后啊，我们从读书到为官，一直升到一官半职，没有十年八年不行啊。现在太后你看，赛冲阿家里一个佣人，一个总管，一升，呼啦一下就是从二品，多快呀。这件事，不给咱们朝廷丢脸吗？这样下去，朝中的众臣，众官员都心灰意冷，谁还替咱们皇上卖命啊！”类似这些话，说来说去，在太后耳边这么一吹风，时间长了，皇太后必然有想法呀。她肯定要跟道光说呀：你这是怎么弄的，能这么掌皇权吗？

说来说去，道光实在没有办法了，只好按皇太后的懿旨，刷刷刷，又下了一道谕旨，催促三千里急送函，把圣旨赶紧飞报过去，告诉黑龙江将军衙门和盛京将军衙门，北疆的事情，还按原来办理。前些日子，所派出的巡查使，让他们赶快回来，不要这个职衔了，就是罢了图泰他们的官。

这件事情，我说书人向阿哥们在前回书里讲过了，就是赛冲阿他们听到这个信后，曾经来过密信不是吗，图泰和乌伦他们看了以后，就想，在新圣旨没来之前，抢时间，按原来那个圣旨办。那时这样办，不是抗旨，那是尽职尽责。所以说，图泰和乌伦就抓紧北进，到了九拐，而且到了北冰山，嘁哩喀喳，很快就把事情办完了，铲除了妖氛，现在他们又回到了三噶。图泰和乌伦非常聪明，当时他们已猜测到这一点。如果这个圣旨那时要接到就麻烦了，北冰山就没法去，九拐也没法去了，因为他们已被刷了。好在，这道圣旨没来之前，使他们顺利的，本应该办的事情，都办了。真是按白老剑客诗里讲的话：“万里扫妖氛”，所有的邪恶都扫干净，凯旋而归，现在正是这个时候。图泰大人为了天朝的安危洒尽一腔热血，献出了年轻的生命啊。使穆彰阿这些人的野心，没有得逞。

单说，现在乌伦那边还等着呢，皇帝能给他们奖赏吗？哪知道这个圣旨下来了。这个圣旨是由内务府转来，是个官帖，不是皇帝钦命的，是交给盛京将军、黑龙江将军的。官帖由黑龙江将军往下发，很快呀，飞马就送到了三噶。在西噶珊的接旨人，就是乌伦。因为啥呢？黑龙江将军已经知道，图泰早就战死了。但是，皇帝的旨意下来，得接着办呀，所以，官帖照样下来。乌伦巴图鲁、富凌阿、三巧、文强、雷福等跪地接旨。此乃内务府，转呈盛京将军、黑龙江将军衙门文书。官帖是这么写的：

兹奉旨遵行，北疆事宜于盛京将军、黑龙江将军衙门等部，按历朝执行巡访，打牲、丁户诸任，不另设冗员，免生推诿之弊，不利精政也。特遵谕议定：免原北疆巡查使行在驻所诸任，特委富凌阿章京，全权代行北疆总管职任，晋四品衔。图泰、乌伦等人返归原差。一体周知，照行勿误。

大清国道光二年十二月吉日。

这个官帖是什么意思呢？就说我们奉旨，遵着圣旨来办这件事的，北疆的事情，还是按照过去盛京将军、黑龙江将军衙门，历朝对这儿管理的办法，不另设冗员，这样免生一些互相推诿的弊病，不利于精政。特别是遵照皇帝的谕旨，免去原来北疆巡查使行在驻所诸任，免去图泰和乌伦这些人的任职，所说什么从二品都不算了。特委富凌阿章京，由他全权代理北疆总管事务，晋升为四品衔。图泰、乌伦回原差，一体周知，照执无误，就按这个办吧。这个官帖一下，图泰也好，乌伦也好，这回啥权也没有了，返归原差，你原来干啥还干啥去吧，就是滚回家去吧。你图泰是什么官呀，不就是赛冲阿家中的一个总管吗，回去当你的总管去吧，乌伦不是搁英和那儿来的吗，还回到英和那儿去吧。这些，多伤人心哪。

他们看到官帖，想到马龙曾经跟图泰说的话："你管管你自己吧，别太嚣张了，你将来还不知什么样呢。"马龙还说过："你是朝廷命官，我还是呢，你别想着你这个官大，不一定哪天就下去，那时还赶不上我呢。"所以，穆彰阿跟马龙他们早就通气了。什么北疆赫赫功名，这个圣旨一句没讲，你就返归原差吧，实际上就是罢了官。这些个英和、赛冲阿心里明白，这肯定是穆彰阿这些人干的，他们为的是排斥异己，下了毒手。

这一弄，乌伦已经什么都不是了，因为，英和现在是户部尚书了，他在军机处的时候，还有侍奉，到户部就没有了。说实在的，乌伦回到京师以后，也没什么侍卫衔了，乌伦非常难受啊。而且，像文强、雷福、麻元、牛老怪、常义他们，过去都是跟着图泰一起来的，图泰要有个一官半职，立了功，他们将来也会有功的。这回呢，图泰被刷了，他们就等于跟着白来一趟，什么功名都没了。这是朝廷对这些英雄们一个沉重的打击呀。他们从京师到北疆来，抛家舍业的，为国出力，结果接到这样一个圣旨，你说他们心里多难受吧。另外，使他们更感到难受的是，现在还不知道三巧她们怎么样？原来那个特旨中，有体恤她阿玛穆哈连之功，她们有五品侍卫衔，这回还不知道保留不保留，这个官帖干脆没提。他们各个心灰意冷，心都凉透了。他们都很年轻，哪遇到这个事。他们在北疆叱咤风云，不要命的征杀，大干了一场，最后闹个这样的下场，所以，心情都非常不好。

乌伦一气之下，就领着三巧，还有雷福四兄弟和文强，匆忙地到富凌阿大人处，乌伦说："你快管事吧，这些个都交给你。"富凌阿是个忠厚谦虚的人，到这儿来，跟这些人处的都挺好，他接到这样的官帖，也感到突然。他想，我哪能受了这样的恩宠呢，说实在的，图泰大人，命都撒出去了，卡布泰的命也撒出去了，不少人受了伤，功劳是大家的呀，我只是跟着干些事，这些功劳哪能一点不提呢，天朝怎么这样对待这些人呢。所以，他完全理解乌伦和三巧的心情，自己也不好受啊。富凌阿亲自设宴想安慰大家。但是，谁能吃下去呢？大家郁闷了一宿。

对这件事儿，属云、彤二老最通达事理啊，应该说，姜还是老的辣呀。云、彤二老说："孩子们，乌伦，你们不要这样，我相信，当今的皇上还是圣人。"咱们知道啊，云、彤二老和道光皇爷旻宁的关系很近啊，旻宁当皇太子时就跟他学武艺。他知道道光旻宁是热心肠的人，他想干事业，不会糊涂，也很聪明，不会被一些人驾驭，他知道什么是真，什么是假，云、彤二老心中有数。所以他安慰乌伦他们："乌伦哪，各位孩子们，你们一定要相信当今皇上的圣明。这么处理这个事儿，也没什么，将来咱们也不能老来这儿管这些事儿，有黑龙江将军衙门和富凌阿大人他们管这事儿，管的对，你们不能老来这儿。所以皇上这个官帖，也不是不可以的。至于你们的功劳，到一定时候，我相信皇上，会给你们一个很好的答复。我相信旻宁，他是一个很正直的皇上，这一点，一定要坚信。另外，咱们作为大清国的臣民，以忠孝为本，为国家尽忠的事情，做到了，那就是咱们分内的事。如果是没想贪得什么，咱们也应该学那位疯老人，帮助人做了好事，并不要求回报。咱们要学白剑老神仙，帮助出那些主意，人家是云游天下，并没要什么好处。"乌伦，诚恳地认真地听了云、彤二老的话。当然云、彤二老这么讲，也是为了安慰他们。他心中也很惋惜，也在想，皇上为什么下这么一个旨意？今后还叫人怎么干呢？这确实让人寒心哪。

正当他们心里头难受的时候，忽然飞马来报，圣旨下，又来圣旨了。这回是圣旨，他们都大吃一惊。怎么飞马传来圣旨，而且喊的清楚，命穆哈连之女，命图泰、乌伦众位将军领旨。大家都感到非常奇怪呀，怎么又来谕旨了，而且这次讲的是圣旨。上次大家接到的是官帖，是盛京将军衙门和黑龙江将军衙门重新办的文书，把圣旨的意思重新以官帖的名义发下的。这回不是，是从京师三千里以外直接送来的，是道光爷直接给他们几位写来的圣旨，这分量可不一样呀，而且亲自送圣旨的是皇上的御前太监彭公公。

彭公公是皇上身边的人，直接送来的。他骑着马，跑了三千多里，到北疆来。而且，彭公公在读圣旨之前，还向各位讲了些话。他们接圣旨的时候，这些人慌忙摆好了香案，都跪在那块呀，包括云、彤二老都跪下。大家多高兴哪，是道光爷亲自给下的圣旨，云、彤二老、乌伦、三巧姊妹，还有文强和图泰的几个爱徒，雷福、麻元、牛老怪、常义，跟随来的小猛哥也跟着跪下了，接圣旨。彭公公宣读圣旨："朕，（就是皇上）新悉（刚知道）三千里外急奏，北疆获胜，扫清恶氛，吾喜之。特旨云之：

> 大清国北疆巡查众将，图泰、乌伦巴图鲁、卡布泰众卿，并穆哈连将军之女，五品侍卫衔穆巧珍、穆巧兰、穆巧云三女及所属众位将军，尔等舍生忘死，英勇御俄，固我北陲，震我清宇，激扬巾帼之志，壮我神威，堪得朕欣慰之甚耳。特命尔等近日妥善安排杂务，择时入京陛见。北疆诸务，应按前旨遵行勿怠。
>
> 大清国道光二年十二月吉晨。

大家跪下叩头谢恩，吾皇万岁，万岁，万万岁。云、彤二老，这时候站起来，又给彭公公叩头致礼。彭公公马上说："哎呀，不敢当，我给二位老恩师叩头了。"为什么叫老恩师？因为云、彤二老是皇上的师傅，彭公公又跪下叩头。云、彤二老，马上把彭公公扶起来。乌伦等人把圣旨接过来，就请彭公公进到屋里，坐好了以后，云、彤二老命旁边的佣人，赶紧献上茶来。这里有福来，还有林氏，大家都进来了。这时云、彤二老对乌伦说："你看，皇上多么惦记你们这些杀敌的英雄，皇恩浩荡呀，朝中有公正之使呀。"他没多说，意思是说，皇上对你们是嘉奖，而且让你们晋京陛见，特别让三巧晋京陛见，我们为你们高兴哪，过些日子，你们就能见到皇上，你阿玛哈连在天之灵，也能瞑目了。你们功勋，受到皇上恩宠，我相信图泰和卡布泰他们也都瞑目了。老人说着，擦擦眼泪。

彭公公第二天，吃完了饭就返回京师，大家送出很远，这些就不多说了。

再说，他们就都惦着图泰的夫人，林氏呀。他们都看到林氏了，非常懂道理，精神很好，而且还见了各位。乌伦巴图鲁和三巧都叩拜了，包括文强和雷福、麻元他们四兄弟，也都叩拜了夫人和师母。但是他们都讲，真替图大人难受，而且也担心林氏怎么办？谁知就这天夜里，她自个儿跟大爷们啥都没说，知道事以后，也没看她掉一滴眼泪，林氏是特别刚强的人。但是夜里，就不知她上哪儿去了。

云、彤二老，很关心自己的侄女林氏，图泰为国殉难，怕她承受不了，始终都注意她。就因为三巧她们回来了，老哥俩格外喜欢三个小姑娘，那是心血培育的，走了就惦记着，天天想。这次回来了，又回到自个儿身边了，真是喜欢不够呀。他们从小把她们拉扯大的，现在成人了，而且是扫恶英雄，连皇帝都说是巾帼之志，确实没辜负老哥俩的重望。皇上让她们晋京陛见，那是对她们的奖赏，最高的奖赏，最高的礼遇。奖赏以后，必有各方面的恩赏。因为云、彤二老在京师呆过呀，那肯定将来要看她们的武功呀。二老能不高兴吗，觉得这功夫没白费。所以，到晚上的时候，三个孩子就睡在他们身边，这老哥俩在三个丫头跟前，都睡不着，看看这个，看看那个，怎么看都看不够。这孩子快走了，又要离开咱们了，这回到京师，还能回来吗，将来她们到哪儿去呢？哎呀，我们已经老了，还不知道将来怎么办呢。他们想这些事，就没注意隔壁的林氏。

突然，云、彤二老心里咯噔一跳，挺机灵，马上镇静了，云鹤就跟彤鹤说："咱们看一看，小丫睡了没有。"他说这个小丫，是指他弟弟翔鹤的小姑娘来说的，就是图泰的夫人。他们惦记着，她知道丈夫图泰走了，身上戴着孝。跟她一解释，林氏挺明白，心里还很好。但他们知道，女人都是这样的，忠于丈夫。所以，他们怕她寻短见。他俩想到这儿，赶紧过去看看。他俩一进屋，屋里没人，灯还亮呢。上前一看，留下了一块白布，白布上用墨笔写着两句话：祝二老长寿安健快乐，侄女叩拜。就这两句，其他什么都没写。云、彤二老一看这话不好，这是绝命书，马上把乌伦，三巧叫起来。大伙分头去找，找了很长时间，把东噶珊各地方都找遍了，也没有找到。

第二天才知道，她是跳山涧，为自己丈夫殉死。东噶珊山相当高，就三巧她们练武的地方。大伙下到山底下去，把林氏的尸首扶起来，麻元他们把她很好地安葬在山下。这个壮烈的林氏，一点没让别人替她分忧，自己就这么走了，非常悲壮啊。乌伦就知道，这个责任我还得回到京师承担，因为图泰留下一男一女，都在赛大人府中，这是过去咱们前书讲过。乌伦、三巧等人跪在林氏的坟前，把图泰的那个木制的灵牌一块埋在了林氏的坟中。然后大伙一起跪下磕头。乌伦悲痛地说："大哥、大嫂，请你们放心，我回到京师以后，你们的孩子就是我的孩子，我会很好地照看他们，抚养他们，请你们安息吧，大哥，乌伦给你叩拜了，嫂子，乌伦给你叩拜了，你们安息吧。"林氏就这么壮烈地走了。

他们回来以后，又送别了富凌阿，他要回到自己的将军衙门交差了。富凌阿拜别了大家，又拜别了二老，骑马带着兵勇和那些小孩、妇女回去了。

乌伦还有文强、猛哥和雷福几个兄弟，就住在云、彤二老这里，他们这些人，在这儿好好歇息。有时候，他们就到西噶珊去。乌伦巴图鲁还惦记着二丹丹，二丹丹也住在西噶珊，乌伦就过来了。

没呆两天，猛哥又告别他们，先回京师，因为俏俏还在京师。乌伦说，这边事已经办完了，你先回去吧，到京师咱们再会。

文强呢，就住在三巧这块儿，说句心里话，文强的心和三巧的心，越来越近。特别是巧兰从心里头挺愿意跟文强在一起，所以，他俩处的还挺好。这些事，巧珍和巧云也看出来了，虽然她们互相都没有说，但心里都明白。

他们想多住些天，都舍不得离开二老。云、彤二老说，晋京陛见，我看最好是春暖花开的时候，那就是京城旧历四月的时候，你们三月时走最好。这样，你们就来这块儿一起过个春节。过完春节，在路上再走三十来天的时间，就到京师了。因为陛见，皇上肯定要看三巧比武，冬天穿衣裳比武不灵活。再说，皇上、皇后、皇太后在外边看，天冷都不方便。天暖的时候，京师的花开了，在外头一些活动都方便。皇帝并没让你们马上进京，说的是择时，我看这意思很清楚，皇帝还是让你们天暖时走，别着急走，在这儿歇息，歇息。乌伦你也跟二丹丹在一起住些天，从新婚以后，你们真没在一起度过蜜月。云、彤二老想的多周到呀，让他们在晋京陛见之前，来这儿好好歇息几天，你们也够辛苦的了，何况，图泰和卡布泰去世，大家的心情都不好，在这儿换换心情，然后再启程。

小麻元和牛老怪，就跟师哥、师弟雷福和常义他们住在西噶珊。常义和雷福也愿意在老阿玛跟前多住些日子，享享父子之间的天伦之乐。另外，更主要的是，他们惦着不成气的老七，这回已经带回来了，跟他一路上讲这事，你要对得起阿玛，对得起咱们家族。老七这次决心痛改前非。他们也想晚走几天，多开导开导他七弟和八弟，现在你自己感到错没错，杜察朗怎么样？全完了。

现在不讲，他们哥几个在云、彤二老和奇格勒善这两位老人家里，歇息这一段的事儿。讲一讲乌伦，三巧等人，为什么能够接到令人扫兴的官帖，生了一肚子闷气，正心灰意冷之中，又突然由彭公公亲自飞马送来了道光爷御笔圣旨。这么突然，这么快，为什么？让人不好理解。原来，事出有因。

自打那次，赛冲阿大人和英和大人，急匆匆地写给图泰、乌伦一封手书，他们就始终牵挂在怀。而且在这之后，赛冲阿遵从旨意，去陕西巡查，至今还没有回来呢。在离开之前，他就嘱咐英和："你要时时地盯住朝廷，有半点风吹草动，你赶快告诉我，也要告诉图泰他们，皇上一时招架不住，很可能撤了原来的旨意，咱们的计划可就要前功尽弃呀，那将是国家的不幸啊。"

不巧，英和又因为河南土匪之乱，去了河南巡访。走之前，他就向自己身边的户部主侍，叫袁鹏、袁大人，嘱咐这件事。我要下去，你帮助我注意朝里的变化，特别是，你一旦听到关于北疆有上报的奏折和一些来报，有关下头边关的形势的事儿，你只要知道这信，一定让人飞马到河南告诉我，可不能耽误啊。袁鹏就答应了，说："大人你放心。"

不久，英和在河南就接到了一些信函，关于图泰他们在北疆节节胜利的信，他也知道他们从潘家寨到了九拐，搁九拐又进了北冰山，这一路上的事儿，老头儿知道的非常细。前些日子也接到了黑龙江将军衙门，他的好朋友，副都统依尔登阿的一个传报，报告一个大喜事，说图泰等人已经平息了北冰山，大获全胜。但是，使他最痛心的是，赛冲阿的爱徒图泰已经命丧北疆，与他同时战死的还有卡布泰等人。这个事使英和大吃一惊，天天茶饭不思，晚上连觉也睡不着。第二天赶忙安排一下，让侍郎（随他身边的）留在河南，自己急匆匆就回来了。

在半道上，英和就听说，皇上的圣旨，确实下了。他跟赛冲阿事先最怕的一件事，现在已经发生了。那就是皇上把原来根据他和赛冲阿的奏请，任命图泰为北疆巡查使这件事，给撤了。现在谕旨已经下去了，而且据新的谕旨上讲，仍然交给原来人去做。新去这些人，都回来，原来干什么还干什么去，实质上把图泰和乌伦他们全刷了。这件事虽然是在他们预料之中，但是心里非常不快，就怨道光旻宁，怎么这么糊涂呢，哪能办这个事呢，即或有的权臣从中作梗，你也应当明辨是非呀。如果按这个谕旨办，图泰等人就彻底被免掉了，一切的功名完全化为乌有。到北边去，哪怕丢掉了生命，也没有功禄可言，哪有这样的是非？将来谁还为皇上卖命呢。这样下去，不但你的威名扫地呀，你出尔反尔，你将来在朝纲治理方面，怎么能有说服力呢？谁还佩服你呢，这不成了昏君吗？另外，他又觉得更不好的是，把我和赛冲阿这些朝廷老臣，名声扫地，甚至有些人，更要中伤我，好像我们是欺骗了圣上，使圣上犯了错误，这样下去，将来还不知道闹成什么大祸呢。必须赶回去，想办法跟皇上讲清这件事，撤掉这个圣旨，这是最要紧的，可不能一错再错。

此时的天气严寒，虽然河南那块还不算太冷，但是，风雪一刮起来，他在轿车里头，只听到外边呜呜的风声，冷风吹到轿里，也是挺冷的。自己坐在轿里就想，这时候可怎么办呢？陕西这么远，即便马上能找到赛大人，也不赶趟儿了。回去可找谁商量这件事呢？他想来想去，就想到了他的老哥哥，智多星戴均元。说起来这事，都是他们一起商量定的，出差了，赛大人不在跟前就得找他了。

戴均元，是大学士啊，太子太保。这个人刚直不阿，敢于说话，还有办法，在朝中很有威望。他是三朝元老，从乾隆朝开始，到嘉庆朝，都是赫赫有名的人物。他最有能耐，就是会看地理，会看风水。过去一般建基地陵寝，建皇陵啥的，没有不找他的。偏偏这个老头儿，今年也真不顺。因为皇上信着他，皇太后信着他，让他帮助亲王爷管理裕陵，没想到，有几个柱子让虫子给嗑了，出了窟窿，为这事出了事。他虽然不是具体管的，也跟着吃了锅烙，也被牵连上，免掉了太子太保，在家里呆着呢。

前些日子，英和就听说老哥哥有病，知道他现在挺不吉利，公开出面，恐怕不太可能。有两件事，对他很不利，头一件事，就是前书说过，大行皇帝驾崩的时候，让他们来看看皇帝的遗言，遗训，这个事他们给弄错了，挨一顿皇帝的斥责，而且被贬了官，好长时间没被重用。今年好容易给他安排一个活，有了差使，可他管理裕陵又出事了，就这么不顺当。英和心里想，除了戴大人，还有谁能帮这个忙，能出主意呢，没有，找不着这样的人。还得找智多星，在赛大人不在跟前的时候，只能是找他。就这样，他一路想来想去，就回到了京师。

到了京师以后，在家里简单地安排一下，第二天早晨，自己收拾收拾，坐了轿，就去看望他尊敬的智多星大哥，戴均元。戴均元大学士，现在是抱病在家，几天也没有出来了。家人来报，说英大人求见，他知道英和老弟来，肯定是有急事呀，快请，快请，就把英和大人给请进了屋里。俩人在客厅坐好，互相寒暄了几句，英和大人就说："我来看望老哥哥。"戴均元就笑了："不要说客气话，你是无事不登三宝殿，你说吧，我现在是非常背啊，恐怕也帮不上你大忙了，你说吧，什么事？"

英和就把他现在遇到的急难事情，告诉他，什么皇上发了圣旨，然后又收回圣旨，这些愁人的事和气人的事，就讲了一遍。朝廷有人对他作梗，而且，赛大人没在跟前，你看怎么办好，就这个事。戴均元听了就笑了："我说老弟呀，你怎么现在一时糊涂起来了。他找，你也找呀，咱们这些老臣，在朝中有几代的威望，在太后面前，在皇上面前，都敬咱们几分，何况你英大人，他们更敬重啊，要比后起之秀，那清安、穆彰阿这些年轻人，咱们更有能耐呀。"戴老先生的话，说的很清楚，英和也明白，他找，你也找。只兴他们到太后跟前，乱讲些什么，你也去讲，咱们也能吹风，咱们为啥不讲呢。说起来，也真够气人的，这些个年轻后起的，就像穆彰阿、那清安这些人，隔三差五就到皇太后的耳边嘟嘟这个，或者说几句流言飞语，中伤些个老臣，制造朝廷中不和，给朝廷引起不少罗乱。

太后也好管事儿，她总惦记着朝中之事，因为她想，道光旻宁，是她一手扶植起来的。所以，道光每件事，她都要过问。其实这些老臣，也不是不能够到太后跟前去说，这里还不能不说几句实话。该咋的，皇太后为人还是挺好的，是很正派的人，她还不是愿意听阿谀奉承的话。皇太后自从嘉庆皇爷驾崩，道光登上大宝，就封她为恭慈皇太后，现在是道光二年，十一月以后，最近又加了御号，封为恭慈康豫皇太后，她受到道光皇帝的尊敬。皇太后年轻时候，深得嘉庆的喜爱，是嘉庆的爱妃，不但长的美，而且才华出众，现在的岁数，也就是四十多岁，长的非常年轻。在宫廷里头，吃的好、穿的好，保养的好，多少人侍候着，心情又非常舒畅，所以，一点不见老，现在仍然是朝中众嫔妃中的一流人物。皇后虽然比较年轻，但都没有老太后那么美貌，那么有风采，那么动人。她对朝中的老臣还是非常敬重的，因为这些老臣，都是嘉庆爷身边的爱臣，辅佐他丈夫的。不少的老臣，都是她丈夫没当太子之前，就是乾隆所爱的人，是乾隆朝的进士，受到了太上皇的宠爱。嘉庆就接了这个好摊子，把这些人接过来，辅佐他二十五年，成为一个守业的好皇帝。这里有老臣的功劳，这些事情，恭慈康豫皇太后完全明白，现在人家还没告老还家，仍然是兢兢业业，勤勤恳恳，帮助小皇帝，帮助道光爷在治理国家，这些人不可亲不可敬吗？所以，康豫皇太后明白这个。就因为这些，老臣觉得自己有身份，不像一些年轻人在太后面前，今天嘚嘚这个，明天嘚嘚那个，这样有失体统。

戴均元大人讲的非常对，咱们只不过没有去说呗，要真到皇太后那儿讲一讲，把道理说清楚，让皇太后知道这里的是非曲直，她也不一定就听穆彰阿那些颠倒黑白的话。英和大人一想，也正是这回事，咱们有些事到太后那解释一下，太后明白了，就不会出现差错。所以说来说去，圣旨发了以后又改了，这个责任还是咱们没把事情做到家，这事和咱们自己有关系。英和大人说："戴大人，你讲这些话很有道理，那咱们就去找皇太后，去说说？"

戴均元听英大人说完又笑了："英大人哪，我现在还说一句，知迷者常误。你想想，咱们用去找皇太后吗？用得着吗？犯得上找她去吗？咱们去了，给人家添了很多麻烦，人家就得接待，又得迎送。现在看来，不必要费那么大劲儿。我告诉你，你找谁就能把这事儿办了，还用皇太后吗，麻烦那么大，费那么大事儿。"英和问："你说应该找谁？""找太子呀，现在就找太子，什么事都能解决。"

戴均元这句话一说，使英和马上豁然开亮，真是呀，正像有句唐诗上说的："山重水复疑无路，柳暗花明又一村。"前头的路一下子就亮了，原来好像是瞎子走路似的，眼前都是黑的，不知怎么办好。赛大人没在跟前，遇到些急事，自己一时就蒙住了。这回让戴大人给点化清了，对呀，找太子呀，找他，这事还有办不成的？太子是谁？就是道光皇帝的第一个儿子，叫奕纬。现在是奕纬贝勒爷，是宫廷里头，最高贵，最受各方面喜爱、尊敬的贝勒。皇上喜爱，皇太后喜爱，皇后也喜爱，像众星拱月一样。对，就找他。

说起来，奕纬贝勒这孩子，也真招人喜爱，非常聪明、伶俐。他生于嘉庆十三年，戊辰，今年算来才虚十五岁，也就十四岁，属龙的。这个小奕纬，道光皇帝当太子的时候，就非常喜欢，他走到哪儿，必带着这个小儿子。这个小孩，总是在阿玛、玛发身边跑前跑后。常跟他阿玛一起到外边郊游，打猎呀，总是在他跟前，不离开他左右。所以，道光爷在做太子的时候，身边的很多朋友，奕纬小贝勒都认识，像赫赫有名的穆哈连、图泰，还有后来的乌伦，这些人，小奕纬都非常熟呀，都跟他们处的好，大伙也都喜欢他。这个孩子，很机灵，长的又好看，大眼睛，长眉毛。不但马骑的好，在马上射箭也射的好。而且诗文还好，得到大家的钟爱。嘉庆二十年的时候，小奕纬刚八岁，在马上很多的小英雄围着他，护着他，他跑的最快，马骑的最好，都管他叫马上小英雄。嘉庆皇爷每次检阅健锐营的时候，他带的人，除了有他的太子旻宁以外，还有他的孙子，小奕纬。嘉庆皇爷对奕纬，寄予很大的希望，将来前途无量，可能是承继他皇业的一个称心人。嘉庆皇爷把对他的小孙子比做自己的祖上圣祖爷康熙帝，对待自己的孙儿乾隆那样的宠爱，他也愿意那么想，我一定把我的小孙儿奕纬培养成未来的小乾隆，承继我的皇业啊。正因如此，在嘉庆二十四年的时候，小奕纬刚十二岁，就正式册封为贝勒，这是很不简单的事情。所以奕纬，在皇宫内，别看他年岁小，是非常有威望，有影响的一位贝勒。应该找他呀，英和跟戴老先生想的就一致了。

这事想清以后，英和告别了戴大人，坐轿回到了自己府中。他见奕纬那是非常方便的，英和为啥能容易见到贝勒爷呢？因为奕纬好长时间了，就拜英和为师。英和很喜欢他，小贝勒奕纬常到英和家去，他对乌伦相当熟悉。乌伦没走的时候，他常跟乌伦学武艺，学枪法和剑法。乌伦到北疆以后，小奕纬常去英和府上问，乌伦哥哥回没回来，所以，他跟乌伦的关系特别亲。

英和从戴大人府上回来以后，就忙着办理这件事。他让正在他府里帮助办事的袁勤来办这件事儿。袁勤是户部袁鹏大人的小儿子，这小伙子挺勤快，而且是学武功的，就让他赶紧把他亲笔写的书函送给小贝勒。英大人告诉他：“小袁勤哪，你马上到贝勒府上，先见万使臣，万老师爷，他就是小贝勒的老师，又是贝勒爷的护卫、亲随，你把这信赶紧交给他，我有事情。”

小袁勤接到信以后，就慌忙地骑着马去奕纬贝勒府。袁勤是乌伦巴图鲁的好朋友，他们常在一起切磋武功，所以成为知己。又因为他的父亲，也在户部，是英和大人手下的重要官员，一来二去，关系就更密切。这小袁勤还挺有意思，他有一段很不平凡的历史。你别看长的瘦小，单细，可他的文采很好，非常聪明，过目能背，诗也写的好，当时出名的一些举人和秀才，都说袁勤将来肯定能状元及第。所以，袁鹏他们夫妇两个，对自己儿子也寄很大的期望。他很佩服各样的奇侠武艺，像图泰、乌伦巴图鲁这些人他都很敬佩。自己总想出去，学点武艺，他爹妈，袁鹏和夫人看的很紧，但没有看住。他偷偷跑到了峨眉山，拜金掌铁罗汉为师，一学就是八年。家里丢了八年，不知哪去了，搁官府找，到处找，都不知他到何处去了。把袁鹏夫人哭的像个泪人似的。袁鹏想，我从来没干过坏事，谁把我孩子偷走了，还是暗杀了呢？他想不明白，夫妻俩思儿整整思了八年。老母亲思念孙子，大病不起，不久就去世了。

有一天，这个丢了八年的袁勤，突然回来了。进屋就给父母磕头。袁鹏夫妇，喜出望外，抱着儿子痛哭不止。袁鹏领着孩子到奶奶墓前祭奠，袁勤跪下叩头，悲痛万分。袁鹏在母亲墓前说："不孝的儿子，把你孙子给你领来了，你瞑目吧。"后来他们才知道，小袁勤偷着跑到峨眉山学艺去了，已经出徒了，现在已是二十四岁了。他跟金掌铁罗汉学黑沙掌。这个黑沙掌相当厉害，打东西时，你铺上一尺厚的软纸，纸底下铺上木板，他搁纸上头用掌打下去，上头的纸完好无损，但是底下的木板子断裂几块。他就有这个能耐。这个功夫使乌伦、图泰他们非常佩服。小袁勤回来以后，很勤奋，除了练功不辍以外，自己还学学诗文，把八年落的文学、汉学和满学都追上了。第二年，朝廷为健锐营选才，英大人就举荐袁勤。健锐营是皇上身边的御林军，那些将士们，武艺都是一流的，而且文武奇才，真是矮子里头拔大个，一个拔一个。没想到小袁勤还头中前榜。他平时除在健锐营习练武功以外，闲暇的时候，常到英和大人府上去。父亲就跟他说："袁勤，多帮帮英大人，他身边的乌伦哥哥已到北边去了，有些护卫的事和一些活，你不要挑挑拣拣，多帮助干一些。"这样，袁勤在英和大人府上，就代替了乌伦巴图鲁，什么活都干。

再说，袁勤把这封书函给了万师爷以后，万师爷一看是英大人的信，马上就交给了小贝勒奕纬。奕纬对英和大人是很尊敬的，接到信函后，不知道是什么事，就领着万师爷，坐上了两匹马的轿车，师徒两人赶着车就到了英和的府上。

英和把奕纬他们领进了屋里，奕纬问："不知道英伯伯有什么事找我呀。"英和就说："小贝勒，今天我给你看点东西，我想跟你好好谈一谈。"然后就跟万使臣、万师爷说："你来这喝茶，好好歇息，我领小贝勒，到我那屋走走。"万使臣就说："大人，您请便，请便。"就这样，万使臣就在客厅里喝着茶，吃着糖果，歇息等候。

英和带着小贝勒奕纬，进了乌伦巴图鲁侍卫过去练功的房子。这房子也是英和自己练功的地方，外头下雨不方便，就在屋里头练。屋里摆着各样的兵器，有刀、枪、剑、戟、斧、钺、钩、叉，还有各种的锤子，各种的链子，反正有各样兵器，不单纯是十八般兵器，样样都有。屋里面积很大，有腾、跃的地方，也有翻滚的地方，设备挺齐全。像这样的练功房，一般来说，大的府内，家家都有，这不算什么稀奇的事，而且小奕纬他的府上也有，这对他来说没太注意。不过，英和把他领到里头，搁这个大的练功房往里走，里头是一个单独的小屋。这屋也不小，地上铺着地毯，地毯上绣着花，非常好看，两边都是柜台，柜台雕刻着各种花饰。柜台上，摆了一圈小人，小人的脸都用各种彩布围上。英和说："这都是用面捏的，你好好看看，这都是谁？"每个人都有一尺多高，穿着各样练武的衣裳，都是些侠士、侠客。

奕纬还头一次见到用面塑造的武林侠士，一房子都是，一个个英姿威武，栩栩如生。这些小人性格各不一样，有的瞪着眼睛，有的闭着嘴，有的把嘴一撇，在使劲，有的手里拿着刀，有的拿着剑，活生生的，就像一个真人站到那块儿一样。如果不细看，真像跟你比武似的，那个架势，极为生动。可把小贝勒爷高兴坏了，他大声说："英伯伯，我认出来了，这不是我那些个叔叔们吗？这个是穆哈连叔叔，你看，他那个姿势，他的样，哎呀，咋这么像呢。这是图泰叔叔，这个，哈哈大笑的，不是乌伦巴图鲁吗？哎呀，站在这块儿的两位老英雄，我认识，英伯伯，他是我皇阿玛的师傅，云、彤两位师爷爷，我的师爷爷。"英和就笑着说："对呀，小贝勒，你认的一个都不错，是他们。"

他们顺着这些英雄塑像往前走，走走，就站住了，这块儿几个不认识：在他迎面台上站着三个单脚立着，一个腿抬起来，右手在头上，把剑举起来，左手并着，手指往前一指，这三个各有不同姿态，奕纬贝勒不认识："这三个使剑的姐姐，都是谁呀？英伯伯，哎呀，长的这么漂亮，多俊巧啊，这几个人是哪的啊，我怎么从来没看见过呢？"英和就说："她们就是我多次跟你讲过的，云、彤二老的三个徒弟，她们是你穆哈连叔叔的姑娘，一胎生下的三个女孩，就是三巧，三巧就是她们。说起来，她们还是皇上三个小师妹呢。"

奕纬站在那块儿，就看不够，因为三巧的名字，在他耳朵里，脑海里已经灌输几年了，可以说，从小就听到，一胎三女。由云、彤二老传下的林家剑，是天下无敌。最近又听说，随着图泰叔叔，替父报仇，已在北疆，创业立功。英和大人说："图泰和三巧在北疆驱逐罗刹，征杀一伙不轨之徒和盗匪，长驱直入，乘胜前进，已经打到了北冰山。就是康熙年间，圣祖爷定下的边境那块儿，扫清一切妖氛，她们给咱们大清朝壮了神威，真是扬眉吐气呀。"奕纬一听，非常高兴，就说："英伯伯，我现在也很想图泰叔叔和乌伦叔叔，我要能见到三巧姐姐多好啊，我真想认识认识她们。三巧姐姐能不能来京师？什么时候回来呀？"英和大人半天没出声，然后沉痛地说："小贝勒爷，现在有个事呀，我连饭都吃不下去呀，你现在再也看不着你的图泰叔叔了，他和几个朋友，已经战死在北海。""是吗？哎呀，这事皇阿玛知道不知道呀？""皇上现在还不知道。不过，皇上发了圣旨，一点没给他们功劳啊。听说，他们回来以后，得不到一点奖赏，你乌伦叔叔将来到什么地方公干，为谁效劳，都不好说了。"

奕纬挺主持正义，他见英和大人有点犯愁，就安慰他说："英伯伯，我去跟我皇阿玛讲，我还跟我的皇祖母讲，不能这样做，这是错的，这是对不起图泰叔叔他们。英伯伯，你也去说说吧。"英和大人就说："唉，我哪有那个办法呀，小贝勒，你还是帮助图泰叔叔申申这个冤吧。"小贝勒奕纬，很有正义感，听了非常生气，就说："英伯伯，我马上就回去，找我皇额莫，还要找全额莫（就是全妃），让她们都帮助我出主意，我现在就回去。"奕纬所说的皇额莫，就是他的母亲，她现在是嫔妃，很有影响。小贝勒告别了英和，由万师爷陪着，坐上了轿车，就扬鞭快马回去了。

小贝勒回到皇宫，先见额莫，就是嫔妃。她是赛冲阿、英和他们的老朋友，老熟人了。她身体不好，终年咳嗽，年年月月，都是用广西的蛤蚧来给她治这个病。她是那拉氏，原来是一个宫女，后来，嘉庆爷把她赐给当时的皇太子，旻宁。在嘉庆十三年的时候，生了这个小贝勒奕纬，母因子贵呀。嘉庆帝就把她晋封为旻宁的侧福晋，道光当了皇帝，又把她晋封为嫔，所以，奕纬就叫她嫔额莫。这个人，心地很善良，她跟自己的孩子说："这个事呀，你还得直接找你皇祖母，磨你皇祖母，让皇祖母跟你阿玛说。"奕纬想了想，也觉得对，自己搁外头找来一块白布条，装模作样地缠到自己脑袋上，痛哭流涕地去寿康宫见皇祖母，就是恭慈康豫皇太后。

皇祖母正在屋里坐着呢，众奴婢给她捶背的捶背，捶腿的捶腿，闭目养神。这时小奕纬匆匆地跑进来。他到他奶奶这儿，从来就很随便，因为他是她奶奶的宝贝孙子。小宝贝皇孙来了，她特别高兴，睁开眼睛，刚想一笑，一看小奕纬满脸愁容，头上还缠着一块白布条，她大吃一惊，赶紧说："你怎么了，这么乱来，你戴的什么，不好，怎么戴这个呢，拿下去，玩，淘也不能淘到这个份儿上，你太淘气了，皇祖母我可要生气了。"这时小奕纬就撒开娇了："皇祖母啊，我现在心里难受，我戴的是有原因的。"皇太后就说："你先拿下去，拿下去再说。""不，我先给你讲一个故事，你听完故事我就拿下去。"皇太后拧不过自己的宝贝孙子，就说："好吧，你快讲，什么故事，跟我讲呀？"

小奕纬坐在自己奶奶的身边，半搂着皇太后，半瞅着皇太后，就说："皇祖母，有一个国家，有这样一个皇上，他派了几个小英雄到了冰天雪地的北海，杀敌去。那些英雄打跑了在那里称王称霸的妖魔鬼怪，救了当地黎民百姓，保住了皇家的江山。这些英雄，有的被罗刹鬼烧死了，已经不能回家了，尸骨都不全了。可是，这个皇上一点没有心疼他们，不但不奖赏这些英雄，还罢了他们原来的官，连个功劳都不给他们，就因为这个皇上背后听了一些人的谗言。皇祖母，你给评评理，哪有这样的事呀。我戴这个布条，就是为他们鸣不平，我是替这些英雄们戴这块白布。"

皇祖母皇太后就说："哪有这样的事，听什么人讲的，这难听劲。这个故事，这个皇上可不好，那可是个昏君，奶奶我也恨这样的皇上。""好祖母啊，好皇祖母，这是个真事呀，这不是故事呀，这就是咱们朝中的事儿，那个皇上就是我皇阿玛。""胡说，孙儿你怎么这么胡说。""皇祖母，我没有胡说，要不您听听，朝外人都讲，现在北疆不少人，都在悲痛戴孝呀。"说着奕纬也眼泪簌簌地掉下来。他跪在皇祖母的跟前，抱着自己的奶奶，就哀求地说："快跟我阿玛说吧，快救救这些小英雄吧，要不然我也不能戴白布，我最恨这个事了。”

皇太后听这些，心里咯噔一下，她马上就想起来了，难道就指道光前两天跟我讲的，图泰他们北上那个事儿，能有这样的事吗？“奕纬，你这是听谁说的，胡说八道，再这样胡说，皇祖母就不疼你了，你离我远一点儿。”奕纬就搂着奶奶，跪在地上，痛哭不止。

就这么闹哄的工夫，外边太监来报，禀皇太后，皇上驾到。奕纬干脆没管，就跪着呜呜地哭。皇太后一只手抚摸小奕纬的脑袋，一只手召唤太监：“快叫皇上进来吧，让他快点来。”这时道光皇帝匆匆进来，先给母后叩拜，一看自己的儿子也在这儿。

小奕纬正哭着抬头一看，自己的皇阿玛来了，又赶紧扭过身来，给皇阿玛磕头：“给皇阿玛磕头了。”这些情况，道光皇爷看的很清楚。而且，小奕纬和他继母，恭慈康豫皇太后谈话的时候，声音非常大，他在外边都听到了，他就为这事儿来的。

说实在的，道光旻宁，这两天心里也不好受，他知道自己做了亏心事，因为碍着母后的关系，不能不听。图泰是什么人，他不知道吗，他做太子的时候，他们一直在校兵场上，练过剑，骑过马。他几次摔在地上，都是图泰和穆哈连他们给救起来的。他们之间的关系相当密切啊，他知道这些人都挺仗义，一个个都视死如归呀。而且他们都是云、彤二老的徒弟，他和他们就像亲兄弟一样。当时赛冲阿、英和他们，请命派图泰去，给他从二品衔，意思让他有权，震住那些邪风，能在北疆干点事情。他知道图泰这个人，根本没把个人名利放在心上，这他是明白的。但是他觉得刚登基不久，母后又帮助自己，不是自己的亲娘，那么关心自己，一定让自己当皇上，而且处处都替我着想，真是感恩不尽啊。所以，他不想使自己继母，母后生气，就按她意思，写了撤掉图泰从二品职衔的谕旨，打牲巡查等所有的事情，仍然按原来的办法办，交给黑龙江将军和盛京将军去办，你们赶紧回来。这个圣旨发下以后，他心里也很难受。

没过两天，边关急报呀，北海战势，如愿以偿，把罗刹全赶跑了，而且一直推进到北海，又重新建起了我们的哨卡、巡营，这些地方都有人管了。另外，使他最难受的是，当年和他一起练武的图泰已经命丧北疆，尸首都没了，让俄罗斯的美孚油全给烧了。又接到边关急奏，图泰的夫人林氏跳崖为夫殉葬，多么悲壮啊。他们的行为，长了大清国的志气和威风，多么慷慨呀。另外，又听说，图泰为了保护众弟兄和他师哥穆哈连的三女，宁愿自己牺牲。当时他还穿着过去平时做管家的那身武士的衣服而死，朝廷从二品命官的官服，人家没有穿，让别人送回朝廷，表示了自己没把功名利禄放在前头，就这样走了。现在只留下一个美名传在边疆，英魂常留北海，世世代代永守大清的北门，这多么壮烈呀，真是千古不朽啊。他们不知道我旻宁还要发一条新的圣谕，我应该发急诏，我应该重新发圣谕，要诏告天下，要发扬光大。图泰他们这种英风永存。我要在北边立朝中侍郎的碑，赐名褒奖这些人。

他想到这儿，怎么也坐不住了，就来禀报母后皇太后。到寿康宫一看，自己的太子也来这儿，很高兴。他也是为这事来的，他心里这么想，没有说，就跪在母后皇太后的身边，把他刚才这些心里的想法，原原本本地向母后皇太后说了，自己的眼睛也都红了。道光旻宁，知道自己是不对的，所以，就请求皇太后答应他，撤回原来那个圣谕，我要重新发布圣谕，要诏告天下，要很好的褒奖这些英雄。

旻宁和他的儿子奕纬，父子俩这种感情，也激励着恭慈康豫皇太后。她也是个很明智的人，一听他儿子和孙子一讲，她能不动心吗，她对大清国是由衷的亲近和爱着，是她自己的皇爷，大行皇帝留下的家业，她信得着才传给了旻宁，让旻宁接下这个大宝。人家这些英雄都为大清国好，大冷的天谁愿意去，冰天雪地，抛家舍业，而且现在都死在了北方，从哪个角度来说，那只有褒奖，没有别的。这些个太后完全明白，她就想到前几天，自己听了些小人之言，很有气，把这事情想的简单了。唉，这个事儿，我身为皇太后，也是有责任的，这事怨我呀。所以太后就说："我明白了，旻宁哪，就按你的意思办吧，你是皇上，你应该知道怎么办。"道光皇爷跪着说："我想，现在发最急诏。"皇太后说："不是发最急诏，最急诏那是以后再办的事，现在眼前的事情，应该按你说的，重新发圣谕，要诏告天下，应当标榜这些英雄，应当给他们褒奖，伸张正义。你呀，现在就把朝中的大臣召来，就可以宣布这件事情。"

道光皇爷就遵照恭慈康豫皇太后的懿旨，马上命太监把所有的满汉大臣都召到寿康宫，我有要事向他们传述。太监慌忙地出去召集众大臣。这时道光皇爷站起身来，把小奕纬召唤到身边对他说："奕纬呀，好孩子，你回后宫学习去吧，下一步事情，父皇会很好办的，你做的很对，好皇儿。"皇太后也要奕纬退下去。这样，奕纬恭恭敬敬地向皇祖母、皇阿玛磕了头，就悄悄退了出去。

不一会儿，根据道光皇爷的谕旨，御前满汉大臣都直接到了寿康宫。朝中办事，都是满汉大臣一起来。因为这是正式宣读圣谕，所以满汉大臣都一起来了。除有个别的事情，皇上要找哪个大臣办事，哪个大臣来之外，这次都谁来了呢，有吏部尚书文孚，文大人，这是满大臣，吏部尚书的汉大臣，庐荫溥，庐大人；户部尚书英和，英大人，这是满大臣，户部尚书的汉大臣黄越，黄大人；礼部尚书的玉林，玉大人，这是满大臣，礼部尚书的汉大臣汪廷珍；兵部尚书的那清安，那大人，兵部尚书的汉大臣，王忠诚；刑部尚书的蒋一润，满大臣，刑部尚书的汉大臣韩心；工部尚书的满大臣希恩，希大人，工部尚书的汉大臣初彭林初大人。这些人，一个一个很快就到了，叩见皇太后，叩见皇上。太后让一边站立，这时太后就说了："你们是不是把户部的侍郎，穆彰阿也召唤来呀？"因为她对穆彰阿非常熟悉，很多事情都是穆彰阿告诉她的。这是年轻后起之秀，挺聪明，皇上就根据懿旨，又破例地叫太监把户部的右侍郎穆彰阿给请来。

穆彰阿是户部尚书英和和黄越手下的右侍郎，左右左为正，右为次，所以说他刚够上侍郎的衔，是副手。不过，穆彰阿咱们书多次讲了，这个人干练，聪明，他是嘉庆时候的进士。现在这个时候刚刚是四十一岁，正是年轻有为的时候。当时的英和，英大人是乾隆六十几年的进士，今年已经五十多岁了，比穆大人大十岁。穆彰阿穆大人，在嘉庆的时候，做了一些事情，也当过小官，但都不大。道光皇爷登基以后，他跟皇太后关系更加密切，给太后做了很多事情，主要是在光禄寺。光禄寺是供给皇上吃的，用的东西，所以，他容易跟宫廷接触，跟太监们接触，跟大内接触，也容易去见太后。平时太后要啥东西，想要鉴赏什么玩物了，一般都找光禄寺，光禄寺就管这个。何况穆彰阿这个人会办事，能看风使舵，嘴又会吧吧。这样，很快就得到了皇太后的喜爱，很多事都是他跑来跑去。他在皇太后面前嘚嘚人，挺有能耐。他不直接说别人坏话，但是有些话都是含沙射影的，一听就能听出来，都不是好话。我想要整你，不是公开的，而是拐弯抹角，当面听起来都没有坏处，对大人，包括英大人，他都捧着讲，何况英大人是户部尚书，是他的顶头上司。但又非常恨他，他讲英和的那些话，皇太后听了以后，感到都是尊敬英大人的话，但是过了一个时候，一琢磨，总觉得他的话都是讲些坏话，他就有这个能耐。

皇太后下懿旨，把户部右侍郎穆彰阿也请来。按朝廷一般的惯例来说，尚书大臣们来了，他的副手一般是不出席的，但今天破例。穆彰阿在这之前，北疆的事早有人告诉他了，马龙死了，图泰已经殉难，包括他的搭档庞掌醢已经被毒死。他知道这事没跟他挂上，该挂上的人已经死了，成了死案，无头案，他感到非常庆幸。但是，他也知道，他在朝中特别在皇太后面前，嘚嘚了不少话呀，肯定言多语失，自己心中这个后悔呀。穆彰阿，穆彰阿，你聪明了多少年，哪能那么糊涂呢，有些话应当是话到唇边留半句呀，现在可好，皇上和朝中的老臣肯定不答应，绝不能让图泰这些人白死，肯定要褒奖，这是没问题的。他也知道，太后让去，这是给他脸面。你看，在朝廷中间，除了满汉大臣以外，我穆彰阿也站在一边，这是太后给他的光彩，给他个声望，这心里都知道。但他也想到，这回肯定也得挨几板子，所以说，自己一路上，心里像揣个小兔子腾腾跳呀。懿旨传下来，不能不去呀。他就匆匆忙忙，赶到了寿康宫，报号，进了宫殿。叩拜皇太后，皇上，山呼了万岁，万岁，万万岁之后，自个儿就悄悄地，溜溜地站在众位满汉大臣的下边。他比人家低呀，自己哆哆嗦嗦地站在他们的后头，一声没敢出。

这时候，道光皇上看了看群臣皆到，就说："众爱卿，朕遵太后的懿旨，把众爱卿请来。最近黑龙江将军边关奏报，北疆凯旋，这是咱们大清一件洪福齐天的喜事呀。朕要发旨，对北疆的将士图泰等人，论功褒奖，而且对北疆未来治理的事情，还有什么事要办的，请各位都发表一下自己的方略和高见。然后，朕遵照众爱卿的意思，要马上发旨，听明白了吗?"道光皇爷又恭恭敬敬地向皇太后说："皇额莫，皇儿把额莫的意思已经讲了，不知皇额莫还有什么懿旨。"皇太后就说："没有了，让大家说说吧。"

这时候，朝中寿康宫里头，只有雁鸣钟哒哒地响声，非常静。静了不大一会儿，有一位老臣出来了："臣，有本奏。"皇太后和道光皇上，还有众臣们一看，是谁呢？是吏部尚书文孚大人。文孚不是一般的人，他在嘉庆初年的时候，就很有名望，是个资深的老臣。这个人，办事心细、稳妥，而且从来都是事无巨细，你只要把事交到文孚大人的手里，他会把一个事掰成一百瓣、一千瓣，一点一点地做，非常扎实，所以，得到了嘉庆皇爷的喜爱。嘉庆皇爷就说："文孚办事，朕放心。"文孚在嘉庆朝办了几个冤案，办的非常好，从下到上，撤了不少人。这些都是多年的积案，很多人都认为这事情没法办，嘉庆爷就交给了文孚，文孚那时候，做监察室，就是大理寺，专管法律的事情，审案判案。交给他以后，连破了几个，从下头一直抓到上头，好些个官都给刷了，大快人心哪。老百姓叫他青天大老爷，包公、包龙图再世，所以，他有这样一个名声。从道光皇爷登了大宝以来，（现在已经是道光三年了）他始终是吏部尚书，这是五大臣中间的头一大臣。吏部管什么呢？管官员哪，官员的升降由他来管，谁能升官？谁被罢官？他能定这个。第二个是户部，第三个那是礼部，后边是刑部，工部。

文孚文大人一起奏，大伙都重视呀，这个人正派，从来不背后整人，光明磊落。他是满洲人镶黄旗，都尔基他氏。他出来叩拜了皇太后和皇上，太后和皇上也愿听他讲，他讲了就等于定夺了。他向皇上禀奏说："图泰等人奉旨安定北海，其功赫赫。自从圣祖以来，北疆尚遗后患。俄罗斯一日未停染指，已距我北府咫尺之遥，一向为我朝之患。今日图泰等人奉旨安定北海，不顾安危，鞠躬尽瘁，廓清了北域，仅短短的时间，便能告捷，此乃我朝皇恩浩荡，社稷之幸啊。老臣听了万分感激，万分兴奋。今天又得知皇太后、皇上要恩赏图泰这些英烈，诏示天下，使万民敬仰，老臣我也是感激涕零啊。臣想，如果万民知道这个信，都会欢呼我朝的圣明。"文孚大人说完了，接着英和、那清安、希恩、汪廷珍这些满汉大臣也都一一地上奏，一致同意文大人的话，都说皇上圣明，这个决断做的好，说到我们心里去了，应该早一点儿把这个圣旨发下去，以安民心。

穆彰阿这个时候，没敢出声。有那么些大臣发言，哪有他上奏的席位呢？等众大臣上奏完了，皇太后就说了："众爱卿讲的都很好，那么皇上，你赶紧下旨吧，就马上办吧。"说完了，板个脸，又向穆彰阿说："穆彰阿听到了吗，你说说，你怎么个看法？"皇太后的话，是话里有话，因为朝里的事，谁也不能瞒着，皇太后也知道，她器重穆彰阿，穆彰阿也常到寿康宫去。皇太后非常聪明，她这样说，实质上也给大臣们听听，你看，我也不偏袒谁吧，她是那个意思。

这时穆彰阿心腾腾地跳啊，真不知道说什么好。皇太后这么一讲，他不能不讲啊，自己马上过来，跪下，向皇太后和皇上叩拜，口喊吾皇万岁，万岁，万万岁，然后说："臣，已经知道北疆奏捷的事情，这确实是先王的扶植啊，是皇太后和皇上洪福齐天。为臣我正要禀报太后和皇上，臣由于管教不严，又怨自己失查，听了我家奴婢的谗言，这些事情实在都是马龙所为呀。马龙这个无赖之徒，可害苦我了，他罪恶昭彰。”他正要往下说，皇太后就说了：“这些个，唉呀，就不提了，你不要多说了。”穆彰阿接着又说：“臣有负圣恩，真是痛悔不及呀，我有欺君之罪，特请太后和皇上处罚吧，怎么罚，我都领了，臣罪该万死呀。”说着，在朝廷痛哭不止。他善于表演，这一哭，非常做作，英和这些人知道他会来这一手，皇太后也让他哭几下，为什么呢？让他在大臣面前亮亮相，让他们知道穆彰阿也认识自己的错误，你们不要老追究他。皇太后的女人之情，特别狭隘，是以小人之心度君子之腹。这样使大人们觉得更不得劲，知道他是演戏呢。

这时太后又引着他说：“穆彰阿，我听说你现在有什么善事？你们找到了家族的谱系，是有这事吗？”皇太后引话，正痛哭流涕的穆彰阿，马上又换了一个口气说：“禀太后，是啊，臣近日详查我们郭佳氏的宗谱，我们祖上在圣祖爷的时候，随彭春公北去爱辉，抗击罗刹。我们的长辈中间有一支，在康熙二十五年，就留在了爱辉。这支人哪，禀报太后和皇上，就是嘉庆二十五年为国殉难的穆哈连将军，他们那支也是郭佳氏，或者叫乌牙氏，我们都是镶蓝旗，是一家人。前些日子，我派旗里人到了北疆，查了家谱，知道穆哈连大人，有三个女儿，此次随着图泰大人在北疆，横扫罗刹如卷席，大长了我大清的国威，也是我们家族之幸啊，给我们家族添了荣光。臣愿为穆哈连建立宗族祠堂，愿意接三巧进京，我们同欢家族之乐，重整我们的家谱，以扬郭佳氏祖坟之光。臣跟家里人上下已经商量了，也跟我太君（就是自己老母亲）商量，我太君也同意了，臣数十年来，节衣缩食，含辛茹苦，省下的银两、奉银够万两，愿献给朝廷，作为奖赏守边将士之用，也表示微臣一点心意，作为我奉献一点忠心吧。”

皇太后听了这几句话很高兴，连声说：“好啊，好啊，你做的对。”这时，下边那些个大臣，英和他们听了都发火，觉得恶心。穆彰阿什么数十年节衣缩食，含辛茹苦，他的赃钱多得很哪。英和知道，这次图泰蒙难，很多事情没有查出来，真便宜了穆彰阿，还有他的一伙人，没有抓住他们的黑手。现在穆彰阿反倒自己理直气壮，要拿出这些黑钱来骗取名节，多么不知羞耻。英和正在生着闷气的时候，文孚听了也是唉声叹气，悄悄地晃着脑袋，不好说什么。

这时候刑部尚书蒋大人，他和穆彰阿的关系向来很密切，就慌忙地跪下，磕头，然后说：“禀太后、皇上，右侍郎穆彰阿，在十天前，就将马龙贪赃的赃款，有万两白银，已经全部如数交给了刑部。穆大人没有偏袒自己下边的人，公正无私，堪应嘉奖，祈求皇太后、皇上恩典。”

之后，兵部尚书那清安，他和穆彰阿交情也是很近的，也过来叩拜：“祈求皇上开恩。”皇太后本来想当面斥责几句穆彰阿，挽回个情面就得了，没想到，刑部和兵部都出来表态，她心里很高兴，她就怕些老臣，像德高望重的英和了，还有文孚这些人，不过，她自己还是说了：“好啊，就这样。英和，我想听听你的意见，你看如何处置啊?”英和明白，太后看出我对穆彰阿的不满。另外，皇太后都知道，图泰他们北去给从二品顶戴这些事情，都是他和赛冲阿一块儿向皇上举荐的，好在图泰没给他们丢脸，在短暂的时间里，就除恶奏凯，把北边事情办的干净利索。虽然有些案子，没有查下去，英和也知道，那事情非常复杂，很多事情纠葛在一起，他们不好往下再查，查来查去，得查到朝廷来，不单纯是穆彰阿一个人的事情。再往上查，你能查太后吗？所以，他想，这也是老天的意思，图泰已经光荣地殉节了，这个事情还算有一个比较满意的解决。太后知道赛冲阿和英和他们，肯定对这事情很不满，自己也觉得这事做的挺被动，才采取了这一招，也就同意了道光皇帝重新发旨，重新褒奖他们。

英和大人明白，还得顾全大局，现在很多事情要道光皇上处理，这个皇上也不好当。现在已经是道光三年，事情太多了。一件事情，就是老天爷作对，从道光元年到道光三年，连年大雨不断，不少地方出现大水，到处是一片汪洋，一片嚎啕大哭之声。可是江南有的地方，连续两年大旱，颗粒不收，日子就这么难过。现在黄河和运河漕粮难运，洪水猛涨，黄河倒流倒灌，不少地方的运河河堤都被冲开了，这个大运河是南北运粮的大动脉，北边吃的白面、稻子，靠南边，海盐要运到京师，运到内地，要靠漕运。大水一冲开，漕运没法进行，船就不通了，有的地方淤泥挡住，船都过不去。另外一件事情，从嘉庆二十五年，新疆张格尔叛乱，现在闹的很凶，已经占领不少的城镇了。不少的知府，巡抚被杀，到现在还没有平这个乱子。还有，一些省份也有很多的事情要急办，现在国家正是用人之时。正因如此，赛冲阿大人已经七十多岁的高龄，还在外地忙碌，为国操劳呢。他想到这些事情，心里自言自语地说：“行哪啊，别太在穆彰阿身上说来说去了，谁治家都有治家的难处啊。”英和大人想到国家有这些难处，有些事情能解决就解决吧。何况，道光皇上还要发最急诏，还要重新下旨，褒奖图泰他们，这就行了。北边多少年没解决的户籍事情，现在解决了，北疆总算安定下来了。现在太后也同意了，就不必再苛求了。他想到这些，就松下来，可以了。

英和又一想，穆彰阿这个人，虽然不那么地道，但是，还挺聪明，只要有好的主帅领着他，他还是一块料，还是国家的栋梁，年轻人谁没有错啊？行啊，他现在已承认自个儿错了，痛哭流涕的，就以观后效吧。何况他在自个儿的手下，表面上还是毕恭毕敬的，就不要难为他了。英和前思后想以后，就慌忙地跪下磕头，便说："太后，臣没有异议，穆大人已知其咎，这就很好啊。另外，臣特别高兴的是，穆哈连和他的三个孤女，现在已找到了宗谱。穆彰阿大人，要帮她续家谱，穆氏三女现在找到了自己的宗族，这是十分喜人的事情。我作为穆哈连之师，也为他高兴，也感激穆彰阿大人。"这几句话说的皇太后心里头非常高兴。

道光当时心里挺害怕，因为他知道英和耿直，什么都敢讲，怕他说些话引起皇太后不满，不好收场。哪知道，英和这几句话一说，道光皇爷心里头一块石头落地了，把事情处理得挺好，几方面都满意。皇太后高兴了，笑着问英和："英大人（没叫英和），哀家听说，三巧是穆哈连之女，听说是一胎三女，果有此事？"英和跪下说："禀太后，正是如此。"太后又说："听说这三个女孩，是云、彤二老亲授的林家剑法，也真有此事吗？"英和又忙说："禀太后，正如太后所见。世上的剑法，出自多门，各有各的宗派。然而，林家剑又名叫飞啸剑，俗语都讲，林家剑那是最厉害的，剑不到，声先到，声一到首级落尘埃。他的剑法就这么厉害，是举世无双，是天下武林的一绝啊。"皇太后一听更乐了，忙说："英和大人哪，起来吧，你起来，不要老跪着了。"英和就站了起来。皇太后接着说："这样说来，哀家倒想瞧一瞧这林家的剑法。皇上哪，可不可以让三巧晋京来，我很想认识一下这三个小闺女，这三个不是小英雄吗？我真想看看她们的武艺，就不一定让穆彰阿去，我看还是你请吧。"

这是莫大的殊荣呀，道光皇上忙站起来就说："太妙了，真太妙了，朕谨遵皇额莫的懿旨，就命三巧晋京陛见。"众老臣听了都兴高采烈，穆彰阿也挺高兴。接着道光皇爷又说："就让乌伦他们一起晋京陛见，他们也都是有功之臣哪。"道光皇爷的话刚讲完，底下的御前大臣，马上就刷刷把谕旨写好了。这时候皇太后的精神变得更好了，不像刚才那样板着脸了，就笑着跟皇上说："让彭公公亲自去吧，让他亲自出趟远门，把这个谕旨直接送到北疆去。"就这样，很快地把事情办了。这就是乌伦他们在北疆接待彭公公，看着新的圣旨这个过程。说书人现在已经说清楚了。

再接着说，道光皇爷领着众臣拜别了皇太后，就一起出了寿康宫。道光皇爷把文孚文大人、英和英大人留下，说："到我寝宫来，朕，有些事情，同你们商量。"文孚刚才说书的已经说了，他是吏部尚书，管宫廷上下的人，官员的差使。英和大人是户部尚书，另外，兼协办大臣，协办大学士，这可了不得，那是帮着皇上来协调办理各部院之间重要的事情。所以说，他的权就大了，哪个部都能管着，都得参与。协办大学士，比尚书要高的多了。皇上就把他俩带到了寝宫。英和一听道光皇帝找他，就知道是为什么事情了。在这之前，道光曾经收到英和大人的奏折，有些事情，需要请皇上定夺。

英和大人最近刚收到赛冲阿大人从陕西来的急函。赛大人为什么到陕西去，是为了平乱而去的，为了平新疆的事，皇上信不着别人，就派老臣去了。刚才我已经说了，现在国家不稳定，有人在谋乱，那就是张格尔在喀什格尔这个地方作乱，而且组织了一伙人，非常凶猛，说烧就烧，说杀就杀，说抢就抢，这是在西域一带，整个波及到西疆。赛冲阿是武将，而且长时期，他不光抓军事，对理藩院的情况很熟悉，因为西疆从来跟罗刹和其他一些外国的势力有联系，常在一起谋乱。道光皇爷怕别人处理不好，就把老将军请出来，让赛冲阿无论如何去一趟。要知道赛冲阿当时已经是七十六岁的高龄哪，想到为国效力，老将军二话没说，皇上谕旨一下，第二天就走了。他自己也愿意去，那老头儿就有这个劲头，主动请任。所以道光皇爷也就让他去了，可又不放心，怕他的身体不行，但老头儿没在乎，仅带着两个随员，别的都没带呀，就这么走了。老夫人也不放心，让他早晚冷暖多注意一些。赛冲阿说："咳，我这一辈子就是风风雨雨，为国效力了。你们不用惦着我，我身子骨硬得很哪。"就这样，他到了陕西，到了陕西西北的咸阳、陇县，还越过了甘肃，到了宁夏的泾源、固原一带，走了很多地方。他去了，下头官员就有了主心骨，他帮着出了不少平乱的主意，真是有句话：叫消食干一夜，就是一宿宿干，非常辛苦。他到了西部以后，才听到了北疆的事情。那就是英和把这些事情告诉他了，他已经知道图泰夫妇，命丧北疆，老将军非常悲痛，满含热泪，就赶紧给英和捎来个急函，让他速速向皇上禀奏，就说，让图泰北上，是我老臣的主张，是我奏给皇上的。

我在理藩院呆过，任过职，对国外的情况熟悉，有经验，请道光爷千万不要听信谗言，要步步为营，逐步建站。现在北疆虽然已经获胜了，但还需要把每个站建好，一直建到边疆，要有人治理，一定要有名有实，可不要有名无实呀，否则，过些日子又乱了，罗刹鬼又会来。这次一定建好站，选好人。为把这事做好，是不是让户部汤金钊侍郎亲自去一趟。

汤金钊是汉军，这个人很可靠，过去在赛大人手下做过事，是他的幕僚，跟着赛大人多年，南征北战。这人文采很好，为人正直。汤金钊是嘉庆年间的进士，嘉庆末年，由于英和大人和赛冲阿的举荐，很早就进入到部院，成了大臣。不过都是助手，在工部、户部都做过侍郎，挺能干。赛冲阿信着他，后来又推荐给英和，在英和的户部做侍郎，他跟穆彰阿在一起，都是户部的侍郎。赛冲阿这次又提出，让汤金钊去，办这件事情，请皇上恩准。必须亲自去人，帮助黑龙江将军把这事情安排好，一件一件地落实，北边的事情就踏实了。这样，我们就可以腾出手安排内地的事情，他提出这样一个奏折。

英和当然高兴了，他们都想到一起去了。现在汤金钊就在英和的手下，他们的关系相当好。英和就把这些想法跟文孚文大人商量。说书人还要多说两句。嘉庆皇爷驾崩那天，当时在场的人有赛冲阿、戴均元、还有文孚，他们一块送老皇爷驾崩。从这可以看到他们和皇帝的关系了。英和把赛冲阿的信早就跟文孚讲了，文孚完全同意。他们沟通之后，英和向道光皇爷禀报了这件事情。所以道光皇爷请他们去，由皇帝的口里再传下谕旨。另外，英和也愿意自己手下的汤金钊侍郎去北疆，他相信他能把事情办好。比如他们惦记着的，云、彤二老下一步怎么办？孩子们都走了，北噶珊已经让俄罗斯用汽油给烧光了，西噶珊是达斡尔族，人家是游牧，随时说走就走，剩这老哥俩和侄子在那，衣食所用的东西，谁给送去，谁照顾呀，住在那么高的山上，也不是长远之计。另外，他们还惦记着远在北海的白剑海白剑老神仙，他也是搁京师去的，也是皇上的老师呀，这些人怎么安排呀，英和能不想吗。他想这次汤侍郎去，就能替他把这些事情办的周全。是不是把三位老人接回来，如果他们不愿意到京师，那就住在黑龙江将军衙门所在的地方齐齐哈尔，那儿有武林会馆，住着也舒适。这次去，把这些事儿都办了。

单说道光皇爷领着英和和文孚两位大人，到了他的寝宫。太监过来，忙给献茶。道光皇爷落座，这两位老臣就坐在身边，他们非常亲近。当然，在大的场合里头，有君臣之别，在寝宫，他们之间就没那么多说道了。但是自从道光旻宁当了皇帝，文孚和英和两位大人，还比较注意，那是君臣之异呀，可是道光对他们还挺随便。他们边喝着茶，道光皇爷就先说了："两位大人，你们不是有些想法？我现在想听听你们有什么安排。北疆的事情不都挺好吗？还有什么事情要讲?"文孚文大人说："皇上，我们有些事情，还得向皇上禀报，详细情况我们与在西北的赛冲阿大人通了气。赛冲阿大人有信向皇帝禀报，先让英大人讲一下。"

英和就把方才想的事，特别是赛冲阿所考虑的事情，详详细细地向道光皇帝讲了一遍。就是如何把北边的事情办踏实了，图泰他们虽然殉国了，但北疆得到了胜利，罗刹人已经被撵跑，我们很多的据点，打牲衙门所管辖的各个代办的地方，都建立起来了，就像狗站、牛站、马站每个站都重新建起来了。从北噶珊、东噶珊、西噶珊到潘家寨，从九拐七阶到北海，咱们整个北疆一直到跟罗刹交界的地方，都重新建起了哨卡，而且我们都选出了头领，选出了百夫长。现在朝中需要去个大臣，因为很多涉及到户籍人口上的事情，最好是户部的人去。我跟吏部文大人商量，最好让汤金钊，汤侍郎去，这个人办事认真，踏实，不浮躁。他去了以后，配合黑龙江将军衙门和打牲总管，一起把这些事一个一个地落实了，重要的官员一个一个确定，要选当地土著民族的首领做百夫长，也要正式任命的，同时，每年给多少赏银，这些都定好了。这样，我们就和圣祖康熙朝时候定的关卡衔接上了，不至于像从乾隆爷以来，北边是一本乱账，糊涂账，没人管。因此，罗刹染指越来越厉害。这次去一定把这件事办好，就像赛冲阿老将军讲的，让边疆永固，咱们就放心了。这样，咱们就能集中精力对付国内的事情，不必忧虑北疆的事情了。皇上，就这件事，非常重要，应当把这个事作为圣旨下达。

道光皇爷听了，欣然答应，就说："两位爱卿讲的很周到，赛大人想的也挺细，朕，完全同意。我再下谕旨的时候，让内大臣就把你们这些安排，都写到圣旨里去。那么英大人，文大人，你们说汤金钊什么时候起程好?"英和看了看文孚就说："还是越早越好，事不宜迟。"道光皇爷说："好吧，这事儿就这么办吧。"

英和和文孚两个人想叩拜道光皇爷，要回去。这时道光皇上又说："二位先别走，我还有事情，跟你们说一下。朕昨天在皇太后那，太后特别有气的是，穆彰阿给他讲的一些事情。"他这么一讲，英和英大人以为，可能是皇上觉得自己做了错事，想要道道歉，就说："皇上这事都过去了，不要再说了，没什么事。"

道光皇爷说："英和，朕不是这个意思，现在我要把朕的想法告诉你们。穆彰阿禀奏有差，他不适于在户部做右侍郎，在我们朝中，这样做是违反规矩的，如果朕要不处理，恐怕在大臣中会出现一些流言。我已经同太后商议，现在跟你们商量。本朝应该尊重祖宗的家法，我朝历来如此，有功则赏，有罪则罚。这一步，是不能够随便的，疏忽的，我就跟你们两位商量这个事情。如果免去他户部右侍郎，应该给他安排一个什么差使，皇太后已经同意，让朕来安排这件事情。我想听听你们的意见，好不？"

道光皇上提出对穆彰阿安排的事情，这一点，说起来，文孚和英和还很佩服道光皇帝旻宁，应该是这样，有错就得处罚。英和大人想了想，就先说："皇上，这件事还是请文大人先说，他是吏部的，想的比我周到。"文孚文大人，静了静，想了想，接着说："皇上，您提出穆彰阿下一步做什么，这个事提的好。穆彰阿、穆大人精明能干，是个很有出息，很有前程的人。他能够独当一面，遇到困难，他能够一一地设法解决。皇上，现在真有件急事，需要咱们认真的考虑。当前的急事，就是漕运的事。漕运中因为遇到一些困难，有些松弛。特别是近三年来，阴雨连绵，运河水暴涨，而且黄河泛滥，倒灌，有的运河河堤，已经被冲开，不少的泥沙灌进了运河，漕运没法按时运转，现在非常艰难。派穆彰阿，穆大人去做漕运的总督，让他赶紧管管这件事情，要不然，一天一天的，难哪，今年的雨水可能还要大，如果现在不组织去管，可能要酿成大祸。"

文孚曾多年管漕运，很有经验。英和管户部，也涉及到口粮、食盐的问题，他也关心这件事。这个漕运历朝都是绞尽脑汁的事情，黄河暴涨，冲开运河，行船相当困难，何况要经过七省，从京师、山东、河北、安徽、浙江，一直到杭州。各省有各自的段落，各有各的运帮，这个治理管辖的事情非常复杂，特别是土匪的猖獗，更增加了困难。年年国库往里投的钱太多了，船运的钱，运粮的工钱，护丁的钱，修河堤的钱，修一些港湾的钱，这银子掏老了，这里头有很多人贪赃枉法，是历朝都头痛的事情。从嘉庆以来年年如此，也可以说从乾隆以来，就这样。真是老太太过年一年不如一年，越来越厉害。漕运总督，是这个事情的总管，得住在两淮。这个人必须有才，而且必须是刚正不阿，他要手粘哪，贪起来那可了不得。所以，漕运总督是个肥差呀，谁都抢。文孚文大人提出要解决燃眉之急，把穆彰阿派去，咱们漕运的事情缺人呀，缺个主帅，我看穆彰阿有这个能耐，他精明强干，让他去，把这个担子挑起来。

这事一提出来，使道光皇爷和英和都非常兴奋。因为他们头疼那几件事，说书人不说了吗？其中就有漕运的事情。三年来阴雨连绵，粮食运不出去，大动脉一停，人民怎么活呀，那不出乱子吗？人民吃饭得不到保障，国家怎能安定呢？所以说，这是个大事，他们都在想这个事儿。文孚文大人一提出来，可把道光皇爷乐坏了："好、好，文大人你提的好啊，我认为穆彰阿能干这个事儿，这个小子有闯劲，他能冲开，让他办吧，就让他做漕运总督吧。"英和大人就说："我认为文大人提的挺好，现在真需要有这样的人来管这件事情。要不先试用一段，让他在漕运总督任上行走。"

什么叫行走？就是先管一段试试，如果管的好，就正式颁旨，任命为漕运总督。在没任命之前，先代理这个衔，叫任上行走，这是清代常用的官衔的名字，就是预备席。文孚说："很好，很好。就任漕运总督任上行走，给他这个衔，实际上已经有了权，但是现在看一段，这也是对他一个勉励。"就这样，把这事情定下来了。道光皇爷嘱咐文孚文大人："文孚啊，你就把我的旨意传达给穆彰阿，让他在四月底前，务必赶到两淮上任，任漕运总督任上行走，去管漕运大事。"

这是一个事，还有一件事情需要皇上定夺，英和马上又向皇上禀报："皇上，我们户部也需要加强两淮运输的事情，我想在乌伦他们回来以后，把这几个凯旋的健儿，都派到漕运上去，帮助穆大人开通好这条通道，他们负责平乱、剿匪、催运、治安这些事情，你看行不?"文孚一听也非常高兴，道光皇爷就说："好，好，这也很好，具体事情你们两位再和穆彰阿详细商量吧!"

文孚和英和两位大人，叩拜了皇上，就离开了皇上的寝宫。他们一路上商量，如何赶紧把皇上的谕旨传达给穆彰阿。他们都知道，穆彰阿是个狡猾的人，能察言观色，肯定知道他在户部右侍郎的位置呆不了啦。这些天，茶饭不进，愁的慌，不知把他安排到什么地方去呢。他根本不会想到，这两位大人在皇上面前，替他美言，而且得到这样一个重要的肥差，这对他多重视呀。这两位老臣，心都是好的，他们虽然都是疾恶如仇，恨一些不争气，贪心太重，不为国事着想的人。但是，都有着爱才之心哪，总觉得穆彰阿还是一块料，如果把他约束好了，真是国家的栋梁。所以他们想，尽量别让他犯愁，还是早点通知他好，让他心中有数，应当感激朝廷对他的关怀，爱护，使他能够败子回头，认识到自己的错误，走好未来的路。

在清朝历来对官员职务的升降都是吏部的事，皇上只要恩准了，同意了，就立即发奏折。皇上批完奏折以后，再重新发一个折子，这个折子，就是任命的折子。一个大的硬壳的口袋，里头装着折子，口袋外头封上，盖着吏部的大印，这叫封折子。这次英大人就说了："文大人，按正式行文办吧，还是吏部发个封折子，然后你通知我，我就去。"文孚也就答应了。他们两个分手，各自回自己的府上。

咱们单说，穆彰阿让这两位老臣猜的特别准，从太后那天召见，他确确实实就没过一个好日子。天天愁眉苦脸，满嘴是泡，他心里非常有气，恨谁呢？恨杜察朗这些人，使他弄得这么被动，他一再嘱咐秦典薄，还有庞掌醢他们，一定要谨慎，谨慎，再谨慎，可是他们不听话呀，结果怎么样，庞掌醢被毒死了，丧了命。秦典薄倒没事儿，现在已经回来了，咱们以后再讲他。穆彰阿听说杜察朗被烧死了，但现在生死不明。杜察朗的俄罗斯夫人柳米娜现在快到他这儿来了，他们是亲家，这个连裆裤没法分开了，这个黑锅不管怎么的，算背在身上了。是马龙和罗刹帮了忙，使他没露馅，没被揪出来，真是万幸。他没想到，图泰他们行动这么快，也没想到马龙会死，很多事情简直是晴天霹雳，等他知道时已经晚了。

他原来很有把握，想这次肯定把几个老头子整一顿，所以说，他在皇太后面前不知说了多少话，吹了多少风，使皇太后也被迷惑住了，结果弄的这么被动。皇太后那天召见，他在皇上面前，在太后面前，在那些大臣面前，干脆就失态了，自己痛哭流涕，全仗这些老臣，帮助说了好话。英大人最后也饶了他，文大人也没有治他，就这么过了关。这使他出乎意料，心里头暗自庆幸。皇上出了寿康宫，他的眼睛溜溜直转，特别盯着英大人和文大人。英大人那是协办大臣，是皇上身边重要的谋士，哪个部的事他都能过问。再一个他就注意了吏部的文孚文大人，因为他是管官员升降的事情，涉及到自己未来前程的事儿，他就盯着他们。一看，果不然，皇上个别把英大人和文大人召唤到一起，不知说些什么，然后皇上上了轿，英大人和文大人也各自上了自己的轿。这三只大轿，忽悠忽悠地，看起来是上皇宫去了，没问题呀，这肯定是主宰我未来的命运啊。他已经猜到了八九分，心里头，暗暗地念阿弥陀佛呀，求佛爷保佑。等他们走了以后，他又悄声地看其他几位大臣，也都坐了轿，纷纷地走了。他呆呆地站在那块儿，一动不动。

这几天，穆彰阿心情本来就不好，天天烧香磕头，祈祷佛爷保佑。回到家就发脾气呀，不少的奴才丫鬟，就因为穆大人脾气不好，心情不好，挨过打，有的甚至被捆起来打，奴才们算倒了霉了。今天他又看到这样的情况，英和和文孚上皇上那边去了，皇上肯定听他们的，他们能说我好话吗，我肯定不会有好果子吃呀，看来我这个饭碗是砸碎了。他知道，自己得罪人太多了，只好挺着吧。他心里想，英和、文孚、赛冲阿这帮人，不会轻易饶了他，肯定要狠狠地整。他们没抓到我的真赃实据，也会在我的官运方面造出些麻烦，一定让皇上不再用我，永不录用。也可能把我弄到万里之遥，什么云、贵、川了，或者是宁夏、甘肃、陕西等地方去，不知给个什么破的差使，这回算一落千丈了。哎呀！他越想越怕。穆彰阿在官场呆的时间不算短，他知道朝中这些官职升降的情况。

自从乾隆爷的时候，创出了这样一条规矩，凡是官员名声不佳，品行不正，便命此留中，或者坐职。这是什么意思呢，就是你留在那儿呆着吧。坐职就是只有虚名，不再启用。有的就挂个虚名，不知什么时候，也许是一辈子，也许到死，你都提不起来，再提也不那么容易了。官禄上有一句话：不提则已，提起来好办，想要不提，你再提也不那么容易。而且从乾隆爷那时开始，对他的官员要求非常严，要严以律己。对一些贪官污吏，好的给你留留名，留中看一看，表现怎样？有没有认识，若没有认识就不用你，在家呆着去吧，愿意干啥就干啥，不给你俸银，也没什么官员的待遇，你坐什么轿，骑什么马，用什么缰绳，都没有说道，你花自己的钱，自谋生路去吧。你什么时候改好了，再重新下旨，再正式录用，那才真正有职有衔。这本来是一件好事，对官员严格要求，为了更好的治理国家，使他们真正一心为国事操劳。

但是时间一长，弊病就出来了，为什么呢？有钱能使鬼推磨呀，不少被贬的人，后来，到了乾隆朝后期，以至到了嘉庆时就更厉害了，用银子买呀。你不是让我留中，让我坐职吗？咋办，花钱吧，给吏部，给有的上司送钱哪，好说歹说，才把官买下来。买了官，就有了职，有了职就什么都有。这样在清代就出现用钱买官的风气，你用多少银子买，就能升多大的官。知县用多少银子买，知州用多少银子买，都有个价钱，少那个价钱不行，甚至还带拐弯的，有的花双倍或三倍的钱买。这样官越来越多，官越来越毛，到了嘉庆、道光朝，相当厉害，不少人干脆就没有职差了，没有具体活呀。谁不想当官，过去有这句话不是吗："一朝穷知府，十万雪花银。"官也真难当，这是实在事。但当了官就来钱哪，谁不愿意当，所以，穆彰阿非常怕这一手，他得罪朝中这些人，而且都是皇帝非常尊敬的老臣。得罪了这些人，能有你的好吗，真要把他留中或者坐职，呆着去吧，一呆就得死，谁还照顾他呀，谁还像现在这么捧着他呀。想到这儿，他非常害怕。

单说，穆彰阿看老臣一个一个都走了，他干脆就没走，在寿康宫转来转去，越转离着寿康宫宫门越近，就硬着头皮来到了宫门前。他知道，皇太后对他也恼火，因为这事儿弄得老太后也很被动。就因为听他的，得罪了这些群臣。况且人家做的对，为了国家，图泰他们都捐躯了。所以这事儿把老太后，把道光皇爷，都卷了面子。你说，太后能对他好吗？太后还算好的呢，宽宏大量，没瞪着眼睛，要瞪着眼睛说杀就杀。今天已经给了他不少面子，一再帮他圆这个事儿，真够意思了。穆彰阿这时想，我进去，跟太后说什么呢？承认错误，没意思。我去的目的，是让太后说句好话，别让英和这些人对我太狠了，要手下留情，还得给我一个饭碗呀。但是这话能跟太后说吗？现在太后正在火头上，还是别去了。

他就这么犹犹豫豫地进了寿康宫的头道门，外头是城墙，再往里走，就是寿康宫的第二道门，要再进这个门，就快到寿康宫了。他在二门那块儿，就站住了，犹豫不决，不敢迈，不迈又想迈，就这么心神不定的时候，被寿康宫的老太监刘公公看见了。

刘公公在二门那块儿来回走着，巡查着，一听外头好像有脚步声，他过去吱扭一下，就把寿康宫二门旁边的小门开开了。他往外伸头一看，有一个人，噌噌就往那边走，不过看他背影，刘公公就认出来了，非常熟呀，到寿康宫来的人不多，除了皇上以外，一般都是奴婢，再不就是皇后了，或者是一些妃子，就这些人，都是七宫的女眷，男的很少，来的最多的，还就是穆彰阿。所以刘公公一看，不是别人，是穆大人，挺客气，赶紧过去就喊："哎呀，前头是不是穆大人？"

穆彰阿听门一响赶紧溜，又一听有人叫他，就知道刘公公来了，转过身来，恭恭敬敬地给刘公公打千施礼："刘公公您老好。"刘公公就说："穆大人你有什么事吗？"这时候穆彰阿吭哧半天不知说什么好，就说："太后现在闲着吗？"刘公公知道，他问太后闲着吗？实际上他要叩见太后，刘公公也能察言观色，看太后近来心情不怎么好，回来以后，让众奴婢把自己所戴的簪子和头上那些饰物，一个一个摘下去，总是板着个脸。有几个奴婢用手巾给她擦擦脸，擦擦手，老太后就进了暖阁歇息去了。这时候刘公公就说："太后乏了，现在是不是还在睡呢，我进去看看。"刘公公就进去了，穆彰阿在外边等着。

不大一会儿，刘公公出来，板着脸说："太后乏了，刚睡着。"穆彰阿没敢深问，这话也不知道是刘公公自己说的，还是太后让说的。一看刘公公的脸色不对，可能是太后还在生着气。刘公公那些太监，从来就是看主人的眼色行事。那是看家狗，太后板着脸，他就板着脸，太后如果跟哪个臣子喜笑颜开的话，那太监脸上就眉开眼笑。所以，一看刘公公板着脸出来，就知道，太后肯定还生他气呢。没办法，只好在门外给太后施大礼，磕头，这是臣子对皇上和太后的衷爱、敬爱之心。他半跪磕头，然后起来，又给刘公公打了个千，自己一声没出，就溜溜走了。

回到自己的府，进了屋，衣服还没有脱，奴婢送上来洗脸水和茶。刚放下茶的时候，总管杜布林老人就过来说："大人，有吏部的封折，请大人来看。"穆彰阿接过总管递给的吏部的封折。他知道，吏部通知他肯定是他们商量这件事了。他这时衣服都没顾得脱，先把封折打开。原来封折是封的，上头卡着吏部的大印。他撕开封折以后，把里头信函拿出来一看，是文孚大人亲笔写的官折，令他速到吏部谈事。他明白了，这回算玩完了，到吏部去谈，要怎么贬我呢，是不给我差使了呢，还是把我贬到什么地方去？这心里头真是七上八下，也暗暗地骂文孚和英和这些人，觉得他们太坏了，事做的多急呀，一点不给我喘息的时间，刚商议完，马上就让我到吏部议事，立刻就处理。这些人恨不得让我早死啊，太坏了。

尽管这样，穆彰阿这个人很孝顺，他每次回府，或者是上朝办事，总是先进内室看望自己的额莫，一品诰命夫人孟太君，孟氏老夫人。他从小对额莫就非常孝顺。他到了内室，听丫鬟说：老太君在佛堂。他悄悄地又到了佛堂，一看老太君正在焚香，敲着木鱼，在背佛经。他想别打搅额莫了，自己就悄悄地出去了。心里想，去吧，怎么处置也得受啊，干脆就早点去吏部吧。

他进到里屋，正准备换衣服，就这个时候，杜布林老管家又来了，马上禀报："大人，有客人到。"没等穆彰阿问清，这个客人已经进来了，谁呢？是灯市口聚宝货栈的中堂大管家卓兴阿大人。

卓兴阿是老朋友呀，跟他在一起共事，很多的买卖都是他们合伙做的。卓兴阿曾经到北噶珊去过。这个时候，卓兴阿为啥来呢？这些商人，天天都观风，这两天看风向不对，他来摸摸底，试探一下穆大人的口气。他可能也听到一些外头的传闻，但是拿不准哪，又听说杜察朗已经死了，北海出事了，又听说庞掌醢是让人毒死的，这些事，谣言四起，把卓兴阿吓坏了。聚宝货栈那是他们一个窝呀，这个窝主暗地里是谁呢？就是穆彰阿。所以说，卓兴阿只是副中堂，二把手，二掌柜的，他现在做聚宝货栈的管家。中堂大管家，实际上就是现在的穆彰阿。穆彰阿不让往外露，跟外边讲，聚宝货栈和穆彰阿没关系。但很多的事情，都是穆彰阿来管，马龙他们管这些事情，前书已经讲过了，乌伦还夜探过聚宝货栈。

现在卓兴阿呆不住了，也溜到穆彰阿这儿摸底来了。他也听说朝廷没有掌握他们的真凭实据，也不知道这些事情是吏部在管呢？还是刑部在管呢，还是户部在管呢？英和他们现在都干些什么呢？他们像惊弓之鸟，惶惶不可终日，简直就是慌了神了。为这个，卓兴阿来了。他来得有借口啊，带了一包东西，看起来，挺沉哪，悄悄地进到里屋。这个时候，穆彰阿就让总管杜布林出去，在外头给我看着。穆彰阿一说出去，就告诉他到外头把门，谁也不兴进来，这都是他们的行话，内部的话。杜布林就在门外站着。

穆彰阿把卓兴阿领进他的内室。这时一看卓兴阿，满头是汗哪。怎么回事儿？他挟着一个布包，一个黑布包相当沉。进去以后，没等穆彰阿让他坐下，他就坐下了。穆彰阿瞪着眼睛站在那看着他，穆彰阿哪有心思接待他。卓兴阿也没等他说话，把东西往桌子上一放，把黑布解开，一个疙瘩，一个疙瘩地解开，一个三层布包着，里头是一堆银子。卓兴阿就跟穆彰阿说："大人，这是去岁总管的红银。"去岁就是道光二年，总管的红银，红银就是俸禄，你做买卖挣的钱，你是我们中间的一股，你不是股东吗，也有你的银子，不叫俸银，是红银，两万两，这是你的，我给你拿来了。他们每年分两次，上半年已分完，这是下半年的。一堆银子，有不少都是金元宝、银元宝，银锞子，另外还堆些碎银，一大包。

这时穆彰阿脾气上来了，马上就来火："你干什么？谁让你拿来的，现在是什么时候了，你拿回去，给我拿回去。”卓兴阿吓坏了，一看大人生气了，马上就跪下了：“大人，大人，这个每人都有份呀，这是您的，已经放了二十来天了，我没敢来呀，今天我看周围没什么人，就悄声来了，你收下吧，小的有什么不对的地方，请大人赐教，别生气了。”卓兴阿在那儿跪着，把穆彰阿气的，自个儿搬个凳子坐在那儿，晃着头，干脆没看他，也没说你起来吧。他心里想着这事，人家送来的，平时你都能收，这回你不收也不行啊。你也是这里头的人，你不收也不是办法呀。我要是不要，不把事弄大了吗，吵吵大了，府里头也有眼，也有耳目，什么人没有啊，要是传出去，这不闹事吗？现在正是掯劲儿的时候，就怕出事的时候，所以，他说话不敢声音太大，就唉声叹气地说：“唉，唉，你呀，卓兴阿，起来，起来吧！”卓兴阿这才敢起来，站在一边。

因为啥呢，卓兴阿的聚宝货栈，能够这么蒸蒸日上，日进斗金，靠的就是穆彰阿，他离开穆彰阿，聚宝货栈的买卖能兴隆吗？卓兴阿也是个飞扬跋扈的人，见凡人都不搭理，但是，在穆彰阿面前，他得摇尾乞怜，像个小猫一样，毕恭毕敬，溜溜地站在那儿不敢出声。穆彰阿说：“这不给我上眼药吗，偏偏这个时候拿来，你办事真糊涂。我也不说了，你把这些个银子，都给我送到‘义恒斋’去。”

“义恒斋”，是什么地方呢？这是乾隆五十四年，在京师西市口那块建的一个义馆，这个馆还是朝廷建的。因为有不少流民，由于蝗灾、水灾、旱灾，四处逃难。有的就进了京师，能挡住吗？挡住这个，挡不住那个，有的到处要饭，有的抢劫，什么都干，造的社会非常乱呀！为这个，乾隆爷想个办法，就建了个义馆。说起建这个义馆，还是和珅给乾隆出的招，叫什么呢？叫“义恒斋”，实际上是慈善堂的意思。一些无家可归的人哪，一些孤儿呀，流浪的，一些个没有子女赡养的老人，不能让他们饿死在街头，不能让他们上吊，就把他们送进这个“义恒斋”，给他们吃的，给他们穿的，到一定时候，把他们遣返到原籍。这个“义恒斋”，在道光三年的时候还有。

说书人再说几句，一直到林则徐，林大人被贬了官，八国联军进了北京和圆明园被烧，没人管了，“义恒斋”也被一把火烧没了，也就没慈善堂了。道光二十年以后，就没了。当时对“义恒斋”，谁愿意做好事都行，有银子拿银子，有东西拿东西，有粮拿粮。朝廷特别奖励官员做善事，不少官员真做了善事，像英和了、还有赛冲阿都经常做这个事，命家里人把省下来银两都送到了“义恒斋”。这时可能是穆彰阿良心发现，不知是什么复杂的感情，他让卓兴阿，把我这两万两银子都送给义恒斋，我不要了。开始把卓兴阿吓了一跳，他想可能是穆大人生气，说些气话。穆彰阿一看他没动弹，就说：“怎么的，我的话没听明白呀。”卓兴阿喳、喳、喳称是，就说：“大人，我到那儿去怎么说呢?”“别的什么不要讲，你就给我写一个条就行，穆彰阿献善银万两，不要说两万两，就说万两吧，你把这个条子交上就行了，我现在就这么做了。”卓兴阿也不知他的心情，反正穆大人献了善心，卓兴阿只好按照他说的去办。穆彰阿总算把卓兴阿轰走了，然后穆彰阿赶紧换衣裳要走。

这时，杜布林老管家又过来了：“禀大人，赏月居大掌柜的庞信庞掌醢的儿子，庞通来了。”庞通咱们讲过，穆彰阿大人的姑娘姣姣，不就嫁给他了吗？这是他的大姑爷。那时候他跟庞掌醢关系非常近。庞掌醢在牛街那块儿，把整个半条街都买下了，建了赏月居饭店。这个饭店掌柜的就是庞信的儿子庞通。这会儿，庞通哭着来的。他听说他老爹死在北疆，死的非常惨，具体情况不清楚，光是听传闻。本来庞通让他夫人来，他夫人姣姣说啥也不来，就说：“你去吧，我不去，我阿玛的脾气才怪呢，这些日子不知怎的，除了我额莫以外，见谁就跟谁发火，有不少的奴婢都被吊打，我才不去呢。”所以他的夫人姣姣不肯来，没办法，庞通自己来了，想找岳父穆彰阿了解个实情。他来了几次，穆彰阿都躲着。跟他怎么说，也说不清楚。再说，自己也不太清楚，究竟是怎么毒死的。另外他想尽量把大事化小，小事化无，别老提这个事儿。所以，他不愿意见庞通，已经躲了十来天了。不巧，今天又给堵上了。这时穆彰阿就跟杜布林总管说：“老总管，这事还得你去办。你就说，我太忙，没空，没在家，我不见他。你想办法，把他给我弄走了，怎么糊弄都行。”杜布林又说了：“老大人哪，我已经糊弄了多少次了，现在我的话他也不信，硬往里闯，闯进来了，就在外头呢。”可把穆彰阿吓坏了，自己衣裳也没顾得换，就搁后暖阁的窗户跳出去，然后把头又伸过来，跟杜布林说：“老管家，你对付他，别说我在家。”说着，把窗户一关，穆彰阿就穿着原来的衣裳走了。

穆彰阿好歹把些乱事一个一个摘脱出去了，就匆匆地坐着轿到了吏部，拜见文孚和英和两位大人。说心里话，穆彰阿还不怎么惧怕文孚。

文孚这个人，比较慈善。虽然话语不多，但是见面不让人感到发畏。最打怵的还是英和，英大人。英大人说话言语刻薄，眼神敏锐，谁让他的眼睛盯住了，你有什么鬼点子和见不得人的事情，都得说出来，你不说都觉得逃不过他的眼神，就那么厉害。所以，朝中都知道英和最聪明，你用什么花言巧语跟他说，他光听着不说，然后，几句话就给你叼住点子上，让你面红耳赤，无地自容，他就有这两下子。英和这个人，软硬不吃，所以，穆彰阿最怕他。

他到了吏部以后，吏部管事的衙役们，把他领进了大人的正堂。文大人、英大人都在里头坐着，等着他呢，不知等了多长时间了。他进来以后，匆忙上前几步，向两位大人叩拜："学生因为家事过忙，来晚了，向两位老恩师、老大人致歉，学生来叩拜二位老大人、老恩师。"文孚就先说了："穆彰阿，好了，你起来吧，有些事情，英大人和我受皇上旨意，跟你谈谈。"

穆彰阿起来恭恭敬敬地坐在一侧，已经预备好的靠椅上。前头也有桌子，茶儿，由管事的衙役献上了茶。他刚想坐下，一看英大人板着个面孔，瞅了他一眼。英和大人用眼睛一扫，把他吓坏了，马上又站起来。他想，我现在哪能坐呢？我是有罪之人。接着他又向两位老大人跪下哀求地说："学生有负两位恩师的训诫和提携，真是悔恨莫及呀，请万万看在学生我多年为朝廷舍身献命的一点苦劳上，给我留个一官半职。"穆彰阿这时候，恨不得抱着两个大人，大哭一场。

文孚看不惯这个，就说："穆彰阿，快起来，起来，不要这样。坐下来，咱们好好谈谈。咱们都是同朝为官，人贵在经一事长一智。你呀，也应该好好地回顾一下自己。这些年来，你在前程上，哪些个有负于圣恩的，我们老哥俩，始终是信着你，而且也很钦佩你。你英明，年轻，未来的路程长着呢，能成为国家的栋梁，这是我们老哥俩唯一的想法。我同英和大人，在皇上跟前，为你说了不少好话呀，为你求了情哪，你应该明白，啥事不要自作聪明，一定要将心比心。英大人是户部尚书，兼协办大学士，你不就在英老大人手下为官吗，你跟他已经有一段时间了，你对英大人的性格和精神，应该有所了解和敬佩。我们没有背后说你任何不利的话，这些都不说了。我们从皇上那儿来，皇上当时让我们跟你好好谈谈，而且他又写了一个圣旨，现在还是让英和大人，把皇上临走时候交给我们那个圣谕，向你宣读一下。"

穆彰阿一听要宣读皇上的圣谕，慌忙站起来，又跪下。英和大人，也没说什么，搁自己怀里头掏出一张简单的纸。因为他和文孚跟道光皇爷讲完以后，说书人没细说，道光皇爷非常尊敬两位老臣，就说你们把这个意思，说说就行了。文孚这个人做啥事情老八板，非常认真，他说不行，变成假传圣旨怎么办，皇上还是简单写几个字。就这样，道光爷尊重文孚的意思，简单地用一张纸刷刷地写完，就交给了文孚。这样，文孚和英和大人才一块离开了皇宫。现在就是这张纸，文孚让英和念一下。本来英和不愿念，就说皇上已经信着咱们，不用念了。文孚说："不行，我是做吏部的，事情一定按规矩来办。应当让穆彰阿知道，这是皇恩浩荡，不是咱俩信口雌黄。"他俩刚才正谈着这事，穆彰阿进来了。英和本来推给文孚，文孚敬重英和，因为英和比他岁数大，像他哥哥一样。所以说，英和没法再推让。另外英和也考虑，穆彰阿是自己部里的人，是自己的下手，让自个儿念也有道理，就这样他把圣谕念了。圣谕是这么写的：

诏，免去穆彰阿户部右侍郎衔，在漕运总督任上行走，务于四月底前到两淮就任，不可迟延。到任后，全权总理漕运一应事务，望除弊兴利，忠于职守，不负圣望，钦此。

道光三年二月吉日。

穆彰阿听完以后，山呼万岁。他大吃一惊，不知说什么是好，开始骨头都吓酥了，他想糟了，这个户部的衔没了，都是这两个老头儿，老坏蛋，在皇帝面前说些坏话。他们做的坏事，都推到皇上身上，他们的心多歹毒，我肯定玩完了，什么都没有了。英和刚一念完，他就"哇"的一声哭了，他感动啊，就悲痛不止。他原来没想到，真是惭愧，自己以小人之心，度君子之腹，两位大人，在皇帝面前，确实替我说了好话，他根本没想到。

说书人以前都说了，漕运的事情是个肥缺，谁都想干。一个穷知府，还得用万两银子换，何况一个漕运，那权力多大，七个省都归他管，银子就得拿老了。再说，七个省的各方面的人员，谁不得捧他，就像半个皇帝一样，过去都叫土皇帝。不但如此，民间中有各个帮，最数漕运的帮厉害。一个帮一个帮，都用自己的暗语互相联系，生杀大权，都掐在他手里 。漕运总督如果心要歹毒的话，要造反，他都有一帮势力。所以对漕运总督历来都重视，明朝重视，清朝更重视。漕运涉及到朝廷和人民的衣、食、住、行的大事，全掐在他手里头，这个重任如果不是国家的干才，皇上敢给吗？不敢给。没想到，这次却顺顺当当地交给了穆彰阿。穆彰阿有这些错，搁部院里刷下来，没刷到底，反而得到更大的实权。说实在的，比右侍郎更有权。虽然是在漕运上行走，不是正式的，是代理总督，但是有实权哪，钱掐在手里，人掐在手里，所有的物掐在手里，确实谁也不敢惹。因为什么呢，他跟各个部都有关系，人口安置，吃的，与户部有关系。和工部也有关系，用的东西，用多少东西，建多大的码头，造多少船，用的工、料和匠艺上的事情，都和工部打交道。和吏部也有联系，所有的官员，他是管人事的，都由他来定。与兵部也有关系，漕运上越出事不就越乱吗，兵部得下去平乱。和礼部也有事情，有时皇上下去，一路上的安排，都由他来管。他和各个部、院的关系非常密切，这等于一朝天子一样，是一个小皇帝呀。能使穆彰阿不感动吗？当然感动了。

穆彰阿把人家恨坏了，没想到这两个老头儿帮他办了好事，所以，他哭的泣不成声，又跪下了，一边哭着，一边说："两位大人哪，恩师呀，老恩师呀，学生感激两位老恩师的载道之恩，这是学生万万没有想到的事情。两位大人这么器重我，钟爱我，凭我的才华，凭我以前所做的错事，这次又委以重任，我真是万分有愧呀，惭愧，惭愧呀。"真是做梦都没有想到，他冷丁地又站起来，把英和大人就搂住了。英和大人马上说："啊，放手，放手，穆彰阿放手。"穆彰阿又扑通跪在英和的面前，抱着英和的大腿又痛哭，这些事使他非常震动。他说："英大人哪，这些年真对不起你呀，我背后说你不少坏话，没想到你这么爱护我，你不计前嫌，不以一己之利，来对待我，以国事为重，你们真使人佩服的五体投地啊，我穆彰阿再活这么些年，也学不了你们这种高风亮节。"他恨不得把什么好话都说绝了。

英和哪是这种人，文孚也不是这样人，他们听这些肉麻的话，感到很不得劲。文孚就劝穆彰阿："穆彰阿，你赶紧做准备吧。另外，你不已经向太后和皇上讲了吗，三巧是你们家族的后裔，我们老哥俩也想成全你这件事情，让你做一件好事，等她们来的时候，你就赶回来，好不？"穆彰阿听了擦擦眼泪说："谨遵大人之命。"这时，穆彰阿又说："两位大人，我知道漕运的事情这是一个很大的事，很难的事，我绝不会辜负皇上的圣恩，也绝不辜负二位恩师给我这个报效国家的机会，我一定鞠躬尽瘁，死而后已。不过学生还有些事，请教大人，漕运的搬运工和一些兵奴守护的事情，是我去安排呢，还是怎么办呢？不知大人是否有考虑？”文大人和英大人跟穆彰阿一席谈话，这些安排，说书人向阿哥们就讲到这儿了。

现在，我说书人要把话题一转，讲一下各位阿哥最关心的事，现在三巧她们干什么呢，大家都想知道她们的事，也好长时间没提她们了，书也该讲到她们小姊妹和云、彤二老、乌伦巴图鲁他们了。户部侍郎汤金钊奉钦命要到北疆去，那就是钦差大臣哪，受钦命而去，是代表皇上去的，也代表了朝中的老臣，这里头包括了戴均元老大人，赛冲阿老大人，英和老大人，也有文孚大人等对云、彤二老的看望。这些都由汤金钊一路去办了。

汤金钊，说书的已经说了，他是英大人手下的，跟英大人的关系非同一般哪。他受了钦命以后，当天晚上就到了英和府上，又受英和大人的耳提面命，讲的非常细，怎么去，怎么办，抓紧时间，早点把乌伦他们赶紧接回来，这边很多的事情在等着他们，你要快去快回。汤金钊这个人是很能干事的人，他接到信，准备了一天，把家里的事情处理完，就起程了。他从来就是这样，圣命一下，马上就走，就这么快。

现在，我不细讲汤金钊，汤钦差现在骑着马，带着随员已经北上了。他一路上，受到盛京将军、吉林将军和黑龙江将军的热情接待、欢迎，因为他是代表皇上去的。汤钦差特别要到黑龙江将军衙门，要和黑龙江将军陆成以及他手下的人商量很多的事情，这就不多说了。

我再说，自从乌伦和三巧他们接到圣命以后，他们就准备进京陛见。云、彤二老说：“天还没太暖和，在外头施展也不方便，你们三个小丫头，在这好好做做准备，跟我们老哥俩呀，再相处几天，你们走了我就想你们，过几天你们再走。”这些天她们没有闲着，需要办的事正经不少呢。

先说乌伦，乌伦和二丹丹、三丹丹，还有丹丹的额莫柳米娜，都住在西噶。瓦力佳尼亚老头儿本来想抓住柳米娜，没想到，柳米娜逃的比较早，没让老瓦头抓着。她就跟自己的宝贝姑娘二丹丹、三丹丹过来了，现在她们都在奇格勒善这块儿，暂住几天，等乌伦安排完，就得回京师去。二丹丹这次肯定要跟丈夫进京师，三丹丹离不开她二姐，也想进京师看她大姐去，所以说，三丹丹也跟着她的姐夫乌伦和二姐一块儿进京师。柳米娜下决心，不要什么俄罗斯国籍了，离不开自己的姑娘，也做大清国的臣民，去京师。当然，柳米娜的变化和乌伦、二丹丹、三丹丹的影响有关系。特别是柳米娜自从到了达斡尔族奇格勒善大玛发这里，受到了盛情接待，如同到家一样，照顾得无微不至呀，她也非常感激。她到这儿一看，并不像杜察朗大玛发讲的，这些人难处，都很脏，都是野蛮人。他们对人都很真诚，让柳米娜颇受感动。在这里，她并没有感到自己是外国人，真有宾至如归的感觉。她盼着早一点跟乌伦他们到京师去，我后半生就跟我的姑娘们在一起了，死也要死在大清国的土地上。为使柳米娜生活过的更好，奇格勒善让他的小儿子都尔钦还有三丹丹他们，常领着出去打打猎，出去游逛，游逛，帮她散散心。有时候，他们还一同到云、彤二老那看看，到东噶的山上玩一玩，住上一天两天。

乌伦巴图鲁早就跟黑龙江将军衙门打牲乌拉总管富凌阿章京一块儿定的，他们在走之前，准备在潘家窑那块儿，树一个宗祠碑，把图泰大哥和卡布泰大哥的名字，永远刻到那块儿。他有时领着几个人，选最好的木头，建个宗祠碑。另外，他现在张罗雷福和常义的婚事，这是奇格勒善大玛发多年来惦记着的事情。因为他们长期在京师跟着他师傅图泰，这个婚事总是办不成。这件事情，图泰也挂在心上，曾经跟乌伦说过，这次咱们到北疆来，把所有的事办完以后，就把我两个徒弟的婚事给办了。乌伦想念自己的大哥，要了却他生前的愿望。另外，更主要的也为了安慰奇格勒格善大玛发。过些日子雷福和常义都要跟着他走了，他们还要回到京师，这婚事得办，这两天他帮助安排婚事。老头儿岁数太大忙不过来，有些事情就由乌伦和夫人二丹丹帮忙，三巧有时也过来帮忙。

这里还要说一句，文强前两天回去了，因为家里来信，母亲有病，他大哥现在在外头初任，他是最小的。最近听说，他的母亲有病想他，没办法，文强也就拜别了众弟兄，先回去了。三巧，特别是巧兰送他走了很远，很远。三巧有的时候就到西噶来，跟着二丹丹，还有乌伦叔叔，帮着小清风雷福，千里雁常义筹办婚事，但有的时候，三巧她们自己还有些事情。

三巧现在惦记着的就是自己的师傅，也是自己的师爷云、彤二老。他们要走了，没人侍奉二老，就靠着福来。福来的婚事也得办，这个事也是图泰在世时跟乌伦一块儿定的，而且图泰是受赛冲阿大人之命。赛大人告诉他："你们回来时，无论如何不要让我挂念，一定要把云、彤二老的家事，生活上的事安排好。回来时把你们安排的情况告诉我和英大人。”所以这里还涉及到云、彤二老的家事，就是翔鹤的儿子，福来的婚事。两个老人岁数这么大了，光靠福来一个人不行，得给福来找个媳妇，成个家呀，有他们小两口共同侍奉云、彤二老，还放点心。再一个，每年的烧柴也是个事儿，二老不像奇格勒善，一个大家族，生活有安排，孩子多，奴婢又多，烧柴打的多。往年有些烧柴，是奇格勒善从西噶珊送来的。云、彤二老非常刚强，不愿意再麻烦人家，光靠福来一个人砍柴也不够。老头儿有时候也出去砍点柴，那总是杯水车薪。三巧说，咱们要走了，现在最惦着烧柴的事，所以她们就跟福来大哥一起到后山砍柴，捆好，拉着就往回走呀。因为这时天还挺冷，山上到处是雪，他们顺着雪道、石道拉柴火，还不怎么费劲。他们用这种办法，就把砍下的烧柴往家拖。这些日子三巧天天早起晚归，帮着福来哥砍柴，她们累得满头大汗。

三丹丹挺有意思，有时候跟她额莫在一起，跟她二姐在一起，但多数时候，跟三巧在一起。姑娘愿意跟姑娘在一起，嘻嘻哈哈的，天真无邪，她们互相亲热，一点隔阂都没有。三丹丹性格挺怪，非常像三巧中的巧云，也是那么泼辣，那么好说，那么好动。三丹丹，喜欢三巧还有一个原因，觉得她们三个姊妹，剑法高强，自已虽然也会些武术，但跟人家比那是望尘莫及。她很佩服三巧的林家剑法，也暗中跟她们学，所以她挺愿意跟三巧切磋一些剑术。三丹丹的武术，我过去说过，她使刀，又使剑，学的挺杂。杜察朗大玛发，虽然在北噶也能请些高人，但是教的比较杂，没有专一的教，她们姊妹几个都是这样学的。杜察朗这三个姑娘，武艺最强的还是三丹丹，大丹丹最差，二丹丹其次。所以她愿意和三巧在一起。何况三巧三姊妹，为人特别好。这是家教啊，那是受云、彤二老的教诲，虚怀若谷，从来不显示自己是大家闺秀。她们穿的很朴素，平时在家里，就穿一般姑娘穿的淡雅的衣服，有时也穿上皮衣裳，就那么一系没有什么讲究，或者是穿女侠的衣裳，都是剑袖，身上系着腰带，非常紧，头上一扎，干净利索。所以，三丹丹愿意跟她们在一起，睡在一起，特别是愿意跟巧云睡在一块儿。

三丹丹这个人还挺招人喜欢，谁最喜欢她？说起来很有意思，一声雷牛老怪，早就留神了，看出小麻元眼睛总是盯着三丹丹，总是跟着三丹丹后头转，哪块儿有三丹丹的时候，准有小麻元。有的时候牛老怪就偷着跟小麻元说：“麻元呀，你是我的师哥，我跟你说，你别生气，你现在心里想吃天鹅肉啊，人家能跟你吗?”小麻元说:“别瞎说，这事说不得。”

这是真事呀。小麻元性格幽默，是个挺活泼的人。图泰这四个徒弟里头，最属水耗子麻元机灵，脑袋还挺好使，要不他跟牛老怪，到北边查案的时候，到了九拐七阶，就讨达萨布罕老玛发的喜欢。他们快要离开达萨布罕的时候，达萨布罕准备把自己身边最好的女奴，让小麻元选一个，做他媳妇，你要一个给你一个，要两个给两个。麻元根本就没相中，达萨布罕只是唉声叹气的。达萨布罕为啥给他选媳妇？是想把他留下，不想让他走。他跟图泰说：“把你徒弟留下吧，我非常需要麻元，麻元在我这儿，我让他当一个最好的首领，甚至将来我的家业都交给他。”图泰就笑了，说：“这个事儿你跟我徒弟商量，我没意见，麻元要愿意跟着你就跟你。”图泰在世时曾问过麻元：“你愿意不愿意?”麻元跪下跟师傅说：“不行，我一定跟着你，我永远维护你，哪怕你不在了，也要维护你，我一定跟师傅跟到底了。”就这个情况，达萨布罕没留住麻元，麻元心里头真看中了三丹丹，他现在爱的就是三丹丹。他比文强行，文强这个人呢，心里爱不敢说，麻元也看出了文强是爱着巧兰。小麻元眼睛多尖，曾经把文强召唤过来，问他：“文强你是不是和二巧有意，若有意我帮你。”文强脸通红地说：“没，没这事儿，没这事儿。”

文强家是蒙古人，他阿玛在汉族地方生活时间长，所以受汉文化影响比较深，总有一种男女授受不亲的习俗，必须有媒妁之言，父母之命，文强还有这种拘束。小麻元就没有，我爱谁就说爱谁，我不爱就不爱。但是文强心里头有没有穆巧兰呢？巧兰也不能不知道，姑娘也不算太小了，能不明白吗？周围有不少人都看出来，包括图泰在世时，乌伦、卡布泰都看出来了，也愿意他们俩往一块儿凑，所以安排事时，只要文强一提出来，要跟巧兰在一起，他们都想办法把他们安排在一起。

小麻元呢，就非常喜欢三丹丹，三丹丹走到哪，他就想办法跟到哪。三丹丹有时候到三巧这块儿来，麻元就想办法，离开他那几个小师兄弟，借个由子就跟来。三丹丹在前头走，他就在后头跟，三丹丹瞪着眼睛一撵他，他离着挺远呢，就在后头瞟着，也不管人家膈应不膈应，像个跟腚虫似的。所以三丹丹非常有气，曾经说过：“你干什么，癞蛤蟆，你跟着我干什么?”小麻元嘿嘿一笑，“你走你的道，我走我的道，你还不让我走吗?”三丹丹也没啥说的，是呀，他走他的道，我走我的道，人家也没碰我，就这么跟着。而且，也处处保护她，这些方面三丹丹有的时候也能体会到。比方说，外头风大了，下雪了，有人送来皮衣裳，把衣裳给她盖在身上了，一看是谁呢，麻元。有时候，走着道，骑着马，走走一看，三丹丹慢下来了，麻元过去就对三丹丹说：你的马鞍子上的垫放的不平整，坐着硌的慌。麻元就把她马鞍子铺的好好的，把自己马上的熊皮垫子给三丹丹，所以对她照顾的无微不至。有时候，三丹丹的马，他亲自给遛，亲自给喂，使三丹丹真是感激不尽。有的时候，也让三丹丹哭笑不得。

有这么一次，三巧帮助福来大哥进山去打柴，三丹丹也跟着去了。小麻元不知在哪儿听到这个信，也气喘吁吁地赶紧跑来了，跟着三丹丹去帮助他们打柴。三巧觉得过意不去，就不让他们去，麻元说啥不干，硬跟着上山了，他喜欢三丹丹哪，帮助三丹丹干活，为的让三巧更高兴，三丹丹也就不再挡他了。他有时候把牛老怪也给拽住，牛老怪就说："我真倒霉，为了你，我还得跟着。""哎呀，老兄，你帮帮我吧！"这牛老怪没办法，有时让麻元一拉，也一块儿到东噶去帮助福来大哥打柴。这一路倒挺热闹，有三巧，有三丹丹，还有他们哥俩，另外，还有福来。

福来这个人非常老实，光干活，一声不吭，像个哑巴似的。最热闹的还是麻元，说唱就唱，说跳就跳，嘻嘻哈哈，逗的大伙捧腹大笑。牛老怪这人长的粗实，留着大连鬓胡子，溜圆个大脸，很有劲。有的时候，小麻元直接就说："三巧啊，你让老怪给拽，他有能耐。"弄的牛老怪也不好意思，就给拽吧。有时候，那柴火砍的一大堆呀，用皮条子一捆，像个山似的，弄两根粗绳子，麻元跟他一拉，牛老怪套在自己脖子上，满头大汗，大冷天，有时光着膀子拉。有时牛老怪真气的慌，就跟麻元说："为了你，我倒好，真像个老牛了。"麻元说："好啊，老怪，老怪你帮帮忙吧。"这还不算，有的时候，他看到三丹丹和巧云累了，他自有办法，就说："哎呀，柴火垛这么大，容易掉下去，捆的太松了，先停下捆一捆。"他跟牛老怪和福来，把绳子使劲一勒，把捆的柴火又紧了紧。有时候下山的路，道也挺滑呀，前头一拉，这些柴火顺着山道滑下来，挺快，怎么能让慢一些，小麻元有办法，就让三丹丹和巧云在柴火上趴着。他心里是为她们好，怕她们走累了，她俩也真听话，就趴在上头，压着一捆一捆的柴火。他和福来，还有牛老怪，在前头慢慢往下拉，这个大柴火垛真像个小山似的，呼啦搁山上下来，三丹丹和巧云两个人压着柴禾，老远就听到他们连吵吵带闹的声音，就这么热闹，东噶珊一片欢腾哪。

单讲他们打柴的地方，有几个小山洞，三巧最熟悉这块儿，他们曾在这儿练过武，其中有的洞相当大，还挺深。洞里头有一个露天的地方，像个天井似的，里头有好几个小屋，她们在那儿住着，云、彤二老在那儿教她们剑法。在这儿附近还有洞，他们打柴歇息的时候，麻元自己好信，就钻进洞里一看，哈，挺深哪，他就点起松明火把往里头进。火把一点着，烟一升起，呼呼啦啦的蝙蝠就在洞里乱飞。蝙蝠相当大，小麻元拿一把柳条子，啪，打下一个像鸡似的蝙蝠。这个山洞的右侧好像天然的通道似的，你紧把着洞边往右侧走，能走进挺深的地方。左侧是洞里的山崖，崖下有时候听到哗哗地流水声，这是涓涓细水，冬天也不冻。水总是贴着石头砬子流，人要蹲下时，手能够着水，水还不怎么深，但是里头有多深就不知道了。洞里头有风，松明火把挺耐着，有很大的抽劲，呜呜地，照的挺亮。往里头瞅，瞅不着什么，一片漆黑，往左侧水里一照，他们发现水里有鱼，是巧云和三丹丹发现的，她们吵吵，“这里头有鱼。”

这是北方特有的口袋鱼，为什么叫口袋鱼呢？它的形状像个口袋，头大，尾巴细，是个肉头形。嘴特别大，一张嘴像个小圆桶似的，两边的腮也挺大，小眼睛，身子窄，越往后越窄，整个鱼就像一个尖漏斗。它是斜着身子在水里游，嘴总是吃水里石头上的青苔。因为洞里是黑的，眼睛怕光，你只要用火把一照，它立刻钻到水里去，你不用火把照它，它又把头伸出来，一排一排的。口袋鱼不大，最大的也就一拃多长。这鱼引起巧云和三丹丹两个淘气丫头的注意，她们就蹲在那儿看鱼，巧珍大姐还直说：“小心点。”因为石头长期被水一泡，长了绿色的青苔，溜滑的，要不小心，就容易滑下去。这两个丫头你捞一下，她捞一下，那小鱼也不那么好捞，你一捞，它马上就跑，她俩就这么捞来捞去，不知是巧云捞到了，还是三丹丹捞到了，反正捞到了，她们哈哈大笑。这一笑不要紧，出事了，三丹丹的脚没蹬住，刺溜一下子，滑进水里，就听扑通一声，哎呀一叫，掉下去了。巧云用手去抓她，没抓住，丹丹就掉到水里。可把巧云吓坏了，哎呀，大姐，大姐，不好了，不好了，丹丹掉下去了。麻元大哥，麻元大哥。

他们知道麻元会水呀，都喊麻元。她这一喊，外头的牛老怪和福来，还有站在洞口的巧珍、巧兰，赶紧往里跑。麻元这时候正拿着松明火把在洞里头照呢。一听外头有人叫他，是三丹丹掉水里去了，把他也吓坏了，反过身来就往回跑，好在麻元及时赶到。他站在洞边这块儿，琢磨怎么下去救。这时候牛老怪、福来他们想跳下去救，麻元没让，“你们别动，都不知怎么回事呢，别动。”

小麻元心非常细呀，他用火把往下一照，看着丹丹半身卡在那块儿了，没掉到里头去，这说明石崖下头，水里头还有一层台阶，她掉在水里台阶上，正好站在水里，水一直到大腿根那块儿。好在她没往前滑，要是再往前一滑，往里头一迈，就不好说了，多吓人哪。三丹丹这时吓的不会哭，不会叫了，就呆呆地站在那块儿，两只手倒背着，紧靠那个石崖，前头就是个深水坑。这时候，麻元没顾别的，自己找个斜坡的地方，拿脚一点一点探。他也想到了，她能在那块儿站着，很可能水下头还有一层。他搁旁边下去，水不深，就走到了丹丹那块儿，丹丹一看他来了，就喊：“麻元，麻元，你快救我。”麻元说：“别吵吵，你别动。”上头那些人不知怎么办好，急地直搓手。麻元到跟前，用左手把着崖边，转过身来，用他的右手一下子就把三丹丹抱住，夹在自己怀里头。他的左手紧把着崖边的石头，他身子紧靠着石崖，用力气把三丹丹夹起来，然后，一使劲就把三丹丹夹到崖上了。

这时牛老怪，还有福来急忙上去，把三丹丹接住。然后他们把三丹丹抱到洞口篝火那块儿，烤火。巧珍和巧兰忙着把她裤子上围的东西拿下来，因为她下身湿透了，没湿到上头，连给她裤子挤水带烤火。这时巧云也过去了：“丹丹哪，别害怕，怎样，怎样?”丹丹说：“不要紧，不要紧。”麻元说：“万幸啊，真是万幸啊，丹丹，你真是有福气呀，多危险，再要往前滑一步，里头究竟有多深，咱不知道，太吓人了。”巧云过来给麻元深深地施个礼：“麻元大哥，谢谢你救命之恩。”麻元就说了：“要谢，不让你谢我呀，得丹丹谢我。”丹丹听了，脸刷一下就红了。

因为出了这个事儿，别在这久呆了。福来跟牛老怪俩人把柴禾捆好以后就说：“咱们赶紧回去吧。”他们让丹丹坐在这个柴禾垛上，几个人推着柴禾，很快就回到了三巧的家。

晚上麻元和牛老怪把三丹丹送回西噶。麻元想的周到，三丹丹可能受了惊吓，水又那么凉，别伤了身子，把她送到她额莫那去。这事没跟柳米娜说，怕她着急。麻元张罗来生姜和大枣，自己熬了生姜大枣汤，给三丹丹送去。柳米娜还不知怎么回事呢，麻元就说：“大娘呀，你们喝这个汤好，这是防寒的汤，让丹丹多喝点，她有点累的慌，天又凉。”三丹丹挺感激麻元，知道他挺勇敢，而且非常机智，心还这么细。麻元这样照顾她，使她渐渐产生一种说不出来的感情。

北方各个部落，最重视的礼节就是两大宗，一个是人生礼仪，从出生到死，这里包括出生的仪式，成年的仪式，结婚的仪式，丧葬的仪式等等。再一个就是祭祀，对天的祭祀，对自然崇拜的祭祀，这一年有好几次，对山、河、大自然，各种动物的祭祀，都非常隆重。奇格勒善大玛发从祖宗传下来就是这样。他现在最关心的就是两个大儿子的婚事。他们结婚也举行祭祀，要祭祖，要祭天神，要祭各种自然神。接着就是举行新婚大礼，夫妻俩要叩拜，不单叩拜祖先，还要叩拜山河，生你的地方，养育你的地方都要叩拜。由萨满主持，这是老传统了。北方几个部落，都是这样，满族也是如此，非常虔诚。祭祀时要杀野牲，过去以野牲为主，包括野禽。到道光朝的时候，也包括家禽和家畜，青牛白马等。

奇格勒善是这一带德高望重的老人，白发苍苍，他的白发前书讲过，到前胸脯下头，头发刷白，扎一个金箍，用宾渡河的金子打造了脑门上的金箍，耳朵上有两个耳环，穿着大部落长大玛发的皮衣裳，夏天是半截袖的光板皮子，扎着带子，特别精神。他有九个儿子，前书早就说过，从老三开始，一直到老九，都娶了媳妇，惟独大儿子雷尔钦，二儿子查尔钦没娶。这两个儿子到京师以后，图泰给他们起了新的名字，雷尔钦叫雷福，查尔钦叫常义。他们两个因为公务在身，也不常回来。但是他们都是指腹为婚，这是北方达斡尔族和满族过去传统的婚俗。孩子没生之前，双方之间，就互相定婚了。如果双方都是女孩或都是男孩，这之间只是加强了凝聚力，遇事互相帮助，为共同的利益，可以两肋插刀，共同对敌。如果两个部落长的夫人，大福晋都怀孕了，那时共同祭拜山神，喝着血酒，互相叩拜，就说了：我的福晋如果生的是男孩，那个首领也叩拜，就说：如果我的福晋生的是女孩，我们两家就合婚。儿女婚姻就成了，从小就这么定了。奇格勒善那是达因部氏出名的大玛发大家族，何况又是精奇里江上游宾渡河这块儿的一个总管，打牲的大督办，不少的小部落心都向着他。所以他的孩子当然都好找媳妇。

雷尔钦，查尔钦，也都有自己的媳妇，只是没有办大礼。雷尔钦和查尔钦的媳妇，都是宾渡河柴干大玛发的大女儿、二女儿。柴干大玛发也是很出名的，离这百里之遥。柴干大玛发，马群成千哪。过去讲马多少，讲牛多少，都是按群讲的，一群马多少匹，牛多少头，羊多少只，鹿多少只，都是按群讲的。他是上百群之首，在这一带，是非常阔气的人家。柴干大玛发的小女儿嫁给了奇格勒善大玛发的四儿子辈尔钦。老大、老二在家等着呢，雷福和常义不常回来，这回回来了，柴干大玛发来了两次催这个事儿，赶紧办了吧，两个姑娘都很大了。奇格勒善很着急，也想办这个婚事儿，就因为他们北征，没有回来。奇格勒善就告诉宾渡河的柴干大玛发，再等等，再等等，等他们胜利凯旋回来就办。哪知事不遂心，回来后又听说，图泰大人以身殉职。他的孩子都是图大人的徒弟，那叫师徒呀，你想想，他们哪有心思办，从礼节上也 不能办婚事呀。回来以后，他们就烧七，就是七天一烧，七天一烧，北方都是这样。他们已经烧了五七，三十五天了，今年的清明正好过去了，这样，就可以把婚事提到日程上来。他们的彩礼早就交了，都是什么彩礼呢？奇格勒善现派人到盛京以南的地方，备办了丝绸，这是一个。另外，交了多少头鹿，多少坛美酒，除此以外，还有用银子、金子打造的各种佩饰，非常美观。

奇格勒善大玛发眼看儿子要结婚了，他又惦着东噶，福来的婚事。一天老头儿骑着自己的卷毛花白马，嗒、嗒就走了。这马，原来叫麒麟马，是匹小马，个头很小，能钻树林，跑起来特别快，拿它能赶狼群哪。他骑着卷毛花小白马，很快就到了东噶，去见云、彤二老。

云、彤二老在他跟前，从辈分上讲，是他的小辈呀，奇格勒善是长辈。福来看到老人家来了，慌忙地叩拜。奇格勒善就问："你的大爷、二爷在什么地方？"福来就把他领到了云鹤那去。云鹤一看，老人家来了，自己慌忙下拜，然后请到屋里，自己亲自给老人家沏的茶。这时奇格勒善就跟云鹤老人说："我家要办喜事了，眼看雷尔钦他们要走了，就赶紧给他们办婚事。我又想啥呢？你们哥俩也考虑不到，我看哪，福来的事一块儿办了吧。"奇格勒善从来就把东噶的事情揽到自己身上，他知道，云、彤二老，生活上不会料理，从不管这些事。所以，他自己就帮助张罗。况且自己也有这个能耐，有大的管家，什么都管，用个人哪，用个什么东西，都是搁西噶给送去。他这么一说，云鹤才想到，是哪，我兄弟的孩子岁数也不小了，应该办这个事了。哎呀呀，你看让老人家想到了，"我们都忘这个事儿了，应该办。"

这时候，彤鹤进来了，给老人家下拜以后，坐在一边。他听说是这个事非常高兴。但是他们心中没数呀，福来跟谁成亲哪？但又一想，老人家可能都给安排好了，他们自己也就心安理得。云、彤二老，平时就依靠着奇格勒善大玛发。这时奇格勒善胸有成竹地说："一块儿办吧，这事儿就交给我了，你们哥俩就不用管了，你们也不管这事，说起来真该打屁股了。"云、彤二老岁数也不小了，但在他跟前，还像个孩子。"他们都走了，你们俩吃的怎么办，得有个女的，一个家里没有女的怎么行，我给你们安排吧。"云、彤二老忙说，谨遵大人的安排。

就这样，也把福来的婚事包括进去了，你说能不热闹吗。那么各位阿哥又要问，奇格勒善大玛发有这个能力吗？有，现在的西噶奇格勒善大玛发是最活跃的时候，为什么呢，你们不要忘了，北噶不是出事了吗？北噶让罗刹瓦力佳尼亚老头儿，带领一伙奸细给烧了不是吗，人都烧死了吗？没有，这说明什么呢，多行不义必自毙，过去不有这个话吗！杜察朗那个部落，表面上看起来挺强大，实质上是外强中干哪。因为杜察朗他们杜氏家族，包括他的爷爷，他的父亲，都飞扬跋扈，对奴婢说打就打，说杀就杀，有不少奴婢对他都充满仇恨。你说能不离心离德吗？不少人表面上是奉承，但心里头恨坏了，我早晚有机会就给你烧了。为什么老瓦头一点火，那么快就完了，就因为没人救火，谁都不向着他，树倒猢狲散，你不给点，我也加一把火，噼里啪啦，很快就把房子烧落架了。有的人觉得没有活路了，就跳了山涧，也有跳到火里自焚的，但大多数都是脚板底下抹油，溜啊，夹着东西溜啊。杜察朗家的东西，他拿这个，他夹那个，不少的奴仆，不少的兵丁，还有不少的丫鬟就跑呀，往哪跑啊？这块儿，最光明的地方，人缘最好的就是西噶。北噶为什么这么快就完了，当然主要原因是罗刹瓦力佳尼亚老头儿采取的阴谋，他看这个据点掌握不了，不能掐在俄罗斯手里，就毁掉它。不能给大清国，将来这地方我们俄罗斯还要，烧掉它，让你找不着一点以前的证据，所以就给烧了。

单讲，北噶大部分人都跑到西噶，都跪在奇格勒善的面前，干脆就不起来。他小儿子都尔钦说："咱们不能收，万一杜察朗过几天回来，不管咱们要人吗？"奇格勒善唉 声叹气，没法办。可是他又一想，你不能让这些人饿着，他们没有地方住呀，奇格勒善就坚决地说："行啊，收下吧，他们愿干啥，就干啥。将来杜察朗回来，管咱们要人，就让他们回去呗。"奇格勒善不是想占便宜，得好处，他完全出于一种慈善之心。老人就是这样，都收留下来了。柳米娜和二丹丹、三丹丹一看，跑来的人，有不少都是她们的奴婢呀，她们非常高兴。奇格勒善就告诉他儿子，来的那些丫鬟，谁愿意去侍候柳米娜娘仨个，谁就去侍候吧。所以，柳米娜屋里的人，三丹丹身边的人，都是她们原先的人，都过来了，现在都是西噶的人了。正因如此，奇格勒善心中有数，在他身边找哪一个奴婢，哪个姑娘没有？在北方，奴婢就是自己的财产，过去已经讲过，他有权安排你干啥，你若不同意主人的安排，就杀了你。过去没有法律，主人要死了，你就得跟着殉葬，奴婢就是这样的命运。奇格勒善掌握这些人，给福来找一个什么漂亮的媳妇没有？何况，奇格勒善老人非常慈祥，像寿星老似的，不少的奴婢和孤女都给他叩头下拜，愿做他的干孙女。

老头儿把这个想法跟乌伦讲过。乌伦就跟三巧中的巧珍商量："巧珍哪，我跟你商量个事儿，你福来哥哥岁数也不小了，应该有个家，你有个嫂子，能够照顾你的师傅爷爷，咱们走了，也会放心，你看怎么样？"巧珍听了特别高兴哪，就说："这样，我们走了，对我的爷爷，我的老师傅也放心了。"乌伦说："对，你的想法很好，你跟你的两个妹妹也说说。"巧兰和巧云更是高兴，她们盼着，在小清风雷福、千里雁常义结婚时，也把他哥哥的婚事办了。就这样，他们把婚事定下来了。现在是西噶和东噶两家的婚事，两个噶珊一起办婚事，你说热闹不热闹，你说巧不巧，真是喜上加喜。

就在这个时候，钦差汤大人赶来了。黑龙江将军衙门打牲总管富凌阿章京派人飞马传报，告诉乌伦，京师钦差汤金钊大人，很快就要到东噶，请你们赶紧去迎接。这个喜事一传来，乌伦就告诉云、彤二老和奇格勒善大玛发，他们又忙起来，真是忙中加忙哪。乌伦带着三巧，还有雷福、麻元、牛老怪、常义这几个小哥们，到百里之外迎接钦差。黑龙江将军衙门派了不少护送兵丁，因为山路崎岖，怕碰到坏人。这个护送的队伍还带来不少东西，用不少马驮着。

乌伦搁老远就看到了，富凌阿大家都认识，老远就摆着手。这时小麻元他们都看到了，扬鞭打马，很快就跑过去了。他们一见面就互相拥抱，真是亲热无比。乌伦慌忙下马，在外头不兴施大礼，他一看，大人骑在马上，大人后头有马拉着轿车。轿车是空的，可能是大人愿意游览一下北国的风光，所以骑在马上。乌伦认识汤金钊大人，他在马旁，半跪在那块儿说："给大人请安，乌伦给请安了。"这时候，雷福、麻元他们哥四个都过来给大人请安。汤大人要下马，乌伦没让，就说："大人请走吧，咱们到地方再好好谈谈，别下马，天这么暖和，还是赶路要紧。”就这样，大家簇拥着汤大人，来到了东噶。

到了东噶，汤金钊拜见云、彤二老。云、彤二老早已做了准备，自己重新换了新衣裳，这是礼节，远客来了，而且是代表皇上来的，那是君臣大礼啊。云、彤二老打扮得干净，利索，穿上多年来不穿的袍服，拉着自己的福来，自己的亲侄子，到门口迎接。他们恭恭敬敬地把钦差汤大人让进了正厅。云、彤二老和福来跪下了，因为汤大人是代表皇上来的，如同皇上圣驾亲到一样呀。

汤金钊，汤侍郎，非常谦虚，他把皇上的御笔，圣谕给二老写的慰问信函，放到了正厅的桌案上。然后把皇上赐给二老的各样东西，包括银子呀，吃的东西，还有布匹，摆好了之后，汤金钊大人，退到桌子的一侧，站好。云、彤二老亲自点上香，然后跪下进行三跪九叩，口呼万岁，万岁，万万岁。他们叩拜了以后，汤大人让云、彤二老坐在桌案的下侧，坐好以后，汤金钊、汤大人又给云、彤二老叩拜，问安，代表赛冲阿大人、英和大人向二老问安。完了以后，请二老又坐在上座。乌伦让汤金钊、汤大人坐在下坐的椅子上，然后领着雷福、麻元、牛老怪、常义他们小哥四个，给大人叩拜。汤大人把他们扶起来以后，三巧三姊妹又过来，给大人叩头，这时站在旁边的乌伦就说：“大人，这就是穆哈连大哥的三个女儿，是赫赫有名的穆氏三巧。”

汤金钊在京师多次听说一胎生下三女，学林家的剑术，而且这次跟图大人治理北疆立下了赫赫战功，所向无敌。他这回有幸受皇命钦差到北疆，看到了三个女孩，一个个这么精神，俊俏，真是高兴。怪不得皇太后，皇上都一再夸奖。他见到三巧哈哈大笑，赶紧从座位上站起来，把三个女孩搀了起来，连声说：“好姑娘，快起来，快起来。”他一个一个地打量不够。汤金钊年岁不大，是后起之秀，他不认识穆哈连将军，但是穆哈连将军的威名，在京师里头，谁不知道啊。特别是他的上司赛老大人，英老大人，多次提到他。这次说实在的，太后，皇上亲自让他来，还不是喜爱这三个小闺女吗，就是为她们来的。想到这儿，就跟三巧说：“好好，你们站一边吧，站一边吧。”

然后，汤大人又过来恭恭敬敬地向正在喝茶的云、彤二老深深地施了个礼，打个千，忙说：“二位老人家，学生从京师来的时候，受英大人之命，特别让我带来了太后和皇上给您老的一些薄礼，请您老收下吧。”说完，忙让他的随从把带来的礼品一个一个拿出来。这些礼物都是汤大人搁京师来的时候，有专车装着，到了爱辉以后，因路不好走，又用好几匹马驮着过来的。都有什么东西呢？

有一件东西，汤钦差先让护卫给捧上来，就是一篓京师的小菜。道光皇上，知道他师傅云、彤二老最爱吃京师的小菜，所以，这回特意让带来的。汤大人说："二老，这篓小菜不是天桥的酱菜。"说不是天桥卖的那个酱菜，"这是御膳房给寿康宫，恭慈康豫皇太后 亲自泡制的江南八宝酱豆腐，非常好吃，是太后和皇上让学生特意带来，献给二位老人家，这是太后的懿意。"不管这篓里装的什么菜，这是殊荣啊，多大的殊荣，真是皇恩浩荡。这是太后吃的，专给太后做的，江南的八宝酱豆腐。云、彤二老听了以后，非常高兴，马上站起身来，哥两个又朝南跪下，给皇太后和皇上三跪九叩，向太后向皇上谢恩，这是天朝的圣恩。

汤大人把二老搀了起来，二老坐好之后，汤大人又命随从把带来的礼物，一个一个地给送上来。这些礼品，在北方都是珍奇之物，平时都没看见过，都是什么呢？有江南的绸缎，还有当时一些名门富贵之家，特别是宫中常用的各样的照明的蜡烛，那时一般的百姓之家哪有蜡烛呀，根本看不着，能点上油灯，就不错了。皇上和英大人知道，北疆非常偏僻，蜡烛很少，给二老的屋里照照亮，所以带了不少蜡烛。有什么蜡烛呢？当时在道光年间，都是非常出名的蜡烛，有京师三里普的大红烛，一匣是六根，一共带来三大箱，都是红色的又粗、又高的大蜡烛，是祭祀，庆典，喜庆的日子用的。屋子要点起四根红烛，就特别亮。而且做的精细，烛的身上都印着金印，都是烫金的，上头雕着花朵，非常好看。北京三里普大红烛，当时都是重要的礼品，一般人家买不起，得十几两银子才能买到几根大红烛。

另外，天津卫小河沿出的财神爷大红烛，又是五大箱，这也是非常出名的。除这两样以外，还有河北乐亭出产的启灯自明火，三大箱。什么叫启灯自明火呢，就是火柴，一划呼啦就着了，过去哪有这个东西，都是用火石打呀，把两个石头碰到一起，喀喀喀一打，就冒火了。这回带来河北乐亭的启灯自明火，一划自己就着了。在北疆从来没见着过呀。

此外，还给老人家带来吃的东西，这是赛大人和英大人他们送的，都有什么呢？有京师御膳房的白砂糖。白砂糖在清朝早就有，但是，砂糖做的非常细，非常白，在当时来说，只有几大家，御膳房的白砂糖，都是京沪一带，或者是闽南一带，用蔗糖提炼出来，送到京师去，给大内皇上用的，是这个砂糖，不是一般的砂糖。不但包装好，里头也很干净，每个糖粒，特别晶莹，在太阳底下一照，直闪光。御膳房用的白砂糖两大袋子。还有京师沙河的大柿子。这柿子特别大，就像个小西瓜似的。还有山东青州的大枣，山海关老龙口的大白粒盐，等等。

除此以外，汤大人又叫侍卫搬过来一个大箱子。这箱子不一般，它的上头有龙，下头有凤，是龙凤的箱子，非常好看。人们一看就知道，这是宫内用的。汤大人说："三巧啊，这个，我受皇命，受道光皇爷之命，是太后赏给你们姊妹三个的，过来，接这个礼物。"三个小丫头过来，乌伦巴图鲁告诉，跪下接礼。三个小丫头这才明白，穆巧珍、穆巧兰、穆巧云慌忙跪下。这时，汤大人和乌伦从侍卫手上接过这个箱子，放到了桌案的上头。让三巧三跪九叩之后，汤大人把箱盖轻轻地揭开，放到一边，这才看到里边的东西。汤大人说："这是老太后专门选她心爱的东西，都是她用的东西，嘱咐我一路上一定要小心，好好保管，送给你们小姊妹。"皇上和太后赐给她们什么东西呢？原来是苏杭的绸缎，一共九匹，三个人一人三匹。绸缎上绣着各样的花、草，还有鸟，栩栩如生。有闽南的彩线九大团，另外，有珍珠数串，都是金簪盘凤，就是在金簪上盘着凤凰，生动逼真。汤大人把这些东西摆出来，让她们一一过目。

大伙一看，真是大开眼界，小麻元他们没看见过，谁见过这个，这是太后大内用的，一般的宫妃都得不到这些东西，这是太后自个儿的心爱之物，一个个都是精品呀。汤大人又说："太后特别对我说：你们在这边辛苦了，为国效劳，立下了赫赫战功。你们住在这荒漠之地，都是些女孩子，可能都没有穿过，没戴过这些东西，你们要到京师去了，到我这儿来，你们每个人都要做些彩衣，绣裙，就用我给你们的绸料做。你们到京以后，哀家我还要看看你们这几个孩子穿的好看不好看。"

云、彤二老一看，马上就惊讶了，有盘凤的金簪，这是个信号。乌伦巴图鲁、麻元和雷福他们明白，汤大人也明白。汤大人开始都不知道是什么东西，虽然是让他给带来的，他那时不敢打开，到这儿才打开，一看有这些东西，有盘凤的金簪，那凤不是一般人可以用的，一个龙一个凤，除了皇上，皇上身边的太后和嫔妃能用以外，谁敢用，此事是杀头之罪啊。太后把这些东西赐给这三个小姑娘，醉翁之意不在酒。云、彤二老当时就明白了，心里咯噔一下子 ，我的三个小宝贝回不来了，老哥俩互相悄声在说。

汤大人这时也看出来了，知道两位老爷子的想法，就到跟前说：

“老人家您看看这些东西，欣赏，欣赏，这是太后给的。”云、彤二老说：“啊，对，好啊，好啊，感谢皇太后，感谢皇上，这三个小丫头，她们有何德何能啊，承蒙皇太后这么垂爱。我老夫死在九泉也要感激太后和皇上。”这时云鹤老人把三巧叫来，就说：“三巧啊，你们还要跪下，不要辜负了太后的一片心意。到京以后，一定要很好地做太后和皇上让办的事，不许违旨。”三个小丫头冲着正案上这些东西，又跪下磕头。起来以后，三个小丫头也没明白他师傅，云、彤两位爷爷说的什么意思，让她们尊重啊，听话啊，不知啥意思。老人的话，很明白，你们这是好事啊，这是前生的造化，可能已经做好了这个安排。知道她们将来的前程无量啊，再回来不易了。

此时，不 能多说什么，就这样，云、彤二老令家人把东西，礼品，一件一件地收拾起来。又请汤大人落座，喝茶，在一起随便寒暄一番。云、彤二老不太熟悉汤金钊大人。汤金钊光听说过云、彤二老这个人，他到朝廷以后，云、彤二老已经到北边去了。所以，他是久慕大名，这次有幸拜见二老。二老跟他寒暄中间，主要是向他打听赛大人的身体怎么样？现在在忙什么，英大人身体怎样，在忙什么，就问些家常事。

云、彤二老嘱咐乌伦说，正好赶上要办喜事，你把那些大红蜡烛，启明灯啥的，还有带来的糖啊，柿子、大枣呀等等，一样都拿一些，包括绸缎，分给西噶，给我的姥爷奇格勒善大玛发，这是皇恩浩荡。汤大人来了，带来些礼品，帮了咱们大忙，这个彩礼会更丰富，喜事会办的更好。这些彩礼都来之于京师，来自于大内，来自于太后和皇上哪，我们真是洪福齐天哪。乌伦巴图鲁遵照云、彤二老的嘱咐，各样分出来一半，专装到另一个大的匣子里头，一个匣子装不下，装了两个匣子，就派人送到西噶去。

他们正在忙的时候，外人来报，奇格勒善大玛发带着他的一帮儿子来了。进来以后，他们眼睛都挺尖，他虽然不认识汤大人，但是一看穿着朝服，是大人，先自个儿就叩拜了，给大人磕头。后头他一帮儿子，除了雷福和常义两个人已经在这块儿，其他七个儿子，左尔钦、布尔钦、库尔钦、朱尔钦、都尔钦等都带来了，都给大人叩头。

他们正叩头时，后头又接着进来一帮。这时富凌阿大人忙告诉汤大人，北海九拐七阶的人来了，达萨布罕大玛发也带着一帮儿女赶到，多巧啊。他等着奇格勒善带着儿子叩完以后，他带着自己家族一帮人，也跪在钦差汤大人的前头，给大人叩头。

这时候，汤大人真是应接不暇，刚把奇格勒善和他儿子们，一个一个地请起，请起，紧接着达萨布罕老玛发领着自己儿子也跪下。汤大人又过来，请起，请起，不要客气，不要客气，又把达萨布罕和他带来的一帮人，也给搀扶起来。

这时，富凌阿大人就说："汤大人您请坐。"屋里挤的满满登登，两边已经送来不少的椅子，麻元他们早就预备好了。汤大人坐在中间，两侧分别是奇格勒善领着自己的儿子和达萨布罕领着自己的儿子，下首是云、彤二老，再下首就是乌伦巴图鲁和他的几个弟兄，还有三巧她们，富凌阿大人坐在里边。

等大家都坐好以后，富凌阿大人就向汤钦差介绍了："汤大人，这就是奇格勒善大玛发，我在路上给您讲过，他是非常有威望的老玛发，从嘉庆一年起，就负责宾渡河总理打牲事务督办，这些年，他始终在管，中间有杜察朗大玛发染指，一度把这块弄乱了。后来由于穆哈连将军和图泰大人的努力，打牲的事务和进贡的事情做的一年比一年好，这个功劳应归于奇格勒善大玛发啊。"汤大人听了频频点头，说："好啊，好啊，我代表朝廷，代表皇上来慰问你们，向你们表示感谢呀。"他站起来，深深地向奇格勒善大玛发作了三个揖。

富凌阿大人接着又介绍："汤大人，这位就是德高望重的达萨布罕大玛发，他是九拐七阶和潘家窑总理打牲事务的督办。他们在我们边疆的北部，有一段时间，由于罗刹的染指，和我们大清天朝的关系断了一段，后来由于图泰大人和乌伦大人带着三巧她们，开辟了这个地方，又建起了这个关系。达萨布罕的祖上在圣祖爷时代也参加过抗俄，老人家对咱们朝廷有深厚的感情。俄罗斯人多次到他那去，还有东正教的牧师，他们用金钱利诱，用各种办法腐蚀，老人一尘不染，刚直不阿，一再表示，我是大清的子民，就要为大清做些事情。罗刹想办法把他拉过去，让他住俄罗斯的地方。老人家就是不去，他把整个九拐七阶管的相当严。所以，俄罗斯人插不进去手，老人家表现了咱们大清子民的凛然正气。"汤大人听了搁座上又站起来，直接来到达萨布罕大玛发跟前，欠身下拜："达萨布罕大玛发，我代表朝廷，代表皇上向您老，向您部落中所有我们的同胞，表示问候，向他们表示感谢了。"达萨布罕也站起来要下拜，汤大人赶紧把他扶起来，俩人紧紧地搂在一起。

说实在的，达萨布罕年轻的时候，见过清朝的官员，但是没有更多的印象。自从图泰来了以后，他才感到了清朝的官员这么亲。今天又见到了汤大人，他八十多岁，真正跟清朝的官员打交道，也就这么三次。他跟汤大人紧紧抱在一起，热泪横流，非常感动。

汤大人说："我这次来，是受皇命而来，一个为了慰问乌伦巴图鲁，还有三巧这些英雄，传达太后和皇上的旨意，要请三巧她们晋京陛见。为这个学生我这次有幸北上，自己真是受益匪浅。第二，我从搁黑龙江将军衙门一直到这儿来，每天都感受到北疆的臣民对朝廷这种深厚的敬爱之情，使我颇受感动。特别是，北疆各族高昂的爱国之情，使学生我真是受教育，你们的心跳我都听到了，跟咱们朝廷的心是连在一起的，别看北疆冰天雪地这么冷，你们向着大清朝的心，是热呼呼的，这一点我已经感受到了。我在这儿，再一次代表太后，代表道光皇上向北疆各族同胞们问候，表达他们对你们这种爱护大清疆土并为他操劳的精神，感激之情。学生我，回到朝廷以后，一定把你们忠于大清，捍卫疆土，和你们赤诚之心，完完全全地上奏皇上，这点请你们放心。我相信，图大人他们开拓的这个地方，图大人把英魂永远留在了北海，他永远和你们在一起，包括他的夫人林氏，为他殉死，这是我大清的荣耀，是我大清的凛然正气。我相信，我们走以后，黑龙江将军衙门，富凌阿大人和你们在一起，一定让北疆永戍，这一点朝廷会放心的。"说着，汤金钊大人，非常激动，自己也淌下热泪，屋子里情绪越来越热烈。

这时，奇格勒善大玛发站起来说："汤大人，钦差大人，我今天有幸能拜见钦差大人，真是多少年没有的事啊。我的老哥哥知道我的两个儿子要举行婚礼，他赶来了，赶的多巧啊。他到这儿我就告诉，钦差大人来这儿，他听了非常高兴。所以，我们俩一起来，是不谋而合。我俩商量个事情，这是图大人在世的时候，我们一起定的。这些年来，可以说从乾隆六十年以后，这块儿成了荒僻之地，没人管，我们也拿了不少贡。汤大人，我跟你说一句实话，不知大人你知不知道，不少东西我们都给瞎了，我们都送到贼人的手里。这次我才知道，有个叫什么庞掌醢，庞信的，他就死在这块儿，他把我们东西拿去不少，还有杜察朗他们。"他讲的情况，汤金钊也知道一些，但细情并不知。

奇格勒善大玛发又接着讲："这次图大人来了以后，把这些情况一讲，我们才明白，原来我们过去上了当，没给皇上，没给朝廷进贡，而且有些东西让俄罗斯人给抢去了。我们好像没有娘的孩一样，没人管我们，这块儿相当乱。到这儿多半是俄罗斯人，到我们这买这个，要那个，他们给的钱，也非常多，让我们入他们的户籍。图大人来了以后，我们才知道，我们是大清子民，我们很长一段时间没有向皇上进贡，所以我跟我的老哥哥商量，准备在图大人班师回朝的时候，把我们这块儿的土产给皇上送上去，略表我们北疆臣民的一点心意和热爱朝廷的心情。没想到，我们的图大人殉国了，后来我们又想让乌伦带回去。我们俩都商量好了，这次达萨布罕，我的大哥，他还真用驯鹿驮来些东西，我也预备点东西，我们合到一起，表表我们这些年来的心意。这些年我们也没有向朝廷进什么贡。嘉庆皇爷去世，我们根本不知道，新皇上登基还是从图大人那儿知道的，这些事听起来都像说笑话似的。借这次新皇上登大宝之机，我们北疆的人，献上点我们北方的土贡，表一下我们达斡尔族和北方一些氏族的心意。汤大人，东西不多，请您一定收下，这是我们给皇上的。”

汤金钊大人听了激动万分，马上站起来说：“谢谢，谢谢，我代表朝廷谢谢，代表皇上谢谢。”这时奇格勒善，就从大儿子手里，拿出一个纸单子，他照着纸单子就念：“我们这两个地方合在一起，我们选的飞龙二十对，野鸡四十对，熊掌百个，鹿鞭一百根，北海大马哈鱼五十捆，鹿尾百个，狎鼻五十个，鲸鱼的眼珠三十粒，海嘎珠五十颗，海豹、北极熊皮二百张，海象牙二十根，献给皇上。”富凌阿说：“谢谢啊，谢谢，我代表黑龙江将军衙门也向你们表示谢意，你们做的对呀。”汤大人也一再说感谢。

奇格勒善大玛发念完了单子以后，汤大人和大伙到外头一看，有三十多只驯鹿，每只鹿身上驮着两个匣子。然后奇格勒善命大人把鹿驮子一个一个都卸下来，汤大人，汤金钊头一次看到驯鹿，挺好奇，他到跟前摸摸这个，拍拍那个，自个儿真开了眼界。然后都回到屋里，他们坐好以后，又献了茶。

这时，奇格勒善又到汤大人跟前说：“汤大人，有两个丫头，一定让我把她领到这来，我不能不领来，请大人不要生气。”汤大人说：“行啊，行啊。”

乌伦一看自己的夫人来了，马上到大人跟前说：“大人，这就是二丹丹，我的福晋。”汤金钊早就听英大人讲过，没想到今天看到了，非常高兴：“啊哟，二丹丹，久闻大名，你是乌伦的夫人，乌伦的福晋，乌伦那像我的学生一样，没什么说的，我见着你，也没什么可以给的，我就把我腕子上的小银珠链送给你吧。”银珠链这是信佛人戴的，这个链子是银珠子，戴在左手腕子上，清代很多的官员都戴着，表示一种虔诚。做的大小不一样，但是都比较珍贵，可以说价值连城。他一边说一边拿下来，乌伦说什么也不答应："大人，大人，你可不能这样做。"但是，汤金钊说："乌伦，我见到了我孩子的媳妇，我能不给吗?"就拿过来。二丹丹挺不好意思，直瞅乌伦，不知怎么办，她想不要，后来乌伦就告诉二丹丹："丹丹，你就收下吧，给汤大人叩头。"他们结婚以后还没见着这些东西，所以说，这就等于新婚之礼，这是汤大人送的礼品，二丹丹跪下给汤大人磕头。起来后，汤金钊就把自己佛珠链给了二丹丹。

这时，没等奇格勒善往下说，汤大人就说："那没问题了，这个漂亮的姑娘，那肯定是三丹丹了。"三丹丹就笑了："大人。"二丹丹说："是，这是我妹妹。"汤大人高兴地，马上命一个随从拿来行囊。汤大人从行囊里头取出一封信卡，上面是用墨笔流畅地写着："请转呈二丹丹、三丹丹妹妹。"汤大人笑着交给了二丹丹，这是你的姐姐和姐夫给你们的信。二丹丹和三丹丹非常高兴地说："谢谢大人。"汤大人说："二丹丹，你帮助图泰大人他们治理北疆，出了力气，朝廷都知道了，你呀，做的对呀。你阿玛有负皇恩，有违朝廷，那是国法难容啊。你们就应该跟着三巧她们，照她们那样学，就跟着乌伦吧，你们这条道走对了。"二丹丹和三丹丹又叩拜大人说："谨遵大人的训诲。"

这时，奇格勒善大玛发又过来说："大人哪，请品尝我们达斡尔人喜欢喝的茶。"汤大人说："好啊。"不大一会儿，拿来几碗酸牛奶的奶茶，是用当地的野花和牛奶配制而成，喝着清香可口。有两个达斡尔族的姑娘，捧着小的饭盘，里头装的是达斡尔族的点心，格特莫，都是面食品，这些点心，有的是用苏盐，里头还有糖粒，有的是把山里红和在面里头，用牛油搅拌而成，而且用油炸过的，像伞一样的食品。汤大人品尝着，大家高高兴兴，整个的屋里充满了欢乐的气氛。

奇格勒善老人就让他的小孙女，穿着特别鲜艳的达斡尔族的服装，戴着很多的服饰，非常漂亮的几个年轻的姑娘们，唱起了达斡尔族的古歌，有几个姑娘还弹着木库连。木库连就是口弦琴，放在嘴上，一个手指头拨弄，音乐旋律铿锵动听。达斡尔族能歌善舞，他们边唱边跳，激起了大家的情绪，三巧也跟着一起唱了起来。达斡尔族和满族，有很多的民歌都是一样的。他们停一停，达萨布罕老人就说："大人，你什么时候到我们九拐去，我们欢迎大人和朝廷的命官，到我们那儿去看一看。"汤大人说："这次学生就去不成了，因为京中的事情很多，我还要赶紧回去，下次再有机会，我一定去拜访您老人家，看看各族的长辈和兄弟姊妹们。”

这时候，弹起悠扬的古琴，达萨布罕放开了喉咙，唱起了乌春[①]。边唱边讲，他这次只是唱了一段古特连射日。古特连是达斡尔族的创世英雄，他能够和九个牦牛斗，牦牛都斗不过他。他和五个狮子、五个豹斗，都被他压在身底下，就这么勇猛。他造的箭、弓相当大，是用百年的古松做成的，弓弦是用虎豹的皮做成的。他用这个弦把天上的九个日头射掉了八个，只留下一个日头，古特连就是这样一个英雄。达萨布罕用浑厚的嗓音，唱这一段故事，大家听着都非常高兴。

汤大人是嘉庆朝的进士，对汉文化的造诣很深，但是北方从来没来过，这是头一次。他第一次接触北方民族和北方文化，就感到北方民族这么剽悍，这么纯朴，真使人喜爱，敬佩。他马上就说：“我哪天要好好的听一听，我回去一定向皇上禀报。我若能挤出时间，一定再来。再来时我就住在你们那儿，我把你们这块儿的民族文化都记下来，将来传下去，这是我的决心哪。”云、彤二老就说：“好啊，汤大人，你这个想法太好了。下次来你就住我们老哥俩这儿，咱们一起吃着当地的苦茶，喝着这块儿的酸奶，我天天供着你，你就记录我们这块儿的文化，北方民族的文化，那比兴安岭里的宝藏还要多得多，它像浩瀚的东海水，广阔无边啊！”

说书人现在只好让汤大人沉醉在北方文化海洋之中，让他跟这些老人们，孩子们在一起攀谈着。说书人，不能再占更多的时间，请阿哥们原谅。我现在还得介绍一下，马上就要举行的这个盛大的达斡尔族的古老的婚礼。乌伦巴图鲁，是奇格勒善大玛发请出来的总司仪，由他总安排。乌伦巴图鲁，得到这个荣耀也非常高兴，今天晚上怎么安排呢？来参加婚礼的先吃着手扒肉，就是鹿宴肉，全都是鹿身上的东西。吃的是鹿席，鹿肉用刀子割着吃。有不少姑娘小伙子跳着舞，唱着歌。长辈在上头坐，晚辈在下头坐，北方民族都这样，礼貌分的非常细。多大岁数，什么辈分，在哪坐着，分的都很清楚。

吃完了鹿席以后，晚上按照古俗，就是星星出齐了，到子夜时分，在鼓乐声中赶着车去迎亲，还有一番新的热闹景象。在明天的早晨，也

---

① 乌春：就是达斡尔族的说部，达斡尔族的英雄故事。

就是在太阳初升的时候，不管路途多远，必须赶回来。在旭日东升的时候，鼓乐一响，就要拜堂成亲。满族，达斡尔族和北方的雅库特人都是这样，迎着太阳拜堂成亲，这象征着夫妻俩的小日子和部落像太阳一样，蒸蒸日上。婚礼就是这么安排的。

今天晚上有两伙结婚，汤大人这次来真是有福气，赶的非常巧。怎么是两伙呢，一伙就是西噶奇格勒善的两个儿子，也就是图泰大人的两个徒弟，小清风雷福，千里雁常义，给他俩办的婚事。因为他俩马上要跟着乌伦他们走了，奇格勒善大玛发舍不得，特意把婚事办的非常热闹。另外也是庆祝大清国治理北疆凯旋而归，这是老人一片真诚的心意。原想这个婚事办九天，要杀牛，杀马，除此以外，还要杀五种野牲、三种海怪，就是海中的鲸鱼呀，海龟呀，大海狮呀，要杀这些。就因为图大人去世了，他们心里也很难过，就办的小一些。再一伙就是东噶云、彤二老的侄子福来办喜事。

这两个车队，一个是奇格勒善的儿子，迎亲的车队。这个车队有两个大车，都是大轱辘车，也叫勒乐车，在山道上走的挺稳，而且上头都搭着棚子，都是用兽皮搭成的，棚子上挂着铜箭。轿车里铺的相当好，特别暄腾。轿车里不单能坐着人，还有放水的地方，非常宽绰。因为不单新郎、新娘要坐，还有男女的宾相也要坐在里头，车里香气扑鼻。除这个彩车之外，还有个彩车，那就是亲家的老人，年长的长辈，还有带着小孩子，不能骑马，坐在爬犁上也不行，只好坐轿车，就多带一个轿车。除此以外，还要配一个备用的车，以备急用。一些跟着迎亲的人都骑着马，也有个别的骑着驯鹿什么的，浩浩荡荡的迎亲队伍，很热闹。

这两位新娘，说书人还得多说几句。这两位新娘的阿玛，那也是赫赫有名的，是奇格勒善大玛发下边的一个重要的部落，叫宾渡河部落。这个部落长就是柴干玛发。柴干也是个著名的猎手，他曾经一箭射穿过两个豹子。柴干玛发这个人的性格耿直，豪爽。他有三个姑娘，他跟奇格勒善说，我出生的姑娘，每一个都是北疆的一朵花，我要把她们插在你们西噶的山上，各个长的都赛天仙，就是说，都要嫁给你的儿子。他三个丫头中最小的丫头，早都嫁出去了，嫁给了奇格勒善的儿子辈尔钦，已经成婚了。惟独大女儿和二女儿，还在家里头守空房。有一天，柴干玛发酒喝多了，就去找奇格勒善，向老头儿提出抗议："你不把你的儿子召唤回来，还让我的姑娘守空房，岁数多大了。你要不召回来，我就骑马带着她们到京师去找。"把奇格勒善乐的，"好兄弟，好兄弟，你等等。”就这样，熬来熬去，现在可把喜事办了，所以柴干玛发非常高兴。

这两天，宾渡河也是热闹非凡哪，柴干玛发的大格格叫梅香格格，嫁给小清风雷福。二格格宾渡格格嫁给千里雁常义。她们是指腹为婚。这兄弟俩一个车队，百里之遥去迎接的就是梅香和宾渡两位新娘。

第二个车队，是林家东噶珊。这个新郎就知道闷头干活，一声不吭，是特别老实、憨厚的福来。他吃啥也不讲究，吃饭时蹲在门坎上扒拉几口就完了。整天不闲着，就是不让云、彤二老操心。云、彤二老心疼他，喜欢他，看着他，就想念他的三弟翔鹤。他的儿子特别像他，能治家。所以云、彤二老多么希望给他找一个家口，他们跟福来说：“福来，给你找个媳妇，你到西噶去，相一个，看哪个好，你的老爷爷他们都同意了。”福来半天才吭出声说：“我不去”，说着，一转身就出去干活去了。这件事只好落到三巧的身上，三巧三姊妹挺关心哪，就说：“福来哥，你如果不娶媳妇，我们走不出门，惦着家。”所以，她们无论如何也想办法给福来哥哥找个家口。可是，她们一提这事儿，福来就不吭声。把巧云气的，好几次跟福来哥哥说：“你怎么回事，太窝囊了，找媳妇都不会呀。”福来连声都不出，有时逼急了，就说：“爱咋咋地吧，你们找吧。”巧云又说了：“我给你找个丑八怪，行不?”福来说：“找啥都行哪。”就这样，这件事落到了三巧身上。

她们给福来哥找媳妇找哪去了，前书已经说了，北噶有很多的姑娘和奴婢都逃到了西噶。有不少都是柳米娜和二丹丹、三丹丹身边的人，她们都很熟悉。奇格勒善大玛发已经授权，这些人就由柳米娜和二丹丹她们来管，那还不好选吗。所以三巧就找二丹丹、三丹丹她们，让二丹丹姐姐帮助安排这事。二丹丹说，那好办啊，我帮着选，我能帮着福来挑一个好媳妇。就这样，三巧姊妹和二丹丹、三丹丹，就在这些女佣人，女奴里头，挑来挑去，筛来筛去，找美的，挑壮实能干的，选个人品好的，最后选中了在她身边做侍女的小月丫头。这个丫头不但长的好看，心眼好，也挺勤快，深得二丹丹的喜爱，今年刚二十二岁出点头。二丹丹就把这个意思告诉三巧。巧珍、巧兰、巧云她们到她的房里仔细看看小月，跟小月在一起谈的很投机。她们回来又告诉福来，福来什么也没说。就这样，三巧跟二丹丹就把这事定下来了。

福来的婚事倒好办，西噶和东噶离的不远，就是上上山，下下山，用一个车一个轿就行了，其它事情都由西噶奇格勒善来办。这个车队人员，乌伦已经做了安排，而且雷福和常义也有这个意思，就跟乌伦说了："我们哥俩这儿好办，人也多，让麻元和牛老怪他们帮着东噶就行了。"这话正中麻元之意，因为现在二丹丹身份变了，小月原来是她身边的侍女，现在要出嫁，二丹丹就变成了娘家人了。达斡尔族话叫活秃固吗，娘家宾客，娘家人。福来要接媳妇，得到二丹丹这儿来接，三丹丹当然就跟她姐姐一起做了娘家人。她们帮助小月换衣裳，给她打扮，就等着迎亲的车来。

麻元心里喜欢三丹丹，他就带着牛老怪也挤到这个人堆里头。巧云把嘴一撇，脸一扭，知道他是为三丹丹来的。二丹丹还特意逗他："麻元啊，你算啥娘家人呀？"小麻元就诙谐地说："二姐，我就跟着你，你不是活秃固吗，那我是娘家的男客，华特，行不行？"二丹丹一听，哈哈大笑，把嘴一撇，"真不要脸，这里还有你的份吗？"小麻元话也没说，就挤在二丹丹和三丹丹中间坐下来，搂着腿，仰个头，冲天上说："唉，就三对，要是四对多漂亮，一块儿就办了。"二丹丹没明白他的意思，"怎么，还有四对？"小麻元就说了："是啊，现在是三对，有我的师哥，师弟，还有福来，最好是四对，四对多好啊。"这句话把乌伦也闹了一愣，乌伦说："四对，还有哪一对呢？"麻元就说了："你想想哪，咱们这几个里头，你跟二姐都是一对了，牛老怪的夫人在家里没办，还有一对没办呢？"这一说呀，把三丹丹羞的脸通红："啊呀，你这不要脸的，真臊死人。"二丹丹明白，现在光杆的，就是麻元和三丹丹，她这一说，把大伙逗的哈哈大笑。

闲言少说，到了子夜，车队就出发了，很快就把新娘两姊妹接来了。这边福来由三巧给哥哥打扮，新郎看起来相当帅。三对新人在西噶共同办这个婚礼。轿子抬着汤大人，又有两个轿抬着云、彤二老，忽悠，忽悠就到了西噶。

这时候的西噶可就热闹起来了，按照北方习俗，达斡尔族、满族和雅库特和这块儿的索伦人，都好用兽皮子蒙的鼓。在我们那块儿叫妈萨鼓，叫爷爷鼓，叫妈妈鼓，叫奶奶鼓，这是什么意思呢？这鼓是没有鼓圈的，把板板皮子绷好了，就是一面鼓。板板皮以獾皮为多，或者是牛皮，把皮熟的非常薄呀，锃光的。如果放到太阳光一照，那光都能透过来，皮子刮的就这么薄。用大木头钉的四个大框子，用皮条把皮子绷起来，每张皮子都有一人多高，因为有两根柱子和四个框子，把它埋在路的两边，两边都叫鼓墙。这鼓从山上排下来，有四百多面，一个鼓跟前站着两个壮汉，拿着棒子敲。这鼓过去是跟野兽打仗时候用的，或者是部落之间互相征杀时，看谁声音最大，谁能把谁震住。或者用鼓声把野兽轰在一起，然后抓住，是这么留下来的，所以叫爷爷鼓。奶奶鼓就是奶奶那时用的。现在，奇格勒善在整个西噶珊迎亲路的两边，都布置站着一些壮汉，一排排大鼓小鼓，每人拿着棒子敲鼓。那不是随便乱敲，是有鼓点的。鼓点由打式哈拉，就是掌鼓人来定。打式哈拉定啥鼓点，大伙都跟着他敲，有时是敲连环点，有时是错步点，还有时是飞鸟点，蹚山点，滴水点。鼓点有各样的声音，非常浑厚、优美、好听。那滴水点，像山崖上滴下的水似的，嘀嘀嗒嗒或者嘀嘀嗒，好些声连在一起，形成声的弦乐，这是北方一种剽悍的鼓声。

这时汤大人在轿里头，干脆坐不住了，就让轿夫停下来。云、彤二老看汤大人下了轿，他俩也下了轿。汤大人说："啊呀，二老身体不行，我年轻，我要下来看看。"云、彤二老高兴地说："唉，你别看我们年岁老了，我们天天练功，走这山路就像走平地一样，大人不要惦记着。"他们三个手拉着手，耳朵听着，眼睛看着，就觉得耳朵和眼睛不够用似的，把汤大人乐的嘴都合不上了。头一次看到这个场面，真有说不出的高兴啊。"唉呀，我真感谢英大人，给我这样一个机会，我简直到世外桃源来了。"

还有一个更有意思的是过彩画，什么叫过彩画呢？都是用各样熟好的板板皮子，上头用野花、树枝、树皮熬出来的染料，把皮子染成各样的颜色，上头画着各样颜色的画，都是古画，这是艺术的展示，要穿过这些彩画。各个部落，还用这些东西做礼品。在北方这叫乌林[①]，结婚得送礼呀，送什么，就送这些，显示我们部落的决心和意志，皮子上画着各样的颜色画。凡是参加婚礼的人，他都送给自己认为最美的，你也最喜欢的东西。

汤大人由云、彤二老陪着，过来的时候，三巧也在后头跟着。因为新姑爷福来骑着马。福来一看自己两个大爷在地上走，他也要下来走，三巧说："不行，你不能动，现在你是新郎。"云、彤二老说："坐着，你好好坐着，听你妹妹的。"福来只好穿着漂亮的衣裳，戴着大红花，骑在马上，一声不吭，在那儿走着。不少两边当地的土著人都说，汤大人来了，汤钦差来了，好几个部落的长老，把自己的皮张和哈达，还有

① 乌林：就是礼品。

皮画，献给汤大人。

汤金钊这次来，不单是长见识，开扩了眼界，还得到了不少北方珍贵的民族礼物。他得一个，说声谢谢，谢谢，他抱着这些礼品，云、彤二老身边的随从赶紧接过来。汤金钊大人得到不少刺绣精美，绘画也相当好的礼品。奇格勒善大玛发和达萨布罕，把他们迎进了婚礼的礼堂。

这个礼堂是用兽皮现搭的，外头门完全是用大雕翅膀的翎编的花，搭成的彩门，里头是撮罗子形，这就回到返古的习俗上来了。过去的新婚，不管你后来住什么样的屋子，都先到祖先时住的屋子，在那里头办婚事，满族也是这样。当时是现搭的一个皮子撮罗子。什么是撮罗子？就是打牲的木头架，人在那里睡觉。过去都是游猎民族，到一个地方现搭的架子，中间有个篝火，人围着篝火歇息，非常暖和。要搬家把架子一拆，往马的身上或者鹿的身上一驮就走了，就这么方便。我说现搭一个婚礼的礼堂，就是很大的撮罗子，撮罗子转圈，挂着些肉干，还挂着各样的山果、核桃什么的。

子夜，迎亲车出动了。这时鼓声响起来，山上的爷爷鼓，奶奶鼓一敲起来，敲出来各样的声音，有时候像万马奔腾的声，喀喀喀；有时像北海的海涛拍打着岩石，哗哗哗；有时候又像大鹰群飞的巨响。鹰多了，有千八百只时，发出一种巨风的声音。鼓都把自然界的各种声音敲出来，这就是北方的欢乐，用这鼓声来表达自己的心情，表现自己的豪迈，表现自己的理想和追求。这鼓一响，一会儿变一个声音，一会儿变一个声音。这鼓声使你的心情激荡，热血沸腾哪。

迎亲的轿车出发了，迎亲的马队也出发了。当然了，雷福和常义他们哥俩也去接新娘去了。话要简说，他们很快把新娘姊妹俩接过来了。接过来时，正好赶上东方发亮的时候。这时候，鼓声又一齐响起来，一轮红日，从东噶的山野上刚冒出点红光的时候，光线一闪，这边的鼓声又一齐响，轰，轰，婚礼就开始了。

这个婚礼办的很有意思，完全按照古俗办的。一般办婚礼，先向天地桌磕个头，然后夫妻对拜，入洞房就完事了。北方少数民族不是这样，都以新娘为主，新郎把新娘请来以后，新娘为大。北方少数民族有敬女的习俗，因为过去是从母系社会来的，女为大，不结婚的小姑子为大，结婚的亲朋新娘为大，都得听新娘的，新郎也得听她的。新娘要不答应，你别想进她的洞房。新郎必须让新娘高兴，新娘怎么说，你得怎么做，周围的迎亲人，都得听她的，她那时就是唯一的女王，女罕。

这小姊妹两个，挺厉害，也挺乍古。新娘到了以后，就坐在新娘的席位上，新郎呢，乖乖地站在旁边。另外还有个小月呢，现在了不得，也是个新娘，在大撮罗子里头，她们三个坐在彩椅上。什么叫彩椅呢？完全用皮子和野花搭成的。这个时候没有野花，它是用纸编的，和用绢布卷出的各样的花。木墩上头盖着各种皮子和各种花，三个新娘就坐在上头。旁边有不少的彩礼，还有弹奏木库连的，就是少数民族的口琴，还有弹小皮琴，圈琴，就是月琴，有十几个小伙子弹着乐器伴奏。

小月倒不说什么，最厉害的就是这姊妹俩，第一个提出要求，来的客人必须合我心，给来的客人奶酒一杯。什么叫奶酒呀？就是烈酒，白酒里头滴着牛奶，鹿奶、羊奶，而且要搁点儿砂糖，里头还要撒上山葡萄干，山里红干，还有榛子瓤干，这些个都撒到里头，非常好喝，有酒味。这些东西奇格勒善早就预备了，怕新娘要啊。新娘一发话，大伙都得喝，是凡在屋里的，来办喜事的都得喝。这两个新娘自己每人舀了一碗，先捧给钦差大人，汤大人。这汤大人好在能喝酒，有点酒量。新娘就说了："请大人都喝进去，如果大人不先喝的话，我们两个今天就骑马回去了。"能不给新娘面子吗？汤大人一想，哪怕我喝醉了，躺在这块儿也得喝下去。他非常高兴，没想到这块儿的土著野民生活这么火爆，他是头一次看到，很激动，就说："好好好，我都喝。"他仰着脖子，咕嘟，咕嘟，都喝进去了。紧接着两位新娘又给达萨布罕还有自己的公公奇格勒善，另外给云、彤二老每人一碗，他们一个一个都喝了进去。

接着，又出个题目，现在我要赏乌林，乌林是什么呢？乌林就是礼品，你们参加我的婚礼，我得给你们东西做纪念。这些礼品也得新郎这边预备，其实，早就预备好了。赏乌林这个由新娘指定，她指定谁，谁就担任赏乌林的人。赏乌林的人除了要赏给来的贵宾以外，还要特别赏给应该结婚还没结婚的人，要给这些年轻的男女。他们也到了结婚的年龄，他们互相都有心爱的人，互相也可以赠礼品。比如说，我想给哪个小伙子，我就可以找赏乌林的人，也要一个绣球，拿到手以后，我送给他，互相之间做个交换的礼品。有一种天下有情人终成眷属这个意思。在北方来说，男女之间没有授受不亲的说法，我爱你就爱你，我追你就追你，互相之间就是这样。只是不能在本部落内部通婚，那要是被抓着，不被活埋也得被杀掉。氏族同姓也不行，男女不许有苟苟且且的事情。部落之外，两个部落之间或几个部落之间，互相交叉的男女传情说爱都非常赞成。每当逢年过节，祭祀时，剩一段时间，都有男女之间连心连情，互相恩爱的事。过去不是有野合吗，这一天男女凑到一起，谁也不能干涉，自己爹妈，兄弟，姐妹都不能干涉。

今天新娘又发话了，要赏乌林。赏乌林，这是婚礼中的高潮，是最热闹的时候。大伙都盼着抢乌林，得乌林，乌林就是新娘给的礼物。当然了，新娘的礼物，都是新郎家准备好的，让新娘去撒。过去新郎的婚礼实际上就是部落的婚礼，是部落的欢乐。一听新娘要赏乌林，这些宾客和部落里的人，这里包括西噶达斡尔族的，也包括宾渡河来的娘家人，都高兴哪，一会儿抢乌林，能抢到东西，不管东西大小，都是代表喜庆的事情，都代表幸福，代表吉祥，谁都愿意得到。西噶的主婚人奇格勒善大玛发站出来，他说："我最珍贵的两位儿媳妇，你们说吧，赏乌林，你们把这个权交给谁，让谁替你们赏呢?"有这个规矩，新娘自己不能动，她坐在花珊上，大大方方的，就像当女王一样，她指到谁身上，谁就办这个事儿。指到谁身上，谁就感到荣耀，那证明新娘看中了自己，是有能耐的人选。

花珊上坐着的三个新娘，其中宾渡河二姊妹中的大姐站起来，就是梅香格格，嫁给雷福的。梅香给大家深深一拜，然后说："我们姐俩和月儿姑娘一块儿商量了，我们请赏乌林的人，大家听了一定会高兴，我们也很敬佩她，就是快要见皇上的三巧姑娘，我们请她们替我们赏乌林。"她的话音刚落，场内就轰动起来了，下面欢呼声，鼓乐声，满山的皮鼓又哐哐哐地敲起来，这震撼人心的声音响彻了山谷。

新娘请到谁，谁必须站起来，是凡来北疆住的人，都明白这个，三巧也懂得，二丹丹、三丹丹也明白。二丹丹和三丹丹一听请的是三巧，她们高兴地蹦起来。二丹丹和三丹丹把三巧给扶起来，说："姑娘呀，祝贺你们，看，人家把你们给选上了。"麻元在达萨布罕那呆过，也知道这个礼节，自己也经历过，便把三巧她们簇拥到三个新娘的跟前。三个新娘站起来，按礼节先向替她赏乌林的人行下拜礼，就是蹲礼。北方民族的婚礼新娘到婆家来第一次下拜，是给她请的赏乌林的人下拜。三巧把她们搀起来，请坐。巧珍就说："请三位新娘告诉我，让我们怎么赏?"还是大姐梅香说："你们看怎么赏就怎么赏。"这时三巧到了新娘的旁边，那块儿堆了一堆乌林。

乌林都是彩球，彩球下头带个穗，有各样颜色的彩穗，非常好看。

彩球都是皮子做的，画着少数民族各样的花饰，里头包着各种东西，有的是银锞子，还有碎的金子，还有各样的首饰，像手镯、项链呀，还有什么香荷包了，香囊，还有各样的配饰啦，像野猪牙啦，服饰上各样的花啦，还有刺绣的各种图案等等，做的很精美。这些东西有的是新娘自己做的，有的是达萨布罕赏过来的。也有一些是奇格勒善为给儿子办婚事预备的。所以说，那时一个小乌林，里头装的都相当满，这些东西都很珍贵。当然还有一些野果、干果和肉干啥的，每个装的都不一样，就看你的福气大不大。三巧把这些乌林都挎在身上。

怎么个撒法呢？站在人堆里能撒吗？赏乌林的人必须有攀岩的功夫，新娘选的人必须有小飞鹰的能耐。达斡尔族，包括索伦人，他们本身没有学过武术，但有攀岩功，噌噌能上树，搁这个树蹿到那个树。打猎时候，有时走几百里的路，不是搁树林里钻来钻去，草棵里钻来钻去，那能好过吗？有能耐的猎手，林中人，都搁树上走。在树上能眼观六路耳听八方，武林高手是这样，北方的林中人也有这个能耐。所以，每个人都有个外号，一般叫小飞鹰，都像鹰似的，飞来飞去。

新娘选三巧算选对了，三巧的轻功多厉害啊。她们姊妹三个，每人都背上很多乌林。她们都懂得礼节，赏乌林要到最高处去，凭自己的本事，能上多高上多高，然后往下抛。抛，有单抛，还有撒抛。单抛就是根据主人和新娘的意思给哪些人，重点的贵宾，重点的客人，或哪些长辈，要专抛给他们东西，由上头直接扔到他身上，别人不能抢，直接扔过去，坐在底下的老人和长辈直接得到，这等于新娘给的一样。单抛也是个技术，在那么高处，看的那么准，悠就抛过去了，这叫单抛。还有叫撒抛，就是往天上一扬，下边人抢，你抢到哪个就是哪个，你抢不着，说明你没这个福气。因为东西很多，一般没有空手的。不过得到的大、小，贵重不贵重，仅仅有这个区别而已。

三巧三姊妹各找一棵树，这块儿古树参天。她们每人抓一棵千年松，把乌林背好了以后，就噌噌蹿上去了。这时鼓乐就响了，爷爷鼓、奶奶鼓敲的震天响哪。下面的人都往树上瞅，看天上神赐吉祥物，人们都全神贯注，睁大眼睛等着抢新娘给的乌林，整个的情绪非常热烈。三巧各上一棵树以后，身子折了两下，很快都上到树尖上去了。有的瞪着大眼睛，都奇怪呀，怎么上去的。因为林中人上树那是攀岩的办法，从底下往上爬，攀到上头再纵跳。会武功的不是这样，这三个小丫头从云、彤二老那学来的，有纵跃的轻功，根本看不着她们是怎么上去的，大伙还看呢，人哪儿去了？就听着喊，“我们在这儿呢，新娘哪，我们现在要赏乌林了。”大伙一看，没多大一会儿，三个小丫头，各站在一个树的顶尖上，有的光能看那个小脑袋，有树叶挡着，松枝挡着，看不到身子。这些新奇的事，吸引了大伙。汤大人聚精会神，张着大嘴，傻看着，然后反过身来说：“云、彤二老，我真开了眼界，师傅，你教的三巧，真是咱们国家之幸哪。”云、彤二老也露出幸福的微笑。

不一会儿，这三姊妹往下要撒东西了，只听三巧说：“我们现在奉三位新娘之命，赏赐乌林。”巧珍先说：“请汤大人接乌林。”巧珍搁树上悠就扔下一个，汤大人一看下来一个包，云、彤二老站起来帮他接。云鹤把手一伸就抓住了，对汤大人说：“给你吧，这是新娘给你的，是一个吉祥物。”紧接着巧兰和巧云她俩一起往下扔，给谁呢？是给达萨布罕大玛发，“请接受新娘给您的乌林。”刷就下来了。达萨布罕老人动作非常利索，你别看他是八十多岁老人，眼不花，手不慢，马上就接过来，连声说：“谢谢了。”“奇格勒善老爷爷，新娘赏给你的乌林。”奇格勒善也接着一个。紧接着，就听树上三巧一起在喊：“现在我们受新娘之命，要抛撒乌林，祝所有的人，老人长寿，年轻人各个都吉祥幸福。”说着，乌林就撒下来了，撒的挺多呀。下头这些人你拿我抢，热火朝天。

就在巧云正在扔的时候，后头有人拽她腿，她往下一看，不知麻元什么时候爬上来了。她知道小麻元是水上的能耐，上树不行，没想到，他也像猫似的能上树。巧云就说：“你上来干啥？”麻元就说：“我来问你个事，好姐姐，你一定帮忙，你给我撒一个吧。”巧云说：“我给你撒啥？我给你一个吧。”麻元说：“不是，你单独替我给三丹丹撒一个，我谢谢你了。”巧云一看他那个样，就说：“你赶紧下去吧，别摔着了，慢慢下去。”麻元还说：“好妹妹，赶紧撒一个，你必须说一声，是麻元让你撒的，直接给三丹丹。”巧云说：“我不给你说。”麻元说：“好妹妹，我一定好好感谢你。”巧云就给选一个乌林，“好吧，你下去吧，小心别摔着。”

就这样，巧云就挑了一个又大又沉的，可能里头装些好东西，拿到手以后，她往下看，三丹丹和二丹丹姊妹俩还在那坐着，正瞅着没动，不像别人在抢。这时候，巧云拿着这个彩球就说：“三丹丹，你现在接乌林哪，这是麻元大哥让我给你的，接住了，二姐你也帮个忙。”接着悠的一下子，乌林就抛下去了。三丹丹在下头听到声了，说是麻元让给的，还挺不得劲的。二丹丹没在乎，捅了她一下，让她赶紧接。巧云抛的乌林她们看的非常清楚，俩人把那个乌林稳稳接到手了。

撒完了以后，三巧她们悠地一下子，干脆搁树尖上翻几个跟头就下来了，落地无声，像三个小钉子一样，站在那块儿。她们到三个新娘跟前，给新娘叩拜："禀报新娘，乌林已经赏完，请问新娘还有什么要求？"这时，三个新娘都站起来，齐声称谢说："谢谢三巧姑娘，你们办得完全合我们心意！"这个礼节才算结束。

这时候，主婚人奇格勒善过去向三个新娘说好话，怎么说呢，他说："我最尊敬的，最心爱的三个美丽的新娘啊，我已经用我们全部落的财产，全部落丰硕的家宴来招待你们，包括你的父母和你的亲人。现在我已经财力用尽了，还有其它事情要办呢，我们要出去打猎，有一百头獐子，等着我们去捕，还有五十网的鱼，靠我们去捕捞。我家里还有些儿女和孩子要吃饭，我就不能再耽误时间了。请美丽的新娘，就饶恕我们，现在我让我的两个儿子，跪在你的跟前，雷福、雷尔钦，常义呀，查尔钦，你俩过来，另外，福来你也过来（他们三个新姑爷就过来），你们都给新娘行礼（都打千）。他们已经都来了，请三位新娘就宽恕我们，是不可以举行婚礼了？请原谅我们，举行婚礼吧。"举行婚礼之前，必须有这个饶恕过程，很有意思。

这时新娘就说了："你们都准备的很好，我们都很满意，乌林该赏的也都赏了，做的每件事情都非常周到。我们三个姊妹都高兴，愿意永合，愿意和你们生活在一起，愿意做你的好儿媳，我们同意拜堂成亲。"说完以后，鼓又响起来，这才开始拜天地。

拜天地的时候，由娘家来一个德高望重的老人，就是柴干玛发的弟弟，看那样子也有六十多岁，留着黑白的胡子。他手里头拿着一个骨板，上头放着三根箭。这个箭，都是用獾骨磨的，尖磨的非常快，箭令都是用雕羽的毛插的，因为这是三对金婚。他过来，就唱着祝酒歌：

"尊贵的男女双方的活秃固和穆昆达，我这捧着烈酒，倾诉衷肠。按照祖先的古俗，咱们共同欢庆孩子们的婚礼。冲破山野的积雪，踏出了宽阔的道路，咱们两个部落现在相亲合拢在一起，亲密无间。今天我捧着这个威武的翅箭，祝愿新婚夫妇，你们的情意永远绵长，你们的恩爱白头到老。你们之间要像碾子一样，紧紧地相合在一起；像磁铁一样，永远地互相吸在一起，纵有大刀割也割不开你们，纵有巨斧砍也砍不断。你们要无畏艰险，永远地相亲相爱，把小日子过的红红火火。对长辈要永远孝敬，对儿女要永远慈爱，对邻里要永远相互尊敬。更要热爱养育你的山山水水，使家业更加兴旺，更兴旺。我愿新娘新郎永远地成为好的生活管家，特别是我们新郎，你们应该为国效劳，应当得到花翎顶戴，赢得皇上的宠爱。但愿我献给你们生活的利箭，能够除去一切烦恼和不快，用这个利箭去射杀山阳坡里的野猪，去射杀山阴坡的花公鹿，射杀山岩间的犴德格，射杀小溪边的公狍子。更要用这利箭射杀那些，有辱咱们民族国家的黑心狼，为民族争彩，为我们的长辈穆昆们和我们未来的生活增添荣耀。”

欢乐的婚礼，大家载歌载舞，气氛十分热烈。

婚礼后，紧接着就是大摆宴席。吃的别有一番风味，都是飞禽宴，天上飞的鸟，就吃这个新鲜。这时候，整个西噶珊树林子的外头，拢起了一堆堆的篝火，篝火都不大，因为在树林子，大家知道防火。围着篝火转圈的地上，铺的都是皮毯子，大家就席地而坐，有的坐着小木墩子，吃着这个野餐的味道。在外头，现在也甚暖和，因为山上阳坡地方，野杜鹃花还在开着，何况篝火一点，火噼噼啪啪烧，照红了整个的天。篝火旁边放着酒和奶茶，汤大人和大家坐在一起，不断地听着达斡尔族老人唱着古歌，大家喝着酒，推杯换盏，处处洋溢着欢乐的气氛。新娘和新郎到处祝酒，高声唱着祝酒歌，歌声，笑声此起彼伏，山野里一片喜气洋洋的景象。

这天，宴席上摆的才漂亮呢，都有什么呢，有飞龙，这历来是北方的贡鸟，进贡用的，这鸟的肉细嫩好吃，下清汤都是白色的，特别新鲜。飞龙也叫松鸡，是一种珍贵、出名的鸟。此外，有天鹅、大雁，还有山野鸭、山鸡。光野鸡就有各个种类，其中雪鸡是一种特有的，全身是白色的羽毛，非常好看，尾巴相当长，像小孔雀一样。因为它是白色的，所以叫雪鸡，它叫唤声很好听；有北海的锦鸡，它只是在北海的岩石中间下蛋抱窝，在海上捕鱼吃，这种海上的锦鸡，毛也非常好看。比这更大的，那就是巨雕，红花金钱巨雕，一个都有几十斤重，翅膀一打开呀，能把房子遮住，站起来快有一人高。北海的红花金钱巨雕的骨头架，可以搭房子用，它的翅膀可以盖房盖，还可以做各种装饰和墙上的壁画用。它的肉非常好吃，很像牛肉，所以说北方都把它叫做天牛肉。宴席上全都是用各样飞禽做出来的各样的菜，有的是烧烤，烤的天禽，有的是用泥裹上烧，烧好了，把泥打碎了以后，再蘸上北方的酱和一些辣椒面，或者是蘸着盐面、苏子面吃。还有炖的、炸的，吃着各样北方油炸的饽饽，各样的饭，晚上大家吃的饱饱的，唱啊，闹啊，一直闹到半夜，这才送新娘和新郎入洞房。

三巧这时用轿把福来和月儿送到东噶。二丹丹和三丹丹算是月儿的娘家人，她们也陪着月儿来到东噶。当然乌伦也过来了，麻元没说的，三丹丹过来了，他就跟着来了。麻元过来就把牛老怪也给拽过来。到东噶坐轿子的还有汤大人和云、彤二老。他们回到东噶，这时天都快亮了，各自歇息不提。

第二天早晨，三巧、二丹丹、三丹丹还有月儿、福来在一块儿做饭。麻元和牛老怪也过来帮忙。人家本来用不着他，这个麻元非得过来，反倒添了不少麻烦，一会儿抱柴禾，一会儿弄水，洒了一地。二丹丹就说："麻元呀，你别来了，你就等吃现成的得了。"麻元说："你们干，我就跟你们一块儿干。"他们都争抢着干活，真是热火朝天。

大家吃完了早饭，又献上了茶，汤大人喝着茶，招呼乌伦巴图鲁。乌伦巴图鲁过来问："大人，有事吗?"汤大人说："乌伦哪，现在诸事已完毕，我要早点回京，咱们一块儿商量一下，你们什么时候走?"乌伦说："我们早就做好了准备，一切听大人的，我们跟大人一起走。"汤金钊说："那太好了，英大人来前特别嘱咐，你们必须早点回京师，可能有新的军务，新的安排。穆彰阿已经调到漕运，现在漕运的事情很多。英大人说，漕运的事情不能都掐在穆彰阿的手里头。赛大人来信已经做了嘱咐，我这次来，很多事都是赛大人的意思，英大人把这些想法都禀奏给皇上。我到这儿，诸事都非常顺利，这是你们大家帮助的结果啊。咱们现在就要回京师了，向皇上禀奏以后，你们就听英大人的安排。"乌伦说："我们也做了准备。"

正说着，外边雷福、常义进来了，后边还跟着麻元、牛老怪。他们四个进来先向大人问早安，汤大人一看挺高兴，就说："雷福和常义，你们两个新郎官，这么早就来了，谁让你们来的？应当好好歇息歇息呀，新娘还在那边呢。"雷福就笑了，挺羞涩的样子说："大人说哪儿去了，我们早就来了，怕打搅您，我们几个在外头等着呢。现在我们一切都安排好了，就听大人吩咐。”

乌伦让他们哥四个都坐下，然后就说：“现在咱们听大人的安排，不过雷福和常义，你们家里事情能行吗？”汤大人也说：“或者你们两个晚回去两天。”雷福和常义坚持不同意，就说：“感谢大人对我们的关怀，我们阿玛心中惦记的婚事已经办完了，我们公务在身，还得回去。”汤大人说：“好，既然这样，我看这么安排行不行，乌伦，咱们明天就动身，不能再迟了。”乌伦和大家说，好吧，一致同意明天起身。

这时，外边又有人来报，富凌阿大人来了。富凌阿大人昨天没参加着婚礼，回黑龙江将军衙门去了。因为汤大人说了，这两天就得赶回京师，有些事情他得向将军衙门禀报，而且汤大人回去一路上有很多迎送的事情，得让将军衙门知道啊，好做些准备。所以，富凌阿匆忙赶回去，今天起早又赶回来，见了汤大人，就把将军衙门陆成将军的意思禀报了，说汤大人能不能在齐齐哈尔都督府停留一两天，听听禀报。汤钦差说：“不了，不了，有些事情你已经告诉陆成将军了，这就行了，朝廷的公事繁多，给我们的时间也比较紧，我得赶回去了，其他事情，富大人就拜托你了。我这次回去，乌伦他们跟我一起走，我们这一路上就非常顺利呀。你只要传报给吉林将军衙门，盛京将军衙门就行了，不再打扰黑龙江将军衙门了。这里的事情全都拜托给你了，应当按照圣上的圣谕，一定把事情做的扎实，每个哨卡的人都定下来了，现在我想问问你，这几个哨卡的人员，你是不是都安排好了？”

富凌阿说：“大人，我与乌伦都做了安排，已经安排的很细了。九拐七阶这块儿，还是由达萨布罕老玛发来负责，从九拐七阶到北海打牲的一切事务，他做总督办，在他那儿设督办署。另外，三噶和潘家窑这块儿也设一个督办署，这次把潘家窑跟三噶划到一起，就叫宾渡河潘家窑总理打牲事务督办署。这个督办署我和乌伦巴图鲁一块儿商量，因为奇格勒善老玛发年岁已经很大了，他的事也比较多，我们同意由他的第九个儿子都尔钦管辖。另外，他的两个哥哥，一个是朱尔钦，一个是巴尔钦，这两个人头一次犯点错误，现在表现还挺好，他又能治理打牲的事情，由他们两个做副手，帮助他的弟弟，他们三个人管起来。奇格勒善老玛发也是这个意思，他在西噶还有七个儿子，余下的四个儿子，就分别管部落的事情。这样，就由老七、老八、老九他们哥三个把督办署的事情管起来，老九牵头，这个事都定下来了。这样就从黑龙江江边到北海，一共一千五百多里路，这中间我们一共分了三大段，人员都做了安排。第一段就是三百多里路，在三噶这块儿，第二段到潘家窑这块儿有八百多里，就由都尔钦和他七哥、八哥负责，八百里以外一直到一千五百五十里以内这段，是九拐七阶这一段，由达萨布罕老玛发负责，达萨布罕下头还有两个女儿具体来管。至于打牲户籍人口事，这些事我们都做了安排，有公文呈上。”说着，富凌阿大人就从自己的行囊里，拿出一个盖着红印的公文，呈上。这是给皇上的，给内务府的公文，交给了汤大人。

汤大人接过公文，就说：“好，我带回去，知道这个情况，我也好向皇上和英大人他们禀奏。”说着，便小心认真地装进了自己的行囊。这事安排完以后，汤大人又说：“富大人，还有些事情拜托给你，云、彤二老生活的事情还请您多多关照啊。”富凌阿说：“大人说哪去了，这事儿我们会安排的，如果二老愿意在三噶这儿多住些天，他喜欢这里，我们也会照顾的周到，这点请您放心。如果二老愿意回到齐齐哈尔，我们那儿有英雄会馆，最近建的也很好，就把他接到英雄会馆，吃住都很方便，包括白剑海，白剑老仙师，我们也想这么办。”汤大人听了便说：“太谢谢你了。”

富凌阿大人又搁行囊里头拿出一个盖着红印的公函，是给朝廷的。富大人就说：“汤大人，请把这个也给我们带回去，这是禀奏给理藩院的，关于罗刹来这儿一些闲散的留人，对他们的安排和处置，还有对东正教一些传播的情况和我们处理的办法，和对北疆一些俄罗斯闲散人员的管理事宜，这些我们已经具体的写好详实情况，请替我们呈报给理藩院。”汤大人说：“好、好、好。”自己也拿过来，装进了行囊。

富凌阿又说：“大人，您请坐，我还要到西噶去，达萨布罕老人要回去，我最后见见他，也送送他。另外有些事情，还要向他和奇格勒善两位老人做些安排。”汤大人一听挺高兴，就说：“唉呀，达萨布罕老人，我也应该去送送他。”乌伦说：“对呀，那我也去吧。”乌伦站起来想跟富大人一块儿去，富凌阿就说了，“乌伦哪，你呀别动了，就来这陪着汤大人，你们要走了，还有些具体事情需要安排一下，送他的事情由我来代理，我会把汤大人和你们的心意转告给达萨布罕老人的。”大家听了都非常感谢，这样富凌阿拜别了汤大人就出去了。

不一会儿，黑龙江将军衙门派来的马队还有车队都到了，这是护送汤大人回京师的。第二天，乌伦巴图鲁、雷福、麻元、牛老怪、常义决定随同这个车队，跟汤大人返回京师。随着车队同行的还有二丹丹、三丹丹、柳米娜。雷福和常义的夫人梅香和宾渡姊妹俩，现在仍然住在西噶，等着雷福他们到了京师，差使定下以后，再把她们接去。

汤金钊钦差在走之前，又热心地将英和大人从皇上那儿讨来的一个行文，这是给三巧预备的，是皇上亲笔写的晋京陛见特谕交给了三巧。这个就像路条一样，见着这封信，你是什么衙门的人，都要当个大事来办，护送三巧晋京，谁也不能挡。汤大人说："你们有了这个就好办了，免得一路上遇到麻烦，有了它你们到哪儿了，都有吃有住的，他们会很好的安排你们。你们要好好地收藏，千万别丢了。"汤大人一嘱咐再嘱咐，三巧精心地把它收下了，由巧珍保管。

汤大人还不放心，又说："你们三个小丫头，从来没走过这么远的路，英大人告诉我，让我一定嘱咐你们，注意安全。我已经跟黑龙江将军衙门的富凌阿大人说好了，你们在走之前还有什么事情，一定找富大人商量，让他们护送你们。这些个富大人都知道，他一定有安排。你们走前，一定要通知他。这期间，你们在家跟二老多呆些天，等天气稍微暖和一些，你们就可以动身了，咱们到京师再相见，祝你们三姊妹一路顺风哪。"

汤大人深情地含泪叩拜云、彤二老，衷心祈祝二老颐养天年，有什么事情尽管告诉我们，千万不要客气。然后就同乌伦等人上路了。富凌阿大人陪同汤大人回去了，富大人一直护送到爱辉副都统境内这一段。三巧姊妹也骑着马护送出百里之外，一直到汤大人挥着手，不让她们送了，三巧才勒住了马，返回东噶。

三巧她们居住的东噶，属于外兴安岭边缘一带，崇山峻岭，崖上的达子香花已经开的红红火火。前两天，还是小花骨朵，一夜之间，呼啦就开了。北边就是这样，说暖和，马上就一天比一天热起来，接着就是夏天。再过些天秋风就来到，时间非常短暂。现在，已经是春天了，进入到仲春时节，就这么快。

北边四季说起来，也有春秋两季，冬天和夏天都包藏在春秋之中。春天和夏天在一起，秋天和冬天在一起，季节就这么快。要辨别北疆的季节，大家都靠着雪嘟嘟。雪嘟嘟是汉语叫的名字，根据小鸟的形状和它的叫声起的名。这个小鸟北方人都熟悉，它长的小巧玲珑，非常好看，小红嘴的两边各有点白的小绒毛，小眼珠黢黑的，滴溜转，脑顶子上还有一绺小红毛，身上呈绿色，长长的尾巴，小黄肚囊，不大，一帮一帮的，真是成百上千。它们最喜欢的是雪，它们和冰雪在一起，冰雪越多，它们滴溜儿嘟噜的特别高兴，在雪中唱歌。大家根据它的声音叫它雪嘟嘟，满语是车其克，就是非常漂亮的雀，美丽的雀的意思。现在天道一暖和，雪嘟嘟就少了。前两天还见到一些，呼啦一下就没了，它们回到北方去了，证明这里天气要一天比一天热起来了。

大地回春，三巧三姊妹，这几天就天天地着急，虽然乌伦和众兄弟陪着汤大人刚刚走，要掐指来算，也就是五七天的光阴。可是三巧就坐不住了，心急火燎的，就想要走，天天盼着，赶紧收拾东西，准备行囊。乌伦一再嘱咐，不用着急，富凌阿大人已经给你们做了安排，他们过两天就会来的，会有人护送你们到京师去。另外，人家三姊妹也有官衔，那是皇上封的五品侍卫衔。五品衔，是州府之衔。何况她们身上还带着晋京陛见的圣谕，这更厉害。凡路过进京沿路任何州县、府衙，都要隆重地恭敬迎送，一段一段的都要鼓乐喧天，由各地的官员恭送，一直送进大内，她们有这个旨意。可惜，三个小姊妹不愿这么做，她们就希望自己摸着走，愿意闯荡江湖。

这几天，云、彤二老早就看出这三个小姑娘的心情，她们心里早就长草了，就笑着对她们说："三巧啊，我不留你们了，你们想走就走吧。你们讲的对，要有点勇气，要有个闯劲，不一定等他们。"（就指着富大人来了，还来些个兵丁，还来轿，还有些马队护送）云、彤二老也希望三巧自己闯荡闯荡。不闯荡哪行，头一次到北疆去，那是随着卡布泰和乌伦，还有图泰他们去的。这次才真正是自己进入人生的大海，自己去开拓自下而上之路。云、彤二老希望她们这样做。

两位老人这么一说，把三个姑娘乐的直蹦高。她们一看，自己的师傅，两位爷爷喜欢这么走，更高兴了。一说要走，可她们心里还真舍不得云、彤二老，不知此次一去，何时能够回来看望老人，这是一种心情。再一个，这里有她额莫的坟墓，她们不忍心离开呀。好在福来大哥，已经办了婚事，娶的小嫂子还挺能干，什么都能拿起来，放得下。这样，福来哥哥出去打柴禾，打猎呀，是遛套子呀，还是出去买点什么，家里不用惦着，都由小嫂子给顶起来了。云、彤二老那屋的小炕，天天烧的热呼呼的。洗脸水、洗脚水一直都给打，二老换下的衣裳马上都给洗了，这些二老也觉得很舒心，三巧也就放心了。说这次走，她也能走得 出去，不像上次，老是想着家。

她们已经定下了，过两天就要走，说实在的，巧珍大姐想的非常细致，把师傅的衣裳一件一件都给叠好，哪些洗了，哪些没有洗，交给她嫂子。巧兰，这两天慌里慌张，好像长草一样，她的心早就飞到了京师。她惦记着文强，不知文强的情况怎样。巧云早就看出了二姐的心情，就悄悄地逗她二姐："二姐，你呀，心早就飞走了，唉，过两天我跟大姐要不动身，你都得急出病来。"巧兰就悄悄地捶了小妹妹一下："你胡说什么，让师傅听着呢。"姐三个高高兴兴地抓紧准备着。

她们在行前还有一件事，也必须抓紧办。这是乌伦叔叔临走前安排给她们的一个差使，就是图泰叔叔、卡布泰叔叔在北海殉难之后，他们在打扫战场时，除图泰和卡布泰的尸体没法辨认之外，他们还想掌握敌人一些死伤的情况，他们查了多少遍，也没查到杜察朗和当时隐藏很深并做了很多坏事的罗刹鬼的尸体。这些尸体，虽然有俄国人，也有当时马龙带去的人，也有图泰和乌伦带去的护兵，但是无法辨认。他们最关心的是杜察朗的踪影。乌伦总感到不放心，跟富凌阿商量这件事情，往上禀报的材料就不好写，是真死了还是活着，一点可靠的证据都没有找着。

他们回来以后，云、彤二老也问过这件事情。大家总觉着，杜察朗这些人，非常狡猾，怎么会轻易就死了？或者是逃到俄罗斯去了，往朝廷奏报都说不清楚。这次汤金钊大人听了禀报以后，又提出这件事情。汤大人也说："你们一定要查清楚，到京师的时候，刑部和理藩院，军机处都要详细问这件事，你们必须据实禀奏，糊糊涂涂地，没个证据，也没拣回一个实物，这不行啊。"乌伦巴图鲁想让三巧再查查这事儿，因为他们很快要跟汤大人回到京师，就委托三巧，让她们找一下在西噶的娄宝和齐宝。

说书的还没向阿哥来讲，其他人都说清楚了，娄宝和齐宝，还有刘佩和黑头僧，他们怎么办了？黑头僧搁这儿放走了。刘佩就让爱辉副都统来的人给留下了，因为他们要掌握边疆的情况，觉得刘佩对北边情况知道的比较多，这次也立了功，帮助提供不少线索，将功折罪，就留到了爱辉副都统衙门，在那儿听差。他有富凌阿写的字据，现在已经去爱辉上任去了。还有两位，那就是娄宝和齐宝，他们也降过来了，也帮助秘密地办了不少事情，也是有功的，将功赎罪。他们被安排在黑龙江将军衙门打牲乌拉总管富凌阿的属下听差。因为他对北方的情况比较熟悉，长期在杜察朗手下，接触面广，情况知道的细，还懂得几个民族的语言。但现在还没去，因为富凌阿让娄宝和齐宝帮助宾渡河潘家窑总理打牲事务的督办，就是新任命的都尔钦还有他们的七哥和八哥，朱尔钦和巴尔钦，整理宾渡河和潘家窑打牲衙门的户籍人口的事情。多少年没有统一管，多少年没有登记了，又出现不少新的部落，分支的部落，散在什么地方，都得重新登记。从乾隆末年开始，各个部落春秋两季给朝廷的贡物交纳的数目，得有一个账，多大的部落，什么东西该拿多少，打牲都有一定数字的，不是乱要的。这些个过去都没有详细的账目。再一个是各个狗站建的情况，因为冬天雪大，互相联络得用狗爬犁、狗橇在雪中通信。这些狗站都建在哪些地方，什么地方过去建过哨卡，因为长期不用，被毁坏了，今后怎么修理，用什么材料，需花多少钱都得有个安排。娄宝和齐宝长期给杜察朗当管家，对北疆的情况熟悉，很多新的部落他也掌握，所以把他们两位请来，帮助他们三兄弟做这件事情。

这正是个机会，三巧上西噶找到了娄宝和齐宝，让他们详细回忆，除了潘家窑那些据点以外，杜察朗他们还有哪些个据点？你们知道不知道？这样，娄宝和齐宝又把他们所知道和听到的一些据点的情况、据点的位置，什么时候建的，都叫什么名字，哪些人比较出名，哪些人和杜察朗他们，包括瓦力佳尼亚老头儿联系比较多，甚至往南想，想的再远一些，京师有没有，黑龙江萨哈连一带有没有，就这条线索。三巧查清楚了，便于详细分析，回去禀奏朝廷的时候，就会写的更具体一些。如果发现新问题，就正式移交给当地的衙门继续查看，办理。三巧她们出发前，就抓紧时间盘查娄宝和齐宝，她们得了不少新的情况和线索，就不多讲了。

咱们再说那天乌伦巴图鲁，富凌阿大人，带着众兄弟和二丹丹，陪同汤大人离开了东噶，就上路了。我当时没说吗，车辆马队很多，浩浩荡荡，一路上，大家说说笑笑，喜笑颜开。汤大人是头次到北边来，观赏到北国春天奇特的林海，有一种新鲜感，因此并不感到累，他们一气儿就走出了二百多里，天开始黑下来。北边的天，就是这样，冬天夜长，白天短。现在的天比以前长多了，在北海那块儿，有很长一段是过夜里的生活，冬至前后，夜特别长。现在呢，稍微好一些，快到夏至的时候，天更长了，这里头没有夜，都是白昼。富凌阿就向汤大人介绍这里气候的特殊情况，说："汤大人，在夏天的时候，你再来，你在这块儿能看到奇妙的北极光，那是神光，非常好看。"汤大人说："这次没福了，没福了，以后我一定还来呀，这块儿把我迷住了。"他们说说笑笑就进了一新的市镇，叫黑虎沟。满语叫塔斯哈霍通。

黑虎沟离黑龙江不远了，再走百里之遥，就可以看到黑龙江。现在黑龙江正淌着冰排呢，刚开始化，过了滚滚的黑龙江，就是中华内地了。这个黑虎沟，是北疆重要的集散地，许多北进的货物都在这儿发运，北疆的土特产从这儿往内地发送。所以，这个集市挺繁华，商贸林立，人来人往，好不热闹。汤大人把轿帘打开，不断地往外瞅，道两旁有许多商店和摊市，都在卖东西，有的吆喝着，有的唱着，有的商店门前还挂了很多的幌子，那炸油炸糕的味和饭馆的香味扑鼻而来。这里有不少北方的特产、土产，而且看这块儿来的人，穿的衣裳都不一样，为什么呢？北海的少数民族穿的衣裳各有各的特点，虽然都以皮子为主，但各自的配饰和皮子的剪裁方法都不一样，帽子也都不相同。有的戴着狍头帽，狍子的两个耳朵竖着，有的还蒙着像皮口袋似的，露两个眼睛，叫狍头风帽，挺好看的。有的还配了腰刀，一个个都挺精神。有些女人的打扮，各个都带着些珠穗，穿着花披肩，非常好看。

富凌阿大人就告诉汤大人："来这儿的人有九拐的，有七阶的，有潘家窑的，还有三噶的，他们都来这儿买东西和换东西的。这块儿什么东西都有，你京师的东西也有。有的从京师到这儿卖东西的，有的在这儿买东西，然后再回到京师去卖。"汤大人越看越心奇。

集市上土特产相当多，狍子、犴子、獾子都有，有的是活的，装在木笼里头，那块儿还装着两个小老虎。乌伦就告诉汤大人，"咱们在东噶吃的不少东西，都是来黑虎沟买的，这块儿交通方便，是北疆南北重要的通道，也是去京师必经的重要的隘口。黑虎沟这儿，自从乾隆年间以来，随着北方的发展，这里是蒸蒸日上，一天比一天繁华，成为远近闻名的小集镇。这里满洲人、蒙古人、达斡尔人、鄂伦春、鄂温克人、汉人都有，五行八作，样样齐全。也有外地方到这远征打猎采购土产的人，住在这儿，然后，从这儿再上北疆。正因为如此，从嘉庆以来，还建了不少寺庙，僧道尼姑，这块儿都有，天天的香火不断哪。很多的善男信女，都来拜庙，别看这块儿的庙小，佛爷受到了万民的敬仰。你听听，现在能听到钟声在响，那就是各个庙里的钟声。简直就像到了北方的都会齐齐哈尔、爱辉一样。除此以外，像黑虎沟这样的地方在北边是很少有的。"

富凌阿详细地向汤大人介绍这里的人情风俗。汤大人来的时候，是夜间过这块儿，他在轿里头，有轿帘挡着，什么都没注意到。这次回来，看到这儿繁华热闹的景象，使汤金钊啧啧称赞，这块儿真是人山人海呀。

这次是按照大人出行的礼节，前头打着旗帜，还有打着伞盖的，紧接着是车轿一大排。前边还有四个兵勇敲锣开道，咣，咣，咣，另外，有两个马甲总领兵，在前头骑着马，非常威武。“让道，让道，不要挤，往两边闪闪。”鸣锣一响，一看这是官府的大衙门，大官来了，谁不来看哪。这都是很难见到的事情，知道有鸣锣开道，轿里头肯定不是一般的人，也可能是将军，或者是皇上。是从京师来的，从北京来的，人们互相传告，一个传一个，这人哪，都往这块儿挤，都争先恐后地来看大人的车轿，你说热闹不热闹。这个车轿队伍真长。汤大人一个车轿，乌伦和富凌阿他们坐一个车轿，二丹丹、三丹丹、柳米娜她们坐一个车轿。雷福、麻元、牛老怪、常义四个人骑着马，尾随着，护着车轿。他们的后面还有一对对兵勇也骑着马，你说威武不威武，热烈不热烈。这样一来，集镇的男男女女，老老少少，都被吸引来了。可以这么说，就是嘉庆皇爷在世的二十几年没有这个事儿，乾隆朝时来没来过还不知道，大家都是头一次看到，都没想到，黑虎沟这块儿，也来大人了。人们都争着抢着观瞧，互相拥挤着，真是人喊马叫。

不大一会儿，他们就到了小镇下榻的地方。黑虎沟没有正式的官衙馆，就是一些官差住的地方。因为官员很少到这儿来，所以没有这个设置。黑龙江将军衙门就给大人选定一个集镇私人开的，很幽雅、僻静的客店，叫“仁义老客栈”，上头有黑地白字的匾挂着，是个二层小楼。选定这块儿做钦差大人下榻之处。富凌阿一看车已到门前，让车停下，自己先跳下来。这时候乌伦他们才看到，门的两边已有不少人在迎接，都是一些官员，恭候在两边。

车停下以后，富凌阿和一位官员，恭恭敬敬地打开轿帘，把汤大人搀下了车轿。紧接着，请乌伦大人跟着下了轿。后边来几个女仆把车里二丹丹、三丹丹和柳米娜搀下了轿。把他们一一迎进了仁义客栈的正厅。厅里摆设很漂亮，与众不同的是，墙上全都是用各种皮子围的。太师椅蒙的是金钱豹的豹皮，地下铺的是黑熊熊皮，一进屋就感到别有一番风味。太师椅后头的墙上，有个虎啸雄风的大壁毯，这是一张老虎皮。汤大人一看真漂亮呀，老虎的眼睛是两个珠子，锃亮，非常凶猛、精神。二丹丹和三丹丹、柳米娜，由另位大人和几个女仆簇拥在后屋歇息。

宾主落座。汤大人是从二品，他比别人高，乌伦巴图鲁是三品侍卫，所以说，让他们两位先坐好。正面坐着的是汤大人，稍微偏侧一些坐着的是乌伦巴图鲁。然后，富凌阿一个一个向汤大人介绍，这些人按照自己官员的级别，报号，叩拜。首先叩头的是黑虎沟塔斯哈霍通驿站的千总四品骁骑校，查郎布。查郎布大人，是武将，这块儿只有一个驿站千总，整个由军队把守，他不但管民事，其它全都管，他是这块儿最高的官员。

咱们要多说一句，查郎布是很有钱的，他已经捐了官。四品骁骑校，这是他的正衔，另外他还捐了一个三品散职官衔，有官无位。过去在书中说过，有捐官的，你有钱可以捐官，根据你拿的银两数和你的品德，由上边给你定不同级别的官。这个官一般叫散职，没有具体官位。你有这个官名以后，可以得到这个官阶待遇，到哪儿去你是这品衔，但没有实权，你管不着谁，光有名声。他是三品的散职官，三品不小啊，一般说起来，侍郎都是三品，汤大人因为做的好，皇家给的奖赏，他是从二品，他比穆彰阿高半截。

查郎布是第一位叩拜，叩完头以后，汤大人让他站在一边。紧接着，是内务府总管大臣下辖，武备院卿的代办，一个是司弓，就是管弓箭的，六品顶戴花翎，德精阿，自己报号完了，汤大人让他起来，站在一边。内务府总管大臣下辖，武备院卿代办司矢，六品顶戴花翎萨凌额叩头；内务府总管大臣下辖，武备院卿代办鹰鹞处副头领，六品顶戴花翎伯奇布给大人叩头。接着，还有两位，鳔胶匠役九品锁格给大人叩头。鞍辔匠艺九品巴里给大人叩头。这些礼节完了以后，都坐好，接着上茶。

这时候，汤金钊和乌伦都没想到，这块儿还是个皇家御用的宝地，和京师大内关系这么密切。别看这块儿其貌不扬，可是藏龙卧虎之地。这时他们才知道，从乾隆朝开始，到嘉庆朝，道光朝也是如此，现在寿康宫有很多佣人都在这儿给皇上采补些御膳用料，就是给皇上每天三顿饭、菜的料，多数是搁黑虎沟出的。还有皇上用的一些药材也是来自黑虎沟这块儿。健锐营，皇上御营兵和皇上去打猎，所用的鞍辔、弓箭多数也出在黑虎沟。所以这块儿常有京中的大人来，内务府武备院卿三品侍卫兼寿康宫的司库主事，郎格尔大人，前些日子刚搁这儿回京师，随他来的还有主事纳穆泰大人。

汤大人一听，大吃一惊，郎格尔大人和他是莫逆之交，过去他们都在工部，在一起任过职，关系非同一般。他还真不知道郎格尔前些日子在这儿，他想，我要早一天来，就和他碰到一起了。他没想到，这样边远的小镇，原来跟北京和皇上所住的地方这么息息相通。这块儿绝不可以小瞧，也越来越对周围站着这些人刮目相看，“唉呀，怪不得，没想到，这么边远的小镇，原来这么出名啊。”汤大人知道，郎格尔大人兼管着寿康宫司库的主事。寿康宫就是道光皇上的继母，也是现在德高望重，声威最高的恭慈康豫皇太后住的地方啊，管寿康宫吃的、用的、穿的，也就是吃喝拉撒睡，这个主事就是郎格尔。郎格尔是皇太后的娘家人，所以那是非常有权的，谁都愿意巴结他，你别看他仅仅是三品侍卫，那比一品都高，在朝廷里头，哪个大学士，哪个尚书不对他尊敬三分，连他都来了，汤金钊能不对这个地方另眼相看吗，可要注意，事事要检点，话不多说了。

晚上，就由黑虎沟塔斯哈霍通驿站千总，四品骁骑校，查郎布大人摆的接风宴，给汤金钊钦差洗尘。这时候汤大人才认识，那时候给他掀轿帘，跟富凌阿一起把他搀下轿的人，原来就是驿站的千总。汤大人知道了，查郎布跟京内的关系，跟郎格尔这些人的关系都不一般。怪不得，乌伦悄悄地告诉他，查郎布这个人，一跺脚地三颤，将来还不知官运怎么亨通呢。看他那个样，挺胸腆肚的，他是蒙八旗人，蒙古镶黄旗，大脸膛儿，蒜瓣鼻子，耷拉眼睛，长的挺恶的样子。他吃的非常胖，走道慢腾腾地。

他们吃完了晚宴，天色已经很晚了。查郎布把汤大人送到卧室，就分手了。卧室的安排，汤大人自己住一间。右侧是富凌阿，单独住着。乌伦和几个兄弟他们住在一起，再靠右间就是二丹丹、三丹丹和她们的额莫柳米娜住，其他的兵勇也都各自有房间住下了，这就不多说了。

第二天，早晨还是春光明媚，偏巧天公不作美，来了一块儿黑云，突然下起了鹅毛大雪。这雪片下的挺大，但是下到地上就化了。这块儿全是土道，有的道坑坑洼洼的，根本不好走。林中还好办一些，外边的道更不好走了，而且道在山崖边，一踩一滑的，非常危险。如果走不好，车一滑，马一滑，容易掉下山涧。乌伦巴图鲁还急着要走，富大人就说了：“这是天留你们呀，不能走，太危险了，再等一天吧。看这雪下不多长时间，天开始放晴了，下半晌雪就能住了，春风一吹马上就会干。北边的道多半是沙土地，只要风一吹，很快就干了，明天咱们再上路，就在这儿歇息吧。”为的更安全起见，这样他们又在黑虎沟逗留了一天，准备第二天清晨上路。

这天晚上，各自睡了觉。乌伦的觉非常轻，他想的事也比较多，一路上的事，见到英大人还有些事，他脑袋里全是事。这时他有点迷糊，刚想睡的时候，忽然听到右侧的房子里有尖叫的声音，把他一惊。紧接着，小麻元，扑棱就坐起来，马上把油灯点着了。这时就听到，西屋里像翻腾一样，哭叫声不断。乌伦赶紧穿上鞋，披上衣裳就过去了。雷福、牛老怪、麻元也跟着过去了。他们敲敲门，门没插着，他们把门推开就进去了。这时屋里的灯已经点着了，二丹丹、三丹丹她们都合衣坐在炕上，可能都没脱衣裳。柳米娜，在那呜呜直哭，她见乌伦过来，马上把乌伦的手拽住，“乌伦，你快帮助我们，救救我们母女吧，现在有贼，是鬼呀。”她像疯子一样，又哭又喊。乌伦安慰她说：“小点声，小点声，别影响大人睡觉。”柳米娜还是哭个不停。

大家不知怎么回事呀，就详细地问她，麻元说：“怎么的啦？”柳米娜说：“我睡着的时候，半夜有人进来了。这个人穿的是黑衣裳，脸上蒙着一块儿黑纱，个子挺小，看样子我总觉得挺面熟，他像谁呢，唉呀，他来了，我害怕呀。”说着又哭又叫唤。乌伦细问她怎么回事，二丹丹就说：“我额莫说，俄国的那个鬼，瓦力佳尼亚老头儿来了。”

大家一听瓦力佳尼亚老头儿，都挺吃惊。瓦力佳尼亚是谁？说书人都说了好几次了，是最阴险的野心狼啊，他在中国呆了很长时间，秘密地为罗刹传递情报。他在这边杀了不少人，使图泰大人、卡布泰大人，英勇的殉难了不是吗。而且他用阴谋诡计，把北噶烧成一片废墟，现在柳米娜突然提出这个仇人，这个罗刹鬼，大家都恨的咬牙切齿。乌伦巴图鲁赶紧问：“你怎么看见的，是不是他？在什么地方？”这时柳米娜神志不清，精神错乱。大伙怎么问，她说来说去，也没说出个子丑寅卯来。

富凌阿被惊醒，也过来问这个事。大家都在想，瓦力佳尼亚不是让巧云刺死了吗？难道他还活着？真是他来了？我们现在正在找他，恨不得挖地三尺也把他挖出来，绝不能饶他。柳米娜就是说不清楚，这时候呢，乌伦和富凌阿就问二丹丹、三丹丹，你们夜里听没听到什么动静？三丹丹睡觉非常实，她说：“啥也没听着，是额莫把我吵吵醒了，别的我都不知道。”二丹丹也说：“我也睡的挺实，睡了不大一会儿，就听我额莫大声的哭叫，我眼一睁，也像看见有个什么东西似的。因为灯灭了，屋子漆黑，也看不着啥，觉得头上有股凉风，后来呼啦就没了，我感得有东西似的，但我没看清，是什么人。”富凌阿又问：“你们的门没插上吗?”二丹丹说：“我们一块儿唠嗑就睡着了，觉得这屋也没啥可怕的，我们没把插棍插上。”

这时，乌伦、富凌阿领着麻元他们，到外头看看有什么动静没有，问哨兵，他们都说没看到啥，什么迹象都没有，也没看到人影。另外，他们打着火把，往地下照，照了半天，也没看到什么足迹。就这么闹腾，下半夜也没睡成觉，天就亮了。

乌伦怎么问柳米娜，也没问出来。但是，提出这个人，使他非常重视。他又到柳米娜的跟前，二丹丹就说了：“你别问了，我额莫这一两个月精神就不好，她晚上常说梦话，时常又哭又叫，是不是她癔症病犯了?”

柳米娜是个心很细的人，她从圣彼得堡嫁给了北噶的杜察朗，是瓦力佳尼亚给介绍的，说书人多次跟众阿哥讲了，她的名字都是瓦力佳尼亚给起的不是吗，瓦力佳尼亚指挥着她，掐着她。本来在这次出事之前，要把她带回俄国去，柳米娜没走，她惦记着几个女儿。全仗二丹丹、三丹丹把她给拉到了西噶，要不然，肯定被烧死在北噶。所以晚上睡觉总梦着瓦力佳尼亚抓她来了。有时候梦见杜察朗来抓她。她心里总认为瓦力佳尼亚和杜察朗都没有死，他们是人尖子，他们能死吗？他们能杀人，不会杀自己。她就这么坚信，她跟二丹丹、三丹丹说，早早晚晚他们会抓我来，你们跟你的阿玛就这么拗着，早晚他们把你们都抓去，你们能有好果子吃吗？她非常害怕，恨不得早一点儿离开三噶。她在西噶住的时候，就老想，快走，快走，到哪儿去呢？到大丹丹那块儿去，到北京去，尽快地躲开三噶这个是非之地，躲的越远越好。这回好容易走出来，没想到昨天晚上出了这个事儿。

乌伦巴图鲁判断，有两种可能，一个是瓦力佳尼亚没死，有奸细跟着我们。如果真是瓦力佳尼亚老头儿，这正是我们要查的人。如果柳米娜说的准确的话，这个线索太有用了。我们正在找的，现在露出水面了，我们要抓住这条鱼，这是自投罗网。这是挺吉祥的事儿，他一定逃不脱我们的制裁。另一个，他觉得柳米娜是不是犯了恐吓症，这些日子，常哭，像个疯子似的。要是这样的话，还得想办法，给她治病，这病越犯越厉害，现在不能再拖时间了，因为昨天耽误一天，今天一会儿还得起程，得走啊，京师还有要事，汤大人也不能停留。再说，汤大人也听到这事儿了，赶紧想办法解决。

乌伦巴图鲁跟富凌阿商量，最后他们是这么定的，汤大人，乌伦巴图鲁由富凌阿陪同，继续南下。富凌阿再陪送一程，不能够耽搁，回京师要紧。把雷福他们两个人留下，和二丹丹、三丹丹、柳米娜在一起，由雷福照顾。今天在这块儿找个郎中，给柳米娜看病，让她吃点镇静的药，使她安眠，睡睡觉，这样可能好一些。再一点，就是让麻元和常义赶紧再回东噶去，禀报云、彤二老，把三巧早早接来，这个重任还得落到三巧身上。富凌阿大人还特别嘱咐，我走的时候，如果三巧来了，你们如有急事的时候，可以给我发帖子。

帖子是什么？就是当时北方公函的传递方法。远在顺治年间，特别是康熙朝的时候，就定下这种千里的传递方法。不过雍正以后，主要忙于其它边疆地区的事，北疆的传递，有些个驿站越来越松弛。康熙朝时建的，从打牲乌拉到爱辉这十几个驿站，从爱辉再过黑龙江以北的那些驿站，现在多数都是名存实亡。这几年，特别是穆哈连和这次图泰来了以后，这些驿站又重新建起来。办法没有变，北方的各个部落都明白，土话把这个传递方法叫过梭子，就是把官家的公文由一定的人按时传递，循环往复不已，像梭子一样过来过去，满语把过梭的人，叫莫得西，莫得西就是干这个的，或者叫鼓得西那妈，就是传递信息的人。

这些人背着挺大的褡裢，褡裢里头缝些格子，各地方的信函，都装在一定的格子里，系到自己的身上，多数都是骑着快马，一个站一个站地走，飞马传递。到一个站，马歇一会儿，人喝点水，吃点饭，紧接着又跑到下一个驿站。有的时候，马换人不换，因为总用一匹马跑，半道要出事，马倒下了，没有充分的精力，怕耽误公差。所以，驿站都预备好几匹马，人也多预备几个，随时倒换。这个迅速的过程，就像穿梭一样，人总是不断，在这个沿线上来回跑。所以在当时来说，很方便，信息交流也挺快。一般说起来，一个大的驿站，五个时辰总能过一次梭，都是循环梭，过一次上梭，过一次下梭。兵务紧急的时候，两个时辰就对梭一次。当时，北方传报各个府衙的信函也很快，马是昼夜地跑。夏天多靠马，靠船，冬天靠马、也靠狗橇，就是狗爬犁，或者是滑雪板和马相结合。有时用滑雪板，或者把滑雪板放在马背上，骑着马跑一段，然后把马放到驿站，就滑雪走。也有用狗传的，比较近的驿站，百里之内的，有时候就用狗传。这狗都熟悉道，在狗身上带着一个含囊，兜在狗的肚子上。有时候一两个狗，一块儿走，非常快，它们已成习惯了。

当然不能太远了，太远就不用这个办法。富凌阿说："如果有急事，你给我发帖子。"那就是说，我在什么地方都能收到你的帖子，这事就这么定下来了。

第二天，富凌阿陪着汤大人、乌伦巴图鲁他们匆匆上路南下。家里剩这些人，都来看望柳米娜。柳米娜还是哆哆嗦嗦地，身上发烧，不吃饭，闭着眼睛。大家商量，还得请郎中看看。麻元说："我到那儿去，云、彤二老肯定要问是怎么回事，我说不出个子丑寅卯来。趁着请郎中的时候，也了解了解情况，这样我到云、彤二老那儿有讲的。"大家一听也对，就这样，先给柳米娜看病，把病情一块儿让麻元带到云、彤二老那去。云、彤二老也能看病，也能开药，这大家都是知道的。谁去请郎中呢？二丹丹就说："那我们姊妹去吧。"小麻元就说："不用，我们哥们去吧，要不这样，三丹丹跟我去，你额莫情况你能讲，我帮着你找好的中药铺，老字号的，咱们俩去就行。"其他人都明白，也就不争这个事儿了。

三丹丹和小麻元出了门，就进了闹市。他们找来找去，也没找到老字号的药铺。中药铺过去比较明显，门口都挂着像膏药式的大幌子，搁老远就能看到。可是，他们在这块儿干脆没看着，他们正在着急的时候，小麻元觉得后头有一个小孩子推他，"叔叔，叔叔。"他回头一看，是一个梳着小鬏髻，穿着尼姑庵衣裳的小孩，头上还顶着一个小绒帽，挺好看的小丫头，不大，也就是八九岁的样子。小麻元挺高兴，"唉，这个小孩，你是尼姑庵的?"那个小孩说："是啊，你是施主啊，我就找你呀。"把麻元闹愣了，"你找我做什么?""你不是要找郎中吗？我在这儿等了半天，我师父就等你们呢，我师父是出名的郎中，她知道，你不是住在仁义老客栈的吗？你们都是朝廷的官员。我师父让我来找你们的。"小孩说的非常天真，把三丹丹，小麻元给逗乐了。小麻元就说："好啊，我先看看去，看你师父是怎么个郎中，你领路吧。"

就这样，小麻元和三丹丹，让这奇怪的小孩领着，穿过了一帮人群又一帮人群，拐来拐去，拐到一个非常僻静的巷子里头，再往前走，已经没有什么商业了，非常肃静。麻元觉得奇怪，正想问小孩，你往哪儿领我。这时，小孩的手往前一指，麻元顺小孩指的地方看，在一个墙跟底下蹲着一位老尼姑。这老尼姑身穿着紫色的尼姑袍，挺肥大的，头上戴着平顶的朝天冠，还拄着一根烫金的上头雕着龙的大禅杖，满脸皱纹，牙已经掉了，嘴往里有点儿瘪瘪着，看样子，顶少也有七八十岁了。

老尼姑一看小徒弟领着两个人过来，把禅杖一拄，很轻松地站了起来，一点儿没看出怎么累的样子，很精神。她站起来以后，先合掌作个揖，“阿弥陀佛，施主，我们师徒已经等你们多时了，你们不是随大人来的吗？不必找什么郎中了，把我的药拿去，给老夫人用吧。用的时候，你要把这药仔细看一看。不用给我们银子，你们也不要在这镇里头走来走去，免生事端。一些事呀，我老尼就说到这儿了，你要听我的话呀，无量佛，我要走了。”老尼说着从自己僧袍里头，拿出一个包，用毛头纸包的一个包，里头包的是药，就交给了麻元：“施主啊，给你吧，有这个药，你们老夫人的病会好的，其他事情你们看药里的东西，我要走了。”她转圈看了一下，看看周围有什么人没有，然后紧紧拉着那个小丫头晃晃地就走了，顺着道一直往前走，后来一拐弯就不知去向了。

麻元和三丹丹还闹了一愣，不知怎么回事？麻元想多问些个话吧，看样子，老尼不想多讲，好像挺慌张，有什么戒心似的，怕有什么人盯着她们，而且，悄声地跟麻元说：“你们不要在镇上走来走去，免生事端，一定要听我的话，切切。”这究竟是什么意思呢？麻元想，肯定有讲究，就跟三丹丹使个眼色，别再找那个中药铺了，先拿着药回去，回到店房以后，跟兄弟们在一起商量一下，这是吉还是凶？

单说，小麻元和三丹丹，匆匆忙忙地回到了老客栈，见到了雷福他们。雷福是师哥，大家按照礼节，自然而然地尊重他，听他的。麻元一看屋里挺静，二丹丹把她额莫柳米娜给弄睡了，睡的挺安详，心里很高兴。大家悄悄地围了过来，听麻元和三丹丹他们介绍。麻元就把刚才碰着老尼姑的情况，详细地向雷福他们说了。麻元说：“看来，这个老尼姑知道咱们，对咱们挺熟悉，她等咱们不是一天两天了，而且有些话，是话里有话，只是没有说出来。这个地方，听老尼姑说是个很不平常的地方，她让咱们小心，不要到街里去，不知怎么回事。她还给咱们一包药，说可以给丹丹她额莫吃，这是好药。”雷福他们拿了这包毛头纸包的药，都不懂得，打开也没用。雷福说：“麻元呀，我看还得麻烦你走一趟，赶紧去拜见云、彤二老。乌伦大哥讲的清楚，还得让二老帮助咱们出出主意，老人经多见广，他会给咱们指出一条路来。另外，赶紧去把三巧接来。这里你放心，有我们几个，不会有什么事，我们也能对付一阵。常义你就陪着你师哥麻元一块儿去。”常义说：“好吧。”“你俩马上动身。”

就这样，麻元和常义出了屋，到了后院各备了一匹快马，鞍子早就备好了，各自背点干粮，夜里走路好吃，争取早走，不能再打蔫了。他们告别了师哥雷福和大家，两匹快马，向北边飞跑，很快就隐进密林之中。

这时，已经是下午了，两匹快马跑的相当快，路上都没有歇着，一个劲儿地跑啊，到第二天天放亮的时候，就到了东噶，他们直接拜见云、彤二老。麻元和常义突然在东噶出现，使云、彤二老和三巧大吃一惊。他们已经走了，怎么又回来了？那肯定是有事呀。没等云、彤二老问，麻元就把他们遇到的事儿，详详细细地向二老和三巧他们学了一遍，麻元又说："师傅，我这次是搬兵来了，请三巧跟我们早点儿走吧。另外，请二老给看看，这个老尼姑是好人还是歹人，她给这包药，是不是药？我们哥们都不懂哪，又不敢给柳米娜用，我们都没打开，请二老赶紧过目。"这时，他把那包药一层一层地打开。

这包药是用毛头纸包着。毛头纸有这样一个特点，不污染药性，什么药就是什么药，保存的比较好。因为它纤维细，非常结实，用它包了三层。云鹤老人懂得药性，他把纸包打开一看，那药没问题，有珍珠、朱砂、龙骨，还有北海的玛瑙石，有北海特产的雪花根，这些草药，都属于镇静、安眠之药，没有坏处，是好药。而且朱砂、珍珠都是上等的，北海的玛瑙石也是很好的，这药不是害人的东西。这就证明老尼姑是好心，不是歹人。老人刚要把这药包上，一看，在几块玛瑙石的底下，有个东西，抽出一个小纸条，字写的非常小，是楷书，比针尖大不多少，怕人发现，才写的这么小，全仗老人家的眼色好啊。这小字写的是两句七言诗，写的是：

黑虎东峰古庙钟，
狼踞僧席祈猎弓。

云鹤，把两句诗念了两三遍，黑虎东峰古庙钟，狼踞僧席祈猎弓，"啊，原来，这块儿有个古庙，你们到那儿去查查，在黑虎沟的东山那块儿，有个庙，庙里有个古钟，不知古钟那儿有什么事。狼踞僧席祈猎弓，有豺狼占踞那个古庙，就是老僧念经的地方。现在老僧不能在那儿念经了，被一些豺狼给霸占了，他祁求猎手拿着弓箭赶紧把豺狼射走，帮她这个忙。据我猜测，这个老尼姑是盼你们来，没把你们当成坏人，认为你们是朝中之人，她们可能乞盼很久了，是向你们求救之意。狼踞僧席祈猎弓，她是乞求你们帮助她们驱逐豺狼，不是坏事，你们应该做这件善事。这里还不知有什么喜事呢，你们应该帮助这个老尼姑。”

云鹤停了停又说：“麻元，汤大人进黑虎沟的时候，是不是惊动了当地的人，是不是都知道你们是官府的？”麻元说：“对呀，我们去的时候，完全按照官衙大人进街的礼节，前头有开道的锣，那非常气派，人都在两边站着，镇上的人都来看热闹。我们那些人马，又有大轿，能不惹人注意吗，我们进仁义老客栈时，外边还有不少人围着呢。”

云鹤老人笑着说：“这就对了，她知道你们是府衙的人，所以说，她信着你们了，向你们告密，求官府帮助，替她们做主，把她庙里的豺狼赶走，让你们主持这个公道，就是这个意思。你们应该到那儿私查、暗访，现在不知道庙里藏着什么狼呢。可能这个老尼是庙中的一个德高望重的人，不知你们见着她没有？这庙是不是她的庙，她是不是这庙的住持，还是她帮人说话，这些情况都不清楚。三巧啊，事不宜迟，你们赶紧收拾行囊，就早点动身吧。这些歹人能在光天化日之下，敢霸占庙宇，敢明目张胆地做歹事，这里必有关节，后头肯定有助纣为虐的人，你们不可简单行事，凡事一定要谨慎，细致，大家要同心协力。你们去吧，早点去，她们还在等着你们呢。”老人家讲完以后，他们急忙吃点东西，赶紧动身。

三巧三姊妹这两天就准备走，挺着急，但没想到今天就动身了。麻元和常义一来，两位老师傅，爷爷就不留了，你们赶紧去吧，这是大事。三姊妹匆忙地把自己的行囊装好，其实早就预备好了。她们三个到院子里额莫的陵墓跟前，旁边还摆着她阿玛穆哈连的灵牌，她们向阿玛的灵牌、额莫的陵墓献上鲜花，又在坟墓上培了土，然后跪下磕头，她们说：“阿玛、额莫，你们的三巧跟您告别了，我们要进京师陛见，以后回来再看您。”她们拜别了父母，回来又叩拜了云、彤二老，恋恋不舍地说：“爷爷、师傅，我们就要走了。”二老坚强地说：“好吧，好吧。”她们又拜别了福来和月儿兄嫂，便骑上马和麻元和常义一同下山而去。

此去三巧一往无前。没有想到，三巧从此再也没回到生她的北疆的土地。英雄此去不回头，英名一世传千古，这是她和自己故乡的告别。此时，正逢道光三年四月中旬，三巧年方虚十有八岁（1806－

1823 年）。

三巧她们心急如火，飞马赶路，很快就到了黑虎沟。这时候啊，二丹丹、三丹丹、雷福、牛老怪他们都没有睡，像盼星星盼月亮似的盼他们来呀。他们一见面，这个高兴的，一个个都不知说什么才好。二丹丹、三丹丹更是乐的拢不上嘴，过来把三巧抱住就说："三巧妹妹呀，咱们真是有缘分，又把你们给盼来了，来的好啊。"三巧也抱住两个姐姐，非常亲热。然后她们又悄悄地过去看望正在安睡的柳米娜婶婶。小麻元给三巧安排好了房间，请她们去梳洗。三巧没顾得去洗，巧珍就先从行囊里头取出那包药，走到二丹丹的跟前，就说："姐姐，我师傅说了，你额莫的病不要紧，是受了惊吓，这个老尼姑给的药，是镇静安眠的药，管用，你熬了，等你额莫醒了以后，给她吃下去，好不好？"

这次三巧，匆匆忙忙地赶到黑虎沟，大家怎么不高兴呢。现在的事情很紧迫，他们本来都想很快地赶到京师，天一天比一天暖和了，太后和皇上要陛见，还有一些新的重任在等待他们。但这块儿的事，她们感到很复杂，也得弄个水落石出。如果有仇人隐藏在这儿，绝不能让他们溜之大吉。这块儿的很多事情就像迷雾一样，让人看不清，不知所措。三巧来了，他们有了主心骨。这个力挽狂澜的人物，就是这三个小英雄。

他们在一起秘密地商量怎么办，大家疾恶如仇，都想立刻行动。后来雷福说，三巧她们走了大半夜，都很累了。今天夜里还是好好歇息，明天再说。

单说三巧，她们根本睡不着啊，到这儿的心情就非常激动，而且觉得有很多事要办，不能拖。特别是巧云，那是火上房的脾气，急性子，不像她大姐，也不像她二姐。

按巧珍的意思，就睡觉吧，明天咱们跟雷福、麻元他们一起出门办事，早办完咱们早起身进京师。巧兰呢，心里慌慌，恨不得早点到京师去，就别睡这个觉了，她的想法跟巧云想到一起了。巧云干脆睡不着，就想马上出去，咱们到外头走一走，看一看，找找蛛丝马迹。她俩撺掇，撺掇，悄悄一说，就说到一块儿了，便去动员大姐。大姐这工夫睡觉了，她俩把大姐给捅醒了，就说："姐，咱们现在就一块儿出去吧。"弄的老大也睡不着了，那就别睡了。她们起身，换上夜行服，带上了飞啸剑，披上一个黑色的紫绒斗篷，就悄悄地溜出了客栈。

她们挨着墙边走，就进入了黑虎沟的街巷。小巷挺窄，她们都迷路了。黑虎沟名声在外，其实不算太大，走一走很快就把街走到头了。这正是夜深的时候，街道漆黑，什么也看不着。此时是丑时左右，天还挺晴朗，仰头一看，群星灿烂，一颗流星从这边天上滑到那边天上，一道亮光，很好看。三姊妹像猫一样轻身地快走，两眼注视着街道的两旁，什么景象都看不出来。看起来，这街道还挺紧凑的，市面上门市都关的紧紧的，多数是茅草房。

她们走来走去，也不知道怎么，眼前出现一个大院子，钻天杨把整个院子围着，阴森森的。钻天杨上还落着不少乌鸦，这些寒鸦，在漆黑中看到人影，嘎，嘎，就飞起来。这引起三姊妹的注意，没想到，出现这样一个院子。她们走到门前，才看清，钻天杨里是青砖叠起来的一个大院墙，青砖墙上都砌着琉璃瓦，相当漂亮。她记得，在北噶杜察朗的院里有这样的墙，而且这墙上都用砖砌出窟窿眼儿，砌的非常好看。一看就知道这不是寻常人家，她们想看个究竟，这是什么地方。她们就围着这些钻天杨树的围墙，绕了一大圈，这个院真挺大，肯定是当地富贵名门的住宅。

她们绕到了南边，前头是牌楼，牌楼里头过了道就是正门。正门是高大的青砖绿瓦，台阶挺高，两边有石狮子，还有上马石、下马石。中间正门是红油漆的大门，上头带着兽环，十分威风。两旁各有红油漆的侧门，显得很森严。她们又细看看门上头，没有匾额，不知道这是谁家的院子。她们围着大门，往右绕，绕来绕去，绕到了后门。这是一个单独的红色的后大门，还有台阶，和前门一样，门里紧扣着，一点儿声音都没有。她们随着这个门，又继续往右绕，绕到了另一边，有个小边门。这时她们注意到，这个大院后门的西侧，在墙角的地方，都有两个角楼，那是瞭望用的。搁墙上头，还有两层，这两个角楼，建的不一般，很气魄。这个院子，真可以和过去北噶杜察朗的那个院子相比，引起了三巧的好奇。姐三个就说咱们得进去看看，究竟是何人所居。

说着姐三个轻身一纵，就纵到了墙上，搁墙上又轻轻地跳到后院。后院很静，没有什么巡查的人，也没有狗。她们在黑暗中，隐避一会儿，院里鸦雀无声。她们往院子深处走，中间有个花坛，花坛的两边是两排青砖房子，都是平房，建的很规整。她们绕到前头一看，每边都是五间房，两个五间对称的青砖瓦房。不知道现在里头睡着什么人？她们听一听，没听出什么来。她们又往院内走，前头还有一个小二楼，楼梯在外头，二层楼正对着，过了这个楼，前头又是一道墙，这个墙把前边和后院隔开了，中间有个正门，现在门都上着锁。这是一个独立的院子，看这房子，不像是主人住的房子，因为都是平房，不怎么特殊，做什么用的？是仓房？为什么单独和院隔开？这两个平房前头是一个二层楼，这房建的非常奇怪。三巧她们又到了平房那儿，往里侧耳细听，听有什么声音没有。在北侧西墙那个房子里有人说话声。她们到了跟前，一看窗户用皮子挡着，还能透出点灯光，屋里的人没有睡觉，别的屋不这样，惟独这个屋有亮光。再往里头就看不着了，因为有东西挡着呢。在窗棂子里头，有挺薄的东西，能把光透出来。她们悄悄进到屋去，细听，里头有说话声，有拷问的声音，还有噼啪厮打的声音。另外，又听到哭叫的声音，好像是牢房拷问的地方。巧云一气之下，想拽开门进去，让巧珍轻轻拉住，手一摆，意思是你不要动。姐姐说的对呀，现在还没摸到什么情况，你先进去干啥？巧云也明白，就是心里有气。

她们反身过来，到其它几个屋看，屋里都没动静，惟独这屋有动静。她们想，这个二楼住的是什么人？肯定是高贵人家住的地方，应当上去看看。她们悄悄地把着木楼的楼梯，噔、噔、噔，上了二楼，轻轻一拽门，门没锁。她们三个配合非常默契，这时巧云悄悄把门一拽，嗖、嗖、嗖，她们三个都进去了。屋里头刚见一点亮，炕上，好像盖着被子，肯定有人在那儿睡觉呢。巧珍猛地把被子一掀，呼啦中间蹦出两个裸体的，一男一女，把两个人吓坏了，三巧也很吃惊。这两个人睡的挺实诚，恍恍惚惚地听着声音。巧珍就说："赶紧穿衣裳。"她们都感到非常羞涩，一看裸体，光不出溜的，趴在炕上，把那个男的吓得哆哆嗦嗦的。巧云的剑指着他的鼻子尖，让他把衣裳穿上。三姊妹把脸侧过去，不忍心看，那个女的吓的干脆用被把头蒙上了。男的把衣裳穿好以后，巧兰就说："把灯点着。"这个男的赶紧过来，把旁边放着的大油灯点着，捻子非常粗，一点起来直冒烟，把屋照得挺亮。

这时才看清楚，原来这个屋不太大，摆设也很简单，一个小炕，这个男的看样子也就是三十多岁，还挺年轻，长的非常瘦，尖下颏，鹰鼻子，贼眼睛，有一个眼睛可能是瞎了，睁一只眼闭一只眼。"下来，快下来。"巧云让他赶紧下来。这小子下炕，扑通就跪在地上，"饶命，饶命啊，三位奶奶你们是哪的?""别吵吵，再吵吵宰了你。"这时巧兰用剑把炕上被子一挑，里头原来不是一个女的，有两个裸体女的，一个在炕紧里头，裹着被子，直哆嗦。巧兰命她们把衣裳穿上，这两个女的说啥也不穿，“不穿，捅死你。”这时两个女的赶紧穿衣裳。她们一穿衣裳，使三巧大吃一惊，原来是两个尼姑。这两个尼姑羞的无地自容，扭扭捏捏地穿上各自的僧袍和大靸鞋，两个人扑通跪在炕上，向着这三位掌剑的女子，嗷嗷大叫，“我们只求一死，我们不想活了，杀了我们吧。”就这样大声怪叫，巧云过去就踢了两脚，“不要吵吵，吵吵什么，再吵吵我就杀了你们。”这两个尼姑，只是偷着呜咽地抽着气。巧云跳上炕，翻来翻去，发现在右墙角上有个红木头匣子，她把匣子一打开，里头装着银子，看起来有两千来两。巧云抱下来，告诉这个男的，“你拿着，你能不能打开后门?”“能打开。”可是他不想走，“不走?”她们三个用剑逼着，他只好跟着走。就这样，把他们带下了楼。三巧下楼还说：“谁也不兴出声，悄悄地跟我们走。”打开了后门，他们出了院，就回到了仁义老客栈。

他们进了老客栈，公鸡刚报晓了第二遍，天还没亮，大概也就是寅时末左右，麻元他们还睡觉呢。她们姊妹三个，把自己的门房打开，把这三个人推进了屋。然后，巧云就到另个屋把雷福、麻元他们都招呼起来，他们还不知怎么回事。巧云说：“赶紧起来，今天咱有事干了。”这时，几个屋就热闹起来了，大伙赶紧穿好衣裳出来。二丹丹和三丹丹听到了三巧的说话声，她们披着衣裳也慌忙地出来，大家都不约而同地到了三巧的屋，这才知道三巧夜里并没有睡觉，出去办事去了，办大事去了。他们一看地上跪着三个人，两个穿着尼姑的衣裳，头低着。麻元过去，把一个小尼姑的下巴颏往上一抬，“嗨，是两个小尼姑。”旁边还蹲着一个男的，这个小子长的瓜子脸，头发蓬松着，也没戴帽子，上身披个衣裳，光着大脚丫，拖着两个大靸鞋，就这么给抓来了，哆哆嗦嗦的。麻元过去，把他下巴颏往上一搊，一看那个样子，他妈的，不是好东西。

这时巧珍就说了：“趁着天还没亮，咱们抓紧会审。我看这么办，雷福、麻元师哥，你们几个详细地审这个男的，他一个人搂着两个尼姑。唉呀，真让人羞死了，他们光溜溜在一起。这个人这么坏，也不知他是干什么的，好好审，审不清楚，就再审，他要不说，把舌头割了，把他肚子给豁开，看他里头装的什么肠子，是狗肠子还是狼肠子。”那个小子吓的像筛糠似的哆嗦，“我们姊妹三个，丹丹你们两位愿意听，咱们一起审这两个尼姑，这么不要脸，身为佛门弟子，你们怎么离开了自己的庙，离开你自己的庵，跑到这里头，跟人家过上辈的了。”这两个尼姑又呜呜地哭，跪在地上，“好奶奶呀，我们是受害的，我们是受害呀。”

“先别吵吵，一会儿你们再说。”就这样，他们各自分了工。麻元过来，把那个小子后脖领子一拽，“跟我走。”他们四兄弟会审这个男的。

她们姊妹五个就围着小尼姑审起来。巧珍说：“你们俩起来，坐在那块儿，有话慢慢说，究竟是怎么回事儿。”女人的心都非常好，知道她们肯定是受害的。就这样，他们分头抓紧审问这三个人。

真是冤家路窄，黑虎沟塔斯拉霍通这个地方，多年来的冤仇该到出头之日了。偏偏这时来了三巧姊妹，这些为非作歹之人，真是恶贯满盈，该到报应的时候了。说书人要多说两句，你说巧不巧，寸不寸吧，真是鬼使神差，她们三个偏偏在今天晚上，大冷的夜晚，到这个大院。这个大院正是黑虎沟塔斯拉霍通这块儿赫赫有名的人物，就是迎接汤大人那个查郎布大人的府邸，三巧就闯到他的府。这个查郎布的府上的监狱头，今天晚上，正在蹂躏从一净庵抓来的两个小尼姑，被人堵在被窝里头，你说，这事多么巧。这件事在黑虎沟这块儿，人越说越玄，就传开了。人们越传越奇，都说是夜游神把三位女侠引来了，因为这些神都看不上眼，他们坏事都做绝了，让三个小英雄抓住他们的罪证，让朝廷正法，真是大快人心哪，他们越讲越有意思。

再说，他们会审，那是雷厉风行，嘁哩喀嚓，很快就揭开了黑虎沟这块神秘的面目，很多的事，都露出来了。三巧抓来这个男的，不是别人，这个夜搂小尼姑的监狱的头，正是查郎布千总远方的侄子，又是他媳妇的干儿子，叫查木齐。这个小子为非作歹，心狠手辣，很多监狱里的人都死在他的棍棒之下，他手上欠的人命债，数都数不清。他仗着他阿玛哈叔叔查郎布的势力，有恃无恐，为所欲为。在这儿当官的和领兵的，以至黎民百姓，都管他叫小太岁，谁也不敢惹哪。这儿天高皇帝远，他一手遮天，抢男霸女。这两个尼姑，确实是他在一净庵看到的，两个年轻姿态美貌的小尼姑，硬给绑来了，受他蹂躏。已经有一个来月的时间了，确实是这个情况。

麻元问他，你匣子里头哪来这些银子？这银子都是他从查郎布大人私库里偷来的，查郎布银子多，都没有数，他说偷就偷。偷来以后，就任意挥霍。他的监狱，据他交待，是查郎布千总在自己府邸私设的公堂，他说审就审，说抓就抓，说杀就杀，目无王法。他们抓的这些人，都是属下的兵丁和对他不满的，有各种怨言的人，就任意抓。这块儿很多的山水都被他霸占，谁要进山打猎，都得交租子，都得拿贡，这个贡必须交够，他要你拿多少就拿多少，少一个都不行。就这样，押进监狱的的人相当多，杀的人、害死的人就不用说了。

他们掌握了不少查郎布千总的内幕，麻元突然地问他："你知道不知道，杜察朗这个人的名字?""知道，知道。""你见过他没有?"他磕磕巴巴地半天没说出来，"我没有见着，我确实没见到，因为我主要看监狱，别的事都是铜头达爷的事，铜头太岁管。""谁是铜头达爷，他是干什么的?"原来铜头达爷，就是黑虎沟这块儿，给京师内务府做御用的鞍辔和弓矢，还有鱼的鳔胶，炸药这些东西的。说现在有几个大的庄子，鞍辔庄，鳔胶庄，这个庄子的庄头，都是查郎布千总下头的党羽，他们管这些事。

查郎布下头这些人很出名，一个是铜头达爷，他的汉名叫丘不凡，实际上他是个旗人，他原名叫西里布。因为他负责很多的匠艺，专给皇宫大内，皇上骑的御马做鞍韂，以及马鞍上用的东西和射箭用的弓和箭，都是出自他手。他的爷爷就是著名的老工匠。雍正朝以来，实际上就是西里布家族在这块儿管这事，包括乾隆骑马用的那个马鞍子都是铜头达爷西里布的爷爷给做的，做的非常漂亮，多次得到嘉庆爷的赞赏。铜头达爷现在很出名，他的武术也挺高强，现在他是披甲五品顶戴花翎，非常有势力。查郎布大人，查郎布千总，都得依靠他，他也依靠查郎布，他们之间关系特别密切。在这里，丘不凡自己有两座楼，也有一个院，这个院子三巧没有去，她们若再往里走，就能看到，还有一个青砖墙的大院，也是青砖瓦房，那就是铜头达爷的家。家里供着皇上给的圣谕，这是对他们家族的褒奖。他的爷爷因为给皇帝的弓箭、鞍韂做的好，特御赐个黄马褂，都摆在他的后屋。正因如此，铜头达爷丘不凡，趾高气扬，飞扬跋扈，人家是通天的，谁也惹不起。前些日子，武备院卿不是来人了吗，跟他们关系都挺近。

铜头达爷下边有几个人，都会武功，有神刀鬼见仇齐暴，是旗人，满洲的名字叫那木岱，他是披甲六品顶戴花翎，他的祖上专门给皇上做雕弓，做的精巧，而且雕弓的两头都是用牛角磨的，特别好看。他爷爷做的三个大弓，现在还在大内皇家的御园里头摆着，雍正爷、乾隆爷和嘉庆爷都曾经使过，非常有名。铜头达爷下头，还有几个护卫，都是彪形大汉，一个一个膀大腰圆，他们使的兵刃，很简单，就是从北疆古桦树锯下的粗棍，磨光了，有一个半人长，非常粗，他们就靠这个，一抡起来，嗡嗡直响。这四个人是四杆棍，他们自称打遍天下无敌手，要被他们的棍子捸上了，可不得了，那么粗的大棒子还有命吗。所以铜头达爷就说了，我这四个汉子，他们有四根打不断的镇宅的柱子，镇宅突拉[①]，是保护我们家园的。铜头达爷给他们都起个名字，老大叫扫八方，老二叫镇八方，老三是盖八方，老四是平八方，名字叫的都很豁亮。他们有的是从汉军闯过来的，非常凶恶，吃人时，抱着大腿，嘎巴嘎巴咬着吃，连人的肺，人的心他们都敢吃，他们就是这样凶狠的人。在这一带没有不知道的，谁都不敢惹呀，一听到他们的名字都溜的远远的。这些日子，怎么见不着他们呢，据这个狱头交待，这些天我能够在查郎布府里头，随我自由，任我逍游，就因为他们都没在这儿，都在一净庵的庙上，给顿顿格格做百日斋事呢。

顿顿格格是谁呢？这又出来一个人，顿顿格格就是铜头达爷西里布的女儿，今年年方十七岁，长的非常美貌，像个花似的那么漂亮。现在身价抬起来了，因为京师内务府，武备院卿属下的主事兼寿康宫司库的主事，当今皇太后的娘家人，郎格尔前些时来了。由郎格尔大人做月下老，通过皇太后，把顿顿格格介绍给太子奕纬，就是道光皇爷唯一的儿子小奕纬。郎格尔对皇太后说：这个格格怎么好看，武术怎么高强，多么俊俏。先朝雍正爷、乾隆爷和嘉庆爷用的鞍韂和弓箭，都是她祖上给做的，这个匠艺受到皇上多次的圣谕嘉奖，赐给黄马褂。他们家真是名门出贵女，不如让这个秀女做太子的福晋。皇太后喜欢自个儿的娘家人，郎格尔又能说，就这样，皇太后没看着，先答应下来，“那好啊，什么时候把她引进京来，我看一看。”这样，这个顿顿格格的名气一下就抬起来了。将来做太子的福晋啊，太子将来要继承大宝，她就是皇后，那西里布一下就成了国丈了。西里布就因为有这个女儿，更加肆无忌惮，有恃无恐。所以对顿顿格格捧的像个宝似的，她说什么，都得听啊，谁敢不听，包括查郎布这个千总能不另眼看待吗？铜头达爷对她女儿也得处处溜须。

现在顿顿格格做百日斋，就是一百天都在庙里杀牲祭祀。要杀野猪、野鹿、狍子三大野牲，祭祀时，把野猪、野鹿、狍子肉献给天和地，日月山川。祭祀完了，这些野牲肉不吃，往野外一撒，让野兽和乌鸦来吃，或者是秃鹫来吃。有些穷人也来抢这些个野肉。那不是杀一头

① 突拉：满语，柱子。

野猪，一头野鹿，一头狍子呀，一杀都是几十头、几十四、几十只呀，买回来就杀，杀完了就扔，就这个祭祀法。一连祭百天，天天要杀野牲，就这么挥霍。

因为顿顿格格准备要进京师去，皇太后要看一看自己孙儿未来的福晋是什么样，所以他们家正做这个准备，让自己的宝贝格格穿上北方特有的天鹅绒的白玉羽毛珍珠裙子。白玉羽毛天鹅绒，是一个绒毛一个绒毛贴成的，非常漂亮。这是受俄罗斯的影响，俄罗斯善于做这个，特别好看，他们也请了俄罗斯的匠人，一个羽毛一个羽毛地贴，然后镶上珠子。做这样的衣裙，必须量体裁衣，根据穿衣服的体形、高度、宽度、腰肥，量好了一点一点地贴，一块一块地做成。做好了穿在身上，既合体又好看，叫白玉羽毛珍珠裙。在这百日斋事中，还要做这个衣裳，现在顿顿格格就忙这个事儿。

雷福、麻元他们哥四个，把三巧也招呼过来，共同商量怎么办。他们觉着查郎布千总的远方侄子查木齐，说了不少事，也就这些东西，还算挺老实。大家商量之后，决定先把他放回去，他也不会往哪儿跑，在这儿还得看着，咱们还有咱们的事。这时查木齐就斗胆地问一声："众位大人，我还不知道你们是哪儿地方来的，能不能告诉小的。"麻元就说了："至今还问这个，你不知道吗？前两天不是来钦差了吗，我们是办公案的。"这个小子一听，可吓坏了，原来是朝廷的上差来了，慌忙地跪下，连声说："大人，饶命，饶命，我什么都讲了，请给我留一条小命吧。"麻元说："你不要说了，这事不是你定的事。你一定要老老实实，我们将来可能还要找你，你回去吧。我们找你的事，不要跟别人说，如果你跟我们要花招，向外透出信儿，小心你的脑袋，知道不知道?""小的记住了，小的记住了。"就这样，他灰溜溜地走了。

再说，那两个小尼姑，经过她们姊妹五个问来问去，三巧听着挺同情，跟这两个小尼姑抱头痛哭。说起来，这两个小尼姑，命也很苦，她们都是被骗到庵里来的。现在还没有个法号呢，没个名字。原来，她们是辽阳奉城那块儿的人，她的阿玛就是被铜头太岁在辽阳那雇的，给他们运货。当时说的好，把东西运来以后，他就可以回去。结果呢，她的阿玛来了以后，到现在也没有回去。她们娘仨还在家等着呢，一年多都没有音信。而且她的奶奶正在病中，想儿子，眼睛都哭瞎了。母亲侍候自己的婆婆，又不能出来，身边没有儿子，只有这两个姑娘。她妈没法办，就跟她姊妹俩商量，你们出去一趟，到北边找找你阿玛，让他快点回来，你奶奶现在病挺重，想你阿玛想的厉害。她们就这样，离开了自己的额莫。她们一边打听，一边走。这是几千里路啊，她们是步行走来的。到了这块儿，就找铜头太岁，铜头太岁命人把她们轰出去了，那四个棍子多厉害，对她们说："再来就拍死你。"她们连哭带闹，而且在门口跪着，就讲她奶奶想儿子想的厉害，我们全家就靠阿玛过日子，我们娘仨没法活了，她们边哭边吵吵着。

铜头太岁怕影响不好，她们老在那儿跪着，老闹也不是个事儿，后来就对她们说："你们这么办吧，那儿有个庙，你们在庙里头先当一段尼姑，在这儿先出家，出家佛爷能帮助你。我们再帮助你们在这块儿找找，可能你的阿玛上山打猎还没回来，你们在庙中静心的修行，祈求佛爷开恩，保佑你们。要不然，怎么办呢，你们也不能把自个儿卖给人家，人家若把你们卖到妓院去，你们也不能答应。你们到谁家去谁也不要啊。这个庙我说了算，庙的住持，我们都是好朋友，我跟她讲讲，你在那儿吃住都方便。"这两个姑娘从来没出过门呀，根本不知道他是一个骗子，就这样，糊里糊涂地当了尼姑，穿上尼姑的衣裳，天天静心的祈祷，祈求神，祈求佛爷开恩帮助，早一天阿玛能搁山里回来，出现在她们面前。父女见面以后，她们就离开这个庙，回到奉城去，那边奶奶和妈妈都在等着呢。这两个尼姑刚到庵里时间不长，不到半年的时间。哪知道，祸不单行，她们让查木齐看中了。查木齐像个太子爷似的，看中谁，谁就得跟哪。就这样，把她们抢来了，捆到了查郎布的后院，几天一折腾，几天一折腾。

三巧一听，唉，这也是一对姊妹，她们是同病相怜，太苦了。巧云一边淌着泪一边说："你呀，干脆回去吧，别来这儿了，离开这个是非之地。"巧云挺有办法，她搁查木齐那不是拿来一匣银子吗，她当时就想这些银子都不是好来的，我用这些银子将来救济哪个穷人。巧云就把一匣银子全都给了她们姐俩，告诉她们："你们早点儿回去吧，回到家好好跟你妈过日子，别在这儿等你的阿玛了，他要是能回来的话，也能找到家，你们趁早离开这个虎狼之地。"三巧请一声雷牛老怪，用点银子给她们买来两匹马，一辆车，坐车回去吧，让她们走，赶紧回去。

这两个姑娘也向三巧她们介绍点情况，她们说："一净庵现在的住持叫定悟，这人非常恶，别的事我不太清楚，我们听说，原来这个庵有个一净大师，一净大师的徒弟是了空大师，她们都被撵走了。听说，黑虎沟有个土窑子庵，那儿香火挺旺。其他情况我们都不太清楚。"这样三巧和二丹丹、三丹丹，她们含着眼泪跟她们告别。由牛老怪给买的马和车，让她们赶着车回去，把她们送出很远。这两个姑娘就这样逃出了虎口。

雷福他们了解这些事情后，让他的弟弟千里雁常义，快去爱辉副都统衙门，传报最近在黑虎沟发现的新情况。半道要是碰到了富大人更好，如果碰不到的话，你就赶到爱辉副都统衙门。因为将军衙门在齐齐哈尔，离这儿太远，千里之遥，这样急事根本办不了。从圣祖爷康熙年间，将军衙门就离开了爱辉，越来越南下，离北边太远了。说实在的，不少的猎民和当地土著人，都不愿意将军衙门搬迁，因为离他们太远，很多的事情，相当难办，去一趟，关山重重，太不容易了。北疆很多事情，都不能及时传报，这是当时的一大害处。为了解决这个难题，在道光登基之前，将军衙门又在爱辉副都统旁边设一个叫将军的行辕代签主事，做这个工作。将军行辕代签主事，就是代替将军衙门在这儿办事。而且，还有一个人做将军行辕代签司库。将军衙门给司库留些银两，必要的时候用，不用到都会齐齐哈尔去支取，来这儿就可以通过司库支取，为的办些应急的事情。但这个作用并不大，大的事情行辕代签主事办不了，还得回到将军衙门去办，所以，很多事情都是留中，太耽误时间。当时朝中一些人，包括一些大臣，总认为北疆是朔风惨厉，不毛之地，所以，朝廷太大意了，没人管。现在就碰着了黑虎沟这事儿，要马上到将军衙门去报，那就晚三春了，什么时候才能到。常义外号千里雁，他在传书传报方面，很有能耐，他的脚板子有功夫，就是他走，到爱辉也得走一天半到两天的时间。他把干粮和水带在身上，一边走一边吃、喝。走累了，就在道边铺下行囊睡一会儿，睡醒了再继续走。

再说，三巧和雷福、麻元他们，抓紧时间按照计划去暗访一净庵。到哪儿去找一净庵呢？他们根据老尼姑写的“黑虎东峰古庙钟”这个诗句，按诗中所说的去找这个地方。他们问了那两个被解救的尼姑，她们说有个一净庵，这是肯定的。但是，到一净庵去访谁，这是关键，要暗访还不能打草惊蛇。按照老尼姑诗中说的，去找古庙中的那个钟，别的不要找了，先找到钟再说。到那儿看看，有什么迹象，然后再行事。

他们很快到了一净庵。他们没从庙门的正面走，而是绕到后头。说书的以前都讲了，一净庵这儿现在正在给顿顿格格做百斋，不少人都不敢来了。来的人都是铜头太岁的爪牙，把四周围起来，保护这个一净庵。三巧她们想办法，不让这些党羽看见，她们悄悄地绕到后头，在那些个摊贩，卖货的中间地方，穿来穿去，通过他们打听，终于看到了这个庙宇。这个庙宇说起来，不算太大，转圈都是土墙围着。里边有十间房子，前头高台阶上，青砖绿瓦，金碧辉煌，那肯定是大殿。后头呢，有个后院，那肯定是这个一净庵的住持住的地方。通过那两个小尼姑介绍，知道了，这个住持住的房子有个地道。他们绕过院墙的东部，确确实实还围着一个小院墙，里头是个小院，小院里有个钟鼓楼，是三层的。这个鼓楼不怎么大，因年头太长了，有些砖已经破碎。看起来，多年没有修了。钟鼓楼顶上的瓦上，都长了些蒿草，显得那么荒凉、僻静。钟鼓楼下面那层，好像有人住着。中间那层四面是半圆形的窗户，窗户上头都糊着纸，看不着里面。上头挺清楚，有四个大框子，里头有个钟挂着。他们绕过去，就到了钟鼓楼的后院。后头有一个小破门，因年久失修，墙就塌出一块像门似的，锯齿獠牙。他们猫着腰钻进去了，在里边找了半天，才看见一个老尼姑，身上穿的挺破，头上包着一个皮头巾，脸上让炭火灰抹的黑乎乎的，蹲在那儿拢火，上头吊着一个水壶，可能是烧水呢。

这个老太太正专心地拢火，没有注意来的人。等他们到跟前，老太太感到突如其来，受点惊吓，问他们哪来的？麻元说："我们是朝廷的人，你不要怕，我们来看看，顺便走一走。"这个老太太一听是朝廷来的，说是顺便走走，她反倒一惊，两个眼睛发出惊奇的光，"噢，我知道了，你们是不是，我的老师父找的那些人啊？"她这一说，把三巧弄得挺奇怪，巧珍就问："哪个老师父？"老太太说："那天，我们的老师父领她的小徒弟，不去找你们去了吗？你们谁见到她了？"麻元说："对呀，对呀，那就是我呀，啊，你认识呀，你知道这个老师父？""当然认识了，那就像我的老姐姐一样，你们来的好，我在这儿烧水，实际上我是盼你们来，我是受师父之命，来这儿等你们的。"这一唠大家非常高兴，找对了。老太太搬来几块粗木轱辘，摆到篝火旁边："请坐，咱们坐下唠。"

大家坐在那几个小木头轱辘上，老太太就说："这些日子我就等你们，因为我师父说了，你们肯定会来，让我早晨，晚上都来这儿等你们。"麻元问："那你平时住在啥地方？"老太太说："唉，我们这几个人，上头还有两个老姊妹，我们都是有病的人，让庙里给赶出来了。我们腿脚都不咋利索，我今年都六十多岁了，楼上还有两个老姐姐，一个比我大两岁，一个比我大十岁，七十多岁了，眼神还不好。我们又没死，还得活下去呀。我们都是出家之人，庙里就是我们的家呀，现在把我们撵出来，我们往哪儿去呢。唉，我们没法进山里去，找我们的姐姐，老师父，就是了空禅师，她也心疼我们。了空禅师怕我们走不动，去一趟很不容易，再说在那儿住也不方便。我们就来这破庙的钟鼓楼底下住着，好在他们不撵。我们白天到外头化化缘，晚上自己诵诵经，就这么混日子。快走了，快走了，佛主来，早点把我们接走吧，阿弥陀佛。”

他们几个听了心里非常难受，无限的感慨。这时麻元就把他们来的目的告诉她，“我们想找那位老师父，为这事来的。”“啊，你们要找她啊，那你到沟里去找，她现在在黑虎沟的沟里呢。你们多去一些人找，那个山里狼可多了，野猪也多，那公野猪相当厉害了，一个个比老虎都厉害。它的獠牙挺长，像个刀似的，你们可千万别惹它。见到猪群的时候，别理它，你们别想打一个小猪啊，让公野猪知道，它那个獠牙，会豁死你，你们最好白天走，不要晚上去，那块儿狼群多，猪群一多，狼群就多，它们为的要吃猪肉，跟着猪跑，你们千万要小心。”麻元问，“离这儿多远?”老尼姑说：“约摸嘛，一百多里地吧，道倒好走，有不少人在那打野猪呀，这有山道，奔那个小毛毛道，直接往里走，别走岔道，就能到那儿去。到那儿里头以后，你只要打听我师父，我的老姐姐都知道，叫地窨子庵，也是个姑子庵。因为那儿没法盖房子，自己就搭个地窨子，在那里做佛事。不少进山打围，或进山采蘑菇，采榛子的，都到地窨子庵修斋问佛，还挺灵验的。所以不少人都知道地窨子庵，她在那儿已经有七八年的时间了。她比现在这个地方有名气。这块儿是啥玩艺，破的、臭的很，根本不是什么庙，让他们糟蹋完了。唉，作孽呀。”

接着老尼姑又告诉他们，她的老师父，德高望重，她的法号叫了空师父，现在已经七十四岁了。她本来是从海城过来的，在这边已经呆了三十多年了。她的师父就是著名的一净禅师，也就是这个庵的名字。因为她师父创建了这个庵，她始终是跟着师父的。你们知道跟着她的那个小孩是谁吗?唉，说起这个孩子，也够苦的了，她没爹没娘。七八年前，我们这个老师父，了空禅师，被人家撵出以后，她天天地，总是含着眼泪来看一净庵。她伤心哪，一净师父已经走了，交给她这个神堂她没有保住，她觉得对不起师父，让人给轰走了。看着一净庵，她就像刀剜心一样的疼。有这么一天哪，她又来看这个庵，刚到跟前，铜头太岁这些人就把她轰跑了。她只能在远地方看，正难受的时候，就听着庵的后边，有婴儿的哭声，哇哇叫的声音挺清脆的，她就赶紧过去了，看着一个皮口袋里头包着一个刚生下来的孩子，血糊拉的，可能也就是一天的时间哪，了空禅师一看，这都是作孽呀。这是从庵里头扔出来的，墙又非常矮，全仗把这个小婴孩装在皮口袋里头，还用狍子皮包着，没被摔死。了空禅师心想，这是一条人命哪，她心疼啊，含着眼泪就把孩子抱走了。在百里外的山沟里，她自己选一个地方，搭个地窨子，在那儿过日子。她只是带走一个佛，和师父的四本经文到那儿去，就把这个婴儿，养哪养啊，养到现在，快八岁了，就是你们看到的那个孩子。唉，说起来真可悲呀，她给孩子没起什么法号，就给起名叫坠儿，老师父的意思呀，这个孩子是世人的罪孽给造成的，所以叫坠儿。

大家听了以后，没有一个不伤感的，觉得铜头太岁他们太作孽了，把这么好的一个佛堂，变成了肮脏的地方，而且硬把德高望重的禅师轰出来了。三巧她们都是性如烈火的人，决定把这件事查清楚，一定替了空禅师报这个仇。他们几个一商量，马上动身，去拜望了空禅师。

他们回到客栈，牵出自己的快马，按老尼姑指引的路，踏着羊肠小道，说说笑笑，不知不觉跑了百里路，很快就到了黑虎沟的沟底。这时天已经黑了，往远处看，在沟趟子的密林深处，闪出了两个挺亮的灯光，他们觉得奇怪，这是篝火？还是火把？麻元他们猜了半天没猜着。他们往前走了一会儿才看清楚了，原来是两个灯笼，这两个灯笼相当大，每个灯笼都有半人高，是用海鱼皮做的，把鱼皮扒下来，做的灯笼。他们到跟前一看，这个灯笼果真好看，锃亮，像玻璃似的。说实在的，那个地方没有玻璃，把鱼皮扒出来，围在外圈，然后染上颜色，灯笼里头，装了一个大的蜡烛。这个蜡烛是用动物的油像獾油呀，熊油啊，什么油都行，熬出来的，里头加上插花的捻子，把凝固的油变成蜡烛，这个蜡烛有多粗呢，就像海碗那么粗，一根蜡能点半个月，非常亮。蜡烛的光透过灯笼，在外头看是红色的。这块儿的门上挂两个灯笼，这就是了空禅师特殊的地窨子庵。在大清朝来说，各个庙宇建的都非常好，惟独有这样一个庙，在地窨子用土坯建起来的。

他们马队嗒，嗒，搁老远一溜烟似的跑过来。这时从地窨子里跑出一个小孩，就是叫坠儿的小丫头，在门口喊："谁来了？"麻元说："小丫头，小坠儿认不认识我了？”小坠儿一看是他：“认识你，”赶紧往回跑，连跑带喊，“师父，师父，那个官爷爷来了，官爷爷来了。”他们笑了，下了马，这时候了空禅师慌忙地出来迎接。

他们下到地窖子，里头挺宽敞，分三个屋，紧里头那个屋，就是佛堂，供着一尊铜佛，铜佛旁边摆些香果什么的，还有经书。前头有垫子，那就是她们诵经的地方，旁边台上，放着一个大木鱼子，是诵经用的。旁边还有绘画的佛像，就这么简单。这个屋呢，是她们的卧室，是老尼姑和她的徒弟小坠儿的卧室，紧那头一个小屋，是她们做饭的厨房和她们吃饭的地方。在她卧室那个屋，堆了不少善男信女送来的香果，还有送来的酒。一看这块儿确确实实很有名望，多远的男男女女，都来这儿叩拜，心还向着这个地窨子庵。因为了空禅师出名，在这儿呆了三十多年，认识不少人。大伙对铜头太岁恨之入骨啊，敢怒不敢言。所以人们不到铜头太岁霸占的那个庵去，都到这块儿来。正像那个老尼姑讲的，那块儿太臭，这块儿名声旺。山不在高有仙则灵不是吗，就是这样，别看他房子破，人缘好，神气高，都到这儿来求仙问佛。所以这块儿非常热闹，就是麻元和三巧他们去的时候，夜里还有些人络绎不绝地往这里来。

单说他们进到屋里，就感到有一股亲情扑面而来。老尼姑高兴地说：“无量佛，我就知道众官爷肯定会来的，我已经算到了。你们是善人哪，你们有佛心，我终于有盼头了，太阳快出来了。你们到我这儿来，可我没有什么献给众官爷的，你们就喝点我这山泉水吧。”大家骑着马赶路呀，都挺热的。三巧一听有山泉水太高兴了，老尼姑说：“我刚给你们打来，这水又甜又香。”他们每个人都舀了一碗山泉水喝。这水确实清纯冰凉，而且非常清甜，这么好的水，大家一人喝了一碗，马上都精神起来。他们一边喝着水，一边唠起来。

了空禅师是久经世面的世外高人，心胸非常开阔，要不是心胸开阔的人，就得窝囊死。听老禅师一讲，她也够苦的了。她现在不愿意到集镇去，就怕见到一净庵那三个字。一见到它，脑袋就轰一下子，真觉得对不起师父，但又不能不去，一个月总得去一趟，到那儿弄点粮，弄点盐回来。除这儿以外，她就来这儿歇息，在深山修身养性。有的时候，实在没有钱了，也不得不领着小徒儿出去化个缘什么的。就这样，她来这个地窨子的佛庵已经七年多了。

麻元就问：“你怎么知道我们是官爷？为啥那天你等我们？”了空师

父就笑了，她很深情地说："我早就盼星星盼月亮，盼你们来呀。我总想，在咱们大清朝，总有出头之日，不能让黑虎沟这帮歹人把我师父的庵给糟蹋成这样，佛爷也不会答应的，佛爷也会把你们给请来的。前几年，我的小徒弟岁数太小，没法出去，带着她不方便。这两年孩子大点了，我还放点心，早就想去告密状。我呀，几次去告状，都被棒子给轰出来了。我到附近的府衙去过，没有替我老尼姑说话的。后来我想，去找大的官府，可惜呀，将军府离我们有千里之遥，走不起呀。我能带着这么小的一个小徒弟去吗，我自己去了，她怎么办哪，谁管哪，没法办。我恨不得，有这么一天，到将军府衙门去告状，我就不信，将军不主持公道。我就讲讲这件事，让他们听听，他也会帮这个忙的。甚至我还想，若是还不行，我就背着我的小徒弟，到京师去告御状，我早就有这个想法。后来有一次我出去化缘，那是去年的事，在黑虎沟一家化缘，就听那些卖货的商人说，头一年哪，过去一位大人，是二品衔的大人，到北边去扫北去了，名字叫图泰。我就信着这个人，等图大人回来的时候，我就要拦路告状，请他给我申冤，让我师父的庙宇能回归原主，我们能回去，安安心心地诵经、向佛，就这么盼着他们回来。我们老姐妹告诉我，前些日子，她们听说，钦差过来了，现在住在仁义客栈。我为这个事赶去的啊，我就想见到大人。我老尼姑从师父那儿学了隐身术，我用声东击西的办法，夜里头就混进了仁义客栈。刚进去时，我就想，最好能见到大人。哪知我把门走错了，走进了女屋。到屋里就听到女人的哭叫声，我怕惊动大人，另外我又怕由于我的莽撞，使那屋的女人惊吓得病，我不知道那屋究竟住的是什么人，和大人什么关系。所以，我就匆匆地出来了。出来以后，我就等着你们。我特意回来取这个镇静和安眠的药，那都是好药呀。我就想，一定能见到你们，你们肯定来买药。我跟我的小徒弟盯着盯着，真碰到你们了，就是这个情况。我到现在还不知道，那个惊吓的女人是谁？她吃了药见没见好？"

了空禅师这么一说，大家明白了，原来夜里去的人，并不是杜察朗，那是柳米娜精神错乱喊出来的。但是，小麻元脑袋一惊，他就想，这位禅师肯定认识杜察朗，她既然在这儿呆了三十多年，不妨我问一问，就说："老师父，你认不认识有个叫杜察朗的这个人？"了空禅师先念了一声佛号，"阿弥陀佛，老僧我认识啊，认识，那是一个歹徒啊。"大家一听她认识，就请她讲一讲杜察朗，你是怎么认识的。

了空禅师说："在我师父那个时候，就知道北噶有个赫赫有名的潭洞大玛发，是杜察朗的爷爷。他那时，常常施舍些银两，我们也得过潭洞大玛发的好处。所以那时候，他跟我师父交情还是比较深的。在嘉庆十一年的时候，我们就认识了他的孙子，就是后来成为大玛发的杜察朗。他也年年给我们庵上施舍些个银两。老尼我呀，还曾经到北噶去过。后来我发现杜察朗这个人太贪婪，他们家里有土牢、水牢，杀死奴才如同踩死个蚂蚁那么随便。我呀，多次不顾一切，就告诫过他，而他就是不入心，渐渐地和我离心了，我也不愿意和他接触了。后来杜察朗把东正教引进北噶，不供佛堂，供东正教。甚至还派娄宝、齐宝几次到这儿来骚扰我们。他们以几代施舍庙中有功为名，和这块儿的铜头太岁狼狈为奸，强行霸占我的庙宇。他们说，我们庙宇占的土地，是皇上赏给铜头太岁西里布他祖上的围场之地，他们根本没有什么凭证，只是顺嘴胡说。就这样，一净庵，硬让他们强行霸占过去了，而且变成他们转运东西，来往客人的住宿之地。佛门被侮辱、践踏，甚至有一些不三不四的女人来这儿住，有侮佛门圣地。”

了空禅师含着泪向大家讲述，三巧、雷福他们越听越有气。了空禅师又接着说：“我曾经一怒之下，几次把事情告到当地的行衙和千总，可是千总爷和行衙的人，都是杜察朗的人，他和那些满汉官员，交往相当密切，这些官都收过他的好处，谁也不得罪他，就驳回我的控告，竟以侮辱和诬陷他为名，把我给撵了出来。这个庙先由千总衙门接管，接着又把不少尼姑都撵走了，他们招进一些人。杜察朗还从千山买来一个美貌的小沙尼，法号叫定慧，刚入佛门不多日子，就由她来做这个住持。杜察朗常住在这儿，越来越不像话，把这个小沙尼也拉入泥塘，成了杜察朗的情妇。这件事谁都知道，说起来，更难听。后来，西里布也跟定慧有关系，有不少的沙尼被他们糟蹋，这块儿成了一个令人难以启齿的，像妓院一样的地方。这里不仅有他们的狐朋狗友，还有俄罗斯东正教的人。这些人来了，更加为非作歹。这里人都知道，有个叫瓦力佳尼亚的俄罗斯人，经常来。后来杜察朗因为事太多，由他的好友铜头太岁西里布给接了过去，西里布就成为这里的掌权人。现在一净庵的住持，是定慧的小师妹，定悟。都说定慧身体不好，谁不知道啊，她现在又生私孩子了，正在坐月子呢。一些个大事，还是定慧说话算数。”

三巧就问：“您现在知不知道杜察朗的情况。”了空禅师就说：“这个我不知道，我可以领你们找个能知道的人。”谁呀，“定慧呀，他们都有来往，她能知道杜察朗的信儿。”“怎么能见到定慧？”“我告诉你个好办法，我领你们去，搁后山过去。我师父一净长老在世的时候，我们搁后山一个山崖底下，开过一个暗道，把门打开，这暗道就直接通到庵后头的北山。在北山坡那块儿，有一个老松树，那是千年古松，挺粗，老松树有个窟窿，你别看树有个大窟窿，但没死，上头照样活着，下头有个大洞。原来这个洞有个蹲仓的老母熊，把老熊打跑了，发现了这个树洞，哪知道这个裂缝正好对着我们那个姑子庵，正搁我们地室的旁边路过，我师父就利用这个裂缝和我们的地室联通了，后来，就成了一个暗道，谁都不知道。我师父说：'一旦有急事的时候，咱们得利用这个暗道。'后来老人家就把这暗道堵上了，她告诉我们，没有什么事情的时候，不要跟庵里人讲。现在定慧他们不知道，我领你们去，就搁这个暗道进去，可以直接进到我们那个地室。到地室里头，肯定能抓住定慧。抓住了定慧，什么事都会一清二楚。"

麻元、雷福就说："哎呀，那洞都堵死了，好凿吗？"老尼姑就笑了："你们想的这么简单了。我师父脑袋多好使，因为平时要用它，所以我们在墙那块儿，堵了一层白石板，一推就下来，后头只是放几根粗树枝子，互相搭着。我们进去都不用碰，到那儿突然把那树枝一推，墙外头墁的是泥，有两块砖挡着，一推砖就掉下来。我们进到暗室，他们说什么也不赶趟儿了。咱们以迅雷不及掩耳之势，到了他们面前，他们是措手不及呀。"

这真是天遂人愿，麻元说："好啊，老师父，该到你回家的时候了，我们这次来，就是帮助你，把所有的歹人都抓住，替你报仇，了却你师父和你的心愿。不要来这儿念佛了，回到你们的'一净庵'去。"这一说呀，把老尼姑感动的痛哭流涕，要给他们下跪，让三巧给搀起来："老奶奶，请千万不要这样。"麻元又说："老师父，我告诉你，这三个姑娘，不是别人，她们就是穆哈连将军的三女，有名的三巧姑娘。"

老尼姑一听，马上就把这三个姑娘抱住了，"哎呀，好孩子，我知道你们，我就盼着你们来，你们的名声我早就听到了。你们是一母所生，是林氏兄弟传给你们的宝剑，我就盼着你们来，好告御状，真是佛祖有眼哪，把你们送到我跟前。我给你们下拜了。"三巧说什么也不让，老尼姑说："好，我在走之前，要给我的师父和佛爷，叩头下拜，感谢他们在天之灵和神给我的恩惠。"

老师父松了口气，洗洗脸，然后到中间的屋把两个蜡烛点着了，自己领着小徒儿，边敲着木鱼边跪拜在那块儿，诵经，诵了半个时辰，然后起来就说："好吧，我就跟你们一起儿去，我相信你们。我把东西都背着，师父的经文也背着，别的东西我都不要了。"就这样，老尼姑赶紧把包袱皮打开，恭恭敬敬地把铜佛放在包袱皮上，又把那四本经书也放在里头，还有木鱼子，仔细地包好，背到自己身上，然后说："好，我领你们去，咱们现在就走。"

就这样，老尼姑领着他们马不停蹄，奔一净庵而去。巧兰和巧云姐俩骑一匹马，倒出一匹马给老尼姑和她徒儿。麻元怕摔了她，扶她上马，老尼姑说："不用，骑马在山里谁都行，你别看我年岁大，也常骑。"她确实骑马挺熟练。他们连夜就赶到了一净庵。

在离一净庵不远的后北山上，他们下了马，把马放在一个隐避的地方，绑上马前腿，几匹马就在山坡上吃着小嫩草。他们几个随着老尼姑，翻过一个山，就到了庵的后北山。他们到那儿一看，这个丘陵上确实有一道沟趟子，长了一片古松。老尼姑领他们到一棵奇特的松树跟前。松树长的不高，它的枝叶是挨着山坡长的，向横处长。这棵树非常粗，在树干底下，确实有个大洞，但树还照样活着，因为年头太长了，它长的特别厚实。老尼姑说："搁这慢慢钻进去，就能钻到我们那个地室。这个地室的洞，非常窄，咱们这些人不能都进去，因为里头空气稀薄，透不过气就会憋死在里头。"麻元说："那咋办呀？""这么办，我告诉你，你们谁打第一阵，先通通路子。到紧里头，你就看到，有几个粗树杆子躺在那块儿，那就到了。你们进去最好是一前一后，不要太近，中间便于空气流通。另外到里头，头抬不起来，得猫着腰走，人们得受点委屈。"那个说没事，巧云说我打头阵。三个女孩，巧云、巧兰和巧珍，长的瘦小苗条，进去没问题。

说实在的，就是雷福、牛老怪，特别是牛老怪，干脆钻不进去，牛老怪试一试，老师父就说了："得啦，你趁早别去，你要去把洞就堵上。"大家听了悄悄地笑，牛老怪说怎么办呢，雷福说："你把这几匹马悄声牵回去，不要让任何人知道。你回到店房，把马放到马圈里头，安排好以后，你再悄悄地回到庙里来，咱们在庙里会合。"就这样，牛老怪回去了。雷福也够胖的了，他下去也勉强。麻元说："师哥呀，我看哪，你趁早跟牛老怪一块儿回去，这块儿用不着你，有三巧，我跟着，你还不放心吗？这块儿下去够憋的，用不了这些人，你还是跟牛老怪回去吧。"三巧也这么说："师哥啊，那你就回去吧。"于是，雷福就下山追牛老怪去了。

现在就剩了四个人，巧云说，我打头，第二是二姐，第三是大姐，第四是麻元师哥。麻元说："这么办，巧云打头前，第二个是我，我保护你，我会有办法。我进去，巧云就跟着进去，估计里头不能点灯，屋子很黑，听我说怎么动，你就怎么动。"巧云说："行，我们都听你的，你是我们的师傅。"麻元说了："你别说这个，你是我的师傅。"巧珍说："别逗嘴了，咱们还是抓紧时间，请老师父跟在后头，你年岁高，有些事，你也不好动手动脚。"

就这样定了，麻元第一个钻进去了，走了也就是数七八个数的工夫，老尼姑指着巧云说："现在你可以下去了。"巧云接着下去了，又数了七八个数的时候，巧兰就下去了，再过了数七八个数的时候，老师父又对巧珍说，请你也下去吧。就这样，这四个人一个接一个，都下去了。这暗道，其实挺好走，就是窄一些。麻元长的瘦，非常机灵，他打头，走的挺快，在里头直说，不要出声，咱不要出声。暗道里圈声，他这么说，后头都能听到。不大一会儿，麻元就说："到了，到了，巧云哪，听我动静，我要一推洞门，你就赶紧跟我进来，把你的武器亮出来。"麻元他们悄悄地，互相定好了暗号。

说时迟，那时快，麻元用脚使劲把洞口一踹，这一脚的力量相当大呀，洞门确实是个薄板，只听腾的一声薄板就飞到地室里，随着一阵烟，麻元就跳进去了，薄板也不知落在什么地方了。麻元一跳，正好跳到一个炕上，脚不知踩在谁的肚囊子上，妈呀的直叫唤。紧接着嗖嗖嗖，三巧全都进来了。接着了空老师父也进来了。

这屋里的人，说书人说，他们的胆都非常大。因为这是地室呀，谁也进不来，夜里根本没熄灯。这个地室很有意思，墙上抠着窟窿眼，窟窿里头有一碗油灯，油灯的小油捻还都着着，有两个灯，把这小屋照的挺亮。你说巧不巧：小麻元一蹿进来，正好蹿到炕上，砸在两个人的肚子上，一脚可能踩在腿上，"哎呀"大叫一声，疼的龇牙咧嘴，张着嘴直叫唤。麻元的刀对着他们的鼻子，就说："对不起二位，你们的美事让我给打搅了，这个小娘子你是何人哪？"两个人谁都不敢出声。

这一惊动，没想到旁边哇的一声哭了，还有一个月科孩子，上头蒙一个小帘，可能给惊醒了，哇哇哭。麻元就逗着笑，"哎呀，这还有月科的孩子，这是谁的孩子，怎么的，这是尼姑庵还是什么地方？"麻元使劲把被子一挑，他俩人赶紧扯被，半裸体，那个女的头上戴着尼姑帽，年岁稍微大一些，脸刷白，一看没问题，“定慧娘子生宝宝了，”小麻元气的不知怎么说好，把这个定慧羞的无地自容。这时候，她坐不能坐，站不能站，裸着身子。麻元用脚使劲一踢那个男的，“你他妈是什么人？报上名来。”啪一脚，正好踢到他肋条骨上，“哎呀，疼死我也。”“你给我起来。”“我没穿衣裳，没穿衣裳。”“赶紧穿上。”那三个姑娘和老尼姑把脸背过去，他把衣裳披上。

这小子的枕头底下，真放着一把刀，他在穿衣裳的时候，想顺手牵羊，我死也不让你好，他想来个鲤鱼打挺，一站起来，我不管是谁，刷一个是一个，扫一个我得一个，他就是这种心情。他在拿衣服的时候，马上就把刀拿出来了，如果真要挑过去，小麻元真没有反应，他光顾高兴了，妈的我一下抓住两个。他没注意，刀就过来了。

巧珍非常机灵。她们进来时就注意周围墙上有没有暗器和飞镖，她们怕这一手。有时候，墙上有暗器，那个销销一踩，嗖嗖嗖，那暗器一下来，你进来人就被穿成糖葫芦。巧珍在后头一看没有，但她又小心，躺着这两个人别抛出什么暗器，巧珍在监视着。她看这个男人在穿衣裳时，他的右手好像在被窝里头甩动什么，他刚往上一举刀的时候，巧珍的剑马上砍去，刷的一下，整个的从他右背砍下去，就是把哈利巴骨和背骨的上筋骨给分开了。啪，掉在地上，成了一支胳膊，又一个独臂，变成潘天虎、潘天豹的第三个人。

他唉呀一叫唤，这时麻元才看出来：“他妈的，你够狠的，你想要暗害我呀。”用脚使劲一踢，把他肋条骨踢折了几根，“你说你是谁?”这个人半天没出声，“你不老实，这个胳膊也给卸掉。”这时候这小子说了：“小的，小的是齐豹（那木岱）鬼见仇啊，我是神刀手鬼见仇。”“他妈的，你的神刀好使吗？这回不用使神刀了，你使单刀吧。”

定慧光着身子，不好出来，也不敢瞅大家，那边孩子哇哇直哭。巧珍和巧兰想到，不能光盯着这个屋，应该从这屋进去，看看别的屋，一个屋一个屋地搜，就把这个屋交给巧云和麻元了。她俩刚要往里走的时候，定慧更恶毒，她没起来，在枕头底下，有个暗销销，她往下使劲一按，屋子里突然响起铃声，哐啷，哐啷，各样的声音都出来了。这声音一出来，整个地室就乱了。巧珍和巧兰马上踹开门就跑出去了，这块儿由巧云和麻元来制服定慧，他们逼着定慧把上衣穿上，披个大斗篷。麻元过去，把她后背一绑，绑的挺紧。那个小子，因为被砍掉一个胳膊，疼的要死，晕过好几次，把他剩下的胳膊给绑住了，把他们两个绑在一起。麻元一看，定慧不出声，我让你光着身子见黑虎沟父老乡亲，你算什么佛门弟子，你玷污了佛家的名号啊。把她拉到了地下，那边孩子哇哇直哭。

各屋已听到铃声，这是暗号，铃声一响说明有要事，不少人都搁屋子里闯出来。有好几个拿着棒子的急忙跑出来，就跟巧珍和巧兰打在一起了。他们有的光着身子，光穿着裤衩子，有的在屁股上围着一个东西，巧珍和巧兰不在乎了，飞啸剑嗖嗖嗖一响，好几个木棍子，被刷成小棒子，很快就把这几个大汉制住了，又把一些喽啰给制服了。这四个大汉，不是别人，正是我前书所介绍的，扫八方兰拜（汉军），镇八方巴岱（蒙古人），盖八方常瑞（蒙古人），平八方良寿（汉军）这四个人。定悟一个人侍候这四个人，他们正闹哄挺凶的时候，听到了铃声，他们知道不好，才慌慌张张地披上衣裳出来，赶紧应战。他们哪能打过三巧，巧珍和巧兰使的是飞啸剑，那剑是钢的，他们使的是木棍子，别看挺粗，一个一个都被削成面条一样。巧珍和巧兰，还没杀他们，刷刷刷，把长棒子削成小棒子，他们四个一人拿一个小棒子，仍不死心，还要打。这时候，巧珍跟巧兰说，看来不给他们点厉害不行，说着，飞啸剑刷的一削，血就呼啦一淌，有的把手指头削掉三个，有的耳朵掉下来，有的肩膀上的肉被削下一块儿，这四人身上直淌血。就这样，他们乖乖地都趴在地上不敢动了，吓的得得乱颤。巧珍和巧兰进去把定悟拽了出来，定悟也光着个屁股。她们逼着她，把旁边的斗篷披在身上，为的给她做个纪念，把定悟的两个耳朵给削下去了，血刷刷直淌哪，跪在地上求饶。

就在这个时候，后屋的铜头太岁也出来了。铜头太岁这个人荒淫无度，我前书说了，他正在给他的女儿顿顿办百日斋不是吗，他忙这个事，就没顾得过来。这些下头的人就占了他的便宜，在这里正闹呢。

顿顿一听到铃声，又听着兵器的响声，她把衣裳一披，拿着自己的单刀就出来了。她想，真大胆，哪儿来的强盗，敢跟我们决一雌雄。她仗着自己是未来太子的福晋，就大摇大摆地出来了。她的阿玛铜头太岁，拿着两把短戟也出来了。这时候，顿顿就大喝一声，“大胆，哪儿来的强盗，敢到佛门闹事，竟敢如此大胆，没有王法了，本格格在此，快快放下武器，到我这儿来跪下认罪，不然姑娘的单刀不能饶你们。”

她正在院子里叫号的时候，这边麻元把这些人都一个一个的绑好，包括这四个大棍，脸上都有些伤，拽出来。定悟那是窝囊废，两个耳朵一掉疼的不知怎么办了，满身都是血，还光着屁股，也蹲在地上。

三巧听到顿顿叫号后，搁马圈噌噌都出来了。这时，院子都亮了，因为外头是高墙，里头的尼姑吓的都猫起来。她们注意到，院里站着一个很漂亮的年轻姑娘，身上穿的相当美，外头还披着斗篷，穿着绣花鞋，她们一想就知道，那肯定是顿顿格格了。巧云从来是不让这个茬，我偏要会会你，什么太子的福晋，我看看你是什么样的福晋。巧云走过去，对面的顿顿就问："来的是什么人？"巧云说："你别问了，我是你奶奶。"她俩岁数差不多少，都是那个年龄，长的都非常好看。顿顿根本没想到三巧会来到这儿。她以为可能是搁那儿来的强盗，一些土匪打家劫舍的，今天怎么到我这儿一方宝地。这时，西里布心里想，别着急，我先让我的女儿练练刀，然后我让我的兵马一来，千总的兵马他不敢用，我一会儿把他们抓起来再说，先看看热闹。就这样，西里布还挺不在乎，手一抄，两个拐戟，由两个佣人抱着，一声都不出，端个肩膀，就看自己的格格练刀。

巧云这一说："我是你奶奶"，可把顿顿格格气炸了，立刻蹿过去，刀嗖就过去了，先下来一刀。巧云先看看，这个太子未来的福晋究竟有多大能耐，我将来到京师去，还要会会太子。所以，她就没真打，跟她玩上了。顿顿格格使出满身的解数，上刀，下刀，左刀，右刀，劈来砍去，巧云就蹦来蹦去，就跟她耍，像耍猴似的，把这个顿顿累的呼哧呼哧直喘，怎么剁也剁不着。这刀不好使，乒一刀，人没了，把她气的一个劲地说："你怎么不下手，你怎么不使你的剑？"巧云说："我不能使剑，你呀，那是高贵身体，你不是未来太子的什么吗？我要动剑，不是有罪吗？我看看你有什么能耐，你把我剁了。"这时顿顿又把刀耍起来，可是怎么剁也剁不着她，巧云说："你剁不着了，别剁了，咱们就这样吧，认识，认识，好不好？咱们做姊妹。"顿顿说："他妈的，我跟你是什么姊妹，你是何等人，我是什么人，叫姊妹，真羞死了。你是哪儿来的小蟊贼，如果缺银子我给银子，你要缺房子我给房子，你要找男的，我一宿给你七八个，我保证能做到。"

这一说，可把巧云气坏了，"我说好话你不听，你真大胆。"这时候巧云想，她是太后想见的人，我这次进京陛见，得给太后一个面子，但是，我怎么能制她呢？巧云转来转去，还得应付着她，还得跟她耍，后来一想，这么办吧，她一转身，嗖，跳到外头，就说："顿顿格格，我知道你的能耐了，你别跟我逗，你不是我的个儿，我现在这把剑还没用呢，我要使，你早就没命了。你现在看看你的耳朵上怎么样？”她一摸呀，两耳朵都是血。原来她的两个耳朵上戴着钳子，巧云想，我要轻轻把它摘下来，饶了她，让她冒点血丝儿，就觉得疼，可能接受点教训，别这样蛮不讲理。顿顿格格一摸，两个钳子全没了，巧云就说：“你再看看你后头那个碧簪也没了。”

这时候，顿顿往后头一摸，后头一绺头发也没了。在武行中，如果两个人打成平手，谁也碰不着谁，要不高过一筹，他没有这个能耐。还要对付，招架，还要在这中间做些小动作。顿顿一想，明白了，这个人的武术远远高于我，她是给我留个面子，没有杀我呀。但是顿顿这个人，从来就是不让人的人，哭着大喊大叫，“阿玛，你给我做主呀！”跑到铜头太岁身边，抱着阿玛就哭，“我没脸活了，我要死。”

铜头太岁，看了整个前前后后的过程，他是武林中人，眼睛也非常尖，在打的中间，一看巧云没跟她真打，扭来扭去，他姑娘费那么大劲剁不着，再一看，他觉得姑娘不行，可我也不行。铜头太岁想，不行，不能跟她玩这个，必须先下手为强哪。一会儿说书人再告诉你，他来的时候，早就咬牙切齿，他已经知道这三个姑娘都是谁，有人向他告了密，他们早就暗暗的使诡计，三巧和麻元这些善良的人，还没有想到呢。

再说，铜头太岁，自个儿就冲过来了：“大胆，你们敢冲到我们管辖之地。”搁身边他的两个侍卫手上接过了自己的一对拐戟，一手拿一个，要跟巧云比试一下。

巧珍看着了，就过来说：“巧云，你下去，姐姐对付她，你歇歇去。”巧珍指着铜头太岁说：“不用问了，你肯定就是西里布吧，你知道我们是谁？你有罪于朝廷，我们来抓你来了。”西里布听着，嘿嘿冷笑，根本没有在乎，就说：“大胆，我不管你们是谁，你们闯到我管辖之地，已经犯下了大不可赦之罪。你知道不知道，这黑虎沟是什么地方？这不是平凡之地，这是皇家御用宝地，这是不许闲人随便进来的地方，你们知道不知道，你们已经犯上了，你们竟敢来皇上的御用宝地，我西里布是奉旨守护这块儿，你们敢耽误我们的事吗？耽误我们的事，就是耽误了当今皇太后和皇上的事，你们知罪不？竟敢和我们动手，恐怕你们谁也不是我的个儿。现在，早点把兵器扔了，我可以在皇上面前说句好话，饶你们不死。”

巧珍哪管这个，大声说：“西里布，这儿是什么地方，你心里明白，你霸占了‘一净庵’。现在的‘一净庵’是什么地方？是定慧的产房，你不知道吗？你的手下，四大柱子，一块儿和定悟睡觉你不知道？这和娼楼有何不同。我问你，你必须先回答我，钦命要犯杜察朗是不是在你手下？”巧珍这么喝问他，西里布一点儿没在意，嘿嘿大笑：“休问此事，在怎么样？不在又怎么样？他来不来这儿，那是本大人的自由。前些日子，京师里头郎格尔来我这儿，人家都没问，你凭什么问？你干涉不着。”这西里布干脆不往正话上讲，他就抓起他的拐戟，大声喊：“你来吧，我要你命。”说着，纵身一跳，跳到了巧珍的跟前，就跟巧珍打了起来。

西里布这个人，从来是飞扬跋扈，目空一切，他不跟巧珍打连连，想干脆用我的拐戟，把你扎死得了，所以他把全身的武艺都使出来了。该咋的，铜头太岁还正经有几手。武林中的人，互相一过招，就知道你有没有能耐。巧珍从她出世以来，已经对付不少人，她的飞啸剑还没怎么使，跟人家对付，过几招，她能看出对方究竟有多大的本事，有多大的能水。今天巧珍一看，来者不善，这个铜头太岁，西里布还真行。巧珍想：我真得小心一些，不能小瞧他。

西里布使这个兵刃很少人使，一般来说，方天画戟，都是长的，马上的兵器，带长杆的。他使这个，是短的，前头是个戟，后头是短把儿，一只手拿一个，要要不好，互相都刮到一起，而且又非常沉，各个兵刃走的路子，必须是固定的，不能走错了，一走错了，两个戟就刮在一起，不用别人打，自己就跟自己打起来。玩这个兵器的人，必须是游刃自如，有气力，有腕力，有能力，而且武艺必须高强。铜头太岁西里布要这个拐戟，要的真漂亮。拐戟非常特殊，上有钩，有刺，有刀，它又像斧，又像剑，又能砍，又能钩，又能劈，又能刺。这个拐戟，每一把细算一下，能有九个刃口，九个地方都可以扎人、攮人、砍人、刺人、钩人。一个戟有九个刃口，两个戟，就是一十八个刃口。使剑，那只是两个刃口，尖能扎，两边劈、砍，人家有九个面，无形中，他身上就比你多了好几个兵刃。另外，拐戟还厉害在什么地方呢，它是短的，两只手各拿一个戟，各走自己的路，飞闪腾挠，各样都行。这个戟一闪，一跳，一蹲，他能出去九九八十一个招式，就像一个小球一样，把一个人包在里头，处处都是拐戟。因为它刃面多，速度快，到处是钩，到处是刃，你干脆进不去。拐戟是带钩的，如果你的刀和剑往里一刺，弄不好把刀和剑给你卷到里头去，他拧的挺快，你要抽的不快，不是给你挫折了，就给你拽跑了。所以说，刀和剑还不敢直接往里深刺，怕让拐戟卷了。这样一来，只能他攻你，你不能攻他，他在近处，你在远处。你的剑，不敢靠前，跟它有一定距离。在一定距离内，才发挥剑的作用。所以，兵器各有所长，各有所短，全仗使武器人的本事。不是说你的宝剑好就行，那不一定，要看使武器人的能耐。铜头太岁，这个双拐戟耍的漂亮，把自己守护得像个铜墙铁壁一样，对方的兵器进不来。另外，等他能护住自己时，拐戟就像球似的滚出去，往敌方一滚，敌方不退的时候，他就到你跟前，你的兵器太长，使不上劲时，他就充分发挥他的威力。拐戟就这么厉害。

巧珍这时挺着急，剑没法出手。这里头说书人还说几句，巧珍如果硬用她的能耐，用飞啸紫光剑，不是不能砍死他。因为他们要抓的是钦命要犯，而且通过他还要找到杜察朗，不能把他砍死，要砍死了，就断线了，他这些罪行和黑虎沟这块儿的事，就成了一本死账，没法弄清楚。这几个小丫头，经过跟图泰这么长时间，大有长进，虽然她们岁数不大，但各个都是智勇双全哪。巧珍想怎么制住他，抓活的，不是说打不过他。我说西里布的拐戟厉害，不等于巧珍的剑不厉害。巧珍确实也佩服他，这些年打仗，还头一次碰到这样的对手。另外，他跟朝廷关系这么密切，皇太后都知道他，他是给皇家办事的，你胡乱杀人行吗？所以巧珍就想办法抓活的，但是总想不到办法，剑就伸不进去，也没法对付这种兵器。

这时巧兰、巧云想，干脆把这个贼制服得了，就这样，她们两个，加上麻元，嗖嗖嗖，也都蹿过去了。她们一上来，西里布还没在乎，可站在旁边的西里布的那伙人，不答应了，啊，你们进这么些人，欺负我的主子，我们还不答应呢。说着，也对应的跳进三个，有使刀的，也有使剑的。这样就等于四对四，打在一块儿。而且进来这三个，也挺厉害。说起来，比较弱的还是麻元，那边那四个，一个一个都挺硬，这边就是她们三姊妹。巧云还直说："麻元师傅，你小心点，他们都是贼人，心都非常狠哪。"麻元搁里头说："好妹妹，你们放心，他打不着我。"

他们正打的热闹的时候，就听外头喊起来了："哎呀，不好了，仁义客栈着火了。"这一喊哪，铜头太岁挺高兴："好啊，好啊，着的好啊，你们都给我冲，把他们这几个给我抓住。"他又喊一个人："小机灵，你把我的兵牌给我亮出去，把所有的兵，都给我召唤来。"这时小机灵把钟敲响了："烧死他们，你们赶紧把兵招呼过来，咱们把这几个贼人就地解决，就地打死。”这时，巧珍她们心里，咯噔一下，但对手的剑都非常厉害呀，不能有一点疏忽。

三巧她们心里想，怎么客栈着火了，客栈里还有二丹丹、三丹丹和她额莫柳米娜。另外，也不知道雷福大哥，牛老怪他们现在干什么？是谁把客栈点着了呢？他们都脱不开身，这边的兵越来越多。为什么？铜头太岁西里布，我讲过，他是负责给皇家御园做弓做箭，做马鞍和所有用品的，他是保护这些匠人的，人家有兵丁，何况又是武将。他不但仗着宫廷，还跟京师一些大人关系这么密切，加上千总查郎布是他好友，查郎布也有兵啊，震着一方，他都能用。所以他把这个兵牌一打出去，就招来不少人。那些兵听到钟声就像听到号令一样，像潮水似的涌来了。一净庵，不大呀，这院里人就多了，围的里三层外三层的，有的站在墙上，都是铜头太岁西里布找的兵，有的站在房上摇旗呐喊：“抓呀，抓贼呀，狠狠打呀，狠狠打呀。”这简直像翻了江一样。

三巧和麻元他们，边打着，边惦记着客栈那伙人，不知他们生死如何。后来又想，好在雷福大哥和牛老怪他们都在那儿，三丹丹也有两下子，他们能顶得住，现在关键是咱们尽快制服这些恶贼，才能脱身去救他们。麻元，这时就吵吵起来：“好妹妹哪，快拿出你们的招来。”这句话，确实提醒了三巧，是，快点想办法，不能这么下去，不能上他们群狼困虎之策，把咱们斗累了，拖住咱们，不知他们想干什么，也可能他们下手抢走咱们已经得到的赃证，那就是定慧，定悟这些人，或者是他们想趁机烧掉这个姑子庵，使了空禅师什么也得不着，或者是他们想要抢走柳米娜，这也是可能的。所以，咱们赶紧想办法，不能让他们束缚咱们的手脚。巧兰，这时剑一甩，接着喊一声“起呀。”这是她们的暗号，就是蹦起来，来咱们拿手的旋天剑。她一喊起，巧珍和巧云就随着巧兰，噌就从这些人里头，蹿到空中去了。下头人自己乒乓打到一起了。麻元知道她们这招，一听到她喊起的时候，他来个虚招，一甩，噌就退出去了。

这时西里布跟自己的卫士打起来了，乒乓揍到一块儿了。一看对个几个姑娘没了，那个小个子人也没了，怎么自己打开自己了。他们正在发愣的时候，三巧她们蹦起来，下来时就得踩底下的人，有的踩在一个人的头上，一弹又蹦起来，有的蹬你肩膀或胳膊，又往天上蹦。下头这些人就像挨锤子砸一样。诸位阿哥一想就知道了，那是在动中，马上要静，还静不下来，互相就顶到一起，这个刀碰那个刀，这个剑碰那个剑，想退出又不赶趟。上头砸，下头互相打，不少人就滚到一起了，有的刀刺到另一个人的肚子上，真是惨不忍睹呀。

这时，三巧她们在这些人头顶上，蹿来蹿去，剑上下舞动着。那是飞啸剑，一舞动就闪出紫光、蓝光和青光，发出啸啸的声音，无数只飞啸剑转到一块儿了。整个院子里就听悠悠悠，那声音刺耳，好像天要裂开似的。这些人从没见过这个场面，有的抱着头看，有的赶紧蹲下，吓的不知怎么办好。巧云就大喊："我们姊妹，不愿大开杀戒，这次是受钦命来捉拿西里布，其他人快快退出，哪个再敢动手，我们就让他死无葬身之地。"偏偏有一些不怕死的，还在下头蹦着，舞刀弄剑，还想跟三巧她们打。这飞啸剑，容不得这个，剑悠地一下来，就像刀削面一样，那脑袋就削下来了，轱辘，轱辘，滚了好几个。后边一些人看到这个场面，吓的目瞪口呆，慌忙跪下，哭着喊饶命。

三巧见一些人已求饶了，从天上蹦下来，直接奔西里布来了。西里布这时就像疯子似的一个劲地打呀，谁死了他也不管，就拼命地打。虽然他已打了好几个时辰，还挺猛，但是，现在不是一对一呀，是三巧围着他打，他就很难顶得住了。他的拐戟刚对付这个，搁后头又来一剑，他刚转过身对付后头，侧面又来一剑。他是顾东顾不了西，就乱套了。这时，西里布声嘶力竭地大喊："快来帮我，快来帮我，查郎布你他妈在哪儿呢，还不下手?"

其实查郎布早听到了。查郎布一看，这形势不好，铜头太岁要吃亏，他就蹿过来大声喊："西里布，你赶紧退出去。"他这是暗招，西里布知道，他让退出去，查郎布要使暗器。他有个独龙枪，附近的人都知道。但三巧她们不知道，他用暗号一喊：西里布很快退出去，周围些人都躲开了。围观的人也都离的挺远。这时就见查郎布两手拿着枪冲过来了。他这两个枪挺特殊，一只手拿的是长枪，也是长矛；另一只手还有个短枪，也像矛似的，就是把儿短。这个短枪的枪尖上有个窟窿眼，在他手掐把儿那块儿，有个蹦簧，用手一按，从枪尖上嗖嗖嗖，飞出来一缕白烟，这白烟喷到谁的身上，肌肉马上就得腐烂，人立刻被熏死，就这么毒。

他这一喊，西里布马上就退出去了，就剩下三巧和麻元了。三巧也都挺聪明，一听这个暗号，都小心了，虽然不知是什么暗器，可能是飞刀呀，也可能是什么其它的暗器，那肯定是这回事，让他躲开吗，所以说她们就注意了。麻元更尖，一听查郎布让退下去，他马上轱辘出去，藏起来了。

就见查郎布把右手枪一甩，然后用左手一按，他那个短把毒龙枪，搁枪尖上，嗖嗖嗖，喷出一缕白烟呀，像小箭头似的，噌噌噌就出来了。出来以后，白烟不是马上散开，而是一缕白条，到一定时候才散开。它一散开，随着风一刮，就容易毒到更多的人。这时候，喷出来的毒烟，就射向三巧。巧兰和巧云，她们动作快，就听着那边一喊“西里布快退出，”查郎布一跳进的时候，她俩来个腾空越，跳起来，噌，跳的相当高，然后落到墙上去了。墙上不站着些兵吗，她们用剑一扫，就倒了一大面，她俩就站在墙上了。

巧珍这时，为啥没蹿起来，因为她们三个挨的太近了，两个妹妹在前头，她在后头，一块儿蹿互相都碰着。退吧，这玩艺已喷出来了。她只能等着二妹妹、三妹妹蹦起以后，她再蹦。说来也真巧，巧兰和巧云她们是品字形斜着站在那块儿，正好巧兰和巧云在巧珍的右侧，等两个妹妹跳起来的时候，她的身子只能往左转，就是离开两个妹妹蹿起来的脚，她把脸和身子往左转过来，躲过她们。她在想，用左脚隐避，也能腾越起来。她突然转过身子，一窝腰，脚刚要踹地，就这个时候，查郎布射出那个毒烟，正好随风一刮，一股难闻的刺鼻味，搁她脸前一过，她就觉得，头一晕，身上难受，四肢无力，就扑通倒在地上了。这时巧兰和巧云她们刚跳到墙上，扫倒一个贼兵，剑上的血还在嘀嗒呢。回头一看，就见地下一帮人在吵吵“抓住了，抓住了，”贼兵都冲上来了，有的拿着棍子，有的拿着刀，有的拿着网，想要抓巧珍，甚至有的还要剁巧珍。巧兰和巧云急忙跳下来救自己的姐姐。

就在这千钧一发的时候，她俩一看，蹿过来一个小勇士，比她们过来的快，手使一把剑，来个一百八十度大转圈，随着身上一转，整个就打倒好几个贼兵。有的人还想往上蹿，他又踹倒了几个，大声喊：“大胆，住手，谁敢惊动太后皇上谕旨，迎请陛见的三巧姑娘，你们不怕死吗!”这一声，特别豁亮，大家听了都非常熟悉，三巧一听，这是谁?只见他弯下身来，轻轻地把巧珍抱起来。这时外头大门那块儿，冲进来一彪骑兵，为首的大人，正是富凌阿，也在喊：“谁也不许动，大胆。”多快呀，富凌阿大人赶到了。

黑龙江将军衙门总管富凌阿大人来了，来的正是时候。跟随他来的，不单有一队护兵，还有几位大人，看起来可能是爱辉副都统衙门的大人。后头跟着有雷福、牛老怪、常义他们，也都陪着进来了。那就是说，他们是从客栈那边赶过来的。富凌阿马上过来，手里还拿着陆成将军的令牌，就大声地说："三巧，你们受惊了，本大人奉将军之命，来帮你们捉拿贼人来了。"接着富凌阿就对刚才还张牙舞爪的查郎布和西里布，大声喝道："大胆的查郎布、西里布，还不赶紧放下你们的兵刃。你们真是目无王法，嚣张已极，快快给我跪下，受绑。"查郎布和西里布此刻还在发愣呢，他还没弄明白是怎么回事，怎么把将军衙门的人给弄来了。一看这个架式，这个威风劲，心里想，完了，完了，自己原来想的计划，就这么泡汤了。

这时，将军衙门来的护兵跳下了马，很快地就冲进了院里。把整个小院就围上了，兵刃都对着查郎布和西里布。这两个人目瞪口呆，不知怎么办好。说实在的，他们哪受过这个气，在黑虎沟这块儿，可以说，几代称王，从来没受过欺负。这次被人抓住，你说他心里能好受吗？真不知道咋办好。富凌阿大人一看还愣着，就吩咐护兵说："快，快，给我拿下查郎布，拿下西里布，不许怠慢。其他人等也速速地放下兵刃，否则我本大人要下令，就地正法。"护军们听富大人一说，都上来了，这些贼兵都纷纷跪下。查郎布、西里布把自己的兵刃扔到地上，慢慢地也都跪下了。护军过去，在每人后头踹了一脚，好悬没踹个狗吃屎。又一个护军过去，摘掉了查郎布头上的顶戴花翎。西里布因为他是住在"一净庵"，给他的女儿顿顿过百日斋，他没穿官服，护军把他头上的英雄巾扯了下来，蓬散着头发，辫子往前一甩，就乖乖地跪在那块儿。

小麻元这时气昂昂地跳出来，也没顾得跟富大人问安，慌忙地蹿过去，到了查郎布跟前说："你好歹毒呀！我们都没忍心大开杀戒，你竟敢为虎作伥，施放毒烟，要杀死皇上钦命的功臣，你罪该万死。"说着，把查郎布右手提起来，使劲的嘎嘣，嘎嘣，就撅断了两根手指头，查郎布疼的大喊大叫。富凌阿说："不许吵吵。"这时，小麻元也说："你再闹腾，我把你的老鼻子揪下来，快点把你的解药拿出来。"查郎布疼的想打滚，麻元过去，一脚把他踹倒了："你先把怀里的解药掏出来。"他疼的不能动哪，就说："大人哪，大人，你快搁我怀里自己取。"小麻元拿刀，刺啦把他衣裳豁开，从他兜里找出那瓶解药，赶紧跑到小义士的跟前。那位小义士还在抱着巧珍，这时才认出来，他正是大家天天想念的小英雄文强。

这太令人兴奋了，没想到文强回来了，大家这个高兴劲呀，麻元干脆和他搂到了一起。巧兰和巧云也说："哎呀，你来的太好了。"巧珍这时还在文强的怀里，巧兰和巧云帮助把巧珍扶起来，小麻元赶紧拧开小葫芦的盖，立刻香味扑鼻，这药特别香，可能是由麝香什么制成的，他倒出一些红药面，拿到巧珍的鼻子跟前，轻轻地点了两下。这药还真灵验，不一会儿巧珍就醒过来了，连着打了三个喷嚏，就睁开眼睛了。她轻声地说："唉呀，这个真气死我了。"巧云和巧兰笑着说："姐姐别动，姐姐别动，你现在应当好好歇息，别动。"

这时候，富凌阿大人、雷福、牛老怪和常义他们都过来看望巧珍，巧珍睁眼一看，非常高兴，忙着要起来给大人问安。富凌阿就说："别动，别动，你好了我们就放心了。"然后富凌阿向三巧和麻元他们介绍说："这几位就是爱辉副都统衙门来的大人，是专为查郎布这个案子来的。他们是副都统衙门户兵刑三司的官员，这位是瑞喜大人，这位是富兴大人，这位是宝龄大人，他们前两位是郎中，后一位是主事，为这个来的。"三巧她们一一问候。富凌阿就介绍："文强这次来，是我们把他领来的，他是受乌伦大人之命，由京师专门来接三巧进京的。"大家听了这个消息，都高兴得蹦起来。

富凌阿说："大家先静一静。"他反过身，指着查郎布、西里布这两个贼又说："你们俩作恶有年，恶贯满盈，将军早就知道这个事情。你们自作聪明，以为神仙难碰着。你们想错了，我们早就想处理，今天你们自己跳出来，这很好，你们的事，早已在案。本大人奉将军之命，现在呀，就来判你的案，先由爱辉副都统户兵刑三司的大人代审，然后报将军衙门和朝廷，你们的同党，也不能逍遥法外，皇太后和皇上圣明，谁也不会庇护你们的。"接着富凌阿大人又说："把里边关押的那些肮脏的人都给我带上来！"

这时，护兵就把披着斗篷，也不知里头穿没穿衣服的定慧、定悟和齐豹这些个狗男女，还有那四根柱子，身上还抹些血，这些人都是西里布的爪牙，一个个都押了上来。另外，在一个摇车里头，还有一个婴儿，也给抱了出来。这下子可热闹了，很多人看了都撇着嘴。这人和人就是这样，在一个集镇里头，一旦有什么新鲜事，一个传一个，那传的才快呢。今天富凌阿大人一到，这街谈巷议就多了，朝廷的大人来了，哥哥啊，姐姐呀，我的好妹妹，我的好老爷们，咱们看热闹去吧，查郎布和西里布这些坏小子，这回该得报应了。看热闹吧，到"一净庵"看一看，那些花花事吧。这一传起来，那还不热闹，多少人都蜂拥到"一净庵"来了。这"一净庵"地方挺小，外头是人，里头也是人，到处是小脑瓜呀，都往里头瞅。富凌阿大人，还特意把这些丑事抖搂一下，让这里的人心里痛快痛快，压抑了几十年，都憋了一股火，他的仇人太多了。这时，富凌阿就大声地说："查郎布，你好大胆，你竟敢和西里布纠聚一起，你知你都干了什么不?"查郎布哆哆嗦嗦地，他心里还想，我要不说，谁能知道这些事，谁敢碰我，你能把我咋样。查郎布说："大人，我真不知道来的这几位就是三巧，要知是三巧她们，我再也不敢这样。""胡说，你是完全知道的，还想欺骗。现在让我身边的人先给你念一下这个圣谕。"富凌阿大人的随从接过圣谕，宣读。圣谕是这样说的：

着即，诏北海打牲总管事务北疆水陆兵马总哨关，三品侍卫已故将军穆哈连三女穆巧珍、穆巧兰、穆巧云等戍北将士，劬劳忠勇，固我北疆，特奉恭慈康豫皇太后懿旨，晋京陛见，以昭其功，望沿途一应官员，鼓乐迎送。钦此。

道光三年二月吉日。

查郎布一边听着念圣谕，一边想，完了完了，这回我的乌纱帽全没了。西里布一听也吓坏了，这里特别提到，这是恭慈康豫皇太后的懿旨，迎请三巧她们晋京陛见，一应官员鼓乐迎送。谁敢怠慢，那就是抗旨呀，他俩这是抗旨，而且是直接向皇上迎请的功臣，大开杀戒，还能留着他们的脑袋吗。这一听，西里布可完了，就瘫到那块儿了。富凌阿又说了："你现在除了这些罪行以外，还有什么罪行，你说说。"查郎布就说："我没有，就这些个事，别的事我根本不知道。""西里布你说说。"西里布说："我有什么，就这些事，我也不知道他们是朝廷的命官。"就这个时候，富凌阿命文强和雷福、牛老怪、常义他们带着护兵："你们去把那个贼给我押上来，让他们认识一下。"他这一说，文强他们马上就下去了。三巧想这是谁呢?

这时大家才注意到，门旁边有哭嚎的声音，是柳米娜在哭，旁边还有二丹丹、三丹丹搀着，她们过来了。她的后头有几个护兵架着一个人，像拖僵尸一样，一个人挎着一个胳膊，这个小子，干脆不会走道了，吓瘫了，他像小鸡似的被提溜了过来。大家一看，都大吃一惊，正是大家朝思暮想的仇人，罪大恶极的被通缉的要犯，是他们不共戴天的仇敌，北噶珊杜察尔部的杜察朗。北疆不少事情都出于北噶珊，他是总祸水，是他招来的罗刹鬼，制造了很多的事件，穆哈连、穆哈连的夫人丫丫，和三巧的舅舅翔鹤，都死在他手里。而且后来，就是他和瓦力佳尼亚这个俄国鬼子通气，并在他的授意下，他们用汽油点着了我们的北噶珊。北噶珊有大明嘉靖皇帝的御笔，又有乾隆爷的御笔，都毁之一旦。在北疆他烧死了多少人，包括对朝廷耿耿丹心的图泰大人和卡布泰大哥，都葬在他的狼爪之下。如果抓不到他，乌伦他们几个，总觉得无颜回去，到京师也对不起在九泉之下的图泰大人和卡布泰这些人，更对不起已故的穆哈连大人。所以说，他们心里总是不安，原因就在这里。总觉有些事没办明白，还有一件事没捅开。因此，乌伦在走前又嘱咐三巧，一定把杜察朗弄个水落石出。这次钦差汤大人，也一定让弄明白，他是活着还是死了，一定弄清楚，不然往朝廷奏报都讲不明白。抓住了杜察朗这个铁案就落实了，把他的爪牙像查郎布、西里布这些人，都给挖出来了，这样北疆的隐患就一个一个被铲除了，大家多么高兴呀！三巧啊反倒抱头痛哭。麻元、文强他们，也是满含热泪，心里头暗暗地说呀，图泰大人、卡布泰大哥，你们闭上眼睛吧，我们完成了你们临死前的嘱托。富凌阿也参与了以前的事情，他也是这种心情。

柳米娜和二丹丹、三丹丹，这娘仨像疯子似的，要挠死、掐死杜察朗。富凌阿赶紧让三巧拉住，让柳米娜安静下来。把柳米娜气坏了，呜呜痛哭啊。她没想到，自己爱的男人，就是这样的狼心狗肺。她今天在屋里，正等着三巧她们回来，突然杜察朗领一帮人闯进去。柳米娜开始还觉得挺好，问他搁哪儿来，还挺友好的跟他说几句话。虽然杜察朗后来对她不咋样，但又不敢惹她。柳米娜总是把他看成自己的丈夫，一日夫妻百日恩嘛，应该是很有感情的。自从他烧了北噶珊，就没见到他。柳米娜觉得这个人的心太毒了。后来，听说他被烧死了，心里还挺难受。从打他把北噶珊一烧，她对杜察朗的感情越来越淡薄了。不管怎么说，他们还是夫妻，所以时常惦记着他。可她又怕他，怕他把瓦力佳尼亚领来，硬要把她拉回俄罗斯，这样她就和自己几个女儿永远离开了。她舍不得自己姑娘，非常爱孩子。今天她突然见到了杜察朗，她原以为杜察朗来看她，哪知道，杜察朗瞪着牛眼珠子，跟她呼号大叫，说她叛国，对不起他，说她投靠了他的敌人。两人说说就吵吵起来。杜察朗拿出刀子说："我今天就来烧这个客栈，是报仇来了。我要杀死三巧，咱们一起同归于尽，我也不想活了。我现在是一个流浪人，刚搁俄罗斯逃回来，为的是找你们来的，咱们死就死在一块儿。"柳米娜气愤地说：

“我不想死。”

他们正吵吵的时候，那屋的雷福和牛老怪听着了，他们赶紧过来。杜察朗见雷福他们来了，就对他带来的几个人喊：“赶快给我烧！”他这一喊，外头的人就把汽油点着了，呼呼，整个客栈全着了。还全仗雷福他们麻溜，进去先把柳米娜抢了出来。二丹丹、三丹丹姊妹俩还在外头，因为她们惦着三巧，怎么还不回来呢，正在街里等着呢。杜察朗就趁这个机会钻进去了。等她俩回头一看，仁义客栈着火了。这是个木头楼啊，那干柴烈火，呜呜就着起来了，火苗很快就蹿出来。

就在这混乱的时候，没想到文强蹿过来了。雷福一看：“哎呀，文强你怎么来了？”文强说：“我是奉乌伦大人之命接你们来了，三巧她们呢？”雷福说：“三巧她们正在姑子庵，查案子去了。”一看这火着了，文强赶紧跟大家救火。

这时富凌阿大人也赶到了，富凌阿领着护兵一起救火。就这样把火扑灭了，杜察朗让文强给摁到那块儿。经过富凌阿审讯，才知道，他原来隐藏在铜头太岁西里布的家里头，他是前几天从格尔必齐河，就是从尼布楚西边过来的。他在北海那块儿，烧死了图泰大人以后，就跟罗刹鬼逃到了俄罗斯。到俄罗斯以后，他总是惦记着柳米娜和几个孩子，更主要的是想报这个仇，要杀死三巧。这跟俄罗斯的想法一样，他就跟俄罗斯的奸细混到一起了。另外，杜察朗在北噶珊的后山还有两窖金子、银子和财宝什么的，藏在那块儿，他想回来把那些东西起走。瓦力佳尼亚过去一再提出，一定要把柳米娜弄回俄罗斯去，因为柳米娜肯定掌握不少他们奸细中的事，怕她露出来，让大清王朝抓住把柄。于是就把他潜伏回来，他是搁黑龙江的上游过来的。俄国人早就看出三巧她们要南下，这就是你中有我，我中有你。俄国的奸细相当厉害，他们探听到有钦差来，要南下，他们为了堵汤金钊这伙人，让杜察朗带来几个人，想一网打尽，他是为干这事来的。

这些事情，西里布不能一点不知道。西里布和查郎布早就知道这是三巧，他们现在装糊涂。柳米娜恨不得想撕了杜察朗，为这个她又哭又闹，一心想杀了他。全仗富凌阿挡着，雷福、牛老怪他们拽着，柳米娜疯疯癫癫地大骂，就是不能动手。富凌阿又当着黑虎沟不少百姓的面，向查郎布、西里布两个人宣布了将军衙门一条议决的公文，给他们俩念一下：

“查，查郎布有辱圣命，黑虎沟千总代由瑞喜暂理。”瑞喜是刑部的，现在由他代理。“大内的弓司、矢司、鞍司诸务由富兴、宝龄合管，二位祖上亦为弓矢鞍辔匠艺后裔，原居住黑虎沟，暂返籍担承此务，日后再具体定夺。”接着又往下说了：“西里布暂在任上监行，无品级，案清后视其忠勤而后定夺之。”还给西里布一条出路，你看，多宽宏大量。西里布暂在任上监行，先不抓他，他现在干点事情，在旁边监视他。他原来六品，现在无品，等审案清楚以后，观其忠勤而后定夺，这样做，可以看出来，陆成将军，是挺会办事的。他知道，西里布后头有人，要把姑娘顿顿许给太子，这些事他都知道，将军衙门也知道。但这个事不能不处理，在处理中也不能得罪他，就给他一个面子。西里布暗暗真得感激，没把他抓起来。接着又念：“杜察朗为钦命重犯，发引卜奎入监，议报刑部、理藩院议定。”这又是一层意思，杜察朗是朝廷的重犯，发引，弄到黑龙江将军衙门所在的齐齐哈尔入监，然后经过审案，议报刑部和理藩院，因为和国外的关系，由两个部来管，议定，看怎么办，是秋决，还是怎么样。又一层意思是：“查郎布上枷，财产封存，稽没充库。”对查郎布下的茬子狠，你是千总，这块儿你如果管好，就不会出这些乱子，他完全投靠西里布，已经失去了千总的职责，有辱圣命，给他带上镣铐，他的财产封存，将来收为国库，就这么办了。好在没把西里布绑起来，来这干活，要表现好，将来有好的出路。这个使西里布痛哭流涕，他姑娘顿顿也过来跪下，一块儿跟他阿玛叩头，表示感谢。查郎布上了枷。

富凌阿接着又宣布：“一净庵”仍归还了空禅师，一应人等由了空自裁。对一净庵怎么处理了，这块儿物归原主，交给了空禅师。了空禅师听了，马上跪下叩头，千恩万谢，感谢朝廷，感谢皇恩，这里的人你自个儿裁定吧。

了空这人心非常好，她当时就把很多的尼姑都找出来，对她们说：“孽海无边，回头是岸，回来的人，要一心向佛，佛乃大悲为怀，收入门下，禅心向佛，以度来生。”这些小尼姑都非常高兴，你们有的不愿意入空门，也可以从此归俗，佛也不会怪你们的。你们有些人觉得不愿意在庵上呆了，有的因为是西里布他们给抓来的，现在想回去，你可以回去，这个佛也不怪你。就这样，她留下了自愿在这儿的尼姑十四人。有五个因为常遭西里布的蹂躏，无量佛，想要投河上吊，老尼姑和麻元他们，都来劝阻。老尼说了：“人生本苦海，向佛一心安，佛大慈大悲，不厌弃汝等之躯，前生有此劫难，如今佛光普度尔等，倾心向佛，仍可步入极乐。”就是你们愿意留下就留下，不要死，死了没啥用。这五个人也留下了，只走了六个人。对要走的人，老尼姑都给了她们盘缠。就这样，“一净庵”又回到了原来了空长老的手上，从此这块儿善男信女，来求签念佛者络绎不绝呀。

再说，三巧、麻元等众人陪着富凌阿大人，又回到了客栈。客栈房子烧了两三间，不太多，因为他们救的快，其他房间就保护下来了。他们安排好住下以后，其他几位大人各按照将军的安排，有的去接受职务，也有护军，立刻押着查郎布和杜察朗，直奔齐齐哈尔而去。

诸事都完毕，三巧、麻元和雷福这些人，就跟富凌阿大人说：“我们诸事已完毕，该启程了。”小文强也这么说：“大人哪，我这次来，乌伦大人告诉，让她们尽量早点走，太后前些日子拜陵去了，过两天皇上陪着她回来，英大人捎来信儿，说太后回来就想见到三巧她们。所以说，我们要走了。”富凌阿说：“好啊，我们就不留你们了。”事情就这样定了。

第二天，他们就启程了。富凌阿和护兵送他们继续南行。在离依兰不远的地方，富凌阿和他们告别，分手了。富凌阿带着护兵返回将军衙门，回到齐齐哈尔了。

三巧、文强还有雷福他们四兄弟，骑上快马，一路上说说笑笑，就往京师奔去。他们经过了依兰、吉林、盛京、山海关，一路官员的迎送，那自有一番热闹景象。说书人就不说了。转眼间，他们很快就进了京师。

这天的天气相当好，艳阳高照，好像阳光都在迎接胜利凯旋的小英雄。他们根据大内的安排，住在狮子楼附近的一幢非常有名的孔德会馆。这名字特别响亮，能到会馆来的人都不一般，有的是远处外藩到天朝进贡的重要王爷，或者是部落的首领和一些罕王，还一部分人就是各个州县衙门的众臣晋京陛见皇上，有要事禀奏的。还有一部分是朝廷要派出的重臣和将军，要办什么重要的公案，先来这儿整理一段时间，然后再到各地去。

这个孔德会馆，从雍乾两朝以来就很出名。这个楼建的挺古老，是木楼和砖楼合到一起，外头有个大院子，有假山石，很漂亮。会馆不临街，在一个街巷子里头，很僻静。孔德会馆的孔德二字，据讲，是雍正朝的一个状元，跨马游街从这路过的时候，这块儿管事人请他给题个名。这个状元就用孔德会馆这几个字给题就了。孔德二字，是有出处的，这是老子的话，“孔德之容，惟道是从”中的一个词。就这个孔德，几朝以来一直沿用下来，因此这个会馆也更有名气了。把三巧她们安排在孔德会馆，在西边楼一角的二层楼中辟出三个漂亮的客间，有内室，有客厅，她们就安心住下了。晚上，她们盼着乌伦大人来，乌伦大人一来，一切安排都知道了。

五月的京师，夜里还挺长的。三巧她们住在这块儿，这个舒适，这么漂亮，可以说，她们从来没看着过。她们看什么都非常新鲜。这几天，把这个馆的馆主给忙活坏了，她从任馆主以来，或者从建孔德会馆以来，几朝都没遇到这样的事情。这三个姑娘不平凡，是皇太后、皇上请的贵宾，这能一般吗！何况她们又是英和大人亲自请的客人，那更得高看一眼。孔德会馆的馆主是个女的，大家都叫她菱花馆主。她是江南的才女，是英和大人在江南看中以后请来的。英大人把她推荐给朝廷，朝廷就任用她。正因如此，菱花馆主，格外的敬佩英和大人。是英大人使她从江南一个楼馆的说唱女子，一步登天，进了京师，而且管这么大一个会馆。会馆为什么要请江南的才女呢？因为这里的设备完全是江南水乡的，可以说是苏杭的再版。从乾隆爷的时候，对苏杭的建筑就非常喜欢。俗话说的好，上有天堂，下有苏杭。这个孔德会馆，不单是山水建的像苏杭一样，就连很多的摆设，都是按苏杭的一些建筑构造安排的。特别是，很多花卉，很多的松枝绿树，都是从苏杭移过来的。所以就让菱花当了孔德会馆的馆主。

菱花馆主心想，一定侍候好这些客人，才能对得起英大人和文孚大人，何况又有皇上，皇太后的恩旨。怎么安顿好，可把她愁坏了。她本来给三巧她们安排得挺好，可是又觉得不中意。不大一会儿进来了，向姑娘叩头下拜，把三个小丫头吓得慌慌张张地说：“快请起，请起。”菱花馆主就说了：“三位奶奶，好格格，请你们包涵，我要给你们再选一个地方，你们住到这儿好。”三巧是客人，就得听人家主人的，客随主便吗，由众侍女彬彬有礼地帮着提东西，挪到另一个朝阳绣阁。

这屋叫西亭子翠花楼。这个楼单有一个百鸣园，有很多的鸟，都是江南水乡的各样的名禽，把他们领到这儿来住。刚安排下来，菱花馆主又说：“不行，不行，这块儿不行。”怎么的呢：“唉呀，小奶奶，这儿太吵啊，这鸟一叫，你们歇息不好。”于是，又领她们搬迁，又迁到了北亭，到了新建的水榭边。到这儿了，简直就像到了水帘洞一样，到处是瀑布，流水潺潺作响，景色非常美。

刚安顿好，菱花馆主又说："唉呀，少奶奶不行啊，格格们，跟我走，这块儿太吵了，你们歇息不成，一宿不能睡觉。哎呀，这不行，还得跟我走。"把这三个小姑娘折腾的哭不是笑不是，想不走吧，这主人盛情难却，你说跟着走吧，唉呀，又太过意不去了，这已经够好的，还说不行。但她们拗不过菱花馆主，她身边还带来几个佣人、丫鬟帮助拿东西，推推搡搡的，又把这三个小客人，领到了附近的南花堡。这块儿是别有洞天，它是按照神话故事八仙过海建的各样的房子。好像八仙过海各显神通，房子之间都连着，从外头看非常好，波光水影，真像在仙洞里一样。她们进去以后，菱花馆主说："好格格们，这是最好的地方，这就是有名的仙姑洞，是按照何仙姑修行时建的地方，后来吕洞宾到这儿来看何仙姑。她讲的绘声绘色，巧珍就哀求说："馆主，我们现在够累的了，就在这儿住下吧，不用再挪了，这地方太好了，谢谢您，您太费心了。"巧兰、巧云也这样说，哪怕是给她作揖磕头也行，就在这儿住吧，可别再挪了。她们好不容易才把菱花馆主劝走。

菱花馆主走了，这三姊妹，赶紧把行囊打开，拿出自己换的新衣服，去好好的梳洗打扮。她们刚梳洗完毕，三丹丹他们好不容易找来了："三巧，你们在这儿呢！"三巧就把丹丹接到了屋，丹丹说："三巧，我是跟你们告别来了，我上我大姐家去住。"她的姐夫福康安来接她们母女。福康安跟她们见了一面，很快就走了。二丹丹由英大人府上的人，已经接走，因为乌伦不住在英大人府上，二丹丹已经走了。她们又送别了雷福、麻元、牛老怪和常义，他们四个也没在这儿住，赛大人府上的崔老管家，受赛大人委托来接他们。虽然图泰去世了，他身边的四个徒弟，原来就住在那儿。赛大人怕他们多心，派崔管家接他们回家，他们小哥四个，就拜别了三巧。现在只有三巧单独住在了菱花馆主的孔德会馆。三巧她们忙着打开自己的行囊，每人取出一件衣裳，换一换，然后就歇息。

就在这时，菱花馆主又匆匆忙忙地跑来了。笑着跟她们说："姑娘们哪，大人们来看望你们来了。"三巧她们一听说大人们来了，赶紧把自己的东西放在一边，随着菱花馆主出了屋，到外边迎接大人。这菱花馆主的嘴呀，太能说了，边走还边说："姑娘们哪，连大人都来看你们了，你们真不是平凡人物呀。往常都是小的去大人府上叩拜，这次是大人亲自来看望你们了。"

他们正说着，迎着对面来的，有乌伦巴图鲁，陪着进来的是英和大人，还有长龄大人，汤金钊大人。菱花馆主都认识，一看这些大人，首先叩头下拜，然后起来，高打门帘，请大人进屋。英和大人他们几位进到屋里头，还没等乌伦给三巧介绍，三巧慌忙地跪地叩拜三位大人："三巧给大人们请安。"英和大人一看这三个小丫头，一个一个长的这么俊，长的都一模一样，衣裳穿的也都一样，从心里特别喜爱，他笑着扶起她们："快起来，快起来，孩子们，你们一路劳累，不知道歇息好没有？快起来，起来，不要客气，都是自己人。"

乌伦巴图鲁，过来给三巧介绍："三巧啊，这位就是德高望重的英和大人，英大人。"三巧又再一次叩拜，说："久闻大人之名，我们非常感谢大人对我家，对我们阿玛、额莫的厚爱，对我们的关照。我的师傅云、彤二老也向大人问好啊。"英和大人笑着说："孩子，孩子，不要这样，起来吧，起来吧，我也很想你们哪，来的好。"乌伦巴图鲁又介绍长龄大人："三巧，这位就是理藩院尚书长龄大人。"三巧又给长龄大人再一次叩拜。乌伦巴图鲁又指着这位大人说："三巧啊，汤大人你们早就熟悉了。"汤大人就说："三巧姑娘，又见到你们了，欢迎你们来。"三巧又给汤大人叩拜。

见过礼仪以后，菱花馆主请大人落座，然后，命人献上茶来。菱花馆主身上穿的是梅花万点旗服，漂亮大方，梳着一个大的蓬松发髻，戴着很多花环，长的本来就很美，说话嘴还特别甜，她就抢先说："大人哪，这回您老人家都来了，小的们哪，把姑娘侍候好了，我给她们选了好几个地方，挑来挑去，我就看这块儿最好，她们就是仙姑啊，所以让她们住在了仙姑洞。"说的三位大人哈哈大笑，大家都说："太好了，谢谢你费心了。"菱花公主为讨好英大人，又说："为了让皇上的贵客光临会馆，我把所有江南的举子，闽粤的名流，齐鲁的盐商，还有两淮的大吏都安排到其他楼馆去了，这儿就专给姑娘们用，清闲不少。人家是姑娘，我不愿有更多人来搅扰她们。像看西洋景似的，老想瞅这个，瞅那个的，我看不惯，把他们打发走了。"

长龄大人就说："好了，我们跟姑娘们叙谈几句，你就回去忙着吧。"长龄想把她撵走，因为她的话还没说完，嫌她啰嗦吧，还不好意思直说，只好这么说。菱花馆主也看出来了，大家希望她走，她忙又给三位大人叩拜，就说："我能为大人，能为皇家办点事呀，这是我菱花的福分。"说完这才退了出去。

英大人就问："三位姑娘，你们到这儿来，有什么不习惯的，有什么事，你们尽管跟乌伦说，不要抹不开。太后和皇上都盼着你们来，你们来的好啊，太后都非常高兴哪。你们来之前，在黑虎沟能将杜察朗一伙一网打尽，翦除国家之患，功劳甚大呀，此乃国家之幸。太后和皇上也都知道这个事了。"

这时菱花馆主又匆匆进来禀报，内宫彭公公到，众人一听，彭公公来了，这是宫内皇上身边的人，你看，皇上多重视，众大人赶紧起来，因为彭公公是太后和皇上身边最亲近的太监。

彭公公慢条斯理地，手里头甩着拂尘进来。他和众大人互相寒暄，问候。彭公公没等落座就问："三巧在哪，三巧在哪，噢，真俊气，真漂亮，怪不得老太后那么想你们，这不是天仙吗？我给你们带来了太后赏给你们的衣裳，这些衣裳，你们一穿上，就更漂亮了，真赶上天下第一美如玉呀。"

彭公公以前去过北疆，传过圣旨，三巧见过，也叩拜过。不过当时非常匆忙，彭公公去，不是去见三巧，是见乌伦和云、彤二老。她们三个姑娘只是礼节性出来叩拜，然后退到后头，就没有再出来。所以，当时彭公公，也没把三巧看得清楚。这回一见，真觉得这是嫦娥下凡，西施再世，就是她们二位在的时候，也比不上这三个姑娘一样的俊俏，一样的美貌，一样的打扮，一样的招人喜爱。彭公公在宫廷里，见过多少嫔妃美女，见了三巧以后啧啧称赞，就认为宫廷里的美女也赶不上她们喽。

英大人看彭公公光顾对三巧赞叹不绝，不说正事，就问："彭公公，太后是否已经回来了，何时召见？"这时候，才提醒了彭公公："噢，对，对。"彭公公就说："英大人和各位大人，皇太后和皇上刚从昌陵拜庙回来，身体劳顿。太后近些天总是风体不适，就因为让新疆的张格尔给闹的呀，这个小子从嘉庆二十五年秋天起闹腾，一直折腾到现在的道光三年了，张格尔是越闹越凶，越来越厉害，占了南疆不少的城镇，杀了不少咱们的州衙府县的官员和兵马，怎么平息也平息不了，反叛的人越来越多。他们得到了英吉利鬼子的支持，皇上日日夜夜不得安宁，太后和皇上心里头怎么不心焦呢？为此，太后和皇上他们专程到大行皇帝仁宗的庙，去祈求大行皇帝庇佑。太后在夜里总是梦到一个青面獠牙的张格尔，向她扑来，常常是大喊大叫。皇上遇到这事以后，也不能安宁。他们又非常惦记这三个小姑娘，因为前些日子，听到黑龙江将军衙门的边关急报，就知道三巧她们已平定了黑虎沟的反叛，给皇家壮了威风，这是皇家的福气。他们认为这个福分可能冲一冲南疆这个恶氛。所以，皇太后匆匆地回来了，要早一点儿见到三巧她们。太后的懿旨说了，她明日午时在寿康宫召见，不要那么多的规矩了，原来想在圆明园召见，因为刚拜陵回来，身子骨太乏了，就跟皇上在寿康宫陛见。告诉公公我，通知几位大臣，做好这个准备。”

彭公公说完，就让随从的两个小太监拿来一个宝匣，彭公公又说：“这是太后赏赐三巧姑娘的，这里头有宫服三套，让姑娘们明天必须穿上陛见，皇上还赏给你们玉坠佛珠三挂，每人一挂。太后还赏给你们苏杭的宫粉三匣，每人一匣。彩凤长鸣的菱雀梳妆镜三架，每人一架，各自拿去。明天你们各自打扮好，要打扮的漂亮，俊俏，招皇太后和皇上喜爱，明白了吗？”姑娘们都说：“知道了，公公。”

彭公公又把身边的菱花馆主叫过来，就说：“你要很好地帮助她们打扮，她们要打扮不好，出了事你可要兜着。”菱花馆主忙给彭公公跪下磕头，起来就说：“这是孔德会馆建馆以来的福气，皇恩浩荡。别的不说，给姑娘打扮得如花似玉，像美人那样，何况她们本来就像天仙一般，不打扮也很好看，要打扮那就更不用说了，肯定招太后和皇上的喜欢。”彭公公又说：“少啰嗦，你好生侍候要紧。”菱花馆主忙又虔诚地说：“喳喳喳”，然后又下拜。彭公公说：“你还要教她们礼节，这个可不能错，什么叫叩拜呀，答话应该怎么答，这些个你要好好地教她们，要出了错，你也得兜着。”菱花馆主一个劲地喳喳称是。彭公公说完了这些又说：“我告辞了，我得回宫去了。”众大人站起来送他，菱花馆主一直陪着他走了出去。

彭公公走了以后，英和大人他们也站起来，向三巧告别，就说：“好吧，你们也该好好歇息歇息了，今日一宿歇息好了，明天咱们在宫里见。”三巧送别了三位大人以后，这时也快到半夜时候了。

她们三个还真不能歇息，菱花馆主受命教她们礼节，帮她们打扮。三巧姊妹这一宿忙乎得很，穿衣裳，穿来穿去，穿了又脱，脱了又穿。怎么穿法，菱花馆主教的很细，又帮她们打扮。这衣裳相当漂亮，是皇太后赏的，那都是国服，全都是江南的绫罗绸缎，而且上头镶着珠玉，闪闪发光哪。这衣裳有意思，是三层，里头一层是白丝的，白丝上还刺绣着各种花饰。外头一层是浅绿色的，是丝裙罩着的一层，上头也绣着各种花饰。第三层是红色的，镶着百鸟朝凤，就是这么漂亮的旗服。三件衣裳为一套，互相搭配。就像量过身材一样，这三姊妹一穿，不肥不瘦，不长不短，正合适。她们头上梳的宫头，海穗梳下来，贴上各种花饰，很好看。光金簪、银簪就有四十根，有的带花，有的不带花，还有带钩的，带鸟的，各种形状，四十多支插满了头。脚下是彩绣丝缎盘龙靴，有小龙，靴尖上还带两个小绣球，是绒毛做的，绿色的，一登非常轻巧。手上每人给了四个金银戒指，每人戴上一个黎山玉。江南的黎山玉特别出名，一个就价值连城，每人戴上一个，身上都戴着佛珠和玉佩。

三巧她们这一穿戴，使菱花馆主十分惊讶，大喊大叫的，她从来没看着过，这真是神仙下凡了。她们三个把衣裳一穿，根本分不出来谁是老大谁是老二，衣裳做的完全一样。太后懿旨，人家是一母三胎，你们做的衣裳一定要按一母三胎来做。那三套衣裳都一样，裁剪一样，样式都一样。她们三个穿上衣裳，搁后头一看就是一个人，搁前头看，要不细看的话，也是一个人，就是三人如一。菱花馆主拍手叫好啊，我长这么大头一次看到，真是神仙格格，我真分不出来你们三个，谁是老大、谁是老二了。这引起孔德会馆不少的女佣人都来看，把屋子围得水泄不通，没有不为这事情称奇的。我们国朝什么奇事没有？这真是把天上的三位神仙给请来了。

闲言少叙，不说菱花会馆现在一片欢腾雀跃，再说外边，笙乐响起来了。这时按时辰讲，已经是巳时，因为午时进宫，午时之前是巳时，天到巳时的时候，外边开始响炮了，轰轰轰。迎宾鼓、迎亲鼓，开始敲起来，这个亲是什么意思，就是迎自己人，迎皇上最喜欢的人叫迎亲。迎宾就是皇上请的贵宾，迎亲和迎宾敲的鼓点不一样。随着迎亲鼓、迎宾鼓一响，紧接着鼓乐齐鸣，丝弦雅乐，声声悦耳，这都是内务府亲自安排的。

迎宾卤簿仪仗队在乐曲声中，一队人马，来接三巧。后头有三抬大轿一块儿向孔德会馆走来。这条路啊，现在说起来一应人等早就让迴避了，道路两边都站满了宫廷的卫士。可以说，从孔德会馆一直到深宫大内的路，早已不让闲人走动了。这乐器声，都是出名的乐手吹奏的，很好听。宫廷乐百鸟朝凤，一般说来，是皇太后出来、进去常使用的乐曲，以这个乐曲为主要旋律。接着还有将军令，因为迎接的都是小英雄，所以有将军令。还有江南著名的鼓乐，艳阳高照，八声甘州等，这些个古乐曲轮换着吹奏。奏乐的人多数都是太监和礼部的乐工。除此还有江南的琵琶曲，这个曲子最早来自于唐明皇的时候，后经宋代、明代一直流传到清代，非常好听，这个曲牌子叫小巾帼。还有木兰凯旋归，也是琵琶曲，流传的时间都很早了。

随着这些丝弦管乐，声声悦耳，抬过来三台大轿，不用说轿怎么好看了，可以讲，都是嫔妃以上用的。三台大轿的打扮和陈设，都不一般，抬轿的杠夫，都是皇宫里的女轿夫，非常出名。旁边不少人看了，都说：哎呀，头次看到这么威风啊，多少年没有见过啊，不知道这是谁来了？迎谁呀？有的就说，你不知道，这是北国的小英雄啊，一母三胎呀，人家这次有功啊，平了北方的乱事，是打遍天下无敌手啊，把俄罗斯都给震住了。大家议论纷纷，都跷着脚瞅，道的两边围的水泄不通，真是人山人海。

为什么三台大轿呢？她们三女不能坐在一台轿里，那多挤呀。不大一会儿轿就到了孔德会馆，菱花馆主赶紧出去迎接。三巧她们早都准备好了，请她们一人上一台轿。然后，卤簿仪仗队的总高官，把手一摆，锣又响起来了，这叫开路锣。锣一响，单有一个侍卫，在前头高声喊："奉旨，平北英雄，进宫陛见，一路的闲杂人等，后退，开路了，开路了，平北英雄过来了。"咣，咣，咣，就这样，把三巧迎进了宫内。

这是一路人马，还有一路人马，也是用卤簿仪仗队来迎接，是到赛冲阿府上去的。迎接乌伦他们，那也是平北英雄，这是男的一伙，都在赛大人府上。护卫把府门打开，赛老将军见大轿已经过来了，兴高采烈地欢送这些英雄。仪仗队有好几台轿，但是这些英雄没坐轿，轿只是个礼节，跟在后头。他们完全是骑马，因为都是男英雄。这些人有乌伦巴图鲁，随后跟着是小清风雷福、水耗子麻元、一声雷牛老怪、千里雁常义，这几位都威风凛凛地骑在马上。大家簇拥着他们向宫廷走去，到了后宫，直接进到寿康宫。

恭慈康豫皇太后在寿康宫的正殿坐着，周围众星拱月，都是皇后、嫔妃围着她。旁边的御座，是道光皇帝坐着。

三巧下了轿，慢慢地由太监领着，进入几道朝门，几道宫门，一直引到了寿康宫的正殿之外等着。不大一会儿，另一队人马，那就是乌伦他们也都赶到了，经过了几道门，也来到了寿康宫正殿的外边，在这，也由太监领着站在那儿。这时乌伦他们才看到三巧，他们互相用眼神传递问候，谁也不敢说话。这是非常严肃的地方，各自彬彬有礼地站在那块儿。一会儿要见皇太后，要见皇上了，都静悄悄地等着，都不敢出一声，这是一部分人。

又一部分人马，都是群臣，是皇太后懿旨点的这些人。不像每日早朝的时候，太监一宣布，早朝开始，大臣们就来了。应该陛见的大臣，这回是皇太后在家里请的，所以说，她喜欢哪个大臣就让哪个大臣来，她不让哪个大臣来就不来。来的这些都是有声望的，其中有几位是前朝的老臣，现在有的退了，有的没退，还在肩负一些国事，都是德高望重的，有过去侍候大行皇帝嘉庆爷的，有的是乾隆朝著名的进士。有内大臣、大将军赛冲阿，有大学士戴均元，还有大学士芦荫溥，芦大人，吏部尚书文孚，户部尚书昌赞、英和大人，理藩院尚书长龄，兵部尚书那清安，还有道光皇爷的文师，也是重要的大臣，汤廷珍老恩师。除此，还特别请了户部的侍郎汤金钊，汤大人，和刚搁承德回来的前任左都尉使杜筠，杜大将军。另外，正赶上穆彰阿到南方接漕运的事情之后，他赶回来了，皇太后准许他也来参加这个迎亲的大礼。现在他不是户部的右侍郎，是在监理漕运总督上行走这个衔。为什么请他参加，一个是太后对他好，另外，穆彰阿禀报太后和皇上，说三巧的阿玛，就是已故著名的穆哈连将军，和他家族同一个谱系，是他们的一个支，他们都是郭佳氏。他提出，把三巧接到京师，给她们续谱，将来三巧由他养活。前边说书人说了这段故事，正因为如此，穆彰阿就占了便宜，也来参加。

这几位大人到齐了以后，太监彭公公就出来说："太后懿旨，皇上传旨，请众将军，众爱卿进宫陛见。"彭公公拂尘一甩，宫门忽悠就打开了，请几位大人在前头先走，紧接着是三巧三姊妹，然后就是乌伦他们也跟着进去，后头还有众太监，侍卫也跟着进去了。皇宫香炉里烧的香，都是除岁时请香的香，他们一进来就有一股芳香味扑鼻而来。三巧悄悄地抬头往上一看，在大殿的正座，坐着不少人，中间坐着一位身穿官服，年岁稍长一些，那没问题，肯定是皇太后了。再看旁边的御栏里，坐着一个少年天子，很年轻，肯定是道光皇上啊。再看，太后的后边，还有很多穿着各种官服的女官，有的头上都有凤簪，那肯定是皇后和众嫔妃，两旁站满了仕女。皇上这边，站的是太监，一个个非常威风，肃穆。三巧不敢抬头看，她们悄悄地用眼睛一瞅，赶紧低下头。进宫以后，众大人先跪下，看众大人跪下了，三巧和乌伦他们都跪下了。几位大人一个一个报号，给太后和皇上请安。然后皇太后说，请到一边赐座。旁边都摆好一排太师椅，前头还有龙案桌子，桌子上有茶水，请几个大人落座。

紧接着，太监小声告诉三巧："三巧你们不要紧张，现在你们三个快上去给太后、皇上磕头，讲你们就是三巧，你们名字一个个地说，别着急，不要慌。"因为她们昨天也都练了，菱花馆主教过不少这些礼节，常有些外藩来的人，下头来的人不懂得礼节，必须有人教，菱花馆主常做这些事，她挺会做。何况三巧，这三个小姑娘非常聪明，在家的时候，云、彤二老早就跟她们说了，你见了皇上时是什么样什么样，应该是怎么个礼节。你们一举一动都要给你阿玛争光，也讲的非常清楚。所以她们胸有成竹，很感谢老太监的嘱咐。她们会心地一个个点了点头，太监又告诉她们："你们去吧，快去吧，到前头，跪下磕头。"

三巧三姊妹，很自然、很威风地走到陛阶前头，一个一个地跪下，然后叩头下拜。大姐穆巧珍低着头下拜的时候，就代表她们三姊妹禀奏说："已故三品侍卫北疆兵马总哨官穆哈连之女，穆巧珍、穆巧兰、穆巧云三姊妹，给皇太后皇上叩头，祝皇太后、皇上吉祥如意，万岁、万岁、万万岁。我们姊妹承蒙圣恩，被恩召晋京师陛见，万分荣幸，皇恩浩荡。现在我们给皇太后、皇上磕头了。"声音清脆、洪亮。

太后和皇上往下看了看，三个人穿的衣裳都一样，那是太后赏赐的衣裳，她们穿上显得特别好看、精神。太后就笑着说："你们三个小格格，抬起头来，让哀家、让皇上看看你们。"三姊妹这时候把头抬起来，太后就说了："好啊，你们站在一旁。"她们起来站到一旁，然后，就是乌伦率领他的几个弟兄，雷福、麻元、牛老怪、常义一起给皇上和皇太后叩头，并诚心地祈祝皇太后、皇上吉祥万福，万岁、万岁、万万岁。太后看了以后，也让他们站立一旁。

皇太后非常高兴，就说了："皇上啊，方才她们几个离的都挺远，我呀，也没看太清楚。这样吧，三巧她们都是女孩家，让她们到我们这边来吧，到我们娘们这边来，我们都是女人家，让她们到我这边来，不要太拘礼了，好不好啊?"道光皇爷忙说："好啊，遵母后懿旨，朕也很希望仔细看看她们三姊妹。"皇上告诉御前太监，把三巧领到太后这边。这一说，皇太后身边的众嫔妃也都特别高兴，都想看个仔细。她们在地下跪着，离龙廷还挺远哪，众嫔妃都是在皇上的御座之后，看不太清楚，所以都想让三巧到自己身边来，要好好看看这一母三胎长的什么样。就这样，彭公公把三巧领上了陛阶，绕过陛阶，又上了阶梯，到了皇太后的身边。

太后一见她们上来了，伸手去拉三巧三个姑娘。三巧慌忙跪地，头都不敢抬，太后就叫太监把她们搀起来，给我搬来几个绢丝小椅，就让她们坐在我的身边吧。皇后和众嫔妃往后退了退，皇太后身边就稍空一些，由太监搬来三个绢丝的小圆椅，让她们挨着太后身边坐下。这时太后一会儿捧起巧珍的脸，仔细看一看，啧啧称赞，一会儿又端详着巧兰和巧云。皇太后高兴地说："真俊气，哀家没看清你们，你们的衣裳一穿，就像一个人一样，现在我也分不清你们谁是长，谁是幼，好啊，好啊，一会儿到我那儿去，咱们娘们在一起好好地唠唠。"

三巧出现在寿康宫，在场的所有人，都暗中竖大拇指，无论是姿容，品行还是礼貌，没有不佩服的。大家都对已故将军穆哈连由衷地敬佩，这次见到他的三个女儿，这么出众，使满殿生辉呀。大家非常高兴，心里想，太后从心里头可能都甜透了，恨不能把三巧当成她自己的女儿才好。最高兴的当然还是英和大人、赛冲阿大人，也包括戴均元老大学士，他们是含着眼泪，总算是了却了心愿。

这时太后就说："皇上，现在就宣诏吧，有什么话你赶紧说。我呀，也坐累了，一会儿，我们娘们就领着三巧姑娘，回到后宫去了，有些贴己话我还想跟她们好好地唠扯。今天太高兴了，我呀，什么都忘了，有三巧在，这是咱们朝廷之幸啊，不但人才美貌，武艺又高强，这是大清皇上洪福齐天哪。"

道光皇上也知道老太后的心情，这些天来，由于天灾水患，特别是西疆张格尔闹的挺凶，道光满嘴都是泡。刚承继大宝，三年来，天灾人祸不断呀，一个接一个，就没看到自己的皇额莫高兴过，总是愁容满面。今天看到老太后高兴，头次听到她这种声音，看到这个欢乐的脸色，皇帝也格外高兴。所以道光皇爷说："好，好，就这样，叫公公，代宣朕的旨意。"

彭公公走上陛阶的前头，展开了圣旨，他在宣读之前，又说："众臣和乌伦等人，接旨。"这声音刚落，下头众大臣还有乌伦众兄弟，都匆忙跪在地下听宣。在陛阶上头，皇太后身边的巧珍、巧兰和巧云一听着急了，自己赶紧要起来，想匆匆地下到陛阶，跪下听旨。太后看到高兴，就把她们三个小姑娘轻轻用手一按："孩子们哪，你们坐下吧，坐下吧，别动了，来这听宣就行了。"三巧恭敬地向皇太后谢圣恩，就没下去。

这时彭公公宣读谕旨，第一道圣谕是：

图泰等奉朕命，治理北疆，荡平潘家，安抚九拐，名冠北海，图泰等殉节，黑虎之役，顽敌落网，翦除我大清百年之患，功彪清史，勇冠三军。图泰、乌伦等人，各有恩赏，以彰后人。朕命乌伦等人，速赴漕运治军，为国效力，望不负朕命。三巧姊妹，功高盖世，蒙皇太后垂爱，暂居宫中，待日后听诏。

这圣谕讲的非常清楚了，乌伦他们去漕运治军，三巧在宫中陪皇太后，以后怎么办？待日后听诏。

彭公公，宣读完圣谕以后，又命六位太监，每人捧来一个御匣，上来以后，彭公公就说：“现奉皇上旨意，请乌伦、雷福、麻元、牛老怪、常义等人接受恩赏。”乌伦等人过来，跪在那块儿，彭公公说：

“现将赏赐乌伦巴图鲁等人，另有文强一份，因其母丁忧，近日已回到故里，没在京中，他的赏赐由乌伦代领。赏赐的内容，每人赏金花一枝，御赐黄马褂一件，各记战功一次，钦此。”

乌伦他们叩拜谢恩，就把六位太监送来的宫匣都接了过来，文强那份，由乌伦巴图鲁接过来，站在那儿。

这时皇太后就说：“三巧啊，皇上给的奖赏，这些礼品和这些赏赐，没你们三姊妹的份，咱们女孩家，也不插那个男人的花，黄马褂是给巴图鲁那些英雄们的，你们也用不着，对你们赏赐，好在皇上说了，以后有特赏，就不要跟他们争了。”说着自己嘿嘿笑了。

彭公公等皇太后说完话以后，又说：“现在我奉旨，宣召第二个圣谕，众臣接旨。”各位大臣和乌伦他们，又都跪下接旨，这道圣旨是这么写的：

“朕恤治北将勇，名传后世，永祠其节。特赐穆哈连忠义将军旌号；特赐图泰智勇将军旌号；特赐卡布泰建威郎旌号。特赐凡嘉庆年以降，北戍将士殉职人等，核其功赐授建威郎旌号。精奇里江处建祠，春秋致祭，子孙渼庇。礼部与将军责办。钦此。”

这道圣谕念完以后，众大臣和乌伦他们山呼万岁，谢恩，三巧也感动地落下了泪。这是皇恩浩荡啊。这个圣谕是专给那些为国捐躯的将士下的圣谕，给他们一个封号和表达对他们的思念，要永远祭祀他们。这些事让谁来办呢，由礼部和黑龙江将军来办这些事儿。这里就包括穆哈连是忠义将军旌号，图泰是智勇将军旌号，卡布泰是建威郎旌号，除他们以外，从嘉庆初年一直到现在，凡是为北部的疆土殉职的所有人等，要很好地核查他们的功劳，然后赐授建威郎旌号。这不单纯有功号，有名位，说书人必须说一下，根据他们的功号，每年每月要给他们银两，对他们的子孙也要照顾。这个事，所有的将士能不感激涕零吗？这还不算，圣旨又提出来，在精奇里江那块儿，要建庙，建这些英雄的庙，而且一年春秋两季要祭祀，以表彰他们忠于国家，忠于大清，捍卫疆土，不做贰臣的英雄事迹。他们所有的子孙应当受到朝廷的爱护和庇佑，不至于老人死了，自己孩子没人管。就像图泰大人，夫妻两个一块儿去世了，他的孩子得有人养活，卡布泰也有八十高龄的老母亲，还有他的弟弟，孩子，现在皇上都给做了安排。这件事儿落到礼部和黑龙江将军衙门，要责令专人办理。这个事儿，使大家非常高兴，乌伦满眼落泪呀，麻元、牛老怪他们谁不哭啊，心里头说，图泰师傅，你瞑目吧，皇上要管到你的儿孙。整个的大殿，感激的呜咽之声，汇成一片，赛冲阿、英和等大人都跪地磕头，欢呼万岁、万岁、万万岁。

闲话少说，接着彭公公就宣布：“奉太后懿旨，在寿康宫赐宴。”太后赐宴，特别有意思。皇太后身边的所有人等，都到另一桌吃去。她命皇后钮祜禄氏，领着众嫔妃在一个桌子吃吧，别来这儿搀和。“我呀，今天就带着皇上，还有三巧，我们自己在这个桌子坐了。彭公公，你呀，来侍候我们，你给好好地拿菜，上哪盘菜的时候，你不用先给我夹，也不用先给皇上夹，先给这三个孩子夹，让她们一定吃好了。”皇太后的眼睛，就盯着这三个小丫头，怎么看怎么喜欢。

再说，众位大臣，赛大人，英大人，戴大人，芦大人他们几位老哥们在一个桌子，另外，乌伦巴图鲁领着他的几个兄弟，还有刑部、工部、军机处一些下属的侍卫陪着他们在一个桌子，就这么四个桌子。哪个桌子人最多呢？嫔妃、皇后那个桌子人最多。其实，谁能吃下去呀，天天都吃这个，今天就是看这个喜事而已，所以皇后领着众嫔妃，也就是尝一尝，看一看，一看三尝，宫廷的生活就是这样。

寿康宫赐宴，这是皇太后和皇上对北疆凯旋归来将士的恩典。太后心里头高兴，痛快，也舒畅。多少日子以来，太后总是愁眉苦脸。我没说吗，让张格尔这些叛匪给闹的，再加上连年水灾，逃难的人甚多，匪患不断，道光皇上没睡一天安稳觉。这次三巧三姊妹和乌伦他们来了，还冲了一下愁闷的情绪，宫廷上下一片欢乐。三巧也给太后带来了无尽的笑颜。皇太后对什么山珍美味没尝过呀，她吃不下去。这天她心情特别好，就是想让北疆这些受苦的英雄们好好吃一吃，让他们享受一下，也表示朝廷对他们的体恤。所以，皇太后坐的桌子，除了皇上就是三巧姊妹。我没说吗，再就是彭公公和几个太监，转圈站着一排，每人手上端一个盘子侍候着。桌上摆着各样的菜，还有没上的，有的正在上的，像穿梭一样往复不断。那边是皇后领着众嫔妃，那边是赛大人和英大人他们在一起推杯换盏，吟诗唱和，也挺热闹。那边是乌伦巴图鲁带着自己的几个小兄弟，雷福、麻元他们，有军机处的、有兵部的陪着，大家谈笑风生，气氛十分热烈。

这个桌子，太后有意让三巧吃好，就怕亏待她们。这三个小丫头，很腼腆，不吃还不好。太后就那么笑着，看着，还直嘱咐，让彭公公你得好好给我侍候，一定给三巧姑娘们选好菜，给她们夹好菜，一定让她们吃的香，吃的好，吃的痛快。可怜这些孩子呀，从小就无父无母，才这么大就转战北疆，东挡西杀，为朝廷效力。太后心里头一阵阵的心酸，眼睛就湿润润的。道光皇爷在旁边看着，他的心情也跟太后一样，也非常怜爱这三个姑娘，因为她们都是穆哈连的遗孤。穆哈连从授命到北疆，那时候他还是太子，一去就没回来过。现在看的，是他后起的一代，是他的三个姑娘，真是斗转星移。所以他有很多的感慨，这三个孩子，不是在家里头做什么女儿活，当什么格格，享什么福，而是继承父志，出生入死，为我的朝廷在征杀。此时，太后心里头是一种怜悯的心情，而道光皇爷是以另一种心情看她们，非常钦佩她们。

太后心里想的挺多，觉得这些孩子，她们也没吃什么好东西，也没看过什么好的玩艺，够苦的了。太后想，自己是个大臣之女，从小就美食锦衣，受到良好的教育，有几个大臣教她汉学。太后的诗文相当好，清代好几个皇帝都是如此，诗文都好。道光旻宁不但武功好，诗画都非常好。太后有的时候笔墨丹青，她画的梅花是很出名的。老太后自从被选进宫中，就得到了嘉庆皇爷的垂爱，很快就成了贵妃，现在她才四十多岁。在她四十多年的生涯中，可以说，她都是在父母之爱和宫廷大内度过的，现在虽然是老皇爷走了，寡居深宫，但是自己已经成为母后，龙驭天下。想起了三巧，跟她是天壤之别，人家这三个小丫头，没享过什么福，也没受过什么高深的文化教养。可以说，十七岁的孩子，受了十七年的苦，没见过太大的世面。从这她就想自己更应该怜爱这三个姑娘，才对得起她们死去的父亲。于是她浮想联翩，想起了她当贵妃的时候，和嘉庆皇帝在阅武场看过云、彤二老林家的拳法、刀法和各样的武功。当时太子旻宁，还有穆哈连和现在已经死在北疆战场的图泰，都是跟云、彤二老学武艺的。偶尔的时候，嘉庆爷颙琰把自己的龙袍一脱，换上武服，也下场跟他们比试几招，他们就是这样的关系。林云鹤、林彤鹤那是大清国中一流国师，乾隆爷就很赏识，很器重。乾隆爷驾崩之前，就告诉自己的太子嘉庆帝颙琰，要好好向二老学习。云、彤二老不服老，到北疆去了。太后和皇上知道，他们是惦着穆哈连，陪着穆哈连去的，这前书已经讲了。旻宁曾经写了一首诗，送别恩师云、彤二老，这首诗有这样一句：人老心不老，壮心为北疆。写的很有感情，云、彤二老这么大岁数了，还为国守疆，能不使他感动吗？不但如此，他们还侍候穆哈连一家，让穆哈连安心地做好北疆各方面的事情。穆哈连殉难以后，家里的事情全都由二老承担。这还不算，他们把林家的全部剑法都传授给了穆哈连的三女，使三女成为盖世巾帼英雄，为大清朝培养了栋梁之材，这不让人们尊敬吗？太后想到这儿，就跟皇上会心地一笑。

他们这时想的事非常多，甚至又想到了，现在还在北疆的云、彤二老，但是，太后和皇上都没有提云、彤二老，为什么？怕这三个姑娘想家。要一提云、彤二老，这些小姑娘肯定就没心思吃这个御宴了，怕她们哭。太后和皇上只是眼泪在眼圈里转，心里头就这么想。他们又惦记着，又喜欢穆哈连的三女。太后知道，穆哈连为人忠厚，非常勤恳，武术学的最好，所以说，嘉庆皇爷才放心，把他派到了北疆，让他治理北疆，去铲除俄罗斯的魔掌，亲赐他三品侍卫。这个衔在当时是挺高啊，三品侍卫，等于副尚书，也就是侍郎这么高。将军一般说来是正二品或从二品，统领有的是三品或从三品。为啥给他这么高的职衔，就是让他有这个权，能拿得出去，打得出手，说话算数，能代表皇上出马，震住邪恶势力。

说到这儿我插一句：图泰受命从二品衔，他不是破例。赛冲阿和英和大人就把大行皇帝嘉庆爷授权给穆哈连那个办法，让道光爷来接受，说只有这样，到北疆才能办事。要不，边疆那块儿相当乱，鞭长莫及，天高皇帝远，你没有重权的人压着，镇着，很多事情没法办。当时，嘉庆爷赐给穆哈连三品侍卫衔，而且任命为北疆兵马总哨官。北疆兵马总哨官这个官衔，也是唯有嘉庆朝设立的，过去没有这个衔。圣祖爷康熙的时候，没有这个衔，雍正朝、乾隆朝都没有这个衔，这个衔就是赛冲阿、英和和文孚、芦荫溥这些大人帮助出的主意。北疆现在非常乱，罗刹已经南下，把我们的疆土都划成他们的了，他们为非作歹，横行霸道，说杀就杀，说抢就抢，光靠将军衙门管不过来，他也没有这些权利，必须把专人派过去，就抓北疆的事，直接和罗刹对着干。罗刹就专有治理西伯利亚的人，人家专有这个官，咱们没有，咱们也应该有这个。当时的嘉庆爷接受了禀奏，就设立了北疆兵马总哨官这个官衔，由谁管？由搁皇帝身边去的，武功高强的穆哈连来承担。

这事还真做对了，他去了以后，从打牲衙门这个角度，可以管起来，这样北疆的事情就能抓的实，抓的稳，抓的狠，一步一个脚印，不像过去拖来拖去呀，结果使我们的疆土一点点被罗刹蚕食。穆哈连虽然在北疆殉难，紧接着图泰又去了，做的也很好。太后想到这儿以后，就觉得自己也有愧，光听穆彰阿那些人讲的，有愧于这些人，今天说实在的，她赐宴让三巧她们好好吃，好好玩，让乌伦他们好好吃，好好玩，也是对她自己一种内疚心情的安慰。过去还曾经逼着皇上发过圣旨，要免去他们的官，看来这都错了。另外，皇太后有的时候也听谗言，让老的都应该退下去，现在皇太后，就觉得老的非常重要，姜还是老的辣呀，怪不得，大行皇帝嘉庆这么喜欢他，这么崇拜他，确确实实，他们都是乾隆爷的托孤之臣。由这儿，老太后的心情一下都变了，就对三巧和乌伦，甚至英和这些人，又开始亲近了。

这时她就告诉皇上："皇上，我在这儿跟三巧唠一唠，一会儿，身子骨乏了，就到后宫去。三巧啊，你们三个要吃好，跟我进宫行不行？你们愿不愿意？"三巧都非常高兴啊，就说："太后要我们怎么办，我们谨遵太后圣谕。"太后说："等吃好了，咱们就不陪他们，你们跟我还有侍卫，几个太监公公，你们到我那儿去，在我那儿，我有好多的话要问你们。北疆，我没有去过，没见过，你们多给我讲讲北疆的一些掌故，我呀，非常爱听啊，我也想，变变我的心情，好不好呀？"巧云说："太后，您老爱听，我们能讲，就是讲十天、半拉月，我们也能讲，一定让太后高兴。"太后说："好啊，好啊。"太后笑的声音非常爽朗。

皇上谨遵太后之命，就去看望英和大人，和英和大人商量明天的安排。因为现在黄河泛滥，京杭大运河由于淤泥被冲开，山东鲁运河那段和江苏运河那一大段，没法走船了，而且由于连年水灾，两岸的居民无法生活。所以出现了很多匪患，这是东面。西部新疆那块儿，有张格尔叛乱，真是多事之秋啊。道光皇帝赶紧和兵部那清安还有赛老、戴老、英和大人他们商量，让乌伦巴图鲁受命为副统领，组建保护漕运的新兵，马上就开拔去治理京杭大运河。这样，乌伦巴图鲁和雷福、麻元他们，就不能在京师待着，今天吃完御宴以后，他们就赶紧南下。另外，在漕运上行走的总督穆彰阿最近刚回来一趟，又赶上三巧来，他忙乎几天，还得赶紧去漕运。这些事太多了，道光皇爷得一一做安排。

这时，皇太后命彭公公把皇上请过来。道光皇爷来到太后的身边，太后已经站起来，正要领着三巧姑娘回后宫去。太后说："皇上哪，我要回后宫去了，身子骨乏了，我领这三个闺女，到我宫里坐坐，我们娘们在一起好好唠唠，我想听她们讲讲北边的事，这三个小丫头，太招我喜欢了。"皇上就说："那就恭请母后回宫歇息吧。"皇太后刚要走，那边的皇后领着众嫔妃也都纷纷站了起来，恭送皇太后回宫。

送走了皇太后和三巧以后，皇后和嫔妃们，也都离座要走。其实皇后和嫔妃们，也不愿意老这么坐着，就因为太后未起座，她们不能动啊。现在太后走了，也就随便了。她们跟皇上告别以后，有众太监和侍卫的护送，也就离开了御宴这个地方。

这样，参加御宴的就剩下了众大臣和乌伦巴图鲁他们。这时英大人把乌伦召唤过来，英大人正嘱咐他："你们吃完了，赶紧回去收拾行囊。今天晚上我和穆彰阿大人，那清安大人，文孚大人在一起商量漕运的事儿，听听众大人的意思。然后你还有很多事情要办，一切安排好以后，你们马上到漕运去，赶紧抓朝廷要办的事情。"乌伦巴图鲁恭恭敬敬地跟大人说："我们已经吃好了，我们现在就回去。"正说着皇上过来了，乌伦巴图鲁和雷福、麻元他们又跪下，向皇上叩别。

道光皇上说："乌伦哪，朕就不再留你们在京师多歇息几天了，你们虽然很辛苦，现在重任在肩，你们早点儿办完京中的事情，赶紧去山东鲁运河那块儿，一定把诸件事情办好。"乌伦巴图鲁跪在地上说："请皇上放心，乌伦很快就奔赴漕运前线去。"他们几个叩拜皇上和众大臣，也都走了。

现在就剩下几位大臣了。他们这些老哥们，好长时间没这么聚到一起，大家喝酒吃菜都是小事，能凑到一起聊聊实属不易。前书没说吗，各有各的事，非常忙啊。今天能有机会，大家坐在一起谈一谈，很不容易。前些日子，戴均元大学士，身体不好，在家歇息。不久前，赛大人到陕西一带查访，刚回来不多日子。大家很长时间没见面了，有很多话要说，谈的都非常投机，所以，他们在一起就恋着，还没有走。皇上就说："不知道众位大臣都谈什么呢？请汪师说一说。"

汪廷珍也是尚书，我没说吗，他是教皇上文化的老师，汪廷珍就说："启奏皇上，大家正在唠呢，因为三巧来了，看到她们的英姿，就想起了她们的阿玛穆哈连，也想起了她们共同的恩师，也是我的好友，也是皇上您的恩师，云、彤二老啊。大家都在谈他们，今天的御宴上，缺席的人，就是云、彤二老。这次平北所有的功劳，和这些将士的凯旋，以及对北方周边的诸件事情，办的这么顺利，皇上你想，有功的第一人就是云、彤二老，咱们谁能忘了。现在这老哥俩，孤零零的还在北边呢，不知他们怎么惦念这三个小丫头。唉！说到这里，皇上，我心里真是一阵酸酸的难受啊！"

这时，戴均元、英和、赛冲阿和文孚他们，也都是唉声长叹，心里一阵酸一阵，都含着眼泪。这话触动了感情非常真挚的道光皇帝。他刚才跟皇太后坐在一个桌子，他一口菜也没吃进去，他就看着三巧在吃，心情一阵一阵地难受。他也在思念自己的老师云、彤二老，众位大人这一说，又把他的感情勾起来了。

道光皇上性格非常深沉，而且很重感情。他做的诗很美，后来留下的太子诗，就有不少。道光皇上这时从他龙袍里头，拿出来一张纸，是用工整的楷书写的一首诗，拿出来了："汪师傅、英和大人和众位大人，这是朕昨天晚上知道三巧她们到京了，我的心情啊，相当激动，就想起了过去一段在云、彤二老训教之下，学武术时候的情景。云、彤二老那可是严师，有时候不管风风雨雨，老师傅站在校场，教我武艺，我还不愿意天天学，也常受到云、彤二老的训斥，由于思念老师，我就写了一首诗，聊表我的心意，拿出来请各位大人雅正。"

英和也是好写诗的一位大人。英和一生写了很多诗，特别是他到后来，被流放到黑龙江时，他的诗最多。英大人一听，道光皇上有诗，就高兴地说："皇上，这诗给我看看，我受您的启迪以后，也步您的诗韵，写一首拙诗。"大家一听，更高兴了。这时文孚就命侍卫们赶紧拿酒来，又给上了两个菜。这些大臣又坐下，让侍卫把皇上的御座给安排好，请道光皇上落座。

道光坐好了以后，就把那张纸拿出来，说："我给你们先念一下，不，我给你唱吧。"道光唱歌特别好听，他对古律是非常精通的，他往往是自己填诗自己唱，并用散曲来唱他的诗，就有这个能耐。自己做诗自己用曲子把它唱出来，你要押他的韵，也得唱。英和，英大人一看，这实质上是跟我叫号，叫板，英大人笑着说："陛下，既然要唱诗，我谨遵陛下的意愿，步皇上的诗韵，然后给陛下和众大人唱我的诗。"大家一听，连声鼓掌叫好，都愿意听道光皇爷和英和大人他们的诗和歌。

这时，御宴厅里的侍卫和太监一听，这块儿这么热闹，不少人都围过来。道光旻宁就说了："我诗的题目是《忆武馆夜》，是回忆当年做太子的时候，晚上在武馆练完了武以后，夜里，要回到自己的府邸去，我回忆这一段的事儿，写的是七绝。"他自个儿就唱道。说书人没这个嗓子，我只能给各位阿哥们念一遍，这就是终身的遗憾。旻宁的《忆武馆夜》，七绝：

涟漪碧水浸苔痕，垂柳丝丝掩静门。
月上层楼惊鸟梦，雨来庭院浴花魂。

这诗从字面上来看，非常工整，是写景的，是夜里的景致。你看这诗写的多么好，月上层楼惊鸟梦，雨来庭院浴花魂。这诗从表面看是写景的，实质上是写他练武挺晚回来，路上所看到和所想的心情，写的挺深，道光皇爷旻宁，很有感情。

道光皇上唱完了以后，英和边听边摇着脑袋，闭着眼睛，仔细地听，边品味诗的内容，边构思自己的诗。等道光皇爷把这诗唱完一遍以后，英和脑袋多快呀，马上就说："皇上，我就步您的韵，押您的韵，我也写一首七绝，我也把它唱出来，我这首七绝，题目是《忆故人》，回忆我们过去的老朋友，接着英和放开自己的嗓子，唱着古韵、古歌：

寿宫琼液传觞饮，丝弦屡屡奏捷吟。
月下故朋成新鬼，英名北域百世魂。

这韵押的多紧，紧紧扣住道光爷的诗韵，而且用了他诗中两个字，在这一绝的后两句，道光爷用了“月上”层楼惊鸟梦，英和怎么对的呢：“月下故朋成新鬼。”月上月下不但押韵，而且字也用的这么紧。最后一句，道光爷是“雨来庭院浴花魂。”英和扣的更紧，和现在的事情连的更密，怎么用的呢：“英名北域百世魂。”就把这“魂”字扣住。

英和唱完以后，汪廷珍大人不断地称赞。芦荫溥，也是清代的诗人，听起来就说：“英大人，你步的韵，押的这么紧，这么快，真是智高绝伦哪。”英和马上说：“不能，不能这么说，我的诗，赶不上皇上的诗。”他谦虚着。英和这首诗，更有感情，旻宁那首诗呢，是以景赋情，表面是写自己看到的风景，把自个儿的心情用隐讳含蓄的手法表现出来。英和没这样，而是直陈其事，这和他的性格完全相同。你看这诗写的多好。

御宴厅里，大家推杯换盏，分外高兴。是皇太后和皇上赐宴，庆祝将士凯旋，丝弦屡屡奏捷吟。上两句是说这个事。下两句，把他心情摆出来，也就是大家现在想的事，月下故朋成新鬼，英名北域百世魂，现在每天夜里头，在北疆那块儿，我们不少自己的老友，像穆哈连、图泰、卡布泰他们，都死在北疆了。不仅仅是他们，还有不少的将士，为了捍卫我们大清的疆土，他们成了月下的新鬼，留在了那块儿。月下故朋，这些都是我们过去的老朋友，我们自个儿的亲人，他们为了守疆，殉难那块儿。英明北域百世魂，他们的英名英魂不散。他们虽然死了，可他们的英魂还固守北疆。这诗多有感情，多么振奋人心哪。

英和这首《忆故人》写的很深沉，充满了报国、爱国之心和对那些为捍卫大清的疆土，牺牲自己，抛头颅洒鲜血的人，那种无尚的敬仰、怀念的感情，如跃纸上。大家听了都觉得解渴，舒服，真说出了心里话，大家啧啧称赞。英和，英大人，是随机想出来的，不是已经作好的，是现根据道光皇帝的诗韵马上写出来的。人家用的啥韵，你就得押什么韵，没有文字的功夫，没有汉学的造诣，根本写不出来。在座的这些大人都是进士出身，都有自己深奥的才华。他们都这么佩服英大人，可见不一般了。

英大人余兴不减，又勾起许多心事。英和很重感情，他跟太后、皇上一样，见到了三巧以后，真是百感交集呀。多少年来为了治理北疆，他和他的老朋友戴均元大人、赛冲阿大人，费了多少心思，遇到多少坎坷。为使大行皇帝嘉庆爷在国纲、国政上不走邪路，他们向皇上献了很多良策，特别是让穆哈连去治理北疆，使北疆得到了巩固。他们帮助道光皇帝行好这个船，把住这个舵，不走上邪路，能乘风远航，使大清的江山更加蒸蒸日上。现在他们一看，连小丫头都出征了，他们能没有想法吗，原来这儿的故人，一个一个都走了，所以英和大人心情很激动，他的诗情被勾起来以后，就像开闸的水停不住了，急忙说："皇上，我现在又有一首诗，这首诗我还没经过仔细地推敲，还有些字可能太生涩，不那么好，不过为的直抒胸臆，我想皇上和众位大人都在这儿，我就念一下，请皇上和众位大人赐教。"

道光旻宁一听很高兴，连连说："好啊，我愿意听，真愿意听。"众大臣，也都鼓励英和，英大人："好，英大人，你就说说。"大家为什么这样说？因为这些大臣和英和都是莫逆之交，他们都是一种心情，可以说都是嘉庆爷留下的忠臣。他们想的都一样，一样的坎坷，一样的思虑，一样的心迹。所以他们知道，英和，英大人讲的话，那肯定是他们的心情，他们愿意在皇上面前讲讲这些话，让皇上好好听听。

英和就说："这是七律，这首七律的名字，叫《遥寄》，我向遥远的地方寄去我的一颗心，寄去一种感情。"接着英和念道：

干邪雄风震宇寰，怒翦恶氛盖世功。
耄耋犹存凌云志，丹心耿耿照盛清。
济世筹边育心知，飞啸三巧一腔情。
元勋殷殷开伟绩，遥吟心曲万年青。

就这一首七律，多有感情，大家听了，真像说到自己心里去了。遥寄给谁呢，大家一听就知道了，是他们想念的云、彤二老。包括皇上在内，把大家的心情都聚到一起了，把大家的感情都给表达出来了。正像刚才汪廷珍大人所说的，想的就是云、彤二老。你看他写的多深沉，把云、彤二老的功绩，在他这首七律里头，都给反映出来了。而且也把我说书人说这部书的名字，也给点出来了。我说书人说这部书的名字，就是英大人给起的这个名字。

各位阿哥，我把这诗再学说一遍，干邪雄风震宇寰，干将莫邪是古代一种剑的名字，干邪就是古代的神剑，这里借用过来，是指林家剑，借用这个典故。干邪雄风，林家剑的雄风，那是震寰宇，在世上无敌天下呀。老林家的剑，怒翦恶氛盖世功，就是铲除那些妖风，有盖世的功名。耄耋犹存凌云志，年岁已高了，都六七十岁的人，耄耋之年，这么高的年岁还存凌云志，丹心耿耿照盛清，为大清的基业，表示他的耿耿丹心，他的凌云壮志犹存。虽然年岁增高，但壮志不减。济世筹边育心知，老人到现在呀，还以济世筹边为己任，为了边疆的事情在筹谋着，而且，育心知，还在培育着心中的知音，新秀。下句你看，飞啸三巧一腔情，他现在培育的是飞啸三巧，他们林家剑就是飞啸剑，现在培育的就是三巧姑娘。他把满腔的热血呀，都献给了三巧啊，把三巧培育起来，林家有了承继之人，国家有了栋梁之材。虽然穆哈连走了，图泰走了，可我现在给你大清朝皇上，又送上一代人，就这种耿耿丹心，一腔情。最后一句呀，是他写对老人的怀恋。为啥叫元勋，元勋是指开疆创业的这些前代人。英和英大人说，云、彤二老是高宗时代，即乾隆爷时代的人，是乾隆爷看中的人，器重的人。乾隆爷把他们交给了自己的儿子颙琰，嘉庆皇帝。嘉庆皇帝又非常尊重他，现在又到了道光朝，他们是三朝元勋。他们用一片真心，创造很多英雄的业绩，我来这，唱一句我心中的曲子，祈祝老人万年长青啊，永远长寿。英和就是这个心情。

道光皇帝听了，垂泪而下，就连穆彰阿这个心肠挺狠的人，听了半天没有出声，自己也含着眼泪。那就不用说赛冲阿、戴均元心里头是多么高兴了。戴老就说："英大人，你把我老朽的心情都反映出来了，你说的就是我老朽的心情啊。皇上，咱们什么时候，应该派亲人，或者是钦差再到北疆去，以皇上您的名义，请二老回到京师来，让他在这儿安度晚年。现在三巧已经来京了，让二老孤苦伶仃的在北疆生活，多有不便呀。"道光皇帝说："这些，朕早有考虑，因为现在事忙，还没有安排好，请众爱卿放心。必要的时候，朕要亲自去请二老回京师，颐养天年。"大家说的都是心里话，越谈越亲近。就这样，他们一直谈得很晚。

咱们现在再转到寿康宫，恭慈康豫皇太后，现在干什么呢？老太后回去后，先在内暖阁稍事歇息一会儿，由众仕女给她擦擦身上，捶一捶背，揉一揉腿，老人就精神了。她惦着三巧，这时三巧在外厅里坐着，她们喝着茶，没敢打扰太后，想让太后好好歇息一会儿。三巧由众仕女陪着，看看宫廷的壁画，到后面御花园里头，观赏那些盆景。这些盆景都相当好，都是搁江南水乡移过来的，有各样的花卉和各种的植物，一进大厅里，就芳香扑鼻，池子里还有各种鱼在游玩。

不大一会儿，太后就醒了，到了前厅。仕女把三巧请回来，跟太后坐到了一起。太后还嫌她们坐的远，说咱们都坐在炕上。老太后，盘腿坐着，让三巧她们也都上炕。三巧说："还不习惯。"太后就说："不要拘束，现在你们到我跟前，就像我的孙女一样，不要那些个礼节了，都在我这儿，随便一些，我不怪罪的。"太后一再说，三巧她们才渐渐放松，不那么紧张了，跟老太后也就更亲了。她们坐在老太后的跟前，有时候，巧云就半躺在太后的身上，太后就搂着巧云。搂着她们几个，就像搂自己的孩子一样。

这时候，太后马上跟彭公公说："彭公公，我问你，今天我这么忙，就忘了一件事，我怎么没看见我的孙儿呢？"她想起贝勒爷，小奕纬啊。彭公公一听也大吃一惊。是啊，这小奕纬从来就离不开自己的奶奶，虽然不是自个儿亲奶奶，可现在是皇祖母。因为他的皇阿玛，道光爷，叫皇太后，所以，皇太后就跟自己的亲奶奶一样。小奕纬在皇太后跟前，好撒娇，皇太后非常喜欢他。前书不讲过吗，就为了给三巧和图泰他们打抱不平，他曾经不是进来过吗，头上还扎一个白布条子，这些个各位阿哥没忘吧。小奕纬早就听说三巧要来，他日日在盼着，天天掐手指算，还有几天了，快到了吧……。怎么闹的，今天见到了三巧，却看不着太子奕纬？这事一说，把彭公公也忽悠吓了一跳，是啊，是不是太子有病了？

说书人还得说，道光皇爷现在就这么一个儿子，特别喜欢他，小奕纬也挺聪明。道光皇爷做太子的时候，就很喜欢他。小奕纬是在嘉庆十三年生的，现在刚十五六岁，比三巧他们小一两岁。嘉庆皇爷，就是他爷爷，很早就把他封为贝勒。现在道光当了皇上以后，虽然明着说他不是太子，实质上就是太子。大家都知道，将来很可能奕纬能承继大宝。现在谁也不敢说这个话，因为道光皇爷刚承继大宝，自己正是年富力强的时候，谁敢说这个。小奕纬很懂得礼仪，诗文全通，而且武术相当好。学武术，非常勤快，好打抱不平。他的奶奶就是现在的皇太后，隔三差五就问问："小贝勒怎么没来，小贝勒爷怎么样，小贝勒爷舒不舒服，忙什么呢？"一见不着就打听。今天因为三巧来，老太后的心情完全放到三巧身上了。一见到三巧，就像自己的孙女来了一样，把老太后的整个脑袋全占上了，她这时就忘了小奕纬。早晨陛见时也忘了问这个事，吃饭的时候，她光顾照顾三巧了，也忘了小贝勒。过去她一吃饭都看着小奕纬吃饭，小奕纬总是在太后跟前转来转去的，今天把这事忘了。太后着急了，就忙命彭公公赶紧到太子宫去看一看，另外找一找他的额莫。他额莫就是和妃。

说起和妃，说书人还要说几句，她在道光皇爷当太子的时候，是皇阿玛，嘉庆皇爷宫里的一个小仕女，长的很好看，也挺俊俏，非常机灵，得到了嘉庆皇爷的喜爱。嘉庆皇爷又挺喜欢太子旻宁，就把这个小仕女赏给了旻宁，做他的福晋。他俩成婚以后，感情还挺深，后来，这个小宫女就生了个孩子，就是小奕纬。小奕纬降生以后，这小宫女因生了儿子，自己的身份马上就变了，就是正身的族人了，再也不是奴仆。道光当了皇上以后，就封她为嫔，前不久又晋封为妃，叫和妃。这个女人，心地善良，娴雅、温柔，在宫廷里头除了皇后钮祜禄氏以外，和妃因为生个儿子，声望很高，太后也很喜欢她。

不过，小奕纬这个孩子虽然才十五岁，但是好动的厉害，好武术，又好郊游，这都是太后和道光帝给惯的，特别任性。皇太后不但惯他，也非常疼他，就像宝贝疙瘩似的。因为什么呢？才我已经说了，道光帝现在已是四十多岁的人了，当了皇帝以后，惟独就这一位太子，作为将来的储君。道光帝到了道光十三年的时候，他又生了一个儿子，就是未来的咸丰，现在呢，只有奕纬。所以，小奕纬像心肝宝贝一样，宫廷里都宠他，他要吃什么就给什么，谁都不敢说二话。他想要摘星星，你就得想办法给他摘到，就这么重要。

可是现在突然找不到了，作为太监们也有责任。彭公公害怕了，颠颠地赶紧到和妃那，问和妃。和妃说：太子这几天没住我这儿。因为，奕纬非常任性，愿意自己住个地方，有几个小太监和侍卫来侍候。他身边还有个老管家，薄公公，也是几代皇帝的太监，嘉庆皇帝当太子时候，就在嘉庆的身边。嘉庆驾崩以后，他就始终跟着道光皇帝。道光非常信着他，就把他赏给了自己宝贝儿子奕纬，侍候奕纬。道光皇爷嘱咐他：“你别让他太任性了，他要太淘，你就管他，实在管不了，就告诉我。你多劝劝他，他挺尊敬你，还只有你，奕纬能听进去话。”这样薄公公就成了他的老管家。

彭公公到和妃这一问，把和妃吓了一跳，她告诉彭公公，你赶紧去见皇上，可能皇上知道这事吧。这样，彭公公慌里慌张地去见皇上。这时皇上还在批阅奏折，正在忙着。彭公公来了，皇上还以为他是搁太后那来，没等皇上问，彭公公就先说：“禀皇上，太后问，您知道不知道奕纬贝勒在哪里，今天怎么没看着他呢？”这么一问，又把道光爷问蒙了，是啊，今天他也没见到奕纬呀。这一天从早到晚，三巧陛见，完了赐宴，忙乎了一天。刚才又安排完乌伦他们去漕运的事，他脑子根本就没想到太子。照顾太子多是太监们和侍卫的事，他确实想的很少。这一问，他也觉得挺怪呀，道光爷反倒问："彭公公这是怎么回事，你没见到奕纬吗?"

彭公公慌张地禀告皇上："我们没见着呀，刚才呀，是太后说的，我们一想，也确实觉得奇怪，我就赶紧到宫里见和妃，和妃娘娘说也没看着，她让我们到皇上您这儿，问问奕纬是不是在您这儿?"道光皇爷说："哪有这个道理？岂有此理？小奕纬，从来不敢在我这儿呆着，我管教很严，虽然我疼爱他，但是他不敢到我这儿来。那，上哪儿去了呢?"道光又想了想，不会走的挺远，这孩子好动好玩，是不是郊游还没回来？另外，他又怕太后上火，着急，得了病，所以忙又嘱咐："彭公公啊，怎么办哪，你呀，带几个侍卫，悄悄地到处找一找，这个事先不要跟太后讲，免得太后上火。老太太本来挺着急，惦着孙子。你到那儿不要说，你就这么说，奕纬他呀可能是郊游没回来，不会有事。明天太后不是要看三巧她们献艺吗，到那时候在圆明园鹿苑的技艺场，总能见着她的小孙子，让她不要惦着，今天晚上让太后好好歇息歇息，记住没有?"彭公公喳喳称是，就这么退了出去。

彭公公又匆匆来到寿康宫，把道光爷刚才那些话，向太后学了一遍。太后一听，皇上说的也有道理，因为小奕纬常出去郊游，何况他身边有薄公公，她也信着薄公公，这也不是一次了，很可能还没回来，不用着急。今天她身边有三巧三姊妹在那儿，这三个孩子能说，非常乐观，嘻嘻哈哈，特别是巧云，口齿还非常伶俐，这样，把老太后逗的喜笑颜开，就把这事放下了。"对了，听皇上的，明天看这三个姑娘献艺的时候，我那小孙儿肯定会来呀。"就这样，暂时把这事平息下来。

彭公公当然一点没有轻松，匆忙地叩拜了太后，退了出去，找几个亲近的侍卫，他们就到各个嫔妃家里，皇后那儿去找，还到一些他常去的大臣府上找，四处去询问打听，忙的他脚不失闲，到处跑，这事暂时先放下。

咱们还是回到寿康宫，讲皇太后和三巧她们这时候的事。太后跟三巧真是投缘，越唠越亲。三巧从小长这么大，就在奶娘跟前待过，后来就在云、彤二老身边学艺。云、彤二老是两个男的呀，那是严师啊，哪有像太后这样的慈祥。可以讲，三巧三姊妹，从生下来懂事，还是头一次在这样慈祥的老人跟前，太后就像自己亲奶奶一样，这么爱自己，体贴自己。晚上太后又把她们三个姑娘留下了，由众仕女、太监侍候着，就在宫里头跟太后一个桌子吃的晚宴。宫女和众太监都偷偷地悄声讲，他们从认识太后以来，没有这样的事情，这三个姑娘真是破例呀。在太后屋子里头，这么随便待着，跟太后这么吃，从来没有过，这是唯一的一个。因为太后过去是贵妃，除了皇上以外，身边没有二人。没想到，太后对三巧这么垂爱。他们暗地都非常羡慕三巧。

吃完饭以后，天色已晚，三巧准备回到孔德会馆。太后又命太监，费了好大事，把彭公公找来。彭公公在外头还找太子，具体事彭公公没讲。回来以后，彭公公问太后有什么事？太后就说："她们三个不走了，就住在我这儿了，跟我住在一起，晚上，我愿意让她们陪着我。你呀，一会儿到孔德会馆，把她们明天需要带的东西都拿过来，我看，就不用在孔德会馆住了，就在宫里住吧。"彭公公说："遵旨。"这时，三巧姊妹就让彭公公把其它用的行囊放下，需要带的，她们有一个大的皮囊，兵器都在那里装着，明天还要献艺，太后和皇上要看她们剑法和武术。所以，这些都让彭公公带进来，因为深宫特别是太后内宫，那是不能把兵器带来的，好在有彭公公去安排，三巧也就放心了，太后也很满意。彭公公就出去安排去了。

这天晚上，三巧三姊妹就住在太后的内宫。晚上太后就让三巧给她讲北边奇闻轶事，太后像个小孩子似的，什么都问。三巧说完这个事又说那个事，就讲北疆多么富饶，地域多么广阔。她们告诉太后，大清的北疆，从黑龙江以北，一直到北海，有没法形容那么大的一片土地。那里生活着各样的部落和民族，有上百个部落，这些部落的人，穿的、吃的、说的都不一样，光动物就有上千种，有大的，有凶猛的，还有温顺的，北边的人就靠这个解决自己的衣食住行。那块儿的鸟类有上千种，花卉上万种，海中的鱼，那就更不用说了，最大的鱼有多大呢？她们对太后说，那个牛鱼，就是太后您的宫殿，就咱们现在住的这个暖阁，可能光放下它一个脑袋，把太后说的哈哈大笑呀。太后张着嘴听，从来没听过这些稀奇事，高兴的不得了啊。

巧云又告诉太后，我们家住的地方，到冬天的时候，夜里非常长，没有白天，天天是在夜里过，白天也得点着灯，都用獾油、鱼油、火把照明。太后就问了："那太阳哪儿去了？"三巧就说："太阳让老天给借走了，借到您们这边来了，我们那块儿没有太阳。"说的太后又是哈哈大笑。接着巧云又说："到夏天的时候，太后您不知道，我们那块儿，又没有夜里，都是白天，天天过的是白天。”太后问：“那怎么办呢，晚上睡觉怎么办？”“那您就睡吧，到晚上，天还是那么亮，地下掉一个小琉琉球，掉小珠子都能找到，地上爬的蚂蚁都能看到，掉一根针，看的都非常清楚，就那么亮，没有夜里。”这个事太后是头一次听到。“太后，在我们那块儿，到夏天的时候，你往北边瞅，到晚上不是不黑天吗，有时候搁北边天上有红、黄、蓝、绿、青、紫各样颜色的光，有的是圆形的，有的是长条形的，有的像旗子一样，非常好看。我们把它叫做神光，还有叫做奇光的。到晚上就出来了，照的可亮了，一会儿就没了，越往北看越好看，变换多样呀，特别美丽，壮观。”

巧兰接着说：“太后，这还不算，在我们那儿的冬天，太后您知道，我们不单住在木头盖的房子，用皮子盖的房子，我们那块儿到深山去打猎，还住冰雪房子。”太后说：“那不冷吗？不化了吗？”巧云说：“不化，可结实了，你用大棒子捶，都捶不倒，可坚固了，盖的雪房子，太阳一照，就变成冰块，一大块冰块，风都吹不进去。我们就在皮子里睡觉，皮子可暖和了。”巧珍也说：“太后，这块儿你们坐的是轿，骑的是马。我们也骑马，也有轿，在我们那块儿雪太大太深了，轿没法抬，在雪地上没法走，我们都是用狗拉爬犁。”太后问：“多少狗？”“有几十条狗，最多的时候，有上百条，一长串，非常有劲。少的时候，也有几十条狗。狗可聪明了，头狗懂得人的话，它自己到什么时候叫，怎么叫唤，有它自己的暗号，别的狗都听它的。它能找到道，一叫唤，很多狗就跟着它，拉着爬犁在雪地上跑。我们就在这样的环境里生活，可有意思了。太后啊，您要到那儿去就好了。”老太后说：“等将来有时间我也到那边去看一看，你们讲的太有意思了。”

老太后白天够累的了，晚上又听三个孩子这么一讲，越讲越有意思，后来听着听着，自己悄悄地呼呼地睡着了。她一睡着，彭公公悄悄进来，把三个小丫头招呼出来小声，说：“太后睡着了，你们在外头，就在这块儿，这是太后外头的寝宫，你们就在这睡，别出声，让太后好好睡个安稳觉。她一个来月也没睡个安稳觉了。”就这样，午夜以后，三巧就合衣在太后对面的深宫睡着了。

话要简说，天大亮的时候，太后醒了。这一夜睡的非常香，连梦都没做。等太后起来的时候，三巧她们早已经梳洗完毕，到后花厅练武去了。就是到了京师，三巧也从不停止练功，这成了她们严格的必做的一个习惯。然后她们自己吃点早点，就由彭公公派人把她们先送到寿康宫后头的御花园。这块儿昨天已经搭了场，今天就来这儿进行三巧的武术献艺，太后和皇上他们就不到圆明园去了，这块儿是临时现安排的，有高架，另外还有密林，也是很好的地方。三巧先去做准备。

再说，皇太后醒来以后特别高兴，这个觉睡的实实在在呀，真正解了乏，已有两个月没睡过这么好的觉了。彭公公问："太后，昨天晚上歇的怎么样?"太后说："太好了，这三个小丫头，赶上门神爷了，过去都说，唐王爷外头有秦琼、敬德给把门，这三个小姑娘来了以后，她们比秦琼、敬德还有威力，好威风，大鬼小鬼都不敢来，我没梦着张格尔，我真感谢她们。唉呀，她们上哪里去了?"彭公公说："禀太后，她们三个已经用完了早点，练完了功，现在已到后花园演艺场那块儿去了，就在那块儿献艺，她们到那儿准备去了。我把她们兵刃取来，放到那儿了。""啊，好啊，快点给我梳洗，我也吃点早点，皇上可能一会儿就来，你再通知皇后她们，直接到那儿去吧。皇后都知道了不是吗?""禀太后，都知道了。""这就好。"就这样，太后安排好了以后，梳洗完毕，吃了点早点，高高兴兴地，命彭公公把辇准备好，皇太后坐上御辇，直接到后花园去了。

这时，皇上的龙辇，也过来了。昨天参加陛见的几位大臣，今天都没有落下，不大一会儿，就聚到了后花园演艺场。这个演艺场，是宫中皇上平时歇息，打打拳，练练武的地方。为了使三巧她们表演得更好，昨天内务府又给收拾一下，竖起四个大高架，有二丈多高的大架子，因为有的武术，要在架子上表演。另外四周有些树，周围场子挺大，外边已经摆好座椅，太后和皇上单坐在一个高架子上面，上面还搭着棚子，前头还有一个网。怕一旦有些兵刃飞过去，这是保护安全的，是内务府昨天夜里现搭的。其他大臣坐在左右两边，台上有皇上和皇太后，两边有嫔妃，他们都在护栏的里头坐着，有太监献茶倒水。

这时彭公公就过来了，向太后和皇上禀奏："请太后、皇上下旨，是不是现在就让三巧她们献艺呀?"皇上就看太后脸色，太后说："好啊，我现在就要看看这三个小丫头的武艺，早就盼着，看一看林家剑。你呀，告诉三个孩子，不要慌，慢慢地表演，都使的真兵刃，别伤着了，告诉她们，好吗?""喳。"彭公公就退下去了。

不大一会儿，专有武士敲响了金锣，咣咣咣，让大家都集中到演武场上。另外还有锣声在响，像敲梆子一样，当当当地响，这是为武士扬威风，因为是在演武场上，这种锣一敲，就能使人焕发出一种忘我的精神，大家都非常振奋，谁不想看一看林家剑哪。

就在这时，嗖嗖嗖，搁场外，搁什么地方呢，搁三个高处跳下来，不知什么时候，三巧三姊妹各上一个高架之上。她们穿的衣裳，全都变了。为使皇上和皇太后和皇后，众大臣看的清楚，三巧穿的衣裳全是白的，白缎子的，头扎着英雄缎带，腰系着丝带，勒的很紧，下头穿的是小软靴，非常精神。袖口都箍得很紧，每人拿着自己的飞啸剑。铜锣和金锣敲响以后，大家正在聚精会神的时候，嗖嗖嗖，只见三道白光，剑一闪，不知道什么时候，三巧落在地上，一点儿声音都没有，下的非常快。紧接着，就表演了林家剑。林家剑咱们本书讲过多少次了，是先有光，后有声，光到人头落地。现在表演，完全是用真兵器来表演，互相施展攻守剑。她们三个合在一起，没有假的对方，在她们中间，自己要配合好。这个攻守剑，不管敌人有没有，她仍然按照实战的招法进招，要看门道、看速度、看这剑拨到什么地方，退到什么地方，就知道对方的剑进到什么地方，退到什么地方，互相之间配合相当默契。

单说，三巧穿着白绸子衣裳，从高处跳下来，紧接着就听到悠悠悠，是剑的声音，飞啸剑，而且出来紫光、蓝光、青光三道光。大家一看哪，整个都是光，看不到具体人。这三人悠悠悠，一会儿就变成一个光环，就这么快。是紫光、青光和蓝光，三个光糅到一起了。三个人又嗖的一声，大家还不知人哪儿去了，就听架子上头说："穆巧珍在此，穆巧兰在此，穆巧云在此，向皇太后、皇上，叩问吉祥。"

她们在架子上比剑，嗖嗖嗖，打在一起。这时候大伙还没怎么看明白呢，光一闪，就找不着人了。皇太后还找呢，从声音才知道，她们三姊妹已经纵到高架之上。这个高架不是刚才说书人讲的有二丈多高的那四个，一会儿用。这个有一丈五六高，那一丈五六也不容易，就这么一纵，她的脚中间还要踩一下，垫一下架子的任何一个地方，挪一下脚，就捣腾上去了。在座的人，懂得武术的人，也不少，比如说，赛冲阿，赛大人，那是武林高手，再有皇上道光帝，也跟云、彤二老学过武术，也明白点儿。太后不懂得呀，英和是文人，他也不懂门道。行家是看表演剑法的高招，拳术，拳脚熟练的程度。力巴不懂得，那就看热闹，打在一起多好看哪，他能看这个。

这时，可把赛冲阿，赛大人高兴坏了，啧啧称赞，就跟戴大人、英大人和众大人说："我还真没看着云、彤二老的飞啸剑，今天一看哪，果不其然哪，这真是盖世无双。这三个小孩也练到了炉火纯青之地，多干净利索。”这个时候，说书人讲的好像没多长时间，其实已表演一会儿了。她们三个姊妹跳下来，飞啸剑三道光糅到一起，互相拨打的时候，一点儿声音都没有，互相也没说话。打的中间，嗖嗖嗖，就听到这三个声，速度就这么快。三人分开了，她们又跳到高架上。而且，连赛冲阿这些武将，都没看出来是怎么跳上去的。皇太后看的，都像看傻了一样，包括皇后：“唉呀，真悬哪，这怎么跳上去的?”接着，巧珍来个鹞子翻身，折了两个圈。那次是直接纵下来，在地上一站，像钉子一样钉在那儿。这次不是，这次是鹞子翻身，头冲下下来的，在半空中折两个圈下地，双脚落地站好以后，单剑表演，就是紫光剑表演。巧珍就说了：“现在巧珍我紫光剑单剑表演。”杀、杀、杀，噌、噌、噌，这个时候，忽而腾跳而起，忽而在地上十八滚。在她身边，就听呜呜呜地响，转圈好像起了风一样。周围坐着的人，都觉得有一股凉风，搁身边吹过。

巧珍单剑刚表演完，又一个鹞子翻身，巧兰下来了：“巧兰我单剑表演。”嗖嗖嗖，她是蓝光剑，杀、杀、杀，她一连串动作，干净利索。紧接着，就是巧云，也是单剑表演，她是青光剑。

她们单剑表演完，接着表演了林家剑的旋天剑。旋天剑过去说书人讲了，她腾到半空，身子一旋，用手把她的剑一转，那下头的人头和脸全被旋下来，就这个剑法叫旋天剑。这个旋天剑怎么表演呢？不能直接杀人，内务府早给安排好了，下头埋几个木柱子，木柱子上头插了几个大窝瓜，木瓜，有一人多高。三巧中的巧兰表演，因为人太多了，看不清楚。这样，大姐和小妹在旁边站着，握剑站在那块儿。

这时，巧兰口中喊道：“林家的旋天飞剑!”就这一声喊，先是巧兰把剑悠悠悠一耍，剑整个围着巧兰身子，看不着别的，除了白衣裳，白光以外，就是蓝光，白光外头包着蓝光，看不着人的身子，刷刷刷，转的相当快。突然巧兰的剑一挥，转圈的白光就起来了，这时巧兰的身子不是蹲在那块儿，而是平行来个 180 度的旋转，嗖，身子横着过去，像一个大磨盘似的。这时她右手拿着蓝光剑，左手往后一背，利用这一转的力量，脚往后一悠，剑往上一旋，然后又旋下来。这个剑一过，速度很快呀，就把木柱子上一个丝瓜，一个窝瓜，嗖嗖嗖，旋成很多的碎花，甩的哪都是，有的打到了皇上和太后前头的铁丝网上，有的落到大人桌子上。不大一会儿，好多人身上落了很多窝瓜的碎片。这时巧兰不知什么时候，悠地就站在一边。

紧接着，巧珍噌地跳起来，一旋空，又把另一个窝瓜旋的干干净净。最后，是巧云，巧云用另一招，是反旋剑。正旋剑，是人飞起以后剑往左转，就是往里飞，反旋剑，是往右飞，往外飞。巧云来个反旋剑，这力量大。这回旋下来的窝瓜不是往这边打，而是打到那边去了。大家一阵喝彩，很多人，没有见过这个剑法。速度这么快，这么厉害，不用说跟她打，就是敌人听到这剑的声音，就被震倒了，心惊胆战。她们表演完旋天剑以后，就站在前边。太后说："让她们歇歇吧，孩子太累了。"三巧站在那块儿，纹丝不动，心都不跳一下，好像没怎么玩一样，也没怎么动弹呀。

这时，巧珍抱拳说："太后，皇上，我们现在想跟健锐营的各位弟兄们，互相比试一下，我们不用现在手中的真兵刃，请大人给我们拿一个木棍来，我们当自个儿的剑。"过去，在武术表演中，都是拿色木棍当刀、剑用。什么叫色木棍，就是棍子跟剑一样长，互相练习时不能伤着人。是木头做的，木头尖那块儿是软的，可以沾上颜色，我扎着你，碰到你身上，你衣服上就有颜色，你就输了，等于伤了你一样。所以巧珍一提这个事，不大一会儿健锐营就上来一个小伙子，剑法也挺好，他先跟巧珍比剑。这个小伙子也挺厉害呀，都是侍卫，上身也穿的白衣裳，能看到颜色，双方点到谁身上，都能看出来。没打三个回合，这小伙子身上点了好几个点，作揖下去了。又有一个拿单刀的上来，就这样互相比，比了好几个，没有一个能比过的。

这时老将军赛冲阿就站起来，抱拳向太后、皇上说："太后和皇上，我现在呀，看了三巧，三个姑娘，她们的剑法高超，我真从心里祝贺啊，咱们国朝有人哪，是后起之秀，有这样的小英雄，我们大清还怕谁呢！现在我老朽了，坐在那儿，坐不住了，我想跟这三个小英雄施儿招。"太后听了高兴，皇上就说了："赛大人，你身体能行吗？这么大岁数，别累着，还是看着吧。"赛大人说："皇上，我要亲自看看，她们三个的武术，我是戎马出身，南征北战，这是选贤任能的机会，我看着这些良将，我的手啊就痒痒了，我跟她们试试，看看她们的功夫，不试不知道啊，试试就知道她们的真本事了。"就这样，大家转圈欢呼喝彩呀，欢迎赛大人跟三巧比试。

老将军健步走到场子里，从旁边一个人手里拿过一把单刀，就站在中间。三巧开始一惊，没敢动手，光站在那块儿瞅着。赛大人说："三巧啊，咱们比的是武艺，不是真刺杀，你们三个都攻我，怎么攻都行，用什么办法都行。但是，我不伤你们，你们也别伤我，我这么大岁数了。你们若能把我刀前头的刀刃，砍上一个纹，或者砍出一个声，你们就胜了。”巧云就说了：“禀大人，是我们一个人上呢，还是我们姊妹三个一块儿上?”“你们三个一块儿来。”老将军还挺自信，跟敌人打过多少次仗，他的刀下有过多少鬼。他想，我的单刀一顶，难道就治不了你们三个？老头儿还挺信心十足的。老将军摆好了架势，是个丁字形，右手握刀，弯在身前，他的右脚轻抬，左脚顶地，一个斜形站在那儿，这是他的等招式。

三巧一看，老将军的招式，都准备好了，巧珍就说：“赛老将军，我们向您学习了，请老将军手下留情。”她挺客气，说着，她们三个嗖嗖嗖，就上去了。她们三个是品字形上去的，赛冲阿是右手掐刀，横向对着一面，等她们三个一上来时，他的上身一晃，刀是盘旋似的飞舞，变成一个圆圈，像磨盘似的把自己包住了，三方面任何一方的剑都进不来，这是秋风扫落叶呀。岂不知，三巧更有能耐，根本没想跟老将军拼，老将军以为，她们三个得跟我打一会儿，我看看她们究竟有什么能耐。可能是她们就这几招，一会儿没有耐力也就不行了。老将军这么想，哪知道，三巧互相使了个眼色，巧珍正面进攻，跟他正面一比一的对着。巧兰和巧云，噌已经蹦起来。这时候老将军看到了，一方面他要抵挡巧珍的剑，不让伤着自己，一方面还要防备跳起的巧兰。这两个剑，一个是平的，一个在上头。没想到，巧云是一个假动作，不是跟她二姐一块儿跳的。巧兰跳了上去，巧云一跳，紧接着一纵，就地一打滚，就滚到地上去了。这时候老将军没注意，他以为她俩一块儿蹦起来，他光注意巧兰和巧珍了，巧云紧接着来个鲤鱼打挺，就地十八滚。等赛冲阿大人的刀对付上头的时候，巧云搁底下一蹿起，她的青光剑悠地就过去了，还没打呢，只是这么一比划，就听巧云说：“大人，请看您的刀。”

巧云这么一喊，巧珍蹦出去，巧兰跳下以后，折了一个反跟头，她们三个就分开了，把赛冲阿晒在中间。赛冲阿还没打呢，刚想要进招，躲她们几个，回头一看，前头刀尖给削去一块。赛冲阿把刀交给侍卫，真是感慨万分，后生可畏呀，自己高兴地下去了。也就因为是老将军吧，要一般人来说，都下不来台。

三巧跳出圈外，慌忙过来，向赛大人下拜，她们一块儿说：“请赛大人赎罪，晚辈失礼了。”赛大人马上站起来说：“快起来，孩子们，你们的功夫好啊，好啊，老朽我呀，高兴哪，高兴你们有这么好的本事，这是国家之幸啊。”当时在场的人，都为之一惊啊，皇上也一惊：“唉呀，怎能当着众人面把赛大人给卷的这么厉害呢?”赛冲阿可没这么想，他是有意识这么做的，他一个要试试三巧究竟有多大本事，第二个，他也愿意输在三巧之下。因为他非常喜欢三巧，也更敬重云、彤二老，使皇太后高兴，让皇上高兴，这样皇太后不更喜欢三巧了吗，达到这个目的，他觉着自己就完成重任了，把孩子交给皇上、皇太后了。老将军的名望很高啊，这样做，根本不能失他的面子，在座的包括英大人、戴大人、文大人、芦大人谁不明白，都知道这是老将军爱护她们，用这种办法让孩子赢，树她们的威信，扬她们的名望。道光皇爷细心想一想，明白了他的用意，非常感激赛大人，真是用心良苦啊。

这时，又惊动了另一位将军。这个人，说书人没讲，现在他在座位上坐着，谁呢？杨玉春，杨大人。他是清朝著名的大将，也是嘉庆朝以来著名的老英雄。前些时因为张格尔叛乱，朝廷命他为钦差，去新疆的南疆了解情况，协助当地剿灭叛匪张格尔，最近他刚回朝述职。杨钦差，汉将，字十斋，杨十斋，武艺高强。他听说三巧今天献艺，他也知道云、彤二老的名字，也愿意看一看林家剑。他就跟文大人和英大人他们说，想来看看三巧献艺。英大人跟皇上说了以后，皇上也就允了。他现在非常需要武将，看看三巧到底有什么能耐。他一边看，一边暗自称赞哪，佩服这三个丫头，真是了不得。等老将军，赛大人的刀被削下去一块儿以后，他心里更佩服三巧了。他坐不住了，也想跟三巧试一试。他站起来，向太后和皇上禀报：“不才杨某也要跟三位小英雄较量较量。”道光皇爷很了解杨十斋，杨钦差，就说好啊，应允了。

杨玉春，杨十斋搁座位上站了起来，来到了场子中间，他搁自己剑匣里头拿出双剑，他是四川峨眉剑。峨眉剑法，也相当厉害。为什么他把剑带到宫里头？他是事先跟彭公公讲好了，我也想比一比，所以这个剑是在彭公公那放着，他悄声让彭公公把剑拿过来。这时候他从自己的剑匣一拔，就有两把剑，他是双剑对三剑。他站好了以后，就跟三个小丫头说：“孩子，你们不认识我，咱们比完以后，我再告诉你们我是谁。不过，云、彤二老，像我的恩师一样，我非常敬重。穆哈连将军，我也久闻大名，如雷贯耳，我对你们也非常敬佩。今天看你们，年轻有为，是巾帼英雄啊，我也向你们学几招。咱们怎么比呢，这样吧，那不有四个高架子吗，咱们想办法，都蹿到架子上面去，就在架子上面比试。”

要知道，人在架子上跳来跳去，还要互相对打，还要把脚踩好，踩不好扑通就掉下来。这架子有二丈来高呀，在高架子上一个要比剑，还要看你怎么上高架子，这是一。第二，在架子上要站稳，互相比试时，可能从这个架子蹿到那个架子，得找到位置，别蹿到柱外，掉在地上，那就输了，不现丑吗。胜了以后，自然地从架子蹿到地上，也不能摔着。这不但要有跳纵的功夫，而且是眼明手快，腿脚又相当利索，真是轻如鸿毛，快如猿猴。比武时还要使剑，而且互相使的是真剑，因为杨玉春使的是峨眉双剑，三巧使自己的飞啸剑，互相不能伤人，点到为止。那剑一抖起来，弄不好容易伤人，但是要伤不着，怎么办呢？这剑过去的时候，右手一指，剑就到了。要双手怎么办呢，双手使剑一般的时候，用剑把那地方一点，把剑尖要压着自己一边，这样，互相就伤不着。这得有多大的武艺和高深的功夫啊。

三巧明白了比赛规矩以后，他们各自说一声开始，嗖嗖嗖，各自就上到高架子上。这必须会轻功才能上去，利用高杆的架子，采取提升自己的办法，头朝上，脚在下头，身子蹿到一层，然后一只脚一点这个柱边又使自己身体提升。这是轻功的技术，一蹿一蹿，光练这个功夫，那得练几年，咱们前书讲过，云、彤二老开始教她们就练腾空。那时候，是在东噶珊那块儿，山崖那么高，天天就练这个蹿腾的功夫。他们四个，三巧蹿的非常快，像小燕子似的，很快就上去了。杨玉春也是蹿，噌噌噌，上的慢，等三巧在上头站好，把自己姿势摆出来，这时候杨玉春才上去。上去以后，他们就打到了一起。

论武艺，杨玉春也很有能耐，是峨眉武功，轻功不在其他人之下，今天因为心里头有事，他搁西疆回来，为的是搬兵，他不是钦差吗，张格尔在西疆叛乱，特别是在南疆的几个城市，说杀就杀，说砍就砍，杀了不少官兵，手段非常残忍。有大英吉利的人在后头给撑腰，并为他们摇旗呐喊，要把大清西部的领土给分割出去。为这个，他们下了狠茬子。杨玉春这次回来，向朝廷急报，让朝廷知道，这背后是有黑手的。他今天到这儿来，正好赶上三巧陛见，英和和那清安他们，还有长龄就让他来观看，太后都来这儿。太后和皇上现在一心看的是三巧她们凯旋归来，平叛了北疆，正在高兴的时候，先不要说，不要冲了太后的兴头。杨玉春知道太后对三巧的厚爱，大臣看的都非常清楚。他上来想试试三巧究竟有多大能耐，如果能耐高，他想跟皇上和众位大臣说说，能不能助我们西疆一臂之力，平叛西疆，他心里想这个事儿。

他现在没怎么认真，可三巧不知道他的心情，站在高层上互相一比试，杨玉春他总精神溜号，一看这三个小丫头，斩、断、威、挪，干净利索，剑势、剑招一摆非常威武。他正高兴呢，没注意，就听到脑袋上有什么东西，啪啪响了几声。他刚一注意，三巧纵身已经上来了，就这么快。他刚醒过腔来后，摸摸脑袋，马上知道了，就顺势来个倒折跟头。这也不容易，柱子那么高，倒折跟头，脑袋冲下，把双剑往前拿，要往后拿那不碰着自己身上了吗，这样，他把剑往前一拿，剑身往回一收，腿一缩，往后折个跟头，很快落到地上。哪知三巧她们已笑着，站在那块儿。巧珍和巧兰，还有巧云，每人手里拿着一个东西，都在给杨大人看。杨大人把双剑嗖嗖入到了自个儿剑匣之内，很敬佩地说："领教了，领教了，三位小英雄，盖世英豪，杨某谢谢了。"东西都没顾得要啊，就回座位去了。

在座的不少人都看着了，知道是杨大帅输了。她们手上拿的什么东西，巧珍、巧兰，每人手里拿着杨玉春的辫带。他不是梳辫子吗，他为的行动方便，把辫子盘到头顶上，用缎丝带一系，两个辫带背在了肩后，还有一个玉簪插在头上。两个辫带，让巧珍、巧兰她们的飞啸剑，都削下来了，巧云用飞啸剑把玉簪子的簪头给削下来。大家一看，都在脑袋顶上，那剑再深入一分或半分，脑袋就开瓢了。这就是技术，深不得，也浅不得，正好在他们对打的时候，剑一去，把杨玉春头上这两个飘带给割下来了，而且把他簪子给剁下一块儿，剁的不能太深，太深不把脑袋剁下来了吗？在忙于进招，退招，互相比试中间，她们嗖嗖嗖就下来了，非常快，也就是数几个数的工夫，这一仗就打完了。

皇太后和皇上还有皇后看的呀，都迷住了，这边坐着的赛冲阿、英和、戴均元这些老臣们，一个劲儿地鼓掌喝彩呀。杨大帅比了比，也输了，败北了，三巧又占了上风。太后啊这个乐啊："好啊，三个丫头，真给国家争光啊。"杨十斋虽然不好意思，自个儿觉得也没啥，后起之秀，这是国家的栋梁，凡是忠臣都有这种想法，不是狭隘，嫉妒之心，都希望青出于蓝胜于蓝，一浪高过一浪，这样，大清才能有望。都不希望后生输在自己的手下，那就糟了，那就是一辈不如一辈。有后起之秀，这些老臣都为国家庆幸，为皇上庆幸。杨玉春输了，英和大人还有文孚他们都知道，他心里头有事，要真正地互相比试，可能杨大帅还让了三巧几个回合，因为今天是请三巧献艺，要讨太后欢喜，不能把皇上和太后请的客人一个一个都制服了,那就不礼貌了,这些方面大家都明白。

就在这个时候,场上金锣响了。金锣一响,战场鸣金收兵,不管是打仗也好,比赛也好,告诉你鸣金收兵。三巧把自个儿的剑喀嚓一摵,围到了腰间。过去说过,她的剑能摵,围到自个儿腰间,每人拿起英雄斗篷,披在肩上。三个红斗篷,这是她们特意搁北疆带来的,里头穿的是白色英雄短巾小打扮,现在她们每人披着自己的英雄大氅,站在场中间,先跪下,给太后、皇上叩头。然后转身向各位大臣和在场的所有侍卫、太监们谢礼。场外和场内一片欢呼,可以说,这次比武,她们大获全胜。谁不佩服呀,这三个小姑娘,真厉害呀,他们过去都没看过这样快捷、神速的剑法,对三巧更是刮目相看了。三巧的威名一下子就传开了,三巧英雄啊,三巧好啊,剑法真好啊,都异口同声地说。她们像得了武状元似的,那么威武荣耀。这时侍卫们,敲着金锣,敲着木铎。说书人简单说一下,铎,是大的铃,用木头旋刻一个空膛,里头放着铃铛,在外头一敲,当当当响。也有金铎,金铎是一种铁器,有的镶着圆铜,里头有铃铛。木铎、金铎响了,场外乐工奏起了铿锵悦耳的将军令,百鸟朝凤,如意令等乐曲。

这时来了三名太监,捧着御匣,道光皇爷亲自走下现搭的看台,皇太后在彭公公的搀扶下,缓步笑着下来了,到了三巧跟前。这时三巧跪在地上,皇上把她们搀起来。皇上激动地、含着眼泪地说:“我的好师妹呀,朕,非常高兴啊,看了你们的比武,我如同见着了我的恩师云、彤二老。云、彤二老要在这儿,也会为你们喝彩的。你们给师傅争光了,也给咱们大清国争光了。虽然今天不是考武状元,你们简直就是女中的武状元,太后讲的非常对。”说完了,道光皇爷就让太监从御匣中拿出来三个巴图鲁缎带,这是清代在比武中最高的奖赏。

这个缎带,上头有年号,而且非常好看,挎在身上,或者系在身上都行。前头是三个大珠,珠子都是价值连城,镶着玛瑙,还镶着各种宝石。缎带能表示在武功比赛中得到的等级。有三种缎带,第一种是黄色的绸缎,是皇上、皇家给的,上头绣着盘龙的珍珠玛瑙的英雄缎带,这是一生的纪念。得到以后,你挂在府衙什么地方,一见到它都得下拜,因为是皇上给的。这是最高的奖赏。第二种是红色的英雄缎带,上头绣的是飞兽,一种奇怪的飞翔的野兽,也有珍珠。第三种,也是非常出色的巴图鲁缎带,是蓝色的,上头绣着锦鸡,也有珍珠玛瑙,是皇家给的。这不是一般的缎带,今天,太后亲自准允,皇上亲自给她们三姊妹戴上三个金黄色的、皇家的、盘龙的巴图鲁缎带，就像小状元一样，给穆巧珍挎在身上，又给穆巧兰挎在身上，又给穆巧云挎在身上。然后，仕女过来，给她们每人身上十字披红。这时，全场鼓掌，奏着英雄曲，奏着将军令，气氛十分热烈。

三巧由众仕女和太监呼拥着，来到了献武台跟前，就是太后观座的台。太后也站起来了，高兴地把三个小姑娘搂在自己的怀里，激动地说："好呀，哀家看了你们的武艺啊，真是开了眼界，太好了，太精彩了，走吧，孩子，回宫去。"太后手拉着她们，就退出了献武台。太后和皇后、嫔妃们走了以后，众大臣才起来。

这时，彭公公传谕，向众大臣说："皇上和太后请你们都到寿康宫的西花厅，议事。皇上有面谕，要向众臣传谕。"众大臣就随着彭公公缓步地往寿康宫走去。西花厅离这儿不太远，太后和皇上上了轿，众臣和三巧徒步走着。众大臣虽然有轿，轿子都没进宫，他们就信步随着老太监到了寿康宫。他们进了寿康宫议事厅坐好以后，才看到长龄大人在这儿。无事不登三宝殿，长龄大人是理藩院尚书。理藩院专管大清朝和各国使团之间的交涉联络等外交上的事情。他来了，肯定是和周围哪个国家出了什么纠葛，或出了什么事。英和一猜，也就猜到十有八九，肯定是和罗刹这些国家出了什么抵牾之事。

道光皇爷急匆匆来到议事厅，坐好以后，连茶都没喝，自己马上先说："朕，已知道了理藩院的奏报。现在罗刹和英吉利等国要挟我们，有些事，朕非常气愤。把众臣，各位大人留下来，咱们商议一下，如何办是好。"

接着，长龄大人介绍了最近发生的事情。一件事是俄罗斯驻大清朝的外交使团，来一个参赞，叫什么彼得罗夫。这个小子，趾高气扬，到了理藩院，声嘶力竭地大喊，就是没大骂，把理藩院气坏了，非常霸道，递上一个抗议，说大清朝在北疆侵犯了罗刹的领土。他占了咱们的地方，反倒说咱们侵犯了他的领地。这还不算，又抗议对他们非常恭敬的东正教予以蹂躏和践踏，侮辱了他们东正教的牧师。东正教跑到我们国家来宣传，而且把咱们大清的国民抢过去，强迫信仰东正教，要当大俄罗斯沙皇陛下的公民，入他的国籍，他们竟挑拨大清国民和朝廷的关系。他们吞食我们的领土，还倒打一耙。第三条，他们又提出无中生有的抗议，说什么大俄罗斯沙皇陛下的国民，柳米娜让大清国给抓来了，而且接到了京师，他们强行要柳米娜返国。如果敢碰柳米娜一根头发，他们要发兵讨伐，出现一切后果，由你大清帝国负责，就这么飞扬跋扈。甚至这样说：我们大俄罗斯是横跨欧亚两洲，兵强马壮，如果大清国敢和我们作对，我们哥萨克骑兵就马踏北京。多嚣张哪，多傲慢，根本没把堂堂的大清国放在眼里。

这件事，可把道光爷气坏了，道光的脾气也相当刚烈，拍案大怒，就跟长龄干起来了，把长龄吓坏了。道光皇帝说："这纯粹是欺诈，这是要挟咱们，你堂堂理藩院的尚书，怎不给我好好地制服他们呢，你怎么没把他们撵出去呢。"长龄等着道光爷安静下来才说："是，我是理藩院，咱们凡事要占在理上，不能像他那样声嘶力竭地跟他们干仗呀，咱们是堂堂的大清国，是礼仪之邦，他那么做不对，咱们不能那么做。"道光爷一听，也对，这事不能怨长龄大人，这是一件事。

还一件事，更气人的，没法往外说。从道光二年以来，英吉利使团，千方百计地刁难大清朝。英吉利对大清朝的进犯，不单单是在道光二十年以后的鸦片战争，他早就动手了。他煽动西域一些不明真相的人闹事。因为大清国的西疆、新疆那块儿，疆域长，和周边不少国家的民族，在信仰和生活习惯方面都非常接近，他们总想把大清国的西疆分离出去，要把乾隆在西域的这些领土都划过去。英国就插手这些事，给西域一些民族头目银两，给他们兵马，帮他们训练队伍，在西域之外的浩瀚的地方训练一些人，然后秘密把他们派回到新疆来，煽动闹事。现在看来，张格尔叛乱的后台，就是大英帝国。英国的女王就说过，大清国你要再敢不听我们的指挥，不让张格尔分离、独立，我们就要发兵支援。就这么嚣张。而且不久前，也就是杨玉春钦差回来以后，英吉利在叛乱分子张格尔身边培养不少女兵，这些人武艺高强，到哪就杀呀，什么也不讲，除了烧就杀。为这个，杨玉春这次回来述职，向朝廷奏报军情，赶紧想办法，英吉利在西域闹的相当凶，张格尔现在有恃无恐，火已经烧起来了。张格尔，竟敢说出这样的狂言，让人无法启齿。张格尔派很多人这么讲，我将来要娶钮祜禄氏，就是现在的皇太后，她刚四十多岁，长的非常好看，她男的不死了吗，我要她，我要做中国之主。如果你北京同意把新疆分离出去，我就不要你们什么太后了，我也不娶她了。要不然的话，我就打进北京，把爱新觉罗旻宁抓住，杀了他，而且把他的继母娶过来。这些话呀真是奇耻大辱，太气人了，大家听了，简直气坏了。

道光皇爷今天为这事把大家召来，一件事，对这两个使团的抗议，怎么答对，这得好好商量，用什么口气答，怎么办，采取什么应急之策。再一件事，使皇上非常难受，心痛的事，也不能不告诉众臣，就是太子奕纬贝勒，从前天失踪，到现在还没有找到，这事儿，不能不讲。这是有清以来，从顺治爷进北京，到道光三年，一百七十多年，没有出现的事，太子丢了，真是让人耻笑。所以太后暗自在宫里哭。现在因为三巧来了，她是强打着精神笑啊。这些事，跟外宾讲，道光爷更觉得丢脸。现在是我承继祖业，到我这块儿就出了这些乱子，觉得自己对不起历代的先祖先王，自己几次和太后到太庙跪下叩头，谴责自己。太后哭过几次了，在太庙那儿都哭昏过去了。她说为什么在我们可怜娘们当权的时候，什么乱子都出现，都来欺负我们。祖爷啊，我的祖先，我的先王，得救救我们啊。是孩子和娘我，没这个德怎么的，如果没有的话，我宁愿撞死。到道光朝的时候，真是江河日下，风雨飘摇呀，什么事情、什么奇事、难事、丑事，都落到了道光皇帝的身上。所以道光现在瘦的厉害，两个眼睛都凹进去了，天天都吃不下饭哪，就为这个，把众臣找来，一起商量这些事儿。

英和和众大人，望着皇上憔悴的脸色，也真心疼皇上。大家搓手顿足，都觉得，一波未平，一波又起，这难事太多了，就安慰皇上，请皇上保重龙体。英和说："皇上，俄罗斯提出这个无理的抗议，陛下做的对，我们就应当硬气起来，没什么可怕的，我们有理。北疆多年来，他们欺负我们，我们一让再让，现在他们得寸进尺，颠倒黑白。我们是治理自己的疆土，如果不这样做，就对不起列祖列宗。所以，皇上，您的态度是对的，几件事，我们都打疼了他。他们一看占不着便宜了，才来这一手，这是流氓，可鄙的做法。这次图泰他们，一直治理到北海，把他们驱逐出去了，他们吃了亏。他们强占着我们的领土，嘴里还叼着肉，我们逼着他们吐出来，他们心疼了，才采取这样的态度。我们不怕他，皇上，这件事情，诏告天下，世界各国也会主持公道的，他们没有理。第二，东正教到我们国家来，到处宣传他的东西，要我们听大俄罗斯的，听沙皇的话，咱们能干吗？咱们是龙旗，不是他的双头鹰旗，如果听他的，那咱们国家不就没了吗，咱们不亡国了吗？皇上，咱们驱逐违法的牧师，这些人到我们大清国土来，强奸掠夺，无恶不作，这些人明着是牧师，暗里就是男盗女猖，抢男霸女。乌伦他们，从这些牧师的身上，得到些什么东西呢，都是些强奸中国女人所用的性器，这些个如果给俄罗斯使团的彼得罗夫看一看，这难道就是你们俄罗斯大沙皇东正教人干的勾当吗？他们能说出口吗？皇上，我们就应该硬起来，所以第二点没有错。至于第三件事情，我过去也跟长龄大人商量过，这个柳米娜，皇上，她是自愿地留在咱们大清国的，大清国对她们温暖，对她们礼让，对她们关怀，她们母女是非常感激的。她几次躲了灾难，柳米娜要不是乌伦他们救了，要不是她两个女儿由于我们劝说过到这边来，就会让俄罗斯在北噶珊给烧死，我们救了她一命，让柳米娜出来自己说这个话。皇上，咱们做的事事都有理，俄罗斯一些骑兵在瓦力佳尼亚的策划下，把咱们几代文明的北噶珊，用汽油全烧了，那里有大明朝嘉靖皇爷的御赐，也有乾隆爷留下的北方御笔。多少年没有找到乾隆爷在北方题的匾，就惟独有这一个，让俄罗斯给烧掉了。俄罗斯非常害怕，在黑龙江以北，咱们的土地上，有咱们大清国的印迹，他想办法都抠出去，烧掉它，这狼子野心，何其毒也。醉翁之意不在酒，他们这么干的目的，就是逼着咱们后退。不能够，皇上，您不要发愁，咱们哪点儿也没亏对他，咱们没有错，不做亏心事，不怕鬼叫门，怕什么？堂堂五千年的大国，还怕这些豺狼。”

英和大人这一席话，激昂慷慨，掷地有声，在座的众大臣，各个心情都非常舒畅，讲的痛快。道光帝听了，也点点头说：“是那么个道理。”可是，这里有人想的不完全一致，谁呢？那清安。那清安这个人哪，他是后起来的，他跟穆彰阿他们都是稍微年轻一些，他看一些老臣都这么讲，自己也不好反对，不过，憋不住，也说了几句：“方才英大人讲的，是有道理。不过皇上啊，咱们是礼仪之邦，有些事情，我看还得从长计议，咱们现在国力还不怎么强，连年水患，民不聊生，国库亏的银子太多了，一旦引起俄罗斯或者是英吉利，任何一国，哪怕来一两个兵舰，咱们恐怕都受不了。”

戴均元，戴大学士，七十多岁了，听着这话，马上就给打断了：“那清安，这是什么意思，岂有此理。他们来了兵舰，我们难道就不会出兵舰吗？现在不是这么回事，不是我们国库缺不缺，是看我们腰杆子硬不硬，我们是跪着说话，还是站着说话，这是主要的。一个国家如此，一个家庭如此，一个人也如此，到什么时候，都把自个儿的腰板挺直了才行。不是咱们穷，咱们腰杆子要硬。我刚才听英大人的话，说的在理呀，咱们没有亏了他们，咱们哪件事做的都对，没做错事。现在呀，我倒想，柳米娜这个事，她愿意回去，就让她回去，不知这件事情，长龄大人怎么安排的。咱也不一定让柳米娜住在这儿，如果她愿意住，让她发表声明，到俄罗斯使馆去说明这件事。人家还是俄罗斯人嘛，到大清来，那是咱们的客人，客人来了，有朋自远方来，不亦乐乎嘛，咱们欢迎她。人家要走，就欢送她。来去是人家自己的事情。但是这件事情，一定要占理，让她说清楚，不是我们非得留柳米娜，我们没有留她，至于柳米娜和他们之间干了些什么，为什么俄罗斯一定要抓住她不放，我想这里定有原因。咱们哪，不追这个了，咱们往前看，跟外国人交往尽量看大不看小，心胸要大度。现在咱们既然把北疆平定了，有些事就糊涂点儿也可以。”

长龄大人接着说：“皇上，方才英大人和戴大人这些话，说的都很对。前天，我和英大人一起见了柳米娜，自从俄罗斯驻大清国使团的代表，彼得罗夫第一次照会以后，我们就挺关心这件事，重视这件事。这件事已向陛下您奏报了，我们召见柳米娜以后，她当时执意表示，愿意跟着大清国，对咱们大清国很有感情，她不愿意走，愿意跟女儿在大清国生活。没走不是咱们留她，是她自己不愿意走。这次到京师来，也是她自己愿意来的，不是我们把她硬绑来的，这点彼得罗夫已经问清楚了，他都知道。这次他在照会中还这么颠倒黑白，纯粹是流氓口气。我和英和大人跟柳米娜说，为了大清国和北边邻国俄罗斯的友好关系，既然是贵国希望你回去，从大处着想，你可以回去，将来想女儿时，欢迎你再来。我们跟她讲的很清楚，柳米娜很通情达理，也明白我们的意思，所以她最后也同意了我们的建议。柳米娜决定在京师逗留三个月以后，返回俄罗斯的圣彼得堡家里去，这事就这么定了。这点俄罗斯驻我使团都知道，今天还在胡说八道，这简直是没有国际的公理了。另外，至于她三个女儿，这方面，我们与俄罗斯驻大清国使团的代表，也进行了交涉。因为，柳米娜和杜察朗两人所生的子女，表面上他们都有双重国籍，但在我们国家是以男方为主，大丹丹、二丹丹、三丹丹，都是大清国的子民，这一点俄罗斯也不反对。因为，柳米娜已嫁到了我们大清国，是大清国的国民，他们生的孩子，不是双重关系，是大清国的国民。另外，我们又照顾了观念，征求了这三个女孩的意愿，现在她们三个还没有说愿意入俄罗斯国籍的，这一点，彼得罗夫都是当面听到的。二丹丹已经入了大清国籍，她已经嫁给我们大清国的三等侍卫乌伦巴图鲁，这一点俄罗斯也知道，这是明摆着的事情。二丹丹已经这么安排了。三丹丹，也不入俄罗斯国籍，她自己声明是大清国的国民，并准备和乌伦巴图鲁属下麻元将士成为夫妻，过几天就要办新婚大礼。至于大女儿，她很早就嫁给了穆彰阿大人的公子福康安。福康安他们在一起生活，虽然不是那么融洽，也没有生孩子，大女儿也没说自己要改成俄罗斯国籍。不过，她已经申请俄罗斯驻大清国使团，准备同她的母亲一块儿回去，陪同柳米娜回俄罗斯住些日子，这是她们已定的事情，这些个俄罗斯都知道。皇上，我觉得这里头没什么抵牾的事情，已经办的非常稳妥了。”

道光皇爷听了后说：“好啊，这个事就这样了。”英和大人接着又说：“皇上，现在让我们心里头惦着的事情，是太后和皇上您，日夜焦虑的事情，那就是西疆的反叛。张格尔现在非常嚣张，由于英吉利在后头插手，使这件事情更加复杂。对这件事情，我们确实要百分之百地关注。我倒想，现在出现很多蹊跷的事情，这里有没有更复杂的背景，难道和张格尔他们没有关系？这件事情倒值得我们认真地思索。”

英和大人刚说到这儿，杨玉春钦差就接着说：“禀皇上，我想起一件事情，张格尔由于英吉利人的扶持，他们建起了复仇女儿军。都是在西域，咱们大清国界之外的西疆，由他们出资培养的。他们有的都带着现在的火炮枪，咱们都没有。这些人有武功，还能攻杀，而且有现代的兵器，相当狠。说一句实在的话，皇上，我们有时候真难招架。正因如此，我们有些个兵马遭到了沉重的撞击。另外，张格尔下面有两个后招来的，自称是姐妹，实际上不知道是什么人，她们是拜把子关系，还是姐妹关系，不清楚。这两个女的相当厉害，外号叫银花女侠。有的说她们是一母双胎，长的完全一样，大的叫大银花，二的叫小银花。大小银花，穿的衣裳一样，使的兵刃也是宝剑。她们常常出没在京师。据我们很多的探子了解，她们有时就住在英吉利驻京师外交使团的住地。有的时候，她们又乔装成贩卖新疆的葡萄干和食品、衣料什么的，有时赶一辆黑驴车，有的时候她们又乔装成算命的，她们总是在一起出现，也杀了不少人。她们到处造谣惑众，宣传一些对大清国的攻击之词。她们会飞檐走壁，这两个人现在很可能就在京师一带，望皇上千万要小心，她们这些人什么事都干得出来。”杨玉春一说，道光心里马上咯噔一下子。因为他年轻的时候，就曾经有反叛的人打入宫廷，由于他箭法好，抵住了敌人，受到嘉庆帝的褒奖。他想到这儿，就不寒而栗，这两个飞贼，能不能侵害宫廷呢？

正在大家说的入神的时候，太监彭公公进来说：“禀皇上，太后驾到。”皇太后匆匆地搁后门进来，道光皇爷和几位大臣马上就站起来，太后板着个脸，非常严肃。进来以后，就坐在正位的龙廷席上。太后坐下以后，道光皇爷，众臣给皇太后叩安。皇太后说：“请起。”然后又说：“皇上，你们在一起嘀咕什么呢？我在后屋坐一坐，一听你们在前屋商议事情，你们有些事还瞒着我呀。”道光皇爷说：“儿臣哪有瞒着皇额莫的时候，没有，我们在商量朝政的事。”“那你就给我说说，什么朝政的事？”

太后在后屋啊，问小太监，皇上他们唠什么事，可能是稍微捋点须子，具体情况不太清楚，老太后就过来了。说实在的，她这些天，就没过一个安顿日子，才我讲了，他们到太庙去祭祀，回来后，老太后就强打着精神。三巧来了以后，她表面上还挺高兴，但心里头苦的很。她也心疼道光皇帝，看他一天天消瘦，所以在太庙中，她说过那句话不是吗，为什么，苦都落到我们娘们身上了，我们怎么这么可怜呀。现在，她也挺惦着朝廷中的事情，特别是惦记着张格尔叛乱平息怎么样，闹的这么凶，能不能快点把这个贼抓住，难道就抓不住吗？像火似的，赶紧扑灭呀，火不扑灭就越烧越大吗。另外，她现在弄清楚了，确实她宝贝的孙儿奕纬贝勒，从前天到现在真没了，找不着了。她大骂和妃，你做娘的是干什么的？又把身边的太监吊起来打了一顿，好几个侍女到现在还在宫里跪着呢，你们都有什么用，太子走了这么长时间，你们不知道吗，你们为什么不去找，为什么不及时地禀报？连皇后这些人也都没得好脸，后屋让她给折腾够呛，气坏了，把太监的总管彭公公，大骂了好几场。彭公公现在都不敢见太后，见了就骂。太后像疯子一样坐在后头，她心里想，旻宁哪旻宁，你现在还商量什么事，你儿子都没了，这不是奇耻大辱的事情吗？她坐不住，就赶紧过来。让三巧在后屋歇息，这两宿没好好睡觉了，你们好好睡一觉，把一个暖阁让给她们，还不让三姊妹回孔德会馆，就住在这儿。说实儿在的，三姊妹也够累的了，真的困了，太后在那一坐，她们就睡着了。太后趁她们睡觉的工夫，就到这儿来了。

道光旻宁一看，就知道自己的皇额莫惦记着的事情，肯定是她孙儿的事儿。聪明的英和大人他们也明白，就向道光皇爷使了眼色，意思你别瞒着皇太后了，她是聪明人，现在惦记着的事，你就直接说了吧。道光皇爷很聪明，知道这事也不能瞒，该是啥就是啥，原原本本地都告诉了太后。这也好，你要不告诉太后，她要病了不就更完了吗。这样，道光旻宁言简意赅地把方才所有的事情，一件一件禀报母后。

太后虽然是个女的，但心胸非常开阔，听了以后没有大怒。这几年也把她锻炼出来了，经的事太多了。张格尔说要娶太后，这话都跟她讲了。太后听了，反到非常冷静。恭慈康豫皇太后，是久经世面的人物。嘉庆二十五年，自己最心爱的皇上，她的丈夫，突然在避暑山庄驾崩的时候，她当时是非常年轻美貌的贵妃，深得皇上的宠爱。嘉庆帝颙琰到避暑山庄玩一玩，本想打完猎就回京师。哪知道，此行成了夫妻永别之日。嘉庆帝驾崩对她打击太大了，她当时恨不得也寻死，但是清朝没有殉葬这个制度。她连哭了几天哪，好在她把太子旻宁扶上了皇位，就是道光帝，自己做了皇太后。后来，入主寿康宫，屡次受到道光皇爷的嘉封，开始是皇太后，后来又封到恭慈康豫皇太后。没过两年，封号是每年都加。

这个时候，说书人已经向各位阿哥讲了，清朝从顺治爷入主北京，定鼎中原开始，一百七十多年哪，现在可不是康雍乾几朝先王的时候了，一年不如一年哪。特别是从她做皇太后开始，就没得好，旱灾、水灾、虫灾、匪灾什么都有，天天为这些事情发愁，没办法，今天去朝拜，明天去叩头的，祈求祖先庇佑，祈求列祖列宗在天之灵，庇佑他们，但是不顶事。道光皇帝还没承继大宝的时候，也就是嘉庆皇爷刚驾崩的时候，新疆就开始叛乱，张格尔就闹哄起来，一起来就不可收拾，卷进来的人相当多，那人杀的不少，州县一片血海，现在还闹的这么凶，你说她能挺得住吗？张格尔说要到京师坐殿，要娶她，这些她都没想到。

皇太后听了一番禀报，气的脸色铁青，咬牙切齿，一会儿又嘿嘿地冷笑："好啊，张格尔，你的梦做的好漂亮啊。来吧，哀家等着你。你休想，最后哀家可能让你来到京师，那时候，要凌辱你，凌辱你全宗，看咱们谁笑到最后。在座的各位众爱卿，我同皇上感激你们了。你们都是几世受皇恩，现在国家用人，我求你们了，快点想办法抓住叛贼张格尔，给我快点抓住，他们太欺负我们娘们了。"说着太后号啕痛哭起来。这一哭呀，大家都慌了神，不知怎么办好了，是头一次手足无措。

皇上赶紧跪下说："请皇额莫息怒，不要悲伤，要珍惜凤体。"众大臣全跪下了，请求太后息怒。皇上也跟着落下了眼泪，忙命太监和彭公公赶紧搀扶太后到后宫去，安养，别伤坏了身体。皇上跪着跟太后说："我们抓紧商量应急之措，太后放心，我们现在正在商量这个事情，请太后静听捷音。”大家好不容易把太后搀到后宫，这且不说。

大家商量怎么办，众大臣一致讲，先在京师附近赶紧查到太子奕纬失踪的下落，肯定能查到些蛛丝马迹，不会一点不知道。现在已经这样了，不是隐瞒不隐瞒的事情，赶紧查找，早查比晚查好。赛冲阿大人说的对：如果要把太子给弄走了，趁现在时间还短，赶紧封锁所有的交通道路，赶紧查，搁京师查到京郊附近的各个县城，全都动员起来。

就在大家紧张繁忙出谋献计的时候，真是喜从天降。就听门外一个小太监跪着高声喊着：“报、报、报”，慌慌张张地跑进来，见到了皇上和众大人，扑腾地跪在地上说：“禀报皇上，喜事。”“什么事?”“太子爷的消息知道了。”“怎么回事，细讲。”“陪同太子爷出游的薄老公公回来了，他满身是伤，昏倒在寿康宫的门外，我们把他背进了宫里，现在就在后头。”大家一听多高兴呀，真没想到啊，正在无处查找的时候，有了消息，真是有神人相助啊。皇上乐的抿着嘴说：“快快，把薄公公背进来，背进来。”

不大一会儿，把薄公公背进了西花厅。老人家已经昏迷，衣服上有些血。西花厅有不少楠木红漆的大堂椅，椅子上都镶着用绢丝做的垫，非常暄腾。几个太监轻手轻脚地把薄老公公，慢慢地停放在太师椅子上，又拿过几个绢丝的靠垫，给老公公的头垫好。这时候大家才看清，老公公面容憔悴，瘦了不少，脸上还带着伤痕，身上也有很多的伤，仍然昏迷着。皇上命彭公公快去把御医找来，越快越好。

很快，御医就来了。皇上身边的郎中，由前到后详细地看了看薄公公身上的伤，又诊了脉，然后说：“禀皇上，公公内脏没有伤，可能是走的太慌忙了，年岁大，一时昏厥过去，不要紧，一会儿他能醒过来，我先给他喝点汤，洇洇他的嗓子。另外，我再给他按摩按摩，使他身上舒适一些，醒了以后，我再给他用药，不要紧，请皇上放心。”这话使道光皇爷和众大人都非常高兴。大家就盼着薄公公赶快醒过来，他醒了，就能知道些情况。光薄公公回来了，太子没回来呀，这里肯定有原因。彭公公把龙椅拿过来，请皇上坐下。皇上坐在薄公公旁边，各位大臣围过来等着。不少太监把太师椅轻轻拿过来，众位大臣围成圆形坐着，都聚精会神地看着正在闭目，人事不省的薄公公。

御医拿过来参汤，一只手把他嘴撬一下，另一只手用勺慢慢给他灌人参汤，一点一点，给他喝。然后，御医用手按摩他的天会穴，他的太阳穴和他的人中，还有他两只手的双关、内关和他脚上的足三里，按摩和揉他身上的穴位，双手捋他前胸。不大一会儿薄公公苏醒过来了，半天哪，唉呀，唉呀，出了呼吸的声。大家心上的石头总算落地了。老人醒了，什么事都能知道了。道光皇爷站起来看他，众大臣也站起来了，围着看他。这时薄公公睁开了眼睛，眼睛发直，没看见什么。等一会儿头脑清醒以后，他一看，瞅他的有皇上，还有众位大臣。

薄公公是德高望重的老太监，又是三朝元老，所以，这些大臣他都认识呀。说书人向阿哥们都介绍了，乾隆爷时，嘉庆爷时，以至现在的道光爷时，他都是太监，可以说，道光爷在小的时候，他就像侍候太子爷一样侍候他，道光爷非常尊敬他。一看老人家醒过来，道光爷马上握着他的手说："薄公公，你好啊，朕想你呀！"薄老公公，一听皇上的话，头脑更清醒了，细看正是皇上瞅着自己，马上要起来。这时，御医和皇上轻轻地把他按住，皇上就说："老公公，你不用起来，不用起来，你先歇息一会，朕有很多的事还要问你哪，你别着急。"

这时，只见薄老公公眼泪就淌出来了，薄老公公半天才说："皇上，老臣有罪啊，辜负了圣上对我的恩育，我愿死在皇上的跟前哪。我也对不起太后，现在太子还在人家手里哪。"说着呜呜啕啕地痛哭起来。刚才是皇太后哭了一场，好容易安静下来，现在又是薄老公公痛哭。众大臣都劝他，皇上也劝他："薄老公公，不要忧伤，慢慢讲，你年岁高，心脏不好，咱们有很多的事情还靠你哪，别着急，好不？朕求你了。"皇上像哀求似的："你别哭了。"等他安静下来。就这样，薄老公公又闭上眼睛，安静自己的心情。

不大一会儿，薄公公慢慢跟御医说："你把我扶起来，我现在行。"这时，大家把薄老公公搀着坐了起来，又拿几个龙凤靠垫，给他靠在后边，又让彭公公把茶水给他端来，他渴的厉害，咕噜，咕噜，喝完了，再给他一杯，又咕噜，咕噜喝了。喝完了以后，老头儿精神了，就把这几天的事情，一五一十地奏报给皇上和众大人。怎么回事呢？事情是这样的：

那天，贝勒爷小奕纬，他左缠右磨一定要出去。他常上野外郊游，自己出去玩一玩，走一走。有时也不穿太子的衣裳，就像富贵人家的公子一样，他太任性了。这些个前书已经说过，道光爷，包括嘉庆爷，也就是小奕纬的爷爷，奶奶，都惯着他，就这么一个太子，是个宝贝疙瘩，他想干啥就干啥。有时候，道光爷管严了，他一看不好办了，就赶紧去找皇太后，他的奶奶。皇祖母若是不答应他，就偷着去磨薄公公。薄公公就像自己爷爷一样，也挺喜欢他。薄公公不敢告诉太后，也不敢告诉皇上，还直嘱咐："奕纬呀，贝勒爷小心点，你千万别闹大了，闹大了我也不能瞒着太后和皇上啊，你知道吗？"奕纬说："爷爷，你不要怕，我不说谎，不会出事的。"这天，他一定磨着要出去，为什么呢？小奕纬知道三巧要来了，都说三巧武艺强，他老想和三巧比试比试。他现在心里惦着三巧，想溜达，溜达，打听一下三巧来不来。他掐手指算着，三巧快来了。在家呆不住呀，在宫里也呆不住，他就磨薄公公。薄公公实在没法了，就领着他出去了。薄公公说："贝勒爷，咱俩不要走的太远，你得听我的，你要不听我的，我宁愿不出去。"小奕纬说："行，我听你的。"就这样他们以一主一奴的打扮，两人各骑着马就出去了。

这天还挺好，正是暮春接近夏日，阳光灿烂。他俩走到京师的郊外，一片绿地，真是赏心悦目，他们正看着高兴的时候，搁树林子那边跑出一个老太太和一个老头儿，他们拼命地喊叫："救命啊，救命。"把小奕纬闹的一愣，就对薄公公说："爷爷，你看，这是怎么回事？"薄公公怕出事，就赶紧说："奕纬过来，躲起来，不知他们究竟是怎么回事。"他怕真要打仗，把太子伤着怎么办。所以，他赶紧把小奕纬劝住，俩人就躲在树林子里头。躲下以后，就看对过的树林子跑出一个老头儿和老太太。老头儿背着一个大包袱，老太太可能是小脚，走的挺慢，哭着喊："救命啊，救命。"

不大一会儿，后头有一个骑马的还跟着几个人，拿着棒子，喊着："往哪儿跑，把东西给我留下。"像强盗似的。老头儿大声地喊："救命啊，救命啊！"他们遇到强盗了。奕纬小贝勒，性格像他的皇阿玛一样，非常刚烈，自个儿就坐不住了，光天化日，在京郊附近，还有白天行抢之事。他就要过去，硬让薄公公给拽住了："贝勒爷别动，别动，咱们不知怎么回事，不要动手。他们里头谁好，谁坏，咱不知道，别动手。"硬把小奕纬又给按住了。小奕纬在马上，恨透了，你竟敢欺负徒手的老人，你们太坏了，我一定抓到你。

这时，那个马跑的挺快，等快追上老头儿老太太时，不知道搁什么地方嗖嗖嗖，出来两个姑娘，都是一身短打扮，系着腰带，每人都拿着宝剑，那剑悠悠悠的响，头上扎着英雄缎带，很漂亮。这两个姑娘，个儿还一般高，长的都非常标致，也不知道搁什么地方出来的，好像是从树上跳下来的，他们没看清楚。这两个女子跑的相当快，搁树上蹿来蹿去的，很快就蹿到了前头。那个小子骑着马正追老头儿老太太，嘴不住地喊着："别走，站住，把东西给我扔下，不扔下我就宰了你。"他一手拿着刀，一手拿马的缰绳，马嗒嗒跑着。哪知道，其中一个女子，噌地跳上去，一下子跳到马身上，脚一踹，就把那小子踹到马下。马没主人了，叫唤一阵，嗒嗒地就跑了。因为一个人是骑马的，其他几个人都跟着跑，那个女子，一个手掐一个，就飞起了连环脚，都给踹倒了。这个女子还挺厉害，那几个一看哪，都跪在地上，被踹的挺疼，唉呀，唉呀，直叫唤。"光天化日之下，竟敢来京师行窃，我要你们的命。"那几个人跪地求饶："请姑奶奶饶命，请姑奶奶饶命。"那个姑娘就说了："姐姐呀，看他们现在没抢到东西，咱们还有急事要走，就饶他们一命吧。"另一个姑娘就说："好吧，我们放了你，以后你们要安分守己，不许行抢，下次让姑奶奶再碰上，小心割断你们的腿，砍断你们的胳膊。"那几个小子连连磕头，如捣蒜一般。

这个过程，奕纬和薄公公都看见了。奕纬一看，这两个女子真行，天子脚下到处有好人，她们是仗义之人，还是行侠的。这时呢，薄公公还一只手抓着小奕纬的肩膀，他们藏在树林里，就跟奕纬说："奕纬呀，不要动，现在那两个老夫妇已经有人救了，有好人救了，这就行了，你不要出去了。"可是奕纬呀，不这么想，他想的天真了，他愿意结识天下的英雄，一看这两个姊妹，好姐姐，人家仗义疏财，来这儿救人呀，我要认识她们，我要结交天下的好人。奕纬想，薄公公这个人就是婆婆妈妈的，他不让我出去，我才不干呢。他的肩膀一晃荡，两个腿往马肚子一登，马噌一下就蹿出去了。薄公公没想到他有这一招，连声说完了，这下子全露馅了。他想赶紧把小奕纬领回去，小奕纬没听他的，骑马就跑过去了，边跑边喊："请两位姐姐站住。"这时，那两个老夫妇不知哪去了，那几个被两个女子打倒在地的人也都跑没了，就剩这两个女子，这两个女子把剑往后一背，两个人手拉手也走了。小奕纬连声招呼，人家没理他，一直往前走。

小奕纬骑着马，拼命撵这两个女子。两个女子不稀理他，撵了一阵，这两个女的，不耐烦地站住了。一个女的指着他说："你这个小少年，咱们互相不认识，你干啥追我们不放，我们还有事，不愿跟你谈，你赶紧回去，要不然的话，姑娘的剑可不饶你。"小奕纬在后头喊："我想认识姐姐，我想认识你们。"那个女的就说："我们不认识你，少在后面跟着我们，我们到京师还有急事。”两个女的在地上走，虽然没骑马，但走的比骑马还快，噌噌噌地走，小奕纬在后头骑着马撵，后头薄公公骑马撵小奕纬。前头的两个女子手拉着手，只顾往前走，这样，就把小奕纬他们领了好长一段路。这时已经绕过了一片树林，前头是丘林子山，在林子后头有一片村庄。

走着走着，两个姑娘站住了，小奕纬赶紧下马，首先给两个姑娘施礼，深深地鞠躬，向两位姐姐问候，然后说：“我很感谢你们站住，我刚才看到两位姐姐仗义救人，我非常佩服你们，很想认识你们。”这时候，薄老公公骑马也赶到了，急忙下马就说：“请问两位姑娘，你们到哪里去?”两位姑娘看看这位老人，就说：“我听你说话的声音，好像是宫里的太监吧。”薄公公本来说话嗓音练的粗一些，平时还听不出来是太监声，因为他常领着小奕纬出去，怕人听出来，他练的挺好。没想到，这个女的更厉害，听出来了。他想，这女的很不一般，为啥能知道我们宫中的身份，因此就引起他的注意。薄公公说：“啊，不，不，那你听错了。这是我的小主人，我领着小主人出去郊游。我的小主人，看到你们两位救了一对老夫妇，你们做的对呀。我们小主人就喜欢结交天下的英雄好汉，为这个追你们，我就跟着来了。我们就住在附近这个村子里。”

一位姑娘高兴地说：“唉呀，那太好了，我们是从北京来的，因为遇到了两个强盗，我们为了追赶强盗，走到这块儿来了。现在我们就住在前边的药王庙，明天准备回京师去。”小奕纬一听，上京师，是一个道，小奕纬说：“今天咱们一块儿走吧，回京师。”姑娘说：“不，我们还有些东西要带，我们明天走。我们认识你们还挺有缘，你这个小少年，很有出息，这位老爷爷是一个很好的、忠实的奴仆，你看，对小主人照顾的多么周到。这样吧，你们到我们那坐一会儿，歇一歇，然后你们再回去，明天我们一块儿赶到京师。”薄公公就说：“那好吧，好啊，我们今天就回去了。”小奕纬就说：“爷爷咱们一块儿去，到两位姐姐住的药王庙那块儿看一看，完了咱们再回去。”说着就拉着薄公公去药王庙。

这样，他们四个就往附近村头的药王庙去。路上小奕纬问，你们是哪地方的人，这两个姑娘就说是从北疆来的。这一说，可把小奕纬乐坏了，就说：“你们是北疆的，那你们认识不认识三巧她们。”那姑娘笑着说：“三巧，你怎么知道三巧?”“我怎么不知道。”这一说，让薄公公把嘴一捂："孩子，你看，这野外多漂亮。"就没让他说出去，两个姑娘非常聪明，也就偷着笑了："你问我们哪，我可以告诉你，北疆是我们家。你听说过北疆那有个东噶珊吧，我们就是东噶珊的三巧姊妹，要晋京陛见。"小奕纬越听越高兴，心想，没想到，我要找的三巧姑娘，原来在路上碰上了。唉呀！前些日子，跟皇祖母还盼着三巧姐姐，我皇阿玛也说快来了，没想到我在半道上接来了。他非常高兴，薄公公呢，似信非信，怎么来这儿碰上了？也可能，这行侠之人，都好单独走，没按各衙门欢送，但为啥走蓟县这个道，老人心里纳闷。可是她说的也挺对，北疆、东噶珊、三巧，这也可能是啊。

就这样，这个三巧两个字，把他们一老一少给迷住了。就跟着她们走，一路上，这两个姑娘，就说自己是三巧，一个是穆巧珍，一个是穆巧云，他们问那巧兰呢？她们说，我们老二因为有点事，没搁这个道过来。我们为的追赶贼人，她跟几个朋友，搁别的道走的。说的真让人找不出一点破绽，这事就这么巧。小奕纬本来就非常崇拜三巧，这回一看她们这么年轻，比自个儿大一些，长的都非常好看，标致，一看使剑还噌噌直响，他不知道是怎么回事，以为她们真是三巧。所以，小奕纬就跟她们越说越近。这两个姑娘也不问他什么情况，只介绍自己，还给他介绍不少北边的生活，小奕纬都没听说过。薄公公只能是跟着走吧，保护好太子要紧，事情已经这样了，只能将计就计吧。

不大一会儿，他们进了屯子。屯头确实有个药王庙，看这庙的墙，是青砖青瓦的，因为年久失修，青砖墙上长了不少蒿草，有的地方已经成了残垣断壁，庙门还都有。看起来，春秋的时候有祭祀，但是这块儿没人看着，也没有什么住持。院里空空的，长了不少蒿草，也没人收拾。这两个姑娘，就把奕纬和薄公公领进庙里。

这个庙不大，五间正房，正面是药王，旁边那块儿可能还有土地庙什么的，他们没进去看。这边呢，也不知道供的什么，反正中间有个牌子，大殿上头有个匾，刻着药王庙三个大字。旁边写的姓氏，就是帮助建这个庙的人，都是谁谁谁，捐了多少钱，都写在匾的上头。他们进到里头一看，在庙的一侧有一铺炕，炕上还有炕席，有个小桌子，但是好像很长时间没人住，可能是在祭祀时有些人在这儿住过，或者是帮助祭祀的人，在这歇息。现在这两个姑娘在这儿住着，炕上还真放些包裹什么的，可能是姑娘的。这两个姑娘说："我们昨天过来的，今天想要走，刚才听到那边喊叫，我们就过去了，原来是强盗抢两位老夫妇，我们去救他们，所以又耽误了时间，这样我们只好明天进城。这儿离京师很近了，我们明天要到宫内，是太后和皇上接我们进京陛见的。”

对这些话啊，小奕纬一点儿没有怀疑，完全相信。他根本不知道北疆什么情况，就认为这两个姑娘确确实实是三巧，三巧就是这两个女的。

不一会儿，一个老头儿和一个老太太送来饭菜。小奕纬没注意，薄公公看出来了，大吃一惊。这个老太太的衣裳换了，原来穿的衣裳是个白衬衫，大黑裤子，跟着跑，喊救命救命。现在换了衣裳，头上包着包袱皮子，身上穿的是花衣裳，脸上抹一抹，显得皱纹多一些，可能把灶坑的灰抹一抹，薄公公看出来了，这不是刚才喊救命的那个老太太吗？后头提着饭菜那个人，正是那个老头儿。这回看清了，当时那老头儿是假扮的，他本来没有胡子，胡子是后贴的，肯定是打扮了。薄公公心想糟了，这回进了贼院了。她们根本不是三巧，肯定不是了，他又不能跟奕纬说，怎么的呢？这两个姑娘和小奕纬形影不离，她俩明白，只要抓住这个小年轻的就行，她们知道老头儿肯定是围着小年轻转的。这两个姑娘，有一个站在小奕纬跟前，跟他聊天。小奕纬什么也不顾，只是跟她唠。后来唠一唠，小奕纬刚要露自己是什么人，又让薄公公给打断了。

就这时，天稍微晚一些，有一个姑娘就说：“两位不速之客，这位少年，您可不是一般人物，您可能就是当今的太子，奕纬贝勒，是不是呀？”小奕纬大吃一惊，薄公公当时说，不、不、不。“你这老头儿，不要再装了，你肯定是薄公公，是不是？你还能瞒过谁？你是跟着几代皇帝的人。奕纬，我告诉你，我不是什么三巧，三巧是我的仇人，我是搁新疆过来的，我特意来抓你奶奶，抓你阿玛道光旻宁，我是来杀他们的。”小奕纬一听，扑腾站起来了，那姑娘一个巴掌，把小奕纬打的扑通就坐在地上。老太监薄公公的脖子已经压上了宝剑。

这时，进来几个人，小奕纬认出来了，正是那几个骑马追老头儿老太太的人，后头那两个人就是当时被姑娘踢倒在地的。那老头儿老太太到跟前笑着说：“小伙子，不，小贝勒，好啊，把你给请到了，你认识不认识，我是谁呀？我就是方才让这两位女主子救下来的那个老太太。”原来是一场恶作剧，是演给奕纬看的。这时姑娘就如实讲了：“我们等你等了多少天了。你们哪天出来，从哪儿出来，我们都知道，哪天你到哪儿去我们都清楚，薄公公你说对不对？”

真对，人家早就摸到须子了，知道的非常清楚，今天一出来就摽上了。小奕纬说："你们要干什么?"这两个女的就说："我告诉你，我俩是一母所生，是双胞胎不假，我们是银花女侠，或者叫银花双侠，她是小银花，我是大银花，我们是打遍天下无敌手啊。我们的兄长就是你们朝廷，也就是你的奶奶和你阿玛现在正头疼，要抓的，我们的总教头张格尔大师。"薄公公哼了一声，哪知道，在京师这块儿有了敌人，他们陷到狼窝里了。薄公公想，我怎么救太子呢?我真是千刀万剐都应该呀，我怎么把太子领到虎口中来了呢，我真对不起皇上，也对不起太后。他又想，我得赶紧救太子，认可碎尸万段，也得把太子给太后和皇上救回去呀。我怎么能把信传回去呢?他这时真想不出办法。

太子从来没受过这个气，便破口大骂："你把我怎么的，你要杀了我，我想你也不敢，这是京师，到处是我们大清的兵马。你再敢动弹，就休想活命。张格尔今天没有抓到，明天也会抓到，明天抓不到后天也要抓到。我和所有朝廷的忠良大将，谁也不能轻饶你们!"小奕纬也挺厉害，这两个女的怕吵吵声太大了，就不让小奕纬喊。虽然这个庙里挺幽静，外头有一个土墙，没有人来，但她们怕传出去。所以，一个女的把眼睛一使，旁边跳过来一个人，上去就把奕纬胳膊使劲往后一掰，咔吧一声，小奕纬哎呀一叫，把他胳膊绑上了。接着就把他吊起来，把薄公公也给吊起来。小奕纬破口大骂，她们把一个东西塞到小奕纬嘴里。小奕纬就哎呀地叫，又臭又硬，不知是什么东西，也可能是过去祭祀时擦灯油的那个破抹布，搁窗户上拿来就塞进他嘴里，这个臭味。这样小奕纬既叫不出来，也哭不出来。他们也给薄公公嘴里塞上了一块布。

这些人在一起喝着酒，吃着肉，可高兴了。有的说："把太子给他弄到西域去。"有的说："咱们把他做个人质，让朝廷赶紧撤兵，不能再攻打南疆。"这两个女子就想办法，让薄公公或者小奕纬赶紧捎回信，告诉朝廷，太子奕纬在我张格尔大师的手里，你们再敢大兵进犯张格尔，不让我们独立，我们就杀掉奕纬。他们商量怎么办，这晚上闹的挺厉害。

薄公公就想方设法，尽量保住太子。他用手比划，因为他说不出话呀，告诉那两个女子，你把我嘴里的东西拿出来，我有事跟你讲。看起来，周围这几个人，都是这两个女子新收买的，有些事还不让那几个人知道。薄公公那是老谋深算的人，几个人的关系都看清楚了。那两个姊妹，也就是大银花和小银花，可能是搁新疆来的，其他那几人是在当地雇的。让他们露露脸，意思是让奕纬和薄公公知道，我们是什么人，然后他们都退出去了。

这屋里，只有大银花和小银花她们姐俩审问奕纬和薄公公。奕纬呢，很多事确实不怎么清楚，就是大骂，连哭带叫。薄公公是经过世面的人，跟了几个皇上，他知道不少政治风云上的事，怎么对待这些事情，他也有经验。这两个姑娘也清楚，要把这事办成，关键还得靠太监。这个老公公，他是皇上身边的贴心人，所以她们在薄公公身上下了狠茬子，想通过他，把太子降过来。她们想办法把老奴才薄公公嘴给撬开，他知道宫内的情况，宫内的秘密，掌握了这些，就便于她们采取不轨的行动。但她们也知道，薄公公是皇上身边的亲信，想要摸到情况也不容易。她们想来想去，最后还是用软的办法拉拢薄公公，所以她们互相使了个眼色，就到里头见薄公公。

这个屋挺有意思，外间供的是药王神，还有香案、桌子什么的，里屋就是来祭祀的人歇息的地方，喝茶呀，或者谈天呀，所以屋子不太大。屋子非常破，门框子、窗棂子上连纸都没有了，风一吹噼里啪啦直响，挺瘆人的。这时，天色已晚，把薄公公绑在里头，因为怕老头儿跑呀。她们觉得太子不会有什么能耐，平时都是别人侍候着，跑不了，所以把他绑在外头。另外更主要的是他们看着方便，眼睛老盯住太子，那是人票呀，抓的就是他，所以专有一个女贼在门口堵着。她们把小奕纬吊在房梁上，嘴里还塞着擦油灯碗的破抹布，小奕纬可能连喊带闹够累的了，睡没睡着也不知道，闭着眼睛，只有呻吟声。薄公公和太子中间有个炕，离的挺远，怕他俩通光通气，怕老太监给太子出主意，所以他们互相离的挺远，又有一个女贼看着。

这时大银花、小银花过来，到薄公公那块儿。这屋里的炕是拐弯的，到里边拐个弯，铺着炕席，破的不像样子，一块一块的，上头有不少的灰尘，还有些破木板子，把老头儿紧绑在破窗户那儿。窗棂子已经破了，堵些破木板子。窗户里，有一个大柱子，看样像个柞木桩，皮已经扒没了，溜光的，蹭些泥，就把老头儿绑在柱子上。薄公公低着头，闭目养神。他现在心里头琢磨咋办好，怎么能逃出去，救太子要紧，不能来这儿挺着呀，挺着就是死啊。我老夫死了十个八个没事啊，不能让太子遭罪，受委屈呀，这样我能对得起谁呀，我对不起两代的先王啊，也对不起当今的皇上。他想到这儿，心里非常难受。他恨自己，不应该出来，但现在恨已经晚了。得想办法转危为安，怎么逃出虎口，他现在就惦着这个事儿。这两个女贼武艺这么强，怎么能跑出去呢，离京师这么远，援兵又来不了，怎么办呢，他闭着眼睛，想啊想啊。就在这时，大银花，小银花，两个女贼过来了。

大银花用手把他一按，说："薄公公，你别装蒜了，装什么死狗，我知道你，你呀，识时务者为俊杰，现在我们姊妹给你一条出路，你帮助我们让太子逃出这个京师，把他交给我们的张大帅，就算你立功了。老薄头，你知道，太子在我们手里，你也逃不走了。即使逃走了，你也是死。你就是回去也是死，怎么都是死，你不如弃暗投明，我们现在大军很快就压境了，你帮助我们出个主意，怎么办？这条路你还是熟悉的。"

老头儿一声不吭。薄公公也在想，我现在说什么，痛骂他们也没用。另外我不能激怒他们，这两个人要是狗急跳墙，动了刀，把太子给抹了，不就完了吗。现在我不能用激将法，得用缓兵之计稳住她们，不能气她们，她愿怎么说就怎么说吧，我就是不出声哪，哑巴当到底了。这老头儿就是有老猪腰子。这两个姊妹，大银花、小银花，好话说了千千万，怎么奉承也不行，后来破口大骂，连打带踢，也不吭声，老头儿的脸上让她们打的东一个包，西一个口子，强忍着疼痛。不大一会儿，口中呻吟起来，自己有意识地运气，把肚子所有的黏液都搁嘴里头喷出来，通过塞的油布条子，滴答滴答地淌。

这两个女贼吓坏了："哎呀，这不是有病了吗？"她俩为啥害怕，因为她们还真得靠薄公公侍候太子，太子不能出事呀，太子在她们身上是个宝呀，她们回去好向张格尔请功啊。如果太子有个三长两短，那她们怎么交差呀。只有薄公公知道，怎么侍候太子。所以，有了薄公公，太子就能活，一旦薄公公没了，太子气出病来，怎么办？现在离西疆这么远，那是万里迢迢。所以，现在她们还得靠薄公公，也怕老头儿出事。一看老头儿哈喇子一淌，她们不敢出声了。大银花轻轻地把小银花一推，意思是，行了，咱俩别说了。她俩悄声到了门口，嘀嘀了半天，不知嘀嘀些什么。

这时天色已晚。这庙转圈长着杨树，都是百年的古树，风一吹呜呜直响哪。你想这个破庙，外头的风吹着，夜间一点月光都没有，黑沉沉的，很吓人。况且他们不敢点火，怕引起外边的注意，这两个人也非常害怕呀。庙里老像有人来似的，不知哪块儿，扑通一声，窗户上嘁哩哐啷，她俩赶忙起来看看。老头儿想，我得想办法让她们俩紧张，我越装病，她们就越紧张。老头儿挺狡猾，年岁大了，经验也丰富，他这样做真起了作用。那两个女的着急了："是啊，咱们得想办法。"她俩一核计，一个女的出去了，可能找人去了。一个女的在屋里看着，她把利剑搁身后抽出来，放到自己的双腿上，她独自坐在炕边，右手这边有窗棂子，用手扶着窗棂子，半枕着自己的右胳膊，在那儿歇息。后头是小奕纬，吊在那块儿，她随时瞅着。一会儿，怕小奕纬跑了，把他拉过来，让他紧靠在自个儿跟前，她还用绳子把小奕纬绑在自己身上，小奕纬一动弹，她就知道。另外，她清楚，老家伙在里边绑着，你要跑得在我跟前过，所以，她知道他跑不了。这个女贼在门口堵着，剑放在腿上，头一枕，睡一会儿，似睡不睡，冷丁子起来看一看小奕纬，往左边又看一看薄公公。这时屋里越来越黑，就听着这庙里头蝙蝠吱吱地叫，在屋里乱飞，这叫声和那飞旋的声音混在一起。另外窗棂子被风一吹噼啪直动弹声，真是瘆人哪。

趁势，薄公公心里想，她们是要人票，是抓太子。她们暂时还不想杀害他，她们是要活的，这就好办，我得想办法冲出去，赶紧回去向皇上禀奏，派兵包剿这块儿，救太子要紧，唯有这一条路啊。现在我不能死，得保住我的老命。我走了，他们不能害太子，我现在硬跟太子在一起，等于害太子一样。他想清楚以后，就想怎么出去，怎么离开这个是非之地，赶紧回去报信。这时他才开始注意，他虽然被绑着，但说实在的，她们也不那么细，也有马虎的时候。另外她们都艺高人胆大，认为我们俩的武艺那么高强，你一个糟老头儿有什么能耐，所以就没绑的那么紧，吊在后头那个柱子上，绳绑的松，只绑了一个扣，绑的绳又滑，就随着木头出溜下来，绳越来越松，老头儿就开始转圈摸。这屋子黑，窗户一响，门一响，蝙蝠一动弹，耗子一叫唤，屋里头乱七八糟的，那个女贼也想不出来这里头是什么声音，都凑在一起了。

这时候，薄公公在摸什么地方，哈，这块儿是炕梢，门那块儿是炕头，搁那烧柴火的，既然是炕梢就应该有烟筒在那儿过。他又摸一摸，正好炕席底下塌了一块儿，年久失修，炕上的土坯塌下一个坑，因为上头有炕席盖着看不着。另外，姑娘哪注意这些东西，就没想这个呀。他现在要走，把那摸的非常细，他用腿往炕席里头探进去，一摸怎么这么宽呢，啊，是烟道，看起来这块儿是往外走烟的地方，烟筒现在没了，一摸炕上有个洞，这些个她们都不知道。过去烟筒都是木头的，烟筒可能倒下了，墙是个土墙，是用草粘上泥垒的墙，相当薄，时间长了又不修，都破了。他一看这是个好地方，真是天赐良机呀。他就想从这儿逃出去："太子呀，太子，我现在不能在这儿保你了。我走了，就是保你，你好好的保重自己。阿布卡恩都里，请保佑太子。颙琰皇爷呀，在天之灵，保佑太子，老奴啊，我要先走一步，我为的是救太子。"他心里这么说着，不能等啊，这事不能等。屋黢黑的，风又响了，他自己想办法，把绳子逛悠，逛悠，他会缩身术，这样绳子越来越松。怎么走，我脑袋不能先往下钻，那人家都会武功，听的非常清楚，另外我正往下一钻，他抓住我的腿就跑不了。不能，我得慢慢先把脚伸下去，渐渐往下沉，这样脚先出来了，他一抓，我往前一迈，就跑出去了。这个老太监，薄公公想的非常周到，确实这招挺好。他就往这个炕洞里沉，沉，沉，外头风一响，都给他做掩护了。他继续往下沉，沉，沉，不大一会儿，自己就沉到烟洞的外头，虽然有些个硬土块儿和木梓子，柳条子扎他的肉，他也不嫌疼了，硬往下挤，腿划出多少个条子，整个的脊梁骨呀，出了好几个血印子，就这么蹭出去了。

蹭出去以后，正好一个跟头栽到外头，外头是满天星斗，自己一瘸一拐地走了几步，然后跳过破墙，翻身就走了。他什么也不顾了，就拼命往原路跑。薄公公一路上早就留神了，来的道他记住了，平时就有这个经验，哪个道是来的路他非常清楚。他不走大道，走大道怕碰上女贼，或者女贼追上来就麻烦了。他打了几个滚，接着就跑到柳条道上去了。搁柳条道又钻到松树林子里头，他搁树林子走。那时树林子相当多，他知道我一个人进林子里，你百个人也找不着。不一会儿，他就穿过了两片密林。前头正好还有几匹夜马在吃草，有一个人躺在那块儿歇息，他没敢跟主人讲话，抓过一匹，飞身骑上了马，嗒嗒地就跑了。那个放马人刚发觉便说："唉，那是我的马，哪儿来的人哪？"他也没敢出声，已嗒嗒嗒地跑得很远了。

薄公公就这样迅速地逃出了虎穴。打着马呀，干脆没让它停，嗒嗒嗒，一个劲儿往前跑。马都觉得奇怪呀，我没碰到这样的主人，连歇都不让我歇着。这马越打越疼，快到京师时，咣当就倒下了，把马累的，趴在地下，呼呼地喘。老头儿一看马不行了，谢谢你，你自己回去吧。薄公公，瘸一步，瘫一步，拖着身子回到了京师。他想我不能先到太子府上去，到太子府有恶果，到哪儿去？对，直接到寿康宫去，现在皇上可能在寿康宫呢，我得先见皇上，参见太后，赶紧禀报，救命要紧。就这样，他像疯子一样，披头散发，满身是血呀，跑到了寿康宫。人就是这样，一股气呀，到地方以后，就全软了，他睁眼一看寿康宫几个字以后，就啥也看不着了。眼前一片迷茫，扑通就倒在那块儿，人事不省了。有不少侍卫看到了，都在盼望着，薄公公回来了。大家赶紧把他搀进了寿康宫，见到了皇上。刚才说书人已经说了不是吗，就是这一段的事。

紧接着薄公公就站起来，向皇上说："皇上，老奴我冒死回来送信，就想禀告皇上和各位大人，这两个女贼的名字叫大银花，小银花，都是叛匪张格尔的死党，她们抓太子，就是要把太子做人票，好答应他们提出的条件。皇上啊，老奴知道，她们现在还没有轻易地去碰太子，还不敢伤害太子，但是，时间不等人哪，敬请皇上赶紧下旨，救人，救太子，赶紧抓住女贼。她们已经到了咱们京师，非常嚣张。"

英大人急忙问一句："薄公公，我问你，是不是就她们两个人？"薄公公就说了："看来就她们俩，是搁西边来的，她们说都是南疆的，但是来这儿，又收买了几个人。"英大人又问："什么样的人？""他们有男有女。""有什么特点？""我别的没看出来，就看着那个女的后头戴着什么花。"问完了英大人就不说了。

这时，薄公公痛哭流涕地跪在皇上面前，又说："我对不起皇太后，也对不起皇上，我对不起两代先王对老奴的恩宠哪。"说完又痛哭流涕，头在地上咣咣磕的直响，还不断地说："敬请皇上赶紧救太子要紧哪，救太子要紧，太子就在京郊的药王庙，现在去还赶趟呀。"

薄公公非常深情地，含着泪说："皇上让老奴再给您磕个头吧。"道光皇上，没理解他的意思，忙把他搀起来，激动地说："老公公，老公公，您辛苦了。看您身上的血，谢谢您回来报信，您放心，我们会有办法的，您歇息吧。"紧接着，皇上命身边的太监和侍卫，还有御医，跟他们说："你们快点儿搀扶薄公公到后屋好好歇息，将养，请御医给他吃药，给他身上敷点药吧，快点儿，快点儿。"说完把手一摆，他心非常着急呀，事这么多，这么乱。侍卫，太监和御医，喳喳喳，赶忙搀扶起痛哭流涕的薄公公。薄公公一步一回头，呜呜地哭着走了。

不大一会儿，就听着外头两个太监喊："薄公公、薄公公。"大家正在一惊的时候，两个侍卫和太监慌忙回来了。"启奏皇上，薄公公出去以后，老人就一头撞在门外石狮上，现在已经命归西天了。"说着，太监和侍卫都哭了。这时，屋里的众臣，心情非常沉重，没想到老太监这么刚烈。道光皇帝听了脑袋嗡嗡直响，想赶紧出去。这时英大人、赛大人和其他几位大臣，赶忙地把皇上拦住了。皇上请珍重龙体，现在还有很多事情，请皇上定夺呢，其他事情由太监他们去办吧。皇上，咱们还有些事情要商量。说实在的，道光爷对这位老公公的感情很深哪，他从小是让老公公给抱大的，这话就不提了。

单说，他们君臣安坐在一起，赶紧想办法救太子。说来呀，众人都特别着急呀，一个个直搓手啊。怎么能救太子呢，事情这么急迫，偌大个京师，要查一两个人多难哪。他们也想到了，薄公公一逃出来，那两个女贼肯定会警觉，她们不会在原处躲藏，肯定把太子带走。把太子带到什么地方去？她们隐避在什么地方？一堆难题摆在面前，大家急得团团转，但事不宜迟呀，容不得他们慢慢思考。

这时道光皇爷就说："众爱卿，大家快想办法，有何回天之力，能最快地找到太子，抓住张格尔的余党，抓住这两个女贼。咱们若是让她们逃脱了，那可就是放虎归山，增加了我们尽快剿灭张格尔的麻烦啊。众爱卿，大家都谈谈，有什么良策，有什么好办法。"大家呀，一个个的都沉思，静静地想办法，整个的宫内鸦雀无声。道光皇帝灵机一动，他突然想到了自己当太子的时候，有个宫门之变的事情。这个宫门之变，全仗着现在身边的赛冲阿、英和两位大人帮忙，使他一步登天哪。他想到这个事，两个眼睛盯到了赛冲阿和英和的身上。赛大人和英和这时候都没说话，他们可能都在想办法。究竟什么事情，引起道光皇帝灵机一动哪，说书人在这里向阿哥说两句。

道光皇爷想到自己当太子的时候，也就是嘉庆十八年九月，癸酉年，就是女真天机那年，九月份的时候。那时，正赶上嘉庆帝出外打猎，没在宫内。当时天津直隶的叛匪，天理教的首领林清，勾结河南天理教的教徒们谋反，杀进了宫内。此时太子旻宁正在读书，好在他的武功高强，他马上拿箭一射，这几个反叛的人一看，吓坏了。后来宫里的侍卫冲出去，杀退了反叛的人，保护了宫廷。这件事情使嘉庆爷非常高兴，褒奖了众臣，特别是褒奖了他的太子。当时就封太子为事亲王，而且加薪，年俸一万二千两银子，这真是飞黄腾达，赫赫有名，皇帝到哪儿去都带着他，一下就出名了。旻宁为什么有这个能耐？是谁给他这些情报，让他注意？说实在的，就靠赛冲阿、英和这些人。皇上出去的时候，英大人和赛大人就告诉太子，你要小心，千万要小心，现在反叛力量挺强。所以他早就有警惕。道光爷想，在危难的时候，还是赛冲阿和英和他们帮了我的忙，使我得了手，得到父皇的褒奖，为后来继承皇位起了关键的作用。现在啊，又到了关键时刻，我当了皇上，登上了大宝，没想到太子出了这件事情，而且反叛又到了京师。他想这件事情还得靠他们帮助解决，我得个别跟赛冲阿和英和他们说。

道光皇帝想到这以后，就向众臣说："朕，因薄公公这个刚烈之事，心里头非常难受，我们主奴有几代之情。另外，在座的戴大人已经年老，还有其他几位大臣，你们不一定都陪着朕了，都回去吧，朕现在头有点儿疼，昏沉沉的，也想进内宫，到额莫（就是太后）那儿再稍坐一会儿，众大臣先退下去吧，一会再宣召你们。"众大臣都感到挺奇怪呀，现在正在紧要关头，皇上怎么回后宫去，而且让大家退下去，难道不商量事情了吗？英大人看出大家的情绪，马上就说："让皇上歇一歇，现在事太急了，皇上累了，咱们退下去，大家也都想一想，然后再帮着皇上出主意吧。"这话解开了大家心中的疑团，就陆续地由宫中出去了。但是英和大人想的清楚，皇上决不能歇息，现在事情这么急，他肯定另有打算。

果不出英和所料，他跟赛大人两个人，手拉手地下了陛阶，一步一步地离开了皇宫。他们刚走出不远，就听后头，彭公公大声地喊他们："赛大人、英大人请留步，皇上在内宫召见。"众大臣一听，皇上召见他俩，众大臣知道，他们是皇上的主心骨啊，很多的事情都是英和大人和赛大人帮助出主意。众大臣和他们互相告别，就各自回自己府去了，不在话下。

单说，赛冲阿和英和两个人又匆忙地回来，上了陛阶，跟随彭公公进了寿康宫。寿康宫中的宫殿挺多啊，太后特别辟出一个屋子，里头摆着文房四宝，而且还挂着很多江南的名画，还有奇花异草，养着各样的金鱼，这是专给皇上预备的。皇上常来这儿接见众臣，有的时候，道光皇爷，好来这儿写写字。道光的字，不次于他爷爷乾隆和他的父王嘉庆，这话就不说了。

再说，道光皇爷把两位老爱卿，可以说是他的知己呀，请到了内宫。道光就说："朕，现在心急如焚哪，为了制服张格尔这两个死党，把太子救回来，这不单单是我们社稷的大事，我最惦着的是当今皇太后的凤体安康，一旦出了事，朕怎能对得起大行皇帝呢？"说着就痛哭流涕起来。英和和赛大人劝皇上要保重龙体。道光皇上对彭公公说："我要跟爱卿们商量事情，你要把最好的茶，前些日子，四川巡抚送来峨眉山的上等毛尖茶拿来沏上，那是新炒的，非常香哪。”彭公公赶紧去沏茶。道光皇爷一只手拉着一位老爱卿，就站在那块儿，痛哭流涕地跟赛冲阿和英和说：“二位老知己呀，咱们虽然是君臣，实质上说起来，你们两位都是德高望重的，都是我先王的爱臣。现在，我呀遇着这个急难之事，还得求你们帮忙，太子找不着，这是朝廷中一件耻辱的事。另外，我非常害怕皇太后的凤体欠安，一旦有个闪失，我怎么对得起大行皇帝啊。”

英和大人就说：“请皇上坐下吧，我跟您说，现在还不能这么悲观，我看这事情还是喜事在前，您不要忧伤，保重龙体。我看没事，有办法。”他这么一说，把道光皇爷的劲头反倒给鼓起来了，忙问：“您有什么办法?”英和就说：“皇上，您忘了，薄公公在世时说，他看到其中有一个女的身后戴着花。您想想这花，咱们就能抓住个蛛丝马迹。”这一说啊，道光皇爷顿开茅塞，马上觉得眼前就亮了，好像拨开乌云见到了太阳，包括赛冲阿，都非常高兴，为什么呢?

过去京师这块儿，有一个帮派，他是从明代以来延续下来的，乾隆以后，发展的更厉害了。这些人是什么行帮呢?他们是丐帮，包括车船店，脚行，除此以外，什么卖唱的，妓院的鸨娘，更夫，相面的，还有各方面的手艺人，这些人凑到一起叫“花儿”道。他们有个头，这个头在北京叫“扁儿”，京师话都带儿字的，扁儿。“花儿”的头，是“扁儿”，互相间用暗语联系。一人有难，万人相助，没钱给钱，没衣服给衣服，大家一块儿上，哥们儿可以两肋插刀。他们这个劲头就是对着朝廷，但他们还不是要推翻大清朝，就是哪块儿州府衙门，县城里的官员，贪赃枉法，欺压良善，做些不轨的事情，他们集中在一起，只要是“扁儿”一声令下，马上就行动，非常快呀，把火一点着，说抢就抢，说杀就杀，然后呼啦一声，谁也找不着了。甚至有时候，一个府衙不用半个时辰，就给你踏平了。有哪个大户人家吃人家租子，做黑心的事情，只要这“扁儿”一发话，他们利用一个时辰，呼啦就出现了，个个都拿着棒子，拿着各种武器，一窝蜂似的冲上去，立刻就给你踏平了。官兵一来，他们呼啦就散了。等官府去了兵马，人早都跑了，一个都找不着。你要抓住其中任何一个人，各个都守口如瓶，宁死不说。因为在“花儿”里头，有个死规矩，谁要说了，就抹他的头，割掉他的舌头。他们内部都有暗语，所以他们非常抱团儿。京师里的“扁儿”是最高的首领，他下头还分了好儿层，有他的左右臂，都是些个暗号，很有意思。“扁儿”的左右臂，叫顶门杠，你一听这名字就相当厉害。在嘉庆朝时，京师就有七十二个顶门杠，就是七十二个左右臂，像七十二个罗汉似的，都很有能耐，武术又特别高强。他们都是“扁儿”身边的重要谋士和干将。在顶门杠之下，又有八十一个滚金球。你听这名字，像金球似的，来回滚，什么力量也不能压碎他。七十二个顶门杠，八十一个滚金球，都是著名的骨干。他们下头还有一层，叫二百二十个拦桥犬。犬就是狗，二百多个拦桥犬，你想过桥，有狗在那看着。这些人都是基层的骨干。最基层的叫贴腚墩，咱也不明白啥意思。你不是穷吗，你不是到哪了人生地不熟，你只要到“花儿”这块儿，我给你个墩子一坐，给你吃的，给你喝的，你就有好日子过。在京师当时有三百六十个贴腚墩，都是出名的。你看他们当时在京师多么厉害吧，除了“扁儿”以外，在“花儿”里头，有七十二个顶门杠，八十一个滚金球，二百二十个拦桥犬，三百六十个贴腚墩。这样就把京师像一条大网似的，秘密地控制住。只要京师里头有一点动静，哪怕你皇上走动，哪个大臣走动，什么州府衙门走动，他们马上就知道。这些人谁也惹不起，就和官府对着干。

在乾隆朝的时候，他们就对着干，说杀就杀，说砍就砍。这贴腚墩越砍越多，滚金球怎么也抓不尽，顶门杠更多，而且越来越硬。到嘉庆朝的时候，当时的军机大臣赛冲阿和英和他们，给皇上写了奏折，就说，应想办法把这“花儿”笼络过来，不能硬来，应当以抚代剿，施以恩惠。嘉庆爷就同意了这个奏折，但当时朝廷中也有人反对，好在皇上同意了，就这样下了旨，让赛冲阿和英和来办这件事情。赛冲阿和英和就把自己身边的侍卫，一个是图泰，再一个就是乌伦，想办法让他们打进去，买花钱，走花道，同他们联系，跟他们交朋友。开始时不顺利，很艰难哪，图泰和乌伦想办法天天跟他们接触，后来终于和当时的“扁儿”联系上了，就是现在的小清风雷福。跟雷福联系上以后，收为徒弟，后来把小清风下面的几个弟兄都收过来。这样图泰就把“花儿”整个召过来了，大得人心，使京师得到了稳定。

图泰把雷福、麻元、牛老怪他们收过来，在赛大人家办案，做些正当的事情。按理说，雷福他们原来都是“花儿”道上的人，但不要把他看做是个邪道，都是坏的，不能那么看。穷人凑到一起，无权无势，他们不有一个组织，大伙不抱团儿，不穷帮穷，那要受欺负。所以说，这些穷人凑到一起了，人多力量大，互相得到安慰，就有仗依了，就能活下去呀。要不然无依无靠，活不下去呀。“花儿”道上的人，关键是“扁儿”，就是那个头。“扁儿”要好一些，他们做的事就能好一些，仗义疏财，杀富济贫。“扁儿”要坏了，心要黑了，不单是“花儿”里的人要遭殃，而且他们干的事情也非常坏。所以他们就像一股黑风似的，不知往哪儿刮。这风可能刮的很好，真有用，帮助不少人。风要刮错了，呜，呜那一刮，对社会就会造成极大的破坏呀。

图泰和乌伦他们还真有办法，把雷福他们收过来以后，让雷福对“花儿”里的人好好帮助，多关心他们。雷福和小麻元他们，和“花儿”里的人很有感情，前两年他们还常去看一看，有些朋友互相还有交往，而且更主要通过这些“花儿”里的朋友，就是那些顶门杠，滚金球啊，拦桥犬啊，贴腚墩呀，了解了不少情报，长了耳目，非常有用。

英和大人介绍到这儿，道光皇上命彭公公把雷福等四人接到百花厅，由赛大人和英大人直接跟他们了解情况。

雷福哥四个很快就到了百花厅。他们一听英大人介绍，雷福也有点发蒙。雷福到赛府之后，由于事情一忙，特别是跟图泰大人去了北疆，就跟他们断了线。现在雷福真不知道这个“花儿”的“扁儿”是谁，怎么回事。据雷福和麻元分析，他们现在敢抢太子，而且有飞贼参加到里边去了，证明这个头儿是让谁给夺了权，或者这个头就变了。雷福说：“这可不像我们那个时候。我们那时候，还没干过这种事，没敢这样直接跟朝廷对抗。我们只是杀贪官，还没干过要杀皇上，抓皇上，抓太子这个事。”

英和大人就笑了，他说：“那些事呀和你们没关系，不要那么想。现在雷福，你好好想想，要抓紧时间，尽快把这件事情弄明白，早点把太子救出来，这也是一件好事，过去你们跟花儿不是挺好吗？是谁把花儿给引到邪道上去了？把这事做好，既是为朝廷办件好事，也是帮助你这些兄弟姊妹们，使他们别沦落在黑手里头，将来不好收拾呀。”

雷福想了想，就说：“赛大人，英大人，我雷福为了大人，我愿意肝胆相照，这些个都没啥说的，大人也会相信。说句心里话，我呀，离开这些兄弟们，时间也不短了，有三四年了，这变化很大呀，特别是我当时走的时候，不少弟兄都痛哭流涕，有的恨我们，认为我们不管他们，我们是享荣华富贵，到朝廷做官去了，得什么品级去了，不管穷哥们儿了。我这次去了，可能有的要杀我，当然我不是怕死，我怕有些事情完不成啊，这事也真觉着难哪。我去了以后，他能不能听我的话呢？

大人，真不好说，这个担子太重了，我怕我们哥们儿完不成，太子一旦有个三长两短，不单是我们没有脑袋，我们又怕连累了两位大人哪。”这个事雷福真是进退两难，说着痛哭流涕，扑通扑通，就跪在赛大人和英大人跟前。他跪下了，小麻元、牛老怪和常义，也都跪下了，都是这个想法。我们要完不成咋办呢？这是皇上的旨意，何况太子在人家手里头，一旦有个三长两短，我们四个的脑袋掉了没关系，怕连累到我们恩重如山的赛大人，又怕对不起已经死去的师傅图泰大人啊，这是我们现在心里头非常难受的事情，不接受吧，不行，接受吧，又怕完不成，哥四个说着又痛哭起来。

他们说的真有道理，英和和赛冲阿听了也都点头，这事确实有这个可能。但是，赛大人就说了："雷福啊，你们几个起来，不要跪着，我虽然是这个府上的主人，你们叫我大人，但咱们之间真像父子一样，我信着你们。这件事，也只有你们能办，如果你们不去办，雷福你们想想，那不更糟了吗。现在只有你们能深入虎穴，别人还有谁能办到呢？现在看来也就这条路。皇上想的对，这个跳龙潭，下虎穴的担子，也只有你们哥四个能挑，别人恐怕完不成。"英大人也说："赛大人讲的对呀，你们不必有这些想法，事在人为，只要你们诚心实意去做，遇到事情的时候，咱们再一起商量。雷福你们四兄弟，尽管做，我跟赛大人完全相信，相信你们会认真去办。只要认真，什么事都会办成，哪怕出了事，我英和掉脑袋，也没有怨言。我想赛大人也是这样的，你们这样做，皇上也会理解的。所以，不要再有什么顾虑，不要进退维谷了，现在是一往无前，好不？雷福。"

英大人这些话像一把火一样，对他们绝对的信任，四个小哥们听了就说："好，好，大人既然这么信着我们，我们就是抛头颅，赴汤蹈火也心甘情愿，那就请两位大人，你们先回去歇息，我们哥四个和乌伦大哥一块儿商量一下，我们马上就行动，争分夺秒，往前赶。"赛大人说："好，我们不耽误你们，我跟英大人先回府了，你们也搁这儿回去吧。回去以后，你们赶紧商量，怎么办，咱们随时联络，好不好？"这样，他们马上离开了百花厅，彭公公把他们几位送出宫廷。

单说，雷福领着小麻元、牛老怪、常义出来后，就跟乌伦说："乌伦大哥，你先歇息，我有什么事再找你。这个事你插不上手，你插手也不好办，有我们几个就行了。我们得按照'花儿'的那个规矩来做，你就装啥都不知道。”乌伦说：“我明白，我明白。”这样他们和乌伦就分手了。

分开以后，他们小哥四个没回赛府，进了一片密林，在密林里商量来商量去，觉得这海阔天空上哪儿找去，过去的“花儿”都知道我是头，我是“扁儿”，都得找我。这几年都变了，人家是秘密活动，不能随便让你见，再说他们身上也没贴个条，谁是“扁儿”，谁是“花儿”呀，都不知道。他们彼此都有暗号，得用暗号跟他们联系。麻元说：“师哥呀，我看还得想想咱们过去身边的朋友，师哥你过去身边最得力的是谁？我小麻元是你降过来的，我原来是京杭大运河里的水怪，我是由你抓过来的。牛老怪也是你降过来的，至于常义那是你自个儿的兄弟，你自个儿带过去的，所以有些人还不知道，我俩得听你的。咱们怎么会合，定个地点。我麻元，不是逃脱责任，是让你静心想想，最好是先把你身边的左膀右臂，你的心腹想一想，难道他们都没在‘花儿’里，现在，不是有‘扁儿’吗？我想，可能在七十二个里头，或者是八十一个里头，或者是二百二十、三百六十个里头。在这些人里头，有没有咱们的朋友，把这想清楚了，咱们一起去挨家拜把子磕头，跟他们建立联系，然后再想下一步的事儿。”雷福一想，也只有这条路了，就说：“你们就别走了，咱们吃在一起，干在一起，好不好？”牛老怪说：“那好吧，听大师哥的。”麻元说：“好吧，我不走，咱们在一起。”麻元去买了十几个小烧饼，买点猪头肉，还买了两个猪蹄，买了两壶酒，那酒壶都非常大呀。把酒拿过来，他们几个在这片密林里头，边啃着猪蹄，吃着烧饼，喝着酒，边商量着。

这时，雷福开始想他身边最出名的几个人。他说：“要不咱们一块儿去找豁嘴子，这个豁嘴子是我的心腹。他呀，现在很可能是‘扁儿’，这个人很有威信，很会办事，非常勇猛，对人还好，我在的时候，就靠着他。我走的时候，就把‘扁儿’这个带子系在他的头上，大家烧香磕头，就拜他为‘扁儿’。京师‘花儿’道的头，那时是他。如果一旦不是他，那可能他有病了，或者是其他什么原因。他要在，肯定是他，咱们找他去。”牛老怪就说：“大哥呀，咱们跟他唠唠，他能不能不告诉真话？”雷福说：“不会的，我们之间那是两肋插刀的关系，我救了他的命，不会的。现在我不明白，为什么两个飞贼也能混到这里来，他们竟敢干起抢太子的事儿，我去找他。”

小哥四个酒足饭饱，这事定下来就走了。雷福知道地方，豁嘴子住在京郊卧佛寺旁边搭的一片房子，房子还挺不错。因为啥，作为“花儿”的头，很有钱哪，不像过去那么穷，到哪儿了就抢。他当“扁儿”分的钱也多呀。雷福他们就按过去常走的路去找豁嘴子。

不大一会儿，他们就到了卧佛寺山边的一个拐弯地方，那块儿现在已经盖起了好儿套瓦房，院子都挺大。他们到处打听，有人一听豁嘴子的名，吓的不敢说话。有个卖切糕的老太太，看了看他们四个人，就悄声说：“你们干啥找豁嘴子，是不是‘花儿’的‘扁儿’呀?”雷福就说：“是，我们来拜‘扁儿’来了，那您是谁?”老太太说：“我在‘花儿’上，但别的你不要问，我告诉你，现在你千万别找豁嘴子，豁嘴子是怎么回事，我的‘扁儿’让人给抓走了，已经丢了三十来天了，现在的‘扁儿’呀，变了，黑心了。”说着老太太擦擦眼泪，接着又说：“我们连贴腚墩都不是，就跟着人家走，现在没人管我们了。过去我到这儿来找豁嘴子大兄弟，每回他把碎银子都给我点儿，我还能过日子，现在呀，我老头儿已经死了，就剩下我自己了，没法办，只能出来卖点东西，腿肿了也得干哪!”“那他的家呢?”“他的家，夫人已逃跑了，这个房子现在是空着，不过，常有人来看看，我们不知道这人是好人还是坏人，谁也不敢接近。唉！我卖东西，想他呀，就跟这儿路过。”

雷福一听，这豁嘴子是找不到了，他又想到了老寡妇，是他的顶门杠，过去也是他身边重要的人。所说的老寡妇，其实岁数并不大，也就刚进四十吧，挺年轻，打扮的挺漂亮，油头粉面的。这个老寡妇是卖油娘，在那个时候，家家点着油灯，特别是京师一带，从康熙年间以来，一般都点兽油灯。后来进来洋油，这些油虽然质量不怎么好，有的是跟罗刹那边进来的，有的是搁西部弄进来的，单有些人卖油的，天天背着一个油篓子，喊着，卖油了，卖油了。老寡妇到处走街串巷卖油，所以她认识的人相当多。她本身是个穷人，她也爱穷人，到哪儿了，卖完油一看有的老太太没人管，躺在道上，或者是逃难来的，找不到自个儿亲人的，她都帮助。这个老寡妇，其实是个小寡妇，她不愿意说自己是小寡妇，她说小寡妇容易招人，说老寡妇就显得自己更老一些，挺稳重。她常把穷人和老太太接到自己家养着，现在她家还有好几个老太太，她就是这样心眼儿好的人。有些人看她长的挺俊俏的，就跟她逗笑话。也有不正经的人，就拉她说：今天晚上在我那儿睡觉，你这寡妇呆长了，不难受吗。卖油娘这老寡妇就大骂，我是卖油，不卖身，他妈的，你是什么东西。这女的还真挺好。雷福说：“看起来，咱们得找老寡妇，到她家看看去。”

他们四个到了老寡妇的家，老寡妇开门一看，雷福来了，就抱头痛哭地说：“好长时间没见到你了，哥哥，你上哪儿去了，你不管我们了，你太坏了，你自己当官去了。”雷福就说：“好妹妹，这不来看你来了，我也很想你呀，现在你生活怎么样？好，你别搂着我，坐下，我把这几个弟兄给你介绍介绍。”老寡妇这时候才撒了手，用自己的围裙擦擦眼泪，就说：“我这屋挺脏，你们几个坐下吧。”

她的屋确实不怎么干净，这个屋还是个小屋，里头有个大屋，雷福不知道那屋里有谁，自个儿把帘子就掀开了。老寡妇说：“那屋的人都是我接来的，都是些个妈，她们没人养活，怎么办呢，我看不上眼，就把她们接来了，跟我一块儿喝点米汤，也行呗，一起过日子。”他们一看，确实对面炕上坐了好几个老太太，有的岁数还挺大，还有一个在那儿躺着，可能有点病。他们坐好了以后，雷福就说：“寡妇妹妹，我是来看你的，这几位都是我的兄弟，当初都在‘花儿’上，你不认识。现在，我的心里头，还跟‘花儿’的心一样，为咱们穷人着想，都说我们当了官，享清福去了，没有，我们跟你们一样。我这次来，就是来看望你们的。我先去看豁嘴子，听说豁嘴子被人抓了，我才到你这儿来。豁嘴子怎么被人抓了，你现在过的怎么样，现在‘花儿’里谁是咱们的‘扁儿’呀？”

老寡妇给每人倒了一碗白水，然后说：“你们就喝我的白开水吧，我这儿没有什么茶，要喝茶你们自个儿回家喝去！”雷福和麻元就笑了：“白水也好，我们真渴了。”大家咕咚咕咚把白水喝下去了。老寡妇又用勺子舀了四碗水，可能是刚从井里打来的凉水，大家喝的还挺凉快。这时老寡妇就说：“说起来，豁嘴子大哥，不知怎么回事，让人抓起来了，我没敢看去。听说是让哪个‘扁儿’给抓了。现在的‘扁儿’，可不像你那个时候了，这个‘扁儿’相当厉害呀，听说是有钱的，可不知，他有钱还往咱们穷人里头混什么？”麻元就问：“那是谁呢？”“不知道，到现在没听说，我们也不敢问，这是咱们的规矩，不该知道的，谁要问就割舌头，我敢问吗？”雷福问：“那么豁嘴子犯了什么罪呢，出了什么差错了，有什么闪失，干啥把他抓去了？咱们这个‘花儿’道上也没有抓人的规矩，最多关几天就行了，那也得让大家都知道，不能偷着关人。”

雷福说完，看了看老寡妇的表情，然后又接着说：“我和我的师傅做‘扁儿’那个时候，咱们几代都没有这样事情，随便抓人，哪有这个说道，这不是规矩，是胡来，是违反咱们‘花儿’的规矩。谁干都应该受‘花儿’的指使，我要是这个‘扁儿’的话，先罢了抓人的这个‘扁儿’，随便抓自个儿的兄弟，自个儿的手足，心这么狠。有点错，大家认识认识就行了，都是一心为咱们‘花儿’的。”

老寡妇说：“唉，大哥，你别说了，现在的世道变了，也不像过去了，现在是各顾各呀。告诉你，我应该说的事，因为大哥你们几个原来是‘花儿’的，都是‘花儿’道上的人，现在你们已经进了官府，论理说，按咱们规矩，你们都明白，我不应该说，也不应该跟你们讲，咱们是两个道上的人。但是，我看到了雷福大哥，过去的为人，你干啥还正经，虽然当官的都坏，你们现在有权欺负我们，现在我还看着过去那个情面上的。”

雷福和麻元听着，哭笑不得，把他们看的都挺坏，现在也不好解释这些事，就让她说去吧，于是就问：“怎么回事？”老寡妇悄声地就说一句：“现在又来个‘花儿’，这是西边的‘花儿’，不是咱们这块儿的，听说是搁西边来的双‘花儿’，她们现在管事呀。”

麻元、雷福、牛老怪、常义一听，马上就往心里去了，搁西边来的“花儿”，还是两个，这就和他们猜想的有些相像了，但是还装不知道地问：“他们来怎么的呢？”“唉呀，我们不知道，现在的事不像过去了，哪像大哥你那个时候，有事把我们召集一块儿，大家商量，说动大家呼啦就动，不动就不动。现在不是这样，现在悄声地找谁，谁就去，不找就不能去。我们现在好长时间没分一点银子了，说实在的，我呀，就靠卖点油，天天嗓子都喊哑了，满街巷子跑，卖油了，卖油了。有时人家不买，有时好容易卖一些，可到那儿了，就想欺负你寡妇，都想占你点儿便宜，妈的。”说到这儿，她气的嘴都哆嗦，一边说着一边淌眼泪，她擦擦眼泪，然后接着说：“但是，我又想，我有那些拣来的妈，我总想做些好事，我自己还得卖油，就靠这个糊嘴。有时候，米汤里粮食粒多点，像粥，有时候米少点，就喝米汤，就这么过的。”

大家听了唉声叹气，雷福和小麻元他们知道，当初“花儿”不是这样，各个帮都有不少钱哪，他们的生活还可以呀，大家一起杀富济贫。现在怎么闹的这么惨，这么狼狈呢，真是到了山穷水尽的地步。再细问这个老寡妇也不是害怕还是咋的，就不多说了。“唉呀，现在也管不了，我也不是什么顶门杠，连贴腚墩都不是了，没人找我，因为我这个人耿直，好管闲事，现在的‘扁儿’也看不上了。唉，大哥呀，你怎么不去找三瘸子呢，三瘸子你认识不认识呀？”雷福说：“我认识，认识。”麻元也说：“三瘸子，我知道，那时候我已经被你们抓到这儿来，入了你们‘花儿’了，我知道，那个三瘸子。”“唉呀，三瘸子现在可了不得，他大概是半个‘扁儿’，他不是主要管事的，你要能找到他，就差不多了。”

雷福细想了半天，又问：“哪个三瘸子？有好几个瘸子呢，你说的三瘸子，是什么样的？”老寡妇就说了：“你记没记得三瘸子，拄一个拐杖，他的左脸上有一撮毛，大伙都管他叫毛瘸子。这小子眼睛有点疤拉，是疤拉眼儿，人还挺好，挺机灵，会来事儿。你别看他瘸，这人是个神瘸子，他是脚夫，还给人家抬杠，抬轿子，一走起来，根本看不出瘸来。他一个脚走路，一个脚用脚尖一点，不细看，看不出瘸来。有些人虽然不愿意跟他在一起抬轿，但是他抬的非常有劲，哪块儿重在哪块儿。他喊的声音也好听，所以挺能连人。他是脚夫，脚行的人，想没想起来？他过去不曾经杀过一个县太爷吗？”“唉呀，是他呀！”雷福忽然想起来：“认识认识，我跟他不是一般的关系，我们之间来往很密切，三瘸子在哪儿住？”

老寡妇说：“他在什么地方？我也说不好，不过，你还是回到京城去，往大兴县那个方向走，出了街，到前头你就打听瘸爷。表面上，别人不知道他是‘花儿’，也不知道他是‘花儿’里头一个舵人，是个‘扁儿’。因为他给人当脚夫，有时候是抬婚杠，就结婚的时候，他给抬轿，有时是抬丧杠，死人的时候，给抬棺材，这些个，大伙都用他。他这人还挺能干，很勤快，一天有时抬七八个杠。他唱的好听，嗓子好，他一抬起杠就唱，大家都愿意听，丧杠有丧杠的调，喜杠有喜杠的调。大家都叫他瘸爷，你们到那儿一打听瘸爷，没有不知道的。不过，我得跟大哥说，你们几个哥们都知道，关于他是‘扁儿’的事，这是我们‘花儿’里头的内部事，不能往外瞎讲。虽然你们过去在‘花儿’，可现在你不在‘花儿’里，我不能告诉。”

雷福说：“这些个我都懂，好妹子，我不会卖了你，你能告诉我们情况，就非常高兴了。我这次就为了交朋友，找自己的老朋友，没有其它的想法。我呀，包括我的几个兄弟，呆着没事，我们就想和过去的老朋友见见面，这不来看你来了。就为这个，没有别的意思，你不要往心里去，也不会连到你身上，我们不是为的官府，要告什么状，来找你，没这个事，好妹子，听我的。”老寡妇说：“那就好，现在我对官府的人，非常恨，虽然，我是个女流之辈，可我看官府没好人。就拿我们这个镇来说，有两个保长，天天管着我们，隔三差五，不是娶上个姨太太，就是他儿子怎么的，天天不是办喜事就是办别的，逼着我们交钱，谁敢不交，就这么压榨我们，我们哪有钱。”他们听了都唉声叹气，就这样告别了老寡妇。

他们按照老寡妇指的路，直接去找三瘸子。说瘸爷，雷福就滔滔不绝地讲起来。这个瘸爷，小麻元他们也认识，他是赫赫有名的人物。

说起三瘸子，还有一段故事：他原来家住在西安的鼓楼下，他爹是个掌鞋匠，他跟他爹一样也是掌鞋的。大伙都管他爹叫冯鞋匠，他是小冯鞋匠。他就是腿有点踮脚，要是坐下来就跟别人一样。这个小冯瘸子，好打抱不平，动不动就跟人家干起来了，脾气不太好。他爹跟他说过多少次：“你怎么这么好打仗呢，早晚得出事。”他就看不上欺负人的人，他更恨抢男霸女的人，动不动就跟这些人打起来，身上这一块伤，那一块伤的。

有一年，他的邻居，哭着跟老冯鞋匠唠起来，说他的儿媳妇，让人家给抢走了。冯鞋匠就怕他儿子知道，他一知道就闹起来，跟着瞎打去。但是，这个小冯鞋匠，还专好刨根问底，一打听，这个抢人家儿媳妇的是一个县太爷。他看人家媳妇美貌，就硬给霸占过去。这事把小冯鞋匠气坏了。有一天，县太爷要到一个地方去，可能要给当地的一个老员外拜寿去了。他听到这个信了，自个儿就拿起掌鞋的那个拔锔子，还把一个亮斧揣到怀里，等到给这个县太爷敲锣的、打旗的过去了，大轿在后头不是吗，他噌地蹿过去，把轿帘掀开，就噼里啪啦一顿打。他想给他教训教训就行了，打完了就跑。这一打，县里这些个衙役们见老爷受伤了，赶紧抬回府上。哪知道，他的铁棒挺狠，没打到腿上，他掀开帘子，照老爷的前脑门和鼻梁就打过去了，你想那大铁锔子啪嚓一下，脑袋多软，那受得了吗，不用说两下子，一下子就够呛，当时脑浆迸裂，立刻就完了。这回惹大乱子了，到处抓这个凶手。

他就为这个跑了，跑哪儿去了？他认为灯下黑，还是京师看的松。这样，连爹妈也没顾，他就跑到了北京。到了北京想等风声过去以后，再回去看自己的老爹。哪知到了京师以后就再也没回去。那么远的路，路费又多，哪有钱回去呀。就这块儿要点饭，那块儿抢一点，再不给人家干点活，天天就这么混。有一天他实在太饿了，正好路过一个柿子园。因为这时候，进了十月，柿子全都熟了，一片金灿灿的，相当好看。没有吃的呀，他一看这柿子园挺好，人家柿子园外头用土墙围着，里头是一片柿子树，当然有看园子的。他是在一个角上，跳过墙去吃柿子。吃几个就行了吧，他不干，饿了就去吃。被看园子的人发现了，怎么这个树的柿子老见少呢，一看那墙上有人踩的脚印，主人就注意了这个事。

单说这一天，他又爬上树吃柿子，主人就把家丁找来。他在树上慢慢往下爬，下来以后，这个主人相当狠，命家丁给我打死他。呼啦上来一帮家丁，噼里啪啦一顿揍，眼看要把他打死了。不少人就劝主人，行了，你家柿子这么多，你就给他几个吃吧，他是个穷人，你看他穿的挺破，主人就是不听。

这时就听嗒嗒的马蹄声，来了三个骑马的武士，为首的穿着宫廷的官服，他们下来可能是办什么案子，就听这块儿闹哄哄的，吵吵扒火，有人劝的，有不少人骂的，还有人说："给我打死，打死没事，谁敢惹我。"

这个骑马的很年轻，非常仗义，就说："谁这么大胆，光天化日之下，就要打死人，什么了不起的事。"说着就过来了，一看，那个人身上被打的血糊拉的，就说："住手，谁这么大胆，在打人？"其他人都愣住了，眼睛都瞅这个人，一看他穿的官服，巴图鲁坎肩，可能是宫廷的侍卫。因为穿的是黄坎肩，很显眼，后头跟着两个人，也不是一般人的打扮。

但是，这个柿子园的主人厉害，虽然他这一喊，那几个家丁没敢再打，都瞅他，这个主人就破口大骂："你哪儿来的，我现在是抓贼，你敢管？"那个年轻的过来说："怎么的？我不能管你吗！在这里头，京师这块儿，除了皇宫内院以外，我都能管着，你敢随便打人？"主人挺仗义地说："他偷我柿子。"那个年轻人说："你这么多的柿子，他尝你几个不行吗？即便是他错了，你要打死他，那是人命关天的事情，朗朗乾坤，随便动手打人，你不知道违反了大清的律条吗？"主人挺傲慢地说："我，谁敢管我，我看还没有人敢管我呢。"这一说把年轻人气坏了："我就管你！"说着就走过去。这个主人戴着一个黄头箍，身上穿的旗袍，拄着个拐仗，有三十多岁，留着八字胡，浓眉毛，旁边有两个家丁在后边护着。这个年轻的过去用左手一抓，然后啪一下，就把他摔在地上。

这一摔，家丁们不让了，呼啦都上来了："给我抓。"大伙就一拥而上。这个年轻人没有跑，他喊跟在后边的两个人“给我打。”那两个人噼里啪啦几脚就把他们踹倒了。这个年轻人就问：“你是谁?”把那个柿子园的主人摔了个狗吃屎，可能前门牙碰掉了，满嘴含着血，唉呀直叫唤。“别装了，”一脚把他踹倒了，“起来!”主人这回害怕了，一看这个年轻的真敢动手。年轻人问：“你是谁?”这个主人心想，我要报号就能震住他。于是，他就说：“我是镶黄旗下，副都统衙门家的大公子。”是副都统将军的儿子，“姓什么?”“姓瓜尔佳哈。”这个年轻人知道这是官族的，他就对这个主人说：“你知我是谁？我告诉你，我是图泰，御前的三品侍卫。”

柿子园的主人一听侍卫，吓坏了，图泰的名字，他知道啊。原来他阿玛在张家口做副都统，后来想办法进京师，靠着赛冲阿他们帮忙。赛冲阿大人身边的图泰，曾经到他家去过两次，没想到自己的恩人就在眼前，他慌忙地跪下说：“不知道图大人到了，晚辈给你叩头，施礼了。”实质他的年岁跟图泰差不多，他为的溜须，就这么说。图泰一见他认识，也就说了几句客气话：“你赶紧漱漱口，过意不去了，请你原谅。这个人被你打的这样，瘫在这儿走不了，满身是血。”这个公子说：“我一定想办法。”他马上命令家丁把被打伤的人抬到府内。图泰走不出去了，公子能让他走吗。就这样，图泰他们一起到了他的府上。这时，家里的郎中拿着药，给偷吃柿子的人上了药，侍候他，还给他水喝。

不大一会儿，统领回来了，图泰站起来，向统领施礼。统领非常高兴，没想到图泰来了，就说：“你别走了，今天就来这儿，吃完饭，喝完酒再走。”图泰说：“不能，我今天还有事情，我呀，是受御前大臣赛大人之命，让我访查一个人，就是京师‘花儿’这个黑道的舵，‘扁儿’在哪块儿，我们想认识认识。”统领一听哈哈大笑：“我告诉你，我们把他抓住了，现在就在我家，我想明天把他带到刑部去，我正要和左副都御史松筠大人商量这个事儿，让咱们抓住了。”图泰一听太不容易了，我们费很大事儿，就为找他。于是他把御前大臣赛冲阿奉旨的事儿讲了，他说：“我们就为这事儿来的，现在请你把他交给我，为了京师的安全，为了御前各方面少出些事情，咱们想通过他了解一些情况。”副都统知道这个事儿，御前大臣赛冲阿就管这些事情，下头的刑部也好，兵部也好，军机处也好，都得听他的。图泰一来就好了，我也省事了，就交给他。

就这样，图泰就跟那个“扁儿”，京师“花儿”的头目认识了，这个“花儿”的“扁儿”就是雷福。图泰是通过这个认识雷福的，间接的关系还通过三瘸子偷柿子。你看这事儿真巧，三瘸子挨打，引来了图泰，图泰救了三瘸子，而且又把雷福从监狱里救出来，雷福很感动。图泰没把他当成犯人，还把他接到侍卫衙门去了，给他安排住处。通过他了解些情况，而且他们越说越投机。随图泰来的其中一个人就是乌伦。后来雷福就跟了图泰。这期间，三瘸子的伤也好了，怎么办吧，图泰就跟雷福说，你把他收下吧，跟你们这些人，他还能学点儿好，他不能干其他事。说实在的，他杀县官的事情，图泰也知道点儿情况，后来，经过左副都御史安察院和刑部了解，也知道那个县官确实是个贪官，这样，杀就杀了，也没给他什么刑法处分呀。这样三瘸子就成为雷福身边的一个人，雷福一方面跟图泰联系，一方面他是舵主，“扁儿”，又是总管家，三瘸子就跟着雷福。所以，雷福就说：“麻元呀，这次咱们见了瘸子，有些话可以敞开说，都是自家人。”

他们顺着老寡妇指引的路，出了京师往大兴去的道上走，两旁有不少土房，这都是穷人住的地方。房子非常破，都是五行八作，各方面的人，还有讨饭的人住着。他们到处打听瘸爷，问了几个人，有的说不知道，有的说知道，指来指去，拐到一个小湖边，你到那儿问问，好像有个打鱼的，人们都叫他瘸爷。他确实是脚行的人，给人抬过杠。雷福他们到那儿一打听，瘸爷还真在家。他家有个院，院子挺大，里头养着狗，一听来人狗汪汪直叫。院里有三间大瓦房，挺漂亮。黑门楼，门楼上头还起着脊，挺好看的。

这时雷福就扣动门环，哗哗哗地响：“在家吗，我的老弟。”不大一会儿，出来一位老妇人：“谁呀，哪位客人?”“啊，我是来看冯老弟的，请转告一下，说我姓雷，他就会知道了。”这门没开，老妇人又匆匆回去了。不大一会儿又出来了，就说：“我的主人说了，不认识姓雷的。另外，我们这块儿也没有姓冯的，没有。”雷福知道，这是搪塞，紧接着，又扣动门环，哗哗哗地响：“请大娘转告，我找的是三瘸子，你就说找三瘸子，他就知道了（这回赤裸裸地叫三瘸子）。请你告诉他，他不见也得见，见也得见。我是他大哥，我叫雷福，难道连雷福我都不见了吗?”老太太一听，马上就把门开开了，看了一下：“啊，原来是‘扁儿’呀。”老太太还说暗号：“扁儿。”雷福深深打了个千说：“正是晚辈，正是晚辈。”这时老妇人说：“请等，请等，我赶紧叫他去。”老妇人拄着拐杖，走的还挺快，不过走道有点瘸。一听是雷福，看起来她还认识，就拐拉拐拉地进去了。

雷福挺客气，他们哥四个仍然在门外站着，没进去。这时门已打开了，院里有两个狗汪汪地瞅着他们叫唤，但没动。就这时，屋的正门吱扭开了，三瘸子拐拉拐拉地出来了：“哎呀，没想到，雷大哥真是你，真是你吗?”雷福一看是他出来，这才进了屋，接着是麻元走进去，三瘸子一看高兴了：“哎呀，小麻元也有你呀，好久没见了，真的是你吗?”一看牛老怪，还有常义兄弟，他们都认识呀。他热情地拉着雷福，又扯着麻元他们，就进了客厅。

这个客厅摆放的都是古色古香的，有个虎皮椅子，还有几个凳子，瘸子忙着让大哥坐。雷福挺客气，就坐在旁边，三瘸子说：“大哥你得这么坐，你得这么坐。”他们推推搡搡的，把雷福就让到了正座，他在旁边坐下，下首就是麻元、牛老怪、常义，按哥们的排法坐好。这时三瘸子眼睛滴溜溜地直转，先看看他们穿的什么衣裳，看半天没看出什么来，因为雷福他们把衣裳都换了，谁也没穿官服。三瘸子看他们穿的和过去一样，雷福特意把辫子扎上了，他们哥几个都扎着辫子，上头系着布带：“花儿”线上的都用这个暗号，辫子盘上，用布带一系，两个布带飘在后头。不过雷福他们现在的布带是一般的布带，就是俗家的布带，不是“花儿”道上的布带。“花儿”道上的布带是赠给的，刚入“花儿”道的人，布带都是统一给的，外边人看不出来，内部人知道。他们这个打扮，三瘸子一看，就知道他们不是“花儿”上的人，又看他们不是官府的人，打量了半天就说：“大哥，你搁什么地方来，前些日子我恍恍惚惚听说，你到北边去了，让人家给抿了，现在怎么回来了。”抿是黑话，就是让人给宰了，他用黑话跟他说。雷福就笑了：“哪有，谁敢抿我，我现在是一个发面馒头。”发面馒头，又是暗语，就是说，生活挺好的，像发面馒头，暄暄腾腾的，日子挺好，不是碱面馒头，那是死疙瘩，生活不好。这是花儿道上的暗语，你用暗话说，让人家抿了，我用发面馒头对上了。

接着，都是互相探听，现在谁也不知道谁，好几年没见了，虽然过去都挺熟悉，称兄道弟，现在谁也不知道谁怎么样，所以三瘸子害怕了，你们是不是官家刺探情况来了。这时三瘸子又问：“听说你们哥几个不都戴帽了吗?”这话又是暗语。戴帽是什么意思呢？因为清朝的官服都戴顶子不是吗，顶子上都戴红缨子，凡是戴那个帽子都是官，不管顶子啥色，上头那个疙瘩，有的是玉的，有的是金的，还有镶银子的，各种颜色，所以他们"花儿"不说"官"，说是不是"帽儿"。用北京话问，你们是不是当官的，衙门上的人。

雷福没有正面回答他，就说："好兄弟，你说的对，我们是'帽儿'字倒不假，但是，我们也是半匚字儿，我们照样还是好朋友、亲兄弟。"半匚字儿又是一个黑话，半匚字儿是什么呢，土匪的匪，匪那个半拉匚里头，搁一个非字，匪不说匪，半匚字儿的。雷福说了，我们虽然是"帽儿"字，在官府管事，但我们所说的匪，是半匚字儿，我们都是朋友。我虽然到官府去，可我和你们的心没有变，我和所说的匪是亲兄弟。

这么回答，三瘸子还不让，又问："你们是摆弄一点一横的，还是在楼上的。"这都是暗话，文字上头是一点一横，你们是做文官的，还是在楼上。武将的武，上头不是个一字吗，那边一个弋字，在楼上指武将的武，上头一横，你们是在楼上的，问他是不是兵啊，来抓人的。麻元就说了："好大哥，你不要问这个，我们不是一点一横，也不是在楼上的，我们是球上的。"这又是一句暗话，我们是给人家巡逻的，给人家下边做护兵的。一说球上的，就知道，这小子没啥大能耐，跟人家后头，当人家马垫，滚球的。不是正头，是跟着人家，做护兵用的，所以叫狗尾巴兵。三瘸子问了半天也没问出子午卯酉。

这时候，雷福一看不行，不如把事情直接侃开得了。雷福就说："好兄弟，瘸子，我跟你说实话，我和这几个哥们，咱们都是亲兄弟，我就是拜访你来了。实不相瞒，我先去拜访的是豁嘴子，结果，豁嘴子被人抓去了，听说，是被咱们脉上人抓去了（就是被咱们'花儿'道上人抓去了），岂有此理。我又去见咱们的妹妹，老寡妇，我到那儿一看，她心情也不怎么好，她告诉我，你要想了解情况，还得找兄弟你，你能知道些情况，我是为这事来的。说实在的，我很看重你，我是顺脉拜'扁儿'来了。"说着他站起来，向他抱拳，这是他们"花"道的暗号。不按清代的打千，也不磕头，站起来，抱腕，向正南方向抱腕，两手作揖，跟他说：我顺脉（这条路）拜"扁儿"来了。"扁儿"咱们已经讲过，就是"花儿"道的头，我到这儿来，是拜你来了。

三瘸子一看雷福这么郑重，自己赶紧起来，也向正南方抱拳，然后说："好哥哥，我现在不是'扁儿'，我仅仅是个半拉'扁儿'。"他告诉雷福，我呀，不是第一把手，我只是个副手，帮助人家做点事。雷福又用暗话问："那么'扁儿'在哪儿呢，谁是'扁儿'？"三瘸子对雷福说：

“大哥，咱们不说这个，因为你现在不在‘花儿’道上，您过去是‘花儿’道上的‘扁儿’，我敬重你。你知道咱们‘花儿’道的规矩，内部的事不能往外讲，我要讲了，就割我的舌头，这你是知道的。我不能讲，你也不要问这个。你到这儿来，要银子，我给你银子，要金子我给金子，你们没有吃的，我帮你弄吃的，你们想了解什么事，我知道全都告诉你，咱们不能忘了那一段兄弟之情。你们救了我，我更不能忘记你对我的恩情。大哥，现在你别在折腾我了，好不好，我给你们跪下了。”

雷福看到这个情况，只好如实说了。他说：“好兄弟，你要相信大哥，现在我确实是在京师，你知道御前大臣赛冲阿，知道吧，我们就在他手下，刚搁皇上身边来。我告诉你实话，好弟弟，咱们京师的‘花儿’道总还对得起朝廷，没做什么坏事，咱们杀富济贫，替朝廷分忧了。三瘸子，我的好老弟，跟你实不相瞒，我们几个兄弟这次来，确实为了一件大案子。这件事怕涉及到祸灭九族的事情，咱们‘花儿’可不能陷到这里头去。我相信你，也包括豁嘴子，就是七十二个顶门杠，这些生死弟兄，我知道这些人都是仗义的英雄。咱们恨的是贪官污吏，杀那些黑了心的，吃民脂民膏的人，咱们不做亏心事。你现在不要糊涂，也不知你知不知道实情。我不知道咱们‘花儿’道的‘扁儿’是谁，谁在主持咱们的家事，你既然不是主持家事的整‘扁儿’，是半拉‘扁儿’，那么谁是‘扁儿’呢？好兄弟，我特别想念你，我相信，你也非常想你的哥哥。豁嘴子为什么被抓，他跟你都是正义的人，难道‘扁儿’大权旁落到黑心的人手里吗？好兄弟，你知道我雷福和这几个弟兄，咱们患难与共，有很多话都能说到一块儿去。人不能变，我还是过去的雷福，麻元还是过去的麻元，牛老怪还是当年的牛老怪，常义那是我的亲兄弟，还是过去的常义。咱们从来就是心连心的，瘸子，你说对不对？我还要问你一句，你要如实说，你要还是咱们‘花儿’道上的人，有良心，你就仗义地说。”

这时，按“花儿”道的规矩，也不知道雷福什么时候在兜里掏出一把快刀，“花儿”道的人，“扁儿”都有这个快刀。他把自己左腿的裤子往上一卷，露出大腿来，把刀咔嚓就扎进了大腿。这是“花儿”道的人，表示忠心的一种行为。刀子不怎么长，这确实是“花儿”道的刀，雷福没有扔。这个刀一拿出来，三瘸子就认定是他们的刀。雷福不管疼不疼，咔嚓，就把刀子攮进大腿一半。他一扎进去，就说明“花儿”道的人亮开心哪。

三瘸子看到这个场面就相信了，旁边的麻元、牛老怪和常义都非常严肃，俨然他们已按“花儿”道的规矩办事了。是凡扎刀子的，一般都是“扁儿”扎，他是受神之命，不知道疼。他扎完刀以后，发布些神谕，命令“花儿”道的人做些事情，就是赴汤蹈火也得去做。这时三瘸子什么也不说，两眼直勾勾地坐着。雷福一点没感到疼，泰然自若。刀还在身上扎着，谁也不说把刀从他腿上拔出来。

雷福按“花儿”道中说的话就问他：“三瘸子，我问你，现在的‘扁儿’是谁？”三瘸子呜啦了半天，一看雷福两个牛眼珠子都快瞪出来了，他赶紧说：“报告大哥，现在的‘扁儿’已经不是咱们的‘扁儿’了，‘扁儿’不在手。”就是头变了，不在手。“在哪里？”“是来了两个西边的花，是两个双花。”“什么地方来的？”“西边来的。”“西边什么地方来的？”“新疆那边来的。”“是男的，是女的？”“他们是多嘴的。”这都是暗语，什么叫多嘴的，女人的女，加个古字，女旁有个十字，十字下边有个口，十个口不是多吗，说明这个女的还是个姑娘，这都是暗语。现在这个“扁儿”是个年轻的女的。“有没有男的，有没有耍棍的，有没有卖力气的？”“没有。”这都是暗话，耍棍的是指男的，卖力气的，男字上头是田字，下边是一个力字。

三瘸子说现在的“扁儿”，是搁西边来的“花儿”，是一对，她们是多嘴的，是两个姑娘，她们是管事的。这话问完了，雷福又接着问：“他们现在是用艮儿字，还是用共字的？”这都是暗话，什么叫艮字呢，金字旁加个艮字，是银字，他们现在是花银子，还是花共字的。黄金的黄，中间去个由字，上下合在一起是个共字。是凡说是共字，就是说我要金子，不单纯是花银子。三瘸子说：“完全是共字的，听说都是聚宝货栈来的，有的都是洋人给的，他们现在都在用黑土子。”雷福问：“什么黑土子？”三瘸子说：“就是大烟。”

雷福又接着问：“那么，现在我楼里头，想要拜‘扁儿’需要带啥去？”就说，我现在要见这个头，要带什么东西去。三瘸子说：“大哥呀，你楼里头光有水不行，楼里头光有水拜不了扁儿。”啥意思呢，就是说，你钱要少了，光有水不行，你拜不了扁儿，拜不了头儿，就说你没钱不行。现在可不像你那个时候，得有钱。雷福就说了：“谁说我光有水，我艮字都淌成河。”艮是银字，这都是暗号：“我有的是钱，还不行吗？”三瘸子就说：“大哥，不要艮字，得有共字。”雷福说：“好兄弟，我们有共字，我们都有共字，你要多少共字，我就给你多少共字。”

就说你要多少金子我就给多少金子，想办法让我见“扁儿”就行，这样，他们越唠越近了。

这时三瘸子按照“花儿”道的规矩，向南叩头，起来以后，亲自把雷福腿上的刀拔出来，鲜血像泉水似的淌出来。把麻元、牛老怪疼的都直掉眼泪。雷福用自己身上的疼和血把这事情弄明白了。这刀一扎呀，真把三瘸子的心扎透了，看出来他们这些人心没有变。通过这一段互相较量，雷福他们了解了很多事情。三瘸子说：“你们要了解这两个多嘴的女的，她们就藏在聚宝货栈的暗窖里。她们的钱，都是聚宝货栈和洋人给的，是英吉利给的，而且他们还卖黑土子，卖大烟挣钱。”这样，把事情就弄清楚了。

雷福又问三瘸子：“你知不知道豁嘴子在哪儿？”三瘸子说：“大哥啊，帮忙吧，我的大哥，也是你的好兄弟，豁嘴子现在被押在聚宝货栈一个地牢里头。因为他不满西边来的‘花儿’，把咱们的‘花儿’霸占过去，而且现在很多的事情，完全背叛了祖上，他们走上邪道了。我跟豁嘴哥哥，为这事情，曾经跟他们顶过几次，但是，顶不过他们，就硬把豁嘴子抓去了，已经抓去三十来天，现在死活不知呀。”雷福问：“你知不知道他们还抓谁了？”三瘸子说：“这不知道，这事从来不告诉我，很多事情我都不知道。现在咱们的主舵，这个人也非常怪，他从来不出面，只是暗地扶植这两个多嘴的，她们是西边来的花。”“她们住在什么地方？”“我没说吗，她们都在聚宝货栈的暗窖里住。”“你才讲的，还有谁主持这个事，有两个人不露名字，他是谁？他也是‘扁儿’吗？”“不知怎么回事，他把我和豁嘴子都给排斥一边去了。原来大家选的是豁嘴子。那时候，说起来，大哥你知道，这是你定的不是吗？你走以后也是豁嘴子，但是豁嘴子这个人，就是头脑简单，他对谁都相信。我过去曾经跟他说过多少次，可他就是不注意，权让人家夺走了。”“让谁抓过去了？”“让有钱的，人家因为有艮，有共，有钱就能养得起。权让聚宝货栈的人抓过去了，聚宝货栈这个人不露面，他现在管事。”“那是谁呢？”“有一首诗，我能背下来。”

花道上是凡定下来的扁儿，老扁儿一般都有几句诗，做他的暗号。比如说，雷福在嘉庆末年的时候，总扁儿方老舵，是雷福的师傅，八十多岁了，他在死前把“花儿”这个带子就系到了雷福的头上，而且给雷福写了五言诗。一念这五言诗，大家就知道，这是方老舵定的后继人，雷福威望就跟着起来了。给雷福的诗是这么写的：

一缕暖风吹，
雨顺田苗肥。
济世一方福，
百难有惊雷。

把雷福两字都用上了，他的外号小清风，就这么来的。雨顺田苗肥，雨下一个田字，也是雷字，济世一方福，幸福的福，百难有惊雷，就把他的字和号全都用上了。

三瘸子就讲了：大哥啊，根据你师傅给的诗，他们为了树他，也编了四句诗，说是总舵主，实际上是欺世盗名。那时总舵主就是豁嘴子，我的哥哥。我哥哥根本不会写诗，没这个本事。他们自个儿编的，为这事，我哥哥跟他们干过几次仗。我们没有总舵主，我们没有钱，没人家力量强，结果他们把豁嘴子打下去了，现在押在冤狱里。这个总舵主的诗我给你们拿来，你们破一破，这个人是谁。雷福说："好吧。"这个诗是这么写的：

一日诚十卜，
觉空见同八。
雷霆不动性，
宁正心不阿。

就这几个字，雷福让小麻元赶紧把这几个字抄下来。他们了解到这些情况以后，雷福就跟三瘸子说："好兄弟，谢谢你，这个事情你也要帮忙，咱们一定把豁嘴子救出来，他是好人，咱们不能不救。我回去马上向大人讲这个事，你等着信。今天咱们唠的，谁都不要讲，你记没记住？"瘸子说："大哥，你放心，我知道，你是为大伙好，我相信你，我绝对不会说。""对，谁也不要说，等我们的信。"

就这样，雷福他们连饭都没吃啊，本来那个老太太，就是三瘸子雇的一个老妈妈，很热情，已给他们做好了饭，他们都没顾得吃，就匆匆忙忙地走了。肚子都非常空啊，从早走到晚，走了好几个地方，总算把事情弄清了，而且查出了两个女贼的地址，这个黑窝就是图泰大人在世时就注意，乌伦也特别关注，赛大人和英大人都说过的聚宝货栈。聚宝货栈真非同小可。

他们急忙回去，先见到了乌伦巴图鲁，然后又匆忙地到了赛府，见到了赛冲阿大人。赛冲阿大人赶紧派人去请英大人。

英大人坐着轿匆匆来到赛府，老哥俩聚到一起，雷福他们小哥四个，把整个情况详详细细向两位老大人禀报。英和是著名的诗人，他觉得这个诗非常重要，要破这个人，就涉及到命案的事情。这个人是谁呢？不大一会儿，英和就问乌伦说，第一句话“一日诚十卜”，这个字像卓呀，上头有个卜字，中间是个日字，下边是十字，可能这个人姓卓。“觉空见同八”，觉字中间空了，放一个同字，底下是一个八字，唉呀，这应该是兴盛的兴字。“雷霆不动性，宁正心不阿”，因为雷福的福字，都是用后头一个字，他也用了一个阿字。卓兴阿是谁？有没有这个人？

提起卓兴阿，这个人臭名远扬，是凡到北边去的人，都知道他。图泰在世的时候，和乌伦巴图鲁他们多次查过，他是聚宝货栈的人。大伙就说：“卓兴阿，我们知道，他就是聚宝货栈的副中堂，大管家。对呀，去年他曾经到杜察朗那儿去过呢。”这时，赛冲阿高兴地把桌子一拍，就说：“好啊，谢谢你们，查得好，现在已经很清楚了，咱们这么快，就把这个网集中到了聚宝货栈，而且也知道这两个女贼就在聚宝货栈的地窖里头，他们还押着豁嘴子，肯定太子也在这块儿，没问题。咱们趁热打铁，马上行动，把聚宝货栈攉拉个底朝上。关键是要保住太子，一定要抓住两个女贼，她们武艺高强，是草上飞，也使宝剑，她们的剑叫金钢剑，也挺厉害。现在就想办法，赶紧商量对策。”

英大人听了赛大人的话以后，沉思了一下，然后就说：“赛大人，大哥啊，这事儿，我想不一定这么简单，这两个飞贼，既然要抓太子，她们把他看做心肝一样的重要。我想，聚宝货栈的名声大，风声也大，咱们一定要防狡兔三窟。现在还不知她们把太子藏在什么地方，我寻思，这两个女贼晚上也不一定住在这儿，咱们必须仔细地，认真地好好想一想。现在趁这个机会，先把这个好消息奏报皇上。昨天，太后什么事都知道了，而且心情不畅快，全仗三巧姊妹在身边照顾。她们还挺会办事，有时候给太后唱唱北方的歌，有时候耍拳，让太后高兴。太后身边没有奕纬，简直就把这三个小丫头当成她自己的孙女了。”

说书人说句实在话，现在这部书，我说到这儿了，已经到了非常措劲的时候。各位阿哥，你们好好听听，英大人这个分析，那是话里有话，特别深刻呀！赛冲阿开始想的简单，后来让英和这一点，他频频点头，认为英和说的对，我想的太简单了。是啊，这事真不简单，飞啸三巧传奇，从书的开头就点出来，赛冲阿和英和让他身边的侍卫查聚宝货栈，一直到现在，聚宝货栈的情况还没抖搂清楚。这次又露出来了，露出了副中堂大管家卓兴阿。那么，这个聚宝货栈的中堂总管家是何人呢？这是秃脑袋上的虱子——明摆着的事情。大家都知道，他不是别人，正是现在飞黄腾达，深得太后赏识的官运亨通的穆彰阿，穆大人。赛冲阿和英和从两年前就派图泰和乌伦他们，多次夜访暗查，找了很多的蛛丝马迹，这个货栈总中堂，大管家，他们有个化名，叫齐之洲，姓齐，之洲，关关雎鸠，在河之洲，用了之洲两个字。

据说，这个人是江南的大富豪，是明末的遗老，说这个大管家是他委托给齐之洲的。对齐之洲这个人乌伦他们去查过，此人倒有，是谁呢？是穆彰阿的额莫，也就是前书多次讲过的，苏木夫人，是一品诰命苏木老太君。苏木老太君，有两个父亲，她是一母两父。她姊妹两个，都是一个妈生的，但是，两个阿玛。她的亲阿玛是满洲人，叫苏木哈拉，是个将军，在平南一次反叛中，死在战场上。后来她母亲，又嫁给了江南的一个阔商齐之洲。齐之洲是她的继父。但是后来齐之洲也衰败了，自己生活糜烂，家里又着了一场大火，这场大火把整个家业都烧没了。所以，穆彰阿的额莫苏木老太君的继父，也是穆彰阿的姥姥家，已经是个破落户，让火给烧没了，她根本没这个钱。

后来经查聚宝货栈钱财来源，一部分确实是靠穆彰阿在光禄寺的时候刮敛来的，有很多证据。现在穆彰阿还分着红，年年都吃着油头，这已很清楚。穆彰阿就是聚宝货栈幕后的总管家。这个小子年轻，聪明，机灵，这一点谁也比不上他。朝中的几个老臣，赛冲阿、戴均元、英和、芦荫溥、文孚等这几个人都跟他斗过，都没斗过人家，现在还非常红。所以说，他身上不知抹了多少油，溜滑、溜滑的，比泥鳅还滑。到现在还没抓住，有很多明显的事就是抓不着他，你说神不神，怪不怪吧！庞掌醢在北疆的那些事，都和他有关，最后庞掌醢被毒死了，就是没找着穆彰阿的毛病，到庞掌醢就断了，而且庞是他豢养起来的。他的打手马龙，是受他之命到北疆去的，飞扬跋扈，奸淫多少妇女，后来被烧死了，也没跟他连上。过去有个龙福春，大家知道，后来完了，也没跟他连上。现在的杜察朗，大理寺正在审他，据讲也没怎么连上。这次英和、赛冲阿就想通过救太子，抓住张格尔的死党两个女贼，顺便把聚宝货栈里头的事情抖搂清楚。他们想把这些事都放在光天化日之下，让朝廷、让皇上看看，你穆彰阿的心，是红色的，还是黑色的。现在必须把这个案子扎扎实实地处理好，不能麻痹半分毫。他们决定赶紧向正在挂念的太后和皇上禀奏，现在已知道了两个女贼的地点和她们的黑窝，也知道了太子所在的方位。

说书人现在不讲英大人和赛大人他们进宫，面见太后和皇上的事，我还真得说一下穆彰阿大人，好长时间没说到他了。虽然书中点了几次，但是都没有详细地讲讲他。前些日子，他奉皇上之命，也奉文孚和英大人之命，匆匆安排完家事以后，就到两淮上任去了。他现在是漕运总督上行走，这担子挺重，事也相当多，但他总是惦着朝中之事。一个是三巧三姊妹快来了，他已经讲了，要把穆哈连家的宗谱帮助续好，把三个姑娘未来的事情承担过来，这是他公开讲的。暗地里他真怕露馅，总往回跑，嘱咐他的儿子福康安，你现在把家里事处理好，别让我老惦记着。

这次他回来，穆府特别热闹，穆彰阿备办了几次酒席，又在后花园搭了戏台，请苏木老太君，一品诰命，由自己的福晋和小女儿琪娜格格陪着看戏。儿子福康安现在是工部右侍郎，由他的大夫人大丹丹陪同，一边看戏，一边招待朝中帮助他的人，比如那清安这些人，替他说了不少好话。除了给他们递银子以外，还把他们请到家里，三日一小宴，五日一大宴，盛情款待。

另一方面，他又怕庞信家里出事，咱们讲过，庞掌醞，庞信被毒死在北疆，现在他儿子都知道了，他的夫人张氏痛哭了几次，来找穆大人，就问：怎么回事？为什么我丈夫死了？怎么死的？她想把这事弄清楚。穆彰阿一劝再劝，包括他的儿子福康安，今天去看，明天和他夫人大丹丹又去了，不是带着江南贵重的绫罗绸缎，就是送去北方的山珍海味，又送银子，真是照顾的无微不至呀！让她安心地过日子，其他事你不要到处张扬了，因为你男的自己犯了罪，很多的条律都在那摆着呢，越闹越出事。将来闹大了，朝廷再抄了你的家，你们就全完，他们就这么吓唬张氏，把张氏稳住了。每回看戏，苏木老太君都命人把她请来。而且，让自己的大女儿琪姣，琪姣不是嫁给了庞掌醞的儿子庞通吗，也把庞通请来，通过他大女儿把他们全家招唤来，让他们吃好的，喝好的，千方百计安慰他，可别出事。与此同时，把马龙所有的家产全缴了，一点也没留，朝廷一旦抄家，让他们看不出任何蛛丝马迹。

最近穆彰阿这么忙，还有一个原因，就是秦典簿回来了。秦典簿咱们讲过，也是跟庞掌醢到北疆去的。秦典簿的外号叫秦划拉，他也占了不少便宜。不过这小子非常聪明，他暗地和穆彰阿，特别是和穆彰阿的儿子福康安的关系不一般，成为福康安在北噶珊的一个重要耳目，这一点，杜察朗、庞信他们谁都没想到，谁都没提防他。表面上看，他围着杜察朗转，是杜察朗安插在朝中的一个内线，秦典簿也以此为荣，自居。庞掌醢也怕他三分，怕秦典簿在杜察朗跟前超过他，小心万分，但这些都是一般表面的现象。秦典簿这个人把一切事看的更远更深，他有一句座右铭："人在得意之时想落魄，马在奔跑时想失蹄。"所以，他能够居安思危，总把事情想的更远些更细些。更难得的是，他能"提前准备，以防不测"。

秦典簿还有一个外号，叫秦琢磨，这次他真算把事琢磨明白了，杜察朗和庞掌醢在北疆都翻了船，他仍然很自如，什么惊险都没有。图泰到北疆，只查了庞掌醢，并没有查秦典簿，他跟杜察朗内部也没有太多的纠葛。秦典簿也没揭庞掌醢的事，与庞掌醢也没有瓜连。不过他参与了密谋杀害庞掌醢，抓住庞掌醢，囚于六库这件事。他感到不好，所以，趁乱的时候，赶紧回到了京师。但是到了京师也不好办，这个时候，穆彰阿和他的儿子福康安他们早就离开了自己的原职，何况清代官员多如牛毛，尽是一些空缺，没有实缺。光有表面的名字，因为官都是买的，早都满了，没有地方安排他啊，也没人重视他，他真没法办。

他回到京师来，只能拜见穆彰阿，穆彰阿头次听到信，就没理他，自己抓漕运去了。穆彰阿这次回来，他的儿子福康安又告诉他，秦典簿在这儿等了好几天了，阿玛，你无论如何见见他，你要不接待，他要一怒，出了事，咱们家也是麻烦事。不管怎么说，穆彰阿就是不想见他。因为北疆这些乱事，他躲都躲不过来呢，躲这个，又来那个，所以，他现在头疼的厉害。他怕把自己暴露出去，尽量和北疆有关系的人都一律疏远，一概不接待。他咬住牙关，有二十来天硬没接待。福康安想办法，把秦典簿挽留在穆府里头。

福康安这个人，说起来比他爹更厉害，更阴险，想的也更周到。穆彰阿挺佩服自己的儿子，也很器重他，认为他比自己更强百倍，青出于蓝胜于蓝。福康安会办事，比自己更精明。所以，穆彰阿也离不开自己儿子福康安，有些事是福康安帮助擦屁股，外边不少事竟让福康安去应付。穆彰阿刚从漕运上回来，满脑袋想着卓兴阿的事，他想跟卓兴阿好好摊摊牌。这个时候，福康安进来了，对他阿玛说："阿玛，你现在别的不能想，秦典簿，秦划拉这个人你得用他，不能得罪他。你得罪了他，他也掌握咱们不少事呀！何况他这次到北疆去，没给你惹乱子，咱不少事全靠他周旋不是吗，不能把火往他身上烧。他是从江南被你给选上来的，你又从京师把他送到北边去的，很多情况他都知道啊。这些事一旦他说出去，阿玛你想，你能逃脱得了吗，有一句俗话，烈火试真金，不管怎么说，这次秦典簿到北疆去，没给咱们惹乱子，这几个人中，最数他稳定，也最数他做事稳妥，经得起锤打。阿玛，难道你把这个金子轻易抛出去吗?"这一番话，反倒把穆彰阿给说活了。穆彰阿就说："康安哪，那你说，我见他应说些什么呢?"福康安就说："你应该想方设法夸他，你把你最心爱的东西赏给他，这样，他能士为知己者死，就能拼命为咱们办事。"

秦典簿，说书人向阿哥再讲几句，过去我没详细介绍这位奇才，过多讲的是庞掌醢。秦典簿是光禄寺中的一个小官，主要做财产会计和记事差使，叫典簿嘛，主要做这些事。他原名叫秦照，字秦纪常，是江苏宿迁人。嘉庆朝举人出身，长期在运河江苏帮漕运上谋事，他深得漕帮的帮主和清廷漕运的副总督的赏识，他办事精明、干练，过目成诵，算盘打的也好，会袖里屯金，账目非常清楚。漕运主要是运送粮米，从苏州、无锡、常州，一直运到京师。穆彰阿在任光禄寺卿的时候，到江南巡查，他偶然的机会，在江苏的漕帮中看到一位秀才，听他禀奏运粮的账目。这位书生挺有意思，他没看账本，口若悬河，把账目像背诵一样，滔滔不绝地念下来。后来，一查账，他背的跟账上一字不错，计算的又准又快。这件事大得穆彰阿的赏识，就把他调到光禄寺，自己的身边。这就是秦照，秦典簿。到了光禄寺以后，让他仍然管典簿之事，就是管账。后来北疆发展起来，有不少财产要归拢账，穆彰阿得找个精明强干的人，就把身边的庞掌醢和秦典簿派到北疆，作为他的代办。

福康安跟他阿玛说："人家现在干的挺好啊，现在人家还那么稳当啊，阿玛你想想，你现在是在漕运总督上行走，正是用人的时候，有很多事必须要有人帮你来办。最近接连下暴雨，黄河猛涨，运河决堤。朝廷已经拨过几次帑银，修堤，修船，船丁的食用，民工费用多大啊，漕运的事情真棘手啊。运粮的事情，朝廷催的这么急，很多事情互相牵扯，不好解决。如果把秦典簿派过去，这个账让他弄，你想想，你不是有个大帮手吗?”

福康安这一讲，穆彰阿顿开茅塞，便说：“好好，好，听你的，把他引进来吧。”这样，福康安就把秦照，秦典簿领到西花厅，引见给穆大人。秦照叩拜穆彰阿，穆彰阿忙把他搀起来：“秦照，我这几天太忙了，太忙了，总是没有时间跟你相见，十分抱歉，抱歉。你此次北行，尽职尽责，功劳不小啊，本大人要重重地感谢你呀，赏赐你呀。”他看了看秦典簿的表情，然后又说：“听福康安说，你在北疆还赶上了你的内眷有疾，因事不能归来，近日痛惜你的内眷早逝，不胜惋惜啊!”

晚宴的时候，就命自己的小女琪娜格格坐陪，让琪娜给弹琴。琪娜到现在还是一个美女，姿容也很动人，给秦照献酒，换盏，使秦照心里动荡不已。琪娜自从嫁给马龙以后，实际上没在一起过几天日子，马龙就北上去了，双方也没什么深厚的感情。何况，马龙是很风流的一个人，到处拈花惹草，根本没把小琪娜作为自己心上人对待。小琪娜也因为阿玛做主，他们就成婚而已。晚上，秦照就睡在穆彰阿府中，福康安做主，就让琪娜格格作陪。

第二天早晨，秦照，秦典簿醒来一看，自己已在绵软棉被中搂抱着佳人。梳洗的时候，福康安先进来了，把秦照弄的不好意思。这时福康安就说了：“您的年龄虽然比我大一些，居长，但是，我还得叫你一声妹夫吧，我愿意在大人跟前给你说合。这事由我安排，你们择日正式成婚吧。”秦照也就顺水推舟，同意了这件事，从此做了穆大人的正式佳婿。他们喜事操办，另有一番热闹，书不赘述。

原来的龙家堡，后来变成了马家堡，现在又变成了秦家堡。秦照和琪娜格格，最初仍住在秦家堡子。媚儿哪里去了呢?还有个媚儿呢，媚儿性情放荡，不守空房。自从马龙去北疆之后，她就跟姐姐分开了。媚儿早就被府里一些男子所争宠，后来被穆府中的总管、总骠办，穆林章泰霸占去了。这个人原来是穆府中的兵马总管，后来是总骠办。马龙没来之前，他的武功在府中是第一的，自从马龙来了以后，他失宠，年岁也大了，但是，他是苏木老太君从娘家带来的管家，资历老，飞扬跋扈。他霸占了媚儿，穆彰阿就佯装不知，只要马龙不追这事，媚儿愿意，也就同意了。现在，马龙已经死了，也就遂其所愿了。就这样，媚儿就成了穆林章泰的爱妻。

一天，穆彰阿把秦照召唤过来说：“你呀，新婚已过，还有要事，你可要做好。”秦照就说：“请大人讲，敬请吩咐。”穆彰阿说：“漕运的事情太多了，现在又阴雨连绵，我委你赶紧把漕运的事好好办一办，到山东和安徽一带，治理漕河之患，平息内乱，还要点清财产，下拨的银两，你要一一地安排好，用上。我连拨下的帑银都交给你了，你要好生地治理。”秦照一听十分高兴，这个差使太好了，是个肥差呀，于是千恩万谢。穆彰阿说：“你把手下的人好好地联合起来，要有自己的兵卒才行。”

穆彰阿的野心挺大呀，他知道英和现在也在网罗一些人，由乌伦巴图鲁主持护卫漕运的事，这是朝廷定的。他不甘心哪，我这儿光是文官，将来还要受乌伦他们管着，这样很多的事情就麻烦了。朝廷拨来帑银，修补河堤的事情，一点儿也不能错。所以，他自己得有自己的力量，他争这个兵权，也不管朝廷愿意不愿意，他就说：“秦照，我现在啥都交给你了，你不单是漕运的总管，还代表我行事，你更要把漕运的帮子营组织起来，把营兵组织起来，就叫漕运帮的帮子营。”这时，秦照想起来了，于是就说：“大人，现在北边还有一些人，能不能把他们用起来，这些人对咱们都相当好，都想着咱们，像娄保、齐保和刘佩、八宝禅师黑头僧人这些人，原来都是随着杜察朗的，现在都可以收过来。这些人都是咱们的家丁，一呼百应。”穆彰阿说：“好啊，你尽量办这些事情吧，你就把北噶珊失散的所有的奴仆，都网罗过来，建起咱们穆氏漕运的帮子营，搞好治安这些事。”秦照就去张罗办理，不提。

这时福康安非常高兴，总算把秦典簿的账堵上了。把秦典簿安排好了，又少一个冤家。他马上又给阿玛出主意：“阿玛，你还有一件事情，没有办，现在你得办。”“什么事？”“就是三巧的事。”“三巧和咱们有什么事？”“你忘了，你早不是跟太后说过吗，她们是咱们穆氏家族郭佳哈喇的人，她们这么得到皇上和太后的器重，可以讲，太子都比不上她们荣耀。想办法把她们拉到咱们这边来，这也是光耀穆氏门庭的事情。更重要的是，要讨好太后和皇上，跟三巧的关系弄好，三巧就会从感情上跟咱们连在一起。她们年轻，这几个老的还有几年活头，将来三巧她们前途无量呀。不知太后下一步怎么安排，看来，将来她们也是辉煌无比的。阿玛，你现在赶紧跟三巧建立特殊的关系。现在你不可与云、彤二老作对，那是皇上的老师，皇太后也都重视的，又是当今朝中最受崇敬的名臣。他既然不好接触，你就想办法接触三巧，接触了三巧，你就从血缘关系和姓氏关系方面联系上。这样云、彤二老也无可奈何，他也不能反对。想办法把三巧从太后那儿争过来，让她们住在咱们府上，咱们就扩大了名声不是吗。这样，三巧也不会拒绝，太后还会帮忙说话。接着，就为穆哈连建英雄祠堂，这个事阿玛你想的对，请僧道咏经七七四十九天，为三巧搭英雄楼，建立图泰、卡布泰的碑。这钱，阿玛，咱们花的值个，就把卓兴阿给的钱，你过去不是给了一些穷人，这回做这个事儿，你就买下了一辈子在道光朝的荣耀。”

说书人向阿哥说一句，他真说对了，这一步棋走的非常关键，确实是使穆彰阿在道光朝的荣耀一天比一天强，因为他使太后和皇上特别高兴。穆彰阿宝贝儿子的智囊像小诸葛一样。福康安又嘱咐他的阿玛："穆哈连这个事，你要放在前头去办，不管太后和皇上怎么忙，到什么时候，你别忘了，一定挤上去，跟太后讲，让太后重视这件事，太后就高兴。这是一件事。还有一件事，阿玛，你还得办。”

这时穆彰阿就说了："还有什么事呀，我现在惦记的是跟卓兴阿摊牌啊。”“阿玛，你说到卓兴阿，做儿子的，我不能不说一句，我得给你泼冷水，你现在不是时候，你现在对这件事，千万离的远点，离的越远越好。”“不能远，我因为是这个货栈的，人家都知道，货栈有我一份呀，将来不沾上吗?”“将来是将来，你怎么不想想呢，阿玛，现在太子，已经跟张格尔的事联到一起了。太后和皇上咬牙切齿的，恨哪，恨不得赶紧抓住这些贼人和黑手，谁把太子给我抢走了呢，这个事如果有你，你想想，你有多少张嘴，即便你满身是嘴能说清楚吗?现在，你别去，你一去，就等于你也参加了拐太子这件事。”

这一说呀，反倒把穆彰阿吓了一大跳，好像从山冈上呼啦掉进万丈深渊，这事他没想到。他心里没底，就说："康安哪，那怎么办?”“这个事你不要理他，因为，不做亏心事，不怕鬼叫门。最多说阿玛你平时抽点红，有股份，吃点股份钱，再大的错误，也就打几个屁股板子而已。何况，太后又这么器重你，不是啥大事。但这个事咱们爷们没参加，咱们根本不知道。要知道这事，也拼命不同意，咱们没干这个事。一件事，太子被拐，咱们不知道。第二个，张格尔的事，更不知道。是不是这个情况，阿玛?”穆彰阿高兴地说："对呀，对呀，康安你说的对。”“既然这样，你凑什么热闹，咱们离的远点，不出声，现在赛冲阿、英和拼命想往咱们身上扣狗屎，还把他们和咱们往一块儿拉呢，你不到跟前，臭气还往咱们身上甩呢，离的远点好，别理他，让他们抓住卓兴阿，再抓张格尔的余党，他们将来一查、一审，和你穆大人没关系，那就行了呗！其他事咱们再解释吧，嘴是人的，怎么吧吧还不行，到那时再说吧。"

福康安像诸葛亮一样，老谋深算，这一说，使穆彰阿下了决心，不去捅这个马蜂窝。我要捅了，真刮拉到一起，说不清道不白的。这不去倒好，让他们查去。穆彰阿乐呵呵地说："孩子真对呀，真对呀。"接着福康安又说："阿玛，你应该进宫见太后，见皇上去。""为什么，我也没什么事。""你有事，你现在应去探视皇后，探视皇太后。皇后钮祜禄氏，那也是太后娘家的人，跟皇太后的关系相当好。道光皇爷当了皇上，把她封为皇后，这都是皇太后的懿旨，你要看她们娘们，把礼品赶紧送去，太后现在想孙子，你去安慰，安慰，看看她，这样太后就非常高兴。你这么忙，回来就去看她，她能不感激你吗。给她带点人参，北方的山参，让她多喝点参汤，你说这个话。另一方面，不是有一个事出来了吗?""什么事?""现在刑部和按察院、大理寺，不正在审杜察朗吗?"

福康安一问，穆彰阿脑袋又嗡一下子，他就怕听这事。"杜察朗的事，现在又出来一件事，就是三巧他们这次回来进京陛见，在黑虎沟正好和查郎布大人碰上了，查出事来了。这里头有一个人，贪占国家的帑银，和查郎布这些人也挂在一起了。是谁呢，阿玛，你知道吗，就是内务府武备院卿郎格尔。""啊，知道，知道。""这已经是个事。现在刑部和都察院史之光这些人，正在查这个事儿，因为是受皇上之命，而且英和抓得非常紧。现在已经查出来，郎格尔有贪赃枉法之罪。"

这个郎格尔，本书前头已经介绍了，他是内务府武备院卿，三品侍卫，还兼寿康宫私库的主事，他前些日子曾去过黑虎沟，等汤大人到那儿，他刚走不是吗，就是这个人。因为查郎布的事情查出之后，把他刮拉出来了，现在正查这件事。逼着查郎布必须还上几万两帑银。查郎布没守住口，把郎格尔揪出来了。郎格尔说这钱没在我手，我是借的，暂时用，我得还回去。刑部说："你赶紧还回去，还不回来，就撸你的官。"而且还得坐牢。福康安说："现在这几万两银子，郎格尔拿不起呀。阿玛你知道，他是太后的人哪，估计你现在去，太后为这事也在发愁，说不定，郎格尔还得坐牢。郎格尔现在可能正在太后的宫内偷着哭呢，让太后想办法。你现在明着去看太后，暗着见郎格尔。你当着太后面，把银子拿出来，把这事摆平，你这不又交下一个好朋友吗。你把郎格尔交下了，就是交下了钮祜禄氏的家族，太后不感激你吗，谁还敢惹你。这个事儿，你现在就应当去办。”

穆彰阿马上按照儿子，小诸葛福康安的安排，让家院赶紧把银票给我开出来。不大一会儿，家院就把银票开出来了，自己匆忙换上衣冠，坐上轿子，忽悠忽悠地去了寿康宫。

话说到这儿，咱们再说太后。福康安对太后的心思怎么猜的这么准呢？他就是按照每个人的特点，算计出来了。福康安所讲的事，也真准。太后这两天心情特别不好，皇上和彭公公就禀报了太后，太子的事情没查清，不知到什么地方去了。今天早晨，就来了喜报，是皇上领着赛冲阿大人还有英和大人进了寿康宫，一是看望老太后，给太后请安，另外，又恭恭敬敬地请太后好好安息、休养，现在眉目已经很清楚了，我们掌握了贼人的情况，太子很快就回来了。皇上还一再说：“这才几个时辰，赛冲阿和英和他们就把事情查清了，他们几个好辛苦啊。”皇上帮助说些好话，说完就离开了寿康宫。

太后微微点头，确实如此，真挺快，查的这么明白，就问：“你们什么时候行动，什么时候把太子救出来？”英和说：“我们马上行动，已经安排了。”“太子能不能受到伤害啊？”英和大人说：“敬请太后放心，我们有严密的安排，太子不会受到伤害，而且他会很好地回到太后您老人家的身边。”这时，太后看了看站在旁边的三个小姊妹，笑着说：“我全仗着这三个宝贝孩子，她们像我的小公主一样，我的心肝，我现在一时也不能离开她们。有了她们，我的觉睡的实，有了她们，我每分钟过的都愉快啊。爱卿们，不过，我现在还是惦记着贝勒爷小奕纬怎么样了。”说着老太太又要哭，英和和赛冲阿两位大人又跪下磕头，他们很有信心地说：“请太后保住自己的凤体，我们两位一定向太后保证，现在的时辰是卯时初刻，我们两个准备和三巧一起，去救太子贝勒爷，抓住那两个女贼，向太后和皇上报捷。我们可以说，在申时之前，老太后就能够看到自己的皇孙了。”这话说的让皇太后非常高兴，赶忙说：“起来，起来，我的好爱卿，谢谢你们，你们快去办吧。”三巧也向皇太后叩头拜别。

他们五人，匆匆地出了寿康宫。刚走不远，就看到对面皇上跟穆彰阿过来了。他们为之一惊，这穆彰阿真了不得，他怎么让皇上陪着来了呢，真岂有此理。他俩和三巧向皇上问安以后，就急匆匆地走了，也没理穆彰阿。穆彰阿本来想向两位大人施礼，一看人家没理他，没法办，只好随着皇上进了宫里，来看皇太后。皇上说：“皇额莫，穆彰阿来了，他挺惦记着太后，下头相当忙啊，漕运的事挺多，他让雨浇的，现在全身都是湿漉漉的。很长时间没回来，回到京师就先来看您。他听说太子出事了，为这事来的。”

穆彰阿过来，扑通跪在地上，呜呜痛哭，眼泪鼻涕淌的满脸都是，哭的这个伤心劲，就不用说了。这一哭，太后也难受，也跟着掉了眼泪。这时彭公公过来，就说：“穆大人，别哭，别哭，你一哭，更引起太后伤心。”

彭公公这一点化，穆彰阿也觉得自己的任务完成了，把眼泪抹了抹就起来了，然后说：“太后啊，我心里真难受，怎么出现这样的事情，是谁干的？要抓住他，就是碎尸万段，千刀万剐也不解恨，真给我们大清朝丢脸。”说完停了停，然后接着又说：“太后啊，我的儿子福康安，最近搁长白山弄来了五颗千年的老山参，现在奉献给老太后，您要珍养凤体，其中有两颗我已经献给了皇上，也请皇上保养龙体。早晨喝点参汤，不要喝多了，但是每天要坚持喝，有好处，这是微臣的一点小意思。我来晚了，刚回来，进家喝口水就来了。”皇太后说：“好，爱卿起来，起来。”穆彰阿坐在一边，皇上进内宫歇息去了。皇上常来呀，有时不愿听他们唠的事。

这时候，搁后屋出来一个人，此人就是郎格尔。郎格尔一听赛大人他们来了，赶紧到后屋藏起来。其实他早就来了，不知跟太后磨叨啥。他听穆彰阿说话声音就出来了，先拜见穆大人。穆彰阿一看郎格尔来了，挺高兴，便说：“哎呀，好啊，来这看到你非常高兴。”太后也让他坐下，然后说：“这个孩子不听话，他到外头把钱和银子给丢了，现在让我怎么说，我不好说呀。他是犯罪，那是国家的银子，你拿着就应该把它拿好啊，找一个可靠的人帮助你拿，可他找了两个孩子帮助背着，走到半道，把银子全给丢了，也不知是谁给偷走了。咱们的事真没法办哪。”

穆彰阿听了心里明白，这话也不知太后说的是真事还是怎么回事，就说：“真是，真是，唉，现在啥事都有，世道上匪徒挺多，真是，我也替郎大人心疼，郎大人是好人，我知道他，干啥事挺勤快、肯干，他是受冤枉，这事好办。”说着，就拿出三张四十多万两的银票，就跟太后说：“太后，还有郎格尔，这是我的额莫苏木老太君的继父齐之洲家里的遗产，现在我也不用，特意拿来的。太后，您赏个脸，先让郎格尔使吧。我现在不用，什么时候要用，再给我。郎格尔你先拿去，把这钱先顶上。咱们干什么，也不能把国家钱伤了，交上有好处，不单是你的名声好，使太后也能安心，太后现在事太多了。”

郎格尔一看，真高兴透了，马上要给跪下，但是当太后面有失体面呀，穆彰阿赶紧把他搀扶起来。这时穆彰阿听到后头有走道声，他赶紧悄声地让郎格尔把银票揣起来。郎格尔把银票揣好了以后，道光皇爷进来了，一看，郎格尔也在这儿，郎格尔赶紧给皇上叩头，寒暄几句。穆彰阿说：“太后、皇上，现在我就不打搅了，我赶紧走了，敬请太后和皇上保重身体。”就这样，他慢慢地退了出去，太后让郎格尔和彭公公一直送出了很远。

再说，英和、赛冲阿和三巧回到赛府以后，英和就跟大家说：“我们在太后和皇上面前已立下了军令状，现在的时辰是卯时，已经快到正刻，在寿康宫时是初刻。在进入正刻的时候，我们赶紧办事，要在下午的申时之前，一定把这两件大事完完妥妥地办好。一件事是救太子，一件事就是抓住两个女贼。我们经过商量，这么办，咱们晚点救太子不要紧，他们不敢害他，现在关键是，要把两个女贼擒住。她们也是世外高人，咱们想办法擒住她们，其它的事就好办了。另外，我们与军机处和健锐营，就是皇上御用的兵马，已经安排好了，整个把京师围的水泄不通，所有的交通路口已经把好了。任何人也飞不出去，就连飞鸟都难飞出京师，这是一。第二，我们已经派人，秘密地把聚宝货栈全部围好，我们有好几个卧底的人，已经进去，其中包括小力士猛哥，他随几个朋友，现在就在聚宝货栈里头，密切监视着。卓兴阿就在聚宝货栈的后头，他自己的府邸。我们已经把卓兴阿的府邸包围住，任何人都进不去，出不来。我们已经查明，卓兴阿正在他府邸里头抽着大烟，高高兴兴地玩呢。聚宝货栈的地窖里头是个监狱，已被我们的人控制着。雷福你们所说的豁嘴子现在在监狱里依然安好。我们通过暗探，也查到了太子爷被隐藏在卓兴阿的府邸里头，安然无恙，现在已经被我们控制住。目前，惟独没有查到这两个女贼，我早就说过，狡兔三窟。我们要知道，这两个女贼很聪明，她不会在这些地方呆着，这儿容易暴露。她们过去呆过的破庙，也就是药王庙，她们以为咱们已经放弃了，因为从薄公公逃走那天起，她就认为咱们有这个想法，绝对不会把太子困在那，大兵肯定要到别处去找。她打错了算盘，认为我们已经忘了那个地方，太子绝不会在那儿。这样，她们就出了这个漏洞，她们仍然隐藏在药王庙。现在我跟赛冲阿将军，颁布这个命令：“三巧三姊妹，由雷福、麻元你们两个陪同，带着你们的弟兄和三瘸子，快马包抄药王庙。现在所说的聚宝货栈和卓兴阿的府邸，这两个地方，表面上不要动他，要暗暗地监视，重兵把守，先围困他。咱们现在速去药王庙，赶紧去抓这两个女贼。她们可能白天睡觉，晚上准备跟咱们拼。咱们就利用这个机会，去抓她们。”

英和大人想的非常细，这事就这么定了。另外又跟乌伦说：“乌伦巴图鲁，你和牛老怪，等一会儿麻元和雷福、三巧把那两个女贼抓住以后，你们快马赶回来。三巧有重兵保护着，木笼囚车已经预备好，把两个女贼抓住以后，从另一条路回到京师来，以防其他人劫囚车。三巧由另外的兵马护卫着，从去的路进入京师。雷福和麻元赶紧回来，与乌伦配合，估计这时也就是巳时到午时左右时间，你们来一个原汤化原食。”大家不明白，什么叫原汤化原食，英和大人就笑了：“我说的意思就是，你们把‘花儿’那些人，通过‘扁儿’都调动起来。因为咱们已经把豁嘴子他们都救出来了，包括老寡妇，这些个顶门杠，他们都有威望，另外，雷福也有威望，你们把这些人都动员起来，大家已经恨透了这个假‘扁儿’，他不跟大家商量，随便就把首领圈起来，已经违反了帮规。现在就把‘花儿’中每个人都动员起来，让大家围上卓兴阿和聚宝货栈这个地方，同他们要那个假‘扁儿’，也就是让卓兴阿出来，咱们在后头帮着，等卓兴阿出来以后，让他跟大家交待一些事，咱们再抓他。”行动计划定下来以后，大家马上行动。

说时迟，那时快，一路兵马一溜烟似的往药王庙飞奔。三巧这时不是清廷的打扮，是“花儿”的打扮，按雷福的安排，女花，男花，都是民间的打扮，这样在外头不引起注意。三巧把兵刃带好以后，就和雷福、麻元，还有已经到来的三瘸子，他们骑着马，和后头的几路兵马围剿了京师郊外的药王庙。三瘸子最熟悉这个地方呀，他们很快就到了药王庙。实际上这是外头，里头早有兵马围上了，有的在树林子躲着。这时候，三巧跳下马，她们从三个方向包围了药王庙，周围的兵马都围了三四层，一直往里头缩、缩、缩，尽量往里缩，这样两个女贼插翅也飞不出去。她们要杀出一条血路也不太容易，那兵马围老了。

不出英大人所料，三巧跳进墙以后，里头两个女贼立刻就听到动静了，剑就拔出来了。她俩使的是金钢剑。说书的还要暗表几句，所说的金钢剑，这个剑的锤炼有它特殊的工艺，什么叫金钢剑，凡是这个剑碰别的剑的时候，只有对方的剑能折，它不能折，它有这样的性能。这个剑不但利刃，更主要的是任何一个兵器都剁不了它，它能剁住对方的兵器，这钢太厉害了，它是金钢，金刃。三巧的武艺是非常高的，师傅早就讲过，凡是碰到金钢剑，咱们的兵器，一定要设法保住，不能让对方剁了你的兵刃，剁了兵刃不就糟了吗。虽然林家剑、飞啸剑相当厉害，也能剁东西，钢也非常厉害，但它的特点主要是光和速度，悠悠直响。它有各种特殊的光，有蓝光、紫光、青光，一般的剑不能发出这个光，这是林家剑特殊的地方。金钢剑发笨，沉一些，但这个剑厉害，磕什么，什么就断，断了就等于空手，空手还能跟人家打仗吗。三巧三姊妹心中有数，跟她们打，就要速战速决，这个正是三巧的特长。她们三姊妹，早就知道了，英大人和赛大人在宫里时就告诉了这些情况，她们已做好了这个准备。三巧临走时还向太后做了保证："太后，您放心，我们一定把贝勒爷给您接回来。您不是喜欢我们吗，您不是看了我们比武吗，您既然相信我们，您就放心，贝勒爷一定会安然无恙地回到老太后您的身边。"她们这么讲，也认真做好了准备，遇着这事咋办，遇到那事咋办，想的很细。所以她们从三个方向跳进去了，其他外头兵马就等着抓人了。

果不然，这两个女贼正在歇息，以为晚上可能有搏斗，但她们没想到，事情败露这么快。她们更没想到，一出来，就见到三个女的站在那儿。这两个女贼，大银花、小银花立刻就知道了，没别人，那肯定是三巧了，穆巧珍、穆巧兰、穆巧云，大银花马上就说了："好啊，我们久闻你们大名，这次终于见到了，我们领教了。"说着，这两个女贼，就手持金钢剑，恶狠狠地跟她们对打起来。三个人对着两个人，她们是双剑，一只手拿一支，是四支剑对三支剑。她们的剑没声，林家剑悠悠悠直响。众兵一看哪，药王庙的院子里头，直闪光亮，好像有什么火在着着。这两个女贼穿的绿衣裳，三巧穿的白衣裳，众兵看的非常清楚，下头一个女的让三巧中的两姐妹包围着。

一个女贼见势不好，想搁房上跑，哪知她太慌了，脚蹬地身子往上一蹿，想逃跑。因为这庙年久失修，瓦不结实，她往房上一蹿，瓦哗啦一滑，就掉下来，她打一个趔趄就摔倒了。乘这个机会，巧珍早就过去了，从后头一跳，跳到她前头，用剑反过来，这叫哪吒探海，剑从上头过来，正好扎在她右臂上，她一疼，一支剑就掉下来了。那个剑刚想一动，巧珍正好来一个旋天剑，为了抓活的，巧珍没用剑削她，而用脚打，林家的武功不有旋天术吗，她一动，用脚啪的一打，正好打了她左脸，她折一个跟头，没等起来，巧珍早跳过来用剑逼着她，好几个武士马上过来，先用网给她罩住，很快就被抓住了。

另一个女贼一看害怕了，她刚想要跑，哪能跑得了，这时，没等她纵起来，在右腿上就挨了一剑。巧兰、巧云对着她不是吗，那林家的飞啸剑，悠悠，把她的脚腕子给旋下来了。这个要逃跑的女贼，正是大银花，她刚一跳起来，巧云飞啸剑早就过来了，一道青光，悠悠，随着剑声一响，她跳起的右脚脚腕子被旋下来了，连脚带鞋飞出老远，扑腾一声倒地，很多的兵丁过来，马上就把她抓住了，她俩就这样迅速就擒。

随军的郎中，马上给大银花脚上敷点药，一捆，把她两个像抬死猪似的，扑通通，扔进了木笼囚车。接着，把囚车前头的别杠一插，没个跑了。囚车上，只把两个女贼的脑袋露在外头，这就是贼人的下场。一声哨响，就把两个木笼囚车赶走了，直奔京师的大牢。这是护军办的事，咱们不讲。

单讲三巧和雷福几个兄弟，把这事办完以后，他们直接飞奔卓兴阿的府邸。进到府里，行动非常快，嘁哩喀嚓，就把正在抽着大烟的卓兴阿，旁边还有两个陪着的夫人都给抓住了。当时就五花大绑，像提猪似的，他们还吱哇乱叫，也不管，就带出来了。三巧和雷福又冲进了内室，安全地救出了被软禁的太子奕纬。太子出了府门，外头早有大轿侍候，三巧就说："赶紧护送太子回宫。"

然后，三巧和雷福他们又匆匆地来到了灯市口，围剿了聚宝货栈，救出了豁嘴子，把聚宝货栈的全部财产封缴。把卓兴阿这些人交给了刑部。待刑部和大理寺监审后，再重新发落。就这样，很快就把这件事办完了，真是干净利索。从破这个大案，到救出太子，原来英大人说不超过申时，哪知道，现在才是午时正刻，算起来，从雷福他们查这个案子，到现在正式破这个案子，救出太子，没用十六个时辰，真是神速啊！当然，能这么快，全靠京师的"花儿"帮的帮助。太后和皇上真是高兴极了，是朝廷之幸啊。太子安全回宫，两个女贼被擒，卓兴阿等余党全剿，这真是大获全胜。

太子奕纬这件事，太后和道光皇帝有密旨，就不再宣扬了，也没举办什么宫内的庆贺，从此就逐渐淡化了吧。太子奕纬因为这次出的罗乱，得了精神抑郁病，有些痴呆，不像过去那么机灵了。道光十一年病死，享年仅仅二十三岁。这个案子，所有调查的事情，全都结尾了。请大理寺左都御史史之光大人，把奕纬的案子审核完毕以后，奏报皇上。杜察朗侵夺资财，勾结罗刹，杀害朝廷命官，籍没全部田产、人奴，斩监候秋决。黑虎沟查郎布等人，一律籍没资财，念其终守有功，被谕任上行走，六品衔，戴罪立功。原光禄寺庞掌醢、庞信与杜察朗合谋，侵夺资财，霸占良家妇女，其死已不可恕，籍没财产充公，妻子和儿子庞通的赏月居等资产查封，等审核后另案裁决。卓兴阿等人犯，斩监候秋决。南疆叛匪，张格尔死党大银花、小银花示众，秋决。这件事一传出去，上下人等，真是个个高兴，大快人心。

道光皇爷又钦定："乌伦巴图鲁为漕运巡营总领，三品衔，统领全部漕运护兵武卫。雷福、麻元、牛老怪、常义、文强、猛哥为参将，剿匪、平乱、治安、护送漕运诸务。"这事定了以后，小哥们在一起给麻元和三丹丹办了婚事。巧得很，雷福和常义哥俩的妻子又赶到了京师，他们就一同兵发漕运，很快就走了。

再说，太后懿旨，封三巧为寿康三公主，领侍卫衔，这是殊荣啊。封穆巧珍为慧珍公主，穆巧兰为慧兰公主，穆巧云为慧云公主，赏玉佩公主瑜，住寿康宫儆秀殿。慧珍公主、慧云公主嫁于皇帝，待云、彤二老接京后，择吉日完成大婚。慧珍公主为慧珍贵人，慧云公主为慧云贵人。慧兰公主下嫁裕谦大臣之子文强，择吉日完婚。

皇上又特封云、彤二老为：林云鹤护国大师，林彤鹤惠国大师，择日接入京师，建大师府邸，享太子太保大学士礼遇。

本书到此大团圆完结。说书人还要补充几句，书里这些人中特别值得提的，英和英大人，这人刚直不阿，得罪了一些人，所以他的仇人太多了。道光九年的时候，因为宝华峪之事，被下入大狱。后发配黑龙江齐齐哈尔。什么是宝华峪之事呢？就是道光做太子时的福晋，后来被封为孝淑皇后，在嘉庆十三年死去了，把她葬到王佐村。道光成帝以后，封她为孝淑皇后，给她重新建陵墓，建的地方就选在宝华峪。命令英和监修这个万年基地，工程完了以后，突然发现宝华峪的地宫出水。道光大怒，而且更主要的是被穆彰阿等人抓住了，这些年我让你压苦了，这回可该报仇了。那清安这些人，向道光皇爷禀奏，并一再催促："皇上，这事你一定要严办，主要是怨英和，他管这事，应当夺他的职，抄他的家，他的刑罚应当是大辟。"大辟是最重的刑法之一。当时被连累的还有戴均元老大人，念他年岁比较大了，后来把他放了。全仗寿康三公主，知道这事以后，在太后面前一再地说好话，请太后宽容这事。由于三公主的说情，太后发话了："不应该把家里的事情，株连到大臣身上，告诉皇上，不要这样做。"这才使英和大案得免，被流放黑龙江卜奎一带做苦差。他是带着儿子一块儿去的，当时已五十九岁了。他到了卜奎，后来又到爱辉一带，在民间和各族的贫民一起生活。他的诗文相当好，而且写的非常美呀！有《卜奎城赋》、《恩福堂笔记》、《纸仗记》、《影州记》、《更扬记》、《怨如别唱记》、

《恩福堂诗集》等。另外他和与他同时去北疆的严宗孝一起利用余暇时间，边唱边写满族传统说部。这本《飞啸三巧传奇》，就是严宗孝和英大人他们当时传下来的。因为他们最知道嘉庆和道光年间的事情，才写下了这些英雄事迹。也是在寿康三公主，特别是慧珍公主和慧云公主，她们一再在太后和皇上面前说好话的情况下，道光十一年，英和被特赦，返回京师。当时他什么职权都没有了。几年以后，就郁闷而死。

再说三巧之一的二巧，慧兰公主，她和她的夫君小文强，跟其父亲，当时是两江总督的裕谦大人，一块儿抗击英军入侵。此时，正是道光十九年，英吉利入侵，鸦片送进了咱们大清国土。林则徐极力抗英，裕谦也是抗英的英雄，全力支持林则徐，他当时是在定海和镇海一带镇守。浙江提督余步云非常怯懦，害怕敌船就逃跑了。裕谦领着兵马抵抗英军，后来抵不过英军的炮船，镇海失守，裕谦大人悲愤地投泮池殉国。跟着他一起抗英的小儿子文强也投海而死。巧兰就是慧兰公主，当时杀入重围，因英军使用的是枪炮，炮火攻击特别凶猛，她也在枪炮中饮恨而死。三巧曾经帮助过林则徐，其中慧珍和慧云两公主，也赶到了两江一带支持林则徐抗英。道光二十一年的时候，林则徐由于亲英派投降，被贬了两广总督，发配到伊犁。当时琦善这些人，想把林则徐除掉，这样就少了一个心中的祸患，便于他们和英国做买卖。全仗慧云、慧珍向道光爷一再地规劝，救了林则徐的儿子和他的妻子。后来慧珍和慧云，抛弃了自己被称为嫔妃这个富有的高贵的生活，毅然离开了大内，遁入空门。这些慷慨激昂的故事，令人垂泪。请看另本《恩仇恨》。

后人有诗为证：

长歌发胸臆，
萦萦北海风。
忠魂无恙否，
襟泪送关情。

本书到此终结。

富育光于壬午年初夏讲述完
荆文礼于甲申年春记录、整理完

后　　记

2001年盛夏，富育光先生憋在仅有八平方米的卧室里，顶着酷暑，讲述家传的满族传统说部《飞啸三巧传奇》。为表示对祖先的崇敬，按祖辈留下的规矩，在讲说部之前，首先洗手、漱口、梳头，然后端庄而坐，进行绘声绘色地讲述。他怕录音效果不好，关上门窗，与外边喧闹的世界隔绝，一讲就是一大天。由于天气闷热，房间不透风，加上不停地说，累得口干舌燥，汗流浃背。这样，他连续耗尽了半年多的心血，终于在年末时讲完了这部鸿篇巨制，录制了101盘录音带，即101个小时。我根据录音带先是一字一句地记录下来，然后进行文字整理，这期间，用了将近两年的时间。

富育光先生酷爱满族文化，对抢救与保护传统说部有种执着追求、锲而不舍的精神。他怀着十分虔诚、真挚和深厚的感情讲述《飞啸三巧传奇》，其目的是为世人留下一份珍贵的民族文化遗产。这部书说的是嘉庆末年至道光初年，清廷为治理北疆而引发出一场惊心动魄、错综复杂的斗争故事，满腔热忱地歌颂那些忠于大清，捍卫北疆领土，同邪恶势力做英勇斗争的巴图鲁，从而无情地揭露和鞭挞了朝廷中一些官员贪赃枉法、勾结外患的罪恶行径。每当富育光先生讲到穆哈连、图泰、巧珍、巧兰、巧云这些英雄壮烈牺牲和不幸遭遇时，他的情感随着故事的波澜起伏而变化，时而眼含热泪，声音嘶哑，时而痛哭不止，泣不成声。富育光先生的妹妹富艳华曾对我说："哥哥讲说部当真格的，也跟着书中的人物一起哭。"我虽然不是满族，缺少那份民族情怀，但受富育光先生那种爱憎分明、疾恶如仇的精神感染，仿佛也融于故事情节之中，边流着热泪，边记录整理。当我的脉搏与那些为捍卫国门誓死如归的英雄一起跳动时，便成了这个队伍中的一员，与他们同喜同忧，同爱同恨。此时，只有此时才深深感到，我笔下记录的不是一般民间文学作品，而是被尘封了一百六十余年的一段真实历史。那是因为，满族说部是满族及其先民对当时社会、生活的真实反映，并用口头形式记录了丰富而凝重的社会、历史内容。于是，我感到作为整理者的责任重大，因而时刻提醒自己，必须以真诚的态度，精细的作风，忠实的记录，努力保持口述史的原貌及其风格、特点，切忌浮夸虚矫，胡编乱改，一定把满族群众创作的这段真实历史，还给人民，还给社会。这也是当今联合国教科文组织和我国政府对非物质文化遗产保护的根本目的。

《飞啸三巧传奇》这部长篇说部，最大的特点是采取“实录”的方法讲述的。所谓“实录”，就是对当时清朝社会“不虚美，不隐恶”，即按照历史事实直录下来。书中讲了从宫廷到北疆、从皇帝到平民百姓之间纵横交叉的矛盾纠葛，以及各种人物深层的心理变化，进而反映出鸦片战争前夕，清廷内忧外患的激烈斗争。这种“实录”的真正价值在于它不为封建统治者的偏见所囿，反映了客观实际的复杂情况，反映了真实的历史。这要求记录整理者，也必须采取“实录”的严肃态度，把讲述者讲述的内容原原本本地记录下来，既不歪曲，也不夸张；既不“添枝加叶”，也不“刨根砍蔓”，而是按照说部讲述的情节脉络和讲述的口吻进行记录整理。这样做，就会使说部的主题思想和基本情调保持原样；主要情节结构和故事发展保持原样；人物关系和性格特征保持原样；语言风格和讲述特点保持原样。从而达到保持讲述者讲述说部原汁原味的目的。

在记录整理中，我并非有言必录，一味追求一字不差地保持“原样”，而是在“慎重”二字上下一番功夫。在整理中感到，把口头语言变成文字，变成书面语言，这中间有很大的距离，还需做许多艰苦、细致的文字工作。既要保留口头语言的特征，又要使语言规范化，让人看了不觉得拉拉杂杂、啰啰嗦嗦。《飞啸三巧传奇》洋洋 78 万字的长篇说部，一天若讲一个小时，需连续讲一百多天才能讲完。如此宏阔的大书，讲述者由于前后照应不够，难免出现时间矛盾，故事衔接不上和情节重复的地方。这些问题，整理者只看一两遍稿子还发现不了，因为前后时间跨度太长了。这需要仔细、反复地琢磨、推敲，把人物关系、人名、地名、时间等前后不一致的问题，统一起来，使其不矛盾；对衔接不上的情节，与讲述者富育光先生探讨后，按照他讲述的语言风格，加上几句，使故事接踵发展；对不合情理的地方，按故事情节发展的脉络，顺当过来，使其合乎情理；对重复的情节，只要不伤其原意，就坚决删掉。在整理中所做的这些事情，都是在原讲述的基础上进行梳理、剪裁的工作，也就是人们所说的去粗取精、去伪存真的凝练过程。我所剪掉的只不过是少许无关紧要的残枝枯叶，使《飞啸三巧传奇》这棵参天大树更加枝繁叶茂，郁郁葱葱。

整理这样一部长篇说部，对我来说还是第一次，由于缺乏经验和对满族文化积累不深，难免出现许多错误，敬请广大读者不吝赐教。《飞啸三巧传奇》完稿后，吉林省文化厅请中国艺术研究院院长、研究员王文章，文化部中国民族民间文化保护工程专家组副组长、中国社会科学院研究员刘魁立，文化部中国民族民间文化保护工程专家组成员、中国社会科学院研究员郎樱，中国民间文学三套集成总编辑部主任、中国民间文艺家协会编审贺嘉，中国民间文艺家协会副主席、吉林省民间文艺家协会主席曹保明等同志，在百忙之中审阅了这部长篇，他们提出了许多宝贵、诚恳的意见，在这里，我和富育光先生向他们表示衷心地感谢。

《飞啸三巧传奇》这部长篇说部，是富育光先生的家族几代人传承下来的，并多次经过传承人的补充、修缮，使这部说部日臻完美。上个世纪七十年代末，传承人富希陆先生在病榻上向其子富育光传授，富育光做了详细记录。今天之所以能够把这部脍炙人口的满族传统说部抢救出来，富育光先生功不可没。感谢富育光先生对抢救和保护满族传统说部所做出的贡献。

荆文礼

2005年10月6日

富育光小传

富育光，满族。1933年5月生，黑龙江省爱辉县人，1958年毕业于东北人民大学（现吉林大学）中文系。毕业后被分配到中国社会科学院吉林省分院文学研究所，投身于民间口碑文学挖掘、搜集与研究工作。1984年9月，由吉林人民出版社出版了其搜集整理的满族传说故事选《七彩神火》。这是建国以来，我国最早一本满族传说故事选，受到国内外好评。1986年2月，由中国民间文艺出版社出版合作整理的《康熙的传说》。1989年2月，由中国文联出版社出版合作整理的满族传说《风流罕王秘传》。

富育光曾任吉林省民间文艺家协会理事、副理事长。现为吉林省民族研究所研究员、中国社会科学院民族文学研究所萨满文学研究中心顾问、长春师范学院萨满文化研究所名誉所长、吉林省民俗学会名誉理事长。1993年起享受国务院颁发社会科学有突出贡献政府特殊津贴。曾承担和主持国家“八五”、“九五”萨满教研究课题，参与国家“十五”社会科学基金项目《满族史诗〈乌布西奔妈妈〉研究》。独立或合作出版萨满文化研究专著及论文集六部、民族文化研究编著二十余部、论文七十余篇。

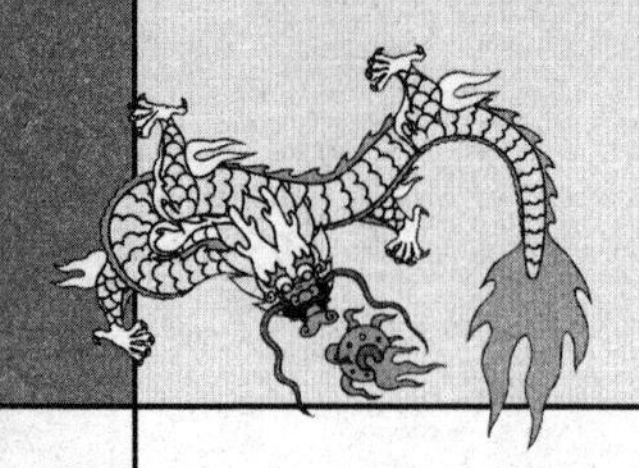

荆文礼小传

荆文礼，汉族。1936年8月生，辽宁省朝阳市人。1956年考入东北人民大学（现吉林大学）中文系，毕业后在《长春日报》副刊部从事编辑、记者工作。十年动乱之后，在长春市文化局、吉林省文化厅从事文化工作。1986年10月任吉林省艺术研究所所长，直至退休。现为中国戏剧家协会会员，研究员。几十年来，曾在全国及省内报刊上发表文章和论文九十余篇，曾参与撰写、编辑出版《文化馆学》（吉林大学出版社出版）、《二人转艺术》（中国曲艺出版社出版）、《新剧种论》（时代文艺出版社出版）等专著。任所长期间，曾主持《中国民间舞蹈集成·吉林卷》、《中国民歌集成·吉林卷》、《中国器乐曲集成·吉林卷》、《中国戏曲音乐集成·吉林卷》以及中国地方志吉林省志社会文化分册、艺术分册的编纂工作，曾承担全国艺术科学“九五”课题“萨满教舞蹈象征艺术研究”（该专著由辽宁人民出版社出版，荣获第二届文化部文化艺术科学优秀成果奖三等奖）和“十五”国家课题“中国满族传统说部艺术集成”的编纂工作。2004年8月参加国际萨满文化研讨会，其论文《萨满文化与满族传统说部》在会上宣读并发表在当年的《民间文化论坛》上。

图书在版编目(CIP)数据

飞啸三巧传奇/富育光,荆文礼编著.
— 长春:吉林人民出版社,2007.12
(满族说部/谷长春主编)
ISBN 978-7-206-05469-3

Ⅰ.飞… Ⅱ.①富…②荆… Ⅲ.满族—民间故事—作品集—中国
Ⅳ.I277.3

中国版本图书馆 CIP 数据核字(2007)第 181728 号

飞啸三巧传奇(上、下册)

丛书主编:谷长春
讲 述 者:富育光 整 理 者:荆文礼
责任编辑:邢万生 封面设计:李晓东 责任校对:杨立云
吉林人民出版社出版 发行(长春市人民大街 7548 号 邮政编码:130022)
网 址:www.jlpph.com
全国新华书店经销
发行热线:0431-85395845 85395821
印 刷:北京铭传印刷有限公司
开 本:787mm×1092mm 1/16
印 张:49.75 字数:805 千字
标准书号:ISBN 978-7-206-05469-3
版 次:2007 年 12 月第 1 版 印 次:2017 年 5 月第 2 次印刷
印 数:1-3 000 册 定 价:120.00 元(全二册)

谷长春／主编

满族口头遗产传统说部丛书

飞啸三巧传奇（上）

清朝嘉庆年间，三等侍卫穆哈连受皇命治理北疆，成为“罗刹”和北疆邪恶势力的眼中钉，被他们所杀害。为前赴后继，皇上的武师林云鹤、林彤鹤把祖传的飞啸剑传给穆哈连之女巧珍、巧兰、巧云，于是演绎出“飞啸三巧”惊天动地、可歌可泣的传奇故事。

富育光／讲述　荆文礼／记录整理

吉林人民出版社

滿族口頭遺產
傳統說部叢書

愛新覺羅啓驤題籤

满族说部是我国
非物质文化遗產的瑰寶

周巍峙题

丙戌年

满族说部是北方
民族的百科全书
九十三翁贾芝
丙戌之春

满族说部

清嘉庆、道光年间著名大学士英和大人对满族说部传播起到了重要作用。本书便有英和大人的智慧和心血。图为英和的画像

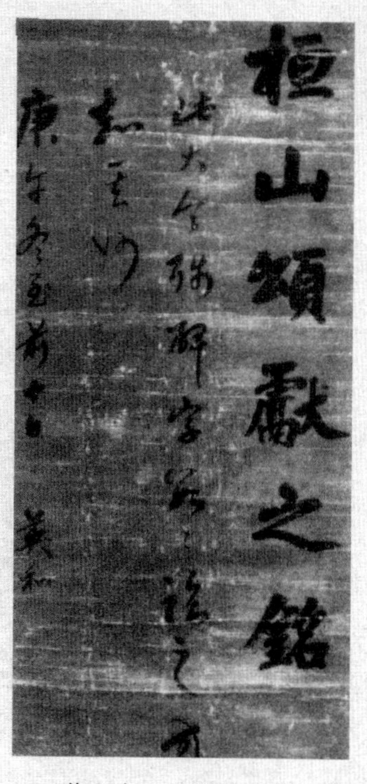

英和大人的墨迹（吉林省博物院藏）

书内图片均为荆宏摄影

雄劲俊美的北国雪景

大兴安岭雪中密林

北国密林秋季景色

避暑山庄中“烟波致爽”殿，
嘉庆皇帝驾崩于此殿

木兰秋狝图（摄于《中国·承德避暑山庄300年特展》

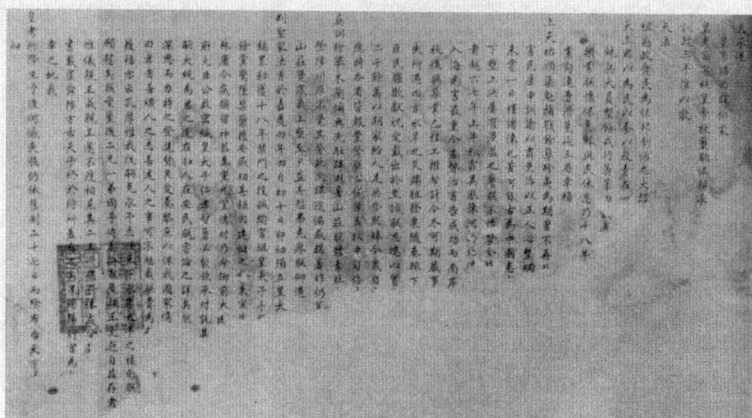

嘉庆二十五年七月二十五日嘉庆帝崩于承德避暑山庄所发的遗诏（摄于《中国·承德避暑山庄300年特展》）

承德棒槌山远景

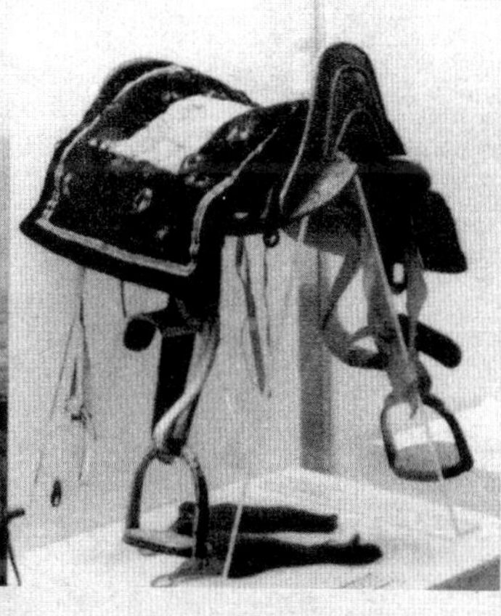

清代皇上骑马用的马鞍子

北京故宫正大光明殿

平定回疆战图册生擒张格尔（摄于北京故宫博物院）

平定回疆战图册赐宴凯旋将士（摄于北京故宫博物院）

传承人富育光（右）与整理者荆文礼在清西陵的慕陵考察

满族口头遗产传统说部丛书编委会

总序

《满族口头遗产传统说部丛书》在文化部和中共吉林省委、省人民政府的领导与支持下，经过有关科研和文化工作者多年的辛勤努力和编委会的精选、编辑、审定，现在陆续和读者见面了。

中华民族大家庭中的满族，同其他民族一样有着自己独特的文化源流，作为非物质文化遗产的满族传统说部，是满族民族精神和文化传统的重要载体之一。“说部”，是满族及其先民传承久远的民间长篇说唱形式，是满语“乌勒本”（ulabun）的汉译，为传或传记之意。20 世纪初以来，在多数满族群众中已将“乌勒本”改为“说部”或“满族书”、“英雄传”的称谓。说部最初用满语讲述，清末满语渐废，改用汉语并夹杂一些满语讲述。在漫长的历史进程中，满族各氏族都凝结和积累有精彩的“乌勒本”传本，如数家珍，口耳相传，代代承袭，保有民族的、地域的、传统的、原生的形态，从未形成完整的文本，是民间的口碑文学。清末以来，我国社会发生了翻天覆地的变化，由于历史的、社会的、政治的、文化的诸多原因，满族古老的习俗和原始文化日渐淡化、失忆甚至被遗弃，及至“文革”，满族传统说部已濒临消亡。抢救与保护这份珍贵的民族文化遗产已迫在眉睫。现在奉献给读者的《满族口头遗产传统说部丛书》，是抢救与保护满族传统说部的可喜成果。

吉林省的长白山是满族的重要发祥地。满族及其先民世世代代在白山黑水间繁衍生息，建功立业，这里积淀着深厚的满族文化底蕴，也承载着满族传统说部流传的历史。吉林省抢救满族传统说部的工作始于 20 世纪 80 年代初。在党的十一届三中全会解放思想、拨乱反正精神的指引下，民族民间文化遗产重新受到重视，原吉林省社会科学院有关科研人员，冲破“左”的思想束缚，率先提出抢救满族传统说部的问题，得到了时任吉林省社会科学院院长、历史学家佟冬先生的支持，并具体组织实施抢救工作。自 1981 年起，我省几位科研工作者背起行囊，深入到吉林、黑龙江、辽宁、北京以及河北、四川等满族聚居地区调查访问。他们历经四五年的艰辛，了解了满族说部在各地的流传情况，掌握了第一手资料，并对一些传承人讲述的说部进行了录音。后来由于各种原因使有组织的抢救工作中断了，但从事这项工作的科研人员始终怀有抢救满族说部的"情结"，工作仍在断断续续地进行。1998年，吉林省文化厅在从事国家艺术科学规划重点项目《十大艺术集成志书》的编纂工作中，了解到上述情况，感到此事重大而紧迫，于是多次向文化部领导和专家、学者汇报、请教。全国艺术科学规划领导小组组长、中国文联主席周巍峙同志，文化部社文图司原司长陈琪林同志，著名专家学者钟敬文、贾芝、刘魁立、乌丙安、刘锡诚等同志都充分肯定了抢救满族传统说部的重要意义，并提出许多指导性的意见。几经周折，在认真准备、具体筹划的基础上，于2001年8月，吉林省文化厅重新启动了这项工程。2002年6月，经吉林省人民政府批准，省文化厅成立了吉林省中国满族传统说部艺术集成编委会，团结省内外一批专家、学者和有识之士，积极参与满族说部的抢救、保护工作。

这项工作，得到中国民间文艺家协会以及黑龙江、辽宁、北京、河北、吉林等省市民间文艺家协会和有关人士的认同与无私帮助，特别是得到了文化部和有关部门的鼎力支持。2003年8月，满族传统说部艺术集成被批准为全国艺术科学"十五"规划国家课题；2004年4月，被文化部列为中国民族民间文化保护工程试点项目；2006年5月被国务院批准为第一批国家级非物质文化遗产名录。这使我们增强了责任感、使命感和克服困难的信心。根据文化部和中国民族民间文化保护工程国家中心有关指示精神，我们对满族说部采取全面的保护措施，不但要忠实记录，保护好文本，还要保护传承人及其知识产权；不但要保护与说部的讲述内容和表现形式相关的资料，还要保护与说部传承相关的文物，从而对满族说部这一口头遗产进行整体保护。我们坚持保护为主、抢救第一的原则，以只争朝夕的精神，组织科研人员到满族聚居地区深入普查，扩大线索，寻源探流，查访传承人，利用现代化手段，通过录音、录像、文字记录等方式采录传承人讲述的说部。在记录整理过程中，不准许增删、编改，只是在文法、句式、史实方面作适当的梳理和调整，严格保持满族传统说部的原创性、科学性、真实性，保持讲述人的讲述风格、特点，保持口述史的原汁原味。

几年来的工作，使我们深感“抢救”二字的重要。目前健在的传承人多已年逾古稀，体弱多病，渐渐失去记忆。就在二三年前，我们刚刚采录完傅英仁、马亚川讲述的说部，还没来得及进一步发掘其记忆宝库，他们就溘然长逝了。一些熟悉往昔满族古老生活的长者和说部传承人，如二十多年前我们曾经访问过的黑龙江省的富希陆、杨青山、关墨卿、孟晓光，吉林省的何玉霖、许明达、关士英、赵文金、胡达千、张淑贞，辽宁省的张立忠，北京市的陈氏兄弟、富察·庄净，河北省的王恩祥，四川省的刘显之等先生都已相继谢世，使其名传遐迩、珍藏在记忆中的说部无以名世，成为永远的遗憾。今天出版这套丛书，也是对他们最好的纪念。

《满族口头遗产传统说部丛书》所选的作品，都是满族各氏族传承人讲述的优秀传统说部的忠实记录，反映了满族及其先民自强不息、勤劳创业、爱国爱族、粗犷豪放、骁勇坚韧的民族精神，具有很强的思想震撼力和艺术感染力，可以说是我国民间文学中的宝贵珍品，具有较高的科学价值。它的出版，不仅是对弘扬我国优秀民族文化遗产，建设社会主义先进文化的贡献，而且也为世界非物质文化遗产保护工程增添了一分光彩。

一、满族传统说部产生的历史渊源

满族及其先民是一个有着悠久历史的古老民族。满族的先民肃慎人自古就在白山黑水一带繁衍。据《山海经》载：“东北海之外……大荒山中有山，名曰不咸，有肃慎氏之国。”据《孔子家语》卷四载：肃慎就以“楛矢石砮”为信物贡服于周天子。而后，汉、魏、晋、南北朝之挹娄、勿吉，隋唐之靺鞨，辽宋之女真，明清之满洲，这些同属于肃慎族系，只是不同朝代称谓不同罢了。唐朝初年，靺鞨人曾建立“渤海国”，是北方少数民族的地方政权，史称“海东盛国”。辽代以降，满族先世黑水女真部迅速崛起，其首领阿骨打，承继祖业，敏黾韬晦，扫平有二百余年历史的桀骜恃强的庞然大国——辽王朝，建立了雄踞北方的大金王朝。到金世宗乌禄时代，在文化和经济等诸方面均达到了鼎盛时期，史称“小尧舜”。明末，建州女真首领努尔哈赤统一女真诸部，建立中国历史上又一个东北少数民族地方政权“后金”。其后人又从建立大清国，到打败明王朝，定鼎中原。满族及其先民绵长的一脉相承的历史，是满族传统说部赖以产生的客观基础。

满族是一个创造源远流长、光辉灿烂文化的民族。满族及其先民女真人作为北方边远的游牧、渔猎少数民族，能够两度逐鹿中原，建立政权时间长达420年，对统一中国版图，形成多元一体的历史格局产生了深远影响，做出了重要贡献，这是与其以自己的文化养育顽强、坚毅的民族精神分不开的。一方水土养一方人。满族及其先民历经三千余年的风雨沧桑，世代生活在广袤数千里的山林原野，征伐变乱的砥砺，苦寒环境的锤炼，培育了自己的民族精神与品格，使他们成为粗犷剽悍、质朴豪爽、善歌尚勇、多情重义，“精骑射，善捕捉，重诚实，尚诗书，性直朴，习礼让，务农敦本”（引自《盛京通志》）的民族。渤海的武人颇喜角斗，以骁勇为荣，有“三人渤海当一虎”（引自宋·洪皓《松漠纪闻》）之谚。靺鞨人盛行歌舞之风，其渤海乐不仅传入中原王朝和日本，而且在民间不断延续流传。金太祖完颜阿骨打在对辽作战相当激烈的时候，便命开国元勋完颜希尹创制女真文字，在金朝建国不久的太祖天辅三年（1119年）正式颁行，当时被称为国书。女真有了文字，促进了文化的发展，以歌伴舞在民间广为盛行。有些贵族子弟为求佳偶，常“携尊驰马，戏饮其地，妇女闻其至，多聚观之，间令侍坐，与之酒则饮，亦有起舞讴歌以侑觞者”（见《三朝北盟会编》）。这说明，女真民间一直保持先祖古朴的风俗习惯。随着北宋灭亡，金人大量入关，女真民间歌舞很快传遍中原大地，甚至在金、元杂剧中广为传唱。满洲统治者从建立后金到入主中原，注意保持满族及其先民尚武骑射和语言风俗方面的独立性，努尔哈赤时期创制满文，皇太极时期改革老满文，推动了民族文化的发展。康、雍、乾等几代皇帝，在强调“国语骑射”为治国之本的同时，也注意各民族之间的文化交流与融合，特别是积极吸收汉文化。这是满族传统说部得以滥觞的文化根源。

几度争战几度崛起，几度鼎盛几度衰落，漫长的历史充满着可歌可泣的英雄人物和壮烈悲怆的故事，构筑了深厚的文化根基，从而孕育和产生了古朴而悠久的满族民间口头文学——传统说部。满族说部的形成与传播，历史相当久远。满族先民，在从肃慎、挹娄到靺鞨以及创建大金国的历史过程中，各氏族、部落迁徙、动荡、分合频繁，到明中叶以后，随着女真社会内部矛盾日益尖锐，强凌弱，众暴寡，各部落之间互相争雄，连年战乱，及至进入清代，内部争斗不断，外患与内祸迭起，这使各个氏族都无法选择地交织在历史的漩涡里，涌现众多的英雄人物和感人的业绩。满族及其先民凭借自己对善恶美丑的感受和对社会现象的审视，把一桩桩、一件件值得传诵、讴歌的人和事，详细地记载在各个氏族世代传袭的口碑之中，以此谈古论今。为此，不遗余力地随时积累、记录、采集、传扬本氏族的英雄故事，以光耀门楣，激励族人。满族诸姓氏间，都以据有“乌勒本”而赢得全族的拥戴和尊重，“乌勒本”令族众铭记和崇慕。

满族传统说部的广泛流传得益于“讲古”的习俗。满族及其先世女真人，是一个讲究慎终追远，重视求本寻根的民族。他们通过“讲古”、“说史”、“唱颂根子”的活动，将“民间记忆”升华为世代传承的说部艺术。讲古，就是一族族长、萨满或德高望重的老人讲述族源传说、家族历史、民族神话以及萨满故事等。元人宇文懋昭所撰的《金志》中说，女真金代习俗，“贫者以女年笄行歌于途，其歌也乃自叙家世”。这说明在女真时期就有“行歌于途”，“自叙家世”的讲古习俗。据《金史》卷六六载：“女真既未有文字，亦未尝有记录，故祖宗事皆不载。宗翰好访问女真老人，多得祖宗遗事。”从中可知，金代初期民间讲古的习俗就很盛行，已引起上层统治者的重视。据《金史·乐志》载：世宗不令女真后裔忘本，重视女真纯实之风，大定二十五年四月，幸上京，宴宗室于皇武殿，共饮乐。在群臣故老起舞后，自己吟歌，“上歌曲道祖宗创业艰难……歌至慨想祖宗音容如睹之语，悲感不复能成声”。世宗及群臣参与“唱颂根子”的活动，势必张扬民间讲古的习俗。满族先人的故事在“讲古”中传播，在传播中又不断被加工、修改或产生新的故事。讲古不单单是本氏族内部的事，各氏族间互相比赛，场面十分热烈。据《爱辉十里长江俗记》中记载：“满洲众姓唱诵祖德至诚，有竞歌于野者，有设棚聚友者。此风据传康熙年间来自宁古塔，戍居爱辉沿成一景焉。”由此可见，满族早年讲唱“乌勒本”，是相当活跃的，甚而搭棚竞歌，聚众观之。此景与我国南方一些民族的歌圩相类似。

满族及其先民将“讲古”、“说史”、“唱颂根子”的“乌勒本”，推崇到神秘、肃穆和崇高的地位，考其源，同满族先民所虔诚信仰的原始宗教萨满教的多元神崇拜观念，有着十分密切的关系。原始先民在漫长的社会劳动和生活中，由于生产力的极端低下，无力与强大的自然力抗衡，于是幻想在人的周围有一种超自然的力量主宰一切，并认为自然的东西都有灵魂，是他们控制着人类，给人类带来幸福，也带来灾难。正如恩格斯所说的，“由于自然力被人格化了，最初的神产生了”。这就是万物有灵论和原始神话。原始先民有了原始信仰和原始神话，便利用各种方法举行祭祀，向神灵祈祷、膜拜，于是产生了原始宗教，即萨满教。在萨满教诸神中，除自然神祇、动物神祇（包括图腾神祇）外，最重要而数目繁多者便是人神，即祖先英雄神祇。宗教与民俗从来就是形影相随的，“讲古”的习俗与萨满教的祭祀仪式结合了起来。满族及其先民以讲唱氏族英雄史传为中心主题的说部艺术，正是依照传统的宗教习俗，对本族英雄业绩和不平凡经历的讴歌和礼赞。人们对祖先英雄神，供奉它，赞美它，毕恭毕敬，祈祷祖灵保佑族众，荫庇子孙。萨满教极力崇奉祖灵，亦包括对本族历世祖先和英雄神祇的讴歌与缅怀。所以，在萨满祭祀中，有众多歌颂和祈祷祖先神祇的神谕、赞文、诗文和祷语，亦有叙事体的长篇祖先英雄颂词。满族及其先民的“颂祖”、“讲祖”礼俗，世代承继不衰，是因为把勉励子孙铭记祖先创业艰难，承继祖德宗功，继往开来，奋志蹈进，作为祖先崇拜的根本目的和信条。特别是乾隆十七年颁布的《钦命满洲跳神祭天典礼》，统一了萨满祭规，使萨满祭祀变成家族祭祖活动，把祖先崇拜推向高峰。经年累世，各氏族在集体智慧的滋育下，赞文日益丰富扩展，情节愈加凝炼集中，使之逐渐升华为长篇祖先颂歌。这也成为满族传统说部的一种源流。

二、满族传统说部的本体特征

满族传统说部经过千百年来的创作、传承和演变，形成了独特的表现空间和表现形式。满族先民自古“无文墨，以语言为约”（《太平御览》卷七八四），所以，说部是以口头形式产生和传承的，讲唱内容全凭记忆。最初记述手段，用一缕缕棕绳的纽结、一块块骨石的凹凸、一片片兽革的裂隙，刻述祖先的坎坷历程。这便是说部的最古老的形态，也叫“古本”、“原本”、“妈妈本”。满族人将这种“妈妈本”尊称“乌勒本”特曷。古人就是通过望图生意，看物想事，唱事讲古的。随着社会的发展，氏族中文化人的增多，满族说部的“妈妈本”逐渐用满文、汉文或汉文标音满文来简写提纲和萨满祭祀时赞颂祖先业绩的“神本子”。讲述人凭着提纲和记忆，发挥讲唱天赋，形成洋洋巨篇。

满族传统说部内容丰富，气势恢宏，它包罗天地生成、氏族聚散、古代征战、部族发轫兴亡、英雄颂歌、蛮荒古祭、生产生活知识等，每一部说部都是长篇巨著。满族说部之所以如此厚重，主要有以下三个方面的因素：

（一）关于记录和评说本氏族所发生的重大历史事件的说部，具有极严格的历史史实约束性，不允许隐饰，以翔实的根据来讲述；

（二）说部由氏族中德高望重、出类拔萃的专门成员承担整理和讲述义务，整理和讲述时吸收了众人谈资，所讲内容全凭记忆，口耳相传，无固定文本拘束，因而愈传愈丰愈精，是群体创作的累积；

（三）具有民间口头文学的生动性。说部多由一个主要故事为经线，辅以多个枝节故事为纬线，环环相扣，错综复杂，又杂糅地域的、民俗的奇特情景，加之口语化的北方语言，因而有深厚的文化积淀和感人的艺术魅力。

据我们掌握的三十余部满族说部来分析，从内容上可分为四种类型：

（一）窝车库乌勒本：俗称“神龛上的故事”，是由氏族的萨满讲述，并世代传承下来的萨满教神话和萨满祖师们的非凡神迹。窝车库乌勒本主要珍藏在萨满的记忆与一些重要的神谕及萨满遗稿中，如黑水女真人创世神话《天宫大战》、东海萨满创世史诗《乌布西奔妈妈》、爱辉地区流传的《音姜萨满》、《西林大萨满》等。

（二）包衣乌勒本：即家传、家史。如富察氏家族富希陆、傅英仁从爱辉、宁安传承的姊妹篇《萨大人传》和《萨布素将军传》（又名《老将军八十一件事》），黑龙江省双城县马亚川先生承袭的《女真谱评》，河北石家庄王氏家族传承的《忠烈罕王遗事》，乌拉部首领布占泰后裔赵东升先生承袭祖传的《扈伦传奇》，富氏家族传承的《顺康秘录》、《东海沉冤录》，傅英仁先生传承的《东海窝集传》等。

（三）巴图鲁乌勒本：即英雄传。满族说部有关这方面的内容很丰富，可分为两大类：一是真人真事的传述，如金代的《金兀术传》，明末清初的《两世罕王传》（又名《漠北精英传》）、《雪妃娘娘和包鲁嘎汗》，清中期的《飞啸三巧传奇》等；一是历史传说人物的演义，如《乌拉国佚史》、《佟春秀传奇》等。

（四）给孙乌春乌勒本：即说唱故事。这部分主要歌颂各氏族流传已久的历史传说中的英雄人物，如渤海时期的《红罗女》、《比剑联姻》，明代的《白花公主传》以及民间说唱故事《姻缘传》、《依尔哈木克》等。

满族传统说部在长期流传中形成了自己独特的风格，凝聚了有别于其他口头文学的鲜明特征。主要表现在：

（一）讲述环境的严肃性。各氏族讲唱“乌勒本”是非常隆重而神圣的事情。一般在逢年遇节、男女新婚嫁娶、老人寿诞、喜庆丰收、氏族隆重祭祀或葬礼时讲唱“乌勒本”。讲唱“乌勒本”之前，要虔诚肃穆地从西墙祖先神龛上，请下用石、骨、木、革绘成的符号或神谕、谱牒，族众焚香、祭拜。讲述者事前要梳头、洗手、漱口，听者按辈分依序而坐。讲毕，仍肃穆地将神谕、谱牒等送回西墙上的祖宗匣子里。这一系列程序表明有严格的内向性和宗教气氛。不像平时讲“朱奔”（意为故事、瞎话）那样随便地姑妄言之，姑妄听之。

（二）讲述目的的教化性。满族传统说部与萨满祖先崇拜的敬祖、颂祖、祭祖观念密切相关。讲述祖先过去的事情，都是真实地记述，是对祖先英雄业绩的虔诚赞颂，不允许隐瞒粉饰和随意编造，否则则认为是对祖先的不敬。讲唱说部的目的，不只是消遣和余兴，而是非常崇敬地视为培育儿孙的氏族课本和族规祖训，是对族人进行爱国、爱族、爱家的教育，起到增强氏族凝聚力的作用。因此，讲述内容、目的以及题材艺术化程度，均与话本、评书有较大区别。

（三）讲述形式的多样性。满族传统说部多为叙事体，以说为主，或说唱结合，夹叙夹议，活泼生动，并偶尔伴有讲叙者模拟动作表演，尤增加讲唱的浓烈气氛。从《萨大人传》和《飞啸三巧传奇》中我们可以看出，有说有唱，甚至还记录了讲唱的曲谱。讲唱说部关键在于说，说讲究真、细、险、趣四个字。真，即真实，故事情节合情入理，真实可信；细，即细腻，绘声绘色，细致入微；险，即惊险，突出关键的地方，有悬念，有艺术魅力；趣，即语言要风趣幽默，使人发笑。说唱时多喜用满族传统的以蛇、鸟、鱼、狍等皮革蒙制的小花抓鼓和小扎板伴奏，情绪高扬时听众也跟着呼应，击双膝伴唱，构成跌宕氛围，引人入胜。

（四）传承的单一性。满族传统说部的承继源流，主要以氏族中的一支或家庭中直系传承为主，虽有师传，但多半是血缘承袭，祖传父，父传子，子子孙孙，承继不渝，从而保持了说部传承的单一性与承继性。《萨大人传》是富察氏家族的祖传珍藏本，其传承顺序是：富察氏家族第十一世祖、清道光朝武将发福凌阿传给长子、爱辉副都统衙门委哨官伊郎阿将军；伊郎阿又传给长子富察德连；富察德连又传给其子富希陆和其侄富安禄、富荣禄；富希陆又传给长子富育光。一般来说，讲唱人大都与说部所宣扬的事件及其主人公有直系血缘关系，他们既对本氏族历史文化有一定的素养，又谙熟说部内容，并有组成说部题材结构的卓越能力和创作才华。《扈伦传奇》的传承就是很好的证明，其最早的传承人乌隆阿，纳喇氏第十一代，他把家史传给曾孙德明（五品官，通今博古），德明经过梳理后传给其侄十六辈霍隆阿（笔帖式），再传给十七辈双庆（五品官，精通满汉文），下传伊子崇禄（八品委官），二十辈的赵东升继承祖父崇禄先生，对家史进行整理。这些传承人都有高深的文化和创作才能。他们把记忆和传讲自己的族史视为己任，当做崇高而神圣的事情，世代不渝。他们在氏族中自行遴选弟子或由自己的后裔承继传诵。传承的方法是口耳相传，心领神会。所以，传承人在满族说部的纵向传承与横向传播的过程中，为保存民族文化遗产做出了应有的贡献。可以说，没有传承人，就没有满族说部。

（五）流传的地域性。满族说部在一些地域流传过程中，深受广大群众喜爱。因此，有的说部逐渐脱离原氏族的范围，被众多氏族传承诵颂，如《尼山萨满传》、《红罗女》、《飞啸三巧传奇》、《双钩记》（又名《窦氏家传》）、《松水凤楼传》、《姻缘传》等，在长期传诵中，已成为该地域更多姓氏甚至外族群众讲述的书目，并代代传承。

满族传统说部和其他口头文学一样，在流传过程中也有变异性。在传播中，传承人根据自己对讲述内容的认识和理解，不断加工、升华，从而产生新的故事纲目。特别是，随着氏族的繁荣，分出各个支系，每个支系都有自己的传承人，在讲述内容和形式上也有了变化。所以在不同的支系、不同的地域出现了不同的传本，如《红罗女》在黑龙江省牡丹江一带流传《比剑联姻》、《红罗女三打契丹》，而吉林省的东部就有《银鬃白马》、《红罗绿罗》等不同传本，这是正常的现象。说部在传播中演变，获得新的发展，并吸收汉族的评书和明清小说章回体的特点，这正是满族传统说部具有顽强生命力的表现。

三、满族传统说部的价值和意义

满族传统说部，是满族及其先民在一定历史时期、一定社会中的一种意识形态的反映，其中蕴藏着丰富、凝重的社会、历史内容。

满族传统说部具有历史学价值。满族传统说部大都是以古代英雄人物为中心、以历史事件为背景编织而成的，是述说满族及其先民各个部落、氏族的兴亡发轫、迁徙征战、拓疆守土、抵御外患等"先人昨天的故事"。如《萨大人传》、《东海窝集传》、《扈伦传奇》等所讲述苦难的经历，不朽的宗功，都从不同的侧面反映了各个氏族充满血泪、卓绝斗争的雄浑壮阔的历史。从各个氏族的说部中，能使人更好地了解到满族及其先民是怎样从遥远的过去走过来的，经历了哪些曲折坎坷和历史沧桑，而且比起正史有更多底层人民群众的历史活动和当时社会各层面的具体细节。高尔基说："如果不知道人民的口头创作，那就不可能知道劳动人民的真正历史。"说部的历史价值在于它是原生态的历史记忆，是"那时"民间留存下来的口述史。满族的先世在没有文字时，许多史实都靠各个氏族的说部代代相传，据《金史》卷六六载："天会六年（1128 年）诏书求访祖宗遗事，以备国史。命勖与耶律迪越掌之，勖等采撷遗言旧事，自始祖以下十帝，综为三卷。"金代统治者重视采集民间遗闻旧事，并根据民间传说给始祖以下十帝立传，编入金史，这是满族说部为民间口述史的很好证明。满族说部是满族及其先民用自己的声音记述自己的历史，对各个部落、氏族重大事件的生动描写，细致记录，很多实事是鲜为人知的，有的补充了史料之不足，有的供专家研究或可匡正史误。说部以浩瀚的内容、恢宏的气势展示北方民族生动、具体的历史画卷，提供了各个历史时期活生生的人文景观。在《两世罕王传》、《扈伦传奇》、《雪妃娘娘和包鲁嘎汗》中记述了明朝与女真的交往、马市的内幕、东海窝集部与乌拉部的关系、扈伦四部争锋角逐，努尔哈赤创建八旗对女真的分化等等，都是各部族祖先的亲身经历。这对满族史、民族关系史、东北涉外疆域史的研究，都有见证历史的特殊价值。

满族传统说部具有文学审美价值。满族传统说部之所以能够世代传承诵颂，因为它具有独立情节，自成完整结构体系，人物描写栩栩如生、有血有肉，是歌颂克难履险、不畏强暴、能征善战、疾恶如仇的英雄的壮丽诗篇，充满了对英雄的崇敬，对美好生活的向往。说部中讲述的故事曲折生动，扣人心弦，语言朴实无华，简洁明快，具有感人至深的艺术魅力。许多说部都展现了浓郁的民族风韵，朴素、剽悍的独特风格，贯穿了反抗强权、除暴安良、保家卫国、急公好义、扶危济贫、知恩必报的积极主题，突出体现了满族及其先世的人文精神。它对启迪人们的智慧，端正人们的品格，鼓舞爱国主义思想，增强民族自豪感，有着潜移默化的作用。满族传统说部中反映的内容，与人民息息相通，因而受到北方各族群众的欢迎和享用。像《尼山萨满传》、《萨大人传》、《雪妃娘娘和包鲁嘎汗》、《松水凤楼传》等故事早已在达斡尔、鄂温克、赫哲、鄂伦春、锡伯以及汉族中广泛流传，只是过去没有被发掘而已。说部的创作不排除有被流放到北疆的高官和文化人的参与，如《飞啸三巧传奇》把北方民族抗俄守边的斗争与宫廷斗争相联系做了具体生动的描写，就可见流民文学的影子。满族传统说部创世神话《天宫大战》，反映了原始先民与自然力的抗争，歌颂了掌管日月运行、人类繁衍的三百女神与恶神进行惊心动魄地鏖战，是我国史前文化的重要遗迹，可以同世界诸民族的古神话相媲美，丰富了世界神话宝库。满族传统说部中的史诗《尼山萨满传》和有着六千余行的萨满史诗《乌布西奔妈妈》，以北方民族的独特语言，瑰丽神奇的情节，宏伟磅礴的气势，歌颂了萨满的丰功伟绩，具有很强的震撼力。可以说，满族说部是满族及其先世的史诗，是民族文化的精华和古卉，是我国和世界学术界研究满族及其先民历史和文化的不可或缺的宝贵资料，填补了我国民间文学史的空白。

满族传统说部具有民俗学价值。满族及其先世，在长期社会生活中，主要靠口碑传承生产、生存经验。在《飞啸三巧传奇》、《雪妃娘娘和包鲁嘎汗》中介绍了用桦树皮造纸、皮张的熟制、不同兽肉的制作和保鲜、鱼油灯的制作过程等古老工艺，还介绍了北方各种草药的药性和采集，北方少数民族的海葬、水葬、树葬等民俗。在《天宫大战》中介绍了祭火神，“跑火池”，在《两世罕王传》中记述了明末清初一种娱柳活动——“跑柳池”等等。因此满族传统说部，为我们展现了满族及其先民等北方诸民族沿袭弥久的生产生活景观、五光十色的民俗现象、生动的萨满祭祀仪式和古时的天文地理、航海行舟、地动卜测、医药祛病以及动植物繁衍知识等，特别是有关生产知识，操作技艺，往往通过故事中的口诀和韵语得以传承。这为研究北方诸民族的人文学、社会学、民俗学、宗教学等学科提供了具体、真实、形象的资料，使这些学科得到印证、阐明和补充。所以，有些专家称满族传统说部是北方诸民族的“百科全书”，其言不为过誉。

满族及其先民，数千年来，在亚洲阿尔泰语系乃至通古斯文化领域里，做出了不可泯灭的贡献。特别是有清二百六十余年来，为世界文化保留了浩瀚的满学典籍及各种文化遗产，满语的翻译历来为世界各国学者所青睐，满学已成为民族学、语言学的重要学科。满语因久已废弃，现存满语仅是清代书面语的沿用。近年来，我们采录了黑龙江省孙吴县78岁的何世环老人用流利的满语讲述的《音姜萨满》、《白云格格》等满族说部，它向世人重新展示了久已不闻的仍活在民间的活态满语形态，这对世界满学以及人文学的研究是弥足珍贵的。除此，在满族传统说部中还保留着大量的环太平洋区域古老民族与部落的古歌、古谣、古谚，故而具有丰富世界文化宝库的意义。

满族传统说部作为民间口述史，其中对历史的记忆也会有不真实、不准确的地方，但它毕竟是民间口头文学而不是史书，作为信史虽不排斥传说但不可要求口头传说与史书一样真实可信。满族及其先民由于受历史的局限和各种思想的影响，在说部中难免有不健康的东西和封建糟粕的成分，但这不是主流，它和所有非物质文化遗产一样，自有其存在的价值。我们把满族传统说部原原本本地奉献给广大读者，相信在批判地继承民族文化遗产的原则指引下，一些不健康的东西会得到剔除。我们在采录、整理、校勘、编辑过程中难免有所疏漏，敬请读者批评指正。

我们抢救、保护和编辑、出版《满族口头遗产传统说部丛书》，是为了贯彻落实党的十六大精神和“三个代表”重要思想，传承中华文明，发展社会主义先进文化，为建设社会主义精神文明和构建和谐社会尽绵薄之力，希望这套丛书的出版能发挥它应有的作用。

谷長春

2006年6月

目录

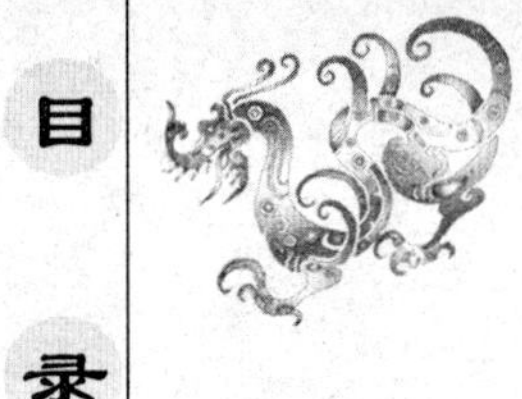

《飞啸三巧传奇》流传情况 …………………………… 001

上 册

引 子……………………………………………… 001

第一章

穆哈连雪山蒙难……………………………… 002

第二章

三巧出世……………………………………… 095

第三章

三巧施威北冰山……………………………… 255

下 册

第三章

三巧施威北冰山……………………………… 359

第四章

京师比武陛见………………………………… 539

后 记……………………………………………… 766

《飞啸三巧传奇》流传情况

满族传统说部《飞啸三巧传奇》，在黑龙江沿岸的满族人家中，已流传很多年了。早先年，在北方，一到大雪纷飞的腊月，诸项农事和狩猎业早已完毕。那时，满山遍野，白雪皑皑，朔风凛冽，惟有各个家舍的炉火烘烘，热炕暖融融。一族上下老少围坐在炕上，听讲《飞啸三巧传奇》。这是北方满族人家最受欢迎的一部说部，就连住在北方的一些汉族、鄂伦春族、达斡尔族、赫哲族兄弟们也都爱听，不少人还能有声有色地讲上几段。

本书最早的传本，据说是咸丰初年的传本，是由一位爱辉副都统衙门的雁大人传下来的。雁大人叫关雁飞，是副都统衙门五品总管，后来又升为三等笔帖式。他的父亲是道光朝的进士及第。这部书是咸丰末年，由卜奎[①]的将军衙门传下来的。最早有很多名字，如《飞啸传》、《穆氏三杰》、《飞啸三怪》，还有叫《新本三侠剑》的，等等，这是一个传本。还有另一个流传比较广的传本，就是郭氏传本。传人是清代二等笔帖式郭阔罗氏，由他们的家族传下来的，这个传本叫《飞啸三巧传奇》，由此，以后就定下来，都叫这个名字。

郭氏传本在内容上，要比关氏传本更加丰富，故事雄浑壮阔、曲折生动、跌宕感人。本书就采用了郭氏传本。因为这个传本是由卜奎传到爱辉城，当时城里有个书场，有人在此专讲《飞啸三巧传奇》，听书的人很多。甚至当时在满族比较大的姓氏家族中，每到逢年过节，自己也能讲三巧传奇，脍炙人口，妇孺爱听。这期间，传本还挺多，比如刘氏本、祁氏本、孟氏本，都是《飞啸三巧传奇》的不同传本，不过在内容上互有补充，文字有短有长罢了。孟氏传本较为完整，但情节、人物均有变动。刘氏传本比较特殊，是汉人讲的，评书特点非常浓，像一本剑侠书，突出了拜师、上山学武艺等内容。

---

① 卜奎：即齐齐哈尔。

本书讲述的传人，是郭氏传本的传人——郭阔罗氏富察美容，是个女性，满洲正白旗。富察美容生于清同治十年（1871），辛未年。1945年（乙酉）病逝，享年74岁。她是承继其父亲、爷爷两代人传咏《飞啸三巧传奇》的故事，是从他们口中传承下来的。过去，满族有敬女的习俗，家中女为上。一般都是男的出去干活，女的主持家务，同时也掌握一些说部的段子，逢年遇节，就给本族的上下老小讲。富察美容就是这样学来的。后来她嫁给爱辉城大五家子的富察氏，这是个很出名的望族，他是黑龙江将军富察氏萨布素之后。在年节中，这个家族多次请富察美容讲这些段子，并由她的儿子富希陆记录于1928年前后，后来经过多次整理，就慢慢传了下来。

郭氏传本，据富希陆先生早年回忆，他的母亲富察美容，在未出嫁前，常听她的父亲郭振坤先生讲。郭振坤先生是晚清较出名的遗老。他是光绪末年盛京衙门的笔帖式，到民国年间，搬到齐齐哈尔，曾给一些有钱人家当庭师，就是家庭教师，教授汉学、满文。闲暇时，他常听其二爷郭詹爷讲传统说部。詹爷过去很出名，是很有社会地位的。“詹”本是清代的官名，但这里不是指官名，而是专指在满族的家族里，或在集市、城镇中一些有文化的德高望重的人士。他们社会经验丰富，很博学，能推理，善言辩，助人为乐。所以，族中或族外一些人遇有燃眉之急的事，常请他们筹谋并得到解决。因此，人们把这些人奉为詹爷。郭詹爷不但能歌善写，而且还能演讲。郭氏传本如果推算的话，还是从郭振坤先生的二爷郭詹爷那儿传下来的。除此以外，据可靠人士讲，从这部书的内容来看，应该还有一些人参与口头创作和记录、整理的。为什么这样说呢？因为这部书不同于满族其他说部。满族说部的突出特点最早是用满语讲，而且都有家族的崇拜史，夹叙夹唱。而这部《飞啸三巧传奇》汉学痕迹十分明显，非常像后来的评书，或确切地说，非常像宋、明以来的话本。而且这部书中说书人有很多扣子，这个特点在说部中也是比较少见的。这种演说技巧，肯定是经一些博学的汉人之手丰富、加工而形成的。这说明，这部说部最早的创作者，应该是一位汉学家，或者是一位懂汉学的说书人。不仅如此，他们还因为通晓、了解清代乾隆、嘉庆、道光年间宫廷大内的秘史及一些大臣们的生活背景，在这个基础上，写成了这部说部。从此，这部说部在满族民间或其他民族之间流传开来。这种说法的可能性是有的，那么，谁能做到这一点呢？据很多说书人讲，这位说书人很可能就是英阁老。

英阁老，即英和，是清代嘉庆、道光年间的名人，曾做过户部尚书、协办大学士。后来，在道光年间因有罪，被流放到黑龙江的齐齐哈尔、爱辉，在那生活了一段时间。跟随他去的有个叫严忠孝的人，这个人不是一般寻常的人，在清乾隆、嘉庆、道光年间，也是一位内廷的名士。他是乾隆的进士，曾做过巡抚。他为官清廉，对当时社会的黑暗，当官的腐败贪婪，鱼肉乡里的事情，深恶痛绝。在道光朝时，他在湖南做通判布政使，曾对这些事情有过怨言，褒贬时政，因而得罪了他的上司巡抚，被判了罪。囚禁时，被严刑拷打，苦不堪言。正在此时，军机大臣英和，因公事下访察看，将其救出。英和大人虽然耿直，清廉勤政，但他同朝廷一些官宦无法抗衡，无力使严忠孝官复原职。严忠孝也是个心胸坦荡的人，他感谢英大人的救命之恩，愿意在英大人身边伺候。他已看破红尘，决心不再为官，准备做一个自食其力的庶人，并同后来蒙难获罪的英和一同去了黑龙江。到卜奎、爱辉以后，英和、严忠孝同当地的满族及其他族人相处得非常好。据讲，这部书很多内廷里的事，一些鲜为人知的秘闻，都同英和、严忠孝的参与和传播有关。所以，这部说部引起当时社会中的满人、汉人和官场的重视。这部说部，不单有英和、严忠孝的影子，更重要的是，确确实实反映、记录了清代中期的时政，歌颂了那些忠于大清，捍卫疆土，同邪恶势力做英勇斗争的英雄壮士，揭露了朝廷中一些官员贪赃枉法的罪行。这正是这部书的价值所在。

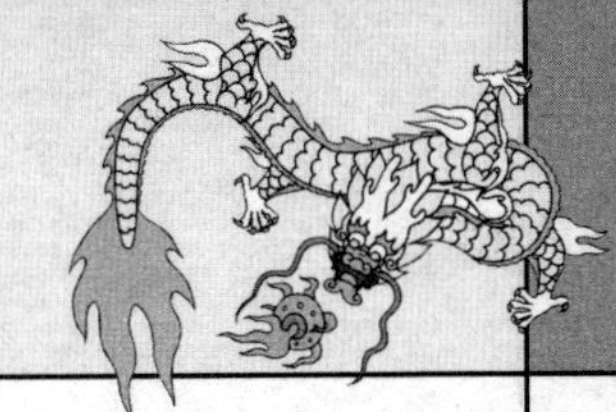

引　子

现在，我开始讲《飞啸三巧传奇》。这部书和一般满族说部一样，有个共同特点，即先唱引子。满族说部的引子，满语为笔折赫乌朱，意思是书的头，就是讲述开始的那个书头，或称书的首。意思是通过引子，讲也好，唱也罢，能使听众注意，精神集中，跟着说书人的声音一块儿走进故事所描述的广阔世界中去。满族说部的引子，通常都是唱，而此书的引子却是说。

尊贵的格林[①]、妈妈[②]、玛发[③]、阿哥（哥哥）、达爷[④]，炉火烧得红彤彤，暖炕热腾腾。点着了獾油灯、糠油灯啊，东西上下屋一片亮堂堂。暖融融，红彤彤，晚辈我恭恭敬敬地敲起了悦耳的鹿皮响铃抓鼓，哗啷啷，哗啷啷。雁雀啼鸣，哪有鼓声好听噢，我的书开讲啦！塔哈基[⑤]们，坐好了，沙里甘居[⑥]们，别笑了，不要闹，不要吵，现在老实听着吧！我焚烧起三束安期香，满屋清馨，香烟缭绕。看哪，听啊，香烟里降临了晓彻祖先勋业的千岁妈妈[⑦]，千岁妈妈来了！她骑着神鹿，背上背的褡裢袋里，装着什么？装满了昨天的故事、昨天的血泪、昨天的足迹。听啊，我的皮鼓响得多么清脆、多么甜美、多么迷人噢。这鼓声，就是千岁妈妈铿锵的歌声。歌声里，传开了往昔北海的惊涛骇浪，传开了往昔雪山冰原的征杀；歌声里，激扬着往昔护卫疆土的颂歌。

---

① 格林：满语，各位。
② 妈妈：满语，奶奶。
③ 玛发：满语，爷爷。
④ 达爷：满语，头领、头人。
⑤ 塔哈基：满语，小子。
⑥ 沙里甘居：满语，姑娘。
⑦ 千岁妈妈：满语即“翁固妈妈”，是原祖的始母神，意指年岁已超过千年。

第一章　穆哈连雪山蒙难

众位阿哥：我引出这部书来，要从庚辰年说起。当时，正逢大清国嘉庆二十五年秋，是个微寒之夜，嘉庆皇帝突然驾崩于巡幸在木兰围场的承德避暑山庄。这真是普天苍悲，山河挂孝。御前大臣赛冲阿[①]等，跪拜在大行皇帝的梓宫前，天下不可瞬息无君，他紧捧宝匣，取出大行皇帝嘉庆爷的密诏，密诏上传命他的皇次子旻宁继位，承继大宝，并定明年为道光元年，即天干辛巳年。于太和殿告祭天地，太庙社稷，并遗诏四邻诸国，颁诏天下。众位臣子们，都在为刚刚过了六十一岁的大行皇帝的驾崩而惋惜，感到万分的伤悲。

嘉庆皇帝的名字叫爱新觉罗颙琰，是一位勤勉务实、精于朝政的君主。颙琰是清高宗乾隆皇帝的第十五个儿子。他精骑射、好苦学，在诸弟兄中，一向谨严、持重，深得父皇乾隆的暗暗赞许，认为颙琰能够继承自己苦心经营几十年的皇家基业，有守成之才。事实上，嘉庆皇爷真的很勤奋，他经常讲，“朕终日不知暇想”，闻其言可见一斑。乾隆五十四年封颙琰为嘉亲王。乾隆六十年（1795）册立为皇太子，第二年正月，传位给颙琰，让其承继皇位，自己做太上皇，改年号为嘉庆。

颙琰是个很尊贵的皇帝，他是在清代十二位皇帝里，第一个赢得如此崇高殊荣的人。他虽然没有圣祖康熙、爷爷雍正、父王乾隆的赫赫伟业，但他勇于铲除权贵、勤于守业。比如，嘉庆四年正月，太上皇乾隆驾崩，嘉庆正式临朝执政。他临朝之后，马上办的第一件事，就是将父王在位时的一个大权臣、大贪官和珅[②]，包括其身边的所有余党以及为虎作伥的一些权贵、皇亲国戚都抓起来，并以罪全部杀掉，没收其家产，交回国库。此事震动了朝野，很多人对嘉庆帝有了新的看法，认为他是个好皇帝，敢办大事，威信骤增。嘉庆帝的这步棋，确实收到了非常好的效果，朝政出现了清新的环境和局面，一些腐败、肮脏的东西，随着和珅的被杀亦稍有收敛，政令重新得到贯通，稳定了乾隆朝时就已

---

① 赛冲阿（？—1826）姓赫舍里氏，满洲正黄旗。

② 和珅（1750—1799）字致斋，姓钮祜禄氏，满洲正红旗。

出现的动荡局面。与此同时，嘉庆帝颙琰还多次力排众议，极力削减各地的田赋，减轻农民负担，深得民心。此外，又有赛冲阿、戴均元[1]英和[2]等一些良臣的辅佐，使社会得到安宁。

事实上，大清国到了嘉庆的时候，已经是江河日下，灾祸连绵。北方的罗刹，虎视眈眈，咄咄东进，日益难宁；官府贪婪如虎，民怨沸腾；旱灾、水灾不断，饿殍遍野；教徒起事，真是国势日衰。就在这紧要关头，大清的天下真到了未挽狂澜于即倒的地步了。就在这个时候，嘉庆皇帝颙琰突然驾崩了，真可谓事出仓促、晴天霹雳。在这危难之时，皇帝撒手不管，走了。各位大臣悲伤难抑，六神无主，搓手顿足，懊悔万状，又不敢张扬出去，很多马上应办的军情国事不知如何应付。这种心情说起来是有原因的。

原来，几天前，御前大臣、德高望重的赛冲阿，大学士戴均元、军机大臣托津[3]等人，看到皇上年复一年地日理万机，得不到休息，太累了，越来越苍老，身体亦逐渐衰弱，觉得应让皇上好好休息一下，尽兴地玩几天，宽宽心。那么，到哪儿好呢？老哥几个商量来，商量去，最后决定到承德的木兰围场。于是，他们就陪皇上来到避暑山庄，想玩几天就回去。但凡事难以预料。就在这时，满洲都统英和大人派人从北京骑着马连夜送来密报，说事情非常急，不能等，并告诉赛冲阿，要想办法一定禀奏皇上，还必须保护皇上龙体，不能惊吓皇上。赛冲阿、戴均元、托津等人心急如焚，密奏应及早禀报，但又怕坏了皇上的猎趣。他们决定，还是先陪皇上玩两天，然后再向皇上密告。

今天，正好来到避暑山庄，赛冲阿就将英和密折揣在胸前的布囊里，想找机会再说。赛冲阿这个人，年岁已高，久经沙场，处事稳健，不露声色，遇事深思熟虑，做一件，成一件，从不拖泥带水。他想，今天，一定找机会说说这件事。

但你想，这人和人不同啊！戴均元的年岁比赛冲阿大，也是一位遗老，很出名，是乾隆朝的老臣。到了嘉庆朝，也很得宠。这个人很有特点：非常耿直，心直口快，有啥说啥。乾隆帝就喜欢这样的人。虽然戴均元有时也顶撞乾隆，使其不快，但乾隆帝总觉得还是逆耳忠言，所

---

① 戴均元（1754－1840）乾隆四十年进士，嘉庆二十三年拜文渊阁大学士晋太子太保。

② 英和（1772－1840）幼名石桐，字封琴，号照斋，姓索绰络氏，满洲正白旗。

③ 托津（1755－1835）字知亭，姓富察氏，满洲镶黄旗，嘉庆二十四年万寿庆典赐双眼花翎紫韁。

以，对他这个人还是很喜欢的。乾隆在做太上皇时，就曾对嘉庆帝颙琰说："我转给你的这几位臣子，年岁都比你长，都很有经验，你要多听他们的。戴均元这个人有什么说什么，忠言逆耳呀，他是个忠臣。"因此，嘉庆帝也很尊重他。

戴均元就是这样一个人。他今天心中有军情之事，又同英和的关系好，他就着急，总想说。可回头一看，赛冲阿坐在马上洋洋自得、不慌不忙，一副若无其事的样子，心中想："哎呀，你呀，怎么还不快说，快告诉皇上呀！"又看看托津，也是不动声色。他想，这可不行。他憋不住哇，就总想凑到皇上跟前说这件事。嘉庆帝当时正兴致勃勃地骑在马上，向远处眺望，只顾游览湖光山色，没有注意到他。后来，嘉庆帝终于发现这些人的神色不对。但也没想别的，还以为他们跟皇帝在一起，可能有些不自在。

这时，引起嘉庆帝注意的是，他看到前面一片翠林里，正跑着一群梅花小鹿。这些鹿，实际上是过去用很多的八旗兵丁给圈过来的，供皇帝射猎用的。这些小梅花鹿又跑又跳，相当美。有两只小鹿跑一会儿，站住了，扭过头来，梗着脖子，睁大眼睛看着嘉庆帝。嘉庆帝乐了，他越看小鹿，小鹿越不动。小鹿瞪着两只小黑眼睛，扭动着小嘴，像是在说："皇上，你抓不着我，抓不着我。"嘉庆帝越看越高兴。这时，又跑过来两只小鹿，并排的和先前的小鹿站在一起，望着这边的陌生人。看到这些人打着黄龙飞舞的绫罗伞盖，穿着箭衣，手拿弓箭，骏马扬蹄咆哮着。小鹿非常好奇，越看越不动。

嘉庆这时回头一看，戴均元下了马，慢慢地走过来。嘉庆帝向他招招手说："老爱卿，你过来。"戴均元慌忙叩拜，恭恭敬敬地说："皇上，我，我……"刚说"我"的时候，嘉庆帝忙说："老爱卿，均元呢，朕赏你先射第一箭，难道不想显示一下你当年之勇吗？"

一般来说，都是皇上射第一箭。嘉庆帝让他射第一箭，应当说，这是对他最大的恩赐。可戴均元却没往这方面想，他只是想说，我有急事要向皇帝启奏，又怕扰乱皇上射猎的兴趣。他刚要说，赛冲阿骑马过来，跳下马，捅了一下戴均元的后脊梁，戴均元一打嗝，话就说不下去了。一个想说，一个不让说，这个过程被嘉庆帝看到了，感到他们之间有什么事要说。于是嘉庆帝就说："说吧，众爱卿，到底有什么难开口的事？"

嘉庆帝是个办事非常稳健的人，他看到这个情景，就觉得肯定不是一般的事，一定有军机大事要向自己禀报。于是，他转身下马，把马交给身边的两个侍卫，缓步走过来。这时，赛冲阿、戴均元、托津全都过来了，先搀扶着皇帝，然后双膝跪下，赛冲阿说："我们确实有事要启奏皇上，一直在找机会，没想到均元先把事情捅开了。"

嘉庆帝一听就笑了，便说："有什么急事一定要说呀？好吧，咱们不走了，在这块儿找个地方坐下来，就不到行宫里去了。咱们君臣几个，就议政议政，你们有什么事，尽管说，我都能听下去。"

皇上的旨意一下，几个侍卫马上抬过来早已准备好的蒙着豹皮的两个御榻，摆到枫树的林荫树下，拿上书台，放上茶杯，倒上水。皇上躺在御榻上，众大臣刚要下跪，嘉庆帝说："众爱卿围我坐下吧。"这豹皮椅非常好看，是长条的，中间有个靠椅，两侧被伸出来，像个"山"字形。嘉庆帝背靠着椅，其他几位大臣依次地挨着皇帝坐在一个椅子上，显得君臣之间非常亲密。

嘉庆帝每次临朝都是这样，只要有奏折，特别是边关飞报的急折子，哪怕事情再忙，都是放下其他的事情，首先批阅奏折。批阅时，总是非常认真地字字推敲，不知疲惫，而且从不过夜，这已成了他的习惯。有时早上还没来得及梳洗，身上只穿着内衣，外边由侍卫、太监给披上一个龙毯，就批阅奏折。待奏折批阅完毕，再穿衣、梳洗、传膳。只有这时，他才有心去圆明园颐养啊，到花园里赏花呀，或者到南园看看自己喂养的小鹿哇，等等。所以，现在一看众臣的样子，他心里知道，肯定是外地传来了急报。

清代的急报很多，分五百里、六百里、七百里、八百里，一直到一千五百里不等。根据边关的远近，事情的急切程度来规定这个数字。当然，这里的里数不一定算得那么准。此时的嘉庆帝，一边观察几位老臣慌张的神色，一边分析这急报可能是八百里以外传来的，或许是一千五百里到一千八百里传来的。他首先想到的是他的故乡，是长城以外的事儿。

事实上，嘉庆帝的心情比别人更沉重。前书我已经讲了，在嘉庆驾崩的前后，国势已经日衰，特别是有几件事始终拖累他，使他心神不安，精神颓唐，身体逐渐消瘦。一个就是惊动朝廷内外的，近两年出现的天理教徒勾结内奸作乱的这件大案子。虽然主犯林清已被正法，但随着这件事的出现，不但诛杀了一些人，而且株连了更多的人，甚至很多兵丁也乘机肆虐、诬陷、掠索，无所不为。那些受株连被审查的疑犯入监以后，被刑讯逼供，遭严刑拷打，皮肉仅存，家产亦被荡尽，不少人殒命黄泉。出了这么一件大事，除了刑部管理不善之外，嘉庆帝认为与己有关。说明自己用人不当，管理不严，非常内疚。尽管他发现得早，并及时加以制止，使祸端没有再继续蔓延下去，但嘉庆帝觉得此事有伤民心。所以，心里非常难受。这也是他精神疲惫、身体消瘦的重要原因。

再一个就是今年江南、江北的大旱。天不滴雨，禾苗一年不见生长，百姓穷困潦倒，卖儿卖女，人心惶惶。这对嘉庆帝也是很大的刺激，觉得自己对民心体恤得不深，预感到危难已经临头。所以，心情很不好。特别是从嘉庆十八年七月以来，他从收到的密折中，知晓了江南一代贩运吸食鸦片的情况，这引起他极大的震动。他亲自下诏，对贩运吸食鸦片的，一定严惩治罪。此事在同御前大臣赛冲阿等人商量时，他曾说过："如果现在有一人吸食鸦片，就会有两人；两人就会有三人，三人就会有百人、万人。如此下去，国将不为国，城将不为城，大清就将面临灭顶之灾呀！"他不敢再往下想。嘉庆帝甚至还曾含着眼泪对赛冲阿说："一定要想办法，在我临政期间将鸦片制止住，绝不能带到明天给子孙留下祸患！"对这件事，嘉庆帝想得很远。后来，鸦片烟真是随着洋人的入侵大量地进入。从他去世之后，鸦片烟的蔓延，看出嘉庆帝的预见是对的。

就在嘉庆帝陷入沉思的时候，他看到群臣跪着叩拜，赛冲阿抬起头来，从怀里拿出密折说："皇上，微臣确实有急事上奏。我们恭请皇上圣躬安健，万不要因我们启奏这件事伤了龙体。若是陛下为此茶饭不进、彻夜难眠，我们做臣子的心实难忍。请求皇上一定能聆听臣子的劝告。我们所以拖到今天才向皇上启奏，就是怕皇上心情不好，本想等有个机会再禀告，望请恕罪。"说着，赛冲阿老泪横流。嘉庆帝深情地看着他们，站起身来，轻轻地扶起了众大臣，让他们重新坐到豹皮龙椅上。待嘉庆帝坐好后，赛冲阿等几位老臣又再次叩拜。赛冲阿这时就向皇帝奏报了英和大人密报的内容。

英和大人送达的，确实是一千五百里以外的密报。密报共谈了三件事。密报讲：

一、俄罗斯进犯石勒喀河、格尔必齐河，并北上北海、鄂霍茨克海以北、以东古地，建立据点，堵住我朝采捕古路，如海象牙、貂皮、野猪皮、獐皮、鱼虾、盐类等各种猎物和海产，均已无法顺畅地输入大内与入关。据估，近年损失已达数十万两白银。

二、俄罗斯老羌匪徒，秘密地扶持当地各部落头人，暗竖旗帜，与我大清对立，并给他们以资助，像军火、弹药，还供他们食品，命他们与本朝相抗衡，并肆意煽动诸头人，妄杀本朝巡逻的八旗兵丁。仅近五个月以来，就有五十余具尸体。杀戮之后，碎尸万段，抛尸遍野，有的甚至扔到树梢上，惨不忍睹。在罗刹匪徒煽动下，边疆战火不断，引起部落间的仇杀。罗刹坐收渔人之利，值得本朝万分警惕啊。

三、陛下的爱将、恩人三等侍卫穆哈连，遭到惨杀，现在尸首还没有找到。凶杀他的人，还没有查到。这肯定是谋杀。同时，还请我朝密切注意，我们过去多年建成的、了解罗刹动静的、巡防北界各部落的联络点，现已全部被捣毁、溃乱，使我们难以进行北进据点的联络……"

这里值得说一下的是，很蹊跷，群臣在禀奏密报的时候，嘉庆帝让侍卫召唤太子旻宁过来，让他也听听这些密报，以便共同与众臣商量这件事情。所以当时太子旻宁也在场。嘉庆帝听了密报，大吃一惊，特别是第三件事，对他触动极大，如钢刀剜心，使他痛苦万分。他停了半天，一言不语。突然，身子一动，双手扶着几案，低头伏在桌案上。这一动，碰倒了几案上的茶杯，茶水洒了一桌子。

这可把群臣吓坏了，慌忙站起，赛冲阿、戴均元赶紧过来，一个抬皇上的右臂，一个抬左臂，一边呼唤着，一边抚摩着后背，轻轻地说："陛下，陛下，你怎么了？请保重龙体啊。"托津忙叫侍卫去叫随行的御医。慌乱中，不大一会儿，嘉庆帝身子又动了一下，慢慢地睁开了双眼，手扶着茶几，头渐渐抬了起来。赛冲阿看到皇上苏醒过来了，非常高兴，忙跪在地下，两腿倒腾着过来，伏在皇上的身边，双手握住嘉庆帝两只冰凉的手说："陛下，您要静养龙体呀，这是万民之幸啊！现在龙舆已经过来了，请快坐轿回宫歇息吧！"

嘉庆帝有气无力地说："爱卿，你要为我派员亲奠穆哈连。穆哈连武功盖世，忠勇不凡，其子定如其父。你去后，可带其晋京，特旨侍卫衔，大内行走。唉！云鹤兄弟近况不知怎么样了？他们也是干练之才呀！朕真是亏待了他们哪！"停了停，又说："余事，尔等妥加定夺吧！"

嘉庆帝慢慢地站起来，他觉得心里不适，有个热腾腾的东西，在胸中鼓动。在侍卫的搀扶下，登上了龙舆，起驾返回山庄的行宫。众臣心情异常沉重，一声不吭地紧随其后。谁知当天的己卯，嘉庆帝的病情突然大变。不久，急命人召来太子旻宁探视奉安。不一会儿，就驾崩于避暑山庄的烟波致爽殿。

群臣心里万分难过，君臣多年的情感，真是难舍难分。万万没想到，白天的几句话语，竟成了嘉庆帝留给赛冲阿等群臣的最后遗旨。赛冲阿觉得罪在自己，万不该上奏，造成皇帝的不幸。但他又一想，不禀奏这密报，也是不忠啊！未尽到臣职啊！真是左右为难。众臣悲伤难抑，又不敢张扬此事。这件事，确实成为嘉庆末年几位遗老的千古遗恨。

列位阿哥，说书人讲的前段故事，主要是说，嘉庆帝驾崩在承德避暑山庄，与群臣间的最后诀别，临终的遗训以及嘉庆皇帝对他早年恩人、身边的卫士、打虎英雄穆哈连冰山遇难的体恤和褒奖。这非常重要，由此引出了全书的主体。穆哈连的孩子是一胎三女，也就是本书要讲的"飞啸三巧传奇"的三巧。这话以后再说。

且说嘉庆帝驾崩后，即日奉大行皇帝嘉庆的梓宫回京，素服百日。各州、府、县，承免额赋，刑部停止本年的秋决。太子旻宁登基，为道光帝。众大臣奖赏有加。这些细事的安排，搁下不叙。

单讲御前大臣、太子太保赛冲阿等人，遵照先皇的遗训，奏请新帝道光皇上，迅即办理派员赴北疆祭奠穆哈连之事，并要求迅速查清奸党，秘密打通和恢复黑龙江以北广褒沃土的管制权，驱逐俄罗斯匪帮，重建采捕新站，亡羊补牢，严防老羌入犯染指。

要知道，道光皇帝旻宁登上皇位时，是辛巳年，已三十九岁，是个快四十岁的人了。他对朝廷内外之事，了如指掌；对父王每次颁布的政令，以及周围的军机大臣、御前大臣的所作所为，也非常清楚。所以，他在承继皇位时，是心中有数的。旻宁在做太子时，就常陪王伴驾，在自己的父王嘉庆皇帝身边跟随。他年轻好学，马术高强。从小就同父亲一样，愿意到健锐营去操练。他们父子又都喜欢练武，对剑术和各种枪法都挺谙练。他对周围一些重要老臣也很熟悉，并非常敬重他们。老臣们对太子也很喜欢，看出他将来能承继王位。

道光皇帝在做太子时，就认识三等侍卫穆哈连，并喜欢他的箭法和骑术，以及他的为人平和、仗义勇为的性格，早就将他看成是本朝的重要巴图鲁[①]，很钦佩他，更喜欢接近他，而且常同他一起切磋剑法、学

① 巴图鲁：即英雄。

武艺。特别是也知道穆哈连打虎救驾的英雄事迹，所以，对他从来都是另眼相待。这次随父王在承德擒猎时，嘉庆帝把他叫到跟前，亲自听到了众大臣的密奏，也知道了穆哈连雪山蒙难之事，心情非常悲痛。正因为如此，在他当皇帝以后，对赛冲阿的禀奏，心里完全能够接受，觉得上奏所言，正合他的心意。

道光皇帝继位时，正是大行嘉庆皇帝刚刚命归西天之时，百事缠身，作为儿臣，要戴百日孝，心情压抑，万分悲痛。尽管这样，他的心里亦完全清楚：父王六十多岁，带着诸多遗憾驾崩，心有难言之隐。在执政的二十五年中，虽然也关注臣僚们关于北患的密奏，但还是重视不够，有些松弛，致使罗刹有机可乘。所以，他默默地暗下决心，在承袭皇位之后，一定不辜负先帝的遗愿，从我朝做起：用一定的精力，重视北患；抽出一定的力量，防备北边狼的侵扰；集中力量，选出一些能人，专门对付罗刹，以告慰先帝的在天之灵。正因为如此，道光皇帝对赛冲阿的禀奏十分重视。

各位阿哥，下面，就要向各位介绍一下本书所讲的穆哈连。朝廷为什么对雪山蒙难的穆哈连这么关注？他究竟是什么人？到底有什么能耐？各位有所不知，穆哈连是个非常重要的人物，他是这个故事的眼。

穆哈连是郭佳氏，满洲正蓝旗。祖上达尔罕，曾为顺治朝做过旌旗护卫。康熙二十一年，他随一等功臣彭春、副都统玛拉远戍爱辉，抗击罗刹，是位抗俄英雄。早年，在签订尼布楚条约时，就有他先祖的功绩，所以，后世也都很尊敬他的先祖。穆哈连是达尔罕长子班达理的后裔，是班达理的七世孙。自幼生长在漠北，也就是黑龙江以北的北海部落里，同北方民族一起生活，茹毛饮血。由于长期生活在林海雪原，他能在雪中踏板、奋飞。他不仅能在雪上走，还能在树尖上走，是个非常勇敢的小英雄。他熟悉北方各部落的民风、民俗，懂得几个民族的语言。长大以后，就留在北疆，成为北方的一个好猎手。他身体强壮，箭法好，一箭能射穿九张牛皮。

过去比箭法，通常是将几张厚牛皮，叠放在一起，谁能射穿，谁的力量就最大，功力也最强。一般能射穿三到五张。九张牛皮并在一起是相当厚的，十分坚硬，要射穿，那不是容易的事。穆哈连把九张牛皮叠放在百步远，搭弓劲射，只一箭，就将九张牛皮全部射穿。这力量是非常大的，说明他的功力坚实，身体强壮，真可谓神力。

嘉庆初年，吉林将军设箭场，选拔弓箭手，穆哈连得中了。当时，他刚十七岁。由于箭法高强，被推荐到京师健锐营。他在健锐营中十分效力，得到了将领们的嘉奖。因为他勇敢过人，箭法绝伦，不久被授予佐领衔、参领衔，后被宫内收为三等侍卫。在皇上一次御猎中，他一箭射杀猛虎，救驾有功，受到嘉庆帝的褒奖，成为神箭恩公。后来因为北方疆土关卡日紧，穆哈连又通晓北方各族的土语，并会老羌语，受朝廷之托，秘密地以采捕谙达的身份，派回到黑龙江以北，组建了采捕营。丁兵多数是几个部族的乡勇，都是他在下边召集的兄弟，像亲哥们儿一样，个个都是神箭手，终年驰骋在万里北疆。夏天，就坐桦皮船或骑着骏马穿山越岭；冬天，赶着数十只狗拉的雪橇或滑着雪板，飞跑在雪海冰原之间，所向披靡，屡建奇功，使山贼们闻风丧胆。他们在雪中行进的速度，往往让人觉得只听到一声响，这狗拉的雪橇就“嗖”地过去了，乡亲们都叫他们“白风”。因他们身上都罩着用白板皮刷上白色做成的白袍子，同雪一样煞白，加上行进像风一样神速，感觉如同大风吹过，所以人们都形象地叫他们“白风”。可万万没想到，这次竟遭到这样的噩运，雪山蒙难。噩耗传来，嘉庆帝相当难过，感到非常惋惜。当时作为太子的道光，也很悲痛，认为这是很大的损失。

道光皇帝很清楚，健锐营这些武士，像穆哈连这样的英雄，之所以能够为朝廷效力，靠谁呢？是靠父王嘉庆帝身边的谋臣赛冲阿、英和、松筠①、托津、文孚②、卢荫薄③、晋昌④这些人帮忙。他们本身武艺就很高强，在赛冲阿、托津、英和的极力推荐下，才使父王从吉林将军那儿，得到神箭手穆哈连。他不但认识了穆哈连，还同父王认识了当时赫赫有名的福建的林氏飞啸剑法的掌门传人，长寿翁云鹤兄弟。道光皇帝想：如若重振北方的铁骑，同罗刹抗衡，像云鹤兄弟这样的老仙翁、穆哈连这样的巴图鲁难寻哪，他们是非常可贵的人。要想把往日的英雄组织起来，再建起像穆哈连所率领的域北雪原的采捕营，还是离不开大学士赛冲阿啊！

赛老将军是赫舍里氏，满洲正黄旗。从小善剑法，十五岁进入宫廷

---

① 松筠（1754—1835）字湘浦，蒙古正蓝旗人，玛拉特氏。

② 文孚（？—1841）字秋潭，姓博尔济吉特氏，镶黄旗满洲人。

③ 卢荫薄（1759—1839）字南石，山东德州人，乾隆四十六年成进士，选庶吉士，嘉庆四年授陕甘总督。

④ 晋昌（1759—1828）字戬子斋，清宗室，正蓝旗满洲人。

的健锐营，很快官职为参领。乾隆朝时，远征台湾，因立下赫赫战功，赐号为飞额巴图鲁。曾任过吉林、三姓副都统。嘉庆二年，率吉林兵远征四川，平复了那里的匪患，后来当了盛京将军。赛冲阿是从长城以外的满洲故乡来的，他对故乡的生活、兵站及北疆的情况了如指掌。他善骑马，尤其在冬天，别人都赛不过他，人称雪上飞。他为人正派，很慈祥，又善战，无论在乾隆朝，还是嘉庆朝，都是非常出名的。从道光做皇帝开始，已被正式任命为御前大臣，身兼重职，并又加了公爵衔太子太保，授紫韁，就是骑马那个缰绳，和一般人不同，是最显赫的。要完成先帝的遗训，组建采捕营，抵御罗刹，就得想办法请赛冲阿老将军出面。再一个就是托津，这也是我的依靠，不能忘了他们。

托津是嘉庆朝时的军机大臣。他是满洲富察氏，镶黄旗人。其父是尚书博清额。托津本人及其家都很出名，祖上就是黑龙江将军萨布素，抗俄有功。他的家族过去始终在北方，同沙俄作斗争，是有赫赫战功的。他的家族，从萨布素时起就有遗训：凡是自己的族人，必须要学老羌语，知己知彼，才能百战不殆。托津就会老羌语。他在乾隆时，被授都察院笔帖式、军机章京。嘉庆五年做了副都统，后在军机大臣衔上行走，以后又做户部侍郎。同英和大人很熟，曾共同赴热河承办查处贪污的案件。为人耿直、正派，是嘉庆帝身边倚重的权臣。只可惜暂时还不能用他。道光帝知道，托津和大学士戴均元在一次拟诏时，写错了字，因此犯了罪。虽然惋惜，但国法不容，就将他俩免了官，降了职，不能在朝廷露面办事。

再一个就是戴均元老先生。他也是嘉庆朝的重臣，也因拟诏犯了错，降了职。对此，道光帝心中是有数的。这几位可敬的老臣，暂时还不能任用他们，等过一段时间，选适当的时候再下旨，将老臣们请出来，辅助赛冲阿组建采捕营，把北疆的事管理好。

道光皇上想到这儿，非常兴奋，就坐不住了。他站起来，忙命侍卫备马，要亲自去拜见赛冲阿。

道光帝从年轻做太子时，就常到赛老将军的府上玩，同赛老将军很亲，就像对待自己的长辈一样，特别随便。赛老将军对皇太子，也很尊敬，很喜欢。因道光好学，武艺高强，所以，武将爱武将，也常帮助、指导他，给他出主意，教其剑法。道光这时虽然当上了皇上，有龙体之尊，但还像过去的老习惯一样，出了午门。侍卫备了简单的御轿，他也没坐，而是骑马走的。在几个侍卫的跟随下，很快来到了太子太保、大学士赛冲阿的府邸。叫人到门前禀报，门子马上传入内厅。

不一会儿，只听里面人声嘈杂，像开锅一样。只见四门大开，赛冲阿率领六个妻妃、众儿女、奴仆、丫鬟出了正门，跪了满地、满院。赛冲阿慌忙跪在马前说："吾皇万岁！哎呀，皇上怎么躬亲来奴才的府上，您叫一下微臣，不就行了吗？怎么还像过去当太子一样啊？您现在是龙体之尊啊！都非常亲近您呀！奴才何德敢劳圣上躬亲微府哇，不敢啊！"赛冲阿像捣蒜一样磕头。

这时，道光帝从马上跳下来，弯腰把老将军扶起，说："赛老将军，不要这样，还是把我看成您的学生吧！"赛冲阿搀着道光帝的手，从满地跪着的家人、奴才留出的道中间，领进正厅。

待皇上坐好后，赛冲阿带领自己的儿子、女儿、妻妃，又重新跪在皇帝面前。道光帝站起来说："都平身吧"，然后对赛冲阿说："让周围的人退下，我有事同你商量。"赛冲阿立即命令所有的人都退下去。贴身的丫鬟送上芳香的清茶，而且让几个仆人将四周的香炉点燃。这香炉非常清香，使人兴奋，有一种飘飘欲仙的感觉。

道光帝喝了一口茶，停下来就同赛冲阿说："赛老将军，我猜你大概想不到，我惦记之事，就是你向我上奏之事。我想，怎么能完成先帝的遗训，把北边的采捕营重新建起来。你老将军是有功劳的，我还要靠你。有很多事，我还不明白，想请教老先生，能不能把老羌国家的内部情况，他的历史以及如何和我们结成冤仇的，向我介绍一下。"

赛冲阿听了皇上这番话，心里非常高兴，他多希望有圣明的天子啊！他多年侍奉过乾隆帝、嘉庆帝。虽然也了解道光帝的品德和才学，但也知道，他们祖孙几代人各不相同。风华正茂、才华横溢的，要说起来，那是乾隆帝。十全武功，世无二人。可以说，在当今大清朝，除了圣祖康熙帝之外，是第二个圣主。再一个，就是刚刚去世的大行皇帝嘉庆，为人祥和，好学，精于武功，但比父亲逊色多了。他是守成之君，没有开拓之功。为什么呢？因为嘉庆当皇帝，是顺理成章的。他在开始当皇帝时，乾隆还活着，可以做他的参谋。乾隆驾崩后，靠乾隆所选出的一些文臣武将来辅佐他。这些人都是身经百战，经验丰富，很有知识和阅历，远远超过嘉庆帝。嘉庆帝是个太子，平时也不知道那么多事。所以，出了什么事情，都要靠周围的人，就是乾隆所培养的身边那些权臣，帮他出主意，使他成了一个不善于思考、探求的君主。不过，他还是个挺勤快的人。

到了道光，这孩子有勤奋劲儿，但其主意赶不上父皇嘉庆。嘉庆有主见，比如，他能处理和珅，这就很不简单。道光为人更平和，与世无争，对谁都用一种比较合适的处事态度与品德。由于他长期在深宫大内，未经大的世面，阅历、经验都比较少，所以，主见略差。后来出现的事，也越来越验证道光帝用了一些闲人或别有他意的人，这也正是赛冲阿比较担心的事。他心中想："唉，人生有几何呀！我的年事已高，能想那么远吗？现在看，也只能是这样了。将来究竟怎么样，还真不好说。"他担心将来道光帝身边，再没有像自己这样的一些老臣来辅佐了，他容易听到一些谗言，比他父王听的更多，这也是最让赛冲阿放心不下的事情。他这时，只是满口称赞道光皇上说："陛下呀，这个想法太好了。您刚刚执政，就能想到这些大事，这真是万民之幸啊！我们众臣都非常钦敬您哪！我作为一个三朝老臣，愿效犬马之劳，在所不辞。"

道光帝站起来，双手抱拳，向赛老将军说："请老将军不要客气。以我为晚生，咱们都是家内说话，不必讲朝政那些大的礼法。我向你请教，就是刚才提的这个问题，能否给我讲一下。"

赛冲阿这时心里正在琢磨一个人，那就是他始终惦记着的，也是他最亲近的朝内大臣、三朝元老、老哥哥戴均元。刚才我说书人已说过的，由于在草拟下诏时，出了错，按照皇帝的家法，应当问斩，甚至抄灭九族。因他功高盖世，道光帝和皇太后，都一样样给免了，免到最后，降了四级，使戴均元不能到朝上见他，正在家里问罪呢！赛冲阿想："不如趁这个机会，在陛下跟前将均元介绍一下。均元这个人还是有忠心的，虽然说话有时不注意，但乾隆皇帝知道他，嘉庆皇帝也知道他，连新皇帝道光也知道他，而且非常敬重戴均元大学士。"

想到这儿，赛冲阿说："陛下，微臣斗胆提一件事，不知陛下是否允许？"道光帝说："我不是说了吗，咱们不要拘君臣之礼，还是像晚生对老将军这样对待吧，有啥事尽管说，我不怪罪。"

赛冲阿听了皇上这番话，如同壮了胆一样，就直言地说："陛下想要了解老羌的情况，这好哇！有两个人您能不能把他找来。一个是英和，户部尚书，过去就是先帝的谋士。长期以来，了解罗刹的情况，他也很关心这些事情。再一个就是罪臣戴均元。戴老先生精通史学，对罗刹的情况，很有研究。不知能不能也把他叫来，君臣几位在一起谈谈，请陛下听听可否？"

道光帝听了很高兴，也没在乎戴均元所犯的罪，就答应下来说："好啊，赛冲阿，你赶紧叫人，去把两位老先生请来。晚上，我就在你家吃饭，不回宫传膳了，我还是愿意吃你家的饭。今天，谈到什么时候都可以，然后我再回宫。"

赛冲阿非常高兴，马上告诉家人做好准备，陛下晚上要在咱们家用膳。而且怕皇太后惦念，另派人到宫里，赶紧捎信儿给皇太后，就说皇上在赛冲阿这儿。

不大一会儿，英和进了屋，叩拜了道光爷，皇上让他坐下。

又过了一会儿，大学士戴均元进来了，戴老将军匆匆忙忙地跪下磕头说："罪臣戴均元见驾。"

道光帝赶紧站起来，亲手搀起了戴均元老先生，忙说："戴均元，你不要再说什么罪臣。我现在还像过去一样，以师代友。你功高盖世，这点错算了什么，我信着你了。今天，请你还当我的议士，有些事要向你请教。"道光帝的这番话，使老人感动得涕泪横流。坐下后，赛冲阿一个一个给他们亲自倒茶斟水。

按照常理，现在，正是大行皇帝驾崩后的百日素服期。京师里，笙歌不动，万籁俱寂。凡是官宦人家的门扉和几道门庭，两侧均竖有白布幡条，就是所说的丧幡。还有满族人家吊唁亡人的佛托，就是用白纸剪成条子，扎成树枝形。实际上，也起丧幡的作用。这是满族人家丧葬的一种习俗。赛冲阿府内，亦是格外肃穆的装饰，每人衣帽都有白带子缠绕。

道光帝此次出宫到赛冲阿府上，上身也穿着素服，头上的皇冠上，围着一圈白绸，戴着孝。因有紧急国家要事，道光皇帝才离开宫殿，来到了御前大臣赛冲阿的府邸。这件事，在清的前几朝皇帝都没有过，真是破例了。

赛冲阿和戴均元这两个老臣明白这个，怕有人挑理呀，觉得皇上还是年轻啊，阅历不多，这样轻举出宫，有失国家的礼节，就婉言告诫皇上："皇上啊，举哀之期呀，日后，可不要轻易出宫啊，恐生谗言哪，臣子们也担待不起呀！"

道光帝心里想：我为的是政务，是遵照先王的遗训哪，这么做，没什么错。但又觉得两位老臣讲的也合乎国礼，就简单地说了一句："好，我记下了，以后再不这么做。"不过，又把声调提了一下，跟他们说："还是国事为重啊，老爱卿们，你们不要多心，诸事也不能那样拘泥，顾不得那么多了。大家就像刚才我来时说的那样，轻松一些，还是给我讲讲我想知道的事情，待把事情办完了，下次不这么办还不行吗。”

赛冲阿、戴均元及英和觉得皇上这样讲，也有一定的道理，就点点头。芳香四溢的客厅里，照样洋溢着热烈和谐的气氛。戴均元、英和、赛冲阿见道光帝仍然是太子时那样的神态，一点没有帝王的架子，神采奕奕，讲起话来还是那么坦然、随意，觉得非常可亲，心情也就放松了许多，那些严格的君臣大礼，相见的紧张情绪也就没了。大家又变得谈笑风生，举止自如，非常融洽祥和。

道光帝再次请他们讲讲老羌的来历，赛老将军笑着抱拳说：“均元兄，还是您先讲吧。您研究老羌历史已有年头了，在理藩院的时候，就很注意研究北疆的情况。”赛冲阿也曾在理藩院呆过，对边疆及外国的情况都很了解。但他很谦虚，觉得自己是主人，戴均元大哥是客人，又是兄长，还是请他先说为好。

戴均元这位老将军、大学士也很谦虚，站起来，推让了一番说：“老弟，你不讲，我也不想讲，还是让英和大人讲吧。他抓吏部，又抓户部，而且在黑龙江多次奉旨钦差秘密进行过调查，察看过北方的情况，还是让英和大人先说吧。”

英和急忙欠身礼让说：“请均元大人不要推让了，陛下爱听，就敬请谨遵圣意吧，还是请老先生您开始讲吧。”就这样，他们又谦让了一气儿，最后，还是由均元大人先讲。

这里，我说书人没那文化和才学，不能把几位大人讲的北方的一些情况，向各位阿哥详细介绍。不过，我可以将他们讲的要点，通过我的笨嘴笨舌，向众位学说一下。

他们讲的主要是三层意思。一个是，他们向皇上介绍了北方的民族，特别是满洲先民女真人辽金以降黑水白山的发祥历史；二是说明了北方的疆土，原来就是清代入主中原的满洲人及各族兄弟们，自古就是生息繁衍的土地，并不是外人的领地，是不折不扣的大清龙旗下的世代故土；三是讲了这些年来，俄国人，沙皇野心勃勃，得寸进尺地在蚕食我们的土地。讲这些的目的，是让皇上坚定信心，不要忘了，在治国安天下的时候，既要注意南方和西方的疆土，更要注意北方的疆土。北方的身边有条狼，它张着血盆大口，正虎视眈眈地吃着我们。

他们讲了这样几件事：

黑龙江以北的地方，自古就是大清朝的土地。过去的黑龙江，那是我们的内江。黑龙江以北的八千多里的土地，北到楚克奇这些地方，过去是北方各民族兄弟冬夏常去捕猎的地方。那时，这块土地冬天太冷，无法生活，所以去的人比较少，但不等于不是我们的土地。而且，最早到那儿探险土地的，正是我们大清人的祖先。历史上不是有个肃慎族吗，在汉代、北魏，一直到隋朝，先后又成为挹娄、勿吉、靺鞨这些名字，他们都向中原王朝纳贡。这儿的土地，也是肃慎的故土，这在历史上，早已讲得清清楚楚的。到了唐朝时，唐政权管辖了这个地方，并正式建立了行政机构。那时，历史上有靺鞨族部，黑水靺鞨和粟末靺鞨，渐渐地兼并了这些地方，归附了唐朝，向唐朝称臣纳贡。黑水靺鞨直至黑龙江中下游，包括现在的库页岛，那都是我大清的土地。大清的臣民早就在那里居住。这个，皇上您应该知道，而且希望皇上能亲自去一趟，那是个相当美丽的岛，矿藏、物产极其丰富。黑水靺鞨还设立了黑水州都督府，由唐王朝管辖。由此可以看出，黑龙江以北、以东一带，早在唐代时，就是我们直接管辖的地方。

再向皇上禀报，在黑龙江的中游和上游，就是石勒喀河，也就是先王康熙王朝与俄国所签订的《尼布楚条约》里讲的：格尔必齐河和石勒喀河，是我们西部的疆土，与贝加尔湖紧连。这个地方，原来都是我大清的土地，我们的祖先，有多少代都埋葬在那块，那里有我们的祖坟哪！但近些年来，却让罗刹占去了。他们在那里建了不少帐房，掠夺我人畜，为他们开垦、种地。石勒喀河流域，黑龙江上游的地方，现在已不是挂我大清的龙旗，而是悬挂罗刹的双头鹰旗，那里早已不让我们去了。不仅如此，他们得寸进尺，还在向东、向北扩张，见人就杀，见物就抢，非常野蛮，把我们人抓住后，惨无人道地开膛破腹，吃人心，吃人肝。就这个地方，唐朝时，也建有都督府。

在黑龙江的下游出海口的地方，有个亨滚河，这个河在明代时，就建了乌尔汗城。它的西部有木林木汗山、那旦山，这些山，都有我们满洲人的祖先居住，在辽金时是祭天祭祖的地方，是萨满祭神的地方。所以，那里有不少敖包、祭坛。这些地方，现已被罗刹侵占，很多祭坛被践踏，不少石堆和古寺被焚烧，甚至片瓦不存。

我们的先祖努尔哈赤，统一了女真，建立后金。到了清太宗时，正式称国号为大清朝。清承明治，就接管了从盛唐以来的所有疆域的地方。这些地方，很自然的就在我们清朝管辖之下，黑龙江以北的整个流域及石勒喀河以西的一片流域，都在我大清版图之内，而且，远比清以前的明朝、宋朝、唐朝的疆土扩大得更多。我们的铁骑已远在北疆外兴安岭之外，建了一些敖包和边疆的一些石城，由武士看守。太宗在世时就讲过："这些地方住着各个部落的人哪，本皆我一国之人，饮食甘苦，一体共之。"所以，这自古就是我们的地方。而且，自清代以来，户部掌握的所有典籍都记载着北方有六百二十五个满洲姓氏，这其中就有一百三十九个姓氏在黑龙江流域和以北的地方。这就足以证明，满洲人最早就在黑龙江以北，这是我们自己的领土。

道光皇帝听得非常入神。戴老将军兴致勃勃、引经据典地介绍，讲得很细致、很具体。他虽已是七十多岁的高龄，头脑却还那么清晰，有这样的良臣辅佐，真是大清之幸啊！道光皇帝心里非常高兴，就说："请老先生休息一下，您别累着，喝口茶吧。"这时坐在身边的英和见戴均元说得有点累了，便抱拳说："陛下，让戴大人先休息一下，我接着给陛下说说吧。"道光帝高兴地点点头，忙说："请英和大人讲吧，不要客气。"英大人就接着均元老先生的话题说下去了。

这里要特别提到的是，英和大人同赛冲阿一样，对黑龙江的情况，也是非常熟悉的。赛冲阿是从吉林那儿，就是从长城以外过来的，在那儿成长的，所以，他自然知道很多。而英和不同，他早在乾隆和嘉庆时，曾多次受命出关，微服调查，回来向军机处、理藩院，特别是直接向皇上禀奏，而且写下了不少重要的调查记录，很珍贵。也曾秘密到过罗刹地方，到过莫斯科，他的罗刹语也相当好，因此，他讲的就更细了。

英和大人告诉皇上，咱们大清管理黑龙江以北的疆土，是按满洲的习俗管理，建的都是噶珊①，就是按过去屯子里户口那个办法，一个部落一个姓氏，由族长来管，住在哪儿，就在哪儿，没有大的村寨的变动。朝廷只是到一定时候，派人去那里调查一下人口情况，帮他们安排牛羊生产及解决一些困难。管理这地方的人，都是当地的人。你是什么族人，就由什么部族的人来管，并授命于部长，他有承袭权。分呼伦达②、噶珊达③、穆昆达④这些人来管。开始时，比较安定。后来罗刹入

① 噶珊：译为乡、村。

② 呼伦达：呼伦达部落的头。

③ 噶珊达："达"汉语为"头目"、"首领"，"村长"。

④ 穆昆达：穆昆是女真人一种父亲血缘组织，享以祖先名字及住地命名，穆昆达是管理其内部事务的头目。

侵后，就搅乱了这里的秩序。特别是罗刹这些人，心怀叵测，有的收买了部落的人，让内奸挑拨是非，使他们勾心斗角，互相残杀，引起内乱，而罗刹却在一旁看笑话。嘉庆年间，有一次，我在穆哈连侍卫的陪同下，到一个地方，了解这些情况。当然，皇上，我们上述的机构管理比较好。比如，我们有宁古塔副都统，有爱辉副都统，还有很多我们自己的秘密采捕点，来管理我们的政权。在黑龙江以北，有六十四个这样的秘密据点，每个据点都有我们的人。冬天用狗爬犁，夏天通过鹰、狗来传讯，所以，各个卡伦之间的联系比较密。目前，罗刹虽然得寸进尺，一步步窃取我们的土地，但那是痴心妄想，我们能够很快把这些据点重新修复起来，重新再找一位名人，一位像穆哈连那样的英雄，将抗击罗刹的火炬重新点燃，将使其成为长城以外的极北边的新的长城。这个长城，罗刹是攻不进来的。

道光皇上听了非常高兴，觉得必须赶紧把这个北方长城建起来。赛冲阿、戴均元两位老先生也很高兴，称赞英大人讲得好。英大人紧接着又向皇上介绍罗刹的情况：俄罗斯这个统一的国家，是在莫斯科一个大公国的基础上形成的。它原来的地方就在欧洲，与亚洲根本没有关系。是在几万里以外，真是所说的，八杆子打不着。很早以前，大概在唐宋之后，约在辽金时，俄罗斯这个大公国，只是在欧洲的一片小地方，莫斯科河中游的一块狭小的土地上建起来的。因为那儿有一条莫斯科河，就根据这条河而叫莫斯科这样的一个小国家。那么，为什么叫公国呢？当时，伊万继位以后，蒙古势力金章汗已经发展起来，西进，征服了欧洲许多国家。伊万与金章汗互相勾结，他支持金章汗，镇压俄罗斯的一些诸侯叛乱。由于伊万的支持，使金章汗的势力越来越强大。莫斯科这个小国也得到了金章汗的庇护和帮助，金章汉为了感谢伊万的支持，就封他为大公，这样伊万就把自己的国家叫大公国，建在莫斯科。伊万三世父子后来继续扩张，兼并了俄罗斯周围的许多诸侯，建立了统一的俄罗斯国家。因此，伊万三世说："我是全俄罗斯的大君主。"以后，俄罗斯又有发展。到西历的 1547 年，伊万诺夫这个家族起来了，推翻了伊万，自己做了皇上。到伊万诺夫四世时，在加冕典礼上，把古罗马皇帝凯沙这个称号给用上了，象征自己独裁、专治，威武天下，自称"沙皇"。沙皇陛下，就是这么起的，他们把皇帝叫沙皇。从此以后，野心越来越大，征服了附近的伏尔加河中游的喀山汗国。那里的土地肥沃，地势险要，距俄国最近，成了沙皇最先征服的目标。之后，又攻占了伏尔加河下游的阿斯特拉罕汗国，整个的伏尔加河所有的汗国，先后并入了俄国的版图。

这样血腥的征服还不算，伊万诺夫四世下令，继续向东扩张。西伯利亚这块土地，是我们祖先生活和狩猎的地方，成为他的眼中钉，口中的一块肥肉。便命令他的家族，越过乌拉尔山，派哥萨克骑兵带着武器进犯，很快就征服了西伯利亚汗国。至此，其野心还不死，东西伯利亚的毛皮、黄金吸引着他们。沙皇伊万四世为满足贪欲，又派哥萨克兵东侵，到我们所管辖的领土内，缴罚毛皮，收税，要求臣服他，否则就杀掉或做他的奴隶。就这样，他们的力量越来越强。一直到康熙圣祖时，势力已到外兴安岭，西部占领了贝加尔湖以东的很多地方。我们现在正在他的包围之中，如不加强北疆的抵御力量，势必有一天，黑龙江以北的很多地方，都被抓在他们的魔爪之中哪！到那时，儿孙们也会骂我们的。因此，现在到了非防不可的时候了！

说到此，英和大人眼含热泪。旁边坐着的赛冲阿、戴均元，也直点头，唉声叹气，首肯英和大人的话。他们听了这些，似乎见到了一个魔掌，完全围住了黑龙江以北的土地，将来会有一天，将我们紧紧束缚在黑龙江疆土之内。

不知不觉中，夜色已经很深了。府里的家人，悄悄进了屋，慢慢地走到赛冲阿大人跟前，将他叫了出去。赛冲阿知道，是吃饭的时候了。他又走了回来，到道光帝跟前，轻轻地禀报："陛下，该到传膳的时候了，您一定很饿了，今天就先讲到这儿，以后再随时同皇上讲。"道光帝听得正有趣，但也觉得，知识像海洋，也不是一时半时就能掌握了的，而且需要消化一下，深入想一想，有些语重心长的话，搅动他的肺腑，像开了锅一样，不能平静。于是就说："好吧，传膳"。这样，就停了下来。君臣一起说说笑笑地到了后厅。

今天晚上，他们吃得很特殊，这是赛冲阿有意安排的。给道光帝上的菜，都不是平时经常吃到的，也不是在皇宫大内常吃的，上的什么呢？除了几个饽饽、点心和肉汤以外，上了两个大圆盘，盘中堆着像小山一样的东西。道光帝一看乐了，问赛冲阿："这是什么？"老将军也笑了。英和大人说："陛下，您尝尝吧，这一盘是咱们北国出名的犴鼻做成的菜，那一盘里是两样东西，一个是俄库次克海内金盆蟹。一只蟹，像小盆那么大，金黄色，现在正是有仔的时候。这种蟹，只有我们的北海才有，南海及其他地方都没有，它的夹子里都有肉，仔很大，非常清香。这种著名的金盆蟹，产在俄库次克海、北海，也就是您的爱臣穆哈连殉难的冰山跟前。另一样，是一尺多长、很胖的龙虾，这个陛下您常吃。不过您吃的，多半是黄海、南海产的，您再尝尝这北海的大龙虾。”戴均元大人看着这些新鲜之物也非常高兴。

道光帝虽然当了皇上，已是近四十岁的人了，但在几位老将军面前，还像孩子一样，没有君臣大礼。自己的上衣由侍卫脱掉了，身边的侍女给他洗了手，擦擦脸，把他的内袖挽好。几个侍女说：“皇上，这龙虾是我们替您剥呢？还是陛下您自己剥？”道光帝笑着说：“不用你们，不用你们，我自己剥。我要看看这金盆蟹，就等于朕也到了北海。”

君臣用过夜膳，到了前庭正堂。待道光帝重新在虎皮太师椅上落座，戴均元、英和、赛冲阿等人，才在两侧的虎皮椅上坐了下来。侍女们献上了峨眉香茶，茶香扑鼻。道光帝没有喝茶，忙说：“不早了，赛冲阿，我要走了。”说着，就命侍卫备轿，起驾。赛冲阿及众臣不敢怠慢，忙站起身来，站立一旁，准备送驾。

赛冲阿这时向后厅招了招手，不大一会儿，翩翩走出六位美貌的满族少女，她们穿着相当漂亮。上身穿银丝彩叠坎肩，内穿红、绿色的彩绸丝裙，足蹬绣花寸底鞋，头上扎着满洲非常漂亮的小扇头结的彩头，彩头上还扎着很多的点子、簪子，簪穗很长，在灯光下熠熠闪光，像仙女一样，翩翩而来。她们每两个人手里，合提着一个金丝盘花的小竹篓。这小竹篓不高，像个小葫芦，上有小盖，精雕细刻而成，特别好看，本身就是件艺术品。到正堂后，轻轻将三个小竹篓放在堂的中央，然后按照满族的习惯，施摸鬓、蹲礼，跪在皇上面前，异口同声地说：“万岁爷，受主子之命，送上北海新鲜的金盆蟹，敬献皇太后笑纳。祝皇太后、皇上万岁、万岁、万万岁。”

赛冲阿忙走过来，到三个小花篓旁边，揭开其中的一个盖儿，让皇上看看，里面装满了金盆大蟹。新鲜螃蟹的清鲜味，扑鼻而来，说明这是刚从漠北飞马采来的最新的大蟹。然后，盖好盖儿，跪下叩拜：“微臣薄意，谨请陛下带回宫去，算是给皇太后的孝敬。待日后，如皇上还喜爱，再献给皇上新的北方山货，孝敬陛下，孝敬皇太后。”然后，他站起来，向戴均元、英和二人说：“另外两个小篓，献给兄长戴大人和好友英大人，请你们笑纳，不要客气。”

道光帝因常到他家来，很熟悉，也没多想，时间又太晚了，忙说：“好吧，我们都要了。”命侍卫提一个小篓说：“咱们带着回宫吧！”三位大人在门外，恭恭敬敬地送走了皇帝之后，戴均元、英和才上轿，赛冲阿一一与两位好友对拜、握别，各自回府。

列位阿哥，说书人说到这儿，好像这件事已说完了，其实没有，我想告诉你们，这件事后，出了奇案。这个奇案，引起这部书以后的很多纠葛和矛盾，甚至出现了征杀。这是件什么事呢？情况是这样的：他们分别以后，天已将晓。你说怪不怪，道光皇帝回宫后，觉得很累，想到内室安歇，并命侍卫将赛冲阿的金盆蟹早些送到皇太后的宫中。话刚说完，哪知身边的四个侍卫，慌忙地跑过来跪下给他磕头，其中一个侍卫更着急，干脆抱着道光帝的腿说："陛下，陛下！我们死罪，我们死罪！"

皇上看他们一个个胆战心惊的样子，又好笑，又可气。道光帝问："什么事？到底出什么事情了？"

一个侍卫慢慢地禀报说："陛下，刚才在回来的路上，我们一时疏忽，忘了可能有坏人搅乱皇驾。前头的两个提着竹篓的兵丁说，走出不远时，只觉有一阵清风刮过，头一晕、身一晃、手一松，醒过来时，手上的竹篓已不翼而飞。他们觉着奇怪，到处寻找，都没找着，非常害怕，就跑来悄悄告诉了我们。我们也觉得蹊跷。当时有两个侍卫带着刀，上了墙，飞檐走壁，转圈察看，到处鸦雀无声，没有任何动静，就回来了。我们想，这肯定是世外高人在和我们作对，请陛下给我们处罚，并愿戴罪立功，去抓回该死的强盗。"

道光帝一听，也觉得纳闷儿，他想：这宫廷大内，怎么能出现这样的事呢？年轻时曾听说过，近十几年很平安，这些事已没有了，怎么我刚要临朝，就又出现了呢？越想心里越有气，就对侍卫说："去，把赛冲阿给我叫来！"又令两个侍卫说："你们去戴均元、英和家察看，看他们两家拿回的竹篓还在不在？赶快回来告诉我。"两个侍卫说一声"喳"，就去了。

话说赛冲阿把皇上及两位大人送走以后，也感到有些累了，但心里挺高兴，觉着今天同皇上谈的很好，像是完成了一件大事。他刚宽衣要睡觉，门子来报："皇宫大内的侍卫来了，请你赶快去，皇上要见你。"赛冲阿一听，脑袋发蒙，这是怎么回事？皇上不是刚刚回去吗？赶紧重新穿好衣服，马上来到皇宫。

进宫以后，见皇上没在正厅，而是在寝宫的前屋坐着，几个侍卫站在一旁，后侧站有侍女。只见道光帝坐在那儿，两脚一叉，手扶在案上，两眼瞪着，紧闭着嘴，正生气呢。赛冲阿忙跪下说："微臣赛冲阿见驾。"

道光帝说："起来，起来！我跟你说一件事。"他就把刚才侍卫向他禀报的事，说了一遍。赛冲阿真是丈二和尚摸不着头脑，也觉得奇怪，怎么竟出这样的事？但又一想，也不觉奇怪。为什么呢？我前书已经讲了，赛冲阿是久经沙场的老将，武艺高强。对武林各派非常清楚，都在他们的掌握之中。他想，这些年，宫廷大内，包括京师、中原一带，武林各门派斗争有些平息。但马上又想到，清风一吹，人就迷糊，这正是清风派，是武林九派中的醉仙派，属于柔心志。此中人心黑、手狠，有帮规，多有后台，有人豢养着他们。想到这儿，心里打一冷战。他转念又一想，多年来的清风派又出现了，证明现在有一些人想做手脚。眼下正是嘉庆皇爷驾崩、新皇帝刚刚登基、万事交替、慌乱之时，他们是想乘机作乱哪！此事还不能跟皇上讲太多，若引起恐慌，就更不好办了。我得想办法，详细了解刑部的人，暗中查访，等我把事情查清后，再禀报皇上。所以，赛冲阿没把自己心里的事情说出来，他只是挑了几句能安慰皇上的话，便跟皇上说："皇上啊，臣请皇上保重龙体，恭请圣安，不要在乎这些小事。也请皇上别把这件事情声张出去，等老臣我先和均元、英和以及军机处、刑部悄悄商议，小心地详查以后，再叩请皇上。现在呀，就请皇上安心静养，这件事，没什么，不要把它看得那么重。"

道光帝在地上来回走动，听着赛冲阿在讲，自己心里也在想。道光帝也是武术高强的人，他从小跟很多人学武术，赛冲阿也算是他的老师。武林中的人他都知道，所以，他一听"清风"这两个字，心中也有数，这些人只不过是武林中一些撮箕而已。但又一想，他们为什么向我下手呢？此前我没有注意，现在看来，暗中有人在窥探我。他们干这件事想说明什么？向我显示什么呢？道光帝想了想，似乎又明白了，肯定是大有原因，醉翁之意不在酒。他们真想要动手的话，应先杀我，可是他们没有，只是到轿的前边，把那个竹篓抢走了。这个竹篓是谁的呢？是赛冲阿他们的。很清楚，这伙人不是对我来的，不是对我旻宁来的，肯定是冲着赛冲阿这几个老臣来的。想到这儿，他心里头稍微安静和宽点心。他又想到，历来宫廷大内，臣僚之间，向来是尔虞我诈，勾心斗角，争权夺势，从来没有停止过。他想到了，从他的皇祖乾隆帝开始，这种邪风就在抬头。皇祖乾隆帝是很有气魄的，他最憎恶这种互相倾轧，往往抓住一件事情之后，就狠狠地惩罚这个肇事人，甚至把他罚成庶人，让他不能从政，或者杀头。就因为乾隆帝手腕硬，又憎恶这些事情，所以，这方面显得不那么明显，不那么公开、大胆。到了他父皇的朝代，也就是嘉庆年间的时候，就跟他的皇祖不一样，为人更平稳一些，而且遇事大事化小，小事化了，睁一只眼，闭一只眼，所以，权势之间，互相倾轧的事情就多了些，社会不稳定，朝纲紊乱。用人就不像皇祖爷那个时候，真正是公平，不偏斜，不同人各有不同的结果。在他父皇的时候，不能做到公正，往往是平分秋色，好不好，坏不坏一回事。想到这儿的时候，道光帝又想到眼前，正是父皇刚刚驾崩，我才临朝不久，就出了这事儿，这不是给我脸色看吗？他想到这儿，自己感到不寒而栗。

这时道光帝思绪万千，想了很多很多。他想到自己应该怎样仔细临朝理政；想到在权臣中间自己怎样保持皇权地位；想到这些人偷走小小竹篓，看来是小事，这里必有大的原因。这说明，赛冲阿这些老臣，也有仇人。面对这些复杂的事情，我不能偏袒一方，也不能单纯依靠自己的老臣。正像母后在避暑山庄的时候跟我说的：你要有自己的亲人、亲臣子，不能都依靠老臣。这话看起来是有原因的。我要细细地思考，容朕一一地调查。道光帝想到这儿，心里就坦然了，回过头来笑着向跪在地上的赛冲阿说："赛冲阿，你起来吧，别老跪着，这事朕也想开了，我按你的话办，不声张。你们呢，要当回事来办，要好好查查这事情，然后再禀报我，你下去吧，我现在累了。"赛冲阿，头都没抬，一直跪在地上。这时候，轻轻地把头抬起，说："谢主隆恩。臣，谨遵圣意，退下了。"说着起来，后退着走了。

道光帝这时候觉得轻松了不少，好像一肚子火立刻就泄了。他回到了自己的内宫，反过头对太监和侍卫说："你们都退下去吧，朕要休息了。"这时候侍卫们都一个个退下去了。道光帝进了自己的寝宫，衣服都没脱，砰地一声就躺在炕上，拿起一个被，蒙到了自己的头上。就这样，他糊里糊涂地过了一夜。

单说赛冲阿这个人，这些年为官是非常自信自尊的人，从来都是旗开得胜，马到成功，哪受过这个窝囊气呢，丢了这个丑，自己越想越火冒三丈。他离开皇宫，走在道上，心里总是犯嘀咕，这个丢竹篓的怪案，令他百思不解。这不仅使他在道光帝面前丢了脸，而且使道光皇上今后不再那么信任他，认为他在众臣子中声名不那么好，也有些仇人。众人也不一定都敬重他，并不像皇上说的：德高望重，誉满海内的名相。这说明，老臣后面还有一些人在反对他。他想到这儿，心中不安，从轿里探出头，对一个侍卫说："你赶紧到英和大人和戴均元大人的府上，请转达我的意思，请他们赶快到我府上来，有要事和两位大人商量。"这两位侍卫听了主人的吩咐，马上"喳"的一声，就分头走了。

赛冲阿在轿里想自己的心事：这个案子的前前后后，觉得非常蹊跷。他心里总是嘀咕，金盆蟹是头天中午我派图泰总管，带着三个伙计到灯市口聚宝货栈挑来的。当时要挑金盆蟹是临时的想法，事先也没有准备。因为道光皇上说了，在我家听讲北疆的事，不想走，自己下旨要在我家用膳。我没有办法，心想，让皇上吃点什么呢？灵机一动，好，讲的是北边的事，也让皇上尝尝北边的海鲜。于是就想到自己的老朋友曾经说过，现在灯市口的聚宝货栈里有北边来的新鲜海货。这事儿只有他知道。当时我急忙传命图泰总管去买来。这个事情就这么简单嘛！怎么这么快就传出去了呢？这事儿也就我知道，家里再没有人知道。我跟图泰也没告诉任何人，这消息从哪传出去的呢？而且没过几个时辰，当天夜里就出了事，就有人把送给皇上的礼物给抢走了。他们不动刀，不动枪，只是抢走了金盆蟹，你说这事怪不怪呢？这是什么意思呢？他心里想，这件事情肯定与聚宝货栈有关。另外，他们怎么猜得这么准，怎么知道皇上到我这儿来？皇驾是不能随便往外传的，别人怎么知道的？道光皇帝是悄悄来的，也没鸣锣开道，声张出去。更觉奇怪的是，皇上是在下半夜，自己突然提出来，天已很晚了，我该走了，当时下一道旨，就离开我们府。这是临时提出来的，也没有宣布，有人就知道了。他想，准有一伙人在监视我，在暗中盯梢。这又是为什么呢？他左想右想，这个作对的人，究竟是谁呢？他想来想去，也想不出个头绪。

他坐在轿中，忽悠忽悠，不知不觉已到了自己的府上。在门口等他的，正是他的总管图泰。见到图泰，他的心情好多了。图泰是他最心爱的勇将，他们之间已有多年的情谊，他有很多的难事，多数都是图泰帮助解决的。在北京和幽燕一带，以至盛京、吉林、黑龙江都知道他，他是个小有名气的英雄。

说书人这里再介绍一下图泰。说起来，他是个满洲人，不过他是个奴才，他的祖上辈辈是奴才。他是家生子，什么叫家生子呢？在赛冲阿父亲的时候，图泰的父亲就是他家的老家奴，为赛冲阿家尽心尽力，勤勤恳恳。赛冲阿的父亲见他为人挺好、诚实、肯干，就赏给他一个奴才，做他的妻子。两个奴才结合在一起，生一个儿子，这个儿子就是小图泰。这样，他的身份没有变，奴才生奴才，满语叫乌津，就是家奴，土话叫家生。后来，图泰的父亲在一次平叛战斗中，被几个匪徒杀害了。他母亲，体弱多病，生活不能自理，就靠小图泰照顾。小图泰在赛冲阿家长大，从六七岁时就给赛冲阿家放马、放牛。

有一天，突然刮来一阵旋风。这个旋风可不一般，昏天黑地，像黑柱一样，从远方滚来，呜呜直响，惊天动地。小图泰一看，有个黑柱子从西北角呜呜过来。黑柱子一过来，把柴草、房盖都卷起来了，他身上洼凉。小图泰见势不好，赶紧赶牛羊。牛羊也懂事，吓得钻到草棵里，有的钻到树林里。小图泰紧紧抱着一棵小树不放。龙卷风从他身边过去，他身上像冰似的。有的牛羊被卷走了，有的小树连根都被卷走了。小图泰死死抱着小树不放，等他醒来时，他身边站着一个挺胖的和尚。

小图泰正在哭呢，冻的浑身哆哆嗦嗦，直打战。老和尚把他抱起来。这个和尚是云游僧，成仙得道，是一位世外高人。这天他从伊兰过来，到了吉林，正往盛京道上走，就遇到这事。他看这个小孩胖乎乎的，挺可爱，就把他带走了。带到哪去了呢？带到一个丛山峻岭。这个山叫青柱峰。小孩到这儿来什么都不清楚，听老和尚讲，这已是关里，山西境内。他也不知道什么是关里关外，究竟有多远。小图泰走进古庙，跟师父学艺。师父教他双杵。

双杵是什么兵器呢？双杵像个擀面杖，两个铁棒，都一尺半长左右。双手握着铁棒中心，上下舞来舞去。这个双杵挺厉害，中间凹，两头尖，像两把尖刀一样。平时把它别在腰间，左右各一根。用时拿出来，有时用一个，有时用两个。这个杵很有意思，两根小棒耍来耍去，其妙无穷。你别看杵短，在武术中间这套技术非常高，它可以对长枪，也可以对利刃，还可以对各样锋利的宝剑。在对方看来，好像双棒一样，露出两个铁尖。但是，他的主要作用，在于这个使杵的人运用自如，你怎么扎，也扎不到他。他纵跳非常快，可以就地滚，脚一蹬地立刻站起来。你刀剑刚要刺，他一翻身滚在地上，特别快，像个火球，左滚右滚，上闪下闪，你扎不着，刺不着。他更高之处，是有两个铁链子，杵的一头拴着铁链子，铁链子另一头别在腰间皮囊的铁环上，杵和身上连在一起，手可以抓着杵。这样，这个杵就更厉害了，两只手抓住上下一舞，可以抵挡十八般兵器，如入无人之境，谁也抵挡不了。也可以不用手拿杵，两只手抓住铁链子舞，上下腾飞，各不相撞，直冲向对方。对方防不了，因为你防这个杵，那个杵飞来；防那个杵，这个杵上来，上下左右，整个把你缠住，相当厉害。这个杵既像匕首，又像个铁棒、小铁锤，所以，人们把有链的杵叫飞棒、飞锤、飞枪、飞匕首。

说起这个宝贝，师父告诉他，平时轻易不要使用，容易伤人，杀人太多，阿弥陀佛，这是罪过。在万不得已的时候，你也不要乱用啊，不要枉杀无辜。另外，云游老和尚还教他一个神功。师父跟他说：你使杵，靠笨劲不行，必须学会轻功。你轻功有十分长处，这个杵就有十分能耐。你有百分的轻功，你的杵就有百分的能耐。孩子，你要先练轻功，你轻功不会，这个双杵拿在手里，就是一对废物。

于是，图泰就跟他师父学轻功。图泰在青柱峰，吃尽了千辛万苦，练轻功。后来，图泰的轻功达到了炉火纯青的地步。他能做到，踩在树枝上，树枝不弯；踩在水面上，只是鞋沉在水里；踩在纸上，纸不穿。师傅对他说：“我给你起个外号，你将来就用这个名子，叫小清风。你啊，想办法，达到师父给你外号这个高度。师父让你时时刻刻努力，要天天练、天天学，天天在琢磨。人活一辈子，就要钻研一辈子。你要像清风那样，随气而飞，随气而动，随气而静，随气而震。这样的话，你就会为国效力，永远使师父我放心。为师我教给你，看你这个人心好、人品好。千万别把我教给你的武艺往邪道上走。有一件事情，我要告诉你。你呀，过两天就走吧，你岁数也不小了，该是报效大清的时候了，现在土匪猖獗，你应该出力了。”

图泰忙给师父跪下说：“我现在到哪去呢？师父，我跟你一辈子，保护你一辈子，谁也不敢欺负你。咱们在一起生活，一直到死。”老和尚笑着说：“傻孩子，我教给你武功，就是为了让你报效国家。你不能在这儿呆着，我让你走，一定听师父的话。我呢，是一个万事皆空的人。我就在这儿休闲，一直到佛爷接我走。我吃的是清泉水和山中的野果。我呼吸清风，万事不想，你走吧。你现在必须走，马上下山，就按照我领你来的那个路走。”

图泰这时候愣住了，就说：“师父，你领我来的路，早就忘了，那时候我还小，不知道。”师父告诉他，你从山西出来，奔北京城，不要进城，从城边过去，然后直接往北走，过了山海关。山海关有人把守，你就想办法用轻功过去。你走不远的时候，就会有事干了。你要听我的话，要杀贼，立功，你将来会有大出息的，去吧。今天晚上我也不给你吃的，就喝碗清泉水吧。”

清泉水是图泰每天从山下背上来的，这泉水冰凉，甜滋滋的。让他喝清泉水，意思是别忘了恩师，别忘了培养你的土地。图泰遵师父之命，喝了一碗清泉水，给师父磕个头就走了。

图泰按师父指引的路，很快就过了北京城，又走了一天多，到了山海关。山海关有兵丁把守。在金代的时候，没有正式过关的关票，是不让过去的，因为它是封禁之地。从大清康熙、乾隆朝时，一般严禁汉人出关，这是为了保护自己祖宗发祥之地。这个卡子相当厉害，可是怎么能卡住图泰呢？图泰悄悄地找了一个地方，他随着小山路往上走，到了长城。他一看周围没有兵丁把守，上身一纵，就上了城墙。他在城楼里睡了一觉。醒来时，他在城墙上看到下边有一片森林。他选了一个地方，树特别粗，又非常茂盛，他一纵上了树，又从树上下来。在平地上，他行走如飞，很快就到了锦州。

在辽河岸的鸡窝岭下，天还没放亮，就听有人喊：杀呀，杀呀，逃呀，逃呀，可了不得了。刀枪剑戟，打的不可开交。他过去先看看，究竟是谁杀谁呀。他看这边是大龙旗，啊，是官员；再看那边，各个头上绑着白巾，正跟官兵打在一起，打的挺厉害。旁边有一个头上缠着白巾的人喊：“逃呀，快逃呀。”图泰冲了过去，把这个人按住，这个小子忙跪下喊：“爷爷饶命呀，我再也不做坏事了。”图泰说：“你说说，这是怎么回事？”“我们是从盛京过来的，要抢前头鸡窝岭老财主家的东西，现在被官兵堵住了。”图泰一听是这么情况，就把他放了，“你走吧，以后别再干坏事了。”

这时候，图泰向前冲了过去，一看官兵人不多，还是头缠白巾的这伙强盗的力量强。过去很多人不知道这些情况，因为在清代的时候，往往一讲关外的动乱，清史总觉得家丑不可外扬。所以，关外三省一些和八旗满洲作对的事情，比如土匪叛乱，教会杀官府的，都是就地解决，然后上报宗人府，再上报给皇上。在盛京，这样的事情都不往外讲。所以，关外的事情鲜为人知，关外显得很平静，事实并不是这样。本书要提示的正是关外鲜为人知的事情，闲话不多说了。

图泰一看，强盗围着一个将军，这个将军手握长枪，正跟这些如狼似虎的强盗征杀。很危险，如果再不去助战，将军很可能遭到强盗的惨杀。他把自己的双杵从胸前掏了出来，用自己的轻功，脚一跺地，就飞到了空中。底下人有的拿棒，有的拿枪，正在围攻清兵的将军。图泰这时一脚蹬这个贼的肩膀，一脚踩那个贼的头，他抡起双杵，嘁哩喀喳，很快打死了上百人。一帮强匪，正打得起劲，很快要抓到清兵的统帅了，他们喊："快打呀，咱们马上要得胜了。"哪知上边有东西，是墙倒了，还是扔的石头，一会这个被砸倒了，一会那个被打翻。他们往上一看，有一飞人，脚蹬着他们，一会踩着这个人的脑袋，一会踩着那个人的脑袋，像在天上飞一样。"不好了，来神人了"。吓得跑的跑，逃的逃。图泰很快就把将军救下了。

将军已身负重伤，昏迷不醒。图泰忙把将军扶了起来。将军闭着眼睛，战袍上鲜血淋淋。这时候，不少八旗兵骑着马赶了上来，看到救命恩人，都给他磕头作揖。大家忙把主帅抬到不远的行军大帐，同时还把这个救命恩人也簇拥到大帐。

这时，主帅慢慢地苏醒过来。随从和随军的郎中，窝克拖西[①]，把主帅的衣服撕开，擦洗伤口，把脸上的血擦干净，又用凉水把手巾沾湿，拧干，把它压在将军的脑门上。主帅慢慢地睁开眼睛，忙问："现在强盗怎样了?"周围的人忙答："强盗已全部逃散，全仗这位壮汉救了你，也救了我们。"

说着，将军在大家的搀扶下坐了起来，一看这个陌生的壮汉，就抱拳说："非常感谢你，全仗你救了我，请问小将士，你是哪地方的人哪?怎么赶到这儿来救我呀?"图泰想到是师父让他来的，他就把师父怎么叫他来和自己的身世向将军说了。开始的时候，将军听了没在意，可能他是随便讲讲吧。后来，他们主客坐在一起，谈笑风生，一起喝着茶，吃着肉粥、烤肉，两人越谈越亲。在帐篷中睡在一起。将军说："咱们很有缘，你又是我的恩公，对我有救命之恩哪，我是不能忘的。我回去之后，要禀报朝廷，给你奖赏。另外，希望你也能够到八旗兵里来，为国效劳。"将军很爱才，就把他留下了。

帐篷里篝火熊熊。帐篷顶上有个空洞，烟从洞中流出。帐篷里有两个皮褡裢，他们对坐在篝火的两边，边喝酒，边吃兵丁烤的狍子肉，边谈着话。在谈话中间，图泰知道不少国家大事，很多事图泰过去都没听说过。另外，将军从图泰的言谈中，也知道不少关外的事情。图泰还唠

① 窝克拖西：满语，医生。

到他阿玛[1]是怎么死的，他额莫[2]怎么被洪水淹死的。主恩人怎么救了他全家，他又怎么在主恩人家长大等等。将军越听越觉得近乎，左看右看，就问："你叫什么名字？"图泰说："我那时没有名字，给主人家放牛、放羊。我的名子是师父给起的，叫图泰。师父希望我们大清王朝得到安宁，万民得到安泰，这是师父的意思。让我学了本事，为国效劳。我是谨遵师意，来到将军这儿，就是为国效劳的。"

将军听了很高兴，图泰说的事情就像他自己家似的。他也不管自己身上伤疼，就站起来，往图泰这边走了几步，在图泰坐的皮褡上坐了下来。他对图泰说："你把衣服脱了，我看看。"图泰很吃惊，将军也没管他，就把他上身衣服扒下来。将军看到图泰的右背上有块大红痣，就认定图泰是自己家的家生子。将军说："因为你右背上有块大红痣，所以，小时候都叫你红小子。真是老天有眼呀，老天保佑，红小子又回来了，咱们又到一起了。"

图泰不明白怎么回事，什么红小子。将军说："我叫赛冲阿，是副都统，现在受皇命领兵剿匪。原来我在吉林、三姓，现在盛京这块儿受皇命平叛乱匪，维持这里的治安。我就是你父母所说的那个家主子的儿子。后来我听说，你小的时候被龙卷风卷走了，以为你早死了呢，没想到在这儿见到了。"说着，俩人抱在一起痛哭。

就这样，图泰拜赛冲阿为自己的继父。赛冲阿感激他的救命之恩，并说："你早就不是我家的奴才了，我申请宗人府把你招旗入籍，隶属我们正黄旗下。你到我的家来，管管我们的家事吧。"图泰欣然应允。从此，图泰一直跟着赛冲阿从关外到京师。赛冲阿做了御前大臣，后来又做了大学士，在礼部、刑部、理藩院都任过职，图泰始终伴随他左右。

说书人要多讲几句，因为这个书有很多的事情都要提到图泰。多年来，图泰为了赛冲阿的家真是尽心效力，就像赛冲阿的亲儿子一样。总管这个差使，事无巨细。赛冲阿很多想不到的事情，图泰都想到了，甚至比他想的都周全，有些事情帮他安排得明明白白。所以，赛冲阿当官在外，家里的事情是很放心的。赛冲阿这个人，一心为公，一心为国事操劳。他在家里非常有威望，平时就像家祖一样，很有身份，大家都敬

① 阿玛：满语，父亲。
② 额莫：满语，母亲。

重他。图泰这么忙碌，却听不到他的继父——赛冲阿说一些表扬的话。赛冲阿是个将军，从来不靠这一手。但是，图泰深刻地体会到赛冲阿在各方面对他的关心、照顾，以及对他的信任。因而，使图泰甘愿为赛冲阿家效犬马之劳。赛冲阿把整个家庭，包括兵丁、武卫、柴、米、油、盐、醋，大事小情都交给图泰来统揽。

这样一个全面的家庭，在满族姓氏里头是个传统。不像在明代，兵都是国家的，个人没有。满族开始发展起来，就是父子兵。他是以氏族噶珊为一个细胞，一个局部，由噶珊达一个本姓的族长来领头，家里的人都是兵，不管是男是女。所以，满族人家一窝子兵，一出来全家出动，都能征善战。因为都是自己的亲人，不是他的弟弟，就是他的哥哥、姐姐、妹妹。所以，一人受害，全家都不答应，他们非常抱团。过去讲，女真人非常勇猛，一人顶十人，就是这个意思。满洲进关以后，皇家还允许，在自己的府邸里头有一定数量的家兵。要用的时候，这些兵完全融到国家八旗兵里面去，召之即来。清代初期，这些家兵力量很强，只是到后期才越来越松弛。

赛冲阿家里有兵丁，也有自己的府兵。赛冲阿家中还有个武馆，用来培养自己的亲属、子弟和身边的府兵。这些府兵都很出名，他们能帮助朝廷做很多的事情，就像参加剿匪、平乱、参与查案、护驾等等。这些事，只要朝廷有令，他们立刻行动。赛冲阿是朝廷的大臣，他要出去时，护驾的都是他的亲信，人不够时，再申请兵部、军机处派人。一般以自己家里的武馆为中心，所以，力量非常强。图泰是这个武馆的总达，就是“布库”达。“布库”达，乍听起来，好像是光管摔跤的，其实不然，他是武术总管，是本府的军部统帅。图泰身边有四个出名的好汉，也是他得力的助手。

一个叫雷福，是图泰的徒弟。他师傅图泰的外号叫“小清风”，他学他师傅，也叫“小清风”，他的轻功非常好，迅捷如燕，是图泰的得意传人，实际是第二个“小清风”。他是图泰的心腹，重要的武将。他能征善战，屡立奇功，跟随赛冲阿在很多的战役里，都有他们哥们的声威。

第二个是“水耗子”麻元。这是雷福拜把子哥们，是图泰在长江上一次平白莲教的作战中，从一个穷人家里救出来的。当时他没有名字，因为他脸上有麻子，所以人们都管他叫麻元。他长期在长江上生活，穿行若鱼，水量相当棒，外号叫“水耗子”。他在水里如行陆上，有万夫不挡之勇。

第三个是“一声雷”牛老怪。有一年图泰去山西青柱峰看师父，不料师父已经圆寂了。图泰在青柱峰遇见一个好友，这个人也是武林高手。他有个徒弟叫小牛，小牛身材魁梧，性情暴躁，嗓音洪亮，在打仗之前，他先大吼一声。这一吼就把人吓住了，等被吓得一激灵的时候，他的刀就刺过去了。当你醒过腔来时，肚子已被开膛了。因为牛的叫声哞哞的，所以，人们就管小牛叫“牛老怪”。他的师傅图泰说：你就叫牛老怪吧，这个名字也能吓人。另外，你的声音这么洪亮，像闪电雷鸣一样，你的外号就叫“一声雷”吧。

还有一个叫“千里雁”常义的，是雷福的弟弟。常义擅长走路，脚底板子特别有劲，能夜行百里，快如飞。他不但能在地上跑，还能在树上飞。所以，有些通风报信的差使少不了他，故有个绰号叫“千里雁”。

图泰身边这四个弟子，都是他的亲信，好帮手、好耳目。可以说，都是盖世英才，各有奇功。赛冲阿想，身边有这么多的英雄，即便是碰到了丢小竹篓这件事，并不可怕。所以，他对道光帝说：“这事没什么了不起的，不要声张。”他认为，我身边有这些人，哪怕是上天摘星，入地找宝，没有我赛冲阿做不到的。正因为赛冲阿有能力，嘉庆帝才百般的重视他、信任他。道光帝对这件事情虽然有气，但他心中有数，赛冲阿老将军准能想办法，查清这件事儿。

赛冲阿府中有这一帮高手，而这些人又善于网络武林中各路英雄，穆哈连就是其中的一个。穆哈连这个人还没提到，请各位阿哥要谅解，我说书人只有一张嘴，不能同时讲几段故事。现在只能从京师讲起，请各位阿哥慢慢听。

穆哈连这个人，说书人虽然没详细交待，但是前段书都是围着穆哈连讲的。穆哈连初进京师时，就是由赛冲阿和英和这些大臣，在吉林将军衙门武士比赛中选拔出来的，可以说是出类拔萃、武林高手。穆哈连刚到京师时，没地位，赛冲阿就把他留在自己的府中，让他跟图泰在一起。因为他们都是武林中的英雄，英雄相见都非常亲。另外，赛冲阿在下头就知道穆哈连的箭法好，非常喜欢他。就跟英和大人说：“英大人，就让穆哈连住在我这儿，你随时用就随时吩咐。”英和大人非常尊敬赛冲阿，就说：“好吧，住你这儿比住我那儿更方便。”这样，穆哈连就住在赛冲阿家里。

穆哈连和图泰相比，他们各有千秋。在武术上，说实在的，穆哈连赶不上图泰，图泰有高师传授。但是从年龄上看，穆哈连比图泰大几岁，像图泰的哥哥一样，更为老实、厚重。穆哈连到赛府以后，一看图泰的为人处事和身边这些小英雄，真是人才济济，这样他更加崇拜赛冲阿。后来，穆哈连被选进宫廷做了侍卫，到嘉庆帝身边去了。这样，穆哈连就与赛府分开了，和图泰的来往也不那么多了。但是，有的时候，皇帝和太后在赏月和骑射的时候，各路英雄偶然能看到。再说，穆哈连很喜欢图泰，所以，闲暇的时候，他也常回赛府坐一坐，和图泰谈论古今，他们谈的很投机。图泰从穆哈连口中知道不少漠北雪原的奇闻轶事，听起来很羡慕，也真想有机会去北国，与这些英雄朝夕相处，能在那里建功效力。这次图泰听说他的好朋友穆哈连，遭到不幸，被贼人杀害。他心里非常难过，并暗下决心，什么时候跟主子说，到北边去，我要立功，要替我的老哥哥报仇。人不能贪图安逸，追求满足，人的一生总得有个抱负，有个追求，要敢于赴汤蹈火，不虚度一生。都说大漠风雪寒，罗刹吃人不吐骨，我图泰偏要去，要亲身领教一番。

说书人，现在不多讲图泰的心情，回过头还得讲赛冲阿。赛冲阿身边有这些谋臣良将，出了丢竹篓的事，他心里当然不服气了。再说，赛冲阿不论是在盛京、吉林、黑龙江领兵征战，还是做御前大臣，成绩斐然，历来都得到乾隆帝、嘉庆帝两朝圣旨的恩奖，这是不足为奇的。嘉庆皇爷就曾经说过："赛冲阿是朕的一顶黄龙伞盖啊，有了爱卿你啊，朕睡得香。"所以说，丢竹篓这件事，赛冲阿既没在意，心里又不服气。我打鹰还让鹰给鸽了眼睛，在皇上面前，确实丢了我大将军的面子，让我的一帮老朋友，像我的老哥哥均元、我的老朋友英和老弟，都感到脸面上不够光彩。我得回去找图泰，这小子还是挺聪明的，他有办法，帮我尽快查清这件事，也许他现在就有办法了。赛冲阿想到这儿，不知不觉就到了自己府门跟前，轿帘打开一看，图泰总管已在府门前恭恭敬敬地等着呢。

赛冲阿赶紧让落轿，图泰忙过来施礼，搀着大人下了轿。赛冲阿在前头，图泰随在后头，两人匆忙进了府门。赛冲阿边走边说："这事你怎么看哪？"图泰总管没有直接回答大人的话，在后头边走边恭恭敬敬地禀报："大人，英大人早在书房等候您呢。他来得甚早，他边喝茶边和他的护卫乌伦巴图鲁说话呢。另外，均元大人也过来话了，他老人家说，他是有过之人，就不到府里打扰您了。不过，他又说，大人您，应该安危并重，广交朋友，少杀生，尽早地选定北上的能人，以安圣念。”

赛冲阿听了老朋友的嘱咐，非常惭愧，很感激知心好友均元的肺腑之言。他们有多年的交情。均元老哥哥遇事从来是很有远见的，而且有些语重心长的话，使赛冲阿听了觉得非常舒服。自己身边能有这些亲密的好友，真是一生之幸啊。他想着想着，就进了屋。

英和马上站起来，两位老朋友相互抱拳，简单地寒暄了一番。乌伦巴图鲁也忙着给赛冲阿大人施礼问安。三个人刚刚坐好，没等赛冲阿发话，只见他的总管图泰满面春风地过来，挤了挤眼睛说：“大人们啊，你们看这是什么东西?”这时，赛冲阿和英和、乌伦巴图鲁把眼神都集中到图泰的手上。图泰手上提着三个金丝盘花葫芦形的、红漆的小竹篓。

这个小竹篓正是咱们前书说过的，是赛冲阿敬献给皇上的，还有两个是给英和大人和均元大人的。就是这个小竹篓，现在又失而复得。赛冲阿和英和两位大人看了以后，惊讶大笑。图泰总管把竹篓放在地上，然后把竹篓的盖都打开了，里面还装着满满登登的金盆蟹，一点没有变，完璧归赵。赛冲阿和英和老哥俩，紧紧抱在一起，都惊异地叫起来：“哎呀，这不是昨天天亮前，咱们丢的那个小竹篓吗，你可回来了。太神奇了，失而复得，真神速。”

赛冲阿高兴地说：“阿弥陀佛，这是大行皇帝嘉庆帝在天有灵，保佑我们。这是当今皇帝道光帝洪福齐天啊。”

赛冲阿没想到，这事情就这么圆满地解决了。他一身的冤枉、一身的委屈，立刻烟消云散了。他知道这事情一定是他的管家图泰做的。于是就对图泰说：“图泰啊，我感谢你呀，你有功啊。你真是创下奇功呀，你怎么得到的，能不能详详细细地讲给我们哥俩听一听。这真是神人相助，连做梦都梦不到这个奇迹呀。”

图泰走过来忙说：“请大人坐好，我把这事的前因后果禀报大人。论起这份功劳，不能说是我图泰的。这些年，我谨遵您的嘱咐，要管好这个家。所以，做这事是理所应当的，是我分内之事。我要提到的是，能使这个小竹篓回来，没有乌伦巴图鲁的鼎力相助，也是办不到的。这里有他很大的功劳。大人啊，您还不知道这些情况呢。”

这里说书人把这事再细说一遍。前书说过，原来英和大人得到了北疆的密报，军情非常紧急，就派人飞马把密报送到承德。这密报是谁带回来的呢？就是英和大人身边的护卫乌伦巴图鲁。他受命到北疆去，然后带回来的。乌伦巴图鲁不是满洲人，是达斡尔人。他很聪明，从小生活在塞北。他不但会达斡尔语，还会蒙古语、鄂伦春语、索伦语、雅库特语，好几个民族的语言他都会说，而且对他们的生活非常熟悉。他是去年四月受命巡查北疆边境情况的。他这次去主要是巡查两件事：一个是罗刹东进、南进的事情，这直接威胁我大清的安全，巡查老羌人的动向；第二个，大清在通入北疆的路上建了好多哨卡，现在由于罗刹的进犯，使很多哨卡被破坏了，不但中断了中原和北疆的联系，造成信息不通，而且，有些向中原王朝进贡的土特产和吃的、用的东西，有的被沙皇俄国士兵抢走了，还有被一些部落不明真相的人抢走了。他这次去是带着军机处、户部、理藩院的密贴牌子去的。他到了北疆，和穆哈连一同去潘家窑巡查，穆哈连在山洞里遇难。他马上回京禀报，在回京的路上，他化装成雅布特的商人，卖酒的贩子，从黑龙江上游格尔必齐河往西走，一路了解情况。俄罗斯人和北方人都爱喝酒，连喝带唱，他们把酒看得比钱、比金子都重要。乌伦巴图鲁赶的是一辆大轱辘牛车，车上放着大的木桶，有铁箍，上边有塞子，装的都是60度老白干。这酒香味特别浓，大轱辘车从旁边一过，一里半里的远处都能闻到酒香味。所以非常能招揽顾客。很多少数民族的人都围着他，像看秧歌、看热闹一样跟着他的车跑。

乌伦巴图鲁很会联系人，他爱唱、爱跳，特别显眼。有一天，他赶着三辆牛车到了一个小镇。这个小镇不出名，平时就三五户人家，遇到赶集时，才热闹起来。在山脚下，有条土路，土路旁搭起四个木克楞的房子。北方森林相当多，各个民族除了住帐篷外，一般是把树砍倒，用木头一个摞一个，然后用泥一抹，不透风。所以，这屋特别暖和，又非常结实。这儿本来就是我们大清的地方，没有蓝眼睛、大鼻子的人。后来这里人越来越多，也有从贝加尔湖来的罗刹人。今天他们往这边占一尺，明天又占一丈，就这么，一点一点靠，一直靠到我们的集镇这儿。集镇这儿已离额尔古纳河很近了。

这天，乌伦巴图鲁领着几个人，装成醉鬼，边喝边扭，醉醺醺的，不大一会就招徕不少哥萨克骑兵。他们都爱喝酒。乌伦巴图鲁用俄语笑眯眯地说：“咱们都是朋友，你们是远方来客，我们从来见客人都是开怀畅饮，要什么钱，只要你喜欢喝，咱们就一起唱，一起喝。”哥萨克骑兵很高兴，把马拴好以后，就过来了。他们问哪个车的酒最多，乌伦巴图鲁说："这个车的酒没有动呢，如果你们都能喝了，就都给你们了，我好早点回家，不想在这儿卖了，我和妻子、儿女很长时间没见面了，很想他们。现在已到晚秋的时候了，我得早点回家了。朋友们喝吧，能喝了，就都给你们。"这几个哥萨克骑兵都是从欧洲过来的，一听喝酒，特别高兴。他们喝得醉醺醺的。乌伦巴图鲁还把自己带来的牛肉干拿出来，切给他们吃。这样，他们之间的关系越来越密切。

这些骑兵里有个头目，不太大，乌伦巴图鲁问他："你们到这儿干什么来了？"小头目说："前些天，我们处决了一个大清的奸细，怕让大清国看见了，现在想把他埋上。但是，我们来这儿找不着尸首了，不是让熊吃了，就是让狼猪虎豹给吞了，再不就是被雪埋上了，我们回去想告诉上司。"沙皇俄国一般杀了人不埋，但是他们认为，这是大清国的奸细，怕大清知道了和他们交涉，不好办，只好埋了，让你得不到一点罪证和痕迹，可是他们这次来没找到尸体。

乌伦巴图鲁装作不知道，就问："在哪个地方？"哥萨克的小头目接着说："哎呀，那个地方不好找啊，是个冰山，叫乌里特因冰山，我们到那也没找到。后来详细了解才知道，原来，清朝有一个噶珊达，就是柴士大，他受清政府命，化装成哥萨克人进入我们罗刹的尼古拉赛，他进来以后，烧了我们的牧场、柴草垛，又把我们十几个粮仓和鼓楼也给烧了，还煽动不少已经投靠我们沙皇陛下的大清部落的人，又重新反叛，做大清的顺民。后来我们在冰山那块把他抓住了，脱光他的衣服，把他冻死在冰山上，让这些顺民看看，要跟大清国的、为大清国出力的人，就是这个下场。听说，这个人叫穆哈连，还是清王朝的侍卫。"

乌伦巴图鲁问的非常细，他默默记在心里。他这次巡逻要了解的秘密军事情况就非常清楚了。他没有机会和时间再返到乌里特因冰山去，因为太远了，在北海，到那还有很远的山路。必须赶紧回去，向皇上禀报。于是，乌伦巴图鲁从额尔古纳河南下，进入蒙古人住的帐包草原，再进入张家口，回到京师。

乌伦巴图鲁回到京师时，正是嘉庆帝率众臣到避暑山庄打猎。当时理朝的是英和和几位大臣。乌伦巴图鲁是英和的护卫，所以，首先向英和大人禀报。英和大人根据乌伦巴图鲁写的北疆调查情况，写了一个密折，派人送到承德，给皇上和大臣们审阅。

英和大人听了乌伦巴图鲁在北疆了解的情况，也听了不少故事，他都非常重视，只不过是没往外讲。他心里暗想，这里头有很多疑点，比如说，俄罗斯老羌的情况，和自己的爱将、著名的侍卫穆哈连之死，这里肯定是有原因的。这个死不是一般的，肯定与边关复杂的情况有关，京师里有没有人和北疆秘密联系？他让乌伦巴图鲁秘密了解这方面的情况。为什么英和大人这么想呢？因为灯市口有个著名的聚宝货栈，这个聚宝货栈将来说书人还要讲。这个货栈不是一般人开的，一般人也开不起。这个货栈天天来的客人，都是达官贵人，而且多半是身穿朝服，有的甚至挎着腰刀。一般都是二品以上的官员去。所以，这块儿车水马龙。这个货栈不同一般，所有的货也都不是一般的货，什么绫罗绸缎了，什么糕点了，而它卖的东西都是难弄来的，是从几千里、几万里以外弄来的，一般人都吃不到、看不见的东西。它摆出的、卖出的和库藏的，可以说，都是天下的奇珍。这里最出名的，是北方的鲜货，包括海里的、陆地的和天上的，样样都齐全。比如说，给皇上的金盆蟹，那只有在北海才有。另外，鲸鱼的眼睛，那是做珠子和各样装饰品用的，鲸鱼的须、刺，北海的大龙虾都相当出名。再有北海的海豹肝、海狗肾、海狗鞭、海豹鞭。这些鞭都是雄性阳物，在清代就非常出名。一般说起来，多少两金子、银子都买不到。过去达官贵人，一说你现在保养身体吃的什么，多少个妃子服侍你，他一般讲，我是专用北海的海豹鞭、海狗鞭，或者是北极熊的熊鞭，这都是在聚宝货栈买的。又比如海狮宝，这个东西特别珍贵，那不是用银子能买到的，一般都是用金锞子去买。海狮宝实际上就是海狮的小胎儿。把怀胎的母海狮抓住，活活打死，马上开膛，把胎儿取出来，用麻绳将脐带系上，里头装着满满的血，然后放在阴干的地方，要风吹着，还要温火烤着，要经过六个月的炮制。这样就制成了海狮宝。把海狮宝切成片，放到汤里，男人、女人喝都是相当好的，不但能延年益寿，而且对妇女保胎的效果又非常好。所以说，聚宝货栈不是一般的地方。英和大人想到这儿，他就感到，只有能够接触北海地方的人，才有可能知道北海的一些情况。而且，对大清京师的情况，能让俄国人和一些对大清有反叛想法的人，那么及时、迅速的了解，谁能办到呢？一般京师的庶民不到万里之遥的北海是不知道那里情况的。那么，谁能和北海连得这么近呢？他想来想去，就想到灯市口的聚宝货栈。他说：只有聚宝货栈的人，才有这个条件和可能，因为他们常到北疆去，他们有军机处、理藩院或者光禄寺、内务府等等官方的大印和腰牌。只有这些人才可以去漠北，别人是无能为力的。

这里，说书人还要多说几句，让大家明白，为什么北海又和光禄寺、理藩院、军机处、内务府连得这么紧呢？这是大清朝和历朝不同的一个特点。大家都知道，清朝发源于长城以外，关外是他的发祥地。进关以后，他把长城以外作为祖先之地，所以，非常重视这个地方。有这种故乡观念以后，他吃的、用的尽量从北方运来。他认为北方就是家乡的地方，从小祖上就吃那北海的水、北海的兽、北海的菜生活过来的。他们在祭祖，给祖先供奉礼品的时候，都想办法用他的故乡，也就是北海的一些土产和珍贵的实物来孝敬祖先。可以说，在大清的历朝，从顺治乃至嘉庆和现在的道光，都是这样的。大清王朝衣食生存主要基地还是在北疆，所以他非常重视北疆。这就说明了北疆在大清王朝心目中的地位。

他所以这么重视，还因为，这几年有虎视眈眈的沙皇帝国，跃跃欲试，随时南侵，惹出事端。这些年边关战事不停，天天有边关的急事报来，报到朝廷。那么，清王朝有哪些主要部门重视北疆呢？一个是军机处，边关要事他要管。另外，内务府有些事情也要过问。还一个理藩院也要管，因为他直接和罗刹，以及已经降服大清和没有降服大清的部落有关系。再一个是光禄寺也要管。光禄寺管什么呢？管吃的，其中有珍馐，有些大臣，比如掌醢都是给皇宫大内准备禽肉鱼物的，他们到北海去采集、收购，供朝廷大内用。还要做成肉脯、肉干、肉酱，这些光禄寺都要管。内务府里的广福寺也管这些事情。因为广福寺管银两、皮张、绸缎，管衣服等等。这里的皮张，主要靠他的故乡供给。所说的北皮非常出名，其中有北极熊皮、雪狐皮、雪豹皮，除了貂皮以外，这些都要征集。征集各方面需要，都得到北疆去。这些人去都有腰牌。光禄寺、理藩院和内务府都有自己的腰牌，你装多少东西，过多少车，只要有龙旗，有这些腰牌，就畅行无阻，州府衙门都以礼相待。这些人到哪都趾高气扬，飞扬跋扈，认为自己是天子脚下的臣民，是通天的。所以，他们到下边任意欺压百姓，搜刮民财。带腰牌的人都非常富，民间说他们长的像个球，胖的都流油。谁的腰牌越多，就越威风，越有气魄，下头，甚至将军也管不了他。这些人出关的时候，还有皇上的御印或者军机处的大印。

这些英和大人都想到了。如果说京师里有人要作乱，或者有什么不轨的事情，一个应该查查聚宝货栈，有没有这样的人；再一个就是掌握腰牌和大印的人中，有没有人做些不轨的事情。这时，英和大人又想，现在北疆情况这么混乱，许多重要的关卡、卡伦已经瘫痪，可是，为何见不到有关这方面的文书上奏皇上呢？也没听皇上和内大臣讲这些事情呢？况且，关卡瘫痪又不是一天两天的事情。这回要不是乌伦巴图鲁巡北带回来这些秘情，想来，我朝上下还蒙在鼓里。既然北疆的边关这么吃紧，近邻罗刹又甚嚣尘上，可是，我们京师里一个显赫的聚宝货栈，所出售的北疆海鲜还能够及时运来，并没看到有什么货源不足的现象，难道他们还有更秘密的办法？英和大人有个古怪的脾气，就是爱动脑筋，这也是嘉庆皇帝喜欢他的一个原因。英和越想越多，百思不得其解。

因为近来是一个非常时期，嘉庆帝刚刚驾崩，新皇帝道光登基不久，百日素服，朝中大臣举哀敬悼，相互间没有更多的机会见面，在一起议论朝政。所以说，英和还没来得及把这些事情和别人说，这些想法只是憋在肚子里。这次道光帝破例，在大祭之日，走出龙廷，会见御前大臣赛冲阿。赛冲阿又把他招到赛府，商议这件事。英和特别高兴，他想，正有个机会把我憋在肚子里的事好好谈谈，也听听赛大人的意见。于是他欣然前往。临走前，他对乌伦巴图鲁说：“我要去赛府，你呀，别闲着，我看今天晚上，你应该有点动静。”这话是暗语，大人一讲，乌伦巴图鲁就懂了。乌伦巴图鲁是在军机处中提起的官员，他常协办这些事情，警觉高。所以，英大人一讲，他就明白了。

乌伦巴图鲁曾在理藩院任过职，也做过启心郎[①]，专门从事与涉外的人联络事务，他能翻译北方几个少数民族的语言，并且讲的特别好，他能和少数民族打成一片，因此他善于了解军情民心，疏导各个部落人的心倾向大清。乌伦巴图鲁的武术也很高强。有一次在湖南剿匪的时候，他立了功，皇上赐给他巴图鲁这个称号。所以，乌伦巴图鲁是个很聪明能干的年轻武将。

这天，他接受英和大人的命令，当晚就换上了夜行衣，见英和大人走了，等星星出来后，他就悄悄地带着所有的兵器，出了后门，穿过好几条大街小巷，拐弯抹角，来到了赛府的后门。他又绕到青砖大墙的后面，往前一看，墙边有棵槐树，长的非常粗壮，枝繁叶茂。他看街里没人，就悄悄地爬到树上，蹲在树桠上。

---

① 启心郎：负责做依附本朝各方人士思想工作的官员。

赛府的大墙，很有北京清代建筑的特点，是青一色的砖墙，墙上边用砖搭成像房脊似的，非常整齐、好看。乌伦巴图鲁把着树枝，如同猫一样，轻轻一蹿，就蹿到起脊的青砖瓦墙上。因为他也会轻功，噌噌噌，很快就从墙上走过去。他走到一个大砖墙，这可能是赛府的西厢房。这西厢房的雨搭上，垒着砖，像台阶似的。他用双手扣住砖，这力量相当大，身上紧紧贴着墙，来一个蝎子爬墙，嗖的一下子，一折跟头，很快就上了房。他上了房，这时天色已完全黑下来了。

那时候，京师的街道灯并不多，只是在大的府衙和达官贵胄之家门上挂两个灯笼，后边没有什么灯。一般行人走路，都是提着灯笼，所以，街道非常黑，这便于乌伦巴图鲁夜间行动。他脚步像猫一样的轻，一点声音没有。他悄悄地选了一个角，西边靠墙，前面能看到小院，正房的灯火和门前门后出出进进的人都能看到。他侧面往里边听，里边好像有几个人说话，有时偶尔听到赛大人的话，啊，这是英大人的话，有时候还恍惚能听到皇上说话的声音。皇上怎么来这儿了。他悄悄地靠着墙，闭目养神。他想，先别动，我今天来就是静观。他一直悄悄地等啊、等啊、等啊，快等到下半夜了，还没什么动静。

这时屋里还非常热闹，灯光还很明亮。不大一会儿，就听有人说，传膳，传膳。他们可能吃饭去了。乌伦巴图鲁没敢动，又过了一会儿，里边又热闹起来，灯光又亮了，人都回来了。很长时间，他觉得没什么变化，感到非常自然。可能不会出什么事，英和大人遇事都非常细心，不会出事的。屋里没什么动静，外边又很平静，天马上快亮了，自己不能总在这儿呆着，天一亮，别人走道就能看见，早点回去吧，他心里这么想。

突然，乌伦巴图鲁觉得对面的墙上，有个黑影一闪。随着黑影一闪，他觉得身边有股清风在两侧刮过去。嗖的一声，一股小凉风刮过去，他刚一动，又看见一个黑影过来。他连续看到三个黑影，跳上赛府的墙。看起来有人，引起他特别注意。他看见这三个黑影，悄悄地移到对过的东厢房。过去房子的烟筒都在房头，是砖搭的。乌伦巴图鲁一看这三个人，每人抱着一个烟筒，蹲在烟筒后边。很巧，乌伦巴图鲁是在他们斜对过的暗处，这三个黑影在南楼，他看得很清楚。这是乌伦巴图鲁的情况。

就在这个时候，赛冲阿的总管图泰，闲没闲着呢？没有。咱们都讲了，他是一个很了不起的高人，在武林中得到很高的赞誉。赛府中的很多事情都出自图泰之手，他身经百战，经验丰富，深得赛冲阿的喜爱。就说这次，他听赛冲阿主子说："今天哪，你好好安排安排家里事，去弄点好吃的，现在皇上在咱们家呢。"他按照主子的意思，到聚宝货栈，专门买回金盆蟹、金盆虾，这都是他表面上应该做的事情。但是他暗里做些什么，连赛冲阿都不知道。他安排好以后，自己暗暗地想：今天很可能有人下"绊子"，我一定要预防，绝不能有一点闪失。于是，他把自己的心腹悄悄地叫到一起，这里有小清风、水耗子、一声雷和千里雁，四名奇才勇将。他悄悄告诉他们，让他们这么、这么地做好护驾的差事。又说，你们一定不要贪吃、贪喝、贪玩，要小心地暗中侍候好，咱们护驾重任在身。现在皇帝在咱们府上，万不能轻心大意呀，可不能出一丁点漏子，咱们哥们可要对得起咱们的大人。要是出一点事情，咱们谁也担当不起，万不可为老大人惹出一点点麻烦来。

图泰表面上乐乐呵呵，轻轻松松，忙这忙那，张张罗罗的，但是，谁也没看出来，他心里惦记这个事儿。图泰本能地，早就暗暗地严密地监护着皇帝和几位大人，图泰是历来如此。这次皇上来的非常仓促，图泰马上应付些事情，没来得及把自己护驾的想法告诉给赛冲阿。他心想，这些事不跟大人讲也行，这是自己分内的事情，自己一定要尽职尽责。他十几年都是这样做的，这已成了自己的规矩和习惯。

说来呀，也真有意思。天刚擦黑儿的时候，图泰一一安排好了赛府的各方面的杂务，并郑重地告诉夫人和家眷，让他们好好休息，不要累着，同时又嘱咐内厨灶的总管事以及家里所有的仆人，要好生地侍候好大人，不得有违、有误。我有个客人，得出去几个时辰，你们不必找我，不可怠慢。他下头的属从、家人们，一个个点头哈腰，喳喳称是。他把事情安排好之后，天已经很晚了。皇上和赛大人、戴大人、英大人他们在大厅里正谈得十分热烈的时候，他悄悄地出了后门。

其实，他哪是到外边办事呢，他换上了自己的夜行衣，然后飞身上了赛府小姐的惠春楼。楼顶上是全院最高的地方，在这儿隐蔽住，他就可以洞察全府各个角落，同时还可以看到临街的情况。外边人看不着他，他可以一一观察和注意到任何一个出府、入府人的动向。另外，他的四个心腹，也按照他的吩咐，这时候，各自都到了自己应去的地方，就是赛府房上的四角，一个人占一个地方，隐蔽起来。这样，赛府房上就有五双夜眼正聚精会神地、一眨不眨地盯住了府里。真可以说，有个鸟飞过，有个什么大虫子爬过去，都在他们的监视之中。这些，全府家人和任何人都不知道。

再说乌伦巴图鲁，他对这个地方不像图泰那么熟。他上了楼，找个地方隐藏起来，这些动作，都在图泰的监视之中。图泰一看身影知道了，啊，这是乌伦。他跟乌伦虽然不是一个师父，但他们的岁数差不多，图泰比乌伦大两岁，他们关系特别好。因为他们都是跟着大人，况且，赛大人和英大人关系又那么近。所以，他俩常在一起说笑，一起切磋武艺。不过，这个时候，乌伦巴图鲁并没有看到他。图泰就不同了，他是赛府的人，不但熟悉环境，还藏到最高处。他在小姐的惠春楼顶，居高临下，一切情况都在他眼睛里。就连乌伦在那一闭目，打个盹，都看见了。图泰偷着捂着嘴一笑，心想，乌伦哪，乌伦，明天我告诉你，你是怎么打盹的。

西楼角上，暗暗盯梢的小清风也看到了。小清风一看，哎呀，那块儿有个黑影。因为他师傅事前有话嘱咐，看到什么情况，用暗号联络。所以，小清风按照师傅的话，就学了秋蝉的搓尾声。在京城，一到盛夏和初秋的时候，蝉的叫声非常悦耳。他轻轻地这么一叫，学秋蝉的叫声非常像，谁也不会重视。这个意思是禀报他师傅：注意我这儿有个黑影。小清风对乌伦不认识，因为他是下一辈，只知道这个人的名字。不大一会儿，小清风就听到，从惠春楼的楼上，吱、吱，非常缓慢的秋蝉喳翅声。这声音在告诉小清风，也让其他三位徒弟听着，你们不要理，要静静地观察动静。

赛府的庭院非常宽阔，有楼阁，还有花园，厢房、正房，建筑特别漂亮。正因为这样，房脊上有图泰和他的四个徒弟，还有乌伦巴图鲁，另外，还有三个黑贼。他们各占自己的位置，纹丝不动，盯着下边。图泰不同他们，他除了盯住院子的情况外，还要不时地盯住这三个贼，这是他的主要任务。图泰这时心里想，现在还不能动手，要了解一下他的来历，是哪地方的贼？住在哪？他们为什么能找上门来？看来，他们早就盯上赛府了。这事呀，确实应引起我们的警惕，可不能放走，一定要想办法抓住一个。

图泰正想着，只见蹲在正门门楼上烟筒后边的三个黑影动了一下。他仔细一看，见那三个黑影慢慢地起来了，挪动着，往后退，他们要走。图泰这时候，也轻轻地起来，黑影往后动，图泰就跟着他们动。这时候，乌伦巴图鲁也看见三个黑影在动。比这早一点，他看见了图泰，没有出声，同时看到四个角上也有人，他估计是赛府的人。他见图泰一动，也悄声地起来，跟着图泰后面，一块追这三个黑贼。

小清风雷福等四个徒弟没有动，因为师傅早就有话，没有特殊信号不能动。你们的任务就是盯住这个院。我要是追贼人去，你们不用管，你们就看住咱们的家。我什么时候让你们撤，再撤。我不让你们撤，你们就纹丝不动。这四个徒弟，有师傅的嘱咐就没有动，死死盯着这个院不放。

图泰和乌伦巴图鲁，用自己的隐身术和轻功，悄悄地跟在三个黑影的后面。这三个黑影看起来也是个高手，走得相当快，轻功也都很好。他们光注意往前走，没注意图泰和乌伦巴图鲁在后头盯着他们。他们这些人都会飞檐走壁，在京师的房脊上蹿来蹿去。图泰和乌伦巴图鲁这时候会合在一起，他们互相一打手势，就明白了，一个往左，一个往右，让三个黑贼在中间，他们两边包抄，像钳子似的钳住，就怕他们跑了。

这三个黑贼，走一走，又停住了。原来，他们又跳出赛府的院。看起来，他们真明白，想盯住赛府中谈话的人会不会出去？再说，天也快亮了，他们为了隐身也不敢在里边呆着。不一会儿，三个黑影都到了赛府对过儿临街的一片青砖瓦房上，又隐身不动。看出他们仍然在盯着赛府的大门。图泰看到了这个形势，用手使一个暗号，让乌伦也收身隐避在后头，图泰也隐避起来。

这时，就见赛冲阿大人推开了大门，不一会儿，过来三个小轿子。这些轿都是一般的轿。其实，道光帝出外微服，坐的是蓝布花轿，一般官府和有钱人家都坐这样的轿。因为属于皇家，那是黄缎子的。一般富人家都是蓝绸子或者是其他绢布的，绣着花，带些铃铛，非常好听，样式也比较简单。头一轿里头的人已经坐上了，有几个人护拥着。赛大人和戴均元大人、英和大人，叩拜，送小轿子。另外，戴均元和英和也各坐上自己的轿子，忽悠悠、忽悠悠地往另一个方向走了。

三个黑影，这时候也分开了，一个黑影盯住前边的小轿子，在房上轻轻地跟着过去了。那两个黑影跟着后面两个轿子的方向去了。图泰和乌伦巴图鲁做了一个暗号，黑影一闪，两人分开了。乌伦受命跟那两个轿子，图泰跟前面的轿子。图泰知道，前面的轿子里坐的是皇上，护驾要紧，所以，他跟着前面的轿子。图泰又给乌伦巴图鲁一个暗号，叫他想办法擒住那两个黑贼，别让他伤了人。乌伦巴图鲁心里完全明白。

咱们先讲乌伦巴图鲁。乌伦巴图鲁在墙上用隐身术，时而把身子抬抬，时而把身子贴在墙上，在后面跟着，且快且慢。两个黑贼跑得也很快，紧跟着两个轿子，拐了一个弯。乌伦巴图鲁想，这不行，他们是两个人，我要抓，只能抓一个，那个跑了。同时抓两个，够不上。我得想办法吓唬他们，让他们赶紧有啥事办啥事，马上让他们撤，不能让他们跑远了。如果这两个轿子真要一分开，那就不好办了。他知道，一个轿子里头坐的是他的主子，英和大人，那个轿子是戴大人坐着，到时候得分开。我只能管一个，管不了两个。不行，我得马上让他们干，不能让这两个黑贼分开，要分开，我就不好抓了。这时，乌伦巴图鲁把脚一伸，把房脊上一块砖踩下去了，咔嚓一声摔在地上。

这一摔，像信号一样，使两个黑贼一惊。这两个黑贼马上警觉了，互相也打了个暗号，口哨一响，两个人就跳下墙。这时，天还没亮，黎明前最黑暗。这两个黑贼跳下来，各奔一个轿。他们不是抢轿里的人，而是抢前面人提着的小竹篓。这两个黑贼，都是武林高手，手疾眼快，提竹篓的人没等反应过来，小竹篓就没了。

两个黑贼抢到小竹篓，刚要转身走。说时迟，那时快，乌伦巴图鲁已经赶到，他怕两个黑贼跑了，他的钢刀一转，其中一个黑贼的头骨碌碌滚出了老远，血就像喷泉一样，噌的一下蹿向前边。乌伦巴图鲁想，我宰了那个，你这个我也宰。他忙又举起刀，指向那个黑贼，那个人纵身一跳，又跳上小巷旁边的墙上。他上去以后，一反手，呜的一声，乌伦巴图鲁明白，这是甩过小暗器。他本能地把头往下一低，身子转圈一扭，想躲过这个小暗器。他并没觉得身上碰着什么，所以，他也没在乎。可是，那个黑贼已无影无踪了。他见一个黑贼跑了，便赶忙上前把小竹篓拣起来。他着急呀，不知图泰那边怎样了？他拿着小竹篓到前街去迎接图泰。

咱们再讲图泰这边。图泰悄悄地跟着前边的黑影。这个黑影是瞄着前边的小轿子。小轿子正晃悠悠，晃悠悠地往前走，不大一会儿，转过街道，拐到另一个小巷时，这个黑贼跳下了墙，冲到了前头。前头有两个兵丁，提着小竹篓，保护小轿子。这个黑贼到了前头，抬轿子的和兵丁都没看到他，只觉一股凉风过去，他已经探囊取物了。这些动作都在图泰的眼里。图泰当时为什么没动他呢？要知道，这是皇驾。他怕一动手，容易伤了皇上，所以他没动手。他想，等你把东西拿到手以后，让小轿子过去，我再追你也不迟。你往哪跑，能跑出我图泰的手心吗？他非常自信。

等小轿又拐过一条街巷，黑贼拿着小竹篓跑到远处时，图泰才忙着赶过来。谁知道，这个贼人挺厉害，图泰怎么撵，也撵不上。图泰心里想，这小子纯粹是在耍我，看我无能耐。于是，他用轻功，把身子往上一提，很快就站到树梢上。他在树梢上嗖嗖地走，黑贼在地上噌噌地走。这时，他像老鹰一样，俯冲下来，他用两腿一夹，黑贼一蹲，就来个狗抢屎。图泰想，这回你不用活了，不用我杀你，你的骨头都碎了，脑袋也剩一半了。然后，图泰又使自己的反力量，就是千斤坠，把自己的气至丹田，用力往下压，这个力量相当大，这是他练的功夫，甚至木头都能被压扁了。他用丹田之力，往下一使劲，只听哎的一声。哪知这一使劲，他觉得身子下部，腿一麻，他就明白了，这个人不简单。

原来黑贼用双手点他胯下的两个麻穴。这一点，你想，图泰是往下使劲，力量很大，黑贼是用手指的力量。如果上边有万斤力，黑贼的手指能超过万斤。黑贼的手指往上一顶，正好顶住了图泰大腿下边的麻筋。图泰麻筋一疼，赶紧来个鹞子翻身，霍地一声就蹿起来，下边的贼人一骨碌，站起来，然后翻身进了一个小院，一点声音都没有，什么也看不着。就在这时候，乌伦巴图鲁也赶到了。

各位阿哥，我还得跟你们说。说书人我讲这些动作的时候，看起来很复杂、很慢，其实就是一眨眼的工夫。这两员虎将谁都没出手，谁也没说话，嘁哩喀嚓，一转眼，就把功夫做完了。这一比试，他们双方都知道对方的实力。图泰心里暗暗佩服，这个人是武林中的高手，绝不能等闲视之。这个人的功夫不在我之下，好些地方我可能不如人家。估计那个人，心里头也会暗暗琢磨：追他的人挺不简单，有这么大的能耐。我暗地扎他麻筋的时候，我使的是万斤以上的力量，一般说来，我想穿透他的心，那是很容易的，就是一块铁，我也能顶出一个坑来。但他能活动起来，而且动得很快，他的功力是了不得的，证明他的武功是非常高强的，我不一定能抵挡了他。他俩都暗地里互相佩服。

这时候，乌伦巴图鲁见图泰走路不那么顺当，一拐一拐的，图泰觉得腿有点酸疼，勉强在地下把小竹篓拣起来。乌伦巴图鲁忙问："怎么样？我看你腿上是不是出了毛病？"图泰咬着牙说："没事，没事。"两个人再没有说什么，就赶紧回府。这时，图泰回头一瞅乌伦巴图鲁就笑了，乌伦还没在乎。在乌伦夜行服上粘着一块白纸，白纸上写着字，挺有意思，写着满文"娃哈"，是啥意思呢？"娃哈"就是臭的意思。图泰一看到这个字就笑了，忙过去，把乌伦脊背上的字撕下来，这时乌伦还不知怎么回事。图泰把他手上字给他看。乌伦一看，非常憎恨，这是在戏弄我。但是，他心里又一想，这个人真了不得，他什么时候在我后头写的字呢？啊，他打过一个小暗器，我一躲，一扭身。那么，用什么暗器把一张纸贴上的呢？他丈二和尚摸不着头脑，不知人家用的什么技术。

这时，两个人的心情都不怎么好。他们虽然把竹篓弄到手了，可是没想到，又碰上了两个世外高人。他们想着想着，往前走，突然图泰看到对面的墙上钉着一个小布条，他们过去一看，是有人用暗器把梅花针钉在墙上。暗器打出去，用气的力量把针顶出去，钉在墙上，这劲多大啊。针的后头，缀着一个小布条。

图泰过去把针薅下来，掉下一个小布袋。他想，肯定就是那个人干的。他把小布袋拿来一看，小袋上边有个口，口上头用线缝着，就像过去的小皮口袋，里头有绳，绳往上一紧，小口袋就紧到一起了。现在正好，线一松，里头有一个不大的红布口袋，非常显眼。图泰把小红布口袋上边的口一抻开，就在里边掏出一个小纸条。这个纸条是毛头纸，上边用毛笔写着工整的楷书，字写得相当漂亮。

这时，天已大亮，街上偶然有卖货的，远处还能听到卖浆子、果子的叫卖声。图泰把纸打开，乌伦也过来看。图泰一看纸上写着七言绝句：

青柱峰前同叩佛，
七载兵刃任逍遥。
繫念同师手亦慈，
雪寒域阔看海潮。

图泰一看这诗，心里格登一下，他明白了。这不是别人，正是自己的师弟。他从离开师父以后，曾到山西青柱峰去一趟，看看师父。这时他已是赛冲阿的重要管家，而且是皇宫的侍卫衔。他不忘恩师，总是惦记着。他要给师父捎些东西，师父也不让，他是出家人，一尘不染。师父对他说："你要一心为公。我是青山为脉，到处云游，阿弥陀佛。"他看到师父话语不多，苍老不少。后来小和尚告诉他，师父为什么苍老呢？前两年师父收了个徒弟。这个徒弟岁数还挺大，那时已四十多岁了，是个要饭的。师父可怜他，就把他领到庙里。

这个人，还挺勤快，打扫院子，打扫佛殿。有时候还给师父烧洗脚水，师父也挺疼他。他家里没有别人，是逃难之人。小时候在家里也学过武术，有点能耐，一般说来，都打不过他。因为，在南方武术是家中必学的东西，一般的男孩子、女孩子都会，不过高低不同罢了。后来，师父就把他留下了，并对他说："将来我要云游四海，我走了以后，你要有个饭吃，不要让人家熊住。你要多做好事、善事，不要做坏事。"师父出于这种心情，就教了他几个高招、绝招。这个人喜欢美色，有一次，他到一老两口家，儿子外出做买卖，老两口领着儿媳在家度日。夜里他用点穴的方法，把老头儿和老太太点睡过去了，他就把儿媳妇奸污了。后来，这事老太太知道了，觉得对不起儿子，就郁闷而死。儿媳妇也跳河淹死了。这事师父知道以后，气坏了，想要惩罚他，他就偷着跑了。从此再没有音信。

图泰想，如果要是自己的师弟，那就是他，他一看这诗，也是这个意思。因为，这个人挺聪明，字写得好，还有学问。青柱峰是师父住的地方，也是教徒弟的地方。同叩拜，咱们都是在老和尚面前学的徒。七载兵刃任逍遥，我练的是单刀；惟念同师手亦慈，我就因为想到咱们都是同一老师教的，今天我饶了你，没杀你。最后一句，雪寒域阔看海潮，这句话是什么意思呢？图泰犯寻思了。啊，他可能要到北方去，看北方的海。那就是说，将来他要在北疆扩展自己的势力，你敢不敢去？你能不能像我一样到漠北去，到最苦的地方去？含义特别深，这就是这首七言绝句的诗底。

图泰和乌伦俩人各揣心腹事，往回走。后来图泰对乌伦说："你把小竹篓交给我，你够辛苦的了，谢谢你，乌伦。没有你鼎力相助，我还不知怎么样呢。原来，我想的太简单了，我以为他们仅仅是小小的蟊贼，咱们能制服他。昨天夜里咱们监视他们时，我以为他们不知道。其实，那三个人也看见我了，他们是装傻。哎呀，我在武林中也是身经百战，没想到今天还输给他们了。"图泰非常内疚，没想到自己栽这个跟头，师弟虽然走上了邪道，但是，他也教育了我，让我更老实地做人，更精心学艺，我只有精心学艺，才能战胜邪恶，为国效力。

图泰一边走着，一边想着，跟乌伦告了别。乌伦从另一个小巷回到英府，图泰提着三个小竹篓慢慢往回走。不管 怎么说，今天把三个小竹篓弄回来了，使赛大人挽回脸面。今天大人进宫时，也好向皇上有个交待。

图泰回到自己的住处，脱掉夜行衣，简单地洗一洗，到厨房要点吃的，就大口大口地吃起来。这时图泰的四个小徒弟进来了，图泰就跟他们说："你们先回去休息，有事我找你们。现在我累了。"这四个徒弟拜别了师傅，就回去了。

图泰边喝茶边想：这事我怎么跟大人讲呢？图泰想来想去，自己决定，先不要跟赛大人讲，因为有些事情现在也讲不清楚，反倒使大人心事重重。何况，这次意想不到地见到了多年来未曾见面的陌生的师弟。他是一个文武双全的人，只可惜没走正道，我作为恩师的把门弟子，有责任管教好我的师弟。这次我看他鬼鬼祟祟的样子，肯定是已经投靠了什么人。另外，他为什么要到北疆去？我都不清楚。

图泰琢磨来琢磨去，觉得现在还不能跟老大人讲。

图泰想着想着，不知不觉到了前厅。他到前厅一看，没有人，问仆人，仆人说："皇宫的太监来传话，皇上要面见大人。大人已经进宫去了。"图泰一听就知道了，皇帝召大人去，肯定是为丢小竹篓的事。哎呀，大人一定遭到皇帝的斥责！没法子，现在只好到门口等大人回来，然后再禀报吧。不大一会儿，赛大人回来了。他把大人接进了屋，主奴见了面，这就是前书所讲的过程。

下面我就接着讲。赛冲阿回到府里，见到英和大人和他的护卫乌伦巴图鲁。图泰把小竹篓弄到手的事情交待以后，他们商量下一步怎么办。他们杀了一个贼，跑了两个，这擒贼的线索断了。这个贼究竟是哪来的？怎么知道皇上在这儿？他们来的怎么这么巧？这真是个谜。

英和大人做事非常细，他问图泰："被杀的那个贼人的尸体，你们收起来没有？"乌伦说："我们俩已经收起来，转交给刑部。"英和大人一听非常高兴，就说："你们做的对。三个飞贼来窥探不是一般的小事，因为有皇上在，这是惊驾大事，要说大的话，就是杀头之罪。所以，你们交刑部处理是对的。刑部现在来的是新人，还不熟，主要是个侍郎在管。我们军机处也要过问。这件事情，看起来不管不行了。他说着就告诉乌伦："你现在就去，找得力仵作把尸体好好验验，能不能查出蛛丝马迹，找出罪证来。"乌伦说一声："喳！"告别了大人。

接着英和大人又对赛大人说："大人，现在该轮到你了。你呀，应该把昨天出的事情和他俩找到小竹篓这件事，如实向皇上禀报，让皇上知道，我们已经把贼抓住了，让皇上安心，别再闷在鼓里，让皇上消气。竹篓已经找到，坏人已被杀死一个，使皇上更信着我们。"赛冲阿点点头，觉得这事说得对。英和大人接着又说："你进宫，我们不能光跟皇上介绍这一件事，皇上肯定要问，下一步你们要怎么办？咱们向皇上报过北疆的密报。你呢，就向皇上提出来，着即遵照大行皇帝的遗诏，把三等侍卫穆哈连的后事妥善处理好，以示皇恩浩荡。"

赛冲阿想了想，感到真是这个理，就问英和大人："你说，咱们该怎么办好?"英和大人说："现在，咱们首先报上一个奏折，把几件事想得细一些，让皇帝同意批下来，我们就好办了。我感到有个迹象，不知大人想没想，为什么咱们刚开始谈这件事，还是皇上找咱们谈，夜里就有人上你府上盯着，对这事他们为什么这么热心？另外，我命乌伦多次到灯市口聚宝货栈私下里暗访过，觉得那块儿情况不一般。有人已向我秘密讲过，你知道不？这个货栈背后的大掌柜的是谁呢?"赛冲阿还真不知道是谁，光瞪着眼睛，晃晃脑袋，不知是谁。英和悄声地说："这个人很可能是，你曾经向皇上奏过本，指过他的罪，被贬到光禄寺，做光禄卿的那个人。因为我知道，在聚宝货栈里头，有不少的小伙计，对穆大人崇拜得五体投地。"

穆大人穆彰阿，他是这部书中又一个重要的人物。嘉庆末年时，他在刑部，处理一些案子有过错，被刑部的人提出来了。穆彰阿当时年轻，聪明，做事干净利落，但独断专行，粗心大意，所以，有些错案让刑部人抓住了，上报给皇上。当时御前大臣赛冲阿，一听这事就火了，对嘉庆帝说："陛下，这件事一定要重视。处决一个人，要经过多少次认真地盘查，一件一件核实以后，才能最后硃笔定案。穆彰阿一连气定这么多案子，一个接一个地批。皇上，我看他不能做刑部侍郎了。这么重要的官职，涉及到杀人的事情，各地官府应慎重，朝中刑部更应该百倍注意。爱民如子，是我们本朝的宗旨。"

嘉庆皇帝格外赞赏赛冲阿的说法，所以就下旨，把飞扬跋扈、趾高气扬、目空一切的穆彰阿贬了，贬到了光禄寺，给皇上张罗吃的、用的，穆彰阿是一肚子火。赛冲阿是秉公办事，所以当时没往心里去。现在英和大人一提，他想起来了，是啊，是有这宗事。穆彰阿现在是越来越有名气，更主要的是，道光皇帝当太子时，穆彰阿就跟他有来往，关系非常密切。这回道光旻宁当上了皇帝，把他当成靠山，这是顺理成章的事。他们的想法还真对。

穆彰阿从打大行皇帝嘉庆驾崩以后，就没闲着。他把自己在聚宝货栈很多的珍馐、美味，还有他在光禄寺时，从下边，特别是从黑龙江以北一些哨卡采集来的食品、皮张，都是海货、鲜货，通过他认识的太监、朋友，拐弯抹角送给太后。这里就有些秘密了，道光旻宁成帝，皇太后帮了不少忙。皇太后说，旻宁承继大统是先皇已经定的。所以，嘉庆驾崩后，道光及时当上皇帝，他由衷感激皇太后。皇太后在道光皇帝耳边常讲：一朝皇帝一朝臣。你呀，不能光依靠老臣，他们年逾古稀，不能经常到下面巡视，他们知道什么情况？你应当让那些身强体壮、精力充沛的年轻臣子，辅佐你才行。皇太后一再嘱咐道光，对老臣要敬重他们，但是更多的要用年轻有为、后起来的大臣。特别是在道光面前，多次推荐非常机灵，非常有办法的穆彰阿。道光本来就认识穆彰阿，他武术好，要文有文，要武有武。这个人活泼大方，长相是标准的满洲男儿，大眼睛，大耳坠，浓眉毛，高个子，仪表堂堂。道光确实挺喜欢他，经皇太后一说，更喜欢了。对这些情况，英和都看在眼里。

赛冲阿和英和两位大人，边喝着茶边谈着，非常有劲头。这时候乌伦回来了，他兴致勃勃地向二位大人做了个揖，禀报大人："我才从礼部回来，我们和礼部、刑部的一些仵作，对那个贼人的尸体详细做了检查，从尸体的内衣里搜出一张翠香阁的银票。还从贼人身上，扒下一件很精致的透珑的鱼皮云珠镶金丝坎肩，其他就没有什么东西了。值得注意的是，刑部前些日子丢了些到北方的腰牌，这件事已引起朝廷的注意，所以，现在尚书空缺。刑部德龙泰主事，让我把从这个罪犯尸体上搜出的东西，和他们对这件事情的看法禀报给两位大人。因为这件事是遵皇上之命办的，何况御前大臣和军机处也有权过问这件事。德龙泰让我跟大人说，由你们定夺吧。有什么事需要他们办的，就敬请吩咐。"乌伦说着就从皮囊里拿出那件鱼皮坎肩，和一张翠香阁的银票。

赛冲阿和英和接过这两件东西，他们俩人从表到里，翻来翻去，看的非常仔细，辨认这两件东西的真伪。他们一看银票是真的，另外，还是头一次看到鱼皮坎肩，这确实是件新鲜之物。

说起来，这两件东西很有意思。翠香阁，在座的没有不知道的，都熟悉，在嘉庆初年时，就享誉京师。翠香阁在当今北京前门外，罗锅巷里大栅栏闻名的大妓馆。里外陈设，都是雕龙画凤，相当讲究，可以说，金屋藏娇。所有的美人都是从江浙选来的，美貌绝伦，多才多艺，各有绝技。不但长的好看，而且一个个都非常年轻，一过二十六七岁就被撵出去了。在翠香阁可以听到很多大清国最好听的曲调，什么昆曲、越剧、南曲，都有出类拔萃的人物。真可以说是琵琶楚乐，通宵达旦，越曲婉韵，声声醉人。能够进到翠香阁的人，不但要有使不尽的银子，而且鸨子最看中的是这个官家的顶子，品级越高越视为上宾。美其名曰，翠香阁是天下最阔的官场，就是皇上老子来了，比宫中大内也差不了几分。所以，翠香阁不是凡人能去的地方。

现在，能从这个歹徒的尸首上，翻出翠香阁的银票，说明这个歹徒不是一个平常身份的人。即使自己不是什么达官贵客，也一定有哪家官宦人家的资助，他一定与他们有不寻常的关系。赛冲阿和英和大人也分析，这个歹徒的银票是不是从哪抢的、偷的？有这个可能，但是，可能性非常小。因为，翠香阁的银票，是相当不容易得到的，它专放到金柜里头。要想从鸨子那儿弄银票，你得先交银子，按鸨子说的数，你给足了，她才给你一张银票。有了银票，在翠香阁就可以喝茶、吃点心、听歌、看舞。跟某个小姐在一起说、学、逗、唱，吹、打、弹、拉呀，走的时候，把银票都收回来，不能带出去。什么情况下能把银票带出去呢？就是隔日的银票，先买下来，要在明天去或某天去，到那天才能用。这个歹徒有翠香阁的银票，他身后一定是有钱的人，至少是有什么品级的，或者带红顶的人在后边资助他。这样分析的话，这个歹徒来抢小竹篓，可能是受人指使，他的后台值得注意。

再一点，赛冲阿和英和两位大人又分析，这个歹徒能穿鱼皮坎肩，很蹊跷，不一般。京师人常见常穿的坎肩都是绫罗绸缎做的，但是，用鱼皮做的坎肩平常都没见过，有这个坎肩的地方，都是边远之地，是在长城以外，在北疆、在漠北。比如说，乌苏里江以东的赫哲人，他们喜欢穿鱼皮坎肩。另外，在黑龙江出海口一带，在北海精奇里江下游住的满洲人，还有一些以渔业为生的其他部落的人，他们也喜欢穿鱼皮衣裳。这说明，鱼皮坎肩应来自漠北，此物不是北方人赠给他的，就是这个人曾经到过北疆，或者说，这个歹徒本身就是北疆人士。赛冲阿、英和以及他身边的两个亲信，图泰和乌伦，越分析，越觉得银票和鱼皮坎肩很有价值，不是一般之物，是个线索。这说明，在朝廷之外，确实有作对的人。

赛冲阿想到这里，不觉打了个冷战。嘉庆皇帝刚驾崩，新皇帝才登基不久，就出了这个事情，能掉以轻心吗！由这件事，他们又想到穆哈连在北疆雪山蒙难。穆哈连能进京见了皇上，后来又成了宫廷的侍卫，这全靠着赛大人和英大人极力向朝廷举荐。所以，赛冲阿、英和大人和穆哈连关系非常密切，他们之间只不过一个是长辈，一个是晚辈而已，他们都是倾心向着朝廷的知己。穆哈连这个人，非常勇敢，武艺高强，忠诚憨厚，朴实无华。人虽然走了，但他的声容笑貌一直留在人们心里。不仅是他的弟兄们，就是在大臣们中间，只要认识他的，都非常怀念他，没有不为他的蒙难感到惋惜的。穆哈连也真不愧为英雄，他捍卫北疆，确实是对罗刹的进犯，给一个沉重的打击，要不然罗刹怎么这样恨他呢！另外，穆哈连刚正不阿，秉公办事，对那些贪赃枉法，妄图霸占北疆奇珍异宝的人，嫉恶如仇，所以，这些人对穆哈连恨之入骨，把他视为眼中钉、肉中刺。赛冲阿和英和大人心里明白，穆哈连蒙难，肯定与这有关。这些恶人想铲除朝廷在北疆的心腹，开出一条平坦的路。他们杀穆哈连就是借此恐吓我们。赛冲阿和英和他们，越想好像问题越清楚了。昨夜突然出现的飞贼，不伤人，只偷走了竹篓，他们的动机，就是向朝廷挑战，向赛冲阿、英和这些忠于朝廷、忠于道光皇爷的老臣挑战。

想到这儿，图泰走过来，向二位大人说："眼下咱们不能再等了。昨夜三个歹徒两个已经逃跑了，其中一个，说实在的，学生我还认识，细情在这儿我就不讲了。通过同他们较量，我才知道，不能小看他们。开始时我挺轻敌，以为是个小蟊贼，一较量，才看出他们武功超群，我们不能掉以轻心。现在，我们应趁热打铁，请求大人恩准，及早禀报皇上，商议派人北上。学生想了个主意，不知可不可以。赛大人，我想先离开府上几天，带上我的徒弟，一行五人，悄悄地，以做买卖的身分，赶着车到北边去，暗里承担大任。我们到那儿摸摸情况，看北疆究竟出了什么事情。大人，不知可不可以？我到那儿，会会我的朋友，也会会那些趾高气扬的人。我愿意向大人立军令状。我总想，在京师，南七北六十三省的人都来这儿，查一个人非常不容易，还是先从下边查，然后再往上边查。这样能在最短时间内弄个水落石出。咱们就来个顺藤摸瓜，理线抓鱼，看他和京师哪个部门有联系，与朝廷中哪个人士有关系。我们把蛛丝马迹弄明白了，好下手，好禀报皇上，这样就能事半功倍呀。"

图泰这番话，讲的很有道理，英大人点了点头，乌伦站在一旁，也很高兴，因为这正合他心意。他赶忙接着说："大人，我去北疆两次，熟悉这个道。图泰总管没去过，还不如让我和他一同去，我们一起破贼。英大人，你答应下来吧！"

图泰说："不，乌伦，你还是留在京师为对。京师有些事情我们还不清楚，不能放下京师不管。大人府上一旦有个三长两短，我们怎么交待？你留下来，我放心。何况，你已偷偷监视聚宝货栈有些日子了，你不能放弃。我还建议你，应找个机会去夜探，不入虎穴，焉得虎子。这样，我们就南北各负其责，在紧要关头，两方面再会合。”

赛冲阿大人听了他的两个部下，年轻有为的护卫和侍卫的话，非常高兴，便说：“你们是后起之秀，能承担大任，你们去，我放心哪。说到这儿，我倒萌生一个新的良策，跟你们商量一下，特别是英和大人，你看行不行。我年岁已高，北边是我的家乡，这些年我忙于朝廷政务，也没时间回去。而且很长时间在新疆伊犁，回到京师以后，我就没有时间到我的老家塞北去。我看这是个机会，在我有生之年，我同图泰一起去北疆。有他保护着我，你们也会放心。京师又有英大人你，我也放心。这样的话，你我也是两头忙。我跟图泰去北疆这件事，等上朝时，我就向皇上禀报我的想法。”

图泰一听，特别高兴，就说：“大人，大人哪，这可好啦，我非常同意，同意啊。”两位大人和两个侍卫就这么唠着，欢欢喜喜，一直唠到很晚。

双雀飞树，各栖一枝。众位阿哥，说书人的嘴不能老是偏爱一方，早有另一方被我说书人慢待了。从开书到现在，那一方哑言不语，他们在骂我，骂我不公平。所以说，我现在要表另一方。我要小动唇舌说说本书的另一个主人。这个人，外号叫串地龙，龙福春，龙大人。我先从他讲起。今天正是龙大人喜庆之日，他的义子猛哥，娶了龙家堡子远近闻名的美女俏俏为妻。今天要把俏俏媳妇迎进门了，真是红毡铺地，唢呐声声，鼓乐喧天，洞房花烛夜，连理并蒂枝。

俏俏是部落里一个丫头，长得很美。龙家周围一些邻里，都想看看新媳妇俏俏长得什么样。因为龙家住的是一个土窑子，本来只有百十口人家。这百十口人家，多数还是龙家的奴仆，所以，没见过世面。现在真是变了样，到处搭着彩楼，挂着红布，摆满了喜庆的鲜花，热闹得很。来贺礼的，串亲亲的，瞧热闹的，人来人往。吹鼓手，嘀嘀嗒嗒，把整个小土窑子轰上了天，能传出十里、二十里。你看，男男女女，老老少少，远亲近邻，有的骑马；有的坐大轿车，轿车上戴着铃铛、铜镜，非常好看；有的是坐小毛驴车的，毛驴头上扎着彩绸，戴着铃铛，一跑哗哗地响，非常有节奏。另外，还有推着“老太太乐”的，咯吱吱，咯吱吱地响。“老太太乐”就是单轱辘车，又叫胯车，推车人很有技术，把绳子往脖子上一挎，两手握着车把，推车有一定的姿势，脚步迈得挺匀称，俗话说“胯车不用学，全凭屁股摇”，走起来像扭秧歌一样。就这样，把个龙家堡子闹腾得比北京大栅栏还招人看。

说起来，龙福春、龙大人，他的身世就是一部书，可不简单。嘉庆五年时，他还是天津北边蓟县县城观音庙前的一个小掌鞋匠，无妻无子，独身一人。他为人很好，肯于帮助邻里，掌鞋也不计报酬，你愿意赏就赏几吊钱；你没有钱，拿着掌完的鞋走也可以，只要留下一个名声就行了。好在嘉庆帝在位那几年，风调雨顺，当时，一个人怎么干都能填满肚子，所以说，他还没觉得太穷。他不仅这样，还经常到鳏寡孤独的家里去帮工，不要钱，吃一碗天津卫喷香的包米糊糊和一根撒着白糖的大麻花，他就心满意足了。龙福春就这样，终日靠着蹲庙台，来乞求过路的恩公、行人，问他们：“你有鞋让我收拾的吗?”“这位先生，你要不要收拾鞋?”冬天都穿毡疙瘩，补一补，他不嫌臭、脏，过路人都觉得方便，这个掌鞋匠还真好。

单说，观音庙这个地方，正好是临街大道，车水马龙。西边直通北京，东边，稍微往北拐一点弯，就是大清皇家的东陵，离这儿也就是二三百地。上至王公贵戚，下至庶民百姓，多少人都在这条宽坦的大道上走，从早到晚，来来往往，非常热闹。要是赶上节日祭日，太后和皇上有时去东陵，也在这儿路过。那时候还能常看到红毡铺地，鼓乐喧天，满身铠甲的八旗兵勇，一字排开，站立两旁。还有穿着各样品级衣服，戴着各种顶子的王公大臣，有的坐轿，有的骑马。走起来，真像人河一样，一个挨一个，这个场面好个气派。

俗话讲，天有不测风云，人有旦夕祸福。又常讲，一生常做善心事，终得吉祥世人知。有这么一年，正是隆冬、大雪飘飘的日子。龙福春清早起来，看看天，天还昏沉沉的，雪还下呢。他犹豫半天，去不去掌鞋呢？但是，他是个闲不住的人。他明知道，这么大的雪天，谁还出来叫他掌鞋呢？但是，他还是起来了，穿上衣裳，擦擦脸，喝几口炉子上小壶里装的炒米茶，饭也没顾得吃，背起掌鞋的箱子，冒着大雪就来到观音庙。

观音庙的石头台阶上，有三个庙门，正门是挺宽的红门，两侧是比较窄的小红门。三个红门上头都是用石头砌的飞檐。龙福春每次来，都坐在观音庙一侧小红门的下边，他搬过一块小木墩，又往地上铺上他带来的有窟窿眼的皮褥子，他把掌鞋箱子打开，把里头的刀子、剪子、锤子都摆在那儿。因为他坐在庙门的一侧，房檐的下边，可以避雪、避雨，天天如此。

这时雪还下着，满地银色，大道上行人稀少，雪把大道铺得挺厚，一片白茫茫的。龙福春有个习惯，他总是整天地坐在这儿。不管有活没活，他就像个柱子立在这一样，今天照样如此。不少街坊邻居都暗地议论他："瞧呀，这个笨小子，不管是雨天、雪天都坐在这儿，也不想想，这样的天气，谁还上你这儿掌鞋呀。这个死木头疙瘩，真是死心眼。"但是，龙福春不这么想，他认为在这儿坐着可以眼观六路，耳听八方。他坐在角门，往这边看看，往那边瞧瞧。哪块有个大事小情，老人家摔跟头了，瞎子摸不着道了，小孩哭着找不到家了，两口子拌嘴打成一团了，或者过往的行人、车辆要问道了，问哪个住户的姓氏、住址了等等，龙福春都是热心迎上去，主动帮助解决疑难的事情。他就这样终守每日，从不感到无事寂寞，反而觉得挺充实、满舒适的。

雪还是越下越大。好在天津卫这块地方，也不算太冷，有个小耳包，戴个卷檐的有点毛的毡头帽，身上穿着薄的长袍，套个坎肩，也就不觉得怎么冷。

雪仍然在下着，行人不多，没有动静，也没有谁要找他帮忙。他说："嘿，今天这么太平。"这时，他肚子里头咕噜咕噜直叫唤，向他讨饭了。"哎，今天就到这儿吧，今天吉祥，我走了，明个再早点出来。"他忙着站起身，打扫打扫身上的雪，拎起掌鞋的箱子，卷起破皮褥子，把掌鞋的家什都收拾起来，把小木头墩放在台阶下边的墙角底下。

他上了台阶，呆了一会儿，又觉得木墩没放严实，要不然来个淘气的孩子给我弄走了，我就没有坐的了。于是，他跳下台阶，去摆弄木墩，没想到让一个东西把他绊了一跤。回头一看，原来是一堆乱草，让雪盖上了。他踢一踢草，草上的雪掉下来，露出一双小花鞋。他顺着小花鞋一摸，哎呀，是一个人哪。他赶紧把草和雪都扒拉开，原来草底下睡着一个小姑娘，睡的还挺香。他开始以为是被冻死了呢，他扒拉一下，一看那丫头醒了，坐了起来，暖呼呼地，也不瞅他，双手一个劲地揉眼睛，半天没吭声，坐着不动，满不在乎的样子。

龙福春很奇怪地打量她，一看，这姑娘头上梳着两个小辫，小辫扎着红头绳，额前还梳着很整齐又弯又长的刘海儿，头上右侧还别着一个展翅翩飞的玲珑翡翠的花蝴蝶，真好看。上身穿红丝绒卷边镶着琉璃珠的盘花棉袄，下身穿着浅绿缎子有花绦子镶边的彩裤。一双绣花鞋也挺讲究，鞋上绣着鹊雀登枝。袜子上蒙着不少雪，雪一化，所以袜子是湿漉漉的。再细看，还有一层白霜。这小姑娘是旗人打扮，不是汉人。从她的模样看，不是附近的小姑娘。她的年岁也就十七八岁，怎么睡到这儿来了？他问她什么，这个姑娘什么也不说，也不瞅他。是哑巴？不，你要一碰她，她还咿咿呀呀地叫。瞅她脸，她还嘿嘿一笑，半天大舌头唧叽说一句，阿玛哈[①]，阿玛哈。

在京津这一带，那时候说满洲话的人很多。龙福春虽然是汉人，他对满洲话也会点儿。他一听就懂了，意思是说，我要睡觉，干什么你把我弄醒了，你搅了我的美梦，埋怨他的意思。他问她哪来的？家里都有什么人？这个姑娘都不知道。他想，不能让姑娘在雪里冻着，时间长了，不冻死也得作病。遇到这事，他能不管吗？他看姑娘的样子，像个傻子，也可能是受了刺激，精神失常，逃出了家。大雪天，在外边睡觉，还不冻坏了胳膊腿，哎，可怜天下父母心哪，家里人还不知怎么着急、怎么惦记着她呢。我呀，不能不管。先把她接到我家，安顿好以后，我再帮助找她的父母。他主意定了，就好言劝姑娘走，姑娘也不动，他就好奇地把姑娘扶起来。他用一个肩膀背着掌鞋的箱子，一只手拉着姑娘的胳臂。他连劝带推，好半天，才把她拉到自己矮趴趴的小土房子里。

他进屋马上升上火，屋子烧的暖烘烘的。不知这姑娘跑出几天了，满脸是泥，手都黑乎乎的。他用凉水给她擦擦脸、洗洗手。又给她熬点小米粥，剩了两个饽饽给她熥熥，切了一小碟萝卜丝咸菜，想让她吃。

这个姑娘一看就炸了，瞪着黑眉毛，大眼睛，蹬着两腿，嗷嗷叫起来。龙福春不知她要说什么。这时她干脆把桌子一掴，就把吃的东西全都掴到地上，嘴里说着“吃萨其马、萨其马。”啊，她吃不惯这个，想要点心吃。姑娘一个劲地闹，龙福春也不心烦，他想，人家是病人，我既然把她接回家了，就不能让她饿着。于是，他到外边买点糕点，总算对得起她的爹娘。这时，姑娘还哭叫着，龙福春就悄悄地把点心放在她跟前。

我要跟各位阿哥说一说，龙福春是很穷的，你想，一个掌鞋的能有什么钱，买这点糕点是不容易的。他是悄悄地在破炕席底下拿出点银子

---

① 阿玛哈：满语，睡觉的意思。

买的。姑娘吃着点心，不闹了，不一会儿，就睡着了。屋子太小，怎么办呢？他把屋里的小炕让给姑娘睡，自己在外屋地灶火坑边，只能放下一个锅的地方，挨着墙角，半靠着墙半躺着，盖着自己的老羊皮过了一夜。

话要简说，就这样，这姑娘在龙福春家呆了三天三夜，龙福春侍候她三天三夜。找姑娘的家吧，这姑娘全不知道。他到处打听，谁都不知道姑娘的来历，只能养着吧。这样，姑娘又住了三天。龙福春身边没多少银子，姑娘还整天要好吃的，一侍候不好，不是哭就是闹，说话她不理，像五六岁的孩子一样，什么都不懂。她就是呵呵咧咧的，听不懂说些什么。这可好，四只眼睛一碰，谁也不知啥意思，可苦了龙福春了。就这样，又熬了十多天，她慢慢习惯了，不闹了，还能帮他背箱子，在观音庙石台阶上，看龙福春一针一针地掌鞋。

时光荏苒，转眼，冬去春来，万物复苏，龙福春费了多少心思，也打听不到姑娘家的下落。这一天，艳阳高照，龙福春带着傻姑娘，到观音庙台阶上掌鞋。顺便还要说一下，这些日子，姑娘吃的用的，已花了不少银子。龙福春穷得叮当响，啥也没有了。后来，实在没法子，他把他娘过去传给他的千手观音佛像拿出来。这个佛像有老年头了，据说是大元朝忽必烈时期的文物，他一直供着。眼下没法子，拿出去当了吧。他到县城当了些银两，买了些糕点，总算使傻姑娘性情好多了。

有一天，他们又来到观音庙，傻姑娘帮他把掌鞋的家什拿出来摆好，龙福春刚刚坐好，就在这时，见大道的对面，走来一位背着包袱，穿着一身灰色僧袍的云游和尚。这和尚长得很魁梧，浓眉大眼，不过因苍老眉毛已变成灰白色，两个眉毛弯弯地压在眼角上，很慈善、安详。他来到龙福春的身边，向龙福春单手作了一个揖，说："阿弥陀佛，善哉，善哉，施主啊，贫僧打扰您了，我过路口渴，想到您这儿讨口水喝。"

龙福春放下自己手中的家把什，忙着拿起放在台阶上的小水壶，傻姑娘还真懂事，瞅瞅和尚，拿起水碗，又接过龙福春的小水壶，递给和尚，口里还呜噜呜噜地说，又赶忙拿过一个小木墩，放在老和尚面前。这个和尚慢慢地上了台阶，坐在他俩的斜对面，一点没客气，就大口大口地喝。喝完这碗，又喝那碗，看样子真是渴坏了。

龙福春忙说："老仙翁不要着急，慢慢地喝。不知仙翁从何处来？奔何处去？""啊，我是从河北遵化金佛寺来的，顺着道往京师走，路过京城潭柘寺，我要在那儿讲经，讲完经我要去五台山会友，然后就回到山西青柱山，我的禅房了。”

龙福春边干着活边说：“哎呀，这条路可远了，老仙翁够辛苦的了。别着急，在这儿歇歇吧。”他仰头看看天，又跟老和尚说：“现在天已不早了，日头都偏西了，要不这样吧，你在我这儿住一宿，明天你早点赶路，稍微贪点黑，你可能就赶到了，要不，你这时走，在哪住呀。”龙福春这个人，从来是热心肠，他总是替人家想得多。谁想，这老和尚也真不客气，顺着话就说：“那就打扰您了，我就住你这儿，多谢了，阿弥陀佛。”

龙福春就是这样爱管事的人。他赶忙向傻姑娘比划比划，叫傻姑娘帮他赶紧收拾箱子，回家吧。又来一个客人，傻姑娘非常高兴，就忙这个，忙那个，还抢着背箱子，走在前头。龙福春与老和尚在后边跟着，不一会儿就到了家。

龙福春把门一开，老和尚个挺高，低着头猫着腰进了他的屋子。龙福春告诉老仙翁：“你先歇着，我给你做点素面吧。”他洗洗手，把面一和，又把锅烧开了，给老和尚做清水刀削面。龙福春手艺还真行，一手拿着面团，一手拿着片刀，刷、刷、刷……面削的挺齐整，块一般大。不大一会儿，就把面削完了，撒了点盐，别的什么也没放，就把面端过来了。老和尚接过来，连汤带水就喝进去了。傻姑娘一看老和尚爱吃，自己也不要点心了，也要吃刀削面。这个傻姑娘吃完了，还剩一点面汤，龙福春自己就点补点补。

他们吃完了饭，龙福春把油灯点着了。和尚问他，这屋子怎么住呢？龙福春说：“这屋子由傻姑娘住，看没看着，我就住在外屋灶火坑这个地方。”和尚更随便，就说：“我就跟你住在这儿吧！”怎么住呀，也没地方。老和尚到外边拣些干草，从他自己包袱里拿出一个圆的小布垫，把它放在草上，老和尚双腿一盘打坐，叫坐禅。他把包袱里的经书展开，放在自己的双膝之上，闭目养神，话也不说。这时，龙福春依然睡在灶火坑前，还是盖着他那块老羊皮，和衣而卧。

半夜的时候，龙福春睡的正香，就觉得有人在推他，他醒过来一看，是老僧醒了，在跟他说什么。他以为老僧要出去方便方便，可能不知地点，问这个事儿。龙福春忙着坐起来，点着小油灯，就说：“仙翁真抱歉，我忘了告诉你了，外边野地哪都行，不必到远地方去，愿在哪方便就在哪方便。”

老和尚一听笑了，忙摇摇头、摆摆手，“阿弥陀佛，善哉，善哉，我哪也不去，就想跟施主你说上几句话。我告诉你吧，大概在十多天以前，我从京师这条路过来时，施主没看见我，我可看见你了。这个傻丫头就坐在你旁边，我当时就打量你好半天，我不知是怎么回事。后来旁边有人告诉我，说你是个好心人，好帮助别人。我佛最喜爱帮助他人的人。你做的好事，我都知道了。施主啊，现在我跟你明说了吧，我是来帮助你的，你看看，有什么事让我帮忙吗？”

龙福春一听很感动，忙着跪下，给老和尚叩头、施礼，然后说：“谢谢佛主保佑，龙福春我只求能够解救屋里那个可怜的姑娘，她失落了父母，在我这儿已半年多了，没找到她的家，她一定是哪个富贵人家的闺女，你看她穿的、要吃的东西，和我们都不一样，说实在的，不怕仙翁耻笑，我真是养不起她呀。何况呢，这样长此下去，也不是那回事。拖累我无法生活下去，眼下，我真是钱财一空，全靠着借债养活她。请仙翁赶紧点化我，我可怎么办哪？”说着就给老和尚磕了一个头。

老和尚说：“施主，苦到头来必有甜，一心向善有机缘。我看这姑娘，她的五官面貌是个有福之人，黑根毒苦美芙蓉，前途无量，阿弥陀佛。”

龙福春听不懂，就问：“什么黑根毒苦美芙蓉？我不明白你老的话。”

老和尚说：“这些你不必要问，不懂就不懂吧。我给你二十一包药，我再给她针灸。你呀，等我每次扎完一次针，就把我配的药，给她冲一包喝下去，然后让她睡觉。得这病的人，就怕惊吓，不让她悲伤忧虑，让她静心安养。我已经看出来了，她没有不治之症，让她好好睡觉，咱们能治好她的病。”老和尚说完，从包裹里拿出早已准备好的药和银针，让龙福春按照他说的办法给姑娘服用。这药是他在十几天前，知道这事后，从外地采集来的。

老和尚让龙福春在前面，他在后头，把门开开。龙福春端着油灯，进了屋，叫醒了傻姑娘，用手比划来比划去。这个傻姑娘也挺灵，懂得了龙福春的手语，忙把衣服穿好，向老和尚傻笑，一边点头施礼，一边比划着。老和尚不知啥意思，龙福春在一旁解释说：“她谢谢老仙翁救她，你怎么扎针她也不怕疼。”就这样，老僧让她重新躺下，在她前后心、肩膀、胳膊、腿上扎了好几针。

老和尚在龙福春家整整住了七天七宿，龙福春就侍候老和尚、傻姑娘七天七宿。天天从早到晚，把他忙得不可开交，也顾不得去掌鞋，这在他几十年还是头一次。不少人都吃惊地议论：这个掌鞋匠过去是风雨不误，这几天怎么看不着了呢？这个好心人，可别有病啊。周围的人都非常惦记他。

在七天七夜的最后一天，天刚刚亮，老和尚给傻姑娘扎了最后一次针，然后叫龙福春把第二十一包药给她灌了。吃完了这包药，傻姑娘就睡下了。这次睡的时间比哪次都长，从子夜一直睡到第二天下午的酉时，整整睡了十个时辰。这可把龙福春吓坏了。他赶忙问师父，“这是怎么了，可别出了人命啊。要出了人命咱可担待不起啊，老师父，你赶紧救救她。”

老和尚闭目养神，手捏在傻姑娘的右手腕上，另外，他还不时地、慢慢地、轻轻地翻开姑娘的眼皮，看看她的眼仁。龙福春哪懂得这一套呀，天热，他不时给老和尚和姑娘擦擦汗。等到天要黑的时候，傻姑娘哎呀一声，忙叫“彩凤、彩莺你在哪呢？”这时候老和尚笑了，龙福春也笑了，“哎呀，姑娘懂事了。”

正是，苦尽甜来喜临门，恩情总有酬报时。龙福春真是悲喜万分，他听她叫什么彩凤、彩莺，他想，肯定是她家的人，看起来，她真好了。真是谢天谢地，他感到这些日子没白忙乎。马上跑到门外，跪在地上，冲着天磕起头来。老和尚呢，这时在屋里，慢腾腾地从包里掏出小葫芦，倒出两粒金丹。他看姑娘睁着眼睛躺在那儿，把两粒药交给姑娘，让她一会儿吃下去。龙福春从外头进来，一看老师父又拿出两粒药，忙去倒水。老和尚对姑娘说：“你把这两粒金丹用水吃下去，它会保佑你永远安康，不会再犯了。”姑娘把药吃下去，用水漱了一下，老和尚又说：“你已得病多时，身体很弱，吃了药，让你多睡一会儿，恢复恢复身体，等你醒来之后，那才完全好了呢。”

这时，姑娘的精神确实挺好，她似乎明白了很多事情。得病时她像傻子一样，那时心里想要说的，嘴不会说。心里想的，一到表达时就颠倒了。现在她觉得自己的理智清楚了，几个月来她所见、所闻、所处的事情，都重新记起来了，过去被颠倒的印象都正过来了。她就像大梦初醒一样，一切都那么真真切切了。这时候姑娘明白了，“哎呀，我跑到别人家来了，是人家救了我，他就是我的救命恩人。”她有许多话要问、要说、要表白。她知道，是老和尚救了她，她刚要说什么，老和尚赶忙止住，而且用手把她的嘴捂住了：“好姑娘，你现在不能说话，万不可情绪激动、浮躁，大悲大喜对你都不利，对你身体有害，你一定听我的话。吃了这金丹以后，你什么都不要想，就好好给我睡觉。闺女呀，你睡的时间越长，将来的身体越好。等你醒过来时，你就能看到更大的喜事儿。今后啊，你会有很多喜事啦。”姑娘听了仙翁的话就躺下去了。

老和尚又悄悄地把龙福春叫到了外屋，把门关严了。老和尚跟龙福春说：“施主啊，咱们的缘分已尽了，我给你几句赠言，你可要好好记住，你啊，今天是今天，明天是明天，得了明天要想今天，万事贪生祸，小福应自安。施主啊，你要好自为之，阿弥陀佛。”

龙福春也不懂老和尚的话是什么意思，听了半天糊里糊涂，他就说：“不忙，不忙，等姑娘醒了，我们到观音庙去上炷香，拜观音菩萨，感谢他们保佑。”

正说着，忽然门咯吱响了。龙福春一看，是他的邻居淘气包虎球子来了。他是十几岁的孩子，常帮助龙福春家做些好事，龙福春也挺喜欢这孩子，就赶紧跟他过话。

就在这时候，老和尚悄悄地走了，又云游天下去了。龙福春没想到，也没注意这个事儿。

虎球子进来以后就说：“龙大哥，仁信堂的老板派人来了，说是要看看你。”龙福春就让他们进来，很客气地说：“哎呀，对不起客官，我的屋子太小，你们就在我的屋子委屈坐一坐吧。”屋里没地方坐，有的坐在锅台上，有的在地上蹲着，有的在门外站着。这时候仁信堂的账房师傅说：“龙师傅，你当的千手观音佛，那天让这位客官爷看中了，他特来想买它，有些事情你们自己商议吧。我把他领来，给你们搭个桥，行就行，不行就不行，我还忙着，就先走了。”

屋里就剩下龙福春和两位客人。龙福春一看，这两个人打扮都挺阔气，一问，他们都是从北京京城来的。看样子，都不是一般人家。旁边站着那个五十八九岁，穿着黑貂皮坎肩，里头穿的是丝绒长衫的人，慢腾腾地先说了：“龙师傅，这是我家的穆大人，我们的官爷，他特来拜访你。”

龙福春一听，好惊讶。这个人穿的这么漂亮，还是个管家。一看那个人穿的更好，帽子上还有玛瑙的顶珠，是个官家的打扮。身上穿着绸缎，而且是袍服，手里拿把扇子，很阔气。那公子抱拳施礼，然后说：“大爷，你好。我家的祖母一向朝佛，她老人家在仁信堂见到一个千手观音佛像。哎呀，我家的老祖宗她从来就爱佛。她看了这千手观音佛，就不动弹了，就在那儿看哪看哪，一定让我想办法把佛请回家去。她老人家要供在佛堂里，天天拜它，要给它磕头。她朝思暮想这件事儿。后来，我的阿玛，就命我带着管家，先到当铺打听，经当铺掌柜的介绍，我们又左问右问，才打听到你这儿。听说是你家当的，为了救我们家，你能不能卖给我。只要你说个价，你说多少钱就多少钱，我们不嫌贵。你说吧，你这东西要多少银子？”

龙福春忙说：“官爷，实不相瞒，那是家父在世时祖传的遗物。儿子我不孝，一生没挣多少钱，家里十分贫寒，近日又遇到一些麻烦事儿，暂时把它存放在当铺，万不能卖，也不想卖，也不敢卖。”

那个公子又忙抱拳，很友好地、恳求地说：“你有什么难事，我可以帮忙。我的祖母想千手观音佛，已重病不起，茶饭不进。我们全家人都为老祖母的病，愁的个个都消瘦了。如果老人家为这件事有个三长两短，我们怎么办哪？何况我的祖母已是古稀之年，就算你救我家祖母一命吧。她什么都不要，一生就酷爱信佛的事儿。”说着公子潸然泪下。

为这事儿，双方争个没完。一个坚持一定要买下来，一个执意不肯卖，声音越来越高，也越急切。双方都讲自己的道理，就像吵架一样。不知怎的，这声音传到屋里，惊醒了正在睡觉的姑娘。

这姑娘吃了老和尚的药，睡了很长时间，在睡的中间，药力发作了，她的大脑恢复过来了。头脑一清楚，外界的吵声都进到她的脑海里。她这时似睡非睡，好像又听到有人说话，像她哥哥的声音，还像有老管家的声音。后来，她似乎又见到自己的阿玛、额莫来了，还有她最想念、最亲的奶奶也来了。不一会儿，这些人又都没了，她着急了，就大声喊起来。这一喊，真喊出声来，她喊谁呢？喊她身边的几个奴仆，她最熟悉、最亲的一个是彩凤，一个是彩莺，跟她好些年，现在她头脑清楚了，就想起身边的奴仆了，“彩凤、彩莺，你们来呀，你们在哪呢？”

这声音传到了外头，管家一听，这声音挺熟啊，叫彩凤、彩莺，这两个人都是咱们府上的人哪。不一会儿，屋里的姑娘，又把杜布林老管家的名字喊出来了。因为老管家从小就是他家的奴才，是在他家长大的，后来抬旗，就成了穆家的人了。这个杜布林心肠好，常领小格格，也就是现在的姑娘出去玩，到湖边划船，采莲藕，套鸟雀，只要小格格说到哪去，老管家就带她去。所以说，杜布林在姑娘心里印象特别深。这会儿，她连续喊：“杜布林老玛发，杜布林老玛发你在哪呢？”

这一喊，可把屋外的人闹愣了，因为啥呢？在外头站着那个老头儿，就是老管家杜布林。这时候，他正帮助公子劝龙福春把那东西卖了，冷丁听叫彩凤、彩莺，他想可能是耳朵走邪了，听错了。又一听，有人喊他的名字。一般主子叫奴才，赶紧答应“喳”、“喳”，这已成习惯了。回头一看，没有人，这真怪了。这时站在旁边的那个公子，也听得特别清楚，而且这个声音非常熟，不是别人，这是小琪娜呀。丢了这么长时间找不着，怎么她的声音出来了？他也觉得很怪，是人还是鬼呀？他慌了，马上就问：“这声音哪来的？我妹妹在哪？”

龙福春这时也听到叫声了，他以为姑娘在做梦，可能是说梦话吧。可是一看这两个人挺惊慌，要找这声音是哪来的。龙福春明白了，他们是不是知道姑娘的家，也许他们就是姑娘家里的人哪。他高兴了，便不跟他们争论卖佛不卖佛的事儿，上前就说：“这声音是我的屋里传出来的，屋里正躺着一个姑娘，她来我这儿半年多了，我们已经把她的病治好了，刚才老师傅给她吃了药，她已经好了，你们进屋看看。”

龙福春把他们二人带进了屋。这两个人一看，便失声痛哭，正是自己失散半年多的妹妹。真是踏破铁鞋无觅处，得来全不费功夫。那个公子说：“我们全家为了这个格格，为了我们的小琪娜，我的老祖母啊，一心倾佛事，直到现在还在病中。就为了想我的妹妹，我的额莫是一品诰命夫人，也在重病之中，差点她们都要疯了，天天有几个郎中名医在身边侍候，甚至连宫廷中的御医都请来给她们看病，也不见好。有时我的额莫天天到处跑，到处喊，找我的小琪娜。我的玛发穆大人，也天天唉声叹气。就因为丢失了我们的小格格，将自己家里不少的老妈子和贴身侍女，像彩凤、彩莺都辞去了，认为她们有罪，没有看住格格。现在全大清国各省都贴出了告示，画出了像，不少州、府都派人到处寻找，始终不知道下落。没想到，今天我怎么在这块儿见到你了呢？”

哎呀，这屋里头，兄妹相抱痛哭。老管家杜布林忙跪下磕头说：“我的好格格，现在老祖宗可想你了，诰命夫人想的也快疯了。哎呀，老天保佑，佛爷保佑，真是千手观音佛把我们领到这儿来了。”说着也老泪横流。

姑娘这时完全清醒过来了，她让自己的哥哥和老管家赶紧过来，拜过她的救命恩公龙福春。龙福春赶忙让他们起来，不要磕头。姑娘又转过身，向龙福春介绍自己的哥哥。她说：“哥哥是刑部的一个官员，叫福康安，这位就是我家的老管家，他像我自己老爹一样亲哪，他叫杜布林老玛发。”姑娘让他们坐好，龙福春给他们倒上茶，什么茶呢？是炒米茶，有糊巴味，你想公子能喝惯吗？他干脆没喝。但是姑娘已经喝惯了，她就自己喝。姑娘给他俩介绍怎么离开的家，怎么到这儿来的，后来，龙福春这个掌鞋匠怎么把她留下，又怎么侍候他，待她就像自己亲妹妹一样。后来，来一个老和尚，帮助龙福春给她看病，她刚刚好过来，说着，自己也嚎啕大哭，真是感激不尽啊。

福康安这时过来，跪在龙福春面前，说：“龙大哥你是我们全家的救命恩人，我回去马上禀报家父大人，一定会重谢你的。我妹妹已经失落半年多了，家里人都想疯了。我的老祖母因为丢失自己的孙女，一心向佛，天天祈祷佛爷保佑她，现已重病不起。我的母亲也是个病人，我的阿玛，已经悲伤多日，无法临朝。我今日能够见到自己的小妹妹，都是恩公你的帮助。你孤身一人，住在这样的小破房里，我们实在过意不去。请你到京师，到我们府上去，我家人都叩见你，都要感激你，把你当做世上最大的活佛菩萨来供养。走吧，天色还不晚，咱们趁早进城吧。”这时候，他又吩咐老管家，快去备好车轿，好让格格上轿起程。

姑娘也同意自己哥哥的安排，就对龙福春说：“龙大哥，小妹真是感激你，走吧，按我哥哥的安排，到我们家去吧。我阿玛、额莫都要看我，也要看你的。”

龙福春真是晴天霹雳，喜从天降。他根本没有这个思想准备，所以这件事一出来，他反倒不知怎么办好了。他面对着自己曾关心过，并在一起生活很长时间的小姑娘，都没想到原来她的身分这么了不起。当然，他还不知道她家究竟在朝廷做什么官？是什么大臣。他现在光知道她家是京师里头最富的人家，她是最富人家的格格。所以，他一看这几个人的身分跟自己差的太多，反而话也不会说了，嘴也开始哆嗦起来了，对他们不那么自然了。半天，才说：“我是个掌鞋匠，已经习惯了，你呀，还是跟你哥回家吧。你回去了，我心也安了。我在这儿，还有很多事要办，一时也不能脱身，你回去以后别忘了我就行了。”

福康安和这个姑娘琪娜，他们兄妹俩怎么能答应呢。再说，老管家也不答应。他们苦苦哀求：“龙大哥，无论如何，今天你得给我们一个面子，还是到我们府里去吧，不然，我妹妹也不能答应。你不走，她能走吗？你有什么事儿，我们帮你办。”龙福春最后还是坚持不去。他想，我是个穷人，跟人家攀不上。小琪娜一心想回家，只好含着热泪和龙大哥匆匆告别。临走的时候，还向龙福春喊：“龙大哥，你等着，过几天我一定来接你，我阿玛来，我额莫也来呀！”

琪娜随着她哥哥福康安，回到了穆府，自然别有一番失散相聚的悲欢场面。老祖母看了以后，顿时大病痊愈，马上就精神了，又能吃饭，又能下地了。全家马上到佛殿叩拜。这真是，苦心找事找不到，确在求佛心中见亲人。真是这样，心想买千手观音佛，才来到蓟县这个小屯，而且见到了家藏千手观音佛的老龙家，哪知他们丢失的小格格就在老龙家。这事多巧啊，说起来，真让人不可思议。这难道真是佛的点化吗？使他们跟琪娜格格重逢。不仅重逢，使原来精神失常的病人，现在完全好了。他们感谢佛的保佑，一边叩头，一边痛哭流涕。

龙福春从此一步登天。琪娜格格之父是谁呢？就是我们前书讲的，赫赫有名的穆彰阿。关于穆彰阿，我说书人还要多说几句。穆彰阿，字鹤舫，是郭佳氏，满洲镶蓝旗人。父亲叫广泰，嘉庆时期，官内阁学士，迁右翼总兵。后来犯了罪，也没什么大的名声。不过他的儿子穆彰阿就出名了。嘉庆十年进士，后来选为庶吉士。嘉庆二十年在刑部做侍郎。前面提到，因一日批了二十余件立决的案子，经查有错，皇上下诏，将穆彰阿从三品官降到光禄寺卿。这件事使穆彰阿特别恨一些老臣，其中恨得最厉害的就是赛冲阿，他一定要报这个仇。但他这个人表面上你还看不出来，他善于阿谀奉承，挺会办事，特别是对上边的权臣，他想各种办法，不是送礼，就是叩拜，或者以学生自谦，虚伪地向他们献媚。但是，对一些非常耿直的人，或者是地位比他低的人，从来看不起，也不接近。道光旻宁当太子的时候，他就和旻宁交往甚密，他认为旻宁将来很有发展，总有一天会继承皇位的。所以，他经常教皇太子旻宁一些诗文，一起写诗绘画，或者练剑法、骑术，他们之间特别亲密。道光帝继位不久，穆彰阿曾两次秘密见道光帝。

这次他听到儿子福康安介绍龙福春这个人，小琪娜又把龙福春为了救她，怎么省吃俭用，把他母亲留下的家传千手观音佛都当了，又说了一遍。穆彰阿也感到他是个热心肠的人。另外，小琪娜天天跟他阿玛哭闹：“他要不来，我就回去。我跟他生活半年多了，说句不好听的话，我一个姑娘，在一个男的家住了这么些天，我要嫁给他。”开始她阿玛、额莫也有想法，你们俩不般配，他是个掌鞋匠，你是什么出身。但是，小琪娜说：“不，我宁嫁给他。我已是他的人了，我要以身相许，感激他。”

这事感动了穆彰阿和他的夫人，特别是小琪娜的祖母，穆氏家族身份最高的老太太，也非常敬仰龙福春，认为他心肠好，有菩萨心。要是没有他的相救，孙女怎能回到家呢？而且病还好了。所以，当她听说孙女要嫁给龙福春时，就对穆彰阿两口子说："叫我看，你姑娘小格格做得对，咱不能忘了人家。"穆彰阿听了老太太的话，也欣然同意。这样，穆彰阿就用一个特别的红色大轿，吹吹打打地到了龙福春的家，将他接到府中。这时的龙福春非常光彩，周围很多人出门相送，都说龙福春这人，好心有好报哇！

穆彰阿夫妇立即让他同自己的女儿琪娜格格成婚，琪娜格格并不恋名府的生活，甘愿和自己的丈夫同住陋舍。为什么呢？因为龙福春从来都是住破房子，已经习惯了。他到了穆府，这个来了送东西，那个来了帮助干活，他吃呀，住哇，洗洗涮涮，干什么都觉得不方便，还愿意到屯子里去住。但穆彰阿觉得，他是自己的女婿呀，要是还回那破地方住，给我丢脸哪！于是，就和穆老太太商量怎么办。穆老太太说："你给他买个地方不就行了吗？问问孙女要多大的，在北京附近选个地方，买下来，再置上房产，田产，雇些人。这样，要奴才有奴才，要什么有什么，还不一样吗？离北京近也好，你若想他们，可以去；我要想孙女，他们坐轿就来了。这城里乱糟糟的，咱们有个远亲，常去走走，不挺好吗？"

穆彰阿觉得老太太说的极是，便同姑娘、姑爷商量了一阵子，最后，按龙福春的意见，在京郊的小王庄，买下了一块大的田地，并用了三五年的时间，在这块地上，盖起了正房、厢房，还有漂亮的青砖大院，在房子的周围，建了不少土窑子。这些土窑子住的人，有的是从穆彰阿家带来的奴才，有的是龙福春原居住地的一些亲朋好友，比如小虎球子呀，等等。从此，这个地方变成了一个很漂亮的新的屯寨，一个土窑子，后来起名叫龙家堡子。主人就是龙福春及他的夫人琪娜格格，由他们掌管。

龙福春是皮匠出身，哪张皮子好坏，能做什么，他都知道，很有经验。一天，穆彰阿问龙福春："姑爷，你愿意做什么？是想当官呢？还是做点别的事情？我是量体裁衣，听你的。"龙福春也讲不出什么，这时琪娜格格接过话头说："阿玛，这事你还用问他吗？他从来没做过别的，就是掌鞋的，只懂得皮子呀！你不是在光禄寺吗？那不是需要很多皮子吗？他能到北边弄更多、更好的皮子，不如就给他这个差事得了，让他管皮货，肯定能干好。”

穆彰阿觉得女儿说得对。这时的穆彰阿，身为光禄寺卿，也就是光禄寺的掌权人。具体说，光禄寺就是给皇上管事的，给皇上备办衣、食、住、行所需的物品。这些东西绝大多数是从北疆，也就是从长城以外运来的。当然，南国的也有一些。穆彰阿想了想，便对龙福春说：“这样吧，再不要说你是老穆家的，就说自己开买卖，用龙家的名。在外还要打我的旗号，我能帮你。我想办法给办个腰牌，你就可以出去，花很少的银子办大事，想弄什么，就能弄到什么。”从此，龙福春就执掌北疆各种山珍海味、皮货的运输。表面上是龙家买卖，打的是龙家旗号。背地里，都是穆家买卖，替穆氏家族执掌北疆的生意。

我们前书提到的聚宝货栈，那儿的东西，有一部分来源于龙家堡子。所以，龙家堡子和聚宝货栈有关系，外人并不知道。看起来，聚宝货栈是由几股合成的，但其中很大一股是龙家的股。龙家的腰之所以这么粗，就因为他是穆家的女婿，这个股实际是穆彰阿的。聚宝货栈的东西不但好，而且既新又鲜，成色很高。为什么呢？能到北边去进货，主要靠老龙家。龙福春过去是个皮匠，能吃苦耐劳，不怕风雨，穆彰阿心里挺服气。他暗中庆幸，能找到龙福春这样的女婿，真是如虎添翼，老天保佑哇！

龙福春这些年，是越干越得手、越干越好、越干越通。再加上贤内助琪娜格格，里里外外地张罗着，有不明白的事，就去找阿玛商量，总能做到心中有数。弄到好的皮货或新鲜的海货，就赶紧卖给或送给礼部、刑部、兵部，结交了很多关系。都知道老龙家是老穆家的姑爷，谁也不能得罪。帮了老龙家，实际上就是帮了老穆家。这样，每年哗哗的白银能进数百万两。他们家的库，也都是银库。那么，这些库都在什么地方呢？就在龙家堡子瓦房青砖大院的下边，有个窖，是龙福春及夫人琪娜格格雇人偷着挖的。那时供京师的人吃菜，都是将秋天收的菜，冬天放到窖里，然后到城里去卖。所以，他们对外就称这些窖是菜窖。实际上，大部分是银窖，里面装着满满的白银。龙福春就是这样兢兢业业地帮穆家拢钱，使老穆家越来越富。有钱能使鬼推磨呀，穆彰阿有了钱，他什么都能买下来。穆彰阿曾背地说过，皇亲国舅都可以用钱一个个买下来。

仅仅几年的工夫，龙福春就出了名。已不是过去那个掌鞋匠了，而成为京师一带赫赫有名的龙大人，可以说，没人不知，无人不晓。走到哪儿，都有自己的保镖，八抬大轿，前呼后拥。还设了镖局，雇了些武师、打手，其中有不少是武林的人，甚至是有名的武林高手。有兵丁数百人，势不可犯。如果犯到他手上，关系比较好的，可能不置于死地。反之，则决不客气。只要他一眨眼，就能杀一个人。龙福春已变得极其狠毒、凶残。

龙福春从嘉庆末期开始，曾五次带腰牌北上，秘密到过北海，甚至有时也打着龙旗去的。三次南下两广，两下云贵，朋友和伙计遍布大清各省，各地都有他的耳目，他的人，他的皮张。那时，只要问："这是哪儿的皮子?"回答是"龙家的"，就不用再问，肯定都是上等皮，没说的；哪块出的好皮子，都是龙家货，全让他给霸占了。所以，人们给他起了个外号，叫"串地龙"。他同大清国边疆所有出皮张的地方，都联系上了，那些地方都有他的眼线、他的据点、他的人，像串地龙一样连在一起，力量相当强。比如，哪块有个小皮货店，他只要嘴一张，就把你挤黄了。你若是厉害点，他就动用武林高手，把人一杀，财产一抢，房子一烧，找都找不到人！你要不服气，告到官府，这边银子一递，那边就把人处决了。龙福春表面上装的挺好，常帮人做些小事，也很慈祥。所以，原来在蓟县住的那些老人，还认为龙福春是个好人。实际上，龙福春早就不是原来的龙福春了，世人早就不知道"龙掌鞋匠"是何人了。穆家向来仰慕高官和皇室众亲，为人贪奢，视穷贫者若草芥，盘剥吸髓而不足惜。龙福春为穆门名婿，往日普爱众民之心，已荡然无存。他视财如命，与往日判若两人。

龙福春有时喝着酒，与自己亲爱的琪娜格格相亲相爱，搂抱在一起，很多奴婢侍奉着，吃香喝辣的。这时的他，才真正知道天下什么叫富，什么叫阔。完全忘了过去住的那个小破土房，多少日子挣不来几吊钱的掌鞋匠的穷日子。

这时，他想起那个老和尚的话。心想："哈，这老和尚真有眼力，眼睛挺毒哇！他说的那几句话，当时我不懂，现在看来是警示我的。这正是僧人常用的一些偈语，是让我做好事。"想到这儿，他就同坐在他怀里的琪娜格格说："当年，你吃完药躺在那儿，什么也不知道，那个穷和尚对我说了几句话，当时我不太明白，现在想起来，他的话真是些屁话！他说：'今天是今天，明天是明天，得了明天想今天，万事贪生祸，小福应自安，施主，好自为之吧。'"琪娜格格就问："这话是什么意思呢？你怎么分解师父的偈语呢？你是怎么想的?"

龙福春打断了琪娜格格的话，就说："你不懂，他说的都是些傻话。人生哪能像他那样做呢？他是一个穷得叮当响，管咱们要水喝的和尚。这话，我现在明白了。你想啊，他说的'今天是今天'，是指我龙福春，你是掌鞋匠，就要记住，你就是掌鞋匠。'明天是明天'，这个老和尚很有预见，他想到了明天的我，那就是今天。今天，我成了老穆家的乘龙快婿，我现在的家产家业，数也数不清。你们老穆家，除老祖母、穆大人和诰命夫人之外，咱们俩就是第三，万人之上，三人之下，谁敢惹咱们呢？这老和尚劝我，做了今天这么阔的龙福春的时候，得了明天要想今天，不要忘了过去的穷日子，不要太贪。'万事贪生祸'，这话是说，不管什么祸端，都是因贪婪而起。如果能够安贫，也就没事了。他不让咱们贪财，不要太富了。'小福应自安'，是说，你这大家闺秀嫁给了我，咱们生活也好了，有这个小福，我龙福春该满足了，得意了，不要再想吃天鹅肉了。让我有了你以后，好好过日子就行了。'要好自为之'，这句话我也明白了，这穷和尚就是不让咱富，让咱们还穷，这哪行呢？"

龙福春越来越暴露了他的另一个本性——贪婪。现在的龙福春，确实不像过去的龙福春了。琪娜格格听到这儿，坐起来，亲了他一口说："哎呀，我的好女婿，我的龙大人，你现在真变了。有了你，我们家肯定能富起来。"说着，又亲了他一口。

泥坛子里的人，越泡越黑，能黑透了心。我们说龙福春坏，已坏透顶了。他不单坏在贪财上，还是一个忘恩负义、背信弃义的人。琪娜格格爱他，真心喜欢他，毫无贰心，每天忙里忙外地帮他。但龙福春富起来以后，就有了贰心。龙家堡子里，说起来最让他朝思暮想的，就是美女——虎球子的姐姐媚儿。

媚儿十八岁，已嫁给刘栋才为妻。刘栋才和媚儿，原来都在蓟县城观音庙下居住，同龙福春是好邻居，都是一帮子穷人，穷帮穷，心连心嘛，所以他们相处得很好。龙福春这个人，原来也真是仗义疏财，好帮助别人。媚儿的父母有病，瘫痪在炕，家里的活都要靠媚儿去干。她每天还要拾柴，除了家用以外，再卖几吊钱，赡养她的父母。为此，周围的人都很喜欢她。龙福春也常到她家帮助干活。有时将自己挣的钱，省下一两吊，交给媚儿，让她给父母买点粥喝。媚儿不但感激他，也很敬重他。一来二去，他们的感情也越处越近。龙福春常想，媚儿一个姑娘家，养爹妈不易，应想办法给她找个男的，这样她就有个伴儿了，小两口疼疼爱爱地过日子，一起照顾瘫痪的二老，不挺好吗？龙福春想来想去，想到了他的好朋友刘栋才。

刘栋才也是个穷人，老实憨厚，是个赶大车的老板儿，给一个富人家干活。听说他是从山东逃荒过来的，到这儿举目无亲，同龙福春处得挺近乎，成了好朋友。栋才每次赶大车回来，在路边把马一拴，就到龙福春掌鞋的地方坐一坐，聊聊家常，介绍一下他在外边看到的新鲜事儿，有困难也常找龙福春帮忙。当然，更多的还是他帮了龙福春。栋才常去遵化城、京城拉脚，能碰到一些比较便宜、质量好的皮货，总是给龙福春买回来，有时还不要钱。龙福春偶尔进城，就搭栋才的车捎脚，从不要脚钱。有时拉东西，也要用栋才的车。有时俩人到城里办事，在饭馆里吃完饭该掏银子时，还没等龙福春拿出来，栋才就把钱交了。这样，他们之间越处越近，栋才在龙福春的心里，印象相当好。龙福春常想，我能帮栋才弟什么忙呢？唉，对了，还是帮着给他娶个媳妇吧。媚儿配他不是正合适吗？于是，他就积极地为栋才和媚儿牵线。媚儿信着龙大哥，也了解栋才的为人，所以也就答应了。因为都是穷人，后来也没放鞭炮，没过彩礼，搬到一起，就算把婚结了，成了小两口。

且说龙福春一步登天，成了京城名门的女婿，声望越来越高，权势越来越大。而栋才和媚儿的日子过得紧巴巴的。他俩商量时，媚儿说："栋才，在这儿，没什么好日子过，咱们还是投靠龙大哥吧。你赶个大车，活又不太多，又这么累。你到龙大哥那儿，叫他给你找个好差事，咱们还能多挣点钱，好供养咱瘫痪的爹妈，也算咱尽点孝心。"栋才一听，觉得媚儿说得对。再加上龙福春也愿意让他们搬到龙家堡子来，经常对他们说："你们还是搬过来吧，我能帮你们，这边生财有望啊！你们会有好日子过的。"栋才和媚儿小两口，就在龙福春的精心张罗和安排下，搬到了龙家堡子。龙福春给小两口盖了很漂亮的三间大土窑，明光瓦亮，真阔气，谁见谁羡慕。而且还派家丁，用土坯垒了个大院套，送去了小毛驴、看家狗和不少鸡、鸭、鹅。小两口非常高兴，真是感激不尽哪！

日子一长，龙福春一有空闲，就去看望小两口。栋才因是帮工，得听主人摆弄。掌柜的一说，就得马上出去，少有十天半月，多有月余不等。有一次，龙福春给栋才揽一个活儿，这个差事好，是到关外盛京附近的浑河一带，因那里有水灾，给官府送赈济粮，大约得五个多月的时间。这是个官差，钱挣的多，一般人抢不到这个活儿。媚儿和栋才，虽然觉得时间长，但毕竟是个肥差，很高兴。龙福春在送栋才上路时，对栋才说："栋才老弟，这一去，时间是长点，你放心吧，家里的事你不用惦念，媚儿有什么事儿，让她尽管找我，我能常来照顾，没事，你就放心去吧！"说着，龙福春把买来的糕点放在栋才随身带的包袱里，栋才千恩万谢地上路了。

栋才走了以后，龙福春有事没事的，总是去看媚儿。一去，就缠着不走。今天说点这个，明天套点那个；一会儿，碰她这儿一下，一会儿，又摸她那儿一把，不断地用语言和行动挑逗她。这媚儿也是结过婚的人了，什么不懂啊！再说，媚儿在没嫁给栋才之前，早已从常来常往的龙大哥的眼神和对她的照顾上，看出对她有意，只是那时都很穷，没往那上想罢了。这会儿处到一起了，媚儿又很羡慕龙福春的风流倜傥，有权有势，加上他对自己体贴入微的关怀与照顾，这干柴烈火凑到一块儿，是很容易点燃的。又何况媚儿年轻，水性杨花，会卖弄风骚。再说了，这时间一长，媚儿也想丈夫。你想啊，那样一个妙龄女子，丈夫一走好些天，长期孤守空房，身边没有别人喜欢她，自然很寂寞，也难受，憋不住。特别是这些日子，龙福春对她极尽温存，经常故意往她身上贴，有时，龙福春仰躺在炕上，两腿一叉，那个东西就支起来了。媚儿每次看到，脸一红，就扭过身去。可架不住龙福春的不断勾引哪。一来二去，两个人的心越来越近，谁也离不开谁了。媚儿总是盼着龙福春来，他一来，媚儿真觉得心花怒放，比蜜都甜。哪怕不吃饭，只要他坐在跟前，心里就美滋滋的，极尽卖弄风骚之能事。

前书我们说了，琪娜格格从小在奶奶身边长大，愿意在奶奶怀里耍娇。奶奶特别喜欢她，她也最疼老祖母。听说祖母想她，她也想奶奶了。所以，有一次，琪娜格格回娘家给祖母陪宿，一去就要几天。龙福春趁这个机会，将媚儿偷偷接到府上。那么，他为什么没敢在媚儿的家呢？因为媚儿家的周围都是土窑子，住的多是蓟县来的老熟人，怕一旦被人堵在屋里，脸面不好看。

俩人进屋，把门一扣，马上就脱了衣服滚到了一起，那真是干柴烈火、颠鸾倒凤。媚儿非常高兴，尽展风骚，特别卖力，是个玩不够的女人；龙福春对媚儿的美貌，早就垂涎三尺，恨不得立即得到她。这次是久慕鱼池，终成玩水人。仆人们终日在门外，谁也不敢进去。只听见屋里传出的"哎呀"、"啊、啊"的怪叫声，都吓得哆哆嗦嗦的，不敢声张。他们特别害怕，害怕这时琪娜格格回来，夫人一闹，劲得往他们身上使，气也往他们身上撒，成了他们的罪过。龙福春有个脾气，只要他在干那事儿，谁若是给搅了，轻则一顿打，重则驱逐出门，永不录用。所以，只要龙福春把那个女的弄进去，干那事时，他们赶紧离得远远的，双手把耳朵捂住，都怕沾上事儿。府上一个侍候他的婆子，爱多嘴，就因为讲了几句："哎呀，这么一个臭掌鞋的，现在不着调了，这不是作孽吗！"后来，这话不知怎么让龙福春知道了，逼着家丁剪掉她的舌头，并撵出龙府。正逢大雪天，老婆子连冻带饿，死在荒郊野外。龙福春之所以这么狠，就是怕老婆子一讲，传出去，被琪娜格格知道。那时，只要有权有势，逼死个人像杀小鸡似的，谁也不敢告。

琪娜格格回到穆府以后，龙福春就不管那个了，干脆不回家了，住到媚儿那里，仆人照样去送饭、送茶、侍候着。龙福春也不管别人是否看见，天天没早没晚地和媚儿搂在一起鬼混。时间一长，龙家堡子的人，没有不知道的。都说：媚儿是龙大人新的贵妃呀！谁见了媚儿，都指她脊梁骨吐唾沫。但当面都不敢声张，怕得罪了她。媚儿要一说，龙福春眼一瞪，还不起杀心哪！

单讲媚儿的弟弟虎球子，他也听到了风声。他开始不相信，我龙大哥哪是这样的人呢？后来，也想看个究竟，验证一下人们说的到底是真还是假。

有一天，天刚冒亮，他就从后土墙爬了进去。姐姐家的看家狗认识他，只摇摇尾巴，也没叫。仆人每当这时，都吓的躲得远远的，谁也不敢在跟前。所以，虎球子很容易就把外门打开了，又进了内屋。龙福春胆大妄为，认为谁也不敢惹。媚儿的胆子也大了，觉得有靠山了，什么都不在乎。所以，内屋的门跟本没插。虎球子悄悄地、慢慢地把内屋的门打开，他一看，愣住了。两人正在干那事呢！这虎球子能让吗？踢门进屋，上去就抓龙福春，并大声说："龙福春，你简直是个畜牲！"

龙福春一看虎球子来了，大怒！光着腚，跳下炕，一手抓住虎球子，像提小鸡似的提起来，然后狠狠地摔到地上，上去就对瘦弱的虎球子一阵拳打脚踢，把眼珠子都给打冒了，疼得虎球子"嗷嗷"直叫。这时，媚儿赶紧穿上衣服，跪在龙福春面前，给弟弟求情说："饶了他吧！我就这一个弟弟，求求你，饶了他吧！"龙福春根本不听，一脚踹在虎球子的脑袋上，虎球子立刻昏了过去。

这时，龙福春才穿上衣服出来，怕这脏事抖搂出去，他向仆人一使眼色，身边的人明白，是让他们把人整死。他们将迷迷糊糊的虎球子装进一条麻袋里，把口一绑，推到水牢里。半夜时分，都用不着龙福春知道，仆人们就把装着虎球子的麻袋悄悄抬走，放在马背上。马跑得飞快，来到东边的运河，将麻袋推入河中。可怜的虎球子就这么死了，死时只有十七岁。

十几天没有虎球子的信儿，有人传，说虎球子是到外地干活，挣钱去了，得去很多年，一时半会儿回不来。对这话，不少人心里都明白，这肯定是龙福春让人故意嚷嚷出去的，谁都不傻，心里都明白是怎么回事儿。

然而，没有不透风的墙，龙福春是个对房事要求非常强的人。这一点，琪娜格格最清楚，也是领教过的。结婚初始，他们的感情非常甜蜜，如胶似漆，终日难舍难分。两人分开一会儿，都受不了，天天愿意搂抱在一起。可时间并不算长，龙福春就腻味了？琪娜觉得反常。她想，“福春怎么了？往常不是这样呀！可是，近几天变了，人也不一样了。”琪娜经常一个人过宿，龙福春有时也陪着睡一会儿，但总是借故说，今天累了，明天有事，后天还要到哪儿去，不愿同琪娜睡在一起。琪娜想到这儿，越发觉得这事儿很怪。于是，她将从穆府带来的两个家丁叫到跟前，让他们每人手提棒子，把那些龙府的男女奴才唤来。琪娜格格说：“你们快说！我没在家期间，大人这些天，暗地里都干什么勾当？你们一五一十地告诉我，讲了，有赏！知道不讲的，撵出家门，要么，就打死你们！”几个奴仆吓得慌忙跪下，都知道龙大人是个白眼狼，杀人不眨眼。不说吧，娘娘熬不过；说吧，那也是个死。所以，就一个劲的“咣咣咣”往地上磕头，哀求琪娜格格饶命。琪娜这时让那两个家丁，把他们给吊起来说：“不行，就吊起来打！什么时候招了，什么时候再放下来。”这样一折腾，谁也挨不起那个打呀！就一五一十地把大人和媚儿的事儿，全给抖搂出来了。

琪娜格格一听，肺都气炸了！这简直是反天了！她哪能容忍这事儿呢，一气之下，她把她的阿玛穆彰阿请来，又派人把媚儿五花大绑地抓来了，也把媚儿的丈夫刘栋才抓来了，同时，叫人把龙福春找回来，气氛相当紧张，院外面让穆氏家丁围住，把看热闹的人都撵走。

龙福春一见琪娜格格气的那样，媚儿也来了，媚儿的丈夫刘栋才在那儿站着，穆大人也在那看着，心里全明白了。他若无其事，未给穆大人施礼，反倒趾高气扬地站在那。为什么呢？穆彰阿的小辫子，已经让女婿抓住了。现在的龙福春可不是当年的龙福春了。执掌着穆家九座皮货买卖，暗地里管理穆家数不清的银库，这些银子的来历，好多都是赃银。穆彰阿很多的隐私、丑事儿，如若被龙福春揭出去，那就够他死多少次了，所以，他很害怕。另外，龙福春还有不少北疆的武林高手，现在也都攀龙附凤，成了他的得意门生和保镖。所以，他没在乎。

穆彰阿明白，这可不能乱来！心想：小琪娜呀，你真糊涂！怎么这样莽撞？事先为什么不同阿玛我说一声？现在，咱们可动不得龙福春哪，他是世上难找的精明干练之才呀。何况，他现在羽翼已经丰满，得罪了他，就等于穆家自灭呀，等于将阿玛我告上朝廷，穆家的老少几百口人，就将身败名裂，穆家几代的基业，就毁在你琪娜格格的手里了！穆彰阿想到这儿，忙开口说："琪娜格格，我早就心里有数。媚儿是个淫荡的女人，她好勾引男人，名声很臭。她为了图财，勾引诬陷我的好女婿，你不要不动脑筋，糊糊涂涂地上别人的当，要相信你的丈夫。福春为咱们穆家，日夜操劳，有时甚至茶饭不思，苦不堪言哪！他哪有那么多精力，迷恋儿女情长之事呢？我这个老头儿不能信你的话，我了解自己女婿的品德、为人和忠心，他绝不是贪财贪色之人。琪娜格格，你再好好想想，当年是谁救了你？是谁同你患难与共才有了今天？如果没有福春，你会是什么样？咱们家会是什么样？你是最清楚不过的。你是他身边之人，应能承担事情，不能心胸这么狭隘，没有涵养，听风就是雨。本无其事，却闹得这么大。要是嚷嚷出去，不仅丢了你的脸，也丢了咱家的脸。我在朝廷怎么为官呢？以后，皇上能信着咱们吗？孩子，你太年轻了，辜负了祖母及我对你的疼爱呀！你不该这样胡闹。这样做，也毁了你丈夫福春的名声啊！以后，他在外面做事，谁还能听他的？那咱们家不就完了吗？琪娜格格呀，咱们要宽大为怀。一定要相信自己人。万不能受外人挑拨，轻易听信谗言和诽谤啊！这样，才能永远立于不败之地。你要再继续闹下去，我就不认你这个女儿了！"

穆彰阿是个非常有心计的人，能随机应变，而且假戏真做。他一边说，一边鼻涕一把泪一把地痛哭，非常伤心。周围的仆人们都说："这个格格真不懂事，怎能让大人伤心到这个程度呢?"大家七嘴八舌的都在埋怨琪娜格格。

琪娜格格听阿玛这么一说，也猛醒了。琪娜是个聪明孩子，她的心胸还是挺开阔的，也很有眼力，也有善心。琪娜格格这时，明明知道事情的底细，但又觉得阿玛说的很有道理，阿玛想的是大事，而我只想到了自己。琪娜格格想到这儿，火就比以前消多了。她又想："我千不看，万不看，也应看在福春救我的分儿上。若没有他，现在我还不知游逛在什么地方？可能是个疯子，也可能是个傻子，或许变成了无家野鬼，早已命丧黄泉了呢！他是我的救命恩公啊！哪怕他有再大的错，再大的罪，也应饶了他。”琪娜格格又扪心自问：“作为妻子，有些事情我做得也不对。这些日子自己粗心大意，光顾回娘家了，没在家里陪伴丈夫。福春也够累的，没早没晚的。男的都应得到女的给予的温存，我现在做得也不如以前好。总是贪玩，总想奶奶，像个孩子，没做好妻子呀！福春找了另一个女的，这与我有关哪，不应把错都推在丈夫身上，这是夫妻两人的责任。不能这样闹下去了，这要传出去，真是两败俱伤啊！后果不堪设想。”

琪娜格格真是个明白人，顾全大局。就这样，大事化小，小事化无，完事了。穆彰阿大人见事已平息，随即上轿，并嘱咐他们两口说：“你们要好好过日子。琪娜，你要多听福春的，这是我对你的忠告。”琪娜向阿玛施了个蹲礼，告别说：“阿玛，您放心吧。”这样，轿很快就走远了。这场风波就这样平息下来。

龙福春也很会来事儿。进屋以后，见琪娜坐在那儿，心里还憋着火，福春想：夫人总是要摆点架子。这事无论如何是我惹起来的，是我的错。爱妻还真给我留了面子。琪娜是个好心肠的女人，对人很正直，没什么坏心眼，也真疼我，处处关心我。能有这样一个人做妻子，应高兴才是。想到这儿，龙福春就走到琪娜格格跟前，跪地下拜，请求格格饶恕他。琪娜破涕为笑，起身将龙福春扶起。这样，他们之间的感情也就好了许多。

龙福春是经过世面的人。这事之后，也做了反思。他想：自己进到穆氏家族，大业初成。虽得到了穆大人的垂爱，又有琪娜格格对自己的信任和谅解，但今后确实应谨言慎行。一个有成就的人，到什么时候，都应审时度势，可不能再放肆了，应收敛一些。收敛，才能有将来的发展。所以，这件事以后，龙福春比以前稍有些注意了。

琪娜格格由于龙福春施以柔情及多次不断的忏悔，承认自己的过错，加上阿玛背地里的劝慰和开导，使她想开了，心也有些软了，对媚儿的印象稍好些。为了顾全大局，后来琪娜格格主动提出把媚儿放了，并把她送回家。媚儿也觉得琪娜格格给了她很大的面子。当时，外面不少人知道老龙家和老刘家有事，但不知是什么事儿。有些人也猜到了，大概就是那么回事。可一看，媚儿和琪娜格格手拉着手，搂脖子抱腰、谈笑风生地回来了，有人就说：“竟瞎猜，你看人家媚儿和穆家关系多好，看起来，琪娜格格还是信着媚儿了。”

这件事，也给刘栋才一个面子。因为刘栋才回来以后，就听有人嚷嚷：“你现在可能是做了王八头了！”刘栋才这人非常老实，别人说什么，他从来不吱声。心想：“能吗？龙大哥不是那种人哪！我的媳妇媚儿对我又好，别人的话不能听。”可那天，龙府的人把他叫去，把他的媳妇五花大绑地捆去了。当着那么多人的面，一看穆大人，赶紧跪下来磕头，起来又向龙福春行礼，再给琪娜格格磕个头，琪娜格格没理他。刘栋才非常紧张，半天没出声。但他心里想：这肯定有事儿，他只好听着。开始时，他觉得龙大哥不够意思，咱们那么好，从来就没有夺朋友妻的。世上有的是人，什么人找不着？怎么跟我家里人插一条腿呢？这不让人笑话吗？媚儿、媚儿呀，我对你那么好，待你像亲妹妹似的，连你的瘫痪爹妈，进城看病，都是我备车拉他们去，还接济他们银两。你怎能背地里做这等不仁不义的事呢？后来听穆大人一讲，刘栋才这脸面就放下来了，还觉得挺光彩。你看没这事儿，真没这事儿，别人可以不信，可穆大人是朝廷要员，是在皇帝跟前出 出进进的人，这流言飞语听不得。我只听穆大人的，相信媳妇不能有那事，也相信龙大哥不是那种人。特别是这件事完了之后，龙福春亲自拉着刘栋才，把他送回家。临走时，偷偷往刘栋才的兜儿里，放了一个金锞子，刘栋才很感激，这也是给刘栋才一个面子，让别人看到龙福春和刘栋才的关系也很好。

再说，穆彰阿也反复劝说琪娜格格：“你应当宽宏大量。为了穆家的大事，为了将来的发展，你一定要听我的，阿玛求你了，你应当这么这么办。”琪娜格格听阿玛一说，想来想去，也觉得这事应当这么办。

什么事呢？有一天，琪娜格格将刘栋才接到家里，用她的三寸不烂之舌，对刘栋才说：“告诉你，媚儿你养不起。我想把媚儿接到我家，做我的干妹妹。不管你愿意不愿意，我说做就做。我给你银子，你将来到哪儿，愿意说谁当媳妇都行，你要能把皇家公主说到手也行。你就跟媚儿分开吧！何况她家还有瘫痪的二老？我已定了，叫媚儿到我家来，她就是我妹妹。”说完，给了刘栋才不少钱。前书已经说了，刘栋才是个老实巴交的人，谁都知道，是个窝囊废。听琪娜格格这么一说，他想，自己胳膊拧不过大腿，人家硬要，你有什么办法？人家势力大，就是不给你钱，把媚儿抢去，又能怎么样？人家说杀谁就杀谁，何况抢一个人呢？行了，这面子不如做到底了。这么想着，他就同意了。

刘栋才回家后，媚儿觉得自己做的这些事，对不起刘栋才，所以，总想同栋才说说话。想说，又觉得不好说，就眼泪吧嚓地来到栋才跟前。栋才什么也没说，把自己的东西偷偷收拾一下，饭都没吃，就走了。待媚儿再找他时，也不知栋才到哪去了。从此，刘栋才在龙家堡子失踪了。后来，本文将要讲到，他到塞北度日去了。

刘栋才走了以后，这屋里只剩下媚儿一个人了，正在犯愁呢。突然，有人敲门。一看是琪娜格格带几个丫鬟来了，外面还停了一乘轿。琪娜格格进屋对媚儿说："刘栋才心挺狠哪！他对我说了，认为你没贞操，不守节，不要你了。他走了。我是心软的人，你就到我家吧，把你瘫痪的爸妈也接到我家，我们老龙家养着你们。只要有我一口饭吃，就有你爸妈的饭吃，我们一定将你爸妈养老送终，就这样把媚儿硬拉着塞到轿里。

媚儿这时也不知如何是好，也不知道这心里是甜呢？还是苦？真是百感交集。她想去，因那儿有龙福春；又难受，因她心里还有原来的老邻居、老穷人刘栋才。她相信刘栋才不是甩了她，是自己没守节，对不起刘大哥。现在他走了，我怎么办？自己又没能耐养家，到琪娜格格那儿去，只能寄人篱下。琪娜格格真是个活菩萨，我跟人家男的干偷鸡摸狗之事，人家没有怪罪我，反对我这么好。媚儿这时的心里，又愧又难受，在轿里"呜呜"地哭个不停。

就这样，媚儿到了琪娜格格家，以后成为龙福春的妾，也就是小老婆。从此，琪娜格格和媚儿都侍奉龙福春。当然，龙福春也挺会对待这两个美女，左边一个，右边一个。暗地里，自然是和媚儿鱼水相亲。这不在话下。

穆彰阿为了平息这桩不快之事，让龙家堡子的人，早点忘掉这个同穆家有关的风流韵事，于嘉庆二十四年春，命龙福春上北疆购买海货，借以打开北海的关口，暗地建立自己的运货渠道，并秘密笼络北疆部落的人马，以便将官家的力量压下去。要想这样做，目前，龙福春身边虽然有几个武林高手，但力量还不够。比如龙福春有个心腹，叫猛哥，就是书开头讲的猛哥，是他的继子。这个猛哥是嘉庆二十三年时，龙福春在塞北的索伦部落中物色的一个勇敢的猎手。他的力量大，箭法好，一个人可以同牛斗，把牛犊子摔倒。他同公鹿打架，只用力一搬，就能将公鹿放倒。非常有力气，慓悍过人。龙大人高兴地把猛哥收下了，对他说："你呀，就跟着我吧！做我的护从。"猛哥心想：这人是从中原王朝来的阔商，投靠他，当然很好，又能喝酒，又能吃肉，还有银子花。他在龙福春的帮助和银两的支援下，悄悄笼络了不少本族和外族的一些人，建立了一个轻骑队。这个马队相当厉害，他们直接同北疆的打牲乌拉总管，也就是和采捕营的总指挥穆哈连对立。猛哥曾多次与穆哈连的队伍进行过血战，杀了不少采捕营的兵丁，杀出一条血路，偷着将一些皮张，通过山间小路，秘密河谷，装到桦皮船上，一点一点地运出去。然后装在马背上，绕过牛满江，过黑龙江，进入逊别拉河，再放到驼子上，越过小兴安岭，进入松花江。过了松花江，又上了挂着龙旗的车，这才大摇大摆地进京师。

他们回到京师以后，龙福春一看猛哥很有出息，就把他留下了。龙福春说，你别回去了，我给你请个高师，学学武术吧。他跟谁学呢？跟马龙。这个马龙，前书名字没露，但人已露面了，就是那天晚上跟图泰交手的那个，他是图泰的师弟，武艺非常高强。马龙是穆彰阿手下一个武备总管，叫穆林彰太，从武林里头请来的。所以，马龙现在是穆氏家族中武艺最高的一个老师，也是穆彰阿的亲信。猛哥就跟马龙学武术，学单刀，学得很快。龙福春为了笼络猛哥，收为自己的义子，又把部落里非常出名的丫头俏俏，做了他的媳妇。这就是前书所讲的，龙家堡子大办喜事的由来。现在我交待明白了。

穆彰阿想，龙福春这次去北疆，光靠猛哥还不行。因为他现在知道，他们的敌手穆哈连已经被他们杀了，而且他也知道，朝中的英和和赛冲阿，正在注意这件事情，并要派自己的心腹图泰和乌伦巴图鲁北上，想破这个案子，要抓凶手。穆彰阿是幕后人，不能出面。他认为龙福春官场经验不足，要想保护住自己，不露出来，龙福春的身边必须有更多的武将，有更多出类拔萃的师傅来帮助他，来保护他，这样才不至于被朝廷发现，还能把自己的力量培养起来。

这时穆彰阿想到，应该再告诉龙福春，除了你想到的几个人外，有两个人必须请到，一个是神刀将马龙，马师傅，这是咱们武林中的骄子，现在真正能战胜他的，可能武林中还没有，恐怕赛冲阿身边了不起的英雄图泰，也不是他的对手。另外，把我身边另一位大师也带去，那就是八宝禅师黑头僧人，这个人是武林高手。他是五台山出家的和尚，云游四海。他本来与青柱峰云游和尚是师兄弟，也就是说，他跟图泰和马龙的师父，本来都是很好的哥们，他们是另一派的高手。但是两个人在佛门中悟性不同，意见相左，各有各的看法，总是说不到一块儿。不论是咏经也好，坐禅也好，论世道也好，讲一讲，两人就掰了，常常弄得不欢而散。虽然他们同禅学佛，但各有所求，后来他们就分道扬镳了，谁也不理谁，各立门户，各树一宗。现在的八宝禅师，就是另一宗。眼下他正在几个省招揽徒儿，准备要开办武馆，开办京堂，要培养自己的力量，将来准备和青柱峰决一雌雄。这个人挺厉害，也有号召力。穆彰阿告诉龙福春，要拜他为师，要敬重他，让他跟你一块到北疆去，帮你出谋划策，让他成为你很好的谋士，就像你身边的诸葛亮一样。

说起马龙这个人，拜倒在穆彰阿门下，成为穆府的总教头，这事已有年头了。他们是在嘉庆二十几年时，相聚在一起。马龙虽然武术高强，万夫难挡，但他到了穆府以后，不愿声张。他也知道，有一个大师兄，在朝中某个大臣手下做总管，而且又得到皇上御旨，成为侍卫，他名声在外，但他的武术不一定比自己高强。他在暗中叫劲，麻痹图泰。等他聚集一定力量以后，再后发制人。这些年，他是暗中帮助穆彰阿和穆氏家族，以至龙家堡子龙氏，培养了不少爪牙，力量很雄厚，其中有些已经派到北疆去了。所以，北疆有他的力量。

就接前书所讲，那天晚上，下半夜，道光皇帝在赛府，和赛冲阿、英和大人商议军情时，马龙已经派人盯梢了。马龙亲自带两个人，其中有一个是他的徒弟。他们三个暗地上了赛府。他们到房上一看，影影绰绰上来一个人，那是乌伦巴图鲁，他装做没看见。不一会儿，他又看到四角有四个人，另外，楼的上边还有一个人，这人就是图泰。他装傻，让他们产生一个错觉，我们就是一般的小蟊贼，使他们不注意。他用暗语告诉那两个人，咱们应在烟筒后边，摸清情况，暂不跟他们动手，你听我的信号。他们就是这个策略。天快亮了，马龙想：这么不行，天一亮，咱们就露馅了。要是打起来，也不怕，不一定被他们打败。但是这样容易把穆大人露出来，要露出来，可不是小事儿。他想到这儿，就用暗号叫那两人走。他一动，就看见图泰在追他们。他到对过房顶潜伏时，注意屋里头都有什么人，什么时候出来。他知道屋里有皇上，因为穆彰阿在宫中有内线，得到了皇上到赛府的消息。不大一会儿，屋里人出来了，分别上了三个小轿，然后就分开了。马龙想，既然来了，也被他们看见了，不动手不行，但动手不能惊圣驾，惊了圣驾，这是大事，容易使穆大人受连累。于是他用暗号，告诉那两个人抢小竹篓。抢小竹篓，就得先用武力，结果三个人中两人脱身，马龙的徒弟小汉被打死了。

小汉是从山西来的，刚跟马龙学武术不几年。小汉也曾跟龙福春到北疆去过，所以，他挺喜欢鱼皮坎肩。马龙说，你最好脱下来，穿着容易惹事。那天他粗心了，就忘脱了。他身上那张翠香阁的银票，不是他的，是马龙的。马龙非常好色，本身就是个淫贼，被他玩弄的、奸淫的妇女，不计其数。他到翠香阁，鸨子对他另眼相看，任意戏弄美女。银票是小汉替他师傅拿着的，因为走的仓促，也没有经验，忘了把银票交给师傅，又穿着鱼皮坎肩，结果捅了娄子，事情败露了。马龙心里非常懊恼，觉得不应该带徒弟出来。又一想，也没啥，既然捅了娄子，也不怕，图泰不是知道我来了吗？更好，所以他就写了七言绝句，让图泰知道他的情况，而且明目张胆地告诉图泰，我要到北疆，你有能耐也到北疆去，咱们比个高低，看谁胜、谁强、谁笑、谁哭，决一生死。

这时的马龙，一心向着穆彰阿，他对龙家堡子的人还不怎么亲。他根本不佩服龙福春，把他看成老穆家的奴才，一个阿萨，是个乌合之众。他就是仗着穆彰阿的势力起来的，过去只不过是个掌鞋匠，论武术没有武术，要学问没有学问，只能张嘴卖卖皮张。我马龙不能做你的奴才，听你的调遣，这样就降低了我的人格。

穆彰阿看出他的情绪，心里非常高兴。龙福春虽然是自己的姑爷，但他心里有数，看龙福春的羽翼一天比一天丰满起来，将来一旦控制不住，就不好办了。所以，他希望有些力量直接归自己调遣。他一看自己的爱将，武术镖头总师傅马龙跟他一条心，心里落底了。

龙福春也看出来，马龙瞧不起他，根本没把他放在眼里。但是龙福春又不敢惹他，知道他武术高强，不知什么时候，要宰你的头，像探囊取物一样，非常容易。所以，他不敢得罪马龙，还得溜须他。这次听穆大人说，让他带着马龙去，他心里打怵。马龙也不能听我的，我要听他的，不就麻烦了吗？我有好多秘密事，他都告诉穆大人，我早晚就被人家撵出去，滚蛋出沟。这不行，得想办法把马龙拢过来，若能把马龙拢过来，八宝禅师黑头僧人就好办了。用什么招能把马龙弄到手呢？他想来想去，必须摸清马龙的秉性，爱吃哪一口，他得意什么，就给他什么。龙福春察言观色，平时看马龙的眼睛总往女人身上瞅，爱色。我要把他弄到手，只能用女色。龙福春也清楚，穆彰阿能把马龙弄到手，靠什么？就靠翠香阁的银票。穆彰阿是翠香阁的常客，并把银票给了马龙。他在翠香阁把马龙讲的比神仙还神，所以，鸨子们对马龙都另眼看待，认为皇家一等、二等、三等侍卫谁都打不过他。马龙是世上的高人，这些都是穆彰阿给吹出来的。龙福春想，我没有翠香阁，用什么办法把马龙笼络过来呢？他左想，右想，有了，我应该在媚儿的身上打主意。媚儿已经是他的小妾，但是，龙福春见异思迁，身边有好些美女，今天这个，明天那个，他对媚儿不像过去那么亲了，时间一长，人老珠黄，就不那么喜欢了。他想，不如把媚儿许给马龙，甩出去得了。

龙福春晚上回到府里，先找爱妻琪娜格格商量。琪娜虽然是穆彰阿的宝贝姑娘，但是，她对阿玛也是很有意见的。觉得阿玛太专权了，到处树敌，这样，穆家早晚要出事的。另一方面，她对阿玛既袒护龙福春，又怕龙福春，心里也有想法。觉得阿玛不向着自己的女儿，女儿让人家给骗了，名声都扫地了，可他为自己的利益，却睁眼说瞎话，只顾保护龙福春，让女儿的感情受了伤害。他不尊重女儿，将来若是有什么变化，说不定我的阿玛也会把自己的女儿抛出去。她越想越伤心。这些龙福春都看出来了，所以，他敢于跟琪娜格格商量，怎么把马龙控制在手里。龙福春用媚儿做鱼饵，勾引马龙，琪娜格格也高兴。因为她嫉妒媚儿，现在要把媚儿送给别人，她想，福春心中还有我。

马龙知道媚儿年轻美貌，早有垂涎之心，只是碍着她是龙福春的人，不好下手。那么马龙是怎么对媚儿产生情爱之心的呢？还是那天龙福春给他义子猛哥娶俏俏的时候。龙福春说，我要找一个美貌的女子做我儿媳妇的宾相，请谁呢？他就想到了媚儿，别人他都看不中。果不然，媚儿的美貌竟压倒了这次办喜事的所有的女人。俏俏是个十六岁的少女，长的挺美。但是，她和媚儿站在一块儿，那就逊色多了。你别看媚儿的岁数比俏俏大得多，但是，人们觉得她不比俏俏大多少，媚儿长的那么年轻，像天仙一样，怎么看都觉得美，怎么挑剔都找不出一点毛病来。所以，参加婚礼的老老少少、男男女女都让媚儿给迷住了。甚至连穆彰阿大人，都啧啧称赞。龙福春跟在座的人说："媚儿长的是挺好看的，就是皇上看了，也会把她领进宫的。"他这一说，把大家都逗笑了。这一笑，把媚儿闹得一会红了脸，一会白了脸；一会低下头，一会扭扭脸。她这一表现，大伙更注意了。大家觉得不是来看新媳妇的，反倒是来看媚儿的。

这时候，马龙坐在穆彰阿和龙福春中间，他两眼瞪的溜圆，直勾勾地看着媚儿，一眨都不眨，简直让媚儿给迷住了。他忘乎所以，一会抻起长脖子，一会站起来，一会坐下。这些龙福春都看在眼里。

说实在的，马龙是走江湖的人，南七北六，各省都去过，他见的人多了，美女如云。他曾抚爱过的美女不少，就是翠香阁那些妙龄艳女他都亲自领受过。但是，这时他觉得，世上最美的人是在这块儿，在龙家堡子。他暗暗下了决心，我穿上夜行服，要夜访媚儿，和媚儿好好干那个事儿，也不愧我来世一回。

媚儿忙完了婚事就想回去，龙福春执意挽留她，一块儿吃完宴席再回去。媚儿说，自己身体不适，要回去。因为她在人群中，已看到在中堂上坐着一位非常漂亮的公子，她知道这就是穆府赫赫有名的武将，也是总镖头。让他看的，自己不敢抬头，心里慌乱乱的，赶忙躲开。她急着往家走，走着走着，觉得后面有一个人过来，她也没瞧，只顾低头往前走，只见那个公子从她身边走过，用手把她的手掐了一下。媚儿觉得挺奇怪，她一摸头上簪子没了，再一看，手镯缺了一个。她心慌了，急忙往家走。

她到屋里刚躺下，不大一会儿，龙福春就回来了，对媚儿说："今天有个事儿，还得请你帮忙。"媚儿说："什么事？你说吧。"龙福春慢声慢语地告诉她："我过几天奉穆大人之命，到北疆买货去。我这次去，身边必须带几个武将保护我，那边蟊贼多，一路非常危险。我请的这个人，赫赫有名，就是马龙师傅。他是神刀将，当今盖世英雄。今天他到我这儿来，媚儿，你应当陪他，他看上你了。你一定给我赏这个面子，劝他喝好酒，吃好饭，让他倾心地帮助咱龙家堡子，使咱们的财源更加茂盛。我跟马龙关系不那么近，他是穆大人家的，咱们必须跟他套套近乎。"说到这儿，龙福春用小指头把她小脸蛋慢慢勾了一下。媚儿听了以后，脸一甩，非常生气，就说："福春，你心怎么这样坏呀，把我们女人当这个用。我对你这么好，可你为了别的目的，就把我抛出去了，你不丢脸吗?"说着，真不真、假不假地哭了起来。龙福春还要往下讲，媚儿越哭声越大。龙福春气的也说不下去了，把门一踹就走了。

龙福春找琪娜格格，跟她商量。琪娜格格也没什么主意，龙福春左想右想，最后想了一个毒招，伏在琪娜格格的耳边，嘀嘀咕咕，这么着这么着，就行。琪娜格格按照龙福春的安排，到里屋，把龙福春过去准备的一包药拿出来，偷着倒在小酒壶里。然后拿着小酒壶来到媚儿的屋里。

媚儿还在憋气哭呢，看来她是真哭。龙福春这个人朝三暮四，今天跟这个女的，明天跟那个女的，纯粹是把女人当玩物。而且现在又用她的姿色勾引马龙，她越想越觉得肮脏，死了都对不起自己的爹娘。这里简单交待一下，她的爹娘在前几天就死了，龙福春讲的好，怎么发送她爹娘，其实就派几个家人把尸首一炼就完了。事情办完以后，才告诉媚儿，把媚儿气坏了，跟龙福春干了一仗："我恨死你了，你骗我，对不起咱阿玛额莫！"龙福春现在觉得媚儿碍手碍脚的，见媚儿跟他干仗，他也来气了，狠狠踹了媚儿一脚。所以，媚儿的哭和这儿也有关系。她看清了龙福春这个人是个狼，根本不是真心爱她，今天又提出让她陪马龙，她能没有气吗？

这时，她听到门咣的一声响，一看，是琪娜。她把眼泪擦擦说："姐姐，你怎么来了？"琪娜装着不知道，就说："好妹妹，我现在也憋着一股气，咱们做女人太苦了，怎么做也换不来真心，男的一个个都这么坏。来，咱姐俩在一起宽宽心，喝两盅闷酒。咱们是亲姐妹，我把你接过来，是真心对你好，我也愿意跟你好好说说心里话。"说着，她表现一种伤心的样子，也掉了几滴眼泪。停一会儿，她倒点酒，自己先喝一杯，然后硬逼着媚儿喝。媚儿真的就喝了，喝完以后，不大一会儿就睡着了。琪娜格格拿来的酒，就是龙福春在药店里买来的一种迷人的麻醉酒，喝了使人昏迷，睡不醒。

再说前厅，龙福春和马龙两个人，推杯换盏，酒性大发。但是两个人各揣心腹事。龙福春心想，我用女人的迷魂阵把你套住，我抓住你的小辫子，以后你就得乖乖听我的。马龙想，凭我的本事，早晚要置你于死地，你的家产和所有的美女都归我。两个人都装作若无其事的样子，一边喝着酒，一边划拳，直到星星都出来了，这时马龙假装喝醉了，龙福春一看马龙真醉了，就说："马师傅你别走了，我叫人已把房子打扫了，你就住在这儿吧，不用回去了。我也喝多了，白天挺累，我要回去了，马师傅你就早点休息吧。"

马龙把龙福春送走以后，把屋门关好，合衣而卧，把灯吹灭，让外边人看，他是睡觉了。到半夜时，马龙悄悄起来，把自己的小行囊打开，拿出夜行衣。夜行衣是黑色的，在夜里不显眼，不容易引起人们注意。这衣服是紧袖箍身的，走路非常利索，适合跳、跃、站、跨。夜行衣是武林防身的一种衣服。马龙把门打开，没有带兵器。他身轻如燕，悄声的，连狸猫走动都赶不上他，一点动静都没有，狗也没听出他的声音。他到了后院三间大瓦房，这是龙福春伴着两个夫人的内宅。他悄悄到房的后头，看看房瓦都非常结实。他把土块扔到房檐上，咕噜噜掉下来，周围没有动静，看起来没有人。他噌噌蹿上房，一个脚尖垫一下房檐的瓦，一个脚蹿过去。他上房后先到西边，从烟囱下边过来，到房檐跟前来个金钩倒卷帘，整个身形像条绵软的黑色的长虫子一样，搭在房檐之上，他的双脚倒着脚尖狠狠地钉在房檐的瓦上，纹丝不动。这是内功，他全仗着脚尖内功的力量一顶，没个掉下来。他头朝下，正好这儿有一棵老杨树，树梢遮住他的身子。他在树和房檐之间趴着，都在黑暗处，不容易让人看见。他把身子轻轻探下去，探到自己的脑袋能碰到窗框。他手指抹些唾沫，把窗棂纸润湿了，用小指轻轻捅开，他探着眼睛往里看。要知道往下探，身子不得劲。那时候，京津一带的房子有个特点，墙垛子上有一层一层的小台阶，为的好看。正好他的手搭在小台阶上，脚钩着房檐，看的非常清楚。

马龙多年来有耳闻，他知道，龙福春这个人贪婪无度，被他糟踏的良家妇女不计其数，而且金银成库。短短的几年时间，他就富到什么程度呢？可以说，这一带谁的资产也比不上他，甚至他夸海口说，比国库里藏的银子还多。名义上他是穆大人身边的管事人，是他的女婿。但是，穆彰阿也惧他三分。因为他有很多的秘密，很多的短处，很多暗藏的财富，都在他女婿的脑海之中，在他腰囊的账本中。说要是把他的女婿龙福春弄到手，把龙福春的嘴撬开，就等于把穆彰阿是黑、是白的肚子都撬开。所以说，穆彰阿能不害怕吗？他对龙福春是敬三分、爱三分、又惧三分，真是复杂的心理。

这些马龙都看在眼里，心想：大人啊，你这是养痈遗患呀。你是在养一只狼，到时候不吃了你才怪呢！我要得到穆大人的信任，就得把龙福春的底细弄清楚，只要掐住了龙福春，我就等于在穆府里站稳了脚跟。所以，他早就想找个机会，好好探探龙福春，看究竟在你这一亩三分地上有什么故故道，有什么把柄让我抓住的。今天正好有这个机会，他能放过吗？他看的非常细心，要弄清这个所谓龙大人的来龙去脉。他既然是京城的富豪，看看他都有什么摆设，也让我好好见识见识。他就是这种心情，看的能不仔细吗？他不是一般的夜探，也不是一般的淫贼，把哪个女人玩一玩就走。他心里早有打算，这次来是下了茬子的。他既然要查看，就不能不按原来的规矩。

清代的生活习俗是一夫多妻制，有的是正娶，有的是小妾。比如房子，哪个妻子住在哪个屋，都有一定规定，这叫气魄。一般大夫人在上，上指西，西为上，东为下。下屋有左暖格、右暖格、南暖格、北暖格，有的还有过堂屋。东屋是他的爱妾、小妾住。马龙知道，大屋肯定是龙福春的名媒正娶的妻子、穆大人的宝贝格格琪娜的卧室，东屋就是他的爱妾，龙家堡子这一带谁也超不过的美女——媚儿的住处。一般说来，先到东屋查，这次没有，他是一个屋一个屋地查。他当时用手捅开一个窟窿眼，往里看的屋，正是琪娜格格的屋。这个我说书人要说清楚，往下就好讲了。马龙以为没问题，肯定是琪娜的屋，在白丝丝的幔帐里，躺着一个人，还是两个人，没看清楚。这时，他又悄悄看看东屋，还是用金钩倒卷帘的姿势，又用右手点湿了食指，把窗棂纸捅个窟窿，往里一看，啊，这屋里就是我朝思暮想的美人，今天白天我戏弄她，掐了她的手，在我的行囊中还有她的银镯子和一个银簪子，这是媚儿的屋。他又仔细看一看，这屋的墙是用白纸糊的，还贴着几张年画，挂着白纱缎的幔帐，还没有完全把睡美人罩上，她的幔帐是打开的，所以看得特别清楚。因为是正房，她头朝西，脚朝东，横躺在那儿。这个美人，仰着脖子躺着，非常好看。外衣已经脱了，内衣也脱了，膀子还露出粉白的细皮肤，下身微盖着绿花格的小被，正压在她的肚脐上，睡的特别香。哎呀，他的心都要蹦出来了，很长时间没看见这样的睡美人了，真想多看一眼。她睡得挺实，一动都不动。好像在说："你多看吧，多看吧。"把他看的馋劲勾上来了，想赶紧进去。他翻身起来，然后来一个倒卷，轻轻地滚到一个角，又悄悄地走到门前，用刀轻轻一拨，把门叉棍拨开，一推门，他侧身进去。里面还有道门，仍然是用刀把木叉棍拨开，他进到厅里。

这个厅挺漂亮，雕龙画凤，桌子上摆着钟，挂着字画，中间供个佛。他推开里屋的门，香气扑鼻，这是女人的屋。他像小猫似的，双手按地，慢慢往里爬。这是夜行人常掌握的知识，他在地上爬，头尽量往下低，贴地走，你在炕上躺着不容易看见。他到屋一看，这女人真美、真香，他好像头一次见女人一样，看不够。他马上把全身脱个净光，悄悄地钻进媚儿的被窝里。媚儿睡得真香，马龙进去，她根本不知道。他一摸，媚儿上身穿着小红坎肩，两个奶子鼓得挺高。他又往下摸，小肚子有个内裤。他把手伸进去，往里摸，正好摸到媚儿的那个地方。马龙不愧是个淫贼，他尽量想办法不让她知道，让她在梦中享受。

这时，因为马龙的劲非常大，她已经醒过来，睁眼一看，这哪是龙福春，这不是马龙吗？这时，她已身不由己，也不管是谁，让我心里舒坦就行。她对马龙的印象非常好，也很有感情。这时，她睁着眼睛，又啃又咬又抱着。马龙也亲着她。他睁眼一看，这哪是媚儿，这人这么漂亮，也不次于媚儿。这不是琪娜格格吗？哎呀，天哪，这是穆彰阿的爱女琪娜格格，我怎么跟她抱在一块了，这是天赐之福啊。其实，两人早有互爱之心，只是不好表示罢了。因为两人各有身分，不可能凑到一起去。今日是天公作美，天赐良缘，这真是老天爷把他们从闷葫芦里头给凑合到一起了。

说来，这还真是圆了马龙的梦。马龙爱过这个，爱过那个，其实，纯粹是百无聊赖，是逢场作戏而已。就是去找媚儿，夜探龙福春的家，也不过是无事可做，出于好奇之心。这回他想的可不是这个，因为他早就想过，要能和琪娜格格成了婚，自己多光彩呀，那真是平生之幸啊。我要成为穆彰阿的乘龙快婿，将来能出人头地，不白白来世一生。今日真是天公作美，如愿以偿，没想到，真得到了琪娜。

琪娜心里早就佩服马龙，他是保护阿玛的恩公。他武艺高强，人又年轻，长的那么漂亮，正是风华正茂的时候。年岁和她比较般配，实际也就差一两岁，不像龙福春大她二十多岁。就因为他救命有恩，不是真正爱他。她想，嫁给福春，凭天由命吧，谁让自己过去有这个苦了。人家可以找个乘龙快婿，找个美男子，陪伴自己一生，我不能想这个。所以，琪娜格格以前也挺满足，对龙福春百依百顺。但是，天不遂人愿，龙福春到她家以后，随着生活的变化，人就变了，与原来一点都不一样了，真是判若两人。现在的龙福春越来越坏，越变越让人恨。他们已经没有夫妻恩爱之情了，只有个空名声。现在琪娜格格明白，龙福春对待她，就像一个破盆，今天用她，就用用，明天不用了，就甩到一边，根本谈不上什么夫妻恩爱。她自己经常暗暗地伤心落泪，恨自己命怎么这样苦，有怨无处诉，有苦无处讲。跟自己阿玛讲吧，阿玛也不愿意听，还总说龙福春的好话。她感到自己举目无亲，走投无路，度日如年。今晚老天有眼，给她送来一个早就盼望得到的美男子。今天她好像一个青春初动的少女，头一次知道什么叫爱，头一次体会到爱是啥滋味。今晚才享受到幸福。马龙就是她梦中想的那个美男子，他比龙福春强多了。她越想心里越高兴，她紧紧搂住马龙不放。

马龙也是这样的感情，此刻两人真是恩恩爱爱地交媾。他们互相紧紧搂抱着，把整个心灵都融合在一起，谁也不愿离开谁。他们两个尽情地欢乐了很长时间，马龙才精疲力竭地瘫在琪娜的身上。琪娜亲切地爱抚着他，半闭着眼睛，两人谁都不语，好像都在品味仙境，都不愿破坏它。

呆了半天，马龙起身又在琪娜脸上亲了一口。琪娜这时也慢慢睁开眼睛，温存地说："马师傅，你怎么知道我瞅你呢？你怎么就敢来我这呢？"她好奇地问他。马龙慢慢地笑着说："实不相瞒，今天我想夜探龙福春，他多行不义，看他都干什么坏事。今晚上他请我吃饭，我装喝醉了酒，等龙福春走了，我就偷偷出来，看看你们府里有什么藏龙卧虎的事儿，我为这个来的。我以为这屋是媚儿的屋，格格你不要生气，我哪敢碰你。当时我想碰碰媚儿，我把她的簪子和镯子都拿来了，她还不知道呢。格格，你怎么上这屋来了？"琪娜格格说："现在福春没在屋。他让我给媚儿喝药酒，她喝醉了，在福春那屋，福春想看看她。媚儿在那屋，我就过来了。"

马龙说："好格格别说了，我也真爱你，今天咱们既然在一起，这是天作之合。格格你就答应我的要求，咱们从此棒打鸳鸯两不分。咱们将来生活在一起，可以吗？"马龙说着又亲了一口，"我一定娶你，咱们终身不移。"琪娜格格说："马师傅，这些你都说到我心里了，只是我没这个福分。你能喜欢我这个人吗？我已经嫁给人家了。再说，龙福春也不能答应啊。他把我当成摇钱树，他不爱我，但他离不开我。他若没有我这个招牌，我的阿玛、额莫能信得着他吗？所以，他死死抱着不放。"说着自己痛哭起来，又倒在马龙的怀里。

马龙说："你不要哭，这些都好办，你告诉我，龙福春到哪去了？"琪娜理智地说："不瞒你说，真叫人恶心，他现在在俏俏那儿闹呢。这事儿啊，哎呀，不能说呀。"马龙说："你现在把他的秘密事和背着你干的事告诉我，我现在要证据。你不能放纵他，也不必保他了。让他胡作非为，你们这是引狼入室，将来你的家遗患无穷。你不能再傻下去了，你应帮助你的阿玛，重整家门。我既然受你阿玛之托，成为你们家的保护人，我一定铲除害人精。不然，穆大人要受龙福春的牵连，到那时就不好收场了，后果不堪设想哪。"

这时，琪娜格格就把龙福春不少秘密事情和他在各处藏的东西以及账本都原原本本告诉了马龙。马龙一一记在心上，并穿上夜行服，对琪娜格格说："请你相信我，我一定要你。你先休息，不要声张，我去惩治龙福春，不能让他占我徒弟媳妇的便宜。我要为我徒弟报仇。"琪娜怕惹出大乱子，不好收场，忙喊："马师傅，马师傅"。这时马龙早已出了屋，不知去向。

果不其然，龙福春正在俏俏的屋里，死缠着俏俏不放。俏俏和猛哥今天是结婚大喜的日子，可龙福春就把猛哥支走了，说有急事要办，得天亮时才能回来。龙福春利用这个空子，假装殷勤地来俏俏的屋，一会儿问俏俏有什么事，一会儿又问俏俏做什么，越说越近。俏俏看干爸来了，也非常尊敬。于是，时间一长，她看干爸有歹心，直往身上贴。送茶水吧，他不接碗，专抓自己的手腕。有时还专往她身上碰一碰。甚至有意碰她的奶子，这时俏俏就说了："干爸你怎么这样呢？我男的不在家，你这么做太不好哩。"

俏俏家里是正经八百的庄稼人，也是龙福春家的一个佃户。俏俏长得挺俊美，虽然没念多少书，但懂得礼教。她嫁给猛哥心满意足，夫唱妇随，两个人挺甜蜜的。猛哥走的时候，小两口亲亲爱爱，猛哥安慰她，天亮时我办完事就回来，过几天我领你到关东去，看看我的额莫。可是俏俏等啊等啊，猛哥一直没回来，干爸却来了，来了以后就缠着没完。天快到半夜的时候了，龙福春上前要搂俏俏，俏俏把他推开，就说："你再前进一步，我就上吊，你上来，我就喊！"他俩正闹着时，门嘎吱一声开了，谁来了呢？是俏俏的男的，猛哥回来了。

猛哥一进屋，看到这个情景，就炸了。虽然龙福春是他的干爸，曾救过他，但是要知道，北方少数民族的部落人，非常顽强，宁死不屈，嫉恶如仇。猛哥火冒三丈，就说："龙福春你真胆大，你不怕作孽吗？你怎么向自己的儿媳妇下手？"猛哥气的，一脚把龙福春踹到一边。这时俏俏跑到一个墙角，痛哭起来，寻死上吊的，猛哥干脆没管，对龙福春拳打脚踢，龙福春怎么哀求也不行。

正在这时候，有一个黑影进来，猛哥没认出来。只见这个武士把他和龙福春分开，给龙福春点穴。然后把猛哥叫到外边，他俩悄声嘀咕一会儿之后，猛哥回屋，先把龙福春的穴道点开，对龙福春说："我现在饶了你，千不看万不看，看以前咱们还有一段父子情缘的面上，你赶紧滚回去，就像没这事一样。以后再有这事，我就宰了你。"龙福春吓的狼狈地走了。

说书人不能不暗中交待一下。马龙这时也匆忙地飞身来到俏俏的房上，他看到龙福春正在纠缠俏俏，飞快地把刀拿出来，刚想跳下去，这时外门嘎吱一声开了，从马上跳下一个人，这个人正是自己的徒儿猛哥。马龙在房上静静地听着，看他怎么处理这事儿。这时，马龙又看到一个黑影，穿着夜行服，从墙那边绕过来，直接进了屋。这个人是英和大人的护卫乌伦巴图鲁，马龙曾经领教过，咱们前书已经说过，因小竹篓的事。不大一会儿，乌伦巴图鲁把猛哥叫出来，在猛哥耳边低声碎语，不知说了些什么，然后他扭身出了门，就不见了。

马龙看见龙福春被打的一瘸一拐地出来，正哎呀哎呀地往前走。马龙突然从房上跳下来，站在龙福春的前面，大喊一声："龙福春！"龙福春一见是马龙，吓坏了，扑通一声跪在地上："马师傅，马师傅，饶命饶命，下次我不干这事了，我缺德哪，我老糊涂了。"马龙过去抓住龙福春的脖领子："你这个无耻之徒，竟干出这种伤天害理的勾当，龙福春，你知道我应当怎么处置你？"龙福春说："现在要杀要剐全仗你们师徒啊。"马龙说："我徒儿宽宏大量，饶了你，但是，我要跟你算账，你跟我走！"龙福春知道他拿刀子，不是好事，赶忙说："马大人，马爷爷，我把我那个媚儿给你了。"马龙说："少说废话，跟我走。"

马龙把刀架在龙福春的脖子上，龙福春知道马龙杀人成性，杀人像杀小鸡似的，根本不在乎。明晃晃的刀架在自己的脖子上，冰凉冰凉的，他能不害怕吗？尿都撒了一裤子，就说："师傅，爷爷，饶了我吧，我将来做好事，一定好好供着你。"马龙说："我要你脑袋，你已恶贯满盈，我替天行道，为你害死的冤魂报仇。"说着，像提小鸡一样，把龙福春提到江边，他把龙福春往地上一摔。其实马龙是想吓唬吓唬他，没想结果他。龙福春被猛哥和马龙一打一闹乎，吓的挺不起来了，早就伸腿瞪眼完蛋了。马龙把手放在他嘴上，没有气了，死了。他是罪该万死。然后到琪娜格格那儿，把龙福春的罪证一包，就去找穆彰阿，让穆大人定夺。

第二天，这个热闹、繁华的龙家堡子小街里，谁也不知道出了这样一件大事，这儿著名的寨主让马龙给铲除了。这件事对穆彰阿来说，并没感到悲伤，反而觉得心里一块大石头落地了。因为他早已憎恨龙福春，认为马龙给自己除了一个大隐患。马龙将龙福春在龙家堡子搜罗的东西，私藏的金银单子，还有私藏的皮张，来往的账目，暗地里交往的名单和秘密书信，这些图谋不轨的罪证，都一古脑地呈给穆大人。

穆彰阿看了马龙呈上来的一张张罪证，真是如梦初醒，反倒出了一身冷汗。他过去光以为龙福春飞扬跋扈，做了些不轨之事，没想到，他向我下手，从我的兜里掏银子。他喝了一口香茶，站起来，在屋子里来回走了一会儿。这时马龙还站在那儿，静心听大人的吩咐。

穆彰阿背着手，转过身来，对马龙说："马总管，谢谢你。你不要声张，我考虑，龙福春这些年也有不少党羽，名声也出去了，他跟我已是一根绳上的蚂蚱，谁也跑不了。人家都这样认为，他是我的姑爷，他的丑事，就是我们穆家的丑事。这事要嚷嚷出去，真不好听，有损我的名声，怎么办?"他问马龙，马龙照样没出声。

因为什么呢？马龙知道，穆彰阿这个人非常奸滑，做事想得非常细。他这么说的意思，想多听听别人的意见，但你真要说了，他还不愿意听，所以，他说什么，你只好听着。不一会儿，穆彰阿就想出主意，对马龙说："马总管，就说龙福春暴病猝死，把这个消息传出去。另外，找我的管账先生，让他写个呈子，报给州县，让他们知道是暴病猝死。"马龙喳的一声就退下去了。

这个事很快就办了，州县的人都是穆家的人，谁还想得罪穆彰阿大人。何况，那是人家家里的事，他自己的姑爷，给他查那个干啥，说咋死的就咋死的，反正自己得了银子。这样，这件事很快就平静下来。

在京城一带，龙福春这件事算一个小事儿，所以传几天也就过去了。头几天可能有人问一问，龙福春长，龙福春短，有人讲一讲。后来也就没人问、没人讲，龙福春已在人们的记忆里消失了。可他一生走过的路，都警示着人们。龙福春过去是挺好的一个人，做点好事，确实得了好报。得了好报，他不守成，不会珍惜自己的名声，越干越糟，最后弄得身败名裂。那位老和尚告诫他的那些话，让他好自为之，看佛家的话讲得多么好，多么准哪。看来，人生之路，不容半点含糊，善恶本自分，全靠自己走啊。这件事儿，说书人讲到这儿，让他成为一面镜子，我们做人不要像龙福春那样。

再讲马龙和琪娜格格，两人手拉手，亲亲爱爱，大摇大摆地进了穆彰阿大人家的正堂。琪娜格格娇里娇气地把自己的额莫、一品诰命夫人请了出来。他的阿玛坐在上首。另外，琪娜格格又领着四个丫鬟，把老奶奶也请了出来。老奶奶说："孩子，把我拉出来干什么，也不让我坐下歇一歇。"一品诰命夫人看老夫人出来了，忙垂手站立迎接。这时，把老奶奶请到中堂的最上座，穆彰阿和一品诰命夫人左右相陪，旁边有好多的仆人站着，气氛庄严和谐。

琪娜格格把马龙拉过来，两人在他们前头跪下磕了三个头。然后琪娜格格说："我求老奶奶恩准，求阿玛、额莫恩准，我要嫁给马师傅，请老人给我们做主，恩准我们成婚。"马龙又跪下磕头，也说了自己的决心，如何疼爱琪娜格格，求老奶奶、大人和夫人恩准。

老夫人早就听儿子讲了这件事儿，挺高兴，就说："只要格格愿意，只要你们过得好，我就心满意足了，当老的管什么。看你们一个个长得像小苗似的，粗粗壮壮，日子过得好好的，没病没灾，我就阿弥陀佛了。"

最关心这件事的还是穆彰阿，因为将来他要用马龙，靠着马龙，一切事情要靠马龙来办。他信任马龙，马龙年轻有为，文武全才，不像龙福春没文化，什么都不懂。这回好了，正中他的下怀，只有把自己心爱的格格嫁给他，才能拢住他。格格又愿意嫁给他，真是两全齐美，这回马龙就可以拼死拼活地为我们穆家效力，所以，他越想越高兴，不住地点头、笑。

一品诰命夫人也欢喜，格格总算没有守寡，马师傅跟琪娜挺般配的，年龄很相当，他们站在一块儿，确实像个小两口，她从心里高兴。

最后老奶奶说："这件事，你们就委屈了，不要再操办什么婚礼，也不要敲锣打鼓吹什么喇叭了，你们就在一起过日子吧，家里人都同意了，然后再报给咱们旗人府就行了。"她又告诉她的儿子穆彰阿："你们也不要亏了格格，也不要亏了马总管，该给人家赏钱给人家赏钱，他们要买彩礼，买衣服，收拾房子，这要花银子，必须拿够，把我的体恤钱也拿出一些，赏给他们。"这话说得挺周到，穆彰阿大人一一地点头，喳喳称是。

说完，老夫人由一品诰命夫人搀扶着到后堂去了。琪娜格格站起来，就跟阿玛说："我也到后堂去，看看我的老奶奶。"然后她跟马龙递个眼色，意思说，我回去。马龙说："你去吧，去吧。"这样，厅里只剩下穆彰阿和马龙。马龙看周围没有人，向穆彰阿禀报："大人，我告诉你一件事情，我的徒弟，也就是龙福春的干儿子猛哥，他现在跟英和大人的护卫乌伦巴图鲁勾搭在一起，我看他俩秘密说话，但不知说些啥，我想把这事查一查。"穆彰阿说："对，你好好查查吧。"

从此，龙家堡子也就改了个名号，马龙成了这个堡子的真正主人。下边所有的奴仆都恨透了龙福春，所以，主人一换，大家都高兴。不少家放了鞭炮，以示庆贺。人们管这地方不再叫龙家堡子了，叫马家窑了。后来，马家窑的名子越叫越响。马龙挺会笼络人心，他见到穷人就给赏钱，不打不骂，都以礼相称。马家窑很快就变了天地。媚儿，在琪娜格格的撮合下很自然地嫁到了马家，成了马龙的二妻。马龙在穆家的名声很快就起来了。这就是这几天穆家发生的事儿。

单说小力士猛哥回到了家，怒气冲冲，一脚把他干爸龙福春踹到地下，又把他干爸轰出门外。然后，他赶忙安慰他的爱妻俏俏。俏俏哭得非常伤心，把手一甩，不让他拉。猛哥又过去按她的肩膀，俏俏把肩膀一扭搭，坐在炕那边。猛哥赶紧跟过去，坐在她身边，贴着她说："俏俏，别哭了，我这不回来了吗？"俏俏一肚子委屈像开闸的洪水一样，哇，都吐在猛哥身上："我嫁给你多可怜，你一去就不管我了，你多狠心啊。"说着边哭边猛劲地捶猛哥。猛哥不知怎么办才好，就劝她："俏俏别哭了，以后不离开你还不行吗？我到哪就把你带到哪，行不？将来要是打仗，我就把你揣到兜里，我若是见皇上，就把你揣到心窝里，行不行？"俏俏说："去你的吧，今天亏你来的早，再晚来一会儿，奴家可能就跳河自尽了。"说着，又哭个不停。猛哥搂着爱妻，慢慢地抚慰她，俏俏渐渐平静下来，破涕为笑。小两口本来是你疼我爱的，又恢复了原来的情感。

不一会儿，俏俏扭过头问猛哥："看你刚进屋时那个愣样，恨不得要把龙福春吃了。后来进屋一个人招呼你出去，你回来以后就变了，马上把龙福春撵走了，你变得这么快，肯定是那个人给你出的主意，你怎么不把他请到家里坐坐呢？"猛哥这时一五一十地告诉俏俏："那可是一位好心人呢。他是我的救命恩人，你不知道吧，我上次去宁波，好悬掉了脑袋。半道遇见了贼人，你想，好虎架不住一群狼，贼人越围越多，眼看我要吃亏的时候，突然从树上蹿下一个人，手握单刀，嘁哩喀喳，一顿砍，把好几个强盗的脑袋砍掉了，其余强盗都吓跑了，我才得救。他是我的救命恩人，我从来没有忘了这个好心人。他不是一般的武士，是著名的武林高手，是当朝户部尚书英和大人身边的护卫，乌伦巴图鲁。他是达斡尔人，为人正直，不但武艺高强，而且还懂文学。他喜欢我们索伦人，他常讲，我们索伦人、满洲人和他们达斡尔人都是北方的兄弟民族，都是一条心的。所以，我很喜欢他，也敬佩他，他就像我的哥哥一样，我有啥事都愿找他唠唠。"俏俏还要往下问，猛哥就说了："你不要问了，这事你也不要往外讲，免得生出事端，好不？俏俏我再告诉你，过些天我要去家乡黑龙江，我本想早点走，可是乌伦哥哥劝我先不要走，他说让我帮他办一件重要的差使。既然是乌伦哥的事儿，我得帮他办，人家是我的救命恩人，我不能推辞。另外，我相信，乌伦哥要办的都是正事儿，绝不能干些歪邪的事儿，所以，我就答应了。俏俏，这事你知道了，也不要告诉别人。”

原来，乌伦巴图鲁自从认识小力士猛哥以后，真像得了个助手，而且，有了自己的耳目，知道不少事儿。猛哥是龙福春从塞北带回来的，后来龙福春把他放在聚宝货栈做保镖的武士。平时他跟着货栈的人到各地送货或者取货，有时候到漠北，有时候到江南，都是贩运些皮张和一些土特产什么的，有的非常值钱。他货栈自己家养的武师，所以，猛哥对聚宝货栈的情况比较清楚。另外，他是马龙的徒弟，对马龙的情况、马龙的行踪也很清楚。正因为如此，赛冲阿大人和英和大人很重视这个情况，觉得这些天总算没白张罗，掌握点蛛丝马迹，知道一些情况的动向，有个抓头。

图泰总管受赛冲阿和英和大人之托具体查这件事。图泰听了乌伦介绍以后，觉得非常好，就一再跟乌伦说：“好兄弟，应当感谢你，你做了件好事。看起来，咱们这几日大有进展。现在就这么办，和猛哥交朋友，他是索伦人，少数民族，跟咱们满洲人在感情上像亲兄弟一样，跟他多接触。这些人天真无邪，不会拐弯抹角，但是容易受坏人挑拨。所以，咱们应更亲近他，使他们免得上坏人的当。我们要多关心猛哥，让他认清什么是狼，什么是羊，谁是自己的朋友，谁是自己的敌人，让他自己慢慢去分清。只要我们把猛哥抓住了，京师有些情况可能就会突破。”

猛哥这次回来，看到自己的妻子被侮辱，义父龙福春也被人杀了，自己的师傅马龙现在不可一世，他觉得京师这块人人勾心斗角，今天你整我，明天我整你，都各揣心腹事。他越想心里越乱。那天，他跟他的好朋友乌伦在一个小酒馆里喝酒。乌伦给他热了两壶酒，他酒劲一上来，嘴就没有把门的了，干脆把不少事都抖落出来。他说：“我也不知道师傅是怎么回事，老惦着八杆子打不着的事儿，他就好整个人。”乌伦问：“什么事呀？整什么人呀？”猛哥说：“真的，这事和我没关系，他们使坏，在塞北把一个叫穆哈连的人杀了。穆哈连是旗人，在一个卡伦负责，是个官。他们把他杀了，怕这事儿传到京师以后来查。我回来以后，让我多了解一下京师的动向，看有没有人查这件事儿。我师傅今天受命到处去查。这几天我们就没闲着，天天早晨、晚上轮番到人多的地方，了解街谈巷议，看有什么动静没有。听师傅说，现在正赶上新皇帝登大宝，天下正乱的时候，容易出事儿，让大家多注意点。有时候把我们忙得夜里都不得闲。”接着猛哥又说：“有一天晚上，我师傅和师爷八宝禅师黑头僧人，还有我的大师兄汉哥，他是我师傅从山西带来的，他们三个去的，让我在家看家。他们夜探歹徒，哎呀，这事可不得了，大哥，你听了可别往外讲，行不行?”乌伦说：“我不去讲，你放心吧。你说说，究竟怎么回事?”

猛哥接着说：“听我师傅讲，那天夜里他们去探赛冲阿的府第。他们在房上，看到那边有人监视他们，他们没动弹。原来我师傅马龙想，不要厮打，不要伤人，了解完情况就回来。谁知道，后来发现从门前出来三个轿子，每个轿子前都有人拎着小竹篓，不知是什么意思，觉得挺奇怪的。我师傅就想了解一下竹篓里装着什么东西。当时不知道院里出来的是什么人，更不知道还有皇上，这是后来听说的。我师傅施点小计，顺手把三个竹篓抢到手。哪知道，小清风图泰总管相当厉害，当时跟他们动起手来，把我的师兄汉哥杀了。我师兄从山西过来不到三年，就死在这块了，你说，他死的多冤吧。”

乌伦说：“好兄弟咱们喝咱们的酒，这事跟咱们没关系，咱们别管。回去你也不要说了，一旦让你师傅听到了，不惹事儿吗!”猛哥非常感激，心想，真是好哥哥，怕我出事儿，不让往外讲。

就这样，乌伦又知道一些情况，把这个情况告诉了图泰。图泰又及时向赛冲阿大人禀报。赛冲阿和英和觉得这事情已经水落石出，看起来，京师确实有一股势力，正在破坏朝廷在北疆的策略，不知他们要干什么，这不能不引起我们的注意。图泰呀，咱们应该早点北上，这是上策啊。

再说穆彰阿，他原来打算让龙福春领着马龙和八宝禅师黑头僧人，一同去北疆。干什么去呢？一个要联络知己，打开和疏通一些运货的秘密通道。这些通道官方不容易掌握，只是一些土人知道，道非常便捷，又好走，便于运输。官方不容易查到，想办法把这个图画出来。必要时候，把官家已建立的据点，给破坏了。另外，龙福春已被铲除，没有隐患了。这些事由马龙接管，一切事情就绪，现在已经到了该实施的时候了，争取早日北上。

就在这时，突然有人来密报马龙总管，听说八宝禅师黑头僧人，在漠北白桦峰遭到三个女侠、剑客的围困，腿被砍坏了，险些丧命。眼下正在一处咱们秘密修建的土窑子养伤，现在缺药又无人侍候，老师父疼痛难忍，十分火急，望师傅快去营救。这是八宝禅师黑头僧人亲自讲的，他说，只有你去才行，别人去他信不着。

前书我们已经讲过，八宝禅师黑头僧人是马龙师叔的辈分，这人武术高强，就是好管闲事，好参预朝廷之事，结果身受其害。

这时又有人密报，说小力士猛哥带着妻子俏俏离开了马家窑，不知所去。有的说，他到乌伦巴图鲁那去了，跟乌伦到塞北老家去了；有的说，是乌伦巴图鲁把他抓去了，进了牢房。几种说法，大有差异，祸福不知，真是一宗宗，一件件，闹得马龙丈二和尚摸不到头脑。他想，我赶紧到穆府，拜见穆大人，看穆大人对这事怎么办？然后离开他的小娇妻琪娜格格，还有媚儿，到漠北去，我要亲自探个究竟。

阿哥、达爷们，现在马龙就准备北上，要知道下情如何，你听说书人给你说个究竟。

第二章　三巧出世

阿哥、达爷们，这一章可就热闹了。前书像整个引子一样，现在开始把我们最珍贵的人物，奉献给各位听众了。

现在我说的地方是在北海。这个北海，各位阿哥、达爷们不太知道。这个北海有多远？远得很，就是大雁三十天也飞不到头；要是最快的鹿，百天百日也跑不到边。这个北海是在遥远的北边，是冰天雪地的地方。中原的古书上叫做“大漠”，或者叫“漠北”、“朔方”，“朔漠”就是这个地方。那是我们大清王朝北边边疆之地。我们很多的祖先，在遥远的过去都曾经住在那儿。现在说书人所讲北海的时候，已是初冬时节。

北海的初冬，冰天雪地，树叶早就落没了。北海的冷，也不全是冷；说北海的寒，也不全是寒，其中有小阳春的地方。你听起来好怪，其实也不怪。为什么呢？我现在讲的地方，是北海中最热的地方。这地方林木茂盛，古树参天，全都是林子遮盖着，这地方都是松林。各位知道，松林的叶子冬天仍然是碧绿青馨，互相之间，你搭我，我搭着你，枝叶蓬松盖在一起，雪掉不下来。而且下边的树，都是密密麻麻的，一个挨一个，像头发似的，人要进到里头去，连风都没有，四处听不到任何声音，非常静。所以说，里头相当暖和。

这地方就是北海的三百里古松林。这些松林都是千年以上的松树，长得相当高，非常粗壮，大的七个人都抱不过来，枝叶互相搭在一起，盖了一层棚，又盖了一层棚，有的树上盖了四五层棚，不但风吹不进去，就是寒气也进不来。在树林里呆着，你可以穿单衣，也不觉得冷。可是你到树林外，得穿皮衣。

这个地方离中原的京师——北京老远了，就是离滚滚的黑龙江还有八百多里。要是快马跑，一天按五十里来算的话，得跑上三十多天。有人要问了，马怎么跑得这么慢呢？一天才跑五十里路，人都能走过它。错了，要知道，那时候一片密林，山又是崎岖险恶，山连山，水连水，树连树，麋鹿都难行，何况人呢。要骑马，没有马道，密林连着密林，层峦叠嶂，沟壑纵横。两个山头相望没有一里地远，但是由上坡到下坡，一天也走不到那边去。要是骑马走，马不能爬山，走得更慢了。没有道，全是自己蹚着走，而且走一步，在树上砍个记号，然后再向前走一步，再砍个记号。回头还要看看太阳，不看太阳不行，不知方向。因为到处是密林，在密林一呆，东西南北都分不出来。一天能走五十里路，那是能手、快手，是正经八百的骑手，一般人走不出来。

在北海这块儿，为了使人尽快走出去，修了不少栈道，有的是马道，牛道，每走了三十里地，或四十里地的时候，就竖起一个高杆，晚上在高杆上挂个灯笼，白天就在树上砍个记号，或者在石头上凿个记号，这些都是路标，你按这个走不能丢。所以明白的人，在北海走路先看树排，看这些路标。每到平川的地方，一般说来，都有一个倒货场。什么叫倒货场呢？这些地方，不是有高山，就有峡谷，凡是远行之人，不能自己孤身走，有的是带着货，有的是带着给养。到这地方，把东西寄放到这儿，由这儿的人帮助他把东西倒腾过这个山，或者是帮助你过这个难行的山涧。从黑龙江到北海，有上百个这样的倒货场。什么倒货场，说白了，就是吃人的老虎口。每一个货场，每一个帮你提东西的人，都有锋利的虎牙，你不给他留下东西，也得扒你一层皮，否则休想走出去。那是拿命换来的，不然走不出去呀。就是一轱辘道，也得走几个时辰，还得好话多说，磕头作揖，才能走出去。这个风气，从大明朝开始，到咱们大清朝也没改，还比以前变本加厉了，为什么呢？因为当今朝廷里头，单有吃这口的。说书人在这块儿为什么要讲这个呢？因为不把这些事情讲清楚了，主人公是请不出来的。各位先生、各位阿哥，请你们还要静静地、耐心地听下去。

到了咱们大清朝的时候，这些倒货场，名字都变了，加上了官名，都受了官封。叫什么呢？叫站官，美其名曰，站、哨卡、卡伦，而且都有官。这个官，不一定是京师派下来的，也不一定是地方将军或哪个衙门派下来的，就是当地有谁一指，自己就有权有势，自命为官，自命为站。所以说，这些站官不少就是当地的恶霸、当地的土匪，他们驾驭这一带的大权，真是雁过拔毛。这个站官最大的头，叫哈番。满语的哈番，就是官，叫八大哈番，就是地方官，跟佐领同行。佐领是四品，所以他的品位很高，权很大。一个县官，在清代是七品，他要高过县官。一个站只有五六个人，既管兵、又管农、管工商。不管是谁，只要从这儿过，必须留下买路钱。八大哈番，四品大员，他的下头有三个达爷，管财粮、管皮货、管车马和一些鹿等等。达爷在清代就是头，他下头有站丁。这站丁也有权，他有一个腰牌，一把刀，在那儿一站，横眉立目。你货来了，就得让他背，要多少银子，他说了算。站丁下边有站奴，是他们雇的人，都是奴才。这些站奴一方面给运货的人干活，一方面侍候站官，侍候达爷。这些站官像老爷一样，抢男霸女，无恶不做。这块儿天高皇帝远，大清王朝顾不过来，鞭长莫及，所以这些人更是有恃无恐。

就这个虎狼之地，凡是到北海的人，或从北海回到内地的人，都要经过它。你要过这些关口，要费很多口舌，还得搭上很多银子才能过去。不然，你根本过不去，为什么呢？我已经说了，这儿到处是密林，山山水水，野兽那么多，狼都三五百一群，野猪群一走就是一个时辰，呼呼啦啦过去。野猪过去之后是老虎和豹。所以，人都非常害怕。天稍晚一点，赶紧找扒你皮的栈道的地方住下，还得跟人家说好话，叫爷爷，不然人家不留你。你要是在外边住，冰天雪地，不是冻死就是被野兽吃了。另外，密林层层，你找不到东西南北，迷失方向，那就会饿死、困死。过去有不少这样的人，走了五个月，还没走出林子，后来这些人就变成野人。在北海单有个野人营，怎么个野人营？因为好多人都走不出密林，后来他们凑到一起，也不想再走了，干脆就过野人生活吧，安营扎寨，就自命为野人营。

方才我讲了这块路的现象，我还要给你们讲一讲风光，山的特殊景色。讲三巧传奇必须先讲山，这个山是全书的书眼。因为在北海，很多的征杀，很多的智斗，很多的贪婪，卑鄙和正义，邪恶和善良，都和这个山紧密地交织在一起。讲山就是讲关口，讲乾隆以来，到道光之间朝廷的派系，它像山一样，各自为政，互相对峙，形成了很多你争我斗的派系。

北海这块儿，有三个大山。这三个山非常出名，山名叫乌勒滚特阿林，这是满语。乌勒滚特是生喜的意思，阿林是山，乌勒滚特阿林，满语的意思是，一座可以生出欢乐的山，这是代表了过去女真人的一种希望和寄托。这三个山都有名字，一个叫德勒给乌勒滚特阿林，是东；一个是阿玛勒给乌勒滚特阿林，是北；还一个是瓦勒给乌勒滚特阿林，是西。乌勒滚特阿林，这个山长得很有意思，像三足鼎立，直插云霄。但是，三个山都是各自一方，互相比高，各有各的奇色、奇景，而且山势各有各的陡峭，各有各的雄险和美貌。

在满族很早北海的神话中，就谈到这三个鼎立的山。传说是天神的三个女儿，东边的乌勒滚特阿林，它是老大，北边乌勒滚特阿林是老二，西边的乌勒滚特阿林是老三。她们原来都在天上，是天宫中的美女。后来她们觉得在天上生活非常枯燥，没意思。她们姊妹三个商量，什么时候一块出去，把咱们的美貌送给大地，送给人间。这个建议是老二北乌勒滚特阿林提出来的，老大和老三也同意了。到哪去呢？她们选啊选啊，最后就选北海到黑龙江中间这块儿。觉得这块很好啊，特别漂亮。你看，野兽非常多，树林这么茂密，风光这么绮丽。北边是一望无边的碧海，就是北海。往南一看，一条玉带，从东到西，美丽宽阔。姐三个商量，就把咱们的丰姿送到这块，将来永恒地站到这儿，让世人看看咱们的美貌吧。于是，她们就下凡到人间，化成三个最尖的山。因为她们三个女性非常高，所以，往那一站就是顶天立地，英姿飒爽，婀娜多姿，形成了北海的人间仙境。这三个山天天总是云雾缭绕，山顶上四季皆白。方圆三百里内的山峰，没有一个能超过她们的。只要是在这三个山尖上一站，就可以把北海五百里地的山河一览无余。所以说，这块儿是闻名国内、闻名北海的奇景。

这三个山曾经引出不少故事。传说在明朝嘉靖九年夏天的时候，有一个落第的进士，叫闵济舟，字文庾，号飞云居士，山东蓬莱人。他这人性奇，好游山海之地，有山有海的地方他都愿意去。后来他听说，北海有长鲸。大的鲸鱼，满族和北方民族叫牛鱼。这鱼头顶上可以喷水，还有声音，轰鸣。他想，我什么时候去北海，看长鲸去。这样，他就万里昼夜骑驴，由山海关出关，一直往北走，走了很多日子，到了萨哈连黑龙江。过了黑龙江到了北海。在传记中，他是文人最早到北海的人。特别是他看了这个名山，感到非常奇秀。江南的山他都到过，那儿是一个山连一个山，像树林似的。这儿的山就不同了，在平地拔地而起，像品字形，鼎立天穹。这个奇景世上罕见，惟独在北海能看到。他在北海写了不少诗文，歌颂这三个山。这些诗文后来都流散在民间。他给三个山起了不少名字，这些名字从大明，一直传到咱们大清，在北海那块都保留下来。他起的名字都非常怪，有的叫擎天柱，因为这个山非常高，山上长着又粗又高的大树，顶着天，像支天的棍子一样，所以叫擎天柱，民间叫支天棍。

这三个山的山涧挺深，有的是千丈深。山之间很近，对面说话声都能听到，人看得非常清楚。互相要拉手的时候，还够不着，只能是下到山涧，然后再爬上另一个山坡，爬下爬上一般得五个时辰，有的需九个时辰，才能在对面山上相逢，就这么难。这五个时辰或九个时辰，是指年轻又会轻功的人，是武林高手。一般人，就是走三天五天也过不去。这山峰之间有这样的奇景，要想到对面另一个山上去，不必下去过山涧，然后再从山涧爬到另一个山上去，因为三姊妹山之间，有这样的老松树，是千年的古松，它长一长就往横着长，长到对面山上去了，对面山上的古松又长过来。民间说，她们姊妹时间长了互相想，她们就把自己的手拉在一块了。这松树互相搭在一起，就变成天然的桥。文庾先生给起的名字，叫双涧柱，也叫连涧桥。

山的北边不远的地方，随着山坡下去，就到了北海。下头是海岸，海浪哗、哗、哗地响，无风三尺浪，大浪击石，这个景观挺奇特。山的半山腰，还有一种树，也是千年古松，这古松不往天上长，也不往横处长，单往海里长。这古松从树干伸出一个臂，枝干都有两抱粗，直接插入海底，与海里的礁石拼在一起。这个树，文庾先生给起个名，叫探海柱，或者叫探海针，就是探海的顶梁柱。山上的古松与大海连在一起，这是一大奇景。

第三个奇景，这三个姊妹山相当高，是在云际之间。这山完全是石崖山，长出许多巨石。从平地到山上，必须攀岩才能上去。有的攀岩八百多个磴，有的攀五百多个磴，有的攀三百多个磴。爬到山顶时，你会发现，这山的上边是一马平川，有树林，也有草地，也有各种花卉，非常美丽。在山巅上，你看不出这是一个很窄小的山顶，而是一片沃野。它和天相连，周围是碧绿的青天。山上可以藏兵百万，它是兵家必争之地。山上屯兵，山下万夫难过。另外，山上和山下过着不同的季节。有时山下冰雹四起，风雪交加，山上往往是晴空万里。有时山上下着雪，山下还是阳光普照，差别就这么大。要从山上俯视山下，山底下的人像蚂蚁，看树像地上的青苔，看山脉、河流，就像棋盘那么错落无绪。鸟、仙鹤、白鸭都在脚下飞，真是惊险无比。更奇特的是，山上是平川，再往上登时，山上还有山，上了山好像已登上了天似的，但是再往上爬山时，还有一层天。所以，这山非常有意思，分了几层，一层落一层。山上有不少的岩洞，这是漠北人最喜爱的。因为这岩洞是最好的生存之地，风吹不着，雨淋不着，天冷冻不着。你别看这么高，山上还有水。每座山上都有甘泉，不用到山下取水，这真是难找之地。

正因为如此，这三个山就成为数百年来北征的各族人民非常喜欢的地方，争做自己寄居之处。世世代代，这个地方就成为兵家必争之地。

无论是哪个朝代，谁兵强马壮，谁能攻善打，谁就能霸占这三个山。霸占了三山，就割断了北海和内地的联系。这三个山，更重要的是，它和东边的库页岛隔海相望。如果把三个山控制住，就能把北边的北海控制住，把西边千里林海全部纳入眼中，这样就堵住了罗刹东进的锋芒。这三个山是重要的战略要地。把三个山控制住，就保卫了大清的北疆。

这三个山历来都被各朝所重视。特别是从宋明以来，明朝当时有人来勘察和巡访过。所以，真正注意了北疆，还是从明朝开始。从明正德（1506－1521）年间的时候，特别是明嘉靖（1523－1566）年间，这三个山上，都有兵马和一些官府治理北疆的官员占据着。当然，有的时候也有当地的土匪和响马占据着。因为嘉靖爱道教，天天忙于炼丹，朝政事不管。大奸臣严嵩挟政，社会黑暗，网罗不少余党，统一了漠北的土地，后来又霸占了三个山。他们与当地的响马和有权有势的土匪勾结在一起，到处搜刮北疆的皮张和土特产，运往京师，然后再贩销全国。所以，从明朝开始开发这里，到大清嘉庆十年，这中间一共有 373 年的历史。这 373 年，北疆发展得非常快，这是很多人都不知道的。这些年，北疆出了很多善人、恶人，数不胜数。特别是一些地方王、草头王雄踞漠北，他们围绕三个山勾心斗角，尔虞我诈，为罗刹的乘虚而入造成了可乘之机。

这三个山到了清代，我说书人说的时候，已经把它叫三个噶珊。噶珊是满语，就是屯落、屯子。这屯子可大了。三个噶珊，就是三个大的部落。在清代，凡是用噶珊一词，都是自有军权、政权，统辖一方。这三个噶珊，就是北海鼎立的三家，也是本书的扣子。本书所有的矛盾、所有的恩怨、恩仇都是在这三家身上发生的。说书人就把这鼎立三家的情况，一一向各位阿哥们讲明白。

这三座鼎立的大山，山上都很平坦，可以建不少房舍，养很多的兵马。我先从最大的噶珊讲起。当时影响最大、左右八方的是第二噶珊，也就是北方的山，“北乌勒滚特阿林”。北，满语叫“阿玛勒给”；“乌勒滚”是大喜的意思。“特”是坐的意思。我已经说过了，北边的山，坐在这个山上可以得到幸福，得到喜庆。这个山上的寨主是谁呢？是在乾隆、嘉庆年间赫赫有名的，威震北海的杜察尔氏家族。他是满洲人，正红旗，汉字一般姓德，他的满姓是杜察尔氏。他世居在牛满江上游。康熙年间，由牛满江上游滨杜河迁过来的。因为他的祖先都世居滨杜河，所以自称滨杜部。顺治朝初期，他归顺了大清，清政府封他为滨杜部部长，滨杜河的头领，由他总领黑龙江江北牛满江流域的众部落。康熙二十一年讨伐罗刹南侵的时候，滨杜部的头领也派人马帮助围剿罗刹匪帮。当时他和抗俄名将萨布素将军一起作战，并受萨布素[①]的调遣。打败罗刹之后，他又回到自己的滨杜部，力量一天比一天强大。他占据着滨杜河一带广阔的山林土地，那块儿所有的资源都变成他自己家的财富，势力越发展越大。

由于大清王朝的疆域非常广大辽阔，而且朝廷忙于治理、平叛中原的匪乱、教乱，很少有兵力和官员到黑龙江以北问津。这样就使滨杜部的势力越来越膨胀起来，他任命自己为异地的额真。[②] 到了杜察朗的时候，势力更强大了。杜察朗的爷爷潭洞大玛发，很傲慢，总觉得祖上曾经跟罕王爷打过天下，自己有功，所以看不起别人。另外，他又觉得自己势力强大，有抗衡的能力，所以朝廷派人去收贡品、收皮张、收土特产时，总是和朝廷讲价钱，自己不愿多拿，常常跟派来的人争吵。有时，朝廷的官员打着朝廷命官的旗号，到下边胡作非为，要吃要穿还要美女陪伴。有这样一个官员到那去收贡时，看到潭洞大玛发身边有个特别好看的侍女，实际是潭洞大玛发的小妃子，叫旦旦格格。他曾调戏了旦旦格格。潭洞大玛发知道后，就鞭打了这个命官。于是命官向朝廷禀报，说潭洞要造反。朝廷不知怎么回事，就派兵要跟潭洞决一死战。

这时潭洞害怕了，就悄悄找罗刹人齐谢·达马罗夫商量。达马罗夫把他领到赤塔俄国上流社会里去，把他作为上宾接待。因为大清国出了逆子，罗刹非常需要这种人。所以天天是大宴小宴不断，美女陪伴，使潭洞分不出东西南北，迷糊了，自己不知怎么办了。罗刹人非常奸诈，看他贪婪、好色，就满足他的要求，送给他黄金千两，布帛百匹，还有两台自鸣钟，大钟走到一定钟点，就当当地响了，就知道几点钟了，这是神物啊，没人见过。另外，还给他九个俄国金发女郎，侍候他。从此，他跟罗刹的关系越来越近，他忘了祖上曾经抗过罗刹的入侵。现在他跟罗刹坐在一个板凳上，一个鼻孔出气。但是，他又惧怕清朝的力量。所以，他坐在清朝和俄国两个大船之中，左右摇摆，忽而，投向俄国，忽而又亲向大清。

---

① 萨布素：姓富察氏，镶黄旗满洲人。康熙朝首任黑龙江将军。

② 额真：满语，主的意思。

这时候，罗刹把火炮秘密给他五六支，这东西大清王朝还没见过，都是些神物。有了这个，他就不可一世，认为自己已经成了一代枭雄。因此，在向清廷纳贡时，他敢和大清衙门、牛满江的大总管分庭抗礼，甚至不承认自己是大清的臣民。朝廷根据这个情况，派去了当时打牲衙门牛满江大总管四品云都尉迺木痕将军，由他亲自处理这件事情。迺木痕将军到那儿一看，他如此蛮横，二话没说，就地把背叛大清的潭洞砍头示众。

这件事在当时引起很大震动。因为潭洞大玛发投靠罗刹，敢跟大清王朝对峙。他越得势，罗刹给的东西越多。原来不少部落的头人想，胆大能吃肥东西，咱们得学潭洞大玛发，跟罗刹交朋友，有了罗刹，朝廷就不敢欺负咱们。现在一看不行了，朝廷真下茬子了。你看，还是恶人有恶报，不得好死，咱们可不能这么干。就这样，刹住了一股向罗刹讨好的邪风。

现在，我要向各位介绍一下这个迺木痕将军。他是非常出名的穆氏族人，就是书上将要讲的，也就是前书一再提到的被人杀害的穆哈连的爷爷。迺木痕当时决定，把朝廷原来封给杜察尔氏的权利都收回来，赐给原来受杜察尔氏管辖的另一个地区，也就是我下面要讲的第三个噶珊，达斡尔族的大玛发奇格勒善，由这位老人掌管这个权利，让他做牛满江滨杜河总理大督办。督办比总管的权力大，总管是帮朝廷管，处理啥事得往朝廷报，他没有决定权。督办就不同了，不但能管，上级政府不来的时候，他可以处理，怎样处理都代表朝廷。所以，奇格勒善大玛发的权利更大了，这是杀鸡给猴看。这样做，使附近的各族的头人和首领，都羡慕。有的说，你看哪，咱们不能向坏蛋潭洞学，要向奇格勒善老人学，人家是忠于职守，忠于大清，忠于自己的族户，平时人家不干亏心事，所以好事就送上门。咱们也要多做善事，不做坏事，要向奇格勒善那样为人处事，走正道，可不能走邪道。迺木痕这样处理，给各族头人很大震惊，使北疆很快风平浪静。

单说，杜察尔部，自从潭洞大玛发被砍了头以后，他们的气焰没有以前那么嚣张了。潭洞的儿子布革温继承了父业，自立杜察尔部大玛发。他当了玛发以后，心怀不满，牢记杀父之仇。他秘密网罗党羽，特别是收拢朝廷那些叛逃之人，即被朝廷判了罪，后来又逃出去的。逃到北疆之后，他把他们保护起来，作自己的党羽。另外，他用小恩小惠笼络达斡尔族、雅库特族的部长，今天我送你几个皮张，明天我送你罗刹给我的什么礼品。这样，他悄悄地扩大自己的势力。他暗里称自己为总辖滨杜河的大额真，跟朝廷对峙。他常常领着自己的兵马，向和朝廷关系比较融洽的奇格勒善大玛发挑衅。意思说：好啊，你胆真大，朝廷给你权力你就敢要，你小心点，不定什么时候我就砍掉你的脑袋。不但这样威胁他，有时还烧他的村落，杀他部族的人。奇格勒善大玛发被逼得无奈，只能求朝廷帮忙。

这件事发生在乾隆朝的时候。乾隆皇爷非常正直，嫉恶如仇。他听到这个奏折之后，大怒，马上命令盛京、黑龙江将军衙门派兵征讨，一定使北疆除恶务尽，不能让这种犬狼之辈，逍遥法外。这是皇帝的谕旨，哪知这件事，早被朝廷的内奸飞报给北疆的布革温大玛发。这就是清廷的腐败呀，有内奸。

布革温知道这个信后，马上商量对策。他想跟罗刹联系，又觉得罗刹离着太远，关山重重，路也不好走，等他们过来也不赶趟儿了。朝廷大兵真要发过来，我们部落不就完了吗？想到这儿，布革温吓出一身冷汗，立刻就病倒了。后来，布革温想出一个权宜之策：行啊，干脆我就退隐吧，把权力交给我的长子杜察朗，让他来处理这个乱摊子吧。

杜察朗，就是现在说书人说的杜察朗大玛发，让他改弦更张，处理这些事儿。布革温这一招挺管用。朝廷听到这个信儿，心情稳定下来，把火也慢慢压下去了。杜察朗大玛发不一般，他曾到京师学习过。那时理藩院每年都拿出帑银，把边关各族头人的儿子请到京师，给他们授业，给他们讲大清的礼仪、讲各族之间相亲的关系，还给他们赏银，待遇相当好。用这种办法，培养各少数民族心向着清朝的人。从康熙年间就注意做边疆后继有人的事。用这种办法来笼络少数民族，使他们不反叛，更好地归顺大清。这是稳定边疆的一种计策。杜察朗曾到京师北京，在健锐营学武术、学满文、学国语、学礼仪，所以他对清政府比较清楚。杜察朗任大玛发以后，朝廷也就没再出兵。这样的话，滨杜河一带的总理权就不再争了。但是，朝廷非常明确，这个总管，总理滨杜河的大权，仍然由达斡尔族的头人来掌握，并没交给杜察朗。朝廷心里明白，对杜察朗要以观后效，我不能把权交给你，只是赏给杜察朗银两、布匹，让他安心于家族的兴旺事业，多做些利国利民的事。

杜察朗大玛发，说起来也是非常奸诈的人。别看他年岁不大，但很多地方都跟他爹一样。真是狼生狼，凤生凤，他仍然有他父祖的反骨。杜察朗这个人，长相特别古怪，他在当地是一个险恶之人。大高个，像灯笼杆似的，尖下颏，颧骨挺高，三角眼睛，鹰钩鼻子，鸭子嘴，说话时，嘴吧吧吧，上下呼扇着。留着几根络腮胡子，长的一脸凶相。看人，先翻动他两个白眼珠子，来回转动，不时地想着计谋。他非常阴险，好杀人，爱吃人心。你想，像杜察朗这样的人，能跟朝廷一条心吗？杜察朗接任以后，比他父亲更阴险狡猾。他一反常态，改变了他父亲公开与清廷相对抗这样一种拙笨强硬的政策。他明着对朝廷相当好，你不是要贡吗？我及时给你送去，送的不但多，比你想的还周全，所以理藩院和各部都很高兴。另外，凡是朝廷的官员他都送礼，这样，他给那些官员都留下了好印象。但是，他暗中与俄国的奸细交往。在他噶珊里头有几个暗舍、地洞，住的全是罗刹人。有的来自彼得堡，有的来自莫斯科，有的来自贝加尔湖，他们直接与沙皇有联系。这些罗刹人，经常给杜察朗出谋划策。

说书人讲到这儿，只是说你知我知的事情，许多秘密的事情，朝廷一点不知道，周围人也不知道。将来我的书还要讲，他们怎么进来的，怎么走的，他们的办法相当多。但是表面上你看不出来，他跟朝廷的关系相当好，热爱大清国，我是大清国最忠诚的子民，我为边疆鞠躬尽瘁，死而后已。他的府下，聘请了不少清朝的官员，是凡没有职位的，他都帮你谋个职位。所以，朝廷一些官员认为杜察朗真变了，比他爷爷，比他阿玛都好。现在的二噶珊可是咱们大清朝的了，咱们放心了。整个朝野造出这种舆论。

单说，杜察朗大玛发觉得光用这些招还不行，他又用了一招棋。什么棋呢？就是用“沙里甘”，沙里甘，是满语，就是妻子。他会打女人的牌，玩女人的棋。这招棋非常漂亮，他有三个娇女。说起来，杜察朗从十三岁起，他阿玛就给娶妻，他有多少个妻子，根本算不过来。我现在专讲一个出名的妻子，五福晋，就是第五个妻子。这个妻子来自罗刹的圣彼得堡，是一个叫雷基诺夫大商人的女儿，叫柳米娜。她是从罗刹用轿车，路经三个月秘密送来的。送来以后，布革温大玛发在二噶珊的窑洞里，秘密给他办了喜事。办完喜事以后，柳米娜的家人坐着轿车，半夜偷偷离开二噶珊，回到西边贝加尔湖，然后取道返回圣彼得堡。

柳米娜和杜察朗结婚后，俩人情投意合，她连生了三个姑娘。柳米娜长的非常美，是西方的美人。她生的姑娘都像她，长的也很美，是金发西洋女郎。说起来，在大清国是千里难寻的。人家是金丝头发、蓝眼珠、高鼻梁、眼毛特别长，长的像天仙一般。这三个洋娃娃，谁看都看不够，认为是天赐的仙女，是北疆的奇宝。杜察朗大玛发给三个姑娘起名字，想了多少日子也想不出来。后来自己就定了，叫丹丹。大女儿叫大丹丹，二女儿叫二丹丹，三女儿叫三丹丹。而且，大兴土木，给她们建漂亮的房子。中原王朝有个故事和成语，叫“金屋藏娇”。这个词不是我们满洲人常用的，但是我说书人借过来用一下。在北海这块儿，“金屋藏娇”这四个字，确确实实，杜察朗大玛发做到了。他给这三个美女专门建了彩楼，将来我的书展开还要讲。

杜察尔大家族，他们在大山顶上建起了大寨，非常壮观漂亮。是四进大院，不算山洞、地窖，纯是正式建筑，完全是明朝的大官府的建筑。这都是从中原京师和江淮一带请来的名师、匠人给建的。在这个大的宅院里头，分正堂、宴乐楼，还有女眷内宅。这个女眷内宅一部分是他的女人和妃子住着，另外，大丹丹、二丹丹、三丹丹都各有自己的屋，各有自己的奴仆侍候着。这三个姑娘成了他们家族里头看不够、爱不够的宝贝。杜察朗从京师请来世外高人，传授武艺，使她们从小就受到严格的教育。

这一点，还应当说一下，杜察朗确实高他父一筹。他有远见，他要成大事，必须有谋略，有人才。人是成事之本，他自己很勤学，也很苦练。他虽然荒淫无度，但是，他本身的武艺很高强。他身边用的人，确实都是出名的人，他有中原王朝孟尝君养贤士食客数千人之风。他身边还有不少曾经在朝廷不得志或被管辖的人，曾经要被砍头的人，后来被劫狱出来的高手。他不管你过去犯了什么罪，只要到他这儿来，都是美食、美衣、美女侍候，供养他，将来为他所用。他对自己三个姑娘，不单是当成玩物，好看，而是把她们培养成武林高手。每一个人都能对付众多的武将。为了振兴自己的杜察尔氏家族，他不像他爷爷和阿玛那样鼠目寸光，跟朝廷硬干。他表面和朝廷的关系很好，要什么给什么，但是，他使内劲，积蓄自己的力量。这样，经过七八年的经营，在三座鼎立的大山中，他的北噶珊是最强的。可以讲，他的兵力很强，盛京兵、吉林兵、黑龙江兵都不敢跟他打。他是兵多将广，一个将可以挡十个人。这些将士多数都是武林高手。

说书人还要提及，过去往往一说武林高手，就是指江南一带，或者是黄河一带。长城以外是满族过去的故乡，是龙兴之地，没有武林高手。不是的，有，只是过去没人讲而已。龙兴之地，家丑不可外扬，实际上是灯下黑，有很 多的事情，不亚于甚至更胜于中原内部的尔虞我诈。那些武林之间的宗派之争更厉害。杜察朗就是这样，他全力培养女儿的武术，使她们武艺高强。这三个姑娘，不负所望，武术都非常好。她们的功底多数是五台功，还有少林功，比较杂。因为杜察朗请的人多，不单请一派的人，不管谁来了，你有能耐，就是我的老师。我养着你，你就给我教。所以，北边有这样的特点，不是单一派，是杂派，杂家。他这三个女儿，刀、剑、棍、棒都行，另外轻功也可以，一般人也对付不了。

杜察朗还专程从罗刹请来名师，教她们拳击术，这点说起来，也相当厉害，每个女孩专有十几个男人陪练，让她们打。这些男人都打不过她们，三拳两脚，一打呼啦都倒下了。这三个姑娘都有万夫不挡之勇。杜察朗大玛发没有男孩，他把自己希望和筹码都押在这三个姑娘身上。他想，不管是男是女，将来能为杜氏家族复兴，为父祖复仇就行。他把功夫都用在培养孩子身上，所以，这三个姑娘很快都成长起来了。

大丹丹已经十八岁，二丹丹十六岁，三丹丹十四岁。杜察朗大玛发想，我该打出去了。现在该打我的女儿棋子，第一个女儿棋，就把大丹丹嫁到京师，这谁也没想到。黑龙江、盛京和吉林将军都派人去，想为儿子讨个美女，他都没答应。杜察朗却把大女儿远嫁到三千里以外的京师，嫁到北京去了。当时正赶上光禄寺三品大员穆彰阿的儿子福康安来北疆巡查。

光禄寺是专给皇帝家族、大内准备衣食住的，他的权相当大，是皇家御用的人。当时光禄寺卿是谁呢？是穆彰阿。穆彰阿为了访查和了解北疆供应皮张和各种土特产的情况，他把自己儿子福康安派出来，代表他上北疆巡查。福康安受命之后，就在盛京、黑龙江将军派员陪同下，到了漠北，而且住在杜察朗府第。杜察朗由黑龙江、盛京官员举荐，认识了福康安。他知道福康安之父就是当今朝廷光禄寺卿穆彰阿大人，你想，他多高兴。在大宴中间，他把他十八岁的美女大丹丹打扮一番，让她出来接待。大丹丹在宴会上唱北方的歌谣，还跳莽式舞。她的舞姿和歌声，使福康安非常羡慕，特别喜爱。

宴会以后，他俩一起到了后花园，大丹丹提出跟他比剑。福康安在酒兴中跟她比剑。福康安的剑法也很突出，满洲人子弟从小就练剑法，练骑术，这是习以为常的事情。他跟大丹丹比剑挺高兴，大丹丹把她吸引住了，迷住了。哪知道，大丹丹的剑法真不一般，使福康安大吃一惊。大丹丹本来就有勾魂之术，这样就在一个秘洞里头，两人亲亲热热，做完了美事。没过两天，大丹丹哭着向她的父罕杜察朗禀报了这件事。杜察朗本来就有这个意思，正中下怀。他跟夫人柳米娜商量，同意他们结成连理。没过五天把婚结了，而且是鼓乐喧天，就这么快。整个北噶珊都欢腾起来了，真是轰动全北海，很多人都来送礼，一连热闹了十天。杜察朗大玛发借机更加宣扬自己，使他一下子就成了穆彰阿大人的亲家，他真是一步登天。从此盛京、吉林、黑龙江的官员谁敢惹他，都敬重他。这是他把大姑娘嫁给了名门，跟京师赫赫有名的穆彰阿结了亲，穆彰阿就是他最知心的靠山。

他的二女儿二丹丹，十六岁下嫁给二噶珊达斡尔族大玛发奇格勒善的小儿子都尔钦。这个事二丹丹恨自己命苦，赶不上姐姐，自己怎么嫁给达斡尔族这个地方，整年在山沟里呆着。她又哭又闹，坚决不愿意。但是又违背不了虎狼之心的阿玛杜察朗，父命不能违，她被逼着成了婚。杜察朗大玛发就和达斡尔大头人奇格勒善结成了亲家。

前书已经介绍了，奇格勒善现在是清朝在这一带管辖的总督办，权势很大。但是，奇格勒善这个人非常善良，跟谁都平易近人，尽量大事化小，小事化了，不挑拨是非，也不显示自己有清朝的官印，平时对任何人都以礼相待。即或这样，杜察朗也觉得他是身边的障碍，不利于发展自己的势力。得想办法笼络住奇格勒善，想来想去，他就想出了美人计，硬把自己的二女儿给许过去了。这事大伤了二女儿的心，二丹丹也是人，也是有感情的人。轻易地就把她抛给了达斡尔人，跟他们没有感情，又不认识，她能愿意吗？杜察朗不管女儿愿意不愿意，为了自己一得之利，为自己所谓长远的计谋，就这么办了。他留下的罗乱是他自己造成的，现在不讲这个。二丹丹嫁出去了，整天是以泪洗面。奇格勒善小儿子都尔钦也是个好人，心疼她，又没有办法。俩人长期都是唉声叹气在一起。

单讲奇格勒善这个人，也不愿意成全这事儿。他原本也没想给儿子娶这么漂亮的丫头，他根本没这么想。他想，人家姑娘是金发女郎，咱们哪能配上人家，一推再推三推，怎么也不行。杜察朗大玛发几次亲自登门，拜访奇格勒善，就说：咱们一定结成亲家，我就看中都尔钦了，给她找到了福地，咱们结成永生之好。奇格勒善怎么也推托不出去，人家兵多、势力大，也惹不起。所以，只能是将计就计，就答应了这门亲事。亲事办成之后，杜察朗做出很多违犯朝廷规定的事，今天做一件错事，明天又做一件错事，这些奇格勒善碍着儿女亲家的关系，只好睁一眼闭一眼，不再跟杜察朗纠缠违犯朝廷的事情，他想办法帮助大事化小，小事化无，后来干脆不再过问了。滨杜河一带的事情，他就撒手不管了。人家问他，他说不知道，他没办法管了。杜察朗为所欲为，总理滨杜河的大权，实际上又回归到杜察朗之手。这样，杜察朗就完成了他父祖的大志，而且还与朝廷保持了边关的隶属关系，表面看来，谁也挑不出错来。这就助长了杜察朗的野心，他更加不可一世了。到嘉庆中后期，北海的广袤之野，尽属于杜氏家族的，由他们来管辖，这就是北噶珊。

三个山咱们说了北山，现在再说西噶珊。这个山大家都知道了，就是滨杜河的总理大督办奇格勒善老人他们所在的地方，就是西乌勒滚特阿林。奇格勒善是达斡尔族，是萨音布玛发的后裔。达斡尔族是北疆的世族，这块儿世世代代有两支，从顺治年间开始，一支迁到了黑龙江北的嫩江流域，一支没有迁走，仍然生活在原来的故居，这一支就是现在的奇格勒善祖先的部落。他们按照季节的变化，有时候为了渔猎，离开了乌勒滚特阿林。有时北上，有时东进，有时南下，在乌勒滚特阿林一带几百里的土地上，他们世代繁衍生息。

就在这一支中，有一部分北迁到库页岛去了，在那生儿育女，发展起来了，现在跟他们没有关系，奇格勒善就是留下这支。他们祖上供奉的神祖，就是远世祖萨音布玛发和萨音部额莫。他们最早居住的地方在精奇里江一带，这一带正是精奇里江的河源，面积相当广，方圆在八九百平方公里内，都有精奇里江的支流。萨音布的名字就是精奇里江上游一个小支流的名字，萨音比拉，从这音转过来的。他们的部落就用萨音比拉这个河的名字命名了自己的祖名。所以，他们叫萨音布，他们的姓氏就根据河的名字起的。久而久之，这个萨音布部落越来越发展，就成为精奇里江上游人口非常繁盛的一个望族大姓。他在黑龙江以北是特别有影响的。

萨音布部落，主要是以渔猎为生，勤勤恳恳，纯朴正派，从来也不好贪婪争斗。萨音布的父亲，是杜革尔玛发，是当时非常出名的一个世族首领。杜革尔玛发的祖上，是杜革尔额莫，是个女首领。他们是由女首领发展而来的，成为本世族代代承继的祖先神。他们祖上就要求自己的后代，要勤于自己的族事，不要贪婪好斗，为人要诚恳正直。所以，他们的后代，就像奇格勒善老人一样，非常慈祥，乐于助人。

奇格勒善生于清雍正十年（1733），壬子年，属鼠，今年已经八十多岁了。朝廷把权利交给他以后，杜察朗大玛发气不公，对朝廷怀恨在心，认为自己的势力强，奇格勒善是个糟老头子，快死之人，行将就木之年，把权利交给他，总是不服气，想法欺负他。但是，奇格勒善德高望重，远近闻名，各族的首领，各族的头人，没有不佩服的，都亲近他，都把他看成是自己的玛发，像对待自己的爷爷一样对待他。你别看他是八十多岁的人了，慈眉善目，满面红光，非常壮实。雪白的胡子，盖满他的前胸。头上也是银白的几绺头发，后头的辫子到了自己的后腰，让人看起来肃然起敬。他无论说话也好，做事也好，就如同二十几岁的年轻人那样爽快利索。他走起路来，快如风，搁后头一看，也就是三四十岁的样子。他头聪眼明，耳不聋，说话的声音特别洪亮，是个大嗓门。说话带笑，爽朗，是个热心肠的人。他的剑法也挺好，七十多岁的时候，还到盛京参加过比武，很多年轻人都没比过他，还得回一个御赐的奖赏。

奇格勒善有六个妻子，北方都是多妻制，有几个媳妇，在少数民族中没有什么讲究，只要你能养住就行。他有九个儿子、五个姑娘。他几个孩子说起来挺有意思，只有小儿子在他身边，其他几个儿子有的在京师赛冲阿那，跟图泰在一起。因为他为人好，别人信得着他，所以愿意带他的儿子。他的儿子大部分都很正派，武术也好，得到各方面的喜爱。他的大女儿非常惨，在打猎时，碰到一个老狗熊旁边的小熊崽，老狗熊生气了，用前爪把她抓过来，然后扔在地上，把她坐在屁股底下，当时就惨死了。奇格勒善的三女儿嫁给了林严昌，也就是我将要讲的，头噶珊的林氏家族。

头噶珊又叫做林家山噶珊，就是东乌勒滚特阿林。在三个山中间，它是最东边的山，高于另外两个山。这块历代叫月亮桥，为什么叫月亮桥呢？说这山太高了，是通往月宫的桥。人们一提月亮桥，就指头噶珊说的。这山高到什么程度，如果上到山尖上去，就可以进月宫。就在这个山上，住着一家姓林的孤身二老，他们终身不娶，是世外高人。他们祖籍是福建人。这两位老人叫林云鹤、林彤鹤，是老哥俩。这两位老人长的其貌不扬，从外表看起来，谁都瞧不起。因为他们长的矮小，骨瘦如柴，体形如猿，身体的重量都不过百斤。只能看到两个大眼睛，身上不长肉，平时要躲在树里头，你都看不到。甚至有人这么形容两位老人，说豺狼都不愿意吃，因为身上没一点肉。有的讥笑二老，老虎吃他像吃个苍蝇，吃不出味来。但他们行动非常机灵，善于轻功，能在悬崖峭壁上纵身一跳，飞来飞去，落地无声。他从地上嗖地一跃，能悄悄地跳上十几丈高的树上。在树与树之间，石砬子与石砬子之间，走起来，像在平地上一样，就那么快，就那么稳。往往两个山之间，或树与树之间，离的相当远，他不用挂上绳索，也不用木杆搭桥，只要他看准了，身子一纵，就能轻轻落在他所要去的那个地方，非常稳当，一点都不晃，甚至踩在树上都没有声音。就连一只鹰、鸟落在树上，树枝还动一下呢。可是他落在树上，树枝却没有响声。说起来，他的腾飞技术真到了炉火纯青的地步。纵和跳是他们的本事和功夫。所以，老哥俩，在北边不少武林中间，称赞他们是没长翅膀的老鹰，是没有四条腿的身轻善动的雪山跳猫。

他们不但有腾飞的轻功，更主要的是林家的拳、林家的剑法。他们家传的剑，那叫林家剑。在剑法宗派中间，一提到林家剑没有不知道的。他的剑都是经过自己选铁、选钢，然后自己锤炼而成的。宝剑的做法都有自己家传的秘方。宝剑为什么这么锋利？为什么软中有钢，削铁如泥？其中配了一种特殊的，任何人都不知道的药和轧钢的机密，这都是二老的绝密。所以，他们的剑是非常出名的。有一句诗形容林家剑："黄赤白金若闪电，易水同风腾飞龙"，指他们的剑有黄光、赤光、白光、金光，易水同风，是说要剑起的风像一条龙似的，就这么神奇。

不但如此，他们的拳法也相当厉害。在武林宗派中，林家拳独树一帜，汇各派之长。他们有自己特点，主要讲究弹拳，弹、躲、踢、跳、勾、滚、滑、顺、连、搭，十大法全融入他的拳宗。所以，林家拳深奥无比。这个学问不是一天两天就能讲清的。要练他们林家拳那得是一生的功夫。云鹤和彤鹤二老早就说过，我们祖传的林家拳，从我们懂事就开始学，老人耐心地教，我们一生都在学、在练，到现在我们的岁数都这么大了，也仅知道十之一二而已。作为他们这么高深的世外高人，对林家拳的奥秘都这么认识，可见林家拳到了何等炉火纯青的地步。在武林中，很有名气，他和中原的少林、五台，西南的峨眉拳是并驾齐驱，不在他们之下，甚至有的宗派还不如林家拳。

林家的拳和林家的剑是属于中华闽南宗派，有两千多年的历史，可以说从干将莫邪造剑以来，就有林家剑，一直传下来，这是赫赫有名的。诸位阿哥都知道，说书人还要多说几句。台湾有个郑氏父子，林氏的祖上就是郑氏父子的幕僚，是郑成功的部下。后来又在郑成功的儿子郑克爽，还有郑经他们手下，成为一员武将。和当时清朝对抗，他们都是重要的战将。云鹤和彤鹤他们的祖上，是非常有名的林兴珠、林兴磋兄弟，他们都是清朝康熙年间一些著名的人士。后来郑经被清朝打败，收复了台湾，这是康熙帝玄烨的大功之一。收复了台湾，当时就把这些战将完全收降，而且重用，作为大清的武将。这些人收降以后，就把他们请到朝廷，让他们管理闽南的水师营。林兴珠、林兴磋兄弟就是当时水师营的管带，也就是管战舰的，战舰之长。虽然这样，但他们对满洲人入主中原还是耿耿于怀，他们当时都是明朝的臣民，一下变为清朝来管，心里不服。另外，说实在的，大清中也有很多的败类、腐败的官员，他们对水师官员进行盘剥、欺压、倾轧，引起他们的不满。当时又赶上吴三桂叛变，反清复明，他们就呼啦一下，投奔了吴三桂。林兴珠和林兴磋兄弟被吴三桂重用，提为管理洞庭湖水师的总都督，主管的大将。在吴三桂反清的气焰下，他们确确实实发挥了很多的作用，把清兵打得落花流水。因为他们在水上如蛟龙，清兵是陆地的，马上兵在水上寸步难行。

后来康熙听了重要臣子的话，要想降服吴三桂，还得把水师争取过来。当时康熙年轻，是个非常有作为的皇帝，他派人秘密劝说，使林兴珠、林兴磋幡然悔悟，弃暗投明，降了大清。这样一来，就像砍了吴三桂的大臂膀一样。林兴珠兄弟投降以后，康熙圣驾亲迎，接见林兴珠，而且把林待为贵宾。林兴珠一看，康熙皇帝那么年轻，特别懂得事理，虽然自己是皇帝，还站起来，亲自给我下拜，并说："林将军，你为大清立了功，我作为大清的子民，要感谢你。"康熙帝下拜，使林兴珠非常感动，痛哭流涕，恨自己认识玄烨太晚了。当时康熙皇帝向他求教，如何战胜吴三桂，林兴珠就向他提出很多建议，其中最主要一条就是八个大字：扼其水路，断其粮草。什么意思呢？说吴三桂，别看他兵将那么勇敢，他的力量那么强，但是，他要北上，有长江天险，有鄱阳湖、洞庭湖，这都是主要的障碍，他们水路也不行。如果你把水路控制住了，大兵、粮草没法运出，这样就断绝了他兵马的后路。这个妙计，使吴三桂大兵顷刻土崩瓦解，很快被清朝的大将岳托率领的清兵，控制了洞庭湖一带的水师，打败了吴三桂。林兴珠因为有功，被封为建义侯，而且世袭永替。林兴珠搬到了京师，享受侯爷的待遇，受到国人的崇仰。从此林兴珠和康熙帝的关系相当密切，经常进到大内，和康熙对弈，或讲讲水师的事，或提出一些治水的方略，这些都中玄烨之心，甚得器重。

在康熙二十一年，征讨罗刹进犯黑龙江，林兴珠受钦命，随郎坦①、彭春公②、萨布素北征雅克萨。因水师是他从福建带来的籐牌兵，在这次作战中起了很大作用。他们能潜到水下，在水下把船钻个窟窿，水进了船，就下沉，这样把罗刹打得一败涂地，很快就把罗刹霸占我们的雅克萨城夺回来。当时很多的八旗兵乘胜追击，罗刹兵仓皇北逃。清兵在后头追，包括水师籐牌兵也追，后来鸣锣收兵。由于到处是密林，有的迷了路，没赶上大军。特别是籐牌兵回来的不多。这些籐牌兵个个勇猛，能征善战，都立了功。有的牺牲在黑龙江滚滚洪流之中，死的都很惨，伤亡惨重。林兴珠和林兴磋兄弟，对他们带领的家乡父子兵，非常讲义气，看到这种惨状，心里特别难受。兴珠现在是受命京都的侯爷，弟弟兴磋跟他说："阿哥，你得奉旨回京师去，不能抗旨。回京师一定要复命。弟弟我就不能返回祖籍福建了，咱们还有些故乡的兄弟，已经是魂断黑水，到现在尸首难寻。弟弟我愿意一生就陪着这块的亡魂，久视黑水，留下来，我就不走了。好在萨将军也是心肠很热的人，咱们处的很好，萨大人又挽留我。大哥，请你回京师，我就留下来，逢年遇节，再给亡魂烧些纸，永远在这儿待着了。"兴珠心里非常难受，觉得弟弟说得很对。他擦擦老泪，想到皇命不可违，就跟兴磋在江边杀牛、宰马祭奠亡灵。然后兄弟相抱，热泪分别。从此，林兴磋就留在了黑龙江。

就这样，林兴磋后代传下来，代代留在这里。方才说的林云鹤、林彤鹤兄弟就是林兴磋这支留下的后人。兴磋从康熙年间开始，传到严禄、严昌兄弟时，已到乾隆年间。后来，大哥严禄带着儿子和一个女儿，返回了福建。在福建长乐七岩山下定居。老二严昌从此留在了北疆。严昌为人很正直，常在山林狩猎，跟当时达斡尔族的首领奇格勒善大玛发很熟悉。萨音布大玛发见严昌这个人很正派，祖上是赫赫有名的林氏家族的人。他们家族为抗罗刹死了不少人，这种大义凛然的精神使萨音部大玛发深受感动。于是就主动把自己的二女儿，乌林格格嫁给严

① 郎坦：瓜尔佳氏，正白旗满洲人，副都统。

② 彭春公：姓栋鄂氏，正红旗满洲人，副都统。

昌。从此，严昌就成了达斡尔族首领奇格勒善大玛发的二女婿。严昌和乌林格格生了两个儿子，就是云鹤和彤鹤。云鹤和彤鹤的姥姥家是达斡尔族，也就是现在的西乌勒滚特阿林的达斡尔部落。

云鹤老人，生于乾隆二十八年，癸未年夏末，属羊。弟弟彤鹤比他小两岁，生于乾隆三十年，乙酉年，属鸡。这兄弟俩，在慈母乌林格格的关怀爱护下，长得很快，很精神，严昌非常喜爱。不到五岁，就让他俩练功，管得特别严。因为练功是个苦差事，两个孩子天天很早就被弄醒，去练功。你想，五岁的小孩，那时还可以吃奶呢。乌林格格看着自己的孩子痛苦的样子，非常心疼。为这事，严昌常跟他的福晋乌林格格发火。这两个孩子是乌林格格身上的肉，是她心肝宝贝，能不心疼吗。但是不能太溺爱了，她还得听丈夫严昌的话。严昌就跟妻子说："我们林家从小就是这样，是世代英豪。英豪两个字，不是谁轻易封的，也不是老人给的，必须是从苦中磨出来的。铁杵磨成针，不吃苦是得不到甜的。孩子们练功，我得好好管，你不要心疼孩子。你若不管他，他像小树一样，就长不直，等将来变成歪脖树，咱们心疼就晚了。练武，特别是练我们林家拳，必须从小开始练，我们哥们，从四五岁时就断了奶，单独有严师管教。从那时起，天天挨打挨骂，天天把头往上一吊。头发绑在房梁上，一动，头皮都拽下来。你要不好好学习、练功，两天都吃不上饭，水也不给你喝。严昌时刻监督，刻苦地训练，精心培育两个儿子。他把自己全身心的情感和希望都给了小云鹤、小彤鹤，希望他们真像个仙鹤一样，能鹤立青天，飞黄腾达。在这种心情促使下，他把两个孩子练得又瘦又小，个也没长起来。这老哥俩就这么练出来的。

后来，乌林格格不久就死了，年仅三十六岁。严昌虽然丧妻，并没有影响他教儿子练功，他把自己的爱都给了两个儿子。他想，爱妻没过四十岁就比我先走了，这时他既当爹，又当娘，照样严格地管教两个儿子，天天教他们练轻功，练武功，练剑法，没早没晚。这个精神，使他的老丈人，奇格勒善大玛发心疼、难受，他既疼爱自己的外孙，又怀念自己的女儿。哎呀，真可惜，没想到走的这么早。这男的若没有女的，日子多苦啊。老玛发非常心疼，回去以后，左琢磨右琢磨，最后一咬牙，又把自己最小的女儿，刚满十五岁，叫库吉木格格，嫁给了严昌。让她像二姐乌林格格一样，侍候严昌。另外，要照顾好她姐姐的两个孤儿云鹤和彤鹤。这时候，严昌白发苍苍，已经是六十多岁的人了。但是，阿布凯恩都里[1]恩赐，使他老年得子。不久，两年后，库吉木格格，在十六岁时，给他生一个儿子，起名叫翔鹤，飞翔的白鹤。不久，又给严昌生了一个小女儿，起名叫丫丫，就是后来的林氏。所以说，云鹤、彤鹤和后来的翔鹤、丫丫，他们是一父两母的亲兄妹。他们之间的情感像同母一样的亲，因为他们的母亲是亲姐妹。所以，他们跟西乌勒滚特阿林噶珊，真是恩深似海呀，那是他们姥爷家。他们之间走动相当勤，像一家人一样。

在这三个山中林家山是最高的山。三个噶珊之间，都有联姻关系，当然，走动最密切的还是东噶珊和西噶珊。后来不久，严昌老人一场重病不起，就去世了。他们兄妹几个，就把父亲葬在林家桥。这是北边的习俗，人死后，为了永远和自己的亲人在一起，往往在院的一侧，立上坟，砌上砖，把棺椁砌在一起，让他的亲人世世代代和自己的家人生活在一起。所以，北边家坟就跟自己亲人在一起，代代传下去。这在北方太多了。严昌老人的棺椁就葬在他们兄妹四个住的院内，给老人砌起一个棺墓，按时给老人上供，叩拜，就像活着一样。这个地方，也是严昌老人过去建造的、生活的地方。严昌老人在重病中留下遗训，告诉他们哥俩："你们一定不要忘了祖传的功法，要终身习练。现在我要走了，咱们林家武功、林家拳、林家剑就靠你们哥们来传了。你们哥俩为了继承咱们林家的武功、咱们的剑法，必须不伤自己的身精，要使自己的精力不懈，这是咱们家的秘法，就不许婚媾。云鹤、彤鹤，你们现在要跪在为爹跟前，我要听听你们发誓，你们能不能办到?"云鹤、彤鹤马上跪在病入膏肓中的严昌老人的床前，叩头下拜，请老人放心，儿子谨遵父命。严昌老人也知道，自己从小培养起来的两个儿子，他们都跟我一样，相信他们能做到。所以，严昌老人微微地闭上眼睛，一声没出，就仙游而去。云、彤二老谨遵父命，终身不娶，一生苦磨林家剑。

我前书已经说了，林家剑法深奥无穷，不是说学了就会。他们剑法的功力深得很，是无止境的，那是学一分，长一分；学十分，就长十分；学百分，就有百分的功。学一生就有一生的功夫。云鹤和彤鹤在锤磨林家祖传的功夫时，也深有这个体会。他们把全部精力都融入林家功法之中，融入林家大院之中。

林家大院很有意思，它是在山的最顶上，修了一个正房，朝南坐

---

① 阿布凯恩都里：满语，天神。

北。这个正房面积很大，房的两头是他们兄弟俩的卧室，中间是炊室，做菜用的。兄弟俩各住上间和下间，上间是云鹤大哥住，下间是彤鹤住。上、下间房子的头上，各有两个练功的房子，屋里摆着刀、枪、剑、戟等兵器。西边是上间，房头上有个屋，是云鹤的练功房。东侧是下间，房山头上辟出一间宽敞的屋子，是彤鹤的练功房。这房子是对称的，特别好看，井井有条，互不干扰，自己练自己的功。

这个院还有两个厢房，也都是练功的地方，平时有徒弟来了，或者远道慕名而来的师友，跟他们切磋武艺，就请他们住在这个地方，还能在这儿练功。在房子东边，开辟了一个林间小路，地上铺的石头，有台阶，能有一百十多丈远。他老哥俩依着山势而铺的，很平坦。有几个台阶搁东院套直接出去，因为平时在那练功，地上的草都被踩平了，非常光，土质很坚硬，周围还有些木桩子、沙袋等物，都是练功所用的。还有捡来很多的巨石，有的石头有数百斤重，他们练功时，抱来抱去，有时用单手举起来。你别看老哥俩长的瘦小，有的石头甚至比他们个子还高，可他们都能举起来，就有这么大的力气。

在院子的后侧，有个鹿圈。老哥俩平时到野外去，看到受伤的小鹿，看见小狍子崽，找不到爹娘，没有吃的或被毒蛇咬伤了，他们就抱回来，放在鹿圈里。这个圈养的都是小鹿，时间长了，有的已经长成大鹿。老哥俩平时爱看这些鹿，作为消遣。有些鹿长大了，就把它们放回大森林去。

这个院的右侧，就是他们的父亲严昌的坟墓。坟墓是用石头堆起来的，前面有一个非常好看的平台，是摆放香案和供果用的。前边有个冲南的大门，出了门是顺山势而下的台阶，都是用石头铺成的。有多少个台阶呢？有八百八十个磴，从山下得上这些磴才能到山上去。这个建筑非常宏伟、壮观。在院子的后面，还有一个围着的院墙。这个院墙都是用很高的木头围成的，是狗舍。里头还养着数只狗，冬天可以用狗拉爬犁，做运输用。有时候他们赶着爬犁到北海去出游。后院的右侧，还养着牛和马。另外，后院有一个门，因为房子后头是山，挺高的石山，出门就是山。紧挨门道的山下有个天然的石洞，他们把石洞修得干干净净，有些地方还用石头铺成，里边还能住人。他们给这个洞起个名字叫紫云洞。这几个字是云鹤自己刻在石头上。平时老哥俩在这个洞里练功，冬天时在洞里避风寒。老哥俩就在这个洞里修身养性，天天琢磨他们林家的武术。

他弟弟翔鹤住在东厢房，小妹丫丫住在西厢房。他们兄妹几个就这么安排住着。这个小院很紧凑，人口比较少。云鹤和彤鹤遵着父命，终身不娶，天天练功，不辜负林家的使命。另外，他们始终不忘先父的嘱托，要为林氏家族传宗接代。他们想了个办法，通过他们的姥爷奇格勒善大玛发介绍富察氏家族的一个姑娘，嫁给翔鹤为妻。翔鹤本身没有学武术，因为林氏家族有这样一个规矩，一家有两个人学武术了，其他人可以不学，可以结婚生子，传宗接代。这样他们兄弟之间就这么分工，老大老二精通林氏的武功，小弟弟管世俗和家族方面的事情，让他娶妻生子，为林氏传下烟火。

单说，东噶珊林氏这个安排，本来是与世无争，没什么野心，也没有想和朝廷对抗。但是，天有不测风云。单讲北乌勒滚特阿林，也就是北噶珊的杜察朗大玛发，这个人前书已经讲了，野心勃勃，为了扩大自己的势力，尽量笼络人才，网罗不少天下的高人。杜察朗整天想把月亮桥林家窑里的人收买过来，特别是想把云鹤、彤鹤两个老鬼笼络过来，成为身边的打手，哪怕拜他为师，磕三个头也行。因为当今的世外高人，还没有赶上这两个老鬼的，如使云鹤、彤鹤能听摆布，这样，我在这三山之中，就占据了优势。他对达斡尔族的西噶珊并不那么重视，认为他们是乌合之众。他现在最惦记的还是东噶珊，林家厉害，不但武术高强，他们都是从京师来的，祖上非常出名，康熙朝就封为侯，而且他们家族中有一支是世袭的，代代为侯，是朝廷中很大的命官。另外，这云鹤和彤鹤也不一般，过去是道光皇帝的师傅，京城有他的心腹，其中有不少还是在位的大员，他哪方面都行。我如果能把他兄弟俩弄到手，那我就如虎添翼，了不得了。不但能顶住穆彰阿，而且其他所有的大臣都得听我的喝。到那时，江山易改，不知我将来变成什么样呢。

杜察朗左思右想，突然心里一亮，便决定带自己身边的家丁到林家桥去。在北边走山路，一般不用牛马，因为牛太慢，马特别笨，又不善于上山。一般都用鹿，梅花小鹿，或者是用马鹿。鹿行动比较灵巧，便捷，占地又不大，而且它们是野生的，从来就在林中、山上走惯了，善于穿行，只要山涧有个草道，就能过去，掉不下来，非常轻巧。在鹿的身上，架上柳条编的筐，装上东西，把筐绑在鹿的肚子上，这是北方常用的搬运工具。杜察朗选了五十只最好的梅花小鹿，每个小鹿身上都绑上小轿子。所谓轿子，就指柳条编的筐，上头盖上盖。为了更好看，筐盖上头罩上皮子，还能防雨。所以，鹿走起来，像小房子似的，悠哉，悠哉，相当壮观。如果是一群小鹿，一个链一个，在老远一看，非常美。鹿，只要人们精心驯养，它也挺驯服，不像现在的野鹿，看着人就跑。人跟这些驯养的鹿，特别亲近，是相濡以沫的关系，所以，鹿也不怕人。鹿一般不用牵着，只要人牵着前头的鹿，后头的鹿一个链一个，像骆驼一样，走起来一串串，谁也不能碰谁，而且走的很匀称，悠哉，悠哉，像锁链一样，在树林中穿行，非常好看。一般的鹿轿队是两只鹿到十只鹿。杜察朗为了显气派，选了五十只鹿，有的装布匹，有的装吃的、海物，一共五十多样东西。如果按银两算，那是价值连城啊。他在前头骑着高头大马，后面一些家丁跟着，亲自来拜望云鹤、彤鹤二老。

到林家桥，得上八百八十个磴，才能到山顶上。其实，到他们北噶珊去，上山也有磴，他是三百三十个磴，比东乌勒滚特阿林矮。到西噶珊的正门，也要攀磴，山路修的相当好。凡是有台阶的磴，都是人行的路。如果是马、鹿、牛、狗，不走前头的八百八十个磴，从另一个山坡斜着慢行上去。山路，沿着山脊攀山而上。这几个山寨都是这样。

单说杜察朗大玛发，他骑着高头大马，后头赶着五十只梅花小鹿，缓缓地沿着山坡，到了山顶，让家丁通报给林家。云鹤、彤鹤二老分头打坐，正在练功。这时翔鹤就来报了："大哥，北噶大玛发杜察朗来了，而且带着礼品来了。他带来五十只鹿，每只鹿的轿上，还装着不少东西，说是要见大哥、二哥。"

云鹤和彤鹤这两个人从来就是清高，他们什么人没见过。他们原来在乾隆帝手下，教太子的武术。当今的皇上是我的弟子啊，你们算什么人？简直是乌合之众。另外，云、彤二老特别看不起北噶，对他们父子的为人、德性，嗤之以鼻。就是把你们北噶的所有财富都拿到我云鹤面前，你看我能不能向你低头。你以为这样来，我就接待你，你想错了。云鹤对小弟弟翔鹤说："你就对他说，大哥、二哥现在功事很忙，无暇接待，改日再说。"翔鹤老实啊，就说："大哥，他不走呢。""不走也不用管，不走就这么呆着，咱们有院，没人接待他。"翔鹤听了大哥的吩咐，就出去了，见了正在马上的杜察朗大玛发。

杜察朗大玛发以为我这次带来这么多东西，这两个老鬼肯定来接我呢，怎么没见他们出来呢，还让不让我下马？我堂堂的大玛发，不会受到无礼的对待吧。我们那是多富的地方，这儿算啥地方？我们的噶珊都是名师良匠帮助建的，甚至有鲁班在世的人才建的，你们这是什么地方。他这么想着，半天才出来一个人，他一看是老三翔鹤。翔鹤上前，把大哥的话一一向杜察朗说了。杜察朗说：“我们想见他，不能白来呀！”翔鹤说：“我大哥就是这个脾气，他现在正在练功，从来练功时不见人、不办事，茶饭不进，你就是在这儿呆一天，我大哥也不会出来。”

杜察朗知道这是回避他，但是他又一想，云彤二老确实在专心地练功，他们练起功来如醉如痴。正因为如此，他们才是世外高人。他们练功，不能干扰，那不是我一个人就能扭转的。好吧，显得自己姿态高，冷眼笑一笑。他从来是用他的尖下颏、尖颧骨、鸭子嘴，吧吧的，煽呼说几句：“好吧，改日再说吧。”讪不嗒的，率鹿轿队回去了。就这样，云彤二老把杜察朗打发走了。

杜察朗回去以后，不死心，我得想办法，让这两个老家伙出山哪。一天，他让管家娄宝和齐宝带着请帖又去东噶珊请云、彤二老。娄宝和齐宝带着水和轿夫们一起上路了。有人说，走路带着水多啰嗦。你想，路这么远，下山上山的，轿夫渴了，不能把轿停下。哪个轿夫要渴了，就叫管爷，我要喝水，管爷就把水葫芦递给他。水葫芦平时就带着，这是旅途上常用的东西。大轿子忽悠、忽悠走的时间很长。

闲话短说，他们就把云、彤二老给抬来了。云、彤二老本想不来，但是，他郑重地下了请帖，请帖上说他们大寨整修了牌楼，要祝贺一番，这就不能不去了。这里有段历史云、彤二老是知道的。这三个山北噶的资历最老，而且最有名气，因为有大清皇帝乾隆帝的御笔。两位老人非常清楚，乾隆帝在落笔之前，还曾经把他俩找去过。当时太上皇挺高兴，不知应该写什么，就跟云鹤和彤鹤商量。因为他们也是文武全才，另外，乾隆帝是这样的人，他看中的人，哪都好，他都愿意接近，哪怕你不懂，他也问你些事情。乾隆帝听了他们介绍北疆的情况以后，给牌楼写的御书。他们曾经去拜过牌楼，在御书面前下拜、磕过头。今天一听说，为了这事，当然得去。他们告诉自己的弟弟翔鹤不要出去，把门关好，在家里等大哥二哥回来。吩咐完以后，他们哥俩上了轿子，翔鹤和福来、三个丫头一直送到大门，然后起轿，就走了。

起轿时单有喊叫的，这个人得有好嗓子，他一喊，抬轿人的动作才能一致，步伐整齐。喊的声音还要好听，过去讲究比派头么。这个喊起轿的人，没找别人，就是娄宝自己喊。“起轿——”拉着长声，抬轿人先蹲下，把轿杠放在肩上，两手按着双膝。这么一蹲，然后等喊“起轿——”,随着“嗽”的声音一停，大家一齐抬起来。轿夫都知道，这是个规矩。轿夫不能出声，闭着嘴，眼睛要前视，后边人要瞅着前边人的脚，不能瞎走。听到喊声以后，心里跟着韵律一起喊。喊起轿人，喊“嗽”的时候，轿夫很自然的肩膀就抬起来。时间长了，轿夫和喊起轿人心心相印。轿抬起来以后，发出哎嘿，哎嘿的声音，迈着四方步，一步一步往山下走。他们就这样，很快把轿抬到了北噶。

轿子到了北噶之后，有两个男护卫，都是杜察朗身边的家丁，是武士，挎着腰刀，把轿帘子打开，分别把云、彤二老搀扶下来。这个时候，二老才看清楚，他们两个下轿的地方，不是在正厅，也不是在大门口，而是上了三百三十三个台阶以后，前头是一个大牌楼。这个牌楼是明代的建筑，到清代以后，历朝都做过修复。牌楼的几个大圆柱，都有两人搂抱那么粗，这都是江南的楠木，经过万里之遥，洒过多少汗水，走了一年多，才运到这儿。运来百根，据讲在百根中选出四十根，建起了牌楼。后来清代历朝都遵循明朝的制度，到江南一带，特别是到两广、云贵一带选好的楠木，运来后再补修。到现在已补修多少次了，非常壮观。其实这个大牌楼，在南山任何一个山尖上都可以看到。就不在山尖上，你在山下就可以看到它的红颜色。特别是在晚霞的时候，阳光一照，在山上远看，这牌楼就像坐着一个老人，也像坐着一个佛爷一样。因为看的远，牌楼就好像蹲坐在高山之上，显得特别壮美。

二老被护卫搀扶着慢慢地下了大轿，这时他们才看清，旁边已经站了不少人，都是常住在北噶的各路著名的官员，也有些是晚明时的遗老，也有杜氏家族的知名贵客，站满了大轿的两旁。大家一看二老从轿里出来，都肃然起敬。二老一看牌楼，确实重新粉刷了。他过去看过，有的漆已经剥落了，匾上的字已暗淡了。他这回一看，啊，字都烫金了，整个牌楼都粉刷了红漆，有些雕刻的图像又重新收拾了，显得焕然一新。这个牌楼的正门两边有两个副门。正门上原来只是一个匾，到清以后又加一个匾。原来的匾，是明代嘉靖皇帝封的，他御笔亲赐的匾。到清代以后，顺治、康熙帝没有加，只是他们知道这件事。到乾隆爷时又赐一块匾。

乾隆帝当时已是太上皇，臣子们一再请求，另外，当时的嘉庆皇上跪请皇阿玛亲自写这个匾。乾隆帝说：“你现在是一国之君，你就写吧。”嘉庆皇帝一再推托，就由太上皇来写。太上皇也非常重视，觉得过去没去过北疆，江南江北走了很多地方，各地只要请乾隆帝赐御笔，他都欣然命笔。这次他觉得不好办，因为他已到了晚年，从来没到过北海。虽然他到过辽东，曾经几次去拜祖庙，也到过盛京，到过永陵，还到过吉林乌拉，因国事甚忙，他没再往北走，北边道路崎岖，再加上匪患多，不安全，他没那个心思。所以说，究竟北噶珊是什么样，只是听林云鹤、林彤鹤等人说过，北噶有明朝时建的牌楼，牌楼上的匾是嘉靖皇帝的御笔，而且这个建筑是建在大清国北疆的北门那块儿。北疆的北门，是面对着罗刹。他从各方面考虑，应该写，以此施展大清的国威。当时他找来很多人商量写什么，大家意见不一。

乾隆帝怀着对大清国土的深厚感情，挥笔写下四个字："玉宇澄清"。表面看来，在高山之上，这块是非常静洁的地方，晴空万里，无有尘埃。"玉宇澄清"这四个字，实际上太上皇是一语双关，含有深刻意义的。是什么意思呢？是说，这个天下，是我们大清建立的，我们澄清和扫清了一切妖氛，使我们的国家更加强大。玉宇澄清，澄是三点水的澄，就是澄清宇宙的妖氛和尘埃，这个天下已经成了我们大清朝的，意思诏告天下，特别是北疆的罗刹，你们听着，这个宇宙是我们大清的疆土，谁也不能染指，这话意味深长。乾隆帝写完以后，就令人飞马把御笔传报盛京将军，又传到黑龙江将军，由将军衙门做好了匾，又飞马千里之遥，送到北疆。

这个牌楼上原来的匾，是大明嘉靖皇帝的御笔，写的是"海阔天高"，这块儿对面是北海，他是从此地景色、环境来写的，大明的江山海阔天高，也很有气魄。这两块匾怎么放呢？这事禀问了乾隆帝。把嘉靖皇帝的御笔放在前头，不要错了位。这是乾隆帝亲自定的。一般来说，把明嘉靖放在后面，把大清皇帝放在前面，可是乾隆帝没让这样做，这表现了他的谦虚。现在这个牌楼，把大明嘉靖皇帝的御笔"海阔天高"放在正位，大清乾隆爷的"玉宇澄清"匾放在次位，扶助嘉靖皇帝的匾。嘉靖和乾隆的御笔都盖了章，都有大宝。牌楼上有两朝皇帝的匾，这个排场可就大了。

除了两朝皇帝两个御笔外，在这个大牌楼的右侧，就是右附门，上边还有一块小的匾，没有嘉靖皇帝的匾大。这是一个著名的权臣写的，他就是明代大奸臣严嵩。严嵩考虑到，嘉靖皇帝写的匾大，我写的匾不能跟皇上写的一样大，将来别让人说我有欺君之罪。所以他写的匾比皇帝写的匾小。他也写了四个字，什么字呢？"北朔雄风"。北朔，也是朔北，这是自古对北疆的一个统称，叫朔北，朔漠。他用了这个词，北朔雄风。这四个字写的也很气派。最后他署上严嵩书，大明嘉靖多少年。

单说二老看完牌楼以后，走到站着一排的众人跟前。这些人都非常尊敬，忙着给二老打千，施礼。人们都知道，二老名闻天下。他们游居北海，是因为自己厌倦仕途生活，他们宁愿走这条游居之路。他们过去都是京师的名人，当朝的皇上嘉庆跟他学过武术，嘉庆的儿子道光也跟他学过武术。这事说书人以后还要讲。这些人不管心里尊不尊敬二老，表面上都虔诚下拜、致礼。

这时鞭炮齐鸣，啪、啪、啪，响声震撼四野。杜察朗大玛发心里甜蜜蜜的，一看周围这个场面和来的贵客，心里想，你看有没有人捧我的场，你们这两个糟老头子，我是看中你了，才把你请来，就是没有你这个鸡蛋，我也做槽子糕。这回看你回心转意不？凭我的能耐，谁敢不服我？我就得用计谋，让这两个老家伙，随着我的手转。我要改变他们那种高傲的态度。你虽然在京师里当了皇上的老师，受过太上皇的恩宠，有什么了不起！我不就借借你的光吗，你为什么不赏给我这个光？

为了这事儿，前几天他把身边不少的谋士请来，包括受他收买的明朝的遗老，还有清朝的一些官员，让他们住在这儿，天天是肥吃肥喝，明着是给朝廷办事，在这儿驻寨，实质上让他们有享不尽的福，天天丰衣足食，还有美女侍候，他们何乐不为。这些人，一个个养的膘满肉肥，只要是杜察朗大人说什么，哪怕是点点头，这些奴才都尽力去办。

这天，杜察朗把这些人找到跟前，让他们帮助出主意。出什么主意的都有，最后他们一致想出了一个办法，什么办法呢？

这三个大山，最富、最阔，而且建筑时间最长、最有名望的还是北乌勒滚特阿林。书中已经讲过了，请了很多江淮一带的名师来建的，都是飞檐画廊，雕龙画凤，建的相当美。在北疆、北海宽阔的冰雪之地，在关东除了盛京以外，真正像京师这样漂亮的飞檐楼阁，没有一处，而在远离京师几千里以外的北海之滨却出现了，这是值得骄傲的。让罗刹这些野心狼看一看，你们根本不能与我们大明的文化、历史相比。所以，从明朝开始就很重视，为什么在边关建这么好的楼阁，这也是显示明代的文明。他要统一四海，对周围各种异民，都要听我中华的指挥。所以，北噶从大明时就开始建，已有三百七十多年的历史，这些年始终在建。有时遭雷击，着起大火，烧完了，又重新建。因为过去都是木头房子，有时天不下雨，大旱，一烧房子就落架。这三百多年就是这样，建完了被烧掉，烧完了再建，一直到大清朝。太宗的时候，由于忙着对付大明，当时无暇北顾。到了顺治爷，坐殿北京城，后来有的大臣上奏皇上，就说，北海山上有个重要的建筑，那是显示中华文明之地，那上边有大明皇帝的御笔。像这样的地方咱们应该重视起来，保护起来，这是咱们边关的重地。

顺治爷当时年轻，就问皇父多尔衮。多尔衮想一想，这事应该办。他身边有几个大将，在平定大明时都立下了汗马战功，其中一个就是杜察尔大将，在平定南方的血战中，他一马当先，连破十阵，杀死明将百余人。他的战袍和马的身上全溅上了血，自己身上也中好几箭。特别是在身受重伤的情况下，他视死如归，攻下南方许多城市。在扬州一战，他打开了南大门，功劳不小。多尔衮就想起了杜察尔大将军，他现在已是重病在身，不久可能要命归西天。他就把这个想法跟年轻的小皇帝顺治讲了。顺治说，皇父就按您说的办吧。因为杜察尔氏的故乡在黑龙江以北，后来随着罕王爷一直征战东西南北，赫赫有名。所以，皇上下旨，将北乌勒滚特阿林明朝的建筑送给他，让他在那里养老，让他的晚辈在那开垦边疆，为国争光。这时杜察尔将军已是半死之中，接受圣旨，话也说不出来，只是淌了两滴眼泪，就闭目而死。从此，北噶的建筑就归了杜察尔氏，历史上就是这么回事。所以，他们得的名正言顺，是祖上的功劳。可惜家风败坏，黄鼠狼子生豆鼠子，一辈不如一辈，到后代就更完了，没有像他祖先那样，真正拿出满洲人的这种志气、骨气来，而是贪图享受，安于生活，没有进取之心，也没有爱人之心了。他们的后代私心开始膨胀起来，没有铭记祖训。一个个都居功自傲，忘了自己祖先为大清江山出生入死，献出血和泪的历史，忘了自己祖先过去的苦和难。不仅如此，他们还把皇上恩赏给他们的土城，变成他们反对大清朝、反对当今盛世、勾结豺狼罗刹的本钱。今天所讲的，就是这样一段辛酸的历史，这话说书人就不多说了，请各位阿哥自己去冥想。

单说，杜察朗大玛发一心想把云鹤、彤鹤两个老鬼拘来，为他所用，有人给他支招儿说：大玛发，你看北疆就这么个好地方，现在建的这么好，比明朝、比大清建的都好，你这不是一件大功吗？你用这个办法，皇帝赐给咱们的地方，请各路人马和一些名门权臣和有名望的人士，到你这儿来，摆一个鲸鱼宴。北海有的是鲸鱼，抓一条就行，做鲸鱼宴。请京师的御厨都好办，您的老大人、老亲家在光禄寺，他们有很多人都是给皇宫做菜的，你请二三个来，让大家尝尝御菜。办个鲸鱼宴，庆祝北噶大寨建设成功，这是顺治帝赏给的，皇恩浩荡。你借这个由子多好，这样谁敢不来？谁不来，那是抗旨，那是有违皇恩。这两个老头子再有能耐、再骄傲、再厉害，他敢不来吗？大人，您再想想。

他这招真绝，还真灵。确确实实，你有多大的武功，多大的轻功，皇恩浩荡，这四个字，你敢惹吗？何况，云、彤二老对当今皇上感情又那么深，人家从来就是忠臣，忠于大清，又懂得礼节，能不来吗？其他人听了，个个都赞成，没有不拍手叫好的。都说：对，好，就这么办，这是一箭双雕啊！这样就抬高了你大玛发的声誉，你在这块儿，谁敢不听您的指挥？另外，你举办这个大宴，在北疆，北海这块儿，你就真正是承继皇恩的杜察尔氏后裔。杜察朗大玛发，你是辽东第一人，将来一旦有什么事儿，你会一呼百应。你想办什么事儿，吉林将军、盛京将军、黑龙江将军，谁敢惹你？谁敢碰你？

这事就这么定了，决定在五日以内办好这件事。杜察朗大玛发命他身边两个心腹，娄宝和齐宝，他们都是满洲人，是他的侄儿，由他们赶紧在大寨内做头办，组织人到北海捕一条最大、最肥的鲸鱼，而且一定要保护好，不能坏了，赶紧运回来。家里所有节日的准备，该粉刷的粉刷，该打扫的打扫，该洗的洗。庭院哪儿不整齐，重新修复。另外，让所有家人都知道，天下所有的名人都将汇集到这儿来，谁要出了事，就砍头，或者活埋了，大玛发绝不宽恕，必须办好，办好有赏。娄宝在家办这事，齐宝速到京师穆彰阿大人家去，带上我的手书，把事情讲清楚，请几个御厨来，越快越好。到京师就五天能回来吗？说实在的，回不来，这不过是造舆论。这就是过去官场的风气。这风刮出去了，到京师去请人，去不去是另回事，全仗嘴上吹气了。其实根本就没去。

单说杜察朗大玛发，他们做了认真的准备，真是兴师动众，费尽了心机，一心想把这场戏演的非常漂亮，让各方面人士都伸大拇指佩服他。所以，他特别上心，把所有人都派出去了。特别是派娄宝和齐宝，这两个人能说会道，会办事儿。五天时间，转眼就到了，一切都准备完毕。至于他们怎么准备的就不多说了。

五天后，这戏就开始演了。在演戏之前，说书人非常抱歉，还要费些唇舌，耽误各位的宝贵时光。我要问一句：现在究竟是什么年头啊？各位听我一问，可能就不知道了。是啊，你说这是什么时候的事呀？这我不能不再说一下。说书人只长一张嘴，各位阿哥，真对不起，我不能同时说两件事。现在咱们讲的是北海，大清国的北疆，离中原王朝所在地的京师北京，有几千里远。前书，我在第一章里，主要向各位阿哥介绍京师的情况，在前头打个场子而已。要不我的书没法讲，三巧没法出世。京师的情况介绍完以后，我是反过来再讲北疆的情况。前章书讲京师的事情，正是嘉庆二十五年和道光元年之间，新老皇帝交替的时候。现在我讲的这北疆的事，是在嘉庆二十三年的时候，为什么呢？就为解开书中的扣子。前章书讲了，已故的将军穆哈连被害、蒙难，朝中为此事一片慌乱，正在着急。与此同时，又有一伙人图谋不轨。现在书中就要解开这个扣子，就得从嘉庆二十三年开始。今天杜察朗大玛发大办庆功宴，是有狼子野心的，他一心想把北疆赫赫有名的二老笼络过来，然后为他所用，以便今后更好地对付当时威振四方的穆哈连将军。穆哈连的三个女儿正在苦心学艺之中。就在这青黄不接——老的在逐渐谢世，新的小英雄还没有出世之前，北海这块儿出现的一些乱事。这个乱事讲清楚了，我们的小英雄，就会迎着朝阳，把他的剑光射出来了。

齐宝遵照大玛发的旨意，专门出了两个八抬大轿，并派二百人随从。这个轿接谁去呢？也就是到林家窑接云、彤二老。各位说，怎么带二百人，要知道，太远了，得下这个山，然后又上那个山。北噶珊有三百三十三个磴，一个台阶一个台阶地下，才能下到山底下。然后还要走很远一段路，才能到东噶的山底下，接着又得上八百八十八个磴。回来时也是下山、上山，这人不换能行吗？两个八抬大轿，因为是二老，不能让两个人坐一抬轿，那也不尊敬人，再说也不气派，一个轿由一百人轮换着抬，就这样轿夫也得累够呛。娄宝和齐宝亲自跟随，每人都带上腰刀，怕路上遇到强盗、歹徒，中间要耽误时间怎么办？庆功宴不能耽误，他们想的非常细。

杜察朗的爱婿，盛京将军府衙门二等笔帖式尚琦大人做司仪，宣布庆功宴开始。这里还得介绍一下，尚琦大人的夫人，就是杜察朗大玛发大妻生的女儿，叫文文，所以尚琦是杜察朗的姑爷。因为办庆功宴，杜察朗把他也拉来了，这是拉大旗做虎皮，让他张罗这件事，显示自己的威风。既然老丈人有话，尚琦告了假，搁盛京打马很快赶来了。

尚琦说："前来参加杜察朗大玛发办的庆功宴，有各路英豪。首先介绍月亮桥闻名天下的、德高望重、当今皇上的恩师，武林泰斗，林云鹤，云老大侠；林彤鹤，彤老大侠。二位先师光临寒山，为我们增辉添色，若明月当空。"他说完，鼓乐齐鸣，礼炮震天，表示热烈欢迎。

接着尚琦大人又讲："今天，参加盛宴的东道主额真，大清国光禄寺卿穆彰阿大人的亲家，杜察尔部的部长大玛发，北海如意侠，满洲正红旗，北海总穆昆杜察朗大人。

贵客有：大清国光禄寺卿特委派北海给事中，三品启心郎刘文阁刘大人（此人会后返京师），典簿、费长明费大人（随从刘大人返京）；掌醢庞大人，典簿秦大人；

大清国军机大臣、太子太保英和大人三品护卫，乌伦巴图鲁；

大清国内务府广储寺总管七库副郎中、员外郎五品满洲佐领培齐布大人；

盛京内务府总管北海事务、中堂副主事、五品满洲副参领那齐亚大人；

京师灯市口总理四海奇珍异宝的聚宝货栈副中堂大管家卓兴阿大人；

内务府备办御品，特旨钦差，太监衙门总管处桂臣大公公。”

他念到这儿，会场一片欢腾，人声鼎沸，相当热闹。尚琦大人接着念：“另外，还有西噶珊达斡尔萨音布大首领、滨杜河总理大督办奇格勒善大玛发。

另外，还要特别宣告各位的：特请现任，钦命北海打牲总理事务、北疆水陆兵马总哨官、三品侍卫衔穆哈连大人，因尚在外地奉行要务，未能莅席，代理他来的有：三等昂邦章京德格勒、游击三等甲喇章京胡特、骁骑校文生卡布泰。”

他们宣传这些人，对云、彤二老来说，不愿意听，他只好听着吧。说实在的，这些人让他佩服的不多，这里头一个是穆哈连。穆哈连是自己的学生，在京时就在一起，是自己的爱徒。穆哈连跟他心心相印，认为他是个英雄。再一个是乌伦巴图鲁，那是英大人的人，也是他的小徒弟。乌伦巴图鲁昨天赶到，晚上特意来看二老。他们谈的很晚，乌伦巴图鲁就和云、彤二老同睡在一个炕上，跟他们的孩子一样。再有，他们佩服的一个人，就是尚琦，你别看他是杜察朗大玛发的女婿，他还挺正派，是个好人，忠臣。对其他人都不在乎，认为都是跟屁股虫，臭得很，二老也没正经听。

尚琦宣布完了以后，所有参加庆功宴的人，都在祭坛前，向南叩拜，就是向大内皇宫叩拜。接着就是杀乌牛、宰白马，一片祭祀的气氛。晚上吃的是鲸鱼宴，做了五道三百多个菜，都是用鲸鱼做的，花花样多极了。云、彤二老还不能走，只好耐着性子陪着。吃了一天半，好歹算把这个鲸鱼宴吃完了，散了席。

这时候，有一些跟屁股虫就老吹嘘，让大玛发领着大伙看看他的美丽庄园。这一点，对好大喜功的杜察朗大玛发来说，正和心意。他想，正好，让他们都长长见识。他让专人领着，由前到后，看看他所有的建筑。这对二老来说是很高兴的，因为什么呢？他们非常关心这儿的秘密暗道和建设，平时也没机会来，就是来了，他也不让你看。他们确信北噶这几年建了不少秘密的要害之处，他就想知道这个底细。为这个，他哥俩曾经跟穆哈连商量过，什么时间一定夜探北窑。所以，这次有人提出要看看他的庄园，二老非常愿意。老哥俩互相暗示，使个眼色，觉得这是个好机会，咱俩一定细细观察一下。因为都是内行人，有一句话，行家看门道，力巴看热闹。行家用眼睛一扫，就知道地下有什么，二老就有这个能耐。他能看出有没有工事，有什么暗道，有没有机关，这一点很重要。再有一个人也特别高兴，就是乌伦巴图鲁，这个小伙子受英大人密派，也是他的好朋友图泰安排他来的。来这儿就要摸一摸他的底细，他是作为一个贵客打进来的。至于怎么来的，后头我还要讲。

杜察朗大玛发，这一下子脑子有点热了，没想太细，但是他身边的人想起来了，谁呢？像娄宝、齐宝这些心腹，马上就过来，悄声地把大玛发拽到一边，说："大人，大人，不好了，不能让他们看哪，这里有的是咱们的人，有的不是咱们的人，千万不能让他们看哪。"杜察朗大玛发，这时头脑发晕了，马上把眼睛一瞪，骂了两句："混蛋，你们懂得啥，事儿就这么简单，让他们看，怕什么？咱们从来没怕过人，越看越知道我大玛发是不好惹的。"娄宝和齐宝，连声嗻、嗻称是。主子一说，他们就不敢出声了。有的愿意吃喝玩乐，不愿意看这个，从这个山走到那个山，上上下下，道还不好走，多累呀，看那玩艺呢，所以没有跟着去。跟的人，一般说来，都是会武艺的，他们都有些想法。跟着看的二十几个人，其中最主要是云、彤二老和乌伦巴图鲁，其他的人都是他们的院丁和护卫，前呼后拥地跟着。

云、彤二老看的仔细，北噶大寨的建设确实了不得，这使他们大吃一惊。他们原以为就是盖些房子，有练功的地方，只不过房子摆设漂亮一些，使来往的客人住的舒服而已，最多是请中原一些名妓，不会有什么牢房、监狱之类的东西。但是，二老这次一看，就暗暗称奇，心中想：穆哈连、穆哈连，你真得要小心，现在看来，咱们的对手不一般啊。乌伦巴图鲁搀着二老一同看。

这时娄宝和齐宝两个眼睛贼溜溜地转，看他们都看什么，注意什么。杜察朗大玛发不是冲昏了头脑吗，他俩可没有，十分警惕，特别注意二老都看什么、摸什么，他俩的眼睛死死盯住二老。

这个大寨，整个山上建设整齐宏伟。前头是相当高的大牌楼，过了牌楼百步远是红漆的正门。正门修的特别漂亮，上头有两个虎，两个老虎嘴里叼着两个大铁环，就是开门大铁环。这个门都是带台阶的，两边都是花墙，用花雕成的墙，非常好看。后面全是用粗木头劈成两半拼成的，劈的平面在外头，鼓的那面在里头，这样，一个拼一个，中间用钉子钉上，里头用土坯砌起来，结实坚固。院墙的四角都有烽火台和瞭望楼。

前院，也就是第一个院，大门一打开，迎面是正堂。正堂的上面是起脊的飞檐瓦房。瓦房上头还有一个针，就是避雷针。正厅的前廊抱柱相当粗，而且都在台阶上面。台阶两侧有虎石，显得很威武。两边的厢房很长，都是客房，就是平时来些三亲六故的客人居住的地方。这是第一道大院，特别阔气。每间客房最多住两个人，一般都是一个人住一个屋，很讲究。房间里的用品准备的相当齐全。在正厅两边，还有两个餐厅，客人在这里用餐。

正厅的后头，有个小月亮门，进去以后，就是第二道大院，叫宴乐楼，是个三层楼，用木头建的。一层楼有走廊，走廊外头有石柱子。正门上有三个大字，“宴乐楼”。第三层楼上住贵宾，一楼为宴餐阁，重要的餐宴都在这儿举行。二楼是乐舞楼，有乐妓。这里既能吃又能唱，还能游戏，这是第二道院子。

第二道院后头也开一个月亮门，把月亮门一打开，就是三进院。这三进院就不让你看了，这是什么院呢？主要是家眷，特别是己眷所住的地方。前书所讲的大丹丹、二丹丹、三丹丹，他的几个宝贝姑娘都是在这儿长大的，也包括他的几个夫人，都各有各的楼舍，各有各的居室。院里还有戏台、秋千架。这个己眷的屋子没让看。搁这个楼过去有道回廊，左右两侧都可以出去，两边都有餐室。如果从左餐室出去，能看到马圈、鹿圈和狗舍。地下有洞牢，就是牢房。搁右侧出去，是厨房。后头有水牢和牢房。正厅的两边各有一个宽敞的马场，那是练武的地方，里面修的很漂亮。

整个大院的后头，有台阶，至少有一百多个磴，从台阶可以上山，上去就是一个大高山。他们把这个山开个洞，外头有大门，没让云、彤二老进去看。听这里的人说，这个洞挺深，里面有好几个库，叫地库，都是藏着金银财宝和各样东西的地方。洞的两侧都是仆人、佣人住的地方，旁边的一些房舍都是他的卫士和兵丁住的地方。

在山的西北侧，也是个高山，他们在山上挖了一个洞，洞里没让进去看。云、彤二老知道，这就是著名北寨七十二个匿洞，就是有七十二个逃匿之洞。这是明朝时建的，如果一旦有事，这个洞有七十二个地方可以逃走。但是，外人进去就迷路，找不到出去的方向。洞里不但有秘密的通道，而且还有秘密暗号。如果是外人进去就会被憋死，出不来。这是只能进，不能出的洞。只有懂得暗号的人，才知道哪个是生道，哪个是死道。山上一旦有事，他们就可以藏在洞里，里边还备些食品和用的东西。就是在洞里隐匿了一年，也没事儿。山里已经掏空了，里头修了各样秘密的通道，而且还藏着各样的机关，有的秘室能飞出箭，有的能喷出火，有的就是地牢、地针，有的把你钩起来，扎穿，你根本跑不了。这个洞就是这样一个重要秘密的地方。你在外边看，就是一个山，山上长满了树，其他什么也见不到。云、彤二老知道，七十二匿洞，就在这个地方。

他们看了以后，在头脑中有一个完整的印象。他们想，杜察朗要困一般人的话，那就关在大院两边洞中的牢里。有些重要的要犯，就关进地牢里。地牢的上头有个大铁盖。平时铁盖不吊起来，若吊起来就看到有个像天井一样的梯子，从梯子下去就能进到各屋，这里是关押犯人和提取犯人的地方。另外，除了地牢之外，东侧还有水牢。从这个洞再往里去可以通暗道河，也就是地河。用地河的水修一个水牢，上头盖上盖，然后再堆放些木头，一点也看不出。只有几个窟窿眼，透一点阳光和空气。这就是这个大寨的大概情况。

二老看完了非常高兴，转身就要走，杜察朗咋能让他们走呢。娄宝和齐宝俩人赶紧阿谀奉承，连拥着带搀着地说："哎呀，老先师，太累了，先稍事休息休息，要不然我们就背着你吧。"说着，旁边来一个背椅子的，北方叫背夹子。你坐在椅子上，脸背着他，他把椅子往身上一背，也不觉得沉。他们一直把二老背到前厅，请他们在正厅休息。

这时天色已晚了，满大厅点着獾油灯，非常亮。随着乐声，一些舞女翩翩起舞。有不少姑娘来自罗刹，他们跳罗刹舞。这在中原是看不到的。他们又把二老请进一个内厅，二老一看，摆设非常风光，都是江南的盆景。有些花卉在江南的季节能开，在北海早已凋谢了。但是在这温暖清馨的内室，仍然是鲜花怒放。这时灯光忽然暗下来，有几个獾油灯自己就灭了，大厅里仅有五盏灯显得幽暗。渐渐地响起罗刹的音乐声，这是西方的乐曲，在中原王朝没有听到过的声音。二老从年轻到现在也是头一次听到一种非常难听的声音。随着乐曲的旋律，进来几十位穿着轻纱的罗刹美女，她们穿着很简单，连胸罩都没戴，翩翩起舞。她们到二老跟前，就要和二老抱着跳舞。这能行吗？把二老气坏了，甩手就出去了。有几个卫士想要挡住，二老的脾气大家都知道，两手一拨，众卫士已经倒了一地。二老大声喊道："杜察朗，你在哪儿，你给我滚出来。"

杜察朗从旁边的屋子匆忙地走出来，见二老愤怒的样子。这时，旁边的乌伦巴图鲁，马上把二老扶到另一个屋子。杜察朗大玛发过来，向二老深深地下拜，表示歉意，请二老息怒、息怒。云、彤二老气的脸色铁青，嘴唇在发抖，已不知说什么为好。

这时，只有谁能说上话呢？就是杜察朗的女婿尚琦和乌伦巴图鲁，他们能劝二老平静心情，同时也都埋怨大玛发不应该这样做。杜察朗这个人非常阴险，他明知这是在羞辱二老，这样做是调戏他们，是戏弄他们。但表面上还装作致歉的样子，说："二老，我不知道，不知他们进屋去。我事先没安排好，这是一个误会。"

杜察朗假装大怒，喊他的心腹娄宝和齐宝，你们怎么安排的？娄宝和齐宝知道这是大玛发让办的，但这戏只能装着演下去，马上把这事揽过来，立刻给二老跪下，说："这是奴才的错呀，大玛发没这么安排，是奴才安排错了。"一边说着，一边两手直打自己的嘴巴，打的啪啪直响。

这时二老才稍微地安静一些，杜察朗大玛发搀扶云、彤二老到了另一个屋，他想跟老人单独谈一谈。这时，天色很晚了，二老没法走了，山路崎岖，哎，就这样吧。只好跟着杜察朗到了另一个暗室。他们坐下以后，奴才们捧上了茶，边喝着茶，杜察朗大玛发就说："我有个好朋友，是罗刹人，他叫班达罗夫，是东正教的大牧师。前些日子他路过卡伦，让穆哈连大人给扣留住了。这件事情让我非常棘手，他是罗刹朋友，如果是给罗刹惹怒了，他们要发兵怎么办，这不给咱们天朝惹出乱子吗？"

云、彤二老听了嘿嘿一笑，然后说："你就这么怕他吗？我们是猎人，猎人从来就没怕过狼！"杜察朗大玛发没有听二老的话，又委婉地说："请二老帮忙，穆大人是您的妹夫，只有请您帮助说一句话，从中周旋一下，还是放了他吧，凡事还是以和为贵。俄国人是最厉害的，如果把他们惹怒了，那不是我的事，是穆哈连的事，恐怕连二老你们也有关系。”

这时，云鹤老人就说了：“我们属于山野之人，有事请你找穆哈连商量。我们从来不过问朝政之事，这一点大玛发你是知道的。我们以修炼为本，其他事情一概不管。你跟我说就等于跟聋子说话一样。”就这样，二老一点没给他面子，说完，他们两位就闭目养神，盘腿打坐起来，静心修炼。佛家就是这样，诵经时全神贯注，周围有什么乱事，全当不知，万事皆空，和自己毫无关系。二老一盘腿打坐，一声不出，如果站在他们跟前，都听不到他们喘气的声音，好像呼吸都停止一样，就这样安静。

杜察朗大玛发看到这个情况，也知道跟他们说等于白说。这两个老顽固，已经不可救药了。他想到这儿，非常有气，为这事儿，把他俩接来，弄得这么兴师动众，花了多少银两，结果是一事无成。他怒气冲冲，甩袖就走了。

第二天，杜察朗大玛发一气之下，没派人用轿把云、彤二老送回去。来时是用八抬大轿抬来的，回去时干脆不管了。这一点，云、彤二老都想到了，我们好来不能好回，我们也就这样了。如果好回，我们的人格也就没了。所以，他们在清晨的时候，天刚欲晓，两位老人就匆匆离去，飘然而归。

这场轰动一时的鲸鱼宴，就这样不欢而散了。但是，事情恰恰就出在这两天。翔鹤到北海打海豹，已走了三天没有返回。大家特别着急，因为平时到北海去，也就是百十多里的路程，已经踏出了羊肠小道，路也很好走，不会迷失方向，何况猎人也相当多，不会遇到其他猛兽。为什么翔鹤失踪了呢？

云、彤二老听到这事儿心里咯噔一下，感到必有其因。因为北噶大寨什么坏事都能干出来，如果他们不对我们下手的话，就会向我的亲人下毒手。于是，云鹤在晚上的时候，施展自己的古爻之术，暗暗地进入紫云洞，取出了祖传的八卦图，用手摸记九九之歌。

九九之歌，是林氏家族的祖传，他有秘密的八卦图。八卦图上有八个方位，八卦方位都是木头刻的，凸出来。他进到窑洞以后，要把灯全部熄灭，算卜卦的人要闭目，心里头念九九之歌，用手摸上头，已经雕刻好的八卦图，只要在九九歌念完之后，摸到哪个地方，就停下，然后把灯点着，再看手摸的地方，就是点爻卦的那项。他叫身边的侄子福来把獾油灯点着，这时他才看清，他手按的地方是坎位，坎为北，他属水，属于隐浮之项。卜爻得了这个卦，这是个凶卦，为什么呢？因为北为寒，为水，有寒有水，那就没有生存的希望。有寒是万物凋谢，有水是水冲一切，那就是空空如也。见到这个卦象，那是凶卦，空卦，也就是说，什么也得不到，你想要的东西没有。属于下下卦，是隐浮深处，是一个艰难的卦象。

云鹤心里非常不痛快，得了这个卦，但他心中也有数，北，那肯定指的是北噶，也就是杜察朗大玛发所在的地方。这件事情，肯定和杜察朗大玛发有关，很可能我的小弟弟就困在他的北方，有水的地方，北方是山，那就在山上，啊，那就证明困在他的水牢里。

云鹤跟弟弟彤鹤商议，他们觉得北噶的势力甚强，咱们强攻不是上策。虽然咱们武术高强，但是真要破，难度很大。因为他集中了南七、北六很多高人。另外，强打也不是办法，要夜探呢？即使用咱们的轻功，也能看到弟弟所在之地，但是，救也不好救呀。他层层有守卫，关卡甚多，机关也多，恐怕无济于事，反而容易打草惊蛇。他们想到这里，感到事情非常棘手。但是必须抓紧，他们想，还得去萨音布噶珊，找咱们的外祖父奇格勒善大玛发，跟他商量这件事情。

咱们前书已经讲了，萨音布这是他们一个姓。萨音布是精奇里江上游的一条小河，他们祖辈就用这条小河命名他们的姓氏，现在奇格勒善大玛发就姓这个姓。北方有个习惯，为了尊敬长辈老人，一般说来，只尊称其姓，不直呼其名。特别是晚辈对上辈都是这样。故此，本书里所讲的萨音布玛发也好，萨音布噶珊也好，实际上都是指八十多岁奇格勒善老玛发。这时奇格勒善大玛发见自己的两个外孙来了，很高兴，把他们让到屋里。云、彤二老向老人深深地下拜以后，就把自己遇到的难事和小弟弟丢了的事告诉了姥爷。奇格勒善一听就猜到了八九分，别人不会干那坏事，这块坏水最多的就是北噶珊，都是他干的鬼勾当。他把小儿子都尔钦叫来。

他小儿子最近才办了喜事。杜察朗大玛发一定要把自己的二女儿嫁给他，他们成了亲。但这个亲成的很不痛快。因为杜察朗的二女儿二丹丹长的非常美，自己想跟姐姐一样嫁到京师名贵之家。没想到她阿玛把她嫁到达斡尔族这儿来。她恨自己的阿玛杜察朗 大玛发，自己想了很多办法，都逃不出去。自己想上吊，又不能死，周围有很多人。她整天哭哭涕涕，泪流满面。

奇格勒善非常心疼，看这孩子多么诚心，人家不愿做我的儿媳妇。于是就把自己的小儿子都尔钦叫来，对他说："你看人家二丹丹不愿意怎么办?"都尔钦也是个好人，他说："我同意阿玛的话，我也不一定跟她成亲，我们就兄妹相称吧。"就这样，他们在一起，表面上看像是成了亲，在奇格勒善大玛发的安排下，二丹丹就住在这屋里头。他跟二丹丹说："丹丹你不用着急，我的几个儿子都在京师，我想办法让他们帮助你找一个京师的大英雄。"所以，二丹丹一听非常高兴，连忙叩头下拜。这样就把北噶杜察朗大玛发身边爱女争取过来，成为奇格勒善大玛发身边的人。

二丹丹也把奇格勒善大玛发看成自己的老爷爷，甚至超过对他父亲的亲近。正因为这样，奇格勒善把他的小儿子都尔钦和二丹丹召唤过来，让二丹丹出主意。你阿玛是不是抓了一个人，这个人是咱们的亲戚，叫翔鹤。他不会武功，现在已经丢了好几天了，这个人在哪呢？我们想，很可能让你阿玛藏起来了。二丹丹说："怎么办呢?"奇格勒善大玛发说："你悄悄回去，跟你额莫探探信。你表面上啥事都不知道，你就听听你额莫的口气。北噶大寨最近抓没抓一个什么人，回来告诉我们就行。"

次日，二丹丹悄悄地回到了北噶大寨，见到了自己日夜想念的额莫柳米娜。柳米娜正含着眼泪想自己的二姑娘，走了这么些天，不知姑娘怎么样了。今天好不容易见到自己的宝贝姑娘，真是喜出望外。她拽着自己的姑娘，痛哭流涕地说："丹丹，你到西噶怎么样呀，你顺心不顺心，额莫知道你肯定不满意这门亲事，都是你阿玛逼出来的。"

二丹丹也哭了，偷着向额莫讲了到西噶的情况。西噶的主人大玛发心肠特别好，他小儿子都尔钦也挺好。他们体贴我，对我很关心，特别是老玛发一见我这么悲伤，对我像亲孙女一样爱护，我们在一起就如同一家人那样亲。她把到西噶的前前后后情况，都告诉了额莫。

柳米娜听了非常高兴，自己向天作揖，表示感谢。另外，还知道自己的姑娘二丹丹到现在也没有伤身子，自己保护了自己。柳米娜就对二丹丹说："这个事你做的对，你就跟西噶人交朋友，先这么住着吧。将来有朝一日咱们想办法再从西噶出来。现在你就保守这个秘密，千万别让你阿玛知道。”二丹丹点点头，柳米娜又问她：“丹丹，你怎么回来了？”二丹丹就把来的情况和想问的一件事告诉了她额莫。

柳米娜平时也不过问大寨的情况，不过有的时候，大玛发杜察朗喝着酒，偶然心情痛快时，从嘴里就蹦出几句，使柳米娜听到一些信息。她平时不打听这些事儿，不过二丹丹这么一问，又听说东噶丢了人，是不是杜察朗大玛发干的？柳米娜想了半天说：“没听说这事儿，也没听说抓什么人？如果有，我也能听到哭声和打骂声，因为平时抓人，要从咱们女眷旁边过到后头的监牢，锁链声，棍棒声，吆喝声，都能听到。”二丹丹又跟她额莫说：“你想想，这几天有没有这个事呢？”

这时，柳米娜和两个女儿一起回忆这几天的事。小丫头，三丹丹很正直。往往周围的环境不好，就会使人变坏。但是变坏的家庭，并不一定他的子女都不好。就拿北噶来说，杜察朗大玛发喜爱的三个宝贝姑娘就很好，没有随着她阿玛变坏。他的小女儿三丹丹，很天真，在额莫跟前，也帮助回忆。她额莫想了半天，没想起什么。后来，她冷丁想起来，有一次杜察朗大玛发喝醉酒回来，就躺在她的卧室里，露出了两个字，“翔鹤”，然后就睡过去了。当时我还挺纳闷儿，怎么叫翔鹤？

这时小丫头三丹丹也说：“是啊，当时阿玛说了以后，你还说，怎么打着翔鹤了？是什么意思？”二丹丹说：“额莫，这个翔鹤不是指的鸟，这是人的名字，他叫林翔鹤，是老林家人，是云、彤二老的三弟弟。他们就是月亮桥的人，正好丢了这个人。这几天到处找，就是找不着。我为这个回来的，既然你们提到翔鹤，那肯定是在咱们家了。”

柳米娜说：“哎呀，咱们这么大个地方上哪找去啊，这事也不能问你阿玛。”二丹丹又说：“二老像神人一样，是世外高人，他们占了卜，从八卦里头卜定，翔鹤有水难，他是被藏在一个有水的地方，又在咱们大寨，那肯定是在水牢啊。”

二丹丹这么一说，反倒启发了柳米娜：“是啊，咱们是有水牢啊。在水牢怎么办？钥匙、锁头全都掌握在你阿玛手中，大玛发掌握着，谁敢拿呀。”这时三丹丹就说了：“这事好办，我能到阿玛那去偷钥匙。”柳米娜马上说：“还要腰牌。”三丹丹说：“腰牌也好办，我能把腰牌弄到手。有了腰牌，到下头去就好办。下头的狱头，都熟悉我，我能办这事儿。”说完，她姐俩商量好了，天黑以后就行动。

这天正赶上她阿玛大玛发举行宴会，陪着来参加这次鲸鱼宴的京官和盛京、吉林、黑龙江将军衙门的官员喝酒。杜察朗大玛发一高兴，就喝多了，回来就和衣而卧，大睡不醒。他小姑娘三丹丹，借机偷着到后屋去了。杜察朗大玛发秘密的东西，都放在他自己卧室的一个暖阁里。暖阁的墙上有个木头挡着的小门，小门上有个锁，把小锁一打开，就能从墙里头取出一个木头匣子，里边有他的大印和自己要开锁的钥匙，和他对下头发令的腰牌。因为这屋别人都进不来，只有他的宝贝姑娘能进来，还有最爱的妻子柳米娜能进来，其他的四个妻子都进不来。所以，非常放心。他也知道这些人不会偷东西，因此没什么警惕。

这天，杜察朗回来躺下就睡着了。三丹丹进到屋里，先到她阿玛的身边，一看小钥匙就拴在他左手的手腕上。手腕上有个铁链子，在链子上带着钥匙。所以他平时走到哪儿，带到哪儿，谁也没法摘下去。三丹丹到阿玛跟前，俯下身子亲阿玛的脸颊。因为，杜察朗大玛发挺累了，睡的很死，三丹丹怎么亲他，也不醒。这时，三丹丹到阿玛左手铁链跟前，把小钥匙摘下来。这个钥匙是一个铁条式的，过去的锁头都有弹簧，只要把钥匙一插，乒一下弹簧一崩，小锁就开了。三丹丹把这个钥匙摘下以后，悄悄地到了暖阁跟前，把帘子打开，露出一个小门，她把小门上的弹簧锁开开，从小匣中取出两个秘密的铜牌。只有这个铜牌，她才能进大寨的秘密通道。有了这个铜牌，谁也不敢挡，这是额真的命令。见了铜牌，就等于额真亲自到了一样。三丹丹把这个铜牌拿出来，照样用锁头把门锁好，然后把小帘一盖，悄悄地过来。这时，大玛发还呼呼地睡着，像牛似的。三丹丹把他左胳膊搁了一下，阿玛一点也不知道。她把小钥匙又轻轻挂在小铁链上，然后就出了门。

这时，柳米娜还跟她的二姑娘在外屋坐着，怕声音大惊醒大玛发。三丹丹出来后，与姐姐互相使个眼色，点点头，手一摆，意思是全都办妥了。说话之间，已到夜深的时候了。姐俩飞快地走出了门。

前书已经讲了，她们姐俩都是在世外高人指点下，所以，她们的武术非常强，飞檐走壁，如走平地一样。二丹丹十六岁，三丹丹才十四岁，虽然年岁小，但却很精明。二丹丹领着妹妹，穿过酒楼，是一片长廊。过了长廊到了后花园。过了后花园，是一片密林。这个密林是他们家的练武场，摆着各样的兵器和各种沙袋。穿过密林以后，就到了东角门。从东角门出去，又到了一个练武场。在这个练武场的左边门出去，又是一个小角门。从这儿出去就是洞牢。

我前书讲的，北噶大寨的周围都是山，在山里掏的洞，洞穴里头都是监牢。到这儿就有把门的了，有几个文官在那儿站着，点着篝火和松油火把，怕有坏人来，火把照得非常明亮，地上有个针都能看清楚。姊妹俩噌噌来到跟前，对面有人把刀亮出来，连声喊道：“谁?”

我要说一下，在北噶他们互相之间联络的暗号，全都是用黑话。她们说：“多不利，多不利”，是夜里的意思。一说夜，就是我来了，谁来了，是我额真，杜察朗来了，任何人不可阻挡。站在对过儿的兵丁一听，是主子来了，两边的人都跪下。她们姊妹俩穿着黑衣裳，身上披着黑斗篷，每人都拿着短匕首，两人来到跟前。她们一看值日官就认出来了，正好是娄宝。娄宝见她们来挺惊奇，连忙说：“哎呀，二格格和三格格，你们怎么来了?”

二丹丹和三丹丹连话都没说，把手一摆，就进去了。娄宝忙说：“你们怎么到这个重要的地方，这地方能随便来吗?”二丹丹马上掏出铜牌给娄宝看。

娄宝一看，大吃一惊，这是主子的铜牌，只有主子有铜牌，只要见到铜牌，有什么事就办什么事，二话不敢说。娄宝想，这可能是杜察朗大人夜审翔鹤，让自己的亲格格带去呗，别人都不放心，连我娄宝都不放心。他也没想，二丹丹已嫁出去了，为什么突然回来？他脑袋一时糊涂，什么都没想，反正一看见铜牌，他就吓坏了，赶紧执行，赶紧办。另外，他知道，大丹丹、二丹丹、三丹丹是这个大寨的三宝，是杜察朗大玛发眼中的珠子，谁也不敢惹。所以说，娄宝二话没说，当时就问，你们要办什么?

三丹丹说：“赶紧把水牢打开，里头是不是有人?”娄宝说：“对呀，是有人，里头就是林家那个人，刚抓来几天，现在还在水里泡着呢。”二丹丹说：“你赶紧给我背出来，我们现在要审他。”

娄宝嗻的一声，赶紧把门打开，自己跳到水里。牢里水挺深，人泡在水牢里，要坐下，只露出脑袋，全身都泡在水里，要站起来，水到肚脐眼以下。有没有没水的地方？也有，就是转圈有高台，这地方没水。平时犯人在水里坐着，坐一定时候，比如你要拉屎撒尿，可以到台上去，单有马桶。你也可以在台上坐着，但台上相当脏，有很多的虫子，还有很多的蛇爬动。你要怕蛇，就在水里蹲着。监狱的水牢是最苦的，它比旱牢要苦十分。

娄宝把翔鹤背了出来，这时翔鹤已昏迷不醒。这几天可能是茶饭不进，头紧紧耷拉在娄宝的肩膀上，两只胳膊也耷拉着。娄宝费了很大劲搁水里把他背出来，二丹丹告诉他，赶紧背走。周围的狱丁们都非常羡慕二丹丹、三丹丹长的美，平时看不着，没想到在这儿看到了。

闲话少说，娄宝把翔鹤背出来后，三丹丹就说："娄宝，我告诉你，什么事都不许你说，如果大玛发问了，你就说不知道。"娄宝说："我是值日官，人没了，怎么办哪?"二丹丹说："你就说，来一个世外高人，他是林家人，用什么药，把我们全给弄昏了。我们当时都睡过去了，什么事都不知道。这个人能飞檐走壁，而且不在地上走，在空中走。我们迷迷糊糊看见一个人开开门，就把人背走了。你就这么说，别的什么都不要说，你说错了，我要你的命。"

娄宝也知道，杜察朗这两个丫头，武艺也相当高强，他根本不敢惹，何况，自己又是杜氏家族的奴才。另外，人家是父女关系，那不像咱们奴才。我要一说出这事儿，就得把两个格格得罪了，那也受不了。这是他心里话，这事不提。

单说，二丹丹、三丹丹把翔鹤救了出来，他们靠着铜牌，轻易就把事办成了。二丹丹因为有武功，在墙边用自己托举之力，轻松地把翔鹤举起来。在墙外边接应的是乌伦巴图鲁。他们事前都约会好了，由乌伦巴图鲁在墙外接着。乌伦告诉云、彤二老，请你放心，我去迎接，我身体强壮，这事不用二老操心，也不用二老出面，杀鸡不用宰牛刀。请二老相信，我肯定和丹丹把他保护好，顺利把他背回来。

就这样，他们用暗号，到了墙角，二丹丹在墙里把翔鹤往上一举，这力量不小啊，这是气功的力量。她往上一推，翔鹤像驾云一样，迷迷糊糊就起来了。这时在墙外边等着的乌伦巴图鲁，听到有暗号，一看人已推到墙上了，他用气功之力，双手掐住翔鹤肩膀下边的胳肢窝，往下一拽，就落到了地上。这时，二丹丹也随着翻身跳到墙外。二丹丹和乌伦巴图鲁连背带抱，他们互相轮换着，很快就回到了东噶的山下。

到了东噶，这时云、彤二老都在山下迎接呢。他们一看真是自己的小弟弟回来了，上前用火把一照，只见翔鹤脸色刷白，闭着眼睛，一声不吭。老哥俩说："好了，非常感谢你们，我们现在要把弟弟背回去了，因为他身体很不好，已经受了很大的损伤，容我们日后再感谢你们吧。"

这样，二老亲自背着自己的弟弟回林家寨。当时，二丹丹和乌伦巴图鲁都要送，老哥俩没让去，就说："乌伦不用送了，我们俩能背走，你就在这儿呆几天吧。等你哥哥穆哈连回来后，你们把要办的事情商议好，还得去办，今天就别去了。"他们简单话别之后，云、彤二老轮换着背自己的弟弟回到了林家寨。

翔鹤因为这几天连续被折腾，已经到了不省人事的程度。你想多苦啊，整天泡在水牢里，他们把硬窝头扔到臭水里，你爱吃不吃，就这样。这时，翔鹤只有喘息之声，好在云、彤二老都懂得脉学，又懂得医道。在云鹤老哥哥一再抢救之下，翔鹤慢慢地稍微睁开了眼睛，看了看自己的哥哥，然后又闭上了眼睛，就与世长辞了。只活了四十多岁，扔下了自己的妻子和小儿子福来。

翔鹤的妻子富察氏，是个非常仗义之人。当时翔鹤被抓时，她不在家，回娘家去了。本来云、彤二老不想告诉她，后来这事传出去了，传到翔鹤老丈人家去了。他们夫妻感情特别好，她听到丈夫死了之后，干脆就不想活了，为夫殉葬，跳进大海，死在了北海。这样就扔下一个小儿子福来。

云、彤二老的爱弟翔鹤是被北噶杜察朗大玛发残害而死的。这笔血债呀，把二老恨的咬牙切齿，悲痛万分。杜察朗纯粹是刽子手，他杀害无辜的翔鹤，实质上这是冲着我们老哥俩来的。我三弟翔鹤是个冤魂，他没有得罪你，你有仇，你要有能耐，对我们老哥俩发泄，你不能向无辜施展你的毒威。

杜察朗从来就是这样，飞扬跋扈，处处占尖取巧，若是占不着一点便宜，他们都不答应。说起来，月亮桥的老林家，他们就因为宽宏大量，才一忍再忍。有很多的事情，他们早就应该向杜察朗算账，他欠了很多的债，其中有两笔债，二老记在心里，只是没有动手。一笔债，就是在他的小妹妹身上发生的。

云、彤二老的小妹妹叫丫丫。那时候，严昌大人，他们的阿玛还活着。小妹妹丫丫，长的很好看，人又机灵，武功好，马也骑的好。从严昌到云、彤二老，武艺都非常高强。出在这样家庭里的人，哪个都不是白给的。丫丫骑一匹快马，能在马上追公鹿。她有两个武器，一个是甩榔头。什么叫甩榔头呢？这是严昌老爹教给她的技术，在马上拿着用皮条子编成的长绳子，把圆石头磨出一个孔，把绳子绑在圆石头孔上。这石头都是花岗石，特别坚硬。她每次出去打猎，都带两三个石头挎在马上。她一只手提着绳子，一支手拉着马的缰绳，两条腿夹着马肚子。随着马跑，她的腿就指挥着马，脚使劲一蹬，马就快跑。如果腿不蹬，马就慢跑，马都知道主人要干什么。她左手紧抓马缰绳，缰绳一松，马就跑的快。如果把缰绳往回一拖，马就站住。所以，配合相当好。她右手提着皮绳，皮绳的头上有个石头疙瘩，当马快要追上鹿的时候，她右手迅速往上一甩，正好圆石头砸在鹿的头上，鹿翻几个跟头，就一命呜呼了。这个技术不是一般人能掌握的，要打不好，容易打着自己。再打不好，会打到马身上。要是打在鹿身上也不行，它照样能跑，必须打在鹿的头上，而且正好打在双耳之间，这个技术相当高。

还有一个武器，她有一个长扁担，随时拿在手中。她看到地上跑的狼和猞猁，包括貂、狐狸，从她身边跑过去的时候，她不用射箭，还是用左手握马缰绳，腿紧紧夹着马肚子，右手拿着扁担的一头。马跑着撵前边的猎物，等快赶到跟前的时候，马前蹄一扬，她往后一仰，这时扁担往后一挑，正好打在小兽的屁股上，啪的一下，把它打得翻两三个滚，立刻就趴在地上。如果是公的，正好打在睾丸上。如果是母的，打在肚子上，劲头相当大。因为马在跑，速度又快，扁担劲头大，没等它反应过来，已经被打倒在地。所以，丫丫远近闻名。

杜察朗很早就相中丫丫了，一心想把丫丫弄到手。你想，严昌老人能干吗？云鹤和彤鹤也不让。谁能看得起他们家呀，是一窝狼。最美的大雁从不飞过狼窝，好花怎能插在臭粪上呢？干脆就拒绝了，为此，杜察朗怀恨在心。

一天，丫丫正在追赶一个野兽的时候，杜察朗让一些家丁藏在两边，就用网把丫丫从马上捆下来。捆下来以后，把丫丫扔到山涧下，全仗着落到山涧下一些树上，没有摔死。他们干完坏事，都偷着跑了。把家里人急坏了，云鹤、彤鹤和阿玛严昌，到处找啊，找啊，后来听到山下头有马的叫声。马跟主人很熟，没有跑，就在丫丫落在树上的山坡下，冲着主人直叫。马一叫，云鹤和彤鹤就听到了，知道小妹妹遭人暗害。

他们下到山涧，从树上挂的网上，把丫丫救了下来。丫丫已被树枝刮伤，满脸流着血。丫丫知道这是北噶人干的，但是北噶什么人没看清，只看见他们都往北噶珊的方向跑。她把这个情况告诉了阿玛和两个哥哥，当时云鹤和彤鹤都气得火冒三丈，马上要找杜察朗报仇。后来严昌打了个唉声说："咱们还是宽宏大量吧，记住这件事儿，仇宜解，不宜结呀。"

时光过的真快，这年，他们相依为命的严昌老爹与世长辞了。丫丫在三个哥哥的照顾下，也越来越懂事了。而且长的花枝招展，可以说，在这三个大山的各个部落中，没有不知道林家丫丫的，那是这一带的美女，年轻有为，而且武艺高强，年轻小伙子都比不上。真是人人喜爱，个个都想追到手。多少个男儿，都眼巴巴地望着林家月亮桥这个高山上的美女，谁要是得到丫丫，那是一生的幸福呀。丫丫又生长在赫赫有名的林氏家族，她又是云、彤二老的妹妹，谁敢惹呀？

这就更引起刚才我说的北噶珊那个阔家阿哥杜察朗的注意。他凭靠着自己父祖的威名，横行霸道。他像一个馋猫似的，天天想抓鸟，天天想得到丫丫，如同疯子一样。他这个人非常淫荡，玩女人，挑逗人家姑娘，成为自己一大乐事。他身边有不少护兵和打手，谁敢惹呀？他一跺脚，地都三颤悠。所以，他为所欲为，凡是这一带的良家妇女，只要稍微好看一点，他都想办法到跟前贴人家去。人家不理，他硬往跟前凑，就像个癞蛤蟆一样，让人家膈应。但他不在乎，只要他看中了哪个姑娘，都想方设法把她弄到手，什么诡计都使。他弄到手以后，玩够了，就一脚踢出去。不少的良家女子都含恨而死，有上吊的，有投河的，还有跳北海的，就不用说了，人们敢怒不敢言。这一带他家就是霸主，凡是居住在北噶乌勒滚特阿林山沟里头，所有受他爷爷大玛发管辖的猎户、蘑菇户，都得老老实实叫他管。

什么是蘑菇户？就是专门采蘑菇的。因为大清国的臣民特别爱吃蘑菇，蘑菇都进贡中原。北方蘑菇长的又大又香，是非常好的食品和补品，所以，专有采蘑菇的，一采采很多，然后运到中原去贩卖。

还有树皮户，树皮当时做染料，大清的染料，多数是各种树的树皮熬成的，有各种颜色。有的户采来树皮，用锅熬，熬出染色膏子，做染料，卖给商人。他们用这些染色膏子精制各种染料。

还有网户，就是专门打鱼的渔户。还有药户，北海一带，盛产各种土药，这里不单纯是植物药，还有各种的动物、鸟类和各种的虫类、各种的石头以及海里的各种杂物，都可以入药。所以，有不少商人专门到这儿来收购北海的各种药材。还有海蜇、虾户，大海蜇像房子似的，在海中漂游。北海有的螃蟹，长的像盆子那么大，又肥又香，蟹籽一个个都如同黄豆粒那么大。所以，有的户专门到海里去捕海蜇、捕虾、捕螃蟹。

这些户都由潭洞大玛发管辖。哪家要娶妻了，第一宿必须到他们家来过，这在北方成了习俗。就是说，谁家最富，谁家说话就算数。你要娶媳妇得到他家办喜事，在他家办完喜事以后，你再回去，怎么结婚都行。再一个习俗，看哪家的姑娘好，甚至媳妇好，虽然已经嫁人了，但我看中了，你不给，我可以抢，那时兴抢。你要保护住你的媳妇或者姑娘，就拉倒。你要保护不住，人家抢去了，将来人家就敲锣打鼓到你这儿来聘。原来有丈夫也不行，所以，有抢婚的习俗。这在北海都非常时兴，是凡有这个权力的，一般来说，都是部落长，或者是有钱有势的人，或者是当地的土匪、土霸王。他们有这个权，一般的黎民百姓，无权无势，打不过人家，只好默默认可。

北噶乌勒滚特阿林，这个大庄园，从潭洞大玛发，到他儿子布革温大玛发，世代都是这样。谁家要结婚了，得先报告他。他们知道后，就命令你把小两口送到山上去。有时候，他们出个轿，把小两口抬到山上来。

山上专有一个举行婚宴的屋子，这个屋子修的相当漂亮，也可以说，进到这屋子就像进到京师几品大员之家一样，让小两口享受富豪人家过的什么日子。山里那些野民哪见过，有的被迷糊住了，眼花缭乱。不仅如此，他们还美食款待，吃完、喝完以后，把他们小两口分开，男的到男室，女的到女室，这里分别由罗刹来的美女和男的陪伴。屋子里挂的是罗刹的金丝帐，西方的窗户非常大，还有百叶窗。大清国的窗户纸糊在外边，这个婚宴的屋不是这样，进屋都是白纱帐，看不到墙，转圈都是白纱。白纱上边贴着各种花朵，有的是金色的，有的是银色的。各种彩带，在灯光映照下，好像进了一个色彩斑斓的神仙世界一样。让你尽情享受这些豪华的生活。

进屋以后，男女分头住着，就住一宿，什么都别说。第二天，由潭洞大玛发，或者由他儿子布革温赏给小两口布匹、银两，然后用花轿或彩轿把他们送下山，让他们成婚。究竟在山上这一宿男的和女的，都干了什么勾当，无人可知。反正吹吹打打把他们送下山。这些事不让别人跟着，只是家里一二个人跟着，在山上吃好的、喝好的，这一宿他们过的飘飘若仙，谁也不知道具体细情。他们分开以后，都要喝喜酒，都得喝。这酒都是俄罗斯的，都是用玻璃、透明的高瓶子装着。中华大地没有这个瓶子。这瓶子相当高，有一人高，里头的酒不是白色的，都是黄色的和深红色的，在灯光照耀下，非常好看，甚至把人都能照出来。这酒叫长生幸福酒，是用北方野药黑穗草酿制成的。这酒喝完以后，就昏迷过去，飘飘然，长睡不醒，一宿连梦都不做。等你醒来之后，已经是鸡鸣报晓了。

这小两口在这屋里享受美食，享受荣华富贵，表面来说，这是大玛发怜爱自己的子民，让他们将来白头偕老，过的更幸福，实际上有不可告人的秘密，反正这些要结婚的姑娘自己都知道，就因为碍于羞涩，谁愿意把这一宿的事讲出来。若讲出来，让自己的丈夫知道了，不出事才怪了。所以，都把眼泪往自己肚里流。也有的新娘，在那熬了一宿以后，第二天就不愿回来了，宁愿在山上做奴婢都行，不愿意跟山下的男人成亲了。有的女人，就被这种风花雪月的生活给勾住了。当时什么样的人都有，也有个别的女人，含恨而死。

杜察朗也踏父祖之辙，也愿意享受这种权力，而且比他父亲还变本加厉，他把这种权力变成北噶珊自立规矩的土法律。杜察朗当了大玛发以后，他享受这个权力的时间更多更勤了。如果谁要不同意，胆敢违抗，他就派家丁下山硬抢，把男的、女的抢到山上，逼着他们完婚。完婚第一宿，按照古俗办理，然后再把他们送下山。所以，北噶这块就有个阿他布秘哈翻①。这个官不做别的，专门下去摸摸谁家要结婚了，按照这个习俗，把他们接到山上办理婚事，然后再把他们送下山。这个官，就是帮助杜察朗干这些不可告人勾当的。

杜察朗就碍着云、彤二老的威名，不敢太放肆。他虽然心里惦着丫丫，想着丫丫，天天盼着丫丫到自己怀里来，但总是不能如愿以偿，实在是不甘心，整天想的抓耳挠腮，坐卧不安，茶不进，饭不想，像失魂落魄一样。即使有千个美女他都不放在心上，简直让林家小丫丫的姿色迷疯了。

自从云、彤二老把丫丫许配给穆哈连，这事儿一传出来，就像炸雷一样，给杜察朗很大刺激，他暴跳如雷，恨不得把云、彤二老千刀万剐。但是，他只是心里恨，表面上还得装作正经。就在丫丫和穆哈连成婚的时候，云、彤二老还按照礼节向北噶珊杜察朗大玛发送了请帖，请他来参加小妹的婚礼。请帖是由月亮桥林家大寨送来的，他看了之后，就像抱刺猬猬似的，你说扔了吧，有失礼节，你说去吧，又如同杀了他一样。他怎能见这个场面呢？当时他转来转去，不知怎么办才好。

后来，还是他的心腹娄宝和齐宝给他出了主意，就说："大人你得去，无论如何得去。你去了，看到这事你心里闹得慌，有些话你又说不出口，但你这么大的权威咋能怕他们呢？如果他们真拿你问罪，二老这

---

① 阿他布秘哈翻：满语，是和解成亲的官。

个老鬼，也没啥了不起的。咱们有多少人，有多少师傅，要是闹起来了，咱们就砸烂他林家窑。大人，你去对，你要不去，说咱们是孬种，不去，有丢咱们的体面。”杜察朗一听，对，必须得去，哪怕是刀山，也得上。所以，他备办了价值很高的珍贵的礼物，自己就去了。他身边就带着娄宝和齐宝，他怕一旦出啥事，没有帮手。

丫丫和穆哈连成婚那天，云、彤二老见北噶珊杜察朗大玛发来了，非常高兴。以礼相待，鼓乐相迎。这时候，穆哈连也亲自出来，向杜察朗表示感谢，施礼，把他们迎进去。在酒宴席间，开始时，杜察朗还装得像个人样，酒一喝多了，嘴就没有把门的了，而且自己歪心就压不住，是狼总也扮不出人样来。这时他的鬼脸就露出来了，龇着牙，本来长的就够丑的，扁扁的鸭子嘴就开始呼扇起来了。他的眼睛瞪的像牛眼珠子似的，就要开酒疯了。他冲着云、彤二老说：“你们糊涂，这么好的姑娘，怎么嫁给穆哈连这样出身低贱的人，他算什么东西，他就会骑马撵兔子。他有什么能耐？你不怕他给你们林家丢面子，我还怕给我们北海丢面子，丢名誉。我们北海的美女，应该是选北海的盖世英雄。应当是英雄家有美女，不能是一个兔子娶了天上的美女。”他胡言乱语就讲起来，什么癞蛤蟆想吃天鹅肉呀，我呀，我想打抱不平。甚至站起来喊：“穆哈连，你过来，我要与你比武，你敢不敢？”

他这一吵吵，把云、彤二老气坏了，因为来的客人很多，他怕这一闹，把喜事闹砸了，赶紧找娄宝和齐宝，哀求地说：“娄爷爷，齐爷爷，赶紧把你们主子接回去，他喝醉了。哪天我们俩亲自领着妹妹和妹夫看他去，现在请你们高抬贵手，高抬贵手。”

娄宝和齐宝看着杜察朗那个样，也不像话，让人家看笑话，这不等于耍狗熊嘛，一点也没有身份。我让你来，说几句就行了，说这些不着边的话干什么。连仆人娄宝和齐宝都感到丢脸。他们连搀带拽，把杜察朗搀到外边，一活动，他吐了一地。

杜察朗的酒真喝多了，他心里难受呀，你想，他梦想多年的美女，这些年折腾来折腾去，怎么也没弄到手。没想到，让不怎么出名的穆哈连给夺去了，他心里能好受吗？他和穆哈连是天壤之别，他在天上，穆哈连在地下，根本就没瞧得起。穆哈连家没有出名的，我们家世代都出名，应该嫁给我。他今天窝囊，酒就喝多了，越喝越多。所以，他说的话都是屁话，驴话，现在真不是人了。娄宝和齐宝把他塞到轿里，他也不知怎么回事，还张着嘴瞎骂呢。把他抬在半山腰时，娄宝打开轿帘一看，大玛发睡着了，全裤兜子都是尿。他们赶紧把他抬回去。

杜察朗在大庭广众面前，跟云、彤二老说穆哈连出身卑贱，没什么能耐，只会骑着马赶兔子，这话说的不对。在这里，说书人还得把穆哈连好好讲一讲。这部书开头就讲穆哈连，讲了这么长时间了，还得讲穆哈连。穆哈连的出身不是卑贱的，老穆家是非常出名的，他的祖上是闻名天下的，也是有功之家。他们是满洲正蓝旗，满洲的姓是郭佳氏，也是郭佳哈喇氏。我的书曾暗暗说一笔，他和现在当今朝内光禄寺卿穆彰阿是一家子，他们都是京师老穆家。在康熙年间的时候，穆彰阿的祖上，原来都是北京八旗，住在北京西山，是皇家的御林兵。康熙二十一年，他的祖先达尔罕，随郎坦、彭春公北戍黑龙江，征讨罗刹。在雅克萨之战，打败了罗刹，签订了大清帝国第一个扬眉吐气的尼布楚条约。划定了乌苏里河以南和外兴安岭以南，都是我们大清的疆土。这个条约当时非常有力量，赶走了俄国狼。在这场血和火的战斗中，穆氏家族和林氏家族，他们携手并肩战斗，他们还和达斡尔族奇格勒善大玛发的祖先，都为这场历史上著名的疆土保卫战，做出了贡献。他们之间都是生死与共、患难弟兄，所以，对老穆家也不能小看，穆哈连的祖上也是出名的功臣之后。

穆氏家族后来在康、雍、乾朝时，也曾出过几名武将。但是到了乾隆朝末期时，当时出了个大贪官、大权臣和珅，这个人相当阴险，顺我者昌，逆我者亡。他们穆氏家族受到和珅的忌妒，就籍没了他们全家的钱财，杀的杀，关的关，就把他们流放到北疆。到黑龙江以后，让他们永世为庶民，就是辈辈当一般老百姓。到迺木痕时，就是我前书讲的迺木痕，他做了很多好事，曾经把权力交给奇格勒善大玛发。但因为他特别耿直，被奸党所害，死于非命。

到了迺木痕的孙子倭西肯的时候，正赶上嘉庆帝临朝，处死了奸党和珅，被和珅所害而蒙难的众臣，都给平反昭雪。穆氏家族从此才见了天日。倭西肯因为多年受压，非常苦，得了痨病，[①] 也接受不了什么衔，就由他儿子穆哈连承继过来。穆哈连过去是个猎手，善于骑马，武术非常高强，一箭能射穿两只鹿，劲头特别足。所以，骑马打兔子确实出名。因为他祖上被平了反，他由普通的猎民，一下子就飞黄腾达起来，盛京讲武营把他收进去了，授给他七品营兵。因为他在营里报效有

① 痨病：即肺结核病。

功，臂力超群，又善于射虎豹，屡被重用。

有一次，乾隆爷在东巡打猎的时候，遇到一只老虎。这个虎很厉害，好悬没伤了乾隆爷的马，被惊驾了。当时护卫穆哈连冲了上去，抱着老虎。他力量多大呀，虎往上一扑，他从底下蹿上去，双手抓住虎的前腿。老虎想吃他，已经不赶趟儿了，他两手使劲一掰，把虎的胸脯撕开了。他是救驾有功，使乾隆爷大加赞赏，世上竟然有这样的英雄，怎么赏你呢？当时被随驾的大臣赛冲阿、方俊看在眼里，想把他推荐到京师健锐营。后来，由乾隆亲自下旨，把穆哈连选到京师健锐营。嘉庆当了皇帝，乾隆帝做了太上皇，封穆哈连为三品护卫。而且还让他陪着太子旻宁练武，就是后来的道光皇帝。陪着太子一起练武的还有图泰和乌伦巴图鲁，他们之间都非常熟悉。他们当时的师傅就是云、彤二老，我前书已经讲了，他们在京城给太子当老师时，穆哈连也在这儿。他们关系特别默契，他们与图泰的感情就是这么建立起来的。为什么图泰听说穆哈连蒙难，那么悲伤，决心要北上报仇去，就因为他们有深厚的交情。穆哈连从小在山野里长大，为人忠厚、老实。他平时就是一个猎人，没有那么多的花花道。他从来不怕苦，又肯学。这一点被二老看中了，觉得他很不容易。现在穆哈连起来了，二老想好好帮帮他，让他对得起自己的祖先，让他成为英雄，名闻天下。所以，云、彤二老对穆哈连比对别人更精心，使他成为更好的爱徒。

云、彤二老不愿在京师呆着，愿做山野之人，前书已经讲了，穆哈连也有这个想法。穆哈连说："我也不愿在京师呆着，我从小就在山野长大，我离不开树林子，也离不开大山。我到这儿来，夜里做梦都梦到山。我也离不开那些小动物，我一天要不去打熊、打野鸭子、小鹿，我的手都痒痒。"他也要求回到山野去。云、彤二老更是喜欢过清静的野民生活，不愿沉醉在京师繁华的日子，他们看不惯那些花天酒地的生活，总想走，他们熬呀、熬呀，一直到嘉庆五年的春天，太上皇驾崩以后，他们感到这回行了，嘉庆帝能放我们走了。所以，他们一再要求。

嘉庆帝也舍不得让他走，可是，耐不住云、彤二老磨来磨去的，也只好准允了。他们返籍时，穆哈连也一再请求，由云、彤二老帮助说合，嘉庆帝也答应下来，同意他们回到北疆。

这时候，正赶上原来管理北疆打牲乌拉的官员，年老又是丁忧，就是家的老人去世告假，边疆的事情没人管理。北疆离京师那么远，又是寒冷之地，内地人谁都不愿意去，官和兵都不好派，真是鞭长莫及。这时，赛冲阿和英和就想到了，呀，正好穆哈连要回去，不如让他承担这个差使。他们两位大人就向嘉庆帝举荐穆哈连，嘉庆帝就同意了。

嘉庆帝下谕旨，钦命穆哈连为三品侍卫衔，管理北海打牲乌拉，总理事务，兼管北疆水陆兵马总哨关之职，这个衔很高，权力也很大呀。这是嘉庆帝对他的恩赏，也是看着赛冲阿、英和两位大人的面子，特别是他相信，让穆哈连去，他后头有两位世外高人云、彤二老的帮助，那是一百个放心。嘉庆帝知道，穆哈连在那做事，他两位师傅肯定关心，遇到难事，师傅能不帮助吗？所以，把权交给他，实质上是委托二老了。二老，我把你徒弟任这么大的官，北疆的大事，全靠你们操心了。这一点，云、彤二老也明白。

云、彤二老和穆哈连在告别嘉庆帝时，千恩万谢。然后，他们又告别了赛冲阿和英和两位大人，又告别了与他非常要好的图泰和乌伦巴图鲁。临走的时候，图泰和乌伦一直送他们到京城以外一百多里地远，他们洒泪相别。因为，图泰和乌伦都是赛冲阿和英和身边的护卫，他们对国家之事相当关心。他们惦记的就是边疆应有忠于大清的人，这样才能把住北边的国门。他们觉得，现在穆哈连回去了，重任在肩。那边很多事情都不知道，另外，很多哨卡都没建立起来，又听说，那儿土匪猖獗，当地又出现很多的恶霸，想到这儿，心里暗暗替穆哈连捏把汗，觉得他前途艰险。所以，离别时，互相抱拳握手，难舍难分。

云、彤二老和穆哈连回到了黑水。因为他们三位都是皇家身边的人，特别是，穆哈连身上带着嘉庆帝的谕旨和内务府通知各地的书函，所以，备受各地官员的重视。路过盛京、吉林和黑龙江时，各地将军衙门都是远接近送，非常热情。他们因为眷恋着自己的故土，师徒几位并没有过多地打扰地方官员，只是求各地官员给备办好轿子、轿夫和好的马匹，他们继续北上。

他们先到了黑水之滨的爱辉旧地，到了穆哈连的故乡。真是物换星移，沧海桑田。穆哈连到这儿一看，爱辉的副督统已经换了好几个人，根本不认识。他顺着原来的老路，到了自己家。打开破落的门，小院的蒿子已长有半人高，一片荒凉。他打听邻居才知道，阿玛倭西肯老人已经仙逝，是爱辉副督统衙门帮助送的葬。媳妇，也就是穆哈连的糟糠之妻，由于长年侍奉老公公，积劳成疾，也已经去世。没想到，穆哈连竟成了孤身一人。他非常想念自己的爱妻，他们从小在一起，可以说是青梅竹马，有口粥给对方喝，有苦往自己肚里咽，天天如此。为了侍候他们父子，有时妻子一宿不合眼，缝缝补补，忙来忙去。他妻子是望门之女，他们从小相爱，为人非常贤惠。没想到，阿玛去世了，自己的爱妻也走了。他泪流满面，痛哭不止。

云、彤二老劝他，不要哭了，既然已经这样，就想开吧，要保重你的身体。穆哈连买点酒菜，到阿玛和妻子的坟头祭奠。然后就匆匆地随着二老继续越过黑龙江，绕过牛满江，沿着黑熊走的密道往前走。这条路直，不从江上走，曲曲弯弯，时间更长。他们考虑，尽早到任，公务在身，不能久留。穆哈连这个人，从来就这样，把自己的差使放在第一位。二老就陪同他，快马加鞭，很快就到了东噶珊，月亮桥。

头几天穆哈连就住在云、彤二老家。师傅家有严昌老爷爷，还有二老的弟弟翔鹤和聪明伶俐、非常美貌又热心的小妹妹丫丫。后来他们又在一起住了很长时间。二老说：现在事挺多，你就忙事去吧。回来你就住在这儿，这就是你家，不要客气 。严昌老爷爷也特别热情，听说是自己儿子的徒弟，就把他当自己孙子一样看待。

穆哈连在北疆已着手开辟打牲衙门方面的各项事务。原来地方官也管打牲方面的事情，这块儿有好些散在的部落和民族，每年一到七月份时，由清朝官员来收皮张和各种土特产，同时也发放一些食盐、布匹、粮食和武器、刀箭，赈济贫困猎民，有时还在这儿贩卖牛马、牲畜一类的东西。所以，每到那个时候就挺热闹，但是没有一个正经八百的哨卡，也没建一个房子。穆哈连下去到处察看，他发现各地匪患猖獗，很多哨卡的河边，都由土匪占据着，只要有人过河，必须留下买路钱。整个到北海的路，到处有杀人抢劫的事情，一般人都不敢走，很多部落的人都非常害怕，把自己的家门关的严严的。

穆哈连在二老的帮助下，铲除了九个土匪的据点，同时建起了九个关卡，每个关卡都用皮张围起来，并雇用当地的新人把守，这些人多数是达斡尔族，从西噶珊请来的。这九个关卡建起来后，使这里平静多了，人们沿路行走也不害怕了。在不到两年的时间，北海这块儿就安定了，穆哈连的名字家喻户晓，越来越响亮了。因为他不怕死，不管什么地方，只要土匪一起来，他马上领兵就去冲打。有时打不过来，二老就帮助围剿，甚至小妹妹丫丫也一块儿上。

他们这样忙忙碌碌，把北海治理的相当好。各个部落的猎民们都拍手叫好，可是这块儿的一些富豪，也就是北噶珊杜察尔氏家族却反对，因为，一些土匪的后台就是杜察尔氏家族。潭洞的儿子布革温，几次想办法破坏穆哈连的行动，并放火烧了几个关卡大寨。后来都让二老和穆哈连平息下来，杀了几个豪霸土匪，把一些潜藏的土匪全给镇住了。

穆哈连平息匪患，打通了北海交通要道，为大清北方的安定日夜操劳，这一切二老的小妹妹丫丫看的非常清楚，她打心眼里喜欢穆哈连。虽然穆哈连的岁数比她大不少，但她认为穆哈连憨厚、老实、正派，有一股使不完的劲头，从来不怕苦，那股傻劲儿着实让人疼。所以，小丫头天天偷偷摸摸地给他做荷包。她有时挺害臊，怕自己哥哥看见了。她就偷着给穆哈连缝褡裢、缝补刮破的衣服。坎肩穿坏了，就重新给穆哈连做一个。这样，一来二去，这个小丫头，对穆哈连真有了感情，总舍不得离开他，天天看着他，有时到他跟前谈这个，问那个，总是说不够。穆哈连从心眼里也喜欢丫丫，对自己这么知冷知热，你说能不爱吗？他们双方的感情，云、彤二老早就看在眼里，乐在心中。

我们前书所讲，严昌老人去世以后，现在林家窑的家祖就是云鹤、彤鹤了。他们惦记两个人，一个是小弟弟翔鹤，后来被害而死；一个是小妹妹丫丫。他们想帮她找一个门当户对的，互相知冷知热、使他们放心的佳婿。现在他俩一想，有了，这个佳婿就是他的徒弟穆哈连。他是小妹喜欢的，也是我们喜欢的。

有一天晚上，在院子里，老哥俩把丫丫招呼过来，丫丫问什么事儿？老哥俩冲她笑，丫丫不明白，就问："大哥、二哥，你们笑什么？"彤鹤先说了："丫丫，你手里拿着什么东西？"这一问，把丫丫弄得满脸通红。她手里拿着一个护膝，北方到处是密林，容易遇到蛇。所以，进山的猎人，把裤腿都扎上。扎上也不行，因为草的棘力很强，磨来磨去，很快就把裤子磨破了。就是穿皮裤，有时也被刮碎。人们把皮子和旧的布缝了好几层，非常厚，像皮革一样，做成套裤，套在腿上，走路既轻便，又保暖防寒。这个套裤一般女人都不用，多数是男猎人用的。彤鹤又问丫丫给谁？丫丫脸更红了，她抱着大哥、二哥，揉来揉去，"你说我给谁？我就给穆哈连大哥。"云鹤哈哈笑着说："对，好妹妹，敢做敢当，这就对了，我们就为这事儿跟你唠唠。你喜欢不喜欢他？我们哥俩喜欢他，你若喜欢就嫁给他，好不好？"丫丫是在山野里长大的，性格爽朗，从来不隐讳自己的想法，大哥二哥一说，自己坦然应允，就同意了，别的没说。人家脸都没红，脑袋一扭，撒着娇，就把事情定下来了。

云、彤二老选了吉日良辰，准备给他们完婚。二老在回来的路上，早就跟穆哈连许过愿，只是没敢跟丫丫讲。他们从京师回到爱辉以后，知道穆哈连的父亲已经仙逝，他贤德的妻子革哲勒氏也随她公公走了。穆哈连悲伤不止，眼泪不断。云鹤安慰他，事情已经这样了，你不要过于忧伤，来日方长，你还有很多事情要办，朝廷委你重任，你要有志气，不负众望。现在赛大人和英大人都这么器重你，你一定不要辜负他们的期望。我虽然年岁大了，但我跟我的弟弟彤鹤会千方百计，在各方面都帮助你。

穆哈连非常感激，心里觉得放心了，因为有师傅在身边，什么事都好办。回到北海以后，穆哈连住在他们身边，二老悄悄跟他说，你看我的小妹妹怎么样？开始时，穆哈连拒绝这件事儿，心里仍然想着他的妻子。时间一长，感到丫丫真是个好姑娘，对人挺热情，他在恩师家就像在自己家里一样，慢慢就同意了恩师的意见。二老心中有数，他们跟小妹丫丫闹哄的时候，早就知道穆哈连同意了。所以，很快就把这事儿定下来了。云鹤对妹妹说："婚事要早办，不然夜长梦多。"这话有原因！小妹也知道，北噶有一只狼还在盯着她呢。他们很快就办了这件大喜事儿。

这件事确实惹恼了北噶珊杜察朗大玛发，他总想挑衅，闹这件事，甚至派自己的心腹去烧卡伦的营所，曾用暗箭射杀穆哈连。穆哈连骑着马巡逻时，在林中一过，常常有暗箭嗖嗖射过来。穆哈连的命真大，几次箭都没射中。这些事都是杜察朗大玛发派人干的。杜察朗心狠歹毒，总想杀死自己的情敌穆哈连。他想，只要把穆哈连整死，我就能把丫丫弄到手。他用了很多办法，但是哪一次都没有办成。他知道穆哈连这个人老实，嘴不会说，心眼少，用什么花言巧语都能骗过他。

有一天，他派人请穆哈连大人赶紧到山上来，说我杜察朗得了一种怪病，肚子里总是响，这响声挺奇怪，很多人都认为我活不长了。听人家讲，我是受邪气缠身，要是有好兄弟来才能冲邪，我就盼着兄弟你来，你一来，我的病准能治好。这话纯粹是胡说八道，穆哈连头脑比较简单，一想人家来请，不去不好，就没想到其他复杂和背后阴谋的事情。他就去了，到那一见杜察朗很好，也没有病。杜察朗说："今天我挺好，没有犯病。既然老兄弟你来了，咱俩现在喝一盅，我新搁北海弄回的海狮，海狮肉特别清香，我弄了好的作料，请了好的厨师，做几个菜，咱们喝着酒，尝尝海狮肉。"

穆哈连急着要下山，有很多事还要办，不能在这儿喝。但是，怎么推也推不过杜察朗。谁能斗过杜察朗，说来说去，就把穆哈连推到桌边，坐上就开始喝。其中有一种酒是毒酒，叫里辍酒，喝了半天，杜察朗喝迷糊了，原来他把酒弄错了。穆哈连喝完酒就要走，杜察朗以为他已喝了毒酒，心想，你下到山底下不睡死才怪呢，于是就放了他。

穆哈连下山，一路没啥事，照样办他的事。后来听说，杜察朗喝完了酒，一醉就是七天，醒不过来。可把他阿玛吓坏了，请了不少郎中来看病，也没看好。过几天，他眼睛一瞪，放几个屁，就熬过来了。他一心想害别人结果害了自己，好悬没一命呜呼。穆哈连的命真大呀！

单说，到了嘉庆十一年的初冬。这天夜里，杜察朗心怀鬼胎，一计不成，生二计，二计不成，又生三计，现在已经不知他生多少计了。他换了夜行服，事先就探听到，穆哈连这两天可能不在家，趁这个机会，要夜奸丫丫。既然公开我得不到手，那你也逃不过我，我不能让你闲着。但是，他又怕云、彤二老，他们武艺高强，谁也不敢惹。他知道穆哈连和丫丫住在山下，山下是交通要道，离月亮桥还有八百八十八个磴。穆哈连经常不在家，只有丫丫一人在家，有时她哥哥下山照顾，怕有坏人打扰。所以，杜察朗怕二老来，就把他的心腹娄宝和齐宝带去了，作为他的两个耳目。这天夜里，他们悄悄地，很快地来到了林家窑下面穆家的住地。

这个地方就是清兵一个打牲的行营哨卡，它起什么作用呢？只要是有贩运皮张、野鹿的，他们有权扣留。因为清代是不让贩运这些东西的。现在北海各地的商贩和官宦勾结在一起，和土匪串通一气，把这些东西抢掠之后，拿到内地，高价出售。这样，就破坏了北疆打牲衙门的治理，把制度弄得非常乱，有时良莠不分。这件事在北海一带引起不同的反响，好人拥护建哨卡，为穆哈连喝彩。坏人把穆哈连看成眼中钉，肉中刺，恨不得把他劈成十八半才好呢。

穆哈连建的这个行营哨卡，在东噶山的下头，是个交通枢纽，南边通黑龙江，过黑龙江就能到内地，是到辽东、京师的必经之地。往北走，先到北噶珊，从山下过去，一直往北走，就能到北海。稍微偏北，到北海西部的原始森林。如果搁穆哈连住的哨卡，直接往东走，过了一片树林，走出二百多里地，可以到鞑靼海峡。从鞑靼峡西岸，可以看到库页岛，这儿是上库页岛的必经之路。库页岛是大清的疆土，大清的臣民上库页岛，一般不走水路。因为太远，有时就走山路，山路近。要走山路，必经穆哈连这个哨卡，得从这块过去。这是东南西北要道的咽喉。要搁这块儿往西走，先从西噶珊山下过去，往西走，可以一直走到尼布楚。这儿百万平方公里的土地，山连山，水连水，一片沃野。经过五大河、罗鼓河，直接到尼布楚。再往西走，就是微亚河，这是非常重要的地方，从大明以来，是兵匪必争之地。

穆哈连胆也真大，他选择这样一个十字路口，住在这儿，而且就他和媳妇丫丫两个人住。因为人少，其他兵丁派到别的地方去了。他把自己放在一个最重要、最危险的咽喉要道。这个事儿，云、彤二老都替他担心，他们把心都提到嗓子眼去了，就说："哎呀，我的好孩子，你的胆咋这么大呀，别在那儿住了，多危险。这儿历来是兵家必争之地，一旦碰到哪个匪患来了，好虎架不住一群狼，你还是躲开点好，要离这儿远点，或者到山上住，有啥事再下来，我们还能帮助照应。孩子，你现在住在火山口，你是在狼嘴里蹲着，这哪能行呢！"但是，穆哈连没听老人的话，他说："不要紧，我不怕，我只有在这样的地方，才能够天天监视匪徒的活动。我要离的太远，等知道他们干坏事了，我再从山上下来，就不赶趟儿了。"他婉言谢绝了二老的好意。就这样，有时候穆哈连出去巡逻不在家的时候，就剩下丫丫一个人在家守护。老哥俩不放心，常常下山看看。看看有啥动静没有，出没出事，问问妹妹怎么样，然后老哥俩就蹬着台阶，噌噌上山去了。一来二去，时间长了，就不一定能碰上土匪来捣乱。

偏巧，这天夜里，淫贼杜察朗带着娄宝、齐宝，挎上单刀，人不知，鬼不觉地潜入到穆哈连的咽喉哨所。杜察朗在远地方趴在树林的草丛中，手搭凉棚往哨所看。原来哨所有两个皮帐，是用两张大块鹿皮毯子蒙着。一块毯子是用四十多张鹿皮联接成，底下也是用两层鹿皮缝成的，四周都有皮绳套拴住，把大毯子用木头一支，支出棚子，四周的皮套用绳子一接，地上钉个橛子，这就是鹿皮大帐。四周再用长条皮子围上，在草原和林海中都是建这样的哨所房。里边再搭上床，放上各种皮张，中间可以拢上火，烟从上头的窟窿眼出去。如果不烧火，外边下雨或下雪，帐篷上面单有一个盖，盖住窟窿眼。烧火的时候，把盖链拽下来，就能通天。

杜察朗一看这两个皮帐一前一后，他明白了，啊，前一个是穆哈连行营办公用的，后一个稍微小一点，做的比较牢靠，周围没有通风的地方，挺紧成。这肯定是他跟丫丫住的地方。他看明白以后，使个暗号，让娄宝和齐宝在旁边小心隐蔽起来，注意，我要没事你们千万不要动。我要有事，就来接应我。娄宝和齐宝明白了他的意图，就悄悄藏在那块儿。

这时，杜察朗身子一抬，像狸猫似的，嗖嗖嗖，很快就贴近了小一点的帐篷。他到帐篷跟前，贴耳一听，里头有说话的声音。他想，现在来的真不巧，肯定是穆哈连在屋里，这可怎么办？他不断地搓手，想办法。有了，他反身悄悄地退出帐篷。退出以后，他就用夜猫子叫声，噢、噢，把娄宝和齐宝引到了密林深处的一棵大树下。他轻轻捂着嘴在他俩耳边窃窃私语几句。娄宝和齐宝明白了，马上飞身就走了。

单说，这时候的大帐篷里头，确确实实有二人，一个是身怀六甲的丫丫，还有一个就是最疼爱她的丈夫穆哈连。他们夫妻感情非常好，互相体贴、关怀。穆哈连虽然不善于言讲，但他心里是有数的，无论走多远，他都惦记着爱妻。特别是她怀孕以后，穆哈连千方百计照顾她。她的肚子一天比一天显怀，所以，无论他走多远，哪怕是走出二百多里地，办完事儿，不管是刮风、下雨，也不管道路多么崎岖，都拼命地赶回来，照顾自己的爱妻。只要有一点时间，他都陪着妻子。有时他公务在身，必须出去办事，他就安慰妻子："好丫丫，我出去办事，一定快去快回。"

这天，他刚回来不久，跟妻子说几句话，然后就给她烧水。妻子坐在皮榻上，背靠着被褥，喝着水。这时，猛然间，他就听到外头乒乓兵器格斗声，而且听着打的很凶狠，兵器乒乓乒乓地响，声音很大。穆哈连想，胆大的土匪，敢到我营地跟前来斗，真是嚣张已极啊。

不大一会儿，就听外头喊，"救命，救命，有强盗，把我的人抢走了。"这喊救命声非常悲凉，让人坐不住，站不住。要不救，这个人可能就一命呜呼。穆哈连是疾恶如仇的人，另外，自己又身负治乱安民的大任。他想，强盗行凶都到我家门口来了，真是好大的胆子。他告诉丫丫，小心，不要动。然后从帐篷里头摘下腰刀，回头轻轻拍拍爱妻的肩膀，告诉她，不要动，我一会儿就回来。说着，嗖的一声蹿出帐篷。

他出来一听，没有声音，听了半天，好像在树林里有打仗声和哭喊声。他按照声音的方向追去了。追到一片树林，拐了一个弯，看见两个黑影，这可能是贼。他想，先救受害的，看了半天，也没找到。他又一想，可能是受害人害怕，藏起来了。不，我得先把这两个歹人抓住。这时，黑影已经看不着了，他就拼命追了过去。

再说，就在穆哈连追歹人的时候，杜察朗看的很清楚。他马上起来，像夜猫子似的，很快钻进了帐篷。这时候，帐篷里点了两盏油灯，照的很亮。杜察朗往里一看，对面是一个床，丫丫正脸朝里，背着身子，坐在貛皮褥子上，下身盖着雪狐皮的小花被，上身大衣已经解开，露出红缎子梅花小棉袄，非常好看。头发松散着，夫妻可能要睡觉。杜察朗一看，简直像天仙一样，这就是世上的活菩萨。他完全被丫丫的丰姿美貌迷昏了头脑。他想，不能慢了，慢了，穆哈连就回来了，早点干好事要紧。他悄悄走过去，丫丫没注意，他突然双手抱住丫丫，抱的相当紧。丫丫开始一机灵，以为是自己的丈夫在抱她。她扭头一看，吓了一跳，哎呀，这不是憎恶多年的色狼杜察朗吗？

此时，丫丫为了保护自己，施展武功。她双手往一起紧，护着自己的肚子，生怕杜察朗下毒手，伤她腹中的宝贝孩子。她的手先一挡，然后施了动身之术。什么叫动身之术呢？就是双肩往外使劲，因为杜察朗的两个胳膊压着她的肩膀。她把自己的身体护住以后，用气功把身体尽量往外扩。这内动功相当厉害，这是他们林家功之一。你别看她表面上不怎么动弹，她是外静内动，里边动的劲特别大，那有千斤的力量。丫丫不动她的下身，她用上身的功力，把肩膀、手臂和后腰往外扩。她突然双臂一推，嘎的一声，这力量真大啊。

这时，杜察朗正使劲按着，他是个色狼，不想用武力掐死她，哎呀，我好容易才得到你，盼了多少年哪。他是从亲爱的角度，没有防备，哪知道丫丫使的是内动功。丫丫的两个肩膀和两个胳膊肘子和后背的力量，往外一反弹，那是千斤之力，把杜察朗的双手和胸脯、肚子震的发麻，哎呀，他刚一动不要紧，丫丫两个胳膊肘尖一弹，把他推的老远，腾、腾、腾，杜察朗四仰八叉倒在地上，正好躺在帐篷的门口。

这时，丫丫反过头，拿起身边的剪子。她身怀六甲，也呆不住，想给孩子做件衣裳，正在剪布的时候，杜察朗突然进来了。咱们知道，丫丫有甩头功，这也是他们林家的功夫，她是跟父亲严昌学的，过去我讲过。她用皮条编的绳子，绳头上套个石头，甩哪打哪，打的特别准，可以把雄鹿打死，这是多年练出来的。她把剪子拿出来，想用甩头功，扎死杜察朗。她正要往外甩的时候，突然听到外边有脚步声。她非常机灵，这个脚步声，肯定是自己丈夫穆哈连回来了，她怕伤了自己丈夫就没甩。

这时，杜察朗反应也挺快，他看到丫丫要甩什么东西，又听到门外有脚步声，可能是穆哈连回来了，他忙来个鹞子翻身，就地十八滚。穆哈连匆忙往屋里走，没顾这个。刹那间，杜察朗就从他脚底下，像个蛇似的往外滚，然后顺道跑出去了。

穆哈连听到兵器斯打声后，就忙着去追歹人。追了一会儿，追不上，他冷丁想到，是不是歹人施调虎离山计，把我招呼出来，然后对我夫人下毒手。夫人可别受害呀，他想到这儿，就拼命往回跑。刚到门口，觉得脚底下有什么东西绊了一下，他知道贼人已经跑了。赶忙过来看丫丫怎么样了。这时候，丫丫已经闭目靠在床背上。要知道，丫丫当时为了救自己，保护肚子中的孩子，没敢全力使用内动功，就是这样，她的血液循环太快了，伤了自己的身子，顿时觉得头昏，胎儿上冲，等穆哈连回来的时候，丫丫的头嗡的一下，就不省人事了。

穆哈连到跟前一看，夫人全身完好，只是双目紧闭，一动不动，他以为被吓昏过去了，马上轻轻叫了几声，“丫丫，丫丫”。她嘴上呼吸还平衡，一高一低的。这时穆哈连想，赶紧找人抢救丫丫，她不是一个人哪，肚子里还有孩子呢。想到这儿，他赶紧去林家窑，找他的两位恩师。

穆哈连跑的满头大汗，上气不接下气，到山上一说，云、彤二老就着急了，马上随他噌噌噌，快步跑下了山。他们匆忙进了帐篷，云鹤到妹妹跟前，翻翻她的眼皮，掐住她的手腕，摸摸她的脉象，然后说：“她是血冲百会，伤了神志，赶紧抢救，不然有生命危险。”他让穆哈连把丫丫靠在一边坐着，坐的非常平稳。云鹤上了床，盘腿坐在那块儿，脸朝着丫丫，两手伸出，闭目给她做气功。他用气功的力量来疏导她，使丫丫慢慢恢复过来。这样连续做了一会儿，丫丫还是一动不动。

这时，穆哈连一看丫丫腿下边有点湿，再往下一摸，慌张地说：“不好，有血。”二老一听更着急了，让穆哈连想办法，赶紧请郎中。二老急忙背自己妹妹，哥俩连背带抱，噔、噔、噔，很快就把丫丫背到了山上，林家大院。因为帐篷里太小，转不开。再说，帐篷里也不是治病、安养之地。

让穆哈连赶快去请郎中，到哪去请呢？北海这块儿，郎中有两对，北噶珊杜察朗大玛发专有一对郎中，另外，西噶奇格勒善大玛发也有两位郎中，平时给他和猎民们治病。现在看来，非常急，北噶那儿是仇人，是豺狼之地，不能求。只能到西噶奇格勒善老爷爷家去请。

穆哈连飞马赶到西噶珊。老人听了急的火上房，叫人赶紧请郎中宝昌大师傅。他们在整个山都找遍了，也没找到宝昌大师傅。原来宝昌郎中昨天晚上让北海的几个牧民给接走了，去接生去了，到现在还没回来。这事非常急，不能等啊，奇格勒善大玛发就跟穆哈连说："这事等不得，云鹤、彤鹤他们也是大夫，他们就能治，还找什么大夫，自己的亲人，还有什么说道，救命要紧，走，跟我走。"

这时，奇格勒善命人拿出他的外衣，他边走边穿上衣裳。他虽然已是八十多岁的老人，但走起路来，健步如飞。他在前头走，穆哈连在后头紧紧跟着。老爷子很快就到了月亮桥，云鹤、彤鹤慌忙向姥爷下拜。

老爷子看着昏迷不醒的丫丫，非常心疼，就说："可怜的孩子，你怎么也遭到恶狼之害。"然后反过身向云、彤二兄弟说："你们还等什么，我那两个郎中都不在家，他们都让人家给接走了。现在不能等，治病要紧，救人要紧。丫丫的生命，就是咱们的心肝。现在烧水，你们俩给我接生，还有什么说道？"老人的话，就是命令，云、彤二老二话没说，马上烧水，擦洗自己的身子，换上衣服，然后又把窗户和所有露风的地方遮上。屋里只留下云、彤二老和他们的妹妹丫丫。穆哈连扶着奇格勒善老人到另一间屋坐着，喝茶、休息，静听佳音。

不一会儿的工夫，老人家就听到那个屋有婴儿哭叫的声音，老人非常高兴，心从嗓子眼一下子就落下来了。"好啊，阿弥陀佛，新的婴儿降生了，这是老林家的福气呀。"不大一会儿，又听到一声婴儿的哭叫，老爷子愣了，马上站起来，"怎么，是两个孩子，这是福上加福啊。"正在说着，又一声婴儿哭叫，连续三声婴儿哭叫，是一胎三子。

这时，老人大步流星地进来，云、彤老哥俩转身对自己姥爷说："姥爷，您看，是一胎三女，这是世上罕见，福上加福啊。"云、彤二老和奇格勒善大玛发，还有穆哈连，他们互相致贺，真是万分激动。这三个婴儿，个个长的都挺精神，红脸膛，声音特别洪亮。预示着这三个孩子，将来前程无量啊。这声音冲破了沉寂的东噶珊乌勒滚特阿林。这声音传出千里、万里，向人们呼喊，有三女来到人间了，一切邪恶的势力都将被驱散。

老玛发过来，帮助穆哈连把已经准备好的白鼠皮的小被给三个婴儿盖上。白鼠皮的小被在北海这块有的是，这个小被还真是丫丫一针一线认真细致做的。她真有远见，小衣服、小被子，哪样都做了三套。你说巧不巧，神不神。这些小褥子、小被子做的都非常好，外边是白鼠皮，刷白的，鼠皮挺柔软。三个鼠皮褥子都一般大，颜色都一样，你说奇不奇。丫丫怎么知道会生三个孩子呢？他们几个心里也都觉得奇怪。

他们给三个小宝宝擦洗干净以后，就用小白鼠皮的被子一个一个包好，放在炕上。然后，二老又过来，看看自己的妹妹丫丫。现在丫丫仍然闭目无声，但是看她的脉和呼吸的声音都很平稳，她好像累了，没有一点疼痛，或者难受、忧伤的样子，显得挺安详。这时，云、彤二老给丫丫擦洗完身子，穿好衣服，用气功给她调理。

哥俩轮流给丫丫做气功，他们头上的汗珠子噼啪直掉啊，他们真够累的了。哥俩连续足足做了两个多时辰。到后来，干脆哥俩一块做气功。他们盘腿坐着，面对着自己的妹妹用气。然后，他们摸摸丫丫的寸官天脉，又摸摸脚上的浮洋脉，又摸摸她的心脏，看看她眼皮里的瞳孔。他们觉得自己的妹妹死不了，她的体力挺好，现在正在恢复之中，不会有生命危险。他们把这个看法告诉了自己的姥爷奇格勒善大玛发。奇格勒善非常高兴，就说："好啊，天不会辜负那些好人的，善良的人会有好报的。孩子们，我回去了，如果用到我的时候，你们尽管说。我回去以后，把我那边的佣人给你们拨来几个。"云、彤二老说，不要太多，就请两位到三位就行了。

奇格勒善大玛发回去以后，就拨来两个干活热心、勤快，他们特别喜欢的中年老妈妈，来侍候这三个小宝贝。这些天，由于二老的精心调治和奇格勒善大玛发的热心帮助，又由于穆哈连照顾的好，丫丫的病情越来越平稳。这样，一下就救了四条命。

第二天，奇格勒善大玛发又把自己寨子里刚刚生了崽有奶的母鹿，让仆人赶来三头。云、彤二老这块也有母鹿，因为他们心地善良，丫丫也如此，在野外看有受伤的小狍子、小鹿，就把它们救回来，自己养着。这时候，有几头母鹿都生了小鹿，都有奶。这样，三个小女孩，天天喝鹿奶，由那两个老妈妈给挤鹿奶。有时候二老也帮助挤鹿奶。他们就这么精心地侍候这三个小丫头。

等丫丫和三个小姑娘都平稳以后，云、彤二老嘱咐穆哈连："你还得忙去吧，这个仇要铭记在心，这些个冤孽，终有讨还之时，咱们心中有数就是了。你初到北海，公务甚忙，又承蒙赛大人、英大人的信任，还是安心忙你的事情吧。丫丫和你三个小姑娘的事就不用惦记了，有我们呢，你放心地去吧。"穆哈连听了二老这番话，对两位老恩师真是感激不尽。他心里始终离不开的还是他的爱妻林氏丫丫。至于这三个刚生下来的小女孩，他还不怎么挂念，只要有奶，现在又有乳娘侍候，定能茁壮成长，最使他牵肠挂肚的还是丫丫。他现在要走了，可是跟丫丫根本说不了话，丫丫就闭着眼睛长睡不醒，还在昏迷着。我走后，她会怎么样呢？是轻了还是重了呢？哎呀，他真不忍心离开爱妻呀。

云、彤二老就冲着站在身边的爱徒，也是自己的妹夫穆哈连说："哎呀，你也不要太心焦了，丫丫的事和你三个小丫头的事就交给我们哥俩吧，你不用惦记着。"穆哈连听了师傅的话，虽然很放心，但是真要走时，就是挪不动步。他对躺着的爱妻说："丫丫，我现在要走了，还有很多事等着我去办。你能不能睁开眼睛看看我，咱们俩说说话。你现在究竟是怎么回事，你能不能跟我说一句话。"

穆哈连的眼泪在眼睛里转，就是走不出去。两眼直勾勾地看着丫丫，心里很难受，不知她昏迷不醒到什么时候，会不会有个三长两短呢？他难舍难分。这一点，云、彤老哥俩非常清楚，所以就劝穆哈连，赶紧走吧，越在这儿站着越揪心，你自己还有很多事要办。这时，穆哈连也真得该走了，自己身兼要职，委任在身，必须去办。

穆哈连把全部精力都用在治理北疆上，骑着马到处踏察，建立哨卡。他爬冰卧雪，风餐露宿，一干就是几年，真是吃了很多苦。穆哈连从小在北疆长大，吃苦对他来说并不可怕，他心中最惦记的还是爱妻丫丫。他平息完叛匪，不管是刮多大的风，下多大的雪，他都急忙往回赶，照顾丫丫。一天早晨他刚到家不久，乌伦巴图鲁匆匆忙忙从奇格勒善大玛发的西噶跑上山来，对穆哈连说："哈连大哥，现在告诉你一件事，听说北噶杜察朗大玛发那块有个秘密的暗洞。这个暗洞挺大，据说藏着二三百人，每天往里头送吃的、送水喝，非常诡秘。周围二十多里地以外，都有卡子，谁也进不去，不知这是什么地方。难道这是强盗窝？这个事儿，咱们得想办法查一查。"

穆哈连一听很惊讶，忙问，"这事你怎么听说的？"乌伦巴图鲁说："我是听奇格勒善大玛发的小儿子都尔钦说的。因为奇格勒善大玛发有两个儿子好吃懒做，羡慕北噶珊的生活，让他的阿玛大骂一顿。他们一气之下，就投奔了杜察朗大玛发，现在给北噶办事呢。有一次他回来，说话不注意，把北噶珊的一些情况说出来了，让他的小弟都尔钦听到了。北噶有个暗道，里头有很多机关。山上还有个洞，听说这个洞是什么库，里头藏不少东西，是京师聚宝货栈在北海总的发运库。这说明北噶与京师的聚宝货栈都有联系。这事赛大人和英大人都很关心，让咱们查个究竟。”乌伦巴图鲁说完之后，等着穆哈连把这事好好想一想，想出办法，他俩好一起行动。

一天晚上，穆哈连去西噶找乌伦巴图鲁商议下一步行动。公务在身，他没法陪二老照顾丫丫了，便向二老告别，又看看昏迷不醒的爱妻丫丫，就匆匆地走了。

时光荏苒，丫丫在两个哥哥的照顾下，病情一天比一天好起来。现在看来，命是保住了。可是有一个毛病到现在还没治好，就是长睡不醒。云、彤二老都懂得药，他们亲自进山寻找能治丫丫病的草药。他们把采来的草药，洗得干干净净，亲自熬，调理好，然后一勺一勺地喂自己的妹妹。同时，奇格勒善大玛发也从他的大寨，把宝昌郎中师傅请过来，与云、彤二老一块切磋配什么药，哪种药能有奇效，尽快治好丫丫昏睡不醒的病。在他们的精心治疗下，丫丫的气色越来越好了，呼吸也比以前正常、平稳了，只是还没醒过来。但是从脉象来看，比以前好多了，这是令人欣慰的。

这时，已经到了嘉庆十二年。天天吃鹿奶的三个小丫头，个个长的水灵灵的，非常招人喜欢。大眼睛，长眉毛，红脸蛋，个个都挺精神。三个小丫头，长的一模一样，你要不细看，根本就分不出来，哪个是大的，哪个是小的。有时二老看了以后，常常叫错了，出了不少笑话，逗的二老直乐。

这三个小丫头瞅着二老张嘴笑，也像要说话，咿呀学语。看着她们那个天真样，二老心里美滋滋的，增加不少乐趣。二老过去总是在练功房，现在多了一个营生，天天过来看三个孩子。除了看看小妹妹以外，就是围着三个小丫头转。有了这三个小姑娘，原来寂寞的林家窑，好像一下子来了很多人一样，天天忙活活地。二老对她们真是无微不至的关怀，一会过来问一问喂没喂奶呀？孩子哭没哭？尿擦没擦干净？有时自己亲自动手去挤奶、熬奶。有时候还要抱抱三个小丫头。就这样，二老把心都交给了这三个小精灵，对她们寄托了无限的希望。而这三个小机灵鬼，好像懂事似的，见到二老，六只小眼睛，瞪得溜圆，嘿嘿直笑。三个小丫头一笑，脸上六个小酒窝，笑的特别开心，笑的那个甜劲，你说怎么不逗二老高兴呢。何况，这是自己的爱徒和最亲爱的小妹妹之女，真是喜欢哪，是万分珍爱。

时光过的挺快，到了嘉庆十五年，这三个天天靠吃鹿奶长大的小丫头，已经是五岁了。五岁，就到了练功的年龄。前书已经讲了，林严昌大人，他从五岁就开始练功。林严昌的父亲林陈，在乾隆年间官至巡抚，是个武进士，也是从五岁开始练武。所以，他们林家代代如此，云鹤、彤鹤也是从五岁开始练武。云鹤、彤鹤秉承自己祖先的家法和传统，就向五岁的林丫丫之女传授林家的武功。二老原来想，等自己的弟弟翔鹤的孩子生下来后，就传给他林家的武功，后来老哥俩一商量，不行。咱们小弟弟的儿子，还得让他治理家务，是林氏在北疆的后裔，能传宗接代。咱老哥俩就别教福来的武艺了，让他像他的阿玛翔鹤那样，代代传林氏香火吧。二老把希望早就寄托在自己妹妹的三个小丫头身上。我们俩现在已到古稀之年，应该向这三个小丫头传林氏武功，这样代代就有人接上了。

云、彤二老决定在嘉庆十五年正月二十八，也就是庚午年的正月二十八，开始教她们武艺。为什么要选 这一天呢？因为这三个小丫头是在丙寅年正月二十八生的，属虎，她们是虚五岁，满四岁，她们是三只小老虎。虚五岁满四岁的小孩什么都会说了，能理解大人的一些话，模仿力、注意力、分析力都达到了可以教育的程度，正是让她学习的好机会。特别是武功，头脑固然是重要条件，而身体的素质最为重要。四岁到五岁，正是儿童长筋骨的重要时期。人的身体这个时候的可塑性最佳，像一个木弓子一样，你要摵成什么样，就摵出什么样。

他们定下来以后，就选了一个地址。这个地址不是在月亮桥林家大院里，而是在老哥俩曾经秘密寻找的一个地方。这个地方，不单翔鹤不知道，丫丫也不知道，那福来更不用说了。这是二老自己秘密的一个隐艺所。过去的武林高手都准备几个地方，这叫狡兔三窟。你来打我，只能知道我一个地方，不能知道我第二个、第三个地方，高手都是这样。你来只能打我林家的月亮桥，但另一个地方你不知道。这个地方就是二老专门找的，只有他们的仙翁严昌老人知道。现在为了培养三个小丫头，他们重新启用了这个地方。

云、彤二老在山中转来转去，一会爬山，一会下山，走了大约有十几里路的地方，一看，前头是一个高山，这就是本书讲的，月亮桥最顶端，是一片平川。我不讲过吗，平川上有山，山上还有山，月亮桥是最高的山。平川的对面是陡峭的石崖，石崖上没长树，光秃秃的，在石崖的上边，有密林压着，惟独这块儿是一块石头，好像石墙一样，顶天立地地长在那块儿。

两个奶妈跟着，“哎呀，妈呀，这是什么地方？”她们惊奇地说着。三个小丫头，一个奶妈背一个，另一个由彤鹤老人亲自背着。小丫头看着这陡峭的山峰，吓的哇哇直哭。云、彤二老领着他们又秘密地拐一个弯，这时两个奶妈才看清楚了，对过是一个大石墙，转圈是水，什么都看不着。再拐过去，前头有一个石头挡着，好像一个马面堵着。绕过这个像马面的石头，往左拐，再往右拐，在石墙的右侧有一个洞，这是天然的洞口，这个洞口有一人多高，外边用木板挡着，看来这是个秘密的地方。奶妈到月亮桥这几年，根本不知道这个地方，还是头一次来。

云鹤老人用弹簧钥匙往里一按，门咯吱一声就开了，里边很深。他们进洞之后，二老回过身把门关上。洞上边有个窟窿眼，是透光和通气的地方，这都是二老自己修的。洞虽然是天然洞，但他们做了修整，地上都铺着整齐的小石块。刚进去十几步远还有亮，再往里走就没有亮了，风也没有，很寂静。洞的旁边有用石头垒的台，小石台上放着土，土里插着松明子，用它来照亮。云鹤从怀里拿出两块火石，两块石头相碰，哨、哨、哨，不大一会儿，出了火星子，随着火星子，点着了旁边放着的树绒。这是过去林区常用的办法，树里头的软膜，要腐烂还没有腐烂，这些东西非常易燃。点着树绒子，然后再点着松明子，一共点着十五把松明子。到里头，又下了台阶，再往里走，就有亮光了，这是天然的天井，是造物主自己造成的天堑，是一个广阔的天地。原来这山是顶天立地的石山，随着地壳的变迁，也可能是地震，使山中间裂出一个缝，这个缝正好露出天空。从上面缝子往下一看，底下如同天井一般，是一个平台地。地上有了亮，因为上头的石头已经裂开，就像对着天的洞口一样。仰头望天，顶天立地，石崖直插天地，很有劲。人工是造不出来的，这真是大自然造物的奇迹。从洞里往上瞅，洞顶上的窟窿眼不怎么大，就像人脑瓜那么大。可是下边却很大，挺宽敞，还挺圆，这儿成为二老天然的练功场。在山的心脏里头还能看到天，你说这个地方难找不难找？真是千座山、万座山也难寻的地方。就在林家窑这块有这样的山，你说奇不奇吧！

两个奶妈瞪着眼睛，张着大嘴看，大吃一惊。这时云鹤又领他们往里看，在天井的四面还有三个洞口，一个深一些，一个比这个稍微浅一些，人进去只有三五步远，还有一个不太深，好像凿了几下就不凿了。这三个地方，云、彤二老都给利用上了。最深的地方，是他们平时打坐的地方。这个洞曲曲弯弯，往上走，是向上的台阶，爬上去，里头挺宽敞，点着松明灯。那个不太深的洞，往下下几个台阶，左侧有水，哗哗地流，洞顶上还往下滴水，有个钟乳石像石钟挂在洞的上边。这水是活水，是山中之泉。再往里走，又是一个宽敞的地方，也是老哥俩练功的地方。最浅的洞，洞口堆着石块。他们练功累了，就坐在石头上休息。

他们把这三个洞，重新做了安排。最大的洞，由两个奶妈和三个小丫头住。稍微浅一点的洞，是他们老哥俩住的地方。最大的洞，里头还有些小洞，可以放些吃的、用的东西。他们又找一个小洞，砌起了炉灶，有了做饭的地方。

云鹤让奶妈通知福来，也就是翔鹤的儿子，让他每天早、午、晚，按时挤奶、送奶，不要误了时辰，随时背些米、菜来。平时不让两个奶妈出去，每个洞都有茅厕的地方，大小便之后，地水就能冲走。所以，只要有吃的，在洞里住上十年、二十年都行。云鹤对两个奶妈说："这块就是咱们的家，现在我要给三个小格格传授功法，为了保密，不让世人知道，你们两个以后就辛苦了，我们老哥俩将来会报答你们的。"

两个奶妈是奇格勒善大玛发身边亲近的人，主人把她们送来了，这就是她们的家，二老也是自己的主子。她们忙跪下说："您二老不要这么说，我们活着是你们的人，死也是你们的鬼，现在为了侍候这三个小格格，你们的心肝宝贝，我们豁出去了，会尽全力扶持好，请二老放心。有啥事你们随时吩咐，我们在哪儿不是过日子，这里这么好，请二老不要多心。"

云鹤说："好吧，咱们赶紧安排。我告诉你们，这个地方叫白鹰洞，这个名子是我给起的。我跟弟弟彤鹤早晨在山上练功时，突然发现一个白鹰。白鹰在天空盘旋一会儿，就落到这块儿。白鹰把我们领过来，就飞走了。我们到白鹰落的地方，就发现了这个洞。这个洞已发现十多年了，我们管这个洞叫白鹰洞，这是老天赐给我们老哥俩一个秘密练功的场所。一旦有什么事情，我们林家窑就放弃，悄声到这儿隐避，谁也不知道，请你们一定不要往外说，任何人也不能告诉，这一点我得向你们说清楚。你们什么都可以讲，惟独这个地方，谁都不能告诉，至死都不能说啊。"两个奶妈喳、喳承诺，谨遵二老之命。

就这样，由两个女仆照顾三个小丫头吃、住，其他事情一切由云、彤二老承担。山外之事，他们一概不管，全交给福来自己去照看、护理。二老把全部身心都交给白鹰洞，现在也跟着三个小丫头和两个奶妈住在一起。早晨练功时，他们让三个小丫头跟着打坐，小丫头不会盘腿，现给她们搣弯了腿，盘腿坐着。练功是个苦差使，两个奶妈看三个小丫头身上疼的样子，就掉眼泪。三个小丫头一看奶妈哭了，就跟着哭，她们一哭就不好好练功了。云、彤二老对奶妈说：“小丫头练功时，你们不要到跟前来看，你们一看，我就不好教了。因为她们不愿意这么吃苦，愿意在你们怀里呆着。所以，你们一来，她就让你们抱，这样一来，把我教的全忘了，而且还容易增加她们的懒惰，奶妈，以后不许你们到跟前来。”两个奶妈嗻嗻称是，但背地还偷偷地为三个小丫头吃苦抹眼泪。

说起来，这三个小丫头也真够苦的了。那是五岁的孩子，不但玩不着，还得天天搣腿、窝腰。窝不好，“啪”照屁股就是一巴掌。你要是哭，让你窝的更厉害。师傅都这么狠哪，不狠能行吗？不狠，你就学不成艺。那真像受刑一样，到晚上，奶妈看着三个小丫头的小手肿得像小棒槌似的，小胳臂红一块紫一块，腿窝和膝盖都肿了，心疼地偷偷地哭。林家的功法，那是非常严格、非常尖刻的。

这么小的孩子，得学几个功呢？一个叫躺功，在一个横杆上，两边有个高架子，上头横一个板子，在上头躺着，一点不能动，两腿绷直了。要静躺一个时辰，甚至一个半时辰、两个时辰，就练这个横劲，是横心的横劲，这就是躺功。

还有一个是立功。高杆上面有一个横杆，让小丫头站在上头，两手紧紧并在两条大腿的两边，眼睛往前平视，稳稳站在那块。风来了不能动，鸟从两边飞过也不能动。你要往下瞅，离地挺高，一害怕就蹶下来。那是四五岁的小孩啊，像钉子一样钉在高空的横杆上，一个时辰，两个时辰，三个时辰，就练这个功。练腿的力量，使腿的肌肉和骨头紧紧绷在一起，一点不能松懈，这是立功。

再一个是滚功。在地上打滚，必须连续滚。身子躺在地上，两手紧紧按着大腿，不用手的力量，也不用腿的力量，而是身子的力量，用肩膀和臀部扭动的力量，使身子产生旋转力，一个时辰，两个时辰地滚动。

最后一个是跳功，就是跳跃、蹦跳的功夫。两腿直立，双手紧并在大腿的两边，用自己脚跟的力量和臀部上提的力量，尽量往上提，先提半分，然后渐渐提一寸、半尺，使自己的身子尽量平行直立地离地，练一个时辰，两个时辰。

这几个功，得练到什么程度呢？练到躺在杆上变成一个小细杆，风吹也掉不下来，这是躺功。立功，哪怕脚下钉一个钉子，站在钉子上也掉不下来。滚功，滚起来相当快，不是用手扒拉，也不是用腿乱转，而是用周身的力量使其滚动。还有跳功。这些功，三个小丫头都能非常自如地完成。这都是最基础的项目，林氏在练林家拳，林家的功法，林家剑法之前，必须把最基本的，属于刚入门的小把式练好。这些都不算啥技术，就是随便活动活动筋骨，为将来更精深的武功，创造一个能够进行习练的起码条件。

老天不负苦心人，这三个小丫头，在二老严格的传授下，身体得到了锤炼，武艺倍增。她们到七岁的时候，就能够行走如飞，和小鸟比高度，和飞鼠比速度，和麋鹿比耐劲，和跳猫比弹跳。林家窑是这块儿三个山中最高的名山，我前书已经讲过，在白鹰洞边有个白鹤崖，这个山砬子，高千仞。上石砬子，有七级可以登到顶上，下山崖，也有七级。上下七级，共十四级。这七级不是指台阶，而是指立陡石崖的大砬子。攀崖时，双手紧紧抠着石头，从这个石砬子攀到那个石砬子，很费劲。这一级很高，有的有五个大人那么高，何况她们都是七岁的小丫头，非常不容易。这三个小丫头，就像小山猫一样，噌噌噌，上的相当快，就如同小跳猫似的，一层一层上，两个小手都起了厚厚的茧子。

这个地方，都是光秃秃的，根本没有可攀崖的地方。所说攀崖，就是在石砬上，这儿凸出一块，那儿凸出一块，都是天然的、立陡的，不掐住就摔下来。下头是几十丈的深渊，摔下去，就没人命。所以，攀崖不仅仅要掐住石头，还要把肚子紧紧贴在石头上，两个腿必须蹬紧了，蹬住了。一般来说，攀崖的小孩的胸脯和大腿都穿皮衣服、皮裤、或者是戴皮兜兜。有的是用老熊皮做的，多数是用野猪皮做的兜兜，上边有个绳，套在脖子上，遮着胸脯，在腰上一系。也有用海象皮做的。攀崖的时候，必须紧紧贴着石头，不然就掉下去。要贴得紧，两只手和两个脚丫子必须紧紧抠着石头。要练两个脚指头的劲，用两个脚的大拇指抠着石头，风吹不动，按都按不下去。这三个小丫头的脚指头非常有劲，紧紧抠着石头，身子就像钉在石头上一样。真是非一日之功啊。

林家的剑术相当厉害，他有独到之处。林家的剑术是腾飞和轻功相结合的剑术。所以，二老又特别锤炼三个小丫头的腾飞功，也是在白鹰洞旁边的白鹤崖这块儿练的。这个地方还有一个特点，也是造物主给创造一个非常奇特的练功的环境。白鹤崖是个立陡石崖的山涧，下面是万丈深渊。从上头往下看，有潺潺的山泉在底下流淌。有一群群的野鹿，好像一群小虫子似的，到山泉边喝水，然后又隐入山林。这个山相当高，石崖根本不长树，光秃秃的，只是在石砬子的那些缝隙中间长出些古松，还有榆树、杨树，有的树长的很粗，有一抱多粗，都是千年的老树。这树的生命力真强，你别看岩石那么坚硬，顶天立地，但是，树有什么能耐呢，它的种子随风一刮，落到石头缝里头，种子在水的滋润下，就像个利剑似的，经过几百年间，它把须根伸进了岩石之中，说起来，可能有很多人不相信，事实确是如此。

山崖石砬子上长出的那些树，开始是横着长，后来又弯过来直着长。有的把石头都挤裂了，出现许多裂缝，它伸进上千个须根，紧紧伸到石砬子之中，后来这些须根又把石头包住，把一些碎石头紧紧包在一起。须根和石头就这样你抱我，我抱你，使整个山崖更坚固起来。因为营养不够，石砬子上的树长的不高，只能往粗下长，而且长了很多的疙瘩。疙瘩长的特别突出，这块长出一个包，那块鼓出一个包，一棵大榆树，一棵老槐树，一棵老松树，长了许多像球似的疙瘩，在石头里头往外冒，长的非常好看。由于树包着石头，这些老树相当结实，你在上边怎么打滴溜儿，就是有上百人坐在树上也没事。石砬子长出的树，一长就是上千年。长一长树干伸到外边，又往上长，像歪脖子烟囱一样，长出青枝绿叶。在不远的地方，又有一棵树从石砬子里头长出来，然后又歪上去。这样，整个石砬子有五六层，特别壮观。这些树的旁边除了长冬青以外，又长些古藤。藤靠树而生，攀树而长。藤相当粗，有的像碗那么粗，而且非常坚硬，人用刀砍都砍不动。藤子还长些杈，每根杈都长出很多嫩叶。这些杈都很坚硬，藤子如同网似的盘在树上。藤子还长出许多须根，须根又盘在藤子上。从山上，这个藤子伸到下一棵树，下一棵盘的藤子又伸到下一棵树上，一直伸到山崖底下。所以，从远处看，这个万丈山崖，伸出五六层歪脖古树，每棵古树上都长不少藤子，藤子又生藤子，搁远处看，像挂着的帘子。我这样说，各位阿哥可能明白了。

这地方，成了三个小丫头练腾飞的场所。她们搁最高层的砬子上，往下纵身一跳，跳到第二个砬子伸出的树上，然后坐在那儿，把着藤子往下跐，再到第三个砬子的树上，以至到第四、第五个砬子的树上，她们就这样练习腾越的能力。

练腾越要有胆量，下面是万丈深渊，没有胆量，不用说往下跳，就是往下看，也吓你个半死。她们原来是在横杆上抱着腿练，现在是在高山顶上，往下跳，直接往山涧中跳。要跳到石砬子上长出的树上，然后要抓住藤子，马上坐在那块儿。坐在树上以后，再翻身一纵，跳到下一个石砬上伸出的歪脖树上。这中间，两手随时倒腾藤子，不然就骑不到树上。要手疾眼快，几方面都要配合好，心中不能有邪念，眼睛不能斜视，一定要盯住下一个树。通过腾跃，练自己的胆量，练腾飞的准确性，还要练手脚的灵敏度。要一层一层地跳，一直跳到底下。还要通过藤子的力量，进行攀岩。用过去练的翻滚术，一滚一折，就折到老树上去，搁老树上再攀到一层树上去，一直到山顶上。

说书人上嘴唇下嘴唇一动，吧吧一讲，说的倒容易。其实，这是万分惊险的功夫，不是容易做到的。猿猴能办到，飞鸟能办到，这就是古代所讲的动物模仿术，武林特别讲究这个功夫。我们很多武林的招式和动作，都是如意功和模仿功，用来护卫和防御自己。这些功夫都是模仿动物的动作，跟动物学来的。你细琢磨，没有一个不是。

云、彤二老把三个小丫头领到这儿来练功，非常高兴。他们说，这真是天助我也。上哪找这个好地方，想当年，就是严昌老人教他们的时候，也没找到这样一个大自然创造的雄奇、古怪的山崖。这个地方，真是天上难找，地上难寻。说起来，武林高手都非常注意自己周围的练功环境。这三个小丫头，真是老天保佑，生在了北海，遇到了这样得天独厚的练功环境，在这样雄奇的地方锤炼自己。你想想，将来她们的武术，谁能赶上？要胜过千万个英雄。这一点，云、彤二老充满了信心。因此，他们对三个孩子练功要求的更严，抓的也更紧。

三个小丫头天天刻苦练习，她们搁山上纵身跳下来，攀着藤子，再纵到一棵歪脖古树上，然后再纵到另一棵古树上。这个功夫，在武林的猿禽模仿术中，叫飞鸟骑枝功。飞鸟在天上呼呼飞，然后“嗖”的一声，落在一个树枝上。它落的时候，先看好树枝，所以才落的那么准。落的时候，膀子在树枝上颤悠一下，爪子紧紧掐住树枝，这就是飞鸟骑枝功。另外，这个功也叫飞鼠腾援功，就是像飞鼠一样，从这个树蹿到那个树，援就是抓住，腾就是跳起来，像飞鼠在树上跳来跳去。

现在，云、彤二老就让三个小丫头，在这么高的山涧中练这个功。这个功有什么用处呢？大有用处。这三个小丫头都使宝剑，她们是剑客。将来三女出山时，她们打遍天下无敌手，很多的仇都是她们报的，很多奸凶的脑袋是她们砍的。奸凶的脑袋掉了都不知怎么掉的。这个技术哪来的，各位阿哥，现在你们要知道，日后这三个小英雄，是怎么扫尽大清的一切妖魔，澄清了玉宇，使那些贪官污吏无有藏身之地。二老用一片赤诚和耐心，把所有的希望和寄托全部交给这三个小丫头了。他们心中所有的委屈和邪恶以及对他们所有的欺压，包括翔鹤之死，和三个小丫头的额莫丫丫的死，他们无力来解决。他们等着明天申冤，明天的笑，明天的欣慰，所以，他们现在把劲头都用在教三个小丫头的武功上了。老哥俩把自己所有的本事和这些年对林家武功的切磋和所有的心得，所有的体会、经验，这些结晶，通过对这三个女孩的培养和传授，都熔铸于甘泉并投入到刻苦磨练之中。

上面说的动物攀援术，按武林来说，增加了几个力度，都是什么力度呢？一个就是视力的力度。眼睛在武林中，特别是剑侠，使宝剑的，剑不到，眼睛先到，眼睛一到剑必到。要剑到光必先到，等我下文书还要接着讲。云、彤二老练三个小丫头的眼睛。眼睛的力度不快、不稳，看的不真切，你的剑就点不到要害的地方去。所以说，眼到剑到，这是武林中的要旨。她们现在练的第一个就是视力，跳山涧和攀援，就像鸟和飞鼠一样，眼睛必须看的准，不然就落到枝外头，掉下去了，还要看准树枝的承受能力行不行，上面有没有抓手，判断必须准确。在大脑里这是瞬间的事情。

第二个力度就是快度，快非常重要。打仗不能慢，要有速度。等你慢条斯理打过去，人家刀早就砍过来了，你防不胜防。你的剑法慢，人家就躲过去了。你必须使他不能防，趁机把剑点过去，等他要躲时，剑已经扎进去了。所以，速度特别重要。你想，跳山涧的速度多快呀，“嗖”一下子就过去了，像鹰似的，在树上看到地上的老鼠，看准了，嗖一下就飞过去。老鼠在地上跑的多快呀！听到动静，马上就站草棵里去。鹰在那么高的树上，没等老鼠听到动静，鹰已经抓住了，这速度多快呀。剑也如此。使剑的不像使刀的，噘哩喀嚓，砍来砍去，剑不是这样。剑一出手，光一闪就过去了，剑不能防。你的剑要慢，人家就能防了。因为剑窄，又薄又脆，一打仗，“啪”，就折了。剑不能让对方磕打，老磕打宝剑就完了。人们常说宝剑削铁如泥，那是指剑的锋利而言。

还有一个力度是准度，这也是很重要的。视力好了，能迅速，还必须准，捅对方致命的地方。出手不准不行，这和跳山涧是一回事，练秉性，也练功力。跳山涧，先看准了，跳到应该跳的地方，马上就能抓住。你抓不住，坐不稳，只好等着别人来攻击你。如果是，你看的准，杀的快，刺的又准，对方就没有还击之力。当他刚要喘息过来，已经被你刺中，一命呜呼，这是第三个力度。

第四个力度是狠度。二老教这三个小丫头，光视力好，有快度，有准度，还不行，关键要有个狠度，要置于死地，不能半途而废。就是说，你捅了他一刀，没捅死，对方要反扑过来，你就不好对付了。所以必须狠，要干就干到底，不能犹豫，不能心慈手软，更不能留一手。

这些基本功，二老让三个小丫头在这惊险的万丈深渊中练习，就是培养她们刚毅的性格和武林中准、快、狠的气概。说起来，这三个小丫头练习也不那么容易，都是人么。人哪，从来就有两个字，什么字呢，在不懂之前，都有个怕字，谁不怕死呀，说不怕死是假的。但是，如果你把道理弄清楚了，你掌握了这个底细和机密，就由怕变成不怕，由没有胆量变成有胆量。这就是由无知变有知的过程。从未掌握机密到掌握，就是升华的过程。这是武林中的一种造诣，一种精神。

三个小丫头开始也怕，不敢跳，二老亲自给她们示范，做一遍，她们还不干，再做第二遍，然后就引导她们做。再不做怎么办呢？云、彤二老分开，云鹤在山上，彤鹤坐在树杈上，云鹤放下一个孩子，彤鹤就抱住一个。云鹤把小丫头往下一放，小丫头一跳，彤鹤坐在树杈上一抓，这样慢慢就熟了，她们也不害怕了，个个都挺机灵。二老真是精心，想了很多办法，使她们熟练地掌握了腾跃的技术。这千仞之崖，到后来她们就像玩游戏那样轻松自如。这个功，她们足足练了一年多，天天是腾跳、攀援，看起来是重复，但是锻练了她们的意志和恒心，提高了她们的视力、速度和准确性。现在，三个小丫头可以跟鹰、鸟比腾飞的技艺了。她们任意地从这个树飞到那个树，从那个树又腾跃到这个石砬子上。如果她们从地上往山坡上腾飞，就像三个小鸟在天上和白云之间，在山崖和树上腾来飞去，那样轻松，那样自如，非常好看。

到了嘉庆十七年正月，这三个小丫头已是虚七岁了。他们的腾飞功已经达到日臻完善的地步。这个时候，二老开始向她们传授剑法。这里，还要向各位说一下。林家的剑法，云、彤二老还真没传授给其他任何人。他在京师那么长时间，主要讲林家的枪法和林家的潜水术，就是在水中怎么擒敌，怎么自卫，怎么潜伏等技术。这些都教给八旗健税营的武士们，像当时的图泰、乌伦巴图鲁、穆哈连都跟着学过。二老家传的林家剑法，他没往下传。因为有家规，没有特殊的原因，没有真正看中的可心的弟子，是坚决不能传的。而且传的时候，也不是乱传，像讲课似的，来几十人，坐在一起传讲。

林家的剑法，一般是单传，选中谁就教给谁。要是教，也就教那几个人，教多了，就乱套了。传好了，好，要传不好，有的品德差，就可能做坏事。或者，学不好，又传给别人，那不走样了吗。对林家的剑法，在定下单传的人以后，还要经过一审、再审。这个单传人必须是看中的，不是看中的人，是不传的。现在的林家剑术，那是从林陈开始，到严昌这一代，又到了云鹤、彤鹤老哥俩，现在他们又往下传，实质上是传给老穆家的三个女孩。因为她们是林家之女，丫丫的后代。老哥俩信得着自己的小妹妹，也信得着穆哈连，认为这也是传给林氏家族。所以说，现在讲林氏的剑法，本书必须讲清楚。云、彤二老虽然在京师当过武师，但没传剑术，传别的了。现在他要传给他妹妹丫丫一胎生下的三女。

在武林中，不管是林派的朋友，还是林派的敌人，都知道老林家的剑法相当厉害。可是，从来没人看到往下传，也没看到有人使用这个剑术。就连云、彤二老也未曾露过。有人在京师曾经问过云、彤二老，他们只是说："啊，这是我们祖上的。"含含糊糊一带而过。所以，在社会上，也就是说书人在说书的时候，他的朋友和对手，都认为这是从前的事，林家真正会剑术的人已经没有了。云、彤二老就靠着他是乾隆爷赏识的人，教过太子一般武术而已。他们也不会林家的剑法，林家剑恐怕没有传人了。特别是，当时大清武林宗派中都没见过，他的敌人，也就轻视这件事情。这正是云、彤二老的智慧所在。他们始终记住这样一句祖训：凡事都要谦虚，什么事情都不要过于声张，不要老是把自己摆的这也好，那也好，甚至比谁都强。树大招风，反倒更容易出事。所以，云、彤二老在社会上非常谦虚。不知道底细的，都认为两个瘦老头子，瘦的不能再瘦了，啥也扛不起来，就靠他们祖先有点名声。

这次云、彤二老认为，时机已到，应该把自家的神威剑法传下去，为大清朝做出贡献，不负皇恩浩荡。他们在传剑法之前，把这三个小丫头折腾来，折腾去，天天刻苦练功，都是为了将来能拿起这沉重的林家剑。现在，这三个小丫头预期的训练，都是优异的，使二老非常满意。所以说，从嘉庆十七年正月开始，他们就秘密造剑。二老在白鹰洞另一个洞穴里，架起了炼铁炉，开始秘密地造林家的宝剑。

宝剑各家都有自己家传的造法。各位阿哥，这就是武林各派中的秘密。表面看来，好像剑都差不多，有剑刃、剑柄、剑鞘、剑穗，其实不然，差别主要在剑上。一般的剑三尺多长，有的四尺多长。这个剑可不简单，造剑确实是最高的技艺，同样的一块铁，一样的打法，一样的锻造，最后的磨、锉和镀都不一样，上头还要凿出各样的字和花，这里有一道道非常精巧、细致、神秘的工序。有的剑要造三五年的时间，有的甚至七八年时间，不是那么轻易就磨出一把剑来。

云、彤二老从训练三个小丫头开始，他们余下的时间，就到山里选各样的晶石，可以说，他们在北海走了千里多路，到处去采药，到处去寻找一种特殊的晶石。就连翔鹤去打海豹，都有任务。那是大哥秘密给他采集奇特石头的任务。在一块石头里，有时能遇上一颗晶石。得把石头凿开，取出晶石，然后用特殊的火，必须用强火，一般的木头火都不行。还用各样的血、各样的骨头烧，最后把它熔化了。从坩埚里熬出铁水，倒在一个模子里，然后再进行锻造。他们在山里采来几种矿石、几种树、几种草，还有几种动物的血，把它混成一种气味相当刺鼻的液体，然后把熬出的铁块放在液体里泡。泡一段时间以后，再放火里炼。炼完以后，把渣子去掉，再泡，然后再炼。取其之精，再进行锻造。

在这个过程中得用一百三十七种特殊的草药，其中有不少是虫子和鸟的血，把剑放里边泡着、喂着。这个剑得喂七七四十九天，拿出来，再用火锻造，用锤子当当地砸，砸成锋刃的剑的形状，然后用锉刀锉、磨石磨。再配一种特殊的药，使它抛光，闪一种特殊的光。这些工序完成以后，还要取早晨太阳的七彩之光，用太阳的阳和月亮的阴，让它再过七七四十九天，从洞里拿出来，再重新锻造。就这样精打细凿，经过两个三百六十五天，也就是七百三十天，造出三支宝剑。

这三支宝剑，个个都寒光凛冽。因为最后喂的药不一样，所以发出的光也不一样。夜间要是屋里没有灯光，剑一甩，就能出来光。能出红、橙、黄、绿、靛、蓝、紫的光，靛、蓝、紫是重光，必须深一点才能看出来。要细看的时候，这靛、蓝、紫光中都包括了红、橙、黄、绿光，有的是紫光多一些，有的是靛光多一些，是烁眼青光。一要剑，像闪电一样。这就是林家的传人云鹤、彤鹤二老用全部心血铸造出来的，这剑真是价值连城啊。

据说，在台湾岛郑成功和郑克爽的时候，有这个宝剑。后来降清的时候，他们的祖先觉得大明的人，不应该降清。因此，一怒之下，就把宝剑偷走了。所以，后来他们没有这个宝剑。到了林兴珠的时候，做了吴三桂水师的总督时，也没有这个剑。但那个时候，战争打的很激烈，朝廷倾注了全部力量，特别是康熙下令平定三藩之乱，非常紧张，当时没有时间在山洞里选石，费七百多天的时间造剑。所以，他们始终没造这个剑，这是真事儿。后来，朝廷比较平稳，也没造这个剑。现在面对北海的形势，二老说："必须造剑，只有它能够平定北方，治国安邦，报答大清。何况我们已经到了行将入墓之年，应该留下这个宝剑，应该有个传人。只要有了这个宝剑，有了传人，何愁不能平北，不能治乱?"

现在他们把紫光剑、青光剑、蓝光剑造出来了。这三支剑，总的光是白光和黄光。把剑挂在墙上，真是光灿满室。白光中透有紫、青、蓝三光，这属于寒光，寒光刺骨，威力无穷。这些光本身就有杀人之力。最好的宝剑，不仅用刀锋杀人，削铁如泥，吹毛立断，剑一过去，人头就落地了。过去不是有句话吗，用宝剑杀人，脑袋掉了，还能说几句话，眼睛还能动弹。因为太快了，脑袋虽然离开了人体，但精神还没有断。此外，宝剑还用它的光杀人。各位阿哥，你们要知道，好的宝剑，它的光先伤人，云、彤二老造的林家剑就有这个能耐。因为他们是用这么多的药，用那些复杂的工序，经过这么长的时间，费这么多的心血，锻造成的宝剑。所以，宝剑的光就能伤人身子，刺激人的眼睛。随着它的光，剑刃割进你的身子，你的骨头就碎了，慢慢成为粉末，变成骨头渣了，肉就往里溃烂。这剑就这么厉害。

林家的三支剑，贵在神速。这个剑，光到人到，光走人走，这是一层意思。再一层意思，光到了，证明被杀的人头落地了。等光走了，被杀的人早已死了。所以，持剑的人，必须有超神的飞腾之术。这个神速之剑，是光到人头落地。对手如果看不到光，证明人家没使剑。人家要用的时候，就会看到一种光。当你看到这个光时，就说明剑已经架在你脖子上了，等你知道的时候，那头颅只觉得一阵凉爽，便两目茫茫，已晕然无所知了。所以，过去就有这样一个民间传闻，说让林家剑砍了头是不受罪的，自己不知何为死，命已进黄泉。这个剑速度太快了。

林家剑还有一个特点，就是刚中有柔，柔中有刚。这剑柔软到什么程度呢？把剑可以搣过来，缠到自己身上。剑软不折，不怕搣碎了。这剑不仅柔软，而且又长又细，比一般的剑稍微长一点，拿起来轻如垂柳，就像拿一根柳条一样。

这个价值连城的宝剑，它的剑鞘也非常精美。鞘的外壳是用鲸鱼的骨头刻成的。骨头的外边是用北海著名的松花蟒皮包成的。北海，别看寒冷，却有很粗的大蛇，是北海的蟒蛇。蟒皮的花像松树皮的花，太阳一照直闪光，特别美。皮子相当厚，且柔软。把蟒蛇的皮剥了以后，绷开，蹬紧，挂在墙上，阴干以后就成很平的皮子。外边再用海豹皮包上，海豹皮的绒毛很短，而且溜滑、锃亮。用鲸鱼的鱼漂熬出的胶，是最好的胶，它不腐烂，还没有邪味。在胶里头加上草药，既防腐还有香味。在蟒皮和海豹皮中间抹很厚一层胶，然后把它蒙在鲸鱼骨上，外头缠了几层，缠的挺紧。干了以后，把外面包的东西打开，这样剑鞘就做出来了。其中所说的钉子，完全是珍珠镶到里头，这个剑鞘做的非常好看，再加上彩穗，就更显得完美了。云、彤二老精心打造这三支宝剑，真是付出了一片爱心，可以说，是传世之宝。

单说，做剑这个喜事，使大家的心情刚稍微好一些，可是不久，丫丫的病情却越来越重了。二老急忙回去，到家一看，妹妹的脉搏跳的相当缓慢，已经是病入膏肓。云鹤让福来骑上快马，赶紧告诉穆哈连，叫他马上回来。

这时候，穆哈连还在西噶珊奇格勒善老玛发那儿，正和乌伦巴图鲁商议平叛的事情。穆哈连接到信以后，匆忙地赶回来。到家时，丫丫已经人事不省了。她的脉象跳的越来越不好了。人到快咽气的时候，脉象就跳的乱了。这时二老非常着急，把三个小丫头从白鹰洞秘密地招呼回来。她们已经有好几年没在自己的额莫跟前了。她们五岁时走的，现在已经十多岁了。这回可好好看看昏睡不醒的额莫。二老命她们给额莫叩头。

这时，丫丫已经由穆哈连和她的哥哥们穿好了寿装，在子时时，她长出一口气，就去世了。三个小丫头痛哭不止，扑在额莫的身上，半天也不起来。她们三个从生下来，只是在逢年过节的时候，拜拜自己有病的额莫，从没跟额莫说过一句话。她额莫也没睁眼看看自己心爱的女儿，就这样走了。

丫丫能够活这些年，说起来，全靠二老精心地服侍，延长了丫丫的生命。现在二老唉声叹气，自己无力回天了。当天，云、彤二老和穆哈连、福来以及三个小丫头就把丫丫安葬在院子的东边，也就是严昌大人和翔鹤三哥的一侧。晚上，他们祭拜丫丫，烧了纸，设了灵堂，然后又回到林家大院的正堂。云鹤和彤鹤命令穆哈连带着他的三个女儿进了内屋，就是林氏家族的谱前，跪下磕头，焚香。神案子上，有画像，这是林氏家族供的祖先堂。正面是严昌的绘像，绘像的上面是他曾祖林兴磋和祖父林陈的牌位。

云、彤二老也下跪叩拜，然后让穆哈连站在一边，让三个小丫头仍然跪在地上，云鹤老人说："自从嘉庆十一年，小妹丫丫成为穆哈连之妻，是三女之母，遭世仇杜察朗之害。杜察朗又是杀害爱弟翔鹤的凶手，血债累累，罄竹难书。为申明奇耻大恨，以告慰爱弟和小妹的亡灵，我们兄弟俩呕心沥血，暗自将林家的全部武术传授给穆哈连的三个女儿，也是我小妹的亲骨肉。我们多年来始终担忧，北噶珊杜察朗的党羽甚多，他们豢养了虎狼之师，穷凶极恶，故我们秘密地将三个女孩隐匿在世人皆不知的白鹰洞中，并向世人讲述，丫丫受了重伤，她的婴儿均未生存，以此蒙敝仇敌。今日三女身健无恙，且武功日深，甚慰吾兄弟。哈连，我现在直接传告族训，你有什么意见？"

穆哈连慌忙跪地，泪流满面，叩头说："恩师，说哪里话，二老待我如亲生父母，我穆哈连纵然几世做牛做马，也感激不尽，谨遵师命，二老不必多想。"

云鹤说："我们老哥俩，是行将入墓之人，林家的功法，自承袭先父以来，从未偷闲怠惰。今日我们已将全部林家剑法教授给你的三个女儿，也是我们林氏家族传人，林丫丫之女。她们学会了林家剑法，我们心安了，纵死九泉，也能瞑目了。三个小丫头，我现在告诉你们，要牢牢记住。"

三个小丫头也连声说："请您老训示，我们谨遵祖命。"

云鹤又说："一、你们要恪守林家的法度，要仗义救民，忠贞报国，不可苟安，切不可亵渎我们的嘱望。二、要立志为民除害，以雪家恨。三、汝三人，是一胎所生，长相十分相同。我们用两年七百三十个阴阳之日，锻造出紫光、蓝光、青光之剑，分别送给你们。为分辨你们的长相，按剑色在自己侠帽上各系与本剑光色相同颜色的绶带一条，互为区别。尔等，一定要同心协力，相互支持。三剑像品字，可围击八八六十四方之敌，其光其锋，所向披靡。持紫光剑为长女，给汝起名曰，穆巧珍；持蓝光剑为次女，给汝起名曰，穆巧兰；持青光剑为三女，给汝起名曰，穆巧云。你们记住没有？"

三女叩头说："谨遵爷爷训示，我们记住了。"

若论亲属关系，二老是三女的舅舅，但因二老又是三女阿玛的师傅，所以三女称二老为爷爷或师爷。

就这样，这三个小丫头，从此有了名字。本书所说的三巧，就是这么叫起来的。云鹤老人说："现在我们在祖先面前授剑。"

云鹤的话音刚落，彤鹤大步走到祖先的神堂前，神堂香烟缭绕，两边的灯光很亮，摆着杀的鸡和供品。在案子上，专有一个平台，平台下边铺着一张鹿皮。鹿皮上面，恭恭敬敬地摆着三把闪着光的宝剑。彤鹤老人到祖先神案前，先跪下磕头，起来后到放剑的小台上，先取了一把紫光剑和紫色绶带，来到正跪在神案前的三个女孩那块儿，把剑授给了刚起名的穆巧珍。巧珍双手举起，接过老人授给的紫光剑和绶带。然后彤鹤老人又到摆剑的台前，取下蓝光剑和蓝色绶带，交给双手接剑的穆巧兰。而后，又把青光剑和青色绶带授给了穆巧云。

她们接过各自的宝剑和绶带以后，云、彤二老让她们把绶带系到自己的头上。这时候，她们还没有穿自己的女侠衣裳和斗篷，没戴女侠的侠帽，只是把绶带系在头发上。这个绶带做的非常好看，是三角形双层的，两边绣着花，这个三角形的绶带，正好系在她们额头上边的发髻上。宝剑授给了三个女孩，就意味着新的征程即将开始了。

在这之前，云、彤二老领着她们苦练腾飞术的神功，并且给她们每人一根柳棍，以棍代剑，朝天每日教他们轻功、拳法和剑法。刀、剑、棍、棒都用柳棍来代替。林家的剑高深、细腻，因此也最难学。因为打仗互相之间有攻有防，这是战斗的两个方面。所以在林家的剑法中，一个是进刃法，有三百三十三招，相对应的还有三百三十三招破刃法。你这么进刃，我那么进刃，我用什么办法守住、挡你、破你。这是一招，另外还有三百三十三招虚刃法。我想刺你、点你，实质上这是假的。打仗不单纯有攻有防，还有虚、有实，这也是打仗中必有的战术，我攻你，也可能是虚攻，虚点一下，让你无法提防。你认为我这一剑可能刺这块儿，那是虚的，实际我要刺另一个地方。

这还不算，还有三百三十三招滚刃法，如果对方很厉害，而且用其他办法压住你，正面不好进剑时，你来个就地十八滚，而且在滚的中间仍然用剑攻击对方。这个滚刃法，是在和对方交手赢不了的情况下用，一般时候不用。因为天外有天，人外有人，你不一定都强于对手，一旦对手比你强，他的剑术和兵刃要盖过你怎么办？这时候，林家剑术就用自己的滚刃法。所说的滚刃法，不是指剑术滚来滚去，是指一种花剑的障眼法，使对方不知你怎么回事。花剑不是按原来的规则进、砍、批、挑、刺的办法，而是特别灵活，变化万千，使对方猜测不到你的对策。这种滚刃法是奇异的招数，也是一种在劣势的情况下，急中生智，险中求胜，由被动变主动的一种剑法，这个剑法很重要。滚刃法实质上是在败中求胜，在退却中求胜的一种战术。林家剑法真绝，各方面想的都很细，胜时怎么办，打不赢的时候怎么办，都有对策。

此外，还有两个十三招法，就是飞刃法，这都是使用比较短的武器。身边除了带正常的宝剑之外，还要配带短剑，要大于匕首，比匕首长，比正剑短，藏在自己的身上，外边看不着。或者是藏在自己两腿的某个地方。在紧要关头，把短剑抽出来，补充你打击敌人的力量。它突然飞出去，让对方措手不及。这是十三招飞刃法。还有十三招短刃法，那就是用短剑近距离和敌人较量。这样的短剑，多半是夜间双方碰到一起，没有灯光，非常静，这时用长剑容易碰到什么，因为你不知周围的环境，最好用短剑，不容易和其他物体相碰，而且进退自如，使用方便。所以，林家的剑法真是丰富得很，奥妙无穷。

今天，云鹤、彤鹤就在祖先堂前和盘托出，向自己的继承人仔细讲剑术和剑法。这些招数和法数不是一成不变的，必须灵活掌握，熟能生巧。不能背着干，而是熟中干。只有把这些剑法融会贯通，你才能成为一个真正的剑侠，真正发挥林家剑的神威。二老今天就讲这个，并决定把所有的招法都拿出来，一点都不隐瞒，包括老哥俩后来琢磨的办法。二老说："孩子呀，我们一点都不保留啊，将全部交给你们。你们要认真地学，仔细地听，好好地练。我们相信，别看你们人小，将来会有冲天之日，你们要遵祖命，不辜负我们这一片诚心和父祖们的期望。"

巧珍、巧兰和巧云字字铭记，天天从早到晚坚持练功。她们除了吃饭、睡觉之外，都全身心地投入练剑之中，真是只争朝夕啊。老的带小的，老的也拿剑，这三个小丫头拿的都是二老打造的宝剑，他们是剑对剑哪。不像过去，每人拿一个柳棍比来比去，这回可不是呀，每人拿的都是吹毛锋利的剑，真下招，而且你必须得破招，就这么练。这就不多说了，三巧的剑术，天天在提高，而且进步特别快。

这天，云、彤二老让三个丫头自己琢磨练习，把两个奶妈请来，让她们坐在那块儿。这时云鹤老人站起来，向她们拱手致谢说："这些年，我们老哥俩非常感谢你们，你们是有功的。你们费尽心机侍候我们这三个小丫头，使她们才有了今天。我们不能忘了你们，今天把你们请来，表表我们的心意。我们用省下的银两，已经正式和我们的姥爷奇格勒善大玛发和他们的家族说了，也得到奇格勒善大玛发的同意，我们已经把你们赎回来了。你们从此就不是萨音布家族的奴才了，从你们这代起，就是正式的贫民了，身份和我们一样了。这一点你们记住了，不是奴才了。以后，你们就住在我们林家，作我们外甥女的继母，这点我们给做主了。你们要好好侍候她们，我们就感激不尽了。再过几年她们长大了，我们再分给你们田亩，并帮助你们找到合适的男人，你们自己成家立业吧。”

两个女仆听到这儿，叩头感激，真是千恩万谢，给她们赎身了，不辈辈是奴才了，当贫民了，你说能不感激吗？两个奶妈热泪盈眶，直说：“大恩人哪，你说哪去了，我们情愿把我们所有的精力，所有的能耐，都献给三个姑娘，我们一定不辜负二老的希望。”

这时，就听到洞外，噔噔地跑来一个人，谁呢？正是福来。福来进来向二老叩头，然后禀报，外面穆哈连有急事求见。云鹤听了以后，就告诉弟弟彤鹤：“你去吧，看看有什么事儿，帮助安排一下，我就不过去了，还得忙着教这三个丫头的剑术。”彤鹤遵着哥哥的吩咐，紧跟福来出了白鹰洞，大步流星地赶到了林家大院的山前。

穆哈连正慌慌张张地，焦急地踱来踱去。他一见自己的师傅彤鹤老人来了，忙施礼打千，就说：“师傅，我现在有急事，必须禀报，我们很快就要走了。”彤鹤忙说：“为什么这么急？”穆哈连说：“师傅，您不知道，这几年有您老的关照和帮助，咱们好不容易打通了到北海的交通要道，建起了五座打牲哨卡，不仅通了北方，而且往东又通了去库页岛的路。可是，最近这帮匪徒非常嚣张，昨天晚上，把北山韩家寨，我们十六号打牲营南沟的卡伦给烧了。更可憎的是，把这个哨卡的达爷岱坤保大人杀死了，一块被砍死的还有两个跟随他的站丁。”

岱坤保大人，彤鹤老人熟悉，他是满洲镶红旗，富察氏，萨布素将军的后裔。他和林氏也好，和穆氏也好，他们从康熙年间以来，一直就是生死相依的弟兄，互相之间都有姻亲关系。岱坤保的姐姐就是云、彤二老弟弟翔鹤的妻子，所以，他是福来的舅舅。前几天，岱坤保还来看望两位哥哥，而且还向自己的姐夫翔鹤的坟前献了酒和祭品。没想到，才几天的事情，就被万恶的土匪给杀了，死于非命。听起来，彤鹤老人心里万分难受，于是就问：“哈连，你们下一步怎么办？用不用我们？”穆哈连说：“请您老放心，现在还不能打扰您。我们已经商定，准备明天就走，事不宜迟，早一点去，也可能抓住些蛛丝马迹和歹徒，时间长了，夜长梦多，怕不好办了。”老人点了点头。

其实，穆哈连想的挺细了，他知道这事以后，和乌伦巴图鲁连饭都没顾得吃，觉也没顾得睡，俩人共同想办法，尽快抓到凶手，尽快打掉北边匪徒的嚣张气焰。他们考虑去北海的路和到北噶杜察朗的后寨，就是他们秘密的通道，而且怎么联络，怎么走，现在一点都没有准确的信息。道路崎岖难行，甚至根本就没有路，只能靠住在密林里的各族朋友帮助，请他们做向导。所以，一定和林中各部落的首领和猎人处好关系，这是非常重要的。同去的人，他们想来想去，筛来筛去，一个是乌伦巴图鲁，那是没问题的，肯定要去的。一个是穆哈连身边特别能干的骁骑校卡布泰，他的马上骑术很出名，他的箭法也很高，他骑着马，有时连射五箭，就能射中四只鹿。这是挺不容易的，不但马向前跑着，还要在林子缝隙中跑，而且箭还得射在前边飞跑的鹿身上。要没有几年的工夫，是没这个能耐的。另一个是佐领德格勒，他对北方少数民族很熟悉，他会费雅喀语、雅库特语，他本身就是雅库特人，有了他，就能和当地的猎民联系上。

除此以外，他们还请了几位特殊的助手，这是各位想不到的，有谁呢？有莱塔、杜娜、凯泰。你们以为他们都是大英雄，不是的，他们都是一群训练有素的猎狗。小莱塔，是个小公狗，特别厉害，是头排狗，虽然才一岁多，但站在那块儿，比人的腰还高，既壮实、有劲，又很凶猛。小杜娜是个母狗，也相当厉害。凯泰也是个小公狗。在北海生活的各个部落，包括八旗兵，甚至一些在阴暗里做坏事的匪徒，都离不开狗，而且都有自己的狗。林海茫茫，野兽成群，狗是人最重要的、甚至是生命攸关的好伙伴，好帮手。它能帮助你选择依山靠水的宿营地。要找水源，必须靠它，它知道附近哪有水源。另外，如有野兽，老虎在前头，它都先知道。它的鼻子特别好使，耳朵也灵敏，它能帮助侦察、传递消息，还能帮助主人厮杀格斗，围攻进攻主人的凶恶野兽。所以，多少年来，住在北海的人，都把狗作为人类最亲密的朋友。冬天，它们是最灵巧地拉雪橇的重要力量。北疆冬天大雪封地，必须靠狗爬犁做交通工具，所以家家都养狗。穆哈连在每一个哨卡，都养了狗，都有狗拉的雪爬犁，非常轻便、快捷。尤其是在匪徒猖獗的地方，没有狗，就等于失去千里眼、顺风耳。

穆哈连他们安排的很周到，彤鹤老人听了挺高兴，并嘱咐他说：“家里的事你就不要挂念了，你们出去事事小心，万万不可马虎大意。必要的时候，你们就让小莱塔送个信来。”彤鹤老人也熟悉莱塔，最早他是从奇格勒善老玛发的狗站把莱塔要来的，二老养了很长时间，后来，穆哈连磨来磨去，说了不少好话，才把莱塔要去的。

这时，穆哈连拿出一个大包裹，彤鹤老人不知怎么回事。一看，原来是他妹妹丫丫过去穿的衣服和用品。穆哈连说："二师傅，这些衣服都是丫丫在世时用的，现在也不用了，我找了出来，而且衣服还挺新，就给巧珍、巧兰、巧云吧，她们还能穿着，也是她额莫留下的纪念。穿上这些衣服，就像她们的额莫在自己身边一样。"彤鹤老人说："很好，我给她们。"说着，穆哈连又拿出一个大包裹，这是他从西噶珊奇格勒善老玛发那块求人新定做的衣裳。穆哈连说："这是我给我的姑娘们做的衣裳，也算是我作为阿玛应尽的一点心意，您老看行不行，特请示一下，若不行，我就拿回去，给西噶珊的人。"

彤鹤老人打开一看，原来是给他的三个姑娘巧珍、巧兰、巧云做的三套衣服，这是穆哈连的一片心意。都有什么呢？三顶英雄巾，是包头的，这个英雄巾外头还罩着紫金的银环。过去北方的满族，在夏天的时候，妇女往往把头发一扎，有时上头箍一个银环，或者是缠上带子，在外边干活，比较整齐，不乱，碰上树枝不能挂着头发。这个英雄巾，戴上以后，显得威风好看。还有三身由紫线、蓝线、青丝线镶嵌的，里头是粉红色，外头是银花配冬竹的，还镶着不少如意花的大英雄氅，看来很清楚，这是给他的三个姑娘巧珍、巧兰、巧云每人一身，按照各自不同的颜色配备的。此外，还有三副带彩珠的，还有珠穗的，是脖子上戴的大银环，每人一个。还有六副银制的戴在手腕上的镯子。三双狎皮丝绒的英雄统靴，每双靴子的鞋面上，还盘绣着吉祥如意花，刺绣非常精巧、美观。

这些都是奇格勒善老爷爷听到三女授剑这个喜讯以后，同穆哈连商量做的。穆哈连就请达斡尔族里最出名的九位老妈妈，连夜裁剪、刺绣做成的。达斡尔族刺绣工艺品在世上闻名，可以说是传世的民间艺术杰作。彤鹤一件一件翻来覆去，左看右看，爱不释手，赞不绝口。

彤鹤老人对穆哈连说，你先等一等。然后他匆匆返回后山，把这些事跟他大哥云鹤说了，云鹤听了也特别高兴，就跟弟弟一块儿出来，而且带着巧珍、巧兰、巧云三个姑娘，他们一同来到前山的林家大院。

三巧见到自己的阿玛蹲身下拜、施礼。云鹤老人过来仔细看了这些珍贵的衣物，赞不绝口。这里不但有自己的爱徒穆哈连对子女深深宠爱之情和对自己子女无限期望之心，而且也深深渗透着西噶珊他们的姥爷，奇格勒善老玛发和达斡尔族兄弟们如海一样的深情，怎么不让人感动呢？云鹤老人忙说："哈连，我们老哥俩，把这个情全收下了，好徒弟，你的一片心，你的三个姑娘，她们会牢记的。你此行，担子可不轻哪，你一定小心，早去早回，有事千万告诉我们，现在咱们的月亮桥今非昔比，可再不像往常那样孤单单的，没什么力量，现在咱们的力量快起来了。孩子，曙光在前，我们等你的佳音。有事找我们，我们随时听候你这钦命三品侍卫的命令。"说完，哈哈大笑。当然，这都是谈笑之言。

穆哈连拿来的三个英雄氅，三巧现在还小，穿不了，等过几年就能穿了。三巧都过来，叩谢阿玛一片心意。云、彤二老互相使个眼色，心想，哈连公务在身，要走了，让他们父女在一起亲一亲，谈一谈，咱俩回到前屋的暖阁里稍许休息，喝茶去吧。

房间里，就剩下穆哈连和他三个爱女。这三个小丫头，活泼伶俐，说说笑笑，跟自己的阿玛特别亲。说来，自从她们额莫去世以后，他们父女还是头一次在一起。大丫头抱着他这边的胳膊，二丫头抱那边的胳膊，小丫头扑在他身上，瞅着阿玛又笑又蹦，这个亲劲儿就不用说了。他们父女都有说不尽的话。穆哈连想到自己的爱妻，又看到正在成长的爱女，真是百感交集，泪水就在眼圈里转。

这三个小丫头的性格，哈连完全可以想像出来。你别看她们长相一样，性格可不大一样。大丫头巧珍，文雅娴静，沉稳忠厚，平时话语不多。二丫头巧兰，那是机灵鬼，手也很巧，她学什么学的最快，悟性也强。最数三丫头巧云活泼伶俐，你别看她小，顽皮，也是机灵鬼，疾恶如仇。她看不上的事情，小嘴一噘噘，马上就说出来。她长的那个样，眉毛一扭，鼻子一动弹，可逗人笑了。多少年来，父女能这样亲在一起，笑一起，搂在一起，享不尽的天伦之乐，真是机会不多呀。穆哈连非常忙，三个丫头，两位老师傅安排的又这么紧，这次真是二老给的恩赐，是多年没有的头一次。

穆哈连看看天近晌午，就忙站起身来，要辞别二老和三巧，急着上路。二老一再挽留，共进午餐。烧他们爱吃的鹿脯、鱼子酱和二老最爱吃的咸菜瓜子鹌鹑肉。行前，云鹤老人将自己佩带多年，特别喜爱的一件丝绒翡翠荷包，送给了自己的爱徒，并告诉他，"这个药香荷包，要随身带着，这里头我配了北海的十一种香料，还有特殊的草药，你带在身上，可以防毒蛇，就是猛兽闻到了，它也不敢轻易地到跟前来。”哈连下拜叩谢，深深打了个千。然后，就噔噔噔地下了八百八十八个台阶，回到山下自己过去和丫丫同住的那个哨卡行营。

这时，才看到乌伦巴图鲁，还有骁骑校卡布泰、佐领德格勒都在等着他。另外，还有二丹丹和奇格勒善的小儿子都尔钦。大家一看穆哈连回来了，都忙站起来。哈，更热闹的是在屋里蹲着的莱塔、杜娜、凯泰这三条亲爱的狗，它们见穆哈连回来了，这个亲，那个舔，莱塔干脆就蹲在穆哈连的身边，一步也不离开他，舔不够。这是一次很有意义的行动，多少年来，大家都没这么凑在一起，联手干这么有意义的事情。穆哈连从接受任务以来，没有辜负圣恩，也没有辜负二老对他的期望，兢兢业业，没有闲着一天，他甚至连妻子、孩子都不顾。这可以说，在大清朝北疆历任的哈番官员中，都没有像穆哈连这样精诚敬业的。

乌伦巴图鲁告诉穆哈连：大哥，我们商量了一个办法，你听听行不行。原来奇格勒善老玛发为这事儿，也费尽了心机，他已八十多岁，对北海这一带最熟悉。北海的风风雨雨，花草树木，所有的历史风云，血泪沧桑的事情，他最清楚。他想，从大清立国以来和大明没啥区别，怎么说呢，北边鞭长莫及，离中原王朝太远了，虽然从顺治爷，特别是康熙爷时，就明确规定，北疆、北海这一带，是由黑龙江将军来统辖。另外，盛京将军和京师也派出一部分人马，随时随地支援，按时到北疆来巡逻，并且建立地方政权，多数采取驻寨的办法，派出机构，或者以打牲衙门的名义，治理这一带。因为这块各部落相当多，而且住的极其分散，百里之内常常找不到一户人家，都是狩猎的猎户，他们随着季节而动，骑着马，马驮着衣、食用的东西，到哪块打猎，就地搭起了帐篷。对兽和禽打够了，把帐篷一收拾又到别地方去了。所以，他们没有固定的住地，不像内地有噶珊或屯子，这儿到处是一片密林，常常有野兽嚎叫。正因为如此，历朝不好治理，派的官员，一到这儿，冷清清地，找不到一个人。你就是走遍千山万水，可能见到一个猎人，你问他啥事，他都不知道，只知道自己家的事，传达指令也不好传达。所以，奇格勒善觉得，哨卡被破坏，哨卡的达爷被杀，这是常有的事。一般来说，睁一眼闭一眼就过去了。哪个官爷为国殉难了，把他的顶子一摘、辫子一剪，然后送回他的家乡，往上一报，论功行赏，就算完事了，谁还真正去破这个案子。

穆哈连就不这样，他想，既然圣恩钦命我为这块的总管，我就一定不负圣望，我一定办点事，何况他身边的助手，是英和大人的护卫，那也是三品。乌伦巴图鲁是从皇帝身边来的，那就是靠山，就是力量，给了他不少鼓舞。乌伦也这样想，咱们应趁热打铁，顺藤摸瓜，对这件事情要打破砂锅问到底。赛冲阿大人、英和大人早就想摸一摸北疆的奥秘，都非常着急，也愿意将穆哈连派到这里，不入虎穴，焉得虎子。一定要打通通往北疆之路，这样才有利于守住北方的国门。乌伦巴图鲁和穆哈连是一个心情，要揭开北疆的内幕，看他葫芦里卖的什么药，哪些是红的，哪些是黑的，这回一定要搞个泾渭分明。所以，他们就得依靠当地的头人，依靠奇格勒善大玛发，让他帮助多出些主意。

奇格勒善大玛发就跟他们说："办这事儿，你们就得有胆量，敢于上刀山，下火海。再一个，一定要有韧劲。可不能像历朝来的人，开始来时挺猛，也有一股劲头，可是他们走一走，看一看，山路遥遥，困难重重，就退了步，都是虎头蛇尾，不了了之。所以，北边的一些难题，从大明以来就是一本糊涂账。"老玛发的话，语重心长，穆哈连他们一一记在心上。穆哈连暗下决心，只要我还活着，就一定要探明北疆之路，为我们大清做点小小的贡献，使我们嘉庆皇爷坐得住龙廷，使他的后辈也坐得稳。

这时穆哈连一看，小都尔钦来了，他挺喜欢这个小伙子，人长的并不高，很机灵，心还非常好，主持正义，他最佩服的就是对待二丹丹。都尔钦一看二丹丹被他阿玛逼过来，天天痛哭流涕，他主动对他的老玛发说："我已有心爱的人塔娜格格，阿玛，你看这事怎么办？咱们是不是把我和塔娜格格的事说清楚，然后把丹丹救出来。"奇格勒善也非常喜欢这个小儿子，其他几个儿子都出去了，就把他留在身边，让他继承自己的家业。奇格勒善对儿子的看法很满意，要是心怀不轨的人，多给我一个媳妇还不好吗，可都尔钦不这样，他忠于塔娜格格，又心地善良的同情二丹丹。这事也放在以后再说。

现在我还要按原来的书绪接着讲下去。都尔钦受他阿玛奇格勒善大玛发的嘱咐，跟着穆哈连和乌伦巴图鲁两个大哥干一番事业。阿玛对他说：我把你交给穆哈连，你要像对亲哥哥一样待他们，听他们的话，跟他们好好学武，在卡伦里做一个巡逻的骑甲，在那锻炼锻炼，我就放心了。所说的骑甲，在北海这一带常用这个词。原来八旗兵是马甲，骑着马，戴着盔甲打仗。这里山高林密，光靠骑马行不通，有的时候，要靠牛、靠鹿、靠狗等各样的交通工具。八旗的子弟兵，就用骑甲来代替，实际上是甲兵、马甲。为适应这一带的地理环境，把它叫骑甲，这是一种习惯的叫法。

至于二丹丹要来，也更有意思。二丹丹的武艺也很高强，她阿玛曾请来中原的名师给她点传。她虽然生于虎狼之家，在匪窝子里头长大，但性格好，仗义、刚强，心直口快，她看不惯阿玛杜察朗的做法。自从杜察朗把她嫁出去，她总觉得阿玛太缺德了，你为了拉拢西噶珊奇格勒善大玛发，把我出卖了。你也不想想你女儿是什么心情，你多狠哪。再说，奇格勒善大玛发已是八十多岁的人了，是走南闯北的老英雄，人家只不过是不跟你一般见识而已。你想把我嫁过来，就能拢住人家，这不是梦想吗？所以，这件事对二丹丹教育挺大，使她翻然悔悟，跟她阿玛一刀两断。你不是我的阿玛，表面上她什么也不说，实际上是她的仇敌。

另外，她到奇格勒善大玛发这边一看，这里的人个个都那么热心，没有勾心斗角，乌伦和都尔钦这些人多好啊，人家想的都是一心为国，不像阿玛他们徇私营利，坑蒙拐骗，无所不为，肮脏得很。二丹丹这么一对比，更喜爱奇格勒善这边的生活。虽然这边的生活不如北噶那么富、那么阔，但生活得开心。北噶不但有中原王朝京师的摆设，而且还有罗刹的设施，使你大开眼界，有享不尽的荣华富贵。这些，二丹丹都看不上，她觉得太没意思了，天天这样，都过腻歪了。所以，二丹丹也来了，决心跟他们一起做点事，你们有需要我的地方，我肯定出力。乌伦巴图鲁因为和二丹丹的关系，就不同意她来。二丹丹说："我给你们了解那么多的情况，还不相信我吗？你们有我，还有个帮手。我可以帮你们打头阵，你为啥不让我去，难道你还怕我是奸细不成？"他们争了好几次，后来二丹丹向穆哈连告了状。穆哈连笑了，就说："我们欢迎你。"这样，二丹丹也参加了这次难得的行动。

这里还要介绍一下，西噶珊最近办了一个特殊的喜事，这就是二丹丹和乌伦巴图鲁的婚事。刚才说了，二丹丹怀恨自己的阿玛杜察朗大玛发，自己到奇格勒善大玛发这边来，又得到了他们父子的关怀，奇格勒善大玛发同意小儿子都尔钦提出的二丹丹和乌伦巴图鲁的婚事。都尔钦娶西呼鲁噶珊达爷之女塔娜格格为妻，这已经公开了。奇格勒善大玛发把西呼鲁噶珊达爷请来摆了宴席，让都尔钦与塔娜格格成了婚。达斡尔族办喜事非常热闹，这里不是杀猪宰羊，而是杀鹿，杀豹子，喝的是酒，跳的是舞。

第二天，他们又给乌伦巴图鲁和二丹丹办了喜事。我前书已经讲了，奇格勒善曾经给他大儿子雷福、三儿子常义捎过信，把二丹丹的事和穆哈连的意思，让他们转告给图泰，希望图泰能跟乌伦巴图鲁说，把二丹丹嫁给他。二丹丹是个作风正派，十分美貌的女子，她家虽然不好，但祖上也是有功于大清的。他俩如能结合到一起，会更好的为国效劳。这事得跟乌伦巴图鲁商量，咱们不能包办。能不能请乌伦以公务的身分到北疆来，顺道把这事儿也办了。穆哈连办事稳重，想的特别细，就让奇格勒善大玛发把这个意思通过他的两个儿子告诉图泰总管家。

图泰接到信以后，就把乌伦请来，就像对他自己的弟弟一样。乌伦还没有结婚，他总是找不到意中人。图泰向他介绍了情况，并说是穆哈连介绍的，乌伦巴图鲁非常高兴，就同意了。因为他很敬佩穆哈连，穆哈连看中的人，他肯定也会看中的。图泰也这样认为，穆哈连看中的，肯定没问题。因为英和大人和赛冲阿大人要了解北疆的情况，也需要派乌伦巴图鲁北上。乌伦最早知道京师灯市口聚宝货栈的情况，让他再到北边去一趟，看他们之间有什么秘密的连带关系。

乌伦受命秘密来到北海，到了北海就与穆哈连接上了头，互相商议，参与了穆哈连在北疆的一切行动，成为穆哈连的主要助手。乌伦巴图鲁在穆哈连和云、彤二老的介绍下，认识了云、彤二老的姥爷，赫赫有名的滨杜河事务总理大督办，达斡尔族德高望重的领袖奇格勒善大玛发。大玛发的风度、为人和作派，乌伦巴图鲁是久仰大名的，不过没像这次这么亲近。这回，奇格勒善把他留在自己家住，他们朝夕相处。另外，都尔钦对乌伦也特别亲，把他当做自己的亲哥哥，他们越处越近，在一起无话不谈。

通过他们父子介绍，乌伦认识了忧伤中的二丹丹。从外貌看，二丹丹是绝代佳人，不但有大清美女之美，而且还有西方美女之艳，她是混合在一起的。因为她额莫是俄罗斯的美女柳米娜，所以，无论是个头还是长相，都像她额莫。二丹丹不仅长的好，武术还非常高强。乌伦巴图鲁曾经跟她比过剑，比过拳，乌伦暗暗称赞。另外，他几次跟她在一起，从生活和谈吐中了解到，她的心肠很好，正直、善良，疾恶如仇，有啥说啥。乌伦跟她能谈得来，二丹丹也真喜欢他这个大英雄，对他以诚相待。他俩生活在一起，心心相印，感情从无到有，由有到浓，由浓到炽热的程度。所以，就由奇格勒善大玛发做主，为他们办了喜事。

办喜事这天，都尔钦带着自己新婚的妻子，西呼鲁噶珊达爷之女塔娜格格参加了婚礼。穆哈连也参加了他们的婚礼。婚礼办的挺隆重，鞭炮齐鸣，鼓乐喧天，大摆鹿宴，真是别有一番热闹景象。

这是前两天的事情。今天乌伦带着爱妻二丹丹都来参加这次行动。按照计划，先在二丹丹的带领下，夜探后山的七十二匿洞。这个洞是大明朝时建的，后来，杜察朗的祖上，把洞又修了一下，比以前建的更合理，设施更齐全，住起来更方便。不仅如此，暗道机关比以前又加了不少，使人感到更加神秘。多少武林高手，都为之赞叹。到这个洞来，都不敢轻易贸然行之。这个匿洞究竟里头是什么样，还是像传闻那样，越说越玄，越说越奇，谁也不知道。

说起来，这个洞太复杂了，可能连他们的主子杜察朗大玛发也不知道那么细。各洞都不一样，各洞有各洞的洞官，都有督办来管。所以，他们很难知道各洞里头的奥秘，这里头藏匿些什么东西，是抓来的人呢，还是藏些金银财宝？这里有没有和罗刹有关的人和事？这里是不是他秘密的指挥机构？为什么杜察朗知道那么多的事，而且招出的又奇又险？肯定他的背后有不少谋士和高人。平时到北噶珊去，看不到人，也见不到车马和抬轿子的人，但是能见到一些陌生的人。这里有中原的人，也有满族八旗的名官，也有些商人。除此之外，还能看到很多高鼻子、蓝眼睛、黄头发的西方人，就是罗刹人。不但能看到一般的罗刹人，还能看到很多穿着黑色长袍、系着白色领带、手里掐着圣经，胸前戴着十字架的一些东正教的大牧师。他们是何时到的？怎么来的？这些都让人称奇。是从天上掉下来的，还是从地上蹦出来的？人们都说，北噶珊肯定有秘密的暗道，这些都是穆哈连从接任以来铭刻在心的事情。

穆哈连常想，我既然在任，就一定要弄个水落石出，不然我就没法向圣上报告北疆的真实情况，那要我穆哈连干啥？他这个人就是犟，做啥事就要个认真，不干则已，干，就要干个明白。所以，他到了以后，一件事一件事地做，非常踏实。他不像前几朝，虽然有个官牌子，建立什么总管、督办，这些都是空名。每年到时候一来，领取俸饷，然后骑马坐轿就走了。穆哈连不这样，他一来，就和当地的猎民、山民、野民住在一起，所以，他知道的事情非常多。他早就想好好摸摸这块儿的情况。这次正好赶上岱坤保大人被杀，使他更坚定。为此，他跟乌伦和二丹丹商量，先去探探他的后山。

二丹丹说："只要大人你愿意，我在所不辞。咱们夜里去，最好不白天去，那儿岗哨多，而且有不少土匪，容易使他们警觉。夜里鸟和野兽一叫，风一吹，林涛呜呜响，他们不容易听到咱们的声音。咱们在暗处，他们在明处，咱们想办法接近他们，必要时我可以出面，找我认识的人。”穆哈连和乌伦赞成二丹丹的想法，于是他们在月上梢头的时候，每人都换上夜行衣就出发了。

他们走时还带着三条狗。各位不要怕，狗不叫，这三条狗都是经过训练的猎狗，而且它们都通达人意，就是不会说话而已。它们和人完全可以交流。所以，遇到关键时刻，它们也像人一样，一声不吭，屏住呼吸，一动不动。在二丹丹的指引下，他们绕过了一片密林，又绕过一个山崖，就到了北噶珊。这三个山，北噶是第二高山，这块北通北海，得绕过很多的山，山路特别惊险。从这要接近北噶的后山，得绕一百多里路，还得绕过对面的三百三十三个磴。因为上头有瞭望楼，看的很清楚。那他们得怎么走法呢？他们得搁西噶珊的密林过去。林子里有熊瞎子走的路，还有鹿走的路，各种动物都有自己的路。熊愿意在树林子走，有时吃吃臭李子啦，吃吃山梨了，它好爬到树上去。鹿不愿意在密林里走，因为鹿角挺大，容易被大树挂着，所以，鹿一般在小树丛中间走。山羊愿在立陡石崖的山上走，山羊蹄子跳跃的非常快。他们这回选择雄鹿走的路，雄鹿在林中踩出一个小道。他们秘密地绕了很多弯，就到了北噶珊的北侧。

从这块他们又进了密林，然后又过了两道山，在山梁上翻过去，下面是山涧，山涧下面有条小溪，泉水是从山涧上面流下去的，形成了小瀑布，哗，哗，哗地流，很远就听到了。所以，他们走路时说话，不把耳朵贴到跟前，根本就听不到声音。他们又从小瀑布的旁边绕过去，走了三十多里，开始上山。上了山再往东走，进了一片密林，搁密林往南拐，就到了北噶乌勒滚特阿林北山的后面。

搁后面看北噶山挺有意思，它是两个山连在一起的，南边的山大，北噶山城和整个房屋、城阁都建在这上面。在山下的树林缝隙中可以看到后头的大红门和南北墙上的瞭望楼。在城墙里还能看到三层楼，那就是宴月楼，咱们已经介绍了。北边的山上，还有山，这个城阁是依着山势建的，山上有练马场，还有他们的牢房、马圈、鹿圈、狗舍。这两个山的下面，是一片密林，把两个山包围起来，成为他们隐避秘密的地方。就在这个北乌勒滚特阿林里，有著名的七十二匿洞，如从大明朝算起，已有三百多年的历史了，工程不小。所说的传闻也好，武林高手称奇也好，就是指这里。这里究竟藏着什么秘密，谁也不知道。穆哈连他们现在就要探明这个。

他们搁山下继续往上攀岩，一声不响地往上爬。小都尔钦和卡布泰轻轻地把三个猎狗一拍，小狗挺懂事，莱塔四爪趴在地上，匍匐前进，噌噌噌，爬的很快，一声不吭地跟着人悄声地往上爬。人猫着腰，狗也猫着腰。就这样，他们慢慢地接近了北噶乌勒滚特阿林后山北侧的山崖下面。

这时往山上一望，看见一条小路，这条路是攀山小路，是从山上修下来的，这是人工修的道，有石阶，一磴一磴的，路旁边挂着灯笼。在灯笼的旁边建些大帐，有的是用木刻楞压的房子，一个压一个，压成四方的，上头盖上盖，人在里边住着非常暖和。北边林海里这样的房子挺多，叫木刻楞。在罗刹，也有这样的房子。这些房子都是瞭望哨，是护卫后山匿洞的，是杜察朗大玛发丁兵住的地方。他们不能再往前走，因为上边有瞭望哨，容易发现下边的动静和迹象。这时穆哈连悄悄地，用猫头鹰叫的声音，告诉大家，咱们不在这儿走，要小心，绕过去，往山里走，走另一条路，这样不容易被瞭望哨发现。

二丹丹又把他们领到密林里，然后往山上爬。山特别陡，他们拽着树根子一点一点地往上爬。乌伦告诉大伙，千万小心，别把石头蹬下去。大家都特别注意。二丹丹对大伙说："你们要把着粗树，不要拽小树，容易摔下去。要是摔下去，可有生命危险哪，下面是万丈深渊。"他们就这样一步步往上爬，慢慢上了山。

他们爬到山崖上，在大石砬子的后面，发现一个洞口，前边用石头堵着，这是天然堵着的，不是人特意堵的。人只能从石头的缝隙侧着身子进到洞里去。如果对着洞射箭，根本射不进去，真是无奇不有。他们仔细看，洞口的两侧，也就是两边夹缝的地方，都用木头堵着，在洞门前的石头后面，用木头架着，和两边石头夹缝用木头堵着浑然一体。在木头架下面的两边，各有一个小门，可能有兵丁看着。小门关得严严的，在月光下，显得静悄悄的。他们看的特别仔细，也非常清楚。

二丹丹说："这是七十二匿洞中的一个对外出口。像这样的洞一共有七个，里头都有专人守护，洞里头有暗道机关，咱们不能轻易进去。如果要碰到机关，就会粉身碎骨。"二丹丹领着他们几个，把这七个洞口的形状和周围的地理环境，一个一个地仔细观察，铭记在心。虽然他们没有进去，但是对七十二匿洞外面的环境都看得十分清楚。他们发现，有的洞，外头不单单有石头的台阶，而且从上到下修了一条盘山路，很宽，上头铺着很粗的木头，一排一排的。这说明，有载重的货车，从山下往山上，或者从山上往山下运货。这使穆哈连和乌伦巴图鲁又明白了一件事，这里不仅住着人，还藏了很多货，是什么货还不清楚。

另外，还有一个洞，这个洞口，正对着西噶珊的方向。这块有一条很宽的路，在洞门口还露出一个瞭望的窟窿眼儿，搁瞭望的窟窿眼还伸出一个镜子。二丹丹说："这是我阿玛从罗刹弄来的，他们叫什么千里眼。"这说明，这块是很重要的瞭望之地。当时的大清国，从西方和一些国家也买了一些千里眼，但非常少，因为太贵了，只能在海边用一些。可是没想到，在北疆这个荒凉之地，在杜察朗的家也用这个。说实在的，黑龙江将军府、吉林将军府、盛京将军府，恐怕都没有这个东西。

他们观察完了以后，就秘密下了山，按来时的小道，回到了穆哈连的行营哨卡。这时，天已快亮了，月亮早已没了。他们回去以后，马上就把他们见到的，由乌伦巴图鲁在纸上一一地、详细地画了下来。整个的路线，每个洞口的形状，洞与洞之间的距离，有多少步远，他们都记的很详细，留着以后要用。

单说，杜察朗大玛发，他很善于用人，凡是朝廷派到他这儿来的，驻寨的所有哈番、官员，他都千方百计地拉拢过来，热心地迎送，肉麻地奉承，除了给他们金银、美女之外，还尽量发挥他们的特长，委以重用。有些官员，受金钱的促使，就忘了自己的身份，成为杜察朗大玛发手下的谋士。比如说，在杜察朗大玛发身边，就有两个这样的人。一个是京师光禄寺派来的，征验北海山产海生诸项珍品的哈番，秦典薄。典薄是官的名字，他姓秦，一般就叫秦典薄。还一个叫庞掌醢，掌醢也是光禄寺里官阶的名字，因为他姓庞，所以大家恭维他叫庞掌醢。

这两位大人，都明白一些打牲衙门方面的事情。特别是他们谙熟土特珍禽的各种窖藏和存储办法。就拿庞掌醢来说，这个人很了不起，他对打来的各种野兽，兽肉怎么保存，使它不腐烂，永远鲜嫩有一套办法。他对各样的山货，如何窖藏，也有自己独到的办法。另外，他对制造各种土特产、飞禽、鱼类等珍馐美味的各种储存法、窖藏法和炮制法，也是非常高明的。他能使各种肉类、果实保持色、香、形、味不变。正因为庞掌醢有这个能耐，后来就被荐举到京师光禄寺，被光禄寺卿穆彰阿大人看中，从此他就到光禄寺任掌醢这个衔。是四品，品级很高。庞掌醢这个官就是这么当的。

到了穆大人的身边，他善于阿谀奉承，特别是他看到穆大人，善于培植自己的势力，就投其所好，主动提出到北疆去。他对穆彰阿说："大人哪，我对北疆相当熟，我的朋友也多，下头的官衙有不少都是我的知心人。大人您有什么要办的尽管吩咐，在下小的，愿效犬马之劳，死而无憾。"那真是推心置腹。穆彰阿就盼着有这样的人，他从到光禄寺以后，心里就有数，要当官必须有自己的人马，而且，这些人必须听我的指挥，按我的意图办事。光禄寺是财源之地，我到这儿来，北海的土特产品，都由我说话算数，银子不是有的是吗？所以，他非常器重庞掌醢。

庞掌醢到杜察朗大玛发那儿一住，就一年多了。因为他后边有穆彰阿这个靠山，说话口气特别大，他就像个钦差一样。杜察朗一看庞掌醢真能通天，能跟穆彰阿连上，这对他来说太有用了。他把庞掌醢奉为主子，天天供着，天天都去看望他。庞掌醢也真帮了他的忙，前书我讲过，福康安到北海考察，那是受他阿玛穆彰阿之命，到了北海，很快就跟杜察朗大玛发的大丹丹相爱了，结成夫妻，这个拉皮条的就是庞掌醢。他跟福康安一说，福康安很快就同意了。所以，庞掌醢使杜察朗一步登天，成了大清朝光禄寺卿的亲家，一下子和京师联上手了。这个靠山多硬呀，多光彩啊。由于他成了穆彰阿的亲家，所有的将军、州府都刮目相看，谁敢惹呀。这些都有庞掌醢的功劳。

那个秦典薄也了不得，但比较滑，他不像庞掌醢一心想往上爬，一门看主子的眼色行事。秦典薄这个人，也贪，也会奉承，只不过胆小，比庞掌醢收敛些，说话、干事都留有余地。庞掌醢飞扬跋扈，有啥说啥。秦典薄有时候表面上还装一点，怕人看出来。他怕穆彰阿一旦官又升任了，或者迁移做别的官的时候，不要因为穆大人走了，自己也没处呆了。所以，他自己就留一手，这是个老滑头。但是，这两个人都是贪得无厌，下头的人没有不憎恨的，都嗤之以鼻呀。你想，当个狗谁能看得起，表面上尊重他，背后没有不骂的，给他俩起个外号，管庞掌醢叫胖成海，管秦典薄叫秦划拉，你就看这两个人的德行吧。

他们对杜察朗大玛发的三个小格格，也很喜欢。大格格已经出嫁了，三格格，也就是三丹丹，年岁小，很顽皮，那是个小孩子。就剩下二丹丹，他们暗送秋波，不管人家愿意不愿意，总往身上贴。这二丹丹让他俩惦记着，为了讨好二丹丹，唇枪舌剑，互相讽刺，都想贴近二丹丹。他们贴近二丹丹，不仅出于风流之心，更主要的能和二丹丹的额莫连上。他们惦记的是柳米娜。你别看柳米娜生三个孩子，照样是美女，非常好看。谁看都爱看，何况这个胖成海，秦划拉，从来没搂过洋妞。

杜察朗这个人眼睛挺毒，他也很嫉妒，他爱的人，不许别人碰，稍微有点不对头，他就能看出来。他对胖成海、秦划拉的歹毒之心，早就看出来了，心里挺吃醋的。柳米娜这个人，谁向她笑，谁跟她说话，她都愿意搭腔。杜察朗不愿意让柳米娜出去，就在屋里给我呆着。这样，柳米娜也不愿意，你把我圈到牢房里怎的，我偏要出去，我就出去。她一撒娇，杜察朗还没法管，只是悄悄地告诉他的人和那些女奴们，一定要把福晋看好，不让她到处走。但是，那些女奴和丫鬟们，谁敢说呀，只是哼、哈答应，柳米娜爱上哪去，照样上哪去。

柳米娜还真愿意跟庞掌醢和秦典薄在一起嘞嘞，为什么呢？庞掌醢和秦典薄的银子多啊，都是杜察朗给的，他们用不了，就给柳米娜，溜须柳米娜。另外，庞掌醢总讲京师怎么好，柳米娜没去过呀，只知道彼得堡、莫斯科，别的地方没去过。庞掌醢说，你那个彼得堡不行，我们京师那是几千年的文明呀，你看，我们皇上住的地方，那是宫殿，金碧辉煌呀。还跟她讲天坛、太和殿，把柳米娜听的入迷了，总想，我什么时候也到京师去。庞掌醢向她打保票，什么时候，我用八抬大轿把你抬去，让你到京师看一看。柳米娜一听特别高兴。

杜察朗后来发现，有时候二丹丹总是中间给传信，柳米娜有什么事，告诉二丹丹，二丹丹就去找庞掌醢、秦典薄。他俩听说柳米娜找他们，就上赶着，乐颠颠地去了。他们还专赶上杜察朗不在的时候去，他们在一起喝酒。庞掌醢和秦典薄经常跟柳米娜学跳俄罗斯舞蹈。有时候，庞掌醢、秦典薄送什么礼物，也常常背着杜察朗大玛发，让二丹丹偷偷转送给她额莫。所以，二丹丹起着中间搭桥、联络的作用。为什么杜察朗把二丹丹匆忙地嫁出去，推到了西噶珊奇格勒善那里去，是不是有这个原因，当时有人这么猜想，包括庞掌醢、秦典薄也这样想。啊，你杜察朗要断我和柳米娜的联系，才把二丹丹送走了，你也够坏、够损的了，但他们又说不出口。

二丹丹从被送到西噶珊以后，有时偷偷回来，暗自向他们流泪，秦典薄和庞掌醢见了二丹丹，也为之惋惜、悲伤，更主动接近二丹丹。今天他联系，明天他联系，互相之间还都有戒备。不管这两个色鬼怎样，二丹丹心中想的只有乌伦巴图鲁，爱的也是乌伦巴图鲁。真是落花有意，流水无情呀。二丹丹这回回来接近他们，是另有原因的。

自从二丹丹与乌伦相爱，两人的感情相当深，乌伦对二丹丹的影响也挺大。乌伦不但教她很多做人之道，让她认识什么是黑暗，什么是正直，还让她认识到她阿玛错在哪，他的罪是什么。乌伦让她有意接近庞掌醢和秦典薄，从他们嘴里套些事儿，这是非常重要的。

乌伦告诉二丹丹："丹丹，你一定抓住这个机会，我相信，你这样做是为朝廷办事儿，你是给你阿玛赎罪，你阿玛现在背叛了朝廷，干了很多不可告人的勾当，将来你还会知道更多的情况。现在你是帮助我，帮助穆哈连大人做事，实质上也是为你们杜察尔氏家族做好事，做积德的事。丹丹你要明白，不是有那句话吗：'凡事不看根土恶，只察顶天擎柱功，'做啥事，我们不看小树底下的土，脏不脏，坏不坏，只看长出的树有用没有用，能不能做顶天立地的栋梁之材。你的阿玛坏，你丹丹并不坏，也包括你的小妹。我们相信，早晚会把你小妹救出来，让你额莫也认清事实，虽然她是罗刹人，只要她不跟我们大清作对，我们都是朋友，我们都会心心相印的，尽量把你阿玛背后捣鬼的事都抖落出来。"这些话对丹丹教育挺大。丹丹为什么这么积极，这里既包括对乌伦的爱，也包括乌伦对她的帮助，使她越来越明白了一些事理，因此，愿意跟穆哈连这些人在一起，对她的阿玛更加憎恨、讨厌。

穆哈连、乌伦、卡布泰他们，因为有二丹丹的秘密帮助，便很顺利地摸清了杜察朗大玛发在后山洞的一些不可告人的事情。虽然葫芦里装的什么药还不清楚，但从蛛丝马迹中可以窥见一斑，这里有他们肮脏的东西，可能还有里通外国之嫌。他们掌握这些北海的土特产，按大清的律令规定，有不少是国家和国库要掌握的。个人虽然可以猎取一些，但也是有限的。官员不能囤积居奇，这是抗旨的，必然受到国法的严惩。大清朝是这样，明朝也是这样，哪有自己做了官，就用手中的权力来聚敛财富，使自己成为一个大富翁，这是绝对不允许的。所以，穆哈连他们几位坚定了这个想法。

几天来，他们转来转去，整个的山，都装在穆哈连和乌伦的脑子里。哪儿有山沟，哪个山包上有洞，有几条河，哪儿河最宽，哪儿最窄，怎么过，哪儿可以秘密地接近山洞，哪儿有毛毛道，这些都记在他们脑子里。在山里，他们饿了就摘几个山果吃，自己带些干粮，在树林里，秘密打几个小兽，用火一烤，沾着盐就吃。渴了，趴在地上，咕咚咕咚喝几口山泉水，就像野人一样地生活。黑夜，在林子里搭个小帐篷，铺上皮子，和衣而卧。他们身上痒的，咔嚓咔嚓使劲地挠。什么困难都阻挡不了他们，惟一的想法，就是尽快摸清北噶珊杜察朗的底细。

单说这天，天色稍晚，他们在山沟的旁边，铺上几张狍子皮，互相拥挤着睡觉。山里，夜间是很冷的，风也特别大。在他们躺着地方的右侧，下头有个小山洼，小山洼底下有条小河，那是山涧的泉水，水多时，小山洼就变成一个小湖，非常好看。如果是干旱之年，水就少了。因为今年年初是连阴天，水比较多，这块的水像湖一样，是山腰的湖，很美。他们就在湖边的树林里扎营。这里视野挺宽，小鹿、狍子、小鸟在旁边来回过，在湖边喝水，他们都看的清清楚楚。这时正是夕阳西下的时候，他们看到小湖的旁边似乎有个人影，都尔钦眼睛尖，他悄声地说，那块有个人。奇怪呀，密林深处，怎么会有人呢？这引起他们的注意。

这时穆哈连和乌伦仔细瞧，看走道的样子，确实是个人。看那个人，在林子里钻来钻去，是往湖边去的，再细看，是个女的。德格勒说："大人，我下去看看。"穆哈连说："不，咱们一块去，要小心。她可能有些事情，咱们还不清楚，也许是杜察朗搞的什么鬼，别让她钓了咱们的鱼，咱们互相配合好，使杜察朗抓不住任何把柄。"

乌伦他们几个，把自己的行囊和东西悄悄放在宿营地，把自己的衣服扎好，他们六个，从两个方向包抄那个人。他们悄悄地搁林中爬着过去，等快接近湖边时，乌伦把手指头放在嘴里，吱吱吱地叫。这是暗号，大家都明白，他已接近目标，仔细观察不要动。因为有树林挡着，这个黑影看不到他们，他们反倒能看到这个黑影。等他们又往前靠，仔细一看，确实是个女人，打扮的还挺漂亮，下身穿着彩裙，上身穿着彩袍，袖子还系着，头上梳着像明代的卷子，干活方便，从这儿也能看出她的身份。这个女人脸冲着湖水，很忧伤的样子。她嘴里还喃喃自语，不知说些什么，从情绪来看，像是在寻找什么。

这时乌伦又吱吱吱叫，告诉大伙，往前走，往前走，接近她，接近她。这样，六个人，一边三个，像钳子似的包围这个女人。他们越看越清楚，是个少女，身段还挺美，梳的丫鬟发髻，已经开了，头发乱蓬蓬的。另外，他们又听到女子的哭声，哭的非常伤心，好像有什么冤枉似的，快走到山涧边了。这时穆哈连和乌伦看出来了，这个女人是寻短见，要跳山涧自杀呀。不能再等了，再等这个女人就没命了，现在到了紧急关头，救人要紧。

这时，穆哈连、乌伦巴图鲁等六人马上站起来，这个女人正要往前蹦的时候，他们从后头呼啦一下都蹿过去，有的抱胳膊，有的拽衣服，把这个女人拽个趔趄，躺在地上，把她吓了一大跳。她仰头一看，身边围着一帮人。她以为这些人都是杜察朗大玛发身边杀人不眨眼的魔王，就说："哎呀，各位爷爷们，为什么管我呀，我不想活了，饶了我吧，慈悲、慈悲吧，现在你们就饶我一命吧，让我一死得了。"她又磕头，又作揖。

穆哈连马上过去，把她嘴捂住，然后悄声地说："不要哭，不要哭，我们不是北噶的人，你再哭，让他们听到了，你就没命了。"乌伦在后边推卡布泰一下，让他赶紧把这个女人抱起来，卡布泰明白，就把她抱到他们宿营的地方。这时，姑娘还是呜呜地哭，但是没敢大声哭，嘴里还不断地叨咕，"饶了我吧，饶了我吧，我不想活了，我也没脸活呀。"卡布泰和德格勒把这个姑娘放在狍子皮上，她还挣扎着，不想活。乌伦说："不要哭，你要想死，我现在就给你一刀，让你别出声就别出声。"姑娘把嘴一撇，就憋回去了。

穆哈连过来问："你是谁，为什么到这儿来寻短见?"因为刚才她的脸冲着卡布泰的身上，大伙没看清，这会儿看清楚了，这个姑娘很年轻，也就十八九岁，长的挺俊气，从打扮来看，不是杜察朗家一般的丫鬟，肯定是家里有身份人的奴才。这时二丹丹过来仔细一看，哎呀，她大吃一惊，"你不是小丹丹屋里的丫头吗?"这时，那个姑娘一看认出她来了，原来是二丹丹，她马上给二丹丹跪下，接着又痛哭不止。丹丹她们姐三个，每人都有自己的丫鬟，她们互相之间都认识。这个丫鬟对大格格、二格格都很好。她长的很好看，大眼睛，红脸蛋，胖乎乎的，挺机灵，又能唱又能跳，丹丹她们给她起个名，叫小美子。

穆哈连和乌伦一见是小美子，心才落了地。这时，小都尔钦把火稍稍生旺，烧开了水，倒了一小木碗，交给二丹丹。二丹丹把小木碗端过来，让小美子喝了，然后说："不要怕，你到我二格格这儿来，就找到了家。这些人都是好心人，都是菩萨，他们都能救你，这回你就不用怕了，你有啥委屈，有啥冤就告诉二格格我，我一定替你报仇，你可不能瞒着我。你知道二格格我的为人，我最恨的就是撒谎撂屁的人。你有多大的难，多大的苦，有多少秘密的事儿，今天一五一十地告诉我。我不对你说了吗，这些人都是活菩萨，都是好人，他们都听我的话，你不要怕。现在就告诉我，你为什么要寻短见呢？我的小妹妹三丹丹，跟你像亲姐妹一样，对你那么好，你就轻易地走了，这样做，你对得起我小妹吗？你把她一个人扔下，你舍得吗？你说说，为什么要寻死？谁欺负你了，听见没有？”她这些语重心长的话，真像姐姐跟妹妹说话一样。

小美子还真没有亲人，她是刚生下来，还不知自己爹妈是什么样时，就让北噶买来了，现在也不知爹妈是死是活。从她懂事以后，就知道北噶珊，先认识的人就是杜察朗的大夫人，也就是文文的额莫。后来把她拨给了杜察朗的小妾柳米娜。在柳米娜身边呆了不到三四年，到八九岁时，又把她给了小丹丹。小丹丹就希望有一帮长的好看的小孩。这样，三个小姐妹身边几个小丫鬟，都长的既干净又伶俐，能说会唱，还会办事。她到小丹丹这儿，还真没受啥罪，没人敢打骂她。丹丹是个好人，能保护她。她知道自己没爹没妈，甚至连个名字都没有。小美子的名字还是三个格格和她额莫柳米娜给起的，因此对她们很亲。今天见到二丹丹，她就像见到亲人一样，所以，她对二丹丹的话感到非常温暖，又呜呜地哭起来。

二丹丹说：“你哭什么，别哭了。我知道你受委屈了，先把话说完，再到别地方哭去。美子，你不知道这是虎狼之地吗？你讲讲到底是怎么回事？哭的时候有，将来我给你找个地方，我陪着你哭。”这一说，反把美子说笑了，“二格格说哪去了，你跟我哭什么。二格格，我告诉你，我现在惹出乱子了。现在三小姐三格格也被关起来了，可怎么办好？现在大玛发正在火上，他要杀人哪。”她这些没头没脑的话，他们几个越听越着急。

乌伦说：“丫头，不要着急，慢慢说。从头到尾究竟是怎么回事？今天晚上咱们就在这儿，你就像讲故事似的，讲讲这事儿。我们也很关心小丹丹，你们北噶里究竟发生了什么事儿，为什么你一人跑到这儿，而且还要跳山涧，为什么？”

由于大家的一再安慰、劝说，加上二丹丹嘴甜，又会启发，把小美子真给说服了。原来小美子非常害怕，也特别难受，一心想死，一死皆空，所以，她不想说什么，反正我是死，讲也没用，反而遭罪。这回这几个人的热心关怀、照顾，使她有了生存的希望，觉得找到了自己的亲人，从悲伤得到安慰，又从安慰得到希望。她放弃了一死的念头，决心按二格格的话说出去，让二格格赶紧帮忙。她就唉声叹气地先说一句："二格格，你得救命哪，现在小格格正在受罪哪，他们把她圈起来了。"说着又要哭，二丹丹说："你说，究竟是怎么回事。"美子这回详细地把这件事情的过程讲了出来。

昨天上午，美子和几个小丫鬟，陪着三格格在屋里弹琴，坐唱。玩一玩小格格嫌闷的慌，天天这么唱，没意思。这个院子不大，因为它是北噶珊四进院的最后院子，在女眷楼的楼下，有秋千架，都是女孩子玩的东西。要寂寞的时候，里边还有个小戏楼，北噶珊自己养了戏班子，给你唱唱戏，或者要耍各样的杂技，让你开开心。杜察朗大玛发有个严格的规定，是对他们本家族所有人定的，也包括对他的宝贝疙瘩，自己的格格和他的几个夫人，严令他们不许出这个女眷楼，谁要出去，别说我不认人，我会依法惩处。所以，女眷楼，外人没有特殊的事情，不能进去。女眷楼里的人，没有大玛发的命令不许出去。就连杜察朗的爱妻和他的宝贝女儿也如此。杜察朗一再告诉柳米娜，你们要什么给什么，除天上的月亮摘不下来，别的都可以，就是不能出去。

杜察朗最担心的是自己的心肝宝贝，小丹丹这孩子太活泼了，好动的厉害，而且非常好奇，听说什么就要看什么。听说天上有龙，你就得把龙给我拿来。说西海出了什么价值连城的宝贝，阿玛必须把这个宝贝给我弄来。弄不来，就是一顿地闹。杜察朗大玛发最害怕的就是小丹丹。所以，他一再嘱咐柳米娜："夫人，你千万要管好咱们的三格格，不能让她出去。出去要惹出乱子，那时候我得跟你算账。"

柳米娜知道大玛发是翻脸不认人的人，心狠手毒，所以，常嘱咐自己身边惟一的小格格说："我的好宝贝，好格格，你千万记住你阿玛的话，在屋里怎么玩都行，你就是要龙肝凤胆啥的，我也想办法让你阿玛给张罗来，你千万别出去乱闹。出了事儿，咱们娘俩可就不好办了。"小丹丹搁这个耳朵听，从那个耳冒了，根本没在乎。

就这天，小丹丹玩腻歪了。不像头几年，大姐、二姐在家时，她们有说话的，在一起剪纸、做工艺品，或者讲讲瞎话、破个谜语，在一起捉迷藏，玩的挺好。现在可好，女眷楼里，除了她额莫柳米娜以外，其他人都不认识，跟她们也没有联系。她整天没地方去，没有说悄悄话的知心人。你说她不憋的慌吗？一个天真的孩子，天天像蹲笆篱子，那是笼中鸟，她必然难受。所以，她常为这事儿发脾气，动不动就哭一场。

再不就发无名火，摔这个，砸那个。丫鬟实在安慰不了，赶紧到后楼请老夫人柳米娜。柳米娜过来，说些好话，安慰安慰，小丹丹情绪好一些。但，这不是长远之计呀。

今天，她们刚吹、拉、弹、唱一会儿，小丹丹就不干了。她说："太腻歪了，咱们得找个地方玩玩去。"美子一再说："小姐，你还有什么可玩的，这些东西都玩多少遍了，你都不愿意玩了，怎么办呢？"丹丹撒娇地说："咱们出去走走，这大院都是我阿玛的地方，怕什么，还有狼、有虎怎么的？就是有狼有虎我也不怕，我有刀、剑，我会武术，还怕什么？我真不知道老阿玛为什么不让我出去？我老想，咱们赫赫有名的杜氏家族，这么大的大寨，为什么把咱们锁在这个寸室之中呢？我想出去看看。美子，你领我出去，咱们人不要多，就几个人，玩一会儿就回来。这事你不说，我不说，我阿玛也不知道。咱们玩一会儿就悄声回来了。"

美子，也架不住小姐，小格格地磨呀。这会儿，她想先禀报给老夫人柳米娜，可是她又不敢，要是老夫人知道了，肯定不让小格格出去。要不让她出去，小格格一闹更不好办了。她想了想，对呀，悄声出去，悄声回来，你知，我知，第三个人不知。就这样，他们商定，开开后角门，出去走一走，早去早回。

美子冷不丁又一想，哎呀，外头啥样我不知道，从小就长在这个院里，没出去过。好在美子认识朱尔钦。朱尔钦也是很会办事的人，而且得到了杜察朗大玛发的信任。他是后院的管家，帮助管后院一些生活上的事儿，比如吃、喝、拉、撒、睡等等。朱尔钦是西噶人，是奇格勒善大玛发第七个儿子，我前书已讲过了。奇格勒善有两个儿子在杜察朗大玛发的麾下，做个办事官。这两个儿子的性格不一样，跟他阿玛的性体也不相同。奇格勒善大玛发是非常正直的人，不怕权贵恫吓，不做权贵奴才。他对北噶珊杜氏家族都看不起，认为他们是一窝狼，没良心，因此不愿意跟他们交往。但是，自己的儿子就不同了，一母生九子，个个都不一样，这也没法办，把奇格勒善大玛发的鼻子都气歪了，胡子也气撅撅了。谁要一提他这两个儿子，马上就发火："少提他们，他不是我儿子，是狼崽子，混蛋，给我们家族丢脸哪，也给我这个老头儿丢脸哪。"有时候，小儿子都尔钦对他说，过节了，阿玛，是不是把我七哥、八哥请回来。奇格勒善大骂小儿子说："请什么，他们已不是咱们萨音部家族的人，他们是杜氏家族的人。你不要管，你没这两个哥哥，少理他们。”所以，这几年，朱尔钦很少回家。他在北噶，确实有吃有喝有地位。

杜察朗大玛发特意把奇格勒善大玛发的两个儿子，放在很高的位置。一方面，让奇格勒善看一看，我不像你小肚鸡肠，你看我多么宽宏大量，我对你儿子这么重用，你要是过来，我也重用。这是讨好奇格勒善。另一方面，他也是想把朱尔钦拉过来，成为他的心腹。这等于在西噶珊插进自己的钉子，有自己的两个心腹。这手段也够毒辣的了。所以，他对朱尔钦是另眼看待，比别的管家管事都多，比别人挣的俸银也多，说话、办事都有权威，得到杜察朗大玛发的绝对信任。

正因为如此，他们到的地方最多，整个后头秘密的事情，朱尔钦兄弟俩都知道。杜察朗大玛发就是这样，让朱尔钦兄弟俩佩服得五体投地。杜察朗暗示给朱尔钦，别看你阿玛和我不对头，我一点没防备你们两个。你们虽然是搁西噶来的，西噶跟我们有仇，可我没把你们当仇人看，而是当成了亲人，你看我杜察朗这个人怎么样？这样一做，使朱尔钦兄弟更敬佩、更亲近杜察朗大玛发，反而感到自己的阿玛心眼太小，心胸狭窄，不能饶人。有些事情，他们认为阿玛有偏见，低估了赫赫有名的杜察朗大玛发。因此，朱尔钦就一心一意地为杜察朗大玛发卖命，一年也不回去，真像杜察朗家的亲儿子一样。

这样，杜察朗给朱尔钦一些特殊的权利，别人不能各个屋子走，惟独他，可以直接进女眷楼大院，见大夫人、二夫人，乃至柳米娜小夫人，直接向她们传达杜察朗大玛发的话。所以，他跟女眷楼的主人都很熟悉，也跟丫鬟们熟悉。美子也就认识朱尔钦管家，很尊敬他。但是，美子还真不知道朱尔钦的身世。

美子就把这事儿跟二丹丹说了：“我没办法哪，小格格让我领着出去，我哪知道外边什么样，道怎么走，上哪去，都看什么，我全不知道。北噶珊毒蛇很多，道路崎岖，一旦走错了路怎么办？我一想，就跟小格格说：‘丹丹，咱们都不知道外边的情况，不妨我把朱尔钦管家请来，听听他的指点，他肯定能帮这个忙。’小格格一听，高兴地说：‘对呀，你去把朱管家请来，让他给咱们出点主意，咱们出去看点啥？’于是，我就去了。”

朱管家管后边的楼舍和秘密营地的联络事情，我没说吗，吃、喝、拉、撒、睡他都管，所以，他知道这些地方。小美子偷偷地开了后门，拐了好几个弯，到了一个非常漂亮的木刻楞的房子，这是朱尔钦管家的私宅。朱尔钦有两个夫人，都是杜察朗大玛发把两个女奴赐给他的。赏给他两个媳妇，你说他不感激吗？他能不为杜察朗卖命吗？小美子轻轻地拍门，出来的是佣人，一看美子来了，问有什么事？美子说："我们格格请老爷去。"里头的佣人让她进去说，美子说："我不进去了，得赶紧回去，我不敢到外头来，这事一旦让老主人知道了，就不得了。"然后又告诉里头的佣人，让管家赶紧到我们小格格那去，小格格有事找他。就这样，美子又悄悄溜回自己的院子里，她不敢在外边久留，一旦让主人看见了，要杀头啊。

不大一会儿，朱尔钦管家就叩门。他进来后，先给小丹丹叩头下拜，小丹丹让他起来，坐在一边。朱尔钦说："不知小格格有什么事对奴才吩咐?"小丹丹说："今天我想出去走走，请你想个办法，这事不能让我阿玛知道，我就信着你了。我有膀子不能飞，有脚不能走，把我憋死了，你看我能到什么地方去?"

朱尔钦一听，头发刷的一下子就竖起来了，吓坏了。因为老玛发的话他是知道的，要把格格领出去，出了事谁兜着呀，还不找我朱尔钦算账？我脑袋没了，还活不活呀？但是，小格格也不敢惹呀，那是老玛发杜察朗的心肝，要把她惹了，我这个管家还当不当？我今后的日子怎么过？哎呀，把他吓坏了。他想来想去，就苦苦地劝小丹丹："小格格呀，不能出去呀，外头太乱了，有土匪，有蟊贼，出去有生命危险。"

小丹丹马上就说："你不知道我的武艺吗，你不知道谁都不敢惹我吗？我还真想跟那些蟊贼比个高低，我的手都发痒了，我想出去活动活动，我看哪个蟊贼好，我就嫁给他，谁要是天下无敌手，谁要是天下第一，我不管是蟊贼，还是什么的，我就嫁给他，我真想找这个人。我阿玛要不让我找，我不怕，我想见见他，愿意会会这些人。"一个英雄想会英雄，什么蟊贼？谁是蟊贼，几句话就把朱尔钦顶回去了。

朱尔钦又说："小格格，外头的地方太大了，你不知道吗？北噶乌勒滚特阿林的建设，有几百年的历史，从大明王爷到现在，建这么长的时间。前些日子不是开过一次修北噶的盛会吗？来了那么多人。你看什么，是看房子，还是看街道，还是看过去建的牌坊？看看牌坊吧，听说那儿还有大明朝皇上题的字，也有咱们大清皇上乾隆帝题的字。"

还没等他说完，马上就让小丹丹顶住了，"什么，看那个，我小时候阿玛就背着我去看过，我看了多少遍了。那有什么看头，不就是一个大牌楼吗？我不看。一般的房子有啥看头，我的房子不好呀，都是雕龙画凤的，这些我整天地看。不行，你一定给我找找。”

朱尔钦慌忙地说：“格格，别地方真没啥看的，要不看鹿圈，哎呀，这鹿非常漂亮，都是新选出来的，要运往京师给皇上做御膳用的。另外，还有熊，都是养的一般狗熊，将来用熊胆做药、吃熊掌。格格，你不是吃过熊掌吗，你看看活熊是什么样，那特别有意思。这熊瞎子，胖乎乎的，会爬树，搁树上掉下来，摔的直叫唤，你看看熊瞎子行不行？”

小格格没有吭声，朱尔钦又接着说：“咱们还有个海鱼池，那儿养着活鱼，都是北海中最好的鱼，将来都要运到京师，是给皇上和太后吃的。咱们现在吃的也是这个鱼，跟皇上和太后吃的一模一样。格格，你看看那些鱼吧，什么鲸鱼、黄鱼，各种鱼都有。”朱尔钦用三寸不烂之舌，左搪右搪，想一切办法挡住这个小神仙，不让她出去。他心里想，可别惹乱子，要惹出乱子，你格格不要紧，我就没命了。

丹丹根本没听他的，这会儿正生着气，就大声地说：“别说了，你纯粹给我耍嘴皮子，要不，你给我滚出去，我告诉阿玛，就说你对我太不尊敬了，一点没有礼貌，我让阿玛好好治治你。”朱尔钦吓的赶紧跪下磕头，磕的咣咣直响。“哎呀，小祖宗，小神仙，你可不能这样，你说吧，让我怎么办吧。”小丹丹就说：“你起来，告诉我，外头什么地方最奇，什么地方最险、最秘密，你要撒谎，我让小美子拿锥子扎烂你的嘴。”

朱尔钦不得不说：“回禀格格，最奇、最美、最秘密的地方，就是老玛发不让去的地方，在咱们的后寨，东北边那个山就是。”朱尔钦也非常狡猾，他想，那是是非之地，就是把我千刀万剐，我也不能去。他马上对小丹丹说：“要到那儿去，我告诉你怎么走，人多了容易让人家看见，你最好只领二三个人，我派两个兵丁带着你就行。我是整个后山的大管家，他们都认识，我要领你们去的话，反倒引起人们的注意，这样，格格你就去不成了。”他的话也有对的地方，确实这块儿的人都认识他，但是，更主要的还是搪塞，怕自己露馅。小丹丹也明白，就顺水推舟地说：“好吧，你给我找两个知道路的人，领着我到那儿去看看。”

就这样，朱尔钦匆忙地施完礼，就出去，找两个能够到七十二匿洞去的小校，也是他的心腹，让他们来领路。然后跟他们耳语说：“这事你们千万别说是我让你们去的，一定听我的，哪怕是主子大玛发打死你们，也不能提我的名字。”两个小校在山上能得到这个位置，银两挣的不少，家中也富足了，多亏了朱尔钦大管家。所以，他们就跟朱尔钦说："主子你放心，我们宁死也不露出你的名字。"

朱尔钦心里有了底，又返回来找到美子，他跟美子说："你跟格格千万早去早回，别让格格在外头玩的时间太长了，以免让老玛发知道了。老玛发要知道，你也就不用活了。"朱尔钦说完，就匆匆地溜走了。

小丹丹由美子陪着，走出了女眷楼，门口站着两个小校，他们都是后山的护卫兵丁，其中一个还是小头领。没有小头领领路，她们过不去这些关卡，这都是朱尔钦给安排的。

话要简说，三丹丹跟着他们，秘密地到了七十二匿洞。她跟这个小校说，哪块最不让去，就到哪去。小校挺听话，一看是小格格，久闻大名，从来没见过的天仙，长的真美，见了她就如同见了皇上，自己觉得真是三生有幸哪。在一个山寨中，能见到寨主最宝贝的姑娘，他们觉得非常荣幸，也顾不得哪句话该不该说，三丹丹怎么问，他就如实禀报了。他说：最不让去的地方，就是冰凌洞。冰凌洞里头还圈着不少给朝廷运货的人，就是给皇上运吃、用的东西，这些人都被抓起来，圈在冰凌洞。三丹丹一听感到挺奇，就要去。于是，他们悄声地过了山，到了冰凌洞。

冰凌洞是七十二匿洞中的一洞，这个洞特别深，下去像一个天井。因为在山崖的内部，见不到天日，洞下又有水，所以，里头经常有些白霜。洞里头钟乳石很多，钟乳石上挂了不少冰，所以叫冰凌洞。因为洞里有冰雪，寒峭入骨，真冷啊。这个地方，从来不让一般人去，就是当官的也得有腰牌才能去。这些小校一看有兵丁领着小格格来了，谁敢惹呀，没敢挡。另外，也没听到大玛发说不让她来，对她们也没有禁令。这回小格格来了，他们认为是大玛发派来的，想的就这么简单。凡是最秘密的地方，就是灯下黑。平时大家都注意的地方，不让随便来，管的就严。真要到它心脏地方去，反倒没人管，就是这个道理。

小丹丹在几个人陪同下，很顺利地到了冰凌洞。从洞口里头往下看，很深，有个管道通底下，底下灯笼火把，那些牢房里的人都坐在那儿，有的戴着枷锁，头发挺长。搁上头往下看，因为有亮，看的很清楚。管牢的人不一定都下去，有时通过这管子往下送吃的，还通过管子察看下头的动静，谁干了啥事儿都能看得着。小丹丹看了之后，心里想：阿玛你咋这么坏，这些人干啥事儿了，把他们圈起来。

他们看完以后，小校对丹丹说："格格，现在不早了，我们该换班了，请格格赶紧回去吧。”这样，三丹丹就出了洞，搁冰凌洞拐过去，往回走。真是冤家路窄，正好赶上杜察朗大玛发从后山回来，他可能察哨去了，陪同他的有庞掌醢庞大人，还有秦典薄秦大人，他们骑着马，说说笑笑走过来。

偏巧碰上小丹丹的丫鬟巧巧了。她本来在家没出来，这时她着急了。小格格出去好长时间没回来，天色晚了，怕老夫人来找，怎么办？巧巧在屋里憋不住了。美子临走时告诉她，我们很快就回来，你在屋里等着，如果老夫人要来，你就说小格格在屋里玩呢，千万别让老夫人进去。因为每天老夫人都要来一趟，看看自己的宝贝丫头干什么呢。可是这么长时间小主人还不回来，她怕出事，赶紧出去找一找。

巧巧一出来，女人衣裳挺显眼，一眼让秦典薄看见了。哎呀，这儿出来一个女的，一下引起杜察朗大玛发的注意。杜察朗大玛发当然认识了，自己小格格的屋常去，几个丫鬟他都知道。一看，是巧巧，便连声喊巧巧。巧巧一听是大玛发喊她，吓的简直像瘫了一样，慌忙跪在地上。这时他们三人骑着马过来，杜察朗大玛发就说：“你出来干什么，谁让你出来的，你胆子真大呀，是找死啊。”

巧巧的爹、妈，以至爷爷、奶奶都是奴才，是杜察朗家族的家生奴才，祖祖辈辈都是奴才。所以，她怎么不怕呢，她知道自己是死定了，干脆啥都说吧，别瞒着了。这时，巧巧就一五一十地说，小格格出来玩了，我怕老夫人找她，就赶紧找她回去。

这时候，小丹丹和美子，还有那两个小校，正好走过来。他们是从另一个胡同过来，还不知道呢。小丹丹从胡同出来一看，自己阿玛坐在马上，旁边一个是庞掌醢，一个是秦典薄，见巧巧趴在地上，他阿玛正在问话呢。

小丹丹走过来，把杜察朗大玛发气坏了：“丹丹，谁让你出来？你真是胆大包天哪。”杜察朗大玛发回头一看，旁边还有两个喽啰，更气坏了，“大胆，谁让你们把格格领来的？”不容分说，命令跟来的三个护卫，嘁哩喀嚓就把两个人绑起来，“先给我砍了。”不容他们讲话，这是让他格格看一看，你出来就是这个下场。当着小丹丹和美子、巧巧的面，马上命令跟着他的护卫，一刀一个，抹了脖子，把尸体扔进了山涧。山涧相当深，野兽马上就吃了。可怜两个小校，连诉苦诉冤的机会都没有，一句话没说，命就没了。

小丹丹马上哭着说：“阿玛你怎么这么狠哪，是我让他们去的。”

"大胆，你敢跟我顶嘴，来人，给我绑上。"开始时，后边几个护卫还不敢，谁敢绑丹丹，他们吓的手脚都哆嗦。杜察朗大玛发气急败坏地说："绑，快绑，你们不绑，妈的，我在这儿也把你们斩了。"这几个人害怕，只好过去先把丹丹轻轻用布条子缠一下，他们哪敢使劲绑格格的胳膊，美子和巧巧，都被五花大绑捆着，然后把她们扔到马背上。

这事儿可把杜察朗大玛发气坏了，他不停地叨咕："我一再讲，不让你们出来，这是咱们的家规，你竟敢违抗，胆真大。你出来干什么？"杜察朗这个人一向是疑心大，他认为这里肯定有人指使，是贼人；还是居心叵测的人，要不然，我小格格出来干什么？这件事我一定查清。于是，就把小丹丹带到了女眷楼，圈到客厅旁边的一个小屋里。这个小屋平时是杜察朗大玛发喝茶、休息的地方，比较清静，谁也不让去。丹丹要不说清楚是怎么回事，我连你也杀了，别看你是我的格格，我是不管这个的。你们谁也别求情，要涉及你柳米娜，你也别想活。他就这么狠。

柳米娜知道杜察朗的脾气，他的火上来时，千万别惹他，等他火撤下去了，再慢慢想办法安慰他，引导他，这样可能会好一些。他在火上的时候，尽量别出声，别惹他，让他骂，骂累了，火下去了，气消了，可能会出现转机。他在气头上，你硬要跟他顶，他什么事都能干出来，那真是狼子野心，六亲不认，他连自己的亲格格，就是他阿玛也敢杀。所以，柳米娜把杜察朗的脾气摸的透透的，他发脾气时，怎么骂，柳米娜一声不出。他要喝水，恭恭敬敬地给他倒水，还帮他揉揉身子，"哎呀，老爷，你可别生气呀，气坏了身子，这可不好啊。"她只能说这些话，然后自己悄悄地出去。她想，让他骂去吧，呆会儿就好了。她让旁边的佣人，赶紧把庞掌醢找来。

佣人很快把庞掌醢找来了。庞掌醢和柳米娜的关系，我说书人不愿讲这个事儿。男女之间的事儿，不讲各位也知道。以前是二丹丹帮助拉纤，现在二丹丹不在了，俩人有情还不往一堆凑合。说实在的，在北噶珊，庞掌醢是一表人才，过去是个秀才，后来当了举人，他长的比杜察朗好看多了。我没说么，杜察朗长的三角眼，鹰钩鼻子，颧骨挺高，说话像鸭子嘴，一扇一扇的，非常难看。就因为杜察朗有权有势，柳米娜才嫁给他，并没看中他。

柳米娜的父亲是彼得堡的一个大商人，他们是沙皇政治的需要，在大清国里找到一个自己的代理人，一个心腹，就把她嫁过来了，这是一种交易。她要长的不美，能笼络住大清国赫赫有名的、独霸北海的杜察朗大玛发吗？不能。柳米娜也没法子，远离万里把她嫁过来，那只能是生米做成熟饭，将计就计，她心里并不爱他。而杜察朗只是把她当成花瓶和玩物，也说不上什么感情，什么叫爱，他根本没有爱这个概念。柳米娜心里也很憋气，她远离自己的父母，远离自己的故土，她也想家呀，怎么不想呢。她在这块儿没有说知心话的人哪。

偏巧，她遇到了庞掌醢，还真看中了这个庞大人，高高的个，长的挺像西洋人。虽然杜察朗长的也是灯笼杆的个，但不适称。他的长相，够一说的了，谁看了谁都恶心。所以，柳米娜心中还挺爱慕庞掌醢，感到比他丈夫强多了。何况，庞掌醢能说会道，天天围着柳米娜转，把柳米娜迷糊住了。杜察朗事情多，根本顾不了这些事。这样，一来二去，没多少日子，庞掌醢就把柳米娜弄到手了。他俩关系非常密切，经常是偷着来，偷着去，只要是杜察朗大玛发没在跟前，庞掌醢就偷偷地到柳米娜屋里去，或者，柳米娜偷着到庞掌醢那儿去。柳米娜坐上轿子，外头有个帘子，谁也看不着。柳米娜很风流，西方人都是这样，不在乎这个，不像中原王朝的妇女，有个贞节的观念，有一个嫁鸡随鸡，嫁狗随狗的夫权思想。罗刹人就不讲这些了。

柳米娜跟庞掌醢好，秦典薄也不答应哪。秦典薄能闲着吗？有时候也勾上一脚。庞掌醢和秦典薄两个人，为这事争风吃醋，打的鼻青脸肿，不可开交。后来他俩就讲和了，他们说：咱俩别打了，都睁一只眼闭一只眼得了。庞掌醢这人相当厉害，他已占柳米娜一半了。秦典薄的嘴总是说不上去，知道自己不行，也就那么的吧，所以，他就让了。庞掌醢心中有数，我早晚得把权夺过来，不信，咱们就骑毛驴看唱本，走着瞧。

单说，柳米娜趁着杜察朗打盹睡着了的机会，就出了门，正巧碰上庞掌醢过来。他俩在门外头悄悄商量这事儿。庞掌醢知道，因为他和杜察朗一块过来时看见了，所以，他知道柳米娜找他是为这事儿，想让他帮助出出主意。他知道，柳米娜怕宝贝格格受委屈，或者遭到杜察朗的非难。没等柳米娜开口，他就胸有成竹地说："你不要着急，这事就交给我，我会妥善办理。你现在想办法派人告诉这三个小丫头，一个是小丹丹，还有那两个丫鬟，一口咬定什么也没看见，就是出去走一走，没上什么地方去，千万要咬死了。这可不能瞎说呀，好在大玛发已经把陪同的两个小校杀了，这等于没有证据了，谁也不能作证。只要你格格咬死了什么都没看，杜察朗大玛发就没有办法。你现在就办这事儿，其他事儿由我安排。”说完以后，庞掌醢就扬长而去。

柳米娜一看老玛发还没醒，就匆匆来到对面屋，门已经上了锁。但是，门是用纱帘挡着的，她在门外叫小丹丹。丹丹在里头正哭呢，一听是自己的额莫叫她，赶紧说：“额莫呀，怎么办啊，阿玛把我圈起来了，赶紧救我们。”柳米娜就说：“时间来不及了，啥也别说了。一会儿你阿玛问你们啥，你们三个千万说的要一致。就说，什么地方都没去，什么也没看着，就说出去溜达溜达，记住这话没有？千万别多说一句，你们一定要咬死了，其他事儿你们不用管，有我呢。”没等丹丹答话，她就匆匆忙忙回到自己的屋。

柳米娜进屋一看，老玛发打个盹，醒了，“哎呀，我怎么睡觉了，走，赶紧去审这个不听话的死丫头，竟敢随便到处走，违犯了家法，看我不重重制裁她才怪了。”话还没有说完，外边仆人来报：“禀报大玛发，庞大人在门外求见。”庞掌醢现在是杜察朗大玛发的得意心腹，非常敬重他。庞掌醢也真有些道道，杜察朗现在一刻也离不开他。虽然他是大清的一个官员在这儿驻寨，实际上已跟他是一个鼻孔出气，是他的狗头军师，给出了不少坏点子，他们完全站在一起了。杜察朗大玛发知道，这会儿庞大人也是为这事来的。因为他都看见了，他来了定有办法。这后山不让去，小丹丹去了，她后边是不是有人指使？如果没有人指使，只是小丹丹自己去了，啥也没看见，这问题还不大，他就怕后边有奸细，这是杜察朗最担心的事儿。这时，他让柳米娜快请庞大人，请庞大人。

庞掌醢若无其事的样子，也没看柳米娜一眼，自己很坦然的，大大方方地进来，见了大玛发，抱拳施礼，然后说：“大玛发，我知道你现在的心情不好，不要生气，听我慢慢说，这件事儿不能有什么大的过错，是孩子们玩玩而已。”庞掌醢边说，边坐下。他们常见面，彼此都很熟悉。杜察朗没有让坐，他就坐在杜察朗大玛发的一侧。柳米娜亲自给他倒上茶。

杜察朗大玛发说：“这个事儿太气人了，我讲了多少次，咱们后山那块儿，不能让任何人去，不能有一点闪失。今天出现这样的事情，而且从我家小格格身上出，我非常有气。必须用家法重重制裁，要杀一儆百，我不管是谁，包括我的沙里甘居，就是丹丹格格，如果犯了家法，犯了罪，我也照样用北噶珊的军法处置，绝不留情。”

柳米娜一听，吓坏了，赶紧过来向老玛发求情，“哎呀，我的老玛发，你千万手下留情，我现在就剩这一个女儿了，你千万留她。你要让她死，我们娘俩一块去死。”说着，就嚎啕大哭起来。

庞掌醢马上说：“夫人不要哭，不要哭，这是老玛发的气话，老玛发怎舍得杀你心爱的格格呢？我都猜到了。”杜察朗大玛发说：“你猜到什么了？你怎么看这件事情？”

庞掌醢慷慨陈词地说：“大人，你想想，你把孩子这么圈着，那也是人哪，那是笼子里的小鸟，笼子里的小鸟在里头还吱吱叫呢。丹丹苦苦跟你说过多少次，我在旁边都听到了，我也曾帮她说过，你哪怕让她出去站一站，玩一玩也好，孩子越来越长大了，人家是学武之人，有武功啊，你总把她圈在这个小院里，天井之地，你不把人憋死了吗。人家出去走一走，有什么错？你能这么苛求吗？反过来，如果把你这么圈着，你能行吗？咱们都要设身处地想想。另外，丹丹是你的亲骨肉，你知道，她从来没跟外人有任何的联系。只不过，你请中原的一些大师教她武功，这些人早就走了。丹丹是挺守本分的格格，人家没做其他越轨的事情，你连她都不相信，你还相信谁呀？我们这些人你就更不相信了。这样，你不众叛亲离吗？我亲爱的、尊敬的大玛发，你想想，她们出去，即便到了后山，后山是一片树林，外头什么也看不到，不过是青山绿水而已，她们能看到什么？你这样大惊小怪，反而使人注意，认为你这里有秘密。如果你不在乎，坦然处之，即或有人重视这个地方，一看你很随便，心里没鬼，他也就不注意了。你今天要杀这个，砍那个，甚至连自己的沙里甘居都不饶恕，都不宽容，这样给外界什么印象，你的后山肯定有秘密，更引起世人的注意。老玛发，你想一想，我作为你的朋友，又是朝廷的命官，说一句不应该说的话，我认为丹丹她们没什么错，我认为她们不能到那个地方去，没人敢告诉她们，不信你就问问她们。至于那几个小校，杀就杀了，他们是犯了法，不应该违背主子的命令，擅自领任何人都是违法的。所以，你杀的对，这一点无可非议，他们死得其所。我认为小格格和那两个丫鬟就没啥，我想把那两个丫鬟带到我那儿去，个别审问，用软硬兼施的办法让她说，你不相信别人，还不相信我庞掌醢？”

庞掌醢这些话，说得非常透彻，挑不出任何毛病来，虽然他的话都是遮遮掩掩，但杜察朗什么都听不出来。可柳米娜听出来了，这些话都是向着她们娘们的。杜察朗一听，觉得句句说的都对，而且都是向着他的。这就是能耐，庞掌醢为什么能飞黄腾达，升得这么快，并受到京师穆彰阿大人的青睐，成为心腹。穆彰阿派他到北噶珊来，没多少日子就征服了杜察朗大人，这要没两下子能行吗？那可不是硬吹的，没有嘴茬子，没有智慧，那是不行的。这一点，不能不佩服庞大人。他这些话，确确实实把杜察朗给说服了，使他一句话都说不出来。他原来像个皮球似的，鼓的溜圆的，让庞掌醢的话一扎，呲，全泄气了，他的气没了。

杜察朗说："对呀，庞大人说的对，我这不是自作紧张吗？唉，这事儿，我不应该生气。这样吧，丹丹以后不要自己出去了，要出去，就由我领着。对，老在这个院子关着也不行，小鸟不应该总关在笼子里，该让它出笼了。丹丹的武功那么高强，将来我还靠她为大寨出力呢。庞大人说的对，我鼠目寸光，应让她多见见世面，不单在咱们的北噶，前前后后，走一走，而且还要到东噶珊去看一看，到老林家那块也走一走，还要到西噶珊她二姐那块看一看。让她知道外面的天下，然后她才能成为这个山上的掌山人，成为我将来的继承人。好，我谢谢你呀，庞大人，你出了个好主意，使我顿开茅塞呀，谢谢。"然后就令柳米娜过那屋，把丹丹叫来。

不一会儿，柳米娜把丹丹领过来。丹丹撅着小嘴，冤屈的样子来到杜察朗的面前。丹丹从小娇生惯养，这次被她阿玛骂一顿，能受得了吗？必然要哭、要闹。她见到阿玛连话都没有，耷拉着脸，心想，你能把我咋的？我出去有啥不对。后来，还是杜察朗大人向她道歉，就说："孩子，我现在饶了你，以后你记住，不能随便乱走，在家一定听你额莫的话，出外要听我的话，不能随便乱来。现在我还不能让你出去，家法就是家法，我说话算数，一定按家法处置。今天全仗着庞大人帮你说了话，我尊敬庞大人，看在庞大人的面上，就不处罚你们母女俩了。但是，从今天起，还要圈你十天，必须在我对过的屋住着，由你额莫给你送饭，不许出去，这十天算罚你，十天以后再说，记住没有？"他问半天，丹丹就是不出声，又说："你听见没有？"

柳米娜也赶紧说："格格，听着了，你就说话。"这时丹丹点点头说："知道了，知道了。"然后，杜察朗大人又补充问一句："你到什么地方去了，看到什么没有？"丹丹马上说："什么也没看见。我们在院里憋的难受，刚出去，就碰着你了。我不知怎么回事，哪点犯法了，这是咱们家的大寨，干什么不让我出去？"

柳米娜赶紧说："哎呀，孩子，别说了，别说了。"庞掌醢也说：

“行啦，孩子，别说了，你没到哪去，知道你阿玛不准往外去就行了，你到那屋去吧。在屋里，你想要啥就要啥，有好多人在侍候你。”杜察朗接着说：“现在你就过去吧。”于是，柳米娜把丹丹领过去。

丹丹走后，庞掌醢大人跟杜察朗大玛发说：“我现在就把两个丫鬟领我那儿去，我审问，看她们有什么背景没有？然后把情况告诉你。”杜察朗大玛发说：“这事儿就请庞大人办吧，她们如果有违规之事，就请你处置，权我都交给你了。”杜察朗站起来又说：“我到水牢去看一看，察看那块儿的情况，你就办理这件事吧。”杜察朗大玛发说完转身往外走，有几个随从护卫跟着，他骑上马，嗒、嗒地走了。

庞掌醢命令两个侍卫把美子、巧巧绑上，“送到我的府上。”由他单独审问。

侍卫把美子和巧巧五花大绑，后背用绳子吊在房梁上。庞掌醢坐在太师椅上，门一关，就秘密审美子和巧巧。庞掌醢实际上已经是北噶后山秘密营寨的重要首领之一。表面上，他是朝廷驻寨官员，其实他已完全投靠杜察朗大玛发，他们是沆瀣一气。与北噶生命攸关，很多事情他都插手，很多的罪都有他一份。所以，他也非常害怕，背后是不是有人指使。表面上，他还装着无事，安慰杜察朗大玛发，怕他瞎说、瞎闹，把事情闹坏了。庞掌醢非常阴险，是杀人下暗刀，背后咬人的狗。他想，小丹丹是不是有人指使，难道与东噶没关系吗？特别是西噶，她二姐已另有所爱，完全站在奇格勒善一边，是不是他们秘密来探听的？西噶有他的心腹和奸细，这些事情他都不详细告诉杜察朗大玛发。他认为杜察朗大玛发遇事莽撞，好要个威风，沉不住气，也没有跟人较量的枭雄的本领。所以，他没瞧起杜察朗，很多事情都由他自个捏点子，然后再潜移默化地去影响杜察朗。他的野心很大，想暗暗地控制这个地方，使它真正成为穆彰阿在北海的一个据点。他虽然有计谋，但又怕小丹丹知道这件事儿，她一旦要讲出去，或者讲给西噶，让她的二姐知道了，那可就坏了。因为二丹丹现在已经站在他们的对立面，那就是朝廷在北海的打牲衙门巡营哨官，像穆哈连这些人。他们现在正在监视北噶的一切行动，如果若传到他耳朵里，那可就给穆大人增加麻烦了。所以，庞掌醢也非常害怕。

庞掌醢对美子、巧巧采取软硬兼施的办法，让他们把事情真相说出来。一方面他对美子、巧巧说，“你们有啥就说啥，我庞大人从来就是菩萨心，我也心疼你们。美子，你把这事讲明白了，我就让你做正经八百的平民，你可以找男的，或者我帮你找，找一个你爱的男人，你可以嫁给他，也可以生孩子，自己过自己的好日子吧，别给人家当奴才了。你当到何时才是个头啊，当奴才就是不好，主人一旦有事，让你死，你就得死。巧巧你听清楚没有？你已是几辈的奴才，这是你翻身的机会。你们说清楚了，究竟是怎么回事儿？不怕说到谁，都告诉我，我都替你们保密，谁也不敢伤害你们。如果你们敢跟我撒一点谎，看没看着，我这里有烧红的烙铁，我就一块把你们身上的肉烙掉了，让你们死无葬身之地。我还不让你们马上就死，我一点一点，先割掉你们的舌头，再割耳朵，挖眼睛，一块肉一块肉地撕掉，让你们疼死。你们马上还死不了，遭罪去吧。两条路摆在你们面前，由你们选。今天老爷我就奉陪到底了。你们说，是怎么回事儿？”

巧巧一看庞掌醢、庞大人的架势，就害怕了，只好把实情讲了。她说：“以前的事我确实不知道，我看小格格还没回来，心里特别着急，我出去找小格格，别的事情我都不知道。”美子，敢做敢当，直截了当地说：“庞大人，要问就问我，这事情只有我一人知道，巧巧确实不知道。是我给丹丹安排的，丹丹让我联系，这事儿是我办的。我说话算数，我这个人不怕死。庞大人，你不要折腾巧巧，巧巧无罪，巧巧确实不知道。”

听了巧巧和美子的话，庞掌醢把事情经过一分析，觉得是合理的。因为，他跟杜察朗大人骑马回来的时候，听巧巧说，为了找小格格，具体情况她不知道，所以，这事与巧巧关系不大，肯定不是巧巧干的。庞掌醢也知道，美子是小丹丹的心腹，美子虽然是她的奴才，丫鬟，但是，小丹丹对美子像自己的小妹妹一样，她们之间无话不谈。因此，庞掌醢认为，美子是关键人物，现在，想办法把美子问清楚，事情就会水落石出。

晚上，庞掌醢把巧巧和美子两个人分开，各住一个屋，虽说是住，实际都捆着，身子后系着绳子，都吊在房梁上，弯着腰，半吊着，两个脚可以耷拉在地上，那就算睡了。就这样，庞掌醢连续审问了三宿，美子一句也没说。庞掌醢最后问她：“美子，你说你只知道女眷楼里的情况，外头情况不知道，我相信你。但是，你是领着小格格出去的，外头的情况是谁告诉你的？是谁让你找了那两个小校？你就告诉这事儿就行了，是谁让你找的，是不是管家朱尔钦？你就告诉这个就行了。我认为肯定是朱尔钦，因为朱尔钦是后院的管家，他能派人去。另外，朱尔钦也能到你们女眷楼去，因为他得到了杜察朗大玛发的特许，你不要瞒我，是不是朱尔钦?”

美子非常大方地说：“是啊，是他，这你能想到啊，我们根本不知道，朱管家知道，那是朱管家的事儿。朱管家不是我找的，是格格找的。再说了，格格找他，他能不去吗？因为他是总管，别人不能找，这一点，不用你问，事实也是这个情况，还用你费什么唇舌呀。”美子把庞掌醢顶了，庞掌醢心想，肯定是这回事儿了。

第二天早晨，庞掌醢把朱尔钦的事告诉了杜察朗大玛发。大玛发马上命令把朱尔钦抓来。抓来以后，把朱尔钦一顿暴打呀。把他反绑在一个高架上，胳膊、脚吊起来，头冲下，底下还烧着火，火烤着。杜察朗大玛发气冲冲地说：“你必须交待，你把小格格带到什么地方去了？为什么带她去，是谁让你带她去的？你不说，我七天不给你饭吃，让火活活烤死你，饿死你。”朱尔钦就这样被吊在高杆上，下面火在烤着，烟在熏着，时间长了，头也晕，口也渴，饭也不给吃。朱尔钦连着昏迷不醒两天多。

这几天，美子和巧巧每天晚上都遭到庞掌醢的蹂躏。巧巧就在庞掌醢蹂躏的时候，自己拿出剪刀，自杀身亡。庞掌醢在奸污折腾美子后，累了，自己喝点酒，就到他那屋睡觉去了。美子趁这个机会，用身边的剪刀，慢慢把绳子割开，然后轻轻地把后窗户开开，就跑了出去。在漆黑的夜里，她顺着后山的道就往下跑。这个道，她从没走过，真是老天保佑，一路上没碰到人。到天亮的时候，她已经出了后山，发现山涧下面有水，她想不如早点跳山涧而死，结束自己的一生。美子连哭带笑，嘴里还不停地叨咕：“巧巧，我去找你去了，咱们到阴间相会。”她正要往下跳，突然觉得后边有人一抱，她吓了一跳，摔在地上，仰头一看，转圈都是陌生人，就是这样一个过程。

小美子在哭诉的时候，旁边的都尔钦像被刀扎一样，早就听不进去了。他连搓手带蹦高，干脆就坐不住了。等大伙把美子扶起来，他就哇的一声哭了。他向穆哈连和乌伦哀告地说：“两位大哥，快点去北噶珊吧，快点杀了这个坏蛋庞掌醢，给小美子和巧巧报仇。快去吧，救我的七哥，再晚了，我的七哥就没命了。”说完，又呜呜地哭起来。虽然他知道，在这块儿不应大声说话，但他心里特别难受，急得没办法了。

穆哈连安慰他说："好兄弟你别哭，咱们现在不是想办法吗，一定要救出你七哥。他对咱们很有用，败子回头金不换，你放心吧。现在咱们不能光想报仇，杀庞掌醢。我现在就想抓到他，通过他了解北噶的情况，以后再跟他算账。"穆哈连说完看看都尔钦，又看看大伙，然后接着说："各位弟兄，我想跟乌伦兄弟，马上去夜探北噶珊，直接去见庞掌醢，我看他能怎样？"

他话没说完，德格勒、卡布泰、二丹丹都不同意，他们一致的意见是，现在不能这么做，这么做咱们会上当吃亏的，为什么这么说呢，因为北寨出了这个事儿，他们肯定戒备森严。杜察朗大玛发疑心大，他肯定会加重兵力守卫，保护他的大寨。现在去，不但不利于调查这事儿，反而容易增加些麻烦。这话说的也有道理，穆哈连听着，觉得他们说的对，这事还应该冷静地想一想。大家认为，应以智取为上，想办法进北噶珊，抓住庞掌醢。庞掌醢是这次害人的凶手，又是北噶珊七十二匿洞的关键人物，他又是朝廷派来的所谓命官。抓到他，可能就抓到了问题的症结。

但是，怎么智取呢？大家七嘴八舌，各想各的办法。小美子一看这些人都是好人，而且二丹丹也在里边，她非常高兴，抱着二丹丹让她救命，她说："我身上带出一件东西，就是巧巧自杀的剪子，我也用这把剪子，剪断了绑在我身上的绳子，才逃出来了。这个剪子是他杀人的罪证，你们看是不是有用？"大家听了顿开茅塞。

穆哈连说："好啊，是有用。"美子又接着说："巧巧一再跟我说，让我替她报仇。现在看来，这个机会有了。巧巧的尸体我知道。在北寨，奴才死了，一般来说，头一两天不敢公开拉出去，都是在晚上让人看不着的时候往外拉。因为奴才多，怕有影响，他们先把尸体放在房后，等夜里以后再悄悄拉出去埋了，或者扔到山涧去。我肯定巧巧的尸体还在庞掌醢的后屋里，或者在房后的野甸子，上面盖着席子和乱草。我现在心里特别难受，我请各位大人，请二格格帮忙，把巧巧的尸体接出来，我真想把她埋在一个地方，这也是我跟巧巧一生的感情，要不然我死不瞑目啊。"

美子这些话，启发了穆哈连，是呀，如果现在把巧巧的尸体弄到手，这又是庞掌醢的罪证，有了这些罪证，在制裁他时，他就会乖乖地听我们的指挥。穆哈连想到这儿，就提出这样一个想法，大家看行不行？咱们智取，今天晚上马上行动，卡布泰、德格勒随二丹丹去北噶珊。穆哈连对二丹丹说："丹丹哪，我交给你一件事，你一定想办法办好，还要办妥。你回到北噶珊，直接到庞掌醢府上。你用什么花言巧语，用什么谎话都可以，只要把庞掌醢骗出来，你就大功告成，我们就非常感谢你了。"二丹丹说："那行，我能办到，这事请大人放心，对庞掌醢我是手到擒来。"

接着，穆哈连又对身边的德格勒和卡布泰说："好弟弟，我现在还求你们两位办点事，因为你们两人的面目，北噶珊他们不熟悉。你们去了，门卫那些小校也不会注意。你们扮成猎人，现在穿的衣裳就行，做二格格的亲随，是跟她打猎的猎手。你们进了大寨以后，记住，要办两件事，一件事，你们跟着二丹丹，她知道庞掌醢的家，你绕到他家的后院，那是一片小白桦林，我估计他们现在还没有时间处理巧巧的尸首，庞掌醢一定把她扔到房后的小树林，可能用什么盖着。咱们把尸首抢回来，就是庞掌醢的一大罪证。找到尸首后，用皮口袋装好，用独轮车推回来。你们一个人就行，在北噶珊推独轮车的人相当多，谁也不能想到是那个东西。这样就直接跟着丹丹和庞掌醢顺利地出了他的右边门。第二件事，另一个人，在见到巧巧的尸首以后，赶紧到街里看一看，大架子上吊没吊一个人。杜察朗有个习惯，把犯罪的人都吊起来，下面没人看着，把他们活活吊死，或者饿死。因为，朱尔钦也是杜察朗身边一个得意的管家，何况他又是西噶珊奇格勒善大玛发的儿子，我估计，杜察朗大玛发从两个大寨的关系上，也不肯害死他，只是吓唬吓唬他。所以，你们看见朱尔钦吊在那儿，立刻把他救下来，一定想办法把他带出来，就这两件事。"德格勒和卡布泰也欣然答应了。

话要简说，他们三个很快就消失在密林中。他们从后山又绕到前头，丹丹领着德格勒和卡布泰，到了大寨的左边门。几个小校一看是二格格回来了，都非常尊敬，没有丝毫的警惕。何况后面跟着两个猎人，那肯定是二格格的随从，是护卫她的。所以他们很快就进了大寨，门丁也没有通报。

二丹丹进了大寨，就直接去了庞掌醢家。进了门，二丹丹就喊庞大人。庞掌醢正坐在屋里，喝着茶，心里想着事儿。这时他想的就是美子跑了这件事儿。美子跑了他不怕，他可以处置她，因为杜察朗大人已经讲了，你可以处置。但他想，她跑哪去了，能不能没有死？她跑到东噶珊，或者是跑到西噶珊，怕她揭露霸占她的坏事，那有失体面哪。这时候，忽然听到二丹丹来了，他赶紧出去迎接。二丹丹到跟前挽着他胳膊，一口一个庞大人，叫的那个甜劲，使庞掌醢真是神魂颠倒，把所有的愁事都忘了，就说："丹丹你今天怎么回来了，哎呀，好几天没见到你了，真想啊！"二丹丹说："庞大人，今天我是打猎顺道过来了，我还没回家看我的额莫和阿玛。大人哪，你跟我去看看，我打了一个千斤重的大豹，这豹子真大啊，是金钱豹，是我打的。还没伤皮子，只是把眼睛打瞎了。跟我来的几个猎手在山下看着呢，我特意从山下跑过来，请你看一看，这个豹子的皮好不好，我想将来熟好了，请你拿到京师给我做一件好的衣服。"她这样缠着庞掌醢。

庞掌醢说："豹子皮有的是，格格，不用看，将来我给你弄一个好皮子。"二丹丹撒娇地说："不，这是我打的，你去看看吧。"二丹丹连拉带扯，硬把他往外拉。庞掌醢最怕自己心爱的人撒娇，一撒娇他就忘了东西南北，腿脚也不好使了，人家一拽，他就不自觉地跟着走了。他一边走一边回头喊佣人，让佣人告诉他夫人，我跟二格格出去，一会儿就回来。

就这样，庞掌醢跟着二丹丹，两个人说说笑笑，亲亲热热地到了右侧门。把门的小校一看，一个是庞大人，一个是赫赫有名的二格格，都深深地打千施礼，谁敢挡呀。所以，他们两个就这样顺顺当当地出了门。出了门，丹丹马上说，庞大人等一等，还有两个跟我的随从，到我娘家取点东西，他们一会儿就回来。庞掌醢一听，就只好等着吧。

不大一会儿，看两个人推一个小独轮车，一个人两手把着车把推着，一个人在旁边把着，车上放一个大皮袋，包着些东西，上面还坐着一个人。这个人头上蒙着布，像受伤的样子。两个人推着车过来了，庞掌醢想要仔细看看，丹丹说："走吧，别看了，咱们赶紧看豹子去吧。"庞掌醢心想，反正都是猎人，也没啥看头，走吧。

走了不大一会儿，庞掌醢就问："豹子在哪呢？哪有豹子，你打的豹子放哪了？"二丹丹说："大人，你往前走，离这儿不远了，前头有几个猎人看着呢。豹子还没死，大人赶紧去看，是我打的。"就这样，二丹丹又拉又推，庞掌醢只好跟着二丹丹慢慢地下了山。他们左拐右拐，进了一片树林子。庞掌醢又问："豹子在哪呢，这也没有啊？"二丹丹又挽着他的胳膊，跟他那个亲热劲，他真有点心花怒放了。两个人说说笑笑，不一会儿，拐过山弯，就到了树林下面。

只见出来三个人，正面站着的正是穆哈连穆大人，朝廷的三品侍卫。旁边站着的是前些日子见到的，英大人的三品侍卫乌伦巴图鲁。另一边站着那个人他不认识，是奇格勒善大玛发的小儿子都尔钦，手里拿着一个棒子。这时，庞掌醢这个光禄寺在这儿驻寨的官员，看着眼前站着的两个武士，吓坏了，脑袋嗡的一下子，好像什么都不知道了，完了，完了，我上当了。他慌忙地向两位三品侍卫磕头，因为他是四品呀。

穆哈连说："庞掌醢，我有些事情想向你讨教，今天麻烦二格格把你请来，请你随我们走一趟。"庞掌醢吓的直哆嗦："大人，大人，我今天有事，身体欠佳，明天去行不行?"乌伦说："庞大人，还是政务要紧，你身体欠佳? 这些日子不是很好吗，走，走吧，就是没轿，你跟我们一块走。到山坡下，有马，你可以骑着马。"就这样，他们很顺利地把庞掌醢带到穆哈连在林家窑下边十字路口那个赫赫有名的打牲衙门行营哨卡。

穆哈连他们安排的很细致，这个计谋也非常巧妙。德格勒、卡布泰他们到北噶珊大寨以后，很顺利地找到了巧巧的尸体。他们马上把尸体放在皮囊袋里，装好以后放在推车上，又赶忙去找朱尔钦。他们打听旁边过来的一个老者，问朱管家现在在哪呢? 那位老者说，哎呀，朱管家可糟了，被他们给绑起来了，你没看着，那桌子旁边吊着一个人，就是他。他们赶紧到那去，周围还没有人，在吊人的下面有一个小桌子，桌子上放些米饭，让他吃的。他两只手倒绑着，已经昏迷，可能累了，闭着眼睛。卡布泰拿刀把绳子砍断，就招呼朱尔钦。过去他们都认识，也曾经劝过朱尔钦，别到这儿来，要听你大玛发的话。但是朱尔钦是一条道跑到黑，好吃懒做，在这儿当个管家，觉得挺享福。所以说，就不愿回西噶珊了。

这时，朱尔钦一听是卡布泰来救他了，感到小命有救了。卡布泰就问他："你弟弟老八在哪呢?""哎呀，老八想要救我，被杜察朗给打跑了，不让他到跟前来。"卡布泰说："闲话少说，马上跟我走，离开这个是非之地。"就这样，把朱尔钦救下来了。他俩告诉朱尔钦，你赶紧坐在车上，脸上蒙些皮子，别人认不出来，装着打猎受伤了，找郎中看病。朱尔钦上了小独轮车，问这皮袋装着什么，卡布泰说："你不用问了。"这个皮囊袋是猎人宿营睡觉用的，人钻进去以后，把上边口一系，非常暖和。卡布泰他们用皮囊装着巧巧的尸体。巧巧是个女流，个很矮，不显眼。朱尔钦以为是装着衣服什么，坐在车子上，两个腿骑着袋子。他们推着车急忙往前走。

不大一会儿，就看到二丹丹在门口等着。把门的小校以为推车的人是二丹丹身边的亲随，也没注意看蒙着那个人是谁，这样他们就出了门，很快就赶上了庞掌醢。二丹丹一看，他们两个已经跟上了，就放心了。这一切，都按他们事先想好的进行，直到把庞掌醢带到打牲衙门行营。

穆哈连马上换上了三品官服，佩带腰刀，戴上英雄帽。旁边的乌伦巴图鲁也脱下自己的猎人服装，穿上那个三品侍卫的武将服。两个人坐在前面，穆哈连坐在正面，乌伦巴图鲁坐在旁边。两侧有卡布泰和德格勒，都穿武将服，一个是骁骑校，一个是佐领衔。两边还站着不少兵丁，都佩带腰刀，像升堂一样。

这时，庞掌醢一瞅不好办了，可不能耍威风了。在堂上坐着的，那是钦命三品，是受天朝特命来北疆的，掌握兵权，掌握政权，有生杀予夺之权。穆哈连当时就叫了一声，还是尊敬他："庞掌醢，我知道你是大清天朝光禄寺的命官，你知道，今天为什么叫你到这来的吗？"

庞掌醢这时站在一边，一听穆哈连叫他名字，慌忙跪下磕头，赶忙说："小的不知道犯了什么罪，我来这儿兢兢业业，忠于职守，我是受穆彰阿大人之命，来北噶珊驻寨。我日夜想的都是朝廷之事，做的都是朝廷让我做的事，我是有良心的，我没有欺骗二位将军。"穆哈连就说："你还想欺骗，你现在知不知道，你犯的什么罪，远处不说，近处犯了什么罪？""哎呀，小的没犯什么罪。""你为什么强奸主人家的婢女，有没有这事？由于你施暴奸淫，使巧巧用剪刀自杀。""哎呀，没这事，我不认识什么巧巧。"

穆哈连见庞掌醢不老实，立刻传美子。兵丁把美子带上来，美子上来就跪下磕头，说："大人，就是他，庞大人把我们害的好苦呀，巧巧由于他的奸淫，自己寻了短见，我也是受他糟蹋的人。请大人看，这个剪子，就是他家的剪子。"美子说着便把剪子拿出来，穆哈连接过剪子，拿到庞掌醢跟前，问他这是谁的剪子？庞掌醢说："我不认识啊，这是谁家的？"乌伦巴图鲁就说："你现在还不想老实交待呀。"

这时，庞掌醢耍赖地说："我是朝廷的命官，是受皇恩的，我是对穆彰阿大人负责。"穆哈连勃然大怒："你还以命官自居，真不自量，这是给大清丢了脸，知道不知道。你以为我们是私设公堂吗？胆子真大呀，抬头看看，我是干什么的?”说着从自己内服中拿出一张黄绢子，交给了乌伦巴图鲁：“兄弟你拿着，让这位大人看一看。”乌伦巴图鲁双手捧着绢子，放到庞掌醢面前，说：“庞大人，你不是从天子脚下来的吗？你看看，你认不认识这字，上头写着什么?”这时候庞掌醢才看清楚，原来是嘉庆皇帝的亲笔御书，而且还盖着皇帝的御宝御玺，上面写着：

钦命三品侍卫穆哈连，行辕北疆，总理一切打牲巡疆一应事务，特准裁定，决策而后奏之，钦此。

大清嘉庆五年春正月。

讲的非常清楚，皇上钦命三品侍卫穆哈连，行辕到了北疆，在那儿可以总理、巡查和打牲的各方面事务，而且对这些事务自己有权决策，然后再报给皇上。所以他的权特别大，他有生杀予夺之权啊。这是皇上给的，任何一个官，不管是几品，哪怕是二品官，你到了北疆，这里有皇帝钦命，他就有权管你，就可以制裁你，制裁完了，再报给皇上。

说起来，这是赛大人、英大人特别给穆哈连申请下来的上方宝剑。他们怕北疆关山中有些事情不好办，那块有很多权臣，怕有些事情行不通，而且往返朝廷路程遥远，需要很长时间。由于拖延时间，很多事情容易办砸了，办不成了。赛大人、英大人，早就想到这一点，而且替他办了嘉庆皇帝的亲笔御书。庞掌醢一看，全身就瘫了，真是吓的都尿裤子了。这时他就不敢争了。连磕头带捶胸地说：“小的有罪，小的有罪。”什么都承认了，剪子确实是他的。

穆哈连说：“你起来，”这时让卡布泰拽起他，把他拖到外边：“你看一看，你害死的人，尸首还没来得及处理呢，可怜年轻的女子，就由于你的施暴，使她无法生活，自杀而死，这是不是人命?”

这时，小美子又哭了，述说自己受害的经过，她说：“我也是受害的，受他奸污的，请大人查一查，他衣服还没有换，他的衣服上还沾着我们咬手指头的血，我跟巧巧把手指头咬破，把血特意抹到他的内裤上，为的是有一天，我们相信会有人给我做主的。”小美子说着，呜呜地哭。这时，穆哈连又让两个兵丁，扒下他的裤子，看他内裤上确实抹了不少血，穆哈连就指着庞掌醢说：“这血是怎么回事?”庞掌醢说：“臣有罪呀，臣有罪呀。”就这样，庞掌醢只好有啥交待啥，一点不敢隐瞒了。

庞掌醢善于随机应变，他一看不好，穆哈连有皇上亲笔御书，这他没想到。从京师秘密送来传报，说几年前穆哈连随着他两位师傅回来了，只觉得他们是从京师来的，从皇上身边来的，但没想到有这步棋，他有上方宝剑，这可事关重大，不但涉及到自己全家性命，也涉及到穆彰阿穆大人。他们合谋生财，暗地搞些鬼勾当，仅这一项就够说的了。他想到这儿，灵机一动，就想出了办法。现在我就将计就计，他们想要的就是北海的秘密情况，说明他们现在还没掌握。我就一切都答应下来，我把事情都跟他讲，得到一个认罪诚恳的态度，然后我再见机行事。于是，他就嚎啕大哭，鼻涕一把，眼泪一把，跪在那块儿就讲："为臣贪婪私利，受别人串通。我家上有父母，下有妻儿，请大人禀报皇上，给臣一个改过的机会，赏臣一碗饭吃。我从今天开始，什么都不干了，一定改过自新。现在我把事情和盘托出，禀报二位大人，希望能够将功赎罪，我死了也能闭上眼睛了。"这时，他就一五一十地讲，乌伦巴图鲁在旁边用笔一笔一笔地记着，穆哈连静静地听着。

原来北噶珊确实藏匿国家的各种药用资源，有七十二个匿洞，洞洞都有从北疆压榨来的价值连城的财物。他们不顾国法，为穆彰阿和几个清廷的大员，聚敛财富，确有此事。第二个，他们的党羽也很多，在北海有两大据点。这个过去穆哈连和云、彤二老也不知道，他们以为北噶珊是个黑据点，把北噶珊拿下来，北海可能就平静下来，朝廷打牲衙门的栈道和一些哨卡，就能很好地建立起来。其实不是呀。他们这种秘密的勾当，从乾隆初年就开始，杜察朗在北噶珊的整个山上山下建起一个大据点，这个据点，叫北噶聚宝地，这些人暗中都这么叫。这还不够，他们还有触角，这个触角一共有七个，最著名的触角，是在北海边的韩家土窑。

我要向各位简单说几句，为什么都叫窑，比如，林家窑，杜家窑，还有沙家窑。所说的窑，就是在地下挖个坑，上头盖上房子。北边寒冷，从古以来就是住在地下，地下暖和，上头盖上篷，在篷底下住着。到夏天搁地下搬到地上，或到树林里住。所以，在北方"窑"这个词非常多。不过，窑的建法历朝有些变化，过去就是挖个坑，上头搭个架子，后来越建越好，越整齐，甚至挖完坑以后，外头用木头垒起来，里头有睡觉的地方，有藏东西的地方，还有各样的仓库，有内洞、外洞，窑里头是连着的。后来就发展成半地穴形式，民间叫地窨子。在地面上出来一块，外面的阳光进来的比较充沛，能够保暖。后来又有了炉子和火炕，解决了取暖的问题。如果火炉子、火炕不解决，人们不敢在地面上住，因为地上的雪相当厚。

韩家土窑现在是他们在北海一个秘密的前哨，所有的海鱼、海兽、林中的野兽，包括更远的堪察加一带的，什么白狐、雪狐，还有北极熊，这些皮张都有。另外海象牙，十分珍贵呀。大鲸鱼的眼珠特别出名，像珠子一样，叫鲸鱼珠，价值连城。在那块收集，用的钱非常少，或者雇用一些当地各族部落的土民，给他们点钱，然后把东西收上来。这些个在清朝有例律规定，都是由官府或者由打牲衙门来管，往下摊派，由骑兵和民工、庶民或者是流放的人来采集，统一由打牲衙门进行调配，交回国库，这是国家的权力。他们背着国家，凭着自己的势力，对国家交一点点贡品，稍微应付一下，其余窃为己有，然后自己秘密建库，这是清代北方一大弊端，不少人从中钻了空子。

穆哈连听着庞掌醢介绍，自己大吃一惊，没想到这么严重，问题这么多，这真像《诗经》讲的硕鼠，这些硕鼠把国家都掏空了。他们在韩家窑子建立穴洞、仓库，把东西储存那块儿。然后再运到北噶珊，在北噶珊再分发到京师。运到京师的东西，首先放在灯市口的聚宝货栈。聚宝货栈是他们贩宝的地方，往外卖的门市。聚宝货栈是他们的总站口，他们在湖南、湖北、广东、广西、云贵等省，甚至宁夏都有他们的分号。南方人要想吃北方的菜，吃北海的珍馐，就得用很多的银子到分号去买。那些达官贵人，清代的八旗子弟，包括汉人中的富贵之家，要做什么珍贵的衣裳，儿女婚嫁，老人的寿礼，所用的礼品，所有的佩饰，清代都非常讲究。必须用北珠，就是东珠；用北狐，就是雪狐；用北貂，就是北方的紫貂；北参，就是北方的人参；白皮，就是雪狐皮。最贵的是北极熊及一些鹿的、鲸鱼和虎豹的，还有各种动物的生殖器。北边野兽越凶猛，它的阳物越大，药性也越强。所以，一般阔老都比试，你弄没弄到北鞭，没有说弄南鞭的。因为南方天热，动物都非常瘦小，它的阳物不粗、不长，没有力量。一般一提这事儿，就说：哎呀，我是通过××老大人之手，从什么公公，就是太监之手，从皇宫中弄来的，都是搁北海那弄来的。凡是熊鞭、虎鞭、鹿鞭，都加上北字。

通过庞掌醢的嘴，他们知道杜察朗现在已有一定的力量，这个力量，使他们横行霸道，受不到官府的制裁。他们有自己一套秘密的武力体系。这个体系有神刀手马龙，马龙前些日子还来过，他是穆彰阿大人身边的人。马龙的武艺高强，是世外高人，他身边有三百刀斧手，特别野蛮。这几个据点雇用当地的渔民和猎户，如果稍有偷闲，或者把好的东西藏起来，把坏的给他们，他们干脆就把你投入海里。他们看哪个姑娘好，就霸占过去。有的要结婚，头一宿两宿都被这些人先占用，然后再结婚。这些渔民和猎户，敢怒不敢言。第二个，就是八宝禅师黑头僧，这个人武术高强。

还有北海如意侠杜察朗，他是五台山派，杜氏家族都是五台山派，他们是从五台山请来的高僧传授的武艺，包括他的女儿，大丹丹、二丹丹、三丹丹，武术都很高强。特别是三丹丹，学的时间长，人也最机灵，她使的是单刀，刀法很特殊。杜察朗武术也可以，但他作为北方的一个镇守主帅，主要靠下面的人，他自己起的名字好听，叫如意侠。还有小力士猛哥，这是一个徒弟，另外还有潘家兄弟，他们现在占据着北海的韩家窑，叫潘天虎、潘天豹。这哥俩挺凶猛，老大潘天虎，外号叫勾魂鬼。老二潘天豹，外号叫白无常。这两个人都是吃人的魔王，他们本身就吃人心、吃人肝。

有很多外来的武林高手，其实并不住在北噶珊那块儿，在北噶珊住的都是驻寨的官员。这块真正秘密的地方，据庞掌醢交待，是在韩家窑。到韩家窑山路崎岖，二百多里路，你走四五天都到不了，爬山下岭，没有道可走。如果没有向导领着，你根本找不到韩家窑，相当秘密。从外边一看，那是一片密林，一片石砬子，左拐右拐才能找到的地方。所以，我详细情况不知道，光是听说，我没去过。

再一个是和罗刹的联系，韩家窑是个据点。罗刹也重视北疆，他们从西边过来，在北海边建了几个据点。他们不像咱们清朝政府，官员带着兵马一年到北方去一两次，隔二三年再去一次。到那看一看，有啥变化没有，然后扔一块石头，做个记号，就回去了。回来后把情况一上报，说挺安全，没有事，就算完了，历朝都是这么做的。咱们没有驻寨的兵丁，谁都嫌那块关山重重，道路崎岖，天气严寒，什么东西都吃不着，只能吃野菜、兽肉，谁愿意去呀。正因为如此，清朝历代官员对北方的情况不是那么清楚。可是，罗刹就不这样了，他们走一步，像钉子钉在那儿，召集当地的土民，给他们银两，给他们卢布，让他们住那块开垦荒地，然后帮他们建房子，修栈道，还按时拨给他们一些钱财和粮米，甚至还拨给他们抢来的女人，做他们的妻子。这样，走一个地方，就建一个小据点和村落，再往前，又建一个小据点。他们是一步为营，步步为营，稳扎稳打。他们从西部就是这样过来的，现在已在北海附近建了几个据点。而且有两个出名的东正教的大牧师，一个是班大罗夫大牧师，去年秋天有人秘密把他抬到北噶珊来传教。还有一个叫希缅尔基的大牧师，也是非常出名的。韩家窑有罗刹的据点，到那你可以了解彼得堡、莫斯科、贝加尔湖附近的情况。

庞掌醢为了讨好穆哈连，使他相信，将来能帮他说一句好话，介绍了不少情况。这时，他又哭起来，并且说，自己近日身体欠佳，饭吃不进，我确实无力再往下讲了，请二位大人，我的大老爷们，我的祖宗，你们能不能饶恕我，让我先歇一歇，给我点饭吃，让我喝口水，我现在就想躺着睡一觉，明天我再给你们讲行不行？请二位老爷，二位活祖宗，二位大人，你们放心，我庞掌醢把你们看成今生的父母，来生的再造父母，你们是我的大恩人，我不能忘了你们。你们对我这么好，我也会对得起你们，我从此以后就改邪归正，一定做二位大人的心腹。北边的情况，你们需要啥我就讲啥，我在北边呆了这些年，我知道得一清二楚，你们放心，我不会跑，也不会走。我今后永远跟着你们，哪怕给你们提鞋吊镫哪，我都心甘情愿哪。说完了，又是哇哇一顿痛哭。

这些人一看他真有点诚心，看起来是有悔改的表现。人都要分析地来看，人不要认为一坏就坏到头了，也可能变变心，改改好，也可能是败子回头金不换。看他那个样子，让你就往这方面想。他这一哭，卡布泰这些人心也就软了，这些人心肠好，直性，非常纯朴。想不到，被这个心怀叵测的人鼻涕一把眼泪一把地给迷住了。穆哈连当时就说：“好吧，我们听你的，但要看你的行为，你先休息休息，明天再讲。你一定要如实向朝廷禀报，有一点隐瞒，或者胡言乱语，你要知道，这是抗旨的，你要受到严厉制裁，我要把你送到大理寺去，那时候可别说我穆哈连不讲情面呀。”

庞掌醢紧忙磕头又捣蒜地说：“大人哪，你放心吧，我的活祖宗，你相信，我哪也不去了，我就愿意住你们这儿。晚上睡不着，我就详细地给大人想，想完我给大人写出来，包括京师的有些事，我都给你们写出来。大人饶恕我，有些事我不敢说，有些人我不敢提，怕得罪了当朝某些官。”看他如此诚恳的样子，穆哈连一使眼色，把他圈在大寨的一个单独的屋里，让德格勒和卡布泰认真地看管，也可以把他的手和脚绑上，他们就喳喳称是。

单说庞掌醢，晚上睡一会儿，就说拉肚，没到一个时辰，连出去七八趟。哎呀，可把卡布泰折腾苦了，他出去一趟，就得跟着，还不敢走的太远了。卡布泰到跟前，他就放屁，他也真会表演。后来，卡布泰说，行了，我也不给你绑着了，就在门口附近，这都是树林子，愿在哪蹲就在哪蹲，你可不能跑，要跑我就砍你的头。庞掌醢说："哎呀，大人，你说哪去了，我现在的心都向着你们了，我活着是你们的人，死了也是你们的鬼，你们到哪我跟到哪，我已改过自新，我用我的一片真心向你们发誓。"德格勒说："行了，行了，别说了，我们相信你。"就这样，他晚上哧唧一声出去了，又回来，折腾的两位将军也没睡好觉。

到天亮的时候，他们大吃一惊，床头啥也没有了，原来庞掌醢逃跑了。卡布泰和德格勒到林子找遍了，干脆没找到。他们慌忙地到另一个屋向乌伦和穆哈连报告。乌伦赶紧起来，帮助找，他们到处找，也没找到。把穆哈连气的在屋里来回走，责怪地说："你们两个看一个，怎么还让他跑了呢！"乌伦说："行了，大哥，别生气了，咱们早晚还得抓住他。现在咱们赶紧商量，趁庞掌醢还没跑回去，他们还不知道情况的时候，咱们趁热打铁，飞马闯关，去拜会一下韩家窑。只要把韩家窑潘天虎、潘天豹抓住，就能砍断魔鬼的前爪。这样咱们回去好向皇上禀报。现在他的触角是在前头，这块还不是他的触角，咱们抢到前头去，直接兵发韩家窑。世上无难事，我看咱们就闯这个关。"穆哈连高兴地说："好兄弟，我就是这个意思，他跑就跑了吧，抓他一个也没用，咱们还得圈他，现在也不是圈罪犯的时候，他的罪证咱们已经抓到手了，关键是把他们秘密建的黑窝一个一个地摸清楚。"他们几个这么定下来了，就直奔韩家窑。

单说，庞掌醢这个小子，真是滑透了。其实，他肚子不怎么疼，但是他表演的挺像，肚子一鼓起来，噔噔就放几个屁，你看他的能耐行不行。他把德格勒、卡布泰给唬住了，真像出去拉稀似的，一遍一遍地往外跑。他早就想到了，不走不行哪，脚底下必须抹油，这块待不得。我要在这儿一待，把什么事都说出去了，我回去，穆大人那儿怎么办。这块他们也不能饶我呀，早晚是一死。我现在就回去，赶紧走，事不宜迟，我赶快逃出去，然后秘报韩家窑。他们下一步肯定要到韩家窑，到韩家窑他们抓住赃，那可就糟了。韩家窑是我们前方之窝，还没有准备，清朝的官员从来没去过，所以那块更容易暴露些事情。穆哈连这个人肯定不会轻饶。他想到这儿，就决定冒死冲出去。

他的表演真起了作用，也真迷惑住德格勒和卡布泰这些好心人。天刚亮时，他俩就呼呼睡着了，睡的挺实成。庞掌醢看他俩睡的挺香，他特意咳嗽两声，俩人还呼噜呼噜地睡着，一个脸朝上，一个脸冲着他。他在中间，一边一个。他把衣服穿上，什么都没拿，悄声把门开开，是个木门，还没有声音，出去又把门关好，他顺山道就跑了。

说实在的，北噶珊的方向看的非常清楚，三个高山耸立着，但是要走起来相当难，他过去真没走过。一个文官不是坐轿就是骑马，从来自己没下地走过。这回为了活命，为了急着跑回去，他拼命奔着山的方向往上走，也不管道直不直，好走不好走，遇山就往上爬，遇山涧就往下跳。他的衣服被树枝刮烂了，脸上也刮破了，满脸是血印子。因为抓石头，手指甲盖儿都翘起来了，直淌血，不敢碰。一只脚光着，一只脚的鞋露着窟窿。他一口气走了七八个时辰，才走到北噶珊的山下。

这时他听到巡逻的锣声。他们的锣敲法不一样，有自己秘密的联络暗号。咣咣咣，咣，这是暗号，说明是自己的巡逻兵丁。一旦有啥事情，一听到这个声音，可以和他联系。他听到这个锣声也用暗号联系。一般的文官，平时不必学的那么复杂，只要喊一个长声就可以，嗷——嗷——，必须是一个声音，喊长声。巡逻的兵丁一听到这个长声，就知道是自己人。他爬山太累了，真走不动了，一听到有自己的锣声，高兴的不得了，哎呀，我算有救了，真是老天保佑呀，给了我这条老命哪。他干脆就躺在地上大声地喊，嗷——。

巡逻兵丁听到了喊声，感到这是我们的人，可能受伤了，或者是正往山上来，找不到路了。他们按声音的方向，走到了跟前，打着火把一看，这个人不认识，就问："你是谁?""你不认识吗? 我是庞掌醢，庞大人"。"哎呀，庞大人，你怎么造成这个样子?"他们赶紧把他背到山上。到山上以后，他马上梳洗、换上衣服，然后叫人把杜察朗大人找来。杜察朗急匆匆地赶来，一看是庞大人，他们也在找他。

自从庞大人丢了，这个事使杜察朗大玛发非常着急。后来听说是让他的二格格领出去的，他气坏了，回头就跟柳米娜干起来了。柳米娜说："我干脆没看着呀，你埋怨啥，格格的事情是你逼的，是你把她逼到西噶珊那边去的。"杜察朗哪有心思听这些，转身就走了。他命令人马到各山去找，赶紧把庞大人找到。他知道，庞大人是天朝的命官，是穆彰阿大人派来的，在你这儿丢了，自己怎么对亲家说。同时也说明你北噶珊这儿太乱了。更使他害怕的是，北噶珊里里外外的情况，都在庞掌醢手里掐着，他比秦典薄厉害，甚至有很多细事，杜察朗不直接办，都交给庞掌醢去办。所以说，他害怕啊，庞掌醢要丢了，等于把我们的山都卖出去了，他拼死拼活也要找到。

今天看庞大人回来了，真高兴坏了，跟他握手，又抱到一起，痛哭流涕地说："大人，你可回来了，我对不起你，让你遭罪了，我们天天茶饭不进哪，就怕你出事啊。"庞掌醢说："大人，你先坐下，现在我告诉你，有急事。"

庞掌醢让周围的人都退下，就剩下他和杜察朗两个人。庞掌醢嘚嘚嘚，把整个情况，前因后果如实地告诉了杜察朗。杜察朗说："怎么办呢?"庞掌醢说："你别急，赶紧派你最亲近的人，秘密飞马韩家窑，找潘天虎、潘天豹，让他们做好充分准备。我已经想到，他们下一步肯定不把北噶珊放为重点，他们要抓赃，而且先要砍断咱们的手，必然先到韩家窑去。他们要是把那块的赃和物都抓到了，咱们就不好办了，那就有祸灭九族的危险，不但是咱们没法活下去了，就连在天朝的穆大人几个人，全都一网打尽。现在事不宜迟，生命攸关，我的意思这么办，你耳朵过来。"他就向杜察朗耳边，喳，喳，喳，必须这么办，一定要快要狠，不能有任何犹豫。

庞掌醢由于受惊吓，加上崎岖山路的折腾，精疲力竭，心脏又不好，马上就昏迷不醒。杜察朗赶紧请来两个郎中伺候，命令周围卫士严格保卫庞大人，不许有任何闪失，给大人好好调理治病。然后杜察朗就大步流星地走了，悄悄回到自己府上，把两个心腹娄宝和齐宝召唤来，秘密向他们下达了自己的指令。娄宝和齐宝各带一匹马，星夜赶赴韩家窑，哪怕遇到火海你也得给我穿过去，遇到刀山你也给我爬过去，迅速去见我的两个兄弟天虎和天豹。

话要分头来说。再说穆哈连带着乌伦巴图鲁，还有德格勒、卡布泰两位将军，他们一行四人，骑着快马，走山路，晓行夜歇，忍饥挨饿地北上韩家窑。他们知道，这条路崎岖，道路难行，但是他们想，哪怕是关山重重，也一定要赶到韩家窑。北边道非常难走，历朝一些边境的大员，谁往那么远走，一般到了将军衙门把事情一了解，回去向皇上一奏，就完事了。他们这么走，还是头一次，可以讲，史无前例。

他们在出行前，云、彤二老知道了这件事情，另外西噶珊奇格勒善老玛发也知道了。他们说，你们这件事情办得好，是给我朝增光的事情，对穆哈连几个后生非常钦佩。二老放下了教三巧林家剑的事，就跟他的姥爷说，今天咱们连夜去给他们喝壮行酒。就这样，奇格勒善大玛发家人想用轿把他抬来，老人说什么也不干，他说我能骑马。老人八十多岁了，骑着马从山上下来。林家二老也从山上噔噔赶下来，也到了穆哈连的行营大寨，他们喝了壮行酒，吃着烤的狍子肉。因为这个行动非常急，而且前程未卜呀。

历朝包括我大清朝，对北边都这么打怵，一个是行程艰难，道不知怎么走，我就不多讲了。第二个语言难，在北边住的各个部落都有自己的方言土语，你听不懂，光会大清国语，跟他们根本说不到一块儿。人也相当杂，互相之间都不认识。有时走了二百多里路都没有人烟，见不到一个人。第三个气候难，天难，夏天本来是晴朗的天，忽然雷鸣电闪，时而飘起雪花，时而冰雹四起。所以，天、地、人不少都和你作对。听起来，真是让你不寒而栗，到北边去等于送命呀。不少去的人，都有去无回。要去北疆，那得有多大的恒心、毅力，敢闯天、地、人三大关，真是不容易呀。

喝完了壮行酒，云鹤老人说："哈连哪，我跟你说一句汉人的诗：'风萧萧兮易水寒，壮士一去兮不复还'，这是讲人的英雄气概。你们这次去，就要有这种英雄气概，一往无前的精神。但愿尔等此去为我们大清写出新的一页。我们大清的官员，我们的脚步踏到北部的边疆。北疆的大门有我们的英雄事迹，有我们的英雄壮歌。你们的后代，你们的儿女，为你们的壮举，都会感到自豪。你们为了捍卫自己的国土，捍卫我们大清的疆域，不愧对大清的子民，让后代儿孙，辈辈记住你们这一壮举。"说完，他们又痛饮了一杯壮行酒，真是慷慨悲歌。

他们几个跪着向三位老人磕头，然后起来，飞身上马，就北上了。跟着他们几个去的，有莱塔等三个小狗，莱塔还特意地向云、彤二老伸伸小爪，让云、彤二老握一握，告告别。小莱塔似乎说：你老放心，有我呢，不用惦念，我会把穆大人带到他们要去的地方。云、彤二老就拍拍小莱塔，因为这是他看着长大的狗，非常喜欢，就对小莱塔说："孩子，孩子，一定好好照顾好穆大人他们，有啥事回来告诉我们，好莱塔"。这时，穆哈连他们骑着马，已经嗒、嗒走的很远了。小莱塔叫了两声，转过身，像箭似地跟了过去。

穆哈连他们走了一段路，前头是一片密林，这片密林真是没见过，林子相当高，树都顶天立地，干脆没有路，树一棵挨一棵，马不能快走，只能慢慢地躲过这棵树，再躲过那棵树。绕又绕不过去，往右边是个大山涧，马下不去，左侧是立陡石崖的山崖。树林在沟下一直长到山上，又长到高山之巅，到处都让密林给遮住了，躲不开，只能在林子里边钻。他们感到憋气，因为没有风，说话嗡嗡地，你在这说话，好像转圈都是这个声音，林子太密了，声音互相回应。另外，空气稀薄，好像气不够喘似的，走一走头上直冒汗，真憋的慌，里头又闷热，他们几个说话就像在鼓里说话似的。他们慢慢地走，好不容易走了两个多时辰，把他们折腾得筋疲力尽。由于氧气不足，心都直跳，特别苦。德格勒难受的吐了好几场，他们已经没劲了，还不能骑马，马都不好走，只能牵着马。

小莱塔挺着急，跑一跑，赶紧回来瞅一瞅。它非常懂事，注意观察哪个山沟啥样，哪个树啥样，它伸出舌头，两个耳朵来回转，这是猎犬的本性。它找的都是固定的地方，都是石砬子、大树等不能动的地方撒尿，作为它进山出山的记号。莱塔带着它的小朋友，两个小狗，出来了，又往前走。

就这样，穆哈连他们走了三天多，越走，觉得方向不对头，但是怎么也辨不出来。因为到处都是一样的山，他们就多绕了两天，又绕回来了。他们想顺着牛满江的河流走，但是河流的小支流太多了，像人的血管一样，有大血管、小血管，分布全身，河流走错了，就相差百里呀。他们走一走，又出现小河流，走不对了，也不知顺哪个河流走。这样他们在密林里就走远了，应往北走，却走到西部去了，是北海的西部。

北海的西部，多数被罗刹人占着，他们偷着跑到咱们大清的地方建据点。但他们的人并不多，有的时候他们来，都是雇当地的土著人、部落人，让他们看着。表面上看，都是这里的猎户，可能是这里的野人和山里人，暗地里是罗刹人。罗刹人非常狡猾，他收买了你，还给你一个证，让你填上，还给你起个罗刹人的名字，是俄罗斯彼得大帝的臣民，好像就入了罗刹的国籍一样，是俄罗斯的人了。他就这样往这边蚕食。穆哈连到这儿吃饭，他们也给预备，一看这些人都穿着大清王朝的服装，满招待。罗刹人告诉这些土著人，你们见到他们不要说你是俄罗斯人，不要告诉他们底细。因为，他们都被收买了，也不说。穆哈连他们走错了路，那些土民说，到韩家窑得往东北走，你们这么走，越走越远了。他们又绕过来；又往东北走。这样就耽误了时间，延误了时间，就给潘天虎、潘天豹造成了可乘之机。因为，这时杜察朗派出的娄宝、齐宝，他们熟悉山路，知道有个秘密小道，他们很快就见到了潘天虎、潘天豹。

潘天虎、潘天豹知道情况以后，做了秘密的准备。他们又请了两个罗刹出名的拳击大力士，领了一伙人秘密地埋伏在独龙山。独龙山是韩家窑的大门户，这个山特别高，山势相当陡。独龙山下有一个洞，他们叫独龙口，就像一条龙，张着嘴一样。这个洞挺深，也是韩家寨潘天虎、潘天豹的前哨阵地。他们在这里养了不少兵，很多重要的议事，都秘密地在这里举行。

穆哈连和乌伦走错了道，他们是瞎猫碰死耗子，自己走到这块了，要真找还找不着。潘天虎、潘天豹已知道这件事了，他们派了很多人，分散到东西南北各个方面，并告诉他们，现在有清兵来了，凡是知道以后速报。他们有自己的暗号，全是用鸟的叫声来传报。有的人已在树上秘密蹲着，穆哈连他们往西走的时候，已让潘天虎派的人在树上看到了。穆哈连他们已在潘天虎、潘天豹的监视之下，像在如来佛的手心一样。穆哈连他们怎么走，潘天虎的人在外面看的非常清楚，一目了然。他们随时用大雁的叫声，猫头鹰的叫声，布谷鸟的叫声，一个传一个，一直传到潘天虎那里，潘天虎马上就知道信儿了。后来听说穆哈连是奔独龙山来的，潘天虎、潘天豹马上命令，把他们引进独龙山。独龙山口有个卡子，这个山光秃秃的，立陡石崖，山外立一个大架子，上头有一个牌子，写着韩家寨、韩家土窑。

这时天色已晚，穆哈连他们想找个地方休息。最初还没敢进洞，后来卡布泰提出，大人，我进去看看，这个洞上边有一个牌子，里头有没有人，不知道，要不咱们进去，这外头风多大呀，在洞里隐避，外头不容易看出来。他说的有道理，穆哈连告诉德格勒在后头掩护他。这样他们就带着小莱塔悄悄进去。这个洞挺深，没走到头，往里走走，也没有人，一看转圈都是小洞。他没敢往里走，怕有什么机关。卡布泰想，不能贸然行进。他看一看以后，就返回来，在洞边找一个洞的窝口，里头挺宽敞，还搭着火炕。看起来过去有人住过，可能是猎人在那休息，炕上铺着破鹿皮，地上堆不少木炭灰，还有烧剩下的木桦子，地上还扔了几个破碗和器皿什么的，还有个装水的水桶，这肯定有人住过。卡布泰出来禀报穆大人，这块是有人住过，咱们今天晚上就在这歇着，还避风，外头容易暴露目标。穆哈连同意了，他们就进去休息。

歇息一会，乌伦说，咱们往里边看看，看里头是什么样。于是他们点起火把，就往里边走。洞里还有洞，洞洞好像都有人住过，也堆着些破碎的木头，准备烧火用的。有的洞里，也曾经点过火，也有不少的木灰，地上还有吃剩下的兽骨头什么的。他们晚上就在这儿住下了。

天亮的时候，他们要继续往前赶路。就这时候，似乎听到有人说话的声音，他们一惊，难道这里还有人？他们往上一看，洞的上方还有洞，洞挺多，像鸟窝似的。在上边呼啦一声，滚下很多的碎石头，有的石头块正经不小。他们一听上边石头嘭嘭碰的声音，他们赶紧躲，这几个小狗非常精，噌噌都跳到小洞窝里去了，都没有砸着。最倒霉的是德格勒，他没躲开，一个反弹的石头崩到他的左肩上，开始没觉得疼，好像有人推他，就倒在地上了，等石头落地，他再也起不来了。

卡布泰慌忙地说："德格勒你怎么了？"德格勒说："哎呀，我怎么不能动弹了。"大家忙过去抬他，原来他的左肩膀被反弹的石头崩着了，大家给他脱衣服一看，左肩膀都红了。穆哈连一摸，里头不平，可能他的左肩骨碎了，一抬身子，德格勒直疼，好像骨头里头直响，干脆不能动弹。德格勒的左肩膀被砸成粉碎性骨折。你说他急不急吧，正是用人之时，而且刚刚起步，就遇到了这个事儿。

穆哈连根据这个情况，心想，不能背着德格勒往前走啊，咱们还有几种办法。他就告诉卡布泰："老弟，你回去，你就背着德格勒，让小杜娜给领路，按照原道回去。"卡布泰还不愿意回去，穆哈连说："那不行啊，他自己走不了，好在到北边察看情况，人也不一定太多，人多容易暴露目标。"卡布泰只好遵照大人的命令，背着德格勒按原道回去了。在路上他们也有马，有时让德格勒爬趴在马背上，卡布泰牵着马慢慢地往回走，这咱不说了。

再说乌伦巴图鲁，他这次北上边疆，是受赛冲阿大人和英和大人之命，让他会见穆哈连，主要想了解一下边关的情况，然后让他很快就回去。现在时间过的真快，来这已是两个来月的时间了。当然，这里还有图泰为乌伦个人安排的事情，现在诸事办完，乌伦也该回京师了。穆哈连的意思，你这次就不要来，赶紧回去吧。乌伦说现在这边人手少，大哥，我还要跟着你，特别是现在德格勒受了伤，卡布泰又回去了，剩你一个人我不放心，我一定跟你去。回去我跟大人再说，乌伦巴图鲁就是执意要跟随，穆哈连只好应允。这样他们兄弟二人做伴，一路北上，按照庞掌醢交待的事实，他们在路上破坏了杜察朗建的黑窝点，砍死了五六个顽固的匪徒。有两个罗刹人，一个被砍伤之后，仓皇西逃，然后他们把黑据点一烧，就给平了一个。十天的时间，他俩连续平了六七个秘密窝点。同时还查封了不少收购貂皮和豹皮、虎皮，还有一些海狮牙和海象牙等密点，他们都秘密地在地图中画出来，将来官府来人时好收集起来，送到国库里去。一路上，他们非常顺利。

另外，北上之前他们还救出了朱尔钦。朱尔钦让杜察朗给吊的昏迷、消瘦，四肢无力，不好审查，就让小都尔钦把他七哥送回西噶珊休养，等他身体好了以后，让他改邪归正，帮助穆哈连他们，为剿清北疆的敌寇立功，将功赎罪。都尔钦热心地帮助他七哥，朱尔钦也觉得自己很惭愧，这次多亏穆哈连把他救了，所以他向穆哈连介绍一些秘密据点的情况。穆哈连他们准备这次北上调查回来以后，再找朱尔钦询问些事情。他们连着破获了几个秘密据点，使杜察朗这些人受到了很大损失。

他们继续往韩家窑方向赶，到处打听韩家窑。这天，他们在半道上，我说的道，是烈马上山，在草地上踩出的毛毛道，是林中的羊肠小道，不到跟前看不着。到跟前看有两匹马，旁边草地上躺着两个人，哼哼呀呀地。穆哈连和乌伦下了马，到跟前一看，好像是打猎的，就向他们打听道。他们先是害怕的样子，哆哆嗦嗦的不敢说话。有一个还留着长胡子，一个没留。这两个人长的样子都挺恶，可能是长期不洗脸，头发长，眉毛也长，脸上积了很多灰尘的缘故，显得非常难看。穆哈连问他们是干什么的？

这两个人一见穿着大清武将的衣服，知道这是朝廷的官员来了，马上起来，跪下磕头："大人在此，小的磕头了，我们是逃难的。"穆哈连问他："你们是怎么回事，详细讲讲，你们怎么是逃难的，这是什么地方？"其中一个头说："我们原来都是给韩家窑杀人不眨眼的潘天虎、潘天豹当差的，吃他那碗饭的，我们受不了他们的严刑拷打，盘剥勒索，没法活了，就偷着跑出来了。我们想回到自己的部落里去。"穆哈连接着问："你们是哪个部落的？"

脸上有络腮胡子的人，上嘴唇还有黑胡子，好像几天没刮一样，脸挺脏，贼眼睛直转。穆哈连想这可能是少数民族的性格，没细想。这个人说："我们是雅库特人，我叫嘎岱，原来就在这儿狩猎，后来来了个叫潘天虎的人，他带来些人，把我们都收买过去了，月月给我们钱，让我们打猎，把皮子都卖给他，卖给别人就不行，我们就是干这个的。他们看我们哥俩身体都挺好，就把我们收下了，做他的迎宾小校，天天给他站岗放哨，谁要敢不交皮张，或者少交皮张，就让我们把他们抓过来，严刑拷打，或者把他们圈到土牢里，水牢里头，让我们看着，我们就是做这事的。老爷们哪，我们现在不想干了，我们要回去弃暗投明哪。那位小白脸，年岁比我轻，今年刚三十多岁，他叫丹布，是费雅喀人。他也不想干了，我们俩商量好了，是偷着跑出来的，已经跑出两天了，怕他们抓我们。我们在山里东转转、西转转，刚悄悄到这儿，就碰上二位老爷了。”

穆哈连和乌伦一听非常高兴，这真是老天保佑，我们正要找潘天虎、潘天豹去算账，正想找韩家窑，不知到哪找，却碰到这两个人，正好做我们的向导，真是天遂人愿。穆哈连忙着从自己兜里拿出两个银锞子，一个银锞子都是五十两，得干多少年的活才能挣到五十两的银锞子。穆哈连说：“每人赏一个，你们拿回去养家糊口。不过，你们愿意跟我干，我们也收下你们，我就是这块负责建立大清打牲总管哨卡的一个官员。”那个人一听就问：“你是不是穆大人哪？”这一说还把穆哈连给愣住了：“你怎么知道我的名字呢？”乌伦马上问：“你认识穆大人吗？”那个人说：“我们不认识，都听到这个名字了，人们都说，现在有个穆大人，他可好了，他来了，我们这些猎民、当地的土著人就有出路了，再也不让潘天虎、潘天豹这些人欺压我们了，我们有靠山了，都想见见穆大人呀。”

乌伦一听也高兴地说：“他就是穆哈连大人。”这两个人一听马上说：“哎呀，你就是穆大人呀！”马上给他磕头。这样，这两个人越说越跟穆哈连和乌伦越投缘，他们愿意和穆大人在一起，而且穆哈连还把他俩留下，做他们的向导。如果他们干得好，他回朝廷为他们请功，将来给他们谋个一官半职的，有享不尽的荣华富贵，他还向这两人许了这个愿。这两个人一脸笑容，向穆哈连表示千恩万谢。他们从嘎岱和丹布的口中，知道了韩家窑的一些情况。

韩家窑从乾隆朝以来就有，最早就是一个打牲的猎人到这儿打尖的地方，修一个小棚子，谁去谁都可以住。后来到这儿来的猎人越来越多，修的棚子也多了，有的用桦树皮修的，有的用兽皮，有的在地上挖个坑，上面盖上盖，一些猎民、渔民在这打猎、捕鱼住些天，完了就走了。后来这块儿，来的人越来越多，特别是清朝乾隆年间，一些内地的人，由于逃关税、逃徭役，也有一些逃避法律制裁，悄悄地携家带口来到这儿。虽然这块远离中原几千里，但有的人为了谋求生路，为了找一个清闲之地，不受人管辖的地方，一传十、十传百，说那块好，没人管，这样，这块就慢慢地形成一个有百十口人的韩家土窑。为什么叫韩家窑呢？据传，最早这块是关里山东济宁的老韩家先来的，不久，各个民族的猎人都到这儿来，就这么发展起来的。

后来这块又变了，现在所说的韩家窑是潘家寨了，这个主人姓潘，叫潘天虎、潘天豹，这块儿被他们家给占领了。因为他们势力强，他们是两代在这儿开发，就把韩家窑的名字，改为潘家古寨。他们有自己的打手，原来是管当地的皮张，后来所有北方的特产，他们都征集，他们都买下来，自己囤积居奇，由商贩转运到大清的各个地方。一来二去，这个潘家古寨人烟越来越旺，也有一些小的商店、饭店了。这儿是北海边比较热闹的小集市，这个集市，最富有的财主，权势最大的就是潘氏兄弟。你二位要去的这个地方，实际就是潘家古寨，不叫韩家窑了，韩家窑是老掉牙的名字，一提潘家古寨都知道，要提韩家窑一般人还不知道。

这两个人又告诉穆哈连，说起来，二位老爷，你们不知道，这还挺有意思。潘天虎、潘天豹自己都清楚，他们祖上不姓潘，原来是河北霸县人，清初的时候，因为圈地，他们的土地被占了，他们兄弟逃难，逃到天津卫一带，他们在那块儿入了莲花教。莲花教是大明成化年间的教，这个教挺有影响，黄河一带没有不知道莲花教的。他主张天下为公，上有天主，由他来主宰世界。大清朝顺治爷进北京坐了殿，李自成反清也反明，这时，这个莲花教是帮助李自成的，后来，他又反清。康熙初年的时候，这个教发展的人挺多。在康熙十几年的时候，把这个教主杀了，教徒被剿的剿，押的押，关的关，这样，莲花教就被打散了，其中有的人就偷偷逃走了。康熙年间，有的莲花教的教徒被流放到好几个地方，黑龙江这块也有被流放的莲花教的小头头。开始清朝政府管的挺严，天天要登记，天天要查，天天必须向当地的官员，报告自己活动的情况，自己生了儿女一定要申告，来了客人要经过地方官的审查，而且他们居住的地点都比较集中，不能跟旗人住在一起，也不能跟一般的居民住在一起，他们单独有地方住。时间一长，他们和地方官比较熟悉了，总是抬头不见低头见的，地方官就不太注意了。另外，他们也善于和地方官搞好关系，送送礼呀，或者什么年节、儿女办婚事了，就把地方官请去，大吃大喝。跟地方官搞好关系以后，对他们管辖就不那么严了，慢慢地，也有些人娶了旗人家的姑娘做自己的儿媳。这本来是不答应的，但是，偷偷干的也有。一来二去，这些人和当地的人就没什么区别了。就拿潘天虎、潘天豹来说，他们的父亲叫潘耀章，那时候，已经对他们管的不严了，他们自己可以随便发展，与官府的关系非常要好，经常往上打点，后来，他们把旗籍中常有的四个字“押解教犯”，就是莲花教犯罪的人，就把这四个字秘密勾掉了，从此以后，他们不再背历史上莲花教反清罪名的黑锅了。

说起来，潘天虎之父潘耀章，他们本来姓田，不姓潘。他原来叫田耀章，他祖上姓田，字羽辛，田羽辛是他们祖上的名字。他们到这儿来遇上一场大火，有些人已亡，注销时自己就随便改了，他把田字加了三点水，上头加个采字，变成潘字。羽字加了火，又加了佳字，变成耀字。辛苦的辛字，中间加上一个日字，所以，就变成了潘耀章，现在谁也不知道。改为老潘家以后，他们就离开被管治的地方，全家北迁，过了黑龙江，到了北海这块，娶了费雅喀的一个女人做妻子，自报姓潘，名字叫耀章。这样谁也不知道他以前的事情了，过去的事就不了了之了。他们这么干都是违法的事情，谁敢说呀。这个潘姓，到了嘉庆年间的时候，就成了这一带的望族。因为居住北海，海滨物产丰富，过往的客商来征收水陆的货物，他们从中渔利，开始得了一些小利，后来自己就囤积居奇，成为这个地方的一个大商人，而且又豢养了一些打手和兵勇。

特别是到了潘天虎、潘天豹兄弟俩的时候，正是嘉庆五年之后，与北噶珊乌勒滚特阿林大寨主，杜察朗的阿玛布革温大玛发，互相又联了姻，娶了布革温的两个女儿，一个叫花溜红，一个叫花溜翠，就是杜察朗的两个姐姐。潘天虎、潘天豹成了北噶珊杜察朗大玛发的大姐夫，二姐夫，这样，他们就联到一起了。北噶珊也靠着潘家古寨，控制着北海的猎户、渔户。老潘家自从有了杜察朗家做靠山，直接与官府勾结在一起，万事亨通，山珍海味，全由他一家说了算，抬价压价，随他自己便，潘家成了北海的一霸。朝廷来买东西，也得找他们兄弟，要不然你就买不到东西。或者是，让你有来无回，把东西给你砸了，人给杀了，连凶手都找不着。

潘氏兄弟跟罗刹关系也很密切，他们的小老婆，都是罗刹人，都是黄发女郎。另外，北噶珊的牧师都是由潘家给介绍去的。北噶珊杜察朗能娶到彼得堡阔商之女柳米娜，靠的谁呀，靠的就是老潘家给中间引荐。这两个人这么一讲，把老潘家的情况讲的清清楚楚。另外，两个人又讲了，我们就想报仇，你们来了，我们非常感谢老爷。这时乌伦就问他们："我们想去潘家古寨，见见潘天虎、潘天豹，怎么能见到？你们知道吗？"这两个人说了："那能见到，我们都认得，就是砸碎他的骨头我们也认出来，老爷要想见，当然有办法了。"

穆哈连一听高兴了，没想到在这儿还找到了向导，真是踏破铁鞋无觅处，得来全不费功夫。好吧，你们有什么办法，把我们悄悄领到潘家古寨，事成以后我们必有重赏。这两个人在耳边悄悄地嘁嘁一会，就说了："要去也可以，但这潘家兄弟挺狡猾，他们不一定老在一个窝呆着，不太容易堵，今天在这儿住，明天在那躲，就怕有人抓他，他们挺有主意，所以，你要见他得想办法。"穆哈连说："那怎么办呢？"嘎岱说："好，这么办吧，我知道他们有两个住的地方，都在山洞里，这个地方他们不告诉别人，我就像他们亲信一样，什么都知道。我曾经给他们送过密信，就是到这两个地方去的。他们平时不在潘家古寨，潘家古寨不好找他，你就到这儿找他们。这个地方有两个洞，也可能在西洞，也可能在东洞。你知道这个地方不？有个叫独龙山的。"穆哈连和乌伦说："对，我们知道，刚才我们看到那个山了。""对了，就是那个独龙山。独龙山的右侧有个大洞，从那进去，又分出两个洞，一个东洞，一个西洞。他哥俩就在那个洞，不是在东洞，就在西洞住，你们去堵，准能堵着。我看这么办，你们听我的，我们兄弟俩，各带一个，一个到西洞，一个到东洞。"这时穆哈连又问："从你分析来看，他在西洞的可能性大，还是在东洞的可能性大？"嘎岱马上就说了："那当然是西洞了，他有好几个夫人都在西洞，包括俄罗斯的小妃子都在西洞，东洞也有他的三妃六妾。"

啊，原来是这样，穆哈连跟乌伦商量怎么办才好。还没等乌伦说，穆哈连就先说了："我跟嘎岱兄弟到西洞，你让这位兄弟带到东洞，我们两头堵，堵住以后咱们再通气，好在有两位兄弟能告诉。"乌伦说："行吧。"

他们就这么定了，马上行动，穆哈连由嘎岱领着上西洞，莱塔小狗跟着穆哈连。乌伦由丹布领着到东洞，带着凯泰小狗。他们就在这儿分手了，然后都进了洞。在洞里有两条路，一个往东，一个往西，洞里还有洞天之地。他们一心想见到潘天虎、潘天豹的窝点，就心急火燎地跟着进洞了。当然他们也曾经想过，不能马上进洞，怕这两个人有别的勾当，这是后话。

单说，嘎岱领着穆哈连走进了西洞，不一会儿就钻进另一个大洞。这就是独龙口大洞的奥秘所在，洞中套洞，大洞套小洞，小洞套大洞。山挺奇特，确实是个洞山。他们走了好半天，都是石头洞，估计走了一个多时辰，还没走到头。他们已经换了两个火把，又走了半天，穆哈连就问："怎么样，还有多远？"嘎岱说："不远了，快了，快到了。"

这时候，看前头有一个洞，这个洞里头的路有意思，洞开始往上走，洞里头有石阶，登着石阶可以往山上去，等于在洞里爬山一样，一步一步登山。这时候觉得里头非常凉啊，真有一股冰凉冰凉的冷气，像进了冰窖一样。那个寒气特别凉，使人感到阴森森的。再往里走，洞的上面有不少的霜，霜还挺厚，而且，洞里洼地还有不少雪，不少冰，冰和石头都混在一起，用手一摸呀，那个石砬子上头一层冰。就这样，他们又走了很远，觉得身上衣服很少，非常冷。又走一阵，洞的山路又开始往下去。这时候，嘎岱告诉他慢点走，别着急，我在前头走，你跟着，小心滑下去，下头是山涧，都是石缝子，如果一旦卡住了，我救不了你，那可了不得。穆哈连遵照他的话，一步一步慢慢往下走，确实石头上都是冰，溜滑的，若是站不稳，一刺溜，不知刺溜到哪去了，真挺危险啊。而且里头漆黑，有的地方干脆照不了亮，只能看到眼前的一点石头。因为在洞里走，有时蹬下一块石头，就听到啪，啪，很大的声音，好像落到万丈深渊一样，很长时间还在回响。一般人遇到这个情景都得害怕呀，可穆哈连没有，他一心想快点找到潘天虎、潘天豹。穆哈连在前面走着，还不时地招呼小莱塔，怕小莱塔滑倒了，直说："莱塔小心点，慢慢走。"小莱塔很懂事，紧跟着主人的后边，下山时，它慢慢下，小爪子一点一点地动，它紧紧跟着穆哈连在洞里走。

他们就这样，钻了好几个洞，走着走着，忽然前边的火把没有了。再一看，嘎岱找不着了，拐过去了。穆哈连喊，嘎岱，嘎岱，可是没有回声。这时候，忽然间，听到洞的上边有人说话的声音。虽然，漆黑看不着，但他知道，这个洞挺高，看起来上头还有洞，可能有人在上头哪个洞窝里蹲着，光听到声，见不到人。就听到说："穆哈连，你的死期到了，我告诉你，你已经死到临头了。"

穆哈连一听惊了，马上说："大胆，你是谁？"那个人哈哈大笑："我是谁，你一会儿就知道了，你呀，上当了，你注定要死到这里。"穆哈连正义凛然地说："我是大清朝的将军，我是治理和平定反叛来了。你如果识时务，赶紧受降，如果清兵一到，你们会死无葬身之地。我穆哈连死在这块，在所不惜。你杀我一个，你杀不掉我们大清朝所有的八旗兵，我来就是围剿你们这些土匪的。”洞上头那个人，这时又哈哈大笑：“谁怕你呀，我实话告诉你吧，我不叫嘎岱，也不是雅库特人，我就是你们要找的潘天虎，那位领着你们的人，就是我的弟弟，他叫潘天豹。”

这个时候，穆哈连全都明白，上当了，没想到这些土匪太狡猾了。我们有的时候，把人看得太简单了，往往想以诚相待，事实上并不是这样。你的真诚，被豺狼当成吃你的一块肥肉。他恨自己，哎呀，我戎马这些年，怎么能上这个当呢，我为啥想的这么简单呢？临行前师傅多次讲过，遇事要谨慎。哎呀，事情到这个程度了，自己真懊悔，但他不害怕，誓死如归。就在这个时候，穆哈连又大声说：“好你个潘天虎，我告诉你，现在你投降我们大清，你的前恶我可以全免了，你还可以戴罪立功，如果你这样继续走下去，你要知道，不单是你们兄弟受害，而且害了你们老潘家一家，你想没想到，潘天虎？”他喊了好几声，没有潘天虎的声音。这时忽然从洞上滚下来石头，啪啦啪啦地响起来，好像山要塌下一样，没法躲呀。因为在黑洞里头，原来只有一点光，现在这点光也没有了，什么在响，从哪下来的，他根本不知道，只好听天由命吧。

突然，呼啦下来两块石头，直接打向穆哈连。穆哈连根本不能躲，一块石头砸在肩上，顿时一阵剧疼，只觉得心里头恶心，就瘫在那块儿。他嘴一张，哇就吐出来了，他用手往嘴上一摸，血呼呼往外淌，他感到这是肺里的血被砸出来的。这时候，他恍恍惚惚地听洞里有人说话：“穆哈连，这个洞里有机关，我们没用乱箭射你，看得起你。穆大人，我觉得你还是条好汉，给你留个全尸，你好自为之吧，这里是你的葬地，已经给你安排了冰棺材。”说完，哈哈大笑，就走了。

穆哈连被贼人的讥笑和嚣张气坏了，口里直喷着血，躺在地上。他一摸地上，有不少骨头，有的还真是人骨，有人过去曾经死到这里。他知道，自己身陷敌手，也可能和这些尸骨一样，将长眠在这里。他勉强支撑自己，就是不能动弹。洞里特别冷，转圈都是冰霜。小莱塔特别懂事，也知道自己的主人受了重伤，就把自己的身子，使劲地贴着主人，想用自己温暖的身躯来暖和穆哈连的身体，尽量贴得紧呀。

到洞里，他们什么都没带，当时太疏忽了，心想有这两个向导领着，很快就能见到潘天虎、潘天豹。没有吃的，在这儿都挺不了，何况巨石又砸伤了，直吐鲜血。他知道自己的命不长了，就赶忙摸着莱塔。这时莱塔正在他怀里，莱塔呼吸声和它的舌头来回动弹声，他都听到了。他摸着小莱塔说："小莱塔，你别陪着我了，你赶紧走，快回去，赶紧送信呀。"说着就从自己怀里掏出了云鹤老人临行前赠给他的，丝绒翡翠香囊荷包，又掏出一根袖箭。这是打仗自卫用的袖箭，他咔吧一下子，撅断了，把箭头扔下去，把箭身和箭尾插进了荷包里。然后在自己身上找到一根皮绳，把香囊绑好，拴在莱塔的脖颈之下，拍着它说："莱塔，莱塔，快走，快走，这里一刻不能停留，不知还要发生什么事，咱俩就在这分手了，你快走吧，快去见我师傅，快回去报信呀，听话，听话，千万别在路上耽搁，快回家，快报信呀。"

莱塔瞅着穆哈连，用舌头一个劲地舔着。穆哈连眼里淌着泪，就是不能动弹。穆哈连又喊了一声，狠狠拍了一下它的脑袋，莱塔痛苦地蹲着叫唤，一会自个儿就起来了，向洞口跑去。它回头又看了看穆哈连，然后嗷嗷叫了两声就向洞口跑，跑一会又回来，又汪汪地叫。穆哈连这时候身上已经没劲了，他用力地喊："莱塔，快快，快走呀。"莱塔呜呜地长声一叫，就跑了。这时，穆哈连痛悔晚矣，眼前出现了很多的事情，真觉得惭愧呀。我本来有很多事情要办，怎么就栽到这块了，真是出师未捷身先死，长使英雄泪满襟。他昏昏沉沉，很快就不省人事了。

再说乌伦巴图鲁，由丹布领着，走向了东边的另一个小洞。进去走了两个时辰，在洞里钻来钻去，也没钻出个头。忽然前头黑暗，他就喊："丹布，丹布，你在哪呢？"丹布这时已把火把熄灭，悄悄地从另一个洞溜走了。乌伦巴图鲁困在洞里，得想办法出去。他顺着前头，摸着走。不一会儿，再往前看，有点亮光，他就顺着亮走出去，原来这是个洞口。他钻出去，前头是一片密林，丹布已不知去向。这时候他到处喊，也不见丹布的回音。乌伦巴图鲁赫然明白了，哎呀，我跟哥哥上当了，他们两个纯粹是奸贼呀，把我们领到死胡同里来了，要害我们。他非常着急呀，出了洞口天已黑了。他想顺着山道走，赶紧救我的哥哥要紧，我得找到他。他想找到西洞口，好跟穆哈连会合。他在山里到处走，找他们分手的地方，就是找不着。全仗着凯泰这个小狗，帮他引路。他转了一天多，原来进去的洞口，怎么找也找不到。

你想，山连山，树连树，沟壑那么多，到处都一个样，没有特征，上哪去找，何况又不熟悉。乌伦巴图鲁在山里转来转去，不知转了多长时间，吃的都没有，有时饿了，就撸点野菜和树叶子塞到嘴里嚼。他着急呀，就怕穆哈连出事。他想，很可能他们要害的是我大哥穆哈连。这时候他完全清楚了，真后悔呀，我本来是陪着大哥，结果还没帮上忙呀。“大哥呀，你在哪？大哥，你在哪呀？”他在山里呼喊，只听一片松涛之声，一片山野的呼号之声，其他什么也听不到，也见不到人。把乌伦巴图鲁急的满嘴都是泡，眼睛冒金星，眼前一片漆黑。他就这样拼命在山里跑呀，找呀。后来，也不知怎么的，在前头看见一个猎人用树皮搭的小房子，不大，里头坐着一个老猎人，还抽着旱烟袋，两手正在扒一张兽皮。

他到跟前，向老人问好，这老人不懂满语，他说的话乌伦巴图鲁也不懂。老人说了半天，意思是这样的，你走的不对了，这是往鞑靼海峡去的路，再往前走是齐集湖，过了齐集湖是鞑靼海峡，过了海就是库页岛，你走的不对了。这老头儿是满浑人，也就是鄂伦春人。他一看，哎呀，这走哪去了？走到大东边了，方向走错了。老人告诉他，你呀，要到乌勒滚特阿林，那个山出名，是精奇里江和牛满江的发源地，得往西走，别转方向，往西奔。他按照老猎人的指引，赶紧往西走。小凯泰在前边引路，他走了四五天才勉强回到了东噶珊的山下。

他看到了穆哈连原来行辕打牲巡营的大帐，到跟前，凯泰大声地叫唤。小杜娜这个小母狗听到声音赶紧跑出来，它俩凑在一起，连咬带打滚，嗷嗷地叫，就像互相问好似的。这时候，德格勒和卡布泰听着狗叫唤，紧忙出来。他们以为是穆哈连和乌伦巴图鲁回来了，都出来迎接。一看是乌伦一个人。他们吃惊地问：“穆大人，穆大人呢？”乌伦巴图鲁也问，穆大人回来没有？大家都非常惊奇。卡布泰就说了：“穆大人不是跟着你吗，你们俩不是在一起吗？”这时乌伦就说：“哎，看来出事了。”他把他们怎么分开的，分开以后就找不着了，说了一遍。

他们赶紧上山拜见云、彤二老。云、彤二老一听这个事儿，也吓坏了，就带他们赶紧下山，一路上对他们说，你们真年轻啊，是让骗子给骗了，你们上当了，那人不是好人哪。深夜时分，他们坐在一起，默默无语，苦苦等待。云、彤二老说：“现在好在小莱塔还没回来，这事情还两说着，是不是哈连带着莱塔在后头呢，咱们等着吧。”就这样，二老也顾不得给三巧讲剑术了，一直等着。

这时候，西噶珊的奇格勒善老玛发也听到信了，带着他的小儿子都尔钦，还有他的七儿子朱尔钦和二丹丹，也都赶来了。这事非常急人呀，穆哈连到现在还没回来，都为他的安危担忧。他们都集中在穆哈连的行辕哨卡的大帐里，就这么默默地祈祷，哈连哪，你在哪里？你可不能出事呀，哈连哪，你在哪里？大家就这么苦苦地等待，一直等了一天半的时间，从早晨到晚上，又到了第二天的上午。

到中午的时候，又听到外边狗的叫声，小凯泰和小杜娜嗷嗷地叫，两个狗就跑出去了，叫的非常好听，好像是迎接去了。大家知道，两个小狗一叫，那肯定是莱塔回来了。莱塔若回来了，穆哈连大人也就跟着回来了。他们听着非常高兴，在屋里都坐不住了。云、彤二老，奇格勒善大玛发，还有乌伦巴图鲁一个一个都出去了。

到外头一看，在山下有一个小狗噌噌地跑来，跑的相当快，一看正是小莱塔。莱塔跑了回来，冲着大伙呀，嗷嗷嗷地叫着，十分悲哀，声音非常凄惨难听。莱塔一下看到云、彤二老，马上就蹿到了云、彤二老的身边，亲这个，亲那个，然后就站起来，用自己的前爪抱住了云鹤老人的肩膀。云鹤一看它来了，就蹲下了，接小狗吧。这时，小莱塔蹿起来，两个小爪搭到了云鹤的肩膀上亲老人。接着就呜呜呜地叫唤，眼睛里淌着眼泪。它这一叫，身边的小杜娜和凯泰两个小狗，好像都明白似的，也都跟着叫起来，也是呜呜呜地哭叫。这声音太凄凉，太悲惨了。云鹤老人随着这声音眼泪马上滚滚地淌下来，周围的人都明白了，也都随着莱塔的哭叫声，淌下了眼泪。他们知道，穆大人已经遇难了。

云鹤老人这时才发现，在莱塔的脖子下边还缀着他自己常用，非常熟悉的香囊荷包。他把荷包慢慢地解下来，一看荷包里装着一根已经撅断箭头的半截小袖箭。这是在武林中间，互相传报悲号的一种信息，就是一种诀别的箭。穆哈连已经魂归西天了，众人这时都跑过来了，紧紧抱着云鹤、彤鹤二老，痛哭在一起。此时正值嘉庆二十五年庚辰年夏末，穆哈连享年四十有二。

云、彤二老命人上山把三巧三姊妹请下山来。三巧来了以后，先拜见云、彤两位老师傅，然后云、彤二老让她们一一向众位叔叔们叩拜。云、彤二老向三巧姊妹介绍乌伦还有德格勒和卡布泰众位叔叔。莱塔因为常在那，也认识三位姑娘，虽然不怎么太熟，但它知道是主人家里的人，也摇尾表示亲近。这时云、彤二老非常沉痛地告诉三位姑娘，你们的阿玛穆哈连大人在北疆可能遇难，现在凶多吉少。三个女孩一听，顿时哇哇痛哭。自己的额莫去世了，现在自己的阿玛又去世了，怎么承受得了啊。这三个女孩抱在一起痛哭不止。然后她们又抱着云、彤二老嚎嗬大哭。

云、彤二老安慰三个姑娘，可自己也特别难过呀。她们很年轻啊，今年才仅仅是十四岁的姑娘，就失去了父母，真是可怜，你说怎么不难受啊。老人安慰着，自己也是泪流不止。然后，云鹤老人说："孩子，别哭了，现在你们要好好听你叔叔介绍，想办法给你阿玛报仇。这是深仇大恨，孩子们，现在可要看你们的了。我叫你们来听，先不要哭，要好好听，认真地听。"三位姑娘勉强地擦了擦眼泪，这时，云、彤二老就让乌伦巴图鲁详细地向大家，也就是向他们二老和三位姑娘介绍北疆的情况。特别详细介绍引他和穆哈连进洞的那两个人的长相，他们的声音，个头是什么样，领他们去的那个洞的情况，他知道多少，讲多少，越细越好。

乌伦先介绍他们两个在洞外的初步情况，后来他们就分了手，乌伦只能介绍自个儿洞里的情况。云、彤二老这时候详细算了一下，觉得穆哈连生还的希望相当渺茫。现在不知道，穆哈连是因为和匪徒格斗，还是受匪徒暗害，情况不清，莱塔那是狗呀，它不能说呀，它只是嗷嗷地叫唤，听它的叫声，穆哈连已经是没有生还的希望了。但是他们深信，莱塔是非常聪明的狗，它既然能回来，它肯定能把三巧她们带到穆哈连去的那个山洞。人找不到，狗能找到，狗有特殊的记忆和辨别气味的能耐。莱塔是出类拔萃的，那就是说穆哈连的尸体一定能找到。另外，二老也坚信，这个仇人也一定能够捉到，因为莱塔已见到了这两个人，莱塔就知道他们的气味。乌伦巴图鲁把详细情况介绍了一些，很多的事情就靠自己分析了。

云、彤二老嘱咐乌伦巴图鲁，你放心吧，该办啥事，就办啥事去吧，你从京师到这儿来，应该按计划回去了。你回去后，把在这儿调查的情况和目前的状况，详细地向赛大人和英大人报告。特别是把你的哥哥穆哈连遇难的事禀告大人，让朝廷知道这块形势非常危急，匪徒和一些不轨之人特别嚣张，这块已经到了必须让朝廷重视，赶紧采取措施的地步。让朝廷赶紧派人接替哈连的职务。这边你就放心吧，你回去吧，赶紧回去。二老又同乌伦商议，暂时由骁骑校卡布泰和佐领德格勒共同执掌穆哈连在北疆打牲巡营哨卡的职司，等接替的大人来了以后，根据朝廷的旨意再定夺，现在暂时就这么办。你不用惦记，关于穆哈连大人的尸体和扫北清敌这些事，暂时你就不要考虑了，我们老哥俩要越俎代庖，先替朝廷操点心。

云、彤二老接着说："好在穆哈连的三个女儿，三只虎，现在学业已成。她们在我这学武功已经学了十年，一般在我这儿学八年就到了很精的程度。为了让她们的功底更扎实，现在已经学十年了。我相信，她们已是盖世英雄。"这老哥俩本来像老抱子孵小鸡似的，就舍不得让三巧出去，尽量让她们在自己身边多学些。后来他们一想，这样不行，小雀也得练习飞呀，不能老关在笼子里。于是他们下定恒心，应当早点放飞，锻炼她们。所以，这两年他们常让三巧出去，到各山转转，像给她们出题目似的，告诉她们，今天早晨不吃饭，自己出去，绕两个山头，回来把情况告诉我，饿了自己想办法，我不给你们出主意。就这么考验她们、锻炼她们。现在她们也会生活，在林海里怎么烤着吃，怎么睡觉，怎么打牲呀，她们都懂得，这些练的都挺好。所以，二老就跟乌伦说："你放心，我现在正想初试三巧的锋芒，也是一个雏凤凌空，虎入东山，锻炼的机会。我想让三巧北上，去制服这两个仇人，替她阿玛报仇。让三巧出山。"

这话，让人听了非常高兴，因为都知道，强将手下无弱兵哪，老英雄培养的人，谁信不着啊。大家都知道三巧出山，一定会给我们争气，给我们解恨报仇的。这三个小丫头听了，乐的抱在一起，高兴地说："老爷爷，我们感谢你呀，我们一定给你们争光，给我阿玛报仇。"她们连父亲的尸首都没见着，仇恨的火焰在胸膛里燃烧，二老说到她们心里去了，恨不得马上冲出自己的窝巢，杀向敌人。她们现在就是这个劲头。

当天，他们就在穆哈连行营这块，设立了灵堂，由二老主祭，三巧给父亲灵堂叩头。陪着祭奠的人，一个一个地给穆哈连叩头。这个灵堂很简单，这是出征前的一种表态，是一种表决心和誓师。云、彤二老把那个由莱塔带回来的，穆哈连身上配带的香囊荷包放在祭堂上，见到它，就像见到自己亲人一样，就像穆哈连在自己身边，二老热泪盈眶。他们看到荷包，就想到自己的亲人，痛哭流涕。云鹤老人说："哈连哪，你的尸首还没有回家，不过，我相信，总有一天，我们会有迎灵之日。哈连，现在我们只是简简单单给你设个灵堂，只是请来几位近亲，几位好朋友来祭奠你，我们没有告诉别人，也不想声张，如果声张出去，有些事情就不好办了。现在我已把你的三个女儿，培养成当今的女侠，她们很快就要北上，替你复仇。现在未完之事甚繁甚多，不可荒于受伤害之事。我只请你在天之灵，保佑你的三个女儿。你的未尽之事，你的三个女儿会为你办到的，会告慰你在天之灵，也会安抚朝廷牵挂着的北疆之乱。在平定北海之后，我们再设灵堂祭祀。”

然后，云、彤二老又把三巧召唤过来，让三巧跪下。彤鹤已经准备好了一碗鹿血酒，酒量不大，因为三个小姑娘不会喝酒，让她们每人喝一口，然后祭洒在她阿玛的灵前，表示她们自己的心愿。让巧珍、巧兰、巧云，各在她阿玛的灵前，都简单地说几句自己的心里话，每人都表了态，这话就不多说了。

云、彤二老又说："三巧啊，你们三姊妹，自从嘉庆十一年，丙寅出生，嘉庆十五年，庚午年有你阿玛在场，拜我们老兄弟为师，我们把林家所有的武功和剑术全都传给你们了。你们在白鹰洞苦练多年，积年累月，从未间断。嘉庆二十五年庚辰，现在你们学武十载，学业已成。今天又逢你们的阿玛为国捐躯，尔等应蹈父志，平定北疆，要彰善瘅恶，爱人以德，你们应该是雏虎出山，蛟龙入海，雪深仇大恨，一定为大清增光。让你们的盖世英名彪炳父志，扫除恶氛，澄清北宇，勿忘师训，勉之，勉之。”这些话，是二老又一次对三巧谆谆殷嘱。三巧表示，一定很好地完成您给的铲除邪恶的大任。然后三巧站起来，又跟乌伦巴图鲁说："乌伦叔叔，请你放心，你回到京师，就把我们阿玛的事情禀报给京师的众大人，这边我们尊爷爷的嘱咐，一定北上。你放心，我们会把事情办好。”二老让乌伦赶紧走吧，这边的事情你就放心。

第二天乌伦巴图鲁跟二老告别，二丹丹把乌伦巴图鲁送出很远，很远。两人感情挺深，难舍难分。二丹丹送了一程又一程，乌伦巴图鲁重任在身，只好忍痛分离，催马奔京师。

二丹丹回来后跟云、彤二老说："请爷爷能答应我，我在家也呆不住，我愿意陪着三巧北上，我哪怕是提鞍吊镫都行。我岁数比她们大，给她们做个饭，生活上还能照顾她们，请您老能允许。”三巧听了很高兴，欢迎二丹丹跟她们一块儿去。这样，二老也就同意了。

这天三巧决定要北上。临行前二老把小莱塔叫来，拍拍它说："莱塔，你保护好你的小主人，她们由你带着到那去，找到穆大人殉难的山洞。把那两个领你们进山洞的坏蛋找出来。”莱塔甩着小尾巴，嗷嗷嗷地直叫，小爪不停地挠地，好像在说：我明白了，我一定能办到，我一定能见到穆大人。它也很想念穆大人，我一定能找到那个坏蛋。所以，狗的感情是非常真挚的。二老叫卡布泰也陪着去，因为平了那些恶人以后，马上要建自己的哨卡。卡布泰去了，就能把清政府的打牲衙门哨卡和行辕大帐建立起来。二老告诉他，这三个小丫头很年轻，请老将军多关照。卡布泰说，请二老放心，我一定很好地照顾好穆大人的三个小格格。这样，他们决定第二天就起身。

说起来，三巧的轻功和树上的功，是非常强的，个个像雄鹰飞翔在树梢之间，如履平地，其他人根本跟不上。因为三巧没去过北海，没到过独龙山，独龙口，她们离开莱塔，根本找不到她阿玛殉难的那个洞，硬找起来，太耽误时间，所以，必须跟着狗走，这是云彤二老的嘱咐。现在只能跟着狗，让莱塔给领路。另外，杀她阿玛的那两个强盗，只有莱塔知道，闻过他的味。就因为这个，他们几位骑着马，按正常在山里穿行。不过这次北上很顺利，为什么呢？卡布泰已经去过一次，他熟悉路了。另外，乌伦巴图鲁这人心特别细，他到哪都爱画图。乌伦回京师之前，他把去北海、韩家窑的道路，凭他的记忆画了图，对他们帮助很大。再说，还有聪明的莱塔领着，所以比第一次走的快。遥远漫长的路，好像近了一多半，他们很快就到了潘家寨。

潘家寨确实很大，有三十多户人家，有的是帐篷，有的是木刻楞的房子，在山坡下建的，还挺整齐。卡布泰进去一打听，有人告诉：潘家寨的寨主，也就是潘天虎、潘天豹的家，顺这个路往前走，山坡前有栋黑漆的房子，用大木头围的墙，这个大院，就是潘家大院。他们哥俩住在那，这两个人挺恶啊，怕朝廷有人找他，不让寨里人对外来人讲实话。卡布泰就说："我们是好朋友，认识。"这样，有些人才悄声告诉潘氏兄弟的住处。他们知道以后，先找个住处歇脚，于是，就住在离潘家大院不远的小店。

这个客店是个大筒子房，里头有一个很长的大火炕。店主看起来有七十多岁，院里还晒着不少的鹿肉干，店掌柜还在切肉，然后把切好的肉送到院外的木杆上晒。在北边晒肉干，家家如此，小帘子似的一串一串的。店主是雅库特人，会说汉语，也会说满洲话，可能这块过往的客人多。卡布泰先用满语说，然后又说汉语，店主看他说的都挺流利。卡布泰一看屋子太大，屋里还坐着几个客人，就问："你有没有小一点的屋？"这个老头儿说："有，有，在后院，那是单间，在我这儿住的什么人都有，有的搁北京来的都在我这儿住着，我的房子有好的，都很漂亮。"卡布泰说："那好吧，屋子不要太多，我单独住一个房子，另外那四个女的住一个房子，但是房子要好，要安全，你的房子安全不安全？"

老头儿说："哎，你放心，我们这块非常安全。"卡布泰心想，我是吓唬你，我们这几个人什么都不怕，哪个小偷敢来偷我们，我们是来抓强盗的。就这样，在后院一栋平房，是木刻楞的房子，用木头一个一个摞起来的，就在东厢房倒出两间，三巧和二丹丹住在一个屋，卡布泰和小莱塔住在一个屋。把马匹放在东院的一个马圈里，各自的东西都拿进来。住好以后，他们简单地吃一点饭。

这时，三巧中的巧珍就过来跟卡布泰说："叔叔，咱们已经住下了，你看下一步怎么办?"卡布泰说："我先出去，了解了解情况，你们在屋里歇息，不要动。"巧珍说："是了。"她们就在屋里歇息。

卡布泰自己出来了，不大一会儿，丹丹也出来了。丹丹说："卡布泰将军，我跟你一块去，咱们上街里一起走，我在屋里呆不住。"于是，二丹丹陪着卡布泰到外边察看。他们到潘家寨里一看，这块竟是猎户，还有打鱼的，卖皮张的，这个地方挺繁华。多数是内地来这儿购货的，再一部分，就是当地的土著人，他们卖自己的猎物，或者以物换物，我用皮子换你的布，互相交换，很热闹。卡布泰到处问、打听，后来他们了解到，今天晚上，在屯子东头，有一家雅库特人，举行萨满祭祀，从昨天晚上就开始了，去的人相当多。

雅库特人家举行萨满祭祀从来是很热闹的，而且多数都戴萨满面具。祭祀时，不单本族参加，外族人也参加。这家有一个老人得了病，请萨满跳神，看热闹的人相当多。这块有一个风气，萨满跳神时，其他家里都去祝贺，一块帮助祈祷，多数还是雅库特人。其他族的人时间长了都认识，自己也带着香、纸去祝贺，希望神多多保佑，使病人早日康复，祛除邪恶。有时候，神鼓一敲，连着几天几夜，而且有很多的表演。来因卡是这一带出名的大萨满，她已是七十多岁的老太太，非常精神，什么病都没有。她跳神时，把鼓往旁边一放，攀到杆子上，杆子挺高，从杆子上噌的一下子就跳下来，根本看不出是个七十多岁的老人，就这么能耐。下来时，是翻跟头下来的，他们说这是鹰神保佑来因卡大萨满。

在北海这个偏僻的地方，没有歌舞表演，除非是各部落自己有唱歌、跳舞之外，没有大的表演，谁上这儿来呀，这么远。所以一到跳神的时候，也是这一带最快乐的时候，就像过节一样，全寨的人都来观看。丹丹问："都谁能来呢？有官来吗?"寨里人就讲了，勾魂鬼潘天虎，领着大媳妇、二媳妇来，还有白无常，就是他的弟弟潘天豹也领着自己的大媳妇、二媳妇来看热闹。在跳神的时候，潘家兄弟往底下撒银子，别人也可以抢。所以，寨里人希望潘家老爷们来，这是老财东，他们来了就更热闹。卡布泰马上就问："今天他们还来不来?""那肯定来。"卡布泰他们早就知道了，因为穆大人他们审问庞掌醢时，他就说过，这块有个坐地虎，是北噶珊杜察朗的一个爪牙，他们是杜察朗的大姐夫、二姐夫。乌伦走前也说过这个话，咱们穆大人被害，这事肯定和潘天虎、潘天豹有关系。卡布泰知道这个消息后，非常高兴，马上回到店房里，就告诉了三巧。

他们很早就吃完了饭，也装作当地猎民的样子，暗地带着自己的武器，去参加这家的萨满祭祀，看看来因卡女大萨满的表演。这儿确实挺热闹，在祭祀院里，人围的里三层外三层的。山外也有骑马来的，看起来有百十号人。在这深山老林的地方，在北海边，能聚这么多人是不易的。

院里点着篝火，祭坛上摆着各样的野兽，有剥了皮的，有的还活着。在树上拴的三头活鹿，准备祭祀中间现杀。还摆一条大鲸鱼，足有八百多斤，有两个人那么长，给神供奉。人围了一大圈，在围人的前边，还摆了一个长条的可能是用木头堆起来的像桌子似的东西，上边还苫着些皮子，皮子上头摆了些酒物，还有各种肉、菜。后面坐着几个人，这几个人肯定是举行祭祀的主人，或者是赫赫有名的人物。既然是显赫的人物，这里肯定有潘天虎、潘天豹。在这些人后头还坐着不少女眷和孩子。

萨满神鼓敲起来，来因卡开始唱，声音特别洪亮。雅库特的神鼓挺大，估计有四尺的直径，是黑色皮子的鼓。皮子熟完以后刷的黑色，鼓背面的银尔抓里头，还有一个大的神偶，用木头刻的，上面还有不少布条子。这个女老萨满来因卡，一手抓着鼓，一手拿着鼓鞭，这个鼓鞭是兽的尾巴，不是虎尾巴，就是豹尾巴，很长。鼓鞭一敲，当、当、当响，非常精神。旁边有十几个小萨满一块助场，声音铿锵有力。场内所有的人都被萨满的鼓声给吸引了，都在注视场中央的萨满。现在精神没在这儿，有别的考虑的就是卡布泰、三巧，还有二丹丹，他们来这儿寻找仇人，所以他们的眼睛都是到处撒目，一心想找到杀穆大人的仇人。三巧咬牙切齿，恨不得马上就把仇人抓到手里头，但是，又考虑到，这是雅库特民族的祭祀，咱们不能搅了人家的祭祀，这是神圣的事情。

卡布泰是费雅喀人，费雅喀人也信奉萨满教，所以他对萨满神鼓，从来是非常尊敬的。雅库特的萨满祭祀和费雅喀都差不多。卡布泰这个人，是很能办事的人，他曾到过北海，还到过北海岸，又到过堪察加半岛。他到过很多的地方，可以说识多见广，是北海附近这一带，最知道人情风物的人。正因为如此，穆哈连大人在世时，就很器重他，俗话讲，人熟为宝。卡布泰能探听很多的事，因为他懂好几个民族的语言，他对北方特别熟悉，人又非常忠厚、勇敢，而且，能和北方各部落人打成一片。北方人一听到卡布泰大人，都愿意和他接近。卡布泰在穆哈连的麾下，威信很高。这次二老点名，让他陪着三巧一块来，是对他寄予厚望的。因为三巧是第一次外出见世面，光有武术不行，外面的情况不清楚，虽然有二丹丹的帮助，但二丹丹的阅历远不如卡布泰。这样二老让卡布泰来，既能够随时执行北疆打牲衙门的一些政务的事情，又能帮助三巧。这对两方面都有好处。

这时候，卡布泰就悄悄地到了三巧跟前。观看祭祀的人群，都是围着中间的祭场，老萨满和小萨满在祭坛中间跳神。雅库特人在里头围了一圈，其他族的人，都站在圈外面。刚才所说的那些有名望的人，和各部族的首领是在紧里头的一侧，给他们设的案子，一边喝茶，喝着酒，一边吃着肉，边参观祭祀。卡布泰和三巧、二丹丹当然不会在尽里头，他们进不去，不熟悉，人家也不会请他们。所以，他们在尽外头，三巧她们有时互相搂着肩，把脚尖一抬，扒着往里头瞅。这时卡布泰就让三巧指挥莱塔，让它进到人堆里去。莱塔见过那个人，让它进去，闻一闻，有没有那个仇人。卡布泰虽然也熟悉小莱塔，但是最亲近的还是三巧，是三巧的阿玛穆哈连从二老那要来的。所以，三巧也常见到小莱塔，她们很熟悉。卡布泰悄悄地把这个意思一说，巧珍就暗暗地点点头。这时，小莱塔正趴在她们三个中间，巧珍就蹲下来，拍拍小莱塔，在它的耳边就说，莱塔，莱塔，你进去，闻闻，好好闻一闻，有没有领你们进洞的那个人，害你主子的那个人。快去，快去。狗能通人话，何况小莱塔又非常聪明，是猎狗中的头排狗，特别机灵。

莱塔听明白了，它在人脚的中间走，别人踩不着它。北方养狗特别多，见到狗都是习以为常的事。所以莱塔，在人堆里头，东钻西走，大伙都认为，这可能是谁家的狗找它的主人，不会咬人，都这么想。莱塔闻一闻，不对头又往前走，快走到前排去了，它听到鼓声，不对劲，又往右侧绕，还没闻到熟悉的那个味。它就往左侧走，正好是一排用木头堆起来的放茶、放酒的地方，是祭祀的主人和贵客坐的地方，小莱塔就到了这块。它先闻一闻，后来又闻一闻，觉得有熟悉的味，又闻了闻这个人的气味，然后就回到三巧的跟前。

三巧一看小莱塔回来了，半趴在地上，小脸冲上，嘴噘着，呜呜呜地叫，这是莱塔传报消息特有的语言，告诉它的小主人：有那天领我们进洞的人，有。三巧就明白了，里边有潘天虎、潘天豹。三巧就把这个意思悄悄向后边站着的卡布泰说了，卡布泰也明白了。因为小莱塔光闻到了前头的人，究竟这几个人哪个是不知道。

这时卡布泰想出一个办法，自己悄声地从人堆中出来。他到树林中装作撒尿，回头一看，在林子边有两匹马，一匹马上还骑着一个人，从穿的长袍子和身上佩饰，看样子是雅库特人。他的马下还站着一个人，手拿着缰绳，他们听着萨满祭祀的鼓声，互相还在谈着什么。这时，卡布泰就过去了，卡布泰很有礼貌地到这两个年轻人面前，把右手向自己的胸前一压，低头就问好，沙音阿浑，您好啊，哥们，弟兄们都好，这是满语。这两个人，还真懂得满语，马上说：沙音阿浑，沙音阿浑，好，好。在马上那个人又问一句：额罗八他佳吗？额罗八他佳吗，意思是你是哪地方的人。卡布泰马上说：我是这块的人，我是这块的人，我跟这块非常熟悉，我是做买卖的人。他们唠一唠，互相就比较熟悉了。卡布泰就说："我的眼神不好，眼睛有毛病，请你们给看一看，在前排边喝酒边吃茶的那几个人都是谁？我想找他们有点事。"

在马上坐着的那个小伙子，这时把头一扬，把手放在眉毛那块，还打个凉棚，帮他瞅一会："啊，这些人哪，这不是吗，那个是我们部落的首领，我们的老玛发，中间坐的那两位，那个是潘天虎，那个是他弟弟潘天豹。紧那边那几个，有一个是我阿玛，我的父亲，他是这次祭祀的主办人。"卡布泰根据这个小伙子的介绍和他手指的方向，仔细看看："啊，前排从左数，第三位，第四位，从右边数也是第三位，啊，正是中间那两位。"不过他只是看到他们的后脑勺，这时卡布泰向两个小伙子又深深一鞠躬，巴尼哈，巴尼哈，谢谢，谢谢。然后卡布泰，就绕过去，他想从正面看一看，潘天虎、潘天豹这两个仇人的长相，好记清楚，不然人一散，我没看到前脸，还找不着他呢。卡布泰想的挺细啊。

卡布泰这时又悄悄地，绕到他们左侧，来到了祭坛的对面，扬着脖，往里一瞅，正对着脸，看到前排中间坐着喝酒、吃茶的那两个人，就是他要找的潘天虎、潘天豹。一看这两个人长相，很凶恶，还挺傲慢，互相在说着什么。然后他又悄悄地回到三巧和二丹丹的跟前，就告诉她们："三巧，前排中间坐着那个，就是咱们要找的潘天虎、潘天豹，你们好好看一看，把他们的长相要记住了。"三巧和二丹丹，也像卡布泰似的，悄悄地走到这个祭祀圆圈的正面，对着萨满的脸和那几个坐着喝茶、喝酒的人，正跟他们打个照面。她们三个也非常仔细地辨清了潘天虎、潘天豹的模样，然后她们就回到原处。

二丹丹这时心里头还有一个想法，哎呀，我的两个姑姑都在北海，这回我还见到了两个姑夫，没想到，他们变得这么坏，这是她心里的话。因为潘天虎、潘天豹娶的是北噶珊杜察朗大玛发的两个姐姐，花溜红，花溜翠。卡布泰他们几个站在后头，一直等到祭祀完了，眼看祭祀要散了，这时三巧跟二丹丹，还有卡布泰，才离开了祭坛这块儿，自个儿悄悄地回到了小客店。在路上他们就做了分工，巧珍就说了："卡布泰叔叔，今天晚上，我们出去办这件事，请叔叔放心。只要听到我们用布谷鸟的叫声，就请你马上赶来。另外，丹丹，请你今天晚上不要动弹了，你就把咱们买好的酒和烧纸预备好了，跟卡布泰叔叔在一起，我们心就领了。"他们个个点了点头，然后进了屋，就睡觉了。

单说，这天晚上，三巧早换好了夜行衣，把自己的宝剑放在剑匣里头，挎在自己的左肋之下，右肋下有个箭囊，装着十几根袖箭。她们都会轻功，根本没有声音，门轻轻一推，像风一样，三巧就出去了。这是离开二老之后，她们第一次显示自己的夜行术。

她们三个离开客店之后，噌噌噌，完全是从房上走的，因为房脊互相连着。有的地方，没有房子，她们悄悄地跳下来。在北海那块，家家都是用木板子，一根连一根围成墙，正好给三巧一个在树上弹跳的机会，二老早就教她们了。她们搁这个树跳到那个树，就像在地上走一样，走的非常快，根本见不到影子。她们很快就到了潘家大院的黑门前。她们身子一跃，就跳进院去。跳进院里，先找的是狗，夜行人首先注意的是狗，看哪块有狗。这时她们看见院里真有两条黑狗，那狗刚要站起来，没等它叫出声来，三巧手中的袖箭嗖嗖就过去了。这袖箭都是小毒箭，非常小，针小到什么程度呢？就像棠梨树上的针刺似的。全仗着气功，小针夹在手指头上，一甩，随着气的力量，嗖地过去，直接扎到肉里，外头是粗的，里头是细的，是个三角形的，这都是用药泡的。扎到动物身上，狗的身上，身子立即瘫倒，马上就睡过去，一睡就得睡几个时辰。醒过以后，身上又疼又痒痒，就蹭身上，蹭一蹭针就出来了，就是这样的袖箭。这是林家家传的一种暗器，非常好使。这三个小丫头把袖箭都甩出去了，这两条狗本来很凶猛，根本没叫出声来，都趴在那忽忽悠悠地睡着了。

她们三个非常机灵，用六只眼睛，把整个院里看个仔细。一看外边没有一个人影，已经是下半夜了，哪能有人。惟独在院里有个小正房，搁那里透出灯光。她们三个悄悄地，很快就蹿到那个小正房的跟前。巧珍轻轻蹿到房顶上，她来个金钩倒卷帘，钩住房上的一块木头，头冲下，看看这房子里究竟有谁。巧兰和巧云躲在房子一侧的暗处。巧珍头冲下，手里拿着一把长匕首。这个匕首很特别，前头是锥子形的，两边有两个倒须钩，长有一尺半，它可以刺你，也可以用它钩东西。这个匕首，是林家自有的夜行器。这个房子没有窗户纸，看起来，北海这块天特别冷，窗户用皮子挡着，一块压一块，压不住的地方，就透出里头油灯的光。巧珍在透光的地方，用匕首往里一探，又用钩往外一拐，露出空隙，她看到屋里坐着一个老人，看来是个更倌。她想，我得让他睡过去。她用另一只手，掐着一个冒尖的毒药瓶，只要手一捏，瓶管前头就张开了，能把一种气体给吹进去。气吹进去，屋里的人，闻到一种气味，在不知不觉中就昏睡过去。然后，巧珍轻声地跳下来，她的两个妹妹，在暗处看姐姐跳下来了，也悄悄走过来。

她们姐三个一起到了门前，把门划开，轻轻地进去，看老头儿迷迷糊糊地睡着了，头趴在桌子上。巧云用自己的手，把老者的鼻子和嘴轻轻地一擦，她的手上有自用的解约，老者一闻，打了两个喷嚏，马上醒过来了，一看旁边站着三个姑娘，都很年轻："哎呀，你们是谁?"巧珍用剑一指："你不要出声，你是打更的吗?""是，是，打更的。""你是他们家的什么人?""我是他们雇的，这块没有不给潘家大爷、二爷干活的。我们都是他们的雇工，连我的姑娘都给他们当丫鬟。""我问你：潘天虎、潘天豹住在哪个屋？你不许隐瞒，你要隐瞒，我可要杀了你。"这个老头儿就说："我呀，也非常恨他，没办法，我让他们给逼的，不给他们干不行。我帮他？这两个都是贼，害人害苦了，我的大姑娘就是让他们给折腾死的。你们来的好，你们是救我们的。"

三个姑娘一听，这个老者也是受害人，可见这潘天虎、潘天豹恶贯满盈，真是该杀的货。老者又说："你没看嘛，他们就在这正房住。正房的后头还有一趟房子，那是他们家里人住的，他们两个的大夫人、二夫人住的地方。你从正房进去，是正厅，正厅的右侧就是，现在就他们还没睡呢，还有灯亮，他们哥俩不知谈啥呢？”三巧说：“没你的事了，你现在就老老实实，不要出屋，不要出声，你听着没有？”“听着了，一定遵命，一定遵命。”

三巧出了屋，就直接奔正房的正厅。她们轻轻把门打开，蹑手蹑脚，进到正厅。正厅灯光很亮，有几个大盆里装着油，可能是鱼油，呼呼地着着。在北海这块儿，主要点鱼油灯，满屋十几个灯。大盆非常好看，都是搁中原买的景泰蓝瓷器，每个盆里都有两三个捻子，点起来很亮。三巧姊妹进去，没有脚步声，他们说话声音挺大，根本没听到三巧进去的声音。巧珍在前，巧兰在中间，巧云在后头，姊妹三个把门踹开，闪身直接进到里屋。一进屋，噌、噌、噌，非常快，每人把剑都亮出来了。

她们一看，这屋有一个八仙桌，桌子旁边有两把太师椅，都是用豹皮铺在太师椅上，还有水狐皮搭在靠背上。潘天虎、潘天豹他们对面坐着，喝着茶，兄弟俩不知说的啥。门被踹开，噌、噌、噌，进来三个小姑娘，而且把剑直接顶着他们的鼻子尖，他们大吃一惊。从他们懂事时候起，还没有人这么大胆，敢用剑和刀指着自己的鼻子。他们认为自己是天皇老子，是盖世英雄，世上还没有敢跟自己比剑的人。他认为当今让他佩服的人，最多也就两三个，谁呢？一个是马龙，马师傅，那是武林高手，还一个就是如意侠，他的妹夫杜察朗。本来杜察朗的武术跟他们相比都是半斤八两，可是，他把自己看的很了不起。他们两个都使单刀，杀人不眨眼，专喝人血，吃人肝，所以他没怕过谁，没见过敌手。今天一看进来三个小丫头，最大的也就十五六岁，个都不高，虽然都穿着女侠衣服和英雄缎带，挺精神，还有武林的小派头，但是感觉她们太幼稚，都是毛孩子。

潘天虎哈哈大笑，就冲着三个孩子，一点也没怕，仍然是手叉着腰，剑虽然顶着他的鼻子，但他连看都不看，张嘴很大方地说：“这是哪来的小侠客，幸会，幸会，怎么来这闹腾起来了。你们想要练武有练武的地方，如果你们真想练武拜师的话，我收你们。瞅你们这个姿势和派头，我还挺喜欢，有胆量，不错呀，你们别走了，就在我潘家寨吧。我看你们三个模样，不像我们这块的人，不知从哪蹦出来的，怎么这么大胆，一点礼貌都没有，敢跟我们兄弟要这个？别闹了，怎么回事？”他心里想，也可能是过路的贼，因为这块也挺乱，一些强盗抢劫旅客的钱财，偷窃的，互相斗殴的，这些事也常有。他以为，后头不知是哪个人指使的，她们来这儿是向我要钱财的。他心里又一想，闹也不能闹到我这块，玩笑开的也太大了。

潘天豹听他哥哥说完，自己也没在乎，虽然剑指着他，他若无其事地拿起酒杯，照样要喝，酒杯还举着。这时巧珍说："别喝了，真不自量，你知我们是谁?"潘天虎又笑着说："我知道你们是谁？你们要钱我给你们钱，你们是穷的还是怎么的？也不能这么不讲礼貌啊，到人家来，拿着剑这么对着，小心点，我要一动弹，你们三个可就糟了，往后退退。"

巧云这个小丫头脾气挺暴，站在她对面的是杀父的仇人。仇人见面分外眼红，巧云恨的咬牙切齿，恨不得一剑把他们捅死。但是不能，她们得谨遵师爷的命令。临行前师爷告诉她们，你们做事要处处听从卡布泰叔叔的安排，他想的比你们细，你们这次去，是学习，是锻炼。所以，她们还得按卡布泰叔叔的安排办事。不过巧云小丫头嘴相当快，而且恨透了，马上就说："你别看我们人小，你那点武术，连我们的小指头都比不了。"

她这一说，反倒把潘天虎、潘天豹给说笑了，这真是孩子话呀。潘天虎心里想，她们用剑老这么指着也不好办哪，就说："你们干什么吧，是要钱哪？还是想要衣服，要什么都告诉我，我们都答应，行不行?"巧兰说："我们要你们的命。"她们三个的剑直逼他们哥俩。潘天虎、潘天豹登时一楞，他们不知这三个小丫头的来历，潘天虎脑瓜儿一转想出一个计策："这么办吧，你们往后退退，你说的事我们都答应。"巧珍就说了："现在我们来找你，让你回答几件事，你跟我出去。"潘天虎、潘天豹一看老这么纠缠也不行哪，他们想用退的办法，以守为攻，就说："那好吧，你们把剑收起来，往后退退，我们收拾收拾，跟你们走，行吧，听你的。"

这时三巧把剑往回收一收，不过剑仍然对着他们。虽然一刹那间，却使他们两个有了反手的机会，他们早就在太师椅后头挂着些兵器，以防贼人来暗算。所以椅子后头的刀，就戳在地上，他们轻车熟路，用手一碰，就碰到了刀。等巧珍、巧云、巧兰，往后一退的时候，他们两个眼明手快，哧溜，马上就把刀掏了出来。他们一反身，也保护了自己。巧珍和巧兰、巧云说："走，咱们出去，这地方太窄，你俩有能耐跟我们出去，不出去，我们就在这杀了你们。"潘天虎、潘天豹一看这三个小丫头口气太大了，可能是疯子，真得治一治她们，光说好话没用哪，他哥俩就这个想法。好吧，出去就出去，是骡子是马拉出去蹓，咱就一块出去。

就这样，三巧噌噌跳到院里。紧接着潘天虎、潘天豹也出去了。院里有些灯，照的挺亮，我方才讲了。三巧站成一字形，这哥俩在武林中也是窗户眼吹喇叭，鸣（名）声在外的人，在这么个小地方，也算是打遍天下无敌手。他们是矬子里拔大个，在这块儿还数得着。他俩身边也有好几个徒弟，也都各有各的能耐，接着我还要讲。他俩噌噌跳出去，拉好马步，站在院子中间，两人形成一个非常严密的守势，怎么的呢？潘天虎拿着刀，刀背贴在右腕子上，蹲在那块儿，来个骑马蹲裆式，监视对方。潘天豹是在另一面，头冲外，也是骑马蹲裆式，手拿着刀，两人相互靠着，面冲外。两人转起来，是圆形的，谁也攻不进来。这个架势摆出来了，能攻能守，互相有依靠。他们能向外攻，对方不能攻他们。他们站好了姿势，潘天虎就大声喊："喂，小丫头，你看师傅是怎么站着的，你们学一学，你们敢上来吗？"

三巧姐妹没都上，先是巧云自己上来，想跟他玩一玩。她还真没怎么使劲，把剑倒背着，没出鞘。咱们讲过，林家剑一出有光，光一出，那不是人头落地，就是对方有出血的地方。巧云左手拿着一个短匕首，跟她姐姐拿的一样，放在后面，她反背着手，就跳进去了。这两人看小丫头来了，迫不及待，举刀就砍。小丫头噌噌噌地跳，他们干脆砍不着。小丫头是跳跃式的，是林式的武功，她的蹿动力非常强，刀一砍，她蹦的挺高，等刀往上砍时，她又跳到他裆下，把潘天虎、潘天豹累的就像两个刀在剁跳蚤似的，根本剁不着。他们左看右看，也看不着她在哪儿蹦起来的，也看不到蹦到哪儿去了，把他们两个累得满头大汗。他们一看不行，就蹦出去了。巧云看他俩出去了，也出去了，就说："怎么样，你们是师傅还是我是师傅？"潘天虎根本不服，一看这小姑娘挺厉害，就说了："你们三个都上来，我做师傅的好好教教你们，行不？"然后他又对潘天豹说："你先看着，我跟她们三个试试。"三巧姐妹都过去了，巧珍说："我们先不使剑，你能剁着我们，就算你有能耐。"

这三个小丫头，在院子里走的是八卦形，按乾、坎、艮、震、巽、离、坤、兑八卦形式，在里头一转，嗖嗖嗖嗖，有纵有跳，有起有伏，有阳有阴，是这样的走向。潘天虎拿着大刀，让这三个小姑娘一围，眼都花了，刀都不好使了，气都喘不上来。有一个人，在后头啪的一下，在他脊梁上揍一巴掌。潘天虎刚一转过来，嘴巴上又挨一巴掌。不一会儿又咔的一声，正好踢在他手腕上，手腕子踢的很疼，哎呀哎呀直劲叫唤。

潘天豹一看大哥挨踢了，手腕子都肿起来了，自己也蹦进去，就喊："三个小贼人，都过来，看老子教训教训你们。"三巧照样不使剑，围着潘天豹转过去。潘天豹看着转圈都是人哪，好像有一万个人，不知这三个小贼变成多少人，把他弄得眼花缭乱。她们不是掐他一下，就是扭他一下子，把他揪得耳朵直疼。这时手腕子不知让哪个丫头给踢了，当啷、当啷，把刀踢出老远。他的手也不好使了，就蹲在地上直叫，哎呀，好疼哪。因为她们都踢到潘天豹的穴位上，最疼的地方，手腕子马上就肿起来，干脆不能动弹了。

这时候，就听到黑漆门的门楼上，有一人正蹲在那儿，哈哈大笑："潘天虎、潘天豹，你们胆真大呀，你们有什么能耐，敢跟这三位小英雄比武，你知道她们是谁吗？"这时候，把这两个小子吓坏了，没想到还有一个人蹲在那儿。他们刚往上瞅，那人嗖的一声跳下来，这正是卡布泰。

卡布泰走过来就说："潘天虎、潘天豹，你们摸摸你们的耳朵，现在疼的地方，不都是胳膊，摸摸你们的耳朵，还有没有？"他俩一听，慌了，赶忙摸自己的耳朵，一个人掉了左耳朵，一个掉了右耳朵，每人都掉了一个耳朵，怪不得这么湿，一看血都滴在自己的胸前。哥俩相互一望，都是血糊连的，他俩这回才害怕了，一看她们真是武林高手，怎么得罪了这些人呢。这时候，潘天虎、潘天豹强打精神说："你们是哪地方人，赶紧报上来。"他刚这么一说，三巧用手中的袖箭，嗖嗖，就打出去，每人一针。针扎到身上，他俩都晕过去了，就像打狗针似的，两人扑通就倒在地上。

在这深夜里，只有那个老更倌知道这件事，别人都不知道。三巧对卡布泰说："叔叔，你把他俩拎走吧。"卡布泰一想，这两个人我只能像拎死狗似的拎一个，那个人不好办哪。他往后院一看，有马圈，三巧一人骑一匹马，他自己骑一匹，另外又牵出一匹，用绳子把他俩胳膊一绑，像架死猪似的，干脆吊着身，放在马的脊梁上，把潘天虎、潘天豹带走了，然后悄悄把门关上。他们顺着来时的道，先回到客栈，悄悄进去，把二丹丹召唤出来，他们飞马直奔对过的石砬子。乌伦讲，他们去的是独龙山，事先他们打听好了，这样他们几个就顺着山道直奔独龙山而去。

他们很快就到了独龙山，往山上走，看到有一个黝黑的大洞。这时候，小莱塔在洞口那块儿，嗷嗷叫唤，像明白事儿似的。三巧就把它拽住，莱塔别着急，先等会儿，等会儿。他们把潘天虎、潘天豹从马上拖下来。巧珍过来，又在他手上扎了另一个针，这是解药针，也就是用针扎一下他右腕上寸关节穴位。不一会儿，他俩苏醒过来，一看，哎呀，怎么到这儿来了？心里划着魂，定睛一看，前头站着的几个人，正是刚才戏弄他的三个小丫头和从门楼上跳下来的那个人。他俩想跑，但是跑不了，武艺根本没有人家高强，彻底认输吧。只好乖乖跪下说："哎呀，活祖宗呀，不知道各位仙人师傅从何处而来，我们兄弟怎么得罪了各位师傅，告诉我们，就是死了心里也踏实。"卡布泰说："潘天虎、潘天豹，你们听着，知不知道，你们犯了死罪。"他们两个眼睛白愣着，还在狡辩："哎呀，我们犯了什么死罪？""你们还抵赖，前些日子你们在洞里，都做了什么伤天害理的事情？"

他俩一看，完了，完了，那天惹出的大乱子，现在人家来算账了。当时，说起来，潘天虎非常蛮横，他不听弟弟的话，他弟弟说："大哥，咱们不能在这儿杀穆哈连，在这儿杀，这个山是咱们的山，秃子头上的虱子，明摆着，不等于往咱们头上扣屎盆子吗？再说杀朝廷的命官，那还得了，何况穆哈连不是一般的人，是三品侍卫呀！大哥！大哥，咱们不能这么办。"潘天虎鬼迷心窍，一心想巴结杜察朗和庞掌醢，认为有他们做靠山，将来就能飞黄腾达，其他的事情都没想，他们不计后果。

这时潘天豹就说："我当时就不同意，我没有害穆大人哪，我当时放走的是乌伦巴图鲁。我知道他，我给了他生路，我没有杀他，老天作证呀。"他一看事儿不好，就把他哥哥给卖出去了。潘天豹见大家没吱声，忙套近乎，又说："请问：各位尊姓大名？"卡布泰就说了："你们哥俩站直听好了！告诉你，我们是谁，这三位英雄就是穆哈连大人的三女，这位是穆巧珍、这位是穆巧兰、这位是穆巧云，我就是钦命北海打牲总管事务北海水陆兵马总哨官，三品侍卫穆哈连大人手下的五品骁骑校，我叫卡布泰。我们是来擒拿你们的，为穆大人报仇，你们现在死期已到，知道不知道？"

这时候，可把两个贼人吓破了胆，真是魂飞天外，魄散九重，都尿裤兜子了。潘天虎、潘天豹一听，哎呀，了不得了，到底惹出大乱子了，这是塌天之祸呀，今天我们的命算完了，完了。穆哈连大人三个亲生女儿找上门来了，他们早听过这个信儿，是一胎三女，他们正在赫赫有名的云、彤二老手下学武艺。云、彤二老是什么人，是绝对的世外高人，是皇上的武师。怪不得，人家的武术那么高强，自己的剑根本都没露，就把他们玩的团团转，耳朵掉了都不知道，这回可算栽跟头了。

卡布泰让他俩详细交待，当时为什么想要害死穆大人，你们是怎么定的，是谁领进洞去的，快快交待，详细交待。潘天虎、潘天豹跪在那儿，身子都瘫了，就一五一十地把整个害穆哈连大人的前因后果如实地讲出来。

原来是这么回事，前几天北噶珊杜察朗大玛发，飞马派来两个人，一个叫娄宝，一个叫齐宝，他们拿着杜察朗大玛发的密信，让我们马上想办法，擒拿朝廷的命官，一个是穆哈连，一个是乌伦巴图鲁。告诉我们，穆哈连是皇上身边的三品侍卫，这个人相当狠毒，现在他在执掌北海这块打牲总管事务，又是这块水陆兵马总哨官，我们很多的事情他们都在调查，有些事已经掐在他手上了。前两天又把庞大人给抓去了，所以说，你必须要抓住穆大人。穆大人还领着几个人，还有卡布泰大人你的名字，还有德格勒，让我们把你们一网打尽，就地杀死，只有这样才能以绝后患。而且密信讲的非常清楚，要做不到这一点，他们就要兴兵，把我们潘家寨给平了，把我们哥俩也杀死。他不念姐夫的情面，以军法处置。他重新再招自己的兵马，限我们几天必须办到。我们接到信后，就不能不办哪，这都是我们那个心狠手毒的小舅子，杜察朗大玛发的意思。

这时站在旁边的二丹丹字字听的非常清楚。她这次来，说实在的，是乌伦巴图鲁的心意，让二丹丹跟自己家分清楚。他怕二丹丹一想到父女的情面，就不知怎么办好。所以他跟二老商量，还是让二丹丹跟三巧一块儿去。明着说，你跟着一块儿走一走，心里敞快一些，其实更主要的是要教育二丹丹，唤醒二丹丹，让她认清阿玛杜察朗的狼子野心。乌伦巴图鲁用心良苦，做的真对。二丹丹出来一路上听到些事，没想到自己的两个姑夫真是坏透了，一看他们背后还是她阿玛杜察朗干的坏事。二丹丹越想，心越恨。他们为什么对这些好人敢下毒手，真是心狠手辣，没良心哪。

卡布泰又问："你们具体怎么杀害的穆大人?"这时潘天虎趴在地上说："这事确实都怨我，我弟弟还劝我，我没有听，我当时是利令智昏，鬼迷心窍。当时探子告诉我，穆大人已经过来了，我就想办法，把他们诱骗到独龙洞，而且秘密地让我们心腹小校往下扔石头，砸伤穆大人。他口吐鲜血，就冻死在洞里头。”他这么一说，把三巧气的马上站起来，抽出剑就要砍潘天虎。卡布泰就挡住说：“三巧，先别动，咱们让他讲清楚，血债肯定要用血来还。别着急，咱们先把这事情问清楚了。”三巧擦了擦眼泪，站在一边。卡布泰又对潘天虎说：“你说，究竟是怎么回事?”

潘天虎一五一十把过程说了一遍，他们怎么分了手，本来让他弟弟把乌伦巴图鲁也害死，也用石头砸死他，弟弟没那样做。卡布泰听到这儿，直跺脚，恨的咬牙切齿，大声问他：“潘天虎，你们干完了坏事以后，来没来独龙洞看一看哪?”潘天虎慌忙回答：“大人哪，我们还没来得及，这些天忙些乱事，还没顾得到洞里看一看。再说，我们也知道惹下了大祸，杀害了天朝的命官，是千刀万剐的罪，我越想越怕，心惊肉跳，觉都睡不着，眼睛天天在跳。你们这一来，我吓的浑身都酥酥了，我想你们来肯定和穆大人的事有关。我们没报告，北噶珊还不知道这件事呢。”

卡布泰又问：“这个事你们打算怎么处理，你不觉得你们闯了大祸吗?”潘天虎只好如实地说了：“老爷，我才不说了吗？我们知道惹了乱子，现在就一心想逃，过两天我们哥俩就想逃跑，刚才我们在一起就商量这事儿，连累了妻儿老小一大帮，往哪逃去呢？卡布泰大人，爷爷，还有三位格格，你们饶命吧，我情愿为大人效劳，我愿将功折罪，改邪归正。”

三巧“呸”一声，然后说：“谁听你这一套。”卡布泰又问：“穆大人被害的密洞究竟在哪儿？告诉我们。”潘天虎、潘天豹一听，面色如土，趴在地上，吓的呜呜直哭，好半天站不起来，站起来就浑身筛糠，然后颤抖地说：“老爷，过了前面的树林子就看见那个洞了。”卡布泰过来，把两个人狠狠地绑起来，用脚一踹，他妈的，还装什么蒜，在头前领路。

他们穿过了一片密林，望见石砬子下面，确实露出一个很大的黑乎乎的洞。很快来到了洞前，这个洞的石头长的像狼牙一样，很险，可人要钻进去，却又绰绰有余。洞很深，在洞里长出一棵粗树，一直伸到洞的外头。这时候，小莱塔认出来了，汪、汪地叫着，首当其冲地蹿进去了。它知道，这就是它的主人殉难的地方。小莱塔，不管黑不黑，第一个先跑进去了。卡布泰命令两个贼，快点儿把明子点着，让他们在前面照明。

这个洞挺深，曲折坎坷高低不平，越往里走，就越觉得阴森森的，石崖上洞穴里都挂上了冰霜，山洞中水珠滴下来，形成不少冰柱，他们就沿着阴冷的山洞往里走。洞越深，里头越黑，就是明子照着，也看不清。洞里洼凉洼凉，又非常滑，他们爬了一阵儿。洞里往上延伸，他们把着溜滑的石头，往上爬，爬一阵儿，又下去，他们只能坐在石头上，一点一点往前蹭。他们又弯着腰蹲着走一气，拐过一个胳膊肘子弯，洞就越来越大了，一看前头的洞挺宽敞，有一块平地，是石头地，洞上面很高，松明子举起一照，看不到顶，但是恍恍惚惚能看着，洞中还有不少洞，是洞中套洞。这时，洞的前头出现一个三岔路口，左侧延伸过去，有一个洞口，右侧又延伸一个洞口，这块儿确实是兵家必利用的地方。

就在这块儿，莱塔首先蹿到洞的底下，呜呜地嚎叫，哀嚎声在洞中呜呜响。他们知道，莱塔肯定看到大人的尸体了。三巧这时听到声音，也没管洞有多深，姐三个纷纷跳了下去，一齐放声大哭，哭着哭着就晕过去了。醒来一看莱塔正趴在穆大人的身上，三巧也赶到了。躺在中间湿地的穆大人，紧闭双眼，像很安详地睡着了一样。他们都跪在穆大人的身边，抱着穆大人哭。这时穆大人的全身湿漉漉的，上面结了一层冰。三巧就扑在穆大人的身上哭："阿玛，你醒醒，你的三巧来了，你听见没有，你醒醒吧，阿玛我们来晚了，你遭罪了，我们现在已经把杀你的两个贼人抓来了，我们要把他们千刀万剐，一定替你报仇呀。"

这时卡布泰也跪在穆大人的身边痛哭流涕地说："大人，大人，卡布泰给你跪下了，给你磕头了。我们是奉云、彤二老之命，发兵潘家寨，来救你来了，替你报仇来了。大人，你听见没有啊？你的三个爱女，三巧特意到山洞里，来叩拜你，来接你来了。大人，大人，你说话呀……"这时，两个贼人，在主人的一片哭声中，他们也痛苦地趴在地上。这两个狠心狼，此时心里肯定也是矛盾万状，惧怕、悲凉，可能还有一点后悔吧，各种心情交织在一起，说不清楚。他们跪在后头，也捶胸痛哭。

卡布泰叫两个贼人举着火把，在前面引路。这么冷的地方还能让大人在这儿呆着吗，得赶紧请大人出洞。巧玲、巧云、巧兰三姊妹，把自己的阿玛紧紧抱在怀里。卡布泰这时抱着穆大人的肩和头，就把穆大人抬起来了。二丹丹在后边托着穆大人的双腿，他们五个人，悲伤地、慢慢地向洞外走去。一步一步地，上个石阶，下个石阶，再上个台阶，再下个台阶，就这样慢慢地走了一个多时辰，把穆大人请出这个阴暗的山洞。

到了洞外边，卡布泰就选择了一个幽静的、人迹罕至的山坡上，这里一片密林，古树参天，郁郁葱葱。进了松林，又选了一棵有几抱粗的笔直的老松树，松树长的非常高，遮天蔽日，枝叶蓬松，有七八层。遵照满洲人世代的古俗，亲人完世，就在山野中，选一个静洁的地方，进行神圣的天葬礼。让亲人的尸体高悬在古树枝的枝杈上，等到几年后，尸体腐朽，风干后，再举行最隆重的第二次土葬礼，这就是女真人几百年来延续的天葬。何况眼前正赶上穆大人的遗体，远离他乡，一时无法迁运回去。而且现在卡布泰和三巧他们还有要事需要处理，不能马上把穆大人的遗体运回原来的住地，只能暂时停留这块儿，等过些日子，后继人马赶来，平息这些匪患之后，才能把大人的灵柩运回故里，妥善安葬。

他们来到洞外以后，卡布泰和三巧，就把大人的尸体停放在古松之下。卡布泰过来，怕贼人跑了，又把他们紧紧地绑了起来，让他们跪在大树前。这时三巧在丹丹的帮助下，给大人用白雪擦洗脸和手，又用丹丹昨天买来的白布，将大人的遗体层层包上。卡布泰又到山下沟趟里砍回一大抱柳条和荆条，把枝叶削掉，编制裹遗体的葬帘。他用一个柳荆条编的帘子，将穆大人的遗体紧紧地包缠起来。包好以后，他领着三巧，又用拿来的一根根长长的皮条，把柳帘缠裹好，紧紧地捆上。卡布泰又爬到选好的粗壮的古松枝杈上，搪上几个横木头，然后蹦下来。他猛劲地背着已包好穆大人遗体的柳帘，一个手背着，一个手抱着松树，两脚使劲地登着松树桠往上爬，爬呀爬的，终于爬到了枝叶茂盛粗壮的，几根弯弯扭扭的古树老干上。上面已经搪好了横木头，摆得像床一样，把穆大人的遗体放在横木头床上，遗体上又盖上不少碧绿的松树枝。很是肃穆，神圣。然后他跳下来，和三巧、二丹丹在树下面，恭恭敬敬，摆上拿来的酒和菜，三巧她们跪下磕头，烧了纸。二丹丹、卡布泰也都跪下磕头、烧纸。这时卡布泰站起来，把两个贼人，一手提一个，像提死猪一样，来到供着酒、菜的跟前，扑通，扑通，就把他俩拎到那块儿。

这两个贼人情知不好，连疼带叫："饶命呀！饶命呀！"凄惨的号叫回响在密林，听着瘆人。卡布泰喝止他们的嚎叫，向着松树上停放穆大人遗体的地方跪下，大声地说："大人哪，我们把杀你的贼人带到了你的面前，北噶珊的仇敌，我们现在还没有抓到，不过擒敌的时间不会太长，肯定会向大人奠酒报捷的。"

卡布泰说完，叫三巧把两个贼人提过来。巧珍、巧兰、巧云姐妹三人把潘天虎、潘天豹拖到烧纸的那个地方。她们三姊妹早就知道卡布泰叔叔的安排，因为京师图泰大人，还没有来到，还有许多的事情需要审问，需要理清。特别是贼王，北噶珊的杜察朗等人，还逍遥法外，潘家寨的全部贼人还没有伏法。这里的内幕很复杂，需要做艰难的深入调查，暂时还得留下这两个贼人的性命，既让他们惧怕，又乖乖地为我们所用。所以，暂时先给这两个贼人留条活路，看他们能为咱们平定北疆出多大的力气。等到咱们胜利回师的时候，再惩治或者再杀都不晚。三个小丫头，巧珍、巧兰、巧云，面对眼前的仇敌，深仇大恨在心头，恨不得一剑将他们砍死。但是，三巧都是明白事理的孩子，她们仅遵卡布泰叔叔的话，为了全局，先公后私，她们把眼泪和仇恨，就暗暗地埋藏在自己的心里。

昨天晚上，丹丹也哭了好几场。她挺恨两个姑夫，他们心太狠了。但也总觉得还是自己的姑夫，现在正好赶上这件事，使自己非常为难。她昨天晚上搁萨满祭祀回来的道上，含着泪悄悄地请求卡布泰能不能给这两个仇人赎罪的机会，说着，自己痛哭不止。卡布泰认为二丹丹的想法也是人之常情，就安慰她："丹丹哪，我相信你，我也理解你的心情，你放心，我自有办法。"

这时，卡布泰让三巧过来，就说："替你阿玛报仇。"他表面上，声音非常大，特意给这两个贼人听，吓一吓他们，让他们认识到为杜察朗干坏事，得不到好下场。今天你们遭这个罪，那是自作自受，咎由自取。说时迟、那时快，三巧拿着剑已到他们跟前，两个贼人的骨头都吓酥了。他们一想完了，这是来杀他们，用他们头颅祭灵。这时卡布泰冲着松树上陈放着的穆大人遗体，就大声地说："大人哪，请你老英魂暂时委屈吧，暂栖身在此，乌伦巴图鲁已经回到了京师，图泰大哥很快就要来了。我们一定能够平定逆贼，安顿北疆。云、彤二老和我们会迎请您回到咱们东噶珊去的，现在我们来替你报仇。"就听三巧的剑，噗、噗，砍向贼人。

这才是英雄穆哈连独龙口遭难，他的亲女三巧奉命出世，三剑诛杀北海的一群敌寇，以雪家仇父恨，由此引出群雄逐鹿北冰山，疾风知劲草，烈火见真金，良莠泾渭两分清，要问下情如何，听我说书人下回说个究竟。

第三章　三巧施威北冰山

上回书，我说到卡布泰、三巧他们，在独龙洞，将穆大人的遗体进行了天葬，然后将两个杀害穆大人的贼，潘天虎、潘天豹拉到了跟前，三巧她们挥剑报仇。那么，潘天虎、潘天豹是不是已经被杀了，前书没有细说。不过我说书人前面已经交待了几句，当时他们几位考虑京师图泰大人还没有到，敌人还有很多扑朔迷离的秘密，没有探查清楚，贼王杜察朗还逍遥法外。现在正是用人的时候，要瓦解敌人。卡布泰就跟三巧商量，从大局出发，没有立即执行极刑。三巧也非常懂得事理，尊重卡布泰叔叔的安排。

另外，二丹丹她这次跟着来，也认清了很多事理。我前书已讲了，二丹丹自从嫁给乌伦巴图鲁以后，她一心向着穆哈连大人。对她阿玛杜察朗的阴毒和破坏，看的越来越清楚，不像过去她认为阿玛不好，是因为把她嫁给了西噶珊。自从她和穆哈连这些人在一起，从她所见所闻，特别是乌伦巴图鲁对她潜移默化的帮助，和对她爱的深情，使她越来越受到感化，心完全变了。正像她所说的，我虽然身是北噶珊的人，但我的心和人，已经是穆大人手下的一个伸张正义的人，所以什么事她都想参加。乌伦巴图鲁为了使她受教育，这次让她跟着三巧北上。丹丹来了也确实很受教育，在洞口她亲自听到两个姑夫的交待，原来所有的坏水都是从她阿玛那里淌出来的。她的姑夫也是很坏的，但她又觉得，他们都是受害者，请求卡布泰能不能给他们一个赎罪的机会，免他们一死。

潘天虎、潘天豹这时一看真要杀他们，吓的一口一个奶奶、一口一个爷爷地叫着，就说："饶我们一命，我们一定为朝廷效劳，杜察朗大玛发的罪恶我们最清楚了，我们一定将功赎罪。"他们又哀求卡布泰大人说："爷爷呀，求求你们，高抬贵手，留我们一条小命，以后在平定北海，我们甘心情愿为朝廷卖命，一定效犬马之劳，在所不惜。"就这样，三巧根据卡布泰的意思，用剑砍断了潘天虎的一只胳膊。他疼的大叫一声，就昏迷过去。醒过来以后，他想肯定还有第二剑，没办法，只好等着死吧。这时又听咔嚓一声，他兄弟潘天豹也被砍掉一只胳膊，嚎啕大叫，鲜血淋漓。卡布泰声色激烈地说："潘天虎、潘天豹，你们胆大包天，竟敢杀害朝廷的命官，本该千刀万剐。我们念天朝以教人为本，暂且给你们留一条狗命，快将违背朝廷所犯的一切罪恶和你们所知道的一切罪行，如实向我们招来，以观后效，如有半点谎骗，我们就地正法，绝不宽恕。”

两个贼人，连念阿弥陀佛，总算小命保下来了，忙向卡布泰和三巧千恩万谢，好话说个不尽。三巧心真好，看着潘天虎、潘天豹两个胳膊的鲜血流淌不止，她们搁身上掏出两包止血药，这是他们林家的秘方，把药打开，她们和二丹丹一起，把两个贼人被砍的衣服揭开，露出了伤口，鲜血还流着，给每个人的断臂上撒上一包药，这两个人嗷嗷大叫，就疼昏过去了，半天才苏醒过来。把他们疼的，就像他们手插进翻滚的油锅一样。现在再看，他们断臂的骨头和肉已经变成了黑色，开始钻心疼。不大一会儿，就不疼了，只觉得痒痒，再过一会儿，也不痒痒了。不但没化脓，而且很快地起了嘎渣儿，把嫩肉包住，慢慢自己就好了。丹丹把自己的白绢子衣裳撕成两块，总还是自己的姑夫，把他们断臂那块包好，又撕了两块布条子，给他们缠上。

卡布泰说：“潘天虎、潘天豹，我们不记前仇，现在潘家寨这块儿仍由你们来执掌，谁也不敢说个不字。但你们一定要断绝与北噶珊的联系，北噶珊要再来人，一定要告诉我们，你一切听从我们的安排，听着没有？能办到不？”潘天虎、潘天豹二人连声说：“一定，一定，一定能办到，我们不敢撒谎，谨遵老爷的命令。”就这样，他们拜别了穆大人的遗体，然后把马牵过来，让潘天虎、潘天豹他们哥俩骑一匹马，都是卡布泰把他们抱到马上去的。卡布泰、二丹丹、三巧各自骑一匹马，回到了小客栈。

卡布泰告诉潘天虎、潘天豹，你们现在回家，好好将养，今天晚上我还要到你们家去，有些详情咱们再谈一谈。别的事情你们都不要讲，也不要跟家里人讲，更不要跟任何人讲。有人要问，你们就说打仗格斗受了伤，别的什么都不要说。潘天虎、潘天豹诺诺称是，他们就自己回去了。

到家之后，两个妇人见到自己的丈夫满身是血，胳膊没了一只，吓得脸都白了。潘天虎说：“快，快，快，赶紧给我们请郎中，我现在任何人都不见，也不许任何人到我这儿来，有事就给我应付过去。”这样，他俩在自己的密室里头，安心地养病，这就不说了。

单说卡布泰他们悄悄回到小客栈，略微歇息以后，卡布泰请出客栈的老掌柜。卡布泰挺关心这个地方的情况，也关心这个店是不是黑店，这个店主可靠不可靠，所以他问的非常仔细。一打听，这个老掌柜还是比较正直的人，他是黑水车陵部落的人，原来在牛满江流进黑龙江的对岸，是满洲乌扎拉氏。乌扎拉氏在黑龙江的下游，他们的姓氏分布比较多，是满族的一个大望族。自古以来，黑龙江下游混同江那块，是他们的故乡。后来，老人那一支，就迁居到齐集湖一带。过了鞑靼海峡，对岸就是库页岛。他们搁那迁到北海，再往西迁，又迁到了现在住的地方，也就是潘家寨。他们来这儿已经五六代了，这块坟茔地都不少。去年他的老夫人过世了，自己就来这里开了一个小客栈。他的两个儿子，一个在四川，一个在陕西，都在八旗军营，镇守边陲。一个是现在的参领，一个是协领，都是武将，看来他们家的人都挺可靠。这个小客栈接待的人，还都挺好，没有坏人。都是过往的行人或者来这儿卖货的和收皮张的人住这儿。这个老掌柜对人很热心，凡是住他客栈的人，不管穷人、富人都一样待遇，有钱在这儿住，没钱他也不撵。偶尔一些有病的来这儿住店，他还赏几个小银两，接济一下，所以有人就管他叫吴善人。

卡布泰了解挺细，觉得这地方还行。另外，客栈，正好临街，办啥事都方便。过往的行人，坐在客栈的屋里就能看清楚，找他办事也方便。所以，他们就定下来，在这个小店租一间房子，为巡逻哨卡办点事。他把老掌柜的召唤过来，就跟他说："老掌柜，我们有件事情请你老人家帮忙。我们都是朝廷来这儿办公务的，想来你这儿借一个房子暂时做巡逻哨所的地方。目前，我还没找到合适的行在所在地，我们想把现在住的房子包下来，零散的客人请他们到其他的房间去住，这个房间就包给我们，请老人家费心帮这个忙。"

老掌柜对潘家兄弟也是刻骨仇恨，只是因为他们的势力大，不敢惹而已。他们盼着朝廷来人，主持公道，打一打这些虎狼的嚣张气焰。所以老掌柜的就说："大人，这是我们小民应该办的，什么租房不租房的，只要朝廷能用着我们，银子是小事，我能帮助朝廷做点事，也就心满意足了。我的两个儿子，不是正在八旗兵营里出生入死吗?"卡布泰听了非常钦佩老掌柜的。这样，他们就定下了这个房子。

卡布泰首先想到的是把大清国的龙旗挂上，显一显咱们大清在域北的威风，以改过去是土匪强盗窝，或者是罗刹说来就来，国不为国，家不为家的状态。我们一定把大清的龙旗插到这块儿，这里是大清的疆土。让寨里的人首先有这个印象，这样，大清国的事就好办了。然后我还得刻一块匾，用厚的板子，请人烧出字来。所说烧出字，就是用铁块在木头上烙字，这样的字就鼓出来了，过去在北方常用这样的土法，字迹雄健，而且看起来非常明显。字是鼓出来的黑色的，比写的字更有劲、更显眼。卡布泰要烧成这样几个字：“大清国钦命北海打牲总管事务，北疆水陆兵马总哨官，三品侍卫穆哈连委潘家寨行在驻所。”还把穆大人提出来，是穆大人委派的，在潘家寨这块建的行在驻所，这多豁亮。把这块大匾就公公正正、光明正大的立在行人的道旁，让过路人一目了然，让这块的人都知道，这是大清的地方，谁敢在这里造反，就依法行事。

卡布泰这都是受穆大人的影响，穆哈连就是这样人，干啥就干清楚，干明白。穆哈连身边的人，凡是他喜欢的人，都是这样，一个个都这么精明，能干。他这么说了，很快就这么做了。在短短几天的时间里，卡布泰和三巧、二丹丹就把这块的情况摸个透。应该说这也有潘天豹的帮忙，潘天豹比他哥哥更老实一些。潘天虎这个人是老谋深算，非常狡猾，眼睛里总是闪着狼要吃人的目光。卡布泰心中有数，不能相信他，现在因为他在我这儿，是刀按着他的脖子，有朝一日他很可能就反咬一口。对潘天豹也不能相信，但觉得比他哥哥稍微强一点，在用他的时候，暗地又监视他，时刻防备他在暗地里下刀子。

这两天，卡布泰常去潘家大院，听了不少情况，对潘家寨这块的事知道的更多了。正像穆大人把庞掌醢抓到时他所交待的：潘家寨是北噶珊杜察朗大玛发的前沿。北噶珊有好几个触角，其中一个就是韩家窑，也就是后来的潘家寨。这里藏着很多的珍宝和土特产。这些本来都是国家的财产，现在他们都搂到自己的私囊，建立自己的仓库，并随时可以运往京师。潘家寨有好几个直接受北噶珊控制的大暗库，有北海的兽类，北海的各种野生动物，还有北海的各种海鱼虾类，北海各类的禽鸟，北海的珍珠，北海的盐，各种海藻、海茶，山里头各种蘑菇，还有北海的各种药材，各种矿砂，鲸鱼的眼珠，海象、海狮的牙等。这些珍品，有十个大库，都建在山崖中间的地方。各库之间都有通道，外边有兵丁守护。每个库都有库达，就是这个库的主人，由他来管理。还有十几个随从掌管这个库，他们都带着刀，任何当地的人都不能进去。他们互相之间有秘密联络暗号。这些库，都由北噶珊直接来控制，总管事人，在京师就是神刀将马龙。还有马龙的师傅，八宝禅师黑头僧。他们下头有不少的武将，也都是世外的侠客，他们的武术都非常高强。这些人，都住在前哨，直接守护这些库。比如说，滚地雷徐蟒，是一员猛将，他使短刀，双匕首，腾跳功夫相当厉害。有醉八仙刘佩，他会醉拳功，是峨眉功。有狠命鬼仇彦，也有叫秋岩的。这个狠命鬼也很厉害，他是双刀将。还有长枪将鲍龙，离这百里地远，是冰山岛那块儿的岛主。冰山老仙翁白剑海，白剑老神仙，原来是从中原过来的，武术相当厉害。他还有些很近的朋友，这些人的轻功也不得了。

这里，说书人不能不多说几句话。俗语讲的好，人外有人，天外有天。我书里头，虽然一再夸奖林家功，讲云、彤二老怎么厉害，但是在天下来说，不光是林家功，还有很多高人。就拿林家功来说，他仅仅是武林中间的一枝花，万紫千红，这才是中华武功的特点。所以说，不要一讲到林家功，讲到云、彤二老，那就包打天下，是第一。云、彤二老不是这个看法。他们从来是虚怀若谷，从来不夸耀自己。他们就讲，我们林家功，我学了一辈子，只是掌握十分之一而已，连云、彤二老都这么谦虚。所以，各位千万不要认为林家功就是中华第一武功。人家没这么说，我说书人也没夸大。

就是这位冰山老仙翁，白剑海，那轻功更厉害，根本不在云、彤二老之下。这些个，仅仅是其中的代表，下面还有徒子、徒孙，他们占据了北海海岸的有利地形和海岛，岛岛相连，互为一体，一方有难，八方皆动。当地的瑰宝竟收他们的库囊之中。潘天虎、潘天豹兄弟俩说，我们根本没有什么权，在潘家寨这块儿，有很多地方，不敢细问，我们不敢得罪各路神仙，更不敢得罪北噶珊。他们这些库，都有自己的主人，我们稍微有一点慢待，或者有什么差错的时候，我们都吃不了，兜着走。甚至，他们直截了当地说，要把我们荡平了，让我们都成为他乡之鬼。大人，实不相瞒哪，杜察朗全凭着这些人的势力，越来越强大，他认为他是打遍天下无敌手。凭他们的本事，说杀就杀，说砍就砍，说关就关，是当地的活阎王。大人，你们来这儿，他们耳目很多，早就知道了，你们千万要谨慎，要小心。你们不要主动出击，这容易落入他们的陷阱。你们就采取守株待兔的办法，他们来了，你攻他，而且抓住一点，然后就主动了。你们要到处找，一旦让他们知道了，你就处处被动。这些人心狠手辣的厉害呀。潘天豹还真说点真心话。

另外，这几天，卡布泰和二丹丹他们，有时候三巧也帮忙，他们把各地的猎户、网户，还有狗站和各个民族部落所住的地点，都一一地重新登记入册。把各户人口，年龄和住的地方都作了重新登记，清理了过去的一本乱账。这回从北海的东、西、北乃至往南走，淌伟河上游一带，四十多个哨卡，他们又重新建立起自己的据点。这样就一改往日北海的管理，乱而不查，查而不录的状况，使北疆的疆土真正划入大清国治理之内，人口典籍之中，这个在本部书里特别要强调，也是从嘉庆到道光以来，在大清历史上治理北疆最有成效的几年。

卡布泰现在心里头，最惦记的事情还是三巧。自从受二老之命，带着三巧，来到了北疆的北海之滨，他心里头压力挺大，觉得这个担子也太重了。卡布泰这个人，心挺细，做啥事又讲认真。所以，二老让带着三巧来，他心里头总是忐忑不安哪。他想，穆大人和丫丫嫂子，已经离开了人世，现在他们最宝贵的，也是他们最爱的遗孤，就是三巧了。这次陪着她们出来，得处处小心，事事谨慎，生怕出现半点闪失。他想，如果那样的话，我怎能对得起她们在天的父母，我的穆大人和丫丫嫂子呢？又怎能对得起我非常尊敬的云、彤二老呢？有时他想，处处事事自己应当多干点，少让丫头们出头。可他又一想，也不行，别看这三巧人小，人家是盖世英雄啊！俗话讲的好，名师出高徒啊，云、彤二老呕心沥血，苦心十年栽培的三位后生，真可以说，用尽了二老毕生的心血，把林家的全部功法毫无保留地都传给了三巧。所以，三巧是林氏家族武功中的正式传人。三巧现在缺少的是社会阅历和实际的经验。如果要论她们的功法和剑术，恐怕已经不在二老之下，肯定是青出于蓝胜于蓝。这一点不能有任何怀疑啊。何况临行前，云、彤二老把他叫到跟前，一再地叮嘱他，让他不要束缚三巧的手脚，让她们敢拼、敢闯，要敢于见世面，不经一事，不长一智，万事开头难哪。武林中有句俗语，平生立奇志，首当敢出手，出手方练强中手。看来我还要谨遵云、彤二老的嘱咐："人不在大小，树不在高低，巧从勤中生，天才是苦功"，小雀应该放飞了。

卡布泰自己独坐在屋里头，想来想去，总觉得这几天，干得还挺漂亮，利索。第一找到了大人的遗体，第二抓住了杀人的凶手潘氏弟兄，真是进展顺利。事情还不像乌伦巴图鲁兄弟临来时嘱咐的那样，按他的说法，你去的地方，可是火海刀山哪，是生死之地。大哥你遇事千万要多想到困难，没想到，现在是"尔合太菲"，这是满语，就是一切顺利，一切平安的意思。看来，真是一切顺利，一切平安。但是，事情并不像卡布泰说的那样顺利，一场大的灾难，现在正在暗暗地向卡布泰头上砸来。

就在潘天虎、潘天豹被砍断一只胳膊，骑着马回到潘家大院以后，花溜红、花溜翠两个姊妹，看着丈夫的狼狈相和满身的血，惊吓心疼，哭的像个泪人似的，忙着赶紧给老爷请来各地的郎中。郎中看着伤，又看看伤口上糊的药，已经贴上了止血、止疼的药，暗暗地佩服，这药，这叫什么药呢？伤口红伤，马上拔的这么干，而且好像已经开始结嘎渣儿了。他们觉得这真是奇了，还真没认出这是什么药。当然了，这是林家的秘方。郎中只给潘天虎他们兄弟俩，开了几服活血、安神、止疼、健胃的药，让他在家将养就是了。

单说这几天，潘家大院可热闹了，大门呼呼啦啦，开了又关，关了又开。今天来一拨，明天来一拨，要知道潘氏兄弟的狐群狗党可真不少。来的人都是潘天虎的生死好友，像狠命鬼仇彦、长枪将鲍龙、滚地雷徐蟒，都陆续来看潘氏兄弟。特别是狠命鬼仇彦，是这一帮生死弟兄中的狗头军师，鬼点子最多，也最受潘天虎的器重和喜欢。这帮人都向潘天虎、潘天豹请安致意，问长问短。

这时候潘氏兄弟躺在炕上，闭着眼睛，龇牙咧嘴，痛哭流泪，说不出话来，可能连怕带恨都交织在一起了。狠命鬼仇彦，直给他哥俩打气，怕他们两个被吓住，就说：“大哥，你杀死穆哈连，这是英雄壮举，能在北海敢除掉清朝的命官、皇帝的侍卫，这可是天下一大奇闻，你们真有胆有识啊。你们遭的罪，我们会替你们报仇，不就是三个毛丫头吗，有什么了不起？还有卡布泰，那是个窝囊废，他会什么武术？”长枪将鲍龙、滚地雷徐蟒也都插话：“三巧是个小丫头，初出茅庐，没多大能耐。卡布泰是个草包，没什么本事，不用怕。大哥你放心，我们会给他点颜色看看，他轻易地就想把潘家寨拿过去，休想。”这潘家院真像办喜事似的，来的人都不白来，有的拿着礼品，有的拿着治红伤的药，也有的拿着补药，什么都有，有的甚至大摇大摆地来看他们。

这天晌午，卡布泰正在屋里坐着，自己还没想到能出什么事。不一会儿，就听到外边一阵大乱，吵吵嚷嚷地说：“可不好了，老掌柜的让人家打了。”他马上往门口一看，有几个人抬着小客栈的老掌柜进来。这时老人已经昏迷不醒，满脸是血，也不知道伤到什么地方了。老头儿闭着眼睛，嗷嗷直叫。抬的人进屋赶紧把老头儿放在炕上。卡布泰不知道怎么回事，就问："怎么回事？怎么的了？"就听有人说："老掌柜在道上被一伙暴徒打了，这些人打完了就跑，我们赶上了，就把老掌柜的抬回来了。"这些人里，一个个的脸色、声音都不一样。卡布泰一看就知道了，这些人中有的真就是要整老掌柜的，有的可能就是打老掌柜的，他们虚张声势，来这闹腾，给谁看呢？卡布泰知道，这是给我们看的。卡布泰暂时没理他，过来给老人擦擦眉毛上的血。老人脑袋被打破了一个口子，可能是让棍子打的，其他人就陆续地走了。

老头儿把眼睛一睁，往外看看，一见没别人，只剩下卡布泰。他把卡布泰拉到跟前，说："哎呀，大人哪，你们快点离开这个地方吧，我呀，可养不起你们了。你们来这儿，呆一天，他们就要砸死我，刚才就说这事儿，他们要把你们轰出去。"经卡布泰详细一问才知道，原来老掌柜的在屋里坐着，有一伙人悄悄把他招呼出去，说是有事儿，那几个人把他带走了，走到一个拐弯没人的地方，就是一顿痛打。有的直截了当地说："你还敢不敢收留他们，赶紧让他们搬走，要不然我就杀了你，烧了你的客栈，叫你这个老头子，滚出北海，你知道不？我们说到就做到。"说着，老头儿又是一顿痛哭。卡布泰一听，这纯粹是给我们施加压力，上眼药。老头儿知道这些坏人是能够做到的，所以，就哀求卡布泰："你千万饶我吧，我的孩子没在跟前，我今年已经七十岁的高龄了，我真惹不起他们呀。"卡布泰怎么劝、怎么安慰也不行，只好给他撑腰地说："不要怕，老人家，有我们呢。"这老头儿怎么说也不行，下定决心了，你们必须搬走，不搬走，我明天就活不了。老头儿不相信卡布泰这几个人，能够镇住潘家寨这块的恶霸势力。

真是祸不单行，不大一会儿，跑进来一个小孩告诉卡布泰："大人，大人，你门前那个匾哪去了？"卡布泰一听，匾没了？他出去一看，他们刻的那块写着潘家寨行在驻所的牌子，不知哪去了。这时卡布泰火了，马上问小孩，谁拿去了，小孩说："前边有几个人，把你们的匾扛走了。"把卡布泰气坏了，在光天化日之下，竟敢明目张胆地干起盗贼之事，简直是无法无天了。卡布泰挎着腰刀，噔、噔、噔，赶紧往前追。过了一片树林，往前一看，有三四个人拿着他们行在驻所的牌子正往前走呢。他一边喊，一边撵，前头人就是不停。他也没看脚底下，咕咚一下就摔在那儿。怎么的呢？道前边有人放一个横木，是个绊脚杆，卡布泰光顾两眼盯住前边拿着牌子的那几个人，一直往前走，就被横在道上的杆子绊倒，摔了一个跟头，把脸一抢。没等他起来，马上就过来几个人，不容分说，拿棒子就一顿揍。

卡布泰也会武功，马上来个就地十八滚，腾的一下就跳起来，跟这几个人打了起来。打了十几个回合，好虎架不住一群狼，而且这几个人的武功都相当厉害。说实在的，卡布泰的武功不怎么强，他虽然有力气，但还没练到炉火纯青的地步，差多了。他打一打，过几招，干脆就迎不上去了。人家人又多，有好几个武术都很强。只见有一个人，对面用手一推他的脑门，啪的一掌就过来了。卡布泰光顾注意他的前掌，赶忙拿手一挡，岂不知这是一个虚招。然后，这个人跳起来，用脚往上一钩，正好钩在他肚子的前头，他肚子前头有一个英雄袋，把他保护住了。但是这人用脚一钩他的英雄袋，他咕咚的一下就摔在地上，昏迷过去。等他醒过来时，一个人都没有了。人家不想打死他，就想吓唬吓唬他。要想打死的话，在他昏迷的时候，用锤子砸或者用刀砍下去，他马上就没命了。我是给你留个活口，意思是，让你知道我们潘家寨的厉害，你来这儿少扯。我们既然敢让你们的大人穆哈连上西天，像你们这些乌合之众，其武功比穆哈连差多了。你们敢在这儿挂什么牌子，还要插龙旗，我就是给你来个下马威，你不是厉害吗？我就先治治你这个英雄好汉。

卡布泰醒过来，脑袋摔的像漏斗似的，马上就肿起来，眼睛也肿胀着。他自己挣扎起来，也没法去找他们，找谁去，也不知上哪去找。他腿摔的干脆不好使了，自己踉踉跄跄地，慢慢地拖着他的左腿，一步一步往前蹭地回到了小客栈。这时，才看到三巧三姊妹，她们正在到处找他。三巧可能也听说了，卡布泰叔叔去追坏人了，他们行在驻所的牌子被坏人拿走了。三巧怕出事，赶紧去撵。这才看到卡布泰一瘸一拐地拖着腿，慢慢地往回走。三巧急忙过去，搀着卡布泰从院子里进到屋里。卡布泰刚躺下，又给他一个沉重打击。三巧告诉他一件事，使他大吃一惊。

三巧说，叔叔呀，今天早晨二丹丹出去解手，到现在还没回来。我们到处打听，都不知二丹丹的去向，这怎么好呢？我找了很多地方，谁都不知道她上哪去了。后来，我们到潘天虎那儿，见到了花溜红，花溜翠，她们说，确实没见格格来。后来我们又暗中问打更的老头儿，他说也没看到二丹丹来，究竟上哪去也不知道。这时候，卡布泰脑袋疼的嗡嗡的，就像炸了一样，又听说二丹丹丢了，真是风连风，雨连雨，一波未平，一波又起，这一闹呀，他脑袋疼的更厉害了。

卡布泰是受二老之命，乌伦巴图鲁临走时又嘱咐他，他是这些年轻人中年龄最大的，也是这里的主心骨，是个头领。现在真是含恨在胸，一落千丈，牌子让人家偷走了，屋子让人家砸了，我们的房东也让人家痛打一顿，逼着他们赶紧离开这里，人家不让在这儿住了，你们自己另找地方去吧。而且不光自己挨打，二丹丹又不知去向，这里肯定有原因。他心血上来，哇的一声，就吐出一口鲜血。这可把三巧吓坏了，忙着扶起卡布泰。卡布泰又往地下吐了一口，三巧让他漱漱口，然后扶他倒下，还直安慰他，叔叔别着急，有事慢慢再说，养伤要紧，不要动，要闭目养神。

俗话说得好，光板凳后头没有个依靠，这回三巧却面临了这个警句。卡布泰，躺在了病床，二丹丹姐姐不知去向，就剩下她们三姊妹。小马就要拉套了，事逼无奈，一切靠她们姊妹自己安排。她们姐三个首先商量，为了不让老店主担惊受怕，她们决定搬出小客栈。于是她们到了后屋，跟躺着养病的老掌柜商量说："老爷爷，我们按您的意思办，搬出去，可有一件事，我们的卡布泰叔叔，他现在不能动，这一点请您担待，帮这个忙，我们拿一些银两，这是给他看病、养伤和吃饭用的，也包括给你养伤，你是为我们受伤的。"她们这一说，使老店主很受感动。

三巧想到树大招风，隐身更好，就同意搬出去。她们带着小莱塔，离开了客栈，来到那片松树林，就是雅库特萨满祭祀的那个地方，在那找个背静之处，暂且栖身。这个地方挺敞亮，左侧是临街大道，道旁边是一片松林。这块不但风景优美，地势也很好，在这林子里头，可以观察到整个潘家寨的住址和人来人往的情况，这真是个好地方。她们在这片树林里，选了一个地方，把自己拿来的皮囊打开，在四周拣来不少干柴，干树枝和檩子，她们把杆子围着一棵大树，一个一个斜着搭成半圆形，里头铺着木头，木头上铺着干草，把带来的皮子也铺上。在杆子外头，用好多松树枝和各样的干草盖上，怕干草掉下来，又压上木头，很快就搭成一个既整齐、舒适又好看的小窝棚。

三巧她们有这个能耐，因为在林家桥的时候，云、彤二老就常让她们出去，走到哪个山就住在哪个山里，所以，她们过惯了这种生活，练会了这个本领，也会寻找环境，创造自己新的住地。她们很快把自己的家安顿起来，小窝棚里边铺上草，暄腾腾的。巧云这小丫头淘气，特意蹦上去，躺着直颤悠，可高兴了："姐姐，这儿比小店都好。在这儿，人来人往看得清清楚楚。另外这儿比店里清静，还避风，不容易被心怀恶意的人注意。”

她们把窝棚搭好以后，该到吃饭的时候了。巧珍先刨了个坑，在四周堆起了土台，土台上放着她们刚买回来的瓦盆锅，那时铁器少，都是烧瓦的，用瓦盆当锅，里头放上巧兰从不远处接来的山泉水。巧云把洗好的狍子肉放里头，撒上盐，不一会就香气扑鼻。她们又在山上选两块平扁的石头，用泉水涮的干干净净，然后，她们又做了一个篝火堆，转圈用石头搭上架，又把一块平面的石板铺在架上边，变成一个锅炕似的，底下点火，烧烤石头。在北边早年满族人进山打猎时，就是过这种生活。他们把底下火点着，不一会儿，这石头烧的相当热。巧珍洗完手又和面，和好面后，她挖一块面，拍放在烧热的小石板上，又挖一块，啪、啪、啪，砸在石板上，这样小石板上有几个面饼子。烤好了一层以后，再翻过来。旁边的巧兰更有办法，割下一块羊肉，羊肉还有白油，拿过来，在石头上一烙，滋啦啦的油直流。饼子一烧，就鼓起来，而且油黄油黄的，特别好看，还有特殊的清香味。惹的不少旁边过路的小野狗，围着她们姊妹三个转，馋的舌头伸的老长，小尾巴直摇晃，上前就要吃。可把小莱塔气坏了，跟它们直叫唤，是说我们还没吃着呢，你们还来要。巧云说：“莱塔，怎么这么小气呢，叫什么？到这来的，都是咱们的好朋友，莱塔，不要这样，咱们给它们点。”就这样，莱塔不叫了，也坐在旁边，等着吃肉和小烧饼。

这时，姊妹三个忽然听到有人说话声，声音非常微弱：“沙里甘居呀，沙里甘居，给我一点吃的吧，你们的香味，快把我馋死了。”三巧一听，这里有要饭的人，她们找了半天，没见到人。这时又听到：“快，快给我吃的吧，我已经三天空肚子，现在世道变得狠心了，谁还瞧得起我这老疯子。”三巧到处找，小莱塔扬着脖子冲着树上边汪汪叫。三巧这才看清楚，原来在窝棚上边有个人。她们搭的窝棚，是搭在一个老曲柳树上。这是松树林中混杂的一棵曲柳树，长的又高又粗，已有年头了。这时她们才看清楚，在曲柳树上边的树杈上，正坐着一个挺瘦的老头儿。

这个老头儿长的怪，头发刷白刷白的，大概一辈子也没梳过头，乱蓬蓬的。眼毛相当长，是白眼毛，八字眉，往下长，有一巴掌长，整个把眼睛都盖上了。脸上特别脏，真是蓬头垢面。身上穿的破破烂烂，是绣花衣裳，皮袍子好像用条子缝的一样，都撕碎了，不是撕的，就是平时在树林里走路被树枝刮的，也不缝，碎的不像样子。他光着大膀子，身上好像一辈子也没洗过，很埋汰。大脚丫伸到树枝下，脚上的泥很厚，有的干了，有的还没干。他低着头，两个手指盖儿对着咔吧、咔吧地抓着虱子呢。真恶心人哪，正在她们头顶上，还对着她们狍子肉的肉锅。老头子坐的地方很高，三巧觉得挺奇怪，那么高，也不知他怎么爬上去的，何况这棵曲柳树这么直，他下面这块离地就有两人高，连个树杈都没有，也没有一个树节子，他怎么上去的呢？你说怪不怪呢，也不知道他什么时候上去的。三巧想，真怪呀！刚才我们来这个地方时到处看了，没人哪，才选了这个地方。刚搭完了这个棚子，树上什么时候还坐着一个人呢？我们怎么没看着呢？怪呀，眼睛当时都花了？

三巧为人非常好，一看这个穷老头儿，那么穷，肯定是哪家不孝儿子忘了自己亲生阿玛，是被遗弃之人，或者是流浪乞丐。咱们不能不管，云、彤老爷爷就讲过，要以诚爱人，要乐于助人，要先天下之忧而忧。这个苦爷爷，就是咱们的老爷爷。

这时巧珍马上冲上头就喊："老爷爷，爷爷。"上边那个老头儿还在抓虱子："不用叫我老爷爷，叫我疯老头儿就行了。"巧云就说："那我们就叫你疯爷爷吧，你下来吧，我们饭已做好了，烙的饼，还炖的狍子肉。"这老头儿就说了："好，这么办吧，你们烙出的饼，给我扔上两个，我就不下去了，我愿意坐在这儿。"三巧说："这么高，我们怎么给你扔上去？"疯老头儿说："你扔吧，往上一扔我就能够接着，你使劲扔吧！"巧云把烙好的饼，放在木板上，拣两个凉一点的，拿起来，直接往上扔。因为都会武术，扔东西都非常准，但扔不了那么高。哪知这个老头儿说，过来，用手一捞，就接住了，特别准。他接过来，几口就吃完了。他吃完了又说："再来一个。"这回巧兰又扔，吃完了，老头儿又说："老大再给我扔一个。"你看，咱们三个他都知道，连大姐，他都知道。巧珍一听让她扔，她也扔一个。

疯老头儿吃完了之后，就说不要了。巧云又问："老爷爷，我们有狍子肉你要不要？""要，拿来吧。"巧云说："这怎么扔哪？""不要紧，你找个棍，把肉扎上，我不喝汤，吃块肉就行了，给我两块吧，你把棍一扔我就能接着。"巧云挺好奇，拿一个挺细的柳条子，从锅里挑了两块大的狍子肉用柳条穿上。巧珍一看肉挺大，没让妹妹扔，她说："爷爷，我把肉给你扔上去呀？"上面的怪老头儿说："扔吧，"巧珍说："我怕扔不好，掉地上不埋汰了吗？""唉，埋汰不了，埋汰我也不怕，我这个穷老头子，什么没吃过，你扔吧，你扔，我就能接着。”巧珍就按老爷爷的吩咐，拿着串着肉的小棍，使劲往上一扔，老头儿在顶上说，过来，这小棍就像听话似的，就抓住了，老头儿很快就把肉吃完了。可把三巧乐坏了，这老爷爷，真能吃，精神又这么好，她们心里特别高兴。

巧珍又拿出一块骨头，忙着给小莱塔，小莱塔挺着急，它看着给树上老头儿了，没给它，着急了，甩着尾巴直转悠。小莱塔叼着一块骨头，跑到旁边趴着啃起来，又给了它一块小烙饼子，它也是她们这里的小成员，待遇和大伙一样。巧兰、巧云，又拿出两块肉和小饼分给寨里来的两个小狗，两个小客人。

吃完了，天色已晚。三巧一想，晚上老爷爷在树上冷，这样吧，她们三个商量，让老爷爷在窝棚里边睡，他身上没什么衣服，咱们在外边睡。就这样定了，巧珍说：“爷爷，你下来吧，在我们这儿睡。”再往上一看，人没有了。不知老人去向，三巧这时候觉得更奇了，这疯老爷爷什么时候走的，怎么走的？如果是一个鸟，飞起来时，翅膀还扑棱地响，可是他走时一点声音都没有啊。三巧那是学轻功的，也学了十年啊，她们一看，跟这个老爷爷相比，真是天地之别呀。

三姊妹马上就想到，这个疯爷爷，绝非平常人。他是真正的含而不露，内心藏着隐秘的世外高人。她们恨自己，当时没跟老爷爷好好讲讲，请他下来，就这么走了。她们心里惦记着，又非常后悔。

这时候，她们随着篝火的光亮，发现在自己小帐篷门前的地上，好像有个什么东西，大姐巧珍拣起来，巧兰、巧云也过去看。原来是一块皮子，就是熟好的光板皮子，没有毛，刮的溜光，不大不小的皮子。看皮子的厚度，可能也就是一个山狸猫皮子。这皮子非常柔软，贴在身上特别暖和。北方不少少数民族冬天的时候，都愿意用山狸猫皮子做自己的衣里，有时衣里外边再镶一块薄的麻布，有的时候干脆麻布都没有，皮子毛贴在身上，皮光板冲外。她们拣的皮子毛没有了，白光光的，比纸稍厚一点，随着灯光一看，哎呀，这上面还写着字呢。

说书人还得说一句，三巧是认字的，云、彤二老从小就教她们识字，为了走南闯北，应付各种来往，二老培养她们既能继承自己的武功，又不能是三个睁眼瞎呀。何况云、彤二老文化也非常高呀，咱们都知道，连太上皇乾隆爷都很器重二老，在皇上跟前二老是武师，是文武全才呀。三巧她们在云、彤二老身边，既学了武，也学了文；既懂得大清的国语，就是满文，又懂得汉文。所以皮子上的字，她们都认识。她们把皮子拿起来一看，觉得特别吃惊，这上边不大不小、端端正正写着字，是工工整整的一首五言汉诗，很有意思。诗是这么写的：

速去南山根，失匾悬高仞。
妖僧伴狼豺，胜筹须留神。

她们一看呀，大吃一惊。这正是向她们传报消息，速去南山根，告诉她们姊妹三个赶紧到南山根去。失匾悬高仞，你们丢的那个匾，让人家给挂在大石砬子上。古代七尺、八尺为一仞，形容山高。就是你要找的牌子，被挂在半山腰那块。妖僧伴豺狼，你们的敌人是谁呢？现在有个和尚，还有一伙强盗，豺狼结合在一起，胜筹须留神。三个小丫头，赶紧取你们丢的匾，要战胜妖僧和豺狼，须要留神啊，那不是好惹的，一定要留心，才能够稳操胜券。

三巧心想，这是谁给的，是谁捎的口信，谁这么语重心长地嘱咐咱们，这么向着咱们呢？她们想清楚了，是疯爷爷给咱们留下的，疯爷爷在上边坐着，他不是在抓虱子，也不是管咱们要吃的，这是世外高人，是来帮助咱们的。三巧特别感激，暗暗地向天空，向疯爷爷坐在树上的那个地方，默默的致意，感谢。

三巧知道匾就在南山根这个信以后，第二天很早就吃完早饭，收拾好行囊找匾去，想会会这些敌人，我要看看是什么样的妖僧，是什么样的豺狼。三巧远离二老，小英雄要深入虎穴，初试锋芒，大显身手了。她们个个精神抖擞，意气风发，心里没有怕的。她们牢牢地记着，昨天晚上坐在树上那个白发疯爷爷的话，胜筹须留神，就是说，可不能骄傲，不能麻痹大意，眼前的敌人，要比潘家兄弟厉害得多，那是妖僧，是豺狼。既然是妖僧、是豺狼，就非常凶狠、厉害，又是武林中的高手，肯定都有几招，不然不敢到这地方来，到冰天雪地的极北边疆来。所以说不能小瞧，不能当儿戏。她们心里越琢磨老人的话，越觉得有道理，一定要很好的对待这些强敌。

三巧每个人打扮得利利索索，把身上的剑衣、剑裤和剑靴上的带子紧了又紧，把英雄缎带绑好，生怕在和强敌争斗的时候哪个带子开了，打起仗不方便，容易失手。三姊妹还要互相检查，你给我看，我给她看，都很认真。一个个都收拾得特别利索、漂亮、精神。武林中过去有一句口头禅："离师下山第一搏，风云叱咤美名传。"离开老师下山第一搏，就是下山了，武艺学完了，当徒弟结束了。老师同意你下山，打头一仗很关键，都十分注意。所有的师傅，所有的徒弟，都是这种心情。他们期盼着，第一仗必须打好，必须打得最理想，最主动，这对自己未来有很大的影响。第一仗若是打败了，你就会丧失信心。第一仗打好了，你从心理上就能树立自信心。疯老爷爷，在这关键时刻，突然出现在我们面前，不但告诉我们敌人的情况，告诉敌人把匾放到哪去了，怎么放着，而且还语重心长的，让你千万留神，一定要胆大心细，才能成为盖世英雄。

这时，三个小英雄，又互相检查一下，衣服系的紧不紧。三巧，咱们说过了，她们是一胎所生，所以从小穿的衣服都是一样的，她们长的一个模样，个头一般高，甚至连二老也常常叫串了，只有她们的奶妈能分辨出来。二老以为是叫大的，实际是叫二的。二老为了分辨清楚，给她们头上戴上三种颜色的绶带，这个前书已经讲了，发给她们宝剑的时候，同时发的三色绶带，按自己的衣服，自己的剑，自己的颜色，在自己的头发上扎上绶带。不看三个绶带，就看不出她们谁是老大、谁是老二、谁是老三，根本不好分。她们长的都特别俊气，非常好看，大眼睛、长眉毛、圆脸蛋，真可以讲，天上难找，地下难寻哪。可能这么三个在咱们大清国也是举世少有的事情。二老利用她们的特长，在训练的时候，就让她们发挥这种相同的长处，让对手一时弄混，分不清谁是谁，使敌人产生一种胆怯感、麻痹感。这样，她们姊妹互相之间能够照应。二老训练她们一种战法，平时不露自己，尽量隐避自己，冲向敌人，要突如其来，要凌空出世，以快、以奇制胜。打赢马上就撤，不可恋战。三巧平时就练这个打法。

她们在各方面都准备好了，就要出发了。走前三巧中的大姐巧珍，这个人话不多，但办事特别心细，她悄悄先到林子外边找到一个雅库特家的老太太，打听到南山怎么走，把道打听明白之后，就回来了。她把小莱塔召唤过来，告诉小莱塔，你在窝棚等着，千万不能动，我们不回来，就一直在窝棚呆着，等听到我们回来时，你再出来接我们，记住没有？小莱塔摇着小头，伸着长舌头，意思说，你们放心地去吧。

再说狠命鬼仇彦，长枪将鲍龙，还有滚地雷徐蟒，以及从北噶珊专程赶来的娄宝、齐宝两个人，他们带着自己的众家兵，从潘天虎、潘天豹家出来以后，就秘密集中在南山根的丘石砬子那块儿。这是他们一个秘密据点，在这儿他们悄悄地商量。这时，狠命鬼就说了："那回她们不是砍掉了咱们大哥、二哥的一只胳膊吗，咱们这次好好治治她们，给她们点厉害，把她们那块破匾偷走，她们有本事到山上自己摘去，看她们有没有这个能耐。"

这个山相当难上，是谁把这个匾偷走的呢？偷匾的人正是滚地雷。滚地雷的能耐就是能上山，而且有登岩、飞岩的功夫，从不失手，攀的最高。他不是跳跃式的，是用攀岩的办法上山。所说滚地雷，他到处腾飞，像山狸猫一样，相当快，是他把这个匾偷走的。南山丘石砬子非常高，得往上扬着脖子看，这块匾他是搁山下往上挂的，不是在山上往下挂的，山上立陡，爬不上去。他在山下，抛上绳子，然后拽着绳子攀岩上去，把匾往上吊的。在远处就能看见这块匾，这是两天前他们干的事。他们心里想，看她们谁能摘下这个匾，这次咱们就看她们的笑话，自己要是有脸，赶紧滚蛋出沟，离开这块儿。他们认为这个匾没个摘走。这就是他们的狗头军师仇彦给出的招。

这些贼人在山腰一侧的山洞里猫着。这个山洞他们已经使用五六年了，洞口都用木头堵着呢，只留着一个小洞眼。小洞那块有个门，洞口上面有瞭望的窟窿眼，他们从窟窿眼中就能看到丘石砬子吊的那个匾。看着这块匾，个个都非常高兴，认为还是仇彦、仇大人有招，真有办法，你看这个招出的多绝吧，把他们的匾偷走了，而且还把他们自命不凡的一个笨大个卡布泰给一顿揍，那几个小丫头都是毛孩，个小，根本够不着，这回就看他们的笑话吧。

另外，他们前几天又干了一件事，就是娄宝、齐宝这两个人，他们前几天受杜察朗之命，匆匆忙忙赶来，传什么信呢，就说穆哈连现在带着一帮心腹已开进韩家窑，就是潘家寨，让他们赶紧做准备，把穆哈连他们一网打尽。他下了这样一道令，所以，穆哈连受了害。这个事办完了，娄宝和齐宝赶快回去了。没过几天，他们又匆匆地回来了，为什么呢？就因为杜察朗大玛发从京师得到了情报，知道自己的二格格，二丹丹宁死不嫁给西噶珊奇格勒善大玛发的小儿子都尔钦。丹丹和奇格勒善这个老混蛋，还有他的小儿子都尔钦，他们在一起勾打连环，已经学坏了，把我的二格格拉到他们那块去了。更可气的是，又听说二丹丹自己私定终身，已经嫁给了和北噶珊杜察朗水火不相容的乌伦巴图鲁，是他们的眼中钉、肉中刺，他心里恨透了，恨不得把乌伦巴图鲁和穆哈连他们剐得粉碎，他才高兴呢。他们得知二丹丹已和乌伦巴图鲁办喜事，可把杜察朗气坏了。他认为二丹丹是给杜氏家族败坏了门风，气的就去找柳米娜。柳米娜就佯装不知道，这事是你自己办的，你找我干什么？但是他又不敢惹柳米娜，柳米娜是罗刹人，她后边有靠山，有好几个大牧师。有一个还到过北噶珊，这个牧师就跟杜察朗直接讲了，你不能怨你的妻子，怨你自己呀，你教子无方，这是你自己无能的表现，你有能耐应跟你的仇人争个高低，这才对呀，你不应当欺负你的妻子。如果你再欺负柳米娜，我们绝不帮你，什么都不给你。所以，杜察朗只能是有气往肚里咽，非常窝囊。

更使他生气的是两件事，一个他的最小丫头、三丹丹，现在也学坏了。三丹丹可能还有柳米娜帮忙，把我抓的云、彤二老的弟弟翔鹤给放了，我是把他困在水牢里的，后来是她给弄走的。他想找三丹丹算账，柳米娜没答应，跟杜察朗干了一仗。这样，三丹丹跟她阿玛的关系也相当紧张。还有一件事，更使杜察朗恼火的，听说二丹丹跟随乌伦巴图鲁他们已经北上了，去讨伐、平定潘家寨。他想，这纯粹是挖我的墙脚，这是直接向我开战了。潘家寨是我的地盘，他们到那去醉翁之意不在酒，就是将来向我问罪。更可恨的，这里还有我的二格格，我得想办法，早点给二格格制住。将来一旦出事，我就丢透脸了，我不能不管这事。所以又把娄宝、齐宝派出去，让他们快点，赶紧去潘家寨，想一切办法不怕任何损失，死人也行，一定把我的二丹丹从他们手中抢过来。但是，你不能欺负二丹丹，他知道柳米娜最护犊子，她对几个丫头相当疼，杜察朗不敢惹柳米娜，所以也就不敢在二丹丹身上动刑。他特别嘱咐娄宝、齐宝："你们到那去，悄悄地把二丹丹给我抢过来，然后秘密地把她软禁起来。你们不能欺负她，我告诉你们，谁若欺负她，我拿你们问罪。"这样，娄宝和齐宝又来了。他们赶到的时候，正好卡布泰已经把潘天虎、潘天豹给制了，把他们的胳膊给砍掉了，正是潘家兄弟天天唉声叹气，疼痛难忍的时候。娄宝、齐宝这两个打手来了以后，就跟狠命鬼仇彦和长枪将鲍龙，还有滚地雷徐蟒这些人混在一起，让他们出主意，想办法。

这两天他们确实感到挺得手，把匾给抢走了，把卡布泰打的现在还不能动弹，同时还把小客栈老板也揍了，把三巧从客栈撵走了，现在不知道到哪去了。另外他们把丹丹也给抢回来了，隐藏在一个秘密的地方。

抢丹丹才有意思呢，丹丹还真不知道。那天早上确实丹丹出去解手了，丹丹说，我得上茅房。平时她们姐妹一起去，这天也不知咋的，丹丹就丧失了警惕。三巧她们也忘了陪着，忘了刚来时，卡布泰跟她们讲的，你们几个一定要小心，出去要一起走，别单独行动。这地方，咱们人生地不熟，到土匪猖狂的黑窝里，一定要事事小心。那天大家都分头忙事，卡布泰也忘了叮嘱她们。丹丹就麻痹了，自己到后头的茅房。前头房子让卡布泰他们租下了，后头还有一趟房子，住着闲散的客人，没住满。再往后，有个小院，院内有条狗，堆着劈柴，像山似的，再就没有其他东西了。但有个后门，在后门的旁边有个茅房。

那天早晨丹丹出去解手。她出来时，好像听到有个老太太在外头哭泣，哭的那个伤心哪。丹丹想这是谁在那哭呢？老太太的哭声挺细，就在障子外头，蹲在地上，哭声特别大。一大早道上没有人，二丹丹从茅房出来就从后门出去，一看，这个老太太好像坐在地上，她正低着头哭呢。二丹丹就过去，没等到跟前，突然后面来了两三个人，没容分说，呼啦就往她脑袋上套个皮兜子。你想她是个年轻女子，虽然也学过武艺，但在她们姊妹三个中，最好的是三丹丹，老大、老二还差些。二丹丹让人一捆，自己就没有攻击的力量。如果武功高强，人家把头罩一套，手往你身上一抱的时候，自身反击的力量马上就起来，胳膊肘子往外一挣，啪，一下子就把对方的胳膊弹折，这是内气的外扬。她没这个能耐，当时她被套住时都喊不出声来。这时候老太太也不哭了，她知道自己上当了，为了抓她，老太太跟他们合伙。她在兜子里憋着，喘不上气来，死还死不了，两个人就把她拉起来了。

这都是狠命鬼仇彦出的点子，得了不少便宜，这些贼人越来越高兴。这天，他们就在丘石砬子南山崖的洞里头又喝酒，又划拳，庆贺自己这两天的胜利。正在他们高兴的时候，就听到洞的外边，嗖嗖嗖来了三个人，大喊："哪个胆大包天的恶贼，拿走了我们的行营牌匾，现在我们跟你们算账来了，你们有能耐就出来，我们三个姑娘要跟你们比试比试。"这一声喊，他们马上都听到了，把酒碗一放，瞪眼睛瞅着里头坐着的狠命鬼仇彦，都看他的行动。仇彦想，看来她们真来了。听说这三个小姑娘都是云、彤二老教出来的，三个毛丫头能学出什么能耐。他蔑视这三个小姑娘，他们从洞口往外一看，三个小姑娘一般高，长的都挺精神，各个拿着自己的亮剑，站在那块儿。这三个小姑娘大声喊，他们坐不住了，鲍龙和徐蟒说："咱们得出去。"

娄宝、齐宝一听他们要出去，吓得直哆嗦：“哎呀，各位哥们儿，可出不得，这几个丫头可厉害了。”仇彦把眼睛瞪的溜圆，对娄宝说：“说什么？你怎么长人家的威风，灭自己的志气，还像不像北噶珊的人了？你这不给北噶珊丢脸吗？”这时候，仇彦第一个冲出来，紧接着是鲍龙、徐蟒，后面紧跟着他们的随从，一共有十多位。一个个拿刀的、拿剑的、拿铁棍的都出来了。看那个架势，好像在说，你们三个小丫头休想回去，既然来了，就得把你们的命留在这儿。气焰非常高，真是嚣张得很。他们面对这三个又矮又瘦的小姑娘，哈哈大笑，有的瞪着眼睛瞧，有的扬着脖子笑。这时鲍龙就说了：“现在看来，你们三个还是乳臭未干，纯粹是个小毛孩子，跑到这儿来闹，也不知道我们的厉害。你们还是过来，跟老爷学几招。”

他正在白话，把三巧中最小的穆巧云气坏了，这个小丫头，性如烈火，这两天早就憋足了劲。特别是疯爷爷一讲，她们就做好了各方面准备，打仗她们是以快为准，没有时间和他们说些用不着的话。这时，巧云说：“休要瞎说，现在我要你的脑袋。”噌一个脚蹬地，蹿的挺高。他们两眼往上看，心想，蹦这么高这是打的什么仗。正当他们眼睛往上看的时候，哪知道这是吸引众匪徒的目光，巧兰利用这个机会，一剑就穿过来了。

咱们讲了，三巧的剑，非常突出，一个紫光剑，一个蓝光剑，一个青光剑。穆巧云忽地跳起来，随着一道青光，刷的一下子就闪过去了。这剑不但有光还有声音。这时穆巧兰跟着她妹妹跳起来，脚一蹬地，腾空而起，趁着匪徒往上看的一刹那间，刷一下蓝光剑就过去了，这剑是搁这些人脑袋穿过去的。她手中的剑是握把剑，不是直接砍，是右手腕反拿的剑，就在她左胳膊在前边挡着，往前一蹿，突然剑来个大扇面，搁五个人脖子上削过去的，最后一个是从鲍龙的耳朵上头削过去的。就这么一穿，一甩，一个亮光，她是平握剑，整个前头站着的人，一连掉了五个脑袋。就听扑通、扑通脑袋掉下去了。那些人还没看着，刚有一点感觉的时候，蹦到天上的穆巧云下来了，她下来的剑是刺剑，剑在前头，人在后头，脑袋冲下，脚冲上直接下来，这个剑穿过去，连着扫一下，把四个人脑袋全削掉了。

这时，狠命鬼仇彦还有滚地雷徐蟒在中间，他俩刚意识到，不好，赶紧往下一低，结果剑没刺着，他身边死了好几个，包括长枪将鲍龙，在不知不觉中掉了脑袋。仇彦和徐蟒，刚一机灵的时候，大姐巧珍的剑已经过来了，她使的紫光剑，光一闪，剑吱一响，就斜着下去了。徐蟒正好蹲在地上，前头有一个亲随，搁他身上穿过去，徐蟒的一个脚腕子被削掉了，滚地雷徐蟒立刻就变成了瘸子。狠命鬼仇彦一看大势不好，往后折了一个跟头，就随着山坡滚下去，逃了命。同时跟着他滚下去的还有两三个人。

把徐蟒疼的哎呀直叫，因为一个脚被削下去了，满地是血，疼的立刻昏过去了。等他醒过来时，一看三巧的剑正指着他鼻子呢。巧云就问他："你叫什么名字?""哎呀，疼啊，大姐饶命，我叫徐蟒。""啊，你就是滚地雷徐蟒，你给我们滚一下子。"他疼的直叫唤。"这匾是谁偷走的?""哎呀，这是仇彦让我们干的。"他把罪责都推到仇彦身上了。"这匾是谁弄上去的?""是他让我弄到山上去的，是我背上去的。"这时他腿上还在淌血，巧兰从身上拿出林氏止血药，就给徐蟒递过一包药，让他自己上药，止血。徐蟒还不知是什么药，他把药往伤口上一倒，呀，疼的呀呀直叫，就像掉进油锅一样，当时就昏过去了。等他醒过来时，已止了疼，止住了血。徐蟒坐在地上，一看转圈都是尸首，滚了一地。

三巧转过身，才看到丘石砬子上那块木匾，正挂在石崖的上头，搁底下看相当高。姐妹三个把剑装到自己的剑匣里，巧珍说："把咱们的匾拿下来，咱们一起拿。"话音刚落，三个小剑客就到了山崖跟前。这时，徐蟒和仇彦都看见了。说实在的，仇彦跑出去以后，他还不死心，往回瞅，他躲在树林里，就看巧珍、巧兰、巧云很快就到了山崖跟前，她们采取云、彤二老教她们攀山岩的功夫登山。这个山比月亮桥的山矮多了，没个比，那个山多高呀，几层山都能上来下去，所以这个山对她们来说，就像走平地一样。到了跟前，首先把自己的身体站好，特意在妖贼面前显示自己的能耐，把自己的轻功和腾飞功完全用上了。她们脸冲山，噌、噌、噌，从这个石包斜跳到那个石包，是曲线形的。她们用脚和手的力量攀登，很快就上去了。等到了一定的高度，人往下沉的时候，她们三个用手把匾掐住，很快就拿下来了，也就是数五个数的工夫，就这么快。

这个表演，我说书人讲到这儿，可能没人听到，各位阿哥，现在不少人都看见了穆氏三巧，很多过路人，很多贼人都看见了。因为这个匾一挂在山崖上，沿路人都看得清清楚楚。狠命鬼仇彦、滚地雷徐蟒、长枪将鲍龙，他们特意把它挂在非常显眼的地方，就为了让潘家寨所有的人，包括各地其他部落的人看看，谁厉害，想埋汰一下穆大人身边来的人，想借机给卡布泰和三巧出个难题，让他们丢丑。按照这个狠毒的心肠，把匾挂在山崖上，离住户并不远，一抬头都能看到。让潘家寨的人知道，还是狠命鬼这一帮人厉害，把匾挂的那么高。

现在他们再也不能得意了，人家把他们杀了，这么快，剑嗖嗖地一响，剑光一闪就死了不少人。很多人都看见了，连青山绿水都是证人。大伙儿没有不叫好的："哎呀，真了不起呀！你看人家三个小姑娘多厉害，这剑，简直是神剑，多快呀，出手让你没法防，像闪电一般，随着光一闪，剑声一响，人头就落地了，谁敢跟人家打呀，这么小就这么厉害，真是盖世英雄。"大伙又看到三巧，就像三个飞燕一样，搁山下往山崖上，噌噌噌就上去了，也不知怎么上去的，就看三个小黑影蹿上去了。上去以后，就把贼人挂的那个匾，刷的就拿下来了。根本不像滚地雷徐蟒，他是爬着把匾背到山上去的，然后自己挂着绳子缒下来的。你看人家，多利索。怎么样？徐蟒现在成瘸子了，得拄拐了，人家还饶他一命。说实在的，三巧没就地削他，如果把脑袋一抹，他就完了。三巧没抹他，实际上是让大伙看一看，这就是贼人的下场。现在潘家寨有两个掉胳膊的，还有一个瘸腿的，其他人脑袋都抹掉了，现在就剩下狠命鬼死里逃生，暂时还活着。三巧别的没管，夹着匾扬长而去。

单说，狠命鬼仇彦，这回对三个小丫头，得刮目相看了。原来把人家看扁了，一看这三个小姑娘把匾拿走了，他才真正感到人家了不得。突然间，他又想到徐蟒，我得赶紧去看徐蟒兄弟，他还在那儿呢。他跟那三个人，悄悄地，胆胆突突地过来，左看右望的，就怕三巧回来。徐蟒这时躺在地上不能动弹，他们几个好不容易把徐蟒搀起来，把徐蟒疼的哎哟地叫，虽然上了林家的止疼药好了一些，也不行，那是连骨头脚腕子都削下去了。

他们正要往前走，这时候，就听到天上"阿弥陀佛"，哗的一声。为什么哗的一声呢？因为来的这个和尚非常怪，他身上挂了很多像人骨头似的东西，都是木头刻的，一走路哗啦、哗啦地响，这就是八宝禅师黑头僧，我们前书所讲马龙的师父。八宝禅师黑头僧和图泰的师父云游僧是师兄弟，但是师兄弟各走一路，一个走的阳光道，一个走的邪路。他就是走斜路的人，他投靠了京师穆彰阿，他受马龙的指使。马龙说："师父你先到北疆去，我过些日子就随后赶到。"他为什么没来，因为龙福春闹了乱七八糟的事，马龙把龙福春整死了以后，他把龙家堡改成马家窑，前书已经讲了，所以马龙没来。八宝禅师来北疆先到了北噶珊，见到了杜察朗大玛发。杜察朗一看禅师来了，喜出望外，特意招待师父吃了饭。在席间杜察朗就讲："穆哈连带了几个人已经到北疆来了，他们准备先要平复潘家寨。师父大事不好，现在非常危险，已经到了关键时刻。"八宝禅师吃着饭，喝着酒，自己就开了海口："无量佛，这事何足挂齿，一个穆哈连，十个穆哈连也不在贫僧的话下，尽管放心。"杜察朗就请教他，怎么办好，八宝禅师说："我明天就赶过去，你们放心。"所以说八宝禅师是直接从北噶珊赶来的。

还有两个人，我得介绍一下。八宝禅师过来时，怎么没听到娄宝和齐宝，他们不在一起吗？这要跟各位说一下。娄宝和齐宝在洞里听到三巧来了，他们胆胆突突，等仇彦他们出去，娄宝和齐宝就趴在洞里，吓的都尿裤子了。这时他俩爬着往外一看，让这三个小姑娘收拾得干净利索，他们就没敢出来。又听到上头有人喊，无量佛，他们就知道这是八宝禅师来了，这回他们有靠山了。狠命鬼仇彦和倒在地上的滚地雷徐蟒一见到八宝禅师，真像要枯死的小苗，见了太阳，又像要死的短命鬼，见了救命的神仙一样。狠命鬼马上就跪下说："师父，替我们报仇吧。"娄宝、齐宝也慌忙跪下，给八宝禅师叩头问安。

八宝禅师过来，先看看滚地雷徐蟒受伤的伤口，一看糊上了药，就说："有这个药你就养伤吧，这药还是好药。"又对仇彦说："你带几个人把徐蟒背回寨里去，让他养伤，得养些时候，将来他就废了，不能再在武林里头混日子了，以后给他找个其他谋生之路吧。"从此徐蟒就从武林里头除了名。然后八宝禅师又说："娄宝、齐宝，杜察朗大玛发让我问你们，二丹丹现在怎么样？"娄宝和齐宝说："禀大师，二丹丹我们护理的挺好，现在我们把她圈在洞里，天天给她好吃的，可她不吃。"八宝禅师说："现在你们好好劝劝她，让她回心转意，目前你也不能回去，我已跟大玛发说了，你们就在这儿侍候二丹丹，这里还有些事情，可能还让你们帮助。"娄宝、齐宝知道，北噶珊非常崇敬八宝禅师，他跟自己的主子关系特别密切，所以老禅师讲的话，就像大玛发讲的话一样，他们就喳喳称是。八宝禅师说："仇彦，你领着我，现在就找这三个姑娘算账去。"

八宝禅师这么一说，可把仇彦吓坏了，再也没有原来那个嚣张劲了。刚才三个姑娘这一闹腾，这一砍、一杀，又跳上山崖取下匾，他都看到了，跟人家差的太远了。另外，这剑使你感到了神奇的程度，只要剑光一闪，剑声嗖嗖一响，你还不知怎么回事呢，人头就落地了，太厉害了，简直吓死人了。狠命鬼本来挺害怕，他跟人家根本比不了，可是大师非让他领着找三个姑娘去，他不敢不去，可心里非常害怕，又不敢说，说了吧，大师肯定怪罪他。另外，又怕大师瞧不起他，那样名声就臭了。没办法，自己还得强打精神领着去。他心里想，反正有大师呢，他使的是大禅杖，那禅杖可了不得，小宝剑跟禅杖没法比，还是禅师厉害。他这么一想，心里就放心了，也就领着去了。

狠命鬼仇彦领着八宝禅师黑头僧下了山，不一会儿就进了潘家寨。他们知道三巧已经搬到东边的林子里头，也知道卡布泰还住在小客栈养伤，但他们觉得，卡布泰是个窝囊废，没多大能耐，又受了伤，也不在乎他。他们重不重视三巧，挺重视，虽然是三个小姑娘，但没想到她们这么厉害。前两天仇彦去看潘天虎、潘天豹，哥俩膀子被三巧削掉了以后，龇牙咧嘴，连哭带伤心的样子，他还帮着打气，认为三巧没什么了不起的。潘天虎、潘天豹过去那么仗义，没看见他们掉过眼泪，没听说他怕过谁，这回掉了眼泪，而且一说起来就唉声叹气，现在看起来，他真尝到了苦头。仇彦当时还不知道，现在刚知道她们的厉害，他一路上边走边想。

话要简说，狠命鬼直接把八宝禅师黑头僧带到东林子那块儿。他们在道边站住，没往林子里进，看林子挺清楚。在树林子里头，有一棵水曲柳树，树下头有一个搭的小窝棚。小窝棚旁边的篝火已经点着了，烧的挺旺。篝火旁边蹲着两个人，她们是烧水呢，还是干什么呢？看不清。这两个人正是巧珍、巧兰，巧云在窝棚里边躺着呢。小莱塔围着大姐、二姐在外头来回走着。

这时候，黑头僧慢慢站起来往林子里看，莱塔看见了，莱塔就冲着他们汪、汪、汪地叫。巧珍回头一看，她认得狠命鬼仇彦，因为刚才没杀着他，逃跑了，这回他又来了，还带一个能打仗的老和尚，可能是找我们报仇来了。巧珍马上就把巧兰、巧云召唤过来："贼人来了。"巧云马上把剑匣子一背就蹿了出来，同时巧兰、巧珍也带着剑出来，她们姐仨并排站在小窝棚前。巧云马上就冲他们喊："狠命鬼仇彦，胆大包天，当时要杀你，慌张逃跑了，现在找上门送头来了是不是？我现在就要你的头。"说着，刷的一下子，就把剑抽出来。

站在旁边的黑头僧就说了："无量佛，三个小丫头，休要猖狂，你知道我是谁吗？"穆巧珍从来是以理在先，理让三分，这是师傅告诉的，跟谁说话，先要把理放在前头，然后再用武来解决。这时她就说了："师父，我们不认识您，这里我们姊妹三个给您施礼了，敢问师父尊姓大名？"八宝禅师说："我就是著名的八宝禅师黑头僧，无量佛。你们三个乱杀无辜，杀我好些个徒弟，今天我为我的徒弟报仇来了。你们三个跟我走，到平坦地方，我老僧要看看你们三个小丫头究竟有多大的能耐。你们不是云鹤、彤鹤教出来的吗？好，我倒要看看云鹤、彤鹤他们现在究竟有多大本事，老僧要领教领教，阿弥陀佛。"

他这一叫号，招来很多看热闹的人。围观的人站了一圈又一圈。因为刚才的热闹这些人都看见了，这三个小丫头真厉害。人就是这样，听到一些事儿，传话传的相当快，一传十，十传百。不少人都对这三个小丫头佩服得五体投地。你想这回来个和尚要跟她们比试，大伙能不关心吗？

八宝禅师黑头僧的体魄相当魁梧，长的又高又粗，僧衣一穿整个像一面墙似的。脖子上还挎着大琉璃珠，有凸有凹的，一走道，稀里哗啦的直响，他也不怕疼。为什么叫黑头僧，实际他脑袋是光秃秃的，他的头上有一个箍，这个箍是个银箍，从后头一直箍到前头，前头的上面伸出两个鬓子，是倒出鬓，一般出家的和尚常有这种箍，像鲁智深，还有一些和尚都戴着这种箍。他把白箍用黑绢子包着，头上是黑的，所以叫黑头僧。一脸络腮胡子，长了一副恶相。看样岁数比较大，今年已六十岁了。出家人本应该戒杀，行善，可他杀人太多了，而且毫不留情。

这时有不少看热闹的人都在议论："这回看看三个小姑娘能不能制服这个老和尚，看这个和尚的架势，这个胖劲，这回小姑娘算遇着了恶杀神了。人家小姑娘是为阿玛报仇来了，不是害人的。"围观的人说什么的都有。

单说三巧收拾完东西以后，叫小莱塔不要出去，看着窝棚。小莱塔汪汪、汪汪叫了两声，又回到窝棚里。三姊妹依老师父的意思，就说："大师，既然有这个意思，我们三姊妹愿意奉陪，愿意向师父请教。"三巧知道不知道八宝禅师？她们在云、彤二老学艺时，社会上的名人、名派、名师，云、彤二老都向她们讲过，这些都是教课的内容。她们了解八宝禅师的为人和他的武艺特点，怎么防都知道。所以我们相信，三巧对来的这个不是善意自守，而是带着恶意的老僧人，是有备无患的。三个小姑娘就跟着八宝禅师往林子一侧走去，因为那儿是个平坦的地方。这时狠命鬼仇彦挺着胸膛，越来越觉得有托底的了，什么都不怕了，身边有护着他的人。他们一前一后地到了平坦的地方，这时也拥来不少人，有好人，也有坏人。

到了平地，老禅师往中间一站，闭目养神，把禅杖靠着自己的肩膀，口中嘟哝着念经。念完经以后，又打了一会呼号：“无量佛。”声音很大。这时他解开外边的僧衣，僧袍是黄色的还带点绿，又有点白。他把镶边的僧袍脱下来，里头穿着箍身的，也就是打仗，或者是练武的衣服，也系着缎带。他把僧袍交给狠命鬼仇彦，然后说：“三个小丫头，过来，过来。”他用手摆一摆，很傲气。三巧过来，先施个礼说：“谨听师父吩咐。”八宝禅师说：“今天我要跟你们比试比试，你们三个有什么能耐都拿出来，不行跟我藏奸，我今天来就是要制服你们，你们不是穆哈连的三个姑娘吗？不是云鹤、彤鹤教出来的吗？我今天要拍死你们，你们千万要小心，我不给你们留活路。所以说，你对我这个老僧，不要手软，我倒要看看你们有什么能耐。”穆巧云马上就说：“师父，我要问你。”八宝禅师说：“无量佛，小丫头你要讲什么，说吧。”巧云说：“如果我要害了你，或者伤了你，那怎么办？”八宝禅师哈哈大笑：“你怎么要杀了我，害了我，行哪，你来吧，如果是我老僧被杀，或者受伤了，你们怎么处置都行。如果真的受伤了，我二话不说，反身就走，并拜你们为师，贫僧说话是算数的。”这是什么意思呢？我跟你比试，你赢就算你赢，我赢就算我赢，如果我输给你了，我也承认我输，我就走出去。双方就这么定下来了。

接着巧珍又请问大师：“是怎么个打法？是我们三个人对你一个人打呢？还是一个人对一个人打法呢？”老僧哈哈大笑说：“孩子，你们是小毛孩，贫僧我走遍江南海北，见的世面太多了，今年我已经六十高寿了。你们到哪去过呀，如果我跟你们一个人打，不等于欺负你们吗？等于欺负穆哈连，也等于我欺负云鹤和彤鹤。你们跟我一个人打，不是一对一，是一对三。”

穆巧兰和穆巧云一听，觉得这么打不行，就跟八宝禅师说：“那不行，师父，我们三个人都上来打你一个人，我们于心不忍，你这么大岁数，如果一旦伤了你，我们回去怎么对师傅说呀？还是一对一吧。”八宝禅师，自个儿端着一个老禅师的架子，就跟这三个小丫头说：“我跟你们是一对三。你们不要再多说了，我不能一个人跟一个人地打，那不等于欺负小孩吗？我现在只能是一对三来打，不要多说了。阿弥陀佛，现在咱们就比吧，不要说了，再说老僧要生气了。”这三个小丫头一看，只好这么来吧。

就这样，周围像打场子一样，围了很多人，寨子里能出来看热闹的都来了，大山里的人，虽然都是武林中人，但没看到这样比武的，这都是武林高手。人越来越多，海边的渔民来了，山里的猎民来了，在小客栈养伤的卡布泰，听到这信吓的脸色苍白，和客栈的老掌柜的，互相搀扶着，一瘸一拐地也来了，都为三巧助阵来了。卡布泰相信，三巧会赢的。另外他很佩服三巧有礼貌，有派头，一看就是大家闺秀，说话不狂妄，还谦虚，做得对。

紧接着，老僧拿起自己八百斤重的大禅杖，禅杖有三个大铁环，往上一举，嘎嘎地响，特意震一下。他说八百斤重，这都是虚数，是唬人的，实际也就有四五百斤重。他是给大家看一下，打个场。他把禅杖耍起来像飞一样，耍一会站住就说："小丫头，我就开始了，你们不动手，我就一个一个把你们拍死。现在你们为什么不跟我比试，再不比试，我就认为你们输了。现在你们就出招吧。"这时，他把禅杖往地上一拄，他以为禅杖一摇晃，三个小丫头都害怕了。你看她们那么矮，那么瘦小，都是十三四岁的小孩，跟他比简直太渺小了。他那么高的个子，那么粗的腰，说实在的，他的大腿都比巧云的腰粗。三巧想，既然他让她们三个都上，那就好了。老和尚这时候拿起禅杖，来一个仙翁赶山，双手把禅杖一掐，轮一个大圆圈，这风声和禅杖声呜呜地直响，震得地上都直颤动。他喊泰山无巅，三巧嗖嗖就上来了。

说实在的，三巧上的非常快，但是老僧确实厉害，他的禅杖越转越快，像铁墙似的，就把剑给封住了，进不去。他的力气太大了，把一根八百斤的禅杖变成一千根禅杖。禅杖把老和尚围住了，剑进不去。剑进不去，就伤不了他。另外，小丫头个又小，上边够不着，剑多细啊，就看见剑的紫光、蓝光、青光，嗖嗖嗖地响，剑光在禅杖外头转。里头是禅杖，就像有千个禅杖，一个挨一个并排似的。三巧也明白，你既然要大禅杖，总有累的时候，她们在外边围着跟他斗，老和尚一累，就会松劲儿。老和尚一松劲儿，禅杖的速度就慢了，这样就有空隙，剑找到空隙，就可以刺进去，刺进去，老和尚就得受伤。况且是三支剑，要是一支剑还好办一些，这个老和尚自吹自擂，太傲慢了，他让三支剑一块上来，他以为三个小毛孩没什么了不起的，根本没瞧得起她们。其实，他不知道三巧真正的武功实力。他想这几个小孩，不会练出那么精的武功。艺高人胆大，吃亏就吃在这个地方。

他耍起禅杖，刷刷刷，整个就把身子包住了，耍的时间长了，他也受不了，有的时候，一闪失，中间就露出空隙。三巧在外头要躲禅杖，因为禅杖一甩随时砸人，砸在身上就得粉身碎骨。三巧既要防禅杖钩自己，又要找空隙，在禅杖不在的时候，想办法刺老禅师。巧珍、巧兰、巧云她们采取扑的办法，因为禅师高，有力量，他是从上往下打，一般不从下往上挑，这容易打着自己身子。三巧蹲下身子，让他看不着。她们个小，蹲在地下，把两个腿的脚跟挨着臀部，腿一弯，她们是蹲着跟他打。剑嗖嗖就这样打了一会儿，把老禅师累得满身是汗，眼睛直冒花。就在他眼睛冒金星的时候，他就觉得自己后腿，刺溜一下子，一阵热，他的禅杖一哆嗦，三巧还非常冷静，不想真杀他，那么大岁数了，他可能跟我的师爷云鹤、彤鹤都认识，还得高抬贵手，留点面子，所以没杀他。这一剑究竟是谁刺过来的，没法说了。老禅师就觉得有一剑从他腿肚子一穿，腿立刻一热。这剑耍的速度特别快，都热了，烫人哪，霎时老和尚觉得腿麻木，禅杖就拿不住了，身子便倒下去了。

黑头僧一倒下来，三个小丫头就跳出去。一般来说，他一倒，三支剑要刺上去，老禅师就没命了。可是三个小丫头没这样做，一看老人一颤抖，禅杖拿不住了，倒下去了，就跳出圈外，站到一边。这时禅师还明白呢，三巧跳过去，把老禅师搀起："老师父，我们太过意不去，得罪您老了。"禅师觉得真丢人，一剑把腿肚子豁开了，肉都翻翻着，鲜血直流。就说："唉，谢谢你们没杀我，老僧走了，你们好自为之，阿弥陀佛。"拣起禅杖，从狠命鬼那把自己的僧袍披上，又从僧袍的兜里拿出止血药，往手上一撒，摸到腿上翻着的肉，淌血的地方，咬着牙，又从这个兜囊拿出两粒药，把水胡芦打开，咕嘟咕嘟喝着水，然后一声没出，背着禅杖就走了。狠命鬼仇彦见势不好，在后头偷偷跟着溜走了。这时在场的人哄嚷起来了："哎呀！真了不得，真厉害，你们心真好呀，怎么没杀了这个和尚呢？"不少人都这样说。

八宝禅师黑头僧，完全站在马龙一边，也就是站在穆彰阿那头，他对赛冲阿和英和大人这边人本来就非常恨。他没想到三个小丫头这么厉害。当时他想拍死她们，哪成想却被她们刺了。现在，这个老和尚心里又想，这三个小丫头心咋这么好呢？没杀我，而且当时我要倒下的时候，她们把我搀起来了。但是，黑头僧照样是黑心的，他并没有感激三巧她们，后话还要说，他还照样跟三巧作对。他这次丢了脸，找一个秘密地方，治病养伤去了。我前书所提到这个事，三巧除恶务尽，你别看她们知道八宝禅师的背景，但是老是敬重，给他留了一手，给他留个面子，没杀他，看起来三巧的心真好啊！

这时三巧把注意力都集中在狠命鬼仇彦身上，是仇彦领着八宝禅师来和她们较量的，他站在一旁，幸灾乐祸，他以为这回八宝禅师肯定给他们哥们报仇，雪恨，肯定用他沉重的大禅杖拍死她们，给他们吐一口恶气。没想到，事与愿违，老和尚并没战胜这三个乳臭未干的小毛丫头，没打过人家，反道当众受辱，让人家刺了一剑。老和尚红着脸，非常不好意思，惭愧地溜走了。

老和尚溜走，可把狠命鬼仇彦吓坏了，他就怕三巧这时候再去抓他。因为，他知道三巧肯定认为，把匾挂在山崖之上，惹出很多的乱子，这个点子都是他出的。他怕三巧看透这个机关，所以，就赶紧跟着逃。老和尚干脆没理他，在前面噌噌地走，他在后边像跟腚狗似的，赶紧地跟。老禅师别看他德性不好，那武艺还是高强的，他今天是伤在自己的心理上，太麻痹了，如果再精心一些，说实在的，这三个丫头还不一定打过他。三巧虽然有一定的剑术，但她们是初出茅庐，没见过世面，没有打仗的经验。人家老禅师走南闯北这些年，从小就在佛堂里长大，一直到现在。据讲他是一个老禅师拣的弃婴，在庙里养大。这个黑头僧真是忘恩负义。人之初，性本善。人之初性本恶这个事，也是有的，真是不好说啊！黑头僧就走上了邪路，和他的师兄弟云游僧对立，就不一样。

狠命鬼追他的时候，他已走出人群，走的相当快。他噌的一下蹿到树上，在树梢上走，把树梢当平地，这有一定的隐避性，必须有高深的轻功，才能这么走。他这一走，仇彦看不着了，不知老僧的去向，回头一看，他已离开人群很远了。赶紧回去吧，可别让三巧逮住，让她们逮住了，我可就没命了。这样他就噌噌噌地走，拐过一片小树林，绕过了一条小河沟，翻过了一个小山包，就到了潘家寨藏宝的山洞，他想去找娄宝和齐宝。

他顺着山洞一排一排的库走，我不讲有十个库吗，其中第六库是大库，那里存着皮货，娄宝和齐宝就在那个库。因为，那个库有一个暗洞，修的非常好，专给外来的贵客和著名的侠客住，对外绝对保密，那里吃喝玩乐什么都有，就是住上一年半载都没事儿，而且还有美女侍候，那里什么都有。你说是一个仓库，就是一个仓库。你说是一个很好的疗养圣地，那就是疗养圣地。你说是江南京师妓院粉楼，就是妓院粉楼。就是这样的地方，骄奢淫逸，无恶不作，肮脏得很。

北噶珊杜察朗大玛发为了保住这个地方，用什么办法稳住这些人，只有两个字，那就是财、色。财色迷心窍，这两个字威力无穷，比什么绳锁都厉害。你别看远在北海，你别看这是荒凉的北疆，道路崎岖不便，但这里并不亚于京师，也不次于北噶珊，杜察朗大玛发所修的一个一个既漂亮、又舒适的卧室，这都有。这样就收养了一群虎狼，一群诚心替他卖命的人。有了这些人，就把原来的韩家窑，现在的潘家寨，给控制得像监狱一样，所有当地的猎户、渔户、狗户、蘑菇户和各样的户，都在他们的铁拳和利剑之下，不能不为他们驱使卖命。狠命鬼就是这样一个鹰犬，也是一个很得力的干将和谋士。他得赶紧回去，想到第六库找娄宝、齐宝，一个隐蔽起来，再一个赶紧笼络人，准备东山再起。他对这次被打击没有甘心，留得青山在，不怕没柴烧。他想，早晚有一天，我要置三巧于死地，给这些弟兄报仇。我狠命鬼，狠就狠在这块儿。他一边想着，一边拼命地往前赶。

这里说书人还要讲几句，这里的六库，都是暗库，表面上看不出来。这里是一肚子坏下水和肮脏的东西，在阳光照耀下的北海，根本看不到。他们互相秘密联系，都有暗号。说起来，土匪的暗号，古往今来就有。用的暗号相当多，叫江湖话，黑话，哪一宗，哪一派，哪一行，他们自己都有相互联系，相互沟通的暗语，互相之间是泾渭分明，各不相扰的。找哪派有哪派的话，互相不混。在北海这块儿，也有北海的暗号，黑话，就是搁外地想回到这个暗库去，不能直接进去，得拐很多的弯，绕很多的圈，而且有专门的地方。俗语叫狡兔三窟，这也是一样，他们悄悄转很多弯，搁哪个洞，悄声溜进去，让你神不知，鬼不觉，所以世外根本不知这个秘密。

狠命鬼也是这样，他自己按照暗号，先过三棵松树。这三棵树长的直，长的一般高，一般粗，像三炷香似的。这是他们去十个暗洞，第一个关，必须先到三棵树三炷香那块站一站。这块有人在暗处看，要是自己人，就明白他站在中间那棵树，而且盘坐下来，双手摸石，表面像歇息、祈祷一样，这就证明是自己人。

然后起来，过一条小溪，小溪那块儿有一个秘密的小山洞，有明泉，有暗泉。这是暗泉，水是搁石头里头往外冒。水多的时候，扬出来，有时看不着，光听到水哗啦声，水流非常急，在石砬子里头流过去的。在暗泉这块儿要坐下来，旁边有个石砬子，这个石砬子是空的，是天然的石钟，用一块石头，往石砬子上敲三下，当当当像石钟一样，声音非常好听，有悦耳的旋律。必须敲三下，这里暗地也有人看着。要不是自己人，就想办法把你杀了。这是过第二道关。

第三道关，是一个挂着幌子的小酒馆，要到小酒馆喝上山酒。就是上山打猎的人，或者上山挖土特产的当地人，上山喝一盅酒，壮壮行，身上好有劲儿，就是消遣，这儿还预备些点心。外表看来这是一个小酒馆，供给上山人吃饭喝酒的。实际上这个开店的小老板就是秘密的监视者，如果是自己人，进去以后，直接要两样菜，一个是蕨菜卷炒蘑菇，还有一个叫鹿心肝。这个鹿心肝就不一定是鹿的，也可能是别的，但必须要这两样菜。这两个菜一要，证明是自己人。你要十个二十个菜都可以，但必须要这两个菜，同时这两个菜要一起上来。也有些人糊涂要的，也能看出来，酒家，你都有什么菜呀？如果自己人去了，知道暗号，直接点名要这两个菜，必须两个菜一起上来，你只要一个，他认为是蒙的。

总之，进山有这样七八个暗号点，然后才能接近密窑。此外，还有声音的联系，互相问话。这个以后还要介绍。

狠命鬼就按照这个秘密程序往里走，他很顺利地到了娄宝、齐宝住的密洞。到了门口以后，他就唱山歌。北方的山歌也挺好听，像号子一样。在北海的少数民族都好唱个歌，也很动听。这个歌都是联络暗号，到门那儿，在树阴下，他双手一抄，冲着山前的山洞，就唱起了山歌：

山你有多高，你有万丈高。
天你有多高，你有万丈高。
水你有多长，你有万里长。
我走遍了千山，我走遍了万水。
我能上天摘星，
我能下海抓蛟。
我今天来这里，我要震千山震虎跃。
哪一个山中的贼王，山中的兄弟，
你们能送我一碗饭吃，
我就要万代感激。
而且，一定粉身碎骨为你效劳。

唱这些山歌，看着是唱歌，好像是唱着玩，也可能醉酒唱的，但这个调一个字都不能错。

各山有各山的唱法，各个洞的词可能有变动，有的一样，有的不一样，到哪个洞，有哪个洞的唱法。到第六洞，必须唱这几句："我要拍这个山，我要拍这个洞，我要搁洞中请出洞中仙。"这几句是第六洞的词，他唱完以后，就听到洞门嘎吱一声开了，不一会儿出来两个人，正是娄宝、齐宝。

他俩刚出来，说时迟，那时快，连狠命鬼都不知道，就听嗖嗖，马上身边就围上来三支剑。巧云急忙说："别动，三巧来了。狠命鬼，你恶贯满盈，干了很多坏事，现在我杀你来了。"巧珍、巧兰也忙说："娄宝、齐宝，你们的罪行也到了算账之时，很多的事情，都是你们秘密干的，今天我们要杀了你们。"这三个人吓的扑通就跪下了。这回的仇彦可真愁了，吓的直哆嗦，原来那个威风劲全没了。他从昨天晚上老和尚受伤到现在，整个把三巧的厉害全看清楚了。可是他万万没想到，怎么逃也没逃出三巧的手心。他想这回可糟了，我来的秘密路，让别人跟上了。

三巧她们非常聪明，没杀仇彦，她姐仨的意思是，他是个黑蚂蚁，我们跟着他，找到他的窝以后，再杀也不迟。老和尚我们先放他，看你年事已高，我们放你一条活路，让你能够迷途知返。对狠命鬼就不同了，今天别想跑，我要宰了你，为民除害，不能再让你为非作歹了。还想使坏水，不行了，你已经活到头了。她们在后边紧紧跟着仇彦，用的是轻功，一点动静都没有。狠命鬼仇彦以为没人跟他，他按照暗号，先到三棵树，一个一个地走，其实后边六只眼睛远远地盯着他，不过人家是在暗处，在树的上边，像神仙一样，她能看到你，你看不到人家。他哪知道，三巧把他秘密的过程看的非常仔细，知道了怎样接近他们的密窑，下一步破窑不用再找向导了，这是狠命鬼仇彦告诉的。所以，三巧在后头跟着时，仔细地看，而且三个人特别留心。真正的剑侠都是这样，都有这个能耐，做什么事都注意观察，马上记在脑海里。看一件事，记一件事，就是事事留心，知头晓尾。

她们到了洞门跟前，娄宝和齐宝刚出来，狠命鬼他们三个就被擒了。三巧一人拎一个，仇彦他们三个都吓瘫了。这个狠命鬼的武术真不行，就是有歪点子。娄宝和齐宝是一般的卫士，武术根本不行。三巧把他们三个拖到附近小山岗上的密林里。三巧先审问仇彦，娄宝和齐宝吓的像筛糠似的，巧珍的剑指着他们脑袋就说："你敢跑，我就宰了你。"娄宝和齐宝蹲在那块赶忙说："没有啊，奶奶，我们不敢跑，饶命。"三巧的剑指着仇彦，让他如实招来，仇彦只好一五一十地把十个暗窑的情况都讲了。

三巧让仇彦进了洞，她们在后头跟着，还有些机关、暗号，在远处听不着联系的暗号，就让仇彦一一地讲："你不讲，我今天就宰了你。"说着，巧云就过去，把他的耳朵一抻，用剑刺啦一下子，削去一半，哎呀，疼的他直叫唤，血一直淌到脖子里。"快说，你不交待，我一刀一刀将你杀死，你这个坏水，很多人都受你的害，今天你还想跑?"

仇彦这时只求活命了，就把这块谁管事，怎么联系，都推到娄宝和齐宝身上了，是娄大人和齐大人让我们做的。当然了，他们不是主事，也是受北噶珊杜察朗大玛发的指使，还有个叫什么庞掌醢大人的，都是他出的点子，让我们这样做的，知道穆大人快来了，所以这块就马上行动起来。前几天潘天虎、潘天豹兄弟就暗害了我们尊敬的穆大人。三巧说："休讲你尊敬的，你们这些贼，不要提我阿玛。"仇彦又接着说："我们这些事，都是受主子之命，我们吃人家的，就得听人家的，我们什么权也没有啊，就这些。"巧珍当时想放了他，巧云说："大姐，这人咋能放，放了就等于放虎归山，就等于让恶狼重新跳进羊群里吃羊去。"巧云拿出剑，一剑就穿透了狠命鬼仇彦，狠命鬼真是当鬼去了。

三巧过来对娄宝、齐宝说："你们俩怎么办？是让我们宰了你，还是将功折罪，两条道任你们选。快点说，怎么回事，你为啥来的，干什么来的?"

说来三巧认识娄宝、齐宝，咱们前书已经交待了，各位阿哥可能还记得，杜察朗大玛发为了显示自己，笼络云、彤二老，摆了一次鲸鱼宴，他们不是到月亮桥林家大院，请云、彤二老吗？二老碍着当时有个大牌坊，是太上皇乾隆的御笔，要拜拜这个牌楼，做臣子的不能不去。他们打着这个旗号，冠冕堂皇，不去不行。云、彤二老坐轿的时候，家人相送，当时他们的三弟翔鹤带着家人，其中有三巧，他们一直送到院门口。所以，三巧认识娄宝和齐宝。娄宝和齐宝也久闻三巧之名，也见过。娄宝、齐宝没法隐瞒，只能承认自己是北噶珊的人，而且是杜察朗大玛发身边的心腹，亲随。他俩这时哆哆嗦嗦地就问："三位奶奶叫我说什么，小的一点不敢隐瞒。""你们说，这次干什么来的?"娄宝和齐宝就说了："这次来是为了督促仇彦他们，快点把卡布泰降服，把你们早点轰走。这个地方不许你们染指，也不许你们在这儿站脚，杜察朗大玛发就这么吩咐，为这个来的。"

娄宝、齐宝这两个人非常狡猾，他们到底没说实话，没说这次来是为了抓二丹丹，这事要说出来，一旦让他们主子杜察朗大玛发知道了，他俩就没命了。当然他俩还把希望寄托在杜察朗大玛发身上，他们像个毒瘤子，长在杜察朗大玛发身上，要离开杜察朗大玛发，他们就得玩完。所以，他现在处处还是维护杜察朗。这三个小丫头，在智谋上哪能斗过他们俩呢？他们嘴皮子一白话，就把三巧唬住了，三巧也就相信了，他们自始至终没说为二丹丹的事来的。

三巧想，这次来主要是替卡布泰叔叔摸清这些暗道机关，这些暗窑秘密的联络和通道，把底细摸清，为了过几天京师的图大人还有乌伦巴图鲁叔叔来，好一同采取行动。现在还不想动手砍断了和北噶珊的联系。这就是说，先不能杀杜察朗的心腹娄宝和齐宝，还得抓住他，通过他们将来摸摸北海的秘密。这三个姑娘非常聪明，一点也看不出她们年岁小，经验不足的样子，而且想的特别周到。巧珍就先说了："娄宝、齐宝，我告诉你们，今天我不杀你，你也看到我们的能耐了，我们已经惩罚了狠命鬼仇彦这帮人，杀死几个人你都看到了，我的剑没动，一动你马上就没命了，你相信不相信？"娄宝和齐宝哆哆嗦嗦地说："相信，相信，饶命，饶命，感激不尽哪，我们就是人家的马，人家的狗，人家牵着我们，不得不干，不干就没草料吃，就没有屎吃，我们只能这样做，我们是人家奴才。"巧兰说："今天我们暂时放你们回去，你们心中有数，我们随时召唤你，随时让你办些事，如果你们搪塞或者是欺骗我们三姊妹，我们马上就杀了你们。"

娄宝和齐宝心想，只要现在不让他们掉脑袋，让他们赶紧溜走，什么都可以答应。娄宝和齐宝嘴又花花，非常能讲，在杜察朗大玛发面前应付惯了，什么人没见过，他们是最大的大滑头。三个小姑娘根本不知道这个情况，看来三巧还真有点相信他们的意思。娄宝、齐宝心里很高兴，现在我想办法骗她们，赶紧早点走，就跪在地上，什么好话都说，你别看是几个小姑娘，他们连奶奶都叫上了。这时巧珍就说："你把你身上最值钱的东西给我。"娄宝赶忙说："哎呀，三位少奶奶，我们的小格格，我现在兜里什么东西都没有，回去我给你们金子、银子都行。"巧珍马上说："胡扯，我要你身上的令牌，不拿令牌休想走。"

娄宝还真怕要这令牌，令牌在北噶珊分七种，最次的是木头上画几个叉，那是一般平民百姓，北噶珊下头的奴才，受北噶珊管的各方面渔户、猎户要到山里去的通行证，到什么地方去，或者过什么哨卡，做个户籍证明，这是最低的。最高层的令牌，直接代替北噶珊杜察朗大玛发，见令牌如见额真，就是如见主人。令牌也不一样，有的是金质的，有的是铜的，有的是铁的，有的是木头的。娄宝和齐宝两人的令牌，或者叫腰牌，带在身上，有时起身份证明作用，没有它传不了令。有了这个，还是一个通行证，北噶珊的地方都可以去。娄宝和齐宝为什么有这样的令牌、腰牌呢？就因为他们是杜察朗大玛发身边的护卫，重要的谋士，很多事情他俩都参加了，他是直接保护杜察朗的，杜察朗到哪，他俩就跟到哪。杜察朗很多秘密的事情，都是由娄宝和齐宝传达的。北噶珊的人和各层官员，包括京师的官员，凡是与杜察朗联系的人，没有不认识娄、齐这两个活宝的，都得先给他上礼，打点娄大人、齐大人。他们虽然是奴才，在这些人面前，他也是大人，这狗不是一般的狗。所以三巧要的令牌，那就是通天的令牌，在北噶珊可以畅通无阻。只要给了令牌，就等于给了生命，誓死要保护住，死了要先把它毁了，这是严格的纪律。

娄宝和齐宝一想，把令牌交出去不等于给脑袋一样吗？扑通一声又跪下了，好话说了千千遍："我们全服了小奶奶，小格格，哎呀，我们活祖宗，叫我们干什么都行，这令牌不敢给呀，要给了，我们都回不去呀，不但我们自己保不住了，我们全家的性命也都完了。一旦主子杜察朗大玛发要，我们拿不出来，我们就得死呀。三位活奶奶千万开恩。"

三巧的小妹妹巧云一听，他们这么重视令牌，要的心就更坚决了，没容分说，两脚一踹，啪的一下，他们就摔倒在那儿，"赶紧拿出来，不拿出来，我就剁了你。"这时他俩把令牌从腰间肋下的皮囊里拿出来。巧珍就跟她两个妹妹说："咱们要它一个就行，一个就够用。"然后又跟娄宝、齐宝说："你也不用唬我，我们知道杜察朗家的后屋，你们都能进去，他后屋小门里装的就是珍贵的东西，包括重要的令牌，你们随时都可以拿，你糊弄谁？给你们留一个，足够你们用的了。"就这样她们把令牌拿到手。这时娄宝和齐宝又磕头说："我们该走了，我们该走了，要不然他们找不到我们了。"他俩慌忙地就走了，也没顾得问三巧同意没同意，他俩赶紧往山下跑。

这时聪明机灵的巧兰看出了破绽，马上就跟她大姐巧珍说：“额运[1]，不能让他们走呀，你想他是杜察朗身边的人，什么事情都知道，在杜察朗身边这些年，里里外外的事情都在他脑子里头，现在不能让他们走，榨油要榨干净。”巧珍和巧云说：“对，马上下去。”巧云噌一个箭步，蹿到娄宝和齐宝的前头，剑一横，就说：“站住，谁让你们走的，真大胆。”这两个小子吓的又哆哆嗦嗦，心想这回糟了，咱们算跑不出去了。巧珍、巧兰、巧云看看周围的环境，觉得老在这个地方问也不是个事，得找个背静的地方。他们押着娄宝、齐宝转过一片树林，到了秘密的山窑后头的一个石砬子下头，正好有个缝隙，把他俩推到里头站着，她们三个堵着这个石缝。

这时巧珍拿剑指着他俩说：“谁让你们跑的，我们还有很多事情让你们讲清楚，不讲清楚，我们可不饶你们。你们想唬住我们姊妹三个，真是瞎了眼。几件事你们必须老老实实说清楚。一件事，你说的六库，为什么你们哥俩要住在六库，怎么不住七库、八库呢？为什么你们专到六库，一定给我说清楚，你们和六库是什么关系？”这时娄宝和齐宝只好交待：“我们跟六库更近，六库的人，是我们的人。”“怎么是你们的人？难道其他库不是你们的人吗？不受杜察朗管吗？”“是，都归我们管，但是六库的总头目、总当家的就是庞掌醢庞大人，这是庞掌醢在北海的一个密窑。”“怎么，庞掌醢有自己的密窑，怎么回事？你不说这都是杜察朗的密窑吗？”“是呀，这事说起来也复杂，一句两句说不清楚，这是杜察朗无偿给庞大人的密窑。”“庞掌醢不就是一个小官吗？大理寺卿，包括光禄寺的官在你们北噶珊住的那么多，杜察朗为什么对庞掌醢这么优厚呢？”娄宝一看，这三个小丫头可不能小看，不能跟他们再转弯弯了，就老老实实跟他们说吧，这样，三巧就知道了庞掌醢的根本身份。

庞掌醢不仅仅是大清朝光禄寺，给皇上备办各种菜肴的小官，也不仅仅是穆彰阿派他来，做一个简单的联系官，这是小瞧他了。这个掌醢的官并不大，最高不超过四品，一般来说都是五六品，不算太大。庞掌醢原来是武林中的高手，他会武术。这人善于伪装，他为了飞黄腾达，就把自己在武林中的历史和往事，全都隐藏起来。他本来是专门经营珠宝和南方著名的瓷器，是个瓷器商人，挣了不少钱，后来他用银子买来

---

[1] 额运：满语，姐姐。

了官。买官，这是咱们大清黑暗的地方，从康熙帝开始，到了乾隆帝也是这样，到了嘉庆就更厉害，有个买官风，只要拿银子就能买官，用银子找官的品位。庞掌醢武术高强，他本人是使双剑，他的剑是峨眉剑，他的师傅很出名。他杀过不少人，也曾经反清，加入了南方的道门，长期当会长。后来被清兵消灭了，他好悬没死，全仗着他嘴会说，隐瞒了自己的身份，把衣服烧的烧，扔到山涧里，自己就装作商人的模样，躲过一场灾难，后来也就做起买卖来了。

这个人善于经营，脑袋聪明，不像别人，换了一行就不会了，他不是这样。你别看过去他是武林中的人，后来一经商也懂得道理，干的非常好。他三下五除二，就变成了一个富豪。在江南瓷器行中他干的最好。景泰蓝的瓷器，经过他手一转卖，甚至比景泰蓝柜房卖的都多。他会吆喝，会吹，会联络，他在江南一带的买卖挺兴隆。后来他想，我得到仕途去，找一个什么官做。他不愿做县府的官，州府的官太累，也不愿做，承担不少事，还得往上打点，阿谀奉承，要干不好，一贬不知贬到什么地方呢？他想找个京官，他选来选去，就选了光禄寺。他想光禄寺好在什么地方呢，这块是掌管大清各方面吃的、御用的东西，全部吃的用的都经过他，这些都是精品，都是传世之宝，价值连城。这儿是宝库，我到这儿来会干起来，所以他就脑袋削个尖，往光禄寺里头钻。想钻进光禄寺，他知道，必须巴结光禄寺最高的上司，穆彰阿。他今天打点，明天打点，今天溜须，明天捧上，把穆彰阿全家维护得溜溜转，乐乐呵呵的。这样，他就买了掌醢这个官，掌醢是专做肉酱和各种备办食品的。这个官有个特点，直接和产地有关系，因为做咸肉得自己选，然后就地做。他花重金买的官，除了应交的银两外，他又打点穆大人，这样他在穆大人眼睛里是非常了不起的人，他愿到什么地方去，就到什么地方去，为所欲为。没干几年，庞掌醢就富起来了。

这是嘉庆初年的事情，那时候还不在光禄寺做官，咱得说清楚，他是做瓷器生意挣了些钱，他就把京师天桥咸鱼口牛街胡同半条街都买下来了，吃租子，一地之宝。他进了光禄寺以后，又认识了聚宝货栈的一些人。他跟卓兴阿都是酒肉朋友。卓兴阿是聚宝货栈的二掌柜的，大掌柜实际上就是穆彰阿。但表面上穆彰阿不是这里的人，卓兴阿有权、有势力。庞掌醢在聚宝货栈也入了股，他也是股东，他又帮助聚宝货栈招揽生意，聚敛钱财。他每日每年又能挣聚宝货栈的钱，不久他又在牛街胡同十字路口开了一个赏月居大饭店，挂四个大幌，后来又增加两个，挂六个大幌，这是很少见的。在京师来说，一般都是四个幌，他是六个大幌子，二层楼，摆设富丽堂皇，非常好看。这一栋楼完全是油漆雕花的，在京师里，也可以说是数得着的。你在大街的老远，就可以瞧见，特别显眼。在二楼的悬梁那块，还挂着嘉庆御笔的匾，匾上的字是“北海钓翁”，是北海钓鱼的一个老人，你看名字叫的多么潇洒。是楷书字，写的既工整，又很美，是个烫金字大匾。在一楼正门那个匾，才叫赏月居。说起来，这个赏月居的主人，就是庞掌醢。说到现在，还不知他的真名字，他的真名字，叫庞信，字绩财，庞绩财。他从来不叫庞信的名字，这是过去他在江湖武林中的名字，后来他怕别人知道他是用银子买的官，所以，他就用官的名字，叫庞掌醢。

现在这个赏月居，坐堂的大掌柜是庞掌醢的长子叫庞通。庞通的夫人叫琪娇。娇娇是穆彰阿的大女儿。穆彰阿有个女儿我在前书已讲了，叫琪娜格格，先嫁给了龙福春，后来叫马龙给夺过去了。这个琪娇格格，是琪娜的姐姐，她是老大，也是福康安的姐姐。他们几个都是一母所生。所以说，这个庞掌醢不是别人，是穆彰阿的亲家。娄宝又介绍庞掌醢到北海以后，怎么飞扬跋扈，你们都以为他是个文官，他是骗人。你们想穆大人把他抓住，审问他，他自己能跑出去，他没有一定的武功，能行吗？从东噶珊到北噶珊，山路崎岖，又没有马或者什么能够骑驾的，他自己徒步跑出去，就因为他有武功。

这个事一讲，使三巧她们大吃一惊，赶忙说：“你告诉我，现在庞掌醢究竟在哪？”这时，娄宝又一五一十地说：“庞掌醢，庞大人现在就在六库，他已经来了，而且是坐阵指挥。”三巧知道这事了，紧接着又问一件事：“二丹丹在哪儿？是不是你干的坏事，把二丹丹给抢走了？你说你不知道，我们不相信，你这次来肯定与二丹丹有关系。”这时娄宝只好竹筒子倒豆，直说了，就讲：“二丹丹是我们两个帮助抢走的，我们这次专程从北噶珊赶来，就因为杜察朗大玛发知道格格背叛了他，跟奇格勒善和穆大人关系好，而且私定终身，嫁给了杜察朗恨得咬牙切齿的仇人乌伦巴图鲁，他是铁心跟着穆哈连的人。所以，杜大人非常有气，专程让我们来，想办法把二丹丹抢回去，到一定时候，把她押回北噶珊，由她的阿玛杜察朗大玛发亲自处置，不能让这个败类丢了他家的门风，是的，我们这次来有这个目的。”

三巧听了点点头，然后娄宝又接着说：“我们来了以后，是庞大人给出的招。庞大人有个最好的朋友，也是武林高手，这个人你们能知道，他原来也住在京师，是武林中著名的老前辈、老剑客。他为了炼丹，特意到北方采药来的，他就是著名的白剑海，白剑老神仙。这个人已经七十多岁了，身子骨非常好，也特别精神，而且剑法和武术都是一流的。他在京师的时候，认识庞信，庞大人。庞大人过去在武林中的师傅跟白剑海他们都熟悉，也都是好朋友，他们曾一块在峨眉山学过艺，共同切磋剑术。从这方面来讲，庞掌醢还得管白剑海叫师叔。老神仙听了庞掌醢的话，所以，在他脑子里认为好人就是穆彰阿他们。现在他是向着穆彰阿，也向着庞掌醢，认为穆哈连，甚至京师有些大臣，都是偏听偏信，飞扬跋扈。他认为北噶珊好，都是很正派的人。北噶珊的人又善于造声势，善于游说，就把老神仙白剑海给迷糊住了。白剑海正在北海冰山岛、冰山崖，他已经来了一年多了，还带来个小徒弟，在这边炼丹。他们边歇息、边采集北方冰雪中的药材。就为这个，前些日子，庞掌醢来的时候，又把老神仙请来了，他师叔住在暗洞，也就是六库，他们见了面，又谈了话。庞掌醢现在想办法，把老剑客拉拢住，把他欺骗住，让他帮助，因为他的武术高强。我说一句不应该说的话，三位奶奶千万别生气，他的武术高过云、彤二老，不在云、彤二老之下。在中华剑法中，峨眉剑法从来是一流的。”

三巧一听特别生气，就骂了他一句。娄宝又说了：“三位奶奶别生气，我说完了，算我嘴臭，不过我如实向三位格格禀报，因为你们让我说，我不能不说。那天晚上老剑客自己化装出来了。这老剑客的形态一天三变，他那天穿着打扮像女人似的，学老太太哭声，帮助我把二丹丹骗出来了。二丹丹当时上茅房，听到外边有个老人的哭声，就是白剑海老神仙装的，哭的还真挺像，把二丹丹骗出来了。二丹丹过来以后，庞掌醢和我们俩都带着面罩，谁都看不出来，也没跟她说话，就把她罩起来，抓到六库。第二天，白剑老神仙就回去了。本来我想把二丹丹困在六库，因为六库是庞掌醢庞大人自己的密库，里头住的相当好。库里头有个七侠洞，那可以说相当美，生活非常舒适，还有奴婢侍候。我们想把二丹丹关押这里头，因为杜察朗大人有吩咐，告诉庞掌醢和我，不许欺负二丹丹，不能让她受屈，因为啥呢？因为杜察朗怕老婆，他老婆柳米娜相当厉害，后头有罗刹两个大牧师保护她。他不敢欺负罗刹人，也就不敢欺负柳米娜。柳米娜说啥他就听啥。另外，柳米娜长的特别好看，真把他迷住了。二丹丹又是柳米娜的女儿，所以，杜察朗说，你们抓是抓，谁也不能欺负丹丹，你们要欺负她，我可不饶你们。庞掌醢就记住了，暂时把二丹丹幽禁在七侠洞，不少人都看见了。她出不去，等办完事以后，再押回北噶珊。”

三巧一听兴高采烈，那今天晚上咱们就动手，先跟庞掌醢决一死战，然后救出二丹丹。她们姐仨把话一说出去，娄宝马上说：“哎呀，三位奶奶，你们现在去不行，丹丹已经不在这了。”巧兰和巧云、巧珍又来气了，把剑马上压在他脖子上，就说：“你敢撒谎，你这是对我们的欺骗。”娄宝连连磕头说：“三位姑奶奶，我们不敢欺骗，啥事都告诉你们了。这事真蹊跷，说起来也怪，原来是在六库，把她关在七侠洞。可是，不知怎么的，有一天晚上，出了一件怪事，我们都在七侠洞外边的一个侧洞，正在饮酒作乐。这个洞里头还套着一个洞，这个洞叫酒洞，专门装着酒。这些酒不是这儿酿造的，都是搁北噶珊运过来的。这儿有个酒库，像酒窖似的，里头有五六个大木桶装着酒，都是陈年老酒，喝不完，就存到这儿。据讲，咱们大清开国时候的酒都有。”

娄宝喘一口气，然后又接着说：“就说这天，不知从哪来了一个又脏又破的老疯子，我们都不认识。这老疯子脏的厉害，身上都是破烂布条子，头发花白，眉毛又白又长，胡子也是白的，浑身上下那么脏，好像一辈子没洗过脸。也不知道这个老疯子咋这么有能耐，也不知他从哪弄的钥匙，还是在哪偷的腰牌，也不知他怎么钻进六库去的。这六库的山洞不好进呀，层层有把门的，得有腰牌才能进去。腰牌等级不够都进不去呀，没想到，这个老疯子，他是怎么混进去的，到现在大家也不知道。他不仅自己大摇大摆地进去了，而且还到了七侠洞，到了我们吃饭的侧洞。更主要的，他干脆进到酒洞里去，在那里喝酒睡觉。也不知进去几天了，哎呀，这个闹的慌，在那撒尿，还拉了两泡屎。他喝完酒就醉了，躺在那块儿。”

三巧着急地问：“后来怎么知道的?”娄宝说：“那天小校受庞大人之命，进去灌陈年老酒。因为白剑海老神仙来了，庞大人为了侍候和孝敬自己的师叔，就让小校到酒洞里把陈年老酒给他灌来。他们进去才看到，有个疯老头儿，喝完酒就睡着了。酒桶相当高，顶到洞上头的石头上，老头儿就睡在上头，如果不打呼噜还看不着。老头儿的呼噜声震耳，小校挺奇怪，哪来的声音，后来一看，坐着一个老头儿，这老头儿给弄醒了，‘哪位来灌酒了，给我点，我还想喝’，小校一看，不是自己人，吓坏了，把拎着的酒葫芦扔了，赶紧往外跑。跑到外头，慌慌张张地报告庞掌醢，庞大人：‘哎呀，老爷可不好了!’‘怎么的?’‘里面坐着一个人，不知是人还是鬼，眼睛贼亮的。’他这一说，大家都认为他是疯子，怎么有外人进来，谁能进来呀？这是不可能的事情。他们进去一看，果真有一个疯子，把庞掌醯气坏了，这洞怎么管的？没有令牌，怎么连疯子、乞丐都进来了呢？真没用。大家赶紧撵，有的拿棍子，有的拿着刀，呼号地喊。这个疯老头儿也能走，走的相当快，从这个桶跳到那个桶，像扭秧歌似的，跳来跳去，谁也抓不着。一抓，这疯老头儿噌一下子，双手抓着洞顶上的石崖，他们往上够，还够不着。这老头儿像个蝙蝠似的，身子贴在洞顶的石壁上，仰着身子，脊梁骨朝下，贴在洞上。而且噌噌地爬，小校们撵了半天，这老头儿就是摔不下来。最后这老头儿，喊话了。三位奶奶，你们听了都觉得奇怪，到现在我们都不知咋回事。他就搁这个酒洞出来，跑到七侠洞的门口，里头关的是二丹丹，他就喊：‘二丹丹我不能救你了，让三巧她们将来救你吧，你好自为之，我不跟他们闹哄了，我要走了’，大伙还不知什么三巧。就这样，也不知这个疯老头儿从哪个洞出去的，大伙再找，也没找着。把我们都吓傻了，认为是碰见鬼了。但真是个人样，是个疯老头儿，要饭的。就这样，庞大人怕出事，命令几个人把二丹丹迁走，秘密地把她送到白剑海白老神仙的冰山洞去了，她在那躺着呢。实话告诉三位奶奶呀，我们确实没去过北冰山，也不知道把二丹丹藏到什么地方，这是实情。六库这儿确实没有二丹丹，如果你们查出我们有一句谎话，甘愿把脑袋给你们。”

这个事使三巧又大吃一惊，这个奇怪的疯老头儿不是到过我们住的地方，吃过我们烤的烧饼和狍子肉，还留下了一首五言诗吗？我们能有今天，全仗着这位老仙翁指点。没想到，老仙翁又帮助我们来救二丹丹，而且，还提到我们的名字。这位老仙翁是谁呢？他在哪儿呢？我们到现在还不认识呀，他为什么舍命帮助我们，而且自己深入虎穴，武艺这么高强，这不是神人吗？三巧因为见过这位老人，所以她们非常相信，这位老人是世外高人，是活神仙。我们想办法一定要见见这位老人，这是三巧心里想的。

娄宝、齐宝把整个知道的情况一讲，三巧听了之后，觉得什么都清楚了，可以放他们了。三巧就让娄宝、齐宝从石缝子钻出来，并对他们说：“我们到这儿来的事情，不得有任何透露。”娄宝赶紧过去说：“活祖宗，我们一定遵命。三位活祖宗，你们也不要说把我们抓住过，这事你们千万不要说。”巧珍说：“我们知道，你们一定按我们说的去做，其他事不用你们管。”就这样，娄宝、齐宝得了一条命，像兔子似的一蹿一蹿地跑了。

三巧放走了娄宝、齐宝，心里真感到高兴、痛快，把整个北海潘家寨这块东西南北方圆百里之内，一些状况和暗洞，大致都摸清楚了。她们初露锋芒，三支宝剑已经杀死了十多个恶贼，震撼了北海。她们一商量，得赶紧回去，咱们小莱塔可能等得着急了。再说卡布泰叔叔的伤势已经好转，他肯定惦记着咱们。说着，三个小姑娘，把剑收入剑囊，立刻往回返。

要知道，她们现在在北海潘家寨的深山之中，都是储藏珍宝的地方。山路崎岖，林木丛生，古树参天，根本没有道路。三位小英雄施展自己的腾飞功，在树枝上、树干上，踩这个，跳那个，像三只腾飞的小燕子一样，互相比赛似的，很快就进入了一个住户比较多的地方。她们跳下树，就按照临街的街道，很快地回到东山林，就是她们住的地方。

没走多远，小莱塔跑过来了，汪汪地叫着，好像说，欢迎欢迎。巧云一看就高兴了，蹲下把小莱塔抱起来说：“莱塔，怎样？在家里很好吧。”小莱塔向她们又汪汪大叫，它这一叫，肯定是客人光临。她们往林子里一瞅，透过树林，看到自己搭的那个小窝棚，上边盖着很多松树枝和一些树干，压的非常整齐。窝棚的前面篝火还燃烧着，她们临走的时候，火已熄灭了，这证明是有人亲自点燃，篝火的烟冉冉升起。再细看，在窝棚的前边站着一个人，一见到三巧过来，就大步流星地迎过来。三巧看的非常清楚，这正是他们天天思念的，到京师去，很快就回来的乌伦巴图鲁。

乌伦巴图鲁回来，带回京师的消息。再一个就是卡布泰，也笑着过来了。乌伦巴图鲁拉着三巧的手，三巧兴冲冲地说：“叔叔你回来的真快呀，我们正想你呢。”卡布泰看这几个小姑娘，心里甜丝丝的，眼睛里头都露出幸福的目光。这时乌伦巴图鲁就说：“巧珍、巧兰、巧云，你看，我给你们带来一位，你们看他是谁？”

这时，她们注意到，站在旁边正对着她们微笑的人，此人的个有八尺之高，身体非常魁梧，满面笑容，两道深黑的剑眉，嘴上还留着小胡须，长的慈祥、英俊，表现出刚毅的英雄气概。身上穿着三品侍卫官服，是平时接待客人的礼服，帽子上有顶子，他胯下挎着腰刀，戴着英雄壮帽，两个马蹄袖都遮在上边，很精神。一只手按着腰刀，向她们微笑，好像看不够似的，露出甜蜜的微笑，然后说：“三巧呀，你们好，我看你们来了，你们很有功啊，做了许多大事，我代表京师的各位大人，感谢你们。”乌伦巴图鲁就说：“三巧，快过去施礼，这就是我经常说的，云、彤二老经常向你们讲的，包括穆大人，你们的阿玛最熟悉的，你们不是盼着他来吗？他就是图泰总管，图泰叔叔，他是你阿玛的好友啊。”

三巧听了，马上过去下拜施礼。起来以后，像小孩似的，多少日子没有听到自己的阿玛了，她们三个不约而同地，非常自然地把图泰紧紧抱住：“图泰叔叔，你来的好，请你给我阿玛报仇呀！”说着痛哭不止。图泰拍着她们的肩膀说：“好呀，好呀，你们不是做的很好吗，是英雄了。你们三个给咱们大清争了气呀，别哭，别哭，有事咱们好好商量。现在好了，你们长大了，你阿玛，我尊敬的北海除魔英雄穆哈连，我的老哥哥，他的在天之灵会知道的。”

图泰大哥来了，乌伦巴图鲁、卡布泰，这些人就有了主心骨，他们非常高兴。卡布泰说：“账房老掌柜的，请咱们回去，今天就搬回客栈去，三巧把咱们的匾夺回来了，咱们照样挂上去，大哥你说行不行？”图泰说：“好呀，咱们现在说搬就搬。”于是，三巧忙着收拾自己简单的东西，小莱塔高兴地前跑后跳，他们很快把东西搬回小客栈。

客栈的老掌柜听到这个信儿，乐得前仰后合的，马上出来迎接这些英雄。卡布泰一一向他作了介绍，老掌柜的说：“把前头的房子都给你们用，什么租不租的，愿用到什么时候就用到什么时候，我从心里就盼着你们来，再也不走了。咱们大清的黄龙旗，早就应该在这飘着了，我们已经盼了多年，你们早点把这旗帜挂上去。还有那些打牲、行营的据点，都应有咱们大清的旗帜。”

图泰来了以后，就和乌伦巴图鲁，由卡布泰和三巧陪着，把整个北海和潘家寨这一带看了一遍。他们根本没有歇息，白天看，晚上穿着夜行衣，到处去察看。图泰就是这样，到哪先把情况一一摸清楚。这次他是受赛大人和英大人之命，催马赶来。自从穆哈连蒙难以来，天朝对这块非常焦急，所以说，赶紧派人治理北疆。

第二天早晨，备了酒菜，他们几个又到了独龙山、独龙洞前头的松林里。那里松树上还停放着穆哈连大人的尸体，他们去祭奠穆哈连大哥。三巧跪下磕头，图泰和乌伦巴图鲁、卡布泰也跪下磕头。图泰激动地说：“大哥啊，我们来了，还有你的三个姑娘，我们一定把这块治理好，从明天就开始，决不让你担心，请你安息吧。胜利那天，咱们一块回到东噶珊。”图泰拉着巧云双手，巧珍、巧兰紧跟着图泰，乌伦巴图鲁和卡布泰，他们含着泪，告别了穆哈连的遗体，走出了山林。

时间过的真快呀，图泰从京师到这儿来，马不停蹄地跑，已跑了四十三天，多远的路啊。当然了，他们在盛京将军处，听他们介绍军情，耽误了两天。到了黑龙江将军处，在卜奎城又有人赶来接待图泰大人，又耽误了一天。此时，已经是深秋过后，旧历十月了，快到小雪的季节了。但是，北边因为一片茫茫林海，气候很有特点，是五花山的天气。什么意思呢？山的外边由于受霜，树叶开始凋零，草开始枯黄。可是在森林里，还是暖洋洋的，有小阳春之称。小叶嫩绿的还在发育着，所以，很暖和，不要把北边看的都那么寒冷，林中的绿叶，仍然是一片一片的，但是林子外边却寒气袭人。

图泰看着穆哈连大哥的三个宝贝姑娘，这是大清的心腹，大清未来的栋梁，都是云、彤二老的心血培育起来的。心想，我到这儿来，还得靠这三个小丫头。这么小岁数，你看多懂事。他刚到林子里看三巧时，外头有一堆篝火，有个小窝棚，上头盖着很多树枝，窝棚里那么憋屈，如果不知道就像逃难似的。三个小丫头旁边还有小莱塔帮忙，自个儿烧饭，满脸黢黑，露出小白牙。这帮孩子，如果在名门之家，肯定是娇生惯养，还在闺秀之中，在父母身边享福呢。可是她们没有，她们来这儿，是惩恶扬善来的，多有志气，那么乐观，越看就越高兴。孩子的性格很像哈连大哥，图泰心里想，她们这么小就承担起这么沉重的卫国大任，太可亲了，真是了不起呀。他到三噶的时候，就是到北噶珊、东噶珊、西噶珊的时候，由乌伦巴图鲁领着先去拜见皇上的恩师云、彤二老，转达了道光皇上和赛大人、英大人对二老的问候，还特意为二老带来了他们最爱吃的天桥“六必居”酱菜园的京师小菜两篓。赛大人和英大人特意告诉，这“六必居”宝号明朝嘉靖时就有，严嵩题过字。

二老见图泰来了，兴高采烈。老人别的不说，就惦记着三巧，便说：“图泰，我现在就想三巧，她们还小啊，可惜国家用人，不能不让她们去呀。你来了，我就放心了，这回有了你，就等于我们老哥俩把她们交给了我们的穆哈连了。你就好好带她们，多关心她们，还要严格要求，帮助教育她们。你要管，你不但是长辈，还是她们的师傅。”图泰喳喳称是。“行了，我就放心了。”说着云、彤二老擦了擦眼泪。这次图泰见到了三巧，在脑海萦绕的就是云、彤二老对他殷切的嘱咐，应当把她们看做自己的亲侄女，不，把她看做自己的亲女儿一样，我才对得起穆哈连大哥，才对得起云、彤二位老恩师。

图泰这次北上，自己也是下了很大决心的。赛大人总觉得图泰这边事不少，不但府里事多，你的夫人和孩子还有些事，但是图泰就说了：“大人，你放心，我一定完成去北疆的重任，你不用惦记着，家里我做了安排。”图泰这次来，把夫人都带来了。这样，使赛大人和英大人就放心了，免去了后顾之忧。

这里说书人，还要向各位阿哥说几句，因为书的事太多，我说书人有些事没详细向你们交待。图泰也是老林家的女婿呀，是林家的人，各位不知道了吧。云、彤二老有个三弟弟，叫翔鹤，让杜察朗给害死了。翔鹤我跟各位说到了，他留下一个儿子，叫福来，还一个女儿叫马宝，上次没有讲。那个小福来，现在还在云、彤二老家帮助管理家务。小福来有一个姐姐，他的大姐就是林氏。在很早之前，也就是云、彤二老在京的时候，他们做主，把他弟弟的姑娘许给了图泰。觉得图泰这小子挺有出息，马、步、剑等武术样样通，在侍卫中，是出类拔萃的人。所以皇上喜爱，很早就是三品侍卫。赛大人就把他收到自己府中，云鹤做主，给他找个媳妇，把他弟弟的姑娘许过去了。翔鹤当然听他大哥的话，大哥怎么说就怎么办，他们把姑娘接到京师，和图泰成了婚。

林氏非常孝顺，因为图泰老母亲，很早就双目失明，手还不好使。林氏去了以后，又做妻子，又侍候婆婆，很累，但是毫无怨言，这是林家的家风，从来就这么贤慧。去年婆婆得中风病，医治不好，去世了。图泰和林氏发送了老太太。他们的儿子呢，现在就在赛府中跟赛冲阿的孩子在一起。赛大人就收下了，跟图泰说：“你放心吧，你儿子就在我这儿了，跟我的孩子们一起受家教，你不用管了。”因为在赛府中有奶妈照顾，出外又有老佣人照顾，是骑马，还是射箭哪，这些个安排的都相当好，都不用图泰操心。图泰跟自己的妻子说：“你就跟我回老家去，看看你的大爷。”林氏当然高兴了，就是放心不下孩子。图泰就说：“这你就放心吧，在赛大人那比咱们管的还好，在咱们跟前容易娇，跟他们在一起大家亲亲热热的，对他有好处。在赛大人家还不放心吗？”林氏一想也对：“我跟你回去，早有这个愿望。因为自从到你家来也没有机会回去，何况婆婆在世，孩子又小，这次能回去不是更好吗！”图泰就说了：“好，咱们就回去。这次北上，夫人，我可能是三个月、四个月，也可能还要更长的时间，就看北边的事情办的怎样。要让朝廷放心，让赛大人放心，更让当今的皇上放心。夫人，你们林家是朝廷的忠烈，你会同意我的，我也有这个决心，我愿将我一生报效大清，你我一同回去吧。”这样，他们就高高兴兴地北上了。图泰领着林氏先到了东噶珊，拜见了云、彤二位老恩师。师徒、叔侄女团聚，别有一番乐趣。这块我就省略了，因为书太长了。

单说图泰这次来，是下了恒心的，他决心把北疆治理好，一定不辜负圣恩。但事情并不像他想的那么容易，国内的事情往往牵扯到国外，错综复杂。我们大清有宽人律己的风度，心胸宽阔，广交天下朋友，认为世界的人，都那么平和友善，只要政策一定，条约一订，可能就是君子之间礼仪往来了。实际上哪那么简单呢，家事如此，国事如此，世界之事也是如此。往往是贪者有其谋，受损失的，是对事物想得太简单了。正如汉学所说的东郭先生的故事。我们大清朝也是如此。北疆的策略，大清和罗刹之间签订了“尼布楚条约”，从康熙朝时就留下了，但是，也留下不少后患。康熙朝以后历朝，总认为现在已有条约了，互相遵守就行了吧，不要过于要求了。当然国内的事情很多，各样的教派造反，南边的苗裔的反清，此起彼伏，闹的朝廷难以应付，特别是西边闹的最凶。正因为如此，当时的兵力和国力都用在南疆和西疆上，什么平息大小金川，平定三藩之乱，开拓新疆，以及正式收复西藏，一直忙到乾隆帝的晚年，才算使西部和南部都定下来。康、雍、乾三朝，把大清朝的版图定下来，稳定了江山。

就在这个时候，世界上列强四起，我们大清国还不知道世界的风云，当时已是山雨欲来风满楼，正向大清国刮。大英帝国，已是世界海中的强国，他们占领了欧、亚、非大陆，他们自称为日不落帝国。那时候，咱们大清国还不知道这些，光知道家内的事情。那时美利坚合众国的势力也不小了，他们也乘机插手我们北疆的事。美国很注意罗刹人的动向，罗刹的疆土当时并不大，但他看出，罗刹拼命往东南侵。到了乾隆朝的时候，罗刹叶卡捷琳娜二世，疯狂地命令他的臣子，不惜一切代价，向西伯利亚、向远东派兵力、派遣考察团，一再前进，前进。我们黑龙江口的亨滚河，早在乾隆年间就被俄国占去了。到了嘉庆年间，沙皇彼得一世时更嚣张，他们尽量向东扩张势力，直接逼向我们大清国。我们的国家注意了南边和西边，但是忘了我们的北边，我们的北边让人家一点一点向下削，现在已经到了危机的时候了。俄国的双鹰沙皇旗，就直接地插在我们脑瓜顶上，他们的利剑直接砍我们的北部边疆。这些情况，只有当时大清国的理藩院、军机处和直接管理北疆的打牲衙门这些兵丁们知道。但是这些报告，文书到了皇上那，多数都留中。什么叫留中？就是压下，没时间看，觉得那儿是寒冷的地方，不毛之地，丢点何足挂齿。北边的疆土，就这样糊里糊涂地一点一点地让出去了。图泰深知这个事情的危急和紧迫，自己决心要回到北方，好好了解这方面情况，究竟危急到什么程度。所以他是抱着治理北疆，为国效劳的目的来的。

图泰这次北上，赛冲阿这些老臣心中有数。因为他们都知道，自己是嘉庆时代的老臣，到什么时候都得新陈代谢，新皇帝上任了，自己年岁到了，很快要退下去了。虽然现在英和大人在军机处行走，后来到了户部去，赛大人现在是御前大臣，还没有退下来。但他知道，早晚得下去，他们想趁这个机会，赶紧把北疆的事情办好。如果新上来的人，不知道情况，再要拖下去，这事就大了。作为我们原来管事的人，北边的疆土再出了事，我们就不好向祖宗交待啊。所以，赛大人在图泰走之前，他们已作了充分的准备。

图泰这次去北疆，是以赛府总管的身份出现吗？不是的。这次图泰来之前已不是赛府总管的身份了，这个身份没用了。图泰到北方来，有盛京和黑龙江将军，都是朝廷命官，你能管得了吗？这一点，赛冲阿和英和大人以及他们的老哥哥戴均元都考虑到。戴均元年事已高，现在已没权了。他们商量，戴均元老人有眼光，他就跟两位大人说：“你们两位大人要仔细想一想，先王在世的时候，对北边的事情，因为内务府和盛京将军衙门、黑龙江将军衙门各办各的，有些事情推来推去，总是没有结果。气魄根本赶不上圣祖爷（康熙），也赶不上高宗老皇上（乾隆）的判断和眼力。乾隆帝又忙于平定西疆，等他忙完了，年岁已高了，事情就这么拖下来。现在关于北疆的事儿，可以讲，我们一直拖了八十年，从康熙二十几年到现在，没人去管、没人去问，谁在管呢？罗刹在管、罗刹在问，罗刹总是前进、前进、再前进，我们是一让再让。现在罗刹步步紧逼，他们的刀光剑影已经悬在我们的脑袋门上了，已经迫使我们没有喘息的时机，不可不防，不可掉以轻心，不能浑浑噩噩地度日了。咱们既然是朝廷的命官，这件事要不管，将来子孙们肯定要指着我们的脊梁骨，痛骂我们。痛骂是小事，若是国土沦丧了，我们能对得起谁呢？好在有幸之事，新帝英年蓄志，道光帝立志干一番功业，有股子朝气和魄力，他想继往开来，承继康雍乾的光彩之道，道光就是这个意思，他就起这个年号，也想这么干。就趁皇上有这个决心，你们坐在朝中亲政，我已年迈老矣。务请你们奏明皇上圣听，速速去北疆验看，现在兵力和设备是否都齐全，所有的一应事务，务求齐备，要惩恶扬善。这件事情，作得好的，忠于咱们朝廷，守护边疆的，就应该受到皇家的恩典，受到朝廷的恩赏。如果是贪赃枉法，明着是在那把守边关，而暗里从中渔利，这样恶毒的小人，必须要严惩，一定要赏罚分明。只有这样边疆才能牢固无患，特别是要使辽东、北疆各处的将军、佐领以北务为己任，不可松懈，以防不预之测也。”这位老臣讲的全是肺腑之言，而且是切中要害。可以讲，从雍乾嘉以来，一朝比一朝充实，这样做，不能给罗刹可乘之机。

赛冲阿和英和听了频频点头，然后赛冲阿说：“老哥哥你说的正中我意，和我心一样，你说的对，就应该是这样。我一定聆听老哥的话，我和英大人详细商量，准备上奏皇上，你说的每句话，都字如珠玑。我们认为是安定，是保护北疆的上策。你考虑的对，我们一定上奏道光帝，请他准许。”他俩的决心向戴老大人表露以后，也真这样做了。赛冲阿和英和想的非常周到，如果让道光帝接受戴老先生这个上策，就得提出具体事和去办的人。从雍正、乾隆到嘉庆以来，我们对北疆的边关管的比较松，造成罗刹步步紧逼，这是事实了，现在要亡羊补牢，就必须选出能解决这些急事的人。唉，赛冲阿、英和自叹无力，自己不能上北边去。必须是像穆哈连那样精明强干，而且真正是忠心报国的人，得这些人去。他们一往无前，誓死如归才敢于去。那是投入虎狼之口，不是去溜达、去玩、去赏花。

他们商量了半天，就下定决心，还得让自己的学生们去，他们都是嘉庆帝时培养起来的年轻侍卫。乾隆帝就注意培养年轻人，他当时非常重视布户，满语布户就是摔跤，比武，竞武的意思。所说的摔跤不单单是摔跤，它包括三件事，一个是马上功，一个是步上功，还一个是射箭，三样必须精通，而且是出类拔萃，比武必须是夺魁者。乾隆从这里选侍卫和将军，这已成一种风气。乾隆退位，当太上皇，让他儿子嘉庆，也这样做。所以，很多有为之士像穆哈连、图泰，包括乌伦巴图鲁，都是那时选出来的。老一些的像云、彤二老怎么到京师给老皇上当师傅，就是因为朝廷重视。所以赛大人和英和大人想到让他们去。现在看来，这任务非图泰、乌伦巴图鲁莫属。

赛冲阿就跟英和说："英和老弟，你舍不得放乌伦巴图鲁?"英和说："哎呀，赛大人、大哥，您这么大的高龄，能把你的总管，你的心腹，你身边重要的护卫都放出去了，难道我舍不得吗？这说到哪去了，彼此，彼此呀。"就这样，他们俩决定，把重任交给新的一代，那就是图泰和乌伦巴图鲁，让他们踏着穆哈连的足迹，前仆后继。这是很危险之路呀，让你警觉就在这里。穆哈连已经死在前头，殉国了，现在谁再去，也不一定得到什么好处，很可能还有危险的后果，甚至更有难以想象的结局在等待着。必须有这样的英雄，为了国家，为了大清的江山，为了固守我们辽阔富饶的北部的高山和林海，勇于献身的人。

他们俩定了以后又商量，对呀，让他们去，就不能说是我们的护卫，他们原来有三品衔，那当啥事，谁管你是赛冲阿府中的总管呀，谁是谁身边的护卫呀，那不行。到那块去，关山重重，而且各个官衙都是皇家的俸禄，钦命的一些边疆大吏，你能镇住吗？有些官你能查吗？你敢查人家，你凭赛府的总管就查人家，以小犯上，谁给你的权利，你没有上方宝剑能行吗？不行。所以，赛冲阿和英和商量以后，下了决心，咱们除了跟皇上说明这件事的重要性、迫切性之外，一定求皇上圣名，一定给图泰讨个什么官、讨个要职，他必须有皇上的上方宝剑，有皇上的旨意，这样，人家才会看重，才能听他的话，才能够按我们想的办。何况图泰又是很聪明的人，无论从武功还是人品，都有很高威望的，他能够受到下边各路官员的尊敬。

就这样，他们很快上朝见了道光帝，详细地写了奏文，讲了重要性，又把图泰的为人、武功、能耐和在朝廷中的影响都讲了。道光帝知道，他父皇嘉庆帝非常重视武术。道光当太子时，他和图泰、乌伦巴图鲁常在一起练武，可以说像师兄弟一样，互相熟悉。道光帝也很尊敬他们，那时都兄弟相称。道光是个聪明人，他登上大宝之后，决心承继先王遗志，保护好爷爷闯下的江山。所以他就欣然命笔，刷刷地写："知道了"，皇帝批奏折，在清代多数是用"知道了"，满语萨哈，用红笔一勾，盖上御名、御玺，这就是皇帝的谕旨。皇帝定下来，下去到州官府衙，等于代表皇上去的，谁不忠，谁不顺从，谁敢违抗，那就是欺君之罪，那就要杀头、免官、坐牢，大理寺拿去严办，这就是法，清代就是这样。这个谕旨是赛冲阿和英和帮助措辞，道光用心细看，就同意了，怎么写的呢?

皇帝御笔，写的不是告示，像是任命似的，是皇帝一种荐任，让各路官员知道，这就像一个通行证一样。皇帝的谕旨，是这么写的，开头的上款，非常明显：

> 朕，
>
> 行文北疆，（这五个大字，现在我亲自写了我的御文，给谁的呢？给北疆，就是镇守北边疆域的各个官员）
>
> 朕，（然后底下空）
>
> 钦命，
>
> 图泰为北域巡疆大吏，为钦命巡查使，署从二品衔，携护军。乌伦巴图鲁为钦命巡查使护军总领三品；卡布泰为护军副参领，四品。同心协力，巡查北疆打牲、户籍、贡物、罗刹犯边军情等事。查理协办等务，全权处置，各地实情奏示，一体周知。
>
> 大清道光元年。

皇帝的御名御玺，咔一盖，这就是上方宝剑。

说书人我得向阿哥说几句话，还得详细解释一下，请不要觉得哆嗦，我必须说清楚。有清以来，从顺治帝开始，顺康雍乾嘉道，经过了几朝，这是头一次为了北疆，皇帝亲自发出的几件圣书。康熙圣祖爷的时候，亲自御驾北疆打罗刹，在吉林乌拉建了行宫，东巡两次，这都是有记载的。只有道光开始时，亲自任命他认为最可靠的、他的爱将图泰，能办这件事，这个行文写的非常有力。我再解释一下，钦命，皇帝任命为钦，我亲自任命，是凡皇帝任命的人，就叫钦命。我任命，图泰是北域巡疆大吏，巡查边疆的大官，谁都得听他的，别看你是黑龙江将军，那也得听他的，他是代表我去的，所有边疆的事情他都要管。你不要认为他年岁轻，职位低，他没有你的资格老，可能没有你的爵位那么显赫，现在我任命他，他就是巡疆大吏，和钦差大臣一回事，他代表我去的，见了图泰，就等于见我道光帝一样。既然是任命他为巡查大吏，下边要问了，启奏皇上，巡疆大吏是什么官呀？我们得知道。道光讲的清楚，这个巡疆大吏，他的职务就三个字，巡查使，对你们的事情要巡查，好的朝廷要恩赏，对那些贪赃枉法，他依法来巡查、审察，而且要依法定罪，惩恶扬善，我任命他是做这个事的。钦命巡查使，署从二品衔，这个是清朝官吏的风俗，署就是暂时的，还没正式任命，要正式任命就没有署了。证明图泰他是这一段时间的官，这个事办完了，上奏皇上，他的衔也就免了，钦差都是这样。是什么官呢？从二品衔，不是正二品，那就不小了。将军，那是正一品，副都统，将军下头的这些官都是二品，或从二品，有些地方官都是从二品，具体像副都统一样。这已经把图泰提的很高了，他行使的权力就大了，再大也得跟各地的将军商量。从二品衔，协护军，外出各地，皇帝派下去的，不能随便领兵，你要领兵的话，必须经过军机处，没有军机处的允许，随便领兵能行吗？你又不是都统。这次不同了，因为他是行使钦命的巡查使，他要办案子，要查事去，不带兵不行，没有些护卫，万一出了事怎办呢？他要抓人，还要制裁人，还有很多的事要办。所以，他协护军，带多少人，由图泰自己定，皇上允许他。各地都听着，包括军机处，这个事谁也没权管，他有这个权力，是皇帝给的。他不但是从二品衔，管很多事，而且有兵权，说抓谁就抓谁，说让谁坐牢就坐牢，说要杀头就杀头呀。另外也保护他，图泰在办案的时候，对违抗圣命的，可以就地正法。他要完成审案子和巡查的大任，得有保护他的护军。

另外，皇帝亲自点出两位将军是他的助手，一个是乌伦巴图鲁，任命他为钦命巡查使护军总领，带护军去的，由谁领兵呀？光靠图泰一个人不行，必须有得力的助手，这个兵权就交给了乌伦巴图鲁，他是护军的总领，由他来管。他的职衔是三品，这是原来的衔。另外一个也是他们的好兄弟，卡布泰。卡布泰为护军副参领，是个副手，他的职衔为四品。他们都是正三品，正四品，职级都很高。要求他们同心协力，共同巡查北疆的打牲诸务，这是一件大事。按康熙圣祖爷和当时与罗刹签订的尼布楚条约，根据那时划的疆界，进行巡查。

巡查一般来说，从黑龙江以北到西伯利亚、外兴安岭。这个巡查的重任交给打牲乌拉衙门，由他们总管。为什么？这块主要捕野牲，住的多数是各个部落比较原始的人，像费雅喀、鄂温克、鄂伦春，当然也有满族和一些小部落分散地住在外兴安岭的沟沟岔岔，江河湖泊各地都有，一家三五人，十几户就是一个部落，甚至两三家凑在一起，住一个帐包，住的特别分散。他们的生活不是以农为主，主要是以渔业为主。挨着湖边、海边那块，以吃鱼为主，穿的是鱼皮，盖的房子也是用鱼皮盖的。还有不少民族就住在山里，主要是打野兽，他们吃兽肉，穿兽皮，晒兽肉干。在边远的地方，有的是赶牛车、鹿车，还有赶狗车。从康熙以后设了一个打牲乌拉衙门，由它具体管打牲的事情。

此外朝中理藩院要管，光禄寺也过问，内务府更要管，他们为了自己从北边得到给养，理藩院主要是跟外国联系，外交上的事情，巡边时要查户籍，有的没有大清国籍，还是外国的国籍，住在我们这块，这些手续都由理藩院来办。所以，这地方比较乱，就没让各地将军来管。黑龙江将军管的比较多点，其中一个任务，就是到西部格尔必其河，黑龙江上游那块察边。爱辉副都统，派专人每年去一次，或者隔一年去一次。去一次，堆一块石头，在上边刻着字，作个记录，以便下次检查去没去。他们只是行走，不经常在那儿。打牲衙门就不同了，他是总管，哪块有少数民族，哪块有人口，他们就到哪去。所以，他们工作非常细，有时检查，是不是尽职尽责了，这个制度坚持没坚持？有没有专人来管，还是随随便便，名不副实呀，经常检查这个。

再一个检查户籍。从康熙朝以来，经过了几十年的工夫，有很多部落干脆都没有户口。有时罗刹派些人进来，住下了，就开垦那个村庄，村里的部落人就受罗刹管。罗刹在我们不少地方，建立了他们的小庄园，地由他们开垦，打下的粮食都让俄国人给拿走了，我们没人管没人问。在大清国的疆土里，就这样糊里糊涂地，被罗刹占领了，把这块大清的臣民，这些部落，收买过去，给他们卢布，给他们钱，后来把他们国籍也变了，变成了沙皇亚历山大的臣民。这地方太多了，现在都是一锅粥似的，你中有我，我中有你，把整个北疆造成支离破碎，这是第二件事，得好好清理户口。

另外，贡物也非常重要，主要是打牲和北方的渔业，那是大清的一个宝库。大清很多的衣食住行，都靠着北疆。现在有些贡物外流了，让俄国伸手拿走了。大清国臣民不给大清王朝进贡，让罗刹给管住，给罗刹进贡去。大清的一些贪官污吏，培植自己的势力，自己伸进手，打着天朝的旗号，实质上是中饱私囊。这几十年来，没人问，没人管，相当乱。何况又有理藩院，军机处，大理寺，光禄寺，和各个将军衙门插手，这些官衙互相勾心斗角，尔虞我诈，把北疆弄的非常乱。他们下去自己抓自己的，互相没有联系，苦的是当地的打牲兵。还有当地的猎户、渔户、猪户、皮户、网户，这些人受多方面的盘剥，都说是朝廷来的，结果有不少是打着朝廷的旗号，干自己的勾当，民不聊生。不少人不想活了，有的就投靠罗刹了，罗刹不管，只要把户口一改，就成了罗刹的臣民。有的部落把帐包一搬，就投靠了罗刹。人口变化太大了，今天是大清臣民，明天就变过去了。变过去以后，在那边觉得不合适了，又跑回来，又成了大清臣民。在贡物方面，出现了严重的漏洞，有的偷盗国库的财宝，这不管能行吗？

还一个更严重的就是犯边军情，这个事更要管。人家的双鹰旗和宝剑快插到咱们脑袋门那块了，而且逼着你往后退，真是到了民族存亡的时候了。就这些事，都由图泰来处理，你看权多大吧。这次一改过去的弊端，图泰重任在肩，是扭转乾坤的事情，这事情干好了，涉及到大清未来江山的巩固，就这么重要。而且还有一句话，这句话是对地方官员讲的，意思说“查理协办事务，全权处置，各地实情奏示”。告诉大清所有的边疆大吏，这次我派去的图泰巡查使，还要查办和协助你们办这些事情，他要问你什么，你们要如实的奏报，就等于我去一样。他要跟你们提些事情，必须按他讲的去办，不可违抗。他可以全权处置，你们不必再给朝廷写奏折，再走那个弯子了。你看图泰的权多大吧，这确实是扭转北方乾坤的事情。这是有清以来，很让人觉得舒心、放心、畅快、痛快的事情。最后四个字也非常重要：“一体周知”，所有北疆大清的臣民，都要知道这事，就这么办了。

赛冲阿和英和两位大人帮助出的主意，最早是戴均元老人，帮助想的办法，细事由赛冲阿和英和磋商以后，道光帝写了这个钦命的御笔，等于圣旨一样，这不是上方宝剑吗？哪个能比这个厉害，说实在的，钦差大臣都没有这个权力。钦差大臣，往往是遇到了某一件特急的事情，必须去办，他是专一的，办完了就拉倒了。他不同的是全权，他管的事情，有的是军机处的，有的是理藩院、户部、吏部、光禄寺的，还有大理寺卿，安查室办的事情，这就等于把大清朝廷搬到北疆去了，这个全权人就是图泰，你看厉害不厉害？厉害呀！

有了这个圣旨，有了这个上方宝剑，赛冲阿和英和还觉得不足，又向道光帝上奏，道光帝也允许了。是什么事？赛冲阿和英和两位大人，又想起一件事，也得办哪。就跟皇上直说了：“皇上，咱们这次去，把这事办好，非常感激圣恩哪，能体察我们老臣之心，这个我们都非常满意了。我们一定鞠躬尽瘁，死而后已，让圣上放心，按圣上的旨意所讲的，我们宗宗办理。但是还有一件事，我们耿耿于怀，使我们寝食不安哪。就是我们的好友，我们大清朝的栋梁之才，北疆的巡臣穆哈连，已经去世了，这是我们大清的损失，也是北疆难以弥补的一个最悲痛的事情。我们失去一个很好的学生，也是陛下您失去了一个得力的爱将。这次既然去了，关于穆哈连死后的安排，还得请圣上降恩，这个事情也特别重要，这是暖人心的事情，圣上您得做一件事情，一是安慰在天之灵的穆哈连将军，另外也是鼓励现在正在镇守边关的各位将士。使他们看到我们的朝廷，皇上是非常圣明的，是能够体恤下情的。所以我们还建议，圣上是否考虑一下，对穆哈连和他的子女，对他们入品的事情，以勉励后人。”

前书已说过，道光对穆哈连是很有感情的，马上就说了：“好爱卿，你们讲的对呀，说到我心里去了。我现在也考虑这件事情，你们两位老爱卿想的肯定比我细，你们能不能再起草一个我的谕书，我看一看，要行的话，图泰这次北上，除了执行巡查使的那个谕书以外，再写一个对穆哈连的特谕。”赛冲阿和英和大人慌忙下拜，就说：“老臣，特替三品侍卫穆哈连将军叩谢圣恩。”他们感激得痛哭流涕。道光帝从龙廷上下来，把两位老臣扶了起来，然后说：“老爱卿，你们现在就在这里，我让太监笔墨侍候，你们赶紧起草，然后我就看，咱们君臣很快就把它定下来。”

道光帝命太监把御笔和御砚，送到赛冲阿身边。赛冲阿拿出旁边放着的纸张，与英和悄悄商议一番，英和就请赛大人执笔，赛大人也没有推托。他蘸好了墨，把笔点点，然后，刷刷刷，很快就写完了。这些都在心里积了多少日子了，一泻而出。他写完了，对英大人说：“请你看看，改一改，然后再请皇上御批。”英和一看就笑了，完全同意，写的挺周全，请皇上圣断吧。这样，赛大人拿着这个草稿站起来，到了道光帝跟前，双手高高地举过头顶，就说：“请皇上龙目审阅。”虽然赛冲阿与道光帝非常熟悉，但是这些礼节在清宫里头，那是必须有的，不能认为跟皇上熟悉了，关系近了，就没有这些礼节了。这是表现宫廷的严肃，显示着皇帝的威名。要在皇上跟前随便就显示不出皇上的威武了，只有这样，对皇上毕恭毕敬，才能产生这样一种情感和气氛。

道光帝接过之后，看了看，对个别字动了动，就说：“老爱卿哪，我看可以，就这样定了。”赛冲阿和英和拿过来一看，道光帝把前头和穆哈连的感情那块加了几句，其他地方没动。皇上让御前大臣重新誊写，然后皇帝令太监盖上了御名御玺，就是皇上的大印，这又是一篇皇帝的圣谕。说书人，把这个圣谕给各位阿哥再朗诵一下：

朕，未御大宝已谙穆哈连之名矣（我没登皇位时，我已非常熟悉穆哈连的名字了）。三品侍卫穆哈连亦朕旧谊深厚（他和我的友情非常深厚），知其殉事，悲凄于心，不可平抚也（知道他殉难以后，我悲泣，不能够平复啊，到现在还想他）。

谕文曰：

“钦命北海打牲总管巡查事务，北疆水陆兵马总哨官，三品侍卫衔穆哈连，自起任北疆，耽于防务，朝夕劬劳，且罹难殉职，忠勇弥嘉，堪一世楷模焉。特拨帑银，择时安葬诚祭之。特恩赏其三女各袭五品护卫衔，皇恩浩荡，望尔敏秉父志，勤勉谒忠，勿负朕体恤之心耳。其余人等，依秩例奖有嘉。”

专门由国库拨给的银两，你们选个时间，把穆哈连将军的棺椁移到他的家乡，很好的安葬，并要很好祭奠他，这是一层意思。皇帝的谕文下头一层意思是这样写的，特恩赏其三女，各袭五品护卫衔，皇恩浩荡，望尔敏秉父志，勤勉竭忠，勿负朕体恤之心耳。这是对穆哈连将军的后代的恩赏和寄望。穆哈连的三个女儿，穆巧珍、穆巧兰、穆巧云，每人都承袭五品护卫衔，那不低呀，这么年轻的小孩现在就有了官职，不单是一般的女侠、剑客，现在是大清的五品官员，那是副巡府这样的级别。她们的阿玛，穆哈连才是三品。皇上殷切地嘱咐三个女孩，皇恩浩荡，希望你们很好地继承父亲的遗志，勤勤恳恳，任劳任怨，竭尽全力，忠心报国，不要辜负了我对你们的体恤之心和期望，这话说的非常亲切。穆哈连在世，道光帝还是皇太子的时候，他们就兄弟相称，所以对这三个女孩，就像是皇帝身边的侄女一样看待。最后还有一层意思，其余人等，依秩例奖有嘉，就是其余还有些人，这次随着穆哈连，在平复北疆的事情中，根据他的功劳大小来定。这样，就把穆哈连前一段事情，整个从皇帝圣谕的角度，做了一个很完整的，鼓舞人心的总结。

图泰就带着这两个圣谕，携着夫人和好友乌伦巴图鲁，骑着马北上了。他的夫人是坐着轿车走的。在清代的时候，北边外出，武将骑马，一般女人都坐轿车。轿车做的相当漂亮，走远路的话，都是四匹马到五匹马拉着。这轿车是大轮轿车，上边带着篷子，篷子用木头镶着，木头上雕着花，非常好看。篷子里头铺着各样彩毡，三面留着小窗户，挂着布帘或者是皮帘，平时撩开，通通风，看看外边风景。根据级别不同，路途的远近，篷子里陈设着不同的东西。不过铺的相当厚，底下铺的是一些用草编的垫子，上头铺着用布缝的褥子，里头装着棉花或丝棉，再上边铺的是皮子或者是毯子。里边还放着桌子或放着柜，可以装衣服、装被子。要累了，还能一个人或两个人躺着。还有放水壶的地方，有放烟的地方，挺舒适，光线还非常充足。要写东西，把小桌子拿过来就可以。轿车的正门，就是对着赶马的地方，有两层帘子，也有的加上个小门，天冷时把小门一叉，平时小门不关，打开小门，挂在两边。门上头挂着两个布帘子或竹帘子。赶车的坐在轿车前头的两侧，篷上头伸出一块，像雨搭似的，既能遮阳，又能挡雨。要走长途的话，一般都是两个车夫，一个是正手，一个是副手，互相轮换歇息。这车一赶起来，四五匹马一齐往前奔跑，哈哈，相当壮观。乌伦巴图鲁和图泰，他们都骑马跟着，有时累了，就坐在车里歇息，不必客气。

图泰这次出来，很有意思，带来四个徒弟，有小清风雷福，水耗子麻元，一声雷牛老怪，千里雁常义，咱们早就知道这几位，他们一块跟着来的。他们没有具体的职衔，因为他们现在的身份、名望都不够。这次跟师傅一块出来，主要是闯荡闯荡，锻炼锻炼。雷福和常义我介绍过，他们都是西噶珊奇格勒善大玛发的儿子。他们到这儿来，图泰马上就给安排了差使。还跟来一位小年轻的，刚过十六岁，他就是小义士文强。赛大人和英大人让他也跟来，叫他跟图泰闯荡闯荡。这个孩子的父亲非常出名，叫裕谦，是嘉庆年间的进士，在京中为官，后又到英和手下军机处任职。以后还要提这个人。赛冲阿和英和对裕谦很器重，所以裕谦就说，我的儿子交给你了，让他跟着图泰学学武艺，学习诗词。小文强长的挺英俊，眉清目秀，像个书生样子，但实际上他是很刚强的小伙子。他跟图泰一块骑着马来的，是图泰身边的一个小随从。

图泰他们到了黑龙江，将军衙门府派出一位帮助图泰大人，能介绍情况，并作些参谋差事的人，这位将军就是富凌阿。他是萨布素将军之后，他的祖上几代都是哨官，会几个民族的语言，对北方相当熟悉，可以这样讲，他是北疆的千里眼，顺风耳。有了他，对北疆的事情就容易了解。上次穆哈连去，没有带地方的人，这次图泰特别注意，要把地方的人带去一两个，作自己的参谋。何况图泰是巡查使，是个大人，有权力带身边的人。所以图泰到了北噶珊、东噶珊、西噶珊的时候，他身边又增加了一位，对这里的情况更加熟悉了。

话还得说回去，图泰来了以后，他们就分头摸情况。他的两个徒弟至今还没有回来，一个是牛老怪，他的外号叫一声雷呀，还一个是麻元，外号叫水耗子。他们两个去了解二丹丹的情况。因为一路上听说二丹丹下落不明，乌伦巴图鲁心情特别难受，但在众人面前不敢更多地显露出来，他怕影响兄弟们的情绪。图泰是非常懂人情的人，他知道，谁的夫人丢了，谁不疼哪，谁不惦记着，当然他对乌伦更是同情万分。所以，他在安排事情的时候，就跟四个徒弟小清风、千里雁、水耗子、一声雷讲，你们谁到北海去，先找潘天虎、潘天豹两个夫人，就是杜察朗的两个姐姐，花溜红，花溜翠，从中摸摸线索，究竟他们把二丹丹藏在什么地方。他们四个都要去，后来又考虑雷福和常义，都是西噶珊的人，他们两个的弟弟一个老七、一个老八，现在都在杜察朗大玛发那边，还得劝说他们过来。后来决定让雷福和常义到北噶珊去，摸摸杜察朗在北噶珊的整个奥秘，顺便把两个弟弟争取过来。他们的老爹奇格勒善大玛发，也是这个想法，想让他两个儿子雷福和常义，好言归劝他们，使他们早点回心转意，悬崖勒马，不要跟着杜察朗越陷越深。水耗子麻元和一声雷牛老怪去潘家寨，摸摸二丹丹究竟被藏在哪。这样他们就分头行动。

凡事都不是一帆风顺，图泰来前就作好了充分的心里准备。到北疆去全凭着一种坚强的意志，万事起头难哪。现在弟兄们心情都挺沉重，是啊，卡布泰和三巧他们几个，心里头惦记的是二丹丹。特别是卡布泰，心理压力更大，总觉得这个对不起，那个也对不起。云、彤二老受命于我，让我带他们来的，我怎么这么愚蠢呢，怎么把二丹丹给弄丢了，何况二丹丹不单是乌伦巴图鲁的爱妻，更重要的，她是打开北噶珊杜察朗大玛发内部的一个重要的钥匙，一个引路人。因为二丹丹是杜察朗大玛发的心肝，是柳米娜的宝贝丫头，所以，要了解罗刹的情况，了解北噶珊杜察朗大玛发的情况，有很多事情还得通过二丹丹来办，这一点是非常清楚的。结果我把二丹丹弄丢了，这不是有罪吗？这个心情图泰一来就看出来了，卡布泰天天愁眉苦脸的，情绪总是振作不起来。

三个小丫头，就是巧珍、巧兰、巧云，她们很年轻啊，要知道，她们刚刚是十几岁的闺女，到这儿来虽然也做了些事，但有很多事情都没办，现在又不知道敌人在什么地方，天天愁的慌，觉得一身的能耐，没地方去使呀。二丹丹姐姐不知到什么地方去了，真是活不见人，死不见尸。年轻的孩子啊，没经过世面，遇到这事，心里头难受，这是必然的。所以，她们这几天心情郁闷、压抑，情绪不像刚来时那么高。

乌伦巴图鲁更是这样，他表面上摆出一副笑容，尽量强打着精神，但他心里的事，图泰早就看见了。图泰整天在琢磨，怎么尽快地改变这个困难的局面呢？是什么原因，造成这种紧张的形势，用什么办法解开这个谜呢？

说起来，图泰这几天心情也不好，但自个儿是个头，是个首领，他知道自己的一举一动，会影响弟兄们和三巧姊妹的情绪，大家众望所归，都在看着我呢。他心里的负担，要比其他人重百倍，甚至重千倍，他想的比他们更多。他看大家情绪都舒展不开，都有一种压力，自己表面上装得若无其事，落落大方，乐观从事的样子，用自己的情绪影响大家，把大家的精神带动起来。有难事不要紧，只要大家抱团，总会找到解决事情的办法。他现在脑袋里想的就是如何尽快打开局面，把穆哈连大哥开拓的事业，由于敌人和一些不轨分子，跟罗刹暗中破坏，所造成这样一个僵局，尽快地扭转过来。所以，晚上他觉睡的最少，每天吃不下饭，舌头上都起了泡，只是没跟别人讲而已。最近以来，他一直没见到自己的夫人，夫人还在东噶珊呢，临来时曾嘱咐他，你处处要小心，我也不能到你那去。夫人总是惦记他，知道图泰是非常用心的人，就告诉他，你凡事要多注意点，别上火，自己该吃就吃，衣服我给你带了几件，该换的就换上，出外千万小心，嘱咐的非常细呀。可是图泰到这儿来，把林氏的话都忘了，他脑袋就想怎么开展工作，这话就不多说了。

咱们再讲，事不单行。就在这几天，又突然出现点闪失，可把图泰和乌伦巴图鲁吓的一身冷汗。怎么的呢，说起来，还真有意思。

小文强这个人就是好胜、好强，他对自己要求还挺严，在京师时，每天早晨挺早就起来练功。这一路上，只要到一个地方或者是住客栈，人家睡觉，他就起来练功。到这以后，自己照样练功，风雨不误。每天早晨天不亮，就悄声出去练功。他不是书生打扮，他把剑衣一穿，腰带和腿上扎的非常紧，头上把英雄巾一裹，把宝剑背在身后。他使剑跟别人不同，他的剑是背剑，背在后头，不是挎在腰上。他的剑囊外头有个皮套，皮套上有三个带，有两个带往腰上一系，上头那个带，从后肩上拿过来，在胸前头扣那块，专有一个带，这两个带一系，剑紧紧贴在身上，任你怎么翻跟头，剑都不动。打仗使剑时，右手从背上抽出来。三巧没见过这种剑，她们使的是挎剑，因为林氏剑是挎在身上，随时使剑时，刷的一下就拿出来，使完了马上入进去。林氏剑是软剑，能窝成圆形，剑囊可以扣在身上。大敌当前，要尽量隐蔽自己，为了不使敌人看见，外头穿着大斗篷，把剑搣在腰上，要用的时候，一按弹簧，崩的一下就拿出来了。所以林氏剑非常快。各种剑各有各的使剑方法。这三个小丫头，没看过文强的剑，挺好奇。文强也好奇，一看，这三个小姑娘的剑跟自己不一样。

咱们单讲文强，每天早晨悄声出去，自己选个地方练功。我已讲了，他们住的小客栈，前面是临街大道。这是一条东西大道，如果往东边直接走，道路弯曲，都是山路，还要过很多河。要是直接走到头的时候，就到了奇集湖，过海就是库页岛，北去是黑龙江口。如果沿这个道往西走，过了前头的高山峻岭，就一直通向西疆，这一片土地，现在被俄罗斯占了。这块就是格尔必其湖、格尔必其河和鄂尔古那河的流域。在那一带，河流和湖泊纵横，土地肥沃。这条路是当时北疆重要的生命之路，是北方的少数民族开拓出来的，人越走越多，人马踏来踏去，不知踏了多少年，路越踏越宽，两边的树，越砍越少，就形成了一条路。所以说，路就是人走出来的，人闯出来的。过了这个道，南边是一片大密林，密林那边是山砬子，山砬子那块，再往里走，就是独龙口、独龙洞。三巧曾经在那块比过武，贼人曾经把这个匾挂在那块的石砬子上。这片密林，古树参天，有的树顶少有二百多年，顶天立地，树上落着多少乌鸦、老鹰，你看不着，光听到它们叫的声音，树太高了。树木一个挨一个，特别密。树光长干不长枝，因为往上头长，底下是光秃秃的，像笔杆子似的插在地上，树互相比赛，谁拔的最高，能够见到阳光，谁就能活下去。树林里头很热，又非常静。冬天的雪，我说书人不是说玄话，雪都掉不下来，因为枝子插的那么紧，雪都让树枝顶到天上了。下雨时，雨都浇不下来，所以，在这里头，避风、避雨、避雪，当时不少穷人、猎民逃难，没啥穿的，就在密林一呆，把皮单子一铺，衣服往上一盖，睡觉都没事，一点不冷。虽然北国特别寒冷，这时已下了好几场雪了，外头冷，可这里头还有绿叶。文强挺会找，他就找这个地方，天天来这儿练功。没几天，就把这块的地踩出一个溜平溜平的圈。他总是走那个转圈的步法，把草地踩出一个圈来，非常突出，一看就是有功夫的人走的。

小文强练功很刻苦，也很勤奋，他练自己的剑法。他的剑法，叫罗汉剑，罗汉八十一剑，这是他在京师的时候，是白云观老师父教的。他的父亲裕谦大人，是个很正直的人，文章写得特别好，得到进士及第之后，大学士们看了非常高兴，就把他留到庶吉士，专给皇上的文章做整理、修缮、誊写这些事情。他的夫人受家庭教育较深，身体弱、好疲倦，逢年过节就到僧庙和道观去叩拜进香。那时小文强还在怀抱之中，由家里的奶妈看着。有一次，夫人跟裕大人说，听说白云观很出名，咱们到那去进香吧。他们选择了一天，雇了京师轿夫，抬着大轿，他们夫妇俩就去了。一来二去，就跟白云观好几个老道长建立了密切的师徒关系。裕谦这个人很博学，讲经说法，什么都爱好，不但四书五经背答如流，口若悬河，有时十三经都能背下来，裕谦就聪明到这个程度。不但如此，还对讲经道藏都很熟悉，所以，道长一看他真博学，人也挺好，就非常喜欢他。老道长说："什么时候把你们的小公子抱来，让我们看看，我在这里可以给他求个福，给他脖子上挂一个长命锁，也算咱们平生有缘。下次见面你把公子给我抱来吧。"

有一天，裕谦带着夫人，又把奶妈带来，老奶妈抱着小文强，坐着两抬大轿，一块忽悠、忽悠地到了白云观。禅房后院是老道长住的，长着奇花异草，非常幽静，景致也很美。老道长看了小文强就说："此儿是很有福的人，我可以预见，将来他会找到一个很可心的佳人，也就是世上最好的丽人，最好的美人。"说的裕谦夫人心里美滋滋的。老道长专拿出一个麒麟子，也就是长命锁，代表福星给小文强套在脖子上，而且对他说："我现在只有三个徒弟，他们都到外地云游去了，在我晚年的时候，我还想把我的罗汉八十一剑，传给我最想传的传人，我看这个小公子，未来很有出息，我就传给他吧。"把裕谦夫妇高兴坏了，马上给老道长跪下磕头，说："我替我的孩子表示感谢了！"老道长说："不必这样，不必这样了，这是前世有缘啊。"

就这么定下来了，所以，小文强长大以后，又学经书、又学武术，聪明伶俐。他一有时间就到道观去，老道长专心教他，小文强能举一反三，很有悟性。过去都讲究悟性，所说有悟性，就是讲一件事能理解很多事。因为他有这个前世之缘，老师讲什么他都懂。就这样，文强也没扔掉读四书五经，攻自己文采，而且又喜从天降，老道长把自己真传的罗汉八十一剑教给他。老道长告诉他："你学会以后，要天天练，艺高全在人勤哪。孩子呀，人本身就那么高，像一碗水似的，但是，你如果坚持天天练的话，就会变成活水，活水就会源源不断，就会越来越聪明，越来越强。罗汉剑在于练，一个罗汉，练一次就会变成两个罗汉，你天天练，就会有八百个罗汉在帮助你。这个剑的神术、奇术就在这里。所以你越练，就会无敌于天下呀。”小文强谨遵师命，坚持不懈地练功。在他十六岁的时候，老师父、老道长仙逝了，小文强跟他父亲裕谦大人和他母亲，在白云观旁边搭了一个小房，二十多天，天天在那跪拜，送别自己的老恩师。

现在这个罗汉剑的传人就是小文强。小文强也不简单，你别看他是个孩子，年岁很轻，但他有大人的志向。为什么赛大人和英和大人这么喜欢他呢？因为他有出息，将来是国家的栋梁之才，所以让他到北边去闯荡一下，经经风雨，见见世面。这小孩挺好，特别谦虚，虚怀若谷，在外边一点看不出他是武林高人，他也从未显露过。这是我说书人，向各位阿哥介绍的，人家文强没讲，文强的父亲裕大人没讲，包括赛大人和英大人也没说过。人家没说过罗汉八十一剑相当厉害呀。周围的很多人都不知道，包括图泰，也包括乌伦巴图鲁，三巧她们，都不知道这些。

但是，每天练剑，人们可以感觉到。武术人就是这样，眼睛相当尖，都各有所长，可以说，都是高手。图泰不是高手吗，乌伦巴图鲁不是高手吗？三巧更不用说了，都是练武术的，土语说，力巴看热闹，行家看门道。行家看他的真传，这些人一看他练功的方法，练剑的奇术就不一般。所以，三巧也刮目相看，很佩服这个小哥哥。图泰也偷着看过，练武不是当着大家练，不是要把式，要把式是为了挣钱，开个场子，自己耍一耍，然后就要钱。那没有真正的功夫，真功夫从来不当面露，哪有当面露自己的能耐，让人家学去，让人家知道你，那算什么能耐。文强是起大早偷着练，找个僻静的地方练。三巧也是这样，早晨起来，白天练，晚上也练，她们姊妹三个从来没停过，也是雷打不动。图泰也练，乌伦巴图鲁也练，就是卡布泰没有真功夫，说他大咧咧是真事儿，他不练，就那几套把式，弄不好，让人家一巴掌拍在地上，然后，说几句好话就拉倒。人家那几个人都有真功夫，只是互相保密罢了。

小文强，练武术，自己找个背静的地方，树一挡，外头根本看不着。要练罗汉八十一剑，得先练两个基本功，一个是头悬功，头冲下，这个功是以静带动。他的剑法是这样，真要攻你的时候，往往对方不知道，看不着他，是突如其来，使你措手不及。另一个功就是吊功，怎么吊法呢？很特殊，别人不知道，认为他像个小傻子似的。他选一个最高的树，站在地上，两腿踩地，一下子腾空而起，然后来个倒反身，脚冲上，嗖地就上去了。头本来冲上，到半空时，来个折个子，一个滚翻，脚就冲上了，头冲下，双腿紧闭，像箭似的一直往上蹿，嗖地就上去了。这个力量多大呀，正好双脚碰到他早已看到的树干，然后双脚一叉开，咔就卡在树干上。这样头冲下，脚并在树干上，吊在那儿，纹丝不动。说书人讲的时候，好像有声，其实没有声音。树干刷刷在动，人不动，外头根本听不着他的动静，就练这个功。头冲下，眼睛半闭，耳朵听着外头的声音。眼睛看起来是闭着，实际上眼睛能瞅八方，整个地下所有的东西，周围所有的动静，他看的非常清楚。

这倒悬功可了不得，他可以把地上很多动的东西，静的东西，以及所有的东西都收入他的眼睛里。所有的声音都往他耳朵里来，他能分辨出哪个是风声，哪个是树的声音，哪个是动物的叫声，就练这个技能。练武术的人，有时头冲上，能看到上面平行的东西，头冲下就能看到下边的东西。这非常重要，人平时只注意着上面，但是地下往往不注意看，有些贼就钻这个空子，他潜身一动，让你看不着。如果是倒悬功，他就能看到地下的事情。这就像鹰一样，在树上往下看，他看的面积相当大呀，地上任何一个老鼠，怎么动弹看的都很清楚。这是人类在生存中间，模拟动物生活的技能，练出来的。

罗汉八十一剑，吊功是基本功之一，吊起来以后，就像一个蝙蝠。蝙蝠各位阿哥都知道，它在洞里吊着，两个小爪吊在石块上，脑袋冲下，在那悠动着，要不注意看，就像是一个小枯叶。头冲下吊着，一般人血液往下去，头发胀，胀的好像要炸开似的，脸肿，时间长了，眼珠子都往外冒，这是没能耐，没功底的人。有功底的人，倒悬以后，利用气运的功夫，调动身上的血液循环加速，血液往下去，下身觉得坠，他用气的办法，把它调上去，加速循环，使头脑里的血液保持一定的量，不让它增加太多。这是气功的技术，小文强就有这个能耐。所以说，他吊起来时，一般人还不知道，谁注意那么高的树上吊着一个人呀，在下边也看不着，他用这个办法隐蔽自己。他的气功吊术，每次要练一个时辰到两个时辰，所以他起的早。

这个功作完了以后，噌的，一转身下来了，在地上一站，慢慢地双手采取八卦式，双向旋转，把气从自己的胸和丹田运出来，然后上提到自己胸的弹中。在弹中上穴提到自己的上交，通过丹田之力，搁嘴里把气吐出去，然后再把外气吸进来。这气都是搁嘴压下弹中，再压过丹田，又过半个时辰，做恢复功。他平静下来以后，双腿一盘坐在地上，坐地没声。这都是功夫，好像有一个弹簧在地上顶着似的，实际是身上的气和地上的气两个气顶着，这样又坐半个时辰，做盘静功。双腿盘上，两只手半抱过来，压在胸上。右手并指，压在左胸，左手并指，压在右胸，微闭双眼，静心养神。

那位说了，这和他剑术有什么关系？哎，他的剑术必须有他的基本功，罗汉八十一剑就是这样，这些就是他攻法的功底。他攻人的时候，自己蹿到树上去，他要攻谁的话，嗖的就下来，像鹰似的，他几剑完事以后，你不知他到哪去了，干脆找不到他。他并不跑，走一步嗖上天上去了，吊在树上，谁能想到啊。这就是他能攻你，你不能攻他的技术。所以八十一剑，有很多剑的刺法，剑的挑法，有八十一法。坐在地上，隐藏在哪，一点动静都没有，风吹草动，谁也见不着，除非扒拉草找到他。他像石头似的不动，他就练这个。

这些功法，越来越引起三个小女侠的好奇。时间一长了，特别引起老二巧兰的不服气。你别看这三个丫头是一母所生，是一胎三女，但性格各不一样。虎生九子，九子都不一样呀。巧云非常活泼，好淘气，要点幽默，好闹笑，很机灵。巧兰这个丫头，表面看起来挺文静，不像她妹妹那样，到哪了，泼马张飞地闹起来，像个小孩子。她有心劲，啥事都不服气。要巧云马上就说了："你不行，我跟你比一比。"巧兰不说，她是暗使劲，跟她的小妹妹不一样。巧云好逞强，总想跟别人比一比，你不一定比我强。老大巧珍更文静，平时从不发脾气，就像她老妹妹说的，姐姐你是一杠子也压不出个屁来，遇到什么急事，别人都非常着急，你就是不说话。但是巧珍平时一举一动，像个大家闺秀，你高我不跟你比，你矮我也不瞧不起你。当然在练剑的时候，比武的时候，或杀敌的时候，她有股虎劲儿，虎虎生风。她们三个都是丙寅年出生的，都是属虎的，三个小老虎，三只虎不是吗？都有虎劲。她们三个过去对文强不认识，是这次图泰叔叔带来的，觉得他长的挺英俊。小女孩还没有亲爱之情，不过对他挺亲近。特别是这几天文强秘密出去练功，三巧虽然自己也秘密练功，但都摽着劲儿，各使自己的招法，都在秘密观察，你的功能比我强吗，你有啥能耐，什么时候咱们比一比呢。这是年轻人的好奇心，不一定非得要压过谁。

三巧一看文强很神秘，有些做法很蹊跷。巧云不在乎，心里想，我有我的能耐，我是爷爷教的林氏飞啸剑，她对文强的剑术根本没往心里去。老大想，他爱怎么练就怎么练吧。老二不同了，她怎么想呢？他的剑跟咱们不一样，总想偷着看看去，她曾串通过大姐说：“姐姐，现在文强又出去了，我都品出来了，门一响他就走了。”大姐说：“你管这些干啥，一个女孩家老往人家那瞅啥，你不害臊吗？别去了，咱们练咱们的。”姐姐给她说了一顿，老二还不安心，又串通她的小妹说：“巧云，咱们哪天去看看文强是怎么练武的，咱们悄悄去。”巧云一想，姐姐说的也有道理，就去看看吧。第二天早晨，在文强出去的时候，巧云没在乎，说话声音很大：“走，咱们跟他出去，看看他到底有什么能耐。”这一说，就让文强听到了，文强想，三巧是穆大人之女，武艺高强，得尊敬她们，自己还是谦虚一点好。我这两天总出去，是不是太显示自己了，这不好，人家也是有能耐的。就这天，文强悄声地溜回来，巧兰和巧云她们到文强练功的地方，等了半天也没见文强来，她俩扫兴地回去了。这时天已大亮了，一看文强，从屋里出来，拿着一个木盆，洗漱去了。这时巧兰瞪着眼睛心里想：“你看，都怨你，你把这事露馅了，人家今天干脆没动。”就这样，她们两个意见不一致，没有看成。

又过两天，巧兰想，我自己去吧，别找妹妹了，她总是咋咋呼呼的，容易露馅。大姐不去，我自己去，我也是练武的。她跟大姐和妹妹说，你们先去练吧，我身上不舒服，到别的地方走一走。大姐心里明白，肯定她是探听文强去了，装不知道，就说：“你去吧。”老三巧云不知咋回事，就说：“那带我一块去吧。”巧兰说：“巧云，你跟姐姐就在这练吧，我到别处走一走，早晨练功要紧，别耽误了。”这样，巧云跟大姐一起练她们林家剑去了。

巧兰悄悄溜了出去，绕了一个弯，怕她姐姐和妹妹知道。另外，她知道图泰叔叔和乌伦巴图鲁也在外边练功，也怕他们看见。自己隐蔽着身子行走，她也不想让文强看见，自己悄悄找个地方，隐藏在那，看文强怎样练功的。就这样，绕了好大一个弯，又过了一个小山崖，下了一个小石台阶，从树干爬过去，又纵下来，正好到了文强练功不远的地方。她悄声过来，一看，文强正闭目，脸冲着南方，盘坐在那，做静功。他身子挺的很直，微闭着眼睛，双手压在胸上，双腿盘着，纹丝不动，非常静。如果看不到文强时，这里是一片沉寂，只有周围一点风声，别的什么都没有。她悄声地看，小文强像个佛爷一样，闭着眼睛，两个大耳朵垂着。上次没看成，怨巧云，这次自己来，一看，觉得文强有道艺，这个坐法就不一样，我们没练过。她们的功不是这样，云、彤二老的林氏功是动功，她们在山崖跳上来，跳下去。这个是静功，剑法各有各的缘，林家功是动剑，在动中求胜。这个罗汉八十一剑是静中求胜，让你不注意，在特别静中打败你。所以这个静功杀伤力很强，动功杀伤力也相当强，殊途同归，都可以置敌人于死地。这时巧兰悄悄地，两个脚啊，用脚尖挨地，一点一点往前挪。因为树林相当密，我没讲吗，都像笔杆似的插在一起，她得从缝隙往里看。她走过来，从正面看，又从后面看，她老想从他的坐功里头，看出点窍门，这是什么功呢，练什么呢，她好琢磨。她又往跟前凑，从这个树缝，两只手摸着树干，又慢慢往前挪到那个树。就这样，整个围着文强后头的树，转圈仔细看。

文强是微闭着眼睛，一点不动弹。巧兰心里想，他一点不知道，像个小傻子，往那一坐，这是练什么功呢，她抿着嘴，没敢笑出声来，多亏我没把小妹妹带来，巧云要来，不知怎么笑他呢？她就这么在后头看着。不大一会儿，看着文强，把两只手一展开："啊"地大声一叫，吐了一口气，这是静功练到一定时候，内气养足了以后，最后把气吐出来，有时候有声音，有时候没声音。他喊出一声："啊"，这一声把整个积累到体内的内气都泄了出来。今天他特意这一喊，整个树林哗啦啦地响。他的气就有这么大的力量。我讲过林中树密，外边声音进来都嗡嗡的。这声音在里头就像爆炸一样，嗡的一声，这个声音碰这个树，又碰那个树，一个接一个，回音特别雄壮，嗡嗡响，一直响了半天。

单说巧兰，还抿着嘴，想笑没笑出来，这个傻小子挺有意思，这是练的什么功呢？突然看他手一伸，啊的一声。她没注意这一声，把她吓的一激灵，忘了自己是看人家练功，以为小文强出事了，赶紧站起来往前走，想他是不是有啥危险事，还得救文强。这时文强先坐在地上，喊一声以后，双腿脚尖一点，霍地站起来，笑着向巧兰说："巧兰姐姐，欢迎你看，我看到你了，我早就看到你了。"这一说，把巧兰吓的一惊，心里想："哎呀，他说他看到我了，他怎么看到我了，闭着眼睛一点不动，怎么看到我了，越说越玄了。"文强过来说："巧兰姐姐"，她岁数在那儿摆着，实际是妹妹，为了尊重，他却称为姐姐。过去有这个习惯，把年岁小的称为兄长和姐姐，表示尊重，他也用这种办法。"巧兰姐姐，我功练的不好，请你们多多指教。"说完，脸就立刻红了。

文强这个人，像个文弱书生，和他练功时判若两人。练功时生龙活虎，平时就是个小书生的打扮。他跟图泰刚来时，她们三姊妹还以为他是个小书童，给图泰叔叔拿东西的，或者是背个小书箱，帮助提个水，做这些事的。后来，图泰叔叔一介绍，才知道，他家是很有身份的人。文强就是这样一个人，跟女孩一说话，脸马上先红了，红扑扑个脸，跟巧兰说："我练的不好，赶不上你们三姊妹，你们学的是林氏剑，林氏是皇上的恩师，赫赫有名，如雷贯耳。文强我现丑了，请千万不要笑话，请妹妹不要客气，多多指教我。"说着给巧兰深深地施了一礼。巧兰这时候脸也一红："文强哥哥你说哪去了，我是来学习的，这些天我就很佩服你，你的毅力和你的功法都非常好，我是向你学习来了。"他们互相谦虚着。

这时，巧兰走过来，看文强按她走的道，钻进一个小树林。巧兰还挺奇怪，文强干啥去了，一看文强在地上像找东西似的，就走到了三棵笔直的树跟前。巧兰不是绕着树，偷着看文强练坐功吗，她悄声的一个树摸着一个树过去，文强按她走的树过去。走到不远的一棵树底下，扶摇在一个干枝上，拿着一个什么东西回来了，笑着就给巧兰："巧兰，这个是你掉的吧，你看是不是你的。"巧兰一看，正是自己头上戴的一个小花簪。小穗挺长，上头是一个彩花，过去小姑娘常戴这样的簪子，插进头发里之后，穗一排一排的露在外边，挺好看，这是一种穗簪，不是别头发用的，主要是装饰用的。巧兰一看，这正是自己的，文强就给了她。

这一给，巧兰的脸刷一下就红了。"哎呀，什么时候掉下来的。"她自个儿一点不知道，而且，当时她觉得文强也没瞅她，在前头半闭着眼睛，双手捂着胸，坐在那块儿。我是在后头过来的，他怎么就看到这个簪子掉下来呢，我没看他回头，一直瞪着眼睛瞅着他，觉得非常奇怪。文强把簪子给了她，看巧兰脸一红就说："好姐姐，你把它拿去吧，这是你的，当时我在那坐着时，就听到有一种声音，我知道那块是掉了什么东西。"巧兰这个人也挺侃快，就觉得小文强很了不起，外表看来其貌不扬，就是一般的文弱小书生，你看人家功夫多深哪，耳朵多好使呀，真是眼观六路，耳听八方，那么一个小簪子，掉下来他都听到了。巧兰就说："哎呀，好哥哥，你坐在那块儿，怎么就知道我掉了一个簪子?"惊奇地问他，文强就说了："没什么，没什么，这是我们罗汉功必须掌握的过门功。一个是练眼功，一个是练耳功，耳朵必须听出各方面的声音，你过来的时候，我就知道有人来了，你没到之前，我就听到脚步声了。你过来时，虽然我没看，可是我知道，肯定是你们姊妹中的一位，不瞒你说，你当时一动，虽然没有笑出声，我已看出来了。"说的就这么神。

闲话少说，这件事情，使巧兰对文强有百分之百的喜爱、敬佩，他真是了不起的人，难道，除了我们三个姊妹之外，还有更强的人，这真是天外有天，人外有人，可不能骄傲啊。她想起了云、彤两位爷爷所讲的，到什么时候都要看到自己的不足，什么时候都不要满足，知识的海洋，永远是装不满的。要学一辈子，丰富一辈子，我教你们的，只是咱们林家的武功，还有张家的、孙家的，有很多家的武功呢，各有所长，千万不能骄傲啊。巧兰越想，老爷爷的话非常对呀，同时对文强这个人更刮目相看了。这些日子，一看他挺谦虚，这些本事，从来没露过，这次凑在一起，才亲眼所见，他的武艺超群，心里真正折服了。由此巧兰内心产生一种爱慕之情，这对他们今后双方感情的发展打下了良好的基础。

就在这个时候，就听到那边有说话声音，俩人侧耳一听，啊，是卡布泰叔叔，在那喊人呢："快过来，咱们赶紧把这个匾重新挂上。"他们一听，两个人赶紧从树林子里出来，过了道边，就看见卡布泰叔叔扛着匾过来了。后头门一开，乌伦巴图鲁叔叔出来了，紧接着是富凌阿叔叔和巧珍、巧云。卡布泰大步流星往前走，回头看看他们，意思是说，你们赶紧过来，帮助我拿着匾，咱们把它重新挂在墙上。墙上原来有一个匾，后来匾又拿下来了，现在客栈老掌柜的把前排房子都让给大清御前来的官员住，也就是图泰大人办公的地方。后排房子还作客栈用。因为定下来了，牌子就得挂出去。

原来不是有个牌子吗？咱们讲过，卡布泰那个时候，为了先占这个地方，显赫一下，震震这块的邪气，他想到刻一个牌匾。那时的牌子是这样写的："大清国钦命北海打牲总管事务，北疆水陆兵马总哨官，三品侍卫穆哈连委潘家寨行在驻所。"原来是打着穆大人的牌子，穆大人在这，这是他的行在，我们替穆大人办事的，他是大清国的三品侍卫，又是水陆兵马总哨官，我们是来执行公务的，我们是朝廷的命官。现在图泰大人来了，是钦命的巡查使，这牌子写什么，他们商量一下，乌伦巴图鲁就说了："大哥，现在你已经有正式的名位了，现在咱们就不再用哈连大哥的名字，咱们应名正言顺地挂出去。"图泰就同意了，咱们来这办公的时间还长着呢，应该把咱们的名字真正打出去。何况大家都知道，哈连大哥已经殉难了，大清国又正式派了官员，让大家都知道这事，牌子是应该换了。

图泰仔细斟酌，就同意了，卡布泰领命之后，又重新锯了一块厚板子，他们连刻带烫，做了一块挺宽的匾。说起来，做这个匾客栈老掌柜帮了不少忙，他们弄了不到半宿时间，很快就刻出来了。匾上的字，是图泰和乌伦巴图鲁仔细斟酌以后定下来的。现在已经刻好了，该不该挂出去，乌伦巴图鲁又请示他的大哥。图泰说："好啊，那就挂出去吧。"原来的匾没挂，又挂个新牌子，让卡布泰办这事。卡布泰非常高兴，他扛着匾出来，乌伦巴图鲁、富凌阿和巧珍、巧云也跟着出来。他一喊，林中的巧兰和文强就听到了，也赶紧来帮忙。这时候，文强和三巧他们才看到，牌子上的名字已经变了，这回牌子上写的是："大清国钦命巡查使潘家寨行在驻所"比以前简单多了，非常亮堂，后来又拿火一烫，白牌黑字，在老远就看出来了，汉字旁边标的是满文字，两种字体并排两趟，大家都挺赞成。大伙都夸这牌子刻的醒目，字写的也好。卡布泰说："唉，说起来，这是乌伦老弟写的字，我只是刻一刻。"小文强说："字刻的好，真精神。"这时过路的一些猎民也都围过来看。

就在这时候，突然听到树林那边，乒乓打仗的声音，是厮打格斗的声音。声音非常高，喊着扎死他，扎死他，打呀，别让他跑了。那边也喊，来贼人了，来欺负咱们了。两伙厮打到一起了，还有棍棒声，铁器声，噼里啪啦直响。有的被打的，哎呀、哎呀直叫唤，有的喊救命呀。他们一听，马上就想到，救人要紧，这是在打仗，赶紧拉架去。卡布泰听的声音最洪亮，没等别人反应过来，他就说，快去，这是哪块来的？

这几天，他们就没听到打仗的事。各位阿哥，说书人不能不向你们讲一下，附近确实有不少少数民族的各个部落。各个部落住的挺分散，东一块，西一块，有的在山沟里，有的在半山腰上，有的在河边上，各部落之间没有联系。这一带散在的住了不少小部落，人不太多，有的住皮帐篷，有的住在土窑里，有的把树连在一起，树枝上头架着棚子，里头像小串筒的房子一样。有的住在山峦中间，在烟雨濛濛的地方，只要听到牛、马的叫声，那个地方就有部落。但是，很长时间没听到厮打声，大家都非常奇怪，一听卡布泰说救人要紧，三巧冲在最前头，小文强也赶紧跟着跑过去。

乌伦巴图鲁马上进屋，告诉图泰外边打仗的事。卡布泰就没管他，先跑去了。他从后头过去，穿过一片林子，前头是一个小山涧，下头流着潺潺溪水，水从旁边的树枝下哗哗地淌着。卡布泰把树枝扒拉开一看，前边有山挡住，必须越过小山崖，自己第一个噌噌跑下去了。他走山道非常有能耐，很快就下到山下。后头的三巧有腾越轻功，紧跟着卡布泰叔叔也过去了。小文强一看三个小妹妹都过去了，他能不跟着吗，也过去了。富凌阿在后头喊“站住”，他常经历这事，在山里各部落之间打架斗殴时常发生。甚至氏族之间血缘复仇的事太多了，你要拉架拉不起，你不问清楚，不知是谁对谁错，帮谁去呀，有时一个巴掌拍不响。卡布泰不明白这事，各部落之间语言都不通，另外互相之间都在火头上，眼睛都红了，你拉谁呀，弄不好，连你也一块打。

富凌阿是黑龙江将军衙门的，最熟悉这种事情。我没讲吗，他是千里眼，顺风耳，外号叫小飞鹰。他要跑起来，比谁都快，什么山砬子，什么河沟子，对他来说都不在话下，跑的相当快。但是，人家没走，他有经验，他说这事没法办，他就喊：“卡布泰站住，别着急，等一等，等图大人来看怎么办。”卡布泰没听，一个劲往前跑。三个小丫头，看卡布泰叔叔跑，她们就跟着吧。文强从没来过，头一次遇到这个热闹事，哪怕是看热闹去呢，也就跟着去了。

富凌阿没法办，喊也喊不住，还得找图大人，问问怎么办，人家明白事理。他回头一看，正好乌伦巴图鲁领着图泰大人也跑着过来了。图泰对乌伦说：“别让他们乱搀和，究竟是怎么回事，问清楚。”乌伦巴图鲁说：“他们已经跑过去了，把三个小姑娘也带去了。”乌伦巴图鲁怕出事呀，所以赶紧追他们，这样也就撵过来。一看富凌阿站在一个土包上，一边向那边招呼呢，一边往这边喊。

这时，富凌阿看图泰他们过来了，马上就从小土包上跳下来，跑到跟前就说：“图大人，图大人，你来的正好，他们跑过去了，卡布泰大哥领他们去了，我怎么喊也喊不住。”图泰问怎么回事，富凌阿说：“部落之间互相斗殴，这是常有的事，别伤了咱们自己人。图大人，咱们赶紧去，把他们拦住，先了解是怎么回事，然后再说。”图泰一听，就说：“对，富凌阿，你在前头要遇到他们，叫卡布泰别动，先了解一下情况。另外，你会说他们的话，跟他们好好说说。”富凌阿在前头跑，图泰他们在后头跟着。

单说卡布泰在前头，连跑带喊，啊，别打了，别打了，两只手在不停地摆动着。那边打仗的人谁管这个，照样打。他一看有两伙，哪伙都有十五六个人，有男有女，每人都拿着捧子、刀、矛的，噼里啪啦，满地上是血，有的满脸都是血。这两伙为首的都是女的。一个年岁比较大，看起来有五十多岁，身体非常壮实，戴着狍头帽子，耳朵上有耳环，穿着皮衣服，毛冲外，是狍子皮做的，手里拿着棒子，非常剽悍，脖子上还挂着些珠子，就喊："孩子们，给我打呀。"那边也有一个老太太，看起来也是个女王，拿着一个大铁钻子，像铁条似的，前头带尖，也是一帮人，有男有女。这边老太太举着棒子，那边的老太太拿着铁钻子到处抡，地上死了一片人，有的倒在地上，有的干脆就抢东西，抢鹿，抢马，真像蚂蚁窝里翻窝一样，搅在一起，扭在一起，互相叫着。他撕她的头发，她拽他的衣服，打的不可开交。从啥地方才能分出点，从身上穿的衣裳能分出是哪伙的，有的穿着皮衣服，有的是皮子外头染着条子色，有个符号互相分一下，要不然干脆就认不出来了，互相打在一起。

他们正打的时候，卡布泰跑在前头，三巧也撵上去了，一边喊着："别打了。"文强跑的最快，跑到三个小姑娘前头去了，也跟着喊："别打了。"他们说的都是汉语，人家听不懂，不知是怎么回事。正打仗的这些人，一看他们拿着剑，身上穿着朝服，知道是清朝的官员来了，兵来了，他们都吓坏了，有的滚在一起，起来一看转身就跑，有的把东西抢过来就跑。单有几个不怕死的，跑过来了，他们把土炸药打开点着了，抱着就向三巧她们跑过来。这些人都不怕死呀，三巧的剑没拿出来，文强的剑也没拿出来，因为一看，都是猎人，谁也不肯拿出兵器。他们都是好心，想劝一劝，拉拉架。不过从他们穿的衣服看，不是当地的人，当地部落人穿的啥衣服都能看出来，他们都是土著人，穿的除了皮子就是皮子，有的是白板皮子，有的是翻皮子，有的皮子染了颜色，有的脸上带着纹缕儿，就是纹面，从这些方面能分出来。

三巧还不知怎么回事，卡布泰年岁大有经验，民间的土炸药相当厉害呀。完了我再讲，卡布泰一看，这可了不得，孩子要受伤呀，若是崩上了，即或不死，胳膊腿也得炸断呀，这都是炸野兽用的，威力无比。卡布泰干脆不管他们了，赶紧救孩子要紧，他拼命往上冲，就喊："三巧、文强，炸药要着了，快过来，过来。"卡布泰一冲，力气非常大，他那么胖、那么粗，大个子有二百多斤，把四个孩子都按倒了，压在他们身上，那边是三巧，这边是小文强，也没管他们身上抢坏没抢坏。

就在这时候，来了几个人，把炸药放到卡布泰他们的前边，点着了就跑。卡布泰因为脑袋上蒙着一个皮帽子，像毡头似的，他头往下一抢，炸药从身上过去，没崩着身子，不过脸往下一抢的时候，可能是炸药把脑门给崩坏了，血一下子就淌下来了。三巧给压在底下了，抬头一看，卡布泰叔叔受伤了，满脸都是血，不知哪儿受伤了。可把三巧气坏了，巧云爬起来往上一蹿，把卡布泰的手往回一扳，拿起剑就去追。她这一追，巧珍、巧兰也跟着去追。

文强一看三巧追去了，心想，我得救她们要紧，她们若受伤可怎么办，于是他爬起来也去追。跑在最前头的还是巧兰和文强，他们想抓住几个歹人，意思是你们把我叔叔炸坏了，你们是干什么的，这么坏。这肯定是强盗，一定抓住，不能让他们跑了。他们都是武林高手，都会轻功，那几个猎人根本没有脚上功夫，很快就让巧兰和文强追上，一下子就抓住好几个人，把他们按倒那块。这一按不要紧，当地的少数民族非常抱团呀，你把我们的人抓住了，能让吗，这些人呼啦又返回来。本来是看清兵来了，要跑回去，这时一看自己的人让清兵给按倒了，有几个人一喊，口哨儿吱的一吹，这些人又返回来了。

这时，巧珍和巧云也追上了，想跟他们搏斗。可那边人很有办法，等文强、巧兰他们冲过来之后，用抓狍子的土方法，来对付他们。狍子不是一蹿一蹿地跑吗，就用抛网的办法，这是北方一种特有的捕猎方法，他把网往外一甩，网在天上是扇子面形，刷的一下子，往下一罩，狍子的脑袋正好钻在里边，往后一带，网一紧，就没个跑。有时一网能抓住两个，就这么厉害，鄂伦春和索伦都使用这种网，而且甩的相当准。

跑在最前头的，正是巧兰和文强，后头紧跟的是巧珍和巧云。这些土著猎民，一看他们上来，口哨吱一吹，有两个人就把网刷刷甩过来了，这两个网罩他们四个人，头一个网一甩，正好把巧兰和文强罩在里头了。罩进以后，往后一带，像球一样，滚在里头，马上把网一收，就抓住了。来了几个人，拎着网就跑，把文强和巧兰缠到里头，干脆不能动弹。网都是鬃毛的，相当结实，越滚越紧。第二网刷的一声又下来，巧珍眼睛尖，看见网了。她撵的时候，比她妹妹跑的稍微慢一点，而且看见了文强和她二妹妹让网给罩住了，她往后一退，把小妹妹一抱，网刷一下过去了，把她鼻子尖扫一下，没罩着她俩。就听哨子又一响，是暗号，意思是说：行了，咱们已抓到两个人了，快跑吧。那两个人把网收回去了，抬着网，呼啦就往回跑了。

再说，卡布泰满脸都是血，睁不开眼睛，就听他喊："不追了，不追了。”这时候，富凌阿已经赶到了。图泰也跑得相当快，他跟乌伦巴图鲁在远处看的很清楚，看到卡布泰听到爆炸声一响，他真有办法，把几个孩子按倒了。他们还非常高兴：“哎呀，这老傻子，你算做对了，这个事做的还真行，把孩子护在底下了。”你想，一爆炸，几个孩子不受伤吗，卡布泰这一按，把他们压在底下了。图泰和乌伦正高兴呢，没想到这几个丫头和小文强起来，又冲到前边去，可把图泰急坏了，在后边就撵。这时候，人家已经抛网，眼瞅着把巧兰和文强抓走了。再一看卡布泰还趴在地上，满脸都是血。

图泰已经赶到，用手拍拍卡布泰的肩膀，叫他赶紧起来。图泰这时什么也不顾了，一看自己人被抓走了，这还了得，不知如何救他们。所以，他就没管别的事情，他自己轻身一纵，就纵到树上，他在树上走，从这个树绕到那个树，搁树上过去的。因为在树林里有踩出的道，可能是往那个部落去的路，看起来两个部落是分散的。图泰往前撵的就是用网抓了巧兰和文强的那个部落的人。图泰搁树上看的很清楚，那些人在前边走，图泰搁这个树跃到那个树，很快就跃到这些人的前边去了。乌伦在地上追，图泰在树上追，这些猎人都是山里人，山道最熟了，跑得也真快呀。富凌阿跑得更快，像小飞燕似的，不大一会儿就超过了乌伦巴图鲁。乌伦也是用纵跃的办法，噌噌，他们三个人，很快就追上了那几个抬着网的人，其中有两个人，一看后头有人追，撒手就跑了。这几个猎人抬着网里的两个人，虽然这两个人年轻，是小孩，但也挺沉啊。富凌阿跳到前边，刷的折个跟头，用脚踢那个人。这时从树上纵下一个人，正是图泰，骑在那个人身上，把那个人弄个狗抢屎，压在底下，下巴颏都抢出了血。乌伦巴图鲁也赶紧过来，用自己的匕首，刷刷刷，几下把网割开，把巧兰和文强救出来。这时把他俩勒的昏迷不醒，憋在一起，越勒越紧，你看，也遭老罪了。他们身上青一块紫一块的，半天才苏醒过来。

单说这些人，一看自己人受伤了，马上就听到转圈呜呜牛角号响。牛角号一响，接着鼓也敲起来了，这个鼓就是一种震撼人心的动人鼓。鼓一响，整个部落的人都来了。这是个信号，拿着棒子的，拿着刀的，不知搁哪儿，马上都出来了。此前不知他们在什么地方呆着，没想到有这么多人。这时，图泰喊：“不要动，不要动。”他们干脆不听。图泰让富凌阿用鄂伦春、索伦语、雅布特语喊，这些人还是不听，就咔咔地往前走。走在前头那个老太太，年岁最大，挺胖，你别看天这么冷，她下身还穿着裙子，膝盖下面有皮裤腿子，肉还露在外边，肚子那块有文身，画着些花纹啥的，披着皮子，大家都围着她。她拿着棒子，板着脸就过来了。不少人都拿着棍棒，跟着她往前来，根本就不怕。意思是说，你大清人砍我吧，我不怕，你砍我一个，我有两个，砍我两个，我有三个，都视死如归。

图泰对这种形势是知道的，因为北边的疆土，很长时间是松散的，可以说，几十年来住在这块的土著人，互相不联系，老死不相往来，何况还有罗刹的干扰和挑拨。部落间为了争水源，争猎场，天天格斗。大部落吃小部落，弱肉强食。这地方的土著部落，多数是渔猎之民，他们经常赶着驯鹿，赶着马匹，驮着帐篷，到哪选个地方，搭上帐篷，就建起了自己的小庄园。生活一段，条件不好，就搬走，再选择另一个地方住下，就是这个情况。另外，清朝的官员不经常去，他们到时候给朝廷进贡就行了。朝廷在一个地方建立据点，每年一般是春、秋两季，收购他们的皮子，各样的土特产品，再卖给他们一些生活用品，互相交易。然后处理一些政务事情，什么户籍了，平息互相之间的争斗，宣讲大清国的律条啊。所以，他们对大清的官员不怎么熟悉，有时看官服可能明白，可是对一些老人和年轻的孩子，你就是挂一个大清的龙旗他也不认识。

图泰明白，和当地的土著人各部落的首领，交涉事情的时候，应当以礼相待，这更显出朝廷对这块的体恤和关怀，绝不能以武相争，宁让当地人揍我们，哪怕他砍了我，我们也要忍让下去，一定让他们感到大清朝对边疆子民的关怀。我们来晚了，他们受了很多苦，遭了很多罪，所以他们才有这种仇恨的心理，这是可以理解的。图泰就命令，把这些人赶紧扶起来，违者斩。乌伦巴图鲁和富凌阿他们，马上把那些部落受伤的兄弟搀起来。卡布泰的伤不大，他头上的血都擦掉了，自己赶紧跑过来，帮助富凌阿和乌伦把这些受伤的弟兄，一个个搀扶起来，帮他们拍拍身上的灰尘，对他们受伤的地方，用自己带来的白绸子给缠上。

这是索伦部，索伦部和满洲人有很多相近的地方。他们互相越说越近，还能说到一起，所以，有些话一解释，就解释开了。特别是这个部落的女罕王，还是非常讲道理的。她开始时怒火燃烧，用棒子打对方的部落。另外，她一看，你们大清官兵来了这些人，帮助那个部落打我们，恨死了。她就吹出了一个口哨，命令用网把大清人抓来两个。现在一看，大清的官员，以大礼相拜，她长这么大，还是头一次看到。过去她认为大清的官员，一个个都是青面獠牙，除了抢就是杀，再就是逼着你进贡，如果贡品不够，那就把你圈起来，送进牢房，这是她从小就经历过的事情。没想到这个官员，虽然他身上穿的是武侠的衣裳，可是大家都听他的话，可见他不是个小官。当官的还给我们跪下，这是头一次呀。女罕王为之一震，她所有的火呀，马上就消了。她又吹一个口哨，意思是说，你们都把武器撂下，有些事我跟他们谈。

这个女罕王，看清朝的官员把他们受伤的弟兄一个一个搀扶起来，又拍拍他们身上的灰尘，帮助擦擦脸上的伤痕，那种亲热劲儿，真让人感到朝廷来的官员对他们的温暖，他们觉得非常奇怪。图泰这时就过来，给女罕王打了个千，这是清代的礼节，然后很客气地说："请问这位女罕王，你们是什么部落？因为什么事情来这争吵起来，我们不是来帮助哪一伙，争斗哪一伙的。我们这些人，原来在林子外边谈论事情，突然听到林子中有格斗声，而且有求救命声，不知怎么回事？我们这些人，请女罕王看看，他们都是孩子呀。"这时候站在身边的巧兰和文强脸上还带些伤呢，头还有些迷糊，巧兰由巧珍和巧云搀着，文强和图泰拉着手站在一块。

女罕王一看，那两个确实都是小孩，年岁都很轻，而且也受了伤，心里头的火马上就灭了。别光看我们自己人受伤了，人家也受了不小的伤。那网多厉害呀，是抓野兽的，网一套上，勒紧了，越勒越紧，能憋死人。何况北边的猎网，不是后来的棕绳，完全是用马鬃、兽鬃编成的，非常坚韧，能把肉皮卡个口子。所以一看，小孩的脸上都勒出了一道道的红印子，女罕王也挺心疼。图泰又说："我们这些孩子都是好心，劝你们别打架，就为这个事。另外，我不知道你们为啥要点土炸药？我们本来是拉架的，不是帮谁打架的，你看把我们一位将军崩的。"

这时候，女罕王和那些土著的野人，就看卡布泰这个人，长的高大魁梧，那个派头架势挺像一个大将军。好像在这几个人中，图泰他们都没有他资格老似的，还有连鬓胡子，几天没刮了，黢黑的胡子，浓眉大眼，土炸药崩的满脸是血，头上的毡帽出了好几个洞，额头上还有血嘎渣儿，眉毛上，络腮胡子上还有一些。她一看这个将军，还龇着牙向他们笑呢，笑的那么温柔，一点没瞪眼睛。女罕王看到了这些情况，心里全明白了。这个首领把自己的棒子举起来，在空中一摇，大伙呼啦地就跟她给图泰这几个人跪下了。

图泰和乌伦、卡布泰，大家都忙过去搀扶他们。"请起来，我们都是兄弟，我们都是兄弟。”图泰和乌伦亲自过去，把这个身体非常胖，特别魁悟的女罕王，一人把着一只胳膊，慢慢地搀起来。图泰说：“我们兄弟这次来，是为看望你们的，咱们当今的皇上想你们了，让我们来看你们，你们吃了不少苦。前一段，好像是没娘的孩子似的，我知道你们遭了罪。”

这一说呀，女罕王满眼流泪，双手紧紧把图泰抱住了。图泰就觉得，这个女罕王的力量真大呀，把自己狠狠地搂住了。女罕王松开手以后，就说：“我们这个部落，叫獐子部，就住在后山的那个山崖下，我们是前几年从格尔必齐河那边过来的，因为罗刹总是抢我们的马匹，抢我们的猎物，我们受他们欺负，没办法才过来，我们不少的姑娘都让他们给抢去了。”她用手擦擦眼泪，然后又接着说：“我们才把这边安排好了，日子刚好一点，前两天，我们又受到这块一个土著部落的欺负。他们是獾子部，刚才你看到了，也是一个女罕王。他们老是欺负我们，他们依仗后头有人哪，力量强，就总熊人。”图泰就问：“他们为啥熊你们呢？”女罕王就说了：“他们有大清国的图泰帮助，图泰这个人可坏了。”她这一说，这一伙人挺吃惊，因为图泰就在这儿站着呢。图泰一听也觉得挺奇怪，什么大清国的图泰？这时旁边不少部落的人都喊：“图泰是坏人，图泰是坏人，是我们的仇敌，我们就受他的欺负，他带了不少兵马，昨天还来了。”

女罕王这一说，图泰更觉得蹊跷了，这里肯定有人捣鬼。旁边的卡布泰就火了：“你敢说我们的大哥？”他脾气一上来，想跟他们说说理。图泰马上跟卡布泰瞪了眼睛：“不要说话。”卡布泰一看，大哥不让出声，自个儿想，你看冤枉不冤枉，凭什么让他们冤枉我们。乌伦巴图鲁说：“别出声，别出声，这事让大哥慢慢说，不要着急，事情早晚会弄个水落石出。”图泰跟女罕王说：“咱们有事慢慢谈，你告诉我，你们说的那个图泰，你们看没看到那个人？”

女罕王和旁边不少的野人就说了：“我们怎么没看到呢，长的彪形大汉，武术相当好，领着几个女的，还有几个叫巧什么的，还有叫什么泰的，非常坏，到这儿来就压榨我们，把我们部落的东西抢走了不少。他们过两天还要来呢，他们说，要占我们的土地，把我们撵走，让我们哪来回哪去，大清国不要我们。”图泰越听越觉得离奇，啊，是这个情况，就跟女罕王说：“我是大清国派来的，你告诉我女罕王，你叫什么名字？”旁边有几个人说：“他是我们婆婆离妈妈。”

婆婆离是她的名字，他们是女罕王当家，都听她的。女罕王就说了：“这些多数都是我的孩子，我不能让我的孩子再受欺负。你们大清国来的人，是图泰领来的，又抢走了我十几个姑娘呀，她们哭着就给捆走了，现在不知到哪去了，我们正为这件事情想讨个公道，也找不着他们。这时候，突然獾子部来人说，图泰就在他们那儿住，他们受图泰之命，又来抢我们这个地方。因为这块山好，下边的小河流的水非常宽绰，河里头鱼又多，我们就靠这河里的水，喂马，饮鹿，人也吃这水，我们平时就吃河里的鱼，就连穿的衣裳都是鱼皮做的。我们的帐篷不少都是鱼皮帐篷，鱼可大了，这块地方相当好，这是神主给我们恩赐的地方。獾子部早就想要这个地方，他已经打跑好几个部落了，我们一来，他们就欺负我们。现在大清朝图泰很不讲理，也不知收了他们什么礼，就帮助他们欺负我们。我们实在活不下去了，就跟他们打起来了。”

听了婆婆离妈妈这一番话，图泰就忙说：“婆婆离妈妈，这事咱们慢慢处理，这样吧，你们在哪住，我们今天到你们那块去看看，咱们在一起好好谈一谈。我是受大清国之命，专为这事来的，你要相信我，我们是真正的天朝的官员，天朝的哈番，是和你们心连心的。我们一定主持公道，帮助你们，如果真像你们说的，我们帮助你揪出那个图泰来，他是害群之马，他不是大清国的官员，是大清国的败类，我们这次来，就是为了找这个图泰。”

这个部落里的人一听可高兴了，觉得自己也有靠山了。长期以来，自己像没娘的孩子似的，到处受欺负。在西部住的时候，受罗刹欺负，你只要入罗刹籍，就不欺负你，给他当奴才，给他种地，要什么给什么，要女的给女的，要男的给男的。他们因为受不了欺负，就过这边来了，到这儿偏偏又受这儿欺负，朝廷没人管。说着，不少人泪流满面。图泰这几句话，把女罕王婆婆离妈妈感动的痛哭流涕，觉得自己这回可见到青天了。自己真找到了一个靠山，这回我们部落生活有希望了，好像多年的孤儿总算找到娘了，他们当时就是这种心情。大家都高兴得欢呼雀跃。

这时图泰回头就跟乌伦说：“乌伦那，咱俩去，让三巧她们回去，二姑娘（就指巧兰）受点伤，把她也带回去，好好养着，小文强你也回去。”文强说：“不，我一定跟叔叔去，我不要紧，我没受伤，我跟您去，保护您。”图泰想，他要去就去吧，让女孩回去歇息。就这么安排，卡布泰身体不好，就领着三巧回去歇息。另外，图泰又让富凌阿回去，到卡布泰那取些银两来，意思是，人家这边也受了伤，想给他们些银两补偿。让他取完银子再回来。

单说，图泰和乌伦巴图鲁，还有小文强，他们就上獐子部去了。刚走不远，卡布泰又跑回来了："大哥，不能去，不能去，那块情况咱们不清楚，到那去深入虎穴，他们要把你们宰了怎么办？"他的声音还挺大。图泰马上瞪他一眼说："咱们都是兄弟，不会的，你放心。"另外，乌伦也说："卡布泰，你不知大哥和我的武功，再有这些人，也不能制服咱们，不要紧，何况咱们是以礼相待，你听大哥的话，不会出事的。"卡布泰说："是了，大哥你们小心点。"这样，卡布泰领着三巧按原路回去了。

图泰跟女罕王俩人手拉手，非常亲近地走在人群里头。乌伦巴图鲁和小文强，紧紧跟随着，大家互相簇拥着。这时候，就听獐子部的人说："嘿，你獾子部不有大清国的人吗，我们这边也有大清国的人，你有个图泰，听说我们这边的人比图泰还厉害。"他们脑袋都很简单，很幼稚，就像孩子似的。女罕王走在道上还一再问："哈番官员，请你告诉，我们在这块能不能住得长，他们能不能不让我们住呢？"图泰说："不会，不会，我说话算数，你们会永久在这儿住的，子子孙孙都开发这片土地，在这里放牧呀、打猎啊，随你们的便，只要是做个老老实实的臣民，一切都会受到咱们朝廷保护的。我们也不走了，即使我有事走了，也有人来保护你们的，请相信我们。我能给你们大礼相拜叩头，那就是朝廷的态度，你们放心，要放一百个心，一千个心。你们有什么苦难的事就告诉我。"就这样，他们越谈越近，真是不打不成交呀。北方少数民族的心特别实，也非常单纯，恨就是恨，爱就是爱。有时受人挑拨，只要把挑拨的事一破开，全都是信任，百分之百的相信你。他们这样谈着，说着，很快就到了獐子部。

獐子部的地方确实挺好，下头是一片山泉，是牛满江上游的水，它的两侧中间有个山，山那边是惊奇里江，这两条江正是在山的两边。这个山是外兴安岭，獐子部是在这个山岭的东侧。这块泉水，噗噗往上喷，是形成牛满江的一个小支流，汇入牛满江，最后流入黑龙江。他们选的地方相当好，是背靠北边的山，在一个山窝里头。在半山腰的旁边有一个瀑布，是从右侧山崖上下来的小瀑布。上头有山泉，流水清澈见底，冰凉冰凉的。这块的部落，多数是挖地窨子，地下挖一半，地上叠着木头，一个木头一个木头压在一起，外头墁着泥和草坯什么的，上头盖着桦树皮，有的用椴树皮盖的房盖，中间也有夹杂着不少皮张的。

整个部落安排的井然有序，挺干净，利索。女罕王先把他们几位领到了一个小山坡的下头，这块挖了一个深沟，还有些人正在挖沟。他们这块的习惯是地葬，尸首用皮子缠上，头也用皮子包上，就这么一缠就行了，不用棺材。看到十几个尸体，这位女罕王婆婆离妈妈含着眼泪说："哈番爷爷，你们看，这就是图泰他们杀的人，这些都是我的好儿女呀。他们昨天还和我们围着篝火，活蹦乱跳的玩呢，可今天就不在了。他们都是我聪明的小英雄，都是我智慧的儿女，就这样被图泰他们夺去了生命，他们从此就长睡在这里头。哈番爷爷，你不给我们做主，不替我们报这个仇吗？"

图泰上前一看，心里也非常悲痛。按照女真人的习俗，他们三个就跪下了。正好旁边供着酒和菜，图泰拿起一碗酒，自己跪着说："现在我们女真人来了，到这儿来看望各族兄弟，听说你们死的冤枉，我们要替你们报仇，请安息吧。"说着，把酒先向天弹一下，向地弹一下，然后把酒围着尸体洒一圈。洒完酒以后，他们三个又叩拜。这时女罕王就说了："走，跟我到那边看看去。"

他们告别了埋尸的地方，走到那边一看，部落边上的房子全给刨开了，有好几个被烧死的牛羊尸体，还有两个狗也被烧死了，死的特别惨。婆婆离妈妈说："这都是图泰他们害的，我们从来没有祸害过他们，他们要撵我们走。这块土地肥沃，前头那个山，叫鹿山，有很多的麋鹿，野鹿。那边的山还有紫貂，是最富饶的地方。就是前头这条河，你别看河不怎么宽，但水挺深，鱼相当多呀。"婆婆离妈妈又领到河边，本部落的人正在河里打鱼。

他们打鱼很有特点，在一条很长的桦皮船上，坐着三个人，两个人在后头划桨、掌舵，其中一个小伙子，这大冷天光着膀子，身上晒的黝黑黝黑的，外头披着一个皮子，像斗篷似的，下身穿着皮裤，光着脚丫子，站在船上，他也不怕冷。他的皮斗篷很有意思，是两个皮条子，把两个尖缝上了，用绳一勒就披在身后。这个小伙子上身光着，还文着身，刺些花纹啥的，岁数也就是三十多岁。他拿着大钢铲，顺水向下划，然后又划过来。婆婆离说："船往上冲的时候，鱼顺水往下下，水相当清，能看到鱼。"突然这个人把大铲子铲到水里，然后往上一提，好像往上提什么东西似的，水又那么急，他一点一点地倒腾铲把，手到铲把底下以后，他使劲，噢的一声，就把一条大鱼掀到桦皮船上，鱼在船上直蹦呀。这鱼叉是倒进叉，把钩插在鱼的肉里，这条鱼有四十多斤重，在船上还直扑腾。船马上就靠岸了，旁边过来几个小伙子，上去就把这鱼抱下来，然后用棒子把脑袋打几下，接着又下去捕。

婆婆离妈妈说："这鱼太多了，有的是，我们就吃这个，穿的都是鱼皮做的。"说着，婆婆离妈妈把旁边一个姑娘召唤过来。这个姑娘穿的非常好看，有花纹，图泰他们以为是布做的，等姑娘到跟前，才知不是布的。婆婆离妈妈说："她身上穿的就是鱼皮做的。"图泰他们一看这皮子特别柔软，像缎子一样，直闪亮，而且上头绣着各种花，她们就穿这种衣裳。这时候，有好几个姑娘都过来，围着图泰他们连笑带看，觉得他们穿的衣裳挺稀奇，清朝的哈番来了，不少人没看着过，婆婆离妈妈怎么喊也喊不走。图泰就请婆婆离妈妈找个地方，在一起谈个事。

婆婆离妈妈把图泰他们领到自己的聚义厅，她自个儿住的地方在后院，这是前院。房子的门用石头搭起来的，也是一个半地穴式的房子，建的挺好看。他们踩着磴下到底下去。下边铺的是石板，石板上边是木板，木板上都钉着皮子，有的是野猪皮的，很厚。他们头一次走皮子的地板，地上锃亮，有弹性，走起来不费力，一踩非常暄腾。图泰和乌伦巴图鲁有生以来头一次看到这种地板。小文强更是头一次见到，他蹲在地上直摸，皮子还能做地板，墙上都是用虎皮和豹皮围的，凳子是用野牛的骨头摭成的，像太师椅似的。桌子是用石头搭起来的，刻着各种花纹，很简单，什么蝴蝶啥的，也挺好看。旁边的屋正在噼里啪啦干活呢，图泰问他们这是干什么活呢？婆婆离妈妈说："那个地方就是做炸药的。"

图泰一听做炸药，怎么做呀？赶紧过去看看。他们做炸药，没有什么硝、硫磺这些东西，屋子里有好些大桶，桶里头装着黑色的虫子，像蟑螂似的，有的还在爬呢，有的还浇上什么东西。婆婆离妈妈说："就用这个做的土炸药，非常有劲儿。这个黑壳虫很了不得，把它弄干以后，碾成面子，然后适当加点硝什么的，再掺上锯末子，揉上沙子，就行了。这就是小土炮，火一点着，声音特别大，里头的碎石块崩的哪都是，相当厉害。药捻子就是一根小细线引出来的，点着了就爆炸。"这是野人做的土炸药，有时候埋在动物经常出没的地方，旁边有条线扯过去，一看动物过来时，就把线引着了。或者是放在动物呆的山洞里，把獾子、狍子都撵进去，然后放上土炸药。一点着就爆炸，完了再收动物的尸体。他们狩猎时经常用这个办法。还可以用土窑烧的小罐，装上炸药，点着以后，往水里一扔，一爆炸，水就翻花，能震死不少鱼。图泰一看，他们真聪明，不一定用硫磺、硝什么的，头一次看到用黑壳虫，就可以做炸药，崩卡布泰时就用的这个炸药。他们这一唠，增加了不少知识，而且越说和女罕王的关系越近，觉得互相之间没有什么隔阂了。

他们又回到聚义厅里头，女罕王说："咱们凑到一起不容易，喝点我们的血酒吧。喝了这个酒以后，咱们就是永世和好啊，什么酒都没用了。"说完，她马上命令奴婢和孩子们，拿来两个山鸡，再拿来一条活蛇，挺粗的，像蟒似的，把它装在一个大坛子里头。又拿来他们自己酿的米酒。这时图泰说："我们孩子太小了，他不会喝，我和我弟弟跟你们碰杯行不行?"女罕王说："行啊，孩子不喝就不喝吧，他看到蛇也害怕。"她到文强跟前说："对不起，小哈番，你也遭罪了。"图泰说："没事，没事。"这样，小文强就躲出去了，没喝。

这酒你看吓人不吓人，三大碗，这种酒发苦、发酸。一会过来一个人，拿着野鸡，把脖子一剐，就是一刀，血倒过来就滴到三个碗里，很快就变成了红酒。然后他又把大坛子的盖揭开，他也会拿，他光着身子，手一伸，把蛇的七寸抓住，蛇的尾巴噼啦啪啦直打，把锅旁边的盘子打的直响，像打碎似的。他使劲掐，把蛇掐出来，他从身上掏出匕首，刷的一下就把蛇的脖子砍下去，蛇没头了，身上还噼啦啪啦地动，直打这个人的身子，快卷到他身上了。他拿着蛇，脖冲下往碗里滴嗒血，不一会把三个碗都滴完了，蛇也没劲了，血也就没了，啪一下子，把死蛇扔到地上。就是这样三碗血酒。

婆婆离妈妈说："蟒是天下无敌的，是我们这块的恩人，我让它来表达我们的心意。山鸡是代表天神来的，让它代表天神，表达我们对天朝纯洁的心意。哈番爷爷，请你把这酒喝下去，这是我们对你们的迎接，也是感谢你们对我们的帮助。刚才我们有些不对的地方，请多多见谅，到这来就是看得起我们。我们少数民族，从来是心如血酒一样的纯洁、一样的真诚、一样的勇敢，一往无前，永远如此。愿我们把酒喝的干干净净，愿我们世世代代永远互相帮助，感谢天朝，感谢哈番爷爷。"婆婆离妈妈说完，先拿起酒碗，咕咚咕咚把酒全喝下去了，然后，啪，把碗打碎。这是他们的习俗，表示我们就这样做，绝不反悔，生死不变，终身不移。

这时候，图泰和乌伦也照她的做法，端起酒碗，闭着眼睛喝下去，一点也不留。说实在的，这血酒又酸又腥，他们两个，咕咚，咕咚，全喝进去了。然后，啪的一摔。这一摔，大家都高兴了，屋里的众儿女一看他们这么喝，跟咱们是真心，马上就敲起鼓，跳起舞来。两只手往上直伸，左右摇摆着，双腿上下蹦跳。女罕王也跳起来，图泰和乌伦也跟着一块蹦跶，和整个部落的人蹦到一起了。

蹦一会就满头是汗，然后女罕王就用手吱一吹，大伙全出去了。这时屋里就剩下女罕王和图泰、乌伦巴图鲁、小文强。女罕王让他们三个坐在正座，自己恳切地说："哈番爷爷，请你们介绍一下。"说实在的她现在还不知道他们叫什么名，还叫哈番爷爷。"哈番爷爷，请你说一下，你们是从什么地方来的，来这儿做什么的，你们为什么比他们好，难道大清有两个朝廷吗？他们那些人和你们是什么关系，你们为什么能管住他们呢？"她提出一些莫名其妙，牛唇不对马嘴的问题。

这时，乌伦巴图鲁站起来，请女罕王坐在正座，他用女真语说的，你跟我们主子谈，我坐在你的旁边。把她给让过去了。女罕王也同意，坐在正座，正好跟图泰坐在一起。图泰左边坐的是乌伦和小文强，右边坐的就是婆婆离妈妈。图泰站起来说："我们非常感谢，今天有幸到了獐子部，见到了兄弟姐妹，感谢你们的盛情款待，我再一次向婆婆离妈妈表示忠诚的谢意。"他站起来，深深的施礼。婆婆离妈妈也站起来说："不用了，哈番爷爷你请坐，请坐。"这时乌伦巴图鲁站起来说："这位大人，是图泰大人，是大清皇帝派下来的，是钦命巡查使。他是图泰大人，你才说的那个不是图泰大人，这位才是咱们天朝派来的哈番，代表皇上来看望各个部落来了，是来看望你们的。"这一说，把婆婆离妈妈闹得一惊，你再说说，他是谁？图泰就笑了，说："我叫图泰，天朝来这些人，只有我叫图泰，你听错了，那个人是骗子，他欺骗你，他是坏人。他跟咱们不是真心的，他可能是个豺狼。我叫图泰。"

他们这一说，反倒把婆婆离这个老太太造愣了，马上站起来，出门就喊，她那口哨一响，从外边就来了十几个人。原来他们都在不远的地方站着，围着这块，他们也挺警惕，纪律还非常严格，从图泰他们见到，就是这样井井有条。一散，人就无影无踪了，哨子一响，人都出来了。这时不少人都围在外头，婆婆离就把他们召唤进来，当他们面说："你们看一看，他是不是害咱们的那个图泰，我那天没注意，因为是后赶去的，我到的时候，图泰那个坏蛋已经骑马跑了。你们不少人都看见他了。"乌伦巴图鲁也说："各位弟兄，你们到跟前看看，是不是他，要是他，我们帮你们一块把他抓住。”

部落里的人都恨图泰，因为很多弟兄都死在他领的那伙人手里。这些人都过来围着图泰看，左看右看，图泰干脆站起来，扬着脖子转来转去让他们看。大家看了半天，有的拃着腰，瞪着眼睛瞅，上下瞅了半天，都摇头晃脑袋，告诉婆婆离妈妈，不是他：“那个人挺俊俏、挺胖，是个白脸。”这时图泰就问他们：“那个人长的什么样，是不是比我高一些，团脸。另外，你注意没注意，他右眉间那块有个黑痣，是不是有个黑痣?”有两人说：“对，我看清楚了，他右眉间上是有个黑痣。”乌伦就问道，大哥是不是他？图泰马上就说了：“他不是我图泰，我们认识他，我们这次来，就是来找他的，他叫马龙。我们说起来呀，还是师兄弟关系，他也跟我师父学武术，但是这个人学坏了。他现在打着我的旗号，到处骗人，干坏事。我们这次奉朝廷之命，就是抓他来了，他是不知悔改之人，他现在在哪呢?”这几个人就说了：“不知道上哪去了，在他们里边还有一位叫白姑娘的，相当厉害。她穿着天鹅绒的白大氅，骑的是白马，长的挺好看，使一把单刀，是马龙身边的人。”

乌伦马上就说：“那没问题了，大哥，肯定是三丹丹。”图泰不怎么熟悉他们姊妹的情况，不过听过介绍，略知一二。乌伦心里明白，三丹丹这个人还是挺好的，不知怎么受骗了，马上就告诉图泰：“大哥，现在很清楚了，他们这些人的线索从这里查到了。”

就这个时候，外边来两个人，马上到婆婆离妈妈跟前，在她耳边说了一些。婆婆离妈妈就说：“图泰大人，现在你身边那个将军来了。”图泰想，哎，那肯定是富凌阿，因为他让富凌阿回去取东西。这时乌伦赶紧到了门口，看见好几个部落的人维护着富凌阿，也不知是保护，还是害怕。富凌阿进到屋里，便把一个包裹交给图泰。图泰这时就向婆婆离妈妈说：“婆婆离妈妈，我们现在公务很多，就不再这打扰了。现在事情也很清楚了，我们军务在身，就想知道马龙这伙人在哪？你们能知道吗?”这些人都晃脑袋，说不知道，我们为啥打起来呢，因为他们帮助獾子部欺负我们。他们在獾子部那住，如果你们要找他们，就到獾子部去找，獾子部肯定知道他们的下落。

图泰和乌伦一想，也对，他们肯定和獾子部有关系。又问，獾子部离这多远，怎么走？婆婆离妈妈说：“獾子部很好找，你往这边看，西边的前头是一片山，山头那块有一个白石砬子，白石砬子上头有几棵鹰天松，最高山尖上有几棵松树，长的非常好看，云彩好像在它头顶上过似的，是几棵青翠的古松，长的挺高。”婆婆离妈妈一边说一边指着：你搁远处看到那个松树，松树旁边有个玃子洞，玃子洞下头就是玃子部。那块不远，你到那儿别忘了山尖那棵松树，到了松树就能找到他们。听周围那些野人讲，你别看山近，不过要走起来，可能得半天时间，因为上山下山连过山沟啥的，再加上道路崎岖，走起来挺费劲。那是一个大的部落，他们到处抢劫，周围有很多的部落都受他们欺负，玃子部是个害人部，盼朝廷的哈番爷爷们能帮助我们，求你们了。

图泰说：“放心，我们就是为这事来的。”说完图泰就把这包银子拿出来。过去的银两一般是十两或五十两包一个小包，都称好了，因为要下去办事方便，不用再称了。他们事先都包好了，包的结结实实，这样给他们拿出十包，那是五百两银子，也不少呀。图泰直接给婆婆离妈妈，就说：“这略表朝廷的心意，将来你们有什么困难，我们再帮助。我们这次来带的不多，就因为你们有人受了伤，有的人去世了，我们表示对獐子部的一种感谢和致歉，另外也对受伤的和死去的兄妹表示慰问，请额莫收下，以后我们再帮忙。我们就住在潘家寨，潘家寨那块挂着牌子，你有事就找我们，我叫图泰，记没记住？我是图泰。”他站在凳子上大声说：“各位弟兄们，我们的好兄弟们，你们看看，我就是图泰（他指着自己的鼻子），有事找我，我愿为你们效劳。”大家一听，都笑了，而且有不少的跪下给朝廷的哈番叩头。图泰说：“不用了，知道了就好。”

这时婆婆离妈妈兴高采烈，满腔热情地拉着图泰的手说：“图泰哈番爷爷，你的心肠真好啊，这回我们知道了，天朝真是我们的恩人哪。”图泰说：“既然情况都知道了，我们还有事，马上就去玃子部，你们一定记住我的话，别轻易地跟他们打仗，打伤人没啥用，你们遇着事找我们，一定替你们办，我们就治理这个地方，应当管，知道不知道？”婆婆离妈妈说：“谨遵图大人之命。”

就这样，婆婆离妈妈把图泰、乌伦巴图鲁、小文强还有富凌阿送出部落，后头还跟着很多人，男男女女的，他们含泪告别。图泰他们已走出很远了，回头一看，婆婆离妈妈他们还在摆手呢。图泰他们感到，头次见到下头部落的人这么真挚的情感。獐子部的人更受感动，真是有生以来，第一次看到天朝的官这么好。

图泰领着乌伦、文强和富凌阿很快回到潘家寨。这时卡布泰已经歇息完了，身上擦的干干净净的，三巧也都过来了，巧兰只是受点惊吓，脸上被勒几个道子，一会儿就好了。图泰让大家坐好之后就说："事不宜迟。"就把刚才的事情详细讲一遍，逗得大家哈哈大笑。真是踏破铁鞋无觅处，得来全不费工夫。没想到，我们的仇人马龙近在咫尺，一定要找到他们。大家都要求去抓马龙，都要建头功。图泰说："不用着急，这么办，我看还是让乌伦巴图鲁去，他对马龙的情况很熟悉，另外又知道三丹丹的情况。三巧你们跟乌伦叔叔去吧，三巧武术强，对付马龙，武术必须高强。"

图泰本来也想去，乌伦巴图鲁说："你不用动，有啥事一定找你。"另外，他们商量结果，真像图泰判断的那样，马龙不会总在獾子部呆着，他不一定出面，这次去也不一定能见到马龙，知道马龙这个人是狡兔三窟，非常狡猾的。因为部落之间一打仗，他肯定知道咱们听到这事儿后，会顺藤摸瓜，到獾子部找他们去。他不会那么傻，哪能束手就擒呢。他和杜察朗大玛发不知藏在什么地方，他们惯于挑拨下头打仗，而且栽赃陷害，他只能干这些勾当。所以，图泰心中有数，在家里坐阵掌握全盘，让乌伦巴图鲁领着三巧先去，如果见到三丹丹的时候，想办法先把三丹丹擒住，这样他们就少了一个臂膀。更主要的是把獾子部的女罕王争取过来，让他们弄清是非，别跟马龙这些人跑。又让乌伦带去五百两银子，个别送给他们，送的数和獐子部一样。让他们知道朝廷对你们都是一视同仁，都是兄弟姊妹，不要互相再争斗，不要再上当了，要安分守己地处理好自己部落的事情，坏人由我们朝廷来的官员制裁，擒拿，你们千万不要上当，不要听他们的话。有事情到潘家寨找我们。

图泰跟乌伦一件事一件事地安排好以后，乌伦跟三巧刚要走，这时小文强又磨住图泰，叔叔让我也跟他们去吧，我能帮他们，我不怕。他这个闯劲，图泰还真喜欢，每天刻苦练功，从不间断，今天他看出来了，一往无前，一点不怕死。卡布泰虽然有个愣劲，但是一看这些孩子在危难的时候，他把自己生死置之度外，保护他们，这是很难得的。小文强跟三巧一样，性体非常好，懂事，他要闯荡就闯荡去吧，也就同意了。

单讲巧云这个丫头，有点小个性。她总觉得文强老跟着咱们，像跟屁虫似的，她不愿意让他跟着。她大姐没出声，巧兰就说了："你咋这么说话呢，人家要来怎么不让来呢，你不知道，人家文强真有能耐吗?"巧云一撇嘴又说："哎呀，姐姐，你怎么喜欢他呀?""你这说哪去了。"

乌伦挺喜欢小文强，也愿意让他去，多一个人就多一个帮手。文强过来，先跟乌伦说："乌伦叔叔，我愿意跟你在一起。"说完了又对三巧说："小妹妹，我跟你们在一起，挺有意思。"巧云嘴一撇，没说话，把脸一扭："真不害羞，老跟我们姑娘在一块儿。"巧珍没出声，巧兰说："文强哥哥你来的好，我们愿意在一起，来吧，欢迎你。"就这样，他们就凑到一起了。

闲话少说，乌伦巴图鲁带着这三个小姊妹和文强，简简单单地吃了晌午饭，告别图泰大哥，他们骑着马就上路了。小莱塔要跟着去，乌伦说不行，不让它跟着，道太远，不好走，让三巧给撵回去了。就这样，他们五个人骑着五匹马，就奔小西山上那个青松的方向走去。一路上没有道，从山中树林里来回穿梭，真是行路难呀。也不知獾子部的人出山怎么走，他们走了很长时间，才碰到一个老猎人，他是雅库特人。乌伦到跟前施礼，然后就问："老爷爷，到獾子部怎么走？"这时老人才告诉："你们走错了，你看，过那个岗，有条河，过了河往右拐，有几棵老榆树，那有条道，是挺窄的小鹿道，按那个鹿道往里走，别走岔道，顺正道走，一直走到山下，到山下就快到了，到跟前你们再打听就行了。"

根据老人的指点，他们在天黑的时候就到了白石砬子。这回才看清楚，这块是山中很高一个石砬子，下头是哗哗淌的山泉水，山路特别窄，是有人把石头凿了凿，硬凿出的一条小路。本来砬子和水是垂直的，有人硬把砬子下头凿开一个挺窄的道，走这道必须紧贴着石头走，骑着马行走更得小心，下边是悬崖，悬崖底下是水，非常危险。他们让马慢慢贴着，头还不能抬高，因为凿的石头不那么高，人骑马不猫腰就碰到上面的石头。这个石头不知是怎么凿的，真不易啊，莫非是一种神力相助？他们边想边贴着山窝窝走。走过这个险峻的山道之后，路渐渐就宽了。

再往里走，就进林子了。这回看清楚了，原来在远处看好像是一棵松树在山尖上，其实不是，是十几棵松树，都挺粗，孤零零的长十几棵古松，长在山尖上。因为地势高，在百里路之外都能看到。他们到山尖上往下瞅，在一片密林里头能看到缕缕的炊烟。乌伦巴图鲁想，肯定那就是獾子部。这时乌伦巴图鲁和三巧、文强隐进密林里去，把皮垫子一铺，把自己带来的肉干拿出来，就着山泉的凉水，咬着肉干，吃着面馍馍。晚上还不敢拢篝火，怕让人家发现目标。这样他们在山窝背阴的林子里，一直等了三个多时辰，天才大黑起来，他们决定夜探獾子部。

天大黑以后，他们身上穿的衣裳全变了，都是夜行衣。他们骑着马，往前走了走，大约有三袋烟的工夫，就赶到了獾子洞。过了这片林子，就看到獾子部的房子。这块也是土窑式的房子，依山傍水，不过这块的面积要远比獐子部那块大，人也多，看起来有五十多户人家，能有三四百口人的样子。过了这个弯，他们看那边还有散在的部落，所以算起来，能有五六百口人，也是挺大的部落。这里有牧场，堆着各样的草，有马、有牛，在山上放着呢。搁远处就听到鸡、鹅的叫声，也有狗的叫声。

这时，乌伦巴图鲁就领他们又进了密林里，把马都拴好了，把所有不用的东西都寄放在山林里，隐蔽起来。因为这儿离部落比较近了，牛马声、人喊声都能听到，一般大的野兽不到跟前来，这儿比较安全。他们几个把身上的夜行衣整理好，又把腰带系的非常紧，把需要用的兵器、暗器都装好。另外，乌伦又把包好的银两背在身后，紧紧地系好。把马拴到密林里，把不用的东西都搭在马背上，这是北方的一个规矩，没人动，他们放马的地方，离部落不太远，还比较隐蔽。这时乌伦就说了："你们在这儿等我，我先出去暗探，然后再招呼你们。"小文强说："叔叔不用动，我去，我先抓来一个知道内情的人，领到这儿来，咱们偷着审查他。"乌伦一想也有道理，咱们稍微再往前走一点，贴的更近一些。

这样，他们几个就出来了，没搁正道上走，在森林里头钻来钻去，一点声音都没有，像小猫一样。因为他们脚的底下，每人都套上一个毛靴，就是把熊皮毛冲外，做了一个鞋套，套在自己的脚上。熊皮里头装着一块木板，这样显得更结实、坚硬。他们套上熊皮以后，上头勒上几根绳子，都勒的相当紧，走在地上一点声音都没有。当然这个鞋一般说来，上山里去，使一两次就不用了，这都是夜行暗探时用的。真正打猎的，除非要接近重要的猛兽，比如虎和豹，要捕它的崽子，也用这个。这样离洞穴更近，使它措手不及，到了跟前，用网把洞口罩上，大动物一出来，他们用木夹子把脖子一按，生拿活擒，然后再抓小崽儿，这样捕野兽一般都要穿着毛靴。他们夜行也采取这个办法，每人套上一个毛靴，很快就接近了部落。他们搁后山上下来，前头几个房子看的非常清楚，他们在后林子里头，蹲下隐蔽起来。

这时文强跟乌伦叔叔说："我先去，你们在这儿呆着。"乌伦点点头，同时他又跟巧兰说："巧兰妹妹，你也跟我去吧，咱们两个互相有个照应。"乌伦一想也对，就让巧兰跟着去。他们两个人交错着走，一个在前一个在后，互相照应，如果发现前头有敌情的时候，马上用暗号，或者用鸟的叫声，后头的人一听到鸟的叫声就知道了，后头的人马上绕过前头的人，躲过他，这样前头的人就变成后头，彼此来回窜。如果后头发现有敌情了，后头的人用小鸟叫，前头就知道了，马上隐蔽起来，并告诉他绕到前头去。他们互相窜来窜去，这是夜行中常用的一种技巧。

单说文强在前，巧兰在后，他们绕过了好几棵树，不大一会儿，文强学了一声夜猫子的叫声，喵，喵，喵，告诉巧兰，你不要动了，我现在要进去，找人去了。巧兰就明白了，藏在一个非常密的榛柴棵子里。这榛柴挺粗，在里头一蹲，外头根本看不着。这时文强很快就窜到一个院子的后头，外头是木头夹的障子，里头是地窨子房，还有灯光。他轻轻扔一块石头，石头咕噜响，要是有狗的话，听到动静狗就会叫，如果外头有人，一听到声音肯定有动作。他又扔了一块石头，还是没有动静，也没有狗的叫声。他一想，这肯定是一个老人住的地方。他一纵身，障子不高，就跳进木障子里。他上前一看，地窨子里头点着獾油灯，炕上坐着老头儿老太太，他们正在做什么。

文强开门就进去了，把老头儿老太太吓了一跳。他说："我是过路的，想喝口水，请爷爷奶奶帮个忙，我马上就走。"他用满语说，因为这块都是索伦人，满语都能听明白。他现在穿的衣裳没什么太奇特的，就是黑衣裳。这块经常有过路的人，从这个部落再往西，有俄罗斯的一些部落，已经抢占咱们的地方。所以，他们常见这些人。老头儿一看这个人长的挺年轻，像个小孩样，说话挺有礼貌，也没带啥。因为他披着斗篷，上身大襟挺长，紧下头稍微露出点剑鞘，不注意根本看不着。老头儿老太太没害怕，两人正拧绳呢。老头儿在那块管纺车，老太太拿着摇绳呢。这是进山打猎常用的做地网的绳子，他的绳子有野麻，还有兽毛混到一起，往一块绞，做麻绳。

文强进来以后，老太太挺热情，给他舀了一勺水，文强咕咚咕咚喝进去了，喝完以后，就说："你家就你们老两口吗？"老头儿说："哎，我的儿子上前山打猎去了，还没回来呢。他要回来你就进不来，我们有七八条狗。"原来他家的猎狗全让儿子带走了，说完，老头儿很热情地让他坐下来，还让他吃几块狍子肉的肉干。文强说："谢谢，我不吃。"就问他："这块首领是谁呀?""啊，首领呀，我们的首领就在前头，都木琴妈妈，那非常出名啊，前两天我们和獐子部打起来了，她受了伤，在家养伤呢。过了这个房子，往道这边一拐，你就看到挂着旗帜的地方，旗帜上头有一个老虎，那个老虎旗是我们的风向旗。老虎旗上头还有一个旗，这个旗上有个大獾子，那就是我们獾子部落的旗帜，她就在那块儿。你要看到旗帜，就看到我们的部落长。找她干啥?""噢，我随便问一问，没别的事情。"停了一会儿，老头儿又接着说："你要找她，现在可能不好找，她身边来了好些人，都是外地的客人，还有一个缺胳膊的，是独臂英雄，可能姓潘，现在正在她家呢。"

文强一听，明白了，啊，是这么回事。他喝完了水，谢过了二老，就从正门出去。快到榛柴棵那块儿，他又学了两声猫头鹰的叫声。这时巧兰从树丛里出来，两人会合了，他们很快就回到乌伦巴图鲁和巧珍、巧云隐蔽的那个小树林。

文强把刚才了解的情况详细地告诉了乌伦巴图鲁。巧云在一旁就说："那独臂姓潘的，不是潘天虎就是潘天豹，太坏了，他们说自己已经回心转意，怎么闹的，还干坏事，这回可得杀他。"巧云嫉恶如仇，嘴非常快。她大姐巧珍说："先别说，现在听叔叔的。"这时乌伦巴图鲁说："咱们现在就去都木琴妈妈那块儿，立即抓这个潘家的贼，还有谁?把他一网打尽。"文强马上就问："咱们要打起来怎么办?动不动刀啥的?"乌伦巴图鲁说："可以动武的，因为就是擒贼来了，如果这个部落不给咱们，还要反抗的话，可以制裁他。如果他讲道理，我们可以不杀他。假如他跟我们动手，甚至使用武器，要和我们拼的话，我们现在就执行军务，可以动武。每人带着自己的武器，凡是吃的东西都带着。另外，一定想办法，活擒这个贼，有几个抓几个，不能杀死，把他们带回去，然后想办法说服这个女罕王都木琴妈妈，让她以后老实点，别太张狂了，周围的部落都非常恨她，咱们应该制裁她。"

他们掌握了情况以后，立刻商量办法。这次作战以乌伦巴图鲁为中心，以他的信号为准，其他人都听他的信号。打头阵的就是三巧，因为三巧的名声大，潘家兄弟最怕她们，他的胳膊就是她们给削掉的，她们要出去的话，就能震住一方。让文强配合她们，有事文强马上支援，保护住三姊妹。乌伦巴图鲁作为这次坐阵的官员，他出面代表官方，代表哈番，来处理这件事情。

大家把计划安排好以后，就开始行动，三巧三姊妹先搁林子里嗖嗖嗖出去了。他们出去不大一会儿，文强也刷的一下跟出去了。他是后援呀，搁远处作后备，监视后面有没有包抄三巧的。乌伦等了半个时辰以后，自己也出去了，他是总揽全局呀。

单讲三巧三姊妹冲在前头，此时明月当空，也就是旧历十八九吧，月亮还挺亮。虽然已下了一场雪，大地皆白，明月一照，地上的雪白刷刷的。这对三巧来说有点不利，因为她们穿的夜行衣容易被看见。这个时候獾子部的人多数已经入睡了，按时辰来说，可能是亥时左右，就是快到半夜了。三巧事先按照文强调查的情况，前头有个挂旗的地方，旗帜看的挺清楚。她们三个走路形状很有意思，巧珍在中间，左侧是二姐巧兰，右侧是巧云，他们是平推着往前走，中间的道可能碰上情况，有时碰不着，她们互相用声音联系。我讲过，她们身上带着剑和其他的东西都有响声，把剑一甩，刷刷声，这是大巧的声音，刷的一声这是二姐的声，所以她们的剑就是传报的声音，只有她们三个知道。

说时迟，那时快，她们很快就到了都木琴妈妈的大寨。她们到那才看清楚大寨的墙都是石头堆的，外头墁着泥，是石墙，挺大的院子。这是部落头领的院子，房子挺多，但都是一般的泥土房子，有的房子建在上边，个别的房子可能是奴才住的，是半地穴的房子。她们扒着墙，手一搭，利用双手的力量一压，一抬身子，这力量相当强，脚就蹬住了墙，往里仔细看，里头有狗，而且还有巡逻的人。另外，上房下房灯光非常明亮，说明还没有睡觉，细听里头还有说话的声音，看起来屋里头挺热闹。这时大姐巧珍压后，在后墙站着，小妹巧云和二姐巧兰先到了门前。首先巧兰大声说：“屋里有人吗，我们是大清王朝派来的巡逻人员，请快快报上你屋里的人，快出来，我们现在查夜呢?”这时候，文强也赶来了，他剑一闪就上了墙，隐蔽在树后，这树很密，他侧身在树的后头，能看清院里的情况。

巧兰喊了两声以后，噌噌出来很多人。因为獾子部从来是飞扬跋扈，可以说，几年来，没有人能制裁他们的。他们认为自己是天下第一，何况最近有所谓大清王朝这些人帮助他们，就更有倚仗了，一个个不知道天高地厚，真是狗仗人势，闹的更厉害了，根本没怕过谁，所以，呼啦一下子都出来了。他们以为白天打了獐子部，晚上他们报仇来了。獾子部对他们都恨得咬牙切齿，一个一个的，都拿着刀。中间出来的就是白天领着打仗的那个老太太，她出来以后站在院里喊：“谁在那喊，真是狗胆包天。”

这时候，巧云出来，咣地把门推开，门没扣上，是用木桩子把四框钉上，中间用皮夹子扎个十字，挡挡马鹿啥的，实质上猪鸡都能钻进去。“噢，你们来了。”因为白天不少人都见到她们了，当时是獐子部的人，放的炸药，把她们吓跑了。一看她们追到这来了，我们这是什么地方，那女王马上就说话了：“你们真是狗胆包天，敢到我们这儿来。”说这话的肯定是都木琴妈妈，她拿着大铁棍子，前边是箭头形的，二话没说呀，其他几个人都上来了，往死里下手，有五十多人，每人都拿着刀枪，立刻把三巧围到里头。三巧这时还说好话，可是，这些人不听她们的。三巧三姊妹互相靠在一起，保护自己。这时巧珍说：“你们别动弹，你们要动弹，小心我的剑下不留情。”

巧珍把剑对着这帮如狼似虎的人，一看他们都拿着亮晶晶的武器，瞪着眼睛，就等都木琴妈妈一声令下，就会冲上来，而且人相当多呀，把她们姊妹三个都团团围上了。这时巧珍大声说：“都木琴妈妈，我们知道你的名字，说实在的，大清王朝从来把各族都看成是自己的子民。我们是爱护你们的，不是跟你们搏斗来的。现在我要朝廷的犯人，你告诉我，这些人是不是在你这儿，一个是潘天虎、潘天豹，他们哪一个在这儿呢？另外，醉八仙刘佩是不是在这儿，还有谁？不是你们本部的人，不是你们獾子部的人，千万别留下，我们是为查这几个坏人、歹人来的。你们千万不要上当，如果不听我们的规劝，出了什么严重的后果，责任不在我们，将来你们后悔莫及。”

都木琴妈妈，这个老太太长的不像婆婆离妈妈那么胖，挺瘦小，穿的全身是皮袍子，两个耳朵上戴着四个银环，银环挺大，快到肩膀上了。另外，头上罩着一个紫貂的大帽子，帽穗盖着她的肩膀，还插着不少花朵什么的。拄着铁棒子，这既是她的武器，又能当拐杖。看样子老太太岁数不算小，有五十多岁了，摆出一副女罕王的架势，挺有派头。脚上蹬着毛冲外的水獭靴子，一直到她膝盖以上。旁边有两个女的，也都穿着皮袍戴着皮帽子，可能是她的助手，每人都拿着刀。这个老太太眼睛非常贼，直闪亮，可能吃人肝、人血，有一种特殊的让人看了像个妖怪，非常凶狠的样子。

巧珍说完以后，这个老太太，嘿嘿地冷笑一声，她说：“你说对了，我就是都木琴妈妈，我们来这已有二百多年了，谁不知道这个部落，我们是都木肯哈拉，这个大部落是非常出名的。不管是谁，到我们这儿来，都得事先有人拜见。你们今天不事先拜见，就匆忙来了，还大声嚷叫，竟敢推开我的门，你们胆大包天。要知道，我手下的人那都是虎狼之师，你们这些小丫头能敢跟他们比吗？不用说别的，嘿嘿，我手上的铁杠子恐怕你们几个抬都抬不动，赶紧回去吧。”巧珍又说：“都木琴妈妈，我们再一次向你们施礼，还是按我们的话做，我们是朝廷的命官，是按朝廷礼法办事，现在我们要的人在不在你们这儿，在什么地方，快点告诉我们。要在你们这儿，赶紧把人送出来，然后我们带走，咱们什么事都没有。”

都木琴妈妈一听，把大铁棒举起，当当往地下使劲一拄，大声地说：“什么，小黄毛丫头，你胆真大，我告诉你，他们都在我这儿，潘天虎、潘天豹那是我的好兄弟，让你们给他砍掉一个胳膊，这个仇我正要报呢，是不是你们干的？我都听说了，你们可能就是那个叫三巧的姊妹，来的正好，你不来我们也要找你们报仇。老潘家和我们之间不是一般的关系，现在他们到这儿来，求助于我。另外，刘佩刘大人那是我们要好的弟兄，现在在我这儿喝酒呢。是啊，他们哥几个已经让你们杀了三个了，你还敢来要刘佩，我要替他们报仇，不给你们。不光他们在我们这儿，我明告诉你，我们的后台硬，一个我们有大清国的图泰大人，他也在我们这儿，你敢碰吗？你们是大清国什么小官，图泰大人在我们部落里呢，他听我们的，现在在指挥我们。不仅如此，我们还有威震乾坤的杜察朗大玛发的三格格，三丹丹是白雪公主，也在我这儿，他们都在屋里呢。另外，我们有罗刹的朋友，你们大清朝要不好，我就不给你们进贡，我就入罗刹籍，受罗刹人管辖，现在罗刹好几个牧师都在我这儿，其中有个罗吉采夫大牧师，就在我这儿。我是明人不干暗事，你敢碰他们的毫毛，你先碰我们，把我们打倒，我们再交出来，不然你们休想见他们。”

她这么一说，三巧心里有数了，正好这几个人都在这儿。这时文强着急了，纵身就跳下来，跟三个小妹妹说：“小妹妹不要说了，你等等，我跟她说。”文强就过去说：“请老妈妈，咱们有话好说，你还是把那几个人请出来，我们看看是不是在你们这儿，我们跟他们说话。咱们有些事情以后再办，不希望彼此打起来，好不好。”都木琴妈妈不听，后来他们又磨了半天，都木琴妈妈不耐烦地说：“你们这么磨，行了，我请出两个让你们看看。”

把谁请出来了呢，醉八仙刘佩腆着肚子出来了。他长的像吕洞宾似的，挺胖的，外号叫醉八仙，武术也很高强。还有谁出来了呢？俄国的罗吉采夫也出来了，手按着胸脯，表示一个施礼的样子，身上还带着一个十字架，是东正教的牧师，戴着大高帽，穿着黑袍子，挺长的头发，披在肩上。看起来有六十多岁，留着八字胡子，卷卷着，从鼻子下勾上去的，长的一副老态，慢慢地走出来。谁没出来呢，三丹丹没出来，另外潘天豹没敢出来。然后都木琴妈妈说："你看一看，有没有？我不能交出去，都是我的朋友，我能随便让他们走吗？我跟你们说，这块我是主人，你要不走，我就要动手了，走不走？你要再不走，小心我这有天罗地网。"她说这个网字，三个小姊妹和文强就注意了，因为他们已上一回网的当了。是啊，弄不好，还会上他们网的陷阱，一踩到陷阱，掉下去，上边用网一罩，就会给抓住了。他们特别注意，悄悄用剑拄一拄，看不像有机关的样子，又看旁边的人有没有拿网的人。文强小声对三巧说："小心网，注意点。"巧云和巧珍点点头，然后对都木琴说："给不给人，给不给人？"

就在互相僵持不下的时候，乌伦巴图鲁赶到了，一纵身，从墙上跳下来，站在三巧和文强的中间，他的武器还挂着没露出来。乌伦深深地给都木琴妈妈鞠了一躬，就说："我是大清朝三品侍卫特命来这儿，我是巡查使图泰大人身边的副士，特来拜见獾子部各位首领，拜见都木琴妈妈，我们向你们施礼了。另外，我们给你们带来了珍贵的银两，大家还是以和好为重，请你们不要听坏人的话，不要上当。我们抓的是朝廷的命犯，他们来这儿挑拨离间，干了很多不可告人的勾当，我们为这事来的，你们把他们交出来，以后有什么事我们再谈。你们需要朝廷办啥事，我们都能代劳，而且有些事，图泰大人来这儿能就地帮忙。请都木琴妈妈要体察我们。我们今天白天到了獐子部，见了婆婆离妈妈，我们已经谈的很好，但愿我们也能建立友谊，不要刀兵相见好不好？"这边的文强也说了："都木琴妈妈，这是乌伦巴图鲁，也是朝廷的命官，你跟他说，就等于见到了朝廷的哈番，你要听他的话，好不好，我在这里，也给你施礼了。"文强说着，也给她深深的下拜。

都木琴妈妈不识抬举，她的野性就是这样，从来是杀人不眨眼，你越是恭敬，她越认为你软弱，没有能耐。你这样宽厚仁慈地对她，她反倒瞧不起你。这时都木琴妈妈不耐烦了，把棒子一蹾，给我上，别听他们的，都是乌合之众。她这一说，呼啦上来一帮人。这时把乌伦气坏了，我们的话都说到家了，仁至义尽哪，你们怎么还这样呢，看起来，真是不惩治一下，你们都不知道我们的厉害。乌伦马上就说："那咱们就动手吧。"这话是给三巧和文强听的，意思是说，他们动手咱们就动手。

有了这话，他们能不动手吗？你想，这三个小姑娘和文强的手都痒痒了，手里拿着武器，恨不得早就斩几个，叔叔下命令了，他们把自己的武器就亮出来了，噌噌噌就蹿出去了。小文强把剑一摆，也杀过去。三巧和小文强是盖世英雄呀，这些人根本不懂得什么武术，也没什么能耐，只是跟着瞎起哄，上来抡几棒子就完，没什么招法。三巧往天上一冲，往下俯冲，剑一横扫，就倒一片呀。她们三姊妹一人杀死了好几个，地上全是血。文强那边剑还没动，都木琴妈妈旁边几个拿刀的侍女，全给杀了。文强把都木琴的貂皮帽子和右耳朵削掉了。这可把都木琴吓坏了，长这么大，从来都是杀别人的，管别人的，没看过自己人死那么多，更没想到自己挨了一剑。这一剑人家是饶命的，没往她脑袋上砍，是往她耳朵上砍的。如果要砍到脑袋上，当时就劈成两半呀。她知道，这是对她的宽容呀。当时耳朵的血都淌到脖子里头了，她连声喊"饶命、饶命。"其他人要跑，三巧她们噌噌就把他们围上了，谁也别动，谁动我就杀死谁，都给我蹲下。这时，一个一个全都蹲下了。

就在这关键时刻，跳出来一个人，此人正是三丹丹。三丹丹一看，不出来不行呀，人死了这么多。她出来也亮出了自己的宝剑。她是武林中的传人，是杜察朗大玛发从五台山请的师傅教的，花了不少银两，从小培养的，所以她的武术也是了不得的。三丹丹站在院里就喊："不要动手了，姑娘在此，三巧你看我是谁？"

三巧一看是丹丹出来了，非常高兴。因为什么呢，丹丹这个人还是挺正直的，她曾经帮过乌伦他们，把翔鹤从北噶珊救出来的，还有恩情在这呢。三巧立刻把剑收起来了："丹丹你好，你为什么到这来？"丹丹气愤地说："你们不要过来，过来，姑娘我就跟你们拼了。"

这时乌伦巴图鲁过来对她说："丹丹你好啊。"三丹丹一看，她的二姐夫也在这儿，马上就说："乌伦巴图鲁，你把我二姐弄哪去了？为什么不在，我为这事来的，你还我的姐姐。"乌伦说："丹丹你不要受别人的挑拨，我们现在正在设法找你的姐姐。要说谁是凶手，肯定就是你的阿玛，杜察朗大玛发，可能他们做了秘密的事情，把她藏起来，要祸害她。"三丹丹一肚子气地说："我不信，你听谁说的？"乌伦巴图鲁说："我们已掌握了情况，是娄宝和齐宝告诉我们的，他们中的一个人就在我们手里头。丹丹哪，你不要受他们挑拨，你是挺聪明的人，而且你这个人也很正直，你跟你阿玛不一样。我们对你是相当器重的，包括原来在世的穆大人和现在来的图大人，都非常尊敬你，也尊敬你的额莫柳米娜。丹丹，我看咱们不要动手，咱们会言归于好。你要相信我，我肯定把你姐姐找回来，我们说话是算数的。”

丹丹这次来是憋着火来的，是她额莫给派出来的。柳米娜想自己的二姑娘，问她阿玛，杜察朗大玛发不说实话，就说让三巧她们给害了，挑拨丹丹和清朝官员的关系。丹丹开始不相信，时间长了，觉得可能是这么回事。阿玛不让她来，柳米娜说：“你不要听你阿玛的话，我不相信他。丹丹你还是去一趟，找找你二姐。要真是他们害她，你赶紧救出来。你们姊妹三个都是额莫的心肝，现在你大姐在京师里头，你二姐丢了，把你二姐找回来，咱们母女团圆。如果这不行的话，过些日子咱们一块回彼得堡去，不要你狠心的阿玛了。”丹丹是这么来的，所以她的心还不完全坏。她到这来，也是马龙骗来的。马龙告诉她：“你现在跟我来，我认识獾子部的女罕王，就是都木琴，你到她这来，帮助我干点事，你的武术这么强，能独当一面。图泰马上就要来了，包括你那个黑心的二姐夫，他实质上不爱你二姐，他想利用你二姐破坏你们家，破坏北噶珊的一些秘密，想掌握北噶珊的机关和秘密的仓库。为这个他表面上跟你二姐建立感情，你千万不要上当。”马龙的嘴善于瞎吧吧，很快把小丹丹给迷惑住了，就把她带到这儿。

这两天，丹丹也真有火，杀了不少部落的人。让乌伦巴图鲁这一说，她反倒犹豫起来，因为她对乌伦巴图鲁的印象相当好。她跟她二姐说过，你找的这个哈番无论长相、人品、武功都好，你算找对了。将来你就跟二姐夫到京师去，不比这强多了。所以，三丹丹对乌伦巴图鲁还挺佩服，对三巧三姊妹也很敬佩。三巧的武功更让她折服，因为她看过她们比武。在这凭我一个人的剑，要一对一打的话，可能赢一个，那也不一定，何况她们三个，还有乌伦和文强，这几个人凑到一起，我根本就跑不出去。她前想后想，怎么想也不能吃这个亏。另外，我也不能听马龙的话，马龙这个人品德不怎么好，拈花惹草，到哪就碰女人，她看不上他。有时马龙对她也起坏心，挑逗她。另外，她知道马龙在京师里头，是穆彰阿的女婿，已经是有妇之夫，到这来天天喝酒作乐，真是扑半拉眼珠看不上他。所以，三丹丹让三巧和乌伦巴图鲁一说，就不出声了，也不想打了。三丹丹就过去，很自然地把剑收起来了，低个头也不想到都木琴妈妈那边去。都木琴在地上哆哆嗦嗦地蹲着，头让人抓着呢，文强拿着剑指着她。

三丹丹这时心事重重，进退两难，不知自己应当怎么办才好。正在这时，巧云先走过去，很热情地把她的手攥住了，就说："好丹丹姐姐，你过这边来吧，别跟他们在一起，别跟坏人在一起，你是好人哪，你是好姐姐。"紧接着巧兰和巧珍也过来了，亲热地拉着她的手。此时三丹丹心里很难受，抱着她们姊妹哇的一声哭了。这时乌伦巴图鲁说："三丹丹啊，好妹妹，相信我，肯定想办法把你姐姐找到，将来你会清楚谁是抓二丹丹的真正凶手。你离开马龙这些人吧，这样才能对得起你的额莫柳米娜，也对得起你的大姐、二姐。"

这时，单说都木琴妈妈傻在那块了，一看，白姑娘已降到人家那边去了。原来她是靠着白姑娘，觉得她真厉害，除了"图泰"大人以外，那就是白姑娘，能独当一面呀，刀剑一要起来哪个能抵得住呀。这回她站到人家那边去了，都木琴妈妈没咒念了，立刻就瘫到那儿。乌伦巴图鲁看到这种情况，告诉小文强："你放手吧，不用管她了，她不敢怎么样。"文强松开了手，站在一边。

都木琴的耳朵掉了，血还淌呢，心里想，这回可遭了，可能要剐我了。乌伦就说："都木琴，你知道不知道你有罪。附近不少的部落，都受到你的祸害，这些年，你横行霸道，说撵就撵，说杀就杀，你欠下多少债？你知罪不？"都木琴哆哆嗦嗦地啥话也说不出来，现在只求别杀了我就行，她低着头连声说："我有罪，有罪。"乌伦说："耳朵掉了不要紧，就掉了一个耳朵吧，我们并没杀了你，你是罪有应得，是你自己找的，我们跟你说好话，你不听，敬酒不吃，吃罚酒。你不要装，赶紧站起来，不站起来，我让他割掉你那个耳朵。"都木琴妈妈吓坏了，赶紧爬起来，一声没敢出。乌伦说："现在把你藏的，我们要的罪犯都给我叫出来。藏在哪了，你快说，你要不说，我还在你身上治罪。"

这时候都木琴妈妈可软了，像绵羊了，不再那么硬气了，忙叫蹲在地下的那个人赶紧叫他们出来。叫刘大人他们出来，我受不了。门里边的人往里头传，请刘大人、潘大人赶紧出来。喊了半天，里头人还是不出来。乌伦巴图鲁就告诉三巧、文强，你们进屋去，把他们搜出来。

这时，三巧和小文强就进了屋，不大一会搜出来四个人，有醉八仙刘佩，这回刘佩可不像以前趾高气扬，腆个大肚子了，低着头，哆哆嗦嗦地走出来。

第二个，吓的魂都没了，是潘天豹，自从听说三巧来了，就吓坏了。他想这回算完了，没想到我的命就要没有了。那时卡布泰和三巧跟他说，你再要犯事，还要砍你另一只胳膊。当时都木琴妈妈喊他们出来时，他就没敢出来。这次三巧进屋了，他吓的把头钻到草堆里去了，屁股露在外边，文强用脚一踢，就露出来了，一看是独臂潘天豹。巧云就过去说："好你个贼人呀，你还敢反抗，剑已经砍掉了你一只胳膊，难道你还想让我们削掉那只胳膊，这次说啥也不饶你了。"把潘天豹吓的都尿裤子了，直哆嗦地说："奶奶，饶命，饶命，我是没法子，我是让马大人逼的，我不想干坏事呀，可我没法办呀，我不来不行啊，他们把刀压在我的脖子上，不来就没命了，是他们逼着我过来的。"三巧说，你给我出去。他哆哆嗦嗦地跟着刘佩低着头出来。

还有两个人，坐在正厅上，闭着眼睛，是两个罗刹人。一个叫罗吉采夫，是东正教的牧师，到处传教，到处干坏事。还有一个叫柳果罗夫，也是来传教的，他们为了扩大教徒的力量，秘密来大清国传教。这两个人脖子上还戴着十字架，小文强咔嚓就把十字架拽下来了，用刀指着他们。这样四个人都出来了，文强出来就跟乌伦说："乌伦叔叔，我们查清了，就这四个人，都在这呢。"乌伦就问都木琴妈妈："都木琴，是不是他们几个，还有谁没出来，你隐没隐瞒?"都木琴说："是，是，就这几个人，如果再有，我情愿被治罪。"就这样，他们把这四个人全都捆上了。

乌伦巴图鲁让都木琴把部落所有的人都召集出来。只要都木琴的牛角号一吹，整个部落的人都来了。乌伦巴图鲁让蹲在地上的人都站起来，把旁边的尸首抬到一边，地上的血用土盖上。然后，让都木琴把部落的男女老幼都召集过来，人站满了整个大院。三巧回到林子里，把几匹马牵来，因为那是秘密点，这时天已快亮了。乌伦巴图鲁让三巧到各处查查，还有没有不来的人。乌伦巴图鲁详细地向部落里的人讲，这次受皇命，大清国的巡查使图泰大人来了，我们是图泰大人手下的参将。另外告诉他们，你们受骗了，过去认识的那些人，正是我们这次来抓的贼人，图泰大人现在就在潘家寨，将来会见到的。你们说的图泰，他不是图泰，是贼人，他是打着图泰的旗号骗你们的，现在很多坏事，都是他干的。我们这次受皇命，就是来抓他的，他叫马龙，不信你们问问三丹丹，三格格，她都知道。乌伦转过身对丹丹说："丹丹，你说一说，你见到的那个人是图泰还是马龙?"这时候，丹丹就说了："他不是图泰，图泰我不认识，他是马龙，他是穆彰阿大人的总管。”丹丹当场作了证明。

这时，都木琴妈妈才知道自己上当了。她上了当，不等于没罪，她当然有罪。乌伦就把都木琴妈妈，这些年的罪过一个一个都点出来了，怎么到处搜刮民财，怎样欺压弱小部落，对其他部落说杀就杀，说烧就烧，使他们叛国，跑到罗刹那边去了。另外，不经大清王朝的同意，随便把罗刹的牧师请来传教，这本身就是违法行为。这事一讲，使大家就明白了，这些年来，只听都木琴的话，别人的话谁敢听呀，说杀就杀，说关进牢房就关进牢房。

乌伦巴图鲁说：“现在我们要带都木琴到潘家寨去，听候审判。你们部落的事情，暂时各自自理，以后再说。谁要敢在这期间做些反叛的事情，我们格杀勿论。大家看到了，刚才那些死尸，就因为我们讲了多少次，说了多少话，他们就是不听，那是他们可耻的下场。”大家都吓的目瞪口呆，这几个人横刀立马站在那，朝廷来的哪敢惹呀？人就是这样，狗仗人势，现在一看，头领完了，力量不强了，自己已经垮下来了，谁还跟着她呀。有的蹲下来说：我们一定听天朝的，我们一定做天朝的顺民。乌伦巴图鲁说：“好，我们现在要回去禀报图大人，在这两天都木琴不在的时候，你们要好自为之。”

就这样，乌伦他们把都木琴给带走了。乌伦让都木琴骑上一匹马，另外，把潘天豹也给绑上了，吊在马背上，醉八仙也绑在马上，还有两个俄国的牧师，罗吉采夫和柳果罗夫，这两个随便传教的坏人，也给绑上，押解到潘家寨。这块就暂时平息下来。

话要简说，他们很快就回到了潘家寨。这时，天已大亮，旭日东升。图泰出来迎接，一看他们胜利而归，该擒拿的人都拿来了，而且还见到了三丹丹，图泰心里别提多高兴了。三丹丹已回心转意，站到大清朝一边，跟她二姐站在一起。这事先没想到，是这次一个很大的收获。他们遵照图泰的命令，把这几个犯人各押一个屋，不让他们在一起，使他们互相没法串供。当然，照顾都挺好，图泰特别嘱咐，一定要以礼相待，对俄罗斯人，我们更要好好款待，看出咱们大清国从来是以礼待人，我们不做那些苟且之事。所以，给两个牧师特意安排两个更舒适的屋，还给他们预备了牛奶、面包，有专人侍候。

安排好以后，图泰跟乌伦巴图鲁商量，咱们要抓紧审讯，一定从这些人嘴里了解我们想要了解的事情。乌伦说："对，咱们抓紧进行。"他们吃完早饭以后，选另一个屋子，作一个专门的审讯屋，门口由卡布泰把守，两边站着兵丁，由黑龙江将军派来的护兵保护，整个严阵以待，显得庄严，肃穆。屋里设了大堂，图泰坐在正座，旁边是乌伦巴图鲁，他们的下侧就是富凌阿，他是受爱辉副都统指派，又懂得多民族的语言，对下头情况比较熟悉，由他来做书记官，协助审判。图泰说："咱们在审潘天豹和刘佩时，可以请三丹丹参加。如果她愿意听，也把她请来。"三巧到屋里跟三丹丹商量，三丹丹挺愿意听，因为有些内幕她也不清楚，她只是听马龙说的。一听说让她在旁边听审判，就欣然接受，跟三巧一块出来了。图泰让三巧、三丹丹和文强坐在两边，一切准备工作就绪。

这时图泰让卡布泰先把潘天豹带上来。卡布泰得令以后，就领着护兵，进了潘天豹的屋。潘天豹被五花大绑着，把他提到审判的大堂。卡布泰说："跪下。"潘天豹这时都吓傻了，抓他的时候，都尿裤兜子了，心想，这回小命算完了。卡布泰一推就把他推到大堂的正中央，扑腾一声就倒下了。前头有个桌子，桌子后头坐着的是图泰大人，还有乌伦大人，这边坐着三巧和三丹丹，那边坐着的是文强，还有一个偏小桌，坐着的是富凌阿，两边还有四个护兵，一边站着两个，手都握着刀，刀插在刀鞘里，眼睛都紧盯着趴在地上的潘天豹。潘天豹要敢于反抗的话，他们随时都可以抽出刀来。另外也防备从外头冲进坏人，这四个兵勇两腿一叉开，往那一站，造成一种非常威武的气势。

潘天豹这时眼睛稍微一瞅，又吓了一跳，赶紧把头缩回去，不敢往上瞅。图泰在桌子后面一坐，声音洪亮，非常有力地说："潘天豹，你好大胆，贼心不死，你还在作恶。我们以宽容为怀，朝廷本来不记前仇，想让你改邪归正，你竟敢暗地与朝廷作对。你说，你这次干什么来了？你如果有半点虚报和谎言，本大人就地正法，你知道不？我巡察使是受皇恩钦命而来，有处置的权力，对你可以就地正法。我们不仅能够处置你，如果你罪恶严重，我们连你家都可以抄斩，所有家产全部没收。你好好想想，现在你的出路只有一条，老实交待，你干什么去了，不许撒谎，听见没有？"

潘天豹趴在地上，哆哆嗦嗦，跪不像跪，趴不像趴，一只手夹在那，就像一条夹尾巴狗一样。图大人说完之后，潘天豹没有出声，图大人又喊一声"你听见没有？"潘天豹声音颤抖地说："小人听到了，听到了。”“那你说说，是怎么回事。让你老实在家呆着，不许动，你为什么还出去？当时卡布泰大人和三巧她们已正式告诉你，你要动弹，有什么事，必须立即向我们报告，你为什么私自出去？要知道，我们早就监视你了，知道你这小子是改不了的。你以为你聪明，我们早就注意了。你快说，不给你更多的时间，要不然我就命令人，先把你脖子抹了，你的脑袋留着没用，趁早埋在那块，喂我们大清的土地，不要你这个脏货，败类。是你亲手害死了我们朝廷的命官，穆大人，这个账我们还没找你算呢，你现在是旧账没算，又添新账，你真是贼心不死，快说。”

图泰这几句话，使潘天豹感到不说不行了，没有第二个出路了，那一刀砍下来，他是知道的，都疼昏了，再砍一刀，连脖子都没了。这时潘天豹只好如实地说：“我们是受马大人之命。”图泰说：“混蛋，狗仗人势，什么马大人？”“是马师傅。”“什么马师傅，他叫什么名字？”“叫马龙，我们受他之命，他逼着我们去的。”“干什么去的？”“他让我们到各个部落，哎呀小子不敢说了。”“快说，怎么的？”“马龙让我们到各部落煽这个风，说是图泰带大清的人，现在要撵我们走，要杀各个部落的人，让他们对大清朝都记恨在心。马龙还装扮成图泰大人的身份，到处杀人放火，让我们做他前头的引路人。我不去不行，脖子上有马龙的刀压着呢。”图泰说：“你不要推托自己的罪责，你本身要不臭，蛆也不能往身上爬，你始终对朝廷怀恨在心。那么我问你，潘天虎为什么不去呀？”“实话跟大人说吧，大人，我哥这个人有点窝囊，小的我是有点怀恨在心，总觉得不服气，就这样，听了他的话，我有罪呀，这回把事都说了，饶我一命呀。”

图泰再细问的时候，潘天豹一口一个其他事真不知道。图泰又转个话题，问他：“那么你怎么和刘佩合伙到一起的呢？”他们互相之间勾心斗角，自己觉得泥菩萨过江自身难保，潘天豹为了立功，为了免得一死，就说了：“我不太知道，那天是刘佩到我这来的，可能他还有什么事，没告诉我，他说给谁办什么喜事。”“什么办喜事？”“说是给马龙，马龙来这要办什么喜事。”“什么喜事？”“具体情况他不告诉我，他是为了办喜事，来这儿找都木琴妈妈，跟她要什么东西，为这个来的。我们俩一路来的，他当然也有这个任务。他到处讲，图大人特别坏。图大人，你问我就如实说了，我真没说图大人什么坏话。我是昨天晚上刚来的，啥事还没办呢。我要是撒一点谎，天打五雷轰，就地不得好死。”

图泰说：“你还有什么说的没有？”“没有了，我刚来，就这个情况，你要细问，大人，你就问刘佩吧，刘佩可能还有些事，听说，他是杜察朗大玛发派来的，具体情况我不知道。因为我们也不敢出去，我就在家里呆着，我哥哥也管着我。但是我总是不死心，这次我就出来了，看他们势力挺强，我又走上坏道了，现在败子回头金不换，我能回来，还能做好事，一定做大清朝的好臣民。”图泰说：“不要说了，你不要往自己脸上抹粉，对你的好坏，世人自有公论。你还有什么说的没有?”潘天豹说：“没有，小的全都说了，请查吧，查查我说的对不对。”图泰命令卡布泰把他拉下去。就这样，潘天豹被拉了下去。

图泰又命令卡布泰，把刘佩给我押上来。卡布泰喳的一声，领着护兵把刘佩押上来。刘佩这小子鸡蛋掉油锅，是个滑蛋，他自己上次就溜出去了，那个匾是他背出去的。但抓他的那天，他想卡布泰这些人肯定不会善罢甘休，他藏起来就没敢露面。那几个小子露面了，结果全都被杀。这次他等于自投罗网。卡布泰把他推进来了，刘佩假装镇静，不像潘天豹那么窝囊，还显出自己以往的侠客派头。进来以后挺着大肚子，留着络腮胡子，胸脯子敞着，奶头上长着长毛，腰带子系着，勒到肚子底子，穿着大靰鞋，就像一个散在的佛家的打扮，慢慢地走进来。把卡布泰气坏了，他奶奶的，你显示什么呢？一脚踹下去，他一个跟斗抢到那，“进去吧，装什么蒜?”刘佩没想到这一招，卡布泰那么膀，又有劲儿，那一脚多厉害。他没有防备，好悬把肚子摔两瓣了，肚子马上刮出血了，脑袋差一点没撞到桌子角上，扑通一声倒在地上：“哎呀，你们干什么?”旁边几个护兵把他一拎：“你赶紧跪下，装什么蒜?”

图泰说：“刘佩你知罪不？你参与谋杀朝廷命官穆大人，这个账还没跟你算呢，你又把我们官家行在驻所的匾给偷走，这些事情，我们该判你罪。可你贼心不死，还继续做坏事，你知罪不?”刘佩大大方方，根本不在乎，没有出声。图泰知道，这小子可能是鬼透了，不给他点厉害不行。这时卡布泰和护兵都在门口站着，图泰眼睛瞅一下卡布泰，卡布泰完全明白，他从兜里拿出匕首，到刘佩的跟前。刘佩很傲慢，用斜眼瞅他，意思我还没瞧得起你，什么巡查使啊？没什么了不起的。不行的话，我到俄罗斯那边去，罗刹那边要我们，他们都有这个想法，脚踩两只船，因为罗刹已许了这个愿。那几个人受害时他没在跟前，他不知道大清国这些将领的威风劲儿，所以，他这会儿根本就没瞧得起，仍然装出很镇静，威武不屈的样子。

卡布泰过去，他没理他，卡布泰把他耳朵一拽，他的匕首相当快呀，刺啦一下子，把他耳朵割下一个。这个刘佩根本没想到，他认为自己是美男子，头上还梳着明朝的小抓头，道士打扮，后边有个小辫子，两个大耳朵呼扇着，显出一种佛像。卡布泰割掉他一个耳朵，血哗哗淌，他哎呀一声。卡布泰把耳朵往他跟前一扔，大声说："刘佩，你再敢在大厅上放肆，我就把你那个耳朵也削下来，不够的话，我就削你的鼻子，要知道，你是罪有应得，谋害我们朝廷的命官，本应该处死你，知道不？现在我们没这么干，是给你一条出路。"图泰说："卡布泰不要说了，你先站到那边。"卡布泰听大哥的话，就过去了。

这时刘佩疼的，手捂着耳朵，满手都是血，他又胖，耳朵又大，割下的口子相当大了，能不疼吗，那血淌的，捂也捂不住。弄不好，那个耳朵也割下去了，没有耳朵多难看，还什么佛像呀，不定变成什么吓人的模样呢。这时候他害怕了，哎呀，哎呀地叫。图泰说："不要叫，卡布泰赶紧命人拿来布给他缠上，让他交待事情，他要不说，你就割下那个耳朵。"刘佩一听，看起来图大人同意他割，可吓坏了。这时来了两个人，给他上了止血的药，像面粉子似的，往耳朵那一撒，这药即解疼，又止血，用布把他耳朵那缠上，可难看了，脸上只露出两只眼睛，眼睛中间斜缠一块布。图泰就说："刘佩，你赶紧讲，现在给你个机会，你要知道，你是有罪的人，你本应该和那几个人一块被处死的，那几个人都死了，你知道不知道？""知道，知道。""我们现在给你个机会，如果你要不说，我们就立即处死你，因为你已是犯死罪的人，早就应该处死，你知道不知道？"

刘佩呀，这时候就蔫了，不敢那么趾高气扬了，这一刀子，把他所有的威风全杀没了，老实多了。就说："大人，我知道我有罪。"图泰说："既然你知道你有罪，说说你这次干什么来了，从实招来。如果你讲好了，本大人可以网开一面，上奏朝廷，可以免你一死，也可能给你安排将来的出路。如果你想鬼混过去，那是休想。你说，你这次来是什么任务，什么差使，受谁之命，来这做什么的，为什么要去獾子部，都干了什么勾当，什么时候去的？"刘佩说："我跟潘天豹已来五天了。"

图泰和乌伦一听，潘天豹还在撒谎，潘天豹说昨天晚上去的，等于他也是昨天晚上去的了，好像脚前脚后。刘佩一讲，他俩露出了破绽，实际上，他们俩是五天前就去了，潘天豹说的很多都是谎话。图泰心里想，潘天豹这人作恶多端，到现在还是谎话连篇，他硬说是昨天来，根本说的不对。再问刘佩："刘佩，你说说，你们是哪天来的？"刘佩说：

"确确实实，我们是五天前来的。""都跟谁一块来的?""小的不敢说。""为什么不敢说，你不想要那个耳朵了?""我说，我说。"

这个时候刘佩就怕卡布泰来，卡布泰一来，再削掉那个耳朵，可就完了。图泰说："快说！你跟谁来的，来这儿做什么?"刘佩就说："小的不敢说呀，因为来的这个人，您知道，他就是京师穆彰阿大人身边的武师、护卫马龙，马师傅。但是，他当着下头各部落的面，从来不承认自己是马师傅，也不叫自己是马龙。""他叫什么?"刘佩说了："大人，您千万不要生气，我说了，冒犯了您的名讳呀，他是借着图大人您的名字，做坏事的，他总是打着大清朝图泰的名字到处干坏事。我们来的时候，对下边的部落都说是大清朝的官员，是跟着图泰、图大人来的。所以，这块不少的部落，都知道图泰，不知道马龙，很多事都恨在大人您的身上了，小的有罪呀。这事不怨我，是马龙干的，是他逼着我干的。""你少说这些，你自己也干了不少坏事，马龙有马龙的账。你说你这次干什么来的?"刘佩说："我这次跟着来，是个随从，没有什么事。""你撒谎，随从还用找你吗？马龙身边也不是没有人，他为什么带着你，而且他本身武术高强，你的武术能比过他吗？要你干什么，他的徒弟哪个不比你强，你以为马龙的情况我不知道吗？马龙要你肯定另有用处。我们已知道你干什么来了，刚才潘天豹已经讲了，你还敢隐瞒吗?"

刘佩这时想，潘天豹这个小子，好张扬自己，看起来像个英雄似的，咋咋呼呼的，但是这小子胆小如鼠，昨天他就没敢出来，猫起来了。刘佩瞧不起他，遇事就害怕，是个窝囊废。想到他为了保自己命，肯定什么事都讲了，很多事可能也咬到我身上来了，潘天豹决不会守口如瓶，不会，为了保自己活命，什么事都能说，有的讲，没有的也会讲。我趁早还是说吧，想不说也不行。他一看图泰是个挺精明的人，他们不把事情弄明白，誓不罢休，趁早把事情说了吧。就这样，刘佩半天不讲话，折腾来折腾去，图泰问他，他吞吞吐吐，另外，乌伦巴图鲁也插话，就这么从中听出些漏洞。

刘佩越想越觉得潘天豹这小子不可靠，有的可能推到我身上了，我得澄清一些事。于是脑袋一转就说："图大人，我把事告诉你们，我说的可都是正事，咱不能胡说，有就是有，没有就是没有。"乌伦巴图鲁说："刘佩呀，你就说吧，不用讲这些，你讲的是真是假，我们都知道的。"刘佩就说："我这次来呀，主要是受杜察朗大玛发之命，是陪着马龙大人一块来的。"图泰就问："你们干什么来了?"刘佩就说："具体干什么事，我不清楚，我们反正是跟着马龙一块来的，马龙叫我干什么，我们就干什么。”

这时坐在旁边的三丹丹憋不住了，她就问一句：“刘佩，你现在还没说实话呀，你说是我阿玛让你来的，你是做什么来的，你不说是办彩礼来的吗？”“什么彩礼？”三丹丹又给揭了底。图泰就说：“对呀，三格格讲的是实话，你办什么彩礼来的，还想隐瞒吗？”刘佩一看，事情全糟了，连杜察朗的姑娘都帮助挤这事，还能瞒着吗，就说：“这事我确实有罪，但具体情况我不知道，是杜察朗大玛发要把谁聘给马龙，马教头，马龙来这儿要娶媳妇。”图泰就说：“马龙不是有夫人吗？这你们都知道啊，不就是穆彰阿大人的姑娘吗，他已经有了琪娜格格，怎么还要娶亲，是这回事吗？”刘佩说：“我们知道这事，他可能要娶个二房，小夫人。”“娶谁？”刘佩就说了：“这事杜察朗大玛发不让说。”可把乌伦巴图鲁气坏了：“刘佩，你还在耍花招，你不是啥事都说吗，怎么到关键的时候就不讲了，要把谁聘给他？”图泰也说：“你快说，这样支支吾吾地，一到关键的时候，就不讲了，你是要找死啊？卡布泰你过来。”刘佩特别怕卡布泰，一听卡布泰的名字，身上直哆嗦，只好就说了：“听说要把二丹丹嫁给马龙，要办这个喜事儿。”

这句话一说出来，屋子里哄的一下子，最震惊的就是乌伦巴图鲁，把他气坏了。图泰也一惊，这是想不到的事情。坐在旁边的三丹丹也不知道这个事。她这次来是受额莫柳米娜之命，让她赶紧来找她的二姐姐，不知到什么地方去了。柳米娜还真愿意二丹丹嫁给乌伦巴图鲁，那是正经人哪，是大清的命官，心里非常高兴。三丹丹心里也暗中高兴，我大姐到了京师，嫁了名门之家，我二姐这次也嫁到京师，也是名门之家，她对她两个姐姐的安排都特别满意。

前几天，三丹丹听说二姐失踪了，还以为清朝的官员干了什么事情，姐姐是被人害的。以前，三丹丹是这么怀疑的。杜察朗大玛发把一切责任都推到卡布泰这些人身上，认为他们心怀叵测，害了我的格格。这些舆论造出去了，柳米娜心中不托底，就问自己的丈夫，杜察朗大玛发从来不说实话。她也知道，从丈夫那找不到一句可信的话。她把希望寄托在小女儿三丹丹身上，让三丹丹想法，明着是跟你阿玛去了，暗地里找找你二姐，这是我最惦记的。你们三个都是我的心肝宝贝，咱们在这能过就过，不能过，就离开你阿玛，回俄罗斯去，省得来这儿整天提心吊胆的，这是柳米娜的想法。三丹丹是个好心人，很正直，虽然她阿玛挺坏，可她帮助二姐办了不少好事，也帮助清朝的官员办了不少正义的事。这一点云、彤二老，包括图泰、乌伦巴图鲁的心中都有数。这样就把他们一家人分出来。他们一家人也挺怪，互相之间真是天壤之别，各人的抱负和品德都不一样。

刘佩的话一说，三巧也很吃惊。我们现在正在找二丹丹呢，怎么，她阿玛要把她改嫁？图泰大人就说："快说，这事情准吗？你是胡说八道，信口雌黄，还是真有此事？如果你在这儿信口雌黄，我就地正法你。你快说，把前因后果说清楚。"刘佩跪在地上，只好竹筒子倒豆子，直说了："图大人，我讲的是实话，具体究竟什么时候娶，怎么个娶法，二丹丹在什么地方，小的一点不知道。我对天起誓，将来大人可以调查，你们像青天大老爷一样，对事情会查个水落石出，看看我刘佩说的是真是假。我这次跟马龙来，实话告诉你，主要两件事，一件事就是我受命，把两个俄罗斯的牧师带到这边来，他们说要传教。这两个人情况我不清楚，这是杜察朗大玛发给我个别面授机宜的事情。因为马龙怕他们遇着清朝的官员，不安全，由马龙跟他们一块来。有马龙保护着，一路就安全。第二件事，也是杜察朗大玛发的安排，为的是把马龙的喜事办好，让我来这采购一些办宴席用的食品，就像熊掌，还有鹿茸和各种吃的野味，土产，包括蘑菇这些东西。还直接告诉我，要鹌鹑多少只，山鸡多少只，鹿多少头，另外还要山羊。为这个事儿，我找都木琴妈妈，让她给安排。等明后天东西齐备了，我们就走，我们主要是干这个事来的。"

这件事情清楚之后，图泰又问："马龙他们到各部落烧杀抢掠，冒充我的名号，干些坏事，你参与没参与？"刘佩说："实情禀报图大人，要知道马龙，能耐很强，他身边也有些人，他根本用不着我们做这些事。我们主要是借他们的光，保护自己。正因为如此，马龙待了两天，挑起了部落之间的争斗，就说这是图大人你们一伙人干的事情，他们达到这个目的以后，就走了。马龙没敢在这呆呀，只住了一宿，两个白天，匆匆就走了，我们都不知他什么时候走的。可能都木琴妈妈知道，有些事你们可以问都木琴妈妈，我们确实不知道。为啥我们俩来这停留，我们俩就等着都木琴妈妈给我们备办的东西，备办齐全了，我和潘天豹就押解车辆回去。"

图泰一听刘佩说的也有道理，不管咋的，刘佩讲的，听起来合乎情理，也就没再细问他。这时候三丹丹着急了，马上就说："图大人，你想办法，赶紧把我二姐找到啊，我额莫白天、夜里都想她，我这次来就是为了找她。”图泰说：“三格格，你放心，你想的事，也是我们惦记的事。这两天我们正抓紧时间办呢。”三格格的话也说到乌伦巴图鲁的心里去了。乌伦巴图鲁现在好像万箭穿心一样，一听到杜察朗让他的爱妻二丹丹改嫁给马龙，马龙是什么人，那是个淫贼，是玩弄女人的人。他祸害了多少女人，他真恨杜察朗大玛发，简直是黑了心，把自个儿女儿往火坑里推，真该千刀万剐。他完全同意三丹丹的想法，必须尽快救出二丹丹。一定在马龙办喜事之前把二丹丹救出来。不能让她陷入虎口，这是乌伦巴图鲁的心情。

图泰这时命令卡布泰把刘佩带下去，刘佩磕了个头，刚要走的时候，图泰就大喊一声：“刘佩。”把刘佩吓了一跳，慌忙扭过身来，赶紧跪下说：“大人还有什么事？”图泰就说：“你刚才讲的话，自个儿能负责吗？”刘佩赶忙说：“小的讲的，全是实话，没有谎言。”图泰又问：“你还有什么话，告诉本官吗？你如果能给我们提供一些有用的情况，我们会从宽处理，你听清没有？”刘佩说：“听清了。”“那你再说说，还有什么话，应该告诉本官。”

刘佩想一想就说：“回禀图大人，小的认为，我只知道些表面的事，内情不清楚。有些事，图大人还是多了解一下都木琴妈妈，我们到她这地方来，觉得确实很诡秘，有些事我们也不清楚，我们住的地方分了好几等，我跟潘天豹住在一个屋。但不知道，那几位俄罗斯牧师住在什么地方，她从来不告诉我们。所以有些事情，你问一下都木琴妈妈，这就是我一句最真心的话，向大人禀报。”图泰说：“知道了，你下去吧。”卡布泰把刘佩领下去了。下去的时候，图泰又嘱咐卡布泰，而且让刘佩听着，让他在那屋安心歇息，并把他身上的绑绳去掉，这对刘佩来说，真是一个很大的奖赏。

刘佩开始来的时候，还装着自己很强，不服气的样子，结果耳朵被割掉一个。后来刘佩还真说了点实情，几件事情，对图泰来讲非常重要。图泰心里想，看起来刘佩比潘天豹老实，就故意拉了他一下，用软的办法，把他绑绳去掉，让卡布泰在外边严格把守，别让他跑了。在屋里还要款待他，让他跟朝廷靠进一步，为咱们多做一点事情。卡布泰完全明白呀，把刘佩带下去以后，让兵丁把刘佩那屋重新收拾干净，又给送去了茶水，就像自个儿有个卧室一样。只是不能出去，外头有很多兵丁把守，这已经不简单了，刘佩心里挺感激，这就不说了。